序　言

林　非

像鲁迅这样蕴含着异常深刻的思想，并且还时刻关怀着整个民族的命运，从而对于后代的许多读者都充满了强烈震撼力量的作家，在二十世纪的中国文学史上可以说是绝无仅有的，甚或在几千年以来的整部世界文学史中也无疑是相当罕见的。正因为闪烁着如此夺目的光芒和蕴含着如此炽热的感情，所以当他刚开始披露自己的作品时，就触动了同时代的一些敏锐的思想者，使他们迫不及待地发表出自己具有真知灼见的评论来。从这样筚路蓝缕的起点，逐渐地扩大开去，于是就将对于鲁迅的研究迅速地推向了广阔与深邃。在这前后的几十年中间，曾经出现过数不清的论文与著作，用“汗牛充栋”这样的词来加以形容的话，也是丝毫都不算夸大的，这样就形成了一部鲁迅研究的历史。不过长期以来，这部历史基本上还是处于零星、分散和自足存在的状况，很少有不怕艰难与困苦的探索者去认真地加以搜集、梳理、分析和综合，然后再胸有成竹地描绘和展示出这部客观上早已存在的波澜壮阔的历史，令人信服地指出它所获得的成就与存在的不足，并且从时代的高度指出今后攀登的方向与步骤。值得欣慰的是，十余年来，已经出现了袁良骏、杜毅伯、王富仁和王吉鹏等著名学者，以李白《蜀道难》中那种“百步九折萦岩峦”的气概，在鲁迅研究学术史这个领域之内，做出了不少具有开拓性的建树。梦阳先生正是在他们的基础之上，又进一步写成了《中国鲁迅学通史》这部体制更为浩繁、内容更为丰富的论著。他开宗明义地标出鲁迅学是二十世纪一种杰出的精神文化现象，表示要从科学的学理精神出发，进行宏观的描述、微观的透视与理性的反思。正因为梦阳先生的这部著作很好地贯彻了自己的这些主张与设想，所以就清晰地显示出了高屋建瓴的气势和鞭辟入里的风采。

《中国鲁迅学通史》2003 年由广东教育出版社出版之后，获得巨大成功，一举获得第六届国家图书奖，收入《中国文库》；印刷上万套，很快销售一空，国内外从事鲁迅研究的学者几乎人手必备一套，研究生把这套书当作进入鲁迅研究之门的教科书。

到中国鲁迅学持续近百年时，《中国鲁迅学通史》责任编辑卢家明先生又与梦阳先生不谋而合，计划写《中国鲁迅学史》。这项工作，虽然有些浅薄之人很看不起，认为是什么“第二等的工作”，其实是非常艰难的。要全面、系统地掌握资料，梳理历史发展轨迹，从中看出成绩，也需诊断病症，指出正确的方向与方法，有如中医的“号脉”，需具有第一流的眼光与耐心。事实也证明，鲁迅研究发展到今天，不认真清理学术史，几乎无法前进。很多素养很好的学者，由于忽视学术史，对于一些前人早就说过的观念，还在那里当作自己的新发现而大谈特谈，结果只能成为笑谈。所以，梦阳先生虽然本富有创作与理论才情，他刚捧出的汲取长篇小说手法写作的传记文学《鲁迅全传·苦魂三部曲》和叙事抒情长诗《谒无名思想家墓》就是明证，还有他准备开始创作酝酿已久的真正的长篇小说《清江梦忆》，——但为了学术的整体发展，以无私忘我、一心为公的精神，咬紧牙关、硬着头皮去做这件“费力不讨好”的艰苦工作。经过几年的努力终于写成了这部近七十余万字的又一巨著，比《中国鲁迅学通史》更有提高，而且 1999 年到新世纪的今天完全是新写。此书以丰厚的史实为基础，从理论上概括了百年来中国鲁迅学的发展历史，指出了其中的症结，展望了未来的前景。在浩如烟海的史料中做出这样的梳理，该花费怎样的精力，需要具备何等的功力？这是不言而明的。而且作者已年过七旬，却承受着青壮年人也难以负载的超常重担，该是多么辛苦！我们鲁迅研究学者也会为有了自己的“百年史”而感到自豪！因为除了鲁迅研究之外，其他任何中国现代作家研究都不可能具有这样长、这样深的学术史。

梦阳先生在两套书中一贯标举的学理精神，确实是决定着任何一位学者的论著取得成就抑或陷入谬误的根本性的关键。说起学理精神来，似乎已经在诸多的议论中间，被渲染成一个很玄妙的话题了。如果要对它加以简单明了的叙述的话，其核心和重点肯定在于必须全面地掌握自己所要研究的客观对象，对此进行层层渗透的比较、分析和综合，然后得出自己独创与深入的思想见解来。只要像这样坚定地去身体力行，其实也是不难做到的。从梦阳先生很有系统的阐述中，确实可以看出他是紧紧地抓住了这一点的。

这样的一种学理精神，在中国古代早就归纳成为“实事求是”的概念和原则。这出于班固的《汉书·河间献王传》，其意正是要凭借实证，以求得事物的真相。梁启超在《论中国学术思想变迁之大势》里说：“本朝学者以实事求是为学鹄，颇饶有科学的精神。”他在《清代学术概论》里，更是具体地阐述了为贯彻此点而进行的四项程序，认为“凡今世一切科学之成立，皆循此步骤”：“留心观察事物，觑出某点某点有应特别注意之价值”；“凡与此事项同类者或相关系者，皆罗列比较以研究之”；“比较研究的结果，立出自己一种意见”；“更从正面旁面反面博求证据，证据备则泐为定说，遇有力之反证则弃之”。千百年以来，凡是取得了成就和产生过影响的学术论著，无论标榜什么样的口号，追逐什么样的新潮，倡导什么样的方法，总都不会违背此种科学的治学精神与原则。因为如果离开了这个把握自己所研究的客观对象的基础工程，当然就不可能由此生发出应有的结论了。

古代罗马的政治家和哲学家西塞罗在《论学园派》中认为，“最可耻的事情莫过于还没有认识就先肯定下来”，这是说得极为中肯和严肃的话语。如果不将自己研究的任何对象都囊括无遗地收集在一起，又怎么可能对它进行比较、分析和综合，又怎么可能从中得出准确的认识和结论来呢？抛开了这种科学的精神和方法，不通过艰苦求证的努力，却信口开河地乱说一通，还以此来欺世盗名，这不正像西塞罗所指摘的那样，是一种“最可耻的事情”吗？像这样完全违背了正当的研究程序，随心所欲地编排和炒作一些连自己都稀里糊涂的文字，在当前的某些传媒渠道中也还是屡见不鲜的。更为不堪的是有些无聊透顶的文字，竟充满了轻薄和下流的谩骂，这只能是暴露出谩骂者本身人格的卑劣与无耻。

真正意义上的研究工作，确实是必须严肃地贯彻着一种科学的学理精神。马克思在《资本论》第一卷“第二版跋”里曾这样说过，“研究必须充分地占有材料，分析它的各种发展形式，探寻这些形式的内在联系”。这就对于研究工作的整个程序和它最终的目标，都做出了简明扼要的概括。从研究对象林林总总的表现中间，找出它们所具有的丰富而复杂的内在的联系，因此就可以更好地判断出此种历史进程中的各个方面和部位，在哪里存在着正确抑或谬误，收获抑或欠缺，长处抑或不足等，像这样高瞻远瞩而又细致入微地总结历史的进程，就可以给予人们许多经验与教训、启迪与鼓舞，以便更好地向着合理和健康的境界迈进。对于包括鲁迅研究在内的任何一种学术史的研究，以及对于鲁迅的本体的研究，自然也都是应该如此进行的。这样就能够有理有据地阐述各种研究对象所做出的贡献，以及还存在的不足或缺失，并且再从此出发更深入一步地去分析其历史的原因。像这样凭着科学的学理精神去进行探索的学者，当然就不会盲目和奴性地崇拜，也不会无知与狂妄地叱骂，而是要以毕生的精力去诚实地撰写出尽可能接近于历史真相的著作来。

在整个二十世纪研究鲁迅的历史中间出现的论文与著作实在太多了，如果全部都要加以搜集和披阅的话，得花费多少光阴啊！攀登知识与艺术的山峰，这本来就是一桩谈何容易的事情，必须充满无穷的勇气，保持恒久的毅力，凝聚和发挥出自己浑身的才智，经历着诉说不完的艰辛和困苦，从而才有可能取得珍贵的收获。正当梦阳先生废寝忘食和全神贯注地投身于这项学术研究时，他竟还遭遇了种种人生道路上的坎坷，这些坎坷不断地折磨和考验着他奋斗的意志，更增添了他在学术道路上发起冲刺的难度。然而梦阳先生始终都以自己坚定不移的毅力，不屈不挠地在鲁迅研究的领域中跋涉前进。正如唐代诗人贾岛在《剑客》一诗中所说的“十年磨一剑”，这真是何等的苦楚，何等的意志，何等的气概！然而梦阳先生还远远地不止于此，他在自己深深挚爱着的鲁迅研究这项工程中间，竟前后掷下了四十余年的光阴，不住地摩挲玩味，沉思冥想，真是达到了如痴如醉的境界。他先是编纂出篇幅巨大的《1913—1983鲁迅研究学术论著资料汇编》，接着就开始从事《中国鲁迅学史》的撰述，终于取得了令人欣喜的成就。

宋代学者张载在《西铭》中所说的“贫贱忧戚，庸玉汝于成也”，真是丝毫也不错的。梦阳先生对此当会有异常深切的感受。中国历代优秀的知识分子，自古以来就都是十分严肃地追求着一种奋发图强的精神，从《易·乾》所说的“天行健，君子以自强不息”，直到《孟子·告子下》里所说的，“天将降大任于是人也，必先苦其心志，劳其筋骨，饿其体肤，空乏其身”，如此的刻苦自励，永不懈怠，肯定就能够做出明显的成绩来，不过像这样的独立特行，也实在是可歌可泣的。回顾梦阳先生在这四十余年之间不断地消解着忧患与获得欢乐的学术研究历程，真让我在唏嘘长叹之中，又感到由衷的钦佩。梦阳先生通过对百年来鲁迅研究中的种种著作与思潮的剖析和佐证，对其认知的逻辑、思维的方式和学术的范型等诸多的问题，都做出了精辟的剖析与确当的评价，于是就让我们在面对着这部汪洋浩瀚的鲁迅研究历史时，可以清楚地看出它发展的轨迹、突出的成绩与存在的问题，从而能够更好地认识和把握它前进的方向。百年来整部鲁迅研究的历史，确实是存在着不少曲折的过程，最为严重的当数从二十世纪五十年代后期所刮起的极左思潮，十分沉重地束缚和禁锢了它，使得它无法正常地前进，而到了“文化大革命”的浩劫期间，更是歪曲地利用鲁迅去贯彻当时的某种政治意图。直到这灾难的岁月终于过去之后，学术研究的气氛才逐渐趋于正常，并且达到了这半个世纪以来最为自由的程度，从而也使得鲁迅研究获得了长足的进展。梦阳先生对于此种决定着鲁迅研究进程的深刻的历史原因，也进行了颇能启人深思的阐述。《中国鲁迅学通史》和这部《中国鲁迅学史》在这些重要的方面所做出的贡献，确实都可以引起不少强劲的共鸣，像这样嘉惠士林的举措，真是功不可没的。

为什么要进行鲁迅研究，其终极的目的又究竟何在呢？巴人在1938年10月发表《超越鲁迅——为鲁迅逝世二周年纪念而作》，曾这样表示：学习与研究鲁迅的目的正是要超越鲁迅，“总有一日，以我们自己的力量，继之以我们的子孙的力量，而超越鲁迅”“这就是我们今天纪念鲁迅应该记住的话”。巴人的这些话语是说得很发人深省和令人振奋的。鲁迅作为一个思想如此深刻而又时刻关爱着整个民族的作家，确实是很难超越的。然而在人类的文明史向前发展的滚滚长河中，总是在开辟着永远不会终结的新颖的前程，后人一定会在种种有关的侧面，广泛地存在着超越前人的可能。我们确实都应该以极大的努力去提高自己民族的精神境界，而千万不要沉溺在平庸、琐屑和无聊的氛围里面；千万不要只满足于去做一些玩弄和炫耀知识的碎片，却对自己民族的命运漠不关心的“辁才小慧”之徒；千万不要兴高采烈地去诋毁和谩骂鲁迅这样巨大的精神文化现象；千万不要重复像屈原在《卜居》中所说的“蝉翼为重，千钧为轻，黄钟毁弃，瓦釜雷鸣”那样的状况。我们应该不断地向着深刻的思想挺进，向着关怀整个民族的道德境界升华，这也是进行鲁迅研究的终极的目的。

我与梦阳先生长期以来都在一起进行鲁迅研究的工作，常常切磋和探讨不少相关问题。每当在研究的过程中出现了某种顿悟的时候，他总会跟我仔细地交流意见。注视着他逐步深入的探索和不断前进的步伐，心里真感到万分的高兴。在祝贺他取得这个重大的成绩时，更盼望他继续向学术研究的高峰攀登。还要感谢《中国鲁迅学通史》责任编辑卢家明先生又为鲁学界做了一件好事——促梦阳先生将该书扩充、修订为《中国鲁迅学史》交由江苏凤凰文艺出版社李黎先生进行了精心编校并出版。今年“五四”运动和鲁迅研究都已经一百年了。“五四”运动的精神实质是陈独秀等先驱者在《新青年》中多次表述的“民主”与“科学”，即“德莫克拉西（Democracy）”和“赛因斯（Science）”，也就是“德先生”和“赛先生”。只有发扬“民主”与“科学”的精神才能研究好鲁迅。也是鲁迅终生不渝地宣传“民主”与“科学”，促使人们经历曲折更坚定了对“五四”精神实质的认识。所以“五四”运动与鲁迅研究几乎是同步而行的。1919—2019 这一百年值得进一步深入研究，从中总结可贵的经验与教训。这对于提高中国鲁迅学的学术水平和中国人的精神境界将很有裨益。

2019 年 10 月 9 日

目　录

下　编（2000—2019）

导　论

一　鲁迅本体与鲁迅映象
——百年中国一种重要的精神文化现象

（一）“精神诗性”——鲁迅的基本特征

宋代苏子瞻之徒讨论过如何给“精神”一词下定义的问题，结论为“精出为动，神守为静，动静为精神”。《淮南子》“精神”注则为：“精者神之气，神者人之守也。本其原，说其意，故曰精神。”《庄子·知北游》又有“澡雪而精神”一说。总而言之，不管怎么解释，都把“精神”解为人之灵气，生命之核心，灵魂之根柢。

西方大哲黑格尔更是看重精神，把精神看作是世界的本原，并有一部高深难测、超凡深刻的《精神现象学》传世。

精神当然不是世界的本原。世界是物质的，精神是物质发展的最高结晶——人脑和人的高级神经系统的属性，反转来又主宰人的思想意识和文化行为。

精神高于思想。例如说鲁迅思想深刻，无论怎样大论特论，都不能抵达鲁迅文学遗产的精髓，不能精准地概括鲁迅最本质也最独具的特征。我们说鲁迅是百年中国文学中思想最为深刻的作家，是很对的，但远远不够，还有一些作家思想也很深刻。但如果说鲁迅是百年中国文学史上一位最具有精神性的作家，就更恰当了，因为几乎是唯一的。鲁迅之后再无鲁迅。鲁迅之后的中国现当代文学，也再无精神性的作品产生，顶多具有一定的思想性。

精神也大于文化。“文化”这个词最早见于《易·贲》：“观乎人文，以化成天下。”其所指当包括诗、书、礼、乐、风俗、信仰以及与之适应的社会制度。以现代意义理解，文化则是人类的意识形态、生存方式、社会组成规则、个人行为模式以及精神的物化产品，如书籍、典章、艺术品等的总称。而文化虽然宏大，却涵盖不了精神，精神则可以容纳文化。因为精神是文化的核心和灵魂，主宰着文化的形态和走向。

所以，精神乃是地球上最美丽的花朵，宇宙间最绝妙的造化，人区别于动物的最主要的标志，人类思想意识与文化行为的最核心的主导。倘有精神，一个人即使如霍金那样肉身全部麻痹，只剩下一颗脑袋和三根乃至一根手指能活动，再至只能眨眼，也仍能在剑桥大学研究、讲授黑洞和宇宙的起源，进行最辉煌的创造，成为继爱因斯坦之后最伟大的理论物理学家；倘无精神，即使体魄强健，也只能是与动物无别，不过是行尸走肉、酒囊饭袋罢了。倘有精神，一个民族即使从形式上被灭绝了，也会最终挺起精神的脊梁，重振雄风；倘无精神，即使形式上仍很强大，表面上似乎更加繁荣，也早已从实质上被灭绝和同化了。因为有精神存在，所以宇宙才显现出了它的辉煌；精神不存在了，茫茫宇宙只是无知无觉的无边混沌。

人类史上有许多令人费解的现象：一个宗教领袖能使信徒们一代又一代、千百年来信仰、崇拜，如神魔一般控制着他们的灵魂，让他们年年都不惜一切地前往朝拜；一部宗教经典，也如有无穷法力，引得信徒们长年诵读，为其中的某个经义的解释而争论不休，甚至分成教派，引起战争。

其实，这都是精神的魔力在起作用。一个领导者，倘若仅是从行政上进行管理，无论多么严密，充其量也只能是优秀的行政长官，并不能控制人心，产生一种精神维系力；倘若能深入到人的精神核心中去，成为所谓精神领袖，就会像有了魔力，使亿万人发自内心地跟他前行，赴汤蹈火，在所不辞。一位作家，倘若仅是从文学上描写和反映人类的生活，无论多么优秀，充其量也只能是卓越的文学家或语言艺术家，并不能把握人的灵魂，使人们心向往之；倘若能直刺到人的精神深处去，淋漓尽致地将人的灵魂抖搂出来，予以曝光，在光天化日之下进行解剖，加以评说，成为人类精神的分析家，就会如一些精神领袖那样长久牵制着人们的心，无论是崇拜还是反对，都始终难逃他的辐射，总要把他当成一个热门话题，争论不休，研究不尽。思想是一种思维力和洞察力，精神却是一种升华到宗教层面的境界，在无神论的中国，这种精神性的作家和文学作品是极少的。而鲁迅就是这样的一位精神性的作家，他的作品往往充满了希望与绝望的悖论，是世俗逻辑的反向同构：以黑暗为光明，以坚忍为逃亡，以苦难为欢欣，以绝望为希望。文学是通过内面即黑暗的精神通道抵达上天，这就是文学的希望之路，也是中国文学获得拯救之路，但在这条路上，我们的传统资源几近无有。所以中国鲁迅学虽然持续百年，却仍然没有真正认识鲁迅的真谛，一些所谓的批评家往往攻击鲁迅的黑暗，就连鲁迅自己也认为自己的作品太黑暗，生怕贻害了青年读者。然而，正是在这一点上，鲁迅抵达了几乎无人可及的精神的近乎宗教的层面，成为孤绝的“精神界之战士”。

仅止于精神性，尚不能总括鲁迅的全人，还有一些文化人也具有相当强的精神性，譬如哲学家梁漱溟的精神性就很突出。虽不能与鲁迅相比，但也属凤毛麟角；但是他没有文学作品，并非鲁迅那样的文学天才。

鲁迅是一位孤绝的“精神界之战士”，但他的精神主要不是通过学术著作、理论概念表现出来的，而是透过卓绝的文学作品——小说、散文、杂文、散文诗和白话诗、旧体诗，迸发出惊世骇俗的精神的火焰。

包括在文化范围内的所有成功的文学作品本质上都是诗，鲁迅实质上是诗人，是“精神界之战士”式的“诗人”，“诗人”式的“精神界之战士”。因而笔者提出一个新的概念——“精神诗性”，用这个概念来概括鲁迅文学遗产的本质特征。

鲁迅这种以“精神诗性”为基本特征的作家在人类史上是极少的，在中国现代文学史上就成为唯一的了。这其实是人类史上的一种罕见的精神文化现象。

所谓精神文化，就是由灵魂深处辐射、迸发出的一种高层次的精髓文化。精神文化现象，就是这种精髓文化外显出的一种“在场”形态。它与一般的民俗现象不同，是一种深刻的、引发人的灵魂波动的精神“地震”，具有深邃的刺激力、宏大的震撼力和恒久的影响力。

（二）鲁迅本体与鲁迅映象

回眸百年来的中国精神文化史，无论你站在什么立场，持有什么观点，甚至怀着什么成见，都不能不正视这样一个重要的现象：一位文化巨人，身材瘦小，疾病缠身，仅生存了半个多世纪，著作不算浩繁，也没有鸿篇巨制，却能在生前就以雷霆般的精神力量震撼了中国精神文化界；身后更以其精神之力撼动着一代又一代人的灵魂，几乎所有的政治派别、文化群体都要对他做出反响，所有历史阶段的思想论争、精神碰撞都要迸发出他的火光，有的崇拜，有的赞颂，有的利用，有的扭曲，有的攻击，有的讥讽，有的谩骂。无论生前还是身后，他所遭遇的精神反弹都是无人可以比拟的。他的存在和对他的反响，构成了百年中国精神文化史上的一个重要景观，形成了一个不能不正视的重要的精神文化现象。

这位文化巨人，就是鲁迅。

笔者愿重申三十多年前在《1913—1983鲁迅研究学术论著资料汇编》第一卷《鲁迅研究学术史概述》开头所写过的话：

鲁迅是中国近代最伟大的天才之一。他作为“五四”文化新军最伟大和最英勇的旗手，作为中国文化革命的主将和伟大的文学家、思想家、革命家，以浩大的气势、猛烈的威力、锐利的笔锋、深湛的思想深入到文学、哲学、历史学、伦理学、社会学等各个文化领域，锋芒所向，几乎无不引起带整体性、全局性的深刻革命，在中国近代思想史、文化史和文学史上创立了奇迹般的功绩。他去世后的近五十年，人们日益感到他的伟大和重要的历史地位，特别是当以后的历史实践日益证明他思想的深刻性和预见的正确性时，人们不禁要回首仰视这位文化巨人的巍峨雄姿，发出啧啧惊叹之声。

这就是鲁迅在笔者心中映射出的形象，与别人心中的鲁迅形象可能一样，更可能不一样。鲁迅本体只有一个，在人们心中映射出的鲁迅形象，我们简称为“鲁迅映象”，却是无限多样的。的确是一千个鲁迅读者心中有一千个鲁迅映象。鲁迅本体的唯一性与鲁迅映象的多样性之间，存在着复杂、微妙的内在联系。

唯一的鲁迅本体之所以如此恒久地产生如此强烈、深刻的无穷多样的鲁迅映象，首先是由其自身的精神性所决定的。

鲁迅从走上文学道路的第一天起，就有一个与其他作家迥然不同的突出特点：不是为了描摹生活，也不是为了自抒胸臆，更不是为了写出华章美文以留才名，而是为了改变中国人的精神，他始终把改变人的精神当作提倡文艺运动的“第一要著”。这是因为鲁迅从一开始就高度重视人类的精神文化现象，他在二十世纪初写的《文化偏至论》中，就突出强调“精神现象实人类生活之极颠”。逆过度崇奉物质而抹杀精神的世纪潮流而动，主张兴作渊思冥想之风，复苏自省抒情之意，“尊个性而张精神”。在另一篇重要论文《摩罗诗力说》中，又大声疾呼发扬国民精神，在荒落的中国思想界苦苦求索“精神界之战士”。自此，探索人类的精神现象，致力中国的精神革命，贯串了鲁迅的一生。

鲁迅浸染了某种宗教式的精神性。这种吸摄人们灵魂的精神领袖式的鲁迅本体的精神性又不是一般性的，而是具有一种非同一般的深邃性，深入到了人类的精神根柢。鲁迅青年时代的奋斗是在“既非赞同，也非反对”的无边寂寞中告终的。辛亥革命之后，他更是陷入了失望之中，在北京绍兴会馆里抄古碑，辑录《嵇康集》，猛攻佛经。他曾对至交许寿裳说道：“释伽牟尼真是大哲，我平常对人生有许多难以解决的问题，而他居然大部分早已明白启示了，真是大哲！”[①] 释伽牟尼这位大哲究竟启示鲁迅解决了哪些问题呢？鲁迅没有直接说出，但是从他的著作中可以体悟出来，他毕生都在探索着生死有无这些宇宙人生的根本问题。他认为：“在进化的链子上，一切都是中间物。”[②] 终其一生，都以极为清醒的“中间物”意识，冷峻地对待人的生死、宇宙的有无，一一消解形而上学的终极实体，不承认永恒的存在，拒绝逃离世间的逍遥超脱，宁愿在苦难中、在毁灭中亲证反抗绝望的生命哲学。那有名的“过客”正是鲁迅的自喻，拒绝一切施舍和诱惑，也拒绝一切希望，为了反抗绝望而悲壮地前行。鲁迅虽然并不信仰什么宗教，却有一种独特的“佛缘”，从释迦牟尼那里获得了知音，浸染了某种宗教式的精神性，也获得了吸摄人们灵魂的精神领袖式的魅力。而且，“他的知人论世，总是比别人深刻一层”[③]，看事论人总能楔进根柢，上升到耐人寻味的哲学境界，因而以后无论是有关中国传统文化的论争，还是有关人类前途命运的讨论，都无法回避鲁迅所曾提出的这些根柢性的富有哲学意味的问题。

鲁迅深邃的精神性又不是以抽象说理的方式表达出来的，而是用富于形象性的“诗性”的艺术手段予以表现的，因而传播广泛，影响深远，反响也必然强烈。例如“精神上的胜利法”这一理论上的独创性的发现和概括，就是通过阿Q这个不朽的艺术典型活生生地表现出来的，这就比一篇论文的影响不知大多少倍了。鲁迅关于

---

① 许寿裳：《亡友鲁迅印象记》，中国社会科学院文学研究所鲁迅研究室编：《1913—1983鲁迅研究学术论著资料汇编》（以下简称《汇编》）第4卷，中国文联出版社1987年版，第521页。

② 鲁迅：《坟·写在〈坟〉后面》。

③ 许寿裳：《亡友鲁迅印象记》，《汇编》第4卷，第524页。

中国历史和封建传统的许多论断，也都是用形象的话语表达的，例如在“五四”文化革命的第一声呐喊《狂人日记》中把中国四千年的历史概括为“吃人”二字；在杂文《灯下漫笔》中把“所谓中国的文明”概括为“安排给阔人享用的人肉的筵宴”；晚年在《答徐懋庸并关于抗日统一战线问题》中对新奴隶主特征的描绘，《病后杂谈》中把“历史的恶性循环”说成是“大明一朝，以剥皮始，以剥皮终”，都以极为鲜明的形象给人以强烈的印象与深刻的启悟，不管你赞成还是反对，都会受到尖锐的刺激，产生激烈的反响。

而且鲁迅的这种深邃而形象的精神性的辐射面又极为广博，古今中外、三教九流无不涉及，这样引发的反响也必然极为广泛，几乎牵动了各个阶层的神经，令读过鲁迅的人无不做出反弹。

并且，鲁迅的这种深邃、广博、形象的精神性又是极为锐利的。中国历史上恐怕没有任何一个人像鲁迅那样直面人生，正视残酷的现实，撕破“瞒和骗”的面纱，将现世中的各类人们的灵魂无情地抖搂出来，对丑陋者予以辛辣的讽刺与毫无情面的评说，令人或者恼火，或者震惊，或者反击，或者醒悟，无不产生震撼人心的反响。鲁迅不愧是一位人类精神的分析家，中国人灵魂的最为尖锐、深刻的解剖者，民族精神的最为精警、深邃的反省者和民族脊梁的最为突出、坚韧的代表者。仅从这点说，他就无愧于“民族魂”的称号。

鲁迅就是这样一个深邃、广博、形象、尖锐的精神实体，一个长满芒刺、充满悖论的矛盾体。引发长久、多样、强烈的反响，出现各种各样的鲁迅映象，完全是必然的。

鲁迅临终前不久，在杂文《这也是生活》中强调给名人作传要顾及全人和他所处的生活状态，不要一味突出某一特点或某一片面，倘若抓住一点，不及其余，“于是所见的人或事，就如盲人摸象，摸着了脚，即以为象的样子像柱子”。这段话在一定程度上也预言了他身后的遭遇：多少年来，人们对鲁迅的认识，也有盲人摸象的意味，摸着脚的人以为像柱子，摸着耳朵的以为像大蒲扇，摸着牙的以为像尖石，摸着肚子的以为像土山，结果全不符合真相。

这里存在主观与客观两方面的原因：鲁迅作为客观对象实在是太复杂、太多棱角和侧面了，对他的认识很容易只见一面而忘全人；作为鲁迅的认知者，主观上又往往失之简单、片面，不能以复杂多极的思维方法全面地认识鲁迅。所以，仅从认识论根源和思维方法上考察，就会发现唯一的鲁迅本体产生无穷多样的鲁迅映象的必然性：面对极为复杂、多棱角、多侧面的鲁迅本体，在处于多种不同视角、不同地位的认识者心中必然出现无穷多样、形形色色的鲁迅映象。

同时，对鲁迅的认知还受到不同历史阶段的制约，各个历史阶段都只能从当时时代环境的具体范畴内认知鲁迅，不可能超越时代，也不可能割断与过去时代的历史联系。各个历史时代从当时的理论高度正确地反映鲁迅本体或某个方面的鲁迅映象，都有其不可否定的历史价值。这些鲁迅映象之间的关系是共生互补、互相衔接的，而不是相克互灭、不可共存的。如二十世纪三十年代瞿秋白，四十年代毛泽东，五十年代陈涌，八十年代王富仁、钱理群，九十年代汪晖等的鲁迅映象，就是共生互补、互相衔接的，后人不应否定前辈，前辈也不必压制后人。正是各个历史阶段的包含正确因素的鲁迅映象所构成的学术链，组合成了逐渐趋近于真相的鲁迅映象，对鲁迅的认知史就是这样不断发展的。

所以，要认识复杂的鲁迅，就必须具备复杂的头脑和科学的精神，也就是“五四”的科学、民主精神，从各个视角、各个侧面去进行观察，包容各个历史阶段的具有正确因素的鲁迅观。否则，是不可能全面、正确地认识鲁迅的。这就是长达近一个世纪的鲁迅认知史反复证明的真理。

以上是从认识论根源、思维方法和不同历史阶段不同认知的视角出发，考察鲁迅映象多样性的原因，由于这种原因而产生各种各样的鲁迅映象都无可厚非，以后注意提高认识水平、改进思维方法就是了，只要努力，就会逐步产生趋近于真相的鲁迅映象。严重的是还存在内心动机的问题，因为鲁迅是一个巨大的精神存在，他无比显赫的声名和无法抵御的影响使有些人想利用他，有些人想抹杀他。

想利用他的人，往往采取“神化”的方法捏造出一个假鲁迅，唯自己的功利目的是用。

想抹杀他的人，往往施展“丑化”的手段，也捏造出另外一种假鲁迅，以攻击为能事。

还有另一种人，他们既无“神化”之力，又无“丑化”之能，而是不愿有人比自己更突出，就以小市民之心度鲁迅之腹，硬要把这位多少年才能出现一个的伟人拉到与自己一样的水平线上，“俗化”鲁迅，同样也是在按照自己的臆想捏造假鲁迅。

这样，就必然产生多种多样、更加稀奇古怪的鲁迅映象，其中有真有假，令人眼花缭乱、难以辨别，不禁为之惊讶。

（三）都是一种精神文化现象

其实我们大可不必为之惊讶，因为无论是鲁迅本体，还是由此而产生的形形色色的鲁迅映象，都是一种正常的、客观存在的精神文化现象。

如前所述，所谓精神文化，就是由灵魂深处辐射、迸发出的一种高层次的精髓文化。精神文化现象，就是这种精髓文化外显出的一种“在场”形态。它与一般的民俗现象不同，是一种深刻的、引发人的灵魂波动的精神“地震”，具有深邃的刺激力、宏大的震撼力和恒久的影响力。而在百年中国，鲁迅正是这种高层次精髓文化最突出的代表，他在二十世纪之初就如闪电一样刺破了近代中国的精神阴霾，在新旧转型的精神变革时期起到了超人般的作用。因而也引发了直刺中国人灵魂的精神“地震”，产生了各种各样的反响和形形色色的鲁迅映象。如今，这种精神转型非但没有过去，而且碰撞更为激烈，斗争更为深入，反响更为多样，映象更为驳杂，当是十分正常的。如果在这个时期，鲁迅引起不了人们的注意，也产生不了什么反响，或者有反响也是清一色的赞颂，还是那板着面孔、一味斗争的鲁迅映象，倒是反常的了。

总之，百年来的中国鲁迅学史，其实就是一部“鲁迅映象”与

"鲁迅本体"之间不断背离又不断契合的历史。探讨二者之间的关系，从认识论角度寻出背离或契合的原因，并找出认识论之外的诸种政治、社会和人事等动因，追溯其中根源，做出史的评述，当是中国鲁迅学史的主旨。

需要做的工作就是对各种各样的反响、形形色色的鲁迅映象及其与鲁迅本体的关系进行科学的分析。

二　鲁迅研究的科学形态
——鲁迅本体的趋近性还原

（一）鲁迅映象的多样性与鲁迅研究的确定性

鲁迅映象是多种多样、形形色色的，但是否都属于鲁迅研究的范畴呢？不是的。即使历来被从名义上划归为鲁迅研究的某些论著，从严格意义上说也并非科学形态的鲁迅研究。

什么是科学形态的鲁迅研究呢？一言以蔽之，科学形态的鲁迅研究就是对鲁迅本体的趋近性还原。历来的以鲁迅研究为论题的著作浩如烟海，其中很多是"我注六经"或"六经注我"，借鲁迅以发挥自己的观点，达到自己的目的；还有很多是仿照前人的既定模式进行诠释，没有自己的观点。人皆有说话的权利，他们愿意这么说、这么写，我们无法干涉，但是作为科学形态的鲁迅研究来说，不应该这样做，而必须把趋近性还原鲁迅本体作为自己的宗旨。因为尽管鲁迅映象无穷多样，鲁迅本体却只有一个，具有无可改换的确定性，作为科学形态的鲁迅研究是以趋近性"还原"这个确定的唯一的鲁迅本体为标准的。

所谓以趋近性"还原"为标准，就是坚持"面对实事本身"的原则，致力于"让人看到实事本身"，借用海德格尔在《存在与时间》中从希腊文词义上对现象学的解释来说就是："让人从自身展示之物出发，如它从其本身所展示的那样来看它。"从认知逻辑和思维方式上说，是排除了认识论和本体论的先期假设，努力科学地“还原”鲁迅和他所处时代环境的、本来的、不附加任何外来成分的真实面貌和固有特征。从学术范型上说，是以求真、求实为最高标准。二十世纪八十年代提出的“回到鲁迅那里去”的口号代表了鲁迅研究界向这一类型回归的意向。当然，完全“回归”鲁迅本体、达到“还原”是不可能的。古希腊哲学家、辩证法奠基人赫拉克利特说过：“人不能两次踏入同一条河流。”因为万物皆变，此河流已经不是彼河流了。不错，一切都在变化，很多事情根本无法回到过去。

追求史事之本真是历史研究的终极目的之一。人们与历史总是渐行渐远，正所谓“秋水时至，百川灌河，泾流之大，两涘渚崖之间，不辩牛马”（《庄子·秋水》）。要追寻其真实面貌，尤为繁难，但仍需要为此孜孜以求者。

所以，对于历史上的人和事，只能努力寻找“近于真相”的史实，不可能完全“还原”，只可能“趋近”，因而改提“返真”。

只有追求史事之本真，努力揭示“近于真相”的鲁迅和他所处的历史时代，才可能促使人们逐步提高对鲁迅的科学认识，从中汲取营养，获得经验。无论是正面的，还是负面的，都有益于民族思维境界的升华。

胡适说：“凡论一人，总须持平。爱而知其恶，恶而知其美，方是持平。”（胡适 1936 年 12 月 14 日复苏雪林信）“返真”型的鲁迅研究又分为两种：一种是实证型，致力于史实、著作和全部有关资料的搜集、考证、注释，努力“返真”鲁迅本体的“原本性”的“原印象”；一种是理论“返真”型，以鲁迅本体的“原印象”为基础，在不断的反思中，努力“返真”鲁迅固有的“原真性”的精神特征和特有的艺术表达方式。这种“原真性”不是在直向思维中对意识客体直接把握的“原本性”，而是对各种意识行为内在实质的感受与把握，所以只有在反思中才能显现出来。

因此，在诸多鲁迅研究类型中，只有“返真”型才是鲁迅研究的科学形态，只有它称得上是一门学问。当然，这种研究类型不能以口头的自诩为标志，在口头上，所有的学派和研究者都是自称“求真”“求实”的，任何人都不会说是在搞伪学术，但是一究诘实际，就大不一样了；还不能以对鲁迅是赞颂还是批评为分水岭，鲁迅当年就曾以郑板桥的两句诗赠人：“搔痒不着赞何益，入木三分骂亦精。”① “搔痒不着”的赞颂，只能表明其人的平庸，在学术史上毫无价值，而原创性的“入木三分”的批评倒可能有其不可抹杀的意义。关键在于是否在学术研究中真实地贯彻了“返真”的原则。

（二）鲁迅研究与鲁迅本体

科学形态的“返真”型鲁迅研究纵然力图真实地返还鲁迅本体，却永远不可能完全如愿。

海德格尔有一句名言：“环视（Umsicht）在发现着，这就是说，已被理解的‘世界’在被释义。”倪梁康对此做了这样的解释：“我们自以为在发现世界，实际上，我们所发现的世界是我们已理解的那个世界。”② “返真型”鲁迅研究学者力图真实地返还鲁迅本体，但是他们所返还的鲁迅映象只是他们已理解的那个鲁迅，与客观存在的鲁迅不能完全契合。作为“此在”的理解与作为“存在”的被理解者之间，有一种相互依存又不可能等同的关系：“此在”应力图理解“存在”，“存在”也要依赖“此在”外显自己的场所和情景；然而，“此在”永远不可能完全理解“存在”，“存在”也永远不可能依赖“此在”完全外显自己的全貌。

鲁迅本体可分为内、外两部分：本体内部的著作、思想、生平、本体所处的外部时代环境以及外界精神文化思潮的影响。就本体内部的研究来说，研究者可以越来越深入、细致、完整地理解和阐释鲁迅本体的内涵，却永远不能穷尽其中的意蕴，达到完全的契

---

① ［日］增田涉：《鲁迅传》，《汇编》第2卷，中国文联出版社1986年版，第633页。

② 倪梁康：《现象学及其效应——胡塞尔与当代德国哲学》，生活·读书·新知三联书店1994年版，第180页。

合；就本体外部的处境和影响来说，研究者可以越来越真实、系统、全面地了解其中的全貌，却不能完全再现其当时的场所和环境。

而从研究者的主体来说，无论他怎样客观、冷静，都不可能不带主观色彩，不可能脱离他所处时代的具体语境，他所力图返还的鲁迅终归还是他心中的鲁迅，不可能与存在着的鲁迅完全一致，只能实现趋近性的“返真”。

（三）宗旨是趋近性“返真”以及“返真”下的现实观照

尽管永远不可能达到完全性的“返真”，科学形态的鲁迅研究还是必须以“返真”鲁迅本体作为自己的根本宗旨。因为倘若不以此为根本宗旨，离开了求真求实的根本原则，就失去了基本的学术规范，就会距离鲁迅本体更为遥远，完全不能称之为科学形态的学术研究了。

那些从功利出发，借鲁迅以发挥自己观点的，甚至把鲁迅当作工具，任意扭曲，为自己的功利目的服务的，或者蜷缩在奴性窠臼中以诠释、模拟他人观点为能事的人，我们纵然只能从学理上予以抵制和批判，没有办法限制人家说话的权利，但是在研治学术史中，却可以把其划在科学形态的鲁迅研究之外——尽管你有说话的自由，却不能进入科学形态的学术领地。在这个严肃的领地里，只能以求真求实的趋近性“返真”为宗旨。也正是因为经过艰难努力才能趋近鲁迅本体，稍一放松就会偏离真实，所以我们才更有必要强调这一宗旨，明确地做出这样的定论：科学形态的鲁迅研究——鲁迅本体的趋近性“返真”。

当然，我们又不是为了“返真”而“返真”，而是为了从鲁迅那里获得对现实的借鉴而努力“返真”鲁迅本体和他所处的历史语境。所以，鲁迅学的宗旨应该是鲁迅本体的趋近性“返真”以及“返真”下的现实观照。

三　鲁迅学

——科学形态鲁迅研究的学科化形态

（一）什么是鲁迅学？

鲁迅研究的科学形态是鲁迅本体的趋近性“返真”，那么，究竟什么是鲁迅学呢？

鲁迅学是科学形态鲁迅研究的学科化形态。所谓学科化，就是发扬求实求真的宗旨，使鲁迅研究上升到体系化、理论化、专业化的境界，成为一门独立的学科。

鲁迅学这门独立的学科包含以下三个层面：

第一是本体“返真”层。这一层可分为内学与外学两大体系。内学体系是对鲁迅本体的著作、思想、生平、人格的“返真”与阐释；外学体系是对鲁迅本体所处外界时代环境以及外部精神文化思潮影响的“返真”与阐释。内、外学两大体系又不是截然分开的，而是在相互交叉、相互融通的还原与阐释中共同构成了鲁迅精神文化实体。

第二是历史反思层。这一层是在本体“返真”层的基础上，把鲁迅本体置于整个人类精神文化的历史范畴内进行评估，对鲁迅的历史价值及其局限性进行理性的评价与反思，并由此抽出一些带有人类深层共性的规律性的东西。

第三是现实观照层。这一层是在本体“返真”、历史反思的基础上，对鲁迅在现实精神文化生活中的正负面意义进行观照和探讨。

这里需要特别提请注意的是第二层所说的鲁迅的“局限性”与第三层所说的鲁迅的“负面意义”。这两点都颇有些冒天下之大不韪，令人误以为是对鲁迅的不敬。其实并非如此，作者是怀着对鲁迅先生的无限敬意并力图以鲁迅的精神和思维方式，思虑再三后才写出这两点的。无论多么伟大的人物都有其不可避免的“局限性”和“负面意义”，鲁迅是人，而不是神，不可能超脱在外。鲁迅最可贵的地方正是始终强调自己是历史的“中间物”，始终不断地无情解剖着自己，克服着自己，从而不断前进。他也始终盼望听到切中“真症候”、“入木三分”的中肯批评，那种只知一面赞颂、不会全面分析的态度正是违背鲁迅精神、违反科学的辩证思维方式的，是一种低级、片面、蒙昧的精神状态，是为鲁迅所不取的。鲁迅学既是正宗鲁迅研究的学科化形态，是一门独立的人文学科，怎么能不讲科学，不讲功过正负两面的全面分析呢？

鲁迅既然是一个人，而且是一个最为深刻、复杂的人，还是一个对人有最深刻研究的人，那么鲁迅学就是一门研究一位最深刻的人并对他对人的研究进行再研究的特殊的人学。

而人最突出的特征、与动物的最主要的区别就是精神，因此人学的主要研究对象就是人的精神，作为一门特殊人学的鲁迅学的主要研究对象也必然是人的精神，而且是一种最为深刻、复杂的人的精神——由鲁迅的精神和鲁迅对人的精神的研究所构成的鲁迅精神文化实体。所以，鲁迅学又是一门精神学。

推而广之，由于鲁迅本体极为强烈、深邃的精神性以及鲁迅与古今中外特别是百年中国精神文化现象有着极为紧密的联系，是其一个侧影，所以研究鲁迅学，必然也要研究古今中外特别是百年中国精神文化现象史，所以鲁迅学从一个侧面来说，又是一门以鲁迅为视角研究精神文化现象史的学问。

因此，简明地概括起来说，鲁迅学就是一门以鲁迅这个人和他的精神、著作、思想、艺术及其所处时代环境、相关的精神文化现象史及由此构成的以鲁迅精神文化实体为研究对象，对鲁迅的历史价值及其局限性做历史反思、对鲁迅的正负面意义做现实观照的独立的人文学科。

（二）鲁迅学形成的学科条件及其本质特征

那么，为什么鲁迅研究能够形成自己独立的学科，其他许多的作家研究都无此幸运呢？

这主要是由作家自身的条件所决定的。

世界上已经有相当一批人物研究甚至作品研究形成了独立的学科，足以称为国际性的“显学”。如英国的莎士比亚学，德国的歌德学、黑格尔学，法国的司汤达学、巴尔扎克学，希腊的荷马学，意大利的但丁学，甚至《红楼梦》这部书的研究也形成了“红学”。这并不是由外部的人为条件所决定的，而是由于这些人物研究或作品研究具备以下条件：

广博性 所有形成独立学科的人物或作品，无不具有百科全书的性质，几乎囊括当时一个时代、一个民族的全部文化精华，涉及哲学、文学、美学、历史学、社会学、心理学等各个人文科学领域，有的还深入到自然科学范围，反映了社会生活与精神生活的各个侧面。莎士比亚的戏剧，几乎反映了当时英国社会的所有方面，涉及了政治、经济、哲学、历史、文学、心理学等各个人文科学领域。歌德，不仅在文学、哲学、伦理学、历史学等诸方面达到了时代的高峰，而且在博物学等自然科学领域具有很深的造诣。但丁的《神曲》，实质是人类从封建的中世纪向现代资本主义纪元转折时期的百科全书。而曹雪芹的《红楼梦》则是中国封建社会的百科大全。总之，只有具有充分的广博性，才可能为人物研究或作品研究的学科形成打下坚实、深广的基础。

深刻性 形成独立学科的人物研究或作品研究，其研究对象还必须具有深刻性，深入到当时社会的最深处、人们灵魂的最深处。但丁《神曲》的深刻性，几乎达到令人颤悚的程度。莎士比亚的《哈姆雷特》揭示了人类灵魂最深处的东西。曹雪芹的《红楼梦》使人们心灵深处感到震撼。这些伟大作家和伟大作品所包含的思想文化底蕴几乎是深不可测的，不知多少代人一层层地深掘下去，不仅没有穷尽，而且会时时出现更深刻的认识。只有经得起人的思想钻探机一代一代无穷深钻下去的人物研究与作品研究，才可能逐步形成一门独立学科。

独特性 无限广博的学识与巨大的思想深度相结合，往往会形成一种独特的艺术风格与人格形象，在世界文化中往往是独一无二、独树一帜的，如珠穆朗玛峰一般突兀独立于群山之中，超越了平庸，超越了凡尘，引起世代学人的注目，激发起学者们浓厚的研究兴趣，盎然而往，经久不衰。只有这样，才可能形成一门独立学科所需要的规模与深度，也才可能具有独特的研究意义。

当代性 任何一门兴盛的学科研究，无不具有当代性。诚如钱钟书先生在《古典文学研究在现代中国》一文中所说："近代一位意大利哲学家有句名言：'在真正的意义上，一切历史都是现代史。'古典诚然是过去的东西，但是我们的兴趣和研究是现代的，不但承认过去东西的存在并且认识到过去东西里的现实意义。"① 是的，与当代现实毫无关系的学问，无论多么高深，都不可能形成热点。无论是宣布入世还是标榜隐世，从实质上说，所有学者的学术活动，都直接或间接地与现实有关，是明确或隐晦地从当代现实需要出发的。只是角度不同、层次不同，有远近、深浅、显隐之别罢了。"承认过去东西的存在"与"认识到过去东西里的现实意义"，正是文化遗产研究的两大任务，而又以后者为重。一位作家、一部作品的资料挖掘、整理、辨析，到一定阶段，可能有穷尽或饱和之感，但是从不同时代理论思维的高峰与人文科学的新境上去观照与分析，却又会出现新的认识、新的观念，达到更深的层次，拓展更多的侧面，永远不会穷尽。当然，这种与当代现实联系的紧密程度，首先取决于作家、作品本身所包含的思想文化内涵与时代距离的远近。因此，能够形成一门独立学科的人物研究或作品研究，必须具备当代性，符合时代的深层次需要。不过，时代是不断变化的，此时不十分需要的，彼时可能需要，所以一门独立学科的兴衰冷热也可能起伏变化。有些人物研究或作品研究在某一时代十分兴盛，后来却逐步衰退了，将来又可能重振，这都是时代使然。

除了以上四点自身条件之外，一项人物研究或作品研究能够形成一门独立的学科，还必须具备相当程度的研究历史、研究规模与

---

① 钱钟书：《古典文学研究在现代中国》，载《明报月刊》1979 年第 9 期。

研究队伍，并且建立某种形式的专门研究机构。例如莎士比亚学、歌德学、黑格尔学等，都已经有上百年的历史，整理了系统的研究资料，出版了大量的研究著作，成立了专门的研究机构，形成了国际性的规模，在各个国度都出现了相当数量的研究专家，并具有广泛的群众影响。

现在回过头来审视鲁迅研究，就会感到鲁迅研究正好符合形成独立学科的全部条件。我们在论述鲁迅本体的精神性时谈过一些鲁迅自身所具备的优越条件，这里还有必要按照学科的形成条件做进一步的阐发。

广博性 鲁迅著作的广博性，不仅在中国百年精神文化史上少有比肩者，而且在五千年精神文化史上也是罕见的，在世界精神文化史上同样是屈指可数的。其著述涉及了哲学、政治、历史、文学、社会心理学、精神现象学等各个人文科学领域，并深入到了自然科学范畴，不愧是中国近代社会、人情世俗的百科全书。要了解中国，就不能不懂鲁迅。

深刻性 这是鲁迅思想最突出的特点之一，他对中国国民性与中国社会的深刻认识以及思维方法的科学性、思辨性，迄今为止，无人企及，其深刻内涵远未挖掘穷尽。这看来是广大鲁迅研究学者需要继续奋斗若干年后才能更见成效的艰巨任务了。

独特性 鲁迅思想、人格以及由此构成的文体风格、艺术笔法的独特性，是人类精神文化史上的一个特异现象。单是分析、研究这种独特性的内涵及其形成原因，就值得写一系列厚重的专著，成为一种独特的学问。

当代性 在中国文化名人中，与当代中国社会现实联系最紧密、最深刻的是鲁迅。有人说，如果鲁迅研究能够成为一门独立学科，那么李白、杜甫、司马迁等文化名人的研究也都可以独立成学了。笔者并不否认这些文化名人的研究有这种可能性，但是无论如何，建立鲁迅学的现实必要性的确比其他文化名人之学大得多。因为鲁迅对于中国当代社会现实的价值与意义，实在是其他文化名人无法比拟的。

除了鲁迅及其全部著作本身具有形成独立学科的充分条件之外，鲁迅研究的历史之悠久、规模之深广、成果之丰硕、队伍之壮大，也是其他文化名人研究无法比肩的。

由此可见，鲁迅研究形成一门独立的学科——鲁迅学，是水到渠成、自然而然的事。

作为一门独立学科，鲁迅学又具有以下三点本质特征：

体系化 钱钟书先生在《管锥编》第四册《全梁文》卷论昭明《文选》中指出："考据言'郑学'，义理言'朱学'之类，乃谓郑玄、朱熹辈著作学说之全，非谓一书也。"① 所以由人物研究发展形成的专门学科，是指这位人物的全部著作及其蕴含的意义和独特的方法、风格、境界，是以该人物独特的深刻思想为核心，涉及人文科学的各个领域，延及他所处社会的各个角落特别是各阶层人们的心灵深处，所结构成的一种特殊的精神文化体系。例如，从某种意义上说，歌德学就是以浮士德精神为核心，涉及当时德国人文科学以至自然科学的各个领域，触及普鲁士社会的各个角落特别是各阶层人们的心灵深处，所结构成的一种永不满足地追求现代科学、力图从中世纪封建束缚中解脱的精神文化体系。但丁学则是以但丁的求索精神为核心，涉及当时意大利人文科学以至自然科学的各个领域，触及佛罗伦萨市民社会的各个角落特别是市民阶级与封建贵族之间的心灵冲突，所结构成的一种人类从中世纪向新纪元转折的新旧交替时代的精神文化体系。而鲁迅学则是以鲁迅对中国封建社会传统心理的彻底批判精神为核心，集他改造中国国民性的诸种思想之大成与所融汇的中西文化之精华和他运用讽刺笔法对中国近代世俗社会所做的深刻描绘，所结构成的一种新旧转型时代的精神文化体系。

跨学科 这样，鲁迅学就不可能局限于文学这一门学科之内，它必然如鲁迅本体那样具有很大的广博性，横跨哲学、政治、历史、文学、社会心理学、精神现象学等各个人文科学领域，并深入

① 钱钟书：《管锥编》，中华书局 1986 年版，第 1401 页。

到自然科学范畴，是跨学科、综合性的特殊学科。

精神性 由于鲁迅本体所内含的极为深邃的精神性和哲学意味，鲁迅学也必然具有异常突出的精神性，是一种带有宗教特性又并非宗教的深刻的精神哲学，并与所处时代的精神文化背景有着密不可分的联系。

总之，从本质特征上看，鲁迅学是一门跨学科、综合性、体系化的精神文化方面的学问。

（三）鲁迅学研究的性质、方法及其意义

鲁迅学研究属于什么性质呢？

非常明确，这是一种中立性研究。

胡塞尔有一句名言："现象学展示了一个中立性研究的领域，在这个领域中有着各门科学的根。"① 所谓"中立性研究"，就是一种"排除成见""面对实事本身"的研究态度，是要超越阶级、政党、集团的局限，从人类精神文化史的广阔视域审视鲁迅这一精神文化实体在历史上的地位与现实中的意义。

这又颇有些冒天下之大不韪，历来都宣称鲁迅研究具有鲜明的阶级性和政治倾向性，怎么在这里宣扬起超阶级、超政治的人性论观点呢？

其实，大可不必如此大惊小怪。从人类精神文化史的广阔视域审视问题，恰恰正是符合马克思主义观点和无产阶级利益的。马克思主义的一个最基本的观点就是：无产阶级只有解放全人类才能解放无产阶级自己。因此，只有从人类精神文化史的广阔视域审视问题，才能寻找到最符合无产阶级利益的正确道路。那种口头上一味突出无产阶级的利益而要以暴力消灭其他所有阶级的人，恰恰是不代表无产阶级利益、只为一己集团利益服务的独裁者，是从根本上违背了马克思主义。

从认识论和思维方式上说，马克思主义也一再强调观察问题的

---

① 倪梁康：《现象学及其效应——胡塞尔与当代德国哲学》题词，生活·读书·新知三联书店 1994 年版。

客观性。马克思主义要求我们按照世界的本来面目认识世界，不附加任何外来的成分。恩格斯说过："想研究科学问题，首先要在利用著作的时候学会按照作者的原样去阅读这些著作……不把著作中原来没有的东西塞进去。"[①] 其实就是教导人们在认识世界、研究科学时，要"排除成见""面对事实本身"。鲁迅同样是最清醒的现实主义者，他总是冷静得近乎残酷地观察着客观现实，无情地揭露现世，包括自身的种种弱点和丑陋之处，呼吁人们挣脱"瞒和骗的大泽"，对那些自欺欺人的虚假作风痛恨至极，怎么可能反对"面对事实本身"的科学态度呢？

所以，"中立性研究"无论从哪个方面来说都不违背马克思主义的基本原理和鲁迅本人的精神。

同时，在大规模的阶级斗争硝烟散去以后，所有的阶级都应对自己走过的历程进行冷静的自省和反思，看看哪些是对的，应该坚持；哪些是错的，应该纠正。检验真理的唯一标准就是整个人类的历史实践，有利于人类进程和人民幸福的就是对的，就应该坚持；反之，就是错的，就应该纠正。鲁迅先生苦斗一生，就是为了后代能够"幸福的度日，合理的做人"[②]，后来倾向无产阶级，也是由于"确切的相信无阶级社会一定要出现"[③]，为了人类有一个美好的未来。所以，他肯定不会反对以整个人类的历史实践检验自己的思想和言行。

何况，科学就是以人类的客观实践为唯一的真理标准的，鲁迅学要成为一门科学，也必须这样做。

总而言之，鲁迅学研究属于一种从人类精神文化史的广阔视域审视鲁迅这一精神文化实体在历史上的地位与现实中的意义的"中立性研究"。

确定这样的性质，正是鲁迅学上升到科学境界的需要。

---

① 马克思：《资本论》第3卷，人民出版社1975年版，第26页。
② 鲁迅：《坟·我们现在怎样做父亲》。
③ 鲁迅：《且介亭杂文·答国际文学社问》。

随之，鲁迅学研究的方法也应发生变革：不再是以鲁迅的是非为是非，也不是以某一阶级、政党、集团的功利为是非，更不是谀墓式的“神化”，进行宗教式的崇拜，而是以整个人类历史实践的进退得失为判断是非的唯一标准，对鲁迅这一精神文化实体在历史上的地位与现实中的意义进行历史主义的评价与全面、辩证的分析，运用科学的阐释学方法对其内涵做多角度、多侧面的深入阐发。

鲁迅是经得起这样的检验和评判的，因为他是鲁迅，而不是别人。

在从性质和方法上实现了这样的变革之后，鲁迅学就会具有真正的科学意义。

四　鲁迅学史
——鲁迅学缘起、发展及其精神文化背景转换、变迁的历史

（一）什么是鲁迅学史？

鲁迅学是科学形态鲁迅研究的学科形态，那么，仅仅把一个世纪的鲁迅研究论著资料收集完备，按时间顺序加以排列和评述，充其量只能算是资料长编，虽然是治史的必要基础，却不能称之为史。要做出能够称之为史的鲁迅学史，第一要义就是须做辨析的工作，把科学形态的鲁迅研究从非科学形态的甚至谬误的诸多鲁迅映象中剥离出来，从而显现出鲁迅学的缘起、发展史。

对海德格尔来说，历史就是去蔽的历史。所谓“去蔽”，意味着“排除成见”、去掉遮掩真实的蔽障，“面对事实本身”。那些非科学形态的甚至谬误的诸多鲁迅映象，正是遮掩科学形态鲁迅研究的蔽障，要显现鲁迅研究的科学形态，理清鲁迅学缘起、发展的脉络，就必须去掉这些蔽障。这种“去蔽”，不应该是武断、简单的，而应当是充分说理的和分析的，把那些非科学形态的甚至谬误的诸

多鲁迅映象出现的动因、背景、认知逻辑、内在结构一一揭示出来，并在指出其中谬误的同时，剔取出哪怕只有百分之一的合理成分，化为建构鲁迅学的材料。

“去蔽”之后，就须梳理鲁迅学缘起、发展的脉络，这当然应该是鲁迅学史的主旨。治史者必须以冷静、客观、谨严的科学态度，从浩如烟海的鲁迅研究论著资料中爬梳出对鲁迅本体做趋近性还原的文本，剥取其合理的内核，按照时间顺序归理出学术发展的链条，根据这一“学术链”描述史的线索，抽绎某些规律性的东西。

在这一“学术链”上不断出现的是关于“鲁迅是谁”“鲁迅研究的学术宗旨是什么”“鲁迅学的本质特征何在”的一连串追问，这正是鲁迅学史的最为核心的问题，治史者应该紧紧抓住这些问题，不断地进行解释和论析，逐步得到趋近圆满的答案。

由于鲁迅学本身的强烈的精神性及其与各个时代精神文化背景的异常紧密的联系，鲁迅学史也必然要以浓重的笔墨描述鲁迅学的精神文化背景。其实，从本质上说，鲁迅学史也就百年来一种精神文化现象的历史。

总而言之，既然鲁迅学就是一门以鲁迅这个人和他的精神、著作、思想、艺术及其所处时代环境、相关的精神文化现象史及由此构成的以鲁迅精神文化实体为研究对象，对鲁迅的历史价值及其局限性做历史反思、对鲁迅的正负面意义做现实观照的独立的人文学科，那么，鲁迅学史就是这门学科作为一种精神文化现象的缘起、发展史，核心问题的不断追究史，对鲁迅这个人的研究史，以及学史发展过程中的精神文化背景的转换、变迁史。总之，它是对鲁迅学本身的反思史。

（二）鲁迅学史研究的性质与方法

鲁迅学史的性质与鲁迅学本身一样，是一种中立性研究，是从人类精神文化史的视域去观察一种精神文化现象的发展史。

什么是历史？马克思、恩格斯在《神圣家族》中说：“‘历史’

并不是把人当作达到自己目的的工具来利用的某种特殊的人格。历史不过是追求着自己目的的人的活动而已。”恩格斯在《费尔巴哈与德国古典哲学的终结》中又强调说：“不论历史的进程如何，人们总是这样来创造历史的：各人都在追求自己的、自觉抱定的目的，而这许多按不同方向行动的意向及其对外部世界发生的各种各样的影响的总和，就是历史。”所以，研究历史就应该站在这种“总和”的高度上，去观察各个抱着不同目的和不同意向的人们的不同行动及其对世界的各种影响，而不应该站在个别人的立场上，把历史研究当作达到自己目的的工具。同样，鲁迅学史也是各个抱着不同目的和不同意向的人们在不同的精神文化背景下对鲁迅本体产生的各种不同鲁迅映象的总和。要研究鲁迅学史，就应该站在这种“总和”的高度上，去观察各种不同鲁迅映象产生的不同动因和不同背景，分析其不同的认知逻辑和不同的内在结构，而不应该站在个别人的立场上，把鲁迅学史研究当作达到自己目的的工具，以一家之言代替历史的总和。也只有坚持中立性研究才可能站在总和的高度上，才可能对学史上的各种不同的鲁迅映象和鲁迅学派做出公正、客观的评判，也才可能具有史德和史识。

当然，这并不意味着要否定倾向性的存在，任何研究都不可避免地存在其倾向性，完全没有倾向性的研究是不存在的。我们确定趋近性“返真”是鲁迅研究的科学形态就反映了鲜明的倾向性，只是说这种倾向性只能产生于研究之后，而不能先于研究之前。只有站在“总和”的高度上对各种鲁迅映象做过公正的评判，才可能产生具有坚实根据的正确的倾向性，反之，则只能被狭隘、固陋的错误倾向拉入谬误的陷阱。

所以，我们完全可以肯定地确认：鲁迅学史研究是一种中立性研究。

鲁迅学史除了具有历史的一般特征之外，还具有学术史的具体特征。

何谓学术史？从一般意义上说，学术史就是某一种专门学问的学术发展史。就外部来看，一部学术史应该是这门学问的学者史、流派史和论著史；就内部来看，一部深刻的学术史不能仅限于外在的描摹，而应该深入进去，深掘出这门学问内在的认知逻辑、思维方式和学术范型的变化，归理出主要的学术问题以及对这些学术问题的探究过程，并从中总结出学术上的得失，上升到哲学层次，提炼出一些关于学术规律的理性认识。只有这样的学术史，才能具有更高层面的指导意义。

要写出这样的学术史，治史者就须具备更高的理论水平和更深的哲学素养，对学术成果的审视能够更深刻一层，不在乎作者的地位的高低、名声的大小，也不介意出版社的牌子和书的厚薄、印制的精粗，只看是否为学术史提供了新的东西，是否真有学术价值。

这就要求治史者不能仅仅从直观的表象出发，而应善于进行理性的反思。因为深层的、本质的东西只有在反思中才能得以显露。

这就是说，撰写高境界的鲁迅学史，除了全面、系统、详尽地整理资料之外，还须采取科学的理性反思的方法。

（三）鲁迅学史的意义

“欲明大道，必先知史”，没有历史，没有对历史的承继与发展，我们不会比“北京猿人”有更多的智慧。同样，没有对鲁迅学史的研究，后来的鲁迅学者不可能超越前辈学者，取得突破性的成果。

樊骏先生在他的专著《论中国现代文学研究》（上海文艺出版社1992年版）一书的扉页上有这样一句题词：“学术研究的每一个开拓、突破，都是从已有的成果、结论起步的，有所超越，也有所承袭，由此汇成学术发展的长河。”这句题词可以说是道出了学术研究的一般规律，所有的学术研究都必须遵循这条规律，而对于鲁迅研究来说就更是必须严格遵循的了。因为鲁迅研究已经持续了一个世纪，积累了极为丰富的成果，倘若在对学术史一无所知或是一知半解的情况下率尔操觚，就必然会重复前人窠臼而不自知，白白付出大量的无用劳动。仅就这一点来说，研究鲁迅学史就是非常必要的。

然而鲁迅学史的意义还绝不仅限于了解前人学术成果以避免重复劳动，更为重要的是通过对历史的反思实现精神的自觉。

历史学作为人类的一种古老的精神活动，其实是每一时代的人类在反思自己往昔经历的过程中，对历史之本质和意义的一种理性追问和精神体验。作为一种人学与精神学的鲁迅学史，其实是每一时代的鲁迅学家在反思本学科前辈学者研究历程中，对人之本质是什么、精神之本质是什么、鲁迅是谁、鲁迅研究到底为了什么、鲁迅学到底是一种什么样的学问、学史上到底有哪些得失、究竟应该怎样总结历史的经验这一连串问题的精神追问和理性反思。通过这些穷根究底的连续追问和反思，我们才能逐步从盲目走向自觉，从蒙昧走向清醒，从晦暗走向光明，在不断的“去蔽”中升华至“澄明之境”。由于鲁迅学史又与中国精神文化现象史百年来有着密不可分的联系，通过对鲁迅学史的反思，我们又可以对百年中国精神文化现象史进行精神追问和理性反思，由此产生更高境界的精神自觉。

上编

1919—1949

1919—1949 年，是中国鲁迅学滥觞、发展、初步形成的时期。鲁迅从一“出世”开始，认可、赞扬、批评、攻击甚至诬蔑的风潮就伴随而起，从来没有休止过。随着以张定璜、茅盾、瞿秋白、毛泽东等为代表的四个阶段的论析、评定，人们逐步认识了鲁迅的伟大价值，在中国思想文化界确定了他崇高的历史地位，中国鲁迅学也逐层次呈现出雏形。由于这一时期的史料已很难寻找，因此凡能找到的都按时间顺序囊括于书，详加引述，宁繁不漏。

第一章　中国精神文化界的惊雷——鲁迅出世（1919—1925）

一　鲁迅出世前的精神文化背景

追溯鲁迅出世前的精神文化背景，不仅应该回溯到一百多年前的近代，而且必须回顾中国长达五千年的封建专制主义历史。

悠久、灿烂的中国古代文明，最易引起中国人的骄傲，常常要以此称扬于世。而这种文明的负面效应——封建专制主义所造成的黑暗与痛苦，却很难使中国人深刻地感觉到，即使深深地感受到了，也往往以中国人所特有的忍耐加以消解。实在消解不了，反抗了，一旦封建统治者稍予让步，缓和了矛盾，中国人马上会感恩戴德，歌颂起以前的统治，似乎觉得专制并无什么不好，甚至会诅咒起当初的造反者，把所有的恶名都推到他们头上，什么激进主义、极端主义、安稳日子的"破坏者"等，凡是人所能想起的污蔑之辞、世间所能寻觅的污水，都将泼到他们头上，似乎不将他们碎尸万段不足以平民愤，他们自杀也不足以谢天下。俗话说："好了伤疤忘了疼。"中国人不仅是忘了疼，还要说自己从来未曾疼过，全是那些没事找事的家伙们无事生非编造出来的。这就是当时的中国人！

然而，没忘记历史的中国人，绝不会淡化五千年来中国封建专制主义给中华民族造成的苦难。

其实，古代经典里就有不少这种苦难的记载。《诗经·秦风》里的《黄鸟》，是悼念被迫给秦穆公殉葬的子车氏三子的挽歌，诗中称这三子为“良人”，一人能抵百人，在被殉杀前“临其穴，惴惴其栗”，诗人慨叹道：“彼苍天，歼我良人！”如可赎取他们，其中一人都值得用一百个人的生命来代替。读后不禁令人不寒而栗，感慨中国古代人性的残酷。后来，用活人殉葬的事虽然很少了，然而森严的等级制度和人对人的压榨和虐杀却愈演愈烈，贯串于长达数千年的中国封建社会。

《左传》昭公七年记载着这样的古人良法：

> 天有十日，人有十等。下所以事上，上所以共神也。故王臣公，公臣大夫，大夫臣士，士臣皂，皂臣舆，舆臣隶，隶臣僚，僚臣仆，仆臣台。

最后的“台”，又该“臣”谁呢？不必担心，有比他更卑的妻，更弱的子在。其子长大之后，升而为“台”，便又有更卑更弱的妻、子，供他驱使了。这么一级一级地制驭着，不能动弹，也不想动弹了。如此连环，各得其所，有敢非议者，其罪名曰不安分，是定要治罪的。

一治罪就令人发指，残酷到了极处。仅剥皮就有好多种，其中“官式”的，是将人剖脊，及臀，及断至手足，转前胸，剥出整皮后随以灰渍之，纫以线，后乃入草，悬于城门、通衢、阁楼上示众；“流贼”式的，是从头至尻，一缕裂之，张于前，如鸟展翅，率逾日始绝。有即毙者，行刑之人坐死。这样，统治者以剥皮之法残害不服统治的臣民，造反的臣民又以剥皮之法报复异己者，循环往复，始终不变。

别看古人对人体解剖不甚了了，施起酷刑来却极为工巧，对男人有次于“大辟”的“宫刑”，即将睾丸割去；对女性则有“幽闭”，即把阴户缝起来，办法都很凶恶、“妥当”，而又合乎解剖学，真使人不得不吃惊。

这就是血淋淋的封建专制主义。真个是“君要臣死，臣不能不死；父要子亡，子不能不亡”。死亡的方式又极为残忍。而且，不仅要残杀获罪者，还要株连九族，满门杀绝。有时则把其妻女发付教坊，即军队妓院，任军士淫虐。

明永乐皇帝把忠于前朝的大臣景清、铁铉剥皮、油炸之后，就将他们的妻女发付了教坊，明代王世贞《弇州史料》中的《南京法司所记》就记载了此事，由此可见一斑：

> 永乐十一年正月十一日，教坊司于右顺门口奏：齐泰姊及外甥媳妇，又黄子澄妹四个妇人，每一日一夜，二十余条汉子看守着，年少的都有身孕，除生子令做小龟子，又有三岁女子，奏请圣旨。奉钦依：由他。不的到长大便是个淫贱材儿？
>
> 铁铉妻杨氏年三十五，送教坊司；茅大芳妻张氏年五十六，送教坊司。张氏病故，教坊司安政于奉天门奏。奉圣旨：分付上元县抬出门去，着狗吃了！钦此！

堂堂天子发布圣旨竟用这样的口吻，令人万万想不到！而这却就是事实。数千年以来，中国人就是这样在封建专制主义的屠戮、奴隶、敲掠、刑辱、压迫下过来的，非人类所能忍受的楚毒，也都身受过，每一考查，真让人觉得不像活在人间。

以上是封建专制主义对人的肉体的有形的残虐，而更为深重的则是无形的对人的精神的蹂躏。两汉以降，随着“罢黜百家，独尊儒术”原则的实行，儒术的精神统治和专制压迫日益严酷。到了宋明之际，儒学愈益精致、严密，提出了“存天理，灭人欲”的口号，形成了以理学为核心的思想枷锁，对人的精神禁锢更为严厉。此时，科举制度也完全程式化，文人学士只有“入仕”一途，必须蜷缩在“八股”的樊篱中，代圣贤立言，不能有自己的思想和个性，成为封建专制主义的奴才。金榜高中者，立时鸡犬升天，享受荣华富贵；连连落第者，则潦倒终生，一败涂地。有“业儒以理杀人”一说，真乃入木三分。而这种杀人之刀又是一种软刀子，造成的结果是“软刀子割头不觉死”，在平静无声中铸成了万马齐喑、平庸沉闷的死局。从帝王到平民都“理想在不撄”，不去触动和改变严重僵化的现实，全社会都“宁蜷伏堕落而恶进取”，一有要改革现状的天才人物出现，上下必“竭全力死之”。这样，只能出现一个人心混混、朝廷无才相、兵营无才将、学校无才士、田野无才农、居宅无才工、工场无才匠、街市无才商，甚至连才偷和才盗都没有的衰落时代。正如中国近代最早的启蒙思想家龚自珍所慨叹的那样：有才识者被“非刀非锯”无以名状的鬼蜮势力所监视、拘缚和戮杀，有个性者像“病梅”一样被“斫直、删密、锄正”“箱塞”，忍受着“诟厉”和扭曲。这难道不是不见血的无形的杀人吗？

被压在最底层、遭受残虐最深重的还是广大妇女。古代典籍有言：“妇者服也”，因此理应服侍于人。教育固可不必，连开口也都犯法，还要缠起只有三寸的小脚，自缚，自残。宋明以后，“业儒”们列出“饿死事小，失节事大”的天条，妇女脖颈上又架起一柄钢刀。一位妇女的丈夫死了，或是自己受辱了，左邻右舍，夹着文人学士以及道德家，便渐渐聚集起来，既不羞自己无能帮助，也不提暴徒如何惩办，只是七嘴八舌，议论她死了没有，受污没有，死了如何好，活着如何不好。于是造出了许多光荣的烈女，和许多被人口诛笔伐的“贱妇”。可见，所谓节烈实在是扼杀妇女的屠刀。

在封建专制主义的软硬屠刀残虐下的中国，怎能不长期停滞不前呢？

落后必定挨打，鸦片战争一声炮响，古老的中国遭到帝国主义列强的野蛮侵略，屡屡被迫签订屈辱条约，像刀俎下的肥肉一般任人宰割、瓜分。而在这个时刻，从上至下，不仅不自强自励、发愤报国，反而自欺欺人、盲目自大。1841年，第一次鸦片战争失败后，清朝的将军奕山向英军卑屈求降，对朝廷却诳报打了胜仗，说“焚击痛剿，大挫其锋”，说英人“穷蹙乞抚”（《中西纪事》卷六）。清朝的皇帝居然也就这样说：“该夷性等犬羊，不值与之计较。说既经惩创，已示兵威。现经城内居民纷纷递禀，又据奏称该夷免冠作礼，吁求转奏乞恩。朕谅汝等不得已之苦衷，准命通商。”（《筹办夷务始末》道光朝卷29）《新青年》第四卷第四号上还发表过林损的一首诗，开头两行是：“乐他们不过，同他们比苦！美他们不过，同他们比丑！”由此可见，当时的中国已经陷于闭着眼睛求圆满的“瞒和骗”的大泽中不可自拔，精神愈益沦落了。

不回顾中国五千年封建专制主义史和一个多世纪以来中华民族的被侵略史及精神沦落史，不对当时中国精神文化界的时代背景有所了解，体验旧中国这个“铁屋子”里的窒息、绝望之感，是绝对不可能理解鲁迅出世的重大意义的。

二 《狂人日记》
——鲁迅第一声呐喊的精神震撼

鲁迅1881年9月25日生于浙江绍兴。我们在本书中说的鲁迅出世，不是指他的生辰，而是说他在中国文坛上出山并引起强烈的精神震撼时，鲁迅映象在中国精神文化界的显现。

当时还是周树人的鲁迅，弃医从文，走上以改变中国人精神为宗旨的文学道路。1908年，鲁迅在《河南》等刊物上发表的《文化偏至论》《摩罗诗力说》等非常重要的论文，是后来的鲁迅学家研究鲁迅思想、文学起点的主要经典。然而，由于鲁迅的这次出山是在既无人赞同又无人反对的无边寂寞中结束的，在当时没有引起什么反响，所以不能算是鲁迅出世。

后来鲁迅与周作人一起翻译了《域外小说集》，据日本学者藤井省三先生考证，日本媒体最早介绍鲁迅是鲁迅日本留学最后一年——1909年的事。在明治中期的著名评论家三宅雪岭担任主笔的半月刊《日本和日本人》1909年5月1日那一期上，《文艺杂事》栏目中，刊登了这样的报道：“本乡（东京的地名——笔者注）周某，不过二十五六岁的中国人兄弟，读了很多英德两国语言的西洋作品，而后在东京出版了只需30钱的书《域外小说集》……”记载了鲁迅、周作人兄弟的世界文学全集《域外小说集》第一卷的刊行。这是包括中国在内世界上最早介绍鲁迅的文章。

1909年8月，鲁迅从日本回国，经过辛亥革命的风云变幻，于1911年冬天写作了第一篇文言小说《怀旧》，1913年4月，署名"周逴"在《小说月报》第四卷第一号上发表。当时的主编恽铁樵对小说大为赞赏，做了十处随文评点和一篇《焦木附志》，认为"用笔之活可作金针度人""转弯处俱见笔力""写得活现真绘声绘影""状物入细"，"才解握管，便讲词章，卒致满纸饾饤，无有是处"的青年"极宜以此等文字药之"。这些文字是中国国内正式出版物对鲁迅作品的最早反响和评论，恽铁樵的确别具慧眼，固然他不可能想到这位周逴后来将成为中国文化革命的主将，然而他对这篇小说的评论却是异常中肯的。《怀旧》虽然是一篇文言小说，但是从情节结构到心理描写都是现代性的，在鲁迅的创作生涯中和二十世纪中国文学史上都占有重要的位置。

不过，这仍然不能算是鲁迅出世，因为仅是一篇评点，无论多么杰出，都难以形成气候，不足以构成鲁迅映象。一个伟大人物，特别是精神文化人物的出世，除了他个人的天才条件之外，主要在于时代机遇和精神气候。机遇和气候不到，再大的天才都无法在精神文化界造成举世瞩目的映象。

这样的时刻终于到来，1918年5月，在文学革命浪潮中，一篇格式别致、忧愤深广、署名"鲁迅"的小说《狂人日记》在《新青年》月刊四卷五号上发表了，这是"鲁迅"这个光辉的名字第一次在中国出现。

可能是当时的刊物不像现在这样多，反应也不像现在这样灵敏，更可能是中国的精神文化界被这样前所未有、令人惊悚的呐喊之声震呆了，需要有一个思索、消化的过程，八个月之后，在1919年2月1日出版的《新潮》一卷二号上，才出现了一篇署名"记者"的《书报介绍》，向广大读者推荐《新青年》杂志，文中首次对《狂人日记》做出了反响：

> 就文章而论，唐俟君的《狂人日记》用写实笔法，达寄托的（Symbolism）旨趣，诚然是中国第一篇好小说。

这就是“五四”前中国精神文化界对鲁迅作品的第一次评论，应该看作是中国鲁迅学史的发轫点，至今已经超过一百年了。鲁迅的出世本身就是一种精神文化现象，鲁迅研究也必然是作为一种精神文化现象适应“文学革命”时代潮流而兴起的，从一开始就不同于一般性的纯学术研究。三个月之后，就爆发了“五四”运动。百年来，一部中国鲁迅学史和“五四”精神文化史是紧紧伴随而行的，是“五四”精神文化史的一个重要侧面。

一般来说，“五四”新文化运动的开端，是以 1915 年陈独秀在上海创刊《青年杂志》为标志的。新文化运动力量的集结则开始于 1917 年蔡元培履任北京大学校长，以及同年陈独秀主掌北京大学文科，《新青年》杂志移京编辑，新文化运动得以风靡全国，促发了国民的精神解放与学生运动，从而以 1919 年 5 月 4 日北京学生由于种种原因在天安门集会、游行等活动为标志称之。其实，“五四”运动绝不仅仅是一场街头行动——其中一些过激行为恰恰是与“五四”精神相违背的——而是从 1915 年就已经开始的整个文学革命与精神解放运动的统称。“五四”运动的精神实质是陈独秀等先驱者在《新青年》多次表述的“民主”与“科学”，即“德莫克拉西（Democracy）”和“赛因斯（Science）”，也就是“德先生”和“赛先生”。

唐俟，是鲁迅发表《随感录》时用的笔名。写这篇《书报介绍》的记者是傅斯年，和鲁迅有通信来往，因为《随感录》发表在《狂人日记》之前，所以称鲁迅为唐俟君。

《新潮》是北京大学学生（也有少数教员和校外人士参加）组织的新潮社所编辑的刊物。“五四”以前，编辑部由傅斯年、罗家伦、杨振声三人组成，傅斯年任主任编辑；“五四”后不久，傅斯年、杨振声出国留学，改由罗家伦一人主编；罗家伦出国后，又改由周作人担任主任编辑。《新潮》的创办得到当时担任北京大学文科学长的陈独秀和文科教授胡适的大力支持，校方在经济上加以补助，并由北京大学出版部发行和担负盈亏。李大钊对他们也有帮助，他和鲁迅都在《新潮》上发表过文章，也提过意见。在“五四”时期，《新潮》是以反对封建伦理和封建文学为主要内容的新文化刊物，发出“五四”时期中国精神文化界对鲁迅作品的第一声反响是势所必然的。

1919年4月，傅斯年又以孟真为笔名在《新潮》一卷四号上发表了《一段疯话》，更详尽地发挥了读《狂人日记》之后的感想：

> 鲁迅先生所作《狂人日记》的狂人，对于人世的见解，真个透彻极了；但是世人总不能不说他是狂人。……文化的进步，都由于有若干狂人，不问能不能，不管大家愿不愿，一个人去辟不经人迹的路。
>
> 最初大家笑他，厌他，恨他，一会儿便要惊怪他，佩服他，终结还是爱他，像神明一般的待他。所以我敢决然断定，疯子是乌托邦的发明家，未来社会的制造者。

这段话可以说是对《狂人日记》思想内涵的最早理解，应该说是深刻的理解。

这一号的《新潮》上，在“对于《新潮》一部分的意见”一栏中，还刊登了鲁迅和傅斯年关于《狂人日记》的通信。鲁迅在信中说：“《狂人日记》很幼稚，而且太逼促，照艺术上说，是不应该的。”傅斯年回信说：“《狂人日记》是真好的，先生自己过谦了。我们同社某君看见先生这篇文章，和安得涯夫的《红笑》，也做了一篇《新婚前后七日记》。据我看来，太松散了……”

傅斯年对《狂人日记》的评论，是“五四”时期中国精神文化界对鲁迅作品的最早反响，虽然尚很简略，但是已经深入到了精神层面：其一是看出狂人实质是精神上比世人透彻、超前，所以“最初大家笑他，厌他，恨他”，“终结还是爱他，像神明一般的待他”。其二是指出“《狂人日记》用写实笔法，达寄托的（Symbolism）旨趣”，而所寄托的正是精神的旨趣，要从精神上冲出这令人窒息的铁屋子。其三是指出《狂人日记》与当时一般模拟之作的高下之别，也正说明了鲁迅的精神是超越平庸、绝非一般人所能比拟的。鲁迅的第一声呐喊就直触精神根柢，因而对他的最初反响也必然是精神上的震撼。所以，1919 年 2 月傅斯年对《狂人日记》的反响，应视为中国鲁迅学史的起点。

更具震撼力的反响还在后面。1919 年 11 月，《新青年》六卷六号发表了吴虞的《吃人与礼教》。这篇文章尖锐、鲜明地抓住了《狂人日记》的精神核心，把吃人与礼教这两个看来对立的概念，醒目地提取出来，并列在一起，又举出历史上种种吃人的实例，之后都归结到礼教的残酷本质上来，结尾大声呼吁道：

> 孔二先生的礼教讲到极点，就非杀人吃人不成功，真是残酷极了。一部历史里面，讲道德说仁义的人，时机一到，他就直接间接的都会吃起人肉来了。就是现在的人，或者也有没做过吃人的事，但他们想吃人，想咬你几口出气的心，未必打扫得干干净净！
>
> 到了如今，我们应该觉悟！我们不是为君主而生的！不是为圣贤而生的！也不是为纲常礼教而生的！甚么“文节公”呀，“忠烈公”呀，都是那些吃人的人设的圈套，来诳骗我们的！我们如今应该明白了！吃人的就是讲礼教的！讲礼教的就是吃人的呀！

吴虞的疾呼佐证了《狂人日记》巨大的精神震撼力，由于鲁迅是从根柢上撼动整个封建专制主义的精神基础，要把整个历史翻转过来，所以产生的反响也是对整个封建专制主义历史的宣战，绝非是那种局部性的枝节之论。加以吴虞本人是“五四”时期提出“打倒孔家店”的著名斗士，他评论《狂人日记》就更加引人注目，使鲁迅的精神震撼力更为强大。但现在回头返看，又会发现吴虞把人与人之间肉体的相吃凸现得过重，引导人们忽视精神相“吃”的实质问题，对《狂人日记》的理解产生了负面作用，这是应该纠正的。

总之，鲁迅出山的第一声呐喊就已表现出了他所特有的精神性与深刻性，借狂人这一精神形象寄达向整个封建专制主义体制宣战的宏大意旨，把数千年的中国历史概括为令人惊悚的“吃人”二字，从根柢上将整个旧有的精神文化系统翻转了。而这第一声呐喊所造成的反响也是精神性与深刻性的，一出现就从整体上反衬出了鲁迅的超凡脱俗的伟岸形象，与一般文化人鲜明地区别开了。

三　鲁迅杂文最初的精神反弹

1919 年 1 月 15 日，鲁迅在《新青年》六卷一号上发表了署名“唐俟”的《随感录四十三》；同年 2 月 15 日，又在《新青年》六卷二号上发表了同样署名的《随感录四十六》，批评了上海《时事新报》星期图画增刊《泼克》上攻击新文艺的几幅讽刺画。4 月 27 日，《时事新报》发表了署名“记者”的《新教训》一文进行反批评，公开标明那几幅“画中所骂者，正是这一班以五十步笑百步、崇拜外国偶像的新文艺家”。这是一篇很无聊的短文，但是《时事新报》的编者和这位记者恐怕都没有想到，他们的这篇奇文，后来竟成为最早从反面对鲁迅杂文做出精神反弹的第一篇文字。

这篇奇文引来了对鲁迅杂文的最早评论。1919 年 5 月，傅斯年在《新潮》一卷五号上发表《随感录》一文，对《时事新报》上的这篇奇文进行了批驳，指出：

> 文章大概可以分做外发（Expressive）和内涵（Impressive）两种。外发的文章很容易看，很容易忘；内涵的文章不容易看，也不容易忘……
>
> 《新青年》里有一位鲁迅先生和一位唐俟先生是能做内涵文章的。我固不能说他们的文章就是逼真托尔斯泰、尼采的调

头，北欧中欧式的文学，然而实在是《新青年》里一位健者。至于有人不能领略他的意思和文辞，是当然不必怪。

这就是对鲁迅杂文最早的正面评论。

鲁迅的杂文“论时事不留面子，砭锢弊常取类型”①，“对于有害的事物，立刻给以反响和抗争，是感应的神经，是攻守的手足”②。这一特点一开始就表现出来了，《时事新报》当时的反弹是旧精神对新精神、旧文化对新文化的抵制。鲁迅杂文遭到这种攻击是势所必然的，从反面证明了鲁迅一出山就成为新精神、新文化的代表。

傅斯年指出鲁迅杂文属于内涵的文章，“不容易看，也不容易忘”，其实正是抓住了鲁迅杂文的精神性与深刻性这一基本特征。正是由于内含着精神性与深刻性，鲁迅杂文才内容深刻、耐人寻味，在精神文化界产生了深远的影响。

四　《阿Q正传》问世时的精神效应

1921年底，正在晨报馆编副刊的孙伏园，要添一专栏，称为《开心话》，每周一次，来约鲁迅写一点东西。于是，自1921年12月4日起，至1922年2月12日止，《阿Q正传》在北京《晨报副刊》分章连载，每周或隔周刊登一次，署名“巴人”，取“下里巴人”，并不高雅的意思。

第一章登出之后，鲁迅便自感“苦”字临头，每七天必须做一篇。鲁迅那时虽然并不忙，然而正在做流民，夜晚睡在做通路的屋子里，这屋子只有一个后窗，连好好写字的地方都没有，哪里能够静坐一会儿，想一下。孙伏园虽然还没有后来那样胖，但已经笑嘻

① 鲁迅：《伪自由书·前记》。

② 鲁迅：《且介亭杂文·序言》。

嘻，善于催稿了。每星期来一回，一有机会，就是："先生，《阿Q正传》……明天要付排了。"于是鲁迅只得做，心里想着："俗语说：'讨饭怕狗咬，秀才怕岁考。'我既非秀才，又要周考，真是为难……"然而终于又一章。但是，鲁迅似乎渐渐认真起来了；孙伏园也觉得不很"开心"，所以从第二章起，便移在"新文艺"栏里。

《阿Q正传》在刊出的过程中就引起了极大的反响，据涵庐（即高一涵）在《闲话》（《现代评论》1926年8月21日第4卷第89期）一文中说：

> ……我记得当《阿Q正传》一段一段陆续发表的时候，有许多人都栗栗危惧，恐怕以后要骂到他的头上。并且有一位朋友，当我面说，昨日《阿Q正传》上某一段仿佛就是骂他自己。因此便猜疑《阿Q正传》是某人作的，何以呢？因为只有某人知道他这一段私事。……从此疑神疑鬼，凡是《阿Q正传》中所骂的，都以为就是他的阴私；凡是与登载《阿Q正传》的报纸有关系的投稿人，都不免做了他所认为《阿Q正传》的作者的嫌疑犯了！等到他打听出来《阿Q正传》的作者名姓的时候，他才知道他和作者素不相识，因此，才恍然自悟，又逢人声明说不是骂他。

就这样，一章一章写下去，发下去，阿Q一步步做了革命党，因而也渐渐向死路上走。到最末一章，孙伏园倘在，也许会压下去，而要求放阿Q多活几星期。但是"会逢其适"，他回去了，代庖的是何作霖，于阿Q素无爱憎，鲁迅便将"大团圆"送去，他便登出来。待到孙伏园回京，阿Q已经枪毙了一个多月了。纵令他怎样善于催稿，如何笑嘻嘻，也无法再说"先生，《阿Q正传》……"。从此，鲁迅总算收束了一件事，可以另干别的去了。

这样，这位世界文学上的不朽的艺术典型——阿Q，就在人们的心中诞生了。而对他的评论，在《阿Q正传》陆续刊登的过程中就已开始。

1922 年 1 月 2 日，刚登到第四章时，一位名叫谭国棠的读者，就给《小说月报》编者写信说："《晨报》上连登了四期的《阿 Q 正传》，作者一支笔真正锋芒得很，但是又似是太锋芒了，稍伤真实。讽刺过分，易流入矫揉造作，令人起不真实之感，则是《阿 Q 正传》也算不得完善了。"

当时主编《小说月报》并兼记者的沈雁冰，即后来成为现代文学巨匠的茅盾，却以大评论家的慧眼，洞察到刚问世四章的《阿 Q 正传》的伟大价值，明确指出：

> 至于《晨报副刊》所登巴人先生的《阿 Q 正传》虽只登到第四章，但以我看来，实是一部杰作。你先生以为是一部讽刺小说，实未为至论。阿 Q 这人，要在现代社会中去实指出来，是办不到的；但是我读这篇小说的时候，总觉得阿 Q 这人很是面熟，是呵，他是中国人品性的结晶呀！我读了这四章。忍不住想起俄国龚伽洛夫的 Oblomov 了！

人们对事物的最初的直感，往往会比以后由于种种压抑而被扭曲的认识包含更多的真实成分，何况是沈雁冰这样的文学天才呢！他这段对《阿 Q 正传》的最早评语，实质上已经包含了后来一百年间《阿 Q 正传》研究的主要方面，切中肯綮地道出了《阿 Q 正传》的真义！所谓阿 Q 是"中国人品性的结晶"的提法，其实与后来的阿 Q 是"一个集合体""'国民劣根性'的体现者"的观点是一脉相承的。而对俄国作家冈察洛夫笔下人物奥勃洛莫夫的联想，则启悟研究者发现阿 Q 与世界文学中的奥勃洛莫夫等著名人物属于同一性质的艺术典型。"总觉得阿 Q 这人很是面熟"一语，正反映了这类艺术典型的普遍性特征。

《阿 Q 正传》在《晨报副刊》连载完毕一个多月之后，直接了解鲁迅创作意图的周作人，署名"仲密"在 1922 年 3 月 19 日《晨报副刊》的《自己的园地》专栏中发表了《〈阿 Q 正传〉》一文，着重透露了《阿 Q 正传》的主旨：

> 阿Q这人是中国一切的“谱”——新名词称作“传统”——的结晶，没有自己的意志而以社会的因袭的惯例为其意志的人，所以在现社会里是不存在而又到处存在的。

> 果戈理的小说《死魂灵》里的主人公契契珂夫也是如此，我们不能寻到一个旅行着收买死农奴的契契珂夫，但在种种投机的实业中间可以见到契契珂夫的影子，如克鲁泡金所说。不过其间有这一点差别：契契珂夫是“一个不朽的万国的类型”，阿Q却是一个民族的类型。他像神话里的“众赐”（Pandora）一样，承受了恶梦似的四千年来的经验所造成的一切“谱”上的规则，包含对于生命幸福名誉道德各种意见，提炼精粹，凝为个体，所以实在是一幅中国人品性的“混合照相”。

> 世间往往“事实奇于小说”，就是在我的灰色的故乡里，我也亲眼见到这一类角色的活模型，其中还有一个缩小的真的可爱的阿桂，虽然他至今还是健在。

周作人的以上说法，的确非常符合鲁迅创作《阿Q正传》的主旨。文末披露了阿Q的生活原型——“一个缩小的可爱的阿桂”，也启示人们想到所“凝为”的“个体”，绝不是“一切‘谱’上的规则”的混合堆积，而是富有个性的活生生的个体人物。拿阿Q与果戈理笔下的契契珂夫作类比，也是极为重要的，因为从艺术风格上说，《阿Q正传》更近似《死魂灵》，距《奥勃洛莫夫》却较远。

《阿Q正传》问世时所产生的精神效应，充分证明了这部杰作所具有的精神性与深刻性。鲁迅是为了改变中国人的精神而从事文学创作的，《阿Q正传》又是他致力于精神革命的代表作，因而精神效应格外显著。鲁迅本人后来也谈过这种精神效应：“还记得作《阿Q正传》时，就曾有小政客和小官僚惶怒，硬说是在讽刺他，殊不知阿Q的模特儿，却在别的小城市中，而他也实在正在给人家捣米。但小说里面，并无实在的某甲或某乙的么？并不是的。倘使没有，就不成为小说。纵使写的是妖怪，孙悟空一个筋斗十万八千里，猪八戒高老庄招亲，在人类中也未必没有谁和他们精神上相像。”[①] 这时，鲁迅从理论上更加透辟了，指明那些惶怒的小政客和小官僚与阿Q是在“精神上相像”。正因为如此，才可能引起人们精神上的自省，导致精神上的改变。鲁迅说他的“方法是在使读者摸不着在写自己以外的谁，一下子就推诿掉，变成旁观者，而疑心到像是写自己，又像是写一切人，由此开出反省的道路”[②]。这种方法其实就是创造典型，而且是一种精神性的典型，正是这种与人们在“精神上相像”的精神性的典型最能起到改变人们精神的作用。

茅盾和周作人敏锐地看出了阿Q这一典型的精神性，揭示了阿Q一问世就产生那样强烈的精神效应的内在原因，近百年后回头去看愈益感到其正确性。茅盾在二十世纪六十年代关于阿Q是一般农民典型还是落后农民典型的议论，与最初的见解相比反倒后退了，其中原因值得深思。

五　各精神文化流派对《呐喊》的评论

鲁迅的小说从一开始就已引起了“五四”新文学主要评论家的注意，表达了他们的总体感觉。

1921年8月10日，沈雁冰就署名“郎损”在《小说月报》第12卷第8期上发表了《评四五六月的创作》一文，指出：

> 把农民生活的全体做创作的背景，把他们的思想强烈地表现出来，如鲁迅去年发表的《风波》，在这三个月里是寻不出了。

---

① 鲁迅：《且介亭杂文末编·〈出关〉的“关”》。

② 鲁迅：《且介亭杂文·答〈戏〉周刊编者信》。

1922年3月，胡适在为《〈申报〉五十年纪念册》写的《五十年来之中国文学》中，谈到近年小说创作时指出：

……但成绩最大的却是一位托名“鲁迅”的人。他的短篇小说，从四年前的《狂人日记》到最近的《阿Q正传》，虽然不多，差不多没有不好的。

而到1923年8月，鲁迅的第一本小说集《呐喊》由北京新潮社列为《文艺丛书》之一出版时，就正式进入了鲁迅小说的综合评论阶段。8月31日，上海《民国日报》副刊刊登了题为《小说集〈呐喊〉》的出版消息，称《呐喊》是“在中国底小说史上为了它就得‘划分时代’的小说集”，当时的各精神文化流派都对《呐喊》做出了各自的评论。

最引人注意的还是以客观求实精神为主导的沈雁冰，他于10月8日在《时事新报》副刊《文学》第91期发表了署名“雁冰”的《读〈呐喊〉》一文。该文首先形容了鲁迅的《狂人日记》发表以后人们在精神上所产生的感觉：“只觉得受着一种痛快的刺激，犹如久处黑暗的人们骤然看见了绚丽的阳光。这奇文中冷隽的句子，挺峭的文调，对照着那含蓄半吐的意义，和淡淡的象征主义的色彩，便构成了异样的风格，使人一见就感着不可言喻的悲哀的愉快。这种快感正像爱于吃辣的人所感到的‘愈辣愈爽快’的感觉。”这种感觉其实正是鲁迅小说所引发的一种精神现象，是新、旧精神文化转型之初在人们心中所引起的一种症候，是“中国人一向自诩的精神文明第一次受到了最‘无赖’的怒骂”之后，旧礼教的批判者们所产生的一种感应。其次，该文不仅反映了当时青年们对鲁迅小说的精神感觉，而且揭示了鲁迅小说对青年们的艺术暗示：“使他们抛弃了‘旧酒瓶’，努力用新形式来表现自己的思想。”其实，这也是说明了新、旧精神文化转型时的一种现象，一种艺术上的新、旧蜕变。再次，从精神现象的角度概括了阿Q的普遍性：“现在差不多没有一个爱好文艺的青年口里不曾说过‘阿Q’这两个字。我们几乎到处应用这两个字，在接触灰色的人物的时候，或听得了他们的什么‘故事’的时候，《阿Q正传》里的片段的图画，便浮现在脑前了。我们不断的在社会的各方面遇见‘阿Q相’的人物，我们有时自己反省，常常疑惑自己身中也免不了带着一些‘阿Q相’的分子。但或者是由于卸减饰非的心理，我又觉得‘阿Q相’未必全然是中国民族所特具。似乎这也是人类的普遍弱点的一种。至少，在‘色厉而内荏’这一点上，作者写出了人性的普遍的弱点来了。”沈雁冰的这一段论述后来成为阿Q典型性研究的经典之论，实质上是说明阿Q的精神胜利法乃是整个人类的一种普遍的精神现象和普遍的弱点，阿Q一问世，就产生了促使人们自我反省的精神效应。另外，该文还说明《阿Q正传》对辛亥革命的反映是“极忠实的写照”，是对所谓“希望”的怀疑，是一种“悲观而沉痛”的身陷“铁屋子”之中的感觉，并非抱有悲观主义。总之，沈雁冰的《读〈呐喊〉》不仅是对鲁迅第一本小说集《呐喊》的最早、最重要的评论，而且首次真实、深刻地描述了鲁迅小说在当时人们心中所造成的精神震撼与文化效应。

与沈雁冰同样以客观求实精神为主导的《呐喊》评论，还有Y生的《读〈呐喊〉》（1923年10月16日《时事新报》副刊《学灯》）。该文也描述了鲁迅小说问世时在读者心中所引起的感觉：“我们走进荒凉平原，辽阔沙漠也似的文艺园里，只看到薄暮的天气，笼罩着许多乱草，碎石，在脆弱的心头上，也只会感到寂寞与饥渴。没有一朵明媚的花，值得我们欣赏，没有一枚黄熟的果实，充得我们饥渴！实在四顾怅然！但间或也有残落的玫瑰，与枯萎的苹果，夹杂的悬在枝上，树上。然而都是我们不需要的。唉！时代赐予我们的寂寞与饥渴！——近年文艺界中，虽有很多努力的人，在辛勤的播种，但收获的总太少。就创作小说而言，也不过几种，其中有独树一帜特殊的作用，收效最大，最使我们满意之作，就要首推一位化名‘鲁迅’君新近出版的《呐喊》了。”这一段描述与沈雁冰的《读〈呐喊〉》相似，都反映了鲁迅小说出现前后读者心中的精神文化感觉：之前，如行走在无边的荒漠；之后，如获甘露和花果。

另外，该文还将鲁迅小说分为以《孔乙己》《药》《风波》《阿Q正传》等为代表的“赤裸裸的写实，活现出社会之真实背影”与以《兔和猫》《不周山》等为代表的“含有不可解说的神秘的理想”两类，并对鲁迅小说精密而又详细的艺术手腕与文学笔致做了分析。

追求艺术精神的著名诗人朱湘也对《呐喊》进行了评论。他署名“天用”的《〈呐喊〉——桌话之六》（1924年10月27日《文学周报》第145期），以诗美为核心，对《呐喊》的艺术性做了评估：“我在以前的一篇《桌话》里说好的文学都是含有诗的真理的，这种诗的真理就是美；一篇文艺无论对象多么不美，只要表现得真实动人，使读者读到的时候，忽然间脑中光明起来，心里发生一种近于愉快的感觉，这篇文艺便是妙文。这个‘妙文’的称号我如今加在鲁迅的《呐喊》的上面，虽然他的这本小说之中所描写的大半是一种愚蠢灰白的乡间生活。这种生活如今我们身历其境，一定会发生作者所谓‘寂寞’或是憎厌的感觉，愉快自然谈不上，美是更远了；不过这种生活经过艺术的洗礼之后，我们再来看它，则只觉得脑亮，心愉，只觉到美，而不会觉着憎厌了。”看来朱湘的诗美观是包含真理的，他不是以辞章华丽为美，而是以经过艺术洗礼的生活真实为美，最终还是一种客观求实的精神。他认为鲁迅小说是一种“杂感体的小说”，并以完美的小说的观点批评《故乡》不该赘入后三段关于“路”的议论，因为“小说家是来解释人生，而不是来解释他的对于人生的解释的；作者就是怕人看不出，也可以另作一文以加注解，不可在本文中添上蛇足；更何况这三段文章中所解释的两层是读者很容易于发见的呢”。还认为《阿Q正传》是鲁迅“自创的文体”，“可惜稍嫌过火”。这些看法应该说是有一定道理的，从艺术上看，《呐喊》确实存在不够成熟的地方。这一点，鲁迅自己也是确认的，到创作《彷徨》时就大为提高，圆熟得多了。因此，从艺术角度实事求是地对鲁迅小说提出学理性的批评，不但是应该容许的，而且是应该提倡的。因为只有这样，鲁迅研究才能成为科学。朱湘还提出了“姓名的制作”“背景的烘托”“人物的刻画”这三点鲁迅小说的艺术方法，也都是很中肯的。

追求艺术精神的《呐喊》评论，还有玉狼（胡梦华）的《鲁迅的〈呐喊〉》（1924 年 10 月 8 日《时事新报》副刊《学灯》）。该文认为“鲁迅的《呐喊》令人太觉得深刻”，并与英国文学进行了比较，感到读了鲁迅的“《自序》，看到他由希冀而奋斗，由困顿而失望，由寂寞而悲观，终不甘自止于悲观，在悲观中犹存感悟世人”，由此想起“蓝姆（Lamb）的散文亲密恳挚，若家人絮语，读了令人爱不释手”。“像蓝姆的家人絮语，《呐喊》的《自序》，还算有数的作品。”“全书至少有两个特异的地方：（一）讽刺性质。（二）地方色彩。”与英国文学进行比较的方法和对《呐喊》两个特异点的概括，应该说是具有开创性的。

从主观浪漫精神出发对《呐喊》进行评论的，是成仿吾的《〈呐喊〉的评论》（1924 年 1 月《创造》第 2 卷第 1 期）。成文对《呐喊》基本采取了否定的态度，认为：

> 前期的作品有一种共通的颜色，那便是再现的记述。不仅《狂人日记》《孔乙己》《头发的故事》《阿 Q 正传》是如此，即别的几篇也不外是一些记述（description）。这些记述的目的，差不多全部在筑成（build up）各样典型的性格（typical character）；作者的努力似乎不在他所记述的世界，而在这世界的住民的典型。所以这一个个的典型筑成了，而他们所住居的世界反是很模糊的。世人盛称作者的成功的原因，是因为他的典型筑成了，然而不知作者的失败，也便是在此处。
>
> 作者太急了，太急于再现他的典型了，我以为作者若能不这样急于追求“典型的”，他总还可以寻到一点“普遍的”（allgemein）出来。
>
> 我们看这些典型在他们的世界不住地盲动，犹如我们跑到了一个未曾到过的国家，看见了各样奇形怪状的人在无意识地行动，没有与我们相同的地方可以使我们猜出他们的心理的

状态。

由此，该文得出这样的结论：

《狂人日记》很平凡；《阿Q正传》的描写虽佳而结构极坏；《孔乙己》《药》《明天》皆未免庸俗；《一件小事》是一篇拙劣的随笔……

《不周山》又是全集中极可注意的一篇作品。作者由这一篇可谓表示了他平生拘守着写实的门户，他要进而入纯文艺的宫廷。这种有意识的转变，是我为作者最欣喜的一件事，这篇虽然也还有不能令人满足的地方，总是全集中第一篇杰作。

以上引文已经能够反映成文的主要观点了。

文学评论的方法纵使可以有千条万条，但是条条大路通罗马：都必须以作品本身为根据，反映作品的本来面貌。倘若与作品不相契合而相分离，那么即使说得天花乱坠，也是站不住脚的。因为评论不同于抒情诗，可以任意抒发主观情感，越浪漫越好，评论是一种科学，必须从评论对象——作品本身的客观实际出发，作品本身是怎么回事就怎么说，绝不能从主观意愿出发，想怎么说就怎么说。正是在这个根本原则上，成仿吾犯了决定性的错误：完全从自己的主观浪漫精神出发，根本不看评论对象的客观实际情况，信口而言，任意判断。

而他主观设定的理论出发点又是概念混乱、推理错误的。例如关于典型问题的议论就是这样的，把典型人物与典型环境的关系搞错了。典型人物所居住的世界——典型环境，正是由典型人物构成的，怎么能说“鲁迅的小说，筑成了各样典型的性格，而他们所居住的世界，反是很模糊的”呢？这不是自相矛盾吗？事实上，鲁迅的小说不仅塑造了阿Q、孔乙己、狂人等一系列的典型人物，而且这些人物所居住的世界——未庄、鲁镇同时也是十分典型的。说什么“作者的失败，也便是在此处”，只能证明评论者是完全不顾客观实际，任意进行主观判断。

成仿吾根据自己的主观好恶对鲁迅小说所做的评定更是毫无客观标准，符合所谓“表现的”尺度的，就推崇备至；不符合、被他排入“再现的”之列的，就一律抹杀。结果只剩下《不周山》一篇推为杰作，《狂人日记》《阿Q正传》等世所公认的现实主义作品全被一笔抹杀了。成仿吾所说的“再现的”，其实正是指现实主义的创作方法，他之所以如此反对现实主义，一个重要的原因是年纪正轻、稚气未脱，人生阅历尚浅，对中国社会现实的认识还处于一知半解的程度，才把鲁迅小说所反映的老中国的典型环境当成是“一个未曾到过的国家，看见了各样奇形怪状的人在无意识地行动，没有与我们相同的地方可以使我们猜出他们的心理的状态”，才如此反对“再现”中国的社会现实。这样完全从主观浪漫精神出发评论文艺、看待形势的做法，只能进入误区。后来成仿吾和他创造社的多数同仁们在革命斗争实践中逐步成熟起来，就不这样唯主观意愿为是了。

《呐喊》中的作品也有被成文勉强肯定的，例如《端午节》《白光》就是，但也要说是“与我的几个朋友的作风相同”，然而“可惜表现实在不足，薄弱得很”，反映出十足的小团体的帮派作风。成仿吾的这篇评论已经充分暴露出了创造社一些人的主观主义和小团体主义的精神特征，说明他们后来对鲁迅发动的更为猛烈的攻击绝不是偶然的。

但是，鲁迅小说本身无可辩驳的艺术力量又使成仿吾在行文中不得不承认一些无法否定的事实，例如承认《风波》与《故乡》对乡村生活的描写“实不可多得”，“亦以为作者描写的手腕高妙”，然而这些看法又都被所谓“文艺的标语到底是‘表现’而不是‘描写’”的文艺观否决了。

成文当时也有附和者。是年（1924年）3月7日《商报》发表了仲回的《鲁迅的〈呐喊〉与成仿吾的〈《呐喊》的评论〉》，说自己原来佩服鲁迅的“描写手腕，以及文字上的简洁老练，万万为一般自称的新文学大家所不能及”，但是读了成文以后，又有所改变，认为成文批评严正，同意成文的看法。这说明当时一般文艺爱好者的认识水平还是很低，极具摇摆性。

成仿吾的这篇评论给予后世的教益是：鲁迅研究必须从鲁迅本身的客观实际出发，努力反映鲁迅的本来面貌，只有这样才能将鲁迅研究引向正途。倘若一味唯主观意愿为是，凭个人主观好恶任意评判、扭曲鲁迅，则只能使鲁迅研究陷入误区。

不过，成文作为中国鲁迅学史上第一篇从主观浪漫精神出发评论鲁迅的文章，由于真诚而毫无掩饰地谈出了虽然错误但却坦诚、独特的看法，常常会引起后世学人的反思，在学术史上仍有其不可低估的价值。

当时，关于《呐喊》的评论还有正厂的《鲁迅之小说》（1924年3月18日《时事新报》副刊《学灯》）；冯文炳的《〈呐喊〉》（1924年4月13日《晨报副刊》）；杨邨人的《读鲁迅的〈呐喊〉》（1924年6月12日、13日、14日《时事新报》副刊《学灯》）。

六　鲁迅映象的初步形成

鲁迅是谁？我们是谁？鲁迅出现以后，我们的精神世界产生了什么变化？

这是鲁迅认知史上贯串始终的实质性问题。《呐喊》出版以后，这个问题在中国精神文化界凸现了出来。

孙伏园署名“曾秋士”发表的《关于鲁迅先生》（1924年1月12日《晨报副刊》），首次透露了鲁迅本人对世界的态度：

> 鲁迅先生对于世界，对于人类，尤其对于中国，似乎都很悲观。他在序文里说，《药》的后面无端加上一个花圈，不是他自己的本意。大概他以为人们还要一辈子发昏下去，革命元勋的坟上是决不会有人去放花圈的。但我曾经对于他抗过议，说我们做学生的时代确到女革命党瑾儿的棺旁去凭吊过的，虽然

过了几日被他的党人搬运到湖南去了。不过人们对于已死的元勋虽知虚伪的崇敬，对于现在和未来的元勋，却杀戮的比从前更甚。所以《药》有永远的价值，也是人们永远脱不出的悲剧。

这一段说法向来被看成是孙伏园对鲁迅的曲解，夸大了鲁迅悲观的一面。然而从今天的学术眼光回眸去看，就会感到孙伏园的这段说法还是反映了鲁迅的真实情绪。鲁迅说过："明知前路是坟而偏要走，就是反抗绝望，因为我以为绝望而反抗者难，比因希望而战斗者更勇猛，更悲壮。"① 他对于世界、人类，尤其是中国的确很悲观，但是并没有因为悲观而停止反抗，反而是反抗得更勇猛，更悲壮了。与鲁迅有着多年直接接触的孙伏园，应该是比其他人更了解真实的鲁迅。

他还透露了鲁迅对自己作品的看法：

我曾问鲁迅先生，其（《呐喊》——笔者注）中那一篇最好，他说他最喜欢《孔乙己》，所以已经译了外国文。我问他的好处，他说能于寥寥数页之中，将社会对于苦人的冷淡，不慌不忙的描写出来，讽刺又不很显露，有大家的作风。

这段透露对于理解鲁迅小说很有帮助，说明鲁迅是把从容描写而不露声色当作文学的高深境界与大家作风的。鲁迅身边人物对鲁迅本人平时谈话的回忆，的确是研究鲁迅作品的珍贵资料。

孙伏园透露了鲁迅的谈话，而鲁迅究竟是什么样子，是怎样的人呢？曙天女士的《访鲁迅先生——断片的回忆》（1925 年 1 月 8 日《京报副刊》），记叙了第一次见到鲁迅时的印象：

他的《呐喊》，而且读过不止一次。我想象中的鲁迅先生大约是很沉闷而勇猛的罢。我觉得《呐喊》的味是辣而苦的，

---

① 鲁迅：《书信·250411 致赵其文》。

然而我不知道为了什么爱读它。

房门开了，出来一个比孙老头儿更老的老年人，然而大约也不过五十岁左右罢，黄瘦的脸庞，短胡子，然而举止很有神，我知道这就是鲁迅先生。

我们走进鲁迅先生的卧房了。

这是一间并不宽大的卧房，房门的右边，摆了一个书架，然而书架上的书籍并不多。接着是一个桌子，这就是《呐喊》的作者的著书桌罢。桌的旁边接着摆了一只箱子，箱子上也杂乱地堆了些书籍。卧床是靠着房的后墙的，这是很简单的床罢，因为是用两只板凳和木板搭成的。

大家乱七八糟地谈了半天。我只深刻地记得鲁迅先生的话很多令人发笑的。然而鲁迅先生并不笑。可惜我不能将鲁迅先生的笑话写了出来。爱听笑话的人，最好亲自到鲁迅先生那里去听。

作者以一个女士的眼光和笔调，活灵活现地再现了朴实、可亲的鲁迅先生的音容笑貌，成为回忆鲁迅真实生活的第一篇文章。

以上两文仅是片段地记叙了鲁迅的谈话和笑貌，究竟应该怎样从整体上认识鲁迅呢？这已经成为时代的需要。正是适应了这个需要，1925 年 1 月 24 日、31 日《现代评论》第 1 卷第 7 期、第 8 期连载了一篇全面评论鲁迅的长文——张定璜的《鲁迅先生》。

这篇论文无疑是中国鲁迅学史上第一篇有分量的鲁迅论，是鲁迅映象初步形成的标志。

张文最重要也最有意义、最深刻之处，是首次非常形象、准确地描述了鲁迅出世前后中国精神文化界所发生的质变。文章开头首先细致描绘了当时中国精神文化界的令人难耐的寂寞，文艺园地让人作呕的污秽，人们无所作为、怨天尤人的平庸、麻木与懒惰，然后进入鲁迅不甘寂寞的梦，述说以前读末代小说《双枰记》《绛纱记》和《焚剑记》时的感觉，最后在两相比较中得出了结论：

> 我若把《双枰记》和《狂人日记》摆在一块儿了，那是因为第一，我觉得前者是亲切而有味的一点小东西；第二，这样可以使我更加了解《呐喊》的地位。《双枰记》等载在《甲寅》上是1914年的事情，《新青年》发表《狂人日记》在1918年，中间不过四年的光阴，然而他们彼此相去多么远。两种的语言，两样的感情，两个不同的世界！在《双枰记》《绛纱记》和《焚剑记》里面我们保存着我们最后的作风，最后的文言小说，最后的才子佳人的幻影，最后的浪漫的情波，最后的中国人祖先传来的人生观。读了他们再读《狂人日记》时，我们就譬如从薄暗的古庙的灯明底下骤然间走到夏日的炎光里来，我们由中世纪跨进了现代。

这是多么准确、形象地描述了鲁迅出世前后中国精神文化界所发生的质变："两种的语言，两样的感情，两个不同的世界!""譬如从薄暗的古庙的灯明底下骤然间走到夏日炎光里来，我们由中世纪跨进了现代。"极为敏锐地感悟到鲁迅出世的意义，并将这种对精神文化现象的感觉形象、准确地描述出来，从而确定鲁迅及其第一本小说集《呐喊》的历史地位，认识到鲁迅是中国精神文化从"中世纪跨进了现代"的转型期的文学家，张定璜是第一人。这在中国鲁迅学史上具有首创的划时期的意义。

其次，张文对鲁迅的个性特征具有独到的认识。文章中有这样一段名言：

> 我们知道他有三个特色，那也是老于手术富于经验的医生的特色，第一个，冷静，第二个，还是冷静，第三个，还是冷静。

这三个"冷静"的说法，尽管有些偏颇，鲁迅本人也不尽然同意，然而的确道出了一定的真理，把握住了鲁迅的一个重要的个性特征，这就是清醒的现实主义：你别想恐吓他，蒙蔽他。不等你开口说话，他的尖锐的眼光已经教你明白了他也许比你自己知道得还清楚。他知道怎样戳穿“瞒和骗”的假面，直入事物的根柢。当人们都沉醉在狂热之中的时候，唯独鲁迅保持异常的冷静，向人群中泼泼冷水；当大家都被假象欺骗的时候，唯独鲁迅看问题比别人更深刻一层，提醒群众别上当受骗。诚如张文所说的：“《呐喊》里面没有像电影里面似的使你焦躁，使你亢奋的光景，因为你的日常生活里面就没有那样光景。鲁镇只是中国乡间，随便我们走到哪里去都遇得见的一个镇，镇上的生活也是我们从乡间来的人儿时所习见的生活。在这个习见的世界里，在这些熟识的人们里，要找出惊天动地的事情来是很难的，找来找去不过是孔乙己偷东西给人家打断了腿，单四嫂子死了儿子，七斤后悔自己的辫子没有了一类的话罢了，至多也不过是阿Q的枪毙罢了。然而鲁迅先生告诉我们，偏是这些极其普通，极其平凡的人事里含有一切的永久的悲哀。”这说明鲁迅正是以极其冷峻的眼光，从极其普通、极其平凡的生活中洞察出了极其深刻的问题。而又如张文所说：“它已经不是那可歌可泣的青年时代的感伤的奔放，乃是舟子在人生的航海里饱尝了忧患之后的叹息，发出来非常之微，同时发出来的地方非常之深。”一位饱尝忧患的老人自细微处发出的深沉的叹息，用这种比喻形容鲁迅的风格是十分独到和传神的。而做出这种评判的第一人，又是张定璜。

再次，张文指出鲁迅是一位有良心的诚实的艺术家，促使中国人猛醒，认识自己和自己所处的世界：

> 他把他自己的世界展开给我们，不粉饰，也不遮盖。那是他最熟识的世界，也是我们最生疏的世界，我们天天过活，自以为耳目聪明。其实多半是聋子兼瞎子，我们视而不见，听而不闻。且不说别的，我们先就不认识我们自己，待到逢见少数的人们，能够认识自己，能够辨认自己所住的世界，并且能够

> 把那世界再现出来的人们，我们才对于从来漠不关心的事物从新感到小孩子的惊奇，我们才明白许多不值一计较的小东西都包含着可怕的复杂的意味，我们才想到人生，命运，死，以及一切的悲哀。

这段议论同样是很深刻的。鲁迅正是把人们熟视无睹的世相艺术地揭露出来，促使人们霍然猛醒，反省自我。例如《阿Q正传》就是把日常生活中习见的精神胜利法的心理现象集中起来，加以艺术化，使人惊悚，从中开出反省的道路。出于这种理解，张文认为鲁迅对中国人的嫌恶咒骂，是因为“毕竟是中国的儿子，毕竟忘不掉中国”，所以才想到了“这个打扫厕所的办法”。因此，张文说鲁迅的讽刺“大都是美的”，“他知道怎样去用适当的文字传递适当的情思，不冗长，不散漫，不过火”“我们只感到一个干净”。由此，张文给鲁迅做出了这样的定位：

> 单在这个意义上，鲁迅先生也是新文学的第一个开拓者。事实是在一切意义上他是文学革命后我们所得到了的第一个作家。是他在中国文学史上用实力给我们划了一个新时代，虽然他并没有高唱文学革命论。

张定璜又是做出这一历史判断的第一人。仅就这一点来说，张文就完全有资格成为中国鲁迅学史第一时期的句号。

张文还谈了应该以什么标准衡量伟大作家的道理：“我们的欲望太大，我们的努力太小。我们往往容易忘记自己的微弱，而责备别人为什么不是李杜再世，什么没有‘莎翁’和‘但老’的伟大。伟大不会是从天空掉下来或地上长出来的东西。”“鲁迅先生不是和我们所理想的伟大一般伟大的作家，他自己也知道自己的狭窄。然而他有的正是我们所没有的，我们所缺少的诚实。我们还说他少给了么？假使我们觉得《呐喊》的作家没有十分的情热，没有瑰奇的想象，没有多方面的经验，我们应该想到，虽然如此，他究竟是自然，是真切，他究竟没打算给我们备办些纸扎的美人或温室里烘出来的盆景。别的人怎么看，怎么感想，他不过问；他只把他所看的所感想的忠实地写出来，这便是他使我们忘不掉的地方。”这个道理至今仍然具有启悟意义，半个多世纪以来，不是总有人用所谓高不可及的“伟大”标准要求鲁迅，说他这也不行，那也不够格吗？

张文最后所讲的平镜与凸镜的故事也发人深省，同一个物体在不同镜子里的映象可能是完全不同的，可能都是对的，也可能都是不对的，须对镜子本身和映照的角度进行具体的分析，不能简单地判断对错。这对中国鲁迅学史的研究也是有启发的。

当然，张文也有其历史的局限性，没有达到后来所提出的鲁迅是伟大的思想家、革命家的认识高度。然而，历史终归是历史，以后来的标准要求前人是违反历史主义的，张文在当时来说已是极为可贵的了。

七　小结

不深刻认识中国几千年的封建专制主义史，特别是近一百多年来的被侵略史和精神沦落史，就不可能认识鲁迅出世的重大意义。

鲁迅的出世本身就是一种精神文化现象，鲁迅研究也必然是作为一种精神文化现象适应时代潮流而兴起的，从一开始就不同于一般性的纯学术研究。

1918 年 5 月发表的《狂人日记》是在 1919 年 2 月引起反响的。做出反响的第一人是傅斯年，这是中国鲁迅学史的发轫点。此后，鲁迅作品引发的精神震撼日益强烈，直接撼动着中国封建专制主义的根柢。鲁迅杂文一出现就受到旧文化的反弹，是新旧精神文化论争的产物。《阿 Q 正传》引起的精神效应更为深刻，一问世就令人惊悚，从中开出反省的道路。《呐喊》出版后，进入鲁迅小说的综合评论期，鲁迅的文学权威地位初步确立。而到 1925 年 1 月张定璜《鲁迅先生》的刊出，鲁迅映象就初步形成了：鲁迅是中国精神文化从中世纪跨进现代的转型时期的开拓者，是中国新文学的第一位作家。

第二章 鲁迅权威地位确立后在精神文化界的反响（1925—1927）

1925年以后，“五四”的热潮过去了，中国精神文化界的气氛沉闷下来。鲁迅这样回顾此时的情境：

> 后来《新青年》的团体散掉了，有的高升，有的退隐，有的前进，我又经验了一回同一战阵中的伙伴还是会这么变化，并且落得一个“作家”的头衔，依然在沙漠中走来走去，不过已经逃不出在散漫的刊物上做文字，叫作随便谈谈。有了小感触，就写些短文，夸大点说，就是散文诗，以后印成一本，谓之《野草》。得到较整齐的材料，则还是做短篇小说，只因为成了游勇，布不成阵了，所以技术虽然比先前好一些，思路也似乎较无拘束，而战斗的意气却冷得不少。新的战友在那里呢？我想，这是很不好的。于是集印了这时期的十一篇作品，谓之《彷徨》，愿以后不再这模样。①

鲁迅非常准确地描述了当时中国的精神文化氛围和自己的文化心态，而在冷静的心境中对人物、事件和作品的分析倒可能是深入、细致的。这一时期的鲁迅研究确实较前更为深化、细腻了。

然而，历史并不平静，1925年下半年就爆发了著名的女师大学

---

① 鲁迅：《南腔北调·〈自选集〉自序》。

潮，鲁迅与章士钊、陈西滢等产生激烈的争论。1926年又出现了骇人听闻的“三一八”惨案，鲁迅悲愤交加，写出了《记念刘和珍君》等不朽文章。这时南方成为大革命的根据地，鲁迅因为个人和局势两方面的原因，携许广平南下，先独去厦门，又赴广州与许会合，受到革命青年的热烈欢迎。不久，发生了“清党”事件，共产党人和革命青年遭到血腥的屠杀，鲁迅愤怒抗争，但无济于事，同许广平一起去了上海。随着历史运动的迂回曲折，中国精神文化界也波谲云诡、变幻莫测。

一　鲁迅权威地位与世界声誉的确立

《呐喊》出版以后，鲁迅在中国精神文化界的权威地位其实就已确立。

1926年初，《京报副刊》举办过一次在政治、哲学、文学、教育等界推选“新中国柱石”的活动。张申府参加了这次活动，在《终于投一票》（1926年2月10日《京报副刊》）一文中肯定地说：

> 鲁迅是今日中国文学界第一人，我想凡是能够成个意见（在这方面）的人，当都是承认的。他的东西，实在看了令人痛快。他不是一般的文人。他的东西似乎有时过损，也不是一般文人的损法。人的最不可恕的毛病是虚伪。鲁迅是恰与这个相反的。处在这么个局面，中国人坏到这步田地，要说实话，自然是不能免于骂了。处在这个生活臬兀的时候，人的心境是不能平和的。人是难得不器量偏小的。刻薄是不容易逃脱的。但这是社会的责任。这责任是不应放在个人身上的。鲁迅的文章只应向更真切处作。

张申府的观点应该说是深刻的，并代表了当时普遍的看法。当时另一位选者朱岳峙就在《他为什么选他们（十四）》（1926年2

月 21 日《京报副刊》）中应和道：

> 鲁迅（文学界的大元帅。他先生的文锋，足以杀进一般醉生梦死的人们底祖宗坟内去。）

当时的许多媒体和社会舆论也称鲁迅为“思想界的权威者”。尽管鲁迅本人并不接受这个头衔，但事实已经确实如此了。鲁迅权威地位的确立，正是鲁迅研究后来成为一门显学的原因之一。

随着鲁迅在国内权威地位的确立，他的世界声誉也开始显赫。1925 年 6 月 16 日，《京报副刊·民众文艺》刊登了鲁迅作品的第一位俄文翻译者王希礼给中国翻译家、鲁迅的亲密朋友曹靖华的信《一个俄国文学研究者对于〈呐喊〉的观察》，信中写道：

> 我从前在俄国大学所研究的中国文学，差不多都是古文，描写什么贵族的特殊阶级的生活，对于民众毫没有一点关系；我读了以后，对于中国的国民生活及社会的心灵，还是一点不知道！我现在在中国的新的作品里边，读了鲁迅先生的《呐喊》以后，我很佩服你们中国的这一位很大真诚的“国民作家”！他是社会心灵的照相师，是民众生活的记录者！
>
> 他的取材——事实都很平常，都是从前的作家所不注意的，待到他描写出来，却十分的深刻生动，一个个人物的个性都活跃在纸上了！他写得又非常诙谐，可是那般痛的热泪，已经在那纸的背后透过来了！他不只是一个中国的作家，他是一个世界的作家！

的确，鲁迅这时已经不只是“一个中国的作家”，而是“一个世界的作家”了！

最具权威性的还是法国大文豪罗曼·罗兰对鲁迅代表作《阿 Q 正传》的称赞。1926 年 3 月 2 日，《京报副刊》发表了柏生的《罗曼·罗兰评鲁迅》，透露了全飞先生由法国来信中关于罗曼·罗兰评鲁迅《阿Q正传》的一段话：

> 鲁迅先生的《阿Q正传》，由一位同学敬君翻成法文，送给罗曼·罗兰看，罗曼·罗兰非常称赞，其中有许多批评话，可惜我不能全记，我记得的两句是：这是充满讽刺的一种写实的艺术。……阿Q的苦脸永远的留在记忆中的。

信中提到的敬君就是敬隐渔，他是把《阿Q正传》翻译成法文的第一人。罗曼·罗兰是当时世界上健在的大作家中声名最为显赫的一位，他对《阿Q正传》做出这样高的评价，无疑充分证明鲁迅正在获得世界声誉。

鲁迅当时在美国也获得了声誉。1927年10月《当代》第1卷第1编刊载了石孚译自美国《当代历史》（*Current History*）的文章——作家、记者贝尔来特（P. M. Bartlett）的《新中国的思想界领袖鲁迅》。文中说道：

> 中国最有名的小说家鲁迅先生，是新文化运动的健将。……一般人认他为现代中国文学的写实大家和短篇小说的名手。

> 中国短篇小说的开始，即在一九一八年他的《狂人日记》出版的时候。

> 最著名的《阿Q正传》已经译成了法、俄、英、德四国文字。法国文学大家罗兰氏读完这篇小说后曾说："这一篇写实作品，里面很多讥讽言词。我永远也不会忘记阿Q那副忧愁的面孔。"这是鲁迅小说中唯一已经译成西文的作品。鲁迅用写实方法描写一个农民——阿Q——的思想，把阿Q那种无知的情景，绘得淋漓尽致。阿Q不识革命为何物，不解新时代的意义，这都历历说了出来。在《风波》里，他描写乡村生活，并

> 且用滑稽和讽刺笔调，叙述农民怎样不受社会改革的影响。《狂人日记》是一个对于旧文化的讽刺作品。……他是一个天生的急进派，一无所惧的批评家和讽刺家，有独立的精神，并且是民主化的。他用普通话写作品。他是一切迷信的死敌人，笃信科学，鼓吹新思想。

美国作家的这些看法与中国国内对鲁迅的评论是相契合的，这说明国内外对鲁迅的权威地位已经初步达成共识。

二　《彷徨》等著作引起的精神共鸣

1926 年 8 月，鲁迅的第二本小说集《彷徨》列入《乌合丛书》，由北京北新书局出版，收入他 1924 年至 1925 年创作的小说 11 篇。读书界很快产生了反响，并敏锐地感受到了《彷徨》与《呐喊》在艺术风格上的变化。北新书局的出书广告中就这样写道："有人说《彷徨》所收各篇虽依然充满着讽刺的色彩，但作风有些儿改变了。究竟是不是呢？请读者自己去判断罢。"

是的，《彷徨》与《呐喊》相比，的确有了风格上的变化，随之反响也有所不同，不及《呐喊》那么强烈，却引起了更为深沉的精神共鸣。

李荐农的《读〈伤逝〉的共鸣》（1926 年 9 月 27 日、28 日《世界日报副刊》），虽然仅对《伤逝》表示他的"共鸣"，但其实也是对全本《彷徨》做出的反响：

> 人生要吃饭才能继续活下去，而吃饭又非钱不办，这在人生的途程上是很讨厌的罢？至少在恋人感觉到这是很麻烦而累赘的一件不高兴的事！要是不吃饭而能活，或是吃饭和住房子等等不花钱可以办的话，那么我们的西邻就无须将"爱情和面包"拉在一块，而我们这《伤逝》中主人涓生和子君也就可以

继续共住而享受那“最为幸福”的共同生活了。然而这不能，纯洁的爱情每每就为了这“面包问题”发生了变化，这是多么令人伤感而悲哀！

涓生“为子君，为自己”将他的“悔恨和悲哀”手记下来，这在我看了，觉得这不但是他们俩的悲哀，实在是全人类的苦痛！（那班买姨太太的阔老当然除外）尤其是学生们常亲自表演的悲剧！

鲁迅先生他“彷徨”于黑漆的十字街头，不住的给我们无所适从的人们“呐喊”，并且指示我们那里是归路。他这种人生路上的真实的警察的精神，使我们十分同情！他不是谈爱情的先生，然而他看到人们走错了路，他又不得不略略一说。这就是《伤逝》。我读到《伤逝》不但给作者表无限的同情，而对于子君和不幸的其他的人间爱侣，也禁不住发出我那心房中悲哀的，微弱的“共鸣”！

从以上读《伤逝》后的感想中，我们可以充分感受到鲁迅作品在当时人们特别是青年心中所引起的深深的精神共鸣！无论是鲁迅作品本身，还是对其所发出的共鸣，都是一种令人深思的精神文化现象。

董秋芳的《〈彷徨〉》（1926年10月18日、19日《世界日报副刊》），也认为“《彷徨》和《呐喊》的作风是截然不同的”：

《呐喊》里面充满着显烈的讽刺，充满着显烈的诅咒人生的勇气。正如一个人走了前半段的荆棘道路，受着痛伤，便忍心将迎面的荆棘痛加翦折，阿Q的苦脸，可说是翦折后反面的永远不灭的遗迹。……在《彷徨》里，充满着人生的悲愁，充满着看透了人生之后得到一种真切的悲愁 feeling，充满着人生里面矛盾的迹象。祥林嫂的疮疤，连殳的血迹和遗体，七大人的“来……兮！”的叫喊；吉兆胡同寓所里的“死的静寂”和

> “子君的灰黄的面色”“孩子似的目光”……是永不毁灭的遗迹。不如一个人翦过了一段荆棘，而无穷的荆棘道路，看去终是无穷的荆棘道路，于是中途彷徨，莫名悲愁了。
>
> 从艺术手段方面说来，《呐喊》，是作者努力于描写而求表现之充分，《阿Q正传》是最好的例子。《彷徨》里，作者的表现力，已臻于纯熟，不，已到神化之境了。《祝福》里面关于祥林嫂的故事之报告，《孤独者》里面，大良们的祖母的关于连殳的身后议论；《离婚》里面，爱姑的自白，从S城出身的我看来，正是一样的活人说话，如闻其声，如见其人了。人生的进程是如此矛盾的，如此可悲的，读者试掩卷静思，不也要起彷徨之心么？

该文对《彷徨》与《呐喊》不同风格的比较，至今看来依然是中肯的。除此之外，该文还分析了《彷徨》11篇作品的不同结构：

> 《祝福》最为自然密严，祥林嫂的故事，是一篇的主脑，而作者却随便带起，绝无用力做作的痕迹；《孤独者》开首一段的两句话：“竟是以送殓始，以送殓终。”将全篇的记述都关住了。《伤逝》，前半篇是“宁静幸福”为主语，后半篇是“静寂空虚”为主语，全篇可说是从“我是自己的……”这种精神变换到“今天子君的父亲来到这里，将她接回去了”以及“她去了么?”“她死了”的可悲的轨迹，前后完密，无懈可击。但是最经济最神奇的是《离婚》一篇。离婚的原本事实，都在对话中暗示给读者。全篇便觉灵动，耐人寻味了。

这些分析也都很精到，后来的研究者倒忽视了这种结构的分析。

而对鲁迅从《呐喊》到《彷徨》的艺术发展概括得最为贴切的，还是任叔的《鲁迅的〈彷徨〉》（见《鲁迅在广东》）：

（一）由露骨的讥刺而入于敦厚的讽示。

（二）由热情的叫喊而入于感伤的吁叹。

（三）由事实的描写而入于心理的刻划。

这样的概括是很富于艺术感的。

其他关于《彷徨》的评论，还有叶生机的《痛读〈彷徨〉》（1926 年 9 月 30 日《世界日报副刊》）述说了连跑几趟才买到《彷徨》的情景，逐篇简析了集中的作品。苏进的《鲁迅的〈彷徨〉》（1926 年 12 月 26 日天津《庸报》）也分析了鲁迅从《呐喊》到《彷徨》的艺术发展。

这一时期，《彷徨》中单篇作品的评论文章还有：

孙福熙的《我所见于〈示众〉者》（1925 年 5 月 11 日《京报副刊》第 145 期）。孙文是对《彷徨》中的作品的最早反响，艺术体味很准确、细腻，称鲁迅的小说“没有风月动人，没有眉目传情，他描写如铁笔画在岩壁上，生硬以外还夹着一尖利的声音，使人牙根发酸或头顶发火”。这种譬喻很形象，很有道理。

向培良的《论〈孤独者〉》（1926 年 11 月 17 日《狂飚》第 5 期）。向文说在《彷徨》里面，“最喜欢《孤独者》这一篇，这大概是因为他离开了鲁镇，离开了乡下人，而起来写现代青年，觉得更加亲切点的原故”。孤独者魏连殳反映了中国改革者的命运。作者鲁迅“在冷酷底下藏着热烈的情感。他有时候滑稽，有时候张开嘴笑，但他的笑却可怕，而且酷烈，尤其是在这一本集子里所表现的。唯有在这一篇里，他不曾笑，不曾戴起他讽刺的面具。对于孤独者，他确实感到一种悲哀，凄冷的、伤情的而且是深激的悲哀，也许作者自己的朋友们就有被那样的命运所压迫的”。向培良对《孤独者》的重视和对鲁迅冷中藏热风格的分析，都是有道理的。后来有的研究者就把《孤独者》当作鲁迅最重要、最能表现鲁迅自我个性的作品，与向文一脉相承。不过，从向文也可看出这一种观点的偏颇之处：过于强调鲁迅与“孤独者”相通的反抗社会的一面，而没有看到鲁迅对“孤独者”和工人绥惠略夫无政府主义倾向的批判。这一点也透露出了向培良后来反对鲁迅的深层原因。

这一时期，对《呐喊》又有进一步的评论，值得注意的是西谛即郑振铎的《〈呐喊〉》（1926年11月21日《文学周报》第251期）。郑振铎以文学史家的眼光看到："《呐喊》是最近数年来中国文坛上少见之作，那样的讥诮而沉挚，那样的描写深刻，似乎一个字一个字都是用刀刻在木上的。中国的讽刺作品，自古就没有。"只是对《阿Q正传》"大团圆"的结局提出商榷，但又预言"《阿Q正传》在中国近代文坛上的地位却是无比的；将来恐也将成世界最熟知的中国现代的代表作了"。对该文提出的商榷，鲁迅后来专门写了《〈阿Q正传〉的成因》一文进行说明，讲了一段关于阿Q革命问题的名言："于是乎就不免发生阿Q可要做革命党的问题了。据我的意思，中国倘不革命，阿Q便不做，既然革命，就会做的。我的阿Q的运命，也只能如此，人格也恐怕并不是两个。"这段话对于阿Q研究是很重要的，但也只有在了解鲁迅学史的情况下才可能明白这段话的背景。

1927年9月，鲁迅又接连出版了《野草》《热风》《华盖集》《中国小说史》和《小说旧闻抄》。9月16日，《北新》周刊第47期、第48期合刊上刊登了几则书籍介绍，评介这几部新著。其中关于《野草》的介绍有些意思，指出："《野草》可以说是鲁迅的一部散文诗集，用优美的文字写出深奥的哲理，在鲁迅的许多作品中是一部风格最特异的作品。"这是对《野草》的最早的反响。而章衣萍的《古庙杂谈》（北新书局1926年版）则是最早透露《野草》创作内情的文字，并成为以后研究者经常引用的名言：

> 我也不敢真说懂得，对于鲁迅先生的《野草》。鲁迅先生却明白的告诉过我，他的哲学都包括在他的《野草》里面。

这一系列新著的出版使鲁迅的权威地位大大巩固，开始进入文学史著作。1927年4月，谭正璧所著《中国文学史大纲》，订正后由光明书局推出第三版，书中第十一章《现代文学与将来的趋势》

中专设一节《二大文学家——周树人和周作人》，对鲁迅做了很高的评价：

> 我以为现在文坛状况，已与胡适之脱离关系，完全为周氏兄弟所创欧化文的势力。周氏兄弟以白话作文，实受文学革命之赐，而他们走的却是陈独秀所赞成的仿西洋文学的路……他（指鲁迅）的小说集《呐喊》，是一部永久不朽的作品，很有地方色彩，而用笔冷诮暗讥，有特别风味。不但是好的文艺创作，还是一本革命的宣传书。不过最近的作品，又换了一种意向，但他那种诙谐的神味，仍时常在笔下发出。他的诙谐，是欲哭无泪的强笑，吾们决不能当他是滑稽呢！

鲁迅及其作品进入文学史著作，是鲁迅学史上一个很重要的现象。这说明鲁迅的文学成就已开始为文学史家所承认，为学术界所公认，更加证明鲁迅的权威地位业已确立。

三 鲁迅杂文不同的精神回应

鲁迅杂文这时已经数量很多，产生了很大的影响，与他的小说一起成为文学的双翼。然而，获得的精神回应却很不相同，甚至截然相反。

陈西滢在《闲话》（1926 年 4 月 17 日《现代评论》第 3 卷第 71 期）中说：

> 鲁迅先生描写他回忆中的故乡人民风物，都是很好的作品。可是《孔乙己》《风波》《故乡》里面的乡下人，虽然口吻举止，惟妙惟肖，还是一种外表的观察，皮毛的描写。我们记忆中的乡下人，许多就是那样的，虽然我们没有那本领写下来。到了《阿 Q 正传》就大不相同了。阿 Q 不仅是一个 type，

而且是一个活泼泼的人。他是与李逵、鲁智深、刘姥姥同样生动，同样有趣的人物，将来大约会同样的不朽的。（我不能因为我不尊敬鲁迅先生的人格，就不说他的小说好，我也不能因为佩服他的小说，就称赞他其余的文章。我觉得他的杂感，除了《热风》中二三篇外，实在没有一读的价值。）

陈西滢的主要观点就是肯定鲁迅的小说而否定他的杂文，这是后来一直流行的一种观点。

然而，当时身处南方革命中心广州的一声却截然相反，把鲁迅的杂文摆在小说之上。他在《第三样世界的创造——我们所应当欢迎的鲁迅》（1927 年 2 月 21 日《少年先锋》旬刊第 2 卷第 15 期）中说：

在鲁迅的作品中，显然可以看出他对于人生和社会的态度的变化。在创作的小说里所表现的是一种态度，在论文里是另一种态度，用几个抽象的形容词来说，则前者是失望的，冷的，后者是希望的，热的，他的作品对于革命的文化运动上的贡献，我们可以说，论文实在比小说来得大。

为什么这两种观点如此针锋相对呢？

主要在于这两种观点所代表的精神与背后的政治经济基础是完全不同的。陈西滢所代表的是一种英国绅士与中国儒家相混合的正统精神，既对文化艺术有着高雅的鉴赏品位，又主张渐进、稳定的变革方式，反对激进的革命运动。因而他一方面对鲁迅小说，特别是阿 Q 的典型性提出了很高的评价；另一方面又对直接抨击封建旧文化、旧传统的鲁迅杂文本能地采取抵制的态度。因为他和他所代表的社会群体希望保持现有的社会稳定和自己既得的优越地位，只想对社会中不适合自己要求的过于陈腐的部分稍加改良，并不存心推翻整个社会制度，所以他们在精神文化领域否定鲁迅杂文等直接批判封建专制主义的文章，在社会实践中又反对女师大学潮等激烈的革命运动。而一声却正好相反，他所代表的是一种彻底革命论的精神，主张彻底推翻现有的社会制度，创造全新的世界，因而他虽然肯定鲁迅小说对中国农村贫穷生活的描写，却又感到不满足，觉得鲁迅“没有叫农民起来反抗他们的命运，也没有叫青年回到农村去改造农村。他只是很冷然地去刻划，去描写，写好了又冷然地给你看，使你们看了失惊。或许是鲁迅的创作对于革命的消极的贡献罢”。然而，“在论文里，我们的作者便前进了一步。他的小说表现的是他对于现在的悲观，而论文所表现的却是他对于现在的不满和对于将来的希望。有人说过他是用医生诊视病人的态度去写小说的。这话如果不错，那么，他当然是用泼皮打狗的态度去写论文的了。在前者，他用的是解剖刀，在后者，他用的是短棒。他对于封建社会和他的遗孽是如此的仇视，憎恨，憎恨到使他丢了医生的解剖刀，变成泼皮，拿起短棒，去和他们相殴相打。他的论文所攻击的对象都是所谓礼教，所谓国粹，精神文明，东方文化等等一类的封建思想。除了以推翻整个的旧制度为专业的共产主义者而外，在中国思想界中，像鲁迅一般的坚决彻底反抗封建文化的理论，是很少的。因此，他比资产阶级的思想更进了一步，因为资产阶级之反对封建主义文化，向来是不彻底，带有妥协色彩的。只要看欧洲资产阶级文化的保守与复古的倾向，便可以知道。再看中国资产阶级的理论家以‘道统’‘仁爱性能’，做‘哲学基础’，更可以知道。鲁迅的论文之所以对于革命的文化运动有裨益、有帮助，就在这种对于复古的文化的彻底攻击，就是他自己说的‘思想革命’。他这种革命的思想，再用他的天才的文学手腕表现出来，效力自然更加广大。他对于敌人的攻击，每一击都有力，中了要害，使敌人受伤。”也正是由于这种革命方式和对未来社会理想的相合，一声把创造鲁迅所提出的“做稳了奴隶”与“做奴隶而不得”的时代之外的“第三样时代”，当作“现在的青年的使命”。

由此可以看出，对鲁迅杂文的评价绝不仅仅是一个学术问题或艺术问题，而是与时代精神和背后的政治经济基础紧密相联的，实质上也是一种精神文化现象。

如今以现代的眼光回瞻当时的这两种观点，应该更为公允一些。陈西滢等人的观点并不全错，他们还是具有较高的文化品位和较为先进的政治要求的，不然就不会对鲁迅小说特别是阿Q的典型性问题有比较高的阐析。然而他们生不逢时，于新旧社会的激烈转型期反对革命运动，又对中国的社会现实不甚了了，在剧烈的阶级斗争面前主张平和渐进，结果只能落得两面碰壁。一声的观点也不全对，他看出了鲁迅杂文的巨大价值和鲁迅本人与共产主义的相合之处，是极为难得的，比后来那些把鲁迅说成是“法西斯蒂”的“革命文学”论者要高明多了，但是他低估了鲁迅小说的价值就未免浮浅和过于急躁了。以后，鲁迅出于与共产主义相合的深层原因转向左翼，也由于对中国的深刻了解抵制了“左倾”路线的浮躁情绪。

四　狂飙社尼采精神与鲁迅精神的碰撞

1925—1927年，中国鲁迅学史上引人注目的一个现象，就是以高长虹、向培良为代表的狂飙社同仁与鲁迅由合作变为冲突，互相口诛笔伐，闹得很凶。

对这一现象有各种各样的解释，一为“《斧背》风波”，是说狂飙社另一成员尚钺的一本名为《斧背》的小说集，原说要印入鲁迅主编的《乌合丛书》，后来又叫人要回，并又反悔，因而造成误会所致；二为“退稿事件”，是说韦素园将压了好长时间的向培良的剧本《冬天》退还给作者，同时退了高歌的小说《剃刀》，因而造成误会所致；三为“许广平之争”，是说高长虹也爱着许广平，并有所谓“月亮诗”把所追求的许广平比作月亮，把自己比作太阳，把鲁迅比作夜，以致造成误会，形成感情冲突，这一点连鲁迅都信以为真。这些年，鲁迅研究界不再纠缠于这些琐事，而进入了深层的文化反思，认为冲突的核心是“思想权威”问题，有人的看法是高长虹在这个问题上有片面性，有人则觉得高长虹反对“权威崇拜”是正确的，是坚持了“五四”的自由思想精神。

笔者同意不再纠缠表面琐事，而深入到文化反思层面中去的大思路，然而却不能苟同肯定高长虹坚持“五四”自由思想精神的观点。笔者认为这场冲突的实质是狂飙社尼采精神与鲁迅精神的碰撞，是二十世纪一种引人注目的精神文化现象，真理在鲁迅这一边，而不是相反。

鲁迅在1925年4月28日复许广平的信中说：

> 长虹确不是我，乃是我今年新认识的，意见也有一部分和我相合，而似是安那其主义者。他很能做文章，但大约因为受了尼采的作品的影响之故罢，常有太晦涩难解处……

这说明鲁迅从一开始就看到了高长虹身上的尼采气，既有相合处，又有相异点。众所周知，鲁迅青年时代非常崇拜尼采，后来一直内涵着很浓厚的尼采气质，保留着很深邃的尼采影响，但是鲁迅从中期以后确实又相当深刻地批判了尼采的消极面，由尼采情结中“蜕变”出来了。因此，鲁迅精神不仅不等于尼采精神，而且有本质的不同，如果相遇深入，必然产生冲突。鲁迅与高长虹等狂飙社同仁的前期合作、后期冲突，正是这一实质性的精神差异所造成的。可以这样说：他们合也尼采，分也尼采。合作，是由于他们都受到尼采的深刻影响，在发扬个性精神、反抗封建传统方面是意见相合的；而在克服尼采的消极面、了解中国的实际、稳步进行思想革命等方面，他们又是注定要分裂的。因为鲁迅精神是一种为了民族和人类的解放而发扬个性、奉献自我又对现实具有清醒理解的精神，尼采精神则是一种自诩为太阳、以个人为中心、视他人为庸众、虚无渺茫的所谓的“超人”精神。这两种精神虽然在个性气质上有相通的地方，然而在出发点和终极目的上却是迥异的。

从冲突的核心“思想权威”问题中，就可以看出这两种精神的实质性差异。首先把鲁迅称为“思想界权威者”的是韦素园，高长虹说他“看了真觉‘瘟臭’，痛惋而且呕吐。试问，中国所需要的正是自由思想的发展，岂明也这样说，鲁迅也不是不这样说，然则要权威者何用？为鲁迅计，则拥此空名，无裨实际，反增自己的怠慢，引他人的反感，利害又如何者?”这段话有一定道理，为“五四”以后的自由思想发展计，那种“拥此空名”的所谓“思想界权威者”的确是“无裨实际”，反而会成为自由思想发展的阻碍。鲁迅本人就是反对这种做法的，一再声明不要这“纸糊的假冠”，不要做所谓给青年指引道路的“导师”。但是，无论在社会生活，还是在思想领域，要想获得正常的发展，完全否定权威的力量都是不可能的。当然，这种权威绝不是自封的，也不是“空名”的，而是在实践中自然发展形成的。“五四”以后近十年的文化思想革命实践，确实充分证明鲁迅无论是对中国历史和现实的了解的深刻性，还是对中国封建专制主义批判的彻底性以及对中国新文化建设的前瞻性，都是无人可以比拟的，因而他在精神文化界自然而然树立起了崇高的威信。对于鲁迅这样的权威，并不意味着他人须无条件地服从，而是说在他循循引导的大方针下，有益于更好地接近真理，从盲目走向自觉，从蒙昧走向清醒，免得总在黑暗中摸索，在迷途中徘徊。诚如郁达夫后来在著名的《怀鲁迅》中所说的：“没有伟大人物出现的民族，是世界上最可怜的生物之群；有了伟大的人物，而不知拥护，爱戴，崇仰的国家，是没有希望的奴隶之邦。”拥护、爱戴、崇仰鲁迅的人，并不是在做奴隶，而是在接近真理；反倒是那些不知拥护、爱戴、崇仰鲁迅的人，才是“没有希望的奴隶”。因此，高长虹在鲁迅的威信自然形成的时候，不但不拥护、爱戴、崇仰，反倒大加攻击，正是一种不成熟的表现，说明他还在一定程度上处于“没有希望的奴隶”的状态。

理解鲁迅，绝非易事。一个国度或一个民族，没有伟大人物时，盼望他的出现，一旦出现了，又往往对他产生误解。1925 年 4 月 8 日，《京报副刊》刊登了一篇署名“王铸”的文章——《鲁迅先生被人误解的原因》，就对这个问题做了很好的解释。该文认为鲁迅先生之所以被人误解，是出于以下三点原因：

(1)“鲁迅先生，是个生命力极强的人，他爱自己的国度，比什么人都还甚；但现实的周围的一切，又都不免使他失望，而他又是入世感最迫切的人。这两种力，在内心里相迫击所迸出来的呼声，就是使他的文字所以多感伤的分子的理由了。在这里，我们应该知道的：就是他的感伤，是有所以使他感伤的外界在，这些外界的因子不除，又那能叫他不感到失望呢？复次，他又不比我们一样，他是个感受力极强的人，我们住在这样的游惰生活里，惯了，久之神经麻醉着，也就不起什么反应。他是不然，只要外界有了为他感伤的影子，他就都能感到，而且感到的结果，就不免叫喊起来。他为了未来，所以不满足于现在，又因了现在，所以尤其追求着未来，愈是执着的追求，他对于现实的失望感，也就愈甚；而他的热望，也就愈强。只是这些，我们又哪里知道。有些人看了他的文字，就不免对之生着惊疑的神色；还有些人，出头攻击他，其实都错了。我们如若攻击他，先要检清自己的脑子里，思想语言里，有无杂样的成分，与先人的传统的影子和型范，倘是有的，那就是我们不配懂得他的思想，怪的只是自己太傻瓜，与鲁迅先生又何尤。”

（2）“鲁迅先生是一个文艺家：文艺家的心灵，是超越了现代，捉住了那时代的心底深处，而给以表现者”“但也正因为鲁迅先生的思想，能超过了现代，所以愈会被一般人不了解”。

（3）“鲁迅先生，又是一个善用幽默的人，他们兄弟，喜欢用反语去表明他的主张或意见，但一般人的不了解，却甚于所了解的程度。”因而“皆误会了他的文字，因之更不了解他的思想”。

这篇文章对鲁迅被人误解原因的分析，是很深刻的，出现在九十余年之前，就显得更加难能可贵了。相比之下，狂飙社同仁们就差得远了。

高长虹有这样一段名言：“如想再来一次思想革命，我以为非得由几个青年来做这件工作不可；他们的思想是新的，他们是没有什么顾忌的，他们是不妥协的，他们的小环境是单纯而没有什么纠葛的。已经成名的人，我想能够得到他们的帮助便是最好的了。"[①] 不仅否定了一切权威，甚至连"已经成名的人"都否定了，这就等于割断了历史，抹杀了文化的承续性，以至于连人的必不可少的经验积累也取消了。这样就只能如此荒谬地描述思想革命的历史："如大家都不拿人当人，则一批倒下，一批起来；一批起来，一批也仍然要倒下，猴子要把戏，没有了局。所以有当年的康梁，也有今日的康梁；有当年的章太炎，也有今日章太炎；有当年的胡适，也有今日的胡适；有当年的章士钊，也有今日章士钊。所谓周氏兄弟者，今日如何，当有以善自处了!"似乎思想革命的历史就是这样无程序、无定向的"猴子要把戏，没有了局"[②]。那么，岂不是永无宁日了？因为新的并不一定就是对的，年轻也不一定就掌握真理，真理只能由实践检验。

高长虹这种思想观点从根本上说，来自于尼采偏执型的怀疑一切、否定一切的哲学观，像这样一味突出个人、排斥一切，其结果只能是发狂和死，如鲁迅后来所说："尼采就自诩过他是太阳，光热无穷，只是给与，不想取得。然而尼采究竟不是太阳，他发了疯。"[③] 高长虹始终未能克服尼采偏执精神的消极影响，最终也是落得同样的结果。因为他所表现出的这种尼采式的偏执精神，是一种完全从主观欲望出发、不看客观实际的极端个人主义精神。这种精神在人类精神现象史上一再有表现，尽管形态各异，本质总是相同的，都是要打倒一切权威而树立自己的权威。在创造社、太阳社攻击鲁迅的人身上，以及"文革"中横扫"四旧"的红卫兵身上，都曾非常顽强地表现出来。这是百年来一种异常重要的精神文化现象，应该引起足够的重视。

我们在这里对高长虹的精神弱点采取批判的态度，并不意味着全盘否定他。无论是高长虹，还是他所代表的狂飙运动，在二十世

---

① 高长虹：《走到出版界——1925年，北京出版界形势指掌图》，载上海《狂飙》1926年第5期。

② 高长虹：《走到出版界——1925年，北京出版界形势指掌图》，载上海《狂飙》1926年第5期。

③ 鲁迅：《且介亭杂文·拿来主义》。

纪中国精神文化史上都有其不可抹杀的功绩。这也正是鲁迅开始能够与他们合作，后来也没有完全否定他们的原因。从这一点上，也可以看出鲁迅精神与尼采精神之间的差异，鲁迅绝不是像尼采那样否定别人的一切的，即使是反对自己的人，他也能采取具体分析的态度，取其长而弃其短。

五 对鲁迅文体的初步总结

早在1925年《语丝》刚创刊不久，就出现过关于“《语丝》文体”的讨论。

伏园的《〈语丝〉的文体》（1925年11月9日《语丝》第52期）认为：“我们最尊重的是文体的自由，并没有如何规定的。四五十期以来渐渐形成的文体，只是一种自然的趋势；既是自然的趋势，那么渐渐转移也是无碍。”他主张：“哪一位爱谈政治，便谈政治好了，哪一位爱谈社会，便谈社会好了；至于有些人以为某种文体才合于《语丝》，《语丝》不应登载某种文体，都是无理的误会。”

岂明（周作人）的《答伏园论“〈语丝〉的文体”》（1925年11月23日《语丝》第54期）也认为《语丝》“是我们这一班不伦不类的人借此发表不伦不类的文章与思想的东西，不伦不类是《语丝》的总评”。

语堂的《插论〈语丝〉的文体——稳健，骂人，及费厄泼赖》（1925年12月14日《语丝》第57期）强调“偏见”的重要性，认为“要有强毅贯彻偏见的人并非易易”，“凡人只要能把自己的偏见充分的诚意的表示都是有价值，且其价值必远在以调和、折衷为能事的报纸之上。所以我主张《语丝》绝对不要来做‘主持公论’这种无聊的事体，《语丝》的朋友只好用此做充分表示其‘私论’‘私见’的机关”。第二强调“绝对要打破‘学者尊严’的脸孔，因为我们相信真理是第一，学者尊严不尊严是不相干的事”。

后来鲁迅把“《语丝》文体”概括为“任意而谈，无所顾忌”，与以上学者的总评一脉相通。鲁迅文体并不等同于“《语丝》文体”，但是归于一大类还是可以的，所以这时的讨论已经涉及对鲁迅文体的初步探讨。

而对鲁迅文体做出初步总结的还是黎锦明。1927 年 8 月，他在《论体裁描写与中国新文艺》（《文学周报》第 5 卷第 2 期）中写道：

> 西欧的作家对于体裁，是其第一安到著作的路的门径，还竟有所谓体裁家（Stylist）者。

> 我们中国文学，从来就没有所谓体裁这名词，到现在还是没有。我们的新文艺，除开鲁迅、叶绍钧二三人的作品还可见到有体裁的修养外，其余大都似乎随意的把它挂在笔头上。

这是中国鲁迅学史上第一次把鲁迅称为文体家，应该说这一概括是正确的、必要的，是追求艺术精神的文学研究家的一种敏锐的发现。对这一发现，鲁迅表示了首肯，在《我怎么做起小说来》中说道：

> 我做完之后，总要看两遍，自己觉得拗口的，就增删几个字，一定要它读得顺口；没有相宜的白话，宁可引古语，希望总有人会懂，只有自己懂得或连自己也不懂的生造出来的字句，是不大用的。这一节，许多批评家之中，只有一个人看出来了，但他称我为 Stylist。

对鲁迅文体的研究是一项非常重要的课题，这一课题的提起是很早的。然而，在后来相当长的一段时期并没有得到应有的重视。

六　两本鲁迅研究论集的出版

到 1926 年，鲁迅的权威地位已经确立，对鲁迅的反响和评论文章也已经积累了相当数量。于是，这年7月，台静农编、司徒乔作封面的《关于鲁迅及其著作》一书由未名社出版了。

该书收集了从1923年至1925年报刊所载的关于鲁迅的访谈和评论文章12篇，其中访谈与综论5篇，《呐喊》的评论6篇，《示众》的评论1篇；开篇是鲁迅的自叙传略，结尾是景宋（即许广平）编的《鲁迅先生撰译书录》，并附有陶元庆作的《鲁迅一九二六年画像》、林语堂作的《鲁迅先生打叭儿狗图》和鲁迅1903年在日本东京、1912年在绍兴的照片。

这本集子的编选是在鲁迅的指导和支持下进行的。原来还想收入周作人的《〈阿Q正传〉》和国外关于鲁迅的评论，鲁迅都不同意，结果反而依他的意见加添了陈源批评他的文章。这样就如台静农在序言中所说的：

> 这里面有揄扬，有贬损，有谩骂，在同一的时代里，反映出批评者的不同一的心来，展开在我们一般读批评文字的人的眼前，这是如何令人惊奇而又如何平淡的事啊！

鲁迅坚持收入批评文字的主张与以上台静农对这本集子的描述，对于中国鲁迅学史的研究与写作具有重要的指导意义。这就是说依鲁迅自己的意见，必须兼顾正反各方面的文章，尤其要注意批评性的文字，只有这样才能全面展示鲁迅学史的整体面貌，才能在“有揄扬，有贬损，有谩骂”的“同一的时代里，反映出批评者的不同一的心来”，才能真实地描述二十世纪这种“如何令人惊奇而又如何平淡”的精神文化现象。

1927年7月，钟敬文编的《鲁迅在广东》由北新书局出版。该书收入鲁迅在广东时期各方面对他的评论文章12篇，附录鲁迅在广东的演说4篇。从总体上说反映了鲁迅在广东的情况，编者钟敬文的意图也是良好的，然而却受到了鲁迅的批评，后来人们以为鲁迅是反对编这本书的，其实是一种误解。鲁迅是在《而已集·通信》中谈及《鲁迅在广东》的，一共有三处，为能全面理解，全录如下：

> 收到了几期《语丝》，看见有《鲁迅在广东》的一个广告，说是我的言论之类，都收集在内。后来的另一广告上，却变成“鲁迅著”了。我以为这不大好。
>
> 希望你最好允许我实行下列三样——
>
> 一，将书中的我的演说，文章等都删去。
>
> 二，将广告上的著者的署名改正。
>
> 三，将这信在《语丝》上发表。
>
> 这样一来，就只剩了别人所编的别人的文章，我当然心安理得，无话可说了。但是，还有一层，看了《鲁迅在广东》，是不足以很知道鲁迅之在广东的。我想，要后面再加上几十页白纸，才可以称为“鲁迅在广东”。

从以上引文可以得出三点结论：其一，鲁迅“以为这不大好”的起因，是看到了署名“鲁迅”著的广告，而不是其他；其二，鲁迅只是要求将他的演说、文章等都删去，将广告上的著者的署名改正，并没有否定全书；其三，说“要后面再加上几十页白纸，才可以称为‘鲁迅在广东’”，是暗示在广东时期所看到的白色恐怖而不能言说的隐衷，并非责怪《鲁迅在广东》一书。因此，认为鲁迅否定《鲁迅在广东》一书的误解应该澄清，钟敬文先生编辑此书并半个多世纪以来“不废胸头一像高”、景仰鲁迅、研究鲁迅的历史功绩是不可抹杀的。

总而言之，台静农编的《关于鲁迅及其著作》和钟敬文编的《鲁迅在广东》两书，标志着鲁迅权威地位的确立和鲁迅研究进入了初步的总结时期，在中国鲁迅学史上有其不可磨灭的价值。

七　茅盾的《鲁迅论》
——鲁迅映象的第二次总结

1927 年 11 月 10 日，茅盾署名“方璧”在《小说月报》第 18 卷第 11 期上发表了长篇论文《鲁迅论》，成为鲁迅映象的第二次总结。

这篇《鲁迅论》首先总结了小学生马珏、曙天女士和陈源教授三类人对鲁迅的印象。引马珏的话时说：

> 在小学生看来，鲁迅是意外地不漂亮，不活泼，又老又呆板；在一位女士看来，鲁迅是意外地并不“沉闷而勇猛”，爱说笑话，然而自己不笑；在一位大学教授看来，鲁迅“很可以表出一个官僚的神情来”……

然后，把张定璜的《鲁迅先生》一文概括为：

> “老实不客气的剥脱”，“沉默的旁观”，鲁迅之为鲁迅，尽于此二语罢。

而茅盾所强调的是鲁迅“也老实不客气的剥脱自己”：

> 鲁迅站在路旁边，老实不客气的剥脱我们男男女女，同时他也老实不客气的剥脱自己。他不是一个站在云端的“超人”，嘴角上挂着庄严的冷笑，来指斥世人的愚笨卑劣的；他不是这种样的“圣哲”！他是实实地生根在我们这愚笨卑劣的人间世，忍住了悲悯的热泪，用冷讽的微笑，一遍一遍不惮烦地向我们解释人类是如何脆弱，世事是多么矛盾！他决不忘记自己也分有这本性上的脆弱和潜伏的矛盾。《一件小事》（《呐喊》六三

页）和《端午节》（《呐喊》一八九页），便是很深刻的自己分析和自己批评。

抓住鲁迅“老实不客气的剥脱”他人，“也老实不客气的剥脱自己”这一特点，就把握住了正确理解鲁迅的关键之处，茅盾正是从这里入手对鲁迅映象进行第二次总结的。

他表示不同意成仿吾说《端午节》是所谓“自我表现”的观点，认为“《端午节》还是一篇剥露人的弱点的作品”，“表面虽颇似作者借此发泄牢骚，但是内在的主要意义却还是剥露人性的弱点，而以‘差不多说’为表现的手段”。

茅盾认为鲁迅主要特征是以一个“老孩子”的身份不懂世故地剜剔老中国的毒疮，而又从不以“青年导师”自居，但是他又确实指引着青年们“怎样生活着，怎样动作着的大方针”：要以生存、温饱、发展为根基，要警惕“挂着金字招牌的导师”，要有“韧性”，不要再请愿！茅盾的这一总结是非常重要的，他实质上是总结出了鲁迅所发现的最为紧要的几点真理，同时说明了不尊重鲁迅并不是仅仅不尊重鲁迅本人而是不尊重真理，不理解这位真诚的智者所概括的宝贵经验。由此也反证了高长虹等狂飙社同仁否定一切权威、抹杀鲁迅重要价值的谬误之处。

茅盾《鲁迅论》最可贵之处，还是在于更为深刻地指出了鲁迅小说中所描写的“老中国的儿女”在中国的精神文化意义：

> 《呐喊》和《彷徨》中的“老中国的儿女”，我们在今日依然随时随处可以遇见，并且以后一定还会常常遇见。……总之，这一切人物的思想生活所激起于我们的情绪上的反映，是憎是爱是怜，都混为一片，分不明白。我们只觉得这是中国的，这正是中国现在百分之九十九的人们的思想和生活，这正是围绕在我们的“小世界”外的大中国的人生！而我们之所以深切地感到一种寂寞的悲哀，其原因亦即在此。这些“老中国的儿女”的灵魂上，负着几千年的传统的重担子，他们的面目

是可憎的，他们的生活是可以咒诅的，然而你不能不承认他们的存在，并且不能不懔懔地反省自己的灵魂究竟已否完全脱卸了几千年传统的重担。

当然，最令人反省自己灵魂的还是阿Q，茅盾进一步指出：

或者你一定不肯承认那里面也有你自己的影子，那最好是读一读《阿Q正传》。这篇内的冷静婉妙的讽刺！或者会使人忘记了——忽略了篇中的精要的意义，而认为只有“滑稽”，但如你读到两遍以上，你总也要承认那中间有你的影子。你没有你的“精神胜利的法宝”么？你没有曾善于忘记受过的痛苦像阿Q么？你潦倒半世的深夜里有没有发过“我的儿子会阔得多啦”的，阿Q式的自负？算了，不用多问了。总之，阿Q是“乏”的中国人的结晶；阿Q虽然不会吃大菜，不会说洋话，也不知道欧罗巴，阿美利加，不知道……，然而会吃大菜，说洋话……的“乏”的“老中国的儿女”，他们精神上思想上不免是一个或半个阿Q罢了。

由阿Q而看到自己的影子，从中开出反省的道路，是鲁迅在中国所引发的一种非常独特的精神文化现象。生动地描述这一现象，加以简明的概括，道出其中意义，茅盾是第一人。这也是他的这篇《鲁讯论》比张定璜的《关于鲁迅先生》更为深入、精警之处。另外，这篇《鲁迅论》还对成仿吾的只是从“我以为”出发做主观臆断的鲁迅评论，进行了批评，并对《彷徨》中的《幸福的家庭》《伤逝》等描写现代青年生活的风格独异的篇章做了独到的思想与艺术分析。

总而言之，茅盾的这篇《鲁迅论》对1927年以前的鲁迅研究成果做了全面的概括，对鲁迅映象进行了非常精辟的第二次总结，是中国鲁迅学史上划时期的重要论著。

八　小结

1925—1927 年，“五四”的热潮开始消退，革命运动却又汹涌澎湃。《呐喊》出版以后，基本确立权威地位的鲁迅，进一步获得了世界的声誉。《彷徨》《野草》《热风》《华盖集》和《中国小说史略》等一系列著作接连出版后，他的权威地位更加巩固，然而攻击也随之蜂起，先是陈源等“《现代评论》派”的诋毁，接着是起初合作、后来分裂的狂飙社的攻击。这一切都是各种精神流派互相碰撞的必然反应，更多还是对鲁迅精神文化价值的进一步认可与理解，与他的《彷徨》等小说产生精神共鸣，认识到他的杂文的巨大的精神意义，同时对他的独特文体也有了初步的把握。茅盾的《鲁迅论》较前更为深刻地指出了鲁迅对“老中国儿女”的精神影响和启发中国人进行自我反省的精神实质，成为鲁迅映象的第二次总结。

第三章　从“革命文学”的论争到瞿秋白的总结（1928—1933）

1927 年 4 月，曾经轰轰烈烈的大革命被血腥镇压下去了。鲁迅于 9 月 27 日携许广平离开广州去上海，10 月 3 日到达，自此开始了上海 10 年的生活。

1928 年创造社、太阳社扯起了“革命文学”的旗帜，在当时是需要革命勇气，也是具有进步意义的，但是他们却错误地把攻击的矛头指向了鲁迅，造成鲁迅认知史上的迂回和曲折。后来，这一错误倾向得到了纠正，左翼作家与鲁迅汇合，瞿秋白发表了著名的《〈鲁迅杂感选集〉序言》，对鲁迅映象做出了新的、更高的总结。

这一时期，国际上共产主义与法西斯主义形成对垒，大批先进知识分子左转倾向共产主义，鲁迅的转变也正顺应了这一世界潮流。在当时的文化中心上海，各种精神文化思潮汇流交锋、融合碰撞，鲁迅成为左翼文化的旗手，他对中国社会历史的认识更为深化，对中国精神文化的影响也更为深刻。中国各精神文化流派对鲁迅的认知也达到了新的境界，研究进入了新的层面。

一　创造社对鲁迅的讨伐及其精神教训

早在 1927 年 1 月 16 日，成仿吾就在《洪水》半月刊第 3 卷第

25期上发表了《完成我们的文学革命》一文，在估计数年来新文学形势时，把鲁迅和周作人、刘半农及陈西滢列在一起，认为鲁迅等人所从事的是“以趣味为中心的文艺”，“而这种以趣味为中心的生活基调，它所暗示着的是一种在小天地中自己骗自己的自足，它所矜持着的是闲暇，闲暇，第三个闲暇”“我们的鲁迅先生坐在华盖之下正在抄他的小说旧闻”，已经为以后把矛头指向鲁迅埋下了伏笔。

这样，1928年“革命文学”论争一开始，创造社同仁就将笔锋指向了所谓的“趣味文学”。冯乃超在《艺术与社会生活》（1928年1月15日《文化批判》创刊号）中说：“鲁迅这位老生——若许我用文学的表现——是常从幽暗的酒家的楼头，醉眼陶然地眺望窗外的人生，世人称许他的好处，只是圆熟的手法一点，然而，他不常追怀过去的昔日，追悼没落的封建情绪，结局他反映的只是社会变革期中的落伍者的悲哀，无聊赖地跟他弟弟说几句人道主义的美丽的话。隐遁主义！好在他不效 L. Tolstoy 变作卑污的说教人。”李初梨的《怎样地建设革命文学》（1928年2月15日《文化批判》2号），一方面赞扬成仿吾在《完成我们的文学革命》中“把‘趣味文学’的社会根据暴露出来”，另一方面又感到不满足，认为“对于这种文学在社会上所玩的把戏，却未曾说及”，于是做了如下补充：

> 第一，以“趣味”为中心，使他们自己的阶级更加巩固起来。
>
> 第二，以“趣味”为鱼饵，把社会的中间层，浮动分子，组织进他们的阵营内。
>
> 第三，以“趣味”为护符，蒙蔽一切社会恶。在中国社会关系尖锐化了的今日，他们惟恐一般大众参加社会争斗，拼命地把一般人的关心引到一个无风地带。
>
> 第四，以“趣味”为鸦片，麻醉青年。

照此逻辑推理，就必然得出这样的结论：要展开“革命文学”的建设，建立无产阶级文学，就必须推倒所有的“趣味文学”，尤其要批倒这种文学的最大代表——鲁迅。

由此已经不难看出，创造社的“革命文学”论者们立论的前提和推出的策略都是错误的。

首先，立论的前提——鲁迅是阻碍“革命文学”的“趣味文学”的代表，无疑是错误的。其错误在于无视鲁迅彻底批判中国封建专制主义的巨大的历史功绩，无视广大革命青年对鲁迅的崇仰、拥戴和鲁迅对青年一代的革命影响，把鲁迅看成是“社会变革期中的落伍者”，其本身就是是非颠倒、敌我倒错的。

其次，把对立的文学定为“趣味”的，自己要建立的“革命文学”则是反“趣味”的，完全成为鼓动大众的宣传品，从而失去了文学的基本属性。以这样的理论为基础，怎么可能创作出文学作品呢？事实也正是如此，“革命文学”自始至终仅是一个空洞的口号，既没有创立什么真正的文艺理论，也没有创作出优秀的文艺作品。

再次，把所有具备一些文学性的作品都定为“趣味文学”予以排斥，这种打击一大片的政策无疑是极不策略的，结果只能是四面树敌而使自己处于极端孤立的境地，本想扫清地盘后，建立什么全新的无产阶级文学，“熔铸表现时代的 Tempo 的作品”，但却如空穴来风，一无所获。他们的这一观点明显地受到了当时苏联“拉普”和日共以福本和夫为代表的左倾路线的影响，妄想凭空创造所谓无产阶级文化，其结果也只能是海底捞月一场空。

如果说起初还有心谈些难以成立的理论的话，在受到鲁迅强有力的回击之后，创造社同仁们就因恼怒而开骂了。在 4 月 15 日出版的《文化批判》4 号中，一气发表了三篇谩骂鲁迅的文章：彭康的《除掉鲁迅的“除掉”!》、冯乃超的《人道主义者怎样地防护着自己》、李初梨的《请看我们中国的 Don Quixote 的乱舞——答鲁迅〈“醉眼”中的朦胧〉》（笔者注：Don Quixote 即堂·吉诃德，下同）。5 月 1 日，《创造月刊》第 1 卷第 11 期又发表了石厚生（成仿吾）的《毕竟是“醉眼陶然”罢了》，调门级级升高。而到 8 月 10

日，《创造月刊》第2卷第1期刊出杜荃（郭沫若）的《文艺战线上的封建余孽——批评鲁迅的〈我的态度气量和年纪〉》，就升高到了极点，把鲁迅说成“二重的反革命的人物”“一位不得志的Fascist（法西斯谛）”了。

1929年，中国共产党的一些负责同志出面批评了这种围攻鲁迅的错误，指示左翼文化人联合鲁迅，这股讨伐浪潮才平息下去。创造社同仁后来大多数也经过实践的磨炼，成为坚强的革命者。不过，创造社对鲁迅的讨伐，作为二十世纪一种重要的精神文化现象，是值得令人深长思之的。

这种精神文化现象令人深思的地方是：为什么看似非常革命的口号和纲领，在革命实践中却不仅没有起到积极的建设作用，反而造成了破坏？其中的本质原因是什么？

原因是很多的，从精神原因上看，是有一种错误的精神在人们头脑里作怪，须引起后人高度的警惕。

这种精神的哲学出发点是主观唯心，即不是从客观实际出发，而是把自己的主观意愿、主观好恶当作提出口号、采取行动的唯一根据，严重地脱离实际，“左倾”盲动。

这种精神的人格特征是唯我独尊、唯我独革，否定和排斥一切不合我意的事物，不管是什么样的人物，什么样的文化，什么样的制度，只要不符合我的意愿和要求，就一律加以攻击和破坏。

这种精神的思维类型是偏执狂，抓住一点，不及其余，爱走极端，遇事狂热，对既有的文化产品、生活方式、社会制度，不论正确与否，一律摒弃，从来不做具体分析。在他们眼里，年老的、传统的，全是坏的，全要抛弃；年轻的、新生的，都是好的，都要称霸。结果只能失去衡量是非的标准和人类生活必需的正常秩序，使社会陷入无休止的混乱。

这种精神的实质内容是空虚浮浅的，对社会实情缺乏深入的了解，对历史经验又没有起码的认识，年轻幼稚却又要指点一切，结果只能是适得其反。

这种精神最早在成仿吾的《〈呐喊〉评论》中就有所表现，但仅限于文艺评论范围，没有过界。在狂飙社高长虹等人对鲁迅的攻击中表现更为加剧，但由于人数很少，毕竟难成气候。到创造社的这次讨伐，才形成气势，显出危害了。以后，这种精神仍然一再顽固地表现出来，尽管形式多变，本质却不出以上诸点，不断演出历史的恶作剧。

鲁迅对这种精神进行了深刻的批判，他在《上海文艺之一瞥》中指出“革命文学”运动有其社会背景也“很有极坚实正确的人存在”之后，着重揭示了其中的错误：

> 第一，他们对于中国社会，未曾加以细密的分析，便将在苏维埃政权之下才能运用的方法，来机械的运用了。再则他们，尤其是成仿吾先生，将革命使一般人理解为非常可怕的事，摆着一种极左倾的凶恶的面貌，好似革命一到，一切非革命者就都得死，令人对革命只抱着恐怖。其实革命是并非教人死而是教人活的。

鲁迅的这些论述，是对中国革命的非常重要的经典性的分析。从中也可以看出鲁迅绝不仅仅是一位一般的文学家，更当紧的是一位对中国社会和历史有着深刻认识的伟大的思想家与革命家，这才是更为完整、真实的鲁迅映象。创造社对鲁迅的讨伐，从反面映射出了鲁迅的这一特征，也算是一大功绩。中华民族对鲁迅的认知史，就是这样在多种精神碰撞中曲折发展的。

二　钱杏邨的鲁迅论及其精神症结

创造社讨伐鲁迅时，以钱杏邨为代表的太阳社予以了配合，因而后来史家述及此事，往往将创、太二社合而论之。其实，这是非常不妥的，因为这二社之间还是有区别的。

就拿钱杏邨的《死去了的阿Q时代》（《太阳月刊》1928年3

月号）来说，虽然观点有误，然而从学理分量和细致的分析上看，实是中国鲁迅学史上一篇少见的大论文，绝非创造社一些纯属意气用事的文章所能同日而语。但也反证只从农民运动的表象去看，而不能透视精神实质，是不可能理解《阿Q正传》，也不可能理解鲁迅的。

即便钱杏邨的鲁迅论存在这些错误，他对鲁迅价值的认识也是创造社同仁所不能比拟的。他后来写的《鲁迅——〈现代中国文学论〉第二章》（1930年2月10日《拓荒者》第1卷第2期），对鲁迅做出了高度的评价。因此有人认为他在这篇论文中否定了他在《死去了的阿Q时代》里所说的话，是“大变从前论调”，“掉转骂锋而作颂词”。钱杏邨以“文学史家与文学批评家的任务的分野”为根据进行了辩解，认为：“文学史家之主要任务是决定作品和产生这作品的社会的关系，与这作品在当时的社会里所起的作用及其意义。而文学批评家的任务，却是从现代的观点，来评价过去的以及现在的一些作品。”“《死去了的阿Q时代》是批评的性质，目的在指出鲁迅的作品与大革命时代的交涉，以及他的作品在现阶段的作用如何，所以我用了那样的态度去写批评。《鲁迅》一文是文学史的性质，所以我把重心点落在他的作品所产生的社会根据，以及在当时的社会里所起的作用及其价值上。”不管钱杏邨如何解释，他在学理上确实下了比创造社同仁大得多的功夫，因而比他们更能承认鲁迅的不可抹杀的巨大价值，这是后来的史家们必须看到的。

事实上，太阳社的其他成员也是承认鲁迅巨大价值的。例如蒋光慈，虽然鲁迅曾经讽刺过他的名字，他也没有因此否定鲁迅，在《鲁迅先生》（1929年1月5日《海蜃》第1期）中说：“鲁迅先生乃当代文豪，弟子满天下，真是无人不知，无人不晓。新文学运动以来，这第一把交椅，为大家所公认，毫无疑义地属于他老先生。这一由于他老先生对于中国文学，的确有点功绩，可以说是文学界的老前辈；二也由于他老先生德高望重，为其他一些后生小子所不及。”“平心而论，鲁迅先生总是可敬佩的，尤其是我应当敬佩他。”纵然言谈中还夹着些微词，但是与把鲁迅骂成“法西斯谛”“二重的反革命”是有本质区别的。这也正是在学术史上须把创造社与太阳社严格区别开来的原因之一。

三　冯雪峰的鲁迅观及其精神依据

在创、太二社与鲁迅论争当中，能够站在比较客观的立场上，讲公正话的是冯雪峰。1928 年 9 月 25 日，他在《无轨列车》第 2 期上发表了署名“画室”的《革命与知识阶级》。

这篇论文认为革命的“旋风的暴力”已经到来，无法抵抗。为了不做“反革命者”和“坟墓的殉道者”，“知识阶级不能不演下面的二类角色。其一，他决然毅然的反过来，毫不痛惜地弃去个人主义的立场，投入社会主义，以同样的坚信和断然的勇猛去毁弃旧的文化与其所依赖的社会。其二，他也承受革命，向往革命，但他同时又反顾旧的，依恋旧的；而他又怀疑自己的反顾和依恋，也怀疑自己的承受与向往，结局他徘徊着，苦痛着——这种人感受性比较锐敏，尊重自己的内心生活也比别人深些”。另外还须“留心第三种人——他们在表面上是貌似第一种人，一样地坚信一样地勇敢的，革命有时也利用他们，但他们到底没有热心自己的地位那般地热心革命的——即所谓投机的知识分子的必要”。而中国革命的现阶段，工农跑上了历史的舞台，国民主要是应该生活在工农阶级与资产阶级的斗争中，次要是继续与封建势力斗争。中国知识阶级做工做得最好的，就只是与封建势力斗争的一段上。但是，倘若凝固在这一段上，固定站在资产阶级的民主主义的立场上，与封建势力的斗争是不会成功的。因此，“中国的知识阶级，在这时除了一部分已站在工农的立场上的人离开了知识阶级的队伍以外，就只有一二分子怀疑起自己的立场稍稍显示了自己的内心摇动而已；其余留在原来的地位上支持着知识阶级的人是依然立在原来的立场上，最多也不过偶尔辽远地瞥一眼无产阶级罢了”。

依据这样的观点，冯雪峰对创造社诸人及其他人抨击鲁迅一事提出了如下的看法：

> 如上所说，革命看见有人攻击如鲁迅似的人，实不会出来给鲁迅辩护的那样愚笨。但革命，在现阶段，虽已采取了目下的手段，对于知识阶级就只能取了以上的态度，即将革命的知识阶级看作自己的追随者，而以度外的眼光视以上所说的第二种人。
>
> 我们先来检讨一下鲁迅看。照现在的情形，在或一程度上鲁迅是配入以上所说的第二种角色的人。实际上，鲁迅看见革命是比一般的知识阶级早一二年，不过他也常以“不胜辽远”似的眼光对无产阶级的，但无论如何，我们找不出空隙，可以断言鲁迅是诋谤过革命的。鲁迅自己，在艺术上是一个冷酷的感伤主义者，在文化批评上是一个理性主义者，因此，在艺术上鲁迅抓着了攻击国民性与人间的普遍的“黑暗方面”，在文艺批评方面，鲁迅不遗余力地攻击传统的思想——在“五四”期间，知识阶级中，以个人论，做工做得最好的是鲁迅，但他没有在创作中暗示出“国民性”与“人间黑暗”是和经济制度有关的，在批评上，对于无产阶级只是一个在旁边的说话者。所以鲁迅是理性主义者，不是社会主义者。到了现在，鲁迅做的工作是继续与封建势力斗争，也仍立在向来的立场上，同时他常常反顾人道主义。
>
> 但是，反顾人道主义并非十分坏的事情。革命在它的手段上，因为必要，抛弃了人道主义；但在理想上，革命是无论如何都不肯抛弃彻底的人道主义的。同样，革命也必须欢迎与封建势力继续斗争的一切友方的势力；革命自己也必须与封建势力继续斗争的。

现在看来，冯雪峰对鲁迅的评价是偏低的，鲁迅绝不仅仅是他所说的那样不过是一个革命的“追随者”。然而，在当时来说，冯雪峰的这一看法已经大为不易了。在有人把鲁迅攻击为“二重反革命”和“法西斯谛”的时候，冯雪峰能够指出鲁迅与封建势力斗争的功绩，肯定鲁迅是“知识阶级中，以个人论，做工做得最好的”，的确是难能可贵的。我们必须从当时的历史语境中去看历史人物在当时的言行，而不能以现在的标准苛求历史人物。

另外，冯雪峰的这篇论文的重要价值在于开后来瞿秋白鲁迅论的先河。瞿秋白对鲁迅的评价当然比冯雪峰高得多，影响也大得多，但是从本质上看，精神依据是相同的：都认为鲁迅是从资产阶级民主主义的立场上批判封建势力，是革命的友人，而不是社会主义者，希望他转到工农大众的无产阶级立场上来。这正是中国鲁迅学史上马克思主义鲁迅研究学派的理论基石。这一基点的最早提出者，不是别人，正是冯雪峰。

对于这一理论基点，尽管后来存在各种各样的看法，但是冯雪峰在这篇论文中认识到鲁迅的巨大价值，同时又指出鲁迅前期的不足在于“没有在创作中暗示出‘国民性’与‘人间黑暗’是和经济制度有关的”，以及不从根本上反对鲁迅的人道主义立场的观点，至今看来仍然应该予以肯定。

历史就是这样无情，冯雪峰认为“在理想上，革命是无论如何都不肯抛弃彻底的人道主义的”，这正是他善良、有人情味的地方，也是他后来与鲁迅成为诤友的缘故，然而也正是由于这个原因，他受到了“革命”的无情的惩处。这也是二十世纪一个很引人深思的精神文化现象。

四　林语堂鲁迅观的精神视角

鲁迅受到围攻的时候，他的老朋友林语堂用英文写了一篇鲁迅论，发表在1928年12月出版的《中国评论》（*China Critic*）上。1929年1月1日，由光落译成中文，发表在《北新》第3卷第1期上，这就是在中国鲁迅学史上占据相当分量的《鲁迅》。

林语堂在这篇论文开头就指出鲁迅是“现代中国最深刻的批评

家而且大约是少年中国之最风行的作者”，然后着重称道了鲁迅与青年作者们相比所显现出的“充分的成熟性”“独到处”和深刻性：

> 我们对于鲁迅的成熟的艺术必得另眼相看，以别于那班“萌芽”的作者。如果鲁迅，这位叛逆的思想家，是戴上了“青年叛徒们的领袖”的头衔，那就是因为实际上那般青年叛徒们还不曾在他们同辈中见到什么充分的成熟性和“独到处”，充分的气魄和足以给他们仰望的巍然的力量。力量是产生于真确的见解，而真确的见解则是由于知识和艰苦的世故中之“磨炼”。
>
> 在这篇短文中，我的意思不是来论述鲁迅的思想，亦不是来说明他的闪烁的文笔，放浪的诙谐，和极精明的辨证（他运用这一切来嘲讽中国的旧观念和旧制度，自中国的拳术以至于中国人下巴的毛病，自那乡下愚夫以至于那英国回来而假充古之学者的教育总长）——说明这一切如何给他在现代中国的文学界中赢得一种独特的地位。我只想说一说这位深湛的年老的中国学者（学者这个字我用的是它真切的古义）在过去的两年中如何度过了他的生活，以及近来他所遭遇的一些事情。那是处于极复杂的环境中（用心理学上的说法）的生活，在那时，如他对我所说的，“作人”实在不容易。他如何从那些极艰难的境况中爬出来的办法，即足以佐证我所说的关于他深知中国人的生活及其生活法的那些话。那“深知”是由于年老，但还是由于透彻地明了中国的历史，因为，照他的话，在中国古时候，学者“作人”从来就不容易。

林语堂接着述说了鲁迅自 1926 年遭军阀通缉，离开北京来到厦门，又辗转来到广州，再被迫退出来到上海的曲折过程，中心意思是说明鲁迅与攻击他的那些青年作者相比，具有“充分的成熟性”“独到处”和深刻性，“他深知中国人的生活及其生活法”，“那‘深知’是由于年老，但还是由于透彻地明了中国的历史”，因而对中国的事情具有产生于“知识和艰苦的世故中之‘磨炼’”的“真确的见解”，并由此具备了“充分的气魄”和足以令青年们“仰望的巍然的力量”。这正是抓住了鲁迅与攻击他的那些年轻人的重要的区别，显现了鲁迅的重要特征。这是林语堂的一大功绩，是他最早指出了鲁迅“透彻地明了中国的历史”和复杂环境、为人深刻老到的特点。

其实，鲁迅当时的生理年龄并不算老，还不到五十岁，他的“年老”主要表现在精神上，是一种精神上的成熟、深刻和老到。他不仅比创造社的那些幼稚的年轻人老练得多，而且在老练程度上远远超过了当时和以后的所有中国作家，是屈指可数的两三个懂得中国的人之一。也正因为如此，鲁迅具备了令人不得不敬仰的巍然的力量。

林语堂在这篇文章中还称鲁迅为超越一般人的难得的“白象”，这一比喻也是非常恰当的。不管林语堂后来怎样，他在此文中观察鲁迅的精神视角和给予鲁迅的“白象”的称誉，都是可取的，在中国鲁迅学史上自有其不可否定的价值。林语堂之所以能够具有这样的眼光，主要在于他具备广阔的世界视野和高深的文化修养，并与鲁迅有过密切的实际接触，这正是正确认识鲁迅的必备条件。

五　鲁迅平民精神与梁实秋贵族化精神的冲撞

二十世纪二三十年代之交，梁实秋发表了《文学是有阶级性的吗?》《论鲁迅先生的“硬译”》(1929 年 9 月 10 日上海《新月》第 2 卷 6、7 号合刊）等文章，对刚刚兴起的无产阶级革命文学运动表示了异议。鲁迅与经过革命文学论战后逐渐聚集在一起的冯乃超等青年理论家联手，对梁实秋展开了激烈的反批评，这就是中国现代文学史上颇为著名的对新月派的斗争。几十年以来，梁实秋当时的各种观点一直受到尖锐的批评。然而近四十年以来情况却发生了变化，随着阶级斗争理论的被摒弃和改革开放后梁实秋等台湾作家的作品在大陆出版并受到欢迎，开始出现相反的观点，有些青年人认为梁实秋当时的理论是对的，鲁迅等左翼作家对他的批评是错的。究竟应该怎样看待这个问题呢？有些人依然采取过去沿袭下来的简单化的“左”的方法，对梁实秋和同意他当时观点的青年人一概予以贬斥，结果适得其反，难以服人。所以很有必要对这一问题换一种眼光和方式，加以重新审视。

梁实秋在《文学是有阶级性的吗?》一文中的基本观点是：

> 资产制度有时可以造成不公平的现象，我们承认。资产的造成本来是由于个人的聪明才力，所以资产本来是人的身心劳动的报酬；但是资产成为制度以后，往往富者愈富，贫者愈贫，富者不一定就是聪明才力过人者；贫者也不一定是聪明才力不如人者，这种人为的不公平的现象是有的。可是我们对于这种现象要冷静的观察。人的聪明才力既不能平等，人的生活当然是不能平等的，平等是个很美的幻梦，但是不能实现的。经济是决定生活的最要紧的原素之一，但是人类的生活并不是到处都受经济的支配，资本家不一定就是幸福的，无产者也常常自有他的乐趣。经济的差别虽然是显著的，但不是永久的，没有聪明才力的人虽然能侥幸得到资产，但是他的资产终于是要消散的，真有聪明才力的人虽然暂时忍受贫苦，但是不会长久埋没的，终久必定可以赢得相当资产。所以我们充分的承认资产制度的弊病，但要拥护文明，而要拥护文明，便要拥护资产。
>
> 无产者本来并没有阶级的自觉。是几个过于富同情心而又态度偏激的领袖把这个阶级观念传授了给他们。阶级的观念是要促起无产者的联合，是要激发无产者的争斗的欲念。一个无产者假如他是有出息的，只消辛辛苦苦诚诚实实的工作一生，多少必定可以得到相当的资产。这才是正当的生活争斗的手

> 段。但是无产者联合起来之后，他们是一个阶级了，他们要有组织了，他们是一个集团了，于是他们便不循常规的一跃而夺取政权财权，一跃而为统治阶级。他们是要报复！他们唯一的报复的工具就是靠了人多势众！“多数”“群众”“集团”，这就是无产阶级的暴动的武器。

梁实秋讲得很了然，像这样了然的直截了当为资本家辩护的说教，后来极少听到，因而人们在宣传无产阶级理论的时候，往往是单面的，很难把事情说透。所以，全文照录这段基本观点还是有必要的。

梁实秋的话并不全错，他肯定“资产制度有时可以造成不公平的现象”，承认“资产成为制度以后，往往富者愈富，贫者愈贫，富者不一定就是聪明才力过人者；贫者也不一定是聪明才力不如人者，这种人为的不公平的现象是有的”，以至认为“人的聪明才力既不能平等，人的生活当然是不能平等的，平等是个很美的幻梦，但是不能实现的”，也都有其道理，那种要求绝对平等的理论，不仅是“不能实现的”“幻梦”，而且很有害。问题是他所提出的解决不公平现象的途径令人怀疑，他说：“一个无产者假如他是有出息的，只消辛辛苦苦诚诚实实的工作一生，多少必定可以得到相当的资产。这才是正当的生活争斗的手段。”倘若是在一个比较民主自由、法制比较健全的社会里，这条途径尚有走下去的可能性，而在当时的中国却是根本不可能的。因为当时的国民党政权不但不是什么公众选举出来的民主政权，相反倒是一个背叛了孙中山三民主义宗旨、靠血腥镇压同盟者建立起来的独裁政府。在这一点上，我完全同意王富仁先生在《中国鲁迅研究的历史与现状》一书中的意见：

> 1927 年国民党建立的全国政权与辛亥革命后孙中山建立的中华民国在本质上有了不同。辛亥革命是在推翻清朝封建王朝的基础上建立起来的，尽管那时的政权还不具有真正的民主

机制，但它到底是由专制向民主跨出的关键性的一步。鲁迅从“五四”时期始终与社会上的专制行为进行斗争，但他并不否认这个政权存在的合法性。1927 年国共两党以联合的力量推翻了北洋军阀政府，对这个革命鲁迅是采取同情与支持态度的，但国民党却镇压了自己的同盟者而建立了一党专政的政权，这就为国民党的政权埋下了自我再也难以治愈的隐患。国民党政权初建时的行为，宣布了它的专制主义性质，它将必须沿着镇压原来的同盟者共产党的专制主义道路前进，而将正义性赋予了反抗它的专制压迫的中国共产党。而它越是沿着这条专制主义道路向前发展，就越难公开宣布镇压自己的同盟者的非法性质而实行真正意义上的民主政治，而这又是治愈它的隐患的唯一方式。

作为一个思想家的鲁迅，他不但不能承认国民党政权具体专制主义行为的合法性，而且也不能承认国民党政权自身存在的合法性。显而易见，一个民族若承认一个在镇压自己的同盟者之后而建立起来的政权的合法性，就等于承认这个政权以非法的手段对自己的人民实行专制统治以维护自己政权的合法性。在这里，鲁迅不但不会成为这个政权的支持者，也不愿成为这个政权的默认者，因为默认它就等于默认专制统治。正是在这种思想的选择中，鲁迅有了与当时中国共产党领导的政治革命的相当大的契合处。他承认被非法镇压的中国共产党有以武装力量反抗国民党政权的合法性，就是承认一个民族的人民在一个政权非法剥夺自己的合法权利的时候进行革命的权利。

研究历史，必须从当时具体的历史情境出发，王富仁先生的以上分析就是从中国 1927 年以后的历史情境出发的。在那种曾经是革命同盟者的中国共产党和广大青年遭受国民党血腥镇压的时候，一个具有正义感的知识分子怎么能够不表示愤激呢？怎么能够反而站在独裁者一边诋毁表示愤激的正义者呢？因此，不管梁实秋在风度上如何温文尔雅，在具体的翻译问题上占据了多大技术优势，对无产阶级文学的挑剔包含多少道理，仅此一点就失去了人心。当然，以他为代表的新月派与当时的权力者是有区别的，他们也曾被当局剥夺了言论自由的权利。然而即便是这样，他们对当时政权也并无实质性的反抗，不但不认识其非法性，反而越来越向政府靠拢。在这一点上，甚至远远不及自由文化人曹聚仁。

曹聚仁在《鲁迅评传》中对当时的国民党政权是这样评论的：

> 蒋介石的统治，一方面接受了苏联的集权方式，以党统军，以军统政，他在政府中的地位，虽有变动，而其掌握党军的实力，则自始不曾变动。一方面接受了德意志的法西斯主义，推行特务政治。在他控制下的权力机构，属于党的有中央党部的调查统计局（简称中统）；属于军的，有军事委员会调查统计局（简称军统）。而他这个军事委员会委员长侍从室，即以相当于清廷军机处的地位操纵军政大权。那时“中统”方面，便派员长驻上海，和上海市社会局相联系，普遍地对上海文化人监视、逮捕，甚至暗杀。特务机关处置共党分子，手段非常残酷，赵平复（柔石）等被捕之后，外间传鲁迅也被拘或已死了。那样大规模的秘密枪决，到处都有，当局也在找寻鲁迅，也可能遇难的。

试想在这样的政权统治之下，加上农村土地问题长期得不到解决，广大农民早已不堪忍受地主阶级的残酷剥削，城市里由于没有健全的法制，工人也不可能凭自己的劳动得到合理的报酬，怎么可能如梁实秋说的那样“一个无产者假如他是有出息的，只消辛辛苦苦诚诚实实的工作一生，多少必定可以得到相当的资产”呢？在当时的历史情境下说这种话，确实有充当刽子手、辩护士的架势。加之在《“资本家们的走狗”》里暗示对方“如何可以到××党去领卢布”，在《答鲁迅先生》里暗示鲁迅是主张“武装保护苏联”的，话语里就暗藏杀机了。因为在当时的情境下，这些罪名倘若成立，是足以致人于死地的。鲁迅因之指出他“是给主子嗅出匪类”“比起刽子手来也就更加下贱”,[1] 就显得并不为过了。

归根结底，正是1927年国民党右翼发动的“清党”导致了独裁政权的产生，也导致了处于被镇压地位的中国共产党和工农群众进行反抗的正义性，这也就决定了鲁迅等富于正义感的知识分子向左转的正确性，以及梁实秋等新月派的非正义性。只有从这样的历史的观点出发去观察问题，才可能得出公正的结论。不妨做一个历史的假设：倘若孙中山不是在1925年过早去世，而是多生存和工作十至二十年，或者是他的继任者坚持了他的政策，没有实行血腥镇压同盟者的“清党”路线，中国的现代史恐怕是要改写的。当然，这只能是一种假设，历史是按照其本身的规律发展的，不可能符合主观的假设。从中国封建专制主义的长期性和顽固性来看，孙中山的民主联合路线倒是带有偶然性和暂时性的，镇压同盟者的专制独裁路线却是总要顽强地表现出来，并要持续极长的时间的，与之的斗争要比人们所能想象的复杂、尖锐、激烈得多。

历史就是这样运动着的，一种独裁必导致另一种独裁，一方专政必引发另一方的专政，只有走出这种历史的怪圈，人类才可能进入更为合理的社会，过上更为幸福的生活。

也正是出于这样的观点，我们对梁实秋不应该否定一切。他纵然在这场论争中属于非正义的一方，却与当时的独裁者有质的区别：他之所以持那样的看法，并不是出于权力的需要，而是精神文化背景所致。人所共知，梁实秋是师承美国白璧德的新人文主义思想的，这一思想的核心就是独尊天才、鄙视群众。因此，在鲁迅逐步克服了早期“排众数”偏颇，日益肯定群众的作用，并转向无产阶级一边时，梁实秋却重新提出了“一切的文明，都是极少数的天才的创造”“大多数就没有文学，文学就不是大多数的”这些命题，这就只能说明他的全部主张确实都渗透和贯彻着贵族化的倾向，表现着对无产阶级和劳动人民的鄙视。因而他虽然以自由主义者的面貌出现在中国二十世纪二十年代文坛上，却由于缺乏启蒙主义的因

---

① 鲁迅：《二心集·“丧家的”“资本家的乏走狗”》。

素，封建主义的落后思想依旧残存在脑海中，就只能热心于接受白璧德的新人文主义思想，使自己的保守主义倾向始终未能改变，以至于抹杀近代文明社会中客观存在的阶级性，抹杀这个社会阶段文学艺术中必有的阶级性的现象与本质，割裂人性和阶级性之间的辩证关系，甚至于“觉得‘人’字根本的该从字典里永远注销，或由政府下令禁止行使，因为‘人’字的意义太糊涂了。聪明绝顶的人，我们叫他做人，蠢笨如牛的人，也一样的叫做人，弱不禁风的女子，叫做人，粗横强大的男人，也叫做人，人里面三流九等无一班人”[①]，似乎要把他所鄙视的无产阶级和劳动人民排除于“人”之外了。难怪鲁迅批评他的见解“是矛盾而空虚的”[②]，而这正是梁实秋的谬误之所在，是鲁迅与他之间主要的相异之处。这样的两种精神相遇在一起，是不可能不发生冲突的。中国现代文学史上这场颇为著名的对新月派的斗争，实质上是鲁迅平民精神与梁实秋的贵族化精神的冲撞。

梁实秋在《鲁迅的新著》（1932 年 12 月 3 日天津《益世报》）一文结尾讲过这样一段对鲁迅的看法：

> 鲁迅有一种被迫害的错综心理，总以为“正人君子”“绅士”“教授”都在处心积虑的要害他，甚至“进步的青年”也被疑作对他“口诛笔伐”，好像全人类都和鲁迅过不去似的。其实没有这回事。

这就是流传颇广的梁实秋心中的鲁迅映象，似乎也抓住了一些特征，鲁迅的确总与“正人君子”作对，总是感到痛苦。然而，这都是表面现象，鲁迅并不是为自己而痛苦，而是为中国的落后而痛苦，为同胞的不觉悟而痛苦，为“正人君子”者们的卫道而痛苦。在新旧转型期的变幻莫测、斗争激烈的中国社会中，凡是富有思想

---

① 梁实秋：《卢梭论女子教育》，《晨报副刊》，1926 年 12 月 15 日。

② 鲁迅：《二心集·“硬译”与“文学的阶级性”》。

和正义感的知识分子都会感到精神的痛苦，何况是鲁迅这样伟大而深刻的思想家呢？梁实秋感觉不到也不理解这种痛苦，只能说明他的浮浅。当然，他不愧为一个渊博的学者和优秀的文学家，却绝非一个深刻的思想者，更谈不上是什么思想家。与他同样情况的英美派知识分子从西方学习来的民主自由理论，其本身并不一定全错，然而把在西方适用的理论硬搬到中国来运用，就必然要碰钉子了。因为西方是西方，中国是中国，如鲁迅所说，在“对于别个的不能再造的生命和青春，更无顾惜”①。

肆意杀戮的黑暗的中国里，无视淋漓的鲜血而大谈什么“忍受贫苦”，等待未知的未来侥幸得到莫须有的资产，怎能不引起人们的愤慨呢？这些贵族化的绅士们也实在是不懂得中国，不理解为着中国而承受精神痛苦的鲁迅。

六　李何林编的两本集子与奇人邢桐华

关于中国文艺和鲁迅价值问题的论争又到应予总结的时候了，李何林编的两本集子适应了这个时代的需要。

一本是《中国文艺论战》，1929 年 10 月由中国书店出版。李何林在序言中说：

> 在编排的时候，我觉得画室的《革命与知识阶级》，对于这一次中国文艺界所起的波动以及知识阶级在中国革命的现阶段上所处的地位，都下一个持平而中肯的论判，实在是一篇这一次论战的很公平的结语；现在就把这一篇不分派别的排在前面，作为这个论战的导言或者结论，以介绍给读者——虽然有人说画室是与“语丝派”一般人颇接近的。

---

① 鲁迅：《而已集·答有恒先生》。

于是，冯雪峰的《革命与知识阶级》排为首篇。依次是：语丝派及其他，收鲁迅、郁达夫等人的文章23篇；创造社及其他，收李初梨、杜荃（郭沫若）、冯乃超、成仿吾等人的文章13篇；《小说月报》及其他，茅盾等人文章3篇；《新月》，收梁实秋和新月社各一篇；《现代文化》及其他，收莫孟明、柳絮等人文章5篇。

另一本是《鲁迅论》，1930年3月由上海北新书局印行。李何林在序言中说：

> 鲁迅和鲁迅的著作之惹起近年来国内文艺界和思想界的广大的注意，是不可讳言的事；同时因注意而发表的对于鲁迅及其著作的意见或称为批评的文字，是也颇不在少数的。关于这些文字的收集成书，以供一般读者的参考，虽然已经有台静农的《关于鲁迅及其著作》和钟敬文的《鲁迅在广东》，但后者限于一时一地，前者所收集的又仅到一九二六年为止（即一九二六年以前的也不完全）。里面也都不全是理论的批评的文字，而夹杂些记游式的访问篇章。并且自从近两年来所谓“革命文学”喊出来以后，对于鲁迅及其著作似乎已经又有新的评价，又有很多站在另一观点上而作的批评的文字发表了。

因此，重新编一本《鲁迅论》就显得非常必要了。李何林的这本《鲁迅论》收集了方璧（茅盾）、钱杏邨、画室（冯雪峰）、张定璜、林语堂等人的重要论文23篇，书后附录景宋（许广平）的《鲁迅先生撰译书录》，应当说是囊括了1930年以前最重要的鲁迅研究论文，比较全面地反映了各方面的意见，是一本很有分量的鲁迅研究论集。

李何林编的《中国文艺论战》出版不久，就收到一位叫邢桐华的人从东京寄来的信——《关于〈中国文艺论战〉并及鲁迅先生——寄李何林先生》，发表在1930年4月29日《新晨报》上。这位邢桐华可是中国鲁迅学史上一位奇人，虽然仅留下两篇文章（鲁迅逝世后还有一篇），却独发奇论，至今仍然醒人耳目，不妨引述几段：

近日因精神欠佳，暇时不免又翻读鲁迅先生之《而已集》；半年以来，拼命阅读上海水沫书店出版之科学的艺术论丛书，（日译为马克思主义艺术论丛书）于思索回味之余，极想将鲁迅先生旧文谈文学与革命的东西，重看一遍，看究有如何差异之点；以此，竟偶然间，（因为在读过科学的艺术论若干册之前，早已在《语丝》上看过鲁迅先生的文字，惜当时并未注意！）发现鲁迅先生论文学与革命的文章中，实含有若干（或多量，如不能说全是）之唯物的辩证法的分子在内：他的立场完全是站在唯物论方面的。（虽然他并未在任何处所扬言他是一位吓人的马克思主义者）

老实说：我是一个鲁迅先生的绝对崇拜者；虽在若干时前，曾对他失过一回望；但现在又完全恢复了，而且更增厚了对他的信仰了。鲁迅先生方向改变后（其实并无所谓太飞跃的转变，只是他坚决的振作起来了精神而已；将沉默的消极主张，变为拼命的积极的工作而已——而这工作是绝对的有益于革命的）的工作是可惊的；是值得每个中国青年，每个中国有头脑良心者的钦敬的！在“马克思主义艺术论”与苏联无产文学的介绍移植方面，是尽了最大的，最宝贵的力量者！他Lunacharsky底《艺术论》与《文艺与批评》等译著，是在中国再找不到第二个人能够担当得了的工作；别人简直作不了的。（但似乎名教授梁实秋又作“批评”鲁迅先生的“硬译”的大论了，不管他自己的文章还远不如鲁迅先生的“硬译”的事）又在十余年来扶育维持中国一般（无额的）无名青年作家的一事上，是作了对于中国的文坛有最大的功绩的事。他是，自从新青年时代以来，唯一的一位最坚强最勇敢最急进的思想家兼艺术家；他从未离开过中国前进的思想界的尖端；他是那方面最伟大的直接以感情与一个大思想家的敏感来站在阵前的

> 战斗者！没有人能越超过他的。有见识者称他为中国思想界的权威；青年们赠他以“青年叛徒的领袖”的光荣的荆冠者，并非无因的。然而，这国度里的昏盲者与黑心者，却看不到那大才的光焰和战斗者的热血的；他们所加给他的只有迫害，毁谤，讪笑，无耻的造谣与污浊的猜忌。他们都是该得永远诅咒的。然而，不管这些，我们的作家——艺术家与斗士，却丝毫不睬地巍然挺立在他们的中央的。他的工作封住了一切龌龊者底卑污的口。（这儿用得着“卑污”二字了）然而，这些都用不着在此赘言了。我们可以简说：他仍然在中国是最伟大的思想家与艺术家和战士，十个胡适之换不来一个鲁迅先生；十个郭沫若也换不来鲁迅先生底几本小说，数集杂感；五个郁达夫，四个周作人，都换不了来鲁迅先生对于中国的难磨的功绩。他是绝对地伟大的，立在中国新文学界里的最崇高的大树，没有人能及得上他的。

阅读这样的文字，不禁令人惊叹不已！竟然早在1930年就讲出了10年后只有毛泽东才说出的话，这说明认识鲁迅的崇高价值乃是时代使然，绝非是一个领袖凭空说出的。我们不能不承认邢桐华确实具有非凡的前瞻性的眼光，竟将鲁迅在中国的价值与意义看得如此深刻！

其中最引人注意的，是鲁迅与胡适等人的比拟。当然，任何譬喻都可能是蹩脚的，人与人进行比拟也可能是不恰当的，然而就鲁迅对宇宙的最高现象、物质发展的最高结晶——人类的精神文化现象的探索来说，从鲁迅由此出发对中国历史和社会认识的深度、对中国人精神活动及其特征的精确把握、形象表达以及对中国人以至整个人类精神机制的巨大影响来看，这些评价并不为过。因为对精神文化现象的探索是极为艰深的，与一般性的文化创造相比，有些像提炼铀矿与开采煤层之别，其效力也有些像原子弹与普通炸药之差。

当然，也有人表示了不同意见。谨公的《开棺论鲁迅》（1930

年5月8日《民言日报》）表示既不同意“十个胡适之敌不过一个鲁迅；十个郭沫若敌不过一个鲁迅”的极端鲁迅崇拜论，也不同意极端的鲁迅否定论，而认为：

> 平心而论，在过去文学创作上，鲁迅可以算是一个中国杰出的人物，其余都不容易赶上他。胡适之在文学革命的议论，虽然有功绩，在文学创作上几乎是找不着。……郭沫若对于社会科学的造诣，当然不是其他的文学家之所能望尘的，不过，说到文学创作一方面，究不及过去鲁迅之盛。文学革命以来，十有余年，在文学真正能创作者几人？除了幼稚，脆弱，不成熟的作品以外几乎全是译品。因为创作的艰难，使我们不好轻弃这位老作家——鲁迅。

> 鲁迅在文坛上的地位，现在似乎是仍难断定，太热烈的崇拜固然是危险，太成见的排斥也可以不必。
>
> 鲁迅的前途何如，进坟欤？受崇拜欤？要看鲁迅个人的奋斗何如。

这种意见看来似乎很公正，也代表了相当一部分人的观点，但是实质上还是没有认识到鲁迅在中国的真正价值。因为鲁迅绝对不仅仅是一位文学上的创作家，他对中国社会和历史的深刻理解以及对于中国人精神变革上的作用绝不是一个文学家的头衔所能囊括的。

七　对鲁迅作品的学术分析

在创造社、太阳社等团体和个人对鲁迅及其著作的政治性质争论不休的时候，一些学者以务实的精神对鲁迅的作品进行了更为深入、细致的学术分析。

其中最为突出的是刘大杰。他的《〈呐喊〉与〈彷徨〉与〈野草〉》(1928 年 5 月 15 日《长夜》第 4 期),以中外文学史的丰富学养和准确的艺术感觉,对鲁迅三本主要作品进行了客观、公允的评析。半个多世纪之后回眸去看,这些评析大多感觉仍是耐得住推敲的。

他认为:“文艺界最伤心的事,是把作品的批评,当作友谊的赞美,或是谩骂的复仇。在批评者与被批评者的心中与笔底,早已有了成见的善意或恶意。这样伤心的事,在今日的中国文艺界,已是最平常而又最普遍的了。”而他“不是鲁迅的仇敌或朋友,对于他没有成见的爱与憎”,所以所说的话,全是“自己所要说的,不是友谊的赞美,也不是谩骂的复仇”。他说自己不喜欢鲁迅的《热风》《华盖集》等杂文,只谈《呐喊》《彷徨》与《野草》,于是以文学的永久性在于“没有轻浮的绅士气而又能够抓住真实的人间性”为理论根据,谈了如下看法:

> 我们读完鲁迅的这三本集子,我们知道他是一个写实主义者,以忠实的人生观察者的态度,去观察潜在现实诸现象之内部的人生的活动。他不是人道的教师,也不是社会生活的指导者。他有锐利的眼光,捉住旁人所不注意的种种的人生的活动。他板着面孔,庄严的毫不容情的,用他讽刺的笔,把这些东西,逼真的写出来。他不批评,也不说教。把人类的社会的丑恶,一件件陈列在读者的眼前,他就算尽完了责任。
>
> 在中国写实主义的作家里面,鲁迅是成功的一个。他有最丰富的人生经验,他有最锐利而讽刺的笔锋。在《呐喊》与《彷徨》里面,差不多没有一篇,不是写他自己在人生路上体验过或看见过的事情。所以《祝福》《孔乙己》《在酒楼上》《离婚》《故乡》写得那样真切而又动人。现在一般的青年文士,缺少人生的经验,专靠理想去创造,结果是不自然。他们所有的经验,都是学生时代的生活,与一点恋爱的浪漫史,所以现在的新文学家作品,充满了恋爱的故事,就是这个原因。

> 鲁迅开始创作，已是中年了。他没有恋爱的浪漫的生活，使他偏向浪漫的世界去，使他感到的，最初就是社会与人类的丑恶，是现实世界的黑暗。他在第一篇《狂人日记》里面，就是写现实与理想的争斗，真与伪，黑暗与光明的冲突，对于旧礼教的怀疑，对于习惯眼睛底下的颜色的反抗。从《狂人日记》以后，至《彷徨》诸篇，作风一直没有变过。等到《野草》，才离开写实主义，很明显的现出神秘的象征的情调来。在《呐喊》与《彷徨》里面，作者很强的把握着现实的色彩，他的观察现实的眼，比任何人都要锐利。在这个社会里所发生的种种悲剧，作者通过了现实的个性，描写出来而得到成功。他对于社会的丑恶与人类的伪善，不加指摘的实在的暴露出来。到了《野草》，作者一切都变了。

刘大杰的这些看法，是很深切、中肯的。另外，他还对鲁迅与郁达夫之间的差异进行了比较，认为：

> 鲁迅是一个富有人生经验的作家，所以在他笔下表现的人生的苦闷，比旁人表现的要深一层。郁达夫所表现的东西，是未成熟的青年的烦恼，鲁迅所表现的，是人世共感的苦闷。读《祝福》，读《孤独者》，读《在酒楼上》，都可以深深地感着这人间苦。

这一点所得，可称得上是前无古人、后无来者，之前和之后都没有谈过，确实是独到的和深刻的。

他还以日本技巧派作家芥川龙之介的描写技巧为参照，做出这样的判断："在中国可称为技巧派的作家的，只有鲁迅。《示众》一篇，可视为代表。"并认为从鲁迅小说所写鲁镇、S城、未庄等处地方色彩之浓厚、人物风俗之真切来看，"说鲁迅是一个乡土艺术的作家，也不是无理"。

刘大杰还以外国作家"几十年如一日的创作生涯"与中国人的

容易满足、缺乏彻底性做了比较，认为："他们在某一个时代，都肯努力，都能创出几部伟大的作品来。在气魄狭小的中国人，就是敷衍，就是退缩，就是容易满足。弄到结果，永远是平庸，平庸……"当然，刘大杰因此劝鲁迅出国，未免想得太简单了。但是，学习外国作家不管时代如何变化都坚持创作伟大作品的意见，对中国作家来说无疑是非常有必要的。

总而言之，刘大杰的这篇文章在中国鲁迅学史上是一篇很难得的见道之作。由此得出的借鉴是：要对鲁迅作品做出真切而非浮泛的评论，就须具备广阔的中外文学的视野和科学的艺术审美能力，从作品本身的实际情形出发。这种切实的艺术评论与那些主观浪漫的逞臆讥弹相比，自有高下优劣之分。

当时新起的文艺批评家李长之更是引人注目，他的《〈阿Q正传〉之新评价》（1932年10月20日《再生》第1卷第6期），今天看来仍然很有新鲜感。

这一时期鲁迅研究深入发展的一个重要标志，就是开始注重鲁迅作品艺术技巧的研究。许钦文的《〈示众〉底描写方式》（1931年8月10日《读书月刊》第2卷第4、5期合刊），开头就说自己已不像孙福熙的《我所见于〈示众〉者》那样，"侧重思想，说明鲁迅先生在怎样表露切爱人类的"，而是"只说关于描写底方式"：第一，所提及的时地短小，一反时地杂乱、时延很长的旧东方式的作法，采取西洋式的方法，把时间缩短，地方缩小，只写一段马路两旁几分钟发生的事情；第二，穿插的变化多而切合，"《示众》系写一种社会病，没有一定的主要人物；像这样的题材，如果只是于每个人物单独地描写，拆开就可以变成数篇；集合只是堆垛，不会有活现的生命，也是太呆板太单调的了。鲁迅先生是把难处做成了优点！他把狗底伸舌喘气和胖孩子底喊声做了线索，从胖孩子底眼中写出白背心，又因白背心底注视转视到秃顶，写出那满头底光油油；从小孩子底眼中写出赤膊的红鼻子胖大汉；再从胖孩子底眼中，因小学生底注视，转动视线，写出那胖大汉底胖奶子。这样地穿插，固然把如散沙的题材集成了一体，也就使得文势紧张有力了”。像这样切实、细致的艺术分析，在过去是没有出现过的，至今仍然有借鉴意义。

对鲁迅杂文艺术特征的分析也有所进展。早在1924年，玉狼（胡梦华）的《鲁迅的〈呐喊〉》（10月8日《时事新报》副刊《学灯》），就说过读了《呐喊》的自序，令人想起“蓝姆的家人絮语”式的英国散文。到了1931年，张若谷的《鲁迅的〈华盖集〉》（9月1日《新时代》第1卷第2期），就下了这样的论断：“与其当鲁迅先生是小说作家，毋宁说他是随笔作家的更来得恰当。”并解释说：“随笔一语，导源于法兰西语的Essayer（试验），所以在日本把Essay译作试笔，这也是文学作品中的一体。并不是议论，也不是论说一类麻烦的东西。那是全跟着作者兴之所至，说些不至于使人头痛的事情道理。也有冷嘲，也有警句；既有滑稽，也有感愤。所谈的题目，天下国家的大事不待言，还有市井的琐事、书籍的批评、相识者的消息，以及自己的过去的追怀，想到什么就纵谈什么，而托之于即兴之笔者，就是这一类的文章。”然后，分冷嘲、警句、滑稽、感愤这四点，以《华盖集》为例对鲁迅杂文做了评析。张文后来受到了一些误解，不但不当成鲁迅杂文研究的成果，还被当作是对鲁迅杂文的曲解，这是不对的。其实，张若谷凭着他对英国随笔的深厚造诣，从世界散文的广阔视域对鲁迅杂文做出了很有见地的论说，在中国鲁迅学史上自有其不可磨灭的学术价值。

真正有分量的是李长之的《〈三闲集〉——鲁迅最近的杂感散文集》（1932年12月13日《北平晨报》），这是鲁迅杂文初期反响中一篇值得注意的文字。

这一时期，还出现了鲁迅散文集《朝花夕拾》的专篇评论：赵真的《零金碎玉的〈朝花夕拾〉》（1932年8月《中国新书月报》第2卷第8号）。该文认为：“鲁迅的作品，向来是对现社会不客气的冷嘲热讽，这是他特有的风格，也是其作品之‘好之所以为好’处；这本《朝花夕拾》也没有出乎例外，依然是那样俏皮的辞句，曲折的措意，使人看了会发笑；然而，朋友，莫笑，就在这诙谐的文字里，蕴盖着觉世诲民的成分。”“作者的童年的回忆，加之以许多的感言：这回忆的叙述，都是赤裸裸地暴露中国封建的宗法社会之丑恶；这感言的内容，都是血淋淋的痛骂中国现在的混乱局面之症结。”然后，对《朝花夕拾》各篇分类进行了评析。

《野草》的专篇评论也出现了，这就是赵艳如的《讽刺件十足的〈野草〉》（1932 年 6 月《中国新书月报》第 2 卷第 6 号）。该文说读了《野草》以后，“会使人含着泪而笑”“因为他的作风特殊，字句尽是这样流丽，滑稽，而意义颇深，在初看的人，只看到他的字面，始而发笑，你若真的看懂了时，明白了他的含意：‘人生的虚伪，社会的黑幕’都在他的字里行间暴露出来，你一定会由恐怖而苦笑了”。虽然还失之简单，但是从总体上看还是抓住了主旨，作为第一篇《野草》的评论文章，具有史的价值。

对鲁迅与周作人这一对周氏兄弟的研究，也是从这一时期开始的。1930 年，《民言报》在 5 月 1 号文艺栏中，刊出了征求“批评鲁迅、周作人”文章的启事，引出一些评论“二周”的文字。

霜峰（任访秋）的《我所见的鲁迅与岂明两先生》（1930 年 5 月 6 日《新晨报》），开头说道：

> 我并不是什么批评家，当然谈不到“眼光”与“态度”，但因平素常读他们的作品，而且我的脑海中印着他们二位的映象，好像觉得鲁迅先生是这个样子，岂明先生是那个样子，至于究竟这种映象，是不是他们二位弟兄的本来面目，那我就不敢说了。

任访秋这里所谈的研究对象在研究者脑海中的“映象”与其“本来面目”之间的关系，实在比文中所谈的其他内容有价值得多。本书导论着重论析的就是这个问题：一部中国鲁迅学史，其实就是一部“鲁迅映象”与“鲁迅本体”之间不断背离又不断契合的历史。探讨二者之间的关系，从认识论角度寻出背离或契合的原因，并找出认识论之外的诸种政治、社会和人事等动因，追溯其中根源，做出史的评述，当是中国鲁迅学史的主旨。任访秋这里所说的鲁迅的“本来面目”与“鲁迅本体”是一回事，所以他可以说是感悟到这一问题的第一人。这一点感悟实在是比这一篇文章本身要有价值得多了。

任访秋对“二周”的主要看法是：“鲁迅同岂明二先生，他们是不能相提并论的，不要说在现在不能相提并论，即在已往也一样的不能够相提并论。”因为鲁迅是“战士”，是要施行“思想革命”，是“为人生而文学”；岂明先生却是“名士”，“不过在悠闲之间，或不时对于社会有点讥嘲的话头”，是“为趣味而文学”。所以，“我们假若要说鲁迅先生是一个积极的革命者，那么岂明先生，或者当得起一个‘消极的反抗者’的徽号吧！”“至于他们二位的是非问题，当然比较着在现在的中国很需要所谓鲁迅先生这样的作家。但是假若我们要站在文学的立场上去看，那是没有什么是非可分的。在我们中国文学上，有所谓‘李杜’，有所谓‘韩柳’，其实他们都是时代的产儿，不过因为天赋予的性格不同，结果作品也就分道扬镳，各走极致，我们要说他们作品对于后世影响的大小，那是可以的，但要是硬去分出他们的优劣来，那就未免有几分多事了。”任访秋的这一观点，至今看来仍然有一定道理。

曾在《开棺论鲁迅》中反对极端鲁迅崇拜论的谨公，又对任访秋的意见表示异议。他在《关于周氏弟兄批评的枝节问题——对霜峰君略答一二》（1930 年 5 月 15 日《民言日报》）中认为：鲁迅、周作人“代表同一阶级的，可以相提并论”。鲁迅在“转换方向”以后，“在普罗文学上除了译述之外，尚没有太大的创作——如他过去《阿 Q 正传》等伟大的创作，而他的地位——文坛上第一把交椅的地位——也似乎仍在不安定的情况之下”。谨公的主要精神是反对鲁迅的极端崇拜与极端否定论，而持中庸、平和的观点，有其合理的一面，也有其不妥之处；但在中国鲁迅学史上是一种很有代表性的精神文化现象，还是占有一定历史地位的。

次丰的《鲁迅周作人之文艺的时代价值》（1930 年 5 月 15 日《民言日报》），与谨公观点相同，对于鲁迅“大多的他的批评者，不是他的反对派，就是对他绝对崇拜的人；先有成见在心，所以结果都有些说得过火了。固然说他是‘闲暇闲暇，第一流的闲暇……’是‘代表着有闲的资产阶级，或者睡在鼓里的小资产阶级……’似乎是过于吹毛求疵，甚至于拉的罪状太涉牵强了。但是说他是现代中国的大作家，他的作品，其是表现着时代性，更进而作了新时代的启示，恐怕也过饰其词吧。鲁迅不见得像他的反对派说的那样，他的文艺价值全被否认。但实在也没有那样的神乎其圣，像他的捧场者流说得那样高贵”，鲁迅“在攻击传统思想上，完全表现了‘五四’运动左右的时代精神”，“但是他的作品，就随时代过去了；而不能伴着时代推进，这是很大的遗憾”，“极尽笔墨之能事：‘灵巧’‘尖刻’，恐怕在中国的文艺界，不多见能和鲁迅匹敌的。但只在那上头着眼，怕失掉了文艺的最后使命，和最高价值了”。至于周作人，“远不及鲁迅了”，但“也毕竟和乃兄鲁迅先生同握了中国新文艺运动的威权，同是新文学运动的先导。在此，我们不能把他的文艺价值整个的否认，或是全泯灭了。这并不是崇拜偶像，实在说，他也有他的价值；他的文章中的‘自然’‘恬适’‘淡雅’的风度，恐怕他人莫及吧？但是在现代中国，似乎没有那么逍遥的闲暇，去品味一切。若按着文艺的时代性上立论，那末，像周作人先生那样‘聊以消遣’而已的作品，虽然间或表现着时代精神，但究竟不似革命潮流中的文艺作品，而且更不配作革命潮流中新文艺中的权威者”。次丰对周作人的评价基本是对的；对鲁迅的评价则有正确部分，也有缺憾之处：在肯定鲁迅“完全表现了‘五四’运动左右的时代精神”这一点上是对的，但是由于缺乏更为深刻的眼光，没有看到鲁迅在中国精神文化新旧转型中的巨大作用，所以也就没有理解鲁迅作为“现代中国的大作家”的时代意义。这一点，正是他和谨公所代表的精神文化流派的一大缺憾。

非白的《鲁迅与周作人》（1930 年 6 月 11 日、12 日《新晨报》），则是站在普罗文学的视角，从时代背景和阶级立场上评价“二周”。该文认为：“五四运动就是资产阶级向封建势力的总攻击，由这个新的客观条件很迅速地首先反映到文学上，引起了文学革命。鲁迅便在这时候应运而生了。他是站在革命的布尔乔亚的立场。布尔乔亚在当时是被压迫阶级，是最革命者，所以鲁迅便接受了时代赋予他的使命，积极的向封建势力进攻，成为最勇敢的革命战士。鲁迅在当时之成为文学界和思想界的权威者，是必然的。”但是到了1927年布尔乔亚完全反动以后，鲁迅“彷徨”起来。普罗文学在中国应运而生后，鲁迅“对于新兴文学没有深刻的认识，同时又不承认落伍；所以在1928年中国文艺斗争中，他仍卖弄故技不讲理论的向提倡新兴文学的人们讽刺谩骂，但是时代的洪流绝非人力所能阻止，所以我们的鲁迅终于处到围攻的形势，全身受了无数的创伤，终于，威权者的地位开始动摇了”。而“从1929年起已开始他的新生了”，“继续着从先反封建的革命精神，来反布尔乔亚，在将来或许仍不失为我们新文坛的一名健将”。但是，“周作人是站在绝对个人自由主义的立场，要反抗一切的权威者，所以他在五四时代革命和在现在没落都是必然的”。“我们更可以推定他不会和乃兄鲁迅似的走上新生之途。”这位非白，看来是完全站在创造社的立场上评价“二周”的，从社会背景和阶级立场上看问题是对的，然而仍旧拒绝接受鲁迅对当时“革命文学”论者的批评，看不到其中真理的一面，则是不可取的。

还有从小品文的审美视角，对“二周”进行比较的。李素伯的《小品文研究》（新中国书局1932年版），非常推崇鲁迅和他的杂感文，甚至将鲁迅的杂感文摆在他的小说之上，然而从小品文的审美视角看，又把周作人的小品散文放在鲁迅的杂感文之上，认为：

> 散文的美，美在适当。——如以这个标准（看似容易，做起来却困难的）来评衡现代中国的散文作家的文章，那末，只有周作人先生的可以说是合乎这理想而且有这种美的条件的……
>
> 钟敬文君甚至推崇他说：“在这类（指小品散文）创作家中，他不但在现在是第一个，就过去两三千年的才士群里，似乎尚找不到相当的配侣呢。”（见《柳花集·试谈小品文》）虽然周先生却自谦着说：“我近来作文极慕平淡自然的景地。但

是看古代或外国文学才有此种作品，自己还梦想不到有能做的一天，因为这有气质境地与年龄的关系，不可勉强，像我这样褊急的脾气的人，生在中国这个时代，实在难望能够从容镇静地做出平和冲澹的文章来。”（见《雨天的书》自序）但在荒芜的中国现代的散文的园地上，周先生是个勇敢的开辟者而且确已获得了很好的成绩，这是谁也不能否认的。

纵然以上观点难免有偏颇之处，但是作为从小品文审美视角衡文的一家之言，还是有可资借鉴之处的。关于鲁迅的杂感文，李素伯这样说道：

这种杂感文字，正和他的小说一样，以冷静幽默的态度，对于旧礼教封建势力加以猛烈的攻击的，但更觉痛切深刻，这正因为是正面说明的缘故。……作者文字里还多的是讽刺的情趣，诙谐里藏着暗讥热讽，因之有人说他太尖刻，但“无情的冷嘲和有情的讽刺相去不及一张纸”（《热风·题记》）。作者不已说过了吗？而且他的诙谐，也是欲哭无泪的强笑，我们决不能当他是滑稽，虽然人称他是有闲阶级，叫他为“闲暇，闲暇，第三种闲暇”。

对鲁迅杂文的评价也还算中肯，可从中领悟当时研究界对鲁迅杂文的接受程度。

这一时期，鲁迅与外国作家的比较研究也有了良好的开端。开此先河的是赵景深的《鲁迅与柴霍甫——在复旦大学讲演》（1929年6月《文学周报》第8卷第19期）。该文概括出以下四点鲁迅与柴霍甫（契诃夫）的相同处：

在生活上，鲁迅与柴霍甫都是弃医学文。

在题材上，鲁迅与柴霍甫都是描写乡村的能手。

在思想上，鲁迅与柴霍甫都是对于将来有无穷的希望，但质地总是悲观的。

在作风上，鲁迅与柴霍甫都是幽默而且讽刺的。

文章虽然失之简单，但是作为第一篇鲁迅与外国作家比较研究论文，还是有其学术史价值的。

这一时期，在对鲁迅作品推崇备至的同时，也有些评论者持一些不同意见。华西里的《评鲁迅的〈呐喊〉》（1932 年 8 月 8 日《文艺战线》），对《呐喊》逐篇做了分析之后说道：

> 总以上十五篇中，只有《狂人日记》《风波》《社戏》三篇为最精彩的小说。其余《阿 Q 正传》《故乡》《明天》，似小说式的记事，并非真合于小说的条件，其余均是随笔。但鲁迅先生的长处，写小说也罢，写随笔也罢，然而用笔都极尖锐酷刻，说他是绍兴刀笔吏，真名不虚传。写下的文章，多一字则不能。然而称他为文学界上泰斗，则未免过奖，说他是近代小说界之王，则更离事实远甚。

鲁迅的《呐喊》属于中国现代小说初创时期的作品，自然有不成熟之处，按照世界小说的常规标准进行一下批评，也未尝不可，所以以上观点仍然如实录入，以作为史的参照。

然而若以玩世不恭的态度，对鲁迅加以不负责的贬损，则是不可取的。例如无已的《鲁迅的〈呐喊〉》（1932 年 12 月 15 日《华北日报》），在对《呐喊》做了蜻蜓点水式的批评之后说道：

> 从写作的手法上说，鲁迅是个写实主义者。因为努力于写实，站在旧的写实主义的圈子里，从作品中，没有给人以什么未来的希望。只多呐喊几声，要破破寂寞而已。技巧上，也没有什么很可注意的地方。

对鲁迅是可以批评的，但是持这种玩世不恭的态度就不可取了。录此观点的目的，是望后人以此文作为“鼎鉴”，明白早就已经有过对鲁迅的不负责的贬损，不必见到此类文字后就大惊小怪。

八　文学史论著和国外汉学著作中的鲁迅论

这一时期出版的中国文学史论著，继续出现关于鲁迅的论述。

赵景深的《中国文学小史》（上海光华书局 1931 年版）。该书第三十三篇《最近十年的中国文学》谈小说成就时指出：

> 最著盛名的自然是鲁迅的《呐喊》。他的《阿 Q 正传》已有华西礼的俄译，敬隐渔的法译，梁社乾的英译。其中如《故乡》《社戏》《鸭的喜剧》《兔和猫》都很有诗意。最近他又出了一本《彷徨》，论诗意是《孤独者》《伤逝》和《祝福》好，论幽默是《幸福的家庭》《肥皂》《高老夫子》好。

这是提及鲁迅的第二本文学史，虽然很简单、平易，但是说明了鲁迅当时在学术界的地位。

胡适著的《白话文学史》（上海新月书店 1928 年版）。胡适在《自序》中高度评价了鲁迅文学史著述的功绩，指出：

> 最大的成绩自然是鲁迅先生的《中国小说史略》；这是一部开山的创作，搜集甚勤，取材甚精，断制也甚谨严，可以替我们研究文学史的节省无数精力。

陈子展的《中国近代文学之变迁》（上海中华书局 1929 年版），涉及不多，仅在评述文学革命运动历史时说：“五四”期间“鲁迅就开始写小说，《狂人日记》便于这个年头写成发表”。

谭正璧的《中国文学进化史》（上海光明书局 1929 年版），涉及稍多，在第十二章《新时代的文学鸟瞰中的新文坛》中，这样写道："小说在初期亦各派都有，性质恰如各派先锋的集子名字：鲁迅的小说集《呐喊》和《彷徨》……""美的散文，在这时代却特别的发达。周树人（鲁迅）和周作人二先生的幽默的杂感集与论文，很能吸动一般青年们的活泼的心。他们又是介绍世界文学的最有力分子，欧化语体的由创用而达成功，都是他们二人的功绩。"在《旧文学的整理》一节中说"唐人传奇小说，中国文人素不重视"，而有了"周树人先生编《唐宋传奇集》，后附《稗边小集》"。

胡云翼的《新著中国文学史》（北新书局1932年版），涉及较多，在第十编第二十八章《最近十余年的中国文坛》中评述小说时写道：

> 在近代中国小说界中，最伟大的莫如鲁迅（周树人）。他的观察能钻入世态人心的深处，而洞烛隐微；其笔又尖刻，又辛辣，能曲达入微，描写最为深刻。他的小说简直就是一面人生的照妖镜。所著《呐喊》及《彷徨》实可列于世界文学名著之林而无愧色。

评述小品散文时，把周作人摆在首位，写道：

> 我们首先要介绍的是小品文的泰斗周作人。他的小品文往往是写人所不经意的题材，如《苍蝇》《乌篷船》《吃茶》一类无甚意味的题目，一到他的笔下，便成绝妙的小品。他的作风清冲淡远，韵味悠然，颇似陶渊明的诗。所著有《雨天的书》《谈龙集》《谈虎集》《泽泻集》《永日集》等，皆属妙品。俞平伯、朱自清、叶绍钧等，似乎都是受了周氏的影响而努力于小品散文的一群。

谈及鲁迅散文时写道：

> 鲁迅的小品文的风味，则与上述诸人完全不同。其为文长于骂人的艺术，尖酸毒辣，俏皮有余。所著《热风》《华盖集》《坟》《而已集》，均有名。他的《野草》则是含有哲理的诗的散文。

所论还算中肯。在文学史论著中加以评述，比一般的评论文章更具史的意义。

贺凯的《中国文学史纲要》（新兴文学研究会 1933 年版），论析更为详细，第三编《帝国主义侵入后的文学转变》第二章《五四运动与文学革命》，其第二节专门评述了鲁迅的思想及其创作，将鲁迅作品分为三期：

> （一）呐喊时代——一九一九—一九二三
> （二）彷徨时代——一九二四—一九三〇
> （三）转变以后——一九三〇—现在

他认为“‘呐喊时代’——从《狂人日记》到《不周山》，抨击封建势力最猛烈！《狂人日记》揭穿了‘礼教吃人’，《孔乙己》是同情于被封建势力所摧残的不幸者，《药》是歌颂为革命而牺牲者，《阿 Q 正传》是含泪的讥讽封建势力”。书中并对《阿 Q 正传》做了较为详细的分析。“‘彷徨时代’——从《祝福》到《离婚》，这十一篇小说中，所表现的仍然是滞留在他的回忆旧梦中，仍然是暴露封建社会的丑恶。”“鲁迅虽然‘呐喊’‘彷徨’，依然感到人间的阴森的黑暗，他诅咒人生的毁灭，生命的消失，前途只有坟墓！”“‘转变以后’——时代的洪流，逐渐迫来，‘布尔乔亚’与‘普罗列特利亚’两阶级对立的尖锐化，反映了意识上的阶级斗争文艺的必然产生。1928 以后，中国革命文学作家，负着时代的使命，向旧社会猛攻，而鲁迅依然站在小资产阶级的立点，嘲骂了革命文学家。”“但到 1929 以后，他被时代的洪流所摧残，终于身受创痛，开始认识了革命的到临和旧时代的崩溃，1930 以后，他要追上时代的洪流，于是有人说‘鲁迅投降’了，‘转变’了，其实他何尝‘投降’，‘转变’？不过他不愿做一个时代的落伍者，他正要继续他反对封建的精神来反抗布尔乔亚了。”这位研究者贺凯，是站在“革命文学”论立场上的。

鲁迅的著作不仅受到国内文学史家的高度重视，也成为国外汉学家们的研究对象。这一时期译成中文的国外汉学著作中有对鲁迅的很多评述，从中可以折射出鲁迅的巨大影响。

日本儿岛献吉郎著、胡行之译的《中国文学概论》（北新书局1931年版），对鲁迅很是推崇，在“附录五 短篇小说”中说道：

> 鲁迅　　短篇小说，创作最早而最有成绩的，当推托名“鲁迅”的周树人了。他自民七在《新青年》上发表了一篇《狂人日记》，直至民十在《小说月报》发表《阿Q正传》为止，这四年间，所发表的文字，在分量上讲虽是不多，但在实质上，可说已到了成功的地步。于是他的第一创作集《呐喊》，销行甚快，其中《阿Q正传》一篇，翻译到国外去的，且有六七国之多，这不得不推鲁迅是文学革命后短篇小说作家的一个成功者了。他以后续出了第二创作集《彷徨》，也有几篇是颇精采的。

> 浪漫与感伤文学革命初期的作品，如鲁迅之《狂人日记》《阿Q正传》等，乃是写那时期中政治礼教之急应改革，用冷隽之笔，讥诮之体，实为有特别风味的自然主义文学。可谓反映时代色彩的作品。

儿岛献吉郎在“附录六 散文与小品”中谈到杂感文时说：

> 杂感文字，最近很是盛行。这项文字，自北京语丝派和现代评论派斗法以来，遂益热闹。语丝派以周氏兄弟——周树人、周作人——为主干，现代评论派以陈源——西滢——徐志

> 摩等为主干。语丝派在《语丝》里每期都有杂感，大都系两周所作；现代评论派，在《现代评论》里每期也有闲话，差不多都是西滢所写。两派旗鼓相当，势均力敌，一嘲一讽，煞是好看。
>
> 两派斗法的结果，遂展开了许多杂感文学。于是鲁迅出了《热风》，出了《华盖集》《华盖续集》。周作人出了《谈龙集》，出了《谈虎集》。西滢出了《西滢闲话》。
>
> 鲁迅的用笔，冷隽诙谐，暗讥热讽。可是他的诙谐，是欲哭无泪的强笑，我们决不能当他是滑稽。……虽然有些人称他是有闲阶级，叫他为“闲暇，闲暇，第三个闲暇”。周作人的小品，以平淡轻妙取胜。《西滢闲话》，虽名义如此，但有些是近于科学的论文了。

这些外国汉学家们以旁观者身份所做的评说，虽然并不令人尽然同意，但是比较客观，没有派别局限，对我们也有转换视角、拓展思维的启悟意义。

日本原野昌一郎著、唐生译的《中国新兴文艺与鲁迅》（1931年10月10日《山东省立第三师范旅平校友会季刊》创刊号，另外1931年6月1日《益世报》还刊有序一的译文），对鲁迅作品特异点的分析也很独到。“一、乡土文艺家鲁迅及其特异点”一节认为：“中国是一个老大的古怪国家，具有广泛的东方文化，在经济和政治环境方面祸乱相寻，逢苦遭难，几千年来康平时期很少，统治阶级的横征暴敛，施政残酷，一般民众之受重大压迫无时或释”，因而养成了怯懦、执拗、勤勉、信天命等中国人必然具有的特征，又“产生了不少的大哲学家，堪与世界和其他东方国家相匹比。古典味的，朦胧气的学术思想著作很多。如果文学作品的效用就是表现民族生活、乡土生涯、诸种普遍情境的现实，那么世界上的一个地广物博的中国有各色文学产生出来是当然的了。然而表现现代中国最确切的应首推鲁迅”。于是对鲁迅的作品做了具体的分析：

> 短篇《孔乙己》《风波》《阿Q正传》把中国人大部分的姿态一一都素描出来，表现得很尽致，我们由那几篇小说中可以窥视出传统的、深烈的压迫或压迫人的事实，天命观的握持，以及中国人的各种潜在意识，一生始终执拗的苦痛真相。那些人物——那几篇“小说中的人物”——都不大达世情，又畏惧重大压迫，但是又保持常态，并无反抗力，甚至于也不想反抗。
>
> 他可以让人赞美的地方就在这一点：他能把中国最下层苦痛民众的情态赤裸裸的表露出来，呈现在我们面前。本来中国人民分子中农民占大多数，于是中国的农村也必然有它的乡土风气，农民也必然有异乎他国的种种生活和行动，鲁迅就是中国农村乡土的一个最优秀的画家。特殊乡土气味的环境和农民行为的充分写真，复杂得、传统得世界无与伦比的中国人心理之忠实解剖——都是他的作品的特异点。在中国现代小说家中他是独树一帜，是一个坚壮严正的作家。至难从事的心理描写他能办得到——这是他的伟大处。

在《鲁迅与世界作家》中，比较了鲁迅与俄国的屠格涅夫、日本的金子洋文之间的异同。然后又回过头来看看其他的中国现代作家，认为：“若和鲁迅作品相比，其间立场背驰的地方颇多，不卜可知。对于中国社会有深刻的认识和感触，以上所说的中国作家中无论哪一个都赶不上鲁迅。加之心理准确的描写，文字的老练也是其他中国作家所望尘莫及的。心理的准确描写和文字的老练同时也是保持乡土文艺家特殊地位尤为重要的条件。”“大凡文艺家最高最重大的任务不外乎这样：常人所不能的生动的描写手腕文艺家独有，常人所构思不出来的作品思想内容文艺家写得出来。（惟独文艺家对于社会有根本的了解和独特的眼光）因为人类社会一面有渐渐恶化的倾向，一面完美的现实又不普遍，于是鲁迅的作品在思想上乃属于理想主义派，形式上却属于广义的自然主义派。在形而上的方面与形而下的方面鲁迅将世界文艺的两大派揽到自家身上了。

像这样优越的先驱者即在日本也是少有的。”当事者迷，旁观者清。国外的评论家有时对鲁迅的认识比一些中国人还清醒，一位日本汉学家能够这样深刻认识鲁迅的伟大价值，认为鲁迅这样优越的先驱者在日本是少有的，我们中国人应该怎样对待自己民族的文化伟人呢？在“三、鲁迅艺术总评”中，又对鲁迅作品做了检讨，认为：《白光》的“最大特征乃是全篇充溢着幽玄味。幽玄味的文学在东方是有特殊的地位的”。《孔乙己》“是他的写农村背景的诸小说中一篇最好的，深刻描写人性的小说”。《狂人日记》“处处表现出来他是一个理想主义者”。而“他的惟一的伟大杰作是《阿Q正传》。构思很丰富，以作者的意图热烈与技巧的圆熟可喜两方面而言，《阿Q正传》不愧是一篇有名的杰作”。然后又谈了“不满意鲁迅的地方”，认为：“鲁迅的初期创作《呐喊》中的《孔乙己》《狂人日记》《阿Q正传》都是鲁迅的很重要的杰作。但不知什么原故，我们一读了《彷徨》以后的后期作品，我们就觉得脑中印象很浅，甚至于感觉得无味，虽然也有几篇佳作。”“我希望最好把他作品的特点——‘暗郁’和‘疑虑’排挤掉。再向‘华丽’的方面开展。”鲁迅自己也曾说过《彷徨》里的作品“虽然脱离了外国作家的影响，技巧稍为圆熟，刻划也稍加深切，如《肥皂》，《离婚》等，但一面也减少了热情，不为读者们所注意了”①。因而“谓之《彷徨》，愿以后不再这模样”②。可见这位日本汉学家的感觉还是有根据的。最后，该文列出了历来中国文艺批评家对鲁迅的论评，竟然认为成仿吾的“批评可谓之广泛认识（一面用哲学的抵制，一头用艺术的批评），与钱杏邨的排他的社会的批评相违”。“真的批评要避免部分的批评，要括总的有普通性的（一面形而上的，一面形而下的），有局部的浸透性的批评。批评之难，由此可知，成仿吾的批评差不多做到这功夫了。我很受成仿吾的暗示。”

外国汉学家的观点，也不尽然正确，因为他们有自己的国情和

---

① 鲁迅：《且介亭杂文二集·〈中国新文学大系〉小说二集序》。

② 鲁迅：《南腔北调集·〈自选集〉自序》。

视角，许多地方与我们相异。然而，即使不正确，也应多多了解，不可闭塞拒斥，因为不同的意见可以开拓我们的视域，活跃我们的思维。

九　瞿秋白的精神总结

“革命文学”论争之后，在中国共产党当时的负责人敦促下，左翼文化人逐步联合起来，成立了中国左翼作家联盟。鲁迅成为“左联”的盟主，日益显示出对中国社会历史的深刻理解与战略眼光的深邃、成熟。然而，创、太二社的有些人，仍然不能认识鲁迅在中国的价值，认为鲁迅的“转变”是他们攻击的结果，鲁迅是接受了他们的观点，甚至依旧对鲁迅冷嘲热讽。例如钱杏邨 1930 年 1 月 10 日仍在《中国新兴文学中的几个具体问题》（《拓荒者》1930 年第 1 期）一文中讥刺鲁迅道：“就是现在‘在转换中’的鲁迅吧，也写过‘文笔的拙劣不如报纸的新闻’（见第五卷《语丝》）一类的讽刺。”一直到 1931 年 1 月 1 日，北平东方书店出版的黎炎光所编《转变后的鲁迅》一书“编者的话”中依旧这样说：鲁迅“在未转变以前，绝对不是旧势力之辩护士，而是旧势力之死对头，但是，在另一方面看来，他对于普罗阶级之革命运动，是带着一种讽刺而冷诮的态度在轻视着，这是毫无疑义的。他的这种表现，完全是他自己的小资产阶级的劣根性的暴露”。到 1932 年底，舒月的《我观鲁迅》（1932 年 12 月 1 日《现代出版界》第 7 期）仍坚持认为鲁迅是“小资产阶级知识分子”，“入集团以后，未能放弃旧嫌，更未能踏入新途”，“左翼本身之乏力，缺少有力之指导者，严正之理论家，给鲁迅的歪曲以相当的制裁，反转而依鲁迅等为柱石，乃宜乎造成鲁迅之猖狂，而今日之左翼文坛亦呈右倾现象。或者他们以为对于鲁迅等之指摘，将破坏左翼之联合战线，实则如此，则反铸成大错，将步入机会主义的路线中去了。所以举发鲁迅的错误，非但是正当的不是敌意的事，而且是急不容缓的事”。

在“革命文学”论争中，或隔岸观火，或表面维护鲁迅、反对创、太二社的右翼文人，此时又一面大造鲁迅“投降”“转向”的舆论，一面对论争双方的言和大加嘲讽。例如阿Q的《从列宁到鲁迅》(1930年5月1日《洛浦》创刊号)、李锦轩的《混战（独幕剧）》(1930年6月29日《前锋周报》第2期）等等，就是其中的“代表作”。站在西方人性论立场上的梁实秋，在与鲁迅论辩的同时，对鲁迅做出了这样的评判：“鲁迅有一种被迫害的错综心理，总以为‘正人君子’‘绅士’‘教授’都在处心积虑的要害他，甚至‘进步的青年’也被疑作对他‘口诛笔伐’，好像全人类都和鲁迅过不去似的。”这些形形色色的说法，在当时都还是具有一定迷惑力的。

这时期，国民党政权效仿法西斯对异己者进行残酷镇压，柔石等“左联”五烈士牺牲了，鲁迅也遭危险。当时的各种报纸纷纷传播着鲁迅的消息：《惊人的重要新闻鲁迅被捕》(1931年1月20日上海《社会日报》)、《鲁迅被捕……传在沪任红军领袖》(1931年1月21日天津《益世报》)、《鲁迅在沪被捕，现拘押捕房》(1931年1月21日天津《大公报》)、《鲁迅转押警备部》(1931年1月22日《大公报》)……

在这个时候，无论从哪方面说，都必须再次回答这个问题：鲁迅是谁？

正是在这个时候，在中国鲁迅学史上具有里程碑意义的瞿秋白的《〈鲁迅杂感选集〉序言》(以下简称《序言》)发表了。

瞿秋白于1931—1933年在上海从事革命文化工作，与鲁迅结下了亲密的友谊。1931年12月5日，瞿秋白在给鲁迅的第一封信中就这样写道：“我们是这样亲密的人，没有见面的时候就这样亲密的人。这种感觉，使我对于你说话的时候，和对自己说话一样，和自己商量一样。”①

1932年春末夏初，他们第一次见面即成为知己，无话不谈。

---

① 鲁迅：《二心集·关于翻译的通信》。

1933 年 3 月 5 日至 10 月 25 日，他们再次密切相处。瞿秋白或在鲁迅家里作客，或住在鲁迅家附近，经常在一起谈论时事，交流看法，写成《王道诗话》等 12 篇杂文，鲁迅修改后，请人抄写，用自己的笔名发表。瞿秋白又于 4 月间，在认真研读了鲁迅杂文以后，编成《鲁迅杂感选集》，选收 1918—1932 年间具有代表性的鲁迅杂文 75 篇，并加长篇序言，于 1933 年 7 月署名“何凝”由上海青光书店出版。这篇著名的《序言》就正式问世了。

这篇《序言》具有哪些意义呢?

其意义主要表现在两个方面：一是对鲁迅在中国精神文化史上独特价值的分析与确认；二是对鲁迅杂文文体特征及其精神文化意义的概括与总结。

《序言》在提出“鲁迅是谁”的问题之后，讲了一通罗马的神话，认为：“鲁迅是莱谟斯，是野兽的奶汁所喂养大的，是封建社会的逆子，是绅士阶级的贰臣，而同时也是一些浪漫谛克的革命家的诤友！他从他自己的道路回到了狼的怀抱。”然后就从中国近代精神文化史的视域出发，将鲁迅的文化精神与其他派别逐一区别开来：辛亥革命前的早期革命家，是要“自己来做专权的诸葛亮，而叫四万万阿斗做名义上的主人”；鲁迅却“从来没有摆过诸葛亮的臭架子。他从绅士阶级出来，他深刻地感觉到一切种种士大夫的卑劣，丑恶和虚伪。他不惭愧自己是私生子，他诅咒自己的过去，他竭力的要肃清这个肮脏的旧茅厕”。1907 年时候的青年，热心于“制造商估、立宪国会之说”；鲁迅却有敏锐的感觉和真正的世界的眼光，跳过“时代的限制”，看透这些“辁才小慧”“奔走干进之徒”的虚伪和浅薄，容纳和接受外国的学说，主张“发展个性，思想自由”。因而对于“群众这样落后怎么办”这个问题，鲁迅与早期革命家从一开始就有截然不同的回答：“当时革命思想界里有一个现成的答复，就是说，群众落后是天生的，因此，不要他们起来革命，等编练了革命军队来替他们革命，而革命成功之后也不能够给民众自由，而要好好的教训他们几年。而鲁迅所给的答案却有些不同，他是说，因为民众落后，所以更要解放个性，更要思想的自由，要有‘自觉的声音’，使它‘每响必中于人心，清晰昭明，不同凡响’。这虽然也不是正确的立场，然而比‘革命的愚民政策’总有点儿不同罢。”也正是由于这个原因，鲁迅在辛亥革命之后中国思想界每一次“伟人的分裂”中，都站在革命一边，大众一边，与当时的潮流有所区别：“新文化运动的领袖，大家都不免要想做青年的新的导师；而诚实的愿意做一个‘革命马前卒’的，却是鲁迅。他自己‘背着因袭的重担，肩住了黑暗的闸门，放他们到宽阔光明的地方去’……他没有自己造一座宝塔，把自己高高供在里面，他却砌了一座‘坟’，埋葬他的过去，热烈的希望着这可诅咒的时代——这过渡的时代也快些过去。”到这里，《序言》对鲁迅的精神做出了非常重要的总结：

> 他这种为着将来和大众牺牲的精神，贯穿着他的各个时期，一直到现在，在一切问题上都是如此。

“为着将来和大众牺牲的精神”，正是鲁迅最根本的精神。只有紧紧把握这一点，才可能理解鲁迅的精神本质，理解他为什么总是不断地前进，不断地发展。《序言》的这一点阐发，不仅在当时具有重大的意义，就是在当代和未来，都是拨开扭曲鲁迅的种种迷雾的指针。正是根据这一点，《序言》又进一步将“五四”运动之后的鲁迅精神与胡适的改良主义严格区别开来：鲁迅站在革命主义方面，“揭穿那些反理想重经验的人的假面具，指出他们的所谓‘经验’正是皇帝和奴才的经验！”而“五卅”时代与章士钊、陈西滢们的斗争，仍然是对新的“山羊”帮忙定出的“新的奴隶规则”的批判。“为着将来和大众牺牲”与冲决所有的“奴隶规则”，正是鲁迅精神不可分割的两个方面。也正是基于这种精神，鲁迅抗议“三一八”的屠杀，又被一两年后超越几百千倍的血腥镇压“吓得目瞪口呆”，“思路因此轰毁”，转向无产阶级一边。《序言》对鲁迅的“转变”做了这样的概括：

> 正是这期间鲁迅的思想反映着一般被蹂躏被侮辱被欺骗的人们的彷徨和愤激，他才从进化论最终的走到了阶级论，从进取的争求解放的个性主义进到了战斗的改造世界的集体主义。

这才是对鲁迅转变原因的最为准确、真实的总结，从历史因素和内心动因这两个方面论证了鲁迅后期倾向的合理性：历史因素是指当时依靠镇压同盟者而建立起来的国民党政权缺乏应有的合理性，不能不引起一直“为着将来和大众牺牲”的鲁迅等正义文化人的反抗；内心动因是说一贯同情“被蹂躏被侮辱被欺骗的人们”、冲决“奴隶规则”的鲁迅先生，不可能不对这种一党专政的法西斯统治表示愤激。这是对否定鲁迅后期倾向的种种理论的最为切合历史实情的批判，也是对各种鲁迅“转向”“投降”论的最为有力的驳斥。《序言》指出：“有人说：那是鲁迅‘投降’了。现在看来，这种小市民的虚荣心，这种‘剥削别人的自尊心’的态度，实在天真得可笑。”由此，《序言》顺理成章地批判了创造社等类文学家的“文人的小集团主义”，并自然揭示出了他们与鲁迅之间的精神区别：他们是像辛亥革命前的早期革命家那样“要‘包办’工人阶级文艺代表的‘事务’”，不是如鲁迅那样肯做“培养天才的泥土”，“为着将来和大众而牺牲！”《序言》正是在这种层层区分、层层剥离中凸现出了鲁迅精神的独特本质与可贵价值，进而归纳出了鲁迅精神的四点表现：

> 第一，是清醒的现实主义。
> 第二，是“韧”的战斗。
> 第三，是反自由主义。
> 第四，是反虚伪的精神。

这样，前面提出的问题自然有了答案：鲁迅是谁？鲁迅是具有“为着将来和大众而牺牲的精神”、不断冲决和批判“皇帝和奴才的经验”与“奴隶规则”、坚持最清醒的现实主义和“韧”的战斗、充分表现了反自由主义和反虚伪的精神的“无产阶级和劳动群众的真正的友人，以至于战士”。这正是自对鲁迅及其著作产生反响以来最为趋近鲁迅本体的鲁迅映象，是对鲁迅精神形象的最为精辟的概括。这样的鲁迅，怎能不在中国思想斗争史亦即精神文化史上占据重要的地位，不令我们“向他学习”“同着他前进”呢？《序言》对这一问题的论析，至今仍然保持着无可辩驳、无比强大的逻辑力量。

《序言》对鲁迅杂文文体特征及其精神文化意义的概括与总结，同样是划时代的：

> 鲁迅的杂感其实是一种“社会论文”——战斗的“阜利通”(feuilleton)。谁要是想一想这将近二十年的情形，他就可以懂得这种文体发生的原因。急遽的剧烈的社会斗争，使作家不能够从容的把他的思想和情感熔铸到创作里去，表现在具体的形象和典型里；同时，残酷的强暴的压力，又不容许作家的言论采取通常的形式。作家的幽默才能，就帮助他用艺术的形式来表现他的政治立场，他深刻的对于社会的观察，他的热烈的对于民众斗争的同情。不但这样，这里反映着“五四”以来中国的思想斗争的历史。杂感这种文体，将要因为鲁迅而变成文艺性的论文（阜利通——feuilleton）的代名词。自然，这不能够代替创作，然而它的特点是更直接的更迅速的反应社会上的日常事变。

这段论述已经成为鲁迅杂文研究的经典之论。当然，经典之论也并不意味着结束真理，就此凝固不前。由于任何人都无法超越的历史局限，《序言》的这一结论亦有不尽完善、不尽科学之处，后人应该进一步加以完善，予以发展。以后的研究者也正是这样做的，并做出了可喜的成绩。然而，无论如何，《序言》是对鲁迅杂文文体特征及其精神文化意义的首次比较完整的概括与总结，把鲁迅杂文研究向前推进了一大步，使我们对于鲁迅杂文有了趋近于科学的认识。之所以能够做到这一点，在于《序言》没有囿于既定的文学理论框架，指责鲁迅的杂感不符合文学的文体要求，而是把鲁迅的杂感当作一种精神文化现象，分析这种文体产生的必然性及其外在条件与内在根据：从外在条件来说，一则是“急遽的剧烈的社会斗争，使作家不能够从容的把他的思想和情感熔铸到创作里去，表现在具体的形象和典型里”；二则是“残酷的强暴的压力，又不容许作家的言论采取通常的形式”。从内在根据上看，则是“作家的幽默才能，就帮助他用艺术的形式来表现他的政治立场，他深刻的对于社会的观察，他的热烈的对于民众斗争的同情”。于是，鲁迅杂感就在这样的外在条件与内在根据相互撞击、融合的情况下自然产生了。其实，这正是一种现象学的分析方法，是一条通向正确认识的科学途径。这种分析方法和科学途径，是最值得后人认真学习的。

《序言》架起了“通达彼岸的桥梁”，却没有也不可能一劳永逸地完成鲁迅研究的工作。现在反观一下，仍能发现其中的局限。

其局限也主要表现在两个方面：一是视域仍然不够开豁，仅从当时无产阶级政党的政治利益出发认识鲁迅，而未能从整个人类的精神文化史的广阔视野中对鲁迅思想的终极意义做宏观把握。二是在理论表述中一些概念缺乏足够的准确性。

鲁迅思想的终极意义是什么呢？就是创造中国历史上未曾有过的既没有奴隶也没有奴隶主的“第三样时代”，实现“无阶级社会”的崇高理想。正是出于这样的终极目的，鲁迅才不断地克服着自己的“偏颇”，不断地跟着时代前进，后期转向马克思主义。《序言》看到了鲁迅“为着将来和大众牺牲的精神”，热情欢迎鲁迅的“转变”，这是非常可贵的。但是，《序言》将心思过于集中在政权斗争上了，把当时的政治利害看作衡定鲁迅价值的唯一尺度，因而没有引述鲁迅关于中国历史上只有“想做奴隶而不得”与“暂时做稳了奴隶”这两种时代的概括，也没有谈及鲁迅后期的“无阶级社会”理想，仅从当时无产阶级政党的政权斗争需要出发，判定鲁迅是“从进化论进到阶级论，从绅士阶级的逆子贰臣进到无产阶级和劳动群众的真正的友人，以至于战士”。其实，鲁迅何止是“友人”和“以至于”的战士呢？他的独立精神品格与崇高社会理想，远远超过了当时的无产阶级革命的领袖人物，主导他的终极目的是结束“争夺一把旧椅子”式的统治者的争斗，结束“大明一朝，以剥皮始，以剥皮终”的历史恶性循环，实行铲除奴隶制度的革命。正是在这一根本点上，鲁迅与马克思主义达到了契合。马克思主义的基本原理就是：无产阶级只有解放全人类，才能最后解放自己。解放全人类，也就是拔除人类的奴隶之根性，建立既没有奴隶主也没有奴隶的无阶级的共产主义社会。只有牢固树立这种解放全人类的伟大理想，无产阶级革命才能与“争夺一把旧椅子”的“统治阶级的革命”划清界限，才能真正沿着马克思主义的轨道前进。然而，不幸的是，许多国家和地区的无产阶级革命并没有按照马克思主义的基本原理行事，只是以夺取政权、由某些专权者进行独裁为最高宗旨，实质上仍是在“争夺一把旧椅子”，仍是更换奴隶主宝座的“统治阶级的革命”。当时苏联斯大林式的革命与独裁就属于这类性质，受其控制和影响的共产国际也处于这种思潮的包围中，尚未成熟的中国共产党当时自然无法摆脱其窠臼。所以，曾做过中国共产党领袖的瞿秋白存在这种思想束缚就是在所难免了，但是在临牺牲前写的《多余的话》，已经对此有了比较深刻的反思。他当时实质上是以无产阶级革命盟主的身份写这篇《序言》的，所谓“从绅士阶级的逆子贰臣进到无产阶级和劳动群众的真正的友人，以至于战士”一说，就颇有盟主接纳敌方叛逆者之意。从这一点出发，自然会认识到鲁迅对于当时无产阶级政治斗争的积极意义，比把鲁迅排斥于革命队伍之外，甚至推向敌人一边的创造社、太阳社高明得多了。然而倘若始终囿于此种窠臼，总是拘于这样的认知逻辑与价值标准进行思维，而不能升华到更为广大的全人类终极目的的境界，就终归难于真正认识鲁迅、理解鲁迅，特别是不可能把握与阐发鲁迅在人类精神文化史上的终极价值与普遍意义。这也正是鲁迅研究长期盘桓不前的重要原因之一，多好的事物都有正负两面的效应，只看到一面是不行的。指出《序言》的负面效应，并不意味着连正面也否定，而是为了更好地前进，寻找突破的契机。

《序言》在理论表述中的一些概念也缺乏足够的准确性，后来成为经典结论的关于鲁迅前后期思想转变的论述就存在概念不清的问题：

> 从个性主义进到集体主义；
> 从进化论进到阶级论。

“个性主义”讲的是一种人格意义上的思想原则，是强调个性的自觉，精神的独立，与行为准则意义上的“集体主义”不属于同一范畴，更不互相对立。真正达到自觉和独立境界的人，不仅不会为了个人或局部的私利损害集体或全局的公利，而且会如鲁迅那样具有“为着将来和大众牺牲的精神”，表现为一种清醒、自觉的集体主义行为范式；只有那些缺乏自觉个性和独立精神、处于蒙昧和盲从状态的人，才会或者为了私利损害他人或集体的利益，或者盲目服从以“集体主义”面目出现的专制独裁者，成为沙文主义的奴隶。鲁迅早期反对“借众陵寡”，主张“尊个性而张精神”，这种“个性主义”是有其积极意义的，不能作为与“集体主义”属于同一范畴并互相对立的“个人主义”行为准则加以否定。倘若抽去了“个性主义”的自觉因素而笼统提倡“集体主义”，就可能陷入盲目服从的新的奴隶主义窠臼。“法西斯”一词的原意，不就是“社团”“集体”的意思吗？希特勒党的全名就是“德国国家社会主义党”。《序言》在这里强调的所谓鲁迅后期转向的“集体主义”，其实正是隐含着从斯大林主义和共产国际那里来的新的专制主义内容。对于这种内容，毕其一生始终反对专制主义的鲁迅先生是绝对不可能接受的。也正是由于这个原因，鲁迅晚年与“左联”的周扬等人产生了冲突。所以，从理论上辨清“个性主义”与“集体主义”的不同概念，实在是准确地理解鲁迅、认识鲁迅的大事。

“进化论”与“阶级论”也不属于同一范畴。“进化论”是达尔文创立的自然界生物进化发展的理论，阶级论则是马克思主义之前的社会科学家就已发现的关于社会政治经济结构的理论。鲁迅是说学习马克思主义之后“救正”了他“只信进化论的偏颇”①，并没有完全否定了进化论；说文学“都带着阶级性”，又强调“‘都带’，而非‘只有’”，因为阶级论也仅是马克思主义的一部分观点，绝对不能涵盖全部内容，仅突出阶级与阶级斗争，业已为实践证明是对马克思主义的扭曲，是自二十世纪之初以来国际共产主义运动的一大失误。鲁迅当初表述“文学的阶级性”时，说他依据的是“性格感情等，都受‘支配于经济’（也可以说根据经济组织或依存于经济组织）之说”②。所以，对鲁迅前后期的思想转变应以这样的表述为宜：“救正”了“只信进化论的偏颇”，而掌握了上层建筑依存于经济基础的唯物史观。这样表述，比“从进化论进到阶级论”的提法更为准确。

另外，《序言》关于“典型”的概念也存在着混乱。开头说“急遽的剧烈的社会斗争，使作家不能够从容的把他的思想和情感熔铸到创作里去，表现在具体的形象和典型里”，这里所说的“典型”是符合文学理论的共同约定的。后面说“不但陈西滢，就是章士钊（孤桐）等类的姓名，在鲁迅的杂感里，简直可以当作普通名词读，就是认作社会上的某种典型”。这段论述中所说的把陈西滢、章士钊“当作普通名词读”是很对的，是一种别具慧眼的可贵发现，鲁迅本人也很感谢，然而在这里又用“典型”一词，则是很不恰当、与前面的提法相矛盾的。后来的研究家因之提出了“‘社会相’的类型形象”③ 的新概念，则是一种很好的纠正。

纵然《序言》存在以上局限，仍不能否认其巨大的历史意义和学术价值。这篇《序言》代表了二十世纪三十年代中华民族对本民族文化伟人鲁迅的最高认识，是对鲁迅精神特征及其价值的最为完整、精辟的总结，开辟了鲁迅研究的学理化道路，在中国鲁迅学史

---

① 鲁迅：《三闲集·序言》。

② 鲁迅：《三闲集·文学的阶级性》。

③ 刘再复：《论鲁迅杂感文学中的“社会相”类型形象》，载《文学评论》1981年第5期。

上具有永远不可抹杀的里程碑意义，在中国近代精神文化史上也有其重要的历史地位。

十　小结

1928—1933年是中国鲁迅学史上的一个非常重要的时期。这一时期是以创造社对鲁迅的围攻开始的，太阳社也参与了围攻，但是钱杏邨富有学理的论文又使他与创造社有所区别。冯雪峰的论文则相对来说更为公允。林语堂这时对鲁迅的评价也很中肯、深刻。无论受到怎样的对待，鲁迅及其著作日益深入人心。评论界做出了更富于学理的学术分析，文学史论著和国外的汉学著作也出现了更多更高的评价，而把中华民族对鲁迅的认识推向高峰的则是瞿秋白的《〈鲁迅杂感选集〉序言》。这篇《序言》是前一时期鲁迅研究成果的精神总结，不仅在中国鲁迅学史上具有永远不可抹杀的里程碑意义，在中国近代精神文化史上也有其重要的历史地位。

每当鲁迅及其著作遭到严重攻击的时候，反倒导向更为学理化的研究和更为崇高的评价，促使鲁迅研究朝着更为深广的向度发展。这是中国鲁迅学史上一个非常令人深思的精神文化现象。

第四章　鲁迅研究学理精神的勃兴（1933—1936）

1933年以后，日本帝国主义加紧了侵略中国的步伐，民族矛盾逐渐上升，救亡开始成为主要任务。国际上，德、日、意法西斯主义勾结更紧，反对法西斯的侵略战争已经变成全世界人民的共同目标。

在这一形势下，鲁迅愈益显示出他作为民族魂的无比巨大的精神力量，中华民族对本民族文化伟人的认识也愈益深化，对鲁迅的评论与研究愈益带有学理精神。然而，对鲁迅的种种攻击和损伤，也在暗暗加剧。鲁迅一面在精神文化战线上代表着民族的大多数，对各种危害民族利益的错误思潮进行锐利的分析与批判；一面抵挡来自内部的明枪与暗箭，坚韧地战斗到生命的最后一刻。

一　对瞿秋白的认同与鲁迅杂文研究的深化

瞿秋白的《〈鲁迅杂感选集〉序言》发表以后，得到左翼文化界广泛的认同。曾经对鲁迅有所异议的钱杏邨，在署名“阿英”编的《现代十六家小品》（上海光明书店1935年版）一书的《鲁迅小品序》中就说自己“很折服于《鲁迅杂感选集》编者何凝的意见”，“完全同意于何凝”。这正表现了一种理性的精神，在理解以后对真理表示认同，是非常难能可贵的。

在当时媒体和一般读者群中，《鲁迅杂感选集》也受到热烈的欢迎。1933年8月14—15日《华北日报》连载了叶宜的《〈鲁迅杂感选集〉》一文，叙述了和朋友在书店购买《鲁迅杂感选集》的过程和心情，引述了何凝所概括的鲁迅的思想“反映着一般被蹂躏被侮辱被欺骗的人们的彷徨和激愤”这句名言，对鲁迅的精神表示“大可佩服”。1934年5月31日、6月3日《北辰报》连载的丙灵所作《介绍鲁迅先生的〈南腔北调集〉》，详细评述了《南腔北调集》的内容，最后又大段引述了何凝对鲁迅的评价，并声明“与鲁迅先生素无瓜葛”“但我认为在我这是一种沉重的工作！因为除此之外值得我这样介绍的似乎还没有”。

鲁迅杂文确实日益受到群众的欢迎。1934年4月，他的《南腔北调集》以同文书店（即后来的联华书局）名义印成，收1932年至1934年所作杂文50篇，震动之大，得到评论之多超过以往。除了上述丙灵的文章之外，6月30日和7月1日，北平的《东方快报》又连载了铁新的《〈南腔北调集〉——这非读不可的杂感集!》，认为鲁迅杂文是“替大众说话，大放异彩”，《南腔北调集》比以前“更进一步的大众化，内容是更加充实，笔调是更加酸刻”。“至于本书的技术，那在杂感文、小品文中，是谁也比不了的，实不愧为中国的老作家。”“更何愧乎人称为中国的高尔基!”9月15日，天津《大公报》又发表素痴的《读〈南腔北调集〉》，大段引述鲁迅怀念柔石的文字，甚为感人，颂扬鲁迅道：“我敢预言，在未来十年的中国文坛上，他要占最重要的地位的。”

因此，当时的专制者对鲁迅杂文异常恐惧，千方百计加以扼杀。从那时的小报消息可以看出些许端倪：《南腔北调集》刚一印出，《申报》4月23日就刊出了《〈南腔北调集〉出版》的消息，当局惊恐万状；5月6日，有政府背景的《社会新闻》就刊出署名“思”的《鲁迅愿作汉奸》一文，捏造同文书局系日人开设，鲁迅为获万元稿酬，“搜集其一年来诋毁政府之文字”，交其出版，乃汉奸行为。这是鲁迅“亲日”“是汉奸”的谣言首次出笼，这位“思”可谓是“原创”，后来传播此言的人只能算是“盗版”。《社会新闻》

1934年5月18日第7卷第16期又刊登了署名“天一”的《内山完造底秘密》，污蔑内山完造是日本侦探，“施高塔路的内山书店，实际是日本外务省一个重要的情报机关，而每个内山书店的顾客，客观上都成了内山的探伙，而我们鲁迅翁，当然是探伙的头子了”。没人理睬，于是又在6月12日第7卷第24期上刊载天一的续文《记某书店底秘密》，说内山完造“每月可以从军部领到数约五十万金的活动费，而特殊事件发生的时候——如碰到事变，那他的进益更可观了”。“鲁迅翁、郭沫若、周起应、冯画室（雪峰），都成了他所谓‘最好的传信鸽’。”仍然没人理睬，这样该报18日又发署名“侦”的《关于〈南腔北调集〉》，不再提所谓鲁迅“亲日”的事，改口说《南腔北调集》“系现在霞飞路五九三号自称代办全国书报著名之××书店之丁某独资所印。丁某为人狡猾，其故意用‘同文书店’名义者，无非售其眩人耳目之惯技”。这等于自打耳光，自己宣布了“亲日说”的破产。“原创”既已如此破灭，“盗版”又何能再有生机呢？这位“侦”氏一面再造丁某“独资”印书之谣言，一面又不得不承认“闻初版将售完，即须再版，销路特旺”，从反面证明了鲁迅杂文受欢迎的程度。

《二心集》出版后的情景更令人喷饭。1934年2月3日，北平《东方快报》刊出一条消息：《〈二心集〉被禁》，奇文可供欣赏：

> 新文坛健将鲁迅，素有思想权威作家之名，其所撰书籍，笔锋锐利，一般青年学子欢迎其文者，殊不乏人。故鲁所著杂感一类，书籍尤多，因杂感文字，能抒写其个性之发展，在思想文笔上，更能起锋利之设词。然因此而引起当局之注意，视为有煽惑性质，而其中尤以合众书局所发行之《二心集》，措辞更多激烈。上海市公安局认为此书性近煽惑，有碍治安，乃于前日下午，请得高二分院之第一〇六七号搜查票，前往公共租界捕房，派警同至福州路太和坊合众书局内，详细搜查。该书局事前并无所闻，迨警探入门，该局中职员顾客，均为之大惊失色，以谓未知犯何罪戾。迨警探说明系搜查《二心集》一

> 书，各职员始略安定，当被抄出《二心集》一千三百余本之多，乃即解送捕房，由捕房转送高二分院，请求没收。
>
> 并探得鲁迅所著之《华盖集》《华盖续集》《三闲集》《而已集》《热风》及其新出之《伪自由书》，均须检视内容，加以禁止。

把书籍“解送捕房”，真乃滑天下之大稽。由此也可从反面看出鲁迅杂文的精神威力了，《二心集》“解送捕房”一事，可视为百年来一奇诡之精神文化现象。在谈学理之余，附带言之，聊供一笑。

鲁迅杂文所取得的这种实际效应，促使严肃的评论家对它的本质特征有了更富有学理的把握。

孙席珍在《论现代中国散文——〈现代散文选〉序》（北平书店 1935 年版）中这样概括道：

> 鲁迅先生的作风，和周作人先生的却有迥然的不同。他有他的明智，但他不像周作人先生那样出之以“莞尔而笑”的态度，平常总还是感情的成分居多。这感情正如张定璜氏所说，“已经不是那可歌可泣的青年时代的感伤的奔放，乃是舟子在人生的航海里饱尝了忧患之后的叹息，发出非常之微，同时发出来的地方非常之深”。因此他作品始终贯彻着倔强的气味，无情地剥露一切，幽默而辛辣，可以说是针针见血。他无论写小说，写散文，写杂感，都出之以同样的态度；在这一方面，自亦成就了他的高点。

“始终贯彻着倔强的气味，无情地剥露一切，幽默而辛辣，可以说是针针见血”，是鲁迅杂文本质特征的精辟概括，比以前又发展了一步。

阿英（钱杏邨）在《鲁迅小品序》中除了完全同意瞿秋白《〈鲁迅杂感选集〉序言》的意见之外，还进一步谈了自己的见解：

“杂感”是鲁迅在《呐喊》《彷徨》以外的一种新的创造，对中国文坛的一种有力的贡献。他艰苦的为后来人开辟了这一条有效的新路。虽然正人君子们鄙视他在这一方面的努力，也正说明了正人君子们如何胆颤心惊地防范着这犀利的武器，鲁迅的杂感文所遭受的厄运，就是一个明证。周作人说，我还和写《自己的园地》的时候一样，心情上是没有什么变化的。说这话的，我认为应该是鲁迅，而不是周作人。我觉着鲁迅对中国文坛、中国青年最大的贡献，更主要的是反映在他的创作和杂感里的不断发展的一种苦斗的毫不妥协的精神。

“不断发展的一种苦斗的毫不妥协的精神”，正是鲁迅杂文的一种精髓。明确地将这一精髓揭示出来的第一人，是阿英。

而对鲁迅杂文文体特征概括得最为精辟、形容得最为形象的还是郁达夫。他在《中国新文学大系散文二集·导言》（上海良友图书公司1935年版）中讲了这样一段名言：

鲁迅的文体简炼得像一把匕首，能以寸铁杀人，一刀见血。重要之点，抓住了之后，只消三言两语就可以把主题道破——这是鲁迅作文的秘诀，详细见《两地书》中批评景宋女士《驳复校中当局》一文的语中——次要之点！或者也一样重要，但不能使敌人致命之点，他是一概轻轻放过，由它去而不问的。

鲁迅在《两地书·一〇》中批评景宋即许广平的话是：

我所谓“女性”的文章……一到辩论之文，尤易看出特别。即历举对手之语，从头至尾，逐一驳去，虽然犀利，而不沉重，且罕有正对“论敌”之要害，仅以一击给与致命的重伤者。总之是只有小毒而无剧毒，好作长文而不善于短文。

所谓“女性”文章，并不一定都是女士写的文章，有的女士的文章也很厚重。鲁迅所说的“女性”文章是指一种“软性”文章，即抓不住要害、不能以一击致论敌死命的软弱性的文字。而鲁迅的杂文却与之相反，能够一语打中要害，以一击致论敌于死命，恰如郁达夫所概括的那样:“简炼得像一把匕首，能以寸铁杀人，一刀见血”。这句话业已成为形容鲁迅杂文威力的名言了，比以前的概括更加凝重、具象。中国学术界对鲁迅杂文本质特征的认识已经学理化，具有相当的科学水平。

对鲁迅杂文的认识是在论争中不断发展的，1934—1935 年出现的关于鲁迅杂文价值的论争就促进了人们的认识。

1934 年下半年至 1935 年出现过一场“伟大作品如何不产生”的讨论，由此也引起一些讨论者对杂文的指责。这场关于杂文文艺价值的论争，涉及如何认识杂文产生的社会根源、杂文文体的特殊性质、杂文的社会价值与文艺价值之间的关系等多方面的理论问题，这都是鲁迅杂文研究的中心课题，几十年来始终都在争论。1934—1935 年的这场论争，是中国鲁迅学史上第一次围绕这一中心课题展开的初具规模的论争，具有重要的学术史意义。

二　人生—艺术精神的学理化形态
——李长之的《鲁迅批判》

1935 年 5 月 29 日起，李长之的《鲁迅批判》开始在天津《益世报·文学副刊》和《国闻周报》上连载，每隔一周左右就有整版大文刊出，其阵势和影响都是空前的。1936 年 1 月，结集成书由北新书局正式出版，中国鲁迅学史上第一部全面的鲁迅研究专著问世了。此后半个多世纪以来，这部书成为遭到褒贬最多的鲁迅研究书籍，作者李长之先生也为之遭了一辈子罪。一部《鲁迅批判》，简直可以折射出一部独立知识分子的精神罹难史，也反映出鲁迅研究领域学理精神冲决奴性膜拜窠臼的艰巨性。

引起争论的焦点，首先就在书名的“批判”二字上。这本书因为这“批判”二字而横遭“批判”，作者李长之先生也因为这“批判”二字而屡罹大难。“文革”中，工宣队就曾指着他的鼻子骂道：“是你写的《鲁迅批判》么？鲁迅是可以批判的么？就冲着‘批判’，你就罪该万死！”“文革”后不久，一家出版社找到李长之，表示愿意再版《鲁迅批判》，但前提是把《鲁迅批判》改为《鲁迅分析》。李长之拒绝了，他不无苍凉地说：“批判其实就是分析评论的意思。我为《鲁迅批判》遭了一辈子罪，不改，不出，也罢！”这里，李长之是在为“批判”二字正名：“批判其实就是分析评论”，不是如“文革”中和“文革”以前就早已开始的那样，把“批判”理解为批倒批臭、否定一切。当然，也绝不是其反面：盲目膜拜、肯定一切。而是采取“分析评论”的科学的态度，这是在半个多世纪之前问世的《鲁迅批判》序中就已明确申明了的：“我的用意是简单的，只在尽力之所能，写出我一点自信的负责的观察，像科学上的研究似的，报告一个求真的结果而已，我信这是惟一的批评者的态度。”其实，这正是马克思主义者和一切求真的科学研究者都必须坚持的唯一正确的态度，鲁迅本人也正是坚持这种态度的典范。他一再说过：“批评必须坏处说坏，好处说好，才于作者有益。”[①]

增田涉把要为鲁迅写传的打算告诉鲁迅之后，鲁迅立刻就写了“搔痒不着赞何益，入木三分骂亦精”这两句郑板桥的诗送给他，充分说明鲁迅是希望听到“入木三分”的深刻批评，反对“搔痒不着”的浮浅谀美的。又据曹聚仁回忆：三十年代，当鲁迅问他是不是准备材料替自己写传记时，他承认要写，但表示要把鲁迅写成一个“人”，而不写成一个“神”，鲁迅默许了这一点。对于李长之，鲁迅虽然在通信中曾微示讥讽，但实质是出于善意，希望他能够“潜心研究”，说出些“入木三分”的深刻批评来。[②] 即使一时达不

① 鲁迅：《南腔北调集·我怎么做起小说来》。

② 鲁迅：《书信·350619 致孟十还》和《书信·350912 致胡风》。

到这样的境界，“不免有错误或偏见”，也“还比小心翼翼，再三改得稳当了的好”。[①] 事实也正是这样的，《鲁迅批判》是鲁迅研究论著中少有的经过鲁迅过目的书。据李长之在《鲁迅批判》“三版题记”中说：“鲁迅先生是见过付印之前的稿样的，他很帮忙，曾经订正过其中的著作时日，并曾寄赠过一张近照。那种照片的大小是像明信片样的，从背面看，见出是自一张硬纸上揭下的，我曾让书局照原来的大小，印在书面上。”由此可见，说鲁迅生前反对这本书是没有根据的，他实际上是予以热诚鼓励的，即便是“李‘天才’”之类的调侃，也是出于对比自己小三十岁的年轻人的爱护，是符合鲁迅的幽默性格的。李长之同样崇敬和热爱鲁迅，并一贯坚持认为“真爱鲁迅先生者也，然亦真能举鲁迅先生功过之实者也”。毕其一生，无论遭到了多么大的灾难和不幸，都一如既往、始终不悔地坚持独立思考、独立评论、独立分析。这种科学态度，实在是李长之先生最为可贵的品质。仅此一点，他就足可称为百年来中国知识分子中的凤毛麟角。

而《鲁迅批判》一书最为可贵之处，也正是其科学的批判态度。其意义首先不在于内容，而在于态度，在于开辟了鲁迅研究领域的学理化道路，象征着鲁迅研究界学理精神的勃兴，也昭示着百年来中国精神文化史上科学精神的崛起与挣扎，预示着坚持独立精神的人文知识分子的坎坷命运。

当然，强调《鲁迅批判》的意义首先在于科学态度，并不意味着忽视其内容。实质上，这部书无论是对鲁迅精神发展的分析，还是对鲁迅艺术手法的评论，至今仍然有许多可取之处。

李长之是以德国古典哲学为学问基础的。他早年学生物，后来受清华大学德国文学教授杨丙辰影响，改学哲学，尤醉心于德国古典哲学，深受康德哲学熏染，又进而接受了宏保耳特（Wilhelm von Humboldt）、温克耳曼（Johann Joachim Winckelmann）等的德国文艺理论。他在读了宏保耳特的《论席勒及其精神进展之过程》

---

① 鲁迅：《书信·350727 致李长之》。

之后，认为对一个作家的批评应“抓住他的本质，并且须写出他的进展过程”。正如他后来在《论研究中国文学者之路》中所表述的：“专就文学而了解文学是不能了解文学的，必须了解比文学的范围更广大的一民族之一般的艺术特色，以及其精神上的根本基调，还有人类的最共同最内在的心理活动与要求，才能对一民族的文学有所把握。”正是依据这样的观点，李长之首先分析了“鲁迅之思想性格与环境”，得出了这样的结论：

> 进化论的，生物学的，人得要生存的人生观，在奚落和讽嘲的刺戟下的感情，加上坚持的简直有些执拗的反抗性，这是鲁迅之所以为鲁迅的地方，环境把他的性格和思想的轮廓给绘就了，然而他自己，在环境里却找到他的出路了，负荷起了使命。无疑地他是中国文学史上划时代的期间的人物中最煊赫的一个代表者，他呼吸着时代的气息，他大踏着步向前走。他像高尔基一样，他的遭遇是完成了他的，前此的经历，几乎对他后来都留下一种颇可咀嚼的意义，这是多么奇异呢，然而我不能马上叫出名目。

开题就指明是环境造就了鲁迅，鲁迅又负起了自己的使命，是像高尔基一样的“中国文学史上划时代的期间的人物中最煊赫的一个代表者”。这难道不决定了全书的基调是真诚地崇敬鲁迅吗？怎么竟然得出了相反的判决呢？

然后，李长之又分析了“鲁迅之生活及其精神进展上的几个阶段”，把鲁迅的历程分为以下六个阶段：

> 第一阶段：1881—1917，1 岁到 36 岁，“这是一个成长和准备的时期”。
>
> 第二阶段：1918—1924，37 岁到 43 岁，“是他实践了作‘精神界战士’，开始向封建文化攻击的时期”。
>
> 第三阶段：1925—1926.8，44 岁到 45 岁，中经女师大和

三一八事件。“人情世故，作了鲁迅斗争的目标。所以这回是较为具体了，而且更切身些了”。

第四阶段：1926.9—1927.9，45岁到46岁，中经“宁汉分裂，国民党党内实行一种清党运动”，“是他生活上感受了异常不安与压迫的时期，他赴厦门，又赴广东，这种变动使他对人生的体验更深刻了；虽然使他沉默，然而在他是一个次一阶段的潜伏期，酝酿期”。

第五阶段：1927.9—1931，46岁到50岁，“这是他精神进展上达于顶点的一个时期。他在1927年的9月回到上海，在‘革命文学家’的笑骂和奚落中，他先以同样的态度回敬，终于慢慢地吸收了那种新的方向的理论，从理解和同情，他作了最忠实的一员。这一个时期，是表现他最健康，最有生气的时代”。

第六阶段：1931—现在，50岁到55岁，“他重又攻击国民性了，但是比前此所了解的更深刻些了，这是他从新的理论里而加以应用的时期，同时，他的反封建文化的使命，已更明显地表现为反帝国主义的抗争了，不过，他在有些地方已显出了困乏，现在却不知道这是这个衰歇的结束呢，还是一个更新的酝酿”。

应该承认李长之对鲁迅精神发展阶段的这一划分是合理的，甚至比后来一些学者的划分还要精确一些。尤其可贵的是对鲁迅后期的精神转变采取了完全肯定的态度，这一点不仅比当时属于右翼的文人要先进得多，就是与戴着“革命文学”桂冠的左翼文学家们相比，也公允、合理得多。唯一要被挑剔的是说鲁迅后期“在有些地方已显出了困乏”，而这正是符合鲁迅当时的实际情境的，鲁迅那时在腹背受击的境遇中的确感到了困乏，但又确如李长之所预感的那样是“一个更新的酝酿”。所以连这个唯一的可能被挑剔之处，也是无懈可击的。

这一章的最后，李长之对环境与性格的关系做了一段总结，认为正是鲁迅所处的一系列环境的变迁，使“他成了现在的鲁迅”；又是因为鲁迅这样的性格，才使他做出这样的环境的选择：“所以像其他天才一样，环境却终于完成了他自己了！”至今仍然有人不断地埋怨鲁迅不该这样，不该那样，如果怎样怎样，就会怎样怎样了，殊不知鲁迅之所以成为现在的鲁迅，是由鲁迅所处的环境与他自己的性格所决定，并非能够随着人们的主观愿望而转变的。持这种想法的人，应该读读李长之的这段总结，从而扭转自己的思维方法。

值得特别提到的是李长之在没有看到瞿秋白《〈鲁迅杂感选集〉序言》的情况下，也得出了鲁迅从进化论转变到阶级论的结论。这说明他确实是如他在序中所申明的：“只在尽力之所能，写出我一点自信的负责的观察，像科学上的研究似的，报告一个求真的结果而已，我信这是惟一的批评者的态度。”因为鲁迅从进化论转变到阶级论是客观的存在，鲁迅本人也一再表明过，所以只要是经过“负责的观察”“像科学上的研究似的，报告一个求真的结果”，就必然不约而同地得到这个相互契合的结论。对于鲁迅转变的原因，李长之也明确指出：“这种大转变，我认为都是在从他自己所译的书中而得到的正确的结果。”这同样是符合实际的，以“求真”的态度驳斥了那种认为鲁迅的转变是攻击者肆意袭击、谩骂的结果，把自己的错误攻击当作功劳的饰非之说。事实证明李长之的确比有些标榜自己一贯正确的人们要正确得多了。

而李长之最见功力处还是他对鲁迅作品的艺术考察。

李长之考察文学作品艺术性的标准是——“完整”。而所谓“完整”，就是一种诗人的特色。以此衡量鲁迅，得出结论：“毫无问题的，他乃是一个诗人”：

> 诗人是情绪的，而鲁迅是的；诗人是被动的，在不知不觉之中，反映了时代的呼声的，而鲁迅是的；诗人是感官的，印象的，把握具体事物的，而鲁迅更是的。
>
> 印象的，情感的，被动的，这是诗人的，也就是创作家的

特色。鲁迅正是够资格的。

在中国鲁迅学史上，首先提出“鲁迅是诗人”的，是李长之。胡风在《鲁迅先生》中说：

李长之称鲁迅为诗人。

我说：“这可让他抢先说出来了。……”

鲁迅很平静地说：“倒还没有人称我为诗人……”

什么是诗人？是由衷地抒写出他喜怒爱憎来的，而且顶好是不失其赤子之心的喜怒爱憎来的人。鲁迅呢？他被正人君子和新式才子称为绍兴师爷，即善于构人罪状的刀笔吏，最轻的也要称他为“世故老人”，即遇事都以个人的利害出发，决不体惜别人的老奸巨滑，最好的也称他“冷静，冷静，第三个还是冷静”，更不用说称他是主张屠杀青年的棒喝团了（杜荃）。这几种人和诗人，是完全相反的。仅仅就这一点说，不能不说李长之是独具只眼的了。①

仅仅就这一点说，李长之就是独具慧眼的天才批评家。

以上认为“鲁迅乃是一个诗人”的两段话正是李长之的核心论点，其他观点都是从这一核心论点推导而出的。

他认为鲁迅关于“文学的自觉时代”“文学是一种余裕的产物”以及“文章不用之用”的看法，都是符合这一核心论点的。而鲁迅后期不从事小说创作的“最大的缘故似乎在他创作的认识与革命的信念的冲突”。这一看法其实同样是符合鲁迅自己的认识的，鲁迅后来就曾说过因为受到理论的限制，所以不能再创作了。深知文学创作规律的鲁迅，既不愿使过去那种自觉的创作与后期的“革命信念”相冲突，又不愿违背规律、按照抽象的“革命信念”硬性制造

---

① 北京鲁迅博物馆编：《鲁迅回忆录》散篇下，北京出版社1999年版，第1347页。

作品，因而只能停止了小说创作。历史也已证明：凡是流传下来、具有恒久价值的文学作品，都是自觉的创作；那些按照抽象观念制造出的东西，都被时间所淘汰了。李长之的这一核心论点是站得住的，是他艺术求真精神的体现。

依照这一核心论点，李长之认为鲁迅《呐喊》《彷徨》两个结集中的二十五篇创作里的八篇是“完整的艺术”：

> 《孔乙己》《风波》《故乡》《阿 Q 正传》《社戏》《祝福》《伤逝》和《离婚》。这八篇东西，都是完整的艺术，到了完整的艺术的，是不能再分高下了，所以这八篇东西可说有永久的价值，我敢说在任何国外的大作家之群里，可以毫无愧色。

他又认为这八篇中的《孔乙己》“刻画的清晰的印象，和对于在讽嘲和哄笑里的受了损伤的人物之同情，使这作品蒙上了不朽的色彩”，《阿 Q 正传》《风波》《离婚》“这三篇有一个共同点，就是纯粹客观的态度，仿佛冰冷冷地，把见到的，就写出来，一点也没动声色”。而“《风波》以从容胜，《离婚》以凝炼胜”，《阿 Q 正传》则是在风格上居于二者之间，并以《〈阿 Q 正传〉之艺术价值的新估》专章篇幅做了分析，得出这样的结论：

> 当时作者去写阿 Q，也许是随便的，因为随便，所以才有那特有的从容不迫的优长。可是写出来的文章却没有一点失却不苟的所在。的的确确是在传阿 Q，对阿 Q 也的的确确没有讽刺而是无限同情，其特色在从容，却并非散漫，因而是的的确确一篇最完整的艺术，这是我现在对于《阿 Q 正传》敢肯定的。

其余四篇：《故乡》《社戏》《祝福》和《伤逝》，则认为“乃是更清清楚楚地代表一种主观的、伤感的、浪漫气氛的东西”。并以《鲁迅作品中抒情成分》专章篇幅做了分析，指出：“鲁迅的笔根本是长于抒情的，虽然他不专在这方面运用它；在他的抒情的文字中，尤其是长于写寂寞的哀感。”最后对这八篇做了这样的总结：

> 在这八篇东西里，我们找不出任何缺陷，与不调和、不满足来，而且每一篇都触到人生的一面的深处，文字又那么从容、简洁、一无瑕疵，所以我认为这是鲁迅文艺创作中之最完整的艺术。

李长之还以“鲁迅之杂感文”的专章篇幅，详细分析了鲁迅从一开始到1935年以前出版的全部杂文，而且侧重于艺术形式的品味。这在以前是从来没有过，以后也很少见到的，完全是开创性的。由于是从自己的艺术体味出发的，就发现了许多至今仍然十分可贵的见解。例如关于鲁迅杂文的艺术发展，就是后来都少有人谈的见道之论：

> 说到他的文字的进展，先是平铺直叙，虽然是早有些。此后便转入曲折，细微，和刻画，仿佛骨骼是有了，但不丰盈，再后则进而通畅，有了活力。最后则这两种优长，兼而有之，就是含蓄了，凝整了，换言之，便是，不光有骨头，不光有血肉，而且有了精神。
>
> 和他的精神进展的阶段相当：在他的第一个阶段里，一如他的启蒙思想还没形成，他也还没有什么新的白话文字；所谓平铺直叙的时期，就是《热风》（1918—1924）的时期，是他的精神进展的第二阶段，他的思想空洞些，所以文字也单纯；曲折，细微，而刻画的时期，是《华盖集》（1925）、《华盖集续编》（1926）的时期，他这时的思想是攻击到古文明国的人情世故了，事情是琐小，而有种待人扬发的意味，所以文字也便出之以尖酸；中间有一个次一阶段的酝酿期，文字上大体是沿上一时期的余绪的，便是《而已集》（1927）、《三闲集》（1927—1929）的时期，在精神进展上乃是他的第四个阶段；

> 新的思想的成熟，是他精神进展的第五个阶段，文字上就是《二心集》（1930—1931）的时期，健康，深厚，而有活力，是那一期文字的思想的共同点；到了他精神进展的第六阶段，便是《南腔北调集》（1932—1933）的时期，在思想上是由理论而入了应用的时期了，文字就含蓄，而凝整，但是同时他的精神生活似乎停滞在某一个地点了，文字就又有了《伪自由书》，《准风月谈》中所偶尔流露的困乏。也许有新进展的吧，文字上也一定会不同起来。
>
> 他杂感文的长处，是在常有所激动，思想常快而有趣，比喻每随手即来，话往往比常人深一层，又多是因小见大，随路攻击，加之以清晰的记忆，寂寞的哀感，浓烈的热情，所以文章就越发可爱了。
>
> 有时他的杂感文却也失败，其原故之一，就是因为他执笔于情感太盛之际，遂一无含蓄……

这段富有艺术感受力的分析，对于那些认为鲁迅是“在艺术上”“软下一步”，是“一步一步的往后退”的观点，不是异常有力的驳斥吗？而这是李长之在三十年代就已道出的。之所以能够道出这样的切中肯綮之论，就在于他是从自己切实的艺术体味出发的，并未带有先验的成见。正是由于艺术体味的细腻、深入，他还通过转折词的巧妙运用，分析了鲁迅杂文有如“风筝的松线”“流水的放闸”似的语气格调，这是后来的研究者都没有涉及的。

那么，既然李长之的这本《鲁迅批判》对鲁迅是如此崇敬，又说出了这样多的见道之论，为什么长期以来却遭到无数的攻击呢？攻击者抓的是哪些把柄呢？

首先，是书名中的“批判”二字，前面已经谈过了。

其次，是认为“鲁迅不是思想家。因为他是没有深邃的哲学脑筋，他所盘桓于心目中的，并没有幽远的问题。他似乎没有那样的趣味，以及那样的能力”。这的确是李长之长期受人攻击之处，而且也确实属于他的一个误察。而这种误察又是有其根由的。其一是学术背景和评价标准的根由：李长之是以德国古典哲学为学术背景的，在他心目中，只有费希特、谢德林、康德、黑格尔、费尔巴哈、马克思、叔本华等以及他所崇奉的宏保耳特、温克耳曼等建立了完整理论体系的德国哲学家，才称得上是思想家，像鲁迅这样以片段的感发的形式阐发思想的杂感家，就只能称之为“诗人和战士”，而“不够一个思想家”的标准。

鲁迅之所以无愧于思想家的称号，是不能以康德、黑格尔等西方思想家的标准为根据的，而在于他比他的同时代人以及多少代的后来者都深刻得多、清醒得多地了解中国社会和历史，他以他无可比拟的极其犀利、极其深邃的杂文和小说，对中国数千年的封建专制主义进行了全面、彻底的批判，促使中华民族从“瞒和骗”与“不悟自己之为奴”的大梦中猛醒，“睁了眼看”世界，正确地认识自己、认识世界以及自己在世界中的位置，从而提高悟性，拔除奴隶之根性，实现精神上的自觉和独立，开辟崭新的精神文化之路。他的文章看来是零散的、片段的，但是综合起来却成为一个完整的系统。这一精神文化系统，的确实际催发了中华民族的精神觉醒，并推动了全人类的精神文化发展，丰富了全人类的思想宝库，提高了人们对自我和对宇宙人生的认识，乃是中国精神文化新旧转型时期必不可少的思想资源，是所有想了解中国社会和历史的知识分子必须阅读的百科全书。所谓思想家的第一要求是系统把握事物之本质与世界之本原，鲁迅正是对中国封建专制主义的本质及其所造成的奴隶根性的本原把握与揭示得最为深刻、系统的作家。仅就这一点来说，鲁迅就足可称为中国伟大而深刻的思想家了。他不是西方那样建立了理论体系的思想家，而是最懂得中国的长于“知人论世”、明于知人心的本土思想家，这是他与西方思想家的区别，也是他的中国特色。其实，不仅鲁迅的全部著作与实践足以证明他是一位中国多少年才可能出现的伟大思想家，就是一部《阿Q正传》也已经可以成为明证了。如不是思想家，仅是一位诗人和战士的话，怎么可能塑造出阿Q这样一个包含极为深厚的思想底蕴、永远解读不尽的世界级艺术典型呢？怎么可能概括出“精神胜利法”这一人类的普遍弱点并予以艺术地表现呢？认识鲁迅在中国的思想家价值，并把握其特征、挖掘其内涵，当是鲁迅研究的重要任务。因为在中国，思想家确实是异常珍贵的，可以说鲁迅之后，起码在文化领域内，无人称得上是思想家，顶多是思想者。有些人自我标榜或加封他人为当代思想家，只能表明自己的虚妄。

明白李长之产生如此误察的根由之后，倒觉得他很可爱。他当时还不到二十五岁啊！鲁迅后期探讨中国社会和历史的最高成就——《且介亭杂文》及其续编、末编尚未出版，《隔膜》《买〈小学大全〉记》《病后杂谈》《病后杂谈之余》等鞭辟入里地批判中国封建专制者大行文字狱以及剥皮等酷刑的杂文，李长之也未读到，能要求一个阅历尚浅又未能读到鲁迅全部著作的年轻人完全了解鲁迅那样深刻的思想吗？何况他的《鲁迅批判》就全书来说，是充满了对鲁迅的崇敬之情，有很多极为可贵的凭借天才直觉而得的艺术发现，不愧为中国鲁迅学史上第一部有分量、成系统的鲁迅研究专著。特别是他的为此遭了一辈子罪的“批判”态度，正表现了一种值得珍惜的学理精神，具有比著作本身更为宝贵的学术史价值。后来随着年龄与阅历的增长，冷酷的现实逐步促使李长之认识到鲁迅是思想家，1947 年他就在《鲁迅在文艺工作上的启示》一文中明确宣布鲁迅是一个思想家。这是当时专制政权暗无天日、人民生活朝不保夕的黑暗现实教育的结果，也是他进一步“潜心研究”鲁迅著作的收获。之后，他以罕见的才华、充溢的精力，奋发写作，日益走向大境，在四十六岁之前就出版了《司马迁之人格与风格》《道教徒的诗人李白及其痛苦》《中国文学史略稿》等近三十种著作和译著。但是，他耿直、天真的性格是难以更改的，1957 年就因直言而遭灭顶之灾。恐怕是他在一再受到残酷迫害，长期被迫打扫厕所时，才真正认识到鲁迅作为一个思想家的极度深刻性，倘若再次执笔，一定会写出令人颤栗的深刻之论；无论是学术上，还是思想上，都会形成难以估量的大气象。但是天不假年，未能使这位天才的批评家如愿以偿，永远令后人为之唏嘘不已！

李长之被攻击的第三个把柄，是说他讲过“鲁迅在灵魂的深处”“粗疏、枯燥、荒凉、黑暗、脆弱、多疑、善怒”，“常陷在病态的情绪中”。这看来的确是一大“罪状”！应当承认青年时代的李长之存在“泛滥”有余而“停蓄”不够的弱点，有些地方依傍他人特别是德国古典哲学过多而自己熔铸不足，因而有些问题思考欠深，表述不周全；有些词语又欠准确，容易引起误解，例如说鲁迅灵魂深处“粗疏”等词就是不妥的，让人以为李长之是对鲁迅不恭。然而，倘若细读全文，就会发现并非如此，李长之其实是对鲁迅非常崇敬的，他说过鲁迅灵魂深处“粗疏”等语之后，就笔锋一转，说道：“然而这一切无碍于他是一个永久的诗人，和一个时代的战士。”下面又说道：“鲁迅在理智上，不像在情感上一样，却是健康的。所谓健康的，就是一种长大发扬的，开拓的，前进的意味。”即使情感上的“病态”，李长之也强调“无碍于他的人格的全然无缺”。所以李长之在这里所说的“病态”，实质是指鲁迅在创作中的一种超常的状态。这种状态，对于作家来说，其实是有利于创作的，促使鲁迅比普通人或一般性的平庸作家敏锐得多，深刻得多，也个性化得多。实际上，李长之是从“锐感”“多疑”“善怒”等病态心理角度透视鲁迅创作奥秘的第一人。虽然这种透视还是表面的，欠准确的，然而终归是开创性的。

李长之被攻击的第四个把柄，是说他在书中专列一章论析“鲁迅在文艺创作上的失败之作”。攻击者的逻辑是：鲁迅是不能有“失败之作”的，说其有，就是污蔑鲁迅。其实，持这种逻辑的人恰恰是违背鲁迅精神的。“人无完人，金无赤金”“荷马也有打盹的时候”，鲁迅从来没有标榜过自己百分之百正确，说自己只有成功，没有失败。正好相反，鲁迅毕其一生，都在不断地解剖自己，反思自我，由衷地期待着“入木三分骂亦精”的批评，“等待着有一个能操马克思主义批评的枪法的人来狙击”[①] 自己，然而可惜的是这种狙击手始终没有出现。那些所谓的批评他的人，也尽说些“封建余孽”“牙齿色黄”之类的“废话”，“解剖刀既不中腠理，子弹所

① 鲁迅：《二心集·对于左翼作家联盟的意见》。

击之处，也不是致命伤”[①]。因此，从学理上分析鲁迅的历史局限性并能找出其“真症候”，实在是鲁迅学的一项异常重要而艰巨的任务，怎么能说一研究“鲁迅在文艺创作上的失败之作”，就是污蔑鲁迅呢？问题在于是否能够真正从学理上研究，真正说出些道理，而不是能不能研究。何况李长之又做过这样的解释：“失败的作品不一定是最坏的作品。正相反，它有些坏处，却又有些好处，艺术得要求完整，这类作品却是必不能完整的，所以称之为失败之作。”并没有对他所要批评的鲁迅的某些作品持完全否定的态度，只是说要分清好处与坏处，加以具体的分析。鲁迅小说是中国现代小说的开端之作，必然有许多不够成熟的地方，例如《呐喊》中的一些篇章就不能算是严格意义上的小说。这一点，鲁迅本人也是承认的，到了《彷徨》时期，技巧就趋于圆熟，刻画也更为深切了。因此，对鲁迅的作品也必须进行学理的、科学的分析，不能说凡是鲁迅写的就都是好的，凡是鲁迅说的就都是对的。“以鲁迅的是非为是非，以鲁迅的好恶为好恶。”在鲁迅研究领域搞两个“凡是”，同样是不对的。所以，李长之专列一章论析“鲁迅在文艺创作上的失败之作”，并非什么大逆不道。当然，李长之的分析并不全对，例如说《在酒楼上》这篇散文诗式的优美小说和《肥皂》《弟兄》这样的心理刻画非常细微的圆熟作品是“写得特别坏，坏到不可原谅的地步”，就属于误评。但是，他的这种坚持具体分析的学理精神却是不容否定的。因为学理精神乃是鲁迅研究走向学理化、科学化的根本保证，不仅不应抹杀，而且应该大大发扬。

在结集出版《鲁迅批判》的时候，李长之并没有收入当时在报刊发表的全部文章，出于全书结构完整的考虑，删掉《鲁迅在文艺创作中表现之人生观——鲁迅批判之五》（1935 年 6 月 24 日《国闻周报》第 12 卷第 24 期）；因为“与次篇相连，单独没有什么意义”，删掉《〈热风〉以前之鲁迅——鲁迅批判之七》（1935 年 7 月 17 日天津《益世报·文学副刊》第 20 期）；由于“不全，而且究竟

① 鲁迅：《二心集·“硬译”与“文学的阶级性”》。

是鲁迅的‘身外之物’”，删掉《鲁迅著译工作的总检讨——鲁迅批判之十》（1935 年 9 月 25 日、10 月 23 日天津《益世报·文学副刊》第 30 期、第 34 期）。其中，《鲁迅创作中表现之人生观》认为鲁迅小说结局往往是“关于死”，这“乃是代表着鲁迅这个思想的中心，是他几经转变中的一个不变的所在，或者更可以说，是他自我发展中的背后惟一动力，这是什么意思呢？以我看就是他的生物学的人生观：人得要生存。他的一切奋斗，一切抗战，一切同情，都似乎发自这个思想中心”。这个观点十分重要，二十世纪末鲁迅研究的一个热点就是关于鲁迅生命哲学的讨论。在这一点上，李长之又是一位先行者。《〈热风〉以前之鲁迅》阐发了鲁迅早期重个人、重精神的“根柢在人”的思想，也是后来的一个热点，可见李长之的确凭着他的直觉和“求真”精神，揭示了鲁迅思想和作品的许多真谛。

李长之在这样年轻的时候就写出这样一部有价值的书，不仅没有得到历史的厚遇，反而因此遭了一辈子罪。这一悲剧的铸成，除了政治原因之外，还有中国这个特殊国度的特殊因素。鲁迅晚年“颇慨叹中国人之评论人，大抵特别严酷”①，不几天又强调说：“中国的论客，论事论人，向来是极苛酷的。”② 可见对此感触极深。对中国读书人不容异己、相互斫杀的劣根性，李长之也极为愤慨，不无偏激地说道：“中国的知识分子都有焚书坑儒的倾向的，只要那书不是自己一派的书，儒不是自己一派的儒。”③ 造成这种劣根性的原因，鲁迅早期就已经指出来了：“中国之治，理想在不撄”，如有“撄人”的“性解”（天才）出来，为帝和为民者都要“全力死之”。年少时即显出天才的李长之处在这样的精神环境中，怎能不遭遇被“全力死之”的悲剧呢？

---

① 鲁迅：《书信·351020 致孟十还》。

② 鲁迅：《书信·351029 致萧军》。

③ 李长之：《产生批评文学的条件》，《李长之文集》第 3 卷，河北教育出版社 2006 年版，第 154 页。

三　学理精神的其他表现

除了李长之的《鲁迅批判》之外，这一时期还出现了一些较前更有分量和深度的鲁迅研究论文，也表现了较强的学理精神。

苏雪林的《〈阿Q正传〉及鲁迅创作的艺术》（1934年11月5日《国闻周报》第11卷第44期）。这篇论文不仅在三十年代的文学评论文章中属于凤毛麟角，甚为难得，就是在百年来的中国鲁迅学史上也属十分罕见的深湛之论。析理严密、气度厚重，既富有逻辑精密的思辨性，又充满细微的艺术感受力，在对历史与现实进行反思和观照中，彰显《阿Q正传》及鲁迅其他小说的创作艺术与内在意蕴，至今仍然给人以深刻启悟。

苏雪林的论文发表一个多月以后，远在厦门的《集美周刊》于12月10日在第16卷第14期、第15期上刊出了李如竹的《读〈阿Q正传〉后》。该文的分析不及苏雪林深刻，但也确认了这样的观点：

> 鲁迅先生的小说《阿Q正传》，是《呐喊》集中的一部分，这篇小说是《呐喊》集中第一篇；而《呐喊》便是周先生的生平创作之中的第一部；曾经译成了几国文字，所以它不但是我国的文学创作的巨擘，占了中国头等的文学地位，同时在世界上也占有相当的地位的，上面说过的，《呐喊》集中以《阿Q正传》为最好，所以《阿Q正传》尤其是脍炙人口的。

由此可见在当时文坛中，《阿Q正传》已经被公认为在中国占有头等的文学地位，在世界上也占有相当地位了。这正是学理精神勃兴的表现。

在鲁迅小说综合研究方面取得一定进展的论文，是徐碧晖的《鲁迅的小说与幽默艺术》（1934年8月1日《论语》第46期）。该文认为：

> 中国封建社会已行没落而封建的意识尚浓厚地存留于社会的内心，在这个没落的过程中所发生的悲剧的诸现象，鲁迅极冷静地以“笑”表现出来。在艺术上，这种“笑”含有很浓厚的社会性，就是所谓“幽默”。
>
> 就鲁迅的小说集《呐喊》和《彷徨》二书中所暴露的封建的社会意识，封建的余孽，都含有极浓厚的中国的色彩，所以鲁迅的小说也可说是一种乡土艺术。这种封建社会残余下来的人物，鲁迅给以一种典型的描写，成为中国的封建社会下的典型人物，与俄国契珂夫所描写的革命前俄国知识阶级，与迭更司所描写的十九世纪初期英国的下等社会是同样可永远存在的。这种中国乡土习俗的背景，中国的封建社会中残余下来的代表人物，鲁迅极深刻地、客观地描写出来，使人们觉得其中含有丰腴的幽默，非常可笑。

然后该文根据以上观点，分析了孔乙己、陈士成、吕纬甫、高老夫子等封建社会残余下来的没落知识分子和阿Q、祥林嫂等往日封建社会意识压迫下的无知的男女，最后总结道：

> 总之，鲁迅笔下所暴露的封建社会残留下来的人物，封建社会的意识，完全站在客观的地位去表现，因为是这样写实的表现，使我们鉴赏他的作品处处觉得可笑，就是我们对于社会的现实的认识，透彻地理解而自然出来的。然而这种“笑”，我们觉得不仅一笑而已，而觉得冷静地认识我们中国封建意识所残留的现实社会的深处，而暗示这种社会与人物的没落，这是鲁迅的幽默艺术的微妙，与俄国文豪契珂夫相近似处。

该文的可贵之处是努力从社会现实中透视鲁迅小说的幽默艺术，没有像当时有些人那样脱离现实空谈幽默，因而说出了一些自己的见解。不足是分析尚显浮浅，缺乏深度，但终归是中国鲁迅学史上第一篇专谈鲁迅小说幽默艺术的文章，自有其应有的价值。

值得一提的还有张翼人著的《给鲁迅》（上海经纬书局1935年版）。这是一本小册子，以给鲁迅致信的方式谈了《过客》《希望》《墓碣文》《阿Q正传》《狂人日记》《伤逝》《孤独者》《故乡》等作品的感想，对鲁迅是尊敬的。但是对有些篇目也持不同意见，例如在《虚伪——读〈聪明人和傻子和奴才〉》中，认为鲁迅把“傻子”当作“理想中的人类”是令人不能苟同的，其实“虚伪为每个人所有，而应该为每个人必须有”，因而在给鲁迅的信中这样写道：

> 即是你写这一篇东西，也必有假意的做作的，我相信，世上决没有这样的人，一个环境可一点没有对他影响，而仅照着自己的性子，去乱动，去盲动，而不能去变异适应的行为的，这怕你自己也不会相信吧！不过你要表现出一个和社会适应相反的人，以显示你是比别人能多十分的好意对社会的，这点，当然是真实的，但你不坦然地自己讲话，而捉了这个傻子来讲话，不就是虚伪的吗？所以文学的所以真实，这是他能真实的表现一种好意，而不是尽把所有的一举一动都袒露出来，写文章应该要晓得虚伪的；只有一点要真实，就是要有真切对于社会的好意。

看来该书作者并不真的认为虚伪是对的，而是讲的一种反语，一种彻底性的追问。在这些地方，该书显出了自己独到的见解。不过，从全书来看，还是过于浮浅、粗陋了，无法与李长之的《鲁迅批判》相比，所以后来很少有人提起。

四　无聊的声讨与力图学理化的异议

在鲁迅研究领域学理精神日益勃兴的同时，一些无聊文人也对鲁迅发动了一场所谓的声讨，1934 年 7 月 25 日，上海微风文艺社举行了第一次社务会议，提出声讨鲁迅、林语堂的办理案，要求出版界、报界拒绝“两文妖”作品之出版和发表，党政机关予以严厉制裁，并“通电全国文艺界一致攻击”。此决议还刊登在次日《申报》上。半月之后，即 8 月 11 日，上海《北辰报》就刊出一篇呼应文章：施百无的《响应声讨鲁迅》。尽管内容无聊至极，但从中也可反衬鲁迅精神之伟大与当时的若干时代气息，所以不妨全录如下：

> 夫鲁迅之该声讨，“久矣乎若干年非一日矣”。谁也知道，鲁迅的岁数是将近六十的了。子曰：“老而不死是贼”，他不但不“耳顺”，而且是不“知天命”的。这年纪，这年头，就是没做老太爷的命，也该做个安分守己的盛世耆民，了此残生，享了清福不是？而他偏要“不满现状”，正如他说的上海的时髦女人一样，忘了自己岁数，忘了自己已不是青年。其实，这会儿尽有许多青年文学家不还在写文章讴歌太平盛世，做着识时务的俊杰么？
>
> 我们替他想想，也真“可怜不足惜”，白活了偌大年纪，越老越没出息，真是北平话“活回去了”。北洋政府时代，他是教部的佥事，明明站在官方的，他偏要同情与政府敌对的学生们，天天与干木执政老虎总长捣乱。“三一八”惨案死的是青年，其中并无他子弟亲戚吧，与他何干？他痛骂，写了文章。结果呢，结果丢了乌纱还被列入通缉名单。其不识时务一。看《两地书》里，前六七年与他爱人的信里，他是怎样鼓舞欢欣赞助现在统治者的革命哩。现在呢，蒙了孙传芳的皮在沪大杀国民革命青年的丁文江教授都自命革命者（见《独立评论》），而成为帮闲要人了，他却成为“国民革命”的敌人，其不识时务二。北大的教授们，你看，胡适辈的位置，老而弥固，去年差点儿当了教育部长，不必说了。东吉祥胡同的正人君子（按即现代评论派）谁不阔得吓人？就是“某籍某系”

（绍兴派）的同乡，也不少发迹的脚色。（可见做人是要做正人君子，子曰，言寡尤禄在其中矣。）至不济，像他乃弟也可以喝喝苦茶，谈谈狐鬼，做个聪明的隐士。而他偏要自找苦吃，做不成官儿，没准儿许送了老命而后已，其不识时务三。列名于左翼作家联盟的青年（是青年呀!）都有不少走向平安的右线上去成为剥了皮的红萝卜，他可一死儿钻牛角，简直从“学匪”变成“准赤匪”了。其不识时务四。

中国自有鲁迅便从此多事，正人君子便从此寝馈难安！而怕见黑暗的文坛勇士，也觉得他黑暗气太重。

我早就想写封信给他，劝他留了老头皮吃几年安逸饭吧。一个人吃自己的清水白米饭，管得着大众吃饭不吃饭的鸟账吗？倘以捧柔石、也频者捧孙桐岗、杨秀琼，乃至梅兰芳、胡蝶等新时代的红人，鲁迅不就是新时代领袖骚坛之樊樊山了吗？不论写文章或旧诗，旧诗，也是拿手不是。矧今之统治者颇为宠爱老年文人的，八十诗翁陈三立，就被曾次长架上扫叶楼——然而我仍没有写。

近日闻有上海微风文艺社者，仗义执言，慨然声讨，为之欢喜赞叹，可见公道自在人间。对于好乱成性不知天命的老家伙，自然是神人共愤的。（即如他的牙齿是黄色，已有人写文章斥其罪）我们除了希望明正典刑，以快人心，而遏乱萌，奠中国文坛于万世一统外，还要提出口号曰：

打倒黄牙齿腐化的鲁迅！　　打倒老而不死的鲁迅！

拥护上海微风文艺社！　　中国文坛太平万岁！

中华民国万岁！

四天后，即8月15日，《北辰报》又刊登了一篇署名“小黑”的奇文：《我来劝劝鲁迅这老头子》，仍值得引录全文以供欣赏。

鲁老头子：本来很早我就想给你这“老不识时务”一个警告，后来一想圣贤有训，“尊老敬老”，虽不识时务，但总还是个“老者”，毛小伙子对“长者”下警告，在礼义之邦，有违圣道，绝不应有，而且我的心眼素来很软，也有些不忍，还是劝劝为宜。又后来因为自顾不暇——非他故，穷得我吃不到窝窝头而已，干吗顾得去为你闲费唾沫星子，于是也就把这件事搁下了，可是先说清，我的心可并没有就此甘休之意。

今天看见“星海”中施百无君的《响应声讨鲁迅》，又使我咽下去的话，不得不翻上来了，不语怪痒痒的。

劝劝，这是善意，老头子应明白，要不是尊我们圣贤的训道，早就变劝为警告，或更要“声讨”了，你不记得我们祖先说过吗！“识时务者为俊杰”，不用说，不识时务当然是小人了，你这大的年纪了，还不好好儿歇歇，奔东跑西，什么不满现局啊，为“大家伙儿”啊……乱闹一派，这就太不“君子”气，不懂事；应在讨伐之列了，怪不得人家讨伐你，而且你又已是老头子了，跑跑喊喊，那成何事体？你看看在国中像你这大年纪的人，谁还像你！不体面！人生不过百岁，少年时跑跳奔波，老来该享享福了，干吗不懂！明白了这个，现在我劝你还是走以下的几条路子好一点：

一，享福——这和施君意思差不多，若有儿孙和“子儿”的话，到家里抱抱孩子，张着大嘴，逗逗孩子笑，该吃的时候，少爷媳妇小姐——不用说，这时你当然是老爷子了——给端到面前来——不，错了，阔人是要外差给收拾一切的，干吗少奶奶动手？这时是老爷，少爷，太太，小姐，少奶奶一同落坐，围一块吃，其乐融融，多好？家中闷了的话，坐上汽车，率领举家大小，公园中溜达溜达，听听戏，瞧瞧电影……多好？

二，作官——若本来你不是大财主，没有“子儿”享这清福。我劝你还是去作作官好，只要你有个好女儿，侄女儿，或外甥女儿孙女儿都成，作官在这个年头多好，有钱有势，高兴来刮刮他们，不高兴了，搂了钱娶上几个小老婆，回家养老……多好？

三，出家或隐居——若你既没享清福的份儿，又没有个什么女儿作援引过官瘾，那我劝你出了家吧，休息一下心血，或学学那些名流隐士，吃吃斋，诵诵经，修修来世，以了残年，不也很好？人家的事用着你多管？

四，找点麻烦的琐事干——若你这老头子实在好动，不能安生下去，非想着点麻烦不可的话，那也该学学如今的名流，不要教孩子们不驯，应该教他们明经知礼，养君子风度，应该站在你的“老”同志的立场，为老人们打算打算，若老同行中有感觉“心有余而力不足”，未免心酸于年轻男女小伙子们的飘飘然的行动的话——其实不只是你的老同行，你这老头子不心酸吗？你应该尽些义务，唱唱制裁她和他们的方法，“男女有别”，“授受不亲”，“男阳女阴，各有其位……”，教训教训他和她们，不听，写个呈子，告她（他）们一状，以官令禁止之，撤销她们的出门权，出口老酸气，这你就许得到许多好处，——先说我吧，为此也得喊喊：拥护鲁迅老头子！因为她们和他们一对一对的行为，连我这年轻人看了也心酸，因我还未娶老婆，见了她和他们真看不上眼，我早有心唱唱男女分空气而吸，但我是小孩子，年轻人唱起来没力，还是你们老头子替行个方便好一点——干吗不作作！这也是慈善事业之一呢，再者，若净是作这些麻烦事情感觉不快的话，那你也可找些消遣，如捧捧美人鱼，赛金花，捧捧飞行家、运动家，……吹吹空气，耍耍舌头（老年人肌肉易发死，耍舌头，吹空气可使唇舌肌肉活动，此亦消遣运动之一种），不亦乐乎？……路子是太多了，离了你现在走的一条道儿难道就不能走了吗？怎么你越老越糊涂！反正是这些，不为民即为官，民官都不为就得为阔人，名流，再不然只有当和尚，不能再干你那流氓生活了，你应该明白，现在一般“志士”们都看不过你这流氓行动，要群起而攻之，大兴讨伐之兵，若不听我的劝，将来闹到四面楚歌，被困重重，要有脑浆迸裂之危险哪！那时悔之晚矣，老头子应一思，二思，三思之！

以上仅为所谓声讨鲁迅浪潮中的两篇“代表作”罢了，当时这类“杰作”实在多得不胜枚举。那时署名“李光亚”的《鲁迅与“Don Quixote”》（1934年9月11日、12日北平《东方快报》）一文就这样形容道：“全国声讨鲁迅的空气，确实热闹起来了。自南至北的喊杀声，打成了一片。这些文坛上新进的战士（我不敢大胆的说：这些无名的小辈！），把这个老头子围得风雨不透，大有长坂坡曹家兵将围着赵子龙的模样，都要生擒活拿而制服他。”

这种围攻是极其无聊的，对于鲁迅真是毫发无损，以后也很少有人提起，这些“声讨杰作”几乎已经被人遗忘了。然而我认为实在大有重温的必要，从中可以得到许多启悟。

那位施百无口口声声说鲁迅“不识时务”，而他所谓的“识时务”，就是“做个安分守己的盛世耆民”，“站在官方”，不“要同情与政府敌对的学生们”，不要“天天与干木执政老虎总长捣乱”，“三一八”惨案死的青年中并无自己的子弟亲戚，就与自己无干，不必“痛骂”，不必写文章；就是像过去大杀国民革命青年而今又摇身一变为“革命者”，“成为帮闲要人”的某教授一样，别再做“‘国民革命’的敌人”；就是如位置“老而弥固，去年差点儿当了教育部长”的“胡适辈”一样，或者如“阔得吓人”的现代评论派那样做“正人君子”，至不济，也像乃弟周作人那样“做个聪明的隐士”，“喝喝苦茶，谈谈狐鬼”，免得“送了老命而后已”；就是如有些“列名于左翼作家联盟的青年”那样，“走向平安的右线上去成为剥了皮的红萝卜”，不要“一死儿钻牛角，”“从‘学匪’变成‘准赤匪’”。而这个“精通时务”的施百无，则正以他和他所奉为榜样的“识时务者”的猥琐与卑小从反面证明了鲁迅这位“不识时务者”的伟大与崇高；由他高呼“打倒”鲁迅的切齿之声中，感受到了鲁迅对当时专制政权及其喽啰的巨大威胁。不是有人说鲁迅后来转向左翼是为了满足自己的什么“虚荣心”么？是为了获得什么个人利益么？这个施百无倒从反面对这种论调做了最具有实证的驳斥，鲁迅当年这么做，是要顶着“准赤匪”的“红帽子”，准备“送了老命”，“有脑浆迸裂之危险哪！”他才是真正为了大众，为了中国，为了正义，为了“无阶级”社会的美好未来，而忘我奋斗啊！我们切不要以现在的情境去揣度当时的历史境遇，以共产党执政后某些借“入党”以“营私”的投机者的情况，去臆测鲁迅当年同情和倾向共产党的内心动因，要知道那时的共产党是处于被镇压的地位啊！

其实，这个施百无倒是在毫无遮掩地谈自己的想法，比后来的许多拐弯抹角诋毁鲁迅的人坦率得多。这样倒直接以他和他所奉为榜样的“识时务者”的“巧滑”与“贪婪”，反衬出了鲁迅精神的一个本质特征：“不识时务”。鲁迅的确是“不识时务”，他生来就是要“跟黑暗捣乱”的，要跟“正人君子”们作对的，要“一死儿钻牛角”地悲壮地“反抗绝望”的。而这，正是鲁迅精神的最可珍贵之处，正是精神文化新旧转型期所必需的精神特质。

至于那个小黑就更是以己之心度人之腹，他本人大概是一个地地道道的上海小市民，对享福、作官、搂钱、娶上几个小老婆回家养老之类的事情向往至极，而对鲁迅先生“为大家伙儿”的“奔东跑西”“不满当局”的正义行动无法理解，所以竟“劝诫”起鲁迅来了。推想鲁迅当年若看到这种小报上的此类文章，必定是一笑了之，不予理睬的，因而《鲁迅全集》中对此文没有反应。有些人因为鲁迅在文章中“骂”了自己而长期耿耿于怀，难以释然，其实大可不必如此小肚鸡肠，因为鲁迅提到的、反驳的，都还算是有一定价值、值得一驳的，换句话说就是还算看得起的，也因之有了存于《鲁迅全集》、留名百世的荣幸，像小黑之流的这类文章才算“倒楣”，鲁迅先生“连眼珠也不转过去”，可说是予以了“最高的轻蔑”。

然而，小黑纵然渺小，“小黑心理”（姑且以“小黑”代施百无者流，因为“小黑”好记）却不能完全漠然视之。实际上，在长达百年的中国鲁迅学史上，这种心理是不断反复显现、反复作祟的，尽管变换多种花样，但万变不离其宗：总是以小市民之“心”度鲁迅之“腹”，用世俗庸碌的浅薄心理揣摩一位深刻思想家的终极关怀，以贪图财色的阴暗欲望和苟且偷安的自私之心嘲笑一位“精神界之战士”的拔俗之举和献身精神，结果只能是荒谬之极，在历史上传为笑柄。

“神化”鲁迅是不对的，鲁迅是一个非常现实的人，他绝不会进入圣殿去做什么尊神，他也同常人一样，有七情六欲，有人之弱点，绝不是十全十美的“神”。然而，鲁迅这个人却是绝对不一般的，他具有超越常人的才能、学识、气魄和献身民族大众事业的无私之心，从一定意义上看，可以说是天才，也就是具有一般人无法达到的极端个性化的特殊的才能与识见。从施百无和小黑的文章中，我们也可由反面看到鲁迅先生非同一般的超越世俗的高大形象。如果从一个极端跳到另一个极端，由“神化”鲁迅变为“俗化”鲁迅，从“小黑心理”出发，试图把一位中国多少年才能出现的文化伟人和罕见的思想家“俗化”为一个小市民，一个只知饮食男女的目光如豆的人，还要以庸俗的标准苛求鲁迅，或者以自己主观的愿望对早已故去的鲁迅进行“劝诫”，埋怨他为什么不如何如何，倘若如何如何的话就会如何如何了，则只能陷入更大的谬误。所以，当前特别有必要防止鲁迅研究领域的“俗化”倾向。我们对待鲁迅的正确态度当在“神化”“俗化”间，即发扬科学的实事求是的学理化精神，与鲁迅本体达到高度的契合。

鲁迅是可以批评的，鲁迅本人就常做严格的自我解剖，这正是他不断前进的重要原因。然而，倘若既没有认真通读过《鲁迅全集》，又没有深入了解鲁迅所处历史时代的实际情境，就在那里说长道短，对鲁迅品头论足、挑三拣四，不免也会以己之心度人之腹，落入“小黑心理”的窠臼。

总之，二十世纪三十年代对鲁迅所发动的这场无聊的声讨，正是百年来围绕鲁迅而出现的精神文化现象中很特异也很令人深思的一种趣闻。对这种现象，不应忽视不理，而须予以应有的重视。这些当时出现的真实的奇文，比后来的许多正面大论更能说明问题，更能以这些“末人”的侏儒化形象，反衬出超越凡俗的“鲁迅映象”；以这些“末人”的市侩精神，反衬出鲁迅精神的伟大与超脱。同时，对这些奇文进行“反看”，也可澄清历来对鲁迅的一些

“误读”。

这种无聊的声讨，不仅引起文化界鲁迅崇敬者的反感，就是对鲁迅持有异议的一些文化人，也对之表示鄙薄，力图使自己的异议学理化。1936 年 5 月 6 日、9 日两天北平的《东方快报》刊登了署名“雪如”的一篇报道——《鲁迅没有伟大的思想统系——范任在国际文艺座谈会讲论》，就对“鲁迅不能学唱京戏花旦，即使努力学习，也决及不上梅兰芳”之类的无聊污蔑表示鄙视，而期待文坛出现伟大的批评家，对鲁迅“有一极正确实当之批评”，因此对国际文艺座谈会上一个叫范任的人主讲的“中国作家鲁迅”做了报道，认为范任“对鲁迅批评极为实当而深刻，他从鲁迅的生活上分析出鲁迅的思想，他说鲁迅没有社会和哲学的理论，没有伟大的思想统系，所以鲁迅的灵魂不伟大，虽然是高昂的，所以他只知愤怒，嘲骂”。

那么，所谓的“伟大批评家”范任先生又是怎样对鲁迅进行“极为实当而深刻”的批评的呢？从雪如转述的大意中知道，这位范先生自己也承认“对于鲁迅先生的认识并不十分深刻与熟习的。况且于仓促的时间之内，来谈一位有二十多年历史，经过几个社会阶级的变革的老作家，这是一件不可能的事，所以仅仅约略的谈到某一部分而已”。于是他便只谈了《呐喊》，从《自序》中得出这样的结论：“他自幼生于风气蔽塞愚昧而穷困的乡村，因为父亲的久病和死，家庭环境从小康变成困顿，他自己便也进了洋学堂，那时他因见了乡人的穷困和愚昧，使他下了改革社会的决心，家运的变迁，使他深深的感到人世的险峻和人情的冷暖，因而造成愤世的心理，这便是鲁迅先生作风性格基调的发生。”“《呐喊》便是在这种背景下而产生的，所以在人物上描写的取舍，完全是这种心情的发泄。”“《呐喊》里一共包含十四个短篇小说，是从民国七年到民国十一年鲁迅先生在北京大学和女师大任教时候写成的。前十二篇，都有着很重大的社会意义，充分的表示着中国社会是吃人的社会，如《狂人日记》是表示地主吃佃户的，《阿 Q 正传》是表示土绅吃平民的，《故乡》是表示官厅吃百姓的。”“以上这是鲁迅先生对社会的整个描写，至于描写某一部分的则如《药》与《明天》两篇，是宣布中医的无能和欺骗，《孔乙己》和《白光》是宣示中国旧制教育的破产，此外如孔乙己之懒惰，阿Q的可怜与可笑以及方玄绰等，差不多都是中国人的典型。我们若知道鲁迅的长处，在于能‘看的深入，写的浅出’，他善于在平凡的生活里，找出有意义的片面，他的文笔，自然而生动，并不用假借着浪漫的或爱情的故事，来引人入胜，也更不需要什么过火的描绘，来引起人的注意。他用很简单的笔调，画出一个极活跃的人物或事态，论到他的短处，则是缺乏普照的眼光，和浓厚的同情心，除在《一件小事》之外，没有说过乡下人一句好话的，他只看见人的丑恶，而看不到人的优点，所以他只知愤怒，讥讽，失望。他的灵魂是高亢的，然而不是伟大的。在思想方面，他更只限于消极的批评与嘲弄，没有建设和启示。换言之，他没有什么社会的或哲学的理论及伟大的思想统系，来作为写出的背景，‘弱肉强食的口号’无非是拾取别人的牙慧，他的思想，是缺少‘自我’的。然而，在中国文化还在幼稚的时期中（五四前后），像鲁迅先生，仍不愧为中国第一流作家，并且还得说是属一属二的人物，但是按我们的意思说，鲁迅先生离我们所理想的作家，相差还太远呢。”

仅从雪如转述的大意中，我们就足以看出这位范任先生实在算不上什么“伟大的批评家”。他对鲁迅的著作了解甚少，对《呐喊》的批评浮光掠影，有的甚至违背了原意，例如说“《药》与《明天》两篇，是宣布中医的无能和欺骗”；其他也尽是别人已经说过的话，对思想的评判倒真是“拾取别人的牙慧”，是从李长之的《鲁迅批判》抄袭来的，而这种方法论的错误根源就在于不是从中国的实际出发，以中国的标准衡量中国的作家，而是用从西方舶来的欧化标准苛求中国的作家。在既没有认真通读鲁迅的全部著作，又不懂得中国实际的情况下，怎么能够认识鲁迅呢？即使是在力图学理化，但是只能是空话对空话，讲不出任何经得住推敲的正确看法。

不过，鲁迅已经成为任何人都无法抹杀的巨大存在，这位范任先生虽然想以大言跨过鲁迅，但也不得不承认鲁迅“不愧为中国第一流作家，并且还得说是属一属二的人物”。这正是鲁迅的实绩所产生的效应。

后来，像范任这样以貌似大批评家的样子否定鲁迅伟大价值的人，仍不断出现，然而似乎越来越不及原创者这般唬人了。

对鲁迅持有异议而确实又谈出些理论的，并不是这位范任先生，而是地处中原的《河南政治》1935 年 3 月在第 5 卷第 3 期上发表的王文奇所作的《略论鲁迅》一文。这篇论文长达 2 万余字，称得上是异议者力图学理化的代表作。

王文开始就宣称“要站在研究文学底立场上，拿一种研究底态度，提出自己关于研究文学的怀疑或见解”，并表示不同意因为鲁迅作品中有“灰色”“绝望”的话就“索性地给鲁迅加上一个堕落不振的‘颓废派’底头衔”，认为这样把鲁迅作品“尽斥为违乎潮流，将他底优点一笔抹煞”，就“不能不给鲁迅一个喊冤余地和一些气愤不平者说话底机会”。

这样，王文就从鲁迅作品的优点开始起论，认为：

> 关于鲁迅的作品（只限《呐喊》和《彷徨》），我们假使沉着地咀嚼，便会首肯鲁迅在文坛上是有他底光耀的位置地。我们知道他是一个写实主义者，他抓住了人生底真谛，把他底忠实的人生观察者底态度，去观察深潜在光怪陆离底人生底活跃，把真诚的灵魂，去体会幽隐在乌烟瘴气底社会底精魂。他有锐利的眼光，他有灵敏的脑筋，他能板起庄严威肃的面孔，用他劲干的手，讽刺的笔锋，将社会底罪恶，人类的丑恶，逼真逼肖的而且深刻地描写出来，历历清晰地摆在读者的面前，似乎作者的责任和苦心也算尽了不少地底了。
>
> 鲁氏开始创作小说是在 1918 年，他底《狂人日记》登在震动全中国底初期启蒙杂志《新青年》上，是他向凶恶残暴的社会的势力，颁下猛力的攻击令，后来继续发表底《孔乙己》《药》《明天》《一件小事》，都是反对旧礼教，以冷静幽默的态度对准着封建势力施以猛烈的进攻地。他在人生底崎岖的路

> 上，饱尝了风霜，备涉了难困，所以《祝福》《在酒楼上》《离婚》《故乡》《高老夫子》《孤独者》，没有一篇不是从他底经验过看见过底事情描写出来，这样底质重底创作，真正地不是一般虚心构造底非出于自然底文艺能够和他相伯仲的呢！

这是先谈鲁迅作品的优点，谈得的确很充分，评价也很高，然后就开始说他的异议了：

> 社会是在一刹那一刹那间变动地，人们底性灵也是一刻没有停止地，当然在时间和空间有不同异样底感觉，有了异样不同底感觉，就表现出同样异样不同底反映，鲁迅自然是也不出这个公例，因而由抱有希望底《呐喊》，转变到恐怖失望底《彷徨》，由恐怖失望底《彷徨》，荡流到哀悼绝望底《野草》……

于是王文借用刘大杰所说的鲁迅由壮年到了老年、心是老了、是到了晚年的说辞，批评鲁迅“终究是跑到普洛列特利亚作家底队里了，终究是普洛化了”“这也是鲁迅底意志上有了深黑的蒙蔽，他底衰老的心，没有摧锋陷阵底勇气，他底真灵魂被敌人夺去了”“结果只是造成了一个被使动底传达机器式生命力”。这样，王文才算暴露了他真实的立场：完全与无产阶级革命文学阵营敌对，彻底站在鲁迅后期所在营垒的对立面。

接着，王文对《呐喊》《彷徨》《野草》《热风》和《华盖集》逐一进行相当翔实的分析，以印证他的观点。文中尽管有一些肯定《呐喊》等创作的好话，却主要是从实质上的一步步贬斥：到《彷徨》时就已是“从兴奋的灵魂转变为悲伤的惶鬼”，到《野草》时就是“要投奔死神去”了，对《过客》竟做出这样的评价：

> 鲁迅在《过客》中，表现了他底迷津底颓唐和死心，《死火》里尽露了他底死过底妖氛，就是《这样的战士》把心火烧

> 了起来，也是依据［旧］地为着死底挣扎，其余各篇，我们读了以后，好像听着一个躺在死床上将于绝气以前向我们诉说他底死后希望的呓语一样，不仅没有关系于生人底地方，简直是空误人们底奋斗底功夫。

说到《热风》时则诅咒鲁迅“已经患了神经病的，他是已经疯了的，因而他底言语没有伦次”，“不能不使我们失掉信仰于鲁迅”。到《华盖集》以后，就直接指责鲁迅“辜负了良心说闷良心话的，事实是因为他已经降顺了贼人，跑到普罗列塔利亚特的麾下，他以阶级为准了，他以派别自居了，但是他受了良心底苛责，神灵底威勒，在这两重意志之下，事实环境之中，人生底实觉和他走了一个背道底极端，话该怎样讲法，声该怎样作法，鲁迅不能不把嘴闭起来，声吞下去。做他的马弁奴隶底生涯，尽他应尽底职务”。

最后，王文把出现这种现象的原因归结为社会与个人两方面，社会的原因是：中国是一个恶社会，而“恶社会何曾是容易扰底东西，有谁敢向着它猛刺一枪，有谁敢向它抛掷炸弹，而鲁迅《彷徨》的巍颤擎刺了一枪，抛了一个《呐喊》的炸弹，不能要它挥张盆口，舞动爪牙，擒捉他了，这样他不得不设法逃避，去拜倒狮子普罗野王了。这样我们固然要痛绝恶社会的残忍，实在也不能不笑鲁迅有猴戏一般的滑稽”。个人的原因是：“鲁迅底勇气，也就是只敢挑战不敢恋战”“但也真地怪不得，四面俱是敌人，鲁迅却是孤军深入，胜败在人们虑算之中，况鲁迅却是布衣龌龊侏儒，糊口也是要紧，并没有老爷大人提他一把，也没有部长庭长的垂青，饿肚空空，天下怕没有枵腹从军底道理，也没真不值价底性命，所以鲁迅不得不找上普罗坛上底先生们，乞求几许卢布来糊一糊口，皈依尽瘁，替人家做一个庸工，作一些背叛真心底事业——这是鲁迅个人简单的原因”。

王文奇的这篇论文，从反面证明了这样一个事实：鲁迅的作品已经成为任何人都无法否认的巨大存在，无视这种存在的人，只能造成自己的被动。所以他的对立阵营中的某些有学识、有头脑的人，不主张对鲁迅作品采取简单的全盘否定的态度，认为这样把鲁迅作品“尽斥为违乎潮流，将他底优点一笔抹煞”，就“不能不给鲁迅一个喊冤余地和一些气愤不平者说话底机会”，而力图使自己对鲁迅的异议学理化，披上一层学理色彩，以取得制胜权。

五　文学史著作与国外汉学家的鲁迅论

这一时期的文学史著作进一步加强了对鲁迅及其著作的评述。

谭丕模的《中国文学史纲》（北新书局 1933 年版）。该书第十五章第二节《封建残余与民族资产阶级混合统治时期的文学运动》以相当篇幅对鲁迅做了评述，在分析了《狂人日记》《故乡》《阿 Q 正传》《孤独者》等作品之后，进行了这样的概括：

> 一九一九至一九二二年，鲁迅的作品，都是代表被压迫阶级或新兴资产阶级的“呐喊”声。他不仅在当时文坛界占了第一把交椅，同时也是思想界的威权者。他那勇敢不屈不挠的精神，站在时代的尖端向封建势力斗争，无有出其右者。他以深刻的锐利的笔锋写出小说和杂感，每个字都似把利刃刺穿了封建势力的腹心。他认清了当时的封建势力是我们解放前途上的唯一的敌人，所以他毫不妥协的向它作殊死战。五四运动后的青年，不断的作民众运动和参加实际革命工作，这固然是青年自身的需要，然而鲁迅作品的影响，也是不能抹煞的。

这应该说是很高的评价了。但是该书对《野草》评价不高，认为很消极，说道：“小资产阶级在革命艰难的过程中碰壁，就把人生看得非常灰暗，这也是小资产阶级的特性，鲁迅就是当时碰壁的青年的典型者。”关于“革命文学”论争，该书认为：“鲁迅在一九二八年时代，还是醉眼朦朦，认不清社会，依然还站在小资产阶级的立点，嘲骂了革命文学家。”看来该书作者是站在“革命文学”

派一边的。对鲁迅转变后的表现，他则予以肯定，认为鲁迅“似要继续当日反封建精神来反抗新兴资产阶级”“对于新兴文学理论，有相当的贡献”。还追述了鲁迅到北平时与他的问答。他问鲁迅不创作的理由，鲁迅答道：“我现在与劳苦大众不接近，对于他们的生活方式和经验，都很缺乏，当然不敢创造。”为了解鲁迅后期不创作的原因，提供了直接的材料。

钱基博的《现代中国文学史》（世界书局 1933 年 8 月版）。这是一本用文言写的文学史，长达三十万言，其论现代白话文学不过一万余字，持完全反对的态度，在下编“新文学”中对鲁迅有这样的评述：

有摹仿欧文而谥之曰“欧化的国语文学”者，始倡于浙江周树人之译西洋小说，以顺文直译为尚；斥意译之不忠实；而摹欧文以国语，比鹦鹉之学舌，托于象胥，斯为作俑。效颦者乃至造述抒志，亦竞欧化，《小说月报》盛扬其焰！然而诘屈聱牙，过于《周诰》；学士费解，何论民众！上海曹慕管笑之曰：“吾侪生愿读欧文，不类见此妙文也！比于上海时装妇人，着高底西式女鞋而跬步倾跌，益增丑态矣！崇效古人，斥曰‘奴性’；摹仿外国，独非‘奴性’耶？”反唇之讥，或谑近虐！然始之创白话文以期言文一致，家喻户晓者；不以“欧化的国语文学”之兴而荒其志耶！斯则矛盾之说，无以自圆者矣！或者以白话之盛，而有周树人之“欧化的国语”，比之文言之盛，而有章士钊之“欧化的古文”。然章士钊之“欧化的古文”谨严，而周树人之“欧化的国语文”，则词意拖沓。章士钊之“欧化的古文”条达，而周树人之“欧化的国语文”，则字句格磔。一则如古涵今，熔裁自我；一则生吞活剥，模拟欧文；孰为得失，必有能辨之者焉。

自胡适之创白话文也，所持以号天下者曰：“平民文学也！非贵族文学也！”一时景附以有大名者，周树人以小说著，徐志摩以诗闻。而树人著小说，工于写实；所为《阿 Q 正传》，尤为世所传诵！志摩为诗，则喜堆砌，讲节奏尤崇震动，多用叠句排句，自谓本之希腊，而欣赏自然，富有玄想，亦差似之！一时有诗哲之目！树人擅写实，志摩喜玄想，取径不同；而皆揭“平民文学”四字以自张大，后生小子，始读之而喜，继而疑，终而诋曰“此小资产阶级文学也！非真正民众也！树人颓废，不适于奋斗。志摩华靡，何当于民众！志摩沉溺小己之享乐，漠视民众之惨怛，唯心而非唯物者也！至树人所著，只有过去回忆，而不知建设将来；只见小己愤慨，而不图福利民众。若而人者，彼其心目，何尝有民众耶！”若由小己而转向民众以继起有闻者，曰郭沫若、郁达夫。郭沫若代表青年抵抗一派，郁达夫代表青年颓废一派；而其所以可贵，则要在意趣之转向劳动阶级！而于是所谓新文艺之新而又新者，盖莫如第四阶级之文艺，谥之曰普罗文学者是也。郭沫若、蒋光赤实魁于曹！其精神则愤怒抗进，其文章则震动咆哮，以唯物主义树骨干，以阶级斗争奠基石；急言极论，即此可征新文艺之极左倾向。而周树人、徐志摩则为新文艺之右倾者！其集会结社，则有文学研究会、新月社，以代表右倾。而左倾者，则有所谓左翼作家联盟、自由运动大同盟、无产阶级文艺俱乐部、国际文化研究会、马克思主义文艺理论研究会、普罗诗社、社会科学家联盟，风起云涌，万窍怒号，其不知尚阙如也！至于胡适喜谈国故，新青年则讥之曰：“胡适之赶逐不上我辈，跑向故纸堆中去矣！”波靡流转，莫知所届。向之诮人落伍，转瞬而人讥落伍！十年推排，已成老物；身名寂寞，胡适盖不胜今昔之感！而逐林纾之后尘，以为后生揶揄云！又岂适始计之所及料也哉！余故著其异议，穷其流变，而以俟五百年后之论定焉！亦当世得失之林也！

钱基博是坚决反对白话、坚持文言的，他对鲁迅翻译的贬斥正是由此而来的。但是即使如此，他对鲁迅的小说也不得不表示认可：“工于写实；所为《阿Q正传》，尤为世所传诵！”这表明鲁迅小说的成就已经成为人所公认的客观存在，任何人都无法否认。这篇文学史著的片断之论，是具有历史价值的。应该保存，应该研究。当时就有一位叫戚施的人，写了篇题为《钱基博之鲁迅论》的文章，刊登在1933年12月29日上海的《大晚报》上。该文认为“论鲁迅之文者，有毁有誉，毁誉互见，乃得其真”。此见也自有其道理，鲁迅因而将其剪贴进《准风月谈·后记》中，并说道：“我觉得它很有趣，所以特别的保存起来，也是以备‘鲁迅论’之一格。”可见鲁迅本人很大度，欢迎来自各个方面的意见，因为只有这样才能呈现真实，心怀坦荡的人是不怕真实而坦然迎接之的。

王哲甫的《中国新文学运动史》（1933年9月于北京自印）。该书第四章《十五年来之中国文坛》称鲁迅的《阿Q正传》是“用了很冷静的态度，描写了一个时代，不论在技巧上在思想上，都获得意外的成功”。用“描写了一个时代”来概括《阿Q正传》，是作者的新意。第五章《新文学创作第一期》中《小说的作家》一节，对鲁迅的小说做了这样的总体评价：

> 谈到中国的新小说，没有人不知道鲁迅的。他在创作的体裁与语言的方法上，从日本小说里得到一种暗示，而创造了另一种风味的作品。他在《新青年》上登载了一篇《狂人日记》，分析病狂者的心的状态，以微带忧郁的感情，刻画为旧礼教所积压下人们的一切病的现象，并注入些嘲讽的语气，所以得到了意外的成功。因为这个意外的成功，使作者有兴味继续写了《不周山》等篇，后来汇集成《呐喊》出版，获得了无数读者的赞扬。其中有曾在《晨报副刊》发表的《阿Q正传》一篇，以诙谐的笔锋，辛亥革命时代的背景，描写一个蠢顽无知的阿Q，表现了中国的病态的国民性，曾引起了很久的论争，在表现的成功上，得了空前的注意。
>
> 总之鲁迅是对于封建势力支配下的社会，不遗余力的作战。他虽然暴露封建社会的种种丑恶，但他对于那些被封建势力所摧害的人群，表示无限的同情与悲悯。他的作品无论在思

想上无论在技术上，都已达到最高尚的境地。他的老练的文字，不容易使人感到喜怒哀乐的最高情绪，而却可以在读者的心胸上染上一层由淡而浓的彩色。

在《散文》一节中，他这样评述道：

他的观察是如此的锐利，而他的思想也是富于革命与反抗的精神，在《热风》里，他忍痛的剜剔中国的“国疮”，在《华盖集》中，他除剜剔“国疮”而外，又时有“岁月已非，毒疮依旧”的感慨。所以有人称他为“青年叛徒的领袖”“思想界的权威者”，并不为过分。他文字冷刻而锋利，常常带着一种滑稽和讽刺的笔调，这是曾经欧化了的笔体，在中国实为特创。这类文字看着似乎平淡，而实深刻；似乎诙谐，而实庄严；每字每句，都是针针见血，深入人心的文章。他更能用巧譬善喻的方法，精切有力的成语，用在他的散文里……

在第九章《新文学作家略传》鲁迅条目之后，他做了这样的总结：

总之，鲁迅是新文化运动的健将；他也是天生的急进主义者。不管反对他的人如何攻击他，他在中国文坛上的地位，将永不会动摇的。在我们这暗无天日的国家里，凡事都是守旧落后的；要找几位头脑清晰、思想急进如鲁迅的革命家真不容易啊！

该书作者看来确实是鲁迅的真诚拥护者。

容肇祖的《中国文学史大纲》（朴社 1935 年版）。该书第四十七章《民国的文学及新文学运动》中的“三、新文学的最成功者”有这样的评述：

由五四运动以来，新文学已普遍了各地了。偶然有些反动，只是平海里波澜，不算很利害的。或者借了政治上力量，向着新文学攻击，这也不能推荡的很广。在这新时代之中，自然不少的成功的作者了。在许多成功的作者之中，我觉得最重要的有三位作者。胡适先生的议论文，明白易晓，娓娓动人。他是新文学运动的创始人，他创作的体裁什么都有，而他的长篇议论就是他的最好的作品。周作人先生的“小品散文”派用平淡的说话，包藏着深刻的意味。他是很恭维明代的公安派及竟陵派的，但是无论如何，他已经是超过公安派竟陵派及其他一切受公安派竟陵派影响的作品之上了。周树人（笔名鲁迅）先生的短篇小说，如《阿Q正传》，以及在《呐喊》《彷徨》中的，及其他的作品，到了小说的最成功之路。这是新时代的作者，值得我们恭维的。

话虽不多，但是言简意赅，恰到好处，反映了当时学术界公认的看法。

霍衣仙的《最近二十年中国文学史纲》（广州北新书局1936年版）。该书第三编第八章《二十年来之小说》，对鲁迅做了这样的评述：

《新青年》是提倡文学改良的，在上边首先发表创作小说的是鲁迅，他的《狂人日记》分析病狂者的心理，微带忧郁的感情，在讥讽的语调下，写出“我翻开历史一查，这历史没有年代，歪歪斜斜的每页上都写着‘仁义道德’几个字，我横竖睡不着，仔细看了半夜，才从字缝里看出字来，满本都写着两个字是‘吃人’!”这是在揭起离经叛道的旗帜的五四时代，抨击封建势力旧道德最有力的文章，到现在进化了二十年了，然而旧势力究竟去了多少？我们感觉锐敏的人，哪个耳边不仍然响着鲁迅“救救孩子”的呼声？鲁迅前期的《呐喊》充分表现反封建势力的精神，暴露了旧社会的丑恶，鲁迅又是善于回忆的人，在回忆中有时使他欢欣，有时使他寂寞，他于是呐喊，

> 聊以慰藉那在寂寞里奔驰的猛士，使他们不惮于前驱，这是由《狂人日记》到《不周山》写出的主因。由五四直到五卅，中国的思想革命又走到一种新阶段，鲁迅依然握着《新生》时代的一管笔。作品依然含着人道主义的怜悯同情，这时期，是需要烈火般的热情作品，“救救孩子”是弱者乞援的哀诉，这时已然不能激刺中国人的神经，鲁迅在旧梦的回忆里，更感到人生的悲伤与寂寞，这是他先而“呐喊”，终于“彷徨”的来由。但是鲁迅终究是思想锐敏之人，在经过创造社派大混战之后，他终于转变了，一直到最近他不屈不挠的精神，并未因生活环境压迫而挫折。

在第十章《二十年来之散文小品》中又对鲁迅做了这样的评述：

> 论到新文学运动初期的散文，是以鲁迅、周作人弟兄为最著。鲁迅的散文著作很多，他的文字以冷隽诙谐见长，简炼得如一把匕首，可以寸铁杀人。他的讽刺的文笔是辛辣刻薄的。态度是一味急进，不稍容缓的，他对看到的社会或人性的黑暗面，都加以诛心之论，这是他受青年和学者以及社会的暗箭后，所必然造成的结果。人们只看到鲁迅铁青青的一副脸孔，然而在内心却含着一腔热血和同情，实际说他是最富于感情的人。他对于老大中国的民族，观察得最深刻，他的思想和反抗的精神，时时在那里挖古老社会的毒疮。他的《野草》和《热风》，欧化的文体，乍看似平淡而实深刻，似诙谐而实庄严。到了《华盖集》的时候，和人论争，只抓住其中的要点，三言两语就致敌人于死命，其次的放过不问。所以他前后和孤桐（章士钊）战，和长虹战，和西滢战，以至最后受创造社的围攻，他都从容应付过去了。近来他的文章在查禁下仍出版了《南腔北调集》《伪自由书》《二心集》等，鲁迅老而弗懈的精神，是我们异常钦佩的。

该书作者看来是一位青年学者，评述并无什么独创之论，然而从一侧面充分反映了当时学术界年轻一代对鲁迅的崇敬，也是观察百年精神文化现象的一个重要参考。

郑作民的《中国文学史纲要》（上海合众书店 1934 年版）。该书对鲁迅评述很简短，评价也不高，说“语丝派的骨干：就是鲁迅。鲁迅在陈、胡领导之文学革命的时候，已经有过相当的努力，《呐喊》《彷徨》二本，都是当时所作。但是后来一直到今，他所发表的文章，不过是随感杂文而已，他的反对文学写得很晦暗，极尽冷嘲热讽的能事”。看来该书作者是倾向“革命文学”派一边的。

其他一些新文学史论性的文章中也有关于鲁迅的评述：

李骅括的《二十年来中国文学运动线》（《中华季刊》1934 年 2 月第 2 卷第 3 期），认为鲁迅杰作《阿 Q 正传》等发表后，使“刚要沉寂下去的文坛，又掀起巨大的波涛而紧张了文学革命的战线，同时，这些作品，得着全国人士——尤其青年学生热烈的赞助；因此新文学的成绩，也整整地摆现着人们的跟前，而显出前途无限的光明与希冀”。但是对鲁迅与陈西滢、徐志摩等之间的论争，该文持不以为然的态度，认为“他们的斗争，纯是人的问题，绝非文学上的什么讨论”。

伍启元的《中国新文化运动概观》（上海现代书局 1934 年 3 月版），在评述 1928 年“革命文学”论争时倾向鲁迅，认为鲁迅绝不是一个反革命的文学家。但是后来在“文艺自由的论辩”的评述中，又站在了胡秋原、苏汶一边主张“文艺自由”了。看来作者属于当时的“自由人”，从中可见这一流派的精神特征。

高滔的《五四运动与中国文学》（1934 年 6 月 1 日《文学》第 2 卷第 3 期），认为“与封建制度表示了露骨冲突的，要算是鲁迅”。“礼教吃人，本是几千年来的事实，一般人不仅任其随意大嚼，并且认为是当然的而受之无悔；所以没人想说，没人会说，没人敢说的事情，一旦社会变了色，既往的势力不能维系其神秘的力量与尊严，不期然的被人叫了出来，这是鲁迅自己的意见吗？这是大众共同的感觉。”鲁迅“在他的前期里，确是一个反封建的斗士。正如一个艺术家，当反动时代之际单独的、猛烈的抵抗现实，鞭挞支配阶级，雄辩而热烈地鼓动人们叛乱。可是，在他的作品中，往往显出绝望，与远离生活的理想主义”。

贺玉波的《中国新文艺运动及其统制政策》（1934年8月1日上海《前途》第2卷第8期），是站在民族主义文学立场上看待中国新文艺运动，认为无产阶级文学运动是“乘政府多事之秋，竟抬出了那个突变的鲁迅，作为他们的首领”。建议当时的政府对民族主义文艺采取扶植和救济的政策，“对于那些非民族主义文艺，政府当然要严格取缔；不过，所采用的手段最好避去激烈的，用比较和平的办法来处理这事”。看来果真是一篇为当权者着想的策论，不过文中有相当篇幅讲述了当时的文学团体和期刊，还有一定的参考价值，同时也可以从中看出所谓民族主义文学到底代表了什么精神，鲁迅为什么要对其采取批判的态度。

这一时期，仍然有一些国外论及鲁迅的汉学著作被翻译到国内。

1936年1月1日上海《知识》第1卷第3号刊登了一篇题为《纽约〈泰晤士报〉论鲁迅》的文章，这样写道：

> 《国际文学》译载着印希尔·康（Younghill Kang）在纽约《泰晤士报》论中国的短篇小说的小文章一篇，其中一半是论鲁迅的。他说：“写短篇的现代中国作家中最伟大的一个要算鲁迅——中国左翼文坛的头脑。他的确是现代中国最杰出最本原的作家。他十多年来一个人走他的道路，很远地走过了他的同行者。”又论及鲁迅的写作技巧道：“给他以一点影响的，为俄国的作家，托尔斯泰，陀斯托也夫斯基，和乞诃夫。就技巧说，鲁迅最接近乞诃夫，但是鲁迅是更有勇气的作家，不是怎样流散的，他很同情于农民，他对农民比对资产阶层的知识分子更为重视。关于作家的道德问题，比乞诃夫更甚，和陀斯托也夫斯基差不多同一样地感觉着苦恼，但是鲁迅的道德是常常带着社会的阴影的。”这样批评，当然算不得是精深的见解，

但因为刊在外报上面，所以觉得分外有趣，特把它节录出来，给国内的批评家参考参考。

当局者迷，旁观者清。这篇国外论鲁迅的小文章，从旁观的眼光反映出了鲁迅当时在中国精神文化界确实已经取得了世所公认的主导地位，并产生了巨大的国际影响。

中村光夫作、陈铁光译的《鲁迅与二叶亭》(1936 年 8 月 1 日、9 月 16 日、10 月 20 日汉口《西北风》半月刊第 7 期、第 8 期、第 10 期)。二叶亭四迷为日本作家，因为“以其始辟日本文言一致之伟绩及得当时文士风仰之点言之，固有类于鲁迅先生者”，所以作者写了这篇两人比较的文章。文章认为鲁迅和二叶亭从风貌上看，就“令人觉出有一味相通的表情”。然后以二叶亭的作品《浮云》为例，说明他希望表现的是主人公文三的绝望，希望“能把作为知识人的他被强迫的不幸，用最素朴的字义来说，即是把智慧的悲运表达出来。但是他不但不能表现它，就连这种姿态也捕捉不到”。“然而鲁迅却能轻灵地用着单纯的形式，把二叶亭所把捉不到的智慧的悲伤，直截地表现出来。不消说鲁迅在他的作品中不曾冠以智慧的悲伤这一类的题目，他将捕捉到的人类，冠以‘孤独者’这素朴的题名明显地表示。以他全作品中所稀见的紧密的笔致，描画魏连殳这个异常的人物的生涯。”魏连殳“乃是一个孤独的人物。然而那儿鲜明地被描画的孤独实在又是特异的。不消说他不是描写那‘采菊东篱下，悠然见南山’这一类隐栖者的孤独，但那所流动着的，也和我们从欧洲近代文学丰饶作品中所抽象得来的‘精神的孤独者的感情’不同。他所描写的是那一切正在崩溃着，连迹形也失去的被歪曲的东西。换言之，即是与其说做是东洋化的近代的孤独，不如说那恰如孤独的兽的生态被社会野蛮地追迫的原状，被赤裸地描画出来。连殳便是把这孤独体现出来的人。然仅是体现而已”。“在物质界和精神界对立中痛苦着的二叶亭，恐怕和这样的悲剧也不是无缘的人吧!”该文对鲁迅小说《孤独者》中所表现的孤独精神的特征及其与中西其他孤独精神之间的区别，还是把握得比较准确的，有一定的参考价值。

六 小结

1933—1936 年是鲁迅生前鲁迅研究的最后一个时期，也是一个非常重要的时期。在这一时期里，瞿秋白对鲁迅的评价得到了普遍的认可，鲁迅杂文研究进一步深化，鲁迅研究领域的学理精神日益勃兴。取得的最重要的学术成果，是李长之的《鲁迅批判》，这是中国鲁迅学史上第一部有分量、有系统的鲁迅研究专著。这本专著所采取的“批判”态度，正代表着一种可贵的学理精神，具有比著作本身更为宝贵的学术史价值。苏雪林的《〈阿 Q 正传〉及鲁迅创作的艺术》，也是一项鲁迅研究学理化的重要成果。与此同时，对鲁迅持异议者也在力图学理化。这实质是鲁迅日益成为无法否认的巨大存在，鲁迅研究也日益学理化逼迫的结果。学理化的另一个表现是文学史论著更加强了对鲁迅及其著作的评述，国外汉学家对鲁迅的认识也更深入。

第五章　鲁迅逝世纪念中的评论与研究（1936—1937）

1936 年 10 月 19 日凌晨 5 时 25 分，鲁迅先生在上海北四川路大陆新村内九号寓所逝世。

鲁迅逝世前后，正是中华民族处于生死存亡的最危险的时刻。日本帝国主义占领东北后仍不满足，又在觊觎着华北，华北危急！华东危急！整个中国都处于危急之中！民族矛盾上升为主要矛盾，中国共产党提出了抗日统一战线政策，上海左翼文坛出现了“两个口号”的论争。不管论争的结局如何，当时中国的精神文化都集中于民族存亡这个焦点问题上了，所以对一切问题的思考都渗入了民族灵魂的重铸和凝聚。鲁迅逝世纪念中，楠木灵柩上覆盖的“民族魂”锦旗，正是这一重铸和凝聚的象征。鲁迅的逝世纪念，掀起了抗日救亡的高潮。

一　各大报刊对鲁迅逝世的最初反响

鲁迅出世，曾在中国精神文化界响起惊雷；鲁迅逝世，也如惊雷般震撼了中国，震撼了世界。

当日，即 10 月 19 日下午，上海《大沪晚报》就刊出重要消息：

中国文坛巨星陨落　鲁迅先生今晨逝世

昨日起突发恶性气喘症医治罔效

今晨五时长逝遗体送万国殡仪馆

中外各界一致表示哀悼

除消息外，还刊有鲁迅先生木刻头像一幅和略传及患病经过。

上海《华美晚报》刊出的消息是：

中国文坛失巨星　鲁迅今晨在沪逝世

今晨五时二十分长溘于沪上寓所

上海《大美晚报》刊出的消息是：

文坛巨星陨落　鲁迅今晨逝世

五时二五分病逝沪寓

宋庆龄等已组治丧会

报道中说道："……名惊世界之中国唯一学术家，今竟因病魔之缠继高尔基氏之后而逝世，实为中国学术界之一大损失也。"

第二天，即10月20日，全国各地报纸也都以重要位置报道了鲁迅逝世的消息。

北平《世界日报》刊出的消息是：

划　仅享五十六岁

时　"鲁迅"昨在沪逝世

代　遗夫人，爱人，公子各一

的

作　蔡元培宋庆龄等组治丧会

家　周作人含泪谈鲁迅身世

该报除记载周作人关于鲁迅先生的谈话外，并刊载了北平教育界及文艺界蒋梦麟、沈兼士、梁实秋、杨振声、沈从文、黎锦熙等人关于鲁迅先生逝世的感想谈话。

北平《北平新报》刊出的消息是：

鲁迅昨晨在沪病逝

患肺结核不治今日大殓

曹靖华丁非等闻耗悲痛失声

该报除载鲁迅照片、遗墨各一幅及编者致词“哀曲前奏”外，还刊载了曹靖华、丁非、晦明、阿D诸君的哀悼文章及印象记等。

香港《珠江日报》刊出的消息是：

中国新文化运动领导者

鲁迅先生在沪逝世

香港《港报》刊出的消息是：

世界前进文学家　鲁迅先生逝世！

高尔基逝世后又一震惊世界的噩耗

中国民族解放运动突失一英勇战士

本报电沪发起文化界　致追悼办法

该报还刊载鲁迅照片和遗墨各一幅，并在文章中说道：“中国文化界革命领袖世界新文化运动战士著作家鲁迅，突于昨日（10月19日）上午5时半，遗留其维护世界和平与文化及中国民族解放运动之重任而逝于上海寓所。此为继苏联文化界高尔基逝世后震惊世界不幸之消息，而引起全世界文化界之哀悼……”

国外的反响也非常强烈，日本东京、大阪的晚报在当天就作为重要新闻发布了这一噩耗，第二天好几家报纸都刊载了哀悼鲁迅的文章。苏联的《国际文学》《文学报》《真理报》《劳动报》连续发布了消息，刊载了纪念文章。法国巴黎出版的中文报纸刊登了好几期纪念文字。

由此可见，鲁迅在当时精神文化界的影响确实是非同一般的。他已被主要媒体公认为“中国文坛巨星”“中国新文化运动领导者”“世界前进文学家”“中国文化界革命领袖世界新文化运动战士著作家”“中国民族解放运动英勇战士”“世界之中国唯一学术家”……

二　中国共产党的唁电及其他

鲁迅逝世后，当时处于困难时期的中国共产党很快就发出了三则唁电，表示深切的哀悼。这三份唁电是中国鲁迅学史上的重要文献，有必要全录如下：

为追悼鲁迅先生
告全国同胞和全世界人士书

噩耗传来，中国文学革命的导师、思想界的权威、文坛上最伟大的巨星鲁迅先生陨落于上海。当此德、日等法西斯蒂张牙舞爪，挑拨世界大战，中华民族危急存亡之秋，鲁迅先生的死，使我们中华民族失掉了一个最前进最无畏的战士，使我们中华民族遭受了最巨大的不可补救的损失！中国共产党中央委员会、中华人民苏维埃中央政府对于鲁迅先生的死，表示最深沉痛切的哀悼！

鲁迅先生一生的光荣战斗事业，做了中华民族一切忠实儿女的模范，做了一个为民族解放、社会解放、为世界和平而奋斗的文人的模范。他的笔是对于帝国主义、汉奸卖国贼、军阀官僚土豪劣绅、法西斯蒂，以及一切无耻之徒的大炮和照妖镜，他没有一个时候不和被压迫的大众站在一起，与那些敌人作战。他的犀利的笔尖，完美的人格，正直的言论，战斗的精神，使那些害虫毒物无处躲避。他不但鼓励着大众的勇气，向着敌人冲锋，并且他的伟大，使他的死敌也不能不佩服他、尊敬他、惧怕他。中华民族的死敌，曾用屠杀、监禁、禁止发表鲁迅一切文字、禁止出版和贩卖鲁迅一切著作来威吓他，但鲁迅先生没有屈服；民族的死敌想用“赤化”“受苏联津贴”等捏造的罪状来诬陷他，但一切诬陷都归于失败；民族的死敌，特别是托洛斯基派，想用甜言蜜语来离间他离开大众的救亡阵线，但是鲁迅先生给了他以迎头痛击。鲁迅先生在无论如何艰苦的环境中，永远与人民大众一起与人民的敌人作战，他永远站在前进的一边，永远站在革命的一边。他唤起了无数的人们走上革命的大道，他扶助着青年们使他们成为像他一样的革命战士，他在中国革命运动中，立下了超人一等的功绩。

中国共产党中央委员会和中华苏维埃人民共和国中央政府为了永远纪念鲁迅先生起见，决定在全苏区内：（一）下半旗志哀并在各地方和红军中举行追悼大会；（二）设立鲁迅文学奖金，基金拾万元；（三）改苏维埃中央图书馆为鲁迅图书馆；（四）苏维埃中央政府所在地建立鲁迅纪念碑；（五）搜集鲁迅遗著，翻印鲁迅著作；（六）募集鲁迅号飞机基金。中国共产党中央委员会和中华苏维埃人民共和国中央政府，已向中国国民党中央委员会和南京政府要求：（一）鲁迅先生遗体进行国葬，并付国史馆列传；（二）改浙江省绍兴县为鲁迅县；（三）改北平大学为鲁迅大学；（四）设立鲁迅文学奖金奖励革命文学；（五）设立鲁迅研究院，搜集鲁迅遗著，出版鲁迅全集；（六）在上海、北平、南京、广州、杭州建立鲁迅铜像；（七）鲁迅家属与先烈家属同样待遇；（八）废止鲁迅先生生前一切禁止言论、出版自由的法令。

中国共产党中央委员会与中华苏维埃人民共和国中央政府，号召全国民众及全世界拥护和平、同情中国民族解放的人士，一致起来，要求国民党中央委员会及南京国民政府执行上列的要求。

中国共产党中央委员会和中华苏维埃中央政府号召全国民众，尤其是文学界，一致起来继续鲁迅先生的光荣事业，继承鲁迅先生的遗志，为中华民族的解放而奋斗，为中国大众的解放而奋斗，为世界和平而奋斗。

鲁迅先生精神不死！

中国共产党中央委员会
中华苏维埃人民共和国政府
一九三六年十月二十二日

致许广平女士的唁电

上海文化界救国联合会，转许广平女士鉴：

鲁迅先生逝世，噩耗传来，全国震悼。本党与苏维埃政府及全苏区人民，尤为我中华民族失去最伟大的文学家，热忱追求光明的导师，献身于抗日救国的非凡的领袖，共产主义苏维埃运动之亲爱的战友，而同声哀悼。谨以至诚电唁，深信全国人民及优秀之文学家必能赓续鲁迅先生之事业，与一切侵略者，压迫势力作殊死的斗争，以达到中国民族及其被压迫的阶级之民族和社会的彻底解放。

肃此电达！

中国共产党中央委员会
中华苏维埃人民共和国政府
一九三六年十月二十二日

为追悼与纪念鲁迅先生致中国国民党委员会与南京国民党政府电

中国国民党中央委员会南京国民党政府公鉴：噩耗传来，鲁迅先生病殁于上海。我国文学革命的导师、思想上的权威、文坛上最灿烂光辉的巨星竟尔陨落，此乃我中华民族之大损失，尤其当前抗日运动的大损失。鲁迅先生毕生以犀利的文章、伟大的人格、救国的主张、正直的言论为中华民族解放而奋斗，其对于我中华民族功绩之伟大，不亚于高尔基氏之于苏联。今溘然长逝，理应予以身后之殊荣，以慰死者而示来兹。敝党敝政府已决定在全苏区内实行：（一）下半旗致哀，并在各地方与红军部队中举行追悼大会；（二）设立鲁迅文学奖金十万元；（三）改苏维埃中央图书馆为鲁迅图书馆；（四）在中央政府所在地设立鲁迅纪念碑；（五）搜集鲁迅遗著，翻印鲁迅著作；（六）募集鲁迅号飞机基金。贵党与贵党政府为中国最大部分领土的统治者，敝党敝政府敬向贵党贵政府要求：（一）鲁迅先生遗体举行国葬，并付国史馆立传；（二）改浙江省绍兴县为鲁迅县；（三）改北平大学为鲁迅大学；（四）设立鲁迅文学奖金，奖励革命文学；（五）设立鲁迅研究院，收集鲁迅遗著，出版鲁迅全集；（六）在上海、北平、南京、广州、杭州建立鲁迅铜像；（七）鲁迅家属与先烈家属同样待遇；（八）废止鲁迅先生生前贵党贵政府所颁布的一切禁止言论、出版自由之法令。表扬鲁迅先生正所以表扬中华民族的伟大精神。敝党敝政府的要求，想必能获得贵党贵政府的同意。

特此电达！

中国共产党中央委员会
中华苏维埃人民共和国政府
一九三六年十月二十二日

以上唁电对鲁迅的评价，概括起来主要是："中国文学革命的导师、思想界的权威、文坛上最伟大的巨星""最前进最无畏的战士""最伟大的文学家，热忱追求光明的导师，献身于抗日救国的非凡的领袖，共产主义苏维埃运动之亲爱的战友""在无论如何艰苦的环境中，永远与人民大众一起与人民的敌人作战，他永远站在前进的一边，永远站在革命的一边。他唤起了无数的人们走上革命的大道，他扶助着青年们使他们成为像他一样的革命战士，他在中国革命运动中，立下了超人一等的功绩"。显然，这一评价远远超过了瞿秋白的总结，代表了中国一个革命政党当时对鲁迅的最高认识。

一个世纪以后回眸反观这一认识，仍然倍感其正确性。可以肯定，这一认识是经得住历史检验的。值得深入思考的是：为什么中国共产党能够敏锐地发现鲁迅在中国的价值，并及时地予以高度的评价？当真如有些人所说，是出于政治战略的功利考虑吗？为什么鲁迅后期倾向和同情中国共产党，而后来又与左联的党的负责人发生了冲突？其中深层的原因究竟是什么？

毋庸讳言，中国共产党对鲁迅的推崇，包含政治战略的功利考虑。而这一考虑是非常英明的，确实起到了树立旗帜、争取人心、凝聚灵魂的巨大作用，这已为成功的历史实践所证明了。然而这仅是表层的因素，如果停留在这一层，不往下面深入，就过于浮浅了。事实上，中国共产党对鲁迅的推崇除了政治战略的功利考虑之外，还有更深层次的精神文化背景的根由。

资本主义兴起之后，推动了科技的发展和物质的繁荣，同时也更加剧了贫富的不均和精神的危机。十九世纪，最早敏锐地感觉到这种危机并试图寻找出路的人中，左边是马克思，右边是尼采、基尔凯郭尔和陀思妥耶夫斯基。马克思揭示了资本主义物质繁荣背后的人的异化现象，确认其根源在于资本主义制度本身，在于私有制，从而引出了消灭私有制的社会革命的结论。尼采、基尔凯郭尔和陀思妥耶夫斯基则试图诉诸人的内心生活领域，想依靠某种“精神革命”解决普遍的精神危机。这两条道路虽然不同，但是都起源于以德国哲学为代表的精神文化，在深层次上有其相通之处。这一精神文化后来传入俄国，出现了变异。又经过俄国传入日本，鲁迅留日时期接受的就是这种精神文化。不过，他当时接受的是尼采、基尔凯郭尔和陀思妥耶夫斯基这一路向的唯神思宗哲学，而不是马克思主义。但是由于这两种路向有相同的根源，都同情被压迫者，属于同一个大的精神文化体系，所以在独裁政权“对于别个的不能再造的生命和青春，更无顾惜”[①] 地血腥镇压时，出于人类大爱的鲁迅先生，就必然性地倒向了马克思主义，倾向和同情处于被压迫地位的中国共产党和无产阶级。具有政治远见的中国共产党的领导者，也必然敏锐地看出鲁迅的价值及其与自己的相通之处，倾全力推崇鲁迅，大树鲁迅的精神文化旗帜。这简直是再自然不过的事了。

与以德国哲学为代表的精神文化相对立的，是以英美为代表

---

① 鲁迅：《而已集·答有恒先生》。

的西方精神文化。这一精神文化体系，致力于用民主政体与科学技术解决资本主义所存在的矛盾与危机。胡适、梁实秋、陈西滢等从英美留学回国的知识分子，正是这种精神文化在中国的代表。他们不懂得中国，又不去调查了解具体的国情，就把在英美等西方国家适用的政治学说和文化理论原封不动地搬到中国，试图推行"全盘西化"的改良方案。虽然这些学说和理论并不全错，甚至从整个人类精神文化的大历史观来看，有其先进的一面，然而在当时的中国却是根本无法实行的。因而在推行之初，不仅受到来自中国共产党和鲁迅等左翼人士的批判，还受到封建专制主义式的独裁政权的弹压。1929 年他们在《新月》上发表谈人权等问题的文章，提出解决中国政治问题的意见时，国民党报刊就纷纷著文抨击，说他们"言论实属反动"，国民党中央议决由教育部对胡适加以"警诫"，《新月》月刊遭到扣留。鲁迅讽刺他们有如贾府里的焦大一样，被"塞了一嘴马粪"①。只是后来蒋介石逐渐感到戴笠等蓝衣社的特务组织杀人太多，惹得天怒人怨，像这样一味镇压，只会使自己失去人心，为了挽救国民党政权，部分地接受了英美的政治模式，才把胡适等人引为幕僚。但是，国民党的大势已去，无论如何也无法挽狂澜于既倒。然而，还是为后来的民主化做了铺垫。

为什么共产党推崇鲁迅，而不推崇胡适、梁实秋？为什么国民党又反其道而行之，笼络后者而贬斥前者？从深层次的精神文化背景去看，就不难理解了。这里不仅有政治利害的关联，还与世界上的两大精神文化背景有关。"冷战"的背后，隐含着两大精神文化体系的对峙。

由此出发去思考问题，鲁迅后期倾向和同情中国共产党，而后来又与左联的党的负责人发生冲突的深层原因，也就不难理解了。鲁迅做人是极彻底、极执着的，他一直向往"无阶级社会"的到来，渴望拔除"奴隶之根性"，对奴隶和奴隶主极为敏感，对封建

① 鲁迅：《伪自由书·言论自由的界限》。

专制主义极为痛恨。然而在他与左联的中国共产党负责人周扬等实际接触之后，却很快就发现了他们的奴隶主意识，因而“文坛皇帝”“奴隶总管”等意念就不由得从心中萌生，脱口而出了。从周扬等人在1949年后整肃文艺界不同意见者的做法来看，鲁迅的这些概括简直是准确至极的，从中也想到鲁迅与他们发生冲突的必然性。鲁迅真是深刻极了，早就预感到了以后的结果。怪不得他在给许广平的信中告诫道：“我疑心将来的黄金世界里，也会有将叛徒处死刑！”①

周扬的精神价值在于他大难不死之后的醒悟，在于他对曾经被自己迫害的人们的诚挚的道歉。

然而，并不能因为中国共产党后来的错误而否定他作为一个革命政党当年对鲁迅的推崇，更不能由于这些错误和苏联的解体、国际共产主义运动的挫折而否定当年倾向中国共产党和苏联的鲁迅。历史终归是历史，所有的问题都必须从当时的历史情境出发，进行具体的分析。只有这样，才能“返还”事物的原真性。

其实，不仅中国共产党发出了对鲁迅做出高度评价的唁电，中国的民主人士也同样对鲁迅怀着无比深厚的感情。以下为后来发现的宋庆龄、茅盾、蔡元培为纪念鲁迅致国际友人的信（黄乔生译，录自《鲁迅研究月刊》1994年第5期）：

亲爱的朋友们：

也许你们已经从新闻报道中得知，被人们称为中国的高尔基和中国的伏尔泰的鲁迅先生，于10月19日去世。

鲁迅的去世使中国人民失去了一位杰出的、令人敬仰和爱戴的作家。他因为勇敢地、永不止息、毫不妥协地同仍以中世纪的恐怖手段统治中国的封建势力斗争，而在中国各地各行各业的人们心中占有重要的地位。因为有了鲁迅，覆盖中国大地的黑幕露出光亮的一角，他指给中国人民新生活的前景。作为

① 鲁迅：《两地书·四》。

民族的良知，他的精神之火灼痛那些尔虞我诈、尸位素餐的无能之辈。因为他无情而又无畏地揭露腐败和欺瞒，他的生命常受到威胁。

鲁迅已成为争取自由的民族革命斗争中人民大众的一面旗帜。在我们沿着鲁迅开创的道路前进的途中，这面旗帜永远不会被忘记，而是要被高高地举起。

虽然生为中国人，但鲁迅属于全世界，一切为自由和博爱而奋斗的人们，他都寄予深切的同情。他为他们的失败而痛苦，为他们的成功而喜悦。为了帮助和指导中国民众的斗争事业，鲁迅引进了外国的最好的思想武器。他翻译日本作家的著作并拿自己微薄的收入将其印行。通过他，中国广大读者接触到苏联作家的作品。他还将捷克文学、凯绥·珂勒惠支的版画、苏联的版画介绍到中国来。

我们计划纪念这位民族英雄，同时我们也知道，各国的文化组织和革命大众的领导者也会参加纪念这位新世界的勇敢的先驱的活动。因此我们写信给法国左翼作家联盟，通过它下属的刊物和机构，为这个纪念活动做些工作。

我们急需资金。我们国内民众的生活极为贫苦，不可能筹措足够的资金来举行纪念活动。我们吁请国际上同情我们的斗争的人们资助我们，在纪念鲁迅的活动中使我们的斗争热情更加旺盛。

同时我们呼吁各国的艺术家们协助我们，为拟议中的鲁迅纪念碑设计具有革命意义的图案和造型。

我们相信你们会尽力帮助我们，使纪念鲁迅的活动在全世界的范围内开展起来。

致兄弟的敬礼！

宋庆龄

茅　盾

蔡元培

1936 年 11 月 18 日上海

这封中国民主人士满怀深情的信，与中国共产党的唁电对照起来读，会有助于了解当时的历史真相，明白许多道理，从而进一步“返还”事物的原真性。

三　郁达夫的《怀鲁迅》和纪念文章中的其他精粹

鲁迅逝世纪念文章浩如烟海，大多数都被遗忘了，却有一篇短文始终长留于人们心中，时时被引用重温，警示后人。这就是郁达夫的《怀鲁迅》（1936 年 11 月 1 日上海《文学》月刊第 7 卷第 5 期）：

怀鲁迅

真是晴天的霹雳，在南台的宴会席上，突而听到了鲁迅的死！

发出了几通电报，荟萃了一夜行李，第二天我就匆匆跳上了开往上海的轮船。

二十二日上午十时船靠了岸，到家洗了一个澡，吞了两口饭，跑到胶州路万国殡仪馆去，遇见的只是真诚的脸，热烈的脸，悲愤的脸，和千千万万将要破裂似的青年男女的心肺与紧捏的拳头。

这不是寻常的丧葬，这也不是沉郁的悲哀，这正像是大地震要来，或黎明将到时充塞在天地之间的一瞬间的寂静。生死，肉体，灵魂，眼泪，悲叹，这些问题与感觉，在此地似乎太渺小了，在鲁迅的死的彼岸，还照耀着一道更伟大，更猛烈的寂光。

没有伟大的人物出现的民族，是世界上最可怜的生物之群；有了伟大人物，而不知拥护，爱戴，崇仰的国家，是没有希望的奴隶之邦。因鲁迅的一死，使人们自觉出了民族的尚可以有为；也因鲁迅之一死，使人家看出了中国还是奴隶性很浓厚的半绝望的国家。

鲁迅的灵柩，在夜阴里被埋入浅土去了；西天角却出现了一片微红的新月。

一九三六年十月二十四日在上海

不久，郁达夫又发表了一篇《鲁迅的伟大》（1937 年 3 月 1 日日本东京《改造》第 19 卷第 3 号），可与《怀鲁迅》并称姊妹篇：

鲁迅的伟大

如问中国自有新文学运动以来，谁最伟大？谁最能代表这个时代？我将毫不踌躇地回答：是鲁迅。鲁迅的小说，比之中国几千年来所有这方面的杰作，更高一步。至于他的随笔杂感，更提供了前不见古人，而后人又绝不能追随的风格，首先其特色为观察之深刻，谈锋之犀利，比喻之巧妙，文笔之简洁，又因其飘溢几分幽默的气氛，就难怪读者会感到一种即使喝毒酒也不怕死似的凄厉的风味。当我们见到局部时，他见到的却是全面。当我们热衷去掌握现实时，他已把握了古今与未来。要了解中国全面的民族精神，除了读《鲁迅全集》以外，别无捷径。

1936 年 10 月 23 日，郁达夫还在上海《立报》上刊出一句题词：

鲁迅虽死，精神当与中华民族永存。

令人反复深思的是：郁达夫既非共产党，又非马克思主义者，还是曾与鲁迅处于对立状态的创造社成员，为什么能够对鲁迅有这样深刻的认识？

这的确是中国鲁迅学史上一个很值得深思、与认识论颇有关联的理论问题。

1932年底，郁达夫代《申报·自由谈》新任编辑黎烈文先生向鲁迅约稿，鲁迅欣然应允，并在后来因此成书的《伪自由书》前记中引出了对郁达夫的一段评价：“我一向常常回避创造社里的人物。这也不只因为历来特别的攻击我，甚而至于施行人身攻击的缘故，大半倒在他们的一副‘创造’脸。虽然他们之中，后来有的化为隐士，有的化为富翁，有的化为实践的革命者，有的也化为奸细，而在‘创造’这一面大纛之下的时候，却总是神气十足，好像连出汗打嚏，也全是‘创造’似的。我和达夫先生见面得最早，脸上也看不出那么一种创造气，所以相遇之际，就随便谈谈；对于文学的意见，我们恐怕是不能一致的罢，然而所谈的大抵是空话。但这样的就熟识了。”鲁迅说从郁达夫“脸上也看不出那么一种创造气”，实际就是说郁达夫不像创造社其他人那样“神气十足，好像连出汗打嚏，也全是‘创造’似的”，而是持以谦和随意、客观求实的态度。而这种态度，则正是正确认识鲁迅的最基本的条件。前文已经说过，像创造社那样从小团体的好恶出发，主观恣意，逞臆讥弹，只能制造荒唐的谬论，绝对不可能正确认识鲁迅。而郁达夫则与创造社同仁有别，虽身处创造社，却没有派性，也没有自古沿袭下来的文人相轻的习气，所以既没有被小团体的有色眼镜遮住眼睛，也没有因为心生嫉妒而扭曲自己衡量他人成就的标准，更没有利用鲁迅达到一己私利的功利之念，因而才能出以平静之心，客观地予以评说，得出符合实际的正确结论。在创造社同仁攻击鲁迅的时候，郁达夫就公正地说过：“至于我对鲁迅哩，也是无恩无怨，不过对他的人格，我素来知道的，对他的作品，我也有一定的见解。我总以为作品的深刻老练而论，他总是中国作家中的第一人者，我从前是这样想，现在也这样想，将来总也是不会变的。”（1928年8月16日《北新》半月刊第2卷第19期）。由此可见，小团体的派别成见，文人的嫉妒之心和狭隘的功利之念，实乃鲁迅认知史上的三大障碍，要正确认识鲁迅就必须首先“去障”，像郁达夫那样出以公正之心。

当然，仅有平静、客观之心而无渊博的学识也是不行的。郁达夫出身于书香门第，据说家里藏书颇丰，仅德文书就有数万卷，他全都翻读过了。以后留日时期，又曾付出过“必死的努力”，“有时候与教科书本茕茕相对，竟会到了附近的炮兵工厂的汽笛，早晨放五点钟的夜工时，还没有入睡”。①

天资聪颖，超凡敏感，加上家学深厚、拼死用功，郁达夫堪称博通古今中外的一位大学者、大作家。因此他说“鲁迅的小说，比之中国几千年来所有这方面的杰作，更高一步。至于他的随笔杂感，更提供了前不见古人，而后人又绝不能追随的风格”，绝非一时即兴之言，而是经过反复比较、品味所得出的科学结论。

第三个原因是前面也已说过的精神文化背景的问题。同样有留日经历的郁达夫，与鲁迅同属于东方的精神文化体系，都对被压迫被损害被侮辱的弱者充满了同情，对压迫者横暴者充满了愤怒，对中国的黑暗国情和“吃人”历史深有了解，因而才能深刻地认识鲁迅在中国的真正价值，发出“有了伟大人物，而不知拥护，爱戴，崇仰的国家，是没有希望的奴隶之邦”的慨叹，做出“要了解中国全面的民族精神，除了读《鲁迅全集》以外，别无捷径”的定论。

郁达夫不仅是中国现代文学史上的一位富有才情的大作家，还是中国鲁迅学史上的一位极为可敬的智者，他的警句格言式的、别具慧眼识力的鲁迅论永远值得中华民族认真记取。

曾经提出“十个胡适之换不来一个鲁迅先生”的中国鲁迅学史上的奇人邢桐华，在鲁迅逝世纪念中又写了一篇文章：《悼鲁迅先生》（1936 年 11 月 10 日上海《质文》月刊第 2 卷第 2 期）。该文突出之处是完整地引述了鲁迅关于中国历史上只有“想做奴隶而不得”与“暂时做稳了奴隶”两个时代以及创造“第三样时代”才是青年使命的论点，并做了如下感人肺腑的阐发：

---

① 郁达夫：《海上——自传之八》，张梦阳编：《郁达夫散文选集》，百花文艺出版社 1984 年版，第 289 页。

鲁迅先生之从事文学，并不是由于发挥自我，并不是由于热爱艺术，而是由于对中国统治者们的嗔怒啊！这正是鲁迅先生之所以比任何中国的作家对于我们都要宝贵的缘故！而鲁迅先生比任何中国作家还要伟大，也就在这里！

在我个人，我不知道怎样感谢鲁迅先生才好；鲁迅先生是我十年来的精神上的鼓舞者，此后也将是这样的。在先生底伟大的、战斗的影响之下，我走到革命这边来。同样，我死去了的两个友人也是这样的。他们比我果敢有为；他们已经为事业牺牲了。死去了的先生，还记得么？1930 年的暴风雨的夏天，曾有三个青年向先生问路；现在其中的两个已经死去，被问的先生也已经死去了！写到这里时，泉水一般的眼泪，不能不使我住笔……

文学的事业，是能以沾光取巧所完成的么？个人底伟大，是能以用阴谋、策略所造成的么？想到先生临终前所受到的侮辱和诽谤，我真是愤不欲生！一两个无才无德的青年，二三个造谣生事的臭文人，使得先生在临终之前都不得安息！然而中国的大众们将要永远记着先生底伟大，先生的令名要与日月争光；而那些败类、骄横之徒，将要和垃圾一样被人扔到臭坑里去！

邢桐华究竟是一位怎样的人？他的身世究竟如何？迄今为止，也未见考证。从这篇悼文中，我们可以确知他是 1930 年的暴风雨的夏天向鲁迅问路的三个青年之一，其中的两个已经为革命牺牲了，他在鲁迅逝世时还活着，还在进行着更为深邃的思考，后来是否已经捐躯，尚未可知。然而，可以肯定，邢桐华是一位真诚而深刻的先觉青年。他对鲁迅宝贵价值的认识，对鲁迅反奴性思想精髓的准确把握以及对鲁迅独立人格的推崇，实在是许多知名的鲁迅研究家们无法比拟的。

鲁迅逝世纪念中还出现了一些理论性较强的论文：

欧阳凡海的《关于研究鲁迅先生的几点基本认识的商榷》

(1936年12月1日上海《文学》第7卷第6期)。这篇论文表现出了很强的理论思辨能力与独立思考精神，几乎对鲁迅研究遇到的所有疑难问题都进行了富有思辨性的理论探讨，至今仍有现实意义。

该文开头就指出："我重新拿起鲁迅先生底创作来读的时候，使我越感觉鲁迅先生的死对我们的损失实在太大了。然而他毕竟死了，我们珍爱的鲁迅先生底全劳作，只得变成我们底遗产。对这遗产，我们需要清晰透彻的认识。如果读到文学遗产，尤其是读到中国底文学遗产，那么最好地接受鲁迅先生底遗产，是目前的中国最光荣而可夸耀于世界的一件事。""鲁迅先生之所以成为鲁迅先生，实在太复杂了，要比高尔基复杂得多，这以鲁迅先生底出身及中国底社会条件论，都不足奇怪。"

于是该文从以下八点论述了对鲁迅先生的基本认识：

(1) 冷酷的社会，使一个最悲悯而和善的人不能不怒目而执刀。"有人说鲁迅先生底感情是病态的，这论断是浮面的，而且鲁莽的。他在素质上是一个最和善不过的人。当初，他以忠厚待人，而人却欺侮他。社会所给他的待遇，常常是冷酷，奚落，嘲笑，以至于迫害，只要把他底历史与他底创作联系起来一想就不难明白。看他底创作有大多数的主人公是在奚落与嘲笑之中被残酷地待遇着的。阿Q如此，孔乙己如此，祥林嫂等亦如此，他们被社会践踏着以至于死亡。"鲁迅先生"把精神寄托在被虐待底人们身上，所以他开始呐喊，而终于和被蹂躏，被虐待的我们一道来号叫了"。总之，是"冷酷的社会，使一个最悲悯而和善的人不能不怒目而执刀"。"鲁迅先生底一颗慈悯的心，隐藏在他底悲愤的面影之下。"

(2) 民族主义者，同时又是国际主义者的鲁迅先生。认为鲁迅先生作为一个"被摈斥者，被蔑视者"，"同情被摈斥的，被蔑视的人"，"愤恨一切压迫与蹂躏"，一心想救治"落在蹂躏，压迫，欺虐，凌辱之中"的国人。然而他"决不是个狭隘的爱国主义者"，"没有像我们底国粹主义者那样死抱住中国底'精神文明'"，相反却是主张学习西方的科学，"站在国际性的西医立场上去救中国"，以后更是"鼓着百倍勇气，把全部希望放在劳苦大众身上，而不屈不挠地和劳苦大众一道向帝国主义要求中华民族的解放了”。

（3）真挚浓烈的感情隐藏在冷静的观察中。认为鲁迅的作品充满了“对被压榨者的深切的同情”和“对豪绅地主的猛烈的攻击”，但他的“感情决不是直接吐露的”，“他底感情在一种长久的高压之下结晶入他底冷静之中，这是他底特性之一，所以他的作品，一见之下，宛如是冷冰冰的，残酷的，只有你细细吟味，才发现那冷藏器中的烈火，而且你越吟味，越见那火热得炙人，而宛如就要爆炸出来，把作品本身炸毁的一般，这在鲁迅先生底杂感文中更为明显”。

（4）没有一个细胞是妥协的。“他对敌人的憎恶，简直使他不计较自己底成败。我们都知道鲁迅先生的杂感文多于他底创作三倍以上，这原因虽然不止一端，但有部分的原因，可归之于他战斗精神的要求。因为用直截了当的办法攻击他底敌人，比之用借题发挥的办法，更能满足一个战士底要求。鲁迅先生从小就由境遇在他心中培植了一种反抗黑暗的精神，以后更由黑暗的社会加以激发，以使他底每个细胞，每根毫毛都成为战斗的，不妥协的，彻底的革命主义者。”

（5）猜疑，执拗，不放松的攻击，并不是计较个人的荣辱。认为“鲁迅先生和高尔基一样，一生中，也有过一时的胡涂，根源于他底忠厚，温和，然而他因此在社会上受人欺待的回数也就不少，结果他便不能不对人多猜疑”。例如他起先对青年抱希望，后来“又从实际中认识青年未必个个都好，于是他对青年也不能不时常猜疑了”。“这种猜疑，常由他底执拗扩大下去”，不过“他底性格的多面与复杂是不消说的，照理应该在有机的整体中去说明”。他猜疑、执拗的“这个侧面并不妨害他底战斗性底公正”，因为“鲁迅先生始终是为中华民族底公益而战斗，而执拗的。他没有一回让他底猜疑，执拗，笔战变成个人主义的东西过。他底血液里燃烧着民族与人类底希望和前途，他没有计及个人的荣辱”。

（6）鲁迅先生的思维方法。认为鲁迅的思想，“不是从抽象的理论出发，而是从具体的事实出发。他底文章，多是发挥具体的事实，把真实写出来，使你们在真实中得到真理；他很少，几乎不曾说过空洞的理论，即使他近年发表过近于理论的文章，也决不是空洞的，他底理论中横溢着现实的血肉，这一点，他可与高尔基、巴尔扎克匹敌。也是因为这样，他底劳作有着鲜活的生命”。“我们如果研究鲁迅先生在思想上所受的影响，是不能不同时研究鲁迅先生受此影响当时的社会诸条件与历史状态，及鲁迅先生在此社会诸条件中的地位、作用，所受的实际影响，及他对此社会诸条件及历史状态的见解，与精神状态。而要很适当的解决这些问题，考察他底思维方法比什么都要重要些。知道了他底思维方法，对于推察他对现实诸问题的见解，推察他接受外来思想的径路，都可有门径了。这也是研究鲁迅先生的一个基本认识。依我看来，鲁迅先生完全是一个唯物主义者，连骨髓都是唯物主义者。他那特别明晰的记忆，从他底笔下滚出来，如同他底脑子是一个无尽藏的现实的宝库，他底一切思想论断底最后源头是在这具体的、明晰的实在事物中。所以他常常能够用平常的话，毫不费力地说出旁人所不能那么容易就说得出的真理，和高尔基那样。如果他底强烈真挚的感情仍然不妨碍他做一个现实主义的作家，其主要的原因，应该在此。”

（7）鲁迅先生的创作方法的考察。认为“鲁迅先生底浓烈的感情，一点都没有妨害鲁迅先生成为一个现实主义者，倒反助成他底现实主义几乎提高到批评的、能动的地位。他不但刻画出现社会底黑幕层层，残忍、贪欲等等的丑态百出，他并且在他作品中没有一刻忘记诅咒旧社会，甚至动笔攻击他们，同时，他对那被践踏着的人们烧着热烈的同情心，使读者也不知不觉的同情他们”。至于外国作家对鲁迅的影响，则认为高尔基影响并不明显，倒是陀思妥耶夫斯基和契诃夫影响较深；塞万提斯比果戈里对鲁迅的影响还大，阿 Q 和堂·吉诃德有近似之处。还认为鲁迅先生“到上海后，多写些小说，那他底现实主义的创作很有可能提高到更高的阶段。这就是批评现实，不但诅咒旧社会，并且敲起他们底丧钟，不但同情被压榨与欺虐者，并且向他们指明拯救自己底方法，煽动他们；没有苦恼与寂寞，像高尔基那样唱出爽朗的歌曲。——但这个任务，落在我们后代底肩上了”。“鲁迅先生为什么以后不写小说而写杂感文呢?”对这个“不可逃避而困难的题目”,“应该有更详尽周密的研究才行”。

(8)鲁迅先生的艺术。认为“纵使他底文章里常不免带有一些寂寞气氛,但他底行文是爽朗,概念是清晰,语言是素朴的。从这里面不难看出他那被践踏被伤害的伤痕底下的脉脉生气,而这生气又那么素朴,看来完全是先天的,中国的,他自己底。如果要在他创作的血液中找求不带别种影响的血球,那么这儿便是。这种血球不来自俄国,不来自法国或西班牙,乃是来自中国底大众中”。

欧阳凡海的这篇文章不愧是鲁迅逝世纪念中出现的最具理论思辨性的论文,当时发表后就引起茅盾的赞赏和学术界的广泛注意。该文对所谓鲁迅病态、猜疑论的驳斥,关于研究鲁迅必须从他当时所处历史条件出发的观点和对鲁迅思维方法、创作原则、艺术特点以及“没有一个细胞是妥协的”的论述,至今仍然具有重要的现实意义,甚至比当前的一些文章更有理论深度。

伯衡的《鲁迅先生的战绩和思想》(1936 年 11 月《齐光校刊》第 2 期)。该文的特点是从中国近代历史的特定背景出发,去看待鲁迅在中国的价值,认为:“中国的近代史,既是由帝国主义和封建势力交合之下的产物,阻止着中国的障碍物,也就是封建势力和帝国主义,所以鲁迅先生一生的精力都集中在与这两种势力的搏斗上。”鲁迅笔锋所向的“正人君子”“洋博士”,其实正是这两种势力交合之下产生的混血儿,是殖民地特具的典型人物。他们的作用,就是“用了什么正义,什么逻辑,什么礼貌……朦朦胧胧的法宝,愚弄着中国的民众”。鲁迅先生就是要揭穿他们的假面。“创造社的一群,是什么样的人物?原来 1927 年大革命的流产,参于其役的战士们,遭杀的遭杀,败退的败退,遭杀的,已经完了;退下来的,有的抹抹血迹,仍然另走他应走的道路;有的无声无息隐退下去;有的便弃武就文,扛起革命的大旗来了。创造社就是这样退下来的一伙。不过他们的热情有余,而理论不足。所以他们的口号无论‘左’的如何震天价响,而骨子里却空虚的很。一经战斗颓然而仆，竟敌不过一支孤军而且还未把握着阶级理论的鲁迅先生。鲁迅先生骂他们‘才子加流氓’，固然不能概括了创造社里各种人物，而才子气确是他们的特色。而且，革命文学运动，是一件艰苦的工作，自负的英雄们，气盛的才子们负担不来的，归根到底还是先生所领导的左翼作家联盟接替过来。”最后，该文还总结了鲁迅先生的战法，认为是“韧性的持久战，是勇猛的实打实战”。

郭光的《我所见到的鲁迅——在中央大学文学研究会鲁迅追悼会报告》（1937 年 1 月 10 日南京《生活文学》第 1 卷第 1 期）。该文认为：“鲁迅个人 20 多年的文学生活，就是中国整个新文学运动的缩影。他自己底文学活动不但和中国整个的文学活动密切地联系着，而且是那里面最光辉的一部分。中国新文学里如果除掉鲁迅，那所剩的将几乎是‘零’了。”鲁迅的文学活动是多方面的，他不仅尽着作家的使命，而且执行了批评家的任务。“在世界文坛上，我们找不到一个作家对于祖国的贡献会像鲁迅那样大!”“鲁迅底一生，是一首崇高伟大的诗篇，是一首英勇悲壮的凯歌。他的脉搏，和中国民族的脉搏一致，和全世界前进人类共感交振。他始终是站在人民大众的立场，用写实主义的手法，剥露出侵略者狰狞丑恶的面貌，描写出中华民族几千年来卑怯愚昧的奴隶相，在我们内心里唤起抗争的热情，使被压迫被凌辱的人们渴求着解放。他底每篇作品都是‘反帝反封建’的，这‘反帝反封建’的特质，就像一根红线一样，贯穿了他的全部生涯和作品。——在文学革命时代，他底《狂人日记》和《阿 Q 正传》奠定了中国新文学的基石，用卓越的真理和犀利的笔锋，他给腐臭的封建文化以无情的打击。时代进展了，他自己也进展了。从旧的范围里走出来，领导着中国文坛向新途上迈进。在这里面，他不断地向恶倾向奋斗，不断地把文化种子移种到中国来，他不但成了中国文坛上惟一的导师，而且成了国际文化输入中国的流管。”

从文章中知道，这篇论文的作者郭光是一位仅有二十一岁的青年学子。这样年轻就写出如此有分量的鲁迅研究论文，的确令人惊讶。由此也可看出鲁迅在当时青年中的影响是多么深入了。

鲁迅逝世纪念中还出现了一些具有一定理论色彩的研究论文，由于篇幅所限，不能一一评述了。总体来看，这些论文除了肯定鲁迅的伟大功绩之外，大多认为在鲁迅评价中，仅把鲁迅定为一位优秀的文学家是不够的，应该从更广阔的历史视野中去进行观察，认识到鲁迅还是一位伟大的民族斗士和人民精神上的导师。

要特别提起的是1936年11月5日地处偏远的《西北文化日报》上刊登了一篇署名“达城”的《鲁迅研究大纲草目》，在中国鲁迅学史上应占有相当的位置，文章不长，全录如下：

> 鲁迅先生是中国新文学的导师，他的生活、思想以及遗著都值得我们来作一番精慎的研究。我相信这种研究在鲁迅先生盖棺以后是要引起无数青年的最深的注意，在不久这种研究的成果，会蔚为大观。现在，我想提一个研究的大纲草目，以作读者参考。我要声明的是这个草目是很简陋的，也许将许多重要的项目还没有写进去，这只有待读者的增补了。
>
> 一、鲁迅是在怎样的环境中生长的？
>
> 二、幼年时期，他曾受了怎样的教养？
>
> 三、他在怎样的思潮中长大了？
>
> 四、辛亥革命时期他在作些什么？
>
> 五、在求学中他的学业与后来的成就有何关系？
>
> 六、最初，他如何选上了文学的路？
>
> 七、他怎样应用着文学这个武器？
>
> 八、《狂人日记》在怎样的氛围中发表的？
>
> 九、何以一般人将《阿Q正传》当作他的代表作？
>
> 十、《阿Q正传》在意识上技巧上应予以如何评价？
>
> 十一、《呐喊》与《彷徨》所触到的人生社会的方面共有多少？
>
> 十二、在这两部著作中有着怎样的优长与缺陷？
>
> 十三、从这两部后，何以他只写了许多“杂感”？
>
> 十四、他的杂感有怎样的价值？

十五、在他的散文中具有怎样的特质?

十六、他为何,以及怎样反对现代评论派?

十七、何以他和原日语丝社的同人分道扬镳了?

十八、由《莽原》到《未名》,他怎样指导着一些青年?

十九、何以他舍弃了厨川白村而热中于俄国的作家?

二十、由于什么原故,他离开了北京?

二十一、在他几处游历之后,何以后来就老停留在上海?

二十二、他和创造社的论战是否毫无意义?

二十三、后来,他对于苏俄的文化何以那样重视?

二十四、他为何提拔辅助着许多作家?

二十五、他签名于"自由大同盟"及"左翼作家联盟"由于什么?

二十六、对于翻译他有着怎样的见解?

二十七、他对于中国的文字语法有怎样的认识?

二十八、对于新文字他的意见怎样?

二十九、何以他那样热心的提倡木刻版画等等?

三十、他累次与人争执,尤其与徐懋庸,是否为浪费?

三十一、《呐喊》《彷徨》与《故事新编》有怎样的同与异?

三十二、他在怎样从事于反帝,尤其近几年的抗日工作?

三十三、他主编了《奴隶丛书》,使我们感觉着什么?

三十四、他为什么提倡"民族革命战争的大众文学"?

三十五、他的生平事实最应使我们崇仰的都是什么?

三十六、今后我们怎样继承他的遗志,他的未竟事业?

这篇《鲁迅研究大纲草目》全面、深入地提出了鲁迅研究的三十六个问题,几乎涉及所有的方面,简直可以看作是一部鲁迅传论的草目。后来的鲁迅研究几乎是顺沿着这个《草目》向前发展的,验证了这位作者的预见性与学术思考的周密性、深邃性。而这篇鲁迅研究的纲领性的文献,竟然出现在六十五年之前,还刊登在偏远的《西北文化日报》上，就不禁使人们产生这样的追问：这位化名达城的作者究竟是谁?

这使我联想到张学良将军手书的《鲁迅先生研究纲领》。

在张学良将军捐赠给台湾东海大学图书馆的藏书中，有一套1938年版的《鲁迅全集》，《全集》首册书名页上夹着一张纸，上面是张学良将军用钢笔书写的一篇文字，题为《鲁迅先生研究纲领》，从思想、行传、创作、翻译、学术、作品在外国等六大方面梳理了鲁迅研究的诸多问题，表现出深邃、周密的学术思考。虽然措辞与达城的《鲁迅研究大纲草目》有所不同，但是包容的方面和学术思路是吻合的。这引起鲁迅研究专家王锡荣先生的浓厚兴趣，专门写了《珍贵的历史文献——记张学良〈鲁迅先生研究纲领〉》(《上海鲁迅研究》第8期，百家出版社1997年版）一文详加考证，肯定这篇文字确实是张学良将军手书，同时又不能不惊奇张学良将军何以能够对鲁迅著作有如此深厚的学养。据说张学良将军拘押在台时的确曾日以研读《鲁迅全集》消遣，对鲁迅著作很熟悉，但是恐怕尚难于具有独立写出《鲁迅先生研究纲领》的学术功力，因而我认为张学良将军的这篇《纲领》与达城的《鲁迅研究大纲草目》有着一定联系。《西北文化日报》发表这篇《草目》的1936年11月5日，正是张学良将军发动西安事变前一个多月，他那时身处西安、忧国忧民，《西北文化日报》又是他所倚重的杜重远先生主编的报纸，他是不会不看的。想必那时就对这篇《草目》印象深刻，后来又日以研读《鲁迅全集》消遣，这样逐渐形成自己的思考，写出了这篇《纲领》。而写出《草目》的达城先生则即使不是杜重远先生本人，也是张学良将军器重的某位学者、文人。究竟是谁?就有待进一步考证了。

总之，不管这位达城先生究竟是谁，这篇《鲁迅研究大纲草目》都是中国鲁迅学史上的重要文献，说明当时中华民族对本民族伟人鲁迅先生的认识已经达到了相当高的境界。

在鲁迅逝世纪念中还出现了第一部成书的鲁迅回忆录——含沙（王志之）的《鲁迅印象记》。这本书在鲁迅逝世后一个月，即1936

年11月就由上海金汤书店出版了，不久即被当局查禁，所以流传范围甚小，知之者极少。作者王志之，笔名含沙、楚囚，又化名思远，四川眉山人，作家。1932年为北平师范大学国文系学生，《文学杂志》月刊编者之一。同年11月鲁迅回北平探望母亲，他受北平“左联”之托与鲁迅联系，并请鲁迅到北师大讲演。所作短篇小说集《落花集》鲁迅曾为之校订。他的这本书，就是对这一过程做出详细的回忆，并驳斥了当时一些人对鲁迅的污蔑不实之词，是了解鲁迅1932年回北平情况的必读书，值得特别提起。

四　周作人的《关于鲁迅》及其他前期友人的评论

在鲁迅逝世纪念文章中，周作人署名“知堂”发表的《关于鲁迅》（1936年11月16日、12月1日上海《宇宙风》第29期、第30期）无疑是非常重要的。

该文一，主要追述了鲁迅的家世和青少年时代的经历，对鲁迅在学问艺术上的工作做了概评。周作人认为这方面的工作可以分为两部，甲为搜集辑录校勘研究，乙为创作，并做了如下略举：

甲部

一、会稽郡故书杂集。

二、谢承后汉书（未刊）。

三、古小说钩沉。

四、小说旧闻钞。

五、唐宋传奇集。

六、中国小说史略。

七、嵇康集。

八、岭表录异（未刊）。

九、汉唐石刻（未完成）。

乙部

一、小说：呐喊，彷徨，故事新编。

二、散文：朝花夕拾，野草等。

周作人认为鲁迅的“这些工作的成就有大小，但无不有其独得之处，而其起因亦往往很是久远，其治学与创作的态度与别人颇多不同”，“这是最可注意的事”。并认为鲁迅“从小就喜欢书画”，收集或抄存了《毛诗品物图考》《酉阳杂俎》《六朝事迹类编》《二酉堂丛书》《茶经》《艺苑捃华》等杂书野史，“这些事情都很琐屑，可是影响却很不小，它就‘奠定’了他半生学问事业的倾向，在趣味上直到晚年也还留下好些明了的痕迹”“对于画的爱好使他后来喜欢外国的版画，编选北京的诗笺，为世人所称，但是他半生精力所聚的汉石刻画像终于未能编印出来，或者还没有编好吧”。

关于鲁迅创作方面的情形，周作人认为鲁迅当时匿名写作，是因为“不求闻达，但求自由的想或写，不要学者文人的名，自然更不为利，《新青年》是无报酬的，《晨报副刊》多不过千字五角钱罢了。以这种态度治学问或做创作，这才能够有独到之见，独创之才，有自己的成就，不问工作大小都有价值，与制艺异也”。“鲁迅写小说散文又有一特点，为别人所不能及者，即对于中国民族的深刻的观察。豫才从小喜欢‘杂览’，读野史最多，受影响亦最大，——譬如读过《曲洧旧闻》里的《因子巷》一则，谁会再忘记，会不与《一个小人物的忏悔》上所记的事情同样的留下很深的印象呢？在书本里得来的知识上面，又加上亲自从社会里得来的经验，结果便看见一个充满苦痛与黑暗的人生，让它通过艺术发现出来，就是那些作品。从这一点说来，《阿Q正传》正是他的代表作，但其被人家所骂也正是应该的。这是寄悲愤于滑稽，在从前那篇小文里我曾说用的是显克微支的手法，著者本人当时看了我的草稿也加以承认的。正如《炭画》一般，里边没有一点光与空气，到处是愚与恶，而这愚与恶又复厉害到可笑的程度。集中有些牧歌式的小说都非佳作，《药》里稍微露出一点的情热，这是对于死者的，而死者又已是做了‘药’了。此外就再也没有东西可以寄托希望与感情。不被礼教吃了肉去，就难免被做成‘药渣’，这是鲁迅对于世间的恐怖，在作品上常表现出来，事实上也是如此。”

该文二，主要略说了鲁迅在日本东京时代的文学修养，认为鲁迅受到梁启超《论小说与群治之关系》的很大影响，“主张以文学来感化社会，振兴民族精神，用后来的熟语来说，可说是属于为人生的艺术这一派的”，并接触和翻译了许多作家的作品：

> 这许多作家中间，豫才所最喜欢的是安特来夫，或者这与爱李长吉有点关系吧，虽然也不能确说。此外有伽尔洵，其《四日》一篇已译登《域外小说集》中，又有《红笑》，则与勒耳蒙托夫的《当代英雄》，契诃夫的《决斗》，均未及译，又甚喜科罗连珂，后来多年后只由我译其《玛加耳的梦》一篇而已。高尔基虽已有名，《母亲》也有各种译本了，但豫才不甚注意，他所最受影响的却是果戈里，《死魂灵》还居第二位，第一重要的还是短篇小说，《狂人日记》，《两个伊凡尼支打架》，以及喜剧《巡按》等。波兰作家最重要的是显克微支，《乐人扬珂》等三篇我都译出登在小说集内，其杰作《炭画》后亦译出，但《得胜的巴耳忒克》未译，至今以为憾事。用滑稽的笔法写阴惨的事迹，这是果戈里与显克微支二人得意的事，《阿Q正传》的成功其原因一部分亦在于此，此盖为但能热骂的人所不及知者也。捷克有纳路达，扶尔赫列支奇，亦为豫才所喜，又芬兰“乞食诗人”丕佛林多所作小说集亦所爱读不释者，均未翻译。匈牙利则有诗人裴多菲山陀耳，死于革命之战，豫才为《河南》杂志作《摩罗诗力说》，表彰拜伦等人的“撒但派”诗文，而以裴多菲为之继，甚致赞美，其德译诗集一卷，又惟一的中篇小说曰《绞刑吏的绳索》，从旧书摊得来时已破旧，豫才甚珍重之。对于日本文学当时殊不注意，森鸥外、上田敏、长谷川、二叶亭诸人，差不多只看重其批评或译文，惟夏目漱石作俳谐小说《我是猫》有名，豫才俟各卷印

> 本出即陆续买读，又曾热心读其每天在《朝日新闻》上所载的小说《虞美人草》，至于岛崎藤村等的作品则始终未尝过问，自然主义盛行时亦只取田山花袋的小说《棉被》一读，似不甚感兴味。豫才后日所作小说虽与漱石作风不似，但其嘲讽中轻妙的笔致实颇受漱石的影响，而其深刻沉重处乃自果戈里与显克微支来也。豫才于拉丁民族的文艺似无兴趣，德国则于海涅之外只取尼采一人，《札拉图斯忒拉如是说》一册常在案头，曾将序说一篇译出登杂志上，这大约是《新潮》吧，那已是在“五四”以后了。

周作人这篇《关于鲁迅》刊出以后，受到很多非议。尧民的《周作人论鲁迅》（1937 年 1 月 16 日昆明《民国日报》），就认为“在没有看见他这两篇文字以前，对于鲁迅倒有一知半解；看了这两篇东西以后对于鲁迅倒反怀疑起来”。因为“周作人所叙述的鲁迅，是周作人眼里的鲁迅，是染上了周作人色彩的鲁迅。固然，他所叙述的点点是真实，谁敢否认，然而是片面的鲁迅，是渣滓的鲁迅，最大限度只能帮助说明了鲁迅何以会成功那一部《中国小说史略》，而鲁迅的整个，和真实的灵魂却不是那两篇文字所能捕捉得住，倒是越说得多，越令人糊涂起来。也因为是弟兄的关系，相知的太多了，倒反不相知起来，由不相知便进而操戈，可胜叹哉!”这位尧民说得是有道理的。《关于鲁迅》一文中所叙述的鲁迅，的确是“周作人眼里的鲁迅，是染上了周作人色彩的鲁迅”，即便从局部来看是真实的，也只能是片面的真实；从整体的大历史观来看，倒是不真实的了。在鲁迅的认知史上确实存在这样的现象：离鲁迅越近的人，越可能只看见局部和细节，越难于跳出习俗所造成的迷障，从长远的历史大视野中进行观察，看不到鲁迅带根本性的历史价值。周作人的鲁迅观有这样的局限，曹聚仁和其他鲁迅生前亲友的鲁迅观同样也有这种缺陷。不看到这一点，是难于正确地认识鲁迅的。然而，我们也不能跳到另一个极端，认为周作人等近距离观察鲁迅的文章全无价值。这些文献还是具有很大价值的，是认知鲁迅的事实基础。我们必须承认这些事实，以此为基础去认知鲁迅，但是又不能就此止步，而须做进一步的理论升华，从大历史观的视域中观察整合的鲁迅。例如周作人的这篇《关于鲁迅》所提供的鲁迅以博览杂书野史“奠定”了自己半生学问事业的倾向和对于书画的爱好“在趣味上直到晚年也还留下好些明了的痕迹”以及对于安特莱夫、果戈理等外国作家的特殊喜爱等等叙述，就是非常重要的，对领悟鲁迅的文化倾向、知识结构以及艺术趣味有着绝对不可忽视的指导意义。但是，又绝对不能局限于此，还须从中国历史新旧转型期的视域中去观察鲁迅在中国的精神文化价值。这样，就不会仅把鲁迅当作一位文化人，而看到他是一位历史上少有的伟大思想家和革命家。

鲁迅一些前期友人的评论，也有与周作人的叙述相同的长处和局限。钱玄同的《我对周豫才（即鲁迅）君之追忆与略评》（1936年10月26日、27日北平《世界日报》）就是这样的。

钱玄同是鲁迅的老朋友，《狂人日记》就是在他的催促下产生的。钱氏如实追述了这一过程，说道：“我认为周氏兄弟的思想，是国内数一数二的，所以竭力怂恿他们给《新青年》写文章。”又说：“他在北大、师大、女师大等校，讲授中国小说史，著有《中国小说史略》一书。此书条理明晰，论断精当，虽编成在距今十多年以前，但至今还没有第二部比他更好的（或与他同样好的）中国小说史出现。他著此书时所见之材料不逮后来马隅卿（廉）及孙子书（楷第）两君所见者十分之一，且为一两年中随编随印之讲义，而能做得如此之好，实可佩服。”接着，在叙述过1929年鲁迅回北平时与他因言语不和而反目一事之后，对鲁迅做了如下概括性的评价：

> （一）他治学最为谨严，无论校勘古书或翻译外籍，都以求真为职志，他辑《会稽郡故书杂集》与《古小说钩沉》，他校订《嵇康集》与《唐宋传奇集》，他著《中国小说史略》，他翻译外国小说，都同样认真，这种精神，极可钦佩，青年们是

> 应该效法他的。（二）他读史与观世，有极犀利的眼光，能抉发中国社会的痼疾，如《狂人日记》《阿Q正传》《药》等小说及《新青年》中他的《随感录》所描写所论述的皆是，这种文章，如良医开脉案，作对症发药之根据，于改革社会是有极大的用处的。这两点，我认为是他的长处。但我认为他的短处也有三点：（一）多疑。他往往听了人家几句不经意的话，以为是有恶意的，甚而至于是要陷害他的，于是动了不必动的感情。（二）轻信。他又往往听了人家几句不诚意的好听话，遂认为同志，后来发觉对方的欺诈，于是由决裂而至大骂。（三）迁怒。譬如说，他本善甲而恶乙，但因甲与乙善，遂迁怒于甲而并恶之。

这又是一个钱玄同眼里的鲁迅，是染上了钱玄同色彩的鲁迅。实事求是地说，钱玄同是在本着自己的良知和素养讲着实话，既无遮掩也无夸张，鲁迅确实存在他所说的“多疑”“轻信”“迁怒”等所谓“短处”，一些人所说鲁迅的病态性格也是指的这些。我们如果总是从近处和表象去看问题，就难免因此而对鲁迅产生否定性的评价。但是，倘若我们从鲁迅所处的具体的历史语境中去考虑，想到中国当时环境的险恶，论人的“苛酷”，以及鲁迅在新旧转型期所承担的唤醒民众奋起反抗封建专制主义的沉重的历史使命和他孤军奋战的艰难处境、积劳成疾的衰弱病体，就会理解他的一些人所常有的弱点，尊重和爱护这位民族的伟人了。鲁迅是一个和我们一样的人，而不是神，他有和我们一样的长处与短处，不可能十全十美，我们要看到这点，不可将他“神化”，盲目崇拜，唯鲁迅之是非为是非，同时又不可因之而对他求全责备，责怪他不像神那样完美无缺；鲁迅又是一个和我们不一样的人，他具有超越常人的智慧和才能，担负着常人难以想象的历史使命，这也是我们必须铭记的。倘若以俗人的标准苛求鲁迅，要求他处处做得和世俗生活中的普通人完全一样，不能有丝毫“越轨”“出格”之处，也不能出现丝毫“闪失”和“缺陷”，必须像世俗期求的所谓“完人”一样，处处滴水不漏、圆滑周到，否则就要抓住一些把柄不放，大做文章，硬要把鲁迅说成一个卿卿我我的俗人，那就会滑向另一个极端："俗化"。"俗化"的鲁迅，同"神化"的鲁迅一样，都不是原本的鲁迅。

林语堂也是鲁迅的一位老朋友，关系一直很好，1928年鲁迅遭到创造社围攻的时候，林语堂曾写过一篇题为《鲁迅》的文章，对鲁迅做出了深刻的评价，然而后来也因意见不合而反目。鲁迅逝世后，在国外的林语堂作的一篇《悼鲁迅》（1937年1月1日上海《宇宙风》第32期）就与前一篇《鲁迅》大不相同了：

> 民廿五年十月十九日鲁迅死于上海。时我在纽约，第二天见 Herald Tribune 电信，惊愕之下，相与告友，友亦惊愕。若说悲悼，恐又不必，盖非所以悼鲁迅也。鲁迅不怕死，何以死悼之？夫人生在世，所为何事？碌碌终日，而一旦瞑目，所可传者极渺。若投石击水，皱起一池春水，及其波静浪过，复平如镜，了无痕迹。惟圣贤传言，豪杰传事，然究其可传之事之言，亦不过圣贤豪杰所言所为之万一。孔子喋喋千万言，所传亦不过《论语》二三万言而已。始皇并六国，统天下，焚书坑儒，筑长城，造阿房，登泰山，游会稽，问仙求神，立碑刻石，固亦欲创万世，流传千古。然帝王之业中堕，长生之药不到，阿房焚于楚汉，金人毁于董卓，碑石亦已一字不存，所存一长城旧规而已。鲁迅投鞭击长流，而长流之波复兴，其影响所及，翕然有当于人心，鲁迅见而喜，斯亦足矣。宇宙之大，沧海之宽，起伏之甚微，影响所及，何可较量，复何必较量？鲁迅来，忽然而言，既毕其所言而去，斯亦足矣。鲁迅常谓文人写作，固不在藏诸名山，此语甚当。处今日之世，说今世之言，目所见，耳所闻，心所思，情所动，纵笔书之而罄其胸中，是已。使鲁迅复生于后世，目所见后世之人，耳所闻后世之事，亦必不为今日之言。鲁迅既生于今世，既说今世之言，所言有为而发，斯足矣。后世之人好其言，听之；不好其言，

亦听之。或今人所好在此，后人所好在彼，鲁迅不能知，吾亦不能知。后世或好其言而实厚诬鲁迅，或不好其言而实深为所动，继鲁迅而来，激成大波，是文海之波涛起伏，其机甚微，非鲁迅所能知，亦非吾所能知。但波涛之前仆后起，循环起伏，不归沉寂，便是生命，便是长生，复奚较此波长彼波短耶?

鲁迅与我相得者二次，疏离者二次，其即其离，皆出自然，非吾于鲁迅有轩轾于其间也。吾始终敬鲁迅；鲁迅顾我，我喜其相知，鲁迅弃我，我亦无悔。大凡以所见相左相同，而为离合之迹，绝无私人意气存焉。我请鲁迅至厦门大学，遭同事摆布迫逐，至三易其厨，吾尝见鲁迅开罐头在火酒炉上以火腿煮水度日，是吾失地主之谊，而鲁迅对我绝无怨言，是鲁迅之知我。《人间世》出，左派不谅吾之文学见解，吾亦不肯牺牲吾之见解以阿附初闻鸦叫自为得道之左派，鲁迅不乐，我亦无可如何。鲁迅诚老而愈辣，而吾则向慕儒家之明性达理，鲁迅党见愈深，我愈不知党见为何物，宜其刺刺不相入也。然吾私心终以长辈事之，至于硁硁小人之捕风捉影挑拨离间，早已置之度外矣。

鲁迅与其称为文人，无如号为战士。战士者何?顶盔披甲，持矛把盾交锋以为乐。不交锋则不乐，不披甲则不乐，即使无锋可交，无矛可持，拾一石子投狗，偶中，亦快然于胸中。此鲁迅之一副活形也。德国诗人海涅语人曰：“我死时，棺中放一剑，勿放笔。”是足以语鲁迅。

鲁迅所持非丈二长矛，亦非青龙大刀，乃炼钢宝剑，名宇宙锋。是剑也，斩石如棉，其锋不挫，刺人杀狗，骨骼尽解。于是鲁迅把玩不释，以为喜乐，东砍西刨，情不自已，与绍兴学童得一把洋刀戏刻书案情形，正复相同。故鲁迅有时或类鲁智深。故鲁迅所杀，猛士劲敌有之，僧丐无赖，鸡犬牛蛇亦有之。鲁迅终不以天下英雄死尽，宝剑无用武之地而悲。路见疯犬，癞犬，及守家犬，挥剑一砍，提狗头归，而饮绍兴，名为下酒。此又鲁迅之一副活形也。

然鲁迅亦有一副大心肠。狗头煮熟，饮酒烂醉，鲁迅乃独坐灯下而兴叹。此一叹也，无以名之。无名火发，无名叹兴，乃叹天地，叹人生，叹圣贤，叹豪杰，叹司阍，叹佣妇，叹书贾，叹果商，叹黠者，狡者，愚者，拙者，直谅者，乡愚者；叹生人，熟人，雅人，俗人，尴尬人，盘缠人，累赘人，无生趣人，死不开交人；叹穷鬼，饿鬼，色鬼，馋鬼，牵钻鬼，串熟鬼，邋遢鬼，白矇鬼，摸索鬼，豆腐羹饭鬼，青胖大头鬼。于是鲁迅复饮，俄而额筋浮胀，睚眦欲裂，须发尽竖；灵感至，筋更浮，眦更裂，须更竖，乃磨砚濡毫，呵的一声狂笑，复持宝剑，以刺世人。火发不已，叹兴不已，于是鲁迅肠伤，胃伤，肝伤，肺伤，血管伤，而鲁迅不起。呜呼，鲁迅以是不起。

二十六年十一月二十二于纽约

林语堂的这篇《悼鲁迅》确实是中国鲁迅学史上的一篇奇文，酣畅淋漓，一气呵成，达到了林语堂幽默文章的极境。然而，也正是这个缘故，充分暴露了林氏幽默的负面：庸俗无聊，哗众取宠。特别是鲁迅逝世、众人悲痛的时候，作为曾经是老朋友的林语堂实在不应该采取这种幸灾乐祸的表达方式。采取这种方式，只能引起人们的反感，同时也从反面证明鲁迅当年对他这种“幽默”作风的批评是正确的：“‘幽默’既非国产，中国人也不是长于‘幽默’的人民，而现在又实在是难以幽默的时候。于是虽幽默也就免不了改变样子了，非倾于对社会的讽刺，即堕入传统的‘说笑话’和‘讨便宜’。”①

林语堂当年在中华民族处于生死存亡的危急时刻大讲所谓“幽默”，是在“讨便宜”；这时在鲁迅逝世、众人悲痛的时候，又大炫自己的什么“幽默”才能，就更加是在“讨便宜”了。这正表现了

① 鲁迅：《伪自由书·从讽刺到幽默》。

他油滑、世俗的一面，有失学者风度。

然而，林语堂终究是一位学者，并是一位大学者，所以他这篇《悼鲁迅》如剥去“油滑”的外衣看其实质内容，还是有其可参考之处的。例如说“鲁迅既生于今世，既说今世之言，所言有为而发”，假使“鲁迅复生于后世，目所见后世之人，耳所闻后世之事，亦必不为今日之言”，就包含一定的道理，说明是历史语境造就了鲁迅和他的思想言论，倘若语境改变，鲁迅就不会那么说和那么做了。要正确地理解鲁迅，就必须从他当时所处的具体的历史语境出发，不可按照现在的语境硬性地曲解鲁迅当时所说的话。说与鲁迅是“大凡以所见相左相同，而为离合之迹，绝无私人意气存焉”，“小人之捕风捉影挑拨离间，早已置之度外矣”，也是符合实际的。鲁迅与他的分歧，确实是由于政见不同所造成的，绝非如有些人所说是因为一时言语冲突所致。说“鲁迅与其称为文人，无如号为战士”，也是从反面道出了一个真理：鲁迅的确不仅仅是一个文学家，更重要的价值在于他是一位为了中华民族的解放和全人类的进步而不懈斗争的伟大战士，是林语堂等有学问的留洋绅士所无法比拟的。

鲁迅与林语堂的分歧，终究是民族的战士精神与留洋的绅士精神的冲撞。林语堂和周作人、钱玄同的鲁迅观，是西洋和中国本土的绅士们心中的“鲁迅映象”，有其符合实际的一面，也有其严重的局限性。

五　苏雪林的异议和胡适的学理精神

在悼念鲁迅的热潮中，曾经写出《〈阿Q正传〉及鲁迅创作的艺术》的苏雪林，却来了一个一百八十度大转弯，对鲁迅和推崇鲁迅的人们提出了异议。这是中国鲁迅学史上一个非常令人费解的精神文化现象。

1936年11月12日，悼念鲁迅的活动正处于高潮的时候，苏雪林写了一封《与蔡孑民先生论鲁迅书》，托南京某先生代转给蔡元培先生。后来据苏雪林在自跋中说："某先生以书中措词过于狂直，恐伤蔡先生之意，抑压月余，及蔡先生病，乃来函劝余慎重考虑。不久西安变作，余亦浑忘鲁迅之事，故此书始终未入蔡先生之目也。此书诚如胡适之先生所言，多'旧文学恶腔调'，然指斥鲁迅罪恶，自问尚属切当，故刊残稿于此，聊存当日一段公案云尔。"于是在 1937 年 3 月 16 日刊登于汉口《奔涛》第 1 卷第 2 期上。

该文主要是对蔡元培先生主持鲁迅葬仪表示不满，其理由是：

> 一曰鲁迅病态心理，将于青年心灵发生不良影响也。鲁迅在五四时代，赞助新文化运动，诚有微劳，然自女师大风潮之后，挟免官之恨，心理失其常态，转其笔锋，专以攻讦三数私人为事，其杂感文字自《华盖集》至《准风月谈》约十四五种，析其内容，攻击彼个人所怨之"正人君子"竟占百分之九十九。其文笔尖酸刻毒，无与伦比，且回旋缴绕，百变而不穷：知青年之憎恶特权阶级也，则谓"正人君子"为特权阶级之帮闲者；知青年之憎恶军阀也，则谓"正人君子"为军阀之哈吧狗；知青年之憎恶帝国主义也，则谓"正人君子"为帝国主义之勾结者之代言人。青年憎恶之对象屡变，则鲁迅笔锋所周纳之"正人君子"罪状亦屡变。……今日青年崇拜鲁迅，有类疯狂，读其书而慕其为人，受其病态心理的熏染，必将尽化为鲁迅而后已。夫青年者，国家之元气，民族之命脉，而亦先生所爱惜珍护，逾于头目心肝者也。过去之青年，受鲁迅人格之感化，堕落者已比比然矣，现在，未来，尚有无量数天真纯洁之青年，亦将成为褊狭阴险，多疑善妒，睚眦必报，不近人情之人，岂先生之所雅愿者哉？……
>
> 二曰鲁迅矛盾之人格，不足为国人法也。鲁迅之得青年爱戴，在其左倾。然鲁迅思想，虚无悲观，且鄙观中国民族，以为根本不可救药，乃居然以革命战士自命，引导青年奋斗，人格矛盾如此，果何为哉？则曰鲁迅之左倾，非真有爱于共产主

> 义也，非确信赤化政策之足为中国民族出路也，为利焉耳，为名焉耳。今日新文化已为左派垄断，宣传共产主义之书报，最得青年之欢迎，一报之出，不胫而走，一书之出，纸贵洛阳。当上海书业景气时代，鲁迅个人版税，年达万元。其人表面敝衣破履，充分平民化，腰缠久已累累。……然今日青年之于鲁迅，几于鲁迅颦而颦，鲁迅笑而笑，鲁迅喷嚏而亦喷嚏，则诚过去文史之所少见。然青年则如何知，是皆鲁迅好谄之念所造成耳，盖鲁迅盘踞中国文坛十年，其所陷溺之人心，与其所损伤之元气，即再过十年亦难挽回恢复焉。
>
> 三曰左派利用鲁迅为偶像，恣意宣传，将为党国之大患也。共产主义传播中国已十余年，根柢颇深固。“九一八”后，强敌披猖，政府态度不明，青年失望，思想乃益激变，赤化宣传如火之乘风，乃更得势，今日之域中，亦几成为赤色文化之天下矣。近者全国统一成功，政府威权巩固，国人观感大有转移，左派已身大有没落之忧惧，故于鲁迅之死，极力铺张，务蕲此左翼巨头之印象，深入青年脑海，而刺激国人对共产主义之注意，司马昭之心，路人皆见。

1936年11月13日，即给蔡元培的信写出的第二天，苏雪林又写了一篇书评《〈理水〉和〈出关〉》，发表于1937年3月1日南京《文艺月刊》第10卷第3期上。其主要内容还是表示对悼念鲁迅热潮的不满，借鲁迅《故事新编》里的小说《理水》和《出关》，对鲁迅进行讽刺。五天之后，即1936年11月18日，苏雪林仍意犹未尽，又给胡适写了一封信，连同胡适12月14日的复信一起，以《关于当前文化动态的讨论（通信）》为题，刊登在1937年3月1日汉口《奔涛》第1期上。苏雪林致胡适信的主要内容是：

第一，称赞胡适所办的《独立评论》（简称“独评”）“持论稳健，态度和平”，作为青年们的“精神食粮”，使她破除了左派所散布的“向左转是中国惟一出路”的迷雾，“没有同一般青年走入歧路”。

第二，讨论“怎样从左派掌握中取回新文化的问题”。认为“五卅以后，赤焰大张，上海号为中国文化中心，竟完全被左翼作家支配。所有比较闻名的作家无不沾染赤色思想。他们文笔既佳，名望复大，又惯与出版事业合作。上海除商务印书馆，中华书局、世界书局几个老招牌的书店以外，其余几乎都成了他们御用出版机关。他们灌输赤化从文学入手，推广至于艺术（如木刻，漫画）戏剧电影等等，造成清一色的赤化文化；甚至教科书的编制，中学生的读物，也要插进一脚”，并认为“现在政府虽还不合我们理想的标准，但肯作平心之论的人，都承认她是二十五年来最好的一个政治机关。她有不到处，我们只有督责她，勉励她，万不可轻易就说反对的话”。因此，不能坐视无数青年成为左派文化的牺牲品，而要取回新文化的掌握权。

第三，“是关于如何矫正目前流行的浅薄而谬误的救国理论问题”。认为“左派从前最喜谈‘农民英勇的抗争’，近来又喜谈‘大众力量’”，“但军备的准备没有整齐；政治、经济、文化各方面的建设没有达到现代化的目的；所有的力量不能配合在一起，让政府运用自如，虽有几十万万的‘大众’也不能干出什么？我怕人多反而更乱哩。但庸俗的民众和无知的青年受他们浅薄而谬误的理论所麻醉，众口附合，雷同一响，恨不得‘大众菩萨’立刻显灵，好即日和日本宣战，进兵收复失地”，敦请胡适出面矫正。

第四，“是关于取缔鲁迅宗教宣传的问题”。她认为：“鲁迅这个人在世的时候，便将自己造成一种偶像，死后他的羽党和左派文人更极力替他装金，恨不能教全国人民都香花供养。鲁迅本是个虚无主义者，他的左倾，并非出于诚意，无非借此沽名钓利罢了。但左派却偏恭维他是什么‘民族战士’‘革命导师’，将他一生事迹，吹得天花乱坠，读了真使人胸中格格作恶。左派之企图将鲁迅造成教主，将鲁迅印象打入全国青年脑筋，无非借此宣传共产主义，酝酿将来反动势力。谁都知道中国花费巨大牺牲的代价，好容易造成今日统一的局面，仅存的元气，决不容再受斫伤。反动的势力多酝酿一分，则目前局面的动摇性增加一分，所以‘鲁迅宗教’的宣传，政府方面是似乎不能坐视。”最后，表示自己要“不怕干犯鲁党之怒以及整个文坛的攻击，很想做个堂·吉诃德先生，首加鲁迅偶像以一矛”。

苏雪林的这些异议，当时就受到了左翼人士的反驳。1937 年 4 月 9 日，李何林在《北平新报》发表《谈谈苏雪林女士论鲁迅——〈鲁迅打落水狗，我却要打死狗〉》，对苏雪林攻击鲁迅的言论做了归理与概括，最后反问道：“大家猜猜，蔡元培先生将怎样答复苏女士？一切参加鲁丧的人们又将怎样答复苏女士呢？”

曾经写出《〈阿 Q 正传〉及鲁迅创作的艺术》这样高水平的鲁迅研究论文的苏雪林，在悼念鲁迅的热潮中，竟然发表了这样诋毁鲁迅的一系列文字，其原因到底在哪里？应该怎样看待这样的精神文化现象呢？这的确是值得深长思之的。

我们有必要先回顾一下胡适给她的复信。

胡适在 1936 年 12 月 14 日的复信批评苏雪林说：

> 余如你上蔡公书中所举“腰缠久已累累”，“病则谒旧医，疗养则欲赴镰仓”……皆不值得我辈提及。至于书中所云“诚玷辱士林之衣冠败类，廿五史儒林传所无之奸恶小人”——下半句尤不成话——一类字句，未免太动火气，此是旧文字的恶腔调，我们应该深戒。

那么，应该采取什么样的态度呢？胡适说道：

> 我们尽可以撇开一切小节不谈，专讨论他的思想究竟有些什么，究竟经过几度变迁，究竟他信仰的是什么，否定的是些什么，有些什么是有价值的，有些什么是无价值的。如此批评，一定可以发生效果。

具体到对于鲁迅的评价，胡适这样认为：

> 凡论一人，总须持平。爱而知其恶，恶而知其美，方是持平。鲁迅自有他的长处。如他的早年文学作品，如他的小说史研究，皆是上等工作。通伯先生当日误信一个小人□□□之言，说鲁迅之小说史是抄袭盐谷温的，就使鲁迅终身不忘此仇恨！现今盐谷温的文学史已由孙俍工译出了，其书是未见我和鲁迅之小说研究以前的作品，其考据部分浅陋可笑。说鲁迅抄盐谷温，真是万分的冤枉。盐谷温一案，我们应该为鲁迅洗刷明白，最好由通伯先生写一篇短文，此是“gentleman 的臭架子”，值得摆的。如此立论，然后能使敌党俯首心服。

纵然胡适是站在鲁迅的对立面说以上这番话的，然而我们却不能不承认这样的事实：胡适的态度，代表着一种极为可贵的学理精神。这种精神，不仅在中国鲁迅学史上具有重要的价值，就是在整个学术思想史上都带有根本性的指导意义。

真正的学术必须以科学的求实精神为本，无论你多么反对或者多么崇敬的人，都必须以科学的态度对待，以求实的精神进行准确的分析。这就是胡适所说的“凡论一人，总须持平。爱而知其恶，恶而知其美，方是持平”。胡适正是以这种极为可贵的学理精神对待鲁迅的，虽然在政治上是对立的，然而却“尽可以撇开一切小节不谈，专讨论他的思想究竟有些什么，究竟经过几度变迁，究竟他信仰的是什么，否定的是些什么，有些什么是有价值的，有些什么是无价值的”。确实，“如此批评，一定可以发生效果”。而且，只有如此批评，才可能发生效果。像苏雪林那样，污蔑鲁迅“腰缠久已累累”，“病则谒旧医，疗养则欲赴镰仓”等等，则不仅与事实不符，而且皆是不值得提及的“小节”。至于书中所云“诚玷辱士林之衣冠败类，廿五史儒林传所无之奸恶小人”等等，则更是如胡适所说的“旧文字的恶腔调”，具有学理精神的学者都“应该深戒”。可以说，当时批驳苏雪林最为有力者，不是左翼人士，而是胡适。把这种“旧文字的恶腔调”的外皮剥去，苏雪林对鲁迅的异议也就没有什么太多的实质性内容了。

胡适最可敬的一件举措，是肯定“鲁迅自有他的长处。如他的早年文学作品，如他的小说史研究，皆是上等工作”，并为所谓鲁迅抄袭盐谷温案平反。他这里所说的通伯先生就是陈西滢，说陈“当日误信一个小人□□□之言”中的“□□□”，在其他版本中是张凤举，一位“五四”新文学运动的赞同者。胡适把他当成污蔑鲁迅“剽窃”的始作俑者是令人怀疑的，因为张凤举和鲁迅关系较为密切，鲁迅1921年8月25日致周作人信中称他“非常之好，神经分明”，不大可能做这种事。这恐怕是胡适拿他来“顶缸”的。真正扮演这一角色的，据各方面推断，乃是顾颉刚，这正是鲁迅与他“过不去”的根本原因。不管始作俑者究竟是谁，胡适出面为鲁迅洗雪，认为“说鲁迅抄盐谷温，真是万分的冤枉。盐谷温一案，我们应该为鲁迅洗刷明白，最好是由通伯先生写一篇短文，此是‘gentleman的臭架子’，值得摆的”，都是难能可贵的。的确，如此立论，才算是坚持了学理精神，即便是“敌党”也会对这一点“俯首心服”。

而处于胡适所说的“敌党”一边的鲁迅先生，同样也对自己阵营中某些人的辱骂和恐吓表示过不满。1932年11月，周扬主编的《文学月报》第1卷第4期上刊登了一篇署名“芸生”的诗《汉奸的供状》，诗是骂自由人胡秋原的，里面居然有“放屁，×你的妈……当心，你的脑袋一下就会变成剖开的西瓜”这样的流氓语言。鲁迅对此提出严肃的批评，做出了“辱骂和恐吓决不是战斗”“战斗的作者应该注重于‘论争’”[①] 这样的著名论断。可见，胡适与鲁迅这两位中国现代文化对立阵营中的旗手，都是反对辱骂和恐吓的“恶腔调”，坚持学理精神的。他们虽然在政治上处于对立的格局，但从精神文化上看，却是代表着东西方文化的优秀、科学的部分，汲取着人类的智慧、冷静和理性。未来中国文化的最佳发展途径，就是取精用宏、多元互补，而不是一方吃掉另一方。胡适与鲁迅所提出的这些对待论敌的科学规则，是所有学者都应该遵循

① 鲁迅：《南腔北调集·辱骂和恐吓决不是战斗》。

的，只有坚持两大旗手所共同提倡的学理精神，“鼓励国人说平实话，听平实话”，中国学术才可能健康发展，中国国民性的某些劣根才可能得到疗治。

总之，这种学理精神是中国鲁迅学史上一种带根本性的精神，不论你对鲁迅持何种观点，都必须坚持学理精神。只有这样，鲁迅研究才可能成为一门科学。

至于苏雪林转而攻击鲁迅的原因，从她的信中可以清楚地看出，是由对待当时政府的态度所引起的。苏雪林认为“现在政府虽还不合我们理想的标准，但肯作平心之论的人，都承认她是二十五年来最好的一个政治机关。她有不到处，我们只有督责她，勉励她，万不可轻易就说反对的话”。然而，对1927年以“清党”为借口血腥镇压同盟者建立起来的这一政府的合法性，她则闭口不谈；对三十年代依靠捕杀和谋害左翼作家扼制人民自由权利的蓝衣社的法西斯行径，她更是视而不见；对蒋介石的不抵抗政策，她则更是不仅不予揭露，反而极力为之辩护，甚至不惜污蔑人民大众的抗日统一战线。这一切都清楚地说明了苏雪林的政治立场，而也正是这种政治立场的极端化和激烈化，导致了她对鲁迅的“恶腔调”，失去了写作《〈阿Q正传〉及鲁迅创作的艺术》时的学理精神和艺术感受力，变成了一个失去理智的骂人机器。

不过，并不能因此一概否定苏雪林所有的学术研究与文学创作。她的许多著作仍然自有其应有的价值，《〈阿Q正传〉及鲁迅创作的艺术》仍然是中国鲁迅学史上不可多得的有分量、有深度的研究论文。然而，由此也反证了政治立场的极端化和激烈化对学术的巨大破坏力，像苏雪林这样素养深厚的作家、学者尚且会被冲击得如此失去理智，何况那些本来就非常浮浅的人呢？

当政治利害控制了头脑，把鲁迅当作攻击的靶子或者利用的工具时，无论是污蔑还是阿谀，鲁迅都会被扭曲的。这是一个世纪的中国鲁迅学史反复证明的规律，也是百年中国的一种令人深长思之的精神文化现象。

六　国内悼念文章中其他有学术价值者

鲁迅逝世纪念中还出现了一些不仅表达了悼念之情而且在学术上也很有价值的文章：

刘大杰的《鲁迅与写实主义》（1936 年 12 月 1 日上海《宇宙风》第 30 期）。该文是刘大杰先生的第二篇鲁迅研究论文，仍然写得很精彩，富有艺术感受力。开头就出语不凡：

> 鲁迅自己说：“在我的生活里，没有爱，也没有诗。”这便是鲁迅的人生与文学的基础。一个在自己的生活里感着没有爱也没有诗的人，社会与人生的种种现象，反映到他的眼光里，自然会现出黑暗，虚伪，腐败与恶毒。过去的生活经验，好像一把钢刀，把他的眼光，磨炼得格外锐敏。他能看到旁人所看不到的，感到旁人所感不到的，表现出旁人所表现不出的。过去的历史，使他清楚地认识了现在的社会与人生。现在社会上扮演的种种丑恶虚伪的把戏，都瞒不住他那双锐敏的眼睛。
>
> 五四前后，浪漫主义精神迷漫中国的文化界，鲁迅始终是带着冷静的态度，对于社会人生，加以深刻的注视。庚子事变辛亥革命时代的种种社会情态，在他的脑里，早已酿成了成熟的文学的粮食。1918 年登在《新青年》的《狂人日记》，便是鲁迅披上写实主义的服装，出现于中国新文坛的第一声。在当时，刚刚从古典主义解放出来的青年们，对于他的作品，还不能深深地接受，倒是晚出的创造社的充满着伤感与热情的作品大受青年们的欢迎。创造社的批评家，打着为艺术而艺术的旗帜，对于这位作者的作品，下过几次严厉的批判，他并不因此就放弃他的写实主义，并且，他愈到后来，愈是精进。在他的笔下，替写实主义奠定了稳固的根基。我们可以说，中国的写实主义，从鲁迅的手开始，由鲁迅的手完成。

刘大杰所说的写实主义，就是现实主义。这种创作方法确实是鲁迅作品的根基，抓住了这一点，也就抓住了鲁迅文学创作的最基本的特征。刘大杰正是紧紧地抓住了这一基本特征，所以他对鲁迅作品的评论总是能够别开生面。在这篇论文中他说鲁迅“愈到后来，愈是精进”，“中国的写实主义，从鲁迅的手开始，由鲁迅的手完成”，的确是提出了鲁迅研究中的一个重要的命题。

刘大杰还非常形象地以倒“垃圾桶”作比喻，突显出了写实主义的主要特征：

> 鲁迅的作品，使人看了感着有一点不舒服，这是不足怪的。他不能像浪漫主义者那样，自己厌恶了现实的社会，抛弃它，离开它，在空虚想象的境界，另外创造一个美丽的“乌托邦”来安慰自己，他不能坐在象牙塔里，孤独地作着香草美人的甜梦，高兴的时候赞美人生，愤怒的时候诅咒人生。这一现实的社会，好像一只无所不包的垃圾桶，又脏又臭又黑暗。浪漫主义者实在太聪明，把盖子盖好了，轻轻地走了过去。写实主义者则不然，既然这一只桶里，全是我们社会人生的真面目，管他脏的臭的黑暗的，为什么要把盖子盖住呢？不仅不盖住，还要把桶里的内容，倒了出来，让大家看个清白。易卜生，托尔斯泰，托司退也夫司基，佛劳贝尔，莫泊桑，左拉，都是欧洲文学界倒垃圾桶的人。不用说，他们的作品，戴纱帽的官僚，维持道统的伪君子，挂十字架的牧师，假仁假义的绅士，看了个个要头痛。为什么呢？因为他们的阴私和恶德，虚伪和奸谋，都从那桶里一点一滴地露出原形来，使得他们无处藏躲。于是，倒垃圾桶的人，便成了时代的前进者，社会的创造者，给人治病的医生，危险的思想家，正统派的仇人。写实主义者就在这一方面，成就了他们的文学理论，表现了他们的伟大精神。

这种形象的比喻、广阔的视野，是很令人心服的。后来的许多研究家写了一大篇，往往还没有刘大杰短短一个比喻具有说服力。

当然，刘大杰绝不是一位马克思主义者，他对鲁迅后来转向左翼不以为然。认为“鲁迅成了左翼文坛的巨头”之后，与以前相比，“完全是两个人”了。

然而，他却没有像有些人那样因此否定鲁迅的杂文，反而认为：

> 鲁迅吸引青年的力量，与其说是他的小说，不如说是他的杂感。他那种反封建的不妥协的精神，都从杂感里表现出来，使得社会上一般前进的青年，都感着欢喜与兴奋。我们无论从思想或是从力量上看，他的小说同他的杂感，确实隔着相当的距离。杂感在鲁迅的笔下，成就了一种精美的文体，现在已经有许多人在模仿他，将来也会有许多人要模仿他。杂感文是鲁迅作战的武器，是一把锋利无比的钢刀。这把刀一到他的手里，便没有人抵挡得住。

这里的观点，比他第一篇鲁迅研究论文《〈呐喊〉〈彷徨〉与〈野草〉》要前进了。在前一篇论文中刘大杰对鲁迅的杂文不屑一顾，在这篇论文中则肯定“杂感在鲁迅的笔下，成就了一种精美的文体”。作为一位造诣深厚的文学史家，对鲁迅杂文做出这样中肯的评价，的确有力地提高了中华民族对鲁迅的认识。这应算是刘大杰先生的一大功绩。

为什么并非马克思主义者的刘大杰能够对鲁迅作品做出这样切中肯綮的分析和评论呢？这从一个方面有力地证明了鲁迅作品的价值是一个客观存在，只要你能够出以公心，不带过于偏颇的宗派色彩，并具有科学的艺术鉴赏水平和世界文学的广阔视野，就不难做出公允的评价。

孙伏园的《谈〈药〉——纪念鲁迅先生》（1936 年 11 月 10 日北平《民间》第 3 卷第 13 期）。这篇文章的学术价值在于以亲历者的身份讲述了鲁迅创作《药》的动机、背景和艺术：

《药》描写群众的愚昧，和革命者的悲哀；或者说，因群众的愚昧而来的革命者的悲哀；更直接说，革命者为愚昧的群众奋斗而牺牲了，愚昧的群众并不知道这牺牲为的谁，却还要因了愚昧的见解，以为这牺牲可以享用，增加群众中的某一私人的福利。

夏瑜两个字显然是从先烈秋瑾这名字来的。刑场在有四个暗淡的金字的破匾的丁字街头，也显然就是秋先烈殉难的绍兴“古轩亭口”。不过鲁迅先生描写的往往是类型，绝不粘着一件个别的事物。所以夏瑜“不就是夏四奶奶的儿子吗?”忽然由女子化为男身了。老栓小栓这类名字，显然是北方人的，一点没有江浙的色彩。

鲁迅先生和我说过，在西洋文艺中，也有和《药》相类的作品。例如俄国的安特来夫，有一篇《齿痛》(原名 Ben Tobit)，描写耶稣在各各他钉在十字架上的那一天，各各他附近有一个商人患着齿痛。他也和老栓和小栓们一样，觉得自己的疾病，比起一个革命者的冤死来，重要得多。

还有俄国的屠介涅夫五十首散文诗中有一首《工人和白手的人》，用意也是仿佛的。白手的人是一个为工人的利益而奋斗至于牺牲的人。他的手因为带了多时的刑具，没有血色了，所以成了白手。他是往刑场去被绞死的。可是俄国乡间有一种迷信，以为绞死人的绳子可以治病，正如绍兴有一种迷信，以为人血馒头可以治肺痨一样，所以有的工人跟着白手的人到刑场去，想得到一截绳子来治病。不知不觉中，革命者为了群众的幸福而牺牲，而愚昧的群众却享用这牺牲者。

孙伏园披露的这些鲁迅创作内情，后来成为解读《药》的重要线索，具有很实在的学术价值。另外，他还认为对群众的看法，不可太乐观，也不可太悲观，因此鲁迅先生在瑜儿坟上放的花环是合理的。

孙福熙的《鲁迅·艺术家》(1937 年 1 月长沙《潇湘涟漪》第 2 卷第 10 期)。该文是从艺术史上研究鲁迅地位及其特点的第一篇文章，认为：

> 鲁迅这名字，应该大书在艺术史上的，却因为他在文学上的功绩，遮掩了艺术上的记录。
>
> 先生幼年就爱画，一生不见稍减，与我相见时，谈艺术的比较谈文学的更多。他在北京时代，很爱线画与黑白画，他是介绍英国 Beardsley 到中国来的第一人。以后是介绍版画，中国木刻的荣耀的前程，也是鲁迅先生开辟的。因为我想学画，大先生与二先生都很热心的指示我。我出国的时候，同学陶元庆亦到北京，绘画上很得大先生的帮助。
>
> 鲁迅先生有丰富而热烈的感情，为一个艺人所必需而难得，在艺术上比文学上要为需要。先生的爱憎十分深厚，他只有友与敌的两极端，他的友与敌个个都是达于极点。而且随时有从这个极点变到那个极点的可能。这种性情，在人事上容易发生阻碍，于文艺上却大有裨益，他不必用笔墨及思想的夸张，在外来的感觉中即刻成为浓厚精锐的提炼品，如酒之精，铁之钢了。
>
> 他的文字与思想常被人指为绍兴人的特质：文字简练，思想深刻，在圆润轻妙中深藏锋利，似乎绍兴人确有此通性。但有一点为绍兴人所最缺乏者，即为鲁迅先生所有丰富而热烈的感情。绍兴习惯，遇事划算，预定目标以后，按步进行，越王勾践的十年生聚，十年教训，是其代表。进行是直线的，不多方并进，亦不走回头路，一切都都以冷静坚忍出之。鲁迅先生的一生如长庚星，光芒四射，忽伸忽缩，没有直线，也不怕回头，于是学水师，学路矿，学医，学文，为友为敌，如此感情丰富而热烈的人，在绍兴先贤中，即诗人与画家，亦不见一人。

绍兴的地方色彩，可以产生学术思想家，而不宜于艺人，鲁迅先生确是特殊的一人。

此外关于技术上的可贵，是他观察的深刻与笔墨的简练，从来不使阅者有倦怠之感。

大家都知道，先生完全描写社会的阴暗一方面，但他的阴暗中都用美丽的色彩，比他人的光明还要美丽，这美丽使人要看，爱看，看了倾向到光明一方面去，《故乡》一篇与《野草》中最为显著，其他处处如此。这是艺术的使命，也就是鲁迅先生艺术产生伟大功绩的原因。

作为一位艺术家和鲁迅先生的同乡后生，孙福熙确实道出了许多独特的见解，无论是对鲁迅的性格特征，还是对鲁迅的艺术气质，都做出了别开生面的精辟概括，这是一般从理念出发的论者所难以做到的。

孙福熙还另有一篇《艺术史上的鲁迅》（1937 年《新中华》第 5 卷第 4 期），再次强调了从艺术史上研究鲁迅独特价值的必要性，也产生了广泛的影响。远在昆明的《民国日报》，还于 1937 年 4 月 10 日刊出一篇读后感——范启新的《读〈艺术史上的鲁迅〉》，称赞作者在这一千余字的篇幅里，“不但将鲁迅先生的思想、作品、功绩、为人和从事艺术工作的态度分析得清楚明白，并且还站在艺术的立场上，以艺术的眼光论及一切的艺术工作者的特殊的行动与服饰”，使人们懂得须按照艺术的特点去理解艺术家的鲁迅及其他艺术工作者。

赵景深的《中国小说史家的鲁迅先生》（1936 年 10 月 22 日上海《大晚报》）。该文是将鲁迅作为中国小说史家进行研究的第一篇文章：

鲁迅的《中国小说史略》是现有的三数同类书中最好的一部；到现在为止，还没有比他写得更好的。今年已有日本增田涉的译本。

辅翼《中国小说史略》而行的是《小说旧闻钞》。这部书比蒋瑞藻的《小说考证》要好得多。第一，蒋氏的书虽名为《小说考证》，实际上是连戏曲的考证也放在一起。并且随得随刊，检查不便。例如，《三国演义》既见于《正编》，又见于《拾遗》，复见于《枝谈》。而《小说旧闻钞》却是只录小说考证，不取戏曲考证，并且合为一本，不是前后散见的。第一，蒋氏抄缀，常任意更改字句；有时原书易得，也去抄录第二道手的引文。鲁迅则均取原书校正字句，且多新的考证录出。如果原书易得，就不殚烦地再去翻检原书。

最近我时常翻阅鲁迅的这三部书——《中国小说史略》《小说旧闻钞》以及《唐宋传奇集》。并且也时常念念不忘于《古小说钩沉》。我想按照鲁迅在《中国小说史略》上所精选的几十部小说来详细阅览与探讨，至今只写成一部《小说闲话》，已经排好，本想请鲁迅题签，不料他却去世了。昨天我写信给专研平话小说的长泽规矩也说："鲁迅逝世，不胜哀悼，从此中国小说史研究者又弱一个。"我希望他在纪念平妖堂主人马廉以后，再在《书志学》上纪念中国小说史研究者的第二次的损失。

赵景深的这篇文章与众不同，没有什么理论，也没有什么太多的激情，只是淡然而叙，摆出小说史研究中考证而得的诸多实例，以事实说话，很明白地证明了鲁迅在中国小说史研究上的功绩。这种文章看似平淡，其实是很有价值，也很不易写。

张若英（阿英）的《作为小说学者的鲁迅先生》（1936 年 11 月 25 日上海《光明》第 1 卷第 12 期）。该文是又一篇将鲁迅作为中国小说史家进行研究的文章，认为鲁迅先生的小说史研究著作，"在数量上，不能说是怎样的多，但就其在中国小说的研究、整理及其影响上看，却是最有成就的一个。中国的小说，是因他而有完整的史书，中国小说研究者，也因他的中国小说史的产生，才有所依据的减少许多困难，得着长足的发展。所以，把鲁迅先生作为小说学者来考察，是不能不把研究的重心，放在中国小说史上，而同时也可以看到，虽仅短短的十多年时间，因此而得到的发展，也是很惊人的”；并对鲁迅先生的《中国小说史略》做了如下评骘：

> 鲁迅先生的《中国小说史略》，实际上不止于是一部“史”，也是一部非常精确的“考证”书，于“史”的叙述之外，随时加以考释，正讹辨伪，证本清源。在小说一向不为士大夫阶级所重视的中国，甚至小说作者的真姓名都不愿刻在书上，假借伪托，改窜更易，不如此实无法有“史”，即有亦不能“信”。鲁迅先生以历史的，同时又是考据的态度，来从事整理成“史”而又可“信”，这是在方法上最见卓识的地方。有时他不仅辨证真伪，且及于思想的来源。
>
> 在体例上最见特色的，是鲁迅先生只注意于“蜕化的迹象”，而寻其发展，在必要时，亦叙其对前人的拟作。于一体例的兴，也围述其根源，趋向，有时也说到发展的结果。所以，于史的部分，开始于上古的神话传说，继之以汉人小说，六朝鬼神志怪，然后是唐传奇，宋话本，元明讲史，再及于明清的章回小说。其于一时影响最大的著作，有时也特加强调，不株守例则，如六朝部分之《世说新语》与其前后章。于重要著作，亦不惜巨大篇幅，详加论列，从作者，内容，一直到版本的异同。第十五篇“元明传来之讲史下”，专说《水浒传》的版本沿革，即其一例。论证方面，其特点自不外考证精确与论断谨严。于每一倾向，只涉及代表的作品，其详略，又据价值影响而定。作家历史，经他考录的也很多，而且大都及其资料来源，备读者据以探索。至定晚清小说为“谴责”，以别于“讽刺”的《儒林外史》，自然是由于其论断的一贯谨严的标准而来。其论断一书优劣，水准的高，又自可见。

在引述了《中国小说史略》中谈《世说》的一段文字后，评骘道：

> 于简略叙述中见繁复事态，于一二语中论断全文，简当中肯，往往而然，这也可以说是中国小说史的一优秀处。从这本书出版以来，差不多已十余年，虽时有作者，然大都蓝此，所谓“杰构”(1930年改版题记)，终竟是未曾见。

充分肯定《中国小说史略》的优长之处后，该文又指出了此书的不足之处：①“在每一蜕变期间，社会经济背景叙述的不足”；②“对作者以及作品思想考察部分的缺乏”；③“由于当时未见许多重要的书，无从得其概略”；④“鲁迅先生写作态度虽是‘谨严’，由于沿误以及未见，著者时代的不能断定，卷帙的误记，作家假定的非是，亦偶一有之，如第二十八篇‘清末之谴责小说’章，我即写过两篇短文订正，都收在《小说闲谈》里，据孙楷第两目，亦可见误清为明作者，胡适也有订正。然此皆白璧微瑕，无关大体也”。

张若英的这篇论文，与前篇文章相比，论析更见深入，特别是指出鲁迅小说史研究的不足之处，尤为难得。学术是不断发展的，只有在肯定前人成绩的基础上看到不足，才能推动学术的发展，倘若只敢顶礼膜拜，不能道其缺憾，就只能是止步不前了。

在鲁迅史实研究方面，许寿裳的文章最具有学术价值。

编在《鲁迅先生纪念集》首卷的《鲁迅先生年谱》是最早的鲁迅年谱，虽然简单，但奠定了鲁迅年谱的基本框架。

《我所认识的鲁迅》(1936年10月28日天津《益世报》)，简述了对多年至交鲁迅的印象，认为：“鲁迅的头脑受过科学的锻炼的，眼光极锐敏，心极细而胆极大。他敢正视人生，冲破黑暗，指出国民性的缺点。”“揭穿假面，毫不留情。这是他的伟大处。”“鲁迅的头脑极冷静，而赤血极热烈，意志极坚强，明明感到寂寞，无可措手的了”，也仍然“主张韧性的战斗，这又是他伟大之处”。“鲁迅对于民族主义，坚贞无比”“三十年余年来，刻苦奋斗以至于死，完全为中华民族的生存而牺牲，一息尚存，不容稍懈；思想只管向前迈进，而主义却是始终一贯的。他的著译已经印行者不下五十种，单是创作方面就有二百万言，这都是心血的贡献，永远不朽的”。

《怀亡友鲁迅》(1936年11月16日北平《新苗》第11期)，先叙与鲁迅的35年友情，次述鲁迅致死之由，第三节略及鲁迅生平和著作，对鲁迅的人格和作品的伟大做了这样的概括：

> 鲁迅的人格和作品的伟大稍有识者都已知道，原无须多说。至于他之所以伟大，究竟本原何在？依我看，就在他的冷静和热烈双方都彻底。冷静则气宇深稳，明察万物；热烈则中心博爱，自任以天下之重。其实这二者是交相为用的。经过热烈的冷静，才是真冷静，也就是智；经过冷静的热烈，才是真热烈，也就是仁。鲁迅是仁智双修的人。惟其智，所以顾视清高，观察深刻，能够揭破社会的黑暗，抉发民族的劣根性，这非有真冷静不能办到的；惟其仁，所以他的用心，全部照顾到那愁苦可怜的劳动社会的生活，描写得极其逼真，而且灵动有力。他的一支笔，从表面看，有时好像是冷冰冰的，而其实是藏着极大的同情，字中有泪的。这非有真热烈不能办到的。欲明此意，只将《呐喊》中的《阿Q正传》和《彷徨》中的《祝福》两篇，比照对看便知。
>
> 鲁迅又是言行一致的人。他的二百万言以上的创作，任取一篇，固然都可以看出伟大的人格的反映，而他五十六年的全生活，为民族的生存而奋斗，至死不屈，也就是一篇天地间的至文——一篇可泣可歌光明正大的至文，这仁智双修言行一致八个字，乃是鲁迅之所以为鲁迅！

这些概括称得上是字字珠玑，包含深邃的哲理，是中国鲁迅学史上的经典之语。另外，许寿裳还驳斥了指责鲁迅多怒、好骂、多疑的观点，认为“这正是鲁迅的伟大之处。他看准了缺点，就要愤怒，就要攻击，甚而至于要轻蔑”。然而“他的骂人是极有分寸，适如其分，连用字都非常谨严，仿佛戥子称过似的”。所谓“多疑”，则是由于“旧社会上，另一方面的下劣凶残，每每有出于他的猜疑之外”。

《怀旧》（1937 年 1 月 16 日北平《新苗》第 13 期），追怀和评述了鲁迅从青年到晚年所作的几首旧诗，表达对鲁迅的无限怀念。

《鲁迅的生活——在北平女子文理学院鲁迅座谈会讲》（1937 年 1 月 16 日、2 月 16 日北平《新苗》第 13 期、第 14 期），更为全面、详细地评述了鲁迅一生的生活与创作，认为鲁迅的生活状况可分为七个时期：

> （一）幼年在家时期，一—十七岁；（二）江南矿路学堂时期，十八—二十一岁；（三）日本留学时期，二十二—二十九岁；（四）杭州绍兴教书时期，二十九—三十一岁；（五）北京工作时期，三十二—四十六岁；（六）厦门、广州教书时期，四十六—四十七岁；（七）上海工作时期，四十七—五十六岁。

这种分期，以地点为界，倒显得比较自然、醒目，值得以后的鲁迅传记写作引为借鉴。

在各个时期里又有更为细致的分节和评论，最后对鲁迅的一生做了这样的概括：

> 总之，鲁迅无论求学，做事，待人，交友，都是用真诚和挚爱的态度，始终如一，凡是和他接近过的人一定会感觉到的。他的勤苦耐劳，孜孜不倦，真可以忘食，忘寒暑，忘昼夜。在广州住白云楼的时候，天气炎热，他的住室，阳光侵入到大半间，别人手上摇着扇子，尚且流汗，可是他能在两窗之间的壁下，伏案写稿，手不停挥；修订和重抄《小约翰》的译稿；编订《朝花夕拾》，作后记，绘插图；又编录《唐宋传奇集》等等。蛰居上海以后，为生活费的关系，勤劳更甚。书案前一坐下，便是工作；工作倦了，坐到案旁的一张藤椅上，看看报，或是谈谈天，便算休息。生平游览极少，酬应最怕，大

> 抵可辞则辞。衣服是布制的；鞋当初是皮的，十余年来是胶皮底帆布面的；卧床向用板床，近十年来才改；写字始终用毛笔。除了多吸烟卷外，一无嗜好。他至死保持着质朴的学生时代的生活。

这些亲眼所见亲耳所闻的实例，非常有力地凸现出了鲁迅真诚挚爱、勤苦耐劳的质朴形象，令人感到可亲可信。

许寿裳的这些追怀鲁迅的文章，后来陆续增加，集成了《怀亡友鲁迅》和《我所认识的鲁迅》两本书，是中国鲁迅学史史实方面的经典之作。

在对鲁迅文学地位总体评价方面，最为值得注意的是武定河即冯雪峰的《关于鲁迅在文学上的地位——一九三六年七月给捷克译者写的几句话》（1937 年 3 月 25 日上海《工作与学习丛刊》之二：《原野》）。冯雪峰在附记中说 1936 年 7 月的一天，鲁迅先生要他为《鲁迅短篇小说集》的捷克译者普实克写一篇论述鲁迅在文学上地位的论文，他就写了这一篇文章。接着说："先生自己看过一遍，并且改了几个错字，涂了一两句，就叫景宋先生誊抄了一遍寄出去了。所以这并非一篇成文的文字。先生所涂去的是讲到他受俄国文学者影响的地方，将我的原稿上的托尔斯泰和高尔基两个名字涂去了，他说：'他们对我的影响是很小的，倒是安得烈夫有些影响。'又一处，是关于讲到他的艺术天才的地方。关于在后面说他在中国文学史上和屈原、杜甫等的精神上的传统的一点，他当时笑着说：'未免过誉了，——对外国人这样说说不要紧，此为外国人根本不知道屈原、杜甫是谁，但如果我们的文豪们一听到，我又要挨骂几年了。'然而我觉得：谁能够否认鲁迅比屈原、杜甫更伟大！而先生自己也没有将这一点涂去。至于在谈话间，我提到现在中国文学在批评上和工作上亦应求出和中国文学史的联系，先生也是很同意的。同时先生也同意对于他的杂感散文在思想意义之外又是很高的而且独创的艺术作品的评价，并且还慨叹说：'作这种评价的还只有何凝一个人！同时，看出我攻击章士钊和陈源一类人，是将他们作为社会上的一种典型的一点来的，也还只有何凝一个人！我实在不大佩服一些所谓前进的批评家，他们是眼睛不看社会的，以为终是鲁迅爱骂人，我在战场上和人斗，他们就在背后冷笑……’于是，将先生的杂感散文，看成为先生的独创，即在西欧文学上亦少见，并且它和中国的散文有着很深刻的渊源，先生亦认为是对的。”这篇原稿夹在鲁迅先生一本遗书中而留下来，景宋先生寄还给冯雪峰。“展开来一看，在蓝墨水写的原稿上的先生修改的几个墨笔的字迹，还鲜明的在着！”令他“由心跳而至颓然了”，于是“誊抄一遍，一字不改的发表，算作一个纪念”。该文最为精彩的论述是：

……鲁迅最初对文学的认识，他从事文学工作的当时的社会环境，他利用文学做他的战斗的工具的态度，就决定了他在文学上的地位：彻底的为人生、为社会的艺术派，一个伟大的革命写实主义者。

在中国，鲁迅作为一个艺术家是伟大的存在，在现在，中国还没有一个作家能在艺术的地位上及得他的。但作为一个思想家及社会批评家的地位，在中国，在鲁迅自己，都比艺术家的地位伟大得多。这是鲁迅的特点，也说明了现代中国社会的特点。现代中国社会，是这样的社会！鲁迅的巨大的艺术天才，显然担得起世界上最著名最伟大的那些创作长篇巨制的作者的荣誉；但社会和时代使他的艺术天才取另一种形态发展，所以他除了五本创作（小说、散文诗）以外，没有更多的创作，而是以十余本的杂感评论和散文代替了十余卷的长篇巨制。但他的十余本杂感集，对于中国社会与文化，比十余卷的长篇巨制也许更有价值，实际上是更为大众所重视。这就是在现代中国，鲁迅作为一个伟大的写实主义作家的特点。他的杂感，将不仅在中国文学史和文苑里为独特的奇花，也为世界文学中少有的宝贵的奇花。

> 总之，鲁迅成为文学上的这样一个写实主义者的社会根源，是中国社会和现在的时代。在文学思想上，他受欧洲，特别是俄国的近代写实主义的影响，如果戈里、契诃夫、科罗连珂、安得烈夫诸人的作品。但中国旧有的好的文学传统及丰富的中国历史演变的教训，也深刻地影响着鲁迅的文学与思想。他的文学事业，有着明显的深刻的中国特色，特别是他的散文的形式与气质。其次，在文学者的人格与人事关系的一点上，鲁迅是和中国文学史上的壮烈不朽的屈原、陶潜、杜甫等，连成一个精神上的系统。这些大诗人，都是有着伟大的人格和深刻的社会热情的人，鲁迅在思想上当然是新的，不同的，但作为一个中国文学者，在对于社会的热情，及其不屈不挠的精神，显示了中国民族与文化的可尊敬的一方面，鲁迅是继承了他们的一脉的。

这些精彩的论述确实拓展了人们对鲁迅文学地位的认识，特别是对鲁迅杂感产生的社会时代根源及其独特价值与特色的分析，鲁迅与中国文学史上屈原、杜甫等伟大作家的精神联系，更是前人未曾说过的。这些观点都应看作是中国鲁迅学史上的新的推进点。然而，鲁迅在 1936 年 7 月 23 日致普实克的信中又说："我的《在中国文学上的位置》一篇，这是一个朋友写的，和我自己的意思并不相同；您可自由取用，删去或改正。"①

这段话应当怎样理解呢？我以为这是由于鲁迅担心国内文豪们知道这种说法后会骂他几年，才做的一种推辞。那么，鲁迅为什么又不删去这些话呢？因为这本是一种无可置疑的事实，鲁迅虽然谦虚，但又是求实的，他自己知道自己的价值。

---

① 鲁迅：《书信·360723 致雅罗拉夫·普实克》。

七 国外悼念文章中有学术价值者

鲁迅逝世震动了全世界，国外媒体也刊登了大量的悼念文章，其中有些也具有一定的学术价值。

反响最强烈、文章数量最多也最有分量的当属日本。

作家山本实彦的《鲁迅的死》（原载1936年10月22日《日日新闻》，陈琳译），有这样的评述：

> 他的存在比起高尔基的存在是更清洁的。他不发不能求到的讽刺，这又和萧伯纳的存在稍异了。生于没有恩惠的国家，终于没有恩惠的生活；而平然贯彻其所信，他实在是够尊敬啊！

> 他不像法兰西作家们般活泼明朗，他是厚重和深远的，他断定在孔子的思想精神支配中国之下，国民是不能飞跃的。当国共还未分裂的时候，领袖们是信奉唯物史观革命的。但到现在已全改变，孔子几乎变成惟一守护的圣神了。但他却冷静地批评道：孔子只是权力者的圣人，支配者恰好的哲学，与被巧妙地组织成的东西而已。他又说中国民众把孔子认作圣人并不是多数的。民众与孔子并不亲近。他所喜的对象是存于所谓愚民真实的感情中的真实的姿貌和真理，于是在（这种）哲学的下面，产生了他的小说和散文《阿Q正传》及其他的作品，皆可作为证明。

> 鲁迅所著的书，并不十分多，也没有长篇小说，他能获得和罗曼·罗兰、高尔基、威尔斯匹敌的盛名，是因为当读他每篇作品时，都觉得它不是制造的而是现实的真貌。他的学问的幅员极广博。关于政治的见识，他持有比世界一般文豪优越的

特点。他的生活是简素的。特别是对于有闲阶级的厌恶。由此之故，便被一方面的人认做褊狭了。

作家新居格的《高尔基的存在》（原载 1936 年 10 月 20 日《报知新闻》，子修译），有这样的分析：

> 若问鲁迅为什么占中国文坛的最高地位？实因他有这种价值，就是他有思想，不仅是文人。一方他精通世界文学，他方又对中国古典文学造诣也深。文学者而兼思想家，同时又有透视政治情势的见识。立在这些综合上的鲁迅，实有非其他的作家文学者所能企及的。这就是鲁迅的强处，所以别的作家也十分敬畏他。在这种意义上，不问他意识与否，确是演的中国文学界的指导角色。
>
> 我对《阿 Q 正传》完全为之心折。在日本普罗文学极盛的时代，也有人批评像《阿 Q 正传》是无聊的。但是我在当时在现在，对于《阿 Q 正传》的评价却一点没有变动，仍然认为是伟大的作品。至于说这作品是如何伟大？因为在这作品中，不特感到中国独特的社会情味，并且藉一个愚昧的农民阿 Q，到处愉快的表现他的人生观。因为除了认为《阿 Q 正传》是杰作而外，并且在读后觉得即可明白的认识鲁迅之伟大。现在《阿 Q 正传》在现代中国文学上已占一种古典的地位。因为这个作品，不特在中国文学史上，并且认为是世界名著，而被登记了。《阿 Q 正传》不仅是普罗文学，而是更深广透彻人性根底的文学。
>
> （以上两文引自 1936 年 11 月 9 日上海《国闻周报》第 13 卷第 44 期《日本文坛对鲁迅的哀悼》）

1936 年 12 月 1 日，上海《新东方》第 1 卷第 2 期刊登了一组《外国著名作家之哀悼》，其中两位日本作家的论述也很值得一读：

悼鲁迅

［日］秋田雨雀

鲁迅的文学修养的深邃和社会思想的卓越，是东洋诸国文学者群中的明星，他的死是世界文坛和东洋文化重大的损失。

悼鲁迅

［日］小田岳夫

鲁迅的伟大在于兼具辛辣锐利、幽默和丰富。

在那里头（鲁迅的随笔），鲁氏对于日就衰亡喁喁望救的同胞像是装傻，而且还辛辣锐利地揶揄他们。但是这种揶揄不是冷酷到可怕，反之，在他的文章的最深处，却蕴含着热泪之光……

忧郁的抒情，饱含着阴惨苦涩的辛辣的讽刺，借着这些，他的彻头彻尾甚至带有病态的反抗精神燃着了。他的生涯差不多是怒的火。可是，他如果不怒，究竟谁怒呢！

鲁迅与日本文学家。

在我国（日本）这方面，反抗尽于反抗，哀愁尽于哀愁，像这样子是容易的。就以讽刺而论，无论怎样巧妙，还是不免于露骨，而在鲁迅的怒和反抗中老笼罩着茫洋的余情，充满着深远无尽的味的地方却多着呢。

日本还是最早出版《鲁迅全集》的国度。1937 年 2 月 26 日，天津《庸报》刊登了这样一条消息：

日本文艺界编《鲁迅全集》

——聘茅盾等为编辑顾问　第一集现已出版

立　华

我国大文豪鲁迅氏逝世后，日本文艺界名流鹿地亘、增田涉、井上红梅、小田岳夫、山上正义、高清磨嵯、松枝磨夫、佐藤春夫等，因与鲁氏生前均有相当交谊，为纪念鲁氏，特翻译鲁迅全部遗著，定名《鲁迅全集》，以便在日销售。该书计分十卷，第一卷为

《小说集》，包括《呐喊》《彷徨》等集；第二卷为散文诗、回忆记、历史小说；第三、第四、第五三卷，均为随笔杂感文；第六卷为文学史研究；第七卷为书简、日记、传记；全书定名为《大鲁迅全集》，由日本改造社印行。该社特聘请我国著名小说家茅盾、许景宋（鲁氏夫人）、胡风，及旅沪日文人内山完造等为编辑顾问。其第一卷，现已在东京出版。

中国人民的老朋友、美国著名记者埃德加·斯诺在悼念文章《中国的伏尔泰——一个异邦人的赞辞》（1936年底上海《大公报》，日期不详）中，把鲁迅比作法国的大思想家伏尔泰，这样说道：

> 伏尔泰是高喊“反抗”而切恨“宽容”的。是他燃起了法国革命。同样的，鲁迅也是更努力的在激发中国大众的情绪来反抗一切精神上物质上，不可忍受的痛苦。拿鲁迅与伏尔泰相比拟，真是最恰当不过。对于“封建制度”的抗战中他们在不同的国度里，却同是一员猛将。在另一点讲：伏尔泰对于当时法国文化上的贡献是“集其大成”；同样的，鲁迅也在文学著作，文学批评，古代和近代艺术上……多方面的努力。并且借翻译及其他方法，灌输世界新知识给事事落后的中国。鲁迅是不甘心于仅仅作一个“文人”的，他在实际的行径中表现自己——不像其他的知识分子。同时，他又是一个自然和社会科学的研究者。

美国的华罗琛夫人也有精辟的论述：

> 我对于鲁迅先生表示很大的悲悼。鲁迅先生是中国一个最伟大的作家，而且也是世界上最伟大占有崇高地位的作家。他的作品不仅是中国民族的宝藏，同时也是全世界的文化宝藏。
>
> 总之，鲁迅先生是国际的最伟大的作家。所以，他的死去，是值得深深悼惜的。我希望我们今天追悼他，应当把他的

作品，他的思想，广泛地介绍给世界各国。这样，才有追悼他伟大精神的意义。

（原载 1936 年 12 月 1 日上海《新东方》第 1 卷第 2 期）

旁观者清，当事者迷。外国作家对鲁迅的评论，倒可能比较客观，对我们有所启发。例如日本作家山本实彦关于鲁迅为什么没有长篇小说却取得世界级文学家地位的解释；日本作家新居格关于鲁迅之所以占据中国文坛最崇高地位在于他是“文学者而兼思想家”的分析；美国作家斯诺和华罗琛夫人关于鲁迅作品世界意义的论述，至今都有很强的现实意义，对于澄清当代一些人对鲁迅的迷乱认识很有作用，至今仍然值得一读。

鲁迅先生纪念委员会编的《鲁迅先生纪念集》，1937 年 10 月由上海文化出版社出版。鲁迅逝世纪念中出现的较有价值的文章，大多都已收入该集。

八 小结

鲁迅出世，曾在中国精神文化界响起惊雷；鲁迅逝世，也如惊雷般震撼了中国，震撼了世界。中国共产党为鲁迅逝世发出的唁电，代表了中华民族当时对鲁迅的最高认识。郁达夫的《怀鲁迅》和其他悼念文章中的精粹部分都恒久地留于后世。周作人、钱玄同、林语堂的文章也自有其价值。苏雪林转而对鲁迅表示异议，胡适却坚持了可贵的学理精神，这种学理精神是中国鲁迅学史上一种带根本性的精神，不论你对鲁迅持何种观点，都必须坚持学理精神。只有这样，鲁迅研究才可能成为一门科学。国内外悼念文章中也都有一些有学术价值者，至今仍然值得一读。

第六章　三十年代末——鲁迅研究学理化的初步奠基（1937—1939）

1937 年 7 月 7 日，卢沟桥一声枪响，抗日战争正式爆发。中国军队虽然奋起抗战，但还是被日本帝国主义侵占了大片领土。华北、华东接连陷落，鲁迅先生曾经生活、战斗过十年的上海变成“孤岛”。抗日救亡成为中国精神文化的主旋律，鲁迅作为“民族魂”振奋着中华民族的心魄。

一　由悼念转为学理研究
——夏征农编的《鲁迅研究》出版

1937 年 6 月，夏征农编的《鲁迅研究》由上海生活书店出版。这是鲁迅逝世后出版的第一部鲁迅研究论文集，是一部专门研究鲁迅生平、思想、著作的学术文集。这本书的出版，标志着中国鲁迅学史已经从鲁迅逝世纪念的非常时期转入了比较冷静的学理研究阶段。

这本《鲁迅研究》包括如下内容：

我们从鲁迅先生学取些什么（代序）	编　者
鲁迅的生活	许寿裳
民族的思想上的战士——鲁迅先生	艾思奇

编者夏征农在《我们从鲁迅先生学取些什么（代序）》中说：

鲁迅先生是一个伟大的作家，也是一个勇敢的战士——中华民族的灵魂。列宁称托尔斯泰为“俄国革命的镜子”，但鲁迅先生之服务于中国革命是决不单是尽了“镜子”的作用，他是典型的现实主义者；他暴露了黑暗社会的全面，他揭发了中国民族的各种缺点。不仅这样，他从黑暗中看出了光明。

鲁迅先生虽不同高尔基一样出身于流浪儿，但他和中国革命的联系却与高尔基和俄国革命的联系没有什么差别。他的全部生活，完全反映出了中国革命的各个阶段。他始终服务于革命，始终是站在被压迫者方面说话。

我们要学习他那百折不挠的战斗精神，这种精神不是从天上掉下来的，而是从他的实生活中锻炼出来的。……不从鲁迅先生的实生活出发，便决不能认识鲁迅先生的伟大。自己离开了社会的实际斗争，也便决不配谈继续鲁迅先生的精神。

鲁迅先生的生活思想的发展，并不是直线的，并不是自始至终毫无曲折地一直站在最高峰。他常常在虚心地学习：从前人的教训中，从自己的生活中，从青年大众中。他曾经彷徨

> 过，曾经陷入过“偏见”的泥坑里，但他的实际的努力很快地便把他纠正过来了。……我们应该学取他的这种“自我批评”的精神，学取他的这种从生活中去教育自己的精神。没有这种精神，坚强会变成固执，果敢便会变成犷暴，这样的人，即使天天捧着鲁迅先生，还是永远和鲁迅先生格格不相入的。
>
> 我们要把鲁迅先生贡献给全民族。我们要扩大来研究鲁迅。我们要使鲁迅先生的战斗精神，注射入全中国人民的血液里。

夏征农所提倡的鲁迅研究是与现实的革命斗争紧密联系在一起的。这乃是当时鲁迅学发展的一个重要特点。

艾思奇的《民族的思想上的战士——鲁迅先生》，首先谈了研究鲁迅所应取的虔诚、严整态度：

> 我很想用虔诚的态度，根据充分的研究，写一本评论鲁迅先生的思想的书。无论做什么事，都需要虔诚的态度和充分的研究，但对于鲁迅先生尤其更要这样。因为鲁迅先生自己就是一个虔诚不苟的工作者，不论写一个条子，一封短简，凡是从他手里出来的东西，都是非常工整的。这并不是封建时代循规蹈矩的那种工整，这是一个前进的战士所应该取法的切实和严整。鲁迅先生所以能始终前进，始终成为青年们的领导者，而对于中国人能够给予极大的影响，就因为他是这样一个能使自己严整的战士。真正的战士并不是完全不负责任的破坏者，他要在破坏陈旧势力的战斗中不断地建立自己，约束自己。

正是这种虔诚、严整的态度和深厚的哲学素养，使艾思奇的这篇论文出手不凡，谈出了许多独到的见解，尤其是对鲁迅民族主义思想的概念界定至今仍然具有现实启悟意义：

> 用抽象的民族主义来形容鲁迅先生的思想，那就等于说他是国家主义者或国粹主义者一样，不仅只不恰当，而且就是侮蔑。然而鲁迅先生确实可以算得一个最勇敢的民族主义者，倘若我们从具体的、现实的意义上来解释这一个范畴。具体的民族主义有种种，鲁迅先生的民族主义（也是真正中国所要的民族主义）是被压迫者反抗的、求生存的民族主义，而不是狂妄自大而喝血的法西斯怪物。同是被压迫民族的民族主义，也有立场不相同的，精神文明论者只求守着国粹的传统，但另外的人却要争取人民的物质生活。鲁迅所要求的也正是人民的物质生活，他是唯物的民族主义者，他最痛心的是阿Q的精神胜利术！

对鲁迅的民族主义和爱国主义进行科学的界定，是防止有些人用偷换概念的方法曲解鲁迅、为狭隘的仅代表一己利益的民族主义服务的重要手段。这种注意辨清概念的科学的思辨方法，是值得我们汲取的。

作为一位卓越的哲学家，艾思奇对鲁迅的战斗的现实主义产生的条件及其内含的思想方法也做了独到的深刻分析：

> 鲁迅先生在生活态度方面，以及其他的方面，都和过左的空洞思想以及右倾的俗物思想做过战斗，从这中间，产生了他的战斗的现实主义。

> 这战斗的现实主义，同时也是鲁迅先生的思想方法。他很少谈抽象的理论，却最善于分析事实，他甚至没入到日常的琐事里。他不用理论的公式去套住事实，却爱从事实中找出具体的活的理论。自然，文艺是形象的现实反映，作为一个文艺作家，应该都有具体地表现思想的能力，不是鲁迅先生所专长的。但他的专长并不在于写出事实，而是能巧妙地暴露事实的矛盾。他善于出人意表地点出事物的负面，因此在论战的时

> 候，也最能用论敌所说的话，去打击论敌自己的嘴巴，呈出一幅讽刺的、幽默的，然而却是真理的场面。他没有有意地在讲辩证法，但事实上却有意无意地在随时应用。从来天才的思想家都常常要跳出形而上学的方法的禁锢，而对于辩证法的发展多少贡献一些东西。这在鲁迅先生，情形也是一样的——他深化了民族的反抗思想，同时也就是给世界的哲学添了彩色。

艾思奇的这些精彩的论述，不仅他以前从来没有人如此说过，就是后来也很少人能够超越。重读中国鲁迅学史上的一些精辟论述，实在比看当下某些空洞的议论要有益得多。

徐懋庸的《鲁迅的杂文》，是一篇鲁迅杂文研究的力作，对鲁迅杂文进行了如下比较深入、中肯的分析：

（1）强调指出鲁迅自己实在是不大计算杂文的“文艺价值”，他所看重的乃是“社会价值”，并披露了鲁迅的一条批语作为说明。他的《打杂集》出版后，张庚曾在天津《大公报》的“小公园”专栏中发表一篇批评，说的是作者的文笔如何如何，鲁迅看到，就将这篇批评剪下寄给徐懋庸，并在旁批语道：

> 这篇批评，竭力将对于社会的意义抹煞，是歪曲的，但这是“小公园”一贯的宗旨。

徐懋庸解释说：“张庚并非‘小公园’中的人物，只是一个在外的投稿者，他并不遵守‘小公园’的宗旨，而且也毫无‘抹煞’对于社会的意义的意思，他当时只因对文笔说得多了一点，就没有工夫再多说关于社会意义的话罢了。鲁迅说他存心‘歪曲’，实在是误会的，但由此可以看出他对于社会价值，是怎样看重了。”

（2）对鲁迅文笔的特色做了五点概括：① 理论的形象化。认为“鲁迅的文章里面，是很少抽象的议论的，他利用丰富的生活经验，渊博的学艺知识，批评人事，能够替任何道理举出实际的例证，以小喻大，因著显微，又举得非常自然活泼”。这一点，以后许多鲁迅杂文研究者都沿用和进一步阐发了。但是第一个提出鲁迅杂文的文笔特色是“理论的形象化的”，应该是徐懋庸。② 语汇的丰富和适当。③ 造句的灵活。④ 修辞的特别。⑤ 行文的曲折。这一点，徐文引述了李长之关于鲁迅杂文惯用转折词的分析，提出了更深一层的见解。认为鲁迅杂文行文的曲折不是“有意绕弯子，在原地方一张一弛”，而“用的是‘剥笋’式，他要暴露一个问题的真相，就动手把它的外面所有的皮依次剥去，剥了一层，‘然而’还有一层，‘不过’这一层样子不同了，‘如果’剥进去，那还有许多，‘倘’不剥完，就不会看出真相，这样的一层层的剥进去，最后告诉你‘总之’真相如何，这就是深刻，像田螺一样，愈绕愈深入，并不是平面上的兜圈子。但这种现象，不关作法，其实是思想方法所产生的。鲁迅的思想方法，是合于辩证法的，就是，他不照呆板的逻辑，把问题放在孤立的状态中去思索。他把凡和这问题有联系的方面都想到，而且从它的发展状态中去想”。这一点见地是非常独到而精辟的，后人极应沿着这一线索去深入研究鲁迅杂文中所包含的辩证思维方法问题。

（3）分析了鲁迅杂文文风上三个不同的时期：《热风》不讲私事；《华盖集》讲私事多；《而已集》《三闲集》以后少，《二心集》以后全无，由“匕首”变为“大炮”。这样就很形象、自然地说明了鲁迅杂文的逐步发展，而且表明这种发展是随着思想的发展而展开的。

徐懋庸的这篇论文，在瞿秋白、李长之的研究基础上，进一步提出了自己的独到见解，对鲁迅杂文研究是有所推动和突破的。

二　毛泽东的《鲁迅论》及其意义

1937 年 10 月 19 日是鲁迅的周年祭日，陕北公学校长成仿吾请毛泽东到校做了一场专门论鲁迅的演讲，这是毛泽东第一次公开而全面地评价鲁迅。

当时，有一位叫汪大漠的青年学员在下面听讲，由于眼睛近视，又怕听不清，就坐在了第一排，仔细地听，认真地记，存下了一篇相当详实的演讲记录稿。三个月后，他被分配到中宣部的文化训练班又学习了一个月。结业后到武汉八路军办事处等待分配正式工作，这已是1938年春天了。

此时，汪大漠把毛泽东在鲁迅周年祭日的演讲记录稿，交给《新华日报》社的吴敏请求发表。吴以中央领导同志的讲话，未经本人审阅，不便刊登为由，就退给了汪。汪随即寄给了当时在重庆的《七月》杂志，并附了一封短信。《七月》主编胡风很快就以头条位置在1938年3月《七月》第3期上发表了。正题为汪大漠所拟的《鲁迅论》，副题是“在‘陕公’纪念大会上演辞”，附记也采用汪的拟稿，编者一字未易，只是把笔录人“大漠”错印成了“大汉”，使真正的让毛泽东《鲁迅论》得以存世的有功之臣汪大漠一直默默无闻。当时发表的全文如下：

同志们：

今天我们主要的任务是先锋队的任务，当着这伟大的民族自卫战争迅速地向前发展的时候，我们需要大批的积极分子来领导，需要大批的精炼的先锋队来开辟道路。这种先锋分子是胸怀坦白的，忠诚的，积极的与公道的；他们是不谋私利的，惟一的为着民族与社会的解放；他们不怕困难，在困难面前总是坚定的，勇往直前；他们不是狂妄分子，不是风头主义者，而是脚踏实地富于实际精神的人们。他们在革命的道路上起着向导的作用。我们现在需要造就一大批为民族解放而斗争到底的先锋队，要他们去领导群众，组织群众，来完成这历史的任务。首先全国的广大的先锋队要赶紧组织起来。我们共产党是无产阶级的先锋队，同时又是最彻底的民族解放的先锋队。我们这里为着完成这一任务而苦战到底。

我们今天纪念鲁迅先生，首先要认识鲁迅先生，要晓得他在中国革命史中所占的地位。我们纪念他，不仅是因为他的文章写得好，成功了一个伟大的文学家，而且因为他是一个民族解放的急先锋，给革命以很大的助力，他并不是共产党的组织上的人，然而他的思想、行动、著作，都是马克思主义化的。

尤其在他的晚年，表现了更年青的力量。他一贯的不屈不挠地与封建势力和帝国主义作坚决的斗争，在敌人压迫他，摧残他的恶劣的环境里，他忍受着，反抗着，正如陕北公学的同志们能够在这样坏的物质生活里勤谨地学习革命理论一样，是充满了艰苦斗争的精神的。陕北公学的一切物质设备都不好，但这儿有真理，讲自由，是创造革命先锋队的场所。

鲁迅是从正在溃败的封建社会中出来，但他会杀回马枪，朝着他所经历过来的腐败的社会进攻，朝着帝国主义的恶势力进攻。他用他那一枝又泼辣，又幽默，又有力的笔，去画出了黑暗势力鬼脸，去画出了丑恶的帝国主义的鬼脸，他简直是一个高等的画家。他近年来站在无产阶级与民族解放的立场，为真理与自由而斗争。鲁迅先生的第一个特点，是他的政治的远见。他用显微镜和望远镜观察社会，所以看得远，看得真。他在 1936 年就大胆的指出托派匪徒的危险倾向，现在的事实完全证明了他的见解是那样的稳定，那样的清楚。托派成为汉奸组织而直接拿日本特务机关的津贴，已是很明显的事情了。

鲁迅在中国的价值，据我看要算是中国的第一等圣人，孔子是封建社会的圣人，鲁迅是新中国的圣人。我们为了永久的纪念他，在延安成立了一个“鲁迅图书馆”，在延安开办了“鲁迅师范学校”，使后来的人们可以想见他的伟大。

鲁迅的第二个特点，就是他的斗争精神。刚才已经提到，他在黑暗与暴力的进袭中，是一株独立支持的大树，不是向两旁偏倒的小草，他看清了政治的方向，就向着一个目标奋勇的斗争下去，决不中途投降妥协。有些不彻底的革命者起初是斗争的，后来就“开小差”了。比如俄国的考茨基、蒲列汉诺夫等就是很好的例子，在中国这等人也不少，正如鲁迅先生所说，最初大家都是“左”的，革命的，及到压迫来了，马上有人变节，并把同志拿出去献给敌人作为见面礼（我记得大意是如此）。鲁迅痛恨这种人，同这种人做斗争！随时教育着训练着他所有领导下的文学青年，叫他们坚决斗争打先锋，开辟自己的“路”。

鲁迅的第三个特点是他的牺牲的精神。他一点也不畏惧敌人对于他的威胁利诱与残害，他一点不避锋芒，把钢刀一样的笔刺向他所憎恨的一切，他往往是站在战士的血痕中坚韧地反抗着，呼啸着前进！鲁迅是一个彻底的现实主义者，他不丝毫妥协，他具备了坚决心。他在一篇文章里，主张打落水狗，他说，若果不打落水狗，它一旦跳起来，不仅要咬你，而且最低限度要溅你一身的污泥，所以他主张打倒它。他一点没有假慈悲的伪君子色彩。我们要学习鲁迅的这种精神，运用到全中国去。

综合了上述这几个条件，形成了一种伟大的“鲁迅精神”。鲁迅的一生就贯穿了这种精神。所以他在艺术上成功了一个了不起的作家，在革命队伍中是一个很优秀的很老练的先锋分子。我们纪念鲁迅，就要学习鲁迅的精神，把它带到全国各地的抗战队伍中，去使用为中华民族的解放而奋斗！

这是鲁迅周年祭日，毛泽东先生在“陕公”的纪念大会上的演讲，当时由我记录下来的。记录稿一直搁到现在，没有把它整理出来在刊物上发表过。毛先生对鲁迅是颇有研究的人，他读过鲁迅不少的著作。这篇演讲是非常精辟独到的作家论，而且，对于每个正在艰苦斗争着的民族解放战士，都是具有特殊的意义的。因此，在现在发表也许并不过时。在延安时没有把这记录稿交给毛先生看过，如果有漏遗或出入的地方，当然由记录者负责。大汉附记。

1938 年 11 月，钱杏邨在上海主编的杂志《文献》也转载了这篇演讲稿，造成更为广泛的影响。新中国成立以后，1950 年 7 月，又选入出版总署编审出版的《高级中学语文课本》第一册。1981 年 9 月 22 日，为纪念鲁迅诞生一百周年，《人民日报》重新发表，基本保持了记录稿的原貌，仅做了几处技术性的改动。1993 年新编选出版的《毛泽东文集》第二卷收入了此文。

这篇《鲁迅论》虽然有些地方，后来证明与历史有所出入，例如说鲁迅“在 1936 年就大胆的指出托派匪徒的危险倾向”、托派已“成为汉奸组织而直接拿日本特务机关的津贴”，并非事实。但首次精辟地概括了鲁迅精神的总体特点，应是中国鲁迅学史上的重要文献。

令人深思的是，认为“秦皇汉武，略输文采；唐宗宋祖，稍逊风骚；成吉思汗，只识弯弓射大雕”的毛泽东，很少称赞他人，对他人的评价一贯很低，为什么唯独对鲁迅这样推崇，做出最高度的评价呢？

这确实是百年中国一个异常引人注目的精神文化现象，必须深长思之。

要解释这个问题，就须从毛泽东对鲁迅的最初印象开始进行考察。毛泽东究竟是在什么时候接触鲁迅著作的，最初的印象如何，直接的第一手材料是很难寻觅了，不过还是有一些间接的材料为我们提供了宝贵的线索。陈琼芝的《在两位未谋一面的历史伟人之间——记冯雪峰关于鲁迅与毛泽东关系的一次谈话》（《中国现代文学研究丛刊》第三辑，北京出版社 1980 年版），记述了冯雪峰的有关回忆和访问者与他的交谈：

> 1933 年底，我到瑞金中央苏区去之后，常有机会见到毛主席。他那时受王明路线排斥，不担任党中央的领导职务，时间比较多。有时他约我到他那里，有时他自己踱到我的住处来。有几次他说：“今晚我们不谈别的，只谈鲁迅好不好？”毛主席早就知道鲁迅，他曾遗憾地跟我讲过：“五四时期在北京，弄新文学的人我见过李大钊、陈独秀、胡适、周作人，就是没见过鲁迅。”

我当时曾告诉他，有一个日本人说，全中国只有两个半人懂得中国：一个是蒋介石，一个是鲁迅，半个是毛泽东。毛主席听了哈哈大笑，然后沉思着说："这个日本人还不简单，他认为鲁迅懂得中国，这是对的。"

还有一件事也能说明毛主席对鲁迅的认识。1933年末，我担任中央苏区党校教务主任，党校校长是张闻天同志。有一次他和几位中央领导闲谈，谈到一些干部的人选，当时我也在场。他们谈到有人反映苏区教育部门的工作有点事务主义，张闻天想让瞿秋白来主持教育工作，问我他能不能来。我说他是党员，让他来一定会来的。后来由我起草了电报拍到上海，秋白就服从党的决定到苏区来了。议论中，博古认为也可以让鲁迅来担任这个职务，说鲁迅搞教育行政很有经验。后来我向毛主席讲起，毛主席是反对这种意见的，他说："鲁迅当然是在外面作用大。"

我还曾告诉过毛主席，鲁迅读到过他的诗词，认为诗词中有"山大王"的气概。毛主席听了，也开怀大笑。

听到这里，我们觉得奇怪，便问："鲁迅那时候怎么就看到毛主席的诗词了？在毛主席的诗词中有'山大王'气的是哪一首？'山大王'指的又是什么意思？"

冯雪峰同志说："鲁迅是看到过毛主席诗词的。'山大王'可能是指像《水浒传》里占山为王的寨主吧。哪一首或哪几首记不清了。"

我们又问："会不会是《西江月·井冈山》？那里面有'山下旌旗在望，山头鼓角相闻'一类的句子。"冯雪峰同志说："也许是的，但是记不清了。"

我们中间又有一位同志问："鲁迅这样信赖党，党中央和毛主席又这样了解鲁迅，为什么鲁迅在组织上不是一个共产党员？"

冯雪峰同志说："这是不成问题的问题。且不谈他对革命的贡献大小，单说革命者对他的信任就往往超出一般的党员。

记得成仿吾同志 1933 年下半年从武汉到上海就是通过鲁迅接上组织关系的。他先找到郑伯奇，郑伯奇找到鲁迅，鲁迅找到我，我马上就给他联系上了。后来是送我去中央苏区的交通员回来接成仿吾的，他只比我晚来半个月。是去中央苏区，去瑞金。许广平同志的《鲁迅回忆录》写成成仿吾同志‘回延安时报告了中央’，不对了，再比如说，1936 年 4 月，党中央在陕北也是收到他和茅盾的贺电才派我去上海，去找他们。党对他的信任是完全和自己同志一样的。尽管这样，我们和鲁迅本人都没有考虑过他入党的问题，让他当秘密党员有什么不好呢？毛主席最理解鲁迅，以前我和他常常谈起……”

和冯雪峰交往深笃的老诗人牛汉先生，在座谈会上也曾追述过冯雪峰跟他讲的毛泽东谈鲁迅的情形，过程大致相同，只是增加了冯与毛泽东、瞿秋白三个人在草屋里谈鲁迅的事情。这看来可能是由于当时的环境使冯雪峰不便于与多位采访者公开谈瞿秋白，与私交甚笃的牛汉倒无所顾忌，谈得更为深细。

总之，无论是从冯雪峰的人品、所述材料的一贯求实精神来看，还是从采访者、追述者的为人为学的真诚态度考察，以上所引录的资料应该说是可信的。

从这一资料可以看出，毛泽东从“五四”时代就已崇仰鲁迅，并一直因为没有拜见过鲁迅而感到遗憾。他在井冈山时期就对鲁迅的历史作用有较其他人更为深刻的认识，认为“鲁迅当然是在外面作用大”就是一明显例证。以后又非常注意阅读鲁迅的著作，汪大漠称毛泽东“对鲁迅是颇有研究的人，他读过鲁迅不少的著作。这篇演讲是非常精辟独到的作家论”，当是毫不为过的。而毛泽东之所以这样推崇鲁迅，晚年还说“我跟鲁迅的心是相通的”，我以为最主要的原因就在于这两人都“懂得中国”。那个日本人说，“全中国只有两个半人懂得中国：一个是蒋介石，一个是鲁迅，半个是毛泽东”。确实是别具慧眼，然而也并不尽然公正。毛泽东听了说“他认为鲁迅懂得中国，这是对的”，至于蒋介石的“一个”与他自己的“半个”并没有表态，看来是未必认同。

不管是“一个”还是“半个”，他们三个人都算是懂得中国的。而之所以能被称为懂得中国，最为关键之处就是因为他们懂得中国的农民和游民。

中国不仅是一个农民的国度，而且是一个游民的国度，鲁迅正是对这一中国的实际国情有着深刻认识并加以卓越表现的思想家和文学家。他笔下的闰土，就形象地说明了当时中国的农民问题已经到了不能不解决的严重程度；而所塑造的阿Q，这个居无定所、耕无定土，不知从哪里来，又不知到哪里去的游民的典型，又形象地说明了中国一出现革命就必然裹挟进阿Q式的革命党这一无可回避的历史现象。

毛泽东无疑是最懂得农民、最早组织农民运动的革命家，毛泽东所领导的中国革命的胜利，从一定意义上说，其实就是农民运动的胜利。而农民运动的骨干，历来是以游民居多的，例如水泊梁山中的喽啰，大多是农民，一百零八好汉当中，真正的农民就屈指可数，却以游民居多了。洪秀全的太平天国起义军中的骨干人物，就更是以游民为主了。毛泽东是深知个中道理的，所以他在取得政权以后，就一定要用人民公社制把农民牢牢地拴在土地上，不许越雷池一步。

蒋介石是懂得游民，特别是城市游民的。他也懂得一些农民，深知中国共产党发动的农民革命对自己政权的巨大威胁，一再想围剿之，消灭之，然而就是不设法解决农民迫切需要解决的土地问题，结果被提前解决这一问题的中国共产党依靠翻身农民的力量推翻了自己的政权。所以，他充其量只能算是“半个”懂得中国的人。

因而，鲁迅和毛泽东作为两个最懂得中国、最懂得中国的农民与游民的思想家和革命家联系在一起了。

在这个时期，他们虽然未曾谋面，心却的确是相通的。二十世纪三十年代，当毛泽东受到王明、博古这些压根不懂中国的“左倾”机会主义者的压制，一再提出反对“本本主义”，大兴调查研究之风的时候，鲁迅也同样批评文化界才子加流氓的创造社同仁们“对于中国社会，未曾加以细密的分析，便将在苏维埃政权之下才能运用的方法，来机械地运用了”①。其实，这正是指出了这些人们之所以不懂得中国的认识论和方法论方面的根源：因为“对于中国社会，未曾加以细密的分析”，完全从主观臆想出发，“将在苏维埃政权之下才能运用的方法，来机械地运用”，所以只能是屡遭失败。由此可以感受到，鲁迅与毛泽东的心心相通，的确不是偶然的，而有着深刻的认识论和方法论根源。

毛泽东在《鲁迅论》中称赞鲁迅“在艺术上成功了一个了不起的作家，在革命队伍中是一个很优秀的很老练的先锋分子”，就是不仅仅把鲁迅作为一个文学家，而且作为一个革命先锋来评论。其中特别值得注意的是“老练”一词，林语堂1929年也曾说过鲁迅与攻击他的那些青年作者相比，具有“充分的成熟性”“独到处”和深刻性，“他深知中国人的生活及其生活法”，“那‘深知’是由于年老，但还是由于透彻地明了中国的历史”，因而对中国的事情具有产生于“知识和艰苦的世故中之‘磨炼’”的“真确的见解”，并由此具备了“充分的气魄”和足以令青年们“仰望的巍然的力量”。这正是抓住了鲁迅与攻击他的那些年轻人的重要的区别，显现了鲁迅的重要特征。最早指出了鲁迅“透彻地明了历史”和复杂环境、为人深刻老到的特点，是林语堂的一大功绩。而毛泽东则比林语堂高得多了，不仅指出鲁迅比政治上尚还幼稚的青年作家的老练之处，而且称赞鲁迅在整个革命队伍中也是一个“很老练的先锋分子”，这就提升到整个革命史的高度去体会鲁迅“老练”的特征。因为作为成熟革命家的毛泽东，是在中国革命的进程中与鲁迅心心相通的，绝不仅仅局限于文学层面。从“在中国革命史中所占的地位”这一大前提出发去评价鲁迅，正是毛泽东论鲁迅的最为重要的特点，也是他与一般学者的鲁迅研究的最为本质的区别。

由于鲁迅是革命队伍中一个“很老练的先锋分子”，所以他必

---

① 鲁迅：《二心集·上海文艺之一瞥》。

然具有“政治的远见”，这是因为“他用显微镜和望远镜观察社会，所以看得远，看得真”，也是因为他“深知中国人的生活及其生活法”“透彻地明了中国的历史”，因而对中国的事情具有产生于“知识和艰苦的世故中之‘磨炼’”的“真确的见解”，并由此也必然具备“斗争精神”，“在黑暗与暴力的进袭中，是一株独立支持的大树，不是向两旁偏倒的小草，他看清了政治的方向，就向着一个目标奋勇的斗争下去，决不中途投降妥协”，因而也就必然具备“牺牲的精神”，“一点也不畏惧敌人对于他的威胁利诱与残害”，“一点不避锋芒，把钢刀一样的笔刺向他所憎恨的一切”，“往往是站在战士的血痕中坚韧地反抗着，呼啸着前进！”因为“鲁迅是一个彻底的现实主义者”，对现实有着“真确的见解”。毛泽东所概括的鲁迅精神，其实都根源于“充分的成熟性”，是革命队伍中一个“很老练的先锋分子”必然具备的精神特征。毛泽东的概括，抓住了鲁迅精神的根柢，只有毛泽东这样的成熟的革命领袖，才能做出这样深刻、透辟的科学分析，把中华民族对鲁迅的认知提升到了一个新的层面。

至于毛泽东称鲁迅“在中国的价值”，“要算是中国的第一等圣人，孔子是封建社会的圣人，鲁迅是新中国的圣人”，则须作两方面的理解。一方面，从积极面说，是确立了鲁迅在中国革命史与文化史上的权威地位，为后来毛泽东所做的“鲁迅的方向，就是中华民族新文化的方向”这一根本性的论断奠定了基础；另一方面，则是从消极面来看，为后来一些人把鲁迅当作新的文化专制主义的工具和招牌准备了借口。仿佛新时代与旧时代在一点上是相同的：没有圣人，也要造一个圣人。时代是不同的，圣人却是万不可少的。这预示着：未来的文化，可能不是真正民主的文化。然而鲁迅自己是绝对不期待成为什么“圣人”，也绝对不会同意别人把自己推为什么“圣人”的。“深知中国人的生活及其生活法”“透彻地明了中国的历史”的鲁迅，早就对孔夫子在中国的历史命运做过入木三分的评论：“孔夫子的做定了‘摩登圣人’是死了以后的事，活着的时候却是颇吃苦头的。”“孔夫子之在中国，是权势者们捧起来的，是那些权势者或想做权势者们的圣人，和一般的民众并无什么关系。”①

鲁迅是绝对不会同意死后成为孔夫子那样的所谓“圣人”，做他人达到某种政治目的的“器具”和“敲门砖”的。这又是作为平民代言人的作家、思想家鲁迅，与政治人物的相悖之处。

相悖之处，还表现在对农民评价的差异性上。

1933年底，毛泽东跟冯雪峰谈鲁迅时，说到《阿Q正传》，认为鲁迅对群众力量有估计不足的地方，但看到了农民的要求，满腔热情地将阿Q的革命要求写了出来。到了1939年11月7日，毛泽东在给周扬的信中重复了这一观点，而且更为明确：

> 鲁迅表现农民看重黑暗面、封建主义的一面，忽略其英勇斗争、反抗地主，即民主主义的一面，这是因为他未曾经验过农民斗争之故。②

周扬也认为毛泽东对鲁迅不足之处的见解是很深刻的。其实，这两位堪称中国现代智者的人，是把问题搞颠倒了，将鲁迅的最深刻之处当成了他的所谓不足之处，同时也暴露出了他们与鲁迅之间的差距。

毛泽东认为“鲁迅表现农民看重黑暗面、封建主义的一面，忽略其英勇斗争、反抗地主，即民主主义的一面”。那么，我们不禁要由此发问：即使鲁迅写了农民英勇斗争、反抗地主一面，甚至写了阿Q推翻了赵太爷，掌握了未庄以至县城的大权，其结果又会怎样呢？会推动人类社会的历史进化么？会实行什么“民主主义”么？答案十分肯定：根本不会。既不会推动人类社会的历史进化，也不会实行什么“民主主义”，只会把赵太爷专政换成阿Q专政，其结果可能更残酷更黑暗更糟糕。这并非危言耸听，乃是阿Q自己

---

① 鲁迅：《且介亭杂文二集·在现代中国的孔夫子》。

② 转引自郁之：《大书小识又四则》，载《读书》1992年第5期。

的“革命”独白告诉我们的：“我要什么就是什么，我喜欢谁就是谁。”“这时未庄的一伙鸟男女才好笑哩，跪下叫道：‘阿Q，饶命！’谁听他！第一个该死的是小D和赵太爷，还有秀才，还有假洋鬼子……留几条么？王胡本来还可留，但也不要了。……”何等的斩尽杀绝的彻底复仇精神！预示着阿Q革命成功、夺取政权之后的空前大屠杀，大扫荡，说明其专政将是空前残暴的。这真是鲁迅的天才洞见！然而又绝不是一时心血来潮的神来之笔，而是经过长期思考的结晶。鲁迅在很多文章中一再批判过刘邦、项羽、张献忠式的“彼可取而代也”的所谓农民革命，指出“至今为止的统治阶级的革命，不过是争夺一把旧椅子。去推的时候，好像这椅子很可恨，一夺到手，就又觉得是宝贝了，而同时也自觉了自己正和这‘旧的’一气”“奴才做了主人，是决不肯废去‘老爷’的称呼的，他的摆架子，恐怕比他的主人还十足，还可笑”。[①] 倘若“他分明的感到，天下已没有自己的东西，现在是在毁坏别人的东西了……所以就杀，杀人，杀……”[②]

对农民特别是阿Q这类游民“黑暗面，封建主义的一面”的思考与揭露，是自始至终贯穿鲁迅毕生的，是鲁迅最深刻的思想，怎么能说成是什么“不足之处”呢？政治家把鲁迅最深刻的思想当成“不足之处”，恰恰证明前者身上农民的甚至游民的影响还是很深的，而且对此并无察觉，更无警惕。后来的一系列运动及表现，也从反面验证鲁迅对农民和游民“黑暗面，封建主义的一面”的论断具有多么深刻的预见性。

三　1938年版《鲁迅全集》问世

鲁迅逝世后不久，鲁迅先生纪念委员会就商量过要出版一部完

---

① 鲁迅：《二心集·上海文艺之一瞥》。

② 鲁迅：《准风月谈·晨凉漫记》。

整的《鲁迅全集》，包括所有未刊印的著述、日记、书简、墨迹等。组成了一个小型的编委会，有蔡元培、茅盾、周作人、许寿裳、台静农、沈兼士等，并推许广平总其成。鲁迅生前曾手拟《三十年集》总目，把生平著作依先后分编十卷，许广平提出不变动鲁迅手拟的目录，另外再增编译著、书简、日记等续卷若干册。当时即着手书信的征集，同时与商务印书馆接洽出版事宜。因为《古小说钩沉》和《嵇康集》是鲁迅亲笔楷书抄写，日记和书简也是鲁迅手迹，希望能影印出版；而大量的影印只有商务能胜任。经蔡元培介绍，商务接受了这一任务，并订了契约。许广平编好全集目录后，于 1936 年 11 月将其大部分呈送内政部审核登记。而 12 月就发生西安事变，直到 1937 年 4 月，内政部才将鲁迅遗著大部分通过，但是禁止发行《毁灭》《二心集》《伪自由书》《南腔北调集》；要求把《准风月谈》改为《短评七集》，《花边文学》改为《短评八集》；并删改《壁下译丛》的三分之一，删去《三闲集》中的《太平歌诀》《铲共大观》等文。倘若出版这种删余的本子，还能称为“全集”吗？加之不久上海战事爆发，商务印刷厂在战区内，整个计划就停顿下来了。

这时，国民党军队西撤，东南沿海许多地方陷入日军之手。而上海的租界（公共租界、法租界），日军势力暂时还没有到达，因此被称为“孤岛”。这就是上海历史上所谓的“孤岛”时期，从 1937 年 11 月至 1941 年 12 月太平洋战争发生止，共四年挂零的岁月，地域则限于租界一隅。这一时期的开初阶段，不仅特殊的政治环境合宜于出版一些进步书籍，而且印刷条件也最相宜。那时，上海的许多出版机构纷纷撤离，印刷厂却留下了不少设备，排印能力超过出书数量。出版物既少，纸张售价就比广州等地低廉，每令白报纸只售四元。

1938 年初，胡愈之在上海的美国记者埃德加·斯诺家里看到一本刚从英国航空寄来的斯诺新著 *Red Star Over China*（《红星照耀中国》，即《西行漫记》原版），和朋友们商量后决定立即翻译出版。但是当时没有一家出版社敢于出这样的书，于是就自己办了个出版社，取名复社。既是学习明末江南爱国志士的“复社”，又是复兴中华之意。复社诸人，为胡愈之、张宗麟、黄幼雄、胡仲持、郑振铎、王任叔、许广平等上海文化界知名人士。经过这十余位同仁的通力合作，不到两个月，就在1938年3月出版了全书，以后又接连四次重版，创造了出版史上的奇迹，积累了一些资金，也增强了再干的勇气。3月的一天，许广平对胡愈之谈起鲁迅的文稿，说鲁迅的手稿已经全部整理完毕，堆放了一大屋子，她不知道在战火纷飞的环境里怎么保存为好。胡愈之说，一旦日本帝国主义占领租界，文稿一定会给鬼子搞掉；如运大后方，交通困难，也不保险。最妥善的保存就是出版。要想尽办法把鲁迅的文稿全部出版。于是就把这个艰巨的任务交给了复社。

这样，就进行了如下分工：由复社经理张宗麟主持全部出版工作；许广平、王任叔（巴人）负责编校部分；胡仲持、黄幼雄负责出版部分；陈明负责发行部分；唐弢、蒯斯曛志愿担任义务校对，关于古书辑述的著作，精通古文的冯都良志愿担任标点和审阅。

分工明确后，由许广平、郑振铎、王任叔三人起草编辑计划，经过上海著作界诸位同仁的审查，正式确定以鲁迅先生生前手订的“三十年集”编目做骨子，加上许广平搜集的翻译部分，依各书的性质分作二十册。除却一部分用原稿发排以外，大部分用初版本发排。

因为没有足够的资金，就决定以预约订书的方式集款。甲种纪念本重磅道林纸印，封面皮脊烫金装楠木箱，预约价100元；乙种纪念本重磅道林纸印，封面红布烫金，预约价50元；普及本定价12元，预约价8元。

为协助预约发行，胡愈之带了预约券，专程赴香港找蔡元培，请他为精装本书箱题字并为全集写序，以后又到广州、武汉，沿途用茶话会形式，介绍《鲁迅全集》，当场销售书券。蔡元培、宋庆龄则以鲁迅先生纪念委员会主席、副主席名义通函海内外人士，募集纪念本；茅盾、巴金，1938年5月12日陪同胡愈之在广州招待文化界同人茶叙，商讨协助《鲁迅全集》出版之办法。茅盾还在他主编的《文艺阵地》上刊登了鲁迅先生纪念委员会的《全集发刊缘起》与《全集总目提要》，以扩大宣传。6 月初，蔡元培即如约把《鲁迅全集》“序”写好了，并附法币一百元作为一部全集甲种纪念本预约款送到茅盾处。

当时，排印工作不能等到预约款收齐之后再开始，需要提前进行，大革命时代在武汉十分活跃的黄慕兰（后改名黄定慧），凭借和丈夫一起担任上海《每日译报》发行人的身份，主动为复社担保向银行开了支付户，解决了排印付款的问题。

于是，编校工作就紧张地进行起来了。最初由朱础成及林珏、金性尧、王厂青、周玉兰等负责校对三次，然后由唐弢、柯灵、吴观周和许广平负责二校。吴观周又担任校对之收发分配接洽事宜，几等于校对部主任。最后一次清样，则由王任叔、蒯斯曛担任。校对时，集中在当时上海霞飞坊 64 号许广平家的二楼亭子间里静静地校读，星期天也不休息，有人因肺病吐了血，仍照常工作，简直到忘我的程度。大家都极为认真、谨慎，一遇疑似之处，其有手写本或初版本可查者，必一一查出改正，力求没有错误。

在经费极度困难的时候，中共地下组织又拿出一笔相当可观的钱，支持编校工作顺利进行。

印刷厂的技术人员同样恪尽职守，管理排版的徐鹤，管理印刷的吴阿盛以及管理装订的陈鳌生，都是在印刷界积有十年以上经验的老技师，他们对于二十大本的全集的生产过程尽了最大的努力。

印刷厂的工人也在忘我劳动。大丰制版所的一个排字能手准备好回乡省亲，因为《鲁迅全集》的排版工作需要他赶工，他就毅然留了下来。在战争中失过业的好印工吴松盛看到一个五号字的边角略略淡些，马上停下机器填版。一家装订作场里的伙计主动拿出质量超过原定规格的材料使用，情愿自己的老板贴些钱。这都是因为他们知道是在赶印《鲁迅全集》，受到了鲁迅精神的感染与激励。

这样，不到五个月，这部六七百万字、二十大卷、印制考究的《鲁迅全集》就全部完成了。近代中国这部不朽巨著，就是在抗日战争的最艰难的日子、最艰难的地方问世的。这不能不说是中国出版史上的一大奇迹，中国鲁迅学史上的一大盛举，百年精神文化史上的一大壮观！

书印出来了，把书运送到预订者手中也很艰难。战时交通阻塞，运书困难重重，从“孤岛”运往香港，用的是海、陆两路走私的办法。然后再从香港往内地中转，海路从香港运到南洋、美国，或经由越南海防市转滇缅公路运到云、贵、川；陆路由香港运广州，经桂林、昆明入川。广州于1938年10月陷落后，改由广州湾（湛江）转入贵、云、川。从湛江运出，以贵县为中转点，秦似就曾于1939年为生活书店建立过贵县中转堆栈。

当人们看到印装考究、皇皇壮观的《鲁迅全集》时，都不胜欣喜，对此出版奇迹惊叹不已，视这部大书为最珍贵的精神财富。

1938年版《鲁迅全集》的最大功绩就是在战争年代以出版的方式有效地保存了鲁迅著作文本，并把这一无比珍贵的文本传播到全中国，使之成为中华民族的精神食粮，其作用之大是难以估量的。这部全集虽然没有注释，但是却包容了鲁迅的著作、译作、古籍整理等全部文献，这一点是以后版本的《鲁迅全集》无法相比的，所以不仅当时成为鲁迅研究的文献基础，就是现在也具有其不可替代的文本价值。1938年版《鲁迅全集》的问世，无疑是中国鲁迅学史上的一件大事。

这套全集中的蔡元培先生的序，也是中国鲁迅学史上的重要文献：

> “行山阴道上，千岩竞秀，万壑争流，令人应接不暇”；有这种环境，所以历代有著名的文学家美术家，其中如王逸少的书，陆放翁的诗，尤为永久流行的作品。最近时期，为旧文学殿军的，有李越缦先生，为新文学开山的，有周豫才先生，即鲁迅先生。
>
> 鲁迅先生本受清代学者的濡染，所以他杂集会稽郡故书，校嵇康集，辑谢承后汉书，编汉碑帖，六朝墓志目录，六朝造像目录等，完全用清儒家法。惟彼又深研科学，酷爱美术，故不为清儒所囿，而又有他方面的发展，例如科学小说的翻译，

中国小说史略，小说旧闻钞，唐宋传奇集等，已打破清儒轻视小说之习惯；又金石学为自宋以来较发展之学，而未有注意于汉碑之图案者，鲁迅先生独注意于此项材料之搜罗；推而至于引玉集，木刻纪程，北平笺谱等等，均为旧时代的考据家赏鉴家所未曾著手。

先生阅世既深，有种种不忍见不忍闻的事实，而自己又有一种理想的世界，蕴积既久，非一吐不快。但彼既博览而又虚衷，对于世界文学家之作品，有所见略同者，尽量的移译，理论的有卢那卡尔斯基，蒲力汗诺夫艺术论等；写实的有阿尔志跋绥夫之工人绥惠略夫，果戈里之死魂灵等，描写理想的有爱罗先珂及其他作者之童话等，占全集之半，真是谦而勤了。

“借他人之酒杯，浇自己之块垒”，虽也痛快，但人心不同如其面，环境的触发，时间的经过，必有种种蕴积的思想，不能得到一种相当的译本，可以发抒的，于是有创作。鲁迅先生的创作，除坟，呐喊，野草数种外，均成于一九二五至一九三六年中，其文体除小说三种，散文诗一种，书信一种外，均为杂文与短评，以十二年光阴成此多许的作品，他的感想之丰富，观察之深刻，意境之隽永，字句之正确，他人所苦思力索而不易得当的，他就很自然的写出来，这是何等天才！又是何等学力！

综观鲁迅先生全集，虽亦有几种工作，与越缦先生相类似的；但方面较多，蹊径独辟，为后学开示无数法门，所以鄙人敢以新文学开山目之，然欤否欤，质诸读者。

民国二十七年六月一日　蔡元培

蔡元培的这篇序与毛泽东的《鲁迅论》相比，自有其不同的特点。毛泽东主要是从中国革命史和政治思想史的角度评价鲁迅，蔡元培则是从中国学术史和文学艺术史的视角评价鲁迅。二者不可互相替代，也难分轩轾，过去那种以毛泽东的《鲁迅论》否定蔡元培一类鲁迅观的做法是不可取的。反之，以后者之观诋毁前者之论，同样也是不对的。种种鲁迅观，只要是从事实本身和学理分析出发的，就都有其存在的价值，它们之间的关系是共存互补，而不是相克相灭的。

蔡元培的这篇序，简约朴讷，内涵深厚，虽然仅千余字，却概括了鲁迅在中国学术史和文学艺术史上的主要价值：一是无愧为新文学的开山；二是以清儒家法与现代科学相结合的方法开辟出金石学与木刻艺术的新境；三是在许多方面“蹊径独辟，为后学开示无数法门”。而对鲁迅创作的评语尤其精彩：“他的感想之丰富，观察之深刻，意境之隽永，字句之正确，他人所苦思力索而不易得当的，他就很自然的写出来，这是何等天才！又是何等学力！”话虽不多，却成为评价鲁迅的千古名句，永远留存在中国鲁迅学史上。

四　上海“孤岛”关于“鲁迅风”的论争

1938年10月10日，《申报》复刊，巴人（王任叔）接编《自由谈》，于10月14日至17日发表杂感《抽思》七章，其中一篇写道：“有感必有情，有情则有艺术的凝结力。此鲁迅的杂感之可以为艺术品格也。有感必有识，有识具深入而有创见。此鲁迅的杂感几乎每篇等于创作也。”

10月19日，是鲁迅逝世二周年忌日，巴人又以编者名义在《自由谈》上发表《超越鲁迅——为鲁迅逝世二周年纪念而作》，提出“学习鲁迅，战取鲁迅的必要条件……以我们自己的力量，继之以我们子孙的力量，而超越鲁迅！”

同日，当时主编《译报·大家谈》的阿英，以鹰隼为笔名发表纪念文章《守成与发展》，对鲁迅杂文持这样的观点：①六朝的苍凉气概；②禁例森严期的迂回曲折；③缺乏韧性战斗精神和胜利信念；④不够明快直接。批评在《文汇报·世纪风》上写杂文的作者不该写“鲁迅风”式的杂文，盖因现在是民族抗日统一战线的时代，不应该停留在模仿鲁迅杂文阶段，要战斗的，不要讽刺的，要明快直接的，不要迂回曲折的，要深入浅出的，不要隐约而晦涩的。并不点名地指责了巴人在《自由谈》等专栏上发表的《抽思》等杂文。

次日，即10月20日，巴人在《自由谈》上发表了《“有人”，在这里》一文予以反驳。

20日，阿英又在《大家谈》上发表了《题外的文章》一文，质问巴人四点：①目前文坛上模仿鲁迅的风气是不是甚盛？②这种倾向的增长对发展前途是不是有害？③如果有害，我们是不是应该表示抗议？④如果鲁迅还在，是不是依旧写这样的杂文？同时要求巴人做“进一步的反省，自己近来的文章有无有意识的模仿鲁迅的存在”。

巴人则于22日在《自由谈》上又发表了《题内的话》，承认当前“杂感”写作的“一般性”，但是又认为“模仿本是创作的必要过程。在今天，我以为对于鲁迅的学习，还不够深入，还不够扩大！没有守成，即想发展，那是取消鲁迅的企图，这正是鹰隼先生所要做的”。

这样就发生了“鲁迅风”的争论。

进步文化界希望早日消除分歧，团结对敌，于是由《译报》的钱纳水出面，邀请阿英、巴人等四五十位文艺工作者，在福州路开明书店楼上开座谈会，各抒己见，沟通思想。巴人在会上做了一个关于鲁迅杂文的发言，认为坚持鲁迅式的杂文，还是必要的，是今天所需要的战斗武器。阿英一方则认为：“鲁迅的杂文不错，但也是只适合鲁迅的时代；而‘鲁迅风’的迂回曲折的杂文简直要不得。盖今日之天下，已非杂文的天下，何者？统一战线的时代，讽刺要不得也。”

1938年12月28日，为了革命营垒内部的团结，《文汇报·世纪风》发表了37人联合签署的《我们对于“鲁迅风”杂文的意见》，终止了这场论争。

在这场论争中，值得注意的是，当代著名经济学家、当时的中共上海地下文委负责人之一的孙冶方，以“文化战线上一分子的资格”，在1938年12月7日出版的《译报》周刊上，发表了署名“孙一洲”的《向上海文艺界呼吁》一文，对这场论争做了很好的总结，并对鲁迅杂文发表了精辟的见解。他指出：

> 鹰隼先生在这里提出的问题，就是对我们的最伟大的革命文学家的文学遗产中重要部分之一——杂文——的重新估价问题。谁也没有抓住鹰隼先生所提出的这个中心问题。不是把意气和情感作用的话模糊了问题的中心，便是拿些似是而非的论据来互相驳辩。例如拥护“鲁迅风”杂文的人普遍总是拿“孤岛”的特殊环境作为提倡“鲁迅风”杂文的理由。这理由在表面上看来似乎很有力的，其实，这同反对鲁迅杂文的人至多不过五十步与百步的差别而已。因为这理由无非证实鲁迅杂文的生命在时间和空间上只等于“孤岛”的生命而已。显然，用这种理由来为鲁迅杂文辩解的人，是同反对鲁迅的人一个样儿没有理解鲁迅的伟大处。

孙冶方还以苏联文艺界关于果戈理的讽刺在社会主义社会有无意义的讨论为例，说明“只要社会上还需要有革命家存在的时候，‘鲁迅风’的杂文终将成为革命家手中的一种有力武器”。

孙冶方理论修养深湛，观察问题深刻，他的这些见解对于理解鲁迅杂文的革命的批判的本质是很有益的。

这场“鲁迅风”的论争，是鲁迅逝世后革命文艺战线内部，围绕如何估价鲁迅杂文的价值和如何继承鲁迅杂文战斗传统的问题，所展开的第一次争论。这种争论以后始终贯穿于中国鲁迅学史当中，始终是鲁迅杂文研究和杂文创作面临的问题。无须为贤者讳，在这场论争中，巴人和阿英都有片面性。巴人强调了鲁迅杂文的战斗性一面，这是对的。但他对鲁迅杂文的历史价值估计不足，而且在当时的杂文写作中有简单、生硬地模仿鲁迅杂文风格、形式的弱点。阿英则强调形势的变化，杂文写作不能生硬模仿鲁迅，实质上不但对鲁迅杂文的战斗本质有所忽视，甚至对鲁迅杂文的特点也有曲解的地方。在这场论争中，共同的一点是，双方都对鲁迅杂文的特质缺乏充分、深入的认识，因而对它的巨大价值和强大的生命力估计不足。不过，阿英的错误则更带有根本的性质，他在这场论争中所持的观点，实质上是他在 1928 年从“左”的方面否定鲁迅杂文的继续。比较而言，巴人一方比起阿英一方更接近真理，并以此为起点加强了对于鲁迅杂文思想实质的研究，后来做出了可喜的成果。

五　鲁座的《思想家的鲁迅》及其他有价值的论文

1938 年 10 月，上海“孤岛”十多个对鲁迅思想有兴趣的哲学社会科学工作者，举行了一次研究鲁迅思想的座谈会。参加人有许广平、罗稷南、胡曲园、孙冶方、陈珪如、吴清友、蓝天宁、樊英、何封、潘蕙田、郭箴一、王绍文、吴大琨、旅冈、李平心等。会后，由李平心执笔，归纳出关于鲁迅思想几个主要问题的见解，并加进相当多的材料和个人“私见”，写成了长篇论文《思想家的鲁迅》，刊登在 1938 年 11 月 10 日上海《公论丛书》第三辑上。署名“鲁座”，即为鲁迅思想座谈会的缩写。执笔人在题记中说道：

> 关于鲁迅的研究，过去有不少人发表过专著论文。但多数是论述鲁迅在文艺方面的作业和成就，是把他作为一个伟大的文艺家来了解的。至于从哲学和社会科学的角度来认识这一巨人，把他作为一个大思想家来研究的论著似乎还很少。我们感觉到，鲁迅诚然是现代中国的大文豪，或者如蔡孑民先生所指出的是“中国新文学的开山”，但同时也不能否认，这个巨人在关于社会、政治和人生的思想上，也给了我们以丰富的宝贵的遗产，他无疑的是照耀中国现代史的杰出的思想家。为要了解鲁迅思想的发展与特点，同时为要纪念这巨人逝世的两周年，我们十多个兴趣相投的朋友特地举行了一次研究鲁迅思想

的座谈会。

这篇论文确实称得上是中国鲁迅学史上“从哲学和社会科学的角度来认识这一巨人，把他作为一个大思想家来研究的”第一篇论著。由于“鲁座”的参加者大多都是知名的哲学家和社会科学家，执笔人李平心又是造诣深厚的历史学家，所以该文具有相当强的哲学深度和理论色彩，以下为其梗概。

（一）怎样研究鲁迅的思想

认为无论是对鲁迅咒诅嘲骂，还是颂扬喝彩，也无论是从哪一方面发出来的，都是“依照自己的见地而发声”“代表一定人群对于鲁迅的看法，并且多少是带有一定的社会意义的”“决不能简单地看作一种私自的感情冲动”。该文对鲁迅的看法是这样的：

> 鲁迅是以民族号手兼民众代言人的雄姿出现在中国的现代史上的。他的光芒四射的思想照耀在落后的中国，不但使他当得起列维它夫（俄国文艺批评家）加给易卜生的评语，是一个“伟大的疑问号”（?），同时也当得起列维它夫加给萧伯纳的评语，是一个“伟大的感叹号”（!）。自然，“伟大的疑问号”（?）和“伟大的感叹号”（!）结合在鲁迅的思想中决不是偶然的事，也不能简单拿鲁迅的天才和修养来说明的。长期过着奴隶生活的中国人民大众，在现代历史变动的悲喜剧中，眼前碰到无数可悲可笑的矛盾，心头怀着无数不可解答的疑问，他们悲痛，忿恨，忧郁，绝望，彷徨，挣扎，呻吟，啼号。整个民族喘息在惨苦和颓唐的气氛中，像一头拴在潮湿而黑暗的牛栏里忍受着蚊虻环攻的老牛。顺应着历史的需要，于是出现了一位奇特的天才，他发现了许多为一般人所忽视的古老民族和腐旧社会的病症，找到了许多为别人所看不清的现实世界里的矛盾，提出了许多触及民族命运和大众生活的问题。他仅仅是把这许多病症、矛盾和问题用他的笔描写一下就满足了吗？不！

他要诊断病症的真像和症结，要追究矛盾的来历和实质，要找出问题的基点和要点。于是通过他的笔尖和喉舌，有着最明确的关于民族病与社会病的暴露，有着最生动的关于现实矛盾的揭穿，同时也有着最切实的关于大众切身问题的解答。还在他没有接近最新的关于历史观与社会观的科学理论以前，他早就在自己的作品中表现了历史进展和社会斗争的真理，把握了许多现实问题和社会现象的本质，预见了各种社会变动和政治变动的趋势，指示了不少有利于社会变革和民族改造的实践方针，同时并运用了一种与唯物辩证法暗合的思辨方法。这时候他算得是一个自发的走向革命走向科学的世界观（辩证法唯物论）的伟大思想家了。在他自觉的运用了最新的真理武器之后，他的思想就更结实有力地驰驱于在艺术、人生和政治的战场。当我们考察鲁迅的思想发展过程的时候，不难看出，他的发掘真理的能力与方法并不完全得自书本，而主要地是从生动而丰富的现实中得来，是在勇猛而不息的战斗中得来的。靠着他锐利的洞察一切的眼力，靠着他所吸收的最优秀的中外文化传统，这位天才是把他接触到的周围的多种现象，把现实的每一面，把各种人物与社会心理的典型，把各式各样的群众的生活与意识，把表演在历史舞台上的悲剧和喜剧，都观察得最真切，而又最深刻。他的头脑像一个巨大的分金炉，一切现象，人物和事情经过这分金炉，都各自显出了他们的本体，他决不笼统地模糊地观察任何事物，他是把客观的真实当作有统一性的然而又有千差万别的对象看待。不但如此，他的大部分的作品和言论都是经过不断的斗争产生出来，发表出来的，因此没有空洞的议论，更没有脱离实际玩弄教条的臭味。这样，就使他的思想呈现了好些优异之点，那便是具体、深澈、绵密、生动而又富有实践性。

鲁迅表现自己的思想，有好些值得注意的特殊方式，不了解他特殊的思维表现方法，就很难认识他的思想全部。

鲁迅跟一般的理论家和政论家不同，他并不写纯理论的社

> 会论文和政治论文，也绝少正式提出自己的社会改造方案和民族革命主张。正因为如此，就使许多人忽视了他表现在各方面的思想的价值，不能把他作为一个思想家和政论家来了解。实际上，在鲁迅的全部作品言论中，包含了最丰富最生动的关于社会、人生、历史、政治与艺术各部门的剖解、批判与理想。他不仅发挥了先驱者的最进步的理论与思想，而且显示了许多他自己特有的创见与预见。他是最有胆力和最有眼力的能够跳出“时代限制”的思想斗士。但是作为思想斗士的鲁迅一开始就是披上艺术斗士的铠甲驰骋在思想的战场的。他是用艺术的手腕巧妙地表现足以代表社会进步势力的各种观念和理想，是常以形象化的方法传达他对于民族对于社会的批判、希望和预言。不仅在他的纯文艺作品——小说、诗歌中，他运用了极熟练的形象描写法来表现自己的思想，即使在他的小品文或杂感文中，他的思想也常是通过形象化的方法来接触读者。

以上论述，对鲁迅思想价值及其特征的分析与把握的确较前更为深入、契合了。一是把鲁迅的价值定性与定位为“民族号手兼民众代言人”，认为鲁迅“发现了许多为一般人所忽视的古老民族和腐旧社会的病症，找到了许多为别人所看不清的现实世界里的矛盾，提出了许多触及民族命运和大众生活的问题”，并且“要诊断病症的真像和症结，要追究矛盾的来历和实质，要找出问题的基点和要点。于是通过他的笔尖和喉舌，有着最明确的关于民族病与社会病的暴露，有着最生动的关于现实矛盾的揭穿，同时也有着最切实的关于大众切身问题的解答”。这种对鲁迅价值的定性与定位，是非常准确的，使民众感到鲁迅与自己是那样贴近，增强了对鲁迅思想本质的理解。二是更进一层，把鲁迅的思维方式定性为“与唯物辩证法暗合的思辩方法”，就从思维方法上揭示了鲁迅之所以善于“诊断病症的真像和症结”“追究矛盾的来历和实质”“找出问题的基点和要点”的方法论原因。三是再进一层，把鲁迅的特殊的思维方法和表现方式定性为“是用艺术的手腕巧妙地表现足以代表社会进步势力的各种观念和理想，是常以形象化的方法传达他对于民族对于社会的批判、希望和预言”，就完全与鲁迅本身的特定个性契合了。这样完整、准确的表述，不仅把对鲁迅思想与艺术特征的把握推进了一步，而且至今仍然具有现实意义。当下的一些对鲁迅特征的描述，实在比不上鲁座的这段论述。

另外，鲁座还从“讽喻法”“社会上的某种典型”“反语”等方面进一步阐释了鲁迅“特殊的形象化方法”的要领。

（二）鲁迅思想的发展诸阶段

认为“鲁迅思想是社会发展历史发展转变的反映，所以必须拿半个多世纪以来的历史背景来说明鲁迅思想的源流与发展”。因此把鲁迅思想的发展划分为三个阶段：第一期，约从他的求学时代到“五四”以前；第二期，约从“五四”时代到大革命前后；第三期，约从大革命失败后到病故之前。

分期与瞿秋白略同，但史述更为详尽、细致，并有如下观点至今仍具现实意义。

一是对鲁迅早期思想中某些概念的理清与思辨，认为：

> 鲁迅当时并不反对“振兵兴业”（他在《科学史教篇》声明“非谓人必以科学为先务，始以振兵兴业也”）。也并非要反对实施真正的民主政治。他所要攻击的，是假富国强兵之名来侈言武事实业而不注重“启发人智”的论调，是假借多数人名义来提倡立宪国会而不重视“个性解放”的办法，至于许多人徒托空名来达到自私自利的目的，那更是他所深恶痛绝的了。

当下仍有一种观点，认为鲁迅是反对“振业兴兵”和民主政治的，这恰恰是脱离了当时的历史语境而产生的对鲁迅的误读。鲁座的这一辨析，对于澄清这一迷雾是有意义的。

二是强调了鲁迅思想前后期的一贯性：

把鲁迅思想的发展作了一度考察之后，立刻可以看出在他的前期思想和后期思想之间，并没有横着一道鸿沟，他的思想始终是有它的一贯性和统一性的，个性主义和集体主义，人道主义和社会主义，进化论和历史唯物论在他的思想发展历程中可以表示不同的阶段，然而他们并非前后脱节的。理由非常简单，鲁迅思想的发展诸阶段只是中国民主革命和民族解放斗争的发展诸阶段之反映。如果中国革命运动的发展阶段有它的前后连续性，那么鲁迅思想发展的诸阶段当然也有他的前后连续性，作为连贯他前后思想发展的主要脊骨的，就是他始终抱定的现实主义。（当然，我们同时不能否认鲁迅思想前后的差异性，正如不能否认中国革命各阶段的差异性一样，因为没有差异性，就谈不到发展。差异性与连续性是对立而统一的。）因此，如果有人根据肤浅的机械的观察，断定鲁迅前期的思想是落伍的，陈腐的，唯我的，虚无的，改良主义的，后期的思想才是前进的，革新的，利他的，现实的，革命的，那不仅根本不懂鲁迅的思想，而且是对于他的莫大的侮辱。

强调鲁迅思想发展诸阶段是中国革命诸阶段的反映，注重鲁迅思想发展诸阶段的连续性与差异性的对立统一，是鲁座最为可贵之处。在这一点上，充分显示出作者作为历史学家与社会科学家的深厚功力，至今仍然值得后人认真汲取。

二是对鲁迅与创造社论争后思想转变的内因做出了中肯的分析：

我们必须了解鲁迅思想的进展并不是被动的，完全由于“外铄”的，即使没有创造社等的“围剿”，他的思想也必然要发展到更高的阶段，虽然我们不否认鲁迅从这次论战中所得到的益处。实际上，早在这次论战之前，鲁迅思想已有与历史唯物论暗合的地方，并且早已对革命文学感到兴趣。这种倾向和兴趣当然主要地是由于革命现实的启示而发生的。

1928 年“革命文学”论争之后，有一种相当普遍的观点，认为鲁迅的思想转变完全是创造社促成的，不但不反省自己围攻鲁迅的错误，反而把错误当作功绩。鲁座的这一论述有力地反驳了这个错误观点，指出鲁迅的思想转变是主动的，而不是被动的；是出于内因，而不是由于“外铄”，实在是对鲁迅思想发展动力的正确把握。

四是提醒人们要认真思考鲁迅批判“革命急进论”、脱离实践的“空谈”倾向、离开实际情形的浪漫主义幻想的“辉煌的见解”，说明鲁座是很成熟的，在实际的革命经验中对鲁迅的宝贵思想已产生了深刻的体悟。

鲁座的这篇长篇论文，说明当时鲁迅研究已经升华到了时代的理论思维的高峰。发表以后，引起了很好的反响。若夫在《〈思想家的鲁迅〉——〈公论丛书〉第三辑》（1938 年 11 月 16 日上海《文汇报》）中称赞道：

> 《思想家的鲁迅》是一篇极有功夫的文字。第一个优点，便是把鲁迅放在时代与历史的发展中来研究。以前论鲁迅的，大都注意他的艺术的成就，而忽略了他的思想；注意他个人的发展，而忽略了他所处的时代；注意了他五四以后，而忽略了他五四以前。这一篇是经过多人讨论；由作者执笔写成，并掺加了好多作者的意见，是一篇纵面的横面的来分析鲁迅的思想的。

若夫的评价是有道理的。

除了鲁座的长篇论文之外，二十世纪三十年代末还出现了一些较有价值的研究鲁迅思想、艺术和生平的论文：

周扬的《一个伟大的民主主义现实主义者的路——纪念鲁迅逝世二周年》（1938 年 11 月 7 日延安《解放》周刊第 56 期）。这是与鲁迅发生过矛盾的周扬，写的第一篇鲁迅研究论文。该文认为“鲁迅的一生和中华民族解放不能分开的”“他是一个伟大的民主主义的现实主义者”“彻底的民主主义，严峻的现实主义，加上对于人民的深挚的爱，使他走向了无产阶级”“我们要继承鲁迅的遗产”。文章有一定的理论深度，从对鲁迅“不够尊重”到比较深入地认识到鲁迅的伟大价值，应该说是周扬的一个进步。

张震欧的《鲁迅与尼采》（1938 年 8 月 29 日广州《黄花岗》旬刊第 2 卷第 4 期）。该文认为“鲁迅是受过尼采超人说的影响的”，并引述了周作人的有关回忆和鲁迅的有关自述，以尼采《苏鲁支语录》中的话与鲁迅作品相对照，说明其中的相通之处，但又强调“鲁迅是鲁迅，尼采是尼采”，不能混同。文章虽然过于简单，然而作为鲁迅与尼采比较研究的第一篇文字，还是有其价值的。

唐弢的《鲁迅的杂文》（1939 年 1 月 11 日上海《鲁迅风》周刊第 1 期）。该文从生活的洗练、教养、中国旧文学和西洋文学的影响、不妥协精神的反映、正确的马列主义的应用、句法和章法的多样性、土话古语和日本词、欧化句法、行文的顿挫这九个方面概述了鲁迅杂文的思想、艺术特征，为作者以后展开的鲁迅杂文研究列出了提纲。其中所做的一个重要判断：“鲁迅是由嵇康的愤世，尼采的超人，配合着进化论，进而至于阶级革命论的”，后来经常被人引用。唐弢在这一时期还另有《从〈且介亭杂文〉论鲁迅》（1937 年 8 月 10 日上海《生活学校》第 1 卷第 7 期）和《从杂文得到的遗教》（1938 年 10 月 19 日上海《文汇报》），或驳斥了苏雪林对鲁迅杂文的异议，或评述了鲁迅杂文“形象的具体化，设境的富于诗意，举例的切合现实，以及造句的慎重，用字的认真”等等艺术特点，都为以后作者更为正式的鲁迅杂文研究做了准备。

除了以上鲁迅思想艺术的研究论文之外，这一时期在鲁迅生平史实研究方面也有所收获：

许广平接连发表了几篇关于鲁迅生活与创作的回忆录。《鲁迅和青年们》（1938 年 10 月 16 日重庆《文艺阵地》第 2 卷第 1 期），分 35 节追述了自己和鲁迅相识相恋的过程以及鲁迅和青年们的关系，简洁、生动、鲜活地再现了鲁迅的个性；《略谈鲁迅先生的笔名》（1938 年 10 月 19 日上海《申报・自由谈》），叙述了鲁迅先生使用笔名的原因与经历，是研究鲁迅笔名的基础文献；《关于汉唐石刻画像》（1938年10月20日上海《文汇报》），详述了鲁迅先生毕生收集、整理、鉴别、研究汉唐石刻画像的情形，是研究鲁迅金石学成就和艺术风格的重要文献；《鲁迅先生的日记》（1939年2月8日上海《鲁迅风》第5期），讲述了鲁迅日记从1912年5月初到北京写起，一直到最后始终没有间断的情况，以及“写给自己看的所以一点也不文饰”的特点以及夫妻间的一些内情；《鲁迅先生的学习精神》（1939年3月28日香港《大公报·文艺副刊》），叙述了鲁迅先生“出之自然”的“坚执不懈”“仔细，认真”“纯乎实事求是，不要虚荣”的学习精神；《鲁迅先生的日常生活——起居习惯及饮食嗜好等》（1939年10月1日重庆《中苏文化》月刊第4卷第3期），细致地介绍了鲁迅先生的日常生活中的起居习惯、饮食嗜好等，说明他的生活是“精神胜于物质”，拼命工作的；《鲁迅先生的晚年》（1939年10月19日上海《文艺新闻》半月刊第3期），叙说鲁迅先生晚年开始避难的生活，被限制于笔墨生涯，更坚决地做实践的战士，译著共五十余种，后十年间的成就约占全生涯的五分之四，这可惊的数目说明晚年在他生命史上诚然是光辉的一环。其他还有《鲁迅先生与家庭》（1939年10月25日《上海妇女》半月刊第3卷第9期）、《鲁迅先生的娱乐》（1939年11月1日重庆《文艺阵地》第4卷第1期）、《鲁迅先生的写作生活》（1939年11月1日上海《文艺新潮》月刊第2卷第1期）、《鲁迅先生的私生活》（1939年11月15日上海《现实》月刊第1卷第6期），都生动、细致地追述了鲁迅先生的鲜为人知的日常生活。许广平作为鲁迅的学生、战友和爱人，对这位伟人的了解当然是最清楚的，这些回忆录真实可信，文笔也很精细，并且此时的写作是完全自主的，没有外界的干扰，具有更可靠的史实价值。

O. V.（冯雪峰）的《鲁迅先生计划而未完成的著作》（1937年11月1日上海《宇宙风》第50期）。该文回忆了鲁迅生前计划而未完成的著作：散文一篇是关于母爱的，另一篇是关于穷的；长篇小说是一部以中国四代知识分子历史命运为题材的巨制，这四代的第一代为章太炎等，其次为鲁迅等，再次为瞿秋白等，最后为冯雪峰等，并认为形式可以解放，“带叙带议论，自由说话”；再就是准备多年的中国文学史，如果来不及写正式的，就“或者先写Sketch，像《魏晋风度及文章与药及酒之关系》那样，一断片一断片的写起来再说……”。这些计划终因鲁迅先生的早逝而未能实现，是中国文学和学术事业的无法补偿的巨大损失。

台静农的《鲁迅先生的一生——在重庆鲁迅先生逝世二周年纪念大会上的一个报告》（1938年10月29日重庆《抗战文艺》第2卷第8期）。这个报告非常精辟地概述了鲁迅先生的一生业绩，尤其是开头，至今仍然具有启悟意义：

> 有人说，鲁迅先生的一生是一首史诗，是的，我们要想知道他的一生，先得看看他生长的是什么样的一个时代。从1840年直到现在，将近一百年的光景，在这一百年的中国历史上，正是一个暴风雨的时代，外面有帝国主义的势力，武装的踏进中国来，而内里却被几千年的霉烂的封建势力支配着。这毒烂的封建社会，自然抵不了帝国主义的铁蹄的践踏，所以在这些年中划上了许多血痕，耻辱一天一天的增加，而我们的“鲁迅先生”却生长于这个时代，从他的诞生，直到他死去的最后一分钟，他是和这样的历史命运作毫不容情的搏斗，他要将这历史的命运粉碎，他要将这历史命运抛弃在深渊里去。我们要了解“鲁迅先生”的伟大的人格与工作，我们不得不看一看他所处的是怎样的一个时代。

是的，“我们要了解‘鲁迅先生’的伟大的人格与工作，我们不得不看一看他所处的是怎样的一个时代”。这是鲁迅先生同时代人非常明了的真理，然而半个多世纪之后的我们，却往往忘记了这一点，常常要脱离了鲁迅当时所处的历史时代，去苛求与指责这位中华民族不可多得的伟人。

六　对鲁迅古典文学著述的研究

鲁迅终生致力于中国古典文学的整理与著述，造诣深厚，成就卓著。对这一领域的研究，无疑是鲁迅研究的重要方面，二十世纪三十年代末这方面的研究有了显著的进展。

最为突出的是孔嘉（台静农）的《鲁迅先生整理中国古文学之成绩》（1939 年 11 月 15 日重庆《理论与现实》季刊第 1 卷第 3 期）。该文与周作人将鲁迅的治学范围分为搜集、辑录、校勘、研究四项有所不同，而以《中国小说史略》为首，以《古小说钩沉》《唐宋传奇集》《小说旧闻钞》附之。“因此三书皆为《中国小说史略》之副册，其体系第七篇可为一部分，时代自汉迄隋，此时期之作品多以散佚，今悉见于《古小说钩沉》中；其第八篇至第十一篇可为一部分，此时期之单篇传奇文，今悉见于《唐宋传奇集》中；其第十二至第二十八篇可为一部分，此时期除拟晋唐小说外，皆系白话小说，凡有关于考订之材料，今悉见于《小说旧闻钞》中。”然后，作者按照这一顺序，依次对《中国小说史略》以及《古小说钩沉》《唐宋传奇集》《小说旧闻钞》进行了细致的评析，认为《中国小说史略》的长处在于辨析了中国小说发展演变的流别，考订了中国小说的作者身份、版本真伪与历史背景，尤其是对中国小说不同的艺术价值进行了科学的批评，例如对讽刺小说与谴责小说的高下异同就做了卓绝的辨析。《古小说钩沉》“用功至勤，搜罗最富，魏晋六朝散佚的作品，可说尽于此矣”；《唐宋传奇集》在考证撰者之生平、撰人之误题、篇名之误题、故事之渊源及后来之影响方面足见“先生校录之矜慎”；《小说旧闻钞》“虽名为《小说旧闻钞》，实有总结旧闻，考证旧闻之意，使人读其书知其渊源及其演变，非寻常抄掇之书可比”。在二十世纪三十年代末就出现了这样扎实、谨严、厚重的研究鲁迅整理中国古文学之成绩的长篇论文，的确是非常难得的。以后的研究者少有人拿出超越此文的成果，因为从事这种研究是需要极深的功底的。

郑振铎也是较早注意这一研究领域的学者，他的《鲁迅先生的治学精神》（1937 年 10 月 19 日上海《申报》），认为鲁迅的“治学精神，和他的最勇敢的战士的精神一样，黑白分别得很清楚。他嫉恶如仇，但却以最公正的态度出之。他有最公平的判断，但决不作依违两可之论。他以最深刻的研究，最尖锐的观察，来作这种判断的基础。他在学问上也是决不妥协的!”“他是在根本上做功夫的。他打定了基础，搜齐了材料，然后经过了尖锐的考察，精密的分析，而以公平的态度下判断。不马虎，不苟且，从根本上做功夫，这便是他治学的精神。学问家的成功从没有侥幸的事；而鲁迅先生的成功，便是他刻苦努力的结果。”而鲁迅的这种治学精神，正是最为可贵的我们一再强调的学理态度。治学的学理态度与勇敢的战斗精神，是鲁迅统一于一身的两个方面，是缺一不可的。《鲁迅的辑佚工作——为鲁迅先生逝世二周年纪念而作》（1938 年 10 月 16 日重庆《文艺阵地》半月刊第 2 卷第 1 期），进一步追述了鲁迅“辑佚”《古小说钩沉》等书的艰苦过程，评点了其中最见功夫处，并指出鲁迅生平最看重学问，但又与为“书”所奴役、无目的地工作着的“校勘家”“目录家”不同，他“所做的校辑工作都是有目的、有意义的工作”。

曾经写过这方面文章的赵景深，又写了《评介鲁迅的〈古小说钩沉〉》（1938 年 10 月 16 日广州《宇宙风》第 77 期）一文，对《古小说钩沉》“采辑审慎”“搜罗宏富”“比类取断”“删汰伪作”四大优点做了详细的分析，并也指出了一些疏忽之处。

七　《鲁迅的创作方法及其他》等书籍出版

1939 年 10 月，重庆读书出版社为《新中国文艺丛刊 3：鲁迅纪念特辑》出版了景宋、巴人等著的《鲁迅的创作方法及其他》一书，这是这一时期继夏征农编的《鲁迅研究》之后正式出版的第二本鲁迅研究论集。

这一论集包括景宋（许广平）著的《鲁迅的日常生活》、巴人（王任叔）著的《鲁迅的创作方法》、洛蚀文（王元化）著的《鲁迅与尼采》、锡金（蒋锡金）著的《鲁迅与诗歌》等。

巴人（王任叔）著的《鲁迅的创作方法》是中国鲁迅学史上第一篇系统研究鲁迅创作方法的论文。该文主要内容如下：

（1）作品的产生过程，认为鲁迅所采用的是现实主义的创作方法，因此必须具备熟悉的材料、正确的认识、生活实践中看出新路（新的暗示）三个条件。

（2）典型的创造，认为鲁迅主要是写否定性的人物。这类人物的第一种代表是阿Q。“阿Q不仅是代表没落的农民的典型；（这样的说法，是机械的将马克思主义艺术理论来应用的，而且把马克思主义艺术理论单纯化了。）他实在是有最大普遍性的民族的典型；而这一典型正是生长在中国宗法社会里的。”鲁迅在反礼教的基础上，在胸壑里滋养了一种资产阶级民主性的“德谟克拉西观念，用这观念去照映旧社会的人物，于是阿Q以下这一些典型都显现出来了。如果让我们来生造一个名词，这一种典型的创造，那是观念的形象化的手法。人物主要是代表一种观念形态的。”后来冯雪峰提出过阿Q是“一种精神的性格化和典型化”“一个思想性的典型”“阿Q精神的寄植者”的观点，看来这一观点的创始者是王任叔，而非冯雪峰。第二种代表是吕纬甫、魏连殳、涓生一类人物，虽然由于“感情的融铸”令人感动了，但是又由于客观的现实主义的手法，使人们看出他们的“没落的影子”。第三种代表是闰土、爱姑、祥林嫂等农民或农村里出来的青年。这些人物，鲁迅是大半实见过的，对这三种典型人物，鲁迅又有各种不同的表现方法：

> 那便是其一，从实社会的一大群的人物里，看出了某种共同的特质，形成了一个“观念”，再把这“观念”放到某种一定的形象里去，而这形象未必就同于原先人物的形象了，这便是观念的形象化的作法。这一类作品的风格，是讽刺的居多。

其二，是从自己的感情里喷射出来，却被理性所否定了的人物——这是感情的融铸的作法，这一类文章的风格是抒情的调子居多，有的则取客观表现法。其三，便是朴素的将实有人物予以扩大或缩小的方法。——是一种素朴的综合。这一类文章的风格，大多带有诗的喜剧的意味。

鲁迅先生在小说里所表现的虽然差不多都是否定的人物，这和杂文中所提示的一贯的斗争的精神，并没有不同之处，因为他用意在于揭露黑暗。鲁迅先生没有写积极的肯定的典型，那因为在他生活里，还没有看到过这样的人。但表现斗争精神的小说，也不是绝对没有，《故事新编》的《铸剑》主人公眉间尺，就是“至死不变”的斗士的英姿。鲁迅先生在实社会里没有找到这种人物，但从故事《眉间尺》中看出了伟大，于是把他的战斗精神全盘放下在眉间尺身上，给表现出来。

（3）环境的描写，认为“典型的人物的创造，尤须注意典型的环境，而典型的环境的描写，还得注意到‘纲头节目’。高尔基描写一个典型人物时，对于环境的描写是非常注意的。他仿佛采取‘迂回包抄’的战略，一步一步的逼紧，于是突然擒住了‘人物’——把人物的性格明朗化了。鲁迅先生对于环境的描写，正和他对人物的描写注意于‘点睛’一样，不主张大大渲染的”，像《风波》里所写的那样如一幅简明的图画。

（4）关于文字技巧方面的余话，则细致分析了鲁迅运用古语、口语等方面的文章语言组织法。王任叔在此文之前还有《鲁迅先生的艺术观》（1938 年 10 月 16 日重庆《文艺阵地》半月刊第 2 卷第 1 期），从艺术的功利主义、艺术的宽容、真实与阶级性三个方面谈了对鲁迅艺术观的理解；有《鲁迅先生的第一篇小说》（1938 年 10 月 16 日上海《文艺新潮》月刊第 1 卷第 1 号），对鲁迅的《怀旧》做分析，认为“鲁迅先生在这第一篇创作里，确定了中国新文学的三个方向：一，写实的手法；二，将直叙的故事的方式，展开为横剖的错综的描写；三，抓住一个人物的社会的本质的意识，便在短短几千字里，看到四五个活鲜鲜的人物。而另外的一个值得注意的是，虽然他用的是文言，但能驾驭文言，便成为现代语的构造”。在中国鲁迅学史上，从艺术上研究鲁迅小说的第一人是王任叔。

洛蚀文（王元化）的《鲁迅与尼采》，是中国鲁迅学史上第一篇从学理上系统探讨鲁迅与尼采关系的学术论文。之前张震欧的《鲁迅与尼采》，虽然首次开辟此课题，但是仍嫌浮于感想，过于简单，而王元化的这篇论文却是鸿篇长制，相当深入地分析了鲁迅与尼采的关系。该文讨论的中心，是“鲁迅在他的世界观里是不是吸取了尼采主义？和他们之间的关系到底是怎样的？”从阶级性和意识形态问题以及对待人性、理性、个性主义、妇女的不同态度，论述了鲁迅与尼采的根本区别。文章思辨性很强，材料也很丰富，不足之处是在强调鲁迅与尼采的区别时，又忽略了鲁迅所受尼采的深刻影响，使该文显得有些生硬和偏颇。然而作者王元化当时还是一位二十岁左右的青年，诚如该书编者在《编后》中所说：“他以这样的年龄，而能有这么严正的精神来治学，真是可敬。虽然在这篇论文中，对于尼采的个性解放，在某一历史阶段上的革命性，估计不充分，多少有点机械的味儿，但对于鲁迅先生的思想的分析，却非常的正确。”

锡金（蒋锡金）的《鲁迅与诗歌》，是中国鲁迅学史上第一篇专门探讨鲁迅与诗歌关系的文章。该文依次评介了鲁迅关于诗歌的创作、翻译与论述，认为：“蔡孑民先生称鲁迅先生为‘中国新文学的开山’，这光辉的伟大者，在中国文学历史上尽了承上启下的任务，从鲁迅先生的诗歌工作中，像在他的其他工作中一样，我们可以看到中国新文学的艰辛的缔造和战斗的历程，对这卓然先导的伟大者，我们是不能不竭其追怀和赞叹的。”

1939 年 11 月又出现了一本与鲁迅有紧密关系的书籍，这就是重庆生活书店出版的李何林先生编著的《近二十年文艺思潮论》。该书在后二十年中国文艺思想家中，特别推崇鲁迅和瞿秋白，把他们的相片合印在书的前面，称之为“现代中国两大文艺思想家”，在序中说道：

有人说："孔夫子是封建社会的圣人，鲁迅则是新中国的圣人。"那么，我也可以说，埋葬鲁迅的地方，是中国新文学界的"耶路撒冷"；《鲁迅全集》中的文艺论文也就是中国新文学的"圣经"。因此，本书引"经"特多，以见这一巨人在近二十年中国文艺思潮的浪涛中，所起的"领港"和"舵工"的作用，并供"研究鲁迅"者这一方面的参考。

在近二十年中国文艺思想界中，除鲁迅以外，瞿秋白也占着很重要的地位。他所作的《中国革命运动史》和《赤都心史》，虽然未曾广泛的与读者相见，但他译述的《海上述林》，则早给中国文艺思想界以很大的影响。（此书由鲁迅集印，于1936年出版，但里面各篇文章的发表则为期较早。）此外他的论文集《乱弹》闻已在上海出版了。本书中"易嘉""宋阳""何凝""史铁儿"，闻都为他的笔名（有人说"何丹仁"也是他，但以笔调和文章内容看，有点像"冯雪峰"即"画室"）。我们从这些笔名的文章中，可以看见它的风格底清新，俊逸，漂亮，通俗，深刻，锐利，而且有力！这当然不仅仅由于他文字的形式，而是由于他的博大精深的哲学，社会科学和文学的知识，而是由于他的社会文化斗争的实践。他在现代中国的文化批评，社会批评和文艺批评上，和鲁迅占着同等重要的地位：他作风虽有一部分和鲁迅不同，但他二人的学识思想文章，在现代的中国实在可称"双璧"！假使说鲁迅是中国的高尔基，那么，他可以算是中国的浦列汉诺夫了。（他还批判了浦氏的错误和缺点；这是比拟他在中国新兴文艺理论建设上的地位。）可惜，他不幸早于1935年去世（当时他不过35岁上下），不能为中国文艺界译著更多的宝贵的东西；这损失，和1936年之损失了鲁迅是一样的重大！

在当时能公开把瞿秋白的像印于书前，与鲁迅并列为"现代中国两大文艺思想家"，做出这样高的评价，是非常不易的。由此可见李何林先生的政治勇气与学术眼光。

八　陈独秀的独立之见

在纪念、推崇、研究鲁迅成为主流的时候，曾经是《新青年》主编和中国共产党总书记的陈独秀却发表了与众不同的独立见解。他于1937年11月21日在上海《宇宙风》第52期上刊出《我对于鲁迅之认识》一文，说道：

> 世之毁誉过当者，莫如对于鲁迅先生。
>
> 鲁迅先生和他的弟弟启明先生，都是《新青年》作者之一人，虽然不是最主要的作者，发表的文字也很不少，尤其是启明先生；然而他们两位，都有他们自己独立的思想，不是因为附和《新青年》作者中哪一个人而参加的，所以他们的作品在《新青年》中特别有价值，这是我个人的私见。
>
> 鲁迅先生的短篇幽默文章，在中国有空前的天才，思想也是前进的。在民国十六七年，他还没有接近政党以前，党中一班无知妄人，忽然把他骂得一文不值，那时我曾为他大抱不平。后来他接近了政党，同是那一班无知妄人，忽然把他抬到三十三层天以上，仿佛鲁迅先生从前是个狗，后来是个神。我却以为真实的鲁迅并不是神，也不是狗，而是个人，有文学天才的人。
>
> 最后，有几个诚实的人，告诉我一点关于鲁迅先生大约可信的消息：鲁迅对于他所接近的政党之联合战线政策，并不根本反对，他所反对的乃是对于土豪劣绅政客奸商都一概联合，以此怀恨而终。在现时全国军人血战中，竟有了上海的商人接济敌人以食粮和秘密推销大批日货来认购救国公债的怪现象，由此看来，鲁迅先生的意见，未必全无理由吧！在这一点，这位老文学家终于还保持着一点独立思想的精神，不肯轻于随声附和，是值得我们钦佩的。

陈独秀的这篇文章，应该看作是中国鲁迅学史上的又一重要文献。其核心是坚持鲁迅研究中的学理精神，即既不毁之过当，把鲁迅说成是“狗”；也别誉之过当，把鲁迅捧之为“神”；而要把鲁迅看作“是个人，有文学天才的人”。其真正的价值就在于有“自己独立的思想”，而不是附和任何一个政党，或任何一个个人。对鲁迅在联合战线政策方面的评价，也是中肯的。鲁迅晚年确实是拥护联合战线政策的，“他所反对的乃是对于土豪劣绅政客奸商都一概联合”。这一点显现出鲁迅“终于还保持着一点独立思想的精神，不肯轻于随声附和”，也表现出钦佩他的陈独秀的独立精神。陈独秀始终是爱国的，从来没有如有些人污蔑的那样与日本侵略者及汉奸卖国贼合流。

当然，陈独秀对鲁迅的评价也有其局限：仅仅把鲁迅当作一个“有文学天才的人”，而没有看到鲁迅在中国思想文化史和社会革命史上的伟大价值，看到鲁迅在懂得中国方面的过人之处。这也正反映出了陈独秀自身的缺陷：虽有一腔赤诚之情和满腹经纶、一身正气，却不懂得中国的特殊国情，不懂得如何对付中国特有的土产的流氓，以致在别人背信弃义，拿起屠刀，残杀自己的同志和亲人时，还主张什么非暴力主义！以致铸成自己所曾领导的政党和自己个人的大悲剧！陈独秀文化精神的利弊得失，同样是百年中国精神文化史上的一个重要的研究课题。

九　小结

1937 年 6 月，夏征农编的《鲁迅研究》出版，标志着中国鲁迅学史已经由悼念的非常时期转为学理研究的新阶段。毛泽东的《鲁迅论》把中华民族对鲁迅的认识提高到了新的境界。1938 年版《鲁迅全集》的出版，为以后的鲁迅学发展提供了坚实的文本基础。上海“孤岛”关于“鲁迅风”的论争，推进了鲁迅杂文的研究。鲁座（李平心）的《思想家的鲁迅》，说明当时鲁迅研究已经升华到了时代的理论思维的高峰。孔嘉（台静农）的《鲁迅先生整理中国古文学之成绩》等鲁迅古典文学著述的研究成果，证明当时的鲁迅研究已经相当深入。巴人（王任叔）著的《鲁迅的创作方法》是中国鲁迅学史上第一篇系统研究鲁迅创作方法和艺术观的论文。陈独秀的《我对于鲁迅之认识》，是中国鲁迅学史上一篇具有独立之见的重要文献，同时也反映了他自身的局限。

第七章　四十年代——鲁迅研究学理化的初步发展（1940—1949）

二十世纪四十年代的中国完全是在战争中度过的，前一半是抗日战争，后一半是国内解放战争。而中国共产党高举的是新民主主义的旗帜，以新民主主义的政治、经济纲领反帝反封建，争取民族解放，建立一个新中国。在精神文化战线，同样是高举新民主主义的旗帜，建立无产阶级领导的人民大众的反帝反封建的新文化。这样，鲁迅就必然成为这种新文化的象征。

一　毛泽东的《新民主主义论》及其反响

中国刚进入四十年代，毛泽东就在1940年1月延安新创刊的《中国文化》创刊号上发表了著名的《新民主主义论》，对鲁迅做出了新的高度的评价：

> 鲁迅是中国文化革命的主将，他不但是伟大的文学家，而且是伟大的思想家和伟大的革命家。鲁迅的骨头是最硬的，他没有丝毫的奴颜和媚骨，这是殖民地半殖民地人民最可宝贵的性格。鲁迅是在文化战线上，代表全民族的大多数，向着敌人冲锋陷阵的最正确、最勇敢、最坚决、最忠实、最热忱的空前的民族英雄。鲁迅的方向，就是中华民族新文化的方向。

在“五四”以后，中国产生了完全崭新的文化生力军，这就是中国共产党人所领导的共产主义的文化思想，即共产主义的宇宙观和社会革命论。……由于中国政治生力军即中国无产阶级和中国共产党登上了中国的政治舞台，这个文化生力军，就以新的装束和新的武器，联合一切可能的同盟军，摆开了自己的阵势，向着帝国主义文化和封建文化展开了英勇的进攻。这支生力军在社会科学领域和文学艺术领域中，不论在哲学方面，在经济学方面，在政治学方面，在军事学方面，在历史学方面，在文学方面，在艺术方面（又不论是戏剧，是电影，是音乐，是雕刻，是绘画），都有了极大的发展。二十年来，这个文化新军的锋芒所向，从思想到形式（文字等），无不起了极大的革命。其声势之浩大，威力之猛烈，简直是所向无敌的。其动员之广大，超过中国任何历史时代。而鲁迅，就是这个文化新军的最伟大和最英勇的旗手。

第三个时期是一九二七年至一九三七年的新的革命时期。……这一时期，是一方面反革命的“围剿”，又一方面革命深入的时期。这时有两种反革命的“围剿”：军事“围剿”和文化“围剿”。也有两种革命深入：农村革命深入和文化革命深入。这两种“围剿”，在帝国主义策动之下，曾经动员了全中国和全世界的反革命力量，其时间延长至十年之久，其残酷是举世未有的，杀戮了几十万共产党员和青年学生，摧残了几百万工农人民。从当事者看来，似乎以为共产主义和共产党是一定可以“剿尽杀绝”的了。但结果却相反，两种“围剿”都惨败了。作为军事“围剿”的结果的东西，是红军的北上抗日；作为文化“围剿”的结果的东西，是一九三五年“一二·九”青年革命运动的爆发。而作为这两种“围剿”之共同结果的东西，则是全国人民的觉悟。这三者都是积极的结果。其中最奇怪的，是共产党在国民党统治区域内的一切文化机关中处于毫无抵抗力的地位，为什么文化“围剿”也一败涂地了？这还不可以深长思之么？而共产主义者的鲁迅，却正在这一“围剿”中成了中国文化革命的伟人。

毛泽东《新民主主义论》中的鲁迅论，远远超越了中国鲁迅学史上以前的所有鲁迅论，把中华民族对本民族伟人的认识提升到了最高境界，成为中国鲁迅学的重要主题。

应该怎样看待百年中国这一精神文化现象呢？

能够将一个作家论化作一个研究领域的主题并笼罩这样长的时间，当然是由毛泽东在政治和精神文化上的最高权威地位决定的。如果是别人说的这些话，即使大家认为是对的，也不可能产生如此的效力。鲁迅学后来之所以能够在中国如此兴盛和持久，毛泽东的提倡及其威力无疑起到了巨大的作用。

然而，是否能够因此说鲁迅的崇高地位及其研究成为一门“显学”，完全是毛泽东人为造成的呢？

不能这么说。

鲁迅在中国的巨大价值和崇高地位本是一种客观存在，毛泽东的作用是敏锐地认识到这一现实并予以了最为充分的表述，又以他的权威加大了贯彻的力度，绝非是毛泽东在凭空制造“神话”。

恩格斯在《〈反杜林论〉旧序·论辩证法》中说过：“一个民族想要站在科学的最高峰，就一刻也不能没有理论的思维。”毛泽东之所以能够对鲁迅做出远远超越前人的最高评价，就在于他当时是站在科学的理论思维的高峰上，代表民族的大多数和先进力量从历史进程的宏观角度审视鲁迅的。

首先，毛泽东不是仅从一时一地一事的狭窄眼界中去窥视，而是从整个中国历史新旧精神文化转型的大视域中进行鸟瞰。1937年做《鲁迅论》讲演时，他把鲁迅与孔子并提，认为“孔子是封建社会的圣人，鲁迅是新中国的圣人”，就是在整个中国历史的大视域中，把孔子当作是旧文化的代表，把鲁迅当作新文化的代表，从新旧精神文化转型的关键处把握鲁迅的价值。而1940年在《新民主主义论》中关于鲁迅的论述中，就更加充分地抓住了这个关键处：“五四”完全崭新的文化生力军。对这一生力军做出了最高的评价：“在社会科学领域和文学艺术领域中，不论在哲学方面，在经济学方面，在政治学方面，在军事学方面，在历史学方面，在文学方面，在艺术方面（又不论是戏剧，是电影，是音乐，是雕刻，是绘画），都有了极大的发展。二十年来，这个文化新军的锋芒所向，从思想到形式（文字等），无不起了极大的革命。其声势之浩大，威力之猛烈，简直是所向无敌的。其动员之广大，超过中国任何历史时代。”“而鲁迅，就是这个文化新军的最伟大和最英勇的旗手。”这样，就把鲁迅作为文化新军代表的“新的装束和新的武器”的内涵、性质及其特征全面、准确地阐发出来了。倘若不是从整个中国历史新旧精神文化转型的大视域中进行鸟瞰，而是从一时一地一事的狭窄眼界中去窥视，举着放大镜挑剔鲁迅的种种不足和弱点，就绝对不可能得出毛泽东那样宏伟的观点。

其次，毛泽东不仅从整个中国历史新旧精神文化转型的大视域中进行鸟瞰，而且从中国在整个世界的格局中审视鲁迅的性格：“鲁迅的骨头是最硬的，他没有丝毫的奴颜和媚骨，这是殖民地半殖民地人民最可宝贵的性格。”倘若脱离了当时中国在世界上的被压迫的屈辱处境，不了解当时中国的殖民地半殖民地社会性质，就不可能得出这样深刻的认识。同样，远离了当时的这种历史语境，也就不可能理解毛泽东对鲁迅性格做出的这个结论，不可能理解为什么毛泽东要说“鲁迅是在文化战线上，代表全民族的大多数，向着敌人冲锋陷阵的最正确、最勇敢、最坚决、最忠实、最热忱的空前的民族英雄。鲁迅的方向，就是中华民族新文化的方向”。

再次，毛泽东对鲁迅的审视不仅具有历史的纵深度，而且大大拓展了鲁迅的价值领域：“不但是伟大的文学家，而且是伟大的思想家和伟大的革命家。”倘若仅仅从文学领域判定鲁迅的价值，是绝对不足以认识这位民族伟人的，只有拓展到思想和革命领域，才可能产生全面的认识。这一点，鲁迅逝世不久，很多人都已经感觉到了，并有了一定的论述，而在毛泽东《新民主主义论》问世时，才升华到了最高的理论境界，有了权威性的定论，使中华民族对鲁迅的认识上升到了理性的高度。“会当凌绝顶，一览众山小。”只有站在高峰绝顶之上时，才能尽览天下于眼底，不会仅仅以文学家的书生眼光管窥与赏鉴鲁迅的文学价值，也不会如蜷缩在山根下的某些小人那样，自以为看到高山之下的“些微杂土”，就能分清山的高低大小。毛泽东是站在高山绝顶之上，从整个中国历史新旧精神文化转型的大视域和中国在整个世界的格局中进行鸟瞰与审视，不是仅仅以文学家的书生眼光管窥与赏鉴，更不是如蜷缩在山根下的某些小人那样，只看到“些微杂土”，所以才能超出只看到鲁迅文学价值的“小议”和力排责难“些微杂土”的“非议”，而认定鲁迅是真正的高山名岳。关于鲁迅的这样的宏大结论，是非毛泽东不能做出的。只有毛泽东这样的本身就是现代中国伟大思想家、革命家、文学家的人，才可能得出这样全面、准确的科学结论。

那么，难道毛泽东的鲁迅论就只有正面意义，没有负面影响了吗？不是的。世上的所有事物无不具有正反两面的性质，毛泽东同样不可能逃脱这条宇宙的根本规律，他的鲁迅论是有负面影响的。

这种负面影响可分为两个方面：接受者一面与毛泽东本身一面。

接受者一面，长期以来，由于人们对毛泽东的过度崇拜和“一句顶一万句”“两个凡是”的形而上学思维方式的禁锢，许多学者只能仰望着毛泽东对鲁迅所做出的结论兴叹不已，反复诠释，不敢逾雷池一步，使得鲁迅研究止步不前，原地踏步，难于有所突破。殊不知毛泽东开辟了认识真理的道路，却并没有终止真理，而且他作为一个最高领袖，只可能对鲁迅做出整合性的概括评价，是不可能对其发展过程和复杂形态进行详细的学术分析的，这些工作需要学者去做。学术界除了对毛泽东的鲁迅论进行科学的历史的具体阐释之外，还须拓展其他的视域，不断从新的层面上丰富对鲁迅的认识，只有这样才能推动鲁迅学的发展。只知重复前人是没有出息的，无论前人多么伟大，都不能给重复者增色，反而会更加衬托出重复者的无能。这一面的消极影响，只能归咎于接受者的平庸，是不能算在毛泽东头上的。

毛泽东本身一面，由于他是中国一个主要政党的最高领袖，当然政治的功利必然要成为考虑一切问题的焦点，因而他的鲁迅论也必定包含了相当多的政治功利成分，即为中国共产党夺取政权而树立旗帜、争取人心。然而因为他对鲁迅历史价值的敏锐发现与科学概括是与客观存在相符合的，是具有真理性的，所以得到人民特别是广大知识分子和知识青年的衷心回应，使他的政治功利目的具有了实现的坚实基础。实践证明这种策略是非常英明的，确实起到了极大效应，然而同时也就埋下了危机，使不了解鲁迅及其所处时代的人们看不到毛泽东鲁迅论的真理性一面，只黏执于政治功利部分不放，从而产生了鲁迅不过是毛泽东实现政治功利工具的“误读”。尤其是随着“左”倾思潮的恶性发展，有些人更加肆无忌惮地利用毛泽东的鲁迅论为自己的政治目的服务，就使人们的这种“误读”更为恶化，以致对鲁迅起到了某种“妖魔化”的作用。这种负面影响确实是非常之恶劣的，如不以妥善的方式解决，引导鲁迅研究朝着学理化的方向发展，是会带来更深的危机的。其次，由于毛泽东的鲁迅论包含相当多的政治功利成分，所以他对鲁迅的赞扬是以政治利害为杠杆的。例如他对鲁迅“没有丝毫的奴颜和媚骨”的性格赞语，就是限定在具体范畴内的：是在“殖民地半殖民地”的社会环境中，对帝国主义和封建买办资产阶级而言的，并非指广泛的人的觉醒，因而在“向着敌人冲锋陷阵”中，毛泽东极力赞扬鲁迅“没有丝毫的奴颜和媚骨”的硬骨头精神，然而在面对自己和延安的黑暗面时，就不要鲁迅笔法，不要反奴性精神了。

毛泽东《新民主主义论》中关于鲁迅的论述面世以来，同声拥护之议成为主流，然而也出现了一些异议。1942 年 10 月，重庆胜利出版社出版的梅子等著的《关于鲁迅》就是其中的代表。这本书收入了梁实秋的《鲁迅与我》、鲁觉吾的《关于鲁迅》、梅子的《鲁迅的再评价》等文。梅子的文章这样说道：

> 鲁迅死了已五年，鲁迅的评价却发生二个绝对相反的结

> 果，有的人把鲁迅“神化”了，誉之为“中国文化革命的主将”“文化新军的最伟大与最英勇的旗手”，甚至说：“鲁迅的方向，就是中华民族新文化的方向”，至于“鲁迅大师”“青年导师”等肉麻称谓。更不必说，盖起大洋楼开办什么“鲁迅艺术学院”，也已历有年所，这种政治性的捧死人，谁都明白是什么一回事，不懂得内幕的人觉得鲁迅交了死运，懂得这套把戏的感觉到太肉麻，如果站在一个严正的批评家的立场，那就感觉到这只是侮辱了死者，歪曲了真理！
>
> 同样地，也有相反的一面，却把鲁迅当作是一个万死不足以蔽其辜的大罪人，不仅把后期的鲁迅的言行，看作是一群魔鬼的帮闲头子，而且把前期鲁迅的创作，也轻轻一笔抹煞，于是鲁迅变成了一名中国文坛上十恶不赦的不祥之物了！

那么，在这位梅子眼中，鲁迅究竟是什么人呢？他认为：“前期的鲁迅过了十四年的小官僚生活，后期的鲁迅作了 CP 的‘旗手’”“前期的小官僚生活，对于鲁迅固然没有好处，但却没有影响他的创作生活，因此，鲁迅比较几部成名的作品，都在这时期完成的。站在纯文学的观点，《阿 Q 正传》是他比较成功的创作，这一点大家都能一致同意吧？”“可是后期的鲁迅，是给政治毒害了，断丧了，其实，简直是杀害了他的创作生命，那就是 CP 给他的‘训令’。”

梅子的观点是中国鲁迅学史上延续最久、影响最广的一种异议，至今仍然以种种形式不断表现出来，值得认真进行分析。

中国鲁迅学史上的确出现过“神化”鲁迅的错误倾向，例如十年“文革”中“罢黜百家，独尊鲁迅”即其一种。这时“独尊”的“鲁迅”又是经过扭曲和改制的，完全成为一些人为达到一己政治目的而任意捏造和利用的泥塑工具，确实危害极大。然而毛泽东《新民主主义论》中关于鲁迅的论述却不能与之混为一谈，毛泽东称鲁迅为“中国文化革命的主将”等，是对中国文化革命历史和鲁迅所起作用的科学概括，绝非是在“神化”鲁迅。因为这里首先是对“五四”文化新军的高度肯定，而不是“独尊”鲁迅一人。倘若连这一评价都要归入“神化”之列加以否定，那么就难有对历史的科学概括了。

至于梅子后半部分的观点，一方面说明鲁迅的文学成就已经使对文学稍有识见的人不得不承认，另一方面又说明梅子本人的政治偏见实在是过于严重了，以至于完全脱离当时具体的历史现实：“其时间延长至十年之久，其残酷是举世未有的，杀戮了几十万共产党员和青年学生，摧残了几百万工农人民”的“剿尽杀绝”式的血腥统治。置统治者对过去同盟者的屠杀和对广大人民的压迫于不顾，反而要责怪坚持社会正义、同情被压迫者的鲁迅先生，并对鲁迅后期杂文的巨大成就采取一概抹杀的态度，这只能证明他本身恰恰是站在当时政权一边的，并没有超然于政治之外。事实上，持这种观点的人都是有自己的政治立场的，正是政治偏见使他们对鲁迅产生了这样的错误认识。

类似的异议，1949 年 7 月在地处大西南的云南昆明也出现过。

这一年 7 月 11 日晚，刘文典教授应云南大学文史系之约，在学校泽清堂做了两小时的讲演，讲题为“关于鲁迅”。这篇讲演在当地文化界引起了很大的反响，7 月份之内昆明报纸上就发表了 20 多篇文章进行讨论和批评。这就是中国鲁迅学史上著名的“关于鲁迅”的争论。

刘文典的讲演没有发表，讲稿也早已散佚，根据报上的介绍和有关引述归纳起来，讲演的内容包括以下五个方面：

（1）刘认为鲁迅的小说“有不少的疵点”[①]。具体地说就是：①“我们中国的革命小说革命到《金瓶梅》，可以说革命到顶，鲁迅的小说怎样能够比呢？”[②] ② 鲁迅的小说多“写绍兴的景物风俗”“地方色彩太浓”，这就有局限性，不能在“任何时、地皆能存在它

① 《刘文典谈鲁迅》，《大观晚报》，1949 年 7 月 12 日。
② 《听刘文典讲〈关于鲁迅〉》，《正义报》，1949 年 7 月 14 日。

的价值”[①]。

（2）认为《中国小说史略》有缺点。“要研究小说是要懂佛理……鲁迅不懂佛学，更不懂印度学术，所以他把中国的小说源流说不清楚。”[②]

（3）认为鲁迅只是“‘斗士’而不是‘思想家’”[③]。理由是：①鲁迅“对中国的哲学还没有研究透彻”[④]；②“鲁迅先生曾说过中国的革命绝对不能成功，太悲观，眼光不远大”[⑤]；③鲁迅的思想只有继承而无创新，说“中国人的思想，自古以来都是‘左’的，从来没有‘右’的思想，鲁迅的思想也是继承中国的传统，所以是‘左’的”[⑥]。

（4）刘说他并不佩服“斗士”，说“斗士”的“以牙还牙”，就是人被狗咬了，就要反咬狗一口那样可笑。[⑦] 他认为“鲁迅的笔战是多余的，战到精疲力倦是不合算的”[⑧]“鲁迅许多时间都耗在……无意义的笔战中”[⑨]。

（5）说鲁迅的人品、性格有缺点：①私德不好，“兄弟如水火不相容，肉骨关系不应如此”[⑩]；②说“鲁迅对世人抱着仇恨的态度”[⑪]，“是具有‘迫害狂’心理的人”“人生态度更是太过于小气和偏狭”[⑫]，是“海派”，等等。

刘文典在讲演中也并非完全否定鲁迅，发表异议的同时，也说了鲁迅一些好话，做了一些辩护，如说鲁迅是武松，围攻鲁迅的则

---

① 《警惕刘文典嘴里的毒液》，《观察报》，1949年7月20日。
② 《听刘文典讲〈关于鲁迅〉》，《正义报》，1949年7月14日。
③ 《刘文典谈鲁迅》，《大观晚报》，1949年7月12日。
④ 《听刘文典讲〈关于鲁迅〉》，《正义报》，1949年7月14日。
⑤ 《警惕刘文典嘴里的毒液》，《观察报》，1949年7月20日。
⑥ 《刘文典谈鲁迅》，《大观晚报》，1949年7月12日。
⑦ 《关于刘文典教授的〈关于鲁迅〉》，《观察报》，1949年7月18日。
⑧ 《警惕刘文典嘴里的毒液》，《观察报》，1949年7月20日。
⑨ 《刘文典谈鲁迅》，《大观晚报》，1949年7月12日。
⑩ 《警惕刘文典嘴里的毒液》，《观察报》，1949年7月20日。
⑪ 《关于刘文典教授的〈关于鲁迅〉》，《观察报》，1949年7月18日。
⑫ 《刘文典谈鲁迅》，《大观晚报》，1949年7月12日。

是“《荡寇志》中实行车轮战术的人”[①]；针对有人造谣说鲁迅的《中国小说史略》是抄袭日人的著作一事，刘文典认为这“系存心攻击”，同时，说自己还是“佩服鲁迅写的小说”[②]。

从整体来看，刘文典的《关于鲁迅》的主要意见是欠妥当的，当时昆明报界对他提出批评是必要的。但是，回顾中国鲁迅学史就会发现，刘文典的许多观点并非他个人的独特发明，而是长期存在的一种精神文化思潮，刘文典在讲演中不自觉地表现了出来，并加上了他特有的旧式文人和老庄学者的玩世不恭的游戏态度，抹上了一层调侃的色泽。但是，由于他到底是一个功底颇深的文学家，所以对鲁迅的《中国小说史略》等文学史著作和小说的艺术性又予以赞赏，因而形成了刘文典式的旧文人的鲁迅观。对这种鲁迅观，只能采取自由讨论、科学分析的态度，任何过火的言辞、一味的压制都不会产生良好的效果。事实上，这种对鲁迅持异议的精神文化思潮和多种多样的鲁迅观至今都还存在着，以后也仍然会延续下去，唯一正确的态度就是坚持学理精神，使对鲁迅的研究和批评日益趋于学理化。只有这样，才能真正继承鲁迅的宝贵遗产，也才能使人心服口服。

二 《鲁迅全集》的风行与《鲁迅三十年集》的出版

作为革命领袖的毛泽东，对鲁迅做出如此之高的评价，那么人民群众又是怎样看待鲁迅的呢？

1938年版《鲁迅全集》问世以后受到广泛欢迎的情况，充分反映了人民群众对待鲁迅的态度。1944年10月24日延安《解放日报》刊登了这样一则新华社电讯：

---

① 《刘文典谈鲁迅》，《大观晚报》，1949年7月12日。

② 《刘文典谈鲁迅》，《大观晚报》，1949年7月12日。

鲁迅先生精神不死　遗著风行于沦陷区

（新华社华中22日电）敌寇在沦陷区对鲁迅先生遗留的文物不断加以迫害，现在不仅鲁迅先生的坟墓被敌伪任意摧残，而且敌伪把阅读鲁迅先生遗作的沦陷区居民，视作“危险分子”，买卖交换先生遗作者，不时遭到敌特宪兵的盘诘拘捕。最近由于敌伪压迫，及沦陷区生活困难，鲁迅先生留平家属，竟被迫出售先生生前藏书。

然而敌伪这种凶残的压迫，丝毫也不能减少鲁迅先生作品的给予沦陷区人民的鼓舞，在汉奸文化人大叹“没有文化，没有人肯读书”的今天，鲁迅先生作品，却在沦陷区秘密风行着，鲁迅先生全集单行本中几本杂文集，战后已发行至六版，九月底《鲁迅全集》在上海秘密售价已增至三万五千元，有钱都不容易买到。许多中学教员，都秘密劝学生阅读先生遗作，学习他的奋斗精神。上海西郊的鲁迅先生墓前，更不时有着秘密前往的青年男女，对着残破的坟墓敬献鲜花。

《鲁迅全集》深入读者的心中，人们都热爱着这份精神瑰宝，出现了许多动人的故事。1946年10月19日上海《联合日报晚刊》刊登了淑文的《〈鲁迅全集〉的故事》，文中讲述了这样一件感人的事情：

在抗战的九年间，有些读者为了爱护这部书曾发生过不少可歌可泣的故事。在敌后的游击区里，有一位年青朋友找到了两本《鲁迅全集》，爱不忍释，行军的时候，丢尽了一切行李，而独有两本《全集》始终未丢。

有一次，敌人几路包围“扫荡”，他随部队渡河转移，河水太深，水浪太急，他骑马渡到河心，连人带马漂浮了起来，行李散尽，而他却将两本《全集》紧紧抱住不放。后来被救了起来，人已昏迷，而书犹在怀，这两本书就成了他仅有的财产。湘桂撤退时，也有人抛尽一切随身什物，独背着一部《鲁

> 迅全集》，坚决不放，直带到安全地带。……这苦难的九年间有关《鲁迅全集》的动人的故事是说不完，数不清的。

1947年10月21日、23日天津《益世报》刊登了一位署名“苏夫”的工人写的文章——《我的〈鲁迅全集〉》。文中说他作为一个穷苦的青年工人之所以在这个动荡的时代里能够活下来，是因为这一份活的力量，相信大部分是鲁迅先生的伟大精神感召。当他在上海一家地毯公司做学徒的时候，用积攒的辛苦钱预约了1938年版的《鲁迅全集》，那20本红皮烫着银字的全集静静地躺在他的桌子上的时候，他一个号码接连着一个号码，翻阅着，抚摩着，兴奋得失眠了。以后就细细地读起来，作为匕首的短兵相接的杂文，那些美丽的诗情弥漫的几篇小说，使他常常想起先生的声容笑貌来。抗战爆发后，他要回到故乡投身于民族解放斗争，不得不离开伴着他两年多的《鲁迅全集》，托付一位老罗师傅保管。然而在“孤岛”陷落之后，《鲁迅全集》成为危险品，老罗不得不悄悄撕毁了。当他得知这个消息以后，跑到屋里躺在床上哭了，像哭一个怀念了多日而今天突然接到他的死耗的朋友……后来他发誓用各种方法积钱再买一部《鲁迅全集》，但是价格已经提高了多少倍，他实在买不起了，但他还一直梦想着他的《鲁迅全集》……1948年10月19日上海《大公报》刊登了一篇也署名“苏夫”的文章——《由〈过客〉看鲁迅的韧性及其发展的道路》，认为“过客”像鲁迅先生一样“想着的是路，是坟的前面，这里，就正表现了，他常常引用的‘绝望之为虚妄，正与希望相同’的精神”。“鲁迅，就是以他不息的韧性的战斗的精神在向野地里闯出一条新的道路来，而且，这条道路正是通向新中国的道路!”我想，这后一位苏夫与前一位应该是同一个人，就是那位青年工人，他已经能够写作鲁迅研究的文章了。

以上所引述的《鲁迅全集》的故事，生动地说明了鲁迅在人民群众中的精神影响，这也是不可忽视的百年中国的一个重要的精神文化现象。

1938年版《鲁迅全集》问世以后，就是这样受到广大读者的热烈欢迎，成为中华民族的精神财富，鼓舞了人民的抗战热情，但是当时物质困难比抗战初期大得多，重版已不可能。于是，1941年，为了纪念鲁迅先生逝世5周年，鲁迅先生纪念委员会决定由鲁迅全集出版社推出《鲁迅三十年集》，经过艰苦努力，终于在8月份全部印出，又创造了中国出版史上的一个奇迹。比之《全集》，《三十年集》略去了翻译部分，而增加了《会稽郡故书杂集》《汉文学史纲要》及《集外集拾遗》中后来所发现的部分。同时，印刷文字又经许广平等再度苦心的校订，比《全集》更臻完美。《三十年集》包括鲁迅先生从开始著作的1906年到1936年三十年间的全部创作和编订的书籍，共29种30巨册，是按照鲁迅先生临终前一年亲自拟定的集名和编目编订的，不但满足了切望《全集》重版的读者的期待，也完成了鲁迅先生生前未竟的遗志。这是鲁迅先生逝世五周年最有意义的纪念，也是继1938年版《鲁迅全集》之后，鲁迅著作出版史上的又一件大事，值得书上一笔。

三　冯雪峰、胡风、周扬的鲁迅论

革命领袖和人民都这样推崇鲁迅，精神文化界的理论家们自然也都对鲁迅研究倾注了很大精力。四十年代，冯雪峰、胡风、周扬都写过鲁迅研究论文，由于他们的在中国精神文化界的特殊地位和较高的理论水平，他们的鲁迅论产生了特别的影响，需要专节评述。

冯雪峰于1940年8月1日在重庆《文艺阵地》半月刊第2期上发表了一篇很长的论文——《鲁迅与中国民族及文学上的鲁迅主义》。这原来是他1937年10月19日在上海鲁迅逝世周年纪念会上的讲话，四年后才正式发表。该文的核心是阐释鲁迅成为“民族魂”的原因以及“民族魂”的内涵、价值与意义，认为鲁迅以毕生之力构画出的民族史图，就是一幅中国在黑暗凶残的封建统治和奴役之下的民族衰弱史与中国人民的血战史——

在这史图里，我们首先就分明地看见，在征服者和给征服者办人肉酒筵的厨师的合力统治之下，中国的民众——奴隶，是在反叛着的，奴隶的反叛！当然大都逃不出失败的命运。在这之下，就产生了奴隶主义和奴隶失败主义——阿Q主义。阿Q主义，那精义，不过是奴隶的自欺欺人主义，阿Q的有名的精神胜利法，就是奴隶的失败主义的精华。是的，阿Q本人不过是奴隶的一分子，是中国的被剥削了几千年的农民的代表，他本人只是给人到处做短工的一个流浪的雇农；正因为如此，倘将阿Q的自欺欺人办法，仅仅和他自己——一个奴隶，一个做短工的人相联结，这办法就反而教人同情，因为这也是他的一种自卫的战术，否则他就不能生存，而且终于不能生存。然而这是失败后的奴隶，甚至是在做稳了奴隶之后而幸喜着，而得意着的驯服的奴才的意识，而且还说是中国文明的精华！然而奴隶是总要反叛的，也应该反叛的，失败了，也仍应该反叛，到不是奴隶的时候为止。不过，我们就因此知道，奴隶的被压迫史，才真是阿Q主义的产生史。阿Q主义也依然是血所教训成的，依然是血的结晶。奴隶的反叛被压平了之后，更强的征服者却进来了，我们上面已说过，这时连居在奴隶之上的奴隶压迫者，也非成为被征服的奴隶不可了，但他们却有合式的地位，就是：对于残暴的征服者自然采用阿Q主义，而同时则为虎作伥！已经同样都是奴隶了，但仍有高低之分，一切都仍须取偿于自己的民众。为虎作伥，——“学者”“正人君子”们则为虎作伥者作伥——伥是能够站在老虎旁边分得一杯血的。这样，人民——奴隶却不得不付出更多的血，人肉筵宴上所吃的自然不仅只是一些羔羊，而中国民族的被征服史，才又是阿Q主义偿付更多的血的代价的历史。我们不必去看古远的历史，即看百年来的历史罢，否则就看二十年来的历史；或者仅看近十年的历史，恐怕还要更明白。但是，这才真是中国

> 的人民——奴隶的战斗的鲜血的史图呢！要用血结晶成阿Q主义，非有超乎平常的大量的血不可；有阿Q主义的长远的历史，就非有更长远的奴隶的血战的历史不可。血能够教训成阿Q主义，血难道不更能够教训成反阿Q主义么！鲁迅先生以毕生之力作了中国民族的解剖图，作了奴隶的被压迫，民族的被征服的史图，作了阿Q主义的史图。然而鲁迅先生也作了奴隶——中国大众的血战的鲜明的史图，这一点是尤其应该注意的。

这样，冯雪峰就抓住了鲁迅之所以成为“民族魂”的根本原因——“以最大的爱给予大众，给予阿Q。然而他对阿Q的阿Q主义愤怒了，并且真的憎恨了，——这是最伟大的愤怒和憎恨”！正是在对阿Q主义进行愤怒批判当中产生了使中华民族摆脱奴隶时代、争得“人”的地位的鲁迅主义。因而鲁迅是中华民族的魂魄和良心，对于中华民族的重要性超过了高尔基之对俄罗斯。最后，该文概括了鲁迅主义的三个特点：①“独创了将诗和政论结于一起的‘杂感’这尖锐的政论性的文艺形式。”②“为民族和大众而战斗的意志和博大的爱，他的对历史的透视和对人生的睁眼正视，这些就产生了他的有显明光彩的独特的现实主义”以及和这相联系的“韧战主义。”③“艺术的大众主义，肯定着中国文学之‘大众化’的出路。”

冯雪峰对鲁迅为什么是“民族魂”这一根本问题的阐释，至今仍然具有重要的意义。不是有些人对此一再表示疑惑，甚至予以否定吗？其实，这正是顽固的阿Q主义在作怪，“是在做稳了奴隶之后而幸喜着，而得意着的驯服的奴才的意识”的反映，也正说明了所谓“中国文明的精华”是多么根深蒂固！从而也反证出鲁迅作为“民族魂”的必要性和不可或缺的重要价值。

冯雪峰鲁迅论的特点，在于能够深入到历史的本质中对鲁迅进行宏观性与整合性的评价。1928年他的《革命与知识阶级》一文，就是从对历史发展的推进作用上评价鲁迅的功绩，四十年代发表的这篇长文则是深入到中国数千年历史的核心——奴隶主对奴隶的压榨与奴隶对奴隶主的反叛以及阿Q主义与鲁迅主义的对立中去把握鲁迅之所以成为“民族魂”的根由及其内涵、价值与意义。这样，就比仅滞着于表面的枝节性评论深刻得多，也概括得多了。

胡风四十年代也发表了多篇鲁迅研究论文，形成自有其特点的鲁迅论。

《作为思想家的鲁迅》（1941 年 11 月 15 日《文化杂志》第 1 卷第 4 号）。该文旨在反驳以“没有创造出一个思想体系”为理由否定鲁迅是思想家的观点，指出：

> 如果离开了数千年历史所积蓄起来的人类智慧发展底最正确的路线，独创地弄出一个什么“思想体系”，那即使不是康有为底《大同书》，至多也不过是泰戈尔底《森林哲学》，甘地底“不合作主义”，甚至还难免成为现在变成了日本法西斯军人底走狗的武者小路实笃底“新村运动”，以至现在正替日本“皇军”烹炒着中国人底血肉的江亢虎底“新社会主义”呢。
>
> 鲁迅先生生于半封建半殖民地的、东方文化一方面诱惑着怀念古代光荣的爱国志士，一方面阻碍着人民大众底觉醒的落后的中国社会，但却抓住了由市民社会底发生期到没落期所达到的正确的思想结论，比什么人更早，也比什么人更坚决地用这进行使祖国解放，使祖国进步的思想斗争，用这使祖国底解放斗争和进步斗争和全人类底解放斗争在一个方向上汇合。这正是他底作为思想家底最伟大的地方。
>
> 试一翻他底遗著，在五四前后曾经那么热闹过一时的“新村运动”和“不合作运动”等，在这里找不着一点痕迹，这是今天我们禁不住惊叹的。他没有想到过创造任何“思想体系”，更看不起任何东方式的“思想体系”。
>
> 当然，这只是他底作为思想家底一个要点，这里面的活的过程和丰富的内容，只有在和作为战士的他底道路以及作为诗人的他底道路有机的联系里面，才能构成这个“现代革命圣

人”底俯视一代的巨像。

现在，论者不惜指出和民族主义同在的他对于人类解放的伟大思想，那根底当然是追溯到这个远大的思想要点，把民族底将来和人类底将来联系在一起的，只有在人类底将来里面才能有民族将来的这个思想要点上面。问题不仅在此，更在于这一思想的具体内容，以及怎样获得人类的解放。

胡风立论的根据是：鲁迅之所以是伟大的思想家，不在于他脱离具体的历史实践而空洞地独创什么“思想体系”，而在于他“抓住了由市民社会底发生期到没落期所达到的正确的思想结论，比什么人更早，也比什么人更坚决地用这进行使祖国解放，使祖国进步的思想斗争，用这使祖国底解放斗争和进步斗争和全人类底解放斗争在一个方向上汇合”；在于“这里面的活的过程和丰富的内容，只有在和作为战士的他底道路以及作为诗人的他底道路有机的联系里面，才能构成这个‘现代革命圣人’底俯视一代的巨像”，才能自然得出鲁迅是伟大思想家的正确结论。胡风这种立足于具体的历史实践、以活的过程和丰富的内容以及个性化道路为根据的论证方法，无疑是非常有力的，是中国鲁迅学史上第一次对鲁迅没有创造思想体系、不是思想家这种异议所提出的最为有力的驳论，至今仍然具有重要的参考价值。

《鲁迅的白话诗》（1942 年 1 月 10 日浙江碧湖《读书生活》月刊第 1 卷第 1 期）。该文开头即说道：

鲁迅，这伟大的导师，有称之为思想家的，也有称之为杂文作家的，但一般的印象，他是一个小说家。

然而，事实上，鲁迅是一个诗人。

凡是听过鲁迅的讲学，或是演说的人，谁也不会忘记他那深沉犀利的眼光：仿佛每一句话，都是在沉思中滤出来的。这是诗人的气质，沉郁的诗人的气质。

经过对鲁迅白话诗的一番分析，胡风更为肯定地说：

> 鲁迅的深郁有如是者。
> 所以我说，鲁迅是一个诗人。

这是胡风对鲁迅精神气质的准确把握。思想家型的诗人，诗人型的思想家，沉郁、深刻、犀利，这就是鲁迅最为基本的精神气质特征。而胡风、冯雪峰之所以与鲁迅相近，精神气质上的相通当是重要原因之一。

《鲁迅如果还活着》（1942 年 9 月 15 日桂林《文学创作》月刊第 1 卷第 1 期）。该文仍然是强调鲁迅的现实主义精神，认为：

> 一个伟大的现实主义的思想战士，得即于现实也针对现实，不能只是急于坐着概念的飞机去抢夺思想锦标的头奖。

如果鲁迅还活着，他“决不会高兴到乌托邦里去寻求‘胜利’，把斗争的新的开始当作斗争的终结”。胡风的这一推断是准确的，因为清醒、执着的现实主义精神的确是鲁迅一贯坚持的。胡风在这一点上了解鲁迅，所以才能做出这样准确的推断。“只是急于坐着概念的飞机去抢夺思想锦标的头奖”一语，也是十分恰当的比喻，非常形象地描绘出了与鲁迅相反的一些人脱离现实、空玩概念的精神特征，同时也更反衬出鲁迅极其宝贵的现实主义精神本质。

《从有一分热发一分光生长起来的——纪念鲁迅先生逝世七周年及文学活动四十周年》（1943 年 11 月 1 日《群众》第 8 卷第 18 期）。这是一篇很长的文章，中心是反驳当时的所谓“神化”鲁迅的指责：“鲁迅先生逝世以后，中国人民（以及苏联、日本、英美的文化人）中间所涌起的哀悼的狂潮，使得许多人瞠目结舌。因为，那明显地表现出了，他不仅是一个领导的作家，一个勤恳的学者，而且是一个思想战士，一个人民领袖，一个哲人，一个圣者。这就和他生前所受到的‘尖酸刻薄’‘冷酷无情’等恶评成了一个恰恰的反对。于是有人说，鲁迅被神化了；周作人就冷冷地这样讽刺过。但周作人之流不知道，犹如人里面有狗的存在一样，人里面也能够有神的存在；周作人之流当然更不知道，就算是被神化了罢，但何以被神化了的单单是鲁迅。”胡风这里的思想是很有意义的，其意是说要搞清究竟什么是“神化”，倘若把鲁迅说成是“十全十美”“无所不知”“无所不能”“独一无二”的“神仙”，那是属于“神化”了。但是如果承认鲁迅是伟大的思想家和哲人这一客观存在的事实，则不能算是“神化”。因为人与人之间本来就是有差别的，如胡风所说“犹如人里面有狗的存在一样，人里面也能够有神的存在”，他这里所说的“神”并非神仙，而是人中之优秀分子，群众中的精英和领袖。倘若连这一点客观存在的实际差别都不承认，把鲁迅拉入与自己一样的平庸境地，那才真是歪曲事实，扭曲鲁迅呢！而且也是一种以俗人之心度哲人之腹的无知狂妄，毫无可取之处。这种鲁迅研究中的“俗化”倾向是与“神化”同样有害的。周作人的鲁迅观，就存在这种弊害。他关于鲁迅生平和学术积淀、文学修养的回忆是有一定价值的，但是把鲁迅仅仅当成是一个文人、学者则是不到位的，后来对鲁迅纪念的无端指责更是错误的。于是胡风详述了鲁迅所处的时代与鲁迅本人的思想形成过程，概括出在“五四”新文化运动中出世的鲁迅本身与众不同的两个基本特点，也就是追问“但何以被神化了的单单是鲁迅”的根本原因：

> 第一，只有他是带着深刻的思想远见来参加的。他抡着锐利的投枪刺入了在血肉的风貌上的封建势力底胴体，因而也就在当时可能的思想限度上提出了这个残酷的斗争是为了什么和为着谁的问题。例如，在《故乡》（1921 年）里面，他沉痛地为封建重压下的农民提出了控诉，同时也指出了人与人之间的“高墙”；这使他早期提出的“人性”“国民性”问题取得了科学范畴上的深刻的意义。到《阿 Q 正传》，他早期抒发过的“衷悲所以哀其不幸，疾视所以怒其不争”的沉痛的战斗的胸

怀，就和历史发展底要求完全一致了。在当时的关于德先生和赛先生的观念形态上的闹声里面，他却深深地肉搏到了历史底中心。

其次，由于这思想远见和过去的经验，只有他是带着高度的警觉性来参加的。残酷地向敌人进攻的时候，一面还深虑地注视着自己底阵营，不能“专刺旧社会给新青年看”（《咬嚼之余》）。他最早地看出了新文化阵营里的分裂，而且勇敢地也是沉痛地指出了这个分裂。这使他由参加者变成了真实意义上的领导者。

这就从历史条件与鲁迅本身特点上雄辩地说明了鲁迅之所以成为“五四”文化新军领导者的根本原因，有力地驳斥了所谓“神化”鲁迅的观点。

胡风又总结了鲁迅作为伟大存在的三个特点：

第一，从产生了思想斗争方法底一个基本特征：本于真实的斗争要求，向着具体的斗争对象。前者是由于战斗人格底完成，后者需要对于敌情的透彻理解——直到现在，在文化战线上还没有谁能够像他那样懂得旧社会底五花八门的战法。真正的战斗，不能是和主观要求客观对象离开的“思想”，非得是这两者底结合不可。

……

第二，从这产生了战斗的道德律。在写给日本人看的《陀思妥夫斯基的事》里说：“压迫者指为被压迫者的不德之一的这虚伪，对于同类，是恶，而对于压迫者，却是道德的。”这正说出了他底道德律底精义。一方面是“革命之爱在大众”，一生为生民请命，对同志者的敬爱和体恤，对青年战斗者的爱护和培养，他底慈爱是深远无边的；另一方面是对于敌人的报复主义，打落水狗主义，不忍从，反虚伪，到死“也一个都不宽恕”的仇恨，“每一刺都是谋杀”的残忍。从这里引出了

“韧性战”“堑壕战”等等“保全自己，杀伤敌人”的他底战术特征。所以，由一面看来，他是苦行的圣者，慈祥的佛子，由另一面看来，他是尖酸、刻薄、冷酷无情的“世故老人”。

第三，从这引出了他底自处的态度。因为所抱者大，所爱者深，所以甘心做一木一石，“有一分热，发一分光”；这是实事求是的工作本位主义，但那精神境界底光明决不是英雄主义者或小宗派主义者所能想象万一的。

因为精神上感受着一举一动都和整体血脉相连，所以由创作到日常对人事物，不肯有丝毫的苟且敷衍态度；这看起来好像是迂夫子底自讨苦吃，但那精神境界底忠诚决不是波海民式的英雄才子们所能想象万一的。因为把自我扩大成了思想领域底全面，把一己的生存和整体的生存结成了一体，所以能够在自我牺牲底行为里面感受到心情的安慰，薄己厚人，因公忘私，把他底精力，他底血液都倾注到对于战斗的执着和对于年轻一代的爱护和培养了。

胡风概括鲁迅的特点是从综合的对立统一的两个方面着眼的，不是仅从单一的一个方面去看。这样就还原了鲁迅本体复杂而矛盾的原真性：“由一面看来，他是苦行的圣者，慈祥的佛子，由另一面看来，他是尖酸、刻薄、冷酷无情的‘世故老人’。”鲁迅本来就是一个多侧面的复杂的人，在不同的对象面前和不同的历史境遇中显现出来的形象本就是不一样，甚至是完全相反的。只有把握住这一点，才可能服人。胡风的这种概括方法，至今仍然值得学习。

《关于鲁迅精神的二三基本点》（1946 年 10 月 18 日上海《希望》月刊第 2 卷第 4 期）。该文再次驳斥了认为“鲁迅没有创造出一个完整的思想体系”所以不够伟大的观点，更为精辟地概括了鲁迅的基本特点：

鲁迅生于封建势力支配着一切的中国社会，但却抓住了由市民社会发生期到没落期所到达的正确的思想结论，坚决地用这来争取祖国底进步和解放。这是他的第一个伟大的地方。

但如果他只是进化论和阶级论底介绍或宣传者，也就不怎样为奇，但他同时是最了解中国社会，最懂得旧势力底五花八门的战术的人，他从来没有打过进化论者或阶级论者的大旗，只是把这些智慧吸收到他的神经纤维里面，一步也不肯放松地和旧势力作你一枪我一刀的白刃血战。思想底武装和对于旧社会的丰富的知识形成了他的战斗力量。思想运动里面不知道有过多少的悲喜剧，有些人根本不懂中国社会，只是把风车当巨人地大闹一阵，结果是自己和幻影一同消亡；有些人想深入中国社会，理解中国社会，但过不一会就投入了旧社会底怀抱，所谓“取木乃伊的人自己也变成了木乃伊”；只有鲁迅才是深知旧社会底一切而又和旧社会打硬仗一直打到死。这就因为那些思想运动者只是概念地抓着了一些“思想”，容易记住也容易丢掉，而鲁迅却把思想变成了自己的东西。思想本身底那些概念词句几乎无影无踪，表现出来的是旧势力望风奔溃的战斗方法和绝对不被旧势力软化的战斗气魄。他自己说：“因为从旧垒中来，情形看得较为分明，反戈一击，易制强敌的死命”(手头无书可查，只记大意)，鲁迅不是一个新思想底介绍者或解说者，而是用新思想做武器，向“旧垒”“反戈”的一刀一血的战士。五四运动以来，只有鲁迅一个人摇动了数千年的黑暗传统，那原因就在他的从对于旧社会的深刻认识而来的现实主义的战斗精神里面。

最后，鲁迅底战斗还有一个大的特点，那就是把“心”“力”完全结合在一起。别人当战斗的时候是只能运用脑子，即所谓理智，或者只能凭一股热血，但他则不然，就是在冷酷的分析里面，也燃烧着爱憎的火焰。——不，应该说，惟其能爱能憎，所以他的分析才能够冷酷，才能够深刻。他自己说：“能杀才能生，能憎才能爱，能生能爱才能文”，翻开他的全部作品来，不是充溢着爱心就是喷射着怒火，就是在一行讽刺里面，也闪耀着他的嫉恶爱善的真心。这是一个伟大战士底基本条件，也是一个伟大艺术家底基本条件。他的作品或杂文之所以能够那样在读者心里发生力量，就不外是他的笔尖底墨滴里面渗和着他的血液的原故。“吃的是草，挤出的是牛奶、血”，没有比他自己的这一句话更能解释融合着思想家、战士、艺术家的他的一生。

胡风在这篇文章中对鲁迅基本特点的把握，比《作为思想家的鲁迅》更深入了一步，进一步抓住了鲁迅“最了解中国社会，最懂得旧势力底五花八门的战术”这一最基本的特点；而且揭示了其他不懂得中国的人与鲁迅的区别：“有些人根本不懂中国社会，只是把风车当巨人地大闹一阵，结果是自己和幻影一同消亡；有些人想深入中国社会，理解中国社会，但过不一会就投入了旧社会底怀抱，所谓‘取木乃伊的人自己也变成了木乃伊’；只有鲁迅才是深知旧社会底一切而又和旧社会打硬仗一直打到死。这就因为那些思想运动者只是概念地抓着了一些‘思想’，容易记住也容易丢掉，而鲁迅却把思想变成了自己的东西。思想本身底那些概念词句几乎无影无踪，表现出来的是旧势力望风奔溃的战斗方法和绝对不被旧势力软化的战斗气魄。”而且，“鲁迅底战斗还有一个大的特点，那就是把‘心’‘力’完全结合在一起。别人当战斗的时候是只能运用脑子，即所谓理智，或者只能凭一股热血，但他则不然，就是在冷酷的分析里面，也燃烧着爱憎的火焰”。胡风这里对鲁迅基本特点的把握甚至到今天都是很少有人超越的，那些空洞的议论实在比不上这种言简意赅的评说。之所以能够做到这点，是与胡风对鲁迅的实际接触、亲密交流和两人精神气质上的相通分不开的。然而，胡风纵然做出了这种概括，也深知懂得中国的必要性，但是他还是“本性难移”“不像鲁迅对中国社会和历史了解得那样深刻，只有诗人的激情，又不懂政治，不懂权术”，结果难免跌入中国某些政治权术者设好的陷阱，铸成人生的大悲剧。可见能够像鲁迅那样懂得中国的人真是少之又少啊！

《以〈狂人日记〉为起点——为文协五四特刊写》（1948 年 5 月

《五四谈文艺》，全国文协总会编辑出版）。该文以客主问答的形式论述了“五四”思想革命的起点问题，认为：

恰恰在三十年前的一九一八年，出现了《狂人日记》。在思想革命上，这是一道鲜血淋漓的战书。它破天荒地第一次宣布了中国数千年的历史是人吃人的历史，判决了封建社会底死刑。同一年，还有《我之节烈观》（收在《坟》里面）和27篇《随感录》（收在《热风》里面），这些，也每一篇都是宣布了和封建思想势不两立的战书。如果透过现象从本质上把握问题，那么，这些文字，今天读起来也还能够感到那虎虎的战斗气魄的。同一年，胡适发表了用语体文写的《建设的文学革命论》，副标题是“国语的文学——文学的国语”，而“文学改良”（后来才改为“文学革命”）是在前一两年就已经提出了，白话诗也在前一两年出现了。但我们可以看到，不但“改良”啦，“建设”啦，已经透出了那胆怯的微温的气息，从内容上看，除了坚持“白话文”一点而外，充满了的是围绕着“文学的国语”和“国语的文学”的小书生气，看不出能够把思想革命底痛苦的热情和战斗的渴望反映出来的，一种思想突击的尖锐性和明确性，连陈独秀底《文学革命论》（把“改良”换成了“革命”的，大约是他），也是这样的。就那八大纲领里面最有社会战斗意义的一条“言之有物”说罢，所谓“物”，到底是什么，从什么一种精神要求上来“言”，这才是问题底中心。那么，和胡适等白话诗里面的半大脚式的爱情和友谊（这里没有《新青年》和《尝试集》，不能具体地举例子了）相比，这《狂人日记》和28篇杂文里面所表现的是怎样坚强的战斗思想和猛烈的战斗精神！当然，我们承认单纯的个人解放在当时也有着革命的意义，我们也承认其他的人也多少肯定了人民解放的思想，但是，个人解放以至人民解放，如果不通过对于封建主义的肉搏血战，能有什么真正的革命性呢？对于封建主义的仇恨和宣战，在当时的个人解放以至人民解放的思想要求上，不正是有着第一等的战斗的实践意义么？

因此，胡风以为：

> 在思想革命的角度上，应该以一九一八年为起点，这一年，彻底的民主革命派发布了他底战书，树起了他底大旗，我们应该把《狂人日记》底发表当作标志。

胡风的这一观点后来实际上得到了学术界的承认，中国现代文学史目前就大多是以《狂人日记》作为“五四”思想文化革命的起点的。而胡风最重要的思想还不仅仅在于形式上的标志问题，最为紧要的是提出了反对封建主义的根本意义：“不通过对于封建主义的肉搏血战，能有什么真正的革命性呢？对于封建主义的仇恨和宣战，在当时的个人解放以至人民解放的思想要求上，不正是有着第一等的战斗的实践意义么?”这实在是胡风一大预见，应该看作是得到了鲁迅的真传，然而也正因为如此，他难以见容于后来的现实。

胡风还相当深刻地批评了“压死丰富性的原则性”的“直线性”思想方法，认为：

> 思想斗争底丰富性正是实践斗争底丰富性底反映。斗争总是全面的，思想斗争或实践斗争都是如此。是全面的，当然要把中心的特征提高、凸出，但这提高了凸出了的中心的特征正是要求综合那丰富性，把握那丰富性，不应也不能从那丰富性游离或孤立的。
>
> 直线观点，大概是指的压死丰富性的原则性说的罢，实际上那已经不是真的原则性了。
>
> 在文艺上，思想内容是在形象的世界或旋律的运动里面反映出来的，它可以取得单纯性，但却要求丰富性的，思想力愈大的作品愈是如此。

反对封建专制主义就必然在思想方法上要求原则的丰富性，在文艺上要求内容和形象的丰富性，然而这又是专制者不可能容许的。胡风的悲剧一方面在于他不懂政治，不懂权术，但是更为主要的是他所坚持的真理为后来的新形态的专制主义所不容。

胡风鲁迅论的特点是善于从现实斗争的具体内容和精神气质上把握鲁迅作为思想家与诗人的特征与内涵，从懂得中国的思想根柢上反驳认为鲁迅没有创造思想体系就不是思想家的观点；并紧紧抓住鲁迅反对封建专制主义的思想本质，坚持个性的自由与思想方法、艺术创作上的丰富性原则，抵制了直线性的僵化的“左倾”政策。不足之处是缺乏对鲁迅懂得中国之内容的历史阐释，因为他本身在这方面的修养不足。

冯雪峰和胡风都是从精神气质上最靠近鲁迅的诗人兼理论家，他们构成了百年中国精神现象史上的一个强有力的精神文化流派。

与晚年鲁迅有过矛盾的周扬，并没有因此拒绝研究鲁迅，反而于此狠下过一番功夫。继《一个伟大的民主主义现实主义者的路——纪念鲁迅逝世二周年》之后，周扬于四十年代又写了一篇更有分量和深度的论文：《精神界之战士——论鲁迅初期的思想和文学观为纪念他诞生六十周年而作》（1941 年 8 月 12 日—14 日延安《解放日报》）。该文着重分析了鲁迅的两篇早期论文《文化偏至论》与《摩罗诗力说》的思想内容，认为：

> 他那思想的基本内容，就是如他在前一篇中所说的“掊物质而张灵明，任个人而排众数”，或者简单些说，就是“非物质，重个人”。你如果拘泥在字面上，以为初期的鲁迅是反对唯物，反对大众的，那就会陷入不可容许的错误，而这恰又不幸地构成了某些鲁迅研究者的理论的结论。这种错误就是由于不了解：鲁迅的中心思想是反对市侩，主张个性，这在当时已经是最激进的革命的观点，这个观点在他整个的生活和艺术中演了重要的作用，对于我们今天也仍不失它巨大思想教育的意义。

周扬对鲁迅初期“非物质，重个人”观点的肯定，不仅在当时极为难得，就是到了当今也是难能可贵的。直到今天仍然有些学者对此持否定的态度，其错误的确在于不了解“鲁迅的中心思想是反对市侩，主张个性”这一“在当时已经是最激进的革命的观点，这个观点在他整个的生活和艺术中演了重要的作用”。

周扬还认为“鲁迅始终是老子主义，一种中国式的虚无主义的反对者”，这又是一个与众不同的观点。无论是来自左边的创造社同仁，还是来自右边的周作人等，都把鲁迅当成是虚无主义者。周扬在此提出自己的独立看法，是需要理论上的勇气的。

周扬这篇论文的另一个可贵之处，是指出了鲁迅受过尼采的影响，又反对夸大这种影响，强调鲁迅与尼采的区别：

> 不错，鲁迅在文章中曾多次地引证了尼采，后来且翻译了他的有名的《扎拉图斯忒如是说》的序说。但鲁迅不是一个尼采主义者（即使在初期），正如早期的高尔基不是一样。巧合的是，这两位伟大的作家都同样蒙受了这样的误解。两人都是以反叛者战士走上文学界的，在他们还没有能够在革命群众中觅见自己的同盟者的时候，就只能在强有力的常常是孤独的个人身上去寻找大胆的不顾一切反抗世俗的力量，这大概是误解的来由。

周扬还通过鲁迅对尼采主义与拜伦主义的不同态度，分析了鲁迅和高尔基的思想实质：

> 要强可以有两种完全相反的目的。鲁迅关于尼采主义和拜伦主义曾作了一个原则性的明确的区别：“尼佉（采）欲自强，而并颂强者；此（指拜伦）则亦欲自强，而力抗强者，好恶至不同，特图强则一而已”，这是两个路线的根本分歧：前者是主张强凌弱，主张压迫人，是便利于法西斯主义窃取的思想源流；后者是主张锄强扶弱，主张解放人，是真正人道主义的思

想，和共产主义正一脉相通。鲁迅和高尔基都是属于后者的。他们歌颂强有力的孤独的个人，不是出于对强者的崇拜，而正是为要反抗强暴，援助弱者；个人的孤独，也不是和群众脱离，而只是在一个先觉者的声音还没有十分传入群众耳鼓或者说个人反抗的光芒还没有溶合在革命群众斗争的鲜明烽火里之前的一种状况；那孤独不是永远的。所以两人以后都成为了共产主义者，就不是一件偶然的事情。

周扬这里对鲁迅与尼采关系的分析，是中国鲁迅学史上的一家之言，自有其独特的道理。

最后，周扬还对鲁迅初期的个性解放和个性主义思想予以了相当高的评价：

个人的自觉和民族的自觉是联结而不可分离的。鲁迅正看取了这一点，他说："国人之自觉至，个性张，沙聚之邦，由是转为人国。人国既建，乃始雄厉无前，屹然独见于天下。"他虽过高地估衡了个性解放的力量，但由这也正可以见出一个伟大民族民主革命思想家的赤热的心脏。

所以鲁迅初期思想中的个性主义，虽然从西方资产阶级反动期的哲学吸取了营养，却完全不是那种病态的萎缩的狭隘的个人中心思想。因为立脚在被压迫民族的苦难历史现实上面，和被重重剥削的农民大众又保有血肉关联，他的为人类之尊严的辩护就决不只是带着个人的主观的性质，而正是为自己的每个同胞，自己的整个民族的人类之尊严的辩护。这是真正的人权主义，深广的人道主义，民族自尊心的高尚的表现。这就是鲁迅初期思想的真实的内容，它的真髓。

关于文学的精髓与鲁迅的功绩，周扬在结尾又这样说道：

这就是说文学应当探究人生的本质，窥寻它的规律，换言之，就是阐明人生的真理，要这样文学对于人生才有益处。他是同时主张文学表现人生而又作人生教科书的，这是完全的现实主义的观点。所以一方面颂扬摩罗诗人，另一方面介绍东北欧写实作品；一方面写《斯巴达之魂》那样的传奇，另一方面又写了卓越的现实主义之作的《怀旧》，这在鲁迅是那么巧妙而又合适地调和。他初期的浪漫主义正燃烧了改革现实的热情，而他后来的现实主义也充满了对现实未来的眺望，只是后来他在思想和艺术上更成熟，他现实主义便发展到了最高度，为中国民主主义文学奠下了坚牢而不可摇动的基石。

试拿这些话与周扬在实际的文艺工作中所推行的政策做一下比较，就会感到差异实在是太大了！被鲁迅称作是“奴隶总管”“文坛元帅”的周扬，怎么竟对鲁迅初期的个性解放和个性主义思想以及文学的价值问题持如此开放的看法呢？是写文章时在做表演，写些违心之言吗？不是的，我们不应该这样看。我以为这篇文章中的话倒是发自周扬内心的，因为当时新民主主义的路线使他有机会讲些心里话了，表现出周扬所特有的理论上的明晰。周扬其实也是一个充满矛盾的人，他有很高的理论上的领悟力和思想上的深度，对文学的本质特征是心领神会的；而他又是骨子里要走仕途、做政客的，不能不见机行事，体会上级的意图，同时又对下专制霸道，极力维护自己的权威。这样，就使他成了一个畸形的人，有时是一个俨然的文艺界的领导，有时又表现出理论家的悟性与深度。在百年中国精神现象史上形成一种别致的景观——周扬与冯雪峰、胡风相异而又相通，一方面相互对立，另一方面又暗暗相怜。这正是后来冯雪峰在困难时不但不对周扬落井下石，而且为他极力辩解的一个精神动因；也是周扬获释后去看望冯雪峰，晚年大彻大悟、痛悔前非的内心因素。

四 萧军编的《鲁迅研究丛刊》在延安出版

1941年1月，萧军编的《鲁迅研究丛刊》第一辑由鲁迅文化出版社在延安出版。

萧军在《前记》中认为在中国三位最伟大的“现实主义者”就是鲁迅、朱德、毛泽东，“在中国同一个时代里，产生出这样的人是不容易的，是民族的光荣，也是人类的光荣!”“不懂得自己的民族，自己的国家的伟大的人们底真正价值——是耻辱的。”而要做到懂得，就须进行研究。“鲁迅先生留给我们的产业是他的二十部全集；留给我们的理想是怎样把自己的民族从奴隶和奴才的地位提到一个真正‘人’的地位；把人类从半虫豸的地位提到人的地位。……留给我们的事业，就是：中国新文化底开展和提高。”这一辑文章仅是一个研究的开始，“愿望每一个中国人，全能够写出他们对于这位伟大的人底感情和见地”。

这一辑《鲁迅研究丛刊》最为突出的成果当然是著名哲学家艾思奇的长篇论文《鲁迅先生早期对于哲学的贡献》。该文要点如下：

1. 时代环境

认为要理解鲁迅，就须设想我们是处在鲁迅先生早期生活的时代，从那时的历史情境中去思考问题才可能得出正确的结论。鲁迅当时所处的时代环境是这样的：“周围已站满了贪馋的虎狼，土地已慢慢被蚕食，政治主权与经济命脉，渐渐地已转移到帝国主义的掌握里，慢性的，肺痨似的灭亡的危险不停止地浸润着民族的机体。而就中国民族的本身来说，又是一个腐木似的衰朽了的古国。”“先觉的战士，是善于反省历史的教训的。鲁迅先生批评了当时许多人的所谓图谋中国富强的主张。这些人们或者提倡‘兴业振兵’，或者希望‘立宪国会’，在鲁迅先生看来，这一切嚣嚣嚷嚷的主张，都只是‘抱枝拾叶’的办法，并不是根本的计谋。”什么是最根本的计谋呢？鲁迅先生经过努力求索，下了这样的诊断：“根本的病症，是在于国民性的愚弱，在于民族精神的腐朽。因此，要求根治这民族的病症，挽救中国的危亡，‘第一要著，是在改变他们的精神。’（《呐喊·自序》）人的精神根本改造了，其他一切枝叶问题，就自然解决。‘人既发扬踔厉矣，则邦国亦已兴起。’（《文化偏至论》）”“我们不能以现在的立场来责成鲁迅先生，说他不能给中国社会作一个唯物史观的诊断，而却以精神的原因作为历史发展的基础。当时的历史条件，只容许他作这样的诊断，而且要达到这样的诊断，在当时已经需要鲁迅先生这样有天才卓识的人的努力了。并且精神的治疗也不是没有一定的效果，一经诊断之后，治疗的努力也就开始，鲁迅先生亲自将这历史的任务担当起来，他抛弃了医学，开始从事于他认为‘善于改变精神’的文学工作，他要在文艺中注入民族的‘先觉之声’，把中国人民从睡梦中唤醒过来。”“一切进步的思想，都是一定时代人类革命斗争的产物，鲁迅先生是在革命斗争中，创造着他的反映新时代精神的思想系统。鲁迅先生不是一个简单的文艺家，而是一个伟大的启蒙的革命战士，文艺只是他的战斗武器，或者说，文艺是他的战斗的主要武器，通过文艺，他向中国人民传播他在政治上、历史上、哲学上、文艺上等等方面的革命观点，传播着他的改造民族精神，改造中国文化和社会意识的新思想。他的思想不是玄学研究的结果，不是纯理论的空谈，而是充满着深厚的，对于民族，对于自由解放的热爱，而是把拯救中国民族的危亡作为实践任务，作为理论推理的出发点，作为对事物的考验的标准和评价的前提。鲁迅先生的思想言论的每一个细胞里，都充满着这一种民族所要求的原形质，这不是主观主义的要求，而是客观真理的反映。因为中国的进步运动，乃是合乎客观历史规律的运动，争取中华民族解放的革命要求，乃是社会物质发展本身的要求，所以，鲁迅先生的思想言论，不仅仅是充满了革命的热情和理想，而且揭露了许多历史的真理，而且这些真理，就是中华民族新精神的思想基础。”

2. 辩证法

“鲁迅先生遗留给我们的仅少的论文，告诉我们他的思想是包含着多么丰富的历史和文化知识的综合——当我们分析他的初期哲学思想的时候，我们必须记住，这一个世界观，是以相当深邃广博的具体知识做基础的。”“鲁迅先生和当时一般革命战士一样，接受了进化论的思想，而这思想就成为他的哲学世界观的科学基础。鲁迅先生在这一个基础之上建立了他的思想体系，从这思想基础上引伸出他的哲学世界观，他的思想方法和理论观点。”鲁迅先生早期的辩证法思想主要表现为：

（1）在自卑至高的生物发展中看出了世界万物（包括社会）的必然规律：“既然由低级到高级的发展是必然的规律，那么，当我们研究任何事物的时候，就必须把它在发展中所处的时间、特点作为依据，才能够获得正确的认识。必须依据事物的不同发展条件来给他以不同的估价，而不能在研究之前放着一个绝对不变的标准。不能用现在的标准来衡量过去，也不能把过去的事物的价值夸大，把一切都看做‘古已有之’，没有任何新的东西，这就是研究方法上的发展观点和历史观点。”“这样，研究过去，必须设身处地，从过去人的立场上着想。这是历史观点的一方面。而另一方面，近代人对于近代的事物，也就必须有近代的要求，近代的评价眼光，如果忘记了近代必须有近代应有的进步，把一切都看作古已有之，那就走到另一个反历史观点的极端，错误仍是一样的。”“鲁迅先生把这历史的方法应用到他的一切研究里，他的几篇早期的论文，对于所处理的每一问题，都回溯到它的过去的历史，都研究它的发展的各阶段上的作用和意义，然后检视它在当前的成果，然后展望将来的发展。”

（2）依据进化论的学说引申出了斗争的绝对性的观点：“和平不能促进进化，如果生物一旦都能和平共处，那么进步也就停止了，因此，斗争是依必然的规律而永久存在的，而和平，则至多只能是一时的表面现象，是潜伏状态的斗争表现，这一个辩证法的核心，鲁迅先生在他早期的思想中已深刻地把握到了。”如果我们要写一部中国近代辩证法思想的发展史，那么，鲁迅先生在“平和为物，不见于人间”[①] 一段话里所表现的思想，应该成为最重要的一章。鲁迅先生批评了老子的“无为而治”的理想：“素朴地触到了社会的阶级斗争思想”“统治阶级要维持其剥削的统治制度，最重要的就是要能够麻痹被剥削阶级的意志，使他们能够安分守位，浑浑沌沌的生活下去。要达到这目的，在思想上的方法，就是要在他们中间散布和平妥协的意识”“中国之治，理想在不撄……”“新旧对立的斗争，是事物发展的原动力，这辩证法的真理，是被鲁迅先生的天才慧眼发现了”。——鲁迅先生依着自己的辩证逻辑的推理，也把握了对立面转化的规律。“《文化偏至论》是叙述西洋文化发展史，就是以这一个规律作方法，把向对立的转化，把‘偏至’的发展形式，当作必然的规律来看的。”

（3）鲁迅先生还看出了对立面的转化，终于会构成螺旋状的发展图画。“‘所谓世界不直进，常曲折如螺旋，大波小波，起伏万状，进退久之而达水裔，盖诚言哉。’（《科学史教篇》）——在这里，辩证法的否定之否定的规律，也在鲁迅先生的早期思想中有着表现了。”总之，“鲁迅先生在进化论的科学思想基础上面，综合着他对于中国和西欧的历史文化的研究，天才地引伸出了辩证法的思想方法，锻炼出了这一个思想斗争的最锐利的武器。辩证法的一切基本原则，虽然只以萌芽的形式，虽然带着自然发生的性质，然而确已全部为他所掌握着了”。

3. 唯物论与理想主义

“进化论在鲁迅先生的思想里不仅展开为辩证法的方法，而且也提供了对于自然界的唯物论的理解。既然生物是依循着进化的过程，由低级以至高级，由简单达到复杂，今天的高级动物，不过是昨天的低级动物转化而来，万物之灵的人类，不过是比较不灵的生物的后代。这样回溯下去，追究起最简单最低级的原生物的发生原因时，必然可能是由无生物的转化，有生物与无生物，有灵性的与无灵性的都是同一物质发展不同阶段的表现，一切都是依物质规律

① 鲁迅：《摩罗诗力说》。

而出现的自然物——这是由进化论必然要得到的结论。因此，过去的进化论者，自然地同时也就是唯物论者。”但是，“鲁迅先生早期对于世界的理解，就不能完全超出旧唯物论的范围，而与旧唯物论一样，在社会的理解上成为唯心论者了”。不过，“‘掊物质而张灵明’，不应该是对唯物论的反驳，而只是反对庸俗的物质主义，‘任个人而排众数’，不足以攻破真正的民主，而只是对于能够任人自由发展个性的真正民主世界的素朴的原始希望”。在未曾看见新民主主义革命的现实力量的情形下，“一个急进的民主主义者只能依据主观的理想来考究治疗的药方，这是必然的。现实是无望的，所以只有坚持理想，群众是庸俗的，所以要提高有‘意力’的个人，虽然这唯心论的夸大强调，结果有滑入英雄崇拜主义的泥坑里去的危险，然而就其发生的动机来说，乃是对于旧民主主义的不彻底性的抗议，是对于周围的庸俗群众的不妥协的战斗表示。在唯心论的圈子里，这抗议和战斗就是无力的，是寂寞而且徒然的，然而能坚持着不妥协的战斗精神，就可以有更向前进一步的机会而不至于‘苓落’。这样的人，在未看见了那样的力量时，只要他还要坚持战斗下去，他就可以抛弃空想而成为彻底的唯物论者。真正崇高的理想主义者或伟大的唯心论者，有时比庸俗的唯物论者更接近于真正的唯物论者，更易于成为真正的唯物论者，这在历史上是并不缺乏例子的。就现代来说，法国的巴比塞和罗曼·罗兰就是伟大的理想主义者和个人主义者走向唯物论的辉煌的例子。‘五四’以后鲁迅先生所以终于能够走到辩证法唯物论的方面来，接受了马克思主义，也正是由于他在战斗中看见了真正民主的现实力量”。

艾思奇的这篇论文是中国鲁迅学史上一篇很少见的力作。艾思奇以他作为大哲学家所特有理论深度、严密逻辑和开阔视野，从中国近代辩证法思想发展史和世界哲学思想的范畴内，详审地考察了鲁迅早期所处的时代环境，分析了他早期论文中所包含的辩证法思想和唯物论观点，把鲁迅早期的哲学贡献论析得精当透辟、充分彻底，有力地说明了鲁迅后来转向马克思主义的内在基因及其必然性，至今其中的基本观点仍然无可辩驳，其论述的酣畅、析理的精辟仍然少有人超越。

何干之的《中国和中国人的镜子》。该文从“画眼睛”“排斥异端”“精神胜利”“做戏的虚无党”“下谄上骄”“示众者、旁观者、机会者”“唯无是非观”“国民性的改造”八个方面归理综述了鲁迅对中国和中国人的评论，虽然没有突出的理论创新，但是像这样全面、详细地综述还是第一次，对于认识鲁迅改造国民性的思想是有益的。

其他文章中，署名“须旅”的《辛亥的女儿》和《一出悲壮剧》以畅达的文笔、汹涌的激情论述了鲁迅小说《离婚》和《伤逝》，是首次对这两篇小说进行如此详尽评述的文学论文。正义的《鲁迅语言理论的初步研究》，相当全面地综述了鲁迅关于语言文字改革的理论，认为“建设大众语的文学和文学的大众语，正是中国文艺工作者今后的努力方向和应当完成的任务”。这是在鲁迅研究一个较新领域的耕作，值得注意。

附录中的《鲁迅研究会成立经过》记述了延安鲁迅研究会的成立经过，说明了成立的目的，颁布了研究纲领，筹划了研究步骤，公布了艾思奇、雪苇、范文澜等两批参加研究的人员，从中可以看出当时研究的规模和重视的程度。

萧军编的《鲁迅研究丛刊》第二辑，后来也由延安鲁迅文化出版社于1941年排版。辑中收有毛泽东的《鲁迅论》、瞿秋白的《论鲁迅的杂感》、萧红的《回忆鲁迅先生》和萧军的《铸剑》《采薇》分析。据萧军亲口对笔者说，此辑已经排好，打出了纸型，但是因为当时处于抗战最为艰苦的阶段，印刷条件很差，加上一时情况变化未能付印，甚为可惜。

萧军自二十世纪三十年代和萧红一起与鲁迅在上海相遇以来，半个多世纪里一直努力宣传鲁迅、研究鲁迅，直到生命的最后一刻，还一再对儿女说自己毕生最大的恩人就是鲁迅，叮嘱儿女要永远纪念鲁迅先生。其后人主持的中国萧军研究会，也继承遗志，大力支持鲁迅研究事业。这种诚意、情感和业绩着实令人感动，应在中国鲁迅学史上有所记载。

五　巴人、平心等的专著、专论及其他

二十世纪四十年代出现了一些很有分量和深度的鲁迅研究专著、专论，比二三十年代有明显进展。

值得注意的研究鲁迅思想和杂文的专著有三部：

巴人（王任叔）的《论鲁迅的杂文》（上海远东书店1940年版）。该书共分五章：《序说》《鲁迅思想发展的三个时期》《鲁迅杂文的形式与风格》《鲁迅杂文中所表现的思想方法》《战斗文学的提倡》。书后附录两篇论文：《鲁迅先生的艺术观》《鲁迅的创作方法》。

第一章《序说》引述了张若谷当时在《中美日报》的《集纳》专栏上发表的《写文学随笔》一文。认为张若谷在这篇文章中既不得不称赞鲁迅是随笔家，又重复他12年前所写的《鲁迅的〈华盖集〉》中的话，继续攻击鲁迅杂文“弯弯曲曲”，是“现代绍兴师爷”。巴人对此予以反驳，又引述了《中华日报》上刊登的徐冠宇的《活张若谷仍在曲解死鲁迅》一文，也表示不尽然同意。由此说明研究鲁迅杂文的必要性，并说明这本书原是1938年在关于“鲁迅风”争论座谈会上的报告，为纪念鲁迅诞生60周年而整理成书。

第二章《鲁迅思想发展的三个时期》指出：“鲁迅的杂文是有它丰富的思想性的，如果忽略鲁迅的思想来论断鲁迅的杂文，那是南辕北辙，决无是处。”表示同意瞿秋白、李平心把鲁迅思想发展划分为三个时期的观点：① 求学到“五四”；②“五四”到大革命；③ 大革命到病死。而巴人的独特贡献则在于第一次从中国近代思想史的背景上分析了鲁迅思想的独创性。他详细分析了维新派方面的康有为、谭嗣同的思想及两人的异同。然后指出：

> 鲁迅在这一时期复杂错综的社会思想中，是以民族革命者的立场，高扬有与谭氏相通的尼采的个性解放的精神；并以直接承受于章太炎的朴学家的实践的观点，而贯彻以若干的存在于浪漫主义精神里的辩证的思维法则。他是综合了彼时的各派思想的优秀的素质，而打定了他后期的作为中国文化界的导师的主要基础。他几乎是从民族革命实践，到个性的解放，从自然科学的唯物论，到非物质的辩证的思维法则的深入，而统一于他朴学家的历史的现实主义的观点里。在这时候，他是以个性解放，来代替民主主义思想的。

巴人的这一分析，无论是在当时还是后来，都显现出独特的光彩。

第三章《鲁迅杂文的形式与风格》指出，鲁迅杂文“是综合了中国传统文学最优美的形式，予以熔铸，表现”，然后分 A、B 两节加以论析。

A.《鲁迅杂文与民族形式》，认为中国文学中，散文文学实占绝大优势。“而这些散文文学中的主要精神大都是有极丰富的现实性；而在其表现的方式上，又大都有极灿烂的形象性。”“由于中国社会的封建性质”，又使人们“养成一种直觉的思维的习惯”，形成如下三个特点：“一、抽象思维的学术文字极少。思想大都为肆应外物而发。二、偶有若干抽象的思维，但是片断的零碎的，不能融会贯通，自制一哲学体系。三、思想之表现形式，大多为偶感性质的记述；因之，又极注重于文辞藻饰。”因而，“这在意识领域上，将失却了思想的活力，在国民精神上，养成承认现实的奴隶性，或持中调和性，而在文化形式上，也始终不能打破片面和局部性（即没体系化的著作），反而成为封建统治的巩固手段了”。巴人接着指出：

> 那么，要发展中国文化应该走怎样的路呢？无疑的，我们应该首先使自己——文化人，接受资本主义的，社会主义的文

> 化教育，而具有了科学的辩证的思维法则和阶级论的民主主义的精神，形象性的手法，而给予广大读者以前进的指标，这才是中国文化上所要首先做到的事。鲁迅先生，正是以这样的姿态，出现于中国文化界里的。鲁迅先生的杂文，就尽了这样的一个文化建设的伟大的作用。

因为要使中国人民“从封建的硬壳里出来，那也只有在他们所能看到的现实中，给予更深的掘发，而指出他应走的前途，也只有以形象性的表现，使他们接受，而再促他们觉醒过来，也只有以自己的前进见地应于外物而有所感悟的片言只语去感悟他们，使他们前进”。鲁迅正是吸取了“正统文学中那种现实性，感应性，形象性的手法”，“使他能很自然”地磨炼这一支投枪，变得无比的锋利，而为大众阶级服务。

B.《鲁迅杂文发展的三个时期》，认为“鲁迅的《热风》时代杂文的特质，是表现他那见解的新颖和正确，而《伪自由书》时代杂文的特质，是表现他那观察的精锐和深入，那么由《伪自由书》而发展到《且介亭杂文》时，也是表现了无比深阔的学养和识力”“它的风格，渐趋于朴茂，苍老，深厚”；并将鲁迅杂文的风格分为“短小精悍，泼剌而讽刺”“深厚朴茂显示无比的学识”“趣味浓郁引人入胜——诗意的形象化”“战斗的论文式”“抒情的”“质直的，搏击的”“客观地暴露而不加以论断的”“书序的”八类。

第四章《鲁迅杂文中所表现的思想方法》，巴人讨论了“鲁迅杂文是怎样写的”问题，总结出鲁迅思想方法的四个特点：①“他是专爱抓住一个小点而说出其全体的意义的。”②“他最注重事物的关节。关节是事物之运动的力量。因关节就是事物的矛盾点。他最爱暴露矛盾。”③“鲁迅对于事与人的关系的看法，也是统一的”是人事兼论。④“他永远是看住当前的现实，而又瞩望于未来的。”“总之，像鲁迅那样能深刻地探求社会现象之本质，能把自己的思虑与现实发展相适应，能掘发并抓住典型事物与典型人物，能把思想在全面性与局部性之间统一起来而肆应于现实的批判上的，那确是很少见的。而他那整个杂文的精神，我们可以用一个名词概括它，那就是实践批判论的精神。”这使鲁迅具有“高瞻远瞩直觉地抓住这要点”的“识力”。

第五章《战斗文学的提倡》。巴人认为：“我以为这样‘迂回曲折’的风格，正是他成为文学作品的必要条件。”“它是思想性与形象性的最高的结合。”“报纸上的流行短评和鲁迅杂文有程度之差：那就是流行的短评，一般只停止于社会现象的一般批评，而没有做到社会现象之本质的把握和掘发。”

巴人的这部专著，是中国鲁迅学史上第一本专门研究鲁迅杂文的书。其特点是：能够以中国近代思想发展史为背景，运用比较研究的方法，分析近代主要思想家的异同，从中归纳出鲁迅思维方法的继承性和独创性以及鲁迅杂文出现的历史与文学的渊源，进而从“鲁迅杂文是怎样写的”这一内在的实质性问题着眼，分析了鲁迅杂文中所表现的思想方法和艺术特征。虽然对这一问题的分析还有待于从哲学理论和思维科学上进一步阐发和提高，但是在二十世纪四十年代初就能考虑并提出这一问题就已是难能可贵的了，何况还进行了相当精辟的分析！巴人思考问题的深广，分析问题的独特，至今值得我们学习，应该给予他的《论鲁迅的杂文》一书以重要的历史地位。

平心（李平心）的《论鲁迅的思想》（上海长风书店 1941 年版）。1938 年鲁迅座谈会后，平心作为讨论结果的执笔人，发表了署名“鲁座”的《思想家的鲁迅》，以后又继续进行鲁迅研究，于 1940 年底在《公论丛书》和《求知文丛》上发表了三篇论文：《鲁迅的思想遗产——战斗的现实主义者的鲁迅》《启蒙主义者与民主主义者的鲁迅》《民族主义者与国际主义者的鲁迅》。这三篇论文彼此间有所联系，于是他就结集成为一本较有系统的专论鲁迅思想的书籍，把《思想家的鲁迅》刊在书后作为附录，题名为《论鲁迅的思想》。1946 年再版时更名为《人民文豪鲁迅》，后来又曾多次再版。

这部书是中国鲁迅学史上第一部专门研究鲁迅思想的专著。

第一章《战斗的现实主义者的鲁迅》认为在近代中国由封建宗法社会向新社会蜕变的历史过程中，“一个从旧社会和仕宦家庭出身的知识分子，由于特有的遭际和修养，靠着出众的天才与努力，凭借文艺工作和思想活动，在许多同时代的文人学者倒退、落伍、升官、退隐的浊潮中，始终高举战旗，作为中国人民的卓拔精神代表而苦斗、而呐喊，在现代的中国文艺界中找不到第二人，这就不能不惊叹鲁迅的特异和伟大了。鲁迅不幸而出生在中国，使他的天才和工作不能发挥到可能达到的极境；但是，他又幸而生在中国，因为他目击到和参加了中国特有的民族剧变的巨大场面”。然后通过鲁迅与高尔基、果戈理、萧伯纳和伏尔泰的比较，说明鲁迅是“第一个中国化的世界思想家”。而鲁迅的战斗现实主义的根源，则在于“他的不断把握现实、深入现实和变革现实的求真精神和战斗要求”，在于他“深刻体验现实，沉着迎战敌人，虚心改造自己，诚笃接待大众”的基本原则。“因此，并不是因为他先有文艺生活，然后才有现实主义的精神，而是先有现实主义的精神，然后才有锋棱惊人的文艺成就。假如把鲁迅的文艺比作疗救疾病的温泉，那么，他的博大渊深的现实主义精神就是熔融岩石的地热。岩石般的现实世界在他的现实主义热力灼烧之下，都融解成为岩浆，他那渗入现实的地壳罅痕的情感、思考、想象和理想，就沸腾成为温泉。文艺是鲁迅现实主义的表现形式之一种，正如温泉只是地热的表现形式之一种一样。鲁迅现实主义的批判性和战斗性一开始和封建专制主义的狱门相碰击，就爆出了奇丽的革命火花。正如启蒙时代的欧洲市民革命运动，是从争取人性解放和人权保障开始一样，鲁迅的初期的写作活动也是从‘人’的发现和‘人’的保卫出发的。在论及中国文学革命运动时，他曾指出初期革命文学的特征说：‘最初，文学革命者的要求是人性的解放，他们以为只要扫荡了旧的成法，剩下来的便是原来的人，好的社会了，于是就遇到保守家们的迫压和陷害。’（《且介亭杂文·〈草鞋脚〉小引》）鲁迅就是最早提倡人性解放的文学革命者。”那么，鲁迅的现实主义的主要内容是什么呢？这就是：正视现实，冲破“瞒和骗的大泽”与“逃避现实和隐瞒现实的传统恶习”；“不惮以最大的恶意来攻击旧社会”，“不惜以最无情的笔锋来暴露民族病态”，但又深信“黑暗及其附着物”迟早要归于灭亡，为了民族与人类的光明前途而进行“韧性的反抗”，“因为绝望的抗争总胜于卑怯的苟活，战败的悲歌总胜于待死的哀哭”；在战斗中又富有现实性，“清醒地认识战斗的客观条件，正确地估量革命的主观实力，根据这种认识与估量，跟黑暗势力坚忍地稳扎稳打地长期作战”；“不但用清醒的现实主义来争取革命，他对于一切事物与问题的看法，也是从现实的历史发展过程着眼，因此在他的著作中到处闪动着辩证法的火花”。

第二章《启蒙主义者和民主主义者的鲁迅》认为“鲁迅是现代中国号召思想革命和坚持战斗现实主义最英明最强毅的先驱人物，他的思想不仅是中国人民要求进步渴望光明的意志的最集中的表现，同时也是中国民主革命运动往前发展和走向深入的最明确的反映”“鲁迅是第一个指出中国旧社会支配者有意识地用思想麻药来执行愚民政策的人。他深刻认识了封建统治阶级是如何巧妙地用他们的意识形态来笼罩被统治大众”。鲁迅反封建的民主主义思想的“最大特点，就在于他处处以人民为本位，坚决主张用人民的自觉与行动，来对抗反动统治者的专横与压迫”“最大特色，就是带着科学的理性主义和战斗的现实主义；新理性主义使他成为伟大的革命民主主义者和思想革命家，而新现实主义则使他成为彻底的民主主义革命者和革命思想家”。

第三章《民族主义者和国际主义者的鲁迅》认为在鲁迅思想中民主主义与民族主义是统一的；由此出发，他为了改变阻碍中国革新的民族劣根性，担负起民族自我批判的任务；他对于民族失败主义与奴隶主义的攻击，是非常锐利的，阿Q就是这种锐利攻击的产物，因为失败主义正是阿Q主义的本质，只有清算了失败主义的阿Q主义，才能“在民族新生运动中锻炼锋锐的胜利精神”；而鲁迅的反帝思想也正是从反对死抱“国粹”不放的“鹰犬奴仆”“正人君子”的斗争中发端的；鲁迅也正是在通过民族的自我批判唤起民族自觉的过程中，由进化论走向阶级论，而这种飞跃是经过他自己的思想准备和自我斗争实现的，他的“阐释阶级论，正如他的解剖别的事物一样，不是出以抽象的说教，而是用绵密的思力与实践去探掘矛盾的泉源”；“鲁迅灵活地运用了阶级论来袭击旧社会和‘黑暗势力’，代表劳苦大众而呐喊，而战斗，使他由民主主义者进步而为社会主义者，由民族主义者发展而为国际主义者。但是，在鲁迅的思想中，正如在一切中国无产阶级战士的思想中一样，社会主义和民主主义，国际主义和民族主义，正是统一起来，不可分裂的”。

平心的这部专著，从中国在国际环境的大格局中考察鲁迅在历史上的定位和价值，视野广阔，立论高远，所以比那些仅就眼前所见而谈鲁迅的人要看得远，论得深了。把鲁迅定位为“第一个中国化的世界思想家”，就是以世界性的眼光观察鲁迅所得出的创见，也是平心的独到贡献。其次，平心善于运用对立统一的辩证思维方法论析问题，这样就全面地阐释了鲁迅思想中民主主义与民族主义、民族主义与国际主义之间的辩证关系，避免了片面性。再次，平心最早从马克思主义的理论高度论述了鲁迅解剖与批判中国国民性、担负民族自我批判任务的重大意义，说明鲁迅的最为主要的价值正在于为了中国的新生、赶上世界发展的大趋势而进行民族的自我批判，这一价值定位是非常准确的，至今仍然具有重要的现实的理论意义。

当然，平心的这部专著也存在明显的不足：一是由于作者致力于历史和思想研究，对文艺理论涉猎欠深，所以有些概念比较含混，例如现实主义在文艺领域是一种创作方法，而平心全当作一种精神进行论述，就有碍于理论上的清晰；二是在论述鲁迅从个性主义向集体主义的转变时，把二者完全对立起来也是不妥的，因为个性主义并不等于个人主义，更主要的是指个性的自觉，只有建立在个性自觉基础上的集体主义才是自觉的集体主义，否则就有趋向盲目的沙文主义的可能性，两个不同的概念是必须严格区分的；三是由以上概念的含混反映出当时的研究尚处于初创阶段，仅仅限于轮廓的勾勒与主要价值的定位，更为深入、细致的工作还有待后人下大力气去做。

何干之的《鲁迅思想研究》（张家口新华书店 1946 年版）。这本专著相当全面地综述了鲁迅的思想，从文艺观、历史观、社会观到人生观和古籍整理，涉及各个方面。虽然还只限于连缀和复述鲁迅的各类思想和言论，但是在鲁迅研究的初期阶段，这种对鲁迅思想各个方面的勾勒和描画还是必要的。当然，在鲁迅研究深入发展的时期，仅限于资料的连缀就不够了，需要从理论上进行学术分析和概括。在理论分析方面，这本书虽然不够充分，但是也时有闪光之见，提供了前人没有说过的新见解。例如第六章《作品和鉴赏》第二节《辩证法》中就有这样的分析：

> 所以有许多现象，单看表面，是无从理解的。所谓思维，就是从复杂的现象中，寻出事物的本质。这思维方法即辩证法，用辩证法去说明一切现象，这与抄袭公式或结论刚好相反。正确的结论或公式诚然不是空洞无物，也有其真实性的。例如关于水性的认识罢，水能淹死人，也能浮起人，这是水性的公式，这公式之所以有真实性，是因为水确实有这么两种作用。但只明白这公式，也依然无用的，必须实际用起来，学得运用水性的方法，即能够操纵它浮起人这种性质。因此所谓识水性，是含有知行合一这种说法的。至于识事物性，也是如此，并非引证公式而是实地去应用。即是："具体地切实地运用科学所求得的公式去解释每天的新的事实新的现象。"鲁迅向来反对用公式往一切事物上乱套的错误，以为是新八股之作法，也是根源于此。

关于鲁迅杂文的这种辩证思维特征，过去徐懋庸和欧阳凡海等鲁迅研究者都进行过分析，但是像何干之的这种具体分析，以前还不曾有过，是一种新的推进。就此细微处倒很可以看出鲁迅具体问题具体分析的活的灵魂，把握住他与那些公式主义者和教条主义者的本质区别，比有些空洞无物的宏篇大论不知强出多少！再如第八章《文化遗产问题》第二节《东西文化的交流》，从东西方文化的交流和比较研究中观察鲁迅的历史地位，也不失为一个新的角度。其中评述鲁迅翻译日本文艺批评家厨川白村的《出了象牙之塔》一事时指出："这书的翻译，不但对于鲁迅的杂文，给了极大的启示，并且对于中国散文的发展也给了极大的影响。"见解同样是很中肯的。

四十年代还出现了一些值得注意的鲁迅研究专论：

聂绀弩的《鲁迅——思想革命与民族革命的倡导者》（1940 年 10 月 25 日重庆《中苏文化》半月刊第 7 卷第 5 期）。这篇后来并未引起人们注意的论文，其实是最早对鲁迅思想的精神本质做出深透理解与充分阐发的力作，多少年后都少有人超越。文中许多精彩段落值得反复咀嚼：

> 五四运动，有人比之于欧洲的文艺复兴，文艺复兴的根本思想，被称为人的觉醒，那就是说五四运动也就是中国社会的人的觉醒。其实岂只五四运动，百年来的各种改革运动，无不带有人的觉醒的气氛，而且这人的觉醒的内容，比文艺复兴更为丰富；不但是民权的觉醒，同时也是民族的觉醒。……鲁迅先生的思想正是这一需要的代表。
>
> ……我们需要的是人，是自己变成人，这人是新的人，精神和身体一样强壮的人，在世界有强固的位置，可以和世界上的任何种族的人并驾齐驱，一同走向大同社会的人。怎样使这样的人实现呢？首先，自然是政治改革，但中国并不是没有改革运动，并不是没有反抗封建势力与国际帝国主义的运动；刚刚相反，差不多百年以来，层出不穷的爆发过各种各样的改革运动，比如洪杨革命，义和团运动，戊戌变法，辛亥革命，以及其他部分的，上到下的改革等等，也有许多次的改革，还得到了不少的成功。不过以前的改革者们，把问题看得太简单，太表面，太局部，政治家以为只要一道皇帝的圣旨，革命家以为只要打倒一个皇帝，实业家以为只要开几个工厂，教育家以为只要废科举、兴学校，军事家以为只要有枪炮战舰，老百姓

> 以为只要赶走或杀掉几个洋教士……都忘记了如果人民的脑子不从封建文化的束缚之下解放出来，人民不获得人的知识，人的思想，无论什么改革，无论那改革得到怎样的胜利，也将是表面的，形式的，换汤不换药的。于是摧毁旧的文化思想，建立新的文化思想，就成为一个重要的课题。
>
> ……鲁迅先生以前的改革思想中的人的觉醒的要素，有的只是不自觉的潜伏着的多少萌芽，有的又只闪着一鳞片爪的光辉；只有在鲁迅先生的思想中，“人”才显著，自觉，贯串组成而为有机的整体。无论某一时期某一种类的改革思想，我们几乎都可以从鲁迅先生的思想里找出若干的影子，而鲁迅先生的思想，比任何人的都更丰富，更完整。而且别的改革者的思想，往往局限于一定的时期，一定的境界，时过境迁，就褪色，退婴，乃至消失，所以终不能有彻底的人的觉醒；只有鲁迅先生正像他推崇别人的时候所说“作时世之前驱，与童冠而俱迈”（《河南卢氏曹先生教泽碑文》），自始至终，为“人”而呐喊，战斗。

回首重读聂绀弩八十年前所写的以上文字，不禁感到惊异。原来正是聂绀弩对鲁迅思想的精神本质做出了最为深透的理解与最为契合的阐释。而且这竟然是早在近一个世纪之前做出的。这些思想不仅在当时具有重要的价值，就是在现在、在遥远的未来，也都包含巨大的意义。是的，“中国人向来就没有争到过‘人’的价格，至多不过是奴隶”。先觉者的使命就是启悟中国人意识到这一点，去争取“人”的价格，不再做奴隶。所以，“鲁迅先生根本思想就是人的觉醒”“民权的觉醒”。因为无论是否打倒了皇帝，经济有了多大发展，有了多强的军事实力和多高的科学教育，“如果人民的脑子不从封建文化的束缚之下解放出来，人民不获得人的知识，人的思想，无论什么改革，无论那改革得到怎样的胜利，也将是表面的，形式的，换汤不换药的”。鲁迅高于近代所有改革者的地方，就在于他比任何人都自觉、彻底、一贯地为“人”而呐喊、战斗。

郭沫若的《庄子与鲁迅》（1941 年 4 月 20 日重庆《中苏文化》半月刊第 8 卷第 3、4 期合刊）和《鲁迅与王国维》（1946 年 10 月 1 日《文艺复兴》月刊第 2 卷第 3 期）。这两篇都是鲁迅与中国古代和近代文化名人进行比较的文章，是较早开拓这一领域的力作。前一篇认为：

> 鲁迅这位承先启后的代表一个新时代的作家，把他的博洽的学识和经验融化在他那千锤百炼的文体里，非有耐心的人而且和鲁迅生活比较接近的人来细心地做一番疏释的工作，恐怕时代愈经久远了，愈要使人难于通晓的吧。

而郭沫若也就正是在尽自己所长，做一番鲁迅著作的疏释的工作。他说道："因为鲁迅爱用庄子所独有的词汇，爱引庄子的话，爱取《庄子》书中的故事为题材而从事创作，在文辞上赞美过庄子，在思想上也不免有多少庄子的反映，无论是顺是逆。这些引起了我注意，所以我一边读，一边便笔记了下来。"于是就写成了这一篇"小文"，从鲁迅在著作中所引用的庄子的语汇、完整的词句以及用《庄子》书中的故事或寓言作为创作题材的作品中，评述了鲁迅所受庄子的影响。又从鲁迅对庄子思想的批判中，说明鲁迅把庄子作为虚无主义者进行批评，表明他"对于庄子的影响是想尽力摆脱"。而像庄子那样"建立了一个完整的思想体系，以思想家而兼文章家的人，在中国古代哲人中实在是绝无仅有"，就是郭沫若本人，也承认"曾经爱读过《庄子》""不仅喜欢他的文辞，并且还迷恋过他的思想"和"他的淡泊的生活"，对于自己"尤具有过相当强韧的引力"，作品中也有明显的影响。郭沫若的这篇文章是中国鲁迅学史上第一篇专门谈鲁迅与庄子关系的开拓之作，他以他特有的古典文学造诣，以实证的方法，初步揭示了鲁迅所受到的庄子的影响，为后人的研究开辟出一派新天地。当然，由于是初创之作，所以还限于表面的外在的罗列，深入的分析与论述工作就有待后人去进行了。后一篇开头即说道："在近代学人中我最钦佩的是鲁迅与王国维”“我时常这样作想：假使能够有人细心地把这两位大师作比较研究，考核他们的精神发展的路径，和成就上的异同，那应该不会是无益的工作”。于是对这两人进行了比较。认为：鲁迅与王国维两人“幼年时家况都很不好”，但“对于旧学都在幼年已经储备了相当的积蓄，而又同受了相当严格的科学训练。他们想要成为物理学家或医学家的志望虽然没有达到，但他们用科学的方法来回治旧学或创作，却同样获得了辉煌的成功。王先生的《宋元戏曲史》和鲁迅先生的《中国小说史略》，毫无疑问，是中国文艺史研究上的双璧；不仅是拓荒的工作，前无古人，而且是权威的成就，一直领导着百代的后学”。同时，“两位先生都喜欢文艺和哲学，而尤其有趣的是都曾醉心过尼采”。不同之处是：王国维虽是“很有科学头脑的人，做学问是实事求是，丝毫不为成见所囿，并且异常大胆，能发前人所未能发，言腐儒所不敢言，而独于在这生活实践上却呈出了极大的矛盾”，1927 年夏间跳进颐和园的湖水里面淹死了。其中的原因，郭沫若不同意所谓为清朝“殉节”说，而认为是由于受了罗振玉的逼迫，是朋友害了他。鲁迅先生则不同，“始终前进，一直在时代的前头”，其原因是“得到了朋友的帮助”。所以，“王国维好像还是一个伟大的未成品，而鲁迅则是一个伟大的完成”。郭沫若的确开辟出了一个很好的思路，鲁迅与王国维这两位中国近代最伟大的文化巨人是非常值得进行比较研究的，可惜的是自郭沫若之后，尚无更有分量的论著出现，实在是很令人遗憾的。

吕荧的《鲁迅的艺术方法》（1941 年 6 月重庆《七月》月刊第 6 卷第 4 期）。该文是一篇很难得的从艺术方法上分析鲁迅小说特征的力作，认为“叙述鲁迅的艺术方法，我们除了探讨他的作品底内容而外，还需要研究他的作品的形态，从结构的体式到人物、风景、意境的写法。这样，我们才能接触到鲁迅作品的风格的全貌，才能理解他的艺术方法的完整的形象和发展的历程”。经过细致的研究，该文得出这样的观点：

鲁迅的小说，一般地说来是散记体的形态，它的结构是直述的散记，它的风格是叙述的诗，含有情感的色彩，跃动着生命的呼吸。

在鲁迅的作品里，这样朴素的单纯的结构，虽然缺少情节的曲折，缺少人物间相互错综的联系、结合、对立等关系的戏剧性的因素；可是情节的每一步起伏都是人物事态本身的发展，并不是牵强造作而来。因此，由于内容的真实和深刻，这样的情节直接诉诸读者的心灵，具有丰富的感动力和艺术的情趣，使人读了之后，不能不深思它的意义，并且像一首诗一样，深远的长久的存留在记忆里。

与鲁迅的朴素的散记体的风格一致，鲁迅在作品里描写人物不采用细密的工笔画的手法，而采用传神的轮廓画的手法。在这一手法上，鲁迅运用了创造艺术典型的基本的原则，鲁迅作品里人物底传神的轮廓画的特点，并不是人物外形的细节的描画，而是叙写足以具现人物的思想情感性格的行动和对话，是一种典型环境中的典型人物的概括。

与素描的人物的画面相调和，鲁迅作品里的风景也是十分素朴的叙述，不作冗长的描写。一般的说来，鲁迅的作品里没有纯写景的画面，写景总是与叙事交织着结合着。

通过散记的叙述，以传神的人物画，以朴素的风景画，鲁迅凝化叙事，写景，抒情为一整体。鲁迅的作品的最完成的形态是和谐的诗篇，全文中没有一点紊乱的枝节与堆砌的穿插，没有一个废字废词，一切的描写与叙述都经过挚热的爱与憎的融和，精深的语言的洗炼；文字如流水，如醇酒，全篇像一幅淡色的墨水画。这样的艺术的“单纯”的作品：如《孔乙己》，如《祝福》，如《孤独者》，如《伤逝》，如《野草》里的《过客》……

鲁迅以他的作品，无论在思想的高度上和内容的深度上，在艺术的创造性和完成性上，无论在中国人民底现代第一个伟大的作家的意义上，他能够而且应该说是世界的伟大的作家。

他是二十世纪的伟大作家之一。

以前的鲁迅研究论文大多是从政治历史价值和社会思想影响上进行评论，偶有谈艺术的，也多限于直觉性的随感，而吕荧的这篇论文却开始从艺术理论和文学美学的高度分析鲁迅作品的形态，从结构的体式到人物、风景、意境的写法以及情感与色调都做了细致、深入的研究，提出了自己独到的见解，把鲁迅作品的艺术研究提高到一个新的境界，是二十世纪四十年代出现的一篇很重要的鲁迅研究论文。当然，吕荧开拓出了新的视域，更为完整、正规的理论研究还需要后人继续去做。遗憾的是后来真正扎扎实实地从事艺术研究的人并不是很多，大多数人都很浮躁，忙于进行一般化的时政性的评论，不愿意扎实细致地耕耘，这不能不说是中国鲁迅学史上的一大缺失。

王任叔的《鲁迅先生的治学方法》（收入 1946 年 4 月上海杂志公司出版的《学习与战斗》）。这篇论文绝不是一般地谈论鲁迅的治学方法，而是相当深入地剖析了鲁迅的辩证思维方法，揭示了鲁迅既继承前代学者治学的优良传统又克服其中弊端、汲取新的科学方法的革新精神，指出：清代朴学家们的"历史主义，只做到'还它本来面目'这一点，而对于历史的发展，尤其是具体的历史的发展，不很关心，因之他们把学问和实社会隔离了开来，学问和学问的相互关联隔离了开来，甚至把某一学问的各阶段隔断开来。所以他们的治学的目标越到后来越只限于考据与训诂之学了。章太炎先生的《方言》，是以方言来考订古音的，那是逆历史主义（复古主义）的做法，要人们倒回过头去写古字，而不是证明古音古字的衍变的必然性，所以直到讲学苏州时，还不断抨击拉丁化新文字"。"只把事物还放在它所产生的时代的'本来地位'上给它一个'本来的面目'。此固历史家所应作的事，此或朴学精神所在之处，但仅仅做到这一点是不够的。仅仅做到这一点，是将学者自己停留于彼一时代里，而终于不能有所开展，于现实社会亦毫无补益。鉴往所以知来，历史家与学者的目的，不仅在于记载过去之正确，而尤在于借此而知现在未来为何若。”“这就是我所说的历史的现实主义的方法。而这也就是鲁迅先生超越章太炎先生而成为历史的现实主义者的原因。”这些分析都是很精辟的，对于认识鲁迅的辩证思维方法和历史的现实主义观点以及与前代学者的承续关系是有重要启示的。

何其芳的《两种不同的道路——略谈鲁迅和周作人的思想发展上的分歧点》（1942 年 11 月 2 日延安《解放日报》）。何其芳的这篇文章，比以前的鲁迅、周作人比较论更有分量，分析得更为深入和透彻。他从中国八十年的民族觉醒、民族解放这个大的历史条件中，从个人觉醒与民族的、阶级的觉醒，个性解放与民族的、阶级的解放的必然联系中，考察鲁迅与周作人的不同道路，从中引出借鉴，得出了比较高的认识。

张仃的《鲁迅先生作品中的绘画色彩》（1942 年 10 月 18 日延安《解放日报》）。这是一篇由画家写的从绘画角度评析鲁迅作品的别开生面的文章，认为“鲁迅先生的作品，猛看上去很像单色版画，但在凛冽的刀尖所刻画的景色和人物上，罩上了一层薄雾，迷蒙中具有色彩”“鲁迅先生浸透了劳苦大众的感觉与情绪，不能感兴太鲜艳的色彩，实在也没有太鲜艳的色彩可以唤醒鲁迅先生的感觉——封建阶级把人民对于色彩的享受都剥夺了，把颜色分出阶级来”“鲁迅先生自己的色调，十分独特的表现在：祥林嫂、魏连殳一流人物身上”“不但有自己的独特底色调，同时又是道地的民族气派，比若干中国的洋画家们欧化色彩的绘画，更富于东方色彩，而带有大陆气氛多了”。最后总结道：“鲁迅先生的学术思想，要学习的，当然是太多了。尤其是鲁迅先生在艺术中的各个门类底修养渊博和深刻上，除了使我们惊讶与慨叹之外，是更应当学习的，因为艺术是相通的——尤其是绘画和文学。”从绘画角度研究鲁迅的作品确实是一个非常新颖而且重要的课题，可惜的是张仃之后少有这方面的进一步开拓。

茅盾的《论鲁迅的小说》(1948 年 10 月香港《小说月刊》第 1 卷第 1 期)。茅盾是最早对鲁迅小说做出论评的文艺批评大师，写过不少精彩的论文，这篇文章的新进展是着力分析了鲁迅小说从《呐喊》到《彷徨》的艺术发展：

> 从《狂人日记》到《离婚》(从 1918 年到 1925 年)，不但表示了鲁迅思想发展的道路，也表示了他的艺术成熟的阶段。《祝福》《伤逝》《离婚》等篇，所达到的艺术的高峰，我以为是超过了《阿 Q 正传》的。
>
> 如果把《药》和《离婚》比较研究，无论是就形象的生动而多采，人物的典型性结构的有机性，乃至对话的如闻其声，我觉得《离婚》更胜于《药》。鲁迅自说："但既然是呐喊，则当然须听将令的了，所以我往往不恤用了曲笔，在《药》的瑜儿的坟上平空添上一个花环。"然而并不用了这样"曲笔"的《离婚》，对于读者的启发和鼓舞却更为深远。
>
> 在《呐喊》集中，幽默情调较居主要的作品似乎更胜于沉痛的作品，《孔乙己》给读者的印象更深于《明天》。至于《阿 Q 正传》，它的逼人的光辉在于思想的深度，固当别论。在《彷徨》集中，我却以为沉痛的作品在艺术上比《呐喊》集中的同类作品达到了更高的阶段，《祝福》和《伤逝》所引起的情绪远比《药》和《明天》为痛切。这样的比较是我的观感，也许不一定对。可是若就艺术的成熟一般而论，鲁迅的小说后期尤胜于前期者，这说法大体上我相信是不错的。

作为创作了大量优秀小说的卓越作家，茅盾对小说的谙熟、对内情的深知以及艺术感觉的敏锐、细腻，都是无人可比的。他对鲁迅从《呐喊》到《彷徨》艺术发展的分析，是切中肯綮、极有道理的，值得后人继续体味。最后，茅盾对鲁迅后期不写小说的原因也做了非常中肯的解释：

> 1927年以后，鲁迅不写小说了——除了几篇《故事新编》。那时他用以进行思想斗争的武器是杂感，这是大家都知道的。为什么他不再写小说？他曾经说笑话道：“老调子已经唱完。”当然他的忙于写杂感是一个主要原因。在当时思想斗争的需要上，杂感比小说更为有力。但也不能不承认这事实：鲁迅在那时没有接触新鲜生活的自由。至于旧材料，为《呐喊》和《彷徨》所有者，即他觉得已经写够了。他曾经有意以辛亥革命为背景写一长篇，可是紧张的思想斗争要求他用最大部分时间去写杂感，他这计划终于没有实现。在反映中国的历史阶段这一点而言，这损失暂时是无从补救了。

鲁迅后期为什么不写小说了？这一问题一直是中国鲁迅学史上的一个悬念，历来有各种说法，而茅盾的这一解释相对来说是最合情合理的，值得后人参考。

李长之的《鲁迅在文艺批评工作上的启示》（1948年11月5日《中建》第1卷第8期）。李长之在写过《鲁迅批判》一书之后，继续不断地研究鲁迅，写作论文，观点日趋正确，体会日趋成熟，他在这篇论文中相当全面地阐发了鲁迅关于文艺批评工作的理论和实践，归纳了当时批评界浅、狭、没有分寸三个弱点和鲁迅对这三大弱点的批评，不仅对当时的文艺批评工作具有重要启示，而且至今仍有着现实意义。

最后有两篇论文值得特别提起注意：舒芜的《鲁迅的中国与鲁迅的道路》（1946年10月18日上海《希望》月刊第2卷第4期）和胡绳的《鲁迅思想发展的道路》（收入1948年9月香港文艺出版社出版的《鲁迅的道路》）。

舒芜的论文认为鲁迅是生活在一个充满了“做戏的虚无党”的有着特殊国情的国家里。鲁迅的中国，既然是那样一个国家；鲁迅的道路，因此也就是这样一条道路：

> 在这条道路上，是需要善良的，然而它的具体形式只能是

恶毒；是需要和爱的，然而它的具体形式只能是憎恨。

在这条道路上，信任的心要存在，反而必得借助于怀疑；公平的心要存在，反而必得借助于褊狭。

在这条道路上，必须通过自卫，才能实现牺牲；必须通过冷酷，才能实现热情。

在这条道路上，追求光明的心，不能不依靠正视黑暗的眼。

在这条道路上，笼罩着全人类全世界的大的高的思想情感和精神，就不能不变为对于区区“小我”的一切苦乐恩仇视听云为的毒蛇似的纠缠与怨鬼似的执着。

这条鲁迅的道路，就是鲁迅的中国所造成的。鲁迅用他的正视黑暗的眼，正视黑暗的中国，就在这样的国家里面“走”出了他的道路。他说：“我的作品，太黑暗了，因为我常觉得惟‘黑暗与虚无’乃是‘实有’，却偏要向这些作绝望的抗战”（《两地书·四》），这就是他开辟他的道路的过程的简略说明。

基于这一点认识，舒芜认为鲁迅是从不相信“做戏的虚无党”所宣扬的什么“光明”的。因而，“可以这么简单的说：不断铲除着这样的‘光明’，显现出‘黑暗与虚无’之为‘实有’的道路，就是鲁迅的道路”“人们说：战斗总是为了追求光明，想开辟一条出路，如果这么黑暗，还战斗什么呢？鲁迅说：‘但不是正因为黑暗，正因为没有出路，所以要革命的么？倘必须前面贴着“光明”和“出路”的包票，这才雄赳赳地去革命，那就不但不是革命者，简直连投机家都不如了。’（《三闲集·铲共大观》）所以，在他，就正如景宋所说，是‘以悲观作不悲观，以无可为作可为，向前的走去’（《两地书·四》）的”。而也正是由这种正视黑暗的态度产生了鲁迅的战略：“韧性的战斗”和“复仇主义”。“然而，抗战一代的觉醒了的知识青年群中，却确乎有一部分是和鲁迅逐渐疏远，从鲁迅的道路逐渐远离了。他们对于鲁迅，保有一种漠然的尊敬，但对于鲁迅的道路，却大抵不甚了然。他们在接受先进国家先进文化比较顺利的条件下，精神上觉得亲切的，是屠格涅夫，是托尔斯泰，是高尔基，是纪德，是罗曼·罗兰；然而他们生活在、行进在、战斗在鲁迅的中国，精神觉得亲切的，却不是鲁迅。”“但市侩和掮客们无论要怎样，就由他们去罢。那一部分良善的和爱的快乐的青年们，却必须赶快重新走上鲁迅的道路，因为现在的中国毕竟还是鲁迅的中国。”“鲁迅的中国需要鲁迅的道路，鲁迅的中国不能不需要鲁迅的道路。”“我们的这个中国，鲁迅的中国，本来就不是屠格涅夫和托尔斯泰的俄罗斯，不是高尔基的苏联，不是纪德和罗曼·罗兰的法兰西，只是一个病弱的衰颓的国家。生在这个国家里的人，精神上也就是一个病弱者。因此，除了用自己的血和肉做甲胄而外，也实在受不住别样的甲胄；除了用投枪而外，也实在用不了别样的新武器。别人的甲胄虽好，套在我们身上，结果只会擦伤原有的伤口，压得站不起来；别人的新武器虽好，交给我们使用，我们看都没有看过，结果只会把它弄坏。这当然是可悲的，但既实在‘可悲’，则虽强作别的姿态也仍无济于事的了。——还是要正视它。”“在鲁迅的中国，坚持鲁迅的道路”，坚持韧性的战斗。

看了舒芜半个多世纪以前的这篇论文，不禁令人联想到二十世纪九十年代出现的汪晖所提出的鲁迅“反抗绝望”论。八十年代新发现的1925年4月11日鲁迅致赵其文的信中有言：

> 《过客》的意思不过如来信所说那样，即是虽然明知前路是坟而偏要走，就是反抗绝望，因为我以为绝望而反抗者难，比因希望而战斗者更勇猛，更悲壮。

由此而引发出了汪晖的《反抗绝望——鲁迅的精神结构与〈呐喊〉〈彷徨〉研究》一书，成为二十世纪末鲁迅研究一大新论。然而，舒芜在并未见到这封致赵其文信的时候，就把握住了鲁迅反抗绝望的精神特征，尽管他尚不可能如汪晖那样拈出“历史的中间物”这一概念，予以更高理论层面的阐发，也不能不说是显现出了很高的悟性。其实，从舒芜到汪晖贯串着的一条精神线索，这就是强调鲁迅主观内在的复杂的精神结构，从个性入手研究鲁迅独特的精神特征，这应该说是鲁迅研究的一个新的视域，是解读鲁迅研究中一些矛盾和困惑的新的切入口。舒芜之所以能够在二十世纪四十年代就能有此悟性，是与他在《论主观》一文中所阐发的“个性解放”“发扬主观”的哲学思想密切相联的。然而，也正因为如此，在他的《论主观》遭到批判的时候，他的这篇《鲁迅的中国与鲁迅的道路》也同样受到了批评。

胡绳的《鲁迅思想发展的道路》正是对舒芜此文的一种反驳，其中直接批评舒芜的文字是：

> 比了鲁迅活着的时代，旧社会是在人民大众的力量撼摇下更急切地瓦解着，从这里面更多地抛出无数的“破落户的飘零子弟”。他们在“不平，反抗，战斗”中接触到鲁迅的光，然而他们往往只能从一个片面去接近鲁迅前期的思想。他们自以为是和当年鲁迅一样处身在周围一切无非是黑暗与虚伪的世界中，“惟黑暗与虚无乃是实有，却偏要向这些作绝望的抗战”（《两地书》），依然是他们的基本情调。他们总以为鲁迅的伟大就在于敢把别人所认为光明和希望看出只是虚妄，就在于敢说“绝望之为虚妄正与希望相同”，他们却不承认鲁迅的伟大更在于他终于从人民大众中发现了值得信任的力量，全心全力献身于人民大众中的真实的希望与光明。他们一天脱不出“破落户的飘零子弟”的身份，就一天不能达到鲁迅后期的“热烈地拥抱着所是，也热烈地拥抱着所非”的那种更博大，更提高的战斗精神。——曾在《希望》上发表的舒芜先生的《鲁迅的中国与中国的鲁迅》就是这种“破落户的飘零子弟”式的对鲁迅的赞歌的代表。

胡绳还在一条注释中，批评了胡风在《五四谈文艺》中关于“革命的思想总是现实存在，或人生渴望的反映”的所谓唯心论观点。这说明历史上有关鲁迅的各种争论，几乎无不与精神文化领域的各种冲突相联系，都是某种精神文化现象的反映。胡绳与舒芜这两篇鲁迅研究文章的观点对立，就是与当时中国精神文化界对胡风领导的精神流派所谓“主观战斗精神”的批判相关联的。事实证明这种批判是并不恰当的，为后来对个性的压抑、对民主的扼杀埋下了伏笔，是二十世纪五十年代初制造胡风集团冤案的前奏，也是把鲁迅研究强行纳入从进化论到阶级论固定发展轨道、不再容纳其他思路的开始。

不过，胡绳究竟是一位坚实的理论家，所以虽然对舒芜的观点有所批评，却并没有上过高的纲，而是在重申瞿秋白关于鲁迅思想发展道路论述的同时，又对鲁迅后期思想的转变，特别是“上升到无产阶级的集体主义思想”这一方面做了较前更为充分的阐发。整篇论文有理有据，舒缓明晰，表现了胡绳所特有的科学理性，有益于防止舒芜文章可能产生的偏颇，自有其与胡风、舒芜的鲁迅论共存互补的学术价值。

四十年代，《阿Q正传》研究、《野草》研究以及旧诗研究也都有所进展，并出现了施蛰存的《关于〈明天〉》（《国文月刊》第1卷第11期），开辟了运用弗洛伊德的性心理学研究鲁迅小说的新视角。

六　鲁迅回忆录的丰收

二十世纪四十年代出版了好几本鲁迅回忆录，不仅数量很多，而且质量最高，可信度超过了后来出版或再版的同类书籍，值得回首重温——

郁达夫的《回忆鲁迅先生》（1939年6—8月新加坡《星洲日报半月刊》连载，后来略有删节收入1940年1月宇宙风社出版的《回忆鲁迅及其他》）。郁达夫的鲁迅回忆录的突出价值，是站在与鲁迅既熟识又保持一定距离的位置上，写出了客观真相。这种真相，有鲁迅本人的，也有鲁迅周围的文化友人的。例如关于鲁迅、周作人兄弟失和的事情，有各种各样的传言，有的传言对鲁迅很不利，郁达夫则根据当时与两人都很接近的张凤举的判断，说明“他们兄弟间的不睦，完全是两人的误解”，并对周作人也做出比较公正的评价，“以为周作人先生，与那些甘心卖国的人，是不能作一样的看法的”。不管“二周”之间的误会和矛盾如何，他们终归都是中国现代史上的文化巨人，应该以文化上的贡献为主，不应纠缠在一些无根据的琐事上面。像郁达夫这样客观地进行评价，抓住最主要的文化问题进行讨论，可以避免陷于无意义的猥亵之争。再如鲁迅与林语堂之间的误会，郁达夫也没有轻易地责备某一方，而是深入地讲出产生争执的原委：鲁迅和北新书局发生版税冲突，后来北新愿意和解，请鲁迅与林语堂等文化人一起吃饭。“北新方面，满以为这一次鲁迅的提起诉讼，完全系出于这同行第三者的挑拨。而忠厚诚实的林语堂，于席间偶而提起这一个人的名字。鲁迅那时，大约也有了一点酒意，一半也疑心语堂在责备这第三者的话，是对鲁迅的讽刺”，因而产生言语冲突。郁达夫从中做“和事佬”，极力劝解。这样的解释比较能够服人，同时对鲁迅和林语堂这两位文化名人的评价也使人感到是出于公心，没有贬损任何一方。另外，郁达夫到底是富于文学天赋的人，写的这篇回忆录也很有文学性，很善于捕捉有利于表现传主个性的典型细节。例如关于鲁迅的吸烟习惯和席间劝告许广平不要吃咖啡的描写，都非常细微地表现了鲁迅的性格。

萧红的《回忆鲁迅先生》（重庆生活书店 1940 年版）。在所有的鲁迅回忆录中，萧红的这一篇可以说是最富有文学性、最为精彩的。萧红真不愧是一位文学天才，她的这篇回忆，没有丝毫的概念化的东西，完全以女性作家所特有的细腻和罕见的天赋，捕捉生活中的典型细节，活生生地全以画面感极强的形象出之，使人如临其境、如见其形、如闻其声、如感其情，没用一句夸大的赞誉和空洞的议论，就把一个和蔼可亲、老练深沉的鲁迅活脱脱地烘托出来了。例如关于鲁迅笑声的描绘，鉴赏她的衣饰时的对话，“一个旷代的全智者的催逼”的“眼光”，校对瞿秋白《海上述林》时的神态，拿自己的校样纸请客人擦手的嘱咐以及包一个纸包也要包得整整齐齐的细小动作，病中所看的飞散着头发的女人在红玫瑰花上飞跑的小画片，等等，都极为生动、深含意蕴地凸现出了鲁迅独特的个性。萧红的描写是这样富有视觉形象和画面感，简直可以直接当作电影或电视剧的分镜头剧本进行拍摄，摄成一放就效果奇妙。例如描写鲁迅先生后半夜写作的一段：

> 客人一走，已经是下半夜了，本来已经是睡觉的时候了，可是鲁迅先生正要开始工作。在工作之前，他稍微阖一阖眼睛，燃起一支烟来，躺在床边上，这一支烟还没有吸完，许先生差不多就在床边睡着了。（许先生为什么睡得这样快？因为第二天早晨六七点钟就要起来管理家务。）海婴这时也在三楼和保姆一道睡着了。
>
> 全楼都寂静下去，窗外也是一点声音没有了，鲁迅先生站起来，坐到书桌边，在那绿色的台灯下开始写文章了。
>
> 许先生说鸡鸣的时候，鲁迅先生还是坐着，街上的车嘟嘟的叫起来了，鲁迅先生还是坐着。
>
> 有时许先生醒了，看着玻璃窗口萨萨的了，灯光也不显得怎样亮了，鲁迅先生的背影不像夜里那样黑大。
>
> 鲁迅先生的背影是灰黑色的，仍旧坐在那里。
>
> 人家都起来了，鲁迅先生才睡下。
>
> 海婴从三楼下来了，背着书包，保姆送他到学校去，经过鲁迅先生的门前，保姆总是吩咐他说：
>
> “轻一点走，轻一点走。”
>
> 鲁迅先生刚一睡下，太阳就高起来了。太阳照着隔院子的人家，明亮亮的；照着鲁迅先生花园的夹竹桃，明亮亮的。
>
> 鲁迅先生的书桌整整齐齐的，写好的文章压在书下边，毛笔在烧瓷的小龟背上站着。
>
> 一双拖鞋停在床下，鲁迅先生在枕头上边睡着了。

倘若有哪一位高水平的导演看到这一段，完全照拍下来，一定会取得极佳的效果：像一首诗、一幅画、一段轻音乐……委婉清幽，深邃舒缓，感人至深。萧红的这篇《回忆鲁迅先生》，不仅在所有鲁迅回忆录中独占鳌头、出类拔萃，就是在整个中国现代文学史上也是第一流的文学佳品。

孙伏园的《鲁迅先生二三事》（重庆作家书屋1942年4月作为《鲁迅史料丛刊》之一出版）。该书收集了孙伏园写作的有关鲁迅及其作品的10篇文章，计有：《哭鲁迅先生》《药》《孔乙己》《腊叶》《杨贵妃》《惜别》《往事》《鲁迅先生的少年时代》《鲁迅先生逝世五周年杂感二则》《鲁迅先生的几封信》。孙伏园是鲁迅的同乡和学生，又是当时北京大报的资深编辑，鲁迅的很多作品都是经他编辑刊出的。所以，他的鲁迅回忆录的主要价值在于对鲁迅一些作品的写作背景做出了独家的解释。例如鲁迅《野草》中的《腊叶》是为许广平而作的，如果不是孙伏园的独家透露，外人很难看出，因而也就不可能理解这篇散文诗的本意。《孔乙己》是鲁迅最喜欢的一篇小说，也是孙伏园的独家透露，若不是他的透露，别人也很难知晓。而所有这些信息都是孙伏园从鲁迅那里亲耳聆听的，完全是第一手材料，更加强了他的鲁迅回忆录的独特价值。

荆有麟的《鲁迅回忆断片》（1943年11月由迁到桂林的上海杂志公司出版）。这是一部非常珍贵的鲁迅回忆录，具有特殊的价值。荆有麟1924年在北京世界语专门学校听鲁迅讲《苦闷的象征》时，与鲁迅先生结识。以后经常向鲁迅先生请教，编辑《民众文艺周刊》时，稿件又一律送鲁迅先生过目和校阅。这样，从1924年到1926年，整整两年的时光中，他几乎是每天出入于先生之门，不特听多了先生的谈论与意见，也熟知了先生的日常生活同家庭情形，直到先生离开北京为止，可谓过从甚密，知道许多外人难以知晓的内情；而且荆有麟本人也很善于写文章，以专题为纲，把所知的鲁迅史实分布在纲目之下，条分缕析，眉目清楚，既随意可读，又内容充实，可以说是史料扎实，文情并茂，是鲁迅北京时期生平史实的经典性资料，凡治鲁迅史实研究者不可不读。例如鲁迅母亲对鲁迅的影响以及老太太对《呐喊》的看法、鲁迅生活与工作中的个性特点、婚姻与家庭的细情、与许广平的恋爱过程等等，都是荆有麟独家披露的第一手材料，具有极高的史实价值。

雪峰（冯雪峰）的《鲁迅回忆录》（原载1946年10月18日、19日、21日、22日、25日、26日，11月1日、2日、4日、9日、11日、12日、13日、14日、18日、19日、22日、23日、25日、26日、27日，12月3日、4日、5日、6日、7日上海《文汇报》）。如果萧红的《回忆鲁迅先生》是文学性最强的艺术精品，那么，冯雪峰的这篇《鲁迅回忆录》就是思想性最强的哲学论文。冯雪峰以他特有的理性思辨力和独到的思想深度，充分利用了他所独有的深入接近鲁迅的机会和独家获得的鲁迅的自白以及与他的对话，揭示出了鲁迅“内心的极度深刻的矛盾”。这一揭示不仅是空前的，而且是绝后的。因为冯雪峰之后再无人能够做出这样的揭示，就连冯雪峰自己也在后来出版的《回忆鲁迅》一书中把在这篇《鲁迅回忆录》中的极为宝贵的揭示删去了，从此之后就少有人看到，更少有人提起。使得这些对鲁迅内心矛盾的深刻揭示，成为中国鲁迅学史上的稀有资料，极有必要择其精要引述如下——

冯雪峰说他最初在北大教室里听鲁迅讲课时，就感觉到了鲁迅内心的巨大矛盾：

> 那时我觉得：在他的燃烧起人们的心的诗与力的背后，使人们毫不迟疑地景仰和向往的他的磁石一般的教言的背后，就似乎存在着一种不可捉摸的虚无和无限的冷酷。好像这用来燃烧青年们的爱和火，却是从一个无底的暗黑的冷窖里发出的，而他还将这冷窖也显示给人。我觉得这是一个大矛盾，可不是我能理解，我私心里还不以他为然。

1929年初经柔石引荐结识鲁迅之后，就对鲁迅的内心矛盾有了进一步的感觉：

> 我当初不曾努力着理解那时先生的更深一层的精神状态，但也明白我所以能够很勇敢和自由地与他接近者，就因为他对柔石，对我，以及别的朋友和青年的接近，培养，及随意的闲谈，在我看来，对于他似乎就是一种日常的深刻的需要：为了他所感到的战斗和工作的人手的缺乏，同时这也体现为一种感情上的要求。因为那时虽说都是没有预定目的的谈话和完全私人的接近，却都产生了和社会运动有关系的实际的计划和工作，例如不久开始实现的《科学的艺术论丛书》和《萌芽月刊》，就是从闲谈中产生的，比这稍前一点的朝花社，也是和柔石等随便谈话中谈出来的。先生诱发青年的要求，尤其看重青年的要求。这种教育和指导青年工作的程度，给予我们青年一种不是平常的惊喜和不自觉地前进的力量，而先生自己也似乎从这上面得到愉快和力量。——关于这，在先生，一方面是他一贯的态度，另方面我觉得也是他从这些事情上面而与当时时代的需要更逼近了，而这是他所要求的。我最初也许没有注意，或者不能理解，但后来也逐渐觉得了，就是：我所说的这种逼人时代的要求，或所说的感情上的要求，在先生又是一种非常深刻的矛盾中发展着的。这种矛盾，从一方面说，我们固然可以解释为一切深刻的思想家所常有的一般的性格，比如说，当社会的客观运动的要求化成为思想家的内心的思想运动，或当思想家的思想要求着向社会实行冲击的时候，一切的思想家都是在深刻的矛盾与苦闷中战斗着前进的。然而因此，这就更为反映出时代的历史的意义，那矛盾的实质是联结在当时的社会运动的一切具体事象和关系上面的。

这时，冯雪峰对鲁迅内心矛盾的认识已经上升到一般的理性高度了，认识到“一切的思想家都是在深刻的矛盾与苦闷中战斗着前进的”，正因为这些矛盾，“就更为反映出时代的历史的意义，那矛盾的实质是联结在当时的社会运动的一切具体事象和关系上面的”。也就是说，存在矛盾是必然的，没有矛盾倒是反常的。冯雪峰这时发现鲁迅内心的矛盾是很正常的，后来删去这些对矛盾的揭示，掩盖这些矛盾，或做出扭曲的阐释，倒是反常的、违背客观规律的。

进而，冯雪峰从鲁迅内在的性格特征去了解他内心的矛盾：

> 说到鲁迅先生，我接触后不久也就能够感觉到，他是一个批判社会非常猛烈酷刻，对于一切进步的敌人的打击在任何情势下都不稍示宽恕的人，然而他也有种种的牢骚和郁闷，并非完全不回顾自己的不幸和创痛的人。从这里，来了他对他自己的分析，解剖和渴望也非常严酷，甚至加倍严酷的要求。同时也使他有时有某种的彷徨，某种的“悲观气氛”，以及种种的顾虑。然而我觉得这只是一种情态，虽然我们和他接近的时候极容易感觉到他性格上的这种特征，但还不是最重要的根本的特征。最重要的根本的特征，我觉得，是在他的矛盾总是反映着时代或社会本身的矛盾。尤其总是发生于他和时代或社会的不调和或有着某种的脱节的时候的。他和一切伟大的思想家或诗人一样，如果他的充满着胜利信心的战斗的热情与一往直前的精神，系是反映着人民和时代的进步力量的崛起或发扬，则他内心上的某种时候的空虚，灰暗和痛苦，也不能不是时代或社会的空虚与灰暗的反映，尤其在这种时候，一切这样的思想家就都要经由这种矛盾的克服而更向前进。鲁迅先生，自然是非常敏感，尤其是更有现实的清醒头脑和远见的人，但所谓敏感，在战士性格的诗人或思想家的他那里，正和在一切这样的人那里一样，就是对人民和社会更其要求着血肉的关系，更其要以带着热血的心脏和感觉去与社会运动结合在一起的意思；所以，如果没有在愿望和痛苦里体验着时代的前进的要求及社会的斗争，没有在社会的人民的力量中体验到自己的力量，或者自己的力量有些落空的时候，在这样的人是非常不满足的，要痛苦而非马上寻出自己与时代要求之间的什么脱节不可的，也就马上要找出前进与战斗的新的道路和增加自己的新的力量了，所以，在这样的人，敏感到社会的变化和发展，总是要同

时甚至更敏捷地追究着自己与社会的联系的，而在深刻的痛苦的矛盾中前进着。

所谓更有现实的清醒头脑和远见的人，自然也就是并非照逻辑的直线地前进，或者平安地而停留在一地遥望的人。我觉得现实的清醒头脑，固然不致有空想被击破时的失望，也不致被现实的黑暗或困难所威胁，但他如果最能透视现实，最要求着现实的战斗精神和力量，那么他也就要最受着现实及对于现实的矛盾所支配。迂回的道路是使人痛苦的，然而事实是在迂回的痛苦的道路中更加看见理想的明确，也更加看见胜利的接近。于是，总是在现实的打击和个人的矛盾的痛苦中，使远大的理想受着考验，修正，而日益充实和坚定；同时也愈加要求着实际的斗争方向和具体的实现方法，以及个人的努力和责任的提高了。

我觉得，这是鲁迅先生的性格的主要的方面。至少，我是这样理解的。——从认识以后，一直到现在，我就从这样的理解去解释他的作为个人的性格以及和这有关系的他的思想的某些特征。自然，例如这些事情，他厌恶一切的不着实际的大言壮语，然而他要求彻底的战斗和思想；他的眼光常常超越时代，然而他要求着非常实际的把握和具体的工作；他是冷静的，而且不怕孤独的，然而他要求着更多的热情和群众的反响，——凡这些，固然都是从他的战斗经验出发，有着更多的理智的教训的意义，但这些就已经成为他的性格，所以作为性格或心理的感情的状态看，则其所反映的时代意义及时代的矛盾关系，就很深刻。

冯雪峰在这里对鲁迅性格特征的理解，是非常中肯、深刻的。以后半个多世纪以来，都很少见这样对于鲁迅性格特征的符合实际的理解，连冯雪峰自己都不再讲这些真知灼见，而被迫出现了某种倒退。这一点启发我们认识到，对真理的发现，往往是出于直觉而没有框框的时候，一旦顾忌利害、就范于某种政治前提，倒反而离开真理了。冯雪峰当时没有框框的束缚与利害的考虑，所以很自然地说出了自己对鲁迅的直觉感受，道出了其中的真理，后来由于外界的压力，不得不把自己的真知隐藏起来。

再深一层，冯雪峰阐发了鲁迅内心矛盾的最主要的表现——光明与黑暗的冲突：

> 这里我想就还可以再提一笔，即那时候先生恐怕还更要觉得他自己是在孤独作战的罢。我虽然很快就分享到例如柔石所享到的那种慈爱，但有时却也仍会使我去记取最初我在北京时所得的印象，觉得他有时仍要自己感到“走进无物之阵”而与“无物之物”作战的那种心境似的。我甚至还曾经以为我以前所得的印象也并非没有根据的。但我在私下也试着加以解释，认为这在鲁迅先生，如果是对于社会和历史的黑暗有特别深刻的理解的缘故，同时也是因为我们实在太缺乏那种击得破或至少敌得住黑暗的阴沉深厚的势力的坚强的思想上的战士的缘故，那么，他就不仅要感到寂寞，而且要因多少革新者和战斗者的被黑暗所吞没，或中途退却，或甚至投降黑暗的种种惨剧而感到悲哀；同时，黑暗也就愈加显出它的深黑无底，愈加对他张开仇视的眼和嘴了。自然，这是只有使他更仇视黑暗，更猛烈作战的，但如果从这里就带来他的特别明透的深视，带来他的百发百中的尖锐有毒的投枪，带来他的毒蛇一般非缠死人不歇的“韧”的战法，带来那在沙漠中徘徊寻敌似的大无畏气魄，以及只有他“走进无物之阵”在追击着“无物之物”，——如果是这样，那么同样要从这里面有种种的灰暗的影子和疲劳的感觉在袭击着他，使他常要附带着一些冷酷和空虚的气息，也正是极自然的。但在鲁迅先生，却和对于黑暗一样的，自己的这种疲劳，空虚和冷酷的感觉与心境也决不示弱，竭力加以压迫，压到他最深的心底里去的，——这种心里的战斗又成为他的非常的力量。他虽然自觉是一个独往独来的战士，然而他总显得如带领着千万大军在驰骋一般的壮旺和勇

猛。不过他的从战斗中来的疲劳与空虚之感，却仍并未被压死，仍是作为灰暗的冷酷的东西在深藏着，尤其当他略为采取了尼采或安得烈夫式的表现方式来表现他的尖锐深刻的独见的心境的时候，那些灰暗的积物反而变成了辉煌无比的诗的玑珠，作为一种附带物，作为一种气息，也作为深奥广阔的灵魂的一角或一面，和猛士的悲壮而坚强的叫声与姿态一并展示出来了。这表现得最灿烂的是《野草》。这总不能不说是他的矛盾，而由他自己最深刻地表露出这矛盾来的也莫如《野草》。这就是他有着他自己必须克服，然而非常深刻的一面。

但我说的是他更内心的矛盾，现实的发展和他的性格使他非从现实的客观的检讨深入到自己内心的解剖不可。他是把自己的生命付给民族的解放的人，然而不同于一般的这样的民族志士者，是在他是更思想的人。他和一切志士一样，是要胆肝涂地为民族的，然而他却是更要用血用心和生命拥抱现实与思想或主义的人。他和那种可以今天讲这种思潮而明天讲另个的思想贩子实在离开得太远了，——那种人是体验不到现实的矛盾，也体验不到内心的矛盾的。鲁迅先生是以自己的生命体验着现实和思想的矛盾的，在他，对现实的把握是非同时有内心的思想的把握不可的。现实和历史的发展，对于他，必须成为他的精神的世界。于是，在现实巨大变化和发展的时候，在他的内心就发生着伟大的矛盾斗争和圣洁的痛苦过程。

我想，如果改变一个思想上的信念是那么艰难痛苦，那么除非这是信得和自己的生命相联络着那般的深刻，而在一个现实的战斗者，则又以血和现实胶结着拆不开，抛去它就要同时失去现实，——除非这样，我们就无从解释。我想，鲁迅先生就是这样的。他曾经痛感着这样的危机，而经历着它的矛盾的痛苦。从这里，我想，就来了他的战斗的坚持，如《野草》中所叫出的那种使人战栗的战叫，同时也附随着他的绝望的痛苦的声音。我想，从思想的根本点上着眼，是可以如此解释的。因此，我也想，在中国没有谁相信进化论曾像他那样深刻；同

> 时，如大家所看见，他后来相信马克思的学说也就最深刻，而成为不屈的，用自己所有的血去灌溉的共产主义者。

冯雪峰这里对鲁迅思想发展历程的阐释，是对瞿秋白《〈鲁迅杂感选集〉序言》的一个推进：从鲁迅内心矛盾和性格特征的视角，解释了鲁迅从进化论转变为阶级论的内在根据，说明了鲁迅在相信了马克思主义之后比一般人深刻得多、诚笃得多的原因。这一解释是二十世纪四十年代中国鲁迅学史的一个重要的进展，可惜长期被忽略甚至抹杀了。

冯雪峰还用一个实例说明了鲁迅对黑暗理解的深刻性：

> 总有许多次他很为激动的谈话，都触到了他的思想信念和关于《彷徨》及《野草》中的感情问题，实际上说都是对于他自己的分析。这种谈话，有时是我所引起的，但其实他自己的经常的谈话中就常常触到这些上面，而极容易被我捉住，使他有更深沉的展示，以至反复的盘旋。我现在自然只能概括地就那触到这方面的要点来加以追迹，但这同时也为了略略唤回那时先生的真实神情，以满足我此刻的要求。例如，从关于《野草》中《影的告别》诗的好几次的反复的谈论，就牵连到很多问题，不仅涉及时代的实际状况和先生的处境与情绪，并且就追究到思想的本质和中国革命问题。那时“少共”的机关杂志上有一篇评论当时文艺界的文章，其中有批判先生的思想和观点的地方，就以《影的告别》为例，指出他的悲观与虚无之点。
>
> 我没有看见那论文，先生告诉我了，却并没有反感的表情，然而有些可惜似的意思，因为他先指出那作者太不注意代表反动势力的文艺阵线了。
>
> “他们仍旧太不留心黑暗势力。”他似乎想苦笑地，微微蹙一下眉头，极认真地说，“把文艺现状分为三派，——创造派，这是革命文学；语丝派，不革命的小资产阶级文学；新月派，

反革命的资产阶级文学。可是关于创造派，说得是多的，关于语丝派就少，而对于新月派则只是寥寥数语了。可见愈对于敌人就知道得愈少。……”他有些惋惜和代为着急的情意，因为他一向企诫进步的战斗者要深知旧势力，旧思想和敌人的底细，现在也分明在留心着革命者的战术的。接着，却变成了开明的脸色，说到批判他的地方。

“这回是引了我的《影的告别》，说我是虚无派。因为‘有我所不乐意的在你们将来的黄金世界里，我不愿去’，这就断定共产主义的黄金世界，我也不愿去了。但我倒先要问……真的只看住将来的黄金世界的么？这么早，这么容易将黄金世界预约给人们，可仍有些不踏实，在我看来，就不免有些虚妄，还是不大可靠！”

他颇为有趣地微笑着，但显然有些兴奋，而且带着感慨。

我那时想，那论文的作者的分析，大约是过于表面的，所谓断章取义式的，没有把住这作品的曲折的境界和先生的真实的心境，所以不能使先生折服。但在那时，先生的不同意，还不在作品的分析，而在于对于黄金世界的看法。先生认为有些虚妄而“有所不乐意的”，“不愿去”的，显然不是黄金世界的本身，关于这，据我看来，他还不曾有过怎样的考虑和想像，所以简直说不上“乐意”与否或“愿去”与否的。无论怎样，也不赞成过早地去描画以至预约将来的黄金美梦，以遮盖现实的黑暗以及松懈了对黑暗的睁视与斗争。如果是这样，则将来的黄金美梦就不可靠。——正是建筑在这种逃避了现实的将来的黄金世界，才是他“有所不乐意”而“不愿去”的，因为那里是虚妄，也决不能是共产主义的黄金世界。先生的诗的本意，如那作品以及他别的一切著作所昭示，是在这里，原是不用说的。

冯雪峰这里所追述的鲁迅对黑暗的深刻看法和关于“黄金世界”的见解，具有特殊的深刻性，的确如冯雪峰在后边所总结的：

“这个关于思想的本质和实践的战略与战术上的现实主义的观点和精神，是鲁迅思想提供给中国历史和中国革命的最大的价值之一。”然而，我们长期以来却“分明地把先生的这一种现实主义的战斗的思想忽视了”。一直到二十世纪八十年代末，才由后一代鲁迅研究学者重新提起，其中的缘由是应该深入思考的。

冯雪峰还谈到了鲁迅的保持自身独立性与为新的社会服务的矛盾：

> 因此，这也就是个人与时代的矛盾。从他个人说，我觉得他是非常地要求保持独立性和独立生活的人；但从他的社会思想和向来的战斗目的说，他一直要求在时代的开辟运动中做一名战卒，这要求又在新的形势下在迫着他了。所以，如何能够保存自己的独立性的力量，而又迎接时代的新的社会服务，是一个深刻到非向前猛进不可的矛盾。那结果，是个人完全埋没到时代的集体的战斗中，而于获得新的社会力后开拓了最大限度的“独立性”。

这个矛盾不仅是鲁迅所遇到的，而且是整个中国知识分子群体都遇到的。不得不承认，我们对这个矛盾解决得并不好，以至于半个多世纪以来，由于没有正确地认识鲁迅本身的独立性，从而使鲁迅学在很长的历史时期里将作为一门学科应有的独立性丧失殆尽，而且整个中国知识分子群体的独立性和应有的棱角也磨损得近乎没有了。这一大悲剧，难道不令我们深长思之，做彻底的反省吗？

冯雪峰在后边又谈到了政治与文艺之间的矛盾：

> 先生那时对于政治与文艺关系的意见与情绪，也是很矛盾的。一方面他深感到文学和文学者在大革命时代的作用之小，并且肯定“政治先行，文艺后变”的；另一方面他那时又仍以为文艺与政治，或文艺家与政治家，总是冲突的，因为文艺或文艺家永远不满于现状，而政治或政治家是要维持现状，——

即如革命吧，革命固然推翻了旧的现状，但在革命成功后，文艺或文艺家又发现革命后的现状的缺点，而向前走去了。这种意见，作为意见看，是显然矛盾，而且不彻底，然而作为先生的矛盾的心境看，却非常深刻，而且真实地反映着当时社会的矛盾以及文艺与社会之间的种种矛盾的关系……

这一矛盾最难解决，冯雪峰也没有理解清楚，中国文艺界更是始终纠缠不清，并不断在这一矛盾面前碰壁，翻车。从二十世纪四十年代的王实味事件，到五十年代的胡风集团案、反右派运动，一直到“文化大革命”……都一再地遭遇着这一矛盾的冲击。恐怕封建专制主义的问题彻底解决之前，这一矛盾是不可能消解的……

冯雪峰还追述了鲁迅关于自身思想发展和孤独心境的种种表白，对创造社诸人的看法以及有关文艺批评和文艺史的许多见解，很多都是以后的文章不再提起的，由此更可见其无比珍贵的价值。

总之，冯雪峰的这篇《鲁迅回忆录》是中国鲁迅学史上异常重要的思想文献，其价值远远超过一般性的回忆录，而是一篇深刻的关于鲁迅思想和内心矛盾的大论文。是的，“当鲁迅先生要追究自己的战斗之客观的反响时，他就要追究到关于历史的认识或信念的这根本点上来，而这个是他内心上最深刻的矛盾”。把握了这个矛盾，也就抓住了认识鲁迅的契机，冯雪峰在这里把中华民族对鲁迅的认知推进了一大步。然而，可惜的是，长期以来这篇《鲁迅回忆录》并未受到应有的重视，不仅鲁迅研究论文集中没有收入，冯雪峰自己的文集中也没有收入，因此，在本书中予以较详细的引述真是非常必要的。

许寿裳的《亡友鲁迅印象记》（上海峨眉出版社 1947 年版）。许寿裳是鲁迅的终生挚友，像他这样长期与鲁迅深交的人，还真找不出第二个，加以许寿裳本人思想深邃，为文严肃，评骘中肯，文笔醇厚，使得这本书成为中国鲁迅学史上一部经典性的鲁迅回忆录，是有心研究鲁迅者不可不读的。这本《印象记》，共 25 章，从 1902 年初秋鲁迅在日本东京弘文学院“剪辫”写起，一直写到

1936年在上海病死，内容翔实，选材精当，其中许多精彩的记叙和精辟的议论已经成为后人反复引用的经典文字。例如第六章《办杂志·译小说》，关于鲁迅在弘文学院和他讨论中国国民性三大问题的追述；第十三章《看佛经》，说“民三（1914）以后，鲁迅开始看佛经，用功很猛，别人赶不上”，并对他说道：“释伽牟尼真是大哲，我平常对人生有许多难以解决的问题，而他居然大部分早已明白启示了，真是大哲！”；第十五章《杂谈著作》，说鲁迅的“知人论世，总比别人深刻一层”；等等，都常见于鲁迅研究论著中。

许寿裳还另有一本回忆和评论鲁迅的书《鲁迅的思想与生活》，1947年6月由台湾文化协会出版，收入了许寿裳历年所写的《鲁迅的人格和思想》《鲁迅的精神》《鲁迅的德行》《鲁迅和青年》《鲁迅的生活》《怀亡友鲁迅》等10篇文章。后来人民文学出版社把这本书连同另外收集到的《我所认识的鲁迅》《鲁迅与民族性研究》等文合为一书，定名为《我所认识的鲁迅》，于1952年出版，1953年再版，1978年三版，产生了巨大影响。其中很多篇章和片段也都成为鲁迅研究中经常引用的经典，例如《鲁迅与民族性研究》一文中关于鲁迅是“针砭民族性的国手”的观点，《怀亡友鲁迅》中关于鲁迅五十六年的全生活“也就是一篇天地间的至文”的论断，都是经得起历史检验的评价。不过，值得注意的是后来出版的《我所认识的鲁迅》一书，对许寿裳的原文进行了多处删改，有损于许寿裳的原意，也不利于后人对鲁迅的全面理解。例如《〈民元前的鲁迅先生〉序》，删去了“革命先要革心”一句，就不利于对鲁迅当时强调精神革命的理解；《怀亡友鲁迅》一文，删得更多，一处是：

> 直到临死的前日，还不能不工作如故，而且“要赶快做”。呜呼鲁迅！不幸而有此病，带病奋斗，所向无敌，而终于躺倒不起者，我看至少有三个原因：
>
> （一）心境的寂寞
>
> 呐喊冲锋了三十年，百战疮痍，还是醒不了沉沉的大梦，扫不清千年淤积的秽坑。所谓右的固然靠不住，自命为左的也

未必靠得住，青年们又何尝都靠得住。试读他的“两间余一卒，荷戟独彷徨。”（《集外集·题〈彷徨〉》）“惯于长夜过春时”（《南腔北调集·为了忘却的纪念》），就可以想见其内心含着无限的痛苦，又读他去年的一首《残秋偶作》：

曾惊秋肃临天下，敢遣春温上笔端。
尘海苍茫沉百感，金风萧瑟走千官。
老归大泽菰蒲尽，梦坠空云齿发寒。
竦听荒鸡偏阒寂，起看星斗正阑干。

俯仰身世，无地可栖，是何等的悲凉孤寂！

（二）精力的剥削

他的生命是整个献给我们中华民族的，“我以我血荐轩辕”这句诗可说是实践到底，毫无愧色的，可是我们同胞没有让他能够好好地整个儿贡献，倒是重重剥削，各各啇分，有许多人都争着挖取他的精神的一分。有些书店老板借它以牟利，有些青年作家借它以成名。还有，他的生前和死后，版权毫无保障，翻版或偷印本层出不穷，单是一本《南腔北调集》，改头换面的就不知道有若干种。自政府以至人民，自亲朋以至社会，有谁曾经保护过他点什么，赠给他点什么？毕生所受的只有压迫，禁锢，围攻，榨取。……譬如一池清水，这个也汲取，那个也汲取，既没有养活的源头，自然容易枯掉。

（三）经济的窘迫

他的生活只靠版税和卖稿两种收入，所有仰事俯畜，旁助朋友，以及购买印行图书等费尽出于此。但是版税苦于收不起，卖稿也很费力，只看那《死》中的一句云：“假使我现在已经是鬼，在阳间又有好子孙，那么，又何必零星卖稿，或向北新书局去算账呢……”便可窥见他的隐痛了。在日本，虽有几个杂志社很欢迎他文章，酬金也颇优，只是他不愿多写，必待屡次被催，实在到了情不可却的时候，才写出一点寄去，因为他自已知道文章里免不了讽刺友邦。例如《我要骗人》的末尾有云：

> 写着这样文章，也不是怎样舒服的心地。要说的话多得很，但得等候“中日亲善”更加增进的时光。不久之后，恐怕那“亲善”的程度，竟会到在我们中国，认为排日即国贼——因为说是共产党利用了排日的口号，使中国灭亡的缘故……而到处的断头台上，都闪烁着太阳的圆圈的罢，但即使到了这样了，也还不是披沥真实的心的时光。……

我到后来才明白：他大病中之所以不请D医开刀，大病后之所以不转地疗养，“何时行与何处去”，始终踌躇着，多半是为了这经济的压迫。

最后，许寿裳慨叹道：

总之，鲁迅是伟大的。竟不幸而孤寂穷苦以终，是谁之过欤！是谁之过欤！

然而，我确信将来他是愈远愈伟大的。现在就引用他的《战士和苍蝇》（《华盖集》）中的几句话作为结束罢。

> Schopenhauer说过这样的话：要估定人的伟大，则精神上的大和体格上的大，那法则完全相反。后者距离愈远即愈小，前者却见得愈大。
>
> ……
>
> 有缺点的战士毕竟是战士，完美的苍蝇也终竟不过是苍蝇。

《回忆鲁迅》删去的有：

北平办公之暇，喜欢搜集和研究古碑拓片等等，都是为科学而科学，为艺术而艺术。这是鲁迅读书治学的态度。

例如《阿Q正传》（《呐喊》）是一篇讽刺小说，鲁迅提炼了中国民族一切传统的结晶，创造出这个阿Q典型。

> 因为阿Q本身是一个无知无告的人，承受了数千年来封建制度的遗产。

删去的地方还有很多，主要是以上这些。仅从这些地方已经可以看出，删去的真是些极为宝贵的思想。许寿裳作为鲁迅的终生挚交，是深知鲁迅其人其心的。他说出的这些肺腑之言，不仅在当时是有感而发，振聋发聩，今天重读更是令人猛醒，感慨万分！中国人实在是太不知尊重本民族的伟大人物了，使他在孤寂和窘迫中早死，还要在身后挑他的毛病！这不禁令人又想起郁达夫《怀鲁迅》（1936年上海《文学》第7卷第5期）中的名言："没有伟大的人物出现的民族，是世界上最可怜的生物之群；有了伟大人物，而不知拥护，爱戴，崇仰的国家，是没有希望的奴隶之邦。因鲁迅的一死，使人们自觉出了民族的尚可以有为；也因鲁迅之一死，使人家看出了中国还是奴隶性很浓厚的半绝望的国家。"

七　鲁迅史实研究的开山之作
——林辰的《鲁迅事迹考》

丰富翔实的鲁迅回忆录，为鲁迅研究提供了资料基础。在这一基础之上，还要加以鉴别、归理、综合、整理，进行一番艰苦的史实研究工作。二十世纪四十年代，鲁迅史实研究也有了坚实的进展，出现了开山之作——林辰的《鲁迅事迹考》。

这本书于1948年7月由上海开明书店出版。书中集印了林辰自1942年至1945年之间所写的十篇鲁迅史实的考证论文。1945年末收集成书，曾交书店出版，后因书店蚀本关门没有印成。1947年，经过修正增补交上海开明书店，于1948年7月正式问世。这本书写作过程中，曾得到鲁迅生前好友许寿裳和孙伏园的很大帮助，如作者在后记中所说："许先生以高龄硕德，而对于　个后进的请益，往往不吝用长达二三千字的复书，赐以周详的指教；孙先生在函札和口述之外，并为这小书作序言。”因此，这本书关于鲁迅事迹的考证很多地方来自第一手材料，是完全真实可靠的。而最值得赞许的是作者的治学态度和考证方法，孙伏园在序中这样称许道：“罗列材料以外，便是方法的说明。传记工作的初步条件，只是方法的细密与谨严。等到传记写作的时候，不能再有方法的说明了。林辰先生这十篇论文，都代表了极细密谨严的方法。无论解决问题的方法，排列材料真伪的方法，都是极细密谨严的。”的确，这种极细密谨严的方法正是《鲁迅事迹考》的特点，也是林辰先生治学的最大长处。具体说来，表现在以下五个方面：

察疑　要考证鲁迅的生平事迹，就须把握住鲁迅一生的各个关节点，并从这些关节点上发现疑问，提出问题，形成论文的主题。要做到这一点，就须善于察疑，不迷信权威，勇于指出疑点，打破成见。林辰当时还很年轻，初出茅庐，却能不拘俗囿，大胆质疑几乎已经成为定论的观点。例如鲁迅是否加入过光复会的问题，许寿裳等人予以肯定，周作人却在《关于鲁迅之二》里坚决否认，与鲁迅相近的王冶秋也在《民元前的鲁迅先生》一书中持否定意见。周作人是鲁迅的二弟，当时和鲁迅同在日本，他应该是最知情的，所以他的文章一出，几乎成为定论。然而，林辰对之提出挑战，肯定许寿裳在《鲁迅年谱》中的鲁迅“为光复会会员”一说，充分表现了林辰的察疑精神。

实证　仅仅提出疑问，拿不出有力的证据加以说明，光是在那里空发议论，是不足以服人的。林辰在察疑之后，即进行实证，详细举出了鲁迅辛亥前在东京的志行、朋辈，以及辛亥后在国内的出处等等，有力地证明了许寿裳在《年谱》中的记载是极可信的。而持否定意见者，王冶秋是误读了许广平的回忆，周作人则是由于光复会有“入会的人，对于家人父子本不相告知”的规定，鲁迅没有告诉他。这样，林辰才确定地说：“鲁迅之为光复会会员，是毫无疑问的了。”自此，这一观点真正成为定论，以后多少年，鲁迅研究界始终以林辰的考证为准。林辰在此书的其他论文和以后的所有文章中，都始终坚持这种实证的科学方法。他的著作充分显示出实证的力量，我们今天真应该继承和发扬这种实证精神。

正误 林辰在《鲁迅事迹考》中还以高度负责的科学态度，纠正了前人的许多错误。例如鲁迅从日本归国的年份，当时存在两种说法：李长之在《鲁迅批判》中说是在1910年，周作人也持此说；许寿裳则说是在1909年。林辰就在《鲁迅归国的年代问题》一文中，根据鲁迅自己的文章和别的资料细细考察，并列出鲁迅在1909年以后三年的行止年表，肯定地说："看了上表，可知鲁迅归国的年代，确为1909年。若误为1910年，则表内所列一切事实，都将一无是处了。"

辨伪 正误之外，还须辨伪，这一直是林辰的长项。例如当时有人根据清末一篇翻译小说《红星佚史》的署名与《怀旧》一样，同为周逴，就断定是鲁迅的译作，还责怪《鲁迅全集》没有收入。林辰则在《论〈红星佚史〉非鲁迅所译》一文中，把《月界旅行》的弁言和《红星佚史》的序文相对照，发现了两者对于小说的意见的差异，认为这两篇文章"相距不过四年，如出于一人之手，见解不应悬殊如此，故《红星佚史》是否鲁迅所译，实在是一个疑问"。以后又从周作人为江绍原著《发须爪》所作的序文中得知《红星佚史》原来系周作人所译，就将这个问题迎刃而解了。那么，为什么与《怀旧》一样同署周逴呢？"原来周逴并非鲁迅自取的笔名，而是周作人在寄出《怀旧》时随意加上去的。这二字所代表的，是周作人自己的意思，他可以随便加在鲁迅的作品上，自然更可以用在他自己的翻译上。"这样，辨伪完成了，认为《红星佚史》是鲁迅所译的伪说被彻底辨清了。除了《鲁迅事迹考》中的文章之外，林辰还写过《辟史天行关于鲁迅的几篇文章》一文，辨清了二十世纪四十年代的文坛骗子史天行（又称史济行）的几篇伪作，一直在学术界传为美谈。

发微 林辰在此书"后记"中说：书中"也许曾接触到一二研究鲁迅生平所不可忽略的重大事迹，但也有一向之所以不大注意或不屑注意的小问题。不过在我却并无什么轩轾。只要认为对读者不无小小益处，便都勉力写了下来"。此说甚是，凡是鲁迅生平史实中的疑问，其实是没有什么大小之分的，看似微小的问题，也可能是关系重大的。诚如林辰在《鲁迅归国的年代问题》一文中所说："这问题看去似小，但牵一发而动全局，一年之差，可使鲁迅生涯中的全盘事迹都发生错乱，故不可不详为订正。"也如《论〈红星佚史〉非鲁迅所译》一文结尾所说："这不仅仅是一本译书的问题，倘不辨正而相信那序文真是鲁迅的意见，则鲁迅早期的思想发展的路线是会被混淆的。"林辰的《鲁迅事迹考》的确起到了洞幽发微、见微知著的作用。

八　小结

二十世纪四十年代，鲁迅研究进入了学理化的初步阶段。毛泽东在《新民主主义论》中，对鲁迅做出了新的高度的评价，使鲁迅与新民主主义精神紧密联系在一起。《鲁迅全集》出版后深受人民欢迎，《鲁迅三十年集》也应人民吁求问世了，这都说明了鲁迅及其著作反映了中国人民的根本要求和思想感情。冯雪峰、胡风、周扬的鲁迅论，从权威角度，阐发了对鲁迅的理解。萧军主编的《鲁迅研究丛刊》在延安出版，其中艾思奇的长篇论文《鲁迅先生早期对于哲学的贡献》代表了中国鲁迅学已经达到了很高的理论水平。巴人、李平心等人的鲁迅研究专著、专论，使对鲁迅的阐释体系初步形成。鲁迅回忆录在这一时期获得丰收，其中萧红的《回忆鲁迅先生》、冯雪峰最初发表的《鲁迅回忆录》和许寿裳回忆文章的初版本特别值得注意。在鲁迅回忆录的资料基础上，林辰《鲁迅事迹考》的出版，为鲁迅史实研究开辟了道路。

中编

1949—1999

1949—1999 年，是中国鲁迅学的发展、形成期。鲁迅研究得到官方的支持，*1958* 年，《鲁迅全集》问世，虽然存在许多问题，但终归为鲁迅研究提供了文本基础。意识形态的控制甚至扭曲，使鲁迅研究很不顺畅，到“文革”时，这种扭曲达到极端，直到二十世纪七十年代末、八十年代初在思想解放运动中获得宽松，鲁迅研究才步履艰难地逐渐回到学理的轨道上来。尽管如此，在曲折的道路上，还是出现了一些鲁迅研究大家和留于中国鲁迅学史上的不朽成果。这一编以评述这些大家的学术成就为主，一般性的会议、活动、著作从略。

第八章　冯雪峰二十世纪五十年代对鲁迅学的贡献及其特点

冯雪峰既是卓越的文学理论家和鲁迅研究专家，又曾经是鲁迅亲密的朋友。他的很多意见直接来自鲁迅，可惜被长期压制了。迫于压力，他也被迫放弃了一些正确的意见，直到后来被剥夺了发表文章的权利。所以对他的鲁迅学成果进行全面的研究，并恢复其真实的原本价值，是第一重要的。

一　从世界文学的大格局中考察鲁迅

如果说冯雪峰二十世纪三十年代的鲁迅论，主要侧重从中国文学史的发展范畴内界定鲁迅的文学地位和思想意义；四十年代，主要深入到历史的本质和鲁迅的内心矛盾中去把握鲁迅的特定价值；那么，他在五十年代的鲁迅论则是着重从世界文学的大格局中考察鲁迅创作的精神文化背景及其独立的特色。

他的代表作是新中国成立后 24 天，即 1949 年 10 月 25 日发表在《人民文学》第 1 卷第 1 期上的《鲁迅创作的特色和他受俄罗斯文学的影响》（收入人民文学出版社 1952 年 9 月出版的《论文集》第一卷时，更名为《鲁迅和俄罗斯文学的关系及鲁迅创作的独立特色》）。该文认为“处在民主革命中的中国社会是特别和十月革命前的俄罗斯社会相接近的，而十月革命的影响对于中国革命是太重要的了”。普希金、别林斯基、果戈里等人所开辟的近代俄罗斯文学，分明地反映着民主革命的思想和斗争，而“产生这种思想和文学的地盘，是沙皇专制制度的俄罗斯，是农奴制度和农奴制残余势力很强大的俄罗斯；是资本主义虽然落后，然而依然迅速地发展着，可是仍旧没有形成能够完成民主革命的资产阶级，因而沙皇和地主和资本家联合着统治的俄罗斯；是工人、农民、贫民和革命的知识分子在不可想象的残酷剥削，普遍的饥饿、苦役、鞭笞、监狱、流放、绞架和成批成批的屠杀之下呻吟喘息的俄罗斯；然而也是接连着农民暴动，革命知识分子的坚毅英勇的斗争，尤其无产阶级群众的一天强大过一天的革命斗争的俄罗斯。这些，对于处在无论黑暗和革命都那么和俄罗斯近似的中国国土上的人民，是那样地有着同感。所以，照我们所感受，俄罗斯文学的特色——表现得那么迫切、尖锐和广博的民主革命思想，那么惊人的人道主义和大无畏的黑暗暴露，俄罗斯人民的美丽灵魂和种种美德的发见，俄罗斯民族的理想的光辉和巨大的潜在力量的透露，由此而生的人民爱和祖国爱，以及对祖国人民的伟大前途和世界革命的确信，——这些，都是俄罗斯文学用来回答鞭笞和绞架的沙皇统治的，也是用来解答俄罗斯民族的出路问题的，——就那么亲切地深入中国人民的心。俄罗斯文学的现实主义里面，又有一种别的世界文学中所少见的特质，也是为中国人民所最能感受的，那就是它最集中地反映着俄罗斯社会在客观历史发展上的各种矛盾性。这，照我们所感受，就带来俄罗斯文学的思想性的丰富，带来特别明显的人民性，带来充实的人民真实生活和清楚到可以数出脸上皱纹的人民真实面貌。在俄罗斯现实主义的这一种特质——社会矛盾性的集中的反映——中，我们还可以感到有一种预示，就是：如果俄罗斯资产阶级民主革命要进行得彻底，那就必然要紧接着无产阶级的社会主义革命”。正是从这种根本的历史根源上出发，俄罗斯及苏联文学因而成为中国新文学来自世界文学中的最重要的养料。

鲁迅从一开始就只有一个中心思想决定着他的兴趣和态度，这就是：“如何才能使被压迫的民族起来反抗压迫者，如何才能使衰弱的民族从灭亡里脱救出来，以及任何使落后的民族急起直追而走上世界的进步的人类大路。”他“热烈地接触着近代民主革命的世界文学，尤其是俄罗斯和东欧被压迫民族的文学，是完全从他所觉醒了的中国民主革命的历史要求所促起的”。由此鲁迅创立了最有中国特色的、独立的而又最接近着俄罗斯文学的现实主义，其中渗透着深沉浓厚的爱国主义特色和对人民的深厚的爱。“鲁迅思想的中心价值，不在于他关于一般人类问题有什么哲学性的思想上的贡献，而是在：他对于中国的历史和旧社会的空前深刻和警辟的解剖；把重重迭迭地压在人民身上的历史的、社会的、思想的黑暗反动势力加以揭发，反复又反复地向人民和青年加以警告和忠告；在他一生的思想斗争中，积蓄了那么多的战斗经验和教训，形成了他出色的——对于中国的革命者是重要和宝贵的——战略和战术；眼睛看住人民，发现和培养了人民的力量。”“鲁迅的抒情诗的气质之厚和天才之高，自然是无庸置疑的”，然而“他对于社会革命的工作，远远地超过对他的艺术造像的兴趣”“他所造成的艺术典型却也因此而达到了最高度的真实和不朽的地步，尤其他在人物性格的根源的探索上所显示出来的那社会关系的广阔和历史的、意识形态的根源的深远，也真是不多见的。因此，在他的笔下，例如阿 Q，一切所谓‘阿 Q 的根性’，虽然被他无容情地一笔一笔的揭发，冷酷地一刀一刀的解剖，仿佛阿 Q 几乎是绝望的；但这艺术品所能给予出的革命的效力，却是决非一切种种公式主义者所塑造出来的那种关于‘革命人物’的作品所能企及的”。在后期，他又以“政论性的艺术散文，登上了二十世纪世界革命文学的几个高峰之一；这是现代世界无产阶级革命文化之在中国的成果”。

冯雪峰的这篇论文，不仅从世界文学的大格局中考察了鲁迅文学上的外来渊源及其独立特色，而且揭示了鲁迅精神文化的社会经济背景——以农业为主的东方封建社会。正是沙皇专制制度的农奴制度和农奴制残余势力很强大、资本主义仍然落后的俄罗斯，与封建专制主义的广大农民遭受残酷剥削的中国有着相通之处，所以反映农民利益和被压迫民族解放要求的中国民主主义作家，必然要从俄罗斯精神文化中汲取资源和力量，鲁迅就是其中最为突出的代表。这是鲁迅精神文化产生的社会经济根源，也是他最终倾向无产阶级革命的根本原因，并是他与胡适、梁实秋、陈西滢等英美派知识分子所吸收的西方精神文化相对立的内在因素。只有从这种世界的大格局中对鲁迅进行宏观的考察，才能全面认识他的独立特色、特殊价值以及不可避免的局限性。冯雪峰是中国鲁迅学史上从世界大格局历史视域观察鲁迅的首创者，也正因如此，他没有想到鲁迅的局限性，正所谓“不识庐山真面目，只缘身在此山中”。因为他同样是身处东方精神文化体系之中，所以只能用这一体系中的尺度衡量鲁迅。而今天当我们超越这一窠臼，再从冯雪峰所开创的世界大格局中对鲁迅进行宏观考察时，就不难发现鲁迅及的东方精神文化体系，既有英美派知识分子的西方精神文化体系所不能及的符合中国特殊国情的特殊价值与意义，又存在着不可避免的局限性，例如对英美派知识分子所提出的用民主政体与科学技术解决社会矛盾的方案采取一律排斥的态度，就是一大局限。然而，不能因此否定鲁迅应有的价值。鲁迅的东方精神文化体系与英美派知识分子的西方精神文化体系，各有各的价值与意义，又各有各的历史局限性。他们虽然在政治上处于对立的格局，但从精神文化上看，却是代表着东西方文化的优秀、科学的部分，汲取着人类的智慧、冷静和理性。未来中国文化的最佳发展途径，就是取精用宏、多元互补，而不是一方吃掉另一方。

二　对鲁迅的才能特质做出了更为准确的概括

冯雪峰五十年代鲁迅论的另一贡献，是对鲁迅的才能特质做出了更为准确的概括。这一方面的代表作是《思想的才能和文学的才能》（1950 年 10 月 22 日《人民日报》），该文认为鲁迅是“思想家型的诗人”与“诗人型的思想家”，“他是政治的、思想的天才，又是诗的、文学的天才，尤其是把两种才能统一地发展的天才”。“鲁迅的最大和最基本的特色，就是他是一个革命思想家，一个革命启蒙主义的伟大的战士。他的诗和文学上的一切特色，都是从这里产生的，都是建筑在这上面的，都是服务和为了完成他的思想的。所以他的文学的作品，是思想的诗、政治的诗、强有力的生活的概括的诗。而因此，把鲁迅当作思想家来看，他的一切文学的特色所起的作用又是怎样的大。他的思想是衬托在珠宝一般的诗的智慧和语言里的。他的新颖深切的诗感和丰厚的诗的情绪，和他的反映了中国民族的智慧和文化优点的文学上的特色，就丰富了他的思想，使他的思想深厚化，并增加无限的活力和光辉。他的艺术的力量使他的思想在传播上能够‘不胫而走’。”鲁迅所采用的文学的表现方法，是有别于马克思主义经典作家的科学的表现方法的。文学以人民的思想为必要，同时又以人民的诗的情绪和优美的感情为必要。鲁迅反映和发扬了人民的思想，也反映和发扬了人民的感情。在这方面，他是独到的，他以诗人的敏感和尖锐的眼光看到了别人所不注意和看不见的地方。至于系统化问题，鲁迅的思想是自成一个系统的，这必须从他的思想是统一于他的文学的表现上去看。

冯雪峰从思想的才能和文学的才能相互统一的结合点上认识鲁迅的才能特质，不失为一种较前更为准确的视角，但是把文学仅仅看作是思想的一种表现方法，就难以避免理念化的弊病了。

三 《回忆鲁迅》

冯雪峰五十年代鲁迅论的第三个贡献，是他的《回忆鲁迅》（人民文学出版社 1952 年版）。该书从 1929 年作者去见鲁迅写起，一直写到鲁迅逝世。其价值主要在于对鲁迅后期的思想与生活做出了颇有深度的论说与描述，例如在回述鲁迅与左联关系时这样说道：“他绝对不会有想以‘左联’来增高他的地位与名誉的观念，因为他丝毫也没有这样的必要，而‘左联’却是一个使加入的人在国民党统治之下失去一切自由甚至有生命危险的团体。但是我想，鲁迅先生自己是最清楚的，‘左联’却需要他，同时也需要他的地位与名誉。‘左联’又是丝毫也没有什么对个人的利益和便宜可图的团体，鲁迅先生还必须拿出稿费来支持它的工作，参加‘左联’的别的作家也如此。”至今仍然有些人认为鲁迅参加“左联”是为了抬高自己的地位与名誉，这段话对于他们来说是一味清醒剂。另外，该书还真实记述了鲁迅对柔石的深情和与瞿秋白的友谊，鲁迅后期所表现的思想毅力和复仇心态，成为了解鲁迅后期思想历程的权威性文献；但是与冯雪峰 1947 年在《文汇报》上发表的鲁迅回忆录相比，有了明显的倒退，对鲁迅内心的矛盾与对青年亲切而复杂的心态有所掩饰。

四　对《阿 Q 正传》《野草》的专题研究

冯雪峰五十年代的鲁迅论的第四个贡献，是对《阿 Q 正传》《野草》等鲁迅作品做出了简明、精辟的读解和分析。

1951 年 11 月 1 日，在《人民文学》第 4 卷第 6 期上，冯雪峰发表了一篇引起长期争议的论文：《论〈阿 Q 正传〉》。

在这篇论文中，冯雪峰首先对鲁迅的历史身份与独特价值做了这样的认定：“鲁迅由于他自己所选定的历史岗位，是政论家，是战斗的启蒙主义者，所以他越是像他对付杂文一样，以一个政论家的态度，战斗的启蒙主义者的态度，去对付他的小说，则他的小说也就越杰出，越辉煌。否则，就要因为不能高度地显出鲁迅自己的这种特色，而那作品在鲁迅自己的作品里面也就要显得比较地逊色了。这是只要拿他的《呐喊》中的主要的作品和他的《彷徨》中的作品，加以比较，就能够显然判明的。”

从这样的认定出发，冯雪峰对阿 Q 典型性问题提出了自己的独到见解：

阿 Q 这典型，从一方面说，与其说是一个人物的典型化，那就不如说是一种精神的性格化和典型化。

阿Q这形象，作为一个流浪的雇农来看，固然也是非常性格化的，非常活生生的，然而阿Q并不完全是中国雇农的典型或流浪的雇农的典型。一个简单的证明，就是阿Q这形象的主要的特征，对于一切的阿Q主义者，一切“精神胜利法”者，一切自欺欺人者，都是非常性格化的，非常活生生的，不管他们属于哪一个阶级。

阿Q，主要的是一个思想性的典型，是阿Q主义或阿Q精神的寄植者；这是一个集合体，在阿Q这个人物身上集合着各阶级的各色各样的阿Q主义，也就是鲁迅自己在前期所说的“国民劣根性”的体现者。

这就是著名的“思想性典型说”与“精神寄植说”。观点一提出，立即遭到驳难，冯雪峰本人也感到这篇文章“论得太空泛，并且有的在解释上是错误的，所以在《论文集》再版时就抽掉了”[①]。

然而，令人深思的是，冯雪峰作为深知鲁迅思想、创作内情的卓越的文艺理论家，为什么会提出这样一个“谬论”呢？其实，冯雪峰的“寄植说”并不是突发奇想、一时杜撰的。就他自身来说，是经过与鲁迅亲密接触和长期思考的结晶，包含深邃的真理，为以后的阿Q研究奠定了基础。

1955年10月的《文艺报》第19期、第20期连载了冯雪峰两万两千字的长篇论文——《野草》。该文经作者做了一两处重要修改后，由新文艺出版社于1956年3月出版，是一本薄薄的小册子，书名为《论〈野草〉》。

冯雪峰这篇论文的宗旨是要“通过诗的形象去了解作者的思想感情”，说明他是要采取符合《野草》艺术特征的方式，去了解鲁迅的思想感情，而不是从先验的教条和原则出发，去制造并不属于鲁迅的思想感情模式。同时，“还想就其中所反映的作者思想上的

① 冯雪峰：《冯雪峰论文集》（下卷），人民文学出版社1981年版，第309页。

矛盾进行一些研究”，则说明作者是要把《野草》所反映的鲁迅思想上的矛盾当作研究的重点。

冯雪峰在对《野草》中的篇目分类之后，又按类分篇做了题解，最终概括出《野草》所反映的鲁迅的悲观与乐观的矛盾、理想与现实的矛盾、绝望与希望的矛盾，并对这些矛盾产生的思想上的原因做了这样的分析：

（1）认为这些矛盾表明以鲁迅当时的世界观，他已经不能正确地把握当时的现实的发展，明确地认识革命的前途。鲁迅觉得自己是孤独作战，就反映着他在认识上有不正确的成分。“又如那落在‘冰谷’中的‘死火’在重行燃烧的时候会觉得将‘烧完’自己，这一方面是个人主义意识的表现，一方面也是对于人民群众中反‘冰谷’（封建主义）的革命的火已经在不可遏止地燃烧的形势估计不足的反映。”

（2）认为这些矛盾“非常鲜明地反映着作者当时所体验的深刻的思想苦闷和强烈的自我思想斗争。而且，这些作品中所反映的寂寞、空虚和矛盾的痛苦，也包含着由于他当时同革命的主力还没有建立起具体的真正密切的联系而来的寂寞和不安”。

而产生这些矛盾的世界观上的原因，则是“前期的世界观”。以上观点后来被鲁迅学界所接受，几乎已经成为一种定论。

五　小结

冯雪峰的鲁迅研究横亘中国鲁迅学史中的三十余年，即使在他被剥夺了发表权之后也仍然坚持着研究与思考，发挥着潜在的影响力。他当之无愧地称得上是中国鲁迅学史上研究的持续时间最长、成果最多、影响最大的学者。

概括起来，冯雪峰的鲁迅研究具有以下特点：

（1）始终站在公正的立场上研究鲁迅。当然，冯雪峰当时对鲁迅的一些评价不一定十分到位，例如 1928 年所写的《革命与知识阶级》，鲁迅就不很满意。但是如果从当时的历史语境出发进行“悬想”，就会感到冯雪峰当时是最大限度地保持公正了。这种公正的立场，也使他在“文革”中实事求是地评价周扬，没有落井下石。无论在什么情况下都始终尽最大可能坚持公正的立场，是对鲁迅研究保持科学性、发扬学理精神的基本保证，也是我们要向冯雪峰学习的最重要的一点。

（2）能够深入到历史的本质中对鲁迅进行宏观性与整合性的评价。《关于鲁迅在文学上的地位——一九三六年七月给捷克译者写的几句话》和《鲁迅与中国民族及文学上的鲁迅主义》两文就是明证，冯雪峰是中国鲁迅学史上从历史深处探求鲁迅的思想和文学渊源及发展线索，从而确定鲁迅价值和地位的第一人。

（3）善于以他特有的理性思辨力和独到的思想深度，充分利用他所独有的深入接近鲁迅的机会和独家获得的鲁迅的自白以及与他的对话，揭示出鲁迅“内心的极度深刻的矛盾”。这一点，在他1946年所写的《鲁迅回忆录》中反映最为突出。后来虽然由于时代的限制有所后退，衡定标准转变了，把黑暗完全当成负面影响来看，但是仍然在努力抓住鲁迅的内心矛盾进行深掘。

（4）善于从世界文学的大格局中考察鲁迅创作的精神文化背景及其独立的特色。《鲁迅创作的特色和他受俄罗斯文学的影响》这篇长文就是代表。鲁迅与中外文化比较研究的开拓者，应该是冯雪峰。

（5）着重从思想家、政论家、社会批评家的高度认识鲁迅，所以冯雪峰的鲁迅研究往往不同于一般生怕烧到自己手指的书斋学者的研究，很少书生气。他总善于从更为广阔的社会政治历史背景层面上去观察鲁迅，因而往往能够比别人高出一筹。

然而，也正因为如此，冯雪峰的鲁迅研究也出现了缺憾的一面。这就是往往从政治社会观出发，去极力阐释鲁迅政治社会批评的一面，而对更为复杂、细腻的文学艺术内涵有所忽略。有时定论过于生硬，致使结论极端化，因而造成理论上的空当。关于阿Q典型性问题的阐释就是一例。另外，由于时代的局限，在杂文本质的阐释上也存在理论上的妥协。但是，这并不影响冯雪峰鲁迅研究的整体价值，我们今天分析这些缺憾，仅是为了更好地继承他的公正立场和科学精神，促进中国鲁迅学的健康发展。

第九章　作为鲁迅研究家的陈涌

陈涌在当代中国主要是以文艺理论家和思想文化战士的身份发挥影响力的，然而他的学术理论基地却是鲁迅研究。他在五十年代所写的《论鲁迅小说的现实主义》和《为文学艺术的现实主义而斗争的鲁迅》两篇论文，是他的成名作，不仅在当时影响巨大，至今读来仍然令人荡气回肠，倍感其中的理论分量。七十年代之后，他依然以鲁迅研究论文复出，成为人们心中的鲁迅研究重镇。对作为鲁迅研究家的陈涌做一番研究与考察，是中国鲁迅学史研究不可或缺的重要环节，也是一个颇能引发人们理论兴趣的话题。

一　五十年代两篇论文和六十年代后续文

陈涌的《论鲁迅小说的现实主义》（1954 年 11 月《人民文学》第 11 期），首先从整体上和实质上揭示了鲁迅与他以前以及他同时代作家的区别，凸现了鲁迅小说内容上的革新性和独创性，对鲁迅及其小说的性质和特点做出了非常确定的理论概括与历史定位："鲁迅是近代中国第一个最深刻最彻底的革命民主主义和现实主义的作家，他和他以前以及他同时代的作家不同的地方首先就在于他的民主主义和现实主义的思想是深深地培植在中国广大的被压迫人民的土壤上面的，他的反封建的力量是从广大的被压迫人民那里取得的，他是真正从‘下面’、从被压迫人民的角度来提出反封建的问题的。”这一概括与定位，至今仍然具有重要的理论意义，说明了鲁迅及其作品为什么在今天依然受到人民热爱的根本原因。其次，完整地揭示了鲁迅小说和他那个时代之间的深刻的内在联系，对鲁迅小说所反映的他那个历史时代的社会状况做了系统的理论分析，归纳出这样的观点：“鲁迅在五四和以后一个时候便以其深刻的现实主义的力量真实地表现了：资产阶级不可能领导中国革命走向胜利，农民的被压迫的地位是必然走向革命化的，他们是中国革命在农村里的真正的动力，但农民本身却具有他们的弱点，而知识分子呢？他们许多人都是聪明、正直的，是每一个革命时期首先觉悟的分子，但当他们对现实还没有明确坚定的认识，当他们把自己‘孤独’起来的时候，他们是软弱无力，毫无作为的。”“鲁迅在《呐喊》与《彷徨》里深刻地反映了中国，深刻地反映了中国的革命，反映了中国革命的性质和动力，但对于近代中国的工人阶级的力量却没有得到反映。”总之，从陈涌的论述中得到的结论是，除了中国革命的领导权问题之外，我国民主革命的重大问题都在鲁迅小说的艺术画卷里得到了形象的表现。再次，通过与批判现实主义作家和十九世纪俄国革命民主主义作家的比较，确定鲁迅小说的现实主义在其根本倾向上有着更深刻、更彻底和更明确的性质，反映了一些为俄国的革命民主主义作家所不可能有的历史特点。在要求彻底地、不妥协地反对帝国主义和封建主义方面，鲁迅和无产阶级思想、社会主义思想是最一致的。

陈涌的这篇论文以深刻、单纯、明晰的理论风格，完整、系统地概括了鲁迅小说所反映的历史时代，从而确定了鲁迅小说的思想价值与艺术价值及其产生这些价值的根本原因，在鲁迅小说综合研究中取得了空前的整体性的突破，比以前的鲁迅小说综合研究论著具有更高的理论思维水平和更深的历史渗透力，代表了当时《呐喊》《彷徨》研究的最高水平。

现在回首重读陈涌的这篇论文，就感到除了文学上的价值之外，还有更为广泛的意义。国内外很多研究中国的学者常说，毛泽东和鲁迅是两个最懂得中国的人，而之所以称得上是最懂得，就在于最为懂得中国的农民，懂得这个以农民为主体的中国农业社会。陈涌这篇论文的超拔之处正在这里——分析了中国的农民，肯定了他们的革命性，又揭示了他们的缺点。同时也分析了中国的知识分子，因为中国的知识分子实际上是与中国的农民有着不可分割的血缘关系的，既出身于农业社会，又具有农民式的个体性，具有农民式的性格和弱点。把握了中国的农民和知识分子这两个社会成分，其实也就从根本上懂得了中国。如果说毛泽东和鲁迅这两个最懂得中国的人，一个从政治理论上解剖了中国社会各阶级的状况，另一个则从文学艺术上反映了中国社会各阶级的面貌，分别从政治理论和文学艺术上实现了马克思主义和现代文学的中国化，那么，陈涌的这篇论文则是在鲁迅研究领域实现了对鲁迅理解的中国化，使鲁迅小说研究与中国社会实际实现了高度的契合，从中国近代历史发展中、封建主义到旧民主主义再到新民主主义的社会变革的广阔视域中，解读了鲁迅小说的现实主义内容——中国社会的特殊国情和各阶级的状况。

毛泽东认为“鲁迅表现农民看重黑暗面、封建主义的一面，忽略其英勇斗争、反抗地主，即民主主义的一面，这是因为他未曾经验过农民斗争之故”。正是毛泽东而不是别人，能够更深刻、更全面地理解中国农民，因此也更清楚地看到成为共产主义者以前的鲁迅还没有认识到农民不只是一个受苦的阶级，而且也是一个革命的阶级。陈涌在写作关于鲁迅小说的这篇论文的时候，认为阿Q后来的倾向革命，证明鲁迅对农民的革命性已有明确的认识，因而也未能估计到鲁迅在这个问题上所表现的弱点。因为阿Q的倾向革命，是由于走投无路、生活无着，这虽然是受苦农民倾向革命的客观原因与内在根据，然而并不是自觉的革命行动。当然，现在有些人因为阿Q始终未能克服阿Q精神，就否认阿Q的革命倾向有他的内在根据和真诚渴望，似乎阿Q只有思想改造好了才算革命，也是不符合实际的。陈涌这时的认识是高于这些人的，他尽管认为鲁迅实际上表现了阿Q的革命倾向，但是并不认为作家对此已经达到了理性的认识。他指出："鲁迅在创作方法上是严格的遵循着现实主义的原则的。现实生活的逻辑规定了原来极端落后的阿Q的转变不可能是简单的，他的转变必然走着曲折复杂的道路。在这里，每一个孤立地看来未必有什么积极意义的行动，在整个转变过程看来都是必要的并不多余的环节。鲁迅在这里并不打算使阿Q一下子便摆脱了他的极端落后的思想，如果这样，那倒是不可想象的。如果我们对于阿Q甚至到最后也没有完全摆脱他的落后思想，不能看作是鲁迅没有充分的认识农民的革命性，而应该看作是鲁迅的现实主义的表现，那么，现在阿Q并没有一下子转变，我们便不应该感到奇怪了。"把鲁迅对阿Q落后思想，即"农民黑暗面、封建主义的一面"的认识，看作是鲁迅的现实主义的表现，正是陈涌作为一位极为严格的现实主义理论家的最为可贵之处。

正由于毛泽东和鲁迅在懂得中国这个实践意义上的相通，使得陈涌在写作这篇论文时虽然是以毛泽东的理论文章为参照系的，却并没有出现从概念到概念的教条主义的毛病，反倒显得非常充实和具体。不过，倘若不是由于参照系与研究对象的相通和作者陈涌对二者相通处的深刻领悟与论述才能，这种以政治理论与文学作品相互印证的方法，往往是要落入牵强附会与庸俗社会学的陷阱的，因而也是初学者不宜轻易采取的。

这篇论文发表两年之后，陈涌又拿出了一篇更有分量和深度的论文《为文学艺术的现实主义而斗争的鲁迅》（1956年10月《人民文学》第10期）。该文仍然论述现实主义理论，并更加明确地集中在真实性这个实质性的核心问题上。

第一层就开宗明义地提出："鲁迅的一生都为文学艺术的现实主义方向而斗争，他既反对资产阶级的唯心论，同时也反对文学艺术上的庸俗的机械论。"鲁迅一生的斗争，证明他正是自己所渴望的"精神界之战士"，"但作为一个真正的在文学艺术领域里的'精神界之战士'，鲁迅是按照文学艺术的特点，按照文学艺术自身的特殊的规律，去处理政治、思想和艺术的关系的。鲁迅既没有使艺术从政治脱离开来而孤立地存在，也没有使政治从艺术脱离开来而孤立地存在。但庸俗的机械论却往往否认文学艺术有它的特点和有它的特殊的发展规律，因而也就不能正确地理解政治、思想与艺术的关系问题”“庸俗的机械论只看到文学艺术和其他意识形式，其他宣传工具的共同性，却看不到文学艺术不同于其他意识形式，不同于其他宣传工具的特殊性，但是研究每种部门的特殊性正是真正的科学所要求的”“马克思主义的文艺理论，应该以马克思主义的反映论为基础，越是正确地反映现实的作品，便越能对现实发生积极的作用，也就因为这样，真实地反映现实的问题，便应该成为文学艺术创作的第一个和基本的问题。不能真实地反映现实的作品，是不可能真正对于现实发生积极的作用的”。因此，“真实是艺术的生命，没有真实，便没有艺术的生命。艺术的政治价值和社会价值，都是不能离开艺术的真实而存在的”。

第二层便追溯了革命文艺运动初期把“无产阶级文学”这个口号硬搬过来的人们，所犯的教条主义和庸俗的机械论的错误——“由于对文学艺术和政治的关系没有全面的深刻的理解，由于在解决这个问题的时候，完全没有考虑到或者很少考虑到文学艺术的专门的特点，把文学艺术服务于政治的方式和一般宣传工作服务于政治的方式等同起来，因而在创作实践上，在中国革命文学运动的初期，公式化概念化便流行起来。这就是为鲁迅所讥刺的‘赋得革命，五言八韵’的革命试帖诗式的做法”“显然的，作为一个深刻的现实主义作家和唯物主义的思想家，鲁迅是坚决地反对这类教条主义和庸俗的机械论的观点的”，他一再地中肯地批评着文学上的公式主义。

第三层进一步强调“政治上的尖锐性、战斗性是不应该离开艺术上的真实性而孤立地存在的，政治上的尖锐性、战斗性应该以真实性为基础，否则，公式主义是无法避免的”，并以鲁迅看待《儒林外史》这类讽刺小说与《官场现形记》等谴责小说的区别为例，说明“讽刺的生命是真实”的道理。

第四层反复论证“鲁迅强调不加涂饰地真实地反映生活，这和他把文学艺术看作认识生活的工具这个观点是分不开的”，并深入到造型艺术的领域，以鲁迅对《〈死魂灵百图〉小引》、汉唐石刻的高度评价和对宋元以来文人画远离社会生活倾向的批评为例，说明了“师造化”的方针和鲁迅的完整的现实主义观点。

第五层更深入一步，强调“艺术的真实要求作者对于他所表现的生活有深切的体验，深刻的理解，这点对于文学艺术是有特殊重要的意义的。文学艺术要求作者所反映的事物，不仅是他思考过，而且也是他深切地感受过和深刻地感动过的事物。否则，他是不可能创造出真实的能够激动读者的艺术作品的”“没有理由要求哲学家和经济学家研究的对象都是经过他自己的体验、自己的感受的。哲学家和经济学家的研究的材料主要是思想的材料和经济现象的材料，但是没有经过他自己深切地体验过和感受过的‘材料’，是不可能成为一个真正的作家和艺术家的创作对象的，除非他从一开始便没有打算使自己的作品成为真实的作品”。这又是从生活体验的层面，强调了文学艺术本身有它的特点和它的特殊的发展规律，说明艺术的真实性并不决定于题材的大小，而在于作者对生活的体验是否真切、深刻。

第六层又深入一步，强调作家和艺术家要保证产生真实的艺术作品，就必须具有为美好事物而斗争的真诚和热情，深刻地反映出现实的人民的精神。鲁迅说“汉人的石刻气魄深沉雄大”，就在于反映了人民内在的精神力量。而《十竹斋笺谱》的“秀丽雅致，平静柔和”，则作为另一个方面“充实了鲁迅所坚持的这个原则”。

第七层再进一步以中国明代的木刻艺术为例，说明要做到艺术的真实，作者必须具有现实的精神。最尖锐的例子是几种明代刻本的《琵琶记》的插图，不论是李卓吾本或朱墨本，都没有能够把原作反映现实最深刻的部分再现出来。由此再次说明：“问题还不仅在于题材，问题还在用什么样的精神来处理题材，如果用‘超世间’的非现实的精神，即使在处理像《琵琶记》里面那样悲惨的场面也是不可能呈现出现实的精神的。相反，一个有现实精神的作者，即使处理的是山水花鸟一类的题材，也有可能给我们带来一定的现实精神。”“以宗教的想象中的事物为题材的唐代雕塑的人间性，要比许多直接表现人间生活的明代木刻作品的人间性强烈得多；在表面上是超世间的唐代雕塑所包含的现实内容，比许多表面上是向着世间的明代木刻作品的现实内容丰富得多。在这里主要问题不是题材，是十分明显的，同时，鲁迅对于明代木刻的批判的深刻、正确也是十分明显的。”而这都说明社会主义现实主义必须具有“新的现实的精神”，具有鲁迅所说的“现代社会的魂魄”。

最后第八层得出了这样的结论：“鲁迅对文学艺术本身的特性有深刻的理解。鲁迅不是根据一般逻辑的推论，不是根据一般的基础和上层建筑的学说来演绎出文艺的见解，如同那些教条主义者和庸俗的机械论者那样，而是具体地分析了文学艺术的专门的特点和专门的发展规律，然后形成自己对于文学艺术的见解的。鲁迅在解决每一个文学艺术的理论问题的时候，都没有离开文学艺术的专门的特点和专门的发展规律，鲁迅的文艺思想所以正确，所以成为真正科学的文艺思想，和这点是分不开的。”“更加重视和深入地研究鲁迅的现实主义思想，继承和发展鲁迅的现实主义传统，对于我们今天是十分迫切的。”

陈涌的这篇论文，以理论的概括性、研究的整合性与论述的深广、细微、透辟称绝，在中国鲁迅学史上树起了一个很难企及的高峰。它是陈涌的代表之作。

陈涌的这篇论文，不仅仅是一篇文论佳作，也是一篇战斗檄文，其意义不仅限于文学艺术领域。

我们不妨先从反面来谈，看看姚文元对这篇论文的批判。姚文元在《论陈涌在鲁迅研究中的反马克思主义的修正主义思想》（1957 年 10 月 5 日《文艺月报》第 10 期）中，着力抓的陈涌的所谓“要害”，就是“写真实”，并且认为陈涌的论文“涉及到哲学上的根本问题”，“鲁迅研究这个题目历来就是各种思想交锋的沙场”，所以他就从共同性与特殊性、阶级性与真实性、政治标准与艺术标准、主观精神与客观现实以至抽象与具体等等方面的关系上极尽诡辩之能事，千方百计引导人们将思想与客观真实相分离，进入以为只要坚持政治性和战斗性、突出阶级斗争就可以置客观真实于不顾的误区。惨痛的事实证明，沿着这种思路滑下去，不仅铸成了文学艺术上的公式化和概念化，更为严重的是使整个中国从上到下都陷入了闭着眼睛不看现实、一味“瞒和骗”、说假话的疯狂状态，先是“大跃进”，制造什么亩产万斤、赶超英美的“神话”；后来就是“文化大革命”，把“左倾”谬误推向了极端，使亿万人民坠入了空前的大灾难。所以，陈涌所说的“艺术的政治价值和社会价值，都是不能离开艺术的真实而存在的”这一论断，实在是有很强的针对性的，就是针对当时已经逐步甚嚣尘上的背离客观真实的“左倾”思潮，是对这一危险思潮发出的战斗檄文。事实也正是如此，不仅“艺术的政治价值和社会价值，都是不能离开艺术的真实而存在的”，任何一个阶级、政党及其领袖的政治价值和社会价值，也都是不能离开客观的真实而存在的。无论这个阶级，这个政党，这个领袖，有多么伟大的功绩和多么辉煌的过去，只要背离了客观真实，都必定会受到现实的无情惩罚！

当然，陈涌当时绝非一人孤军奋战，一大批有良知的知识分子早已痛切地感到了背离客观真实的极端危险性。从胡风、冯雪峰一直到何直（秦兆阳），都在奋力呐喊、抗争，他们一再强调的现实主义正是在这样的政治经济和精神文化背景下提出的。这股现实主义的热流，恰恰是从鲁迅那里继承来的，鲁迅的价值也就正在于以振聋发聩的呐喊，促使中华民族从“瞒和骗”的大泽中猛醒，“睁了眼看”现实！鲁迅的后继者们，仍然在继续呐喊，为了坚守“真实”这块绝对不能丧失的阵地而不惜付出高昂的代价。他们其实是对马克思主义和共产主义无限忠诚的，他们说的是发自肺腑的真诚的诤言。然而，他们却得不到理解，反而被打成异己分子，下了人生的地狱。

姚文元从反面道出一个真理：“鲁迅研究这个题目历来就是各种思想交锋的沙场。”从陈涌和他的前辈及同志为了坚守“真实”这块现实主义阵地而进行的“浴血”式的战斗和所遭受的人生大磨难中，我们不是可以清楚地看到“各种思想交锋”的刀光剑影和精神文化的各种现象吗？

陈涌终于做了为“真实”而献身的普罗米修斯，1957年被打成右派，从最高学术机关被发配到了甘肃，直到1962年政治气氛稍微宽松时才得到发表文章的机会，拿出了新的论文《鲁迅小说的思想力量和艺术力量》（1962年《甘肃文艺》第1期）。

在这篇新的论文中，陈涌并没有“改悔”，而是以更加深沉的力量，更为透辟地阐发艺术真实性的原则。他又开宗明义地指出：“在鲁迅的小说里也和在他的杂文里一样，体现着一种深厚的内在的精神力量——内在的思想和艺术力量。”在近代中国人民争取解放的长期苦痛的过程中，“作为一个伟大的作家和启蒙思想家，鲁迅的全部文学生活，都充溢着深刻的革命精神和理性精神”。他对中国过去几千年的封建主义的传统和习惯，提出了“从来如此，便对么?”这样的质问。他表现人民的苦难和压迫者的野蛮残暴的小说，往往激发出一种深刻的道德感情，一种批判和革命的人道主义感情。在他描写农民和其他被压迫者的小说里，都包含着这样的一个共同的思想：“旧制度不仅剥夺了人们起码的物质生活的权利，而且对于人们的精神价值，对于人的才能、智慧，对于他们崇高的品质和精神力量，也极度冷淡、蔑视以至于无情的加以毁灭。这种情形，总是深深地激动作者的感情的。”字里行间，使我们深切地感到，陈涌正是在自己的才能、智慧、精神品质遭到无情毁灭的时候，才更加深刻地体悟出了鲁迅在小说中对人民精神力量的高度重视，感到文学艺术家必须像鲁迅那样负有使人在精神上提高的使命，体察出了鲁迅小说中深广的思想内容和道德内容。因此，他在论文的第二部分就不顾一切地重申：鲁迅的小说之所以具有这样巨大的思想力量和艺术力量，是“因为它在艺术上的真实”。“鲁迅小说的内容大都是十分平凡的，它不以情节惊人，但它的特点也正在这里。愈是平凡，便愈是普遍，愈是真实。”“画鬼易画犬马难，古人是早就知道了表现平常的事物而达到艺术的真实是比较表现那些离奇虚幻的事物远为困难的。”而且，“鲁迅更着重的是内在的真实。如果没有这种内在的真实，热情的真实，仅仅例行公事地‘反映’生活，即使达到最大限度的酷似、逼真，也只是表面上的酷似、逼真，它实质上是僵死的，谈不到真正的艺术生命的”。而要使所创造的人物具有一种内在的真实，就需要作家的内心体验。充满斗志的爱姑，怎么一下子便失掉了锐气？就在于她“受到的是一种极为微妙的精神的压力，一种在当时突然令她感受到的传统的压力，这种压力在当时甚至谁也没有有意加在她身上，甚至爱姑自己也不会解释清楚自己为什么会突然心里发生变化的”。由此可见，“在长久的封建阶级不但是物质的而且是精神的统治下，传统的观念在人民的头脑扎的根到底有多深？它到底怎样紧紧地钳制着人民的头脑？这正是鲁迅要在这篇小说里回答的问题。几千年来遗留下来的传统是根深蒂固的。统治者们是被压迫者的敌人，但被压迫者却并不是常常都认识到这点，而且有时会是相反的，统治者们历来‘优越’的地位，既会使被压迫者产生幻想，也会使他们感到畏惧，如果不在人们头脑里推翻过去的传统，不猛力地撕破统治者们和蔼可亲或尊严可畏的外衣，人们要想改变自己被压迫的地位是不可能的”。这里，我们分明感到处于逆境中的陈涌对封建传统势力的顽固性有了更为深刻的认识与感悟，对于无形的精神的控制与压迫感受尤深。正因为如此，他一再强调“要造成这种艺术真实，是首先非有作者‘进入’人物的内心世界不可的”。只有这样，才可能有入木三分的心理刻画，才能不通过外部表现，便能够看透了他的内心。“从这里可以看到，一个作家的内心体验过程，对于到达艺术的真实，是不可少的，但它也不是神秘不可解的。”

为坚持艺术的真实性原则，付出了那么高的代价，吃了那么多的苦，遭了那么多的罪，却仍然不知“改悔”，仍然强调艺术的真实性，并且深入到内在的精神世界中去，对为文学艺术的现实主义而斗争的鲁迅有了更为深切的认识，写出了更为深刻的论文，这该是一种何等真诚的精神、何等坚实的学问！

陈涌是用自己的骨头，蘸着血，写作鲁迅研究论文的。

这是透过中国鲁迅学史所看到的，二十世纪中国的一道悲壮、灿烂的精神文化的奇光。

二　复出后的理论贡献

复出的陈涌对“从进化论进到阶级论”的瞿秋白观点持维护的态度，在重返理论界的第一篇论文《关于鲁迅思想发展问题》（1978年9月《文学评论》第5期）中，指出：“瞿秋白的《〈鲁迅杂感选集〉序言》，基本是一篇马克思主义观点的论文，它根据无产阶级在民主革命时期的任务，正确估计了鲁迅在思想斗争中的意义和作用，分析了鲁迅所走过的道路，分析了鲁迅早期思想的性质、特点和局限以及它们的社会的阶级的根源。这篇论文，直到现在还没有失掉它对于文艺批评研究的方法论的意义。在我看来，瞿秋白在鲁迅思想发展问题上有些提法不够确切，这是事实，例如，‘从进化论进到阶级论’，这就是直接采取了鲁迅自己习惯的提法来概括鲁迅早期的思想，而没有按其实质，纳入哲学的两条路线——唯心主义和唯物主义路线问题的范围内，它既可以作为无产阶级的阶级论或无产阶级的阶级观点来解释，也可以仅仅作为实际反映了阶级和阶级斗争来解释。这种提法的含混，事实上已经导致人们在讨论鲁迅思想发展问题时的一些混乱。但如果我们撇开表述方法的不够确切，而主要看问题的实质，那么，瞿秋白用进化论来概括鲁迅的早期思想，意思也就是鲁迅的早期思想根本上是以进化论为标志的或者说以进化论为内容的一种唯心主义的历史观。所谓阶级论，意思就是无产阶级的阶级观点，或者无产阶级的阶级斗争观点，实际上也就是唯物主义的历史观。如果这样说没有违背瞿秋白的原意，那么，我认为瞿秋白这个分析无疑是正确的，是符合鲁迅思想发展过程的。”“鲁迅当时的政治实践，政治思想性质和他的哲学思想性质，的确是有联系同时又有区别的。决不能像有些论者一样，因为当时鲁迅所写的论文政治上是先进的，便认为他在哲学思想上也当然一定只能是唯物主义的，不能用政治分析去代替思想分析。”

陈涌的这篇论文虽然后来引起许多研究者的异议，但是不能不承认该文明晰的理论辨析力，对于鲁迅思想发展研究的深入发展产生了重要作用。特别是“不能用政治分析去代替思想分析”的论断，对鲁迅思想发展研究的方法论问题具有很大启示作用。

既然用进化论不能概括鲁迅的前期思想，用革命民主主义概括也不能解决全部问题，那么就应该进行更细致、深入的哲学理论、社会思想与美学意义的分析。

为纪念鲁迅诞生100周年，陈涌写作了《鲁迅与现实主义和浪漫主义问题》（1981年《人民文学》11月号）。该文正是这种深细分析的结晶，核心论点是：还在立意从事文艺运动的青年时代，鲁迅便同时被现实主义和浪漫主义两种思潮所吸引。这是因为作为文学的两大潮流，现实主义和浪漫主义都是生长在现实生活的土壤上，并不是绝对对立的。它们都把真实地反映现实生活作为自己的根本要求，只是从不同的途径、采用不同的方法接近和反映现实生活，也往往能够互相呼应，互相结合，互相交融，以至在同一个作家身上，可能同时具备着这两方面的特点，但它们都可能各极其长，因此，他们在世界文学史上，始终是两种并存的艺术潮流和艺术方法。全文通过鲁迅和屈原的关系、对李白和唐代传奇的评价以及诗歌创作等方面的反复阐释，论证了这一核心论点。最后批判了不承认浪漫主义是一种有独立特色的创作方法、只是现实主义一个因素的错误观点，并做出这样的总结：“鲁迅关于浪漫主义的观点，对我们今天应该也是很有启发作用的。我们现在和鲁迅的时代完全不同了，我们建立了社会主义制度，但我们走过曲折的道路。我们有很大困难。我们现在的文艺正需要革命浪漫主义，需要看到革命浪漫主义是一种强大的精神力量，需要用这种精神力量来鼓舞我们前进，增加我们的勇气，但要做到这点，便首先对革命浪漫主义在文学上的意义和地位有足够的估计。认真学习鲁迅有关浪漫主义的思想，是会加深我们对这个问题的认识的。”陈涌过去以论述鲁迅的现实主义著称，现在把浪漫主义和现实主义并列起来论析，并着重分析了浪漫主义的重要意义，不能不说是理论上的一大突破。对于全面地认识鲁迅，更透辟地阐释他一贯强调的艺术的真实性问题都是有非常有益的。在这篇论文中，陈涌继续发扬了《为文学艺术的现实主义而斗争的鲁迅》一文中曾经施展过的纵横捭阖、旁征博引的论述方法，透过鲁迅对屈原、李白、唐代传奇的评价，从微妙处阐发鲁迅的浪漫主义精神，使论文汪洋恣肆、丰富多彩，很有吸引力，不像有些鲁迅研究论文那样枯燥。这是非常值得后人学习的。除了这篇论文之外，复出后的陈涌还写了《鲁迅与五四文学运动的现实主义问题》（1979 年 5 月《文学评论》第 3 期）和《鲁迅与无产阶级文学问题》（1981 年《文学评论》第 2 期）等颇有分量的论文，并对《阿 Q 正传》做了独到的深刻研究。这些论文后来都收入了人民文学出版社 1984 年 5 月出版的《鲁迅论》中。

尤其可贵的是，陈涌到了古稀之年，依然保持着旺盛的思想力量和敏锐的感受能力，不断地接受新的思想和新的知识，用以充实和加深对鲁迅及其作品的理解。1985 年，已经七十六岁高龄的他，在《思维科学的“突破口”——读钱学森同志的谈话想到的》一文中指出：“恐怕任何一个作家，即使是伟大的作家，都很难说他所写的每一个重要之点，都是事先同样深思熟虑过，都是有了同样确切的理解的。他常常需要借助于自己的直觉。有时他仅仅觉察到生活中的一些征兆或者暗示，虽然还是模糊的、不确定的，他也有可能依据自己的艺术家的感觉直薄生活的本质。鲁迅无疑对农村的生活十分熟悉，对阿 Q 这样的农民的特点和性格的逻辑有深刻的理解，但鲁迅自己也承认是没有想到过，在辛亥革命到来时，阿 Q 是要‘革命’的。而结果，阿 Q 是‘投降革命党’了，而且不论是在积极意义上或者消极意义上，阿 Q 对革命的态度都被描写得合情合理，完全符合这个人物的性格逻辑。鲁迅的艺术表现确实是这个人物在特定环境下可以想象得到的表现。这些地方，起显著作用的是这个熟悉生活又忠于生活的伟大作家的天才的直觉。”（《文艺研究》1985 年第 6 期）这一段论述显然比五十年代要前进多了，从思维科学的“突破口”——“天才的直觉”这一崭新的视角，恰如其分地分析了鲁迅表现阿 Q 革命性的内在原因，站到了阿 Q 典型研究的学术前沿，对后人有极大的启示。

总之，陈涌八十年代初的研究，对以后的阿Q典型研究起到了非常重要的理论开拓作用，达到了相当的理论深度，虽然并未能够从新的视角与理论本质上解决问题，但是在当时来看已经非常不易了。

三 小结

八十年代初，刚复出的陈涌在同文艺理论工作者的一次谈话中，提出要做好文艺理论工作，需要培养“三感”，即理论感、历史感和艺术感。笔者七十年代末刚进中国社会科学院文学研究所工作时，陈涌同志也经常教导说，文章不要求多求快，而要求质，有理论感、历史感和艺术感的分量足的论文，半年写一篇，积累十年就相当可观了。作为鲁迅研究家的陈涌，正是很好地体现了这“三感”：

（1）具有高度的理论感。从其代表作《为文学艺术的现实主义而斗争的鲁迅》一文就可看出，陈涌是以高屋建瓴之势，开宗明义地提出艺术的真实性这个实质性的理论问题。接着就运用多向的思维方法，从各个不同的角度和层面反复论证这个问题，有条不紊，细密严谨，步步落实，层层深入，以极强的逻辑性和说服力把这个艰深的理论问题论述得透彻完整、丝丝入扣，给人以强烈的理论感。恩格斯说：“一个民族想要站在科学的最高峰，就一刻也不能没有理论的思维。”一位鲁迅研究家的第一要素，的确是鲜明而具有深广度的理论感。

（2）具有纵深的历史感。论证理论问题紧密结合现实，但又不局限于当下，而是追溯历史的根源，追踪历史的轨迹，找出问题的源头、发展的规律。例如《论鲁迅小说的现实主义》，就是从中国新民主主义革命历史的纵深处考察鲁迅小说现实意义的结晶。《为文学艺术的现实主义而斗争的鲁迅》第二层，对教条主义和庸俗机械论在革命文艺运动初期的始发进行了挖掘，说明公式化概念化自此而起，鲁迅对这种现象的批评也由此而生，令人从深厚的历史感中产生自觉，对当下的同类现象有了理性的认识。

（3）具有敏锐的艺术感。论证理论问题和追溯历史根源时，绝不是从概念到概念地进行空论，而是通过对文学艺术作品的敏锐的艺术感，发现艺术品之间的细微差别，从而为论点提供无懈可击的根据。例如《为文学艺术的现实主义而斗争的鲁迅》对汉唐石刻深沉雄大之气魄的体悟，对《十竹斋笺谱》“秀丽雅致，平静柔和”之风味的捕捉，特别是对几种明代刻本的《琵琶记》插图的细腻揣摩，真是到了烛幽索隐、纤毫毕现的境界。一个真正的作家和艺术家的创作对象，不像哲学家和经济学家那样，研究的材料主要是思想的材料和经济现象的材料，而是必须运用他自己深切地体验过和感受过的“材料”，否则是不可能写出真实的作品的。而一个真正的文学艺术的评论家和研究家，也不能像哲学家和经济学家那样，仅擅长把握概念和逻辑推理，而必须具有敏锐、细腻的艺术感受力。这也是文学艺术本身的特点和特殊的发展规律所决定的，是无论文学艺术的创作者，还是评论者都必须具备的基本素质，陈涌通过他的鲁迅研究论文为我们提供了佐证。另外，仅从论文的写作来说，陈涌的论文写得既严密结实，又酣畅淋漓；既框架宏大，又丰满充实；既思路清晰，又文采飞扬；既冷静说理，又充满激情，令人百读而不厌。可以说，《为文学艺术的现实主义而斗争的鲁迅》等论文不仅在中国鲁迅学史上堪称上品，就是在二十世纪中国文论中也是稀有的佳作。

第十章　李长之五十年代对鲁迅学的特殊贡献

李长之是一位具有独立头脑的文学研究家，是第一部鲁迅研究专著《鲁迅批判》的作者，他很年轻时就已崭露头角，四十多岁就已经出版十余部风格独异的学术专著。可惜 1957 年被错划右派，被迫终止了大有前途的学术研究，令人怅然。但时间虽短，他还是在中国鲁迅学史上留下了不可磨灭的印迹。

一　《文学史家的鲁迅》

写出中国鲁迅学史上第一部鲁迅研究专著——《鲁迅批判》的李长之，在新中国成立后以更大的热情投入鲁迅研究论著的写作，日益走向大境，成熟睿智，明晰丰厚，其中的代表作是 1956 年 8 月 28 日至 9 月 19 日为纪念鲁迅逝世 20 周年而作的《文学史家的鲁迅》（1956 年 11 月 8 日《人民文学》第 11 期）。

该文长达近三万字，分 16 节，详赡周密、全面深入地论述了作为文学史家的鲁迅在中国文学史研究和著述中的成就、方法、见地及其历史地位与缺点，不仅远远超越了以前的同题论著，直到今天也仍然在阐述的丰赡、分析的透辟、体悟的切实上居于领先位置。

这篇大论文指出："在鲁迅留下的丰富遗产中，文学史著作也是极可珍贵的一部分。”“文学史的工作在鲁迅是几乎认为和创作同等重要，而且几乎一生没有放下过这心愿。”“我们有理由说鲁迅乃是科学的中国文学史的奠基人。”“鲁迅的文学史著作特点之一是注意到中国的历史环境和语言文字的特点，同时也表现出这乃是有着中国学术传统的特色的著作，而不是生活在不同的历史条件下的其他国家所可产生的。”鲁迅运用了中国传统学术的目录学和辑佚的方法，但是他“完全用清儒家法”，又“不为清儒所囿”，着眼于史的发展，具有卓越的“史识”和很高的理论思维水平，所以在他的文学史著作中体现出了文学发展的规律性。例如讲屈原作品时就从来源和发展上得出了楚辞受到了诗经影响的结论，通过比较，分析了二者的异同，并又从大处着眼，说明了神话对后代的影响和得以保存的具体情况。再如因为着眼于史的“演变之迹”，就清晰地揭示了六朝志怪受印度影响之处，对《水浒》的繁简问题也有了正确的结论。“有发展，有演变，有影响，有规律性，有继承性”“这才是史，这才是文学史!”随后，就进入文学史写作的实际操作过程中的方法论问题：其一，在史述中注重作家还是注重时代，注重体系还是注重历史顺序？认为“鲁迅是辩证地处理作家与时代的关系的。他既不是教条主义地倡言作家为主或时代为主，也不是把作家与时代对立起来”。有代表作家时，以作家为主；无代表作家时，就以时代全貌为主，又兼顾重点作家。在重大的文学现象上，是依历史顺序；对次要的文学现象却是依类相从，保持体系的完整性。其二，关于全面和重点相结合的问题，“鲁迅是有全豹在胸，而又善于点睛”“顾到重点，而不废全面，全面和重点之间又斟酌至当”。其三，是体现略古详近的原则，因而鲁迅已经指出了近百年的文学史的主要轮廓了。其四，注重风格分析，特重艺术上的独创性，评述一部作品后都是用语简括而能中肯地道出艺术特点，而且特别反对那些以说教为主而压倒了艺术性的书，从中见出鲁迅的美学敏感。其五，强调科学性，认为“文学作品是艺术，但处理这些艺术品的文学史却是科学。鲁迅的文学史著作正是科学著作”，一则表现在他的文学史往往是牵涉一些学术问题，并做出科学的论析；二则表现在他十分重视大量占有材料而又加以审慎的考证；三则表现在发现共同点，发现定型，例如论《品花宝鉴》《彭公案》时，能够居高临下、提纲挈领，在注意共同点中发掘作品的独创性等等；四则是善于运用比较的方法，做出公允的科学论断。其六，鲁迅文学史著作很善于举例，例子一定要有代表性，引文一定注意形象性和故事性，引证的多少是以原书的内容广狭为断的。其七，鲁迅文学史著作中所列的参考书，重视原始资料，尊重别人的劳动，只要有一点可取便决不抹杀。其八，总结鲁迅文学史写作中的资料工作，第一是最重视原始材料，反对以“换头削足”的二手资料为据；第二是在编校中往往厘清了一些问题；第三是注重材料来源，详列原书卷数、作者姓名，绝不马虎，让人难以凭信；第四是对于材料绝不是以收罗为限，而是有一些学术性的加工，或加以说明；第五是资料并非只是史的附庸，而是互为补充；第六是在资料工作中也没忘了现实斗争，也还是一个思想战士的面貌。

以上所谈的文学史写作的实际操作过程中的方法论问题，倘若不是沉潜深濡其中的操觚者，是绝不可能说得出来的。事实上，李长之本人就是一位成就卓著、独具特色的文学史家，这时他的《中国文学史略稿》（1—3 卷）已经问世，正在撰写元明清部分，他是从实战学习和研究鲁迅写作文学史的经验中获得这些宝贵心得的。以后出现的研究鲁迅文学史著作的文章，之所以未能超越李长之的这篇大论文，重要的原因就是这些作者本身没有写作文学史的实际体验，当然不可能谈得如此富有实际操作性了。在谈过文学史写作实际操作过程中的方法论问题之后，李长之又总结了散见的鲁迅关于文学史的见解，说明“鲁迅是接触到全部中国文学史的，我们在他的著作中有丰富的东西可以吸取，而且这些散见的文学史见解有时比他的专书更显得成熟，更体现了马克思列宁主义的文学原则”。然后概括了鲁迅文学史著作中所表现的鲁迅精神面貌与独特性，认为由于鲁迅曾经跟着章太炎研究学问，所以他的文学史著作有着重视文字学和魏晋文章的章太炎式的风骨；由于鲁迅有敏锐的眼光，所以他的文学史著作像杂文一样，对事物每有揭露底蕴、比常人深入一层的看法；等等。最后，李长之仍然发扬过去的批判精神，指出了鲁迅文学史著作中的缺点：第一是在《汉文学史纲要》中还缺少综合性的结论。第二是在时代顺序上有时为体系所拘，处理不甚妥当。第三是对作品的社会意义有时估计不足。第四是有太略处。第五是书中还有些小的疏忽或值得商榷的地方。这些谈鲁迅文学史著作缺点的文字，后来成为备受攻击之处。其实，这正是李长之最为可贵的学理精神的表现，绝不是什么“罪状”。大千世界，十全十美的人和事是不存在的，任何人都不可避免地具有历史的局限性，任何书籍也都不可避免地有着缺点和不足，鲁迅和他的文学史著作同样不可能超脱在外。科学的鲁迅研究，就是要对这种客观存在的缺点和不足作出中肯的分析。这样做绝不是否定或贬损鲁迅，而是在发扬可贵的学理精神，把鲁迅研究提高到科学的境界。鲁迅的文学史著作，同他的其他著作一样，有着永远不可抹杀的历史价值，但是它们只开辟了认识真理的道路，并没有关闭真理的大门。鲁迅是绝对不会让后人在他的著作面前顶礼膜拜、止步不前的，他始终希望有“能操马克思主义批评的枪法的人来狙击”他，揭出他的“真症候”，写出超越他的著作。真正有出息的研究家和批评家，就要按照鲁迅的希望去做，以鲁迅式的批判精神研究鲁迅。然而在当时的人文环境中，这样做是非常之难、需要付出代价的。李长之这样做了，结果是付出了惨重的代价。但是也因之在中国鲁迅学史上放射出了独立精神与人格尊严的异彩，在鲁迅研究学理化的历史进程中永远留下了光辉的一页。

李长之的这篇大论文之所以能够达到这样高的水平，除了前面已经谈过的他具有深厚的中国古典文学功底而且是中国文学史写作的实际操作者之外，还在于他早年在清华大学德国文学教授杨丙辰影响下攻读哲学，受到德国古典哲学的浸染熏陶和严格的理论思维训练，因而能够站在时代的高峰上对中国文学史做出深邃的哲学透视，对鲁迅作为文学史家留给后世的宝贵经验做出学术的解析与理论的概括，使他的这篇论文学史的论文不仅史料丰厚，而且具有很强的哲学意味与方法论意义。试拿同题的谈文学史的文章与之做一番比较，就不难发现李长之确实比一般的文学史学者具有更深的哲学根柢与理论修养。另外，在文章写法和论述风格上，李长之也文思健朗，倾泻如流，侃侃而谈，层层深入，重大的理论问题经他一说，就变得清晰明白、朗然若揭了，给人以驾轻就熟、举重若轻之感，不能不佩服他以深湛学术功底为基础的过人聪颖与超群灵气。

二 《鲁迅美学思想初探》

1957 年，李长之又发表了一篇引人注目的鲁迅研究论文——《鲁迅美学思想初探》（1957 年 3 月 10 日《前哨》月刊第 3 期）。这篇文章确实如李长之在引言中所说的“只想就鲁迅在文艺理论上的贡献来谈一谈。在这里，当然还说不上什么研究，深入更不相干”，然而却相当全面地触及了鲁迅美学思想的各个方面，从鲁迅对美术的爱好、早期的美学思想、战斗的美一直到关于典型和构成美的对象的范围问题以及一些文艺理论的启示等等，都有所评述，并时见独到之处。尤其可贵的是仍然发扬了他一以贯之的批评的独立性与学理精神，在推崇鲁迅美学思想贡献的同时，又直言其中不足，认为：“如果说鲁迅的美学思想业已是完备的马克思主义的美学，显然是不对的。因为，他还没有触及美学问题的全部，例如悲剧性、喜剧性问题，他就没谈到过；就是他触及的问题，有的也还不够完全，例如典型问题中的创作过程，普遍性是注意到了，而典型问题中的个性化，就没有谈到。因此，我们只能谈鲁迅的美学思想，但还不能谈鲁迅的美学体系，如果体系是要求像一本教科书那样匀称的话。”这段评说后来也成为备受攻击之处，初听起来也不如那些把鲁迅推崇到极致的谀墓之语顺耳，然而却是实事求是的科学箴言，是把鲁迅及其美学思想放到当时的历史情境之下进行具体分析所得出的正确结论。诚如李长之在下文中所说，“鲁迅由于他那生活的时代是阶级斗争十分激烈，而反动的封建势力和帝国主义势力又是居于强大地位的时代，又由于他本人是身为冲锋陷阵的战士并主帅的原故，鲁迅还不能对美学中的一切问题有从容地冷静地考虑的余裕”，因而也不可能建立十分完备的美学思想体系。同时，由于鲁迅本人的中国传统式的思维与表达特征，他的美学思想是散见于杂文中和体现在作品之中的，原本就不拟创建什么体系，所以把鲁迅的美学思想推到体系化的地步倒是不符合实际的。

李长之的《鲁迅美学思想初探》，纵然没有达到《文学史家的鲁迅》那样的大论文的境界，但是由于坚持了一贯的学理精神和科学态度，并是这一课题的开创之文，因此仍然在中国鲁迅学史上具有重要的史的价值。此文之后，探讨鲁迅美学思想的论著接连出现，成为中国鲁迅学史上别具异彩的一道风景。

第十一章　唐弢鲁迅研究论著的学术个性

唐弢先生是鲁迅研究学科的奠基人之一和海内外公认的权威学者。二十世纪三十年代因写作杂文与鲁迅相识起，到 1992 年逝世，留下未能完成的《鲁迅传》，撒手人寰。他的一生是与鲁迅和鲁迅研究紧紧连在一起的：参加了 1938 年《鲁迅全集》的编辑工作。随后又独自一人以十余年的时间辑录、考订鲁迅佚文，先后编就《鲁迅全集补遗》和《鲁迅全集补遗续集》，并写出了《鲁迅杂文的艺术特征》《鲁迅的美学思想》《论鲁迅小说的现实主义》等一系列论著。在中国鲁迅学史上享有很高的声誉，对鲁迅研究和中国现代文学研究的深入和发展产生了重要的作用。

一　《鲁迅杂文的艺术特征》

唐弢最主要的鲁迅研究论著，当然首推《鲁迅杂文的艺术特征》。

这篇论文是 1956 年 9 月为纪念鲁迅逝世 20 周年而写的，最初发表在 1956 年 10 月 19 日《解放日报》上，后来于 1957 年 1 月由新文艺出版社出版单行本，又收入 1957 年 12 月中国青年出版社出版的《鲁迅在文学战线上》和 1962 年 8 月作家出版社出版的《燕雏集》，后来归入 1984 年 9 月人民文学出版社出版的《鲁迅的美学思想》。这篇论文的核心论点是认为鲁迅杂文的艺术特征在于逻辑思维与形象思维的相互结合，这一论点并非作者的独创，而是当时文艺理论界在讲文学艺术特征时的一个流行的观点，因而并不足以说明鲁迅杂文独立的特征，可见那时占主流地位的政治文化对鲁迅研究及其他研究领域的禁锢之深。然而，纵然如此，唐弢的这篇论文却仍然不失为中国鲁迅学百年史上一篇很难得的妙文，简直是把鲁迅杂文的艺术风貌活灵活现地和盘托出了，之前没有人做到，之后也无人企及，在百年史上可以说是空前绝后。唐弢之所以能够做到这点，就在于他本身就是一位杂文家，具有长期的丰富的杂文写作经验，并且对杂文的艺术技巧情有独钟，特别是以杂文艺术手法的灵活、秀雅见长，兼之多年潜心学习以至模仿鲁迅杂文，对鲁迅杂文的艺术特征心领神会，因而虽然核心论点受到当时主流文化的禁锢，却能在具体论述中显示出活力与底蕴，勃发出一派生机。事实上，唐弢写作此文的动因也是要冲决那时占主导地位的唯政治化倾向，强调鲁迅杂文的艺术特征本身就已经是对唯政治化倾向的挑战了，何况还将艺术特征显现得如此出色呢？我们应该从当时的历史语境考虑问题，不能以现在的情况苛求前人。

唐弢的这篇论文写得如此称绝，还在于他很会写文章，是以打磨杂文、散文精品的功力琢磨出了这篇论文。

第一节就以诗的语言展示了世界文学的广阔视野。“一个伟大的作家常常选择最适宜的文学形式来表达他对时代的见解，形成自己的独特的风格，普希金用他的诗，巴尔扎克用他的小说。19 世纪初期，以十二月党人为代表的当时俄国的民主自由的思想，产生了像《致西伯利亚》《高加索的俘虏》《叶甫盖尼·奥涅金》那样热情奔放的诗歌；与此同时，在铜臭的暴发户的不断威逼下，空虚、腐朽、堕落的法国贵族社会逐渐走向灭亡的复杂的过程，也惟有在《人间喜剧》那样巨大的画幅里，才能够得到深刻而细致的反映。”然后从这种世界文学的格局中去看鲁迅杂文，就自然得出了这样的结论：鲁迅把杂文当作表达对时代见解的主要武器，创造出了独特的战斗风格和艺术特征，构成了出色的现实主义的史诗。研究鲁迅，必须研究鲁迅文学作品中这一重要的部分。

第二节开始论述鲁迅杂文的文体性质。就文体而论，鲁迅的杂文有抒情的、政论性的、短评式的，还有随笔、絮语、日记、通信、对话、速写等等，展示了这种文学形式的丰富和多彩；就特征而论，鲁迅自己提到是“感应的神经”“攻守的手足”“论时事不留面子，砭锢弊常取类型”。可见战斗是鲁迅杂文的生命，但是仅把杂文比喻成“匕首”和“投枪”是不够的，还要研究它“给人愉快和休息”的文学风格的一面。总之，此节把笔力自然引进逻辑思维和形象思维相互结合的核心论点上。

第三节论述鲁迅杂文在逻辑思维方面的根本特征。提出鲁迅是一个伟大的结语号（。），认为鲁迅“在思考过程中化了极大的科学的劳动，使文章的论点通过逻辑思维运转自如，站得住，推不倒”。“他没有在文章里做结论，只是从生活的具体感受出发，在形象思考的同时作了细致的科学的分析，揭示了事物的真相”。在运用逻辑思维的过程中又有如下具体特点：①“通过辩证的关系抓住事物的矛盾”“揭橥事物内在的矛盾”；② 这种揭橥不是如一般论文那样做抽象的议论，而是“不断地把不合理的社会制度通过各种具体现象触目惊心地放在我们的眼前”，进行“具象的叙述”，“是通过具体的事例和生动的形象来展开他的逻辑思维的”。

第四节进一步论述鲁迅杂文在形象思维方面的特征。① 借用现成的故事和比喻；② 创造深刻的、典型化了的形象；③ 使抽象的感情或者平淡的叙述一齐化为生动的形象。所创造的形象又具有三个特点：① 既平易近人、为读者所熟悉，又具有新鲜感；② 真实、令人可信，往往又是漫画化了的；③ 有趣、幽默，而又严肃。

第五节总结鲁迅杂文的艺术特征。“杂文的评论性和文艺性要求逻辑思维和形象思维在作者的创作过程中相互渗透、相互作用、相互生发地结合起来，从这里产生一篇完整的艺术品。”鲁迅杂文的总体风格是“驰骋自如”：“题材的驰骋自如，形式的驰骋自如，语言的驰骋自如。最后，也是最重要的，马克思列宁主义思想武装了他，使他在思想上也一样：驰骋自如。”这样，层层递进，步步深入，完美周密、引人入胜地阐述了自己的核心论点。

不仅文章的逻辑层次显示了唐弢写作的才能，而且具体的阐述也反映出他的确很会写文章。首先，他是从鲁迅的创作实际出发，进行活的分析和活的表述，而不是把鲁迅杂文的艺术特征归纳为简单的几条，死板、呆滞地进行罗列。其次，举的例证贴切、生动、新颖，阐发得灵活、形象，恰到好处。例如论述鲁迅杂文的形象化传神绝技时，举了鲁迅这样一个比喻："否则，纵有成千成百的天才，也因为没有泥土，不能发达，要像一碟子绿豆芽。"这个例子，别人也举过，但是唐弢却对此做了进一步的阐发："使我们极其形象地看到了苍白、无力、得不到泥土培养的'天才'的变相。"有了这画龙点睛的一句，鲁迅"绿豆芽"比喻的神髓霎时被勾出来了。再次，语言活脱、跳荡，对鲁迅杂文风格的概括准确、新鲜。例如将鲁迅写杂文的得心应手比喻成"舞台上最出色的武生，一条棍棒在手，旋转飞舞，指挥如意，既能抛得高，又能接得稳。我们自己往往因为生活经验少，思想贫乏和知识浅薄，拿住棍棒不敢放出去，抛到一尺高就战战兢兢，赶紧接住，惟恐失手。……令人担心的是这条棍棒一直飞到台下，也许会打破观众的脑壳"。这样的生动比喻和"驰骋自如"的准确概括，一直是脍炙人口的。

这篇论文其实是唐弢长期积累的结晶。他早在 1939 年 1 月 11 日上海《鲁迅风》周刊第 1 期上，就发表了《鲁迅的杂文》。该文从生活的洗练、教养、中国旧文学和西洋文学的影响、不妥协精神的反映、正确的马列主义的应用、句法和章法的多样性、土话古语和日本词、欧化句法、行文的顿挫这九个方面概述了鲁迅杂文的思想、艺术特征，为作者以后展开的鲁迅杂文研究列出了提纲。其中所做的一个重要判断："鲁迅是由嵇康的愤世，尼采的超人，配合着进化论，进而至于阶级革命论的。"后来经常被人引用。这一时期他还另有《从〈且介亭杂文〉论鲁迅》（1937 年 8 月 10 日上海《生活学校》第 1 卷第 7 期）和《从杂文得到的遗教》（1938 年 10 月 19 日上海《文汇报》），或驳斥了苏雪林对鲁迅杂文的异议，或评述了鲁迅杂文"形象的具体化，设境的富于诗意，举例的切合现实，以及造句的慎重，用字的认真等等”艺术特点，都为这篇《鲁迅杂文的艺术特征》做了充分准备。

当然唐弢的这篇论文也有其不足之处，除了前文所说的逻辑思维与形象思维的相互结合的核心论点未能说明鲁迅杂文独立的特征之外，认为鲁迅杂文创造了典型化形象的观点也欠科学，后来在学术界引起了异议。

二　《论鲁迅的美学思想》

《鲁迅杂文的艺术特征》发表不久，就出现了1957年的反右运动，强调作品艺术特征已不可能，唯政治化的倾向达到极端化的程度。人们从中尝尽了苦头，六十年代初开始批判极左思潮，向客观真实性原则回归。这样，唐弢又从更深的层次强调鲁迅作品的艺术特征和其中所包含的艺术观点，于1961年在《文学评论》第5期上发表了著名论文《论鲁迅的美学思想》。

这篇论文的核心论点是阐发鲁迅对于艺术特征的深刻理解，仍然是唐弢一贯坚持的观点，所运用的则是比较研究的方法，即以车尔尼雪夫斯基“美是生活”的主张为参照系，说明“虽然鲁迅并不是美学理论家，在这方面没有建立完整的体系，但就创作实践反映出来的他的美学思想发展进程而言，车尔尼雪夫斯基达到的结论，实际上也就是鲁迅的美学探索的起点”。比较了两人之间的异同：“和车尔尼雪夫斯基不同，由于鲁迅对于艺术特征的深刻的理解，他不仅是一个唯物主义者，而且在美学问题上发表了许多合乎辩证法的意见；但是，又和车尔尼雪夫斯基一样，鲁迅当时也还没有上升到马克思和恩格斯的辩证唯物主义。”

这篇论文的论述方法则是抓住两组矛盾展开文章的思路，这两组矛盾是：“美和真——在文学艺术上相当于艺术和现实的关系问题”“善和美——在文学艺术上相当于政治和艺术的关系问题”。说明鲁迅几乎在文学生涯开始的同时，就坚持了文学艺术的特征，根据这点来看待美和真即艺术和现实的关系，也根据这点来看待善和美即政治和艺术的关系：主张一件完整的艺术品应该是“天物”“思理”“美化”三者的有机的统一，辩证地理解了艺术和现实、政治和艺术之间的关系；文学艺术的规律一直是鲁迅这位伟大作家不断探索的中心，坚定地重视艺术的特征，认为那些直接为“五卅”事件而写的诗，“情随事迁，即味如嚼蜡”，因为“锋芒太露，能将‘诗美’杀掉”；反对“咀嚼着个人的小小的悲欢，而又看这小悲欢为全世界的描写身边琐事”的倾向，也反对借政治点缀文艺的标语口号式的文学，认为有了真，有了善，还不一定能够构成美。因此所写的又得“是可以成为艺术品的东西”，善需要通过美来烘托和传播，只有运用艺术的手段，才能加强思想的感染，所以“新闻上的纪事，拙劣的小说，那事件，是也有可以写成一部文艺作品的，不过那纪事，那小说，却并非文艺”；所以鲁迅总是从更高的政治角度概括生活中的人物形象，以他的深广的思想赋予平凡的生活以再生的灵魂，并把政治溶化在“直接性”里面，汇成完整的情节和场面。例如《起死》中“没有任何一句话是对《齐物论》的批判，然而没有任何一个场面任何一个细节不是对《齐物论》的讽刺”，在杂文创作中，也是依据艺术本身的特征，变换不同的形式和不同的风格。

这篇论文的论述语言也很有特色：灵动、秀雅、峻洁，不是干巴巴地摆道理，而是富有诗意、引人入胜地描述。例如讲述在鲁迅早期论文里理出分散着的属于美学方面的观点时，打了这样的比方：“恰如眺望着一片汪洋浩荡的湖泊，回头又看到从山间流来淙淙的溪泉一样，凭借这些材料可以了然于它的来龙去脉”，就颇富有美感，使读者在明了理论的同时，又获得了美的享受。概括鲁迅杂文的不同风格时，用了“意激词促，声色俱厉”“从容不迫，谈笑风生”“谈言微中，一针见血”“回旋跌宕，铭心镂骨”等语，既准确贴切，又丰赡雅致，很有特色。唐弢论文中的这种遣词炼句的功夫，是非常值得学习的。

这篇论文也有不足之处，由于那时占主流地位的政治文化对鲁迅研究及其他研究领域的禁锢，作者难于畅所欲言，明明是要讲鲁迅对文学艺术特征的深刻理解，却先要强调文学艺术的政治性，努力把论点说圆，生怕招来灾祸，这样有时就使自己陷于两难境地，难于把问题谈透彻。另外，论文中说及王国维、蔡元培写过许多美学教育的文章，但是具体论述时却只谈王国维的"为艺术而艺术"的观点，蔡元培从对立一极阐发的唯功利观点则未提及，这样就未能将视野拓展到中国近代美学思想发展的历史范畴内，对鲁迅的美学思想进行史的审视和价值定位。这不能不说是一大遗憾，但也为后来的研究家提供了一个广阔的空间，由此出发开始新的研究。

尽管这篇论文存在以上遗憾，然而仍不失为中国鲁迅学史上一篇难得的大论文。唐弢写作此文的用意其实是很明确的，就是反对当时甚嚣尘上的唯政治化倾向，他在文中说道："当无产阶级革命文学在群众中间有了广泛的影响以后，'为艺术而艺术'的思想被反对掉了，政治即艺术、善就是美的思想却在一部分人的头脑中更加滋长起来。他们抹杀了艺术的特征，不了解文学艺术需要保持表达政治的特殊功能，正如文学艺术需要保持反映生活的特殊方式一样。"所以他写作此文的宗旨，就是反对以简单的口号代替丰富的描绘、借政治点缀文艺的错误倾向。在当时那种政治气氛下面能够始终坚持探索文学艺术的特殊规律，抵制唯政治化的错误，是需要有理论勇气和艺术功底的。在唯政治化的主流文化几乎压倒一切的情况下，一些文艺家以坚实的理论勇气和深厚的艺术功底，像岩石下的萌芽顽强地从夹缝中伸出葱绿的枝叶那样，不断重申着文学艺术的特征，这是百年中国精神文化史上一个独特的现象。唐弢先生就是这些文艺家中一个杰出的代表，他这一历史功绩，将永载史册。

八十年代初，编纂《1913—1983 鲁迅研究学术论著资料汇编》时，1949 年后部分，拟选唐弢先生的两篇论文，究竟选哪两篇好呢？笔者特地叩访唐弢先生，征求他的意见。他和蔼地笑笑，反问道："你说选哪两篇好呢？"像是要考一考笔者，笔者沉思了一下说："选《鲁迅杂文的艺术特征》和《论鲁迅的美学思想》这两篇。”唐弢先生立刻笑了，点头称是。可见这两篇确实是他的代表作，唐弢虽然还写了其他许多鲁迅研究论文，然而这两篇才最能代表他的鲁迅论。一个鲁迅学家，有此两篇大论文留于史上即已大为不易了。

三 《鲁迅——文化新军的旗手》

但是唐弢先生并不满足，六十年代初主编《中国现代文学史》时，又亲自撰写了关于鲁迅的专章，1979 年 10 月由湖南人民出版社以《鲁迅——文化新军的旗手》为题单册出版。这本书凝聚着唐弢大半生研究鲁迅的心得体悟，副题为“论鲁迅在五四时期和左联时期的文学活动”，实际上可以看作是一部精要的鲁迅评传和一部独立的学术著作。《生平和思想发展》一章简明扼要地呈现了鲁迅一生的梗概和思想发展的轮廓，其他七章按时间顺序评述了鲁迅的小说、杂文和在文艺理论上的贡献，提纲挈领，要言不烦，特别是把鲁迅的杂文创作放在了很重要的位置，八章的篇幅中，有三章专论鲁迅的杂文。

首先，唐弢对鲁迅杂文在各个历史发展时期思想艺术风格的不同特点做了十分精辟的论述和概括：“《热风》里的短文精悍凝炼，明白晓畅，一篇篇锐利如匕首；收在《坟》里的一些较长的杂感，则又气势跌宕，层层深入，表现了擒纵自如的特点。”《伪自由书》的特点是“言之有物，虽曲折而不失其犀利”“其中有些篇什，旨在为青年辩护和向不抵抗主义追击，立意遣词，则又较为轩豁和明快”，而“从‘风月’里写出‘风云’，正是收在《准风月谈》里许多杂感的特点”。《花边文学》则是“鲁迅对于社会批评的进一步的开拓。这些杂感涉及的内容更为广泛”。“不少篇什，描摹和解剖了一部分人精神的空虚和卑下，以揭示病态社会严重的症候。”“从这些淋漓尽致的分析里，可以看出鲁迅对社会思想开掘的深度。”《且介亭杂文》一、二集及末编的特点是：“这些杂感不仅技巧圆熟，论证丰富，而且作者对于马克思主义理论的运用，也大都经过融会贯通，遵循杂感的特点结合在具体的内容里，符合于中国成语所谓‘深入化境’，在艺术上表现了突出的简约严明而又深厚朴茂的风格。”其次，唐弢对鲁迅杂文艺术特色的综合分析也更加细致、精确、深化，例如分析鲁迅杂文和中国的古代散文的深厚基础相关联时说：“以鲁迅的杂感而论，析理严密，行文舒卷，于清峻中寓朴茂，于简约中见恣放，这些就大抵受有魏晋文章的影响。”谈形象化手法时没有再提典型形象，而是说：“他不仅常常通过比喻的方法，援引例如‘媚态的猫’等等动物的特点概括或一人群的精神面貌，便是描写直接论列的对象，也往往能够深入一点，绘声绘色，铸成‘锢弊’的‘类型’。”叙述议论“莫不简括精到，一律以形象出之，表现了一种富有情趣的动人的风格”。

这本书充分发挥了唐弢本人的特长，对鲁迅的杂文特别是后期杂文做了精湛而独到的分析，迄今为止仍然少有人超越。

四　《论鲁迅小说的现实主义》

在年近七旬之际，为了纪念鲁迅诞生一百周年，唐弢于1981年又奉献出一篇更为成熟的鲁迅研究论文——《论鲁迅小说的现实主义》（《文学评论》1982年第1期）。该文长达近四万字，是一向惜墨如金的唐弢少有的一篇大论文，也是他自己鲁迅研究和写作生涯上的一次超越、鲁迅小说综合研究中的一次突破。唐弢在开场白中说：过去一些同题“文章的论点往往不是从作品里总结出来，而是根据‘五四’前后中国社会的性质，联系鲁迅本人的政治思想，得出结论，反过来又用这个结论——鲁迅的革命民主主义思想，直接分析作品，解剖人物”。而他的这篇文章则要力图通过作品，研究文艺领域各种思潮、流派、创作方法等等在鲁迅身上的影响与体现。

在第一节《第一篇现实主义小说》中，通过扎实、细腻的文本分析，说明《狂人日记》虽然注入了一点象征意味的暗示手法，但是仍然既不是浪漫主义也不是象征主义，而是鲁迅开展他的伟大的现实主义天才活动的第一篇现实主义小说。因为这篇作品本身包含着深刻的现实主义的格局与客观的日常生活的描写，它真实地写出了一个实实在在的狂人，运用寓意的方法，通过狂人的谵言痴语、胡思乱想所做的暗示，动摇了几千年来陈陈相因的封建礼教和伦理制度，促使人们蔑视它，抵制它，揭开它的吃人的本质。

在第二节《从真实的基础上继续发展》中，认为鲁迅继《狂人日记》之后，重新钻研中国说部，比较切磋，有会于心，技巧更加圆熟，刻划更加深切，终于“脱离了外国作家的影响”，显示了鲁迅个人的现实主义的稳定特色。并通过大量的鲁迅小说本身的细节分析，说明鲁迅是从真实的基础上发展，建立了自己的特点，又以这些经验不断地丰富现实主义。

在第三节《栩栩如生的风俗画》中，又以丰富生动的细节分析有力地说明“鲁迅小说的现实主义的一个独特的内容，是以多样的形式为我们留下了生活的画幅，真实的生活的画幅。——我们民族生活方式的栩栩如生的风俗画”。

在第四节《动人心弦的抒情诗》中，说明“鲁迅小说的现实主义的另一个独特的内容，是它的抒情性，凝炼通达，酣畅舒展，几乎每一篇小说都是一首动人心弦的抒情诗”，又从哲理化、讽刺化和语言的回旋反复这三个方面，细致入微地分析了构成鲁迅现实主义小说抒情诗特点的因素。

最后，唐弢在结束语中这样总结道：“既不随意修改‘自然’，也不一味服从‘自然’，鲁迅根据这一原则找寻小说的现实主义的道路，善于将别人的理论和自己的经验结合起来，以丰富和发展这一创作方法”，从而“深深的彻到核仁，达了常人凡俗的目所不及的深处”。

唐弢的这篇大论文，是多少年来含英咀华、从容把玩鲁迅小说的结晶，其探幽发微、披沙拣金的细节分析，细微深邃、博洽明晰的艺术体味，以及娓娓道来、如诗如画的话语格调，都堪称一绝，足为极品。可以这样说，就审美体验、艺术品位和论文文体的秀雅、完美来说，唐弢不仅在鲁迅研究界首屈一指，就是在整个文学批评领域也是少有人能够企及的。借用当年恽铁樵对鲁迅小说《怀旧》的评语来说，就是“才解握管，便讲词章，卒致满纸饾饤，无有是处”的青年“极宜以此等文字药之”。当下有些年轻人，一论鲁迅小说就发宏篇大论，引外国名词，从概念到概念全是抽象之论，没有一点切实的作品分析，实在应该用唐弢的这篇论文医治一下自己的毛病。但是，笔者并不因为高度赞扬唐弢的这篇论文，就否定那些从中国社会性质和民主革命的政治角度分析鲁迅小说的论著，特别是陈涌的同题论文。唐弢是从敏锐的艺术感觉出发，由细腻的文本分析上升到现实主义的理论高度，陈涌则是站在时代理论思维的高峰上鸟瞰鲁迅小说的现实意义。这两篇不同视角、不同写法的论文，虽然阐释的方面和内容有所不同，论述的方式也各呈异彩，但都有益于对鲁迅小说的理解。它们的关系是共存互补，而不是相克相灭的。唐弢的这篇论文和其他主要的鲁迅研究文章，都收入 1984 年 8 月人民文学出版社出版的《鲁迅的美学思想》一书，已成为中国鲁迅学史上公认的经典之作。

五　《鲁迅杂文一解》

唐弢在学术上是永不止步的，他在研究鲁迅小说之外，仍然继续着对鲁迅杂文的探索，1981 年 11 月 11 日《人民日报》上发表了他的《鲁迅杂文一解》。

该文指出鲁迅杂文中贴切、传神的诨名似的形象中，包含着诗的特征，这是剖析鲁迅杂文的一个重要的契机。鲁迅正是以独创的形象构成个人风格的战斗的杂文，建立了文学史上睥睨一代的文体。这些形象的独创风格主要是：① 形象的思想性：在鲁迅杂文中，形象不只是理论的辅助，而是将思想熔铸在形象里，形象便是思想，有时还出现含有深刻社会意义的生活哲学，有时则含有锐利的政治预见性。② 形象的现实性：鲁迅杂文中的形象，无论取材于历史还是外国，都是执着于中国的现在，充满了现实的意义。③ 形象的新鲜的感觉：鲁迅在杂文中善于将普通语言加工为形象语言，往往图景既现，意义自明，给人以一种不落冗套的新鲜的感觉；至于造型最新、感人最深的，还是那些直接来自生活的形象，寥寥几笔，如临其境、如见其人地画出了他的对象的性格，甚至复述别人的意见，也能以独特的艺术手腕，使复述构成形象，形象产生思想，即以批评者所引的论据，驳复批评者所持的论点，精到严密，化腐朽为神奇，使人有眼前一亮、面目全新的感觉。关于鲁迅杂文是否塑造典型的问题，该文指出："尽管杂文里的形象不是小说里的典型，而人们总是将他的形象和典型并提。"

唐弢的这篇文章比二十五年前的《鲁迅杂文的艺术特征》前进了一步。前进之点在于更明确地指出了剖析鲁迅杂文的一个重要的契机乃是其独创的形象，指出这个重要契机对于鲁迅杂文研究是有指导意义的。文章所分析的形象的思想性、现实性和新鲜的感觉这三个特点，虽然看来平实，但是十分准确，分析又贴切、细致，举例恰到好处，为鲁迅杂文独创的形象提供了更为科学的解释。另外，对于鲁迅杂文是否塑造典型的问题，论析也更确切了。

六　未完成的《鲁迅传》

唐弢为了鲁迅研究事业，生命不止，奋斗不息。在七旬以后，又在中国社会科学院立项，决心要写出新的《鲁迅传》。

这部书原拟完成40～50万字，但唐弢先生生前仅写出十一章，从鲁迅出生写至自日本归来，其中第一、二章系定稿，三至十一章为初稿。《鲁迅研究月刊》征得唐先生家属同意，在1992年5月至10月的第5期至第10期上连载了这十一章遗稿；《鲁迅研究年刊·1992》则刊出了遗稿的全文。

鲁迅学家和散文家孙郁在《读书》1993年第4期上发表了《未

完成的雕像》一文，对唐弢这部未完成的《鲁迅传》做出了极为精当、中肯的评价："这十一章的遗稿，为当代传记文学，提供了一个新的模式。唐弢以杂文家和藏书家闻名于世，他对笔记文学和版本目录学的嗜好，也感染了这部传记。其考据、钩沉、议论、状物、水乳交融的描写，真是漂亮。"他"充分注重史实，从史实以及鲁迅作品、日记、书信提供的线索出发，殊多考订之笔"，而"专于考据，亦精于杂感。在诠释之中，常露出鉴赏家的惬意。清幽舒朗的雅兴，疏简清秀的笔致，构成了唐弢作品极特别的文化品味"。孙郁的评骘是非常精粹的。

唐弢这种充溢着"精善秀雅之气"的"书话"文体与杂文笔法，首先在对鲁迅的外围背景即乡俗、家世、时事、亲友的描绘中闪出光彩。例如写鲁迅所处的历史环境，没有像其他鲁迅传记那样从政治上叙述，而是从绍兴的文化名人、名胜、长埋地下、质地醇厚的"女儿酒"以及"绍兴师爷""钱猢狲"谈起，评点了绍兴士大夫之间的相骂之风，特别是颇为生动地详述了绍兴民间关于明代艺术家徐文长的传说，认为这些故事"集中了绍兴人的智慧、机灵、促狭、滑稽的风格"。未见其人，先闻其声，传主鲁迅尚未出场，已从乡俗氛围中嗅出他的精神风味了。而对鲁迅亲人的描述中，最传神的是祖父周介孚，他为人耿直、恃才傲物的性情、与越中文人李莼客相投的骂风以及对小品文的特殊好感，都被唐弢写得绘声绘色、跃然纸上，从中更令人感到了鲁迅性格的由来。唐弢也并不为贤者讳，开头第一章结尾就归纳出了鲁迅性格的特点：这样的历史背景与家庭境遇"使他怀疑，使他忧郁，使他孤独，使他有时瞧不起人，使他不断向自己的心申诉"。"有时瞧不起人"，是鲁迅自己总结的性格弱点，我们为什么要替他隐讳呢？唐弢这样写，就是要把鲁迅当作人而不是当作"神"来写，写出鲁迅个性中的"野性"与"莱漠斯"精神，写出一个特殊的人的个性特征。以后，唐弢始终从文化源流和乡俗本根上紧紧抓住鲁迅精神气质与个性特征的形成缘由，从"喜汉魏六朝古典文学，时时诵读"的寿镜吾那里，发现了鲁迅喜好魏晋文章的最早源头；"至于鬼而人，理而情，可怖而可爱的无常，则成为鲁迅一生复杂性格的多元的综合。浙东农村风习中立志复仇和善于诙谐的特有的气质，哺育了正在成长的童年的鲁迅。”又通过当时杂书、掌故、刊物的博览和秋瑾、徐锡麟等浙东人物性格的描摹进一步烘托出鲁迅的个性与气质。

正是从对“鲁迅的精神世界和气质”的准确把握出发，唐弢对一些鲁迅研究领域长期存疑的问题谈出了他的灼见，并更为充分地发挥了他作为杂文家的辩才。例如认为鲁迅对农民起义持批评态度的原因是“对于打倒了皇帝自己再来做皇帝的这种历史循环表示过厌倦”，对于刘邦、项羽要“取而代”的秦始皇的“这个长期不变的‘如此’感到深刻的不满”。而那些过高评价农民起义并以此贬低鲁迅思想的历史学家则是“受小农经济思想的影响”。又认为鲁迅是“用自己头脑里已有的思想形象去理解尼采”，“鲁迅的介绍尼采思想是进步的，为当时中国改革所需要”“鲁迅后期对尼采虽然有进一步的比较客观的认识，但并没有全盘否定他，在某些方面甚至还有星星点点的思想联系”。这种联系的具体表现，就是鲁迅思想、性格中“始终保持着一点野气，一点非理性的因素”。这种非常新鲜的观点，绝非是追求时髦而来的舶来品，而是老年唐弢从多年体验、切实分析中自然得出的真知灼见。这些灼见，使得这部未完成的《鲁迅传》闪烁出异样的光彩。令人想象到，倘若唐弢先生能够全部完成，该会出现多少灼见？尤其是对鲁迅晚年的评述，写到唐先生的亲身感触时，该会是怎样的异彩迸射呀！想到这里，又不能不令人感到无限的遗憾！

当然，这部未完稿也存在难以避免的欠憾。主要是在局部和细节虽然时见灼识和光彩，但在整体思路上仍然没有跳出旧的窠臼，没有达到新的高度，缺少一种穿透力与结构宏大著作的大气魄。同时，如樊骏所指出的：唐弢由于时代的限制存在着一些难免的“错位”①。他本擅长书话之类的学术小品，但身在文学研究所这种最高

① 樊骏：《中国现代文学论集》（上卷），人民文学出版社 2006 年版，第116 页。

的学术单位，又不能不受到仿效苏联的结构宏大的理论文字模式的束缚，而他又不善于搞宏大结构，结果不是扬长避短而是恰巧相反的“扬短避长”，做了事倍功半、勉为其难的工作。倘若他发挥自己的所长，将《鲁迅传》写成一部书话体的由学术小品构成的“一家言”，可能会事半功倍，在轻车熟路上道出一些唯有他才知晓、才能写出的轶事珍闻，减少诸多遗憾。

唐弢先生毕生勤奋，笔耕不辍，但留在中国鲁迅学史上的文字主要是以上各篇。是不是太少了？不是。一位鲁迅研究学者能够留下这几篇文字，成为鲁迅杂文、小说研究的经典之作，使任何研究者在任何时候都绕不过去，已经极为难得了。文章不在多，而在质。

七 小结

唐弢先生为鲁迅研究辛勤耕耘了一生，写出了一系列不朽的传世之作。那么，他的鲁迅研究论著究竟具有哪些学术个性呢？

我认为，可以概括出以下三点：

（1）唐弢的鲁迅研究论著如他自己所要求的是“言之有物”，具有独到的见解。而这些见解又是建筑在充分掌握鲁迅的全部著作并长期深入研读的基础上的，是论从史出，观由文得，绝对不是空中楼阁。

（2）严家炎在《唐弢先生对中国现代文学学科建设的贡献》（见《唐弢纪念集》，社会科学文献出版社 1993 年版）中说过：唐弢“本身就是作家，艺术感觉极好，深知创作的甘苦，他谈论作家作品，总是三言两语就能抓住作家的风格特色和作品的独特成就，把最有味道的地方传达出来。……我认为，在审美评价的精当方面，唐先生在我们现代文学研究工作中简直可以说并世无第二人的”。严先生说得极对！至今中国现代文学界甚至整个文学评论界，都无人在审美评价与艺术鉴赏方面超过唐弢。而且，唐弢先生愈到晚年，艺术感觉愈是灵敏，简直到了出神入化的境界。例如他1982年8月8日在为英国伦敦大学《中国季刊》作的《关于〈故事新编〉》这篇短文中讲：《故事新编》并不如有人所说的，可以“比之于绘画中的毕加索”，而是“有点接近格罗斯（George Grosz）——一个鲁迅喜爱的德意志的画家”。其中的艺术感觉真是只可意会，不可言传。

（3）唐弢行文极讲究文字，注意文体，如他自己所说：竭尽全力。每写完一篇论文都要病一场。也如蓝棣之所言：他本质上是位“诗人”，他的文学论文像是“领异标新二月花”，读之，是一种艺术享受。唐弢可称是位“文体家”[①]，已经形成了一种特异的“唐弢文体”。

唐弢是不朽的，他的鲁迅研究论著无疑将铭刻在中国鲁迅学史和中国现代文学研究史上，永远散发隽永的醇香。

---

① 蓝棣之：《领异标新二月花——唐弢文学论文风格特征》，载《文艺研究》1987年第4期。

第十二章　王瑶鲁迅研究的文化底蕴

王瑶是老一辈鲁迅学家中古典文化底蕴最深的一位。他最早曾经立志做第一流的古典文学研究家，1949 年以后因为一直追求进步，承担了中国新文学史课，写出了第一部新文学史稿，并致力于鲁迅研究，取得了丰硕的成果。

一　《论鲁迅作品与中国古典文学的历史联系》

王瑶鲁迅论的突出特点，是以广博深厚的中国古典文学修养探讨鲁迅作品的历史渊源，对鲁迅作品进行深广的历史和文学的双重透视。

王瑶是第一流的中古文学史专家，他留下了《中古文学史论》这样的传世名作，对魏晋文章特别是嵇康的论文有独到的研究，因而当他从古代到现代，研究起鲁迅时，就自然而然地在鲁迅杂文与嵇康文章之间发现了内在的联系，闪现出恒在光点。这是其他任何人无法比拟的。

王瑶写过多篇关于鲁迅与中国古典文学的文章，而最有代表性的是 1956 年 9 月为鲁迅先生逝世 20 周年纪念作的《论鲁迅作品与中国古典文学的历史联系》（1956 年 10 月 15 日、30 日《文艺报》第 19 期、第 20 期）。以下为该文的主要内容：

第一层通过鲁迅强调向中国古典文学艺术学习的意见，说明“这些意见的重要意义也不仅在于它在理论上的正确程度，而更在于它是和中国现代文学的奠基者——鲁迅的作品的特色和渊源相联系的。因此，发掘鲁迅作品在这些方面的特点不只对了解这一伟大作家的独特成就有重大的意义，并且可以由之明确中国现代文学与古典文学的历史联系，理解鲁迅在中国文学史上的‘继往开来’的重要地位”。

第二层说明“鲁迅作品的风格特色是与‘魏晋文章’有其一脉相承之处的，特别是他那些带有议论性质的杂文”。而这种相承是从章太炎那里来的，章太炎对严复式的“载飞载鸣”的文体不满，认为只有“魏晋文章”才最适宜于表达革命的议论性质的内容。鲁迅接受了这种看法，他是为了要表达新的内容和与人论辩才喜爱了比较善于表述自己政见的魏晋文章的。

第三层进一步说明鲁迅为什么爱好魏晋文章。鲁迅论嵇康说“康文长于言理”，又云：“刘勰说‘嵇康师心以遣论，阮籍使气以命诗’，这‘师心’和‘使气’，便是魏末晋初的文章的特色。”鲁迅正是出于表现新思想的需要，爱上这种富有个性和独立见解的“师心”以遣的议论文，特别是嵇康文章的议论性质与表现方式：“长于辨难，文如剥茧，无不尽之意”“析理绵密，亦为汉人所未有”①。从这里可以说明鲁迅杂文的历史渊源和表现方式的某些特点。鲁迅把魏晋文章的特色概括为“清峻、通脱”，这就是说：“没有‘八股’式的规格教条的束缚，思想比较开朗，个性比较鲜明，而表现又要言不烦，简约严明，富有说服力。”而在鲁迅杂文中，这些特色得到了崭新的表现和高度的发展。具体来说，就是孔融的“讥嘲笔调”和嵇康的以一连串的譬喻展开反驳的方式。鲁迅继承了中国古典散文议论、抒情、叙事的优良传统，全面地代表着“五四”时期散文的绚烂成绩的顶端。

第四层分析鲁迅小说中的几代知识分子形象与中国古典文学的

---

① 刘师培：《中国中古文学史讲义》，广西人民出版社 2017 年版，第 61 页。

历史联系：《狂人日记》中的狂人和《长明灯》中的疯子，有章太炎这一代的影子，也反映出阮籍、嵇康等人反礼教、反周孔的“思想新颖”的精神；《孤独者》中的魏连殳和《在酒楼上》中的吕纬甫这“第二代”，则与阮籍、嵇康、刘伶等魏晋人物有类似之处；《伤逝》中的涓生和《幸福的家庭》中的“作家”这第三代，也反映了与历史人物相近的不幸的遭遇和面临抉择的歧途。

第五层分析鲁迅小说对《儒林外史》讽刺艺术以及《金瓶梅》《红楼梦》写实手段的借鉴。

第六层分析鲁迅作品从中国古典文学中汲取的抒情、写景、烘托气氛手法的成功之处，以及《故事新编》与历史文献的联系。

第七层说明学习和继承古典文学的优良传统与作家自己的创造性是不相抵触的，鲁迅的学习绝不是生搬硬套，而是经过融化的。鲁迅的作品与中国古典文学保有着血肉的联系，并标志着中国文学历史的新的发展。

王瑶的这篇论文，擅长宏观地把握研究对象，从整体上全面、深入地揭示了鲁迅作品与中国古典文学的历史联系，成为这一专题研究的经典之作，是中国鲁迅学史上不可多得的经典性论著。王瑶先生之所以能够取得这样的成就，除了借助于深厚的中国古典文学底蕴之外，还在于他善于从具体的文学实例入手，由小处发现鲁迅作品与中国古典文学的内在联系。这种联系是客观存在的，而不是臆造和外加的。例如嵇康文章“长于辩难”“析理绵密”的议论性质与表现方式，确实与鲁迅杂文有着相通之处，无论是从鲁迅一生九次校订、抄写《嵇康集》的事实来看，还是从两人文章的内在理路揣摩，都可以无可疑义地确定以嵇康为代表的魏晋文章的确是鲁迅杂文的历史渊源，这两种文章的确在议论性质和表现方式上有着某些共同的特点。王瑶先生长期浸润于魏晋文章与鲁迅杂文之中，潜心涵养，烛幽发微，自然而然得出结论——而不像有些人那样，是先立原则，再设法寻找事例证明自己先验的观点——因而王瑶先生对于二者历史联系的揭示，是完全令人信服的，毫无牵强附会之嫌，做到了宏观与微观的统一。当然，要做到这一点，仅仅讲究方法是不够的，还须具有敏锐的艺术感，对文学艺术的特殊规律和文章之道深有体悟。只有这样才能对鲁迅作品进行深广的历史和文学的双重透视，不仅摆出鲁迅作品与中国古典文学的外在联系，而且透视出文章之间的内在相通之处，透视出鲁迅小说中的典型形象与阮籍、嵇康等历史人物之间的精神血脉，透视出鲁迅小说对《儒林外史》讽刺艺术及《金瓶梅》《红楼梦》写实手段的借鉴，以及从中国古典文学中汲取的抒情、写景、烘托气氛等手法的成功之处。

二　《论鲁迅的〈野草〉》

王瑶不仅以他深湛的文化素养和艺术眼光，对鲁迅研究做了宏观的鸟瞰，而且对鲁迅的重点作品做微观的透视。1961 年 8 月 11 日，王瑶在北戴河海滨休养所写完了长篇论文《论鲁迅的〈野草〉》，发表于 1961 年 9 月《北京大学学报》第 5 期上。

这是一个政治和学术环境相对宽松的时期，王瑶在不触犯当时意识形态主框架的前提下，对《野草》的诗学特征进行了开拓性的探究，虽然论述上仍有迁就时代之处，但终归是《野草》学史上的第一次。

王瑶首先确定了《野草》的诗学特征：

> 人们都有这种感觉，在鲁迅的作品中《野草》是相当难懂的。这因为：第一，《野草》是诗；诗的语言总是要求更其集中、隽永、意致深远的；一般说来，诗总比普通散文要难懂一些。一首诗的主要特点并不在它所用的文字有韵或无韵，而在它是否包含有诗意，诗的内容和表现方式。《野草》虽是用散文体写的，但不仅由于“那时难于直说，所以有时措辞就很含糊”，而且鲁迅自己即称之为“散文诗”，并且谓乃“碰了许多钉子之后写出来的”，“技术并不算坏”，那它比之那些带有政论性质的“当头一击”的杂文来，自然就要隽永、含蓄得多。

> 第二，《野草》主要是抒情诗，它不仅属于如古典诗歌中之“咏怀”“言志”一类，而且作者一方面以充分的自我批评精神，解剖自己思想感触中的矛盾；一方面又“并不愿将自以为苦的寂寞”，再来传染给“正做着好梦的青年”，而作者当时又正处于“路漫漫其修远兮，吾将上下而探索”的对新的道路的探索过程，因之这种“言志”就往往采取了比较隐晦的寓意的表现方式。我们如果缺乏对当时具体环境与作者思想感受的实际了解，读来自然就难免感到有点难懂了。

王瑶在这里对《野草》做出了这样的诗学判断：从文体上说，《野草》是散文诗，而且主要是抒情诗；从语言上说，《野草》是集中、隽永、意致深远的；从表现方式上说，《野草》是隽永、含蓄，富有诗意的，与那些带有政论性质的“当头一击”的杂文有所不同。

因为《野草》与鲁迅的“其他许多杂文集不同，它主要不是针对社会现实所发表的意见，不是如‘投枪’一样的对敌斗争的产物，而是对自己心境和思想中矛盾的解剖、思索和批判”，所以王瑶着力对鲁迅当时的思想矛盾——“人道主义与个人主义这两种思想的消长起伏”做了精辟的分析。

王瑶没有照搬鲁迅用过的现成名词，而是对这些名词进行了历史的辨析：鲁迅这里所说的人道主义，绝非伪善的资产阶级的人道主义，而是“以人民起来抗争为主要特征”的“真正的人道”；这里所说的个人主义，也绝非“害人利己主义”，而是主张个性解放的反封建的个性主义。因此，“鲁迅当时所实际感受到的个人主义与人道主义两种思想的矛盾，用准确的科学语言表达出来，就正是瞿秋白同志所分析的个性主义与集体主义的矛盾”。

王瑶的高明之处，在于善于做历史的分析。在这篇论文更名为《论〈野草〉》，收入《鲁迅作品论集》（人民文学出版社 1984 年版）时，作者就在辨析鲁迅当时所说的“个人主义”一词中，加上了“在特定社会历史条件下所表现的具体内容”一语，说明作者的历史分析更加自觉和明确了。

在论文第二节中，王瑶进一步运用历史分析法对《野草》中所表现的黑暗和“阴影”进行辨析。他不是像有些人那样极力否认之，而是承认之、正视之，进而加以历史的辩证：鲁迅确实感到了黑暗，但是“正因为他有蔑视黑暗的气概，因此虽然感到了理想与现实的对立，希望与绝望的矛盾，但仍然能够坚强地进行战斗，‘与黑暗捣乱’”。“所谓‘阴影’固然是黑暗势力在他思想中的反映，但这并没有使他产生退却或妥协的任何想法；反之，尽管内心有矛盾、有痛苦，他却感到必须向前走去，必须进行新的探索和追求。”

鲁迅内心的矛盾性，正是形成《野草》内在张力的根本动力。如何认识这种矛盾，恰恰是《野草》诗学研究的难题，王瑶紧紧抓住这个难题进行了卓有成效的辨析，为论文在符合当时意识形态主框架前提下获得成功奠定了基础。

到论文第三节，王瑶才正式进入他最为擅长也最为喜爱的诗学的艺术研究：以诗性语言对《过客》的三个人物形象做了精深的分析，对《复仇》和《复仇（其二）》中所表现的鲁迅的悲愤心情做了透彻的解剖。特别是在解读《影的告别》时，运用他中古文学史的丰厚知识，发掘出了以形与影的不同想法来写自己思想矛盾的中国文学传统——陶渊明《形影神诗》三首中的《影答形》。这一点，可以说是王瑶的一大发现，过去从来没有人说过，为研究《野草》的中国古典文学渊源开辟了一条思路。可惜的是，至今开掘还很不够。

到论文第四节，王瑶又解析了《野草》最为突出的艺术表现手法——“写梦”。王瑶指出：《野草》中的“感触都是思想深处的折磨自己灵魂的思绪，是只能在独自思索中产生的，其本身就属于抒情咏怀性质的诗的意境，因此用梦的形式来表现不只可以增加诗意，收到‘言有尽而意无穷’的艺术效果，而且也正表现了它与黑暗现实的某种对立的性质”，这就“使作家更多地运用了他的艺术修养，采取了意致深远和发人沉思的诗的表现方式，这就使《野草》一书在艺术上隽永醇厚，成为精致的抒情小品了”。而艺术构思和形象选择上的诗的性质和奇特的创造性，使作者所要表达的那种感触产生出动人心弦的效力。

第三、四节应该说是论文的精华部分，倘若王瑶能够抛开外界的种种束缚，充分发挥自己的这些特长，论文肯定会达到难以想象的高境，王瑶也一定会取得更为巨大的学术成就。然而可惜的是他不可能这样做，不仅前面加了一些政治性的演绎，最后第五节又添一个光明的尾巴：为鲁迅“对光明未来热烈向望”和“后期思想的到达共产主义高峰而欢欣”。诚如一位青年学者所说：“由于王瑶先生写下了对《野草》的独特理解，才使这篇论文获得非同一般的成功，它体现出王瑶先生作为一个学者的巨大潜能，也体现出了他与鲁迅精神世界的独特的心心相印。但整篇论文的内在矛盾性仍不容忽视：每一节都有艺术把握和理性总结之间的裂缝，在运用诗的语言论述具体作品之后，意识形态话语又马上承接下去，远离作品而作政治语词的演绎；恰恰在诗的语言中，对强大无比的黑暗世界的痛苦感受，到了意识形态话语那里，立刻变为看不到革命力量和革命前途的一种盲视；而艺术上极为完美的作品又在思想情绪上被当作有局限有缺陷的半成品。”①

从王瑶写作《论〈野草〉》的心态中，岂不可以窥探到中国一代知识分子在困境中挣扎的心路历程？二十世纪又一种令人深思的精神文化现象？

三　《论鲁迅作品与外国文学的关系》

新时期开始以后，王瑶在新创刊的《鲁迅研究》第一辑上刊出了他重新出山后写的首篇重量级论文《论鲁迅作品与外国文学的关

① 薛毅：《论王瑶先生的鲁迅研究》，《王瑶和他的世界》，河北教育出版社2000年版，第515页。

系》(《鲁迅研究》第 1 辑，上海文艺出版社 1980 年版)。

这篇论文常常被研究者忽略，2009 年 9 月中国出版集团《中国文库》第四辑的《王瑶文论选》也没有收入。

其实，这是一篇新时期全面研究鲁迅与外国文学关系的指导性论文。王瑶不仅具有深厚、坚实的中国古典文学底蕴，而且具备广阔的外国文学视野。《论鲁迅作品与中国古典文学的历史联系》，开拓了鲁迅作品与中国古典文学的联系研究；《论鲁迅作品与外国文学的关系》，则开拓了鲁迅作品与外国文学的关系研究。王瑶的鲁迅研究论著总带有首创的开拓性和全面的指导性，自这篇论文开始，中国鲁迅学界才开始全面、深入地拓进外国文学领域。

当年笔者有幸到王瑶先生家里取回这篇论文，并担任了责任编辑，读过很多遍。四十二年后重读，仍然读旧如新。这篇论文分八个方面进行了开拓性的论述：

(1)“向西方找真理”的一个方面：认为“鲁迅开始接触外国文学，是和他‘向西方找真理’的过程一同开始的，因此他的爱好和抉择就不能不受到中国人民民主革命的需要的制约”“因为所求的作品是叫喊和反抗，势必至于倾向了东欧，因此所看的俄国、波兰以及巴尔干诸小国作家的东西就特别多”。他的目的十分明确，是为了寻求“叫喊和反抗”的被压迫者的声音来振奋中国人民的精神，这是中国民主革命服务的现实需要所决定的。正如他从事创作是为了改良社会一样，他对外国文学的爱好、翻译和介绍，也是始终遵循着对中国青年读者和中国现代文学有所裨益这一根本愿望的。

(2)“摩罗”精神：认为鲁迅的早期写的“《摩罗诗力说》是他最早的一篇介绍外国文学的文章，也是中国最早的系统地介绍以拜伦为宗主的积极浪漫主义文学的文章”。他用“立意在反抗，指归在动作”来概括摩罗诗人的精神，他所指的其实就是革命精神，这是同他当时决定选择用文艺来进行战斗的革命道路密切联系的。鲁迅所以赞扬这种精神，是有深刻的社会原因的。深受帝国主义和清朝统治者压迫的中国人民，处在辛亥革命前夕民主革命思潮高涨时期，所需要的正是复仇和反抗，所追求的正是自由和解放。这种精神是贯穿鲁迅一生的，他一直把《彼多菲诗集》带在身边。

（3）“上流社会的堕落和下层社会的不幸”：认为鲁迅写作的目的是“将旧社会的病根暴露出来，催人留心，设法加以疗救的希望”；为不合理事实的存在感到讨厌则只能产生“瞒和骗的文艺”，而这是不能成为他所追求的“引导国民精神的前途的灯火”的新文艺的。鲁迅的小说，无论是写农民的或写知识分子的，都深刻地反映了从辛亥革命到第一次国内革命战争之前的中国社会现实，而且形式和风格也是民族化的，但它又和中国传统小说的面貌完全不同。其中最重要的一点就是鲁迅写了有重大社会意义的题材，写了“上流社会的堕落和下层社会的不幸”，写了阶级的对立和矛盾，而且他自己是鲜明地站在被压迫人民一边的。

（4）“表现的深切和格式的特别”：认为反映现代生活的表现方法，仅靠对中国古典文学的借鉴是不够的，因此鲁迅“不能不时时取法于外国”。在外国短篇小说作者中，他在艺术上比较欣赏的作家是契诃夫。但由于鲁迅思想的深刻性和战斗性，他对中国人民生活的熟悉和理解，以及他对中国古典小说传统风格的重视和继承，就使他的作品绝不是仅如契诃夫那样的对“小人物”的怜惜和同情，而是真正从革命的角度写出了农民和知识分子的遭遇和前途，因而不仅在思想上，而且也在艺术上取得了崭新的卓越的成就。

（5）散文诗·社会批评：认为鲁迅的散文诗《野草》受到望·蔼覃《小约翰》“幻惑之乡”和《屠格涅夫散文诗》“梦境和幻象”的明显影响，杂文中的“‘文明批评’和‘社会批评’”，则有与日本厨川白村《出了象牙之塔》和鹤见祐辅《思想·山水·人物》相通的构思与抒写方式。鲁迅虽然不熟悉英文，但也赞成译介英国的随笔（Essay），以“博采众家，取其所长”。

（6）讽刺艺术：认为鲁迅主张“除了正确的认识生活之外，还必须在精炼、夸张的讽刺艺术上用工夫，才可能产生感人的力量”。鲁迅推崇的讽刺作品除了《儒林外史》等中国小说外，最称赞英国斯惠夫德的《格利佛游记》和果戈理的《死魂灵》，尤其喜爱《死魂灵》，指出其“讽刺的本领”和“独特之处”，“是在用平常事，平常话，深刻的显出当时地主的无聊生活”“写法的确不过平铺直叙，但到处是刺，有的明白，有的却隐藏”。鲁迅还从“博采众长”出发，翻译了俄国萨尔蒂珂夫·谢德林《某城纪事》中的《饥馑》，称赞作者的“锋利的笔尖，深刻的观察”，认为这类作品“于中国也很相宜”。他还翻译了法国作家腓立普的短篇《食人人种的话》，认为这是“圆熟之作”，但他“所取的是篇中的深刻的讽喻”，并不赞成作者的思想。对英国大作家萧伯纳则是喜欢他“撕掉绅士们的假面”的杰出才能。

（7）体裁家（Stylist）：认为鲁迅很注意从生活中提炼文学语言，所以称赞高尔基说的“大众语是毛坯，加了工的是文学”是“很中肯的指示”。认可称他为体裁家的批评者是看出了他的文学语言的特点，他在外国文学中同样也很注意在这方面有成就的作家。1921年翻译了保加利亚作家跛佐夫的短篇《战争中的威尔珂》，并且在后记中也称作者为体裁家。

（8）“拿来主义”：认为鲁迅在《拿来主义》的名文中，主张对于遗产首先要敢于“拿来”，他既批判了那种在旧的遗产面前徘徊不前的“孱头”，又批判了那种为了表示自己“革命”而毁灭遗产的“昏蛋”。在“拿来”之后，就要“挑选”，“或使用，或存放，或毁灭”。根据情况，区别对待。“占有”和“挑选”并不是目的，目的是借鉴，推陈出新，也就是为了新的创作。但在借鉴上要保持清醒的态度，能够取其精华，弃其糟粕。

这篇论文以现在的眼光看来，似乎有时代的局限，但从大观上回视，就会发现新时期鲁迅研究的一大特点，就是向鲁迅与外国文学关系领域进行了广阔的拓展，而后来的研究者几乎都是沿着王瑶指出的思路拓进的。思路的宏阔，眼光的准确，论述鲁迅作品与外国文学的关系的全面性、系统性，为后来兴起的鲁迅与外国文学的比较研究指引了大方向，充分显示出王瑶宏观把握的学术气魄与微观透视的艺术眼力。

四 《〈故事新编〉散论》

1981 年为了纪念鲁迅诞生一百周年，王瑶呕心沥血写出了新的论文：《〈故事新编〉散论》（《鲁迅研究》第 6 辑，中国社会科学出版社 1982 年版）。

该文长达四万余字，是王瑶众多论文中最长最有分量的一篇。全文分为《性质之争》《关于“油滑”》《“二丑艺术”》《戏曲的启示》《且说〈补天〉》《〈奔月〉与〈铸剑〉》《〈非攻〉与〈理水〉》《〈出关〉与〈起死〉》《〈采薇〉略谈》《“演义”新诠》一共十节，全面、深入、中肯地论述了《故事新编》研究中存在的疑难问题并对各篇进行了具体的分析。这篇论文的主要贡献是采用旁证的方法，以中国古典戏曲中丑角的插科打诨为例证，对《故事新编》的“油滑之处”这种文艺现象的美学意义进行了别开生面的阐释，指出：“《故事新编》中关于穿插性的喜剧人物的写法，就是鲁迅吸取了戏曲的历史经验而作出的一种新的尝试和创造。它除了能对现实发生讽刺和批判的作用以外，并没有使小说整体蒙受损害，反而使作者所要着重写出的主要人物和故事更‘活’了。”几十年来，《故事新编》的研究者们为“油滑之处”的评价问题争论不休，或者推崇为“特色”，或者贬低为“缺点”，或者干脆避而不答，都没有对这种文艺现象产生的缘由和美学意义做出认真的学术理论研究，王瑶则对之做出了比较令人信服的回答，显示出了他过人的“敏锐的洞察力和细密的分析力”以及“深刻独创的见解”，而这正是以他广博、深厚的文学艺术素养和活跃、开放的思维方式为基础的。

行文至此，加一段笔者亲身经历的插曲。1980 年，鲁迅一百周年诞辰纪念活动筹备工作正式启动，3 月 30 日至 4 月 5 日，在北京联合召开了纪念鲁迅一百周年诞辰学术讨论会的筹备会议和撰稿座谈会，全国各地的鲁迅研究学者集中在北京工人体育场举行了规模空前的盛会。

会议第一天早晨五点半，笔者就跟车到北大接王瑶先生，在车上王瑶先生给笔者五角钱，让笔者代他买新一期的《中国戏曲学院学报》。笔者当时纳闷王先生为什么要看戏曲学院的学报，待买到翻读，见里面有论述插科打诨的文章，后来又看到了王瑶先生的《〈故事新编〉散论》，才知王先生是为了解决《故事新编》研究中的“油滑”难题而找这篇文章做参考的。这一经历给我以深刻的启悟：要解决学术上的难题，不能局限在一点、一处，而应该广泛思考，从旁门侧道可能忽有发现。

1981 年，王瑶还贡献出了《鲁迅思想的一个重要特点——清醒的现实主义》（《北京大学学报》1981 年第 4 期）一文，论述了鲁迅从实际出发、面向现实、绝不回避矛盾的清醒的现实主义精神，并分析了鲁迅这种精神的来龙去脉，强调鲁迅之所以执着于现实，是为了进行变革，创造美的未来。这一观点对于理解鲁迅思想至今有着重要的启迪作用。王瑶的这些鲁迅研究论文，都收入在 1984 年 8 月人民文学出版社出版的《鲁迅作品论集》一书，也已成为中国鲁迅学史上公认的经典之作。

五　小结

概括起来，王瑶鲁迅研究论著有着以下特征：

（1）具有深厚的中国古典文学特别是中古文学史的文化底蕴，所以对鲁迅与中国古典文学的历史联系有着深透的研究，道出其中的真谛。这种“悟道”之文，绝对不是“赶”出来的，而是“养”出来的。过程可能很长，前期准备和撰写工作进行得很慢，但贡献出的是见道之论与涵养之文，往往成为学术史上的经典。

（2）具有广阔的外国文学视野，能够全面、系统地从世界文学境域俯瞰鲁迅作品与外国文学的联系及其在世界文学中的地位，提出开拓性、指导性的意见。

（3）知识广博，眼界宽广，能够在别人不注意甚至不知晓之处，出其不意地发现解决难题的路径，做出别开生面、令人耳目一新的旁证和解释。

（4）行文潇洒自如、出手大气，有一种常人难以超越的大家气韵和直率风度。

王瑶先生的境界恐怕是后人不可能达到的，但法乎其上，得乎其中，我们应该从中得到的启发是：即使是以鲁迅研究为专业的学者，也不能只读鲁迅的书，而应该把自己的眼界放开来，博览群书，广泛观察，深入思考，学会旁证，只有这样，已有百年历史的中国鲁迅学才可能有进一步的突破。

第十三章　林辰对鲁迅古籍整理工作研究的贡献

古籍整理工作占用了鲁迅一生中的很大精力，是鲁迅文化遗产一个非常重要的组成部分，也是鲁迅学的一项重要课题。早在二十世纪三四十年代就有台静农等人对此进行了开创性的研究，而在新中国成立十七年中对这项课题做出深入开掘和显著成果的则是林辰。

林辰主要集中研究《古小说钩沉》，积十年之功，写了四篇文章。

一　《关于〈古小说钩沉〉的辑录年代》《〈古小说钩沉〉所收各书及其作者考略》

《关于〈古小说钩沉〉的辑录年代》（1950 年《人民文学》第 3 卷第 2 期）。《古小说钩沉》辑录于何时？学术界历来众说纷纭，有人认为辑录于 1921 年前后在北京大学教授中国小说史时，有人认为辑录于 1926 年冬季在厦门大学时，有人认为是在 1912 年 5 月至 1918 年之间。林辰经过多方面的严格考证，提出了是在 1912 年之初就已完成现存形态的论断，这一论断后来为学术界所公认。

《〈古小说钩沉〉所收各书及其作者考略》（1956 年 10 月 21 日、28 日《光明日报·文学遗产》）。《古小说钩沉》在鲁迅生前并未最后整理完成，书中既无辑例，也无序跋（后来发现的序文，并未印入书中）。全书所收 36 种小说，除少数标明作者的四五种外，绝大部分都不署著作者姓氏。关于作者生平事迹，更无一字说明，人们在看了书名之后，往往茫然不知道是何时何人所作。林辰则沉潜书海，辨析耙梳，按现行本编列次序，除少数几种以外，考证了各书作者的生平事迹、史志著录、写作年代及有关文献等，做出简明扼要的说明，填补了这一空白。这项工作是极为艰难的，如无极深的文史功力和严谨的科学态度，下长时期的踏实、细致的功夫，绝对不可能完成。然而却常被人们看轻，以为在论著之下，这其实是不公正的。在这篇文章中，林辰还从当时刚出版的《鲁迅日记》中找到了《古小说钩沉》辑录年代的新的佐证，断定此书必辑录于 1912 年 1 月鲁迅到南京之前，即自 1909 年 6 月归国至 1911 年末这“两年多”的时间之中。

二 《鲁迅计划中〈古小说钩沉〉的原貌》《鲁迅辑录〈古小说钩沉〉的成就及其特色》

《鲁迅计划中〈古小说钩沉〉的原貌》（1960 年 10 月 30 日《光明日报·文学遗产》）。《古小说钩沉》是鲁迅先生的一部遗稿，在他生前一直没有整理出版，因而 1938 年版《鲁迅全集》第八卷中的本子，不仅没有序跋，未标作者；并且在编次上，也看不出编排的义例何在。于是林辰根据鲁迅在《〈唐宋传奇集〉序例》中的“先辑自汉至隋小说，为《钩沉》五部讫”一语和北京图书馆所藏鲁迅的三纸手稿《小说钩沉目录》，推断出了此书的原貌：“《古小说钩沉》应分为五集，现行本最末三种移前，列入第三集（其中《宣验记》一种，见《隋志》史部杂传类，两《唐志》未著录；但仿殖氏《志怪记》例，收入此集），《神怪录》一种移后，列入第五集。各书下补著撰人及其时代，并应将后来发现的鲁迅为本书写的序言冠于全书之首。如能有这样的一个本子出现，那对读者将会很有帮助，鲁迅原计划中所构想的本书的面貌也可大体保存下来了。”从而纠正了过去一直沿袭的《古小说钩沉》只分“四部”的错讹。

《鲁迅辑录〈古小说钩沉〉的成就及其特色》（《文学评论》1962 年第 6 期）。该文认为，对鲁迅文学遗产的古籍辑佚部分而言，《古小说钩沉》是成就最大、最值得我们重视的一种。在鲁迅以前，一般从事辑佚的学者，如清代马国翰、王谟等人，其工作重心，几乎全都在经史诗文；只因为部分古佚小说，曾被各史艺文、经籍等志作为史部或子部的一类而著录下来，他们才顺便加以辑录。到了鲁迅，才有意专门纂辑小说，拓展了辑佚工作的领域。经他辛勤搜集的结果，许多古小说的生命得以绝而复续，重新流布人间。在这部书里，虽说还没有将隋唐以前的散佚小说网罗无遗，但主要的都已入录，林林总总，蔚为大观，是研究中国古典小说的人所必须探检的重要宝库。然后通过和前人著名的几种辑本的深入比较，非常明白地显露出了《古小说钩沉》体例谨严、搜罗宏富、辑文完善、考订精审等特色，说明鲁迅校辑此书是为了保存和整理我国汉魏六朝时代的重要小说而进行的。鲁迅自己的《中国小说史略》第三篇至第七篇之所以如此充实，就是他曾经从事这一校辑工作的结果。假如我们能通过本书学习鲁迅的治学精神和方法，则其受益又将不仅限于小说研究的范围了。

三　小结

林辰先生在以上四篇关于《古小说钩沉》的论文中，更为纯熟地运用了他在二十世纪四十年代《鲁迅事迹考》里的“极细密谨严”的科学方法，察疑辨伪，见微知著，简直达到了烛幽发微、毫发毕现的炉火纯青的境界。他详赡精确的考证功夫、博洽明晰的耙梳能力，在中国鲁迅学史上堪称一绝，至今无人企及。

第十四章 “文化大革命”的反面教训和毛泽东号召“读点鲁迅”

1966年6月，“文化大革命”爆发，“文革”十年这一中国历史上的特殊时期开始了。新中国成立十七年中就已渐占上风的“左倾”势头达到了登峰造极的地步，中国文化遭到空前的大浩劫，几乎所有的文化人都被踏倒在地，唯独鲁迅被推上了“神坛”，成为“文革”倡导者们恣意利用的政治工具。然而，鲁迅的书也成为中国知识分子借以延续文化脉络的唯一寄托，鲁迅又一次拯救了中国文化。

一 “文化大革命”对鲁迅的扭曲

首先应该提到的是“文革”初期姚文元在纪念鲁迅大会上的那篇讲话《纪念鲁迅，革命到底》（1966年11月1日《人民日报》）。这篇讲话是“文革”十年扭曲鲁迅形象的第一篇宣言，其宗旨是把一个活生生的完整的鲁迅抽象化为一种“无产阶级的革命精神”。又把这种精神与“文革”中红卫兵式的“按照伟大的毛泽东思想”塑就的“大无畏的、彻底的革命精神”同一化。这样，鲁迅就被他们改塑成了一个为了贯彻“文革”路线而“打落水狗”，而坚韧、持久地冲锋陷阵的政治斗争的工具，全没有了自己的深刻思想、独立精神与清醒的现实主义科学态度。我们知道，任何一种精神都是包含具体的内容，有具体的历史条件的，脱离当时的历史范畴，抽去其具体内容，就会变成一种任人捏塑的泥团。“文革”的鼓吹者们正是依靠这种手段，对鲁迅进行“左倾”扭曲的。

其实，姚文元的这种做法并非自“文革”始，早在1959年9月，上海文艺出版社出版的《鲁迅——中国文化革命的巨人》一书就已经这样做了。该书除了模拟李平心《人民文豪鲁迅》的历史阐释方式之外，着力凸现所谓鲁迅的阶级斗争观点，从“资产阶级反动文人和反动文艺”“资产阶级道德”，一直到“帝国主义和国民党反动派”以至于“小资产阶级知识分子和小资产阶级思想”，真是无所不斗争，无所不批判，而且一律坚决、彻底，一律“打落水狗”，不讲情面，不搞调和。与此同时，又着力反对艺术的真实性原则，凡是坚持真实性原则的鲁迅研究专家和文艺理论家，无不在姚的讨伐之列。于是乎，鲁迅就成为一个脱离了真实性基础的一味斗争、不讲策略的疯狂斗士。极左路线所需要的鲁迅形象早在1957年反右之后就已经初步形成了，到了“文革”时期又被极端化，完全成为极左权力者手中的政治斗争工具。

在凸现鲁迅的阶级斗争观念之外，他们还竭力把鲁迅打扮成绝对忠诚的“遵命”者。那次纪念大会后的《红旗》杂志1966年第14期社论，竟然说鲁迅对“以毛主席为代表的革命路线”“俯首听命，甘愿做无产阶级革命的‘马前卒’和‘小兵’”。伟大的思想家成了“俯首听命”的“小兵”；“没有丝毫奴颜和媚骨”的伟大革命家，成了毫无独立思想的奴才，对鲁迅的扭曲与改塑简直到了无以复加的程度。

二十世纪七十年代初，鲁迅又成为当时媒体宣传的热点。其一是提倡读一些鲁迅的杂文，把鲁迅杂文当作“阶级斗争经验的概括和结晶”，从中学习识别“反革命两面派”并与之进行斗争的方法，仍然是“文革”初期凸显阶级斗争那一套，但是比那时内容多了一些，用了更多鲁迅杂文里的语句和例子为当时的宣传服务；其二是把鲁迅拉入了“批孔评法”运动，某机构编辑出版了《鲁迅批孔反儒文辑》，“御用”的写作班子从中发现“批林批孔的锐利武器”，鲁迅的一些学术观点被硬拉来为当时的政治斗争服务。

零星的文章似乎尚不足以达到整体利用的目的，上海当权者又组织人马杜撰起《鲁迅传》，并出版了上册。这本书于 1976 年 4 月由上海人民出版社出版，10 万字，署名“石一歌”，分 12 章评述了鲁迅从幼年时代到 1927 年离开广州、奔赴上海的生活历程。“石一歌”是当时上海一个写作班子的化名，谐班子人数“十一个”之音，主要执笔者大多受过中国现代文学的专业训练。

对“文革”十年中出现的作品，不屑一顾，视为空白，或者简单否定，一律抹杀，绝非科学的态度。其实，“文革”十年是应该认真研究的历史课题，这一时期出现的文章、作品以及种种思维方式、文学风格、治学方法等等应该被当作一种精神文化现象进行历史的、科学的分析，追溯其原因，归纳其特征，总结其教训。只有这样，我们中华民族才能逐步实现历史的自觉，进入科学的理性境界，防止悲剧的重演。因此，对于“文革”十年出现的这半部《鲁迅传》，不应略去或简单否定，而应力求做科学的历史分析。实事求是而言，这半部《鲁迅传》由于出自训练有素的专业人员之手，是有可取之处的。突出之点是文笔通畅、圆润、简洁、易读，较少隐晦、臃肿、含混之态，这正是它在当时产生广泛影响的原因之一，也是今后的新版鲁迅传从写作上可资借鉴的地方。要使群众接受，就必须将文体修炼得清爽、明净；烦琐、浮肿之作，即使思想正确，也难以使群众爱读。其次，该书从大体上看，对鲁迅生平、著作的叙述基本属实，可见作者有相当高的素养。那么，既然如此，为什么这半部《鲁迅传》又是“文革”十年的极左产物呢？这就在于此书的写作宗旨是错误的，不是从原本的真实的鲁迅出发，进行实事求是的研究与写作，而是以极左的政治需要为纲领，不惜一切地突出所谓阶级斗争、路线斗争的内容，而略去或掩盖学术文化和个人情感的部分，结果把鲁迅塑造成了一个极端化、概念化的斗士，既没有人的血肉和生活，也没有一位文学家、思想家的文化内蕴与个性趣味。譬如所谓鲁迅在个人读书室夜读马列著作的情节，就纯属杜撰、虚构。

从姚文元的所谓纪念鲁迅的大会讲话，到对鲁迅杂文和批孔评法学术观点的利用，再到石一歌的《鲁迅传》，给予后世的深刻教训是：鲁迅研究最基本的原则，是发扬学理精神，从实际出发，对鲁迅和他所处的历史时代进行“近于真相”的“返真”，对鲁迅的著作进行科学的解读，为今后的文化建设提供宝贵的经验。倘若迎合当时政治需要而把鲁迅当作达到某种目的的工具，践踏了最基本的学理原则，即使是训练有素的专业研究者，也只能写出扭曲鲁迅的失败之作，产生恶劣的社会效应。

二　毛泽东号召“读点鲁迅”

二十世纪四十年代对鲁迅做出高度评价的毛泽东，在“文革”十年中也对鲁迅发表过一些重要的言论，对鲁迅研究工作做过重大的指示，产生了巨大的影响。那么，应该对毛泽东这时的鲁迅论做出怎样的历史评价呢？

首先回顾一下毛泽东在“文革”十年中关于鲁迅的言论和指示：

1966年6月，“文革”爆发。这年7月8日，正在武汉的毛泽东给江青写了一封信，后收入《“文化大革命”研究资料》上册。信中提到了鲁迅：

> 晋朝人阮籍反对刘邦，他从洛阳走到成皋，叹道：世无英雄，遂使竖子成名。鲁迅也曾对于他的杂文说过同样的话。我跟鲁迅的心是相通的。我喜欢他那样坦率。他说：解剖自己，往往严于解剖别人。在跌了几跤之后，我亦往往如此。

这封信后来公开见于报刊的一句话是：

我跟鲁迅的心是相通的。[①]

“文革”中，毛泽东在谈话时也常常提及鲁迅。在1971年11月20日接见武汉地区党政军领导人的一次谈话中，他这样说：

我劝同志们看鲁迅的杂文。鲁迅是中国的第一等圣人，中国第一等圣人不是孔夫子，也不是我，我是圣人的学生。[②]

1975年10月28日，鲁迅的儿子周海婴给毛泽东写信，请求指示出版局组织人力编辑出版一部比较完善的新的注释本鲁迅全集，包括书信和日记，并对鲁迅研究工作的开展提出了看法和建议。毛泽东阅后，即于11月1日做出了如下批示：

我赞成周海婴同志的意见，请将周信印发政治局，并讨论一次，作出决定，立即实行。[③]

毛泽东还号召群众：

读点鲁迅。[④]

据易严著《毛泽东与鲁迅》（河北人民出版社1998年版）记述，毛泽东到生命的最后时期，还在指导女儿李敏读鲁迅杂文，自己也对鲁迅杂文兴趣愈浓。1975年六七月间，毛泽东叫当时在身边侍读的北京大学中文系女教师芦荻查“剜烂苹果吃”的话，出自《鲁迅全集》的哪篇文章。芦荻费了很大劲，才算查到原文。1975年7月中旬，毛泽东收到张天民关于电影《创业》挨批评的告状

---

① 《投一光辉　群魔毕现》，《人民日报》，1977年5月21日。
② 陈晋：《毛泽东读书笔记解析》，广东人民出版社1996年版，第1514页。
③ 《投一光辉　群魔毕现》，《人民日报》，1977年5月21日。
④ 《学习鲁迅　永远进击》，《人民日报》，1976年10月19日。

信，看后，对江青的武断行为十分不满，又让张玉凤给他读鲁迅的这篇文章。张不知文章在《鲁迅全集》哪卷哪集，叫什么题目，毛泽东就告诉她在《准风月谈》这一集中，文章是《关于翻译》。张玉凤读到“苹果一烂”这段时，毛泽东高兴地连声称赞：“写得好！写得好！”1975年8月上旬，经手术后，毛泽东的一只眼睛复明。他就又来阅读大字本《鲁迅全集》，在《准风月谈·关于翻译（下）》的标题旁画上曲线，在标题前画上大圈，用颤抖的笔迹写道：“吃烂苹果，1975.8。”这是毛泽东生前留下的读鲁迅著作的最后一则批语，是他逝世前一年、重病在身时写的。毛泽东对鲁迅“剜烂苹果吃”的高度称赞和对周海婴来信的批示，对鲁迅研究工作的开展起到了巨大的推动作用。

第十五章 “文化大革命”中务实派的成就与李何林的贡献

不能仅仅看到“文革”对鲁迅的歪曲和利用，还应肯定广大鲁迅研究工作者，尤其是以李何林先生为代表的务实派在“文革”中对中国鲁迅学做出的实际贡献。

一 《鲁迅年谱》的编写与《鲁迅全集》的注释

“文革”中对鲁迅有极左扭曲的一面，但也有其积极方面。毛泽东对周海婴来信的批示下达以后，有关方面立即决定鲁迅博物馆自1976年元旦起仍归国务院国家文物管理局领导，并调李何林为馆长兼鲁迅研究室主任，不久即开始了编写《鲁迅年谱》等项工作。

这样，全国各地的大专院校、出版社等文化学术单位都聚集力量展开鲁迅研究工作。虽然其中有些力量，例如上海的石一歌等写作班子，主要为当时的政治斗争服务，但是大多数参加者都是因为热爱鲁迅聚集在一起，并是高度重视资料工作和作品注释的务实派。他们所从事的主要是鲁迅研究的基础性的工作，在政治夹缝中默默地进行着潜在的努力，因而取得许多带有恒久性的成果：

（1）初步奠定了新的注释本《鲁迅全集》的出版基础。1956年10月至1958年10月间出版的10卷本《鲁迅全集》注释过简，并存有错误，需要修订再版，重新注释鲁迅著作的工作显得异常重要。1974 年至 1976 年，由人民文学出版社鲁迅著作编辑室负责组织，全国各地大专院校中文系师生和工农兵理论队伍参加，完成了 20 余种鲁迅著作单行本的注释工作，印成了内部征求意见稿。虽然这些稿本存在各种各样的缺点和错误，但是终归比以前的注释本充实了许多。与此同时，《鲁迅书信集》《鲁迅日记》《鲁迅诗稿》《鲁迅古籍序跋集》《鲁迅译文序跋集》等书也陆续编印出版。《鲁迅书信集》共收鲁迅从 1904 年至 1936 年间除《两地书》之外的书信 1381 封，大大弥补了 10 卷本《鲁迅全集》的不足，是空前完备的鲁迅书信集。这些书的编印出版，都为 1981 年印出 16 卷本《鲁迅全集》打下了坚实的基础。

（2）进行了鲁迅生平史实研究的史料建设。与鲁迅著作单行本注释工作同时，《鲁迅在绍兴》《鲁迅在北京》《鲁迅在日本》《鲁迅在广东》《鲁迅在杭州》《鲁迅在上海》《鲁迅在厦门》等地域性史料，鲁迅与女师大事件、与“三一八”惨案等事件性史料以及鲁迅与同时代人的人物性史料陆续编印出来了，为以后的鲁迅生平史实研究做好了准备。

（3）鲁迅佚文的发现。在《鲁迅全集》的注释、出版工作中，陆续发现了一些鲁迅的佚文、佚信，其中最有价值的是 1975 年春在中山大学图书馆发现的《庆祝沪宁克复那一边》。该文是鲁迅一篇非常重要的杂文，写于 1927 年 4 月 10 日，原刊于 1927 年 5 月 5 日广州《国民新闻》副刊《新出路》。文章写得深沉婉曲、遒劲有力，提醒人们不要因“小有胜利，便陶醉在凯歌中，肌肉松懈，忘却进击”，要防止革命精神“变为浮滑”。这篇杂文的发现，为进一步研究鲁迅的思想发展提供了宝贵的文献。

史料发掘和作品的校勘、注释，是鲁迅学第一性的工作。多少耸人听闻的大文空论都烟消云散，甚至成为历史笑柄了。那些无论蝇飞鸟乱都在努力着，紧紧咬住实实在在的第一性工作绝不松口的务实派，却给中国鲁迅学史留下了坚实的恒久性的成果。这个经验是应该永远记取的。

“文革”十年中，一方面，“文革”的鼓吹者们把鲁迅当成了宣传自己政治观点的工具，另一方面，鲁迅的书也成为中国知识分子借以延续文化脉络的唯一寄托。著名鲁迅学家王富仁说：“鲁迅第二次拯救了中国文化。”当是见道之论。试想如果在那漫漫十年当中，我们连鲁迅的书也读不到，鲁迅这个几乎唯一的精神家园也没有的话，肯定会是一个更加苍凉的局面，造成更加可怕的后果。把中国文化的最后一条命脉都断绝了，还会有“文革”后的文化复兴吗？

二　鲁迅研究务实派的最高代表李何林

“文革”中鲁迅研究务实派的最高代表，无疑是李何林先生。他在那样的政治气氛中，刚直不阿，一身正气，始终坚持基础性研究，不写一句空话，给后世留下了坚实的学术成果。

《鲁迅的生平及杂文》（陕西人民出版社1973年版）。该书把鲁迅的生平和思想发展道路分为六个时期：1881—1898年，从出生到离开绍兴赴南京“走异路，逃异地，去寻求别样的人们”；1898—1909年，从赴南京求学和赴日留学到回国在杭州任教；1909—1917年，从回国任教到在北京抄写古碑的生活；1918—1923年，从在《新青年》发表《狂人日记》到《呐喊》出版；1924—1927年，从开始《彷徨》《野草》的写作到离开北京南下；1927—1936年，从离开广州赴上海到逝世。又把鲁迅在上海的10年分为3个阶段：1927—1929年，世界观转变的前奏；1930—1934年，世界观转变后的马克思主义成熟期；1935—1936年，晚年期。这一划分方法颇为独到，并且是较为契合鲁迅思想实际的。结合这一生平思想线索，该书又从典型性、形象性、讽刺和幽默、抒情成分、语言特点这五个方面探讨了鲁迅杂文的思想性与艺术性，并讲解了了解鲁迅杂文历史背景的途径和方法。这本书体现了李何林一贯的特点：清晰、明哲、谨严，不虚玄，不空论，严格根据尽可能全面的资料进行合乎实际的科学分析，得出经得起推敲的结论。欠缺是对鲁迅1935—1936年晚年期的杂文和翻译成果有所忽视。

《〈阿Q正传〉的历史意义和现实意义》（《鸡西日报》1973年印行）。该书的特点是：

（1）在狭隘的阶级观点甚嚣尘上的时候，敢于如实地谈鲁迅改造国民性的思想。从鲁迅生平思想和全部著作的整体联系出发，探讨鲁迅创作《阿Q正传》的目的，书中这样写道："鲁迅想用文学去批判'国民劣根性'或'改造国民性'，这是他早在日本弃医学文的原因，也是他在五四时代从事创作的原因，《阿Q正传》的主要思想也就在批判'国民劣根性'。批判这种劣根性，目的在提高'国民'的觉悟，以摆脱被压迫被剥削的地位，改变国家的落后状况。"

（2）对阿Q的精神胜利法做了结合实际的具体分析，并指出其普遍性："精神胜利法不但在当时有相当的普遍性，而且有一定时间的永久性。但这意思都不等于说是全国人民都有的人性；精神胜利法只是各阶级一部分人才有，各阶级所表现的形式和实质也不相同。阿Q仍然是被统治阶级思想毒害的一种落后农民的典型，受这种思想影响的其他一些人也会有精神胜利法，像列宁指出的'奥勃洛摩夫'思想的普遍性一样。"尽管讲得比较含蓄，观点也并不全然准确，但是在当时历史条件下能指出精神胜利法的普遍性，并强调"像列宁指出的'奥勃洛摩夫'思想的普遍性一样"就已经大不易了。

（3）更鲜明地揭示了《阿Q正传》"唤醒农民"的重要思想，指出："鲁迅提出了一个农民和革命的关系问题：中国农民是有革命的愿望和革命的可能性的；但是中国资产阶级不可能领导农民去革命。阿Q似的农民（中国农民不全是阿Q），必须克服自己的精神胜利法等等缺点，才能走上革命的道路；背着这些缺点的包袱，对于走上革命的道路是很沉重的，不利的。"《阿Q正传》所反映的农民问题，以前的研究者也提出过，但是李何林揭示得更为明确。当然，以今天的水准衡量，可能会对李何林的论述不尽然满意。然而我们回想一下当时的历史环境，想到那时《阿Q正传》已成为一些人制造政治舆论的工具，把二十世纪五十年代就已开始的阶级论绝对化倾向发展到了登峰造极的地步，将《阿Q正传》曲解为贫苦农民想革命、地主阶级“不准革命”、“复辟”与“反复辟”的阶级斗争史。一旦有人说国民性的问题，就立即会被打成人性论观点，予以批判。在这种严峻的政治环境中，李何林先生能够谈精神胜利法的普遍性这些当时视为大忌的理论问题，不是极为难能可贵吗？不是充分表现了他的实事求是精神吗？

《鲁迅〈野草〉注解》（陕西人民出版社1973年初版，1975年修订再版，1977年又稍加修订再度印行）。该书无疑是李何林“文革”十年中的更为重要的著作。书前有《〈野草〉产生的社会背景与其思想倾向和艺术特点》一文，对《野草》进行了综合的考察，认为：“《野草》的主导思想倾向也是积极地反抗战斗，讽刺和批判；只是在积极的因素里面，有时有一些消极的空虚失望和黑暗的重压之感，这是作者思想的另一个侧面，也是他‘解剖我自己’，努力要摆脱或克服的思想，是作者勇于自我革命而‘解剖’出来的思想。”在《野草》中，鲁迅用形象和比喻，以至象征手法，表现他对生活的感受；通过对这些感受的表现，来批评现实或歌颂美好和奋战。“像《野草》这样思想性和艺术性高度统一的散文诗，在中国现代文学史上也只有这一本；它在作者的思想发展史上也占着很重要的地位。”注解部分作者以10卷本《鲁迅全集》中的《野草》注释为蓝本进行补注，凡是原来有注释的，他都注明“原注”，非常尊重前人的成果。由此也可看出作者的补注远远超过了原注，比10卷本《鲁迅全集》中的《野草》注释丰富了许多。作者虚怀若谷，有的研究者对他的注释提出意见，后来证明是有意义的，就在修订本中予以吸纳。例如在分析《秋夜》的内容之后，引述了一位同志对“小青虫”代表不惜牺牲生命追求光明的“英雄”这一看法的不同意见，供读者参考。在“试解”部分，“有分段试解者；有按全文次序试解，不分段者；有在试解全文后再作总结说明者；有思想性和艺术性同时试解者；有先讲思想性，后讲艺术性者；以各篇写作的特点和试解者的理解体会，决定每篇‘试解’的不同写法，不求一律”，因而可读性很强，把本来很难懂的《野草》讲解得如此深入浅出，李何林先生是第一人。尽管这本书现在看来还有不足之处，例如过于浅显，有的地方过分追寻个别字句的象征意义，不免出现拘泥的毛病等，但是在当时那种政治环境中能够如此坚持求实精神，写出这样谨严的著作，已是极为难能可贵了。

“文革”是百年中国特定环境中出现的一种特有的历史怪胎，包含着各种各样的精神文化现象，有否定一切的极端主义，“全面专政”的霸权主义，独尊皇权的封建专制主义，灭绝人性的法西斯主义，不要一切权威和秩序的无政府主义，排斥文化和知识分子的工团主义，但也有反对特权和思想禁锢的民主要求，还有脚踏在实地上坚持原则的正义之声，真是鱼龙混杂、泥沙俱下。正确的态度是采取辩证的分析的方法，辨析出不同的精神文化，错的批评，对的肯定，并从历史主义出发透视其产生的根源和条件以及对现实与未来可能发生的影响，杜绝悲剧重演的隐患，不可不分青红皂白一律否定或一律肯定。这样才能科学地总结历史的经验，使中华民族不再重蹈覆辙，走上比较顺畅、稳定的道路。

在对历史精神进行深入辨析之后，就倍感李何林先生的精神是值得永远发扬，永远纪念的。他在复杂、艰难的环境中对鲁迅学做出的历史贡献，将永远铭刻在中国鲁迅学史上。

第十六章 “文化大革命”结束后鲁迅研究界的思想禁锢

“文革”结束后，1970年代末，全国开始了轰轰烈烈的思想解放运动。“实践是检验真理的唯一标准”的讨论，打破了“两个凡是”的束缚，许多领域冲破了极左禁锢，出现了新的气象。而鲁迅研究界似乎有些落伍，以鲁迅的是非为是非的倾向仍很严重，尤其鲁迅世界观转变的研究包含不少烦琐哲学，思想对研究的禁锢迟迟难解。

一 鲁迅思想发展道路研究热的兴起

1976年10月“文革”结束，鲁迅研究学者重回学术平台，按说是时候重新认识鲁迅，开始科学的研究了，但事与愿违，思想禁锢仍然很难挣脱，鲁迅思想发展道路研究热又兴起了，甚至于资深鲁迅研究专家唐弢、王瑶、陈涌等一批中国现代文学界素养最深的学者也参与其中，更加暴露出鲁迅研究领域的弊病——

首先，不从实际出发而从原则出发，以一些理论条文规范和印证鲁迅思想。例如，有些研究者因为鲁迅大革命时期的文章和讲演中没有“阶级”“阶级斗争”这些名词，就断定鲁迅这时期没有明确的阶级观点；没有用“无产阶级专政”一词，就断定鲁迅没有无产阶级专政思想，因而推迟了鲁迅世界观转变的时间。相反，又有些研究者认为鲁迅1926年写的《论“费厄泼赖”应该缓行》符合阶级斗争和无产阶级专政思想，就断定鲁迅已经是马克思主义者了。还有些研究者，执意考察鲁迅接触马克思主义书刊的时间，似乎接触得越早，思想就愈先进，世界观转变就愈快。这些倾向无疑是违背认知逻辑的，不是把鲁迅及其著作放到一定的历史环境中去接受实践的检验，而是进行教条与教条之间的印证，用鲁迅来证明某种教条的正确性，所以只能是枉费其功。

其次，只重政治观点、政治表现的表面性的政治化倾向。有些研究论著，避开艰难的哲学理论的思想分析，而只限于鲁迅政治观念的归纳与评述。这种政治化倾向，使研究工作停留在表面性的浅层阶段，不能朝着学术文化、思想理论的深层次推进。

再次，暴露出了某种死钻牛角尖的烦琐哲学倾向。有些研究者，在探讨鲁迅世界观转变时间当中，进行了过多的烦琐考证和无谓争论，因此浪费了大量的时间和精力，却离真理越来越远。铺天盖地发表的无数有关鲁迅思想发展研究的文章和书籍，回头看来却不过是废纸一堆，除了引为反面镜鉴之外，毫无正面价值。

这些弊病反映出当时整个精神文化界难以摆脱旧的思维窠臼和旧的真理标准，一方面提倡思想解放，另一方面却又使用旧的思维方式和旧的论证方法，在旧的认知逻辑轨道上翻筋斗。这令笔者想起了廖冰兄的漫画《自嘲》：一个曾被囚在罐中的知识分子，罐虽然已经被打破了，他却还保持着囚禁在罐中的姿态难以自解。这幅漫画和鲁迅思想发展道路研究中所存在的种种弊病，都反映了二十世纪七十年代末中国知识分子普遍的精神状态，既可悲又可怜，不来一个比较彻底的精神解放，实在是无法前进了。

而最根本的原因是严重缺乏独立思考的精神，完全陷于毛泽东、瞿秋白模式的诠释中。毛泽东说鲁迅“不但是伟大的文学家，而且是伟大的思想家和伟大的革命家”，于是就大论特论三个“家”的关系；瞿秋白说鲁迅的世界观转变是“从进化论进到阶级论”，于是就大论其是如何转变的。哪股风吹得盛，就跟哪股风跑，完全没有自己的独立思考和自己的独立语言。二十世纪九十年代中期，笔者之所以说自己所梳理的中国鲁迅学史上的文章，百分之九十五是套话、废话、空话，就在于这点。不正视鲁研界的这个严重弊病，大胆创新，独立思考，说自己的话，就不可能推动中国鲁迅学的前进。

二　鲁迅思想发展道路模式的禁锢

追溯鲁迅思想发展道路研究的由来及其论争，得先回顾二十世纪四十年代的那场论争。（详见本书上编第七章）

1949年以后，鲁迅被尊崇为共产主义的偶像。到1956年10月19日纪念鲁迅逝世二十周年大会上，茅盾的《鲁迅——从革命民主主义到共产主义》的主题报告认为：鲁迅与萧伯纳、罗曼·罗兰、德莱塞等左翼作家一样，经过长期、曲折、痛苦的彷徨与寻求，最终从革命民主主义转变到共产主义，在中国共产党的思想领导下，坚决为人民服务，从而把鲁迅思想发展道路完全纳入了政治公式。

事实上，坚定的马克思主义文艺理论家邵荃麟早在1945年9月10日《国文杂志》月刊第3卷第4期发表的《鲁迅的〈野草〉》中，就明确指出：

> 鲁迅先生不是什么主义者，他的思想是从血淋淋的历史现实中间搏斗出来，锻炼出来的。他并无别的特点，只是永远和历史的发展紧紧结合着，永远和人民的心紧紧拥抱着，因而他才能最真切的听到历史的声音，最真切的感到历史和人民的痛苦。

后来的许多论者给鲁迅加上了一些“主义者”的帽子，赞誉者称他为“共产主义者”“反自由主义者”“民主主义者”等等，诋毁者又称他为“激进主义者”“复仇主义者”“虚无主义者”等等。其实，这都是并不符合鲁迅实际，也不会被他本人认可的。最恰当的提法，还是如邵荃麟所说：“是从血淋淋的历史现实中间搏斗出来，锻炼出来的。他并无别的特点，只是永远和历史的发展紧紧结合着，永远和人民的心紧紧拥抱着，因而他才能最真切的听到历史的声音，最真切的感到历史和人民的痛苦。”鲁迅的思想和作品，是从中国近代被压迫被侵略的屈辱的历史与现实中产生的，没有必要加上任何外在的标签。鲁迅第二次回北京的时候，1932 年 11 月 27 日，应北师大文艺研究社邀请，到师大讲演时，自己也声明过：“我说要改革经济制度，并不是赞成共产。我不是个共产主义者，但亦许在我底主义里有些地方和共产主义相同的。比如对于吃饭，亦许共产主义里头主张是要吃的，而在我的主张里也主张要吃。我对经济没有过细的研究，有好多地方全不知道。”

茅盾作为一位天才的文学批评家，有着惊人的艺术直感，这种直感往往是非常精准的。但他被套上政治枷锁后，却做了远离鲁迅本体的所谓报告，这不能不说是一种学术上的大倒退。而我们应该原谅茅盾，因为这个报告肯定不是茅盾按照自己的意愿写的，而是出于政治授意和硬性要求。

最早提出从进化论到阶级论的鲁迅思想发展模式的是瞿秋白。虽然不够准确，但较之创造社、太阳社二社对鲁迅的攻击，有其不可同日而语的历史意义。但今天看来，认为鲁迅是从“同路人”的立场上转变到共产主义一方来，并不足以概括鲁迅的精神本质。其实，鲁迅二十世纪初叶在《文化偏至论》中所批判的“十九世纪末叶文明”，就是资本主义潮流。鲁迅从弃医从文之日起，就明确反对资本主义腐朽、自私的通弊了。在这一点上，他比一些党内的人士还要坚决、明确。在这一点上，鲁迅并不是后期才实现了世界观的转变，而是自始至终地坚持反抗“质化”倾向的初衷，后期更加明确地坚持对“十九世纪末叶文明”即资本主义潮流的批判。即使左翼作家没有推他为盟主，他自己独立作战，也会坚持这种批判。

三　引出的教训

从中国鲁迅学史上反复多次的鲁迅思想发展道路研究热中，需要引出什么教训呢?

首先，应该思考的是我们研究鲁迅以及研究所有历史人物的出发点问题。究竟是应该从鲁迅和其他历史人物自身个体存在出发，还是从某种既定的原则、条文和权力者的既有利益出发？是从全面、系统地掌握人物本身客观存在的实际出发，从中抽出人物本身既有的而非外在强加的结论，还是从既定的条文出发，往人物身上硬套？这不仅是研究鲁迅的根本原则，而且是研究所有历史人物以至所有客观事物的基本原则。离开这个原则，背道而驰，挖空心思为权力者的利益做辩护，对他们的理论教条进行诠释，就只可能越用力，离真理和客观实际越远，是永远做不出任何学问的。即使好像出版了大部头装帧精美的书籍，也只能是骗人的假货而已。所有有志于学术事业的人，特别是年轻人，起步时首先要从实际出发，摆正方向，迈出正步。

其次，从实际出发，就要对我们长期使用的思维方式和研究模式进行深刻的反思，坚持正确的，扬弃错误的。作为一个研究者，一定要用对方法。科学的方法，绝对不是条文对条文的印证，而是事实的验证与分析。离开事实，不全面、系统、确切地掌握史实，是不可能得出科学的结论的。理论再好看、好听，也必须经过事实的检验。空对空的理论即便说得天花乱坠，也绝对不要相信。

中国鲁迅学界需要随着二十世纪八十年代开启的思想解放运动，来一场思想精神的解放。

第十七章　鲁迅学界的精神解放群及其业绩

正当中国鲁迅学在思想禁锢下停滞不前的时刻，鲁迅学界出现了一股强大的精神解放力量，以不可阻挡的锐力向种种禁锢发起了冲击。

一　王得后对鲁迅“立人”思想的提炼与阐释

之所以把王得后从精神解放群中提出，列专节首先评述，就在于他在二十世纪八十年代初对鲁迅“立人”思想的提炼与阐释，在中国鲁迅学史上日益显现出了特殊的意义。

王得后在《致力于改造中国人及其社会的伟大思想家》（1981年12月《鲁迅研究》第5辑，后收入《纪念鲁迅诞生100周年学术讨论会论文选》）中，认为鲁迅独特的思想可以这样概括：“以‘立人’为目的和中心、以实践为基础、以批判‘根深蒂固的所谓旧文明’为手段的关于现代中国人的哲学，或者说是关于现代中国人及其社会如何改造的思想体系。鲁迅著作的精华是对于现代中国各主要阶级和阶层的社会心理的精确描绘。这是一部无与伦比的现代中国民情和民心的科学史。”“‘立人’的思想贯彻于鲁迅一生始终，遍及鲁迅著作的各个方面，是鲁迅思想的核心；鲁迅自己毕生为在中国实践这一思想而斗争。因此之故，鲁迅是一位致力于改造中国人及其社会的伟大思想家。”40年之后回头重温王得后的这段概括以及逐层展开的深入阐释，就会感到他对鲁迅的理解是非常深刻、非常透彻的。有人提出了鲁迅究竟有什么独特思想的疑问，而王得后早在40年前就已经把这个问题明确地提了出来并予以了圆满的回答。用进化论、阶级论等等理念概括鲁迅的思想，在鲁迅认知史上自有其作用，然而这些理念终归不是鲁迅自己的话语，不能表现鲁迅自己思想的独特性。“立人”这一概括则大为不同，这是鲁迅自己说的话，是贯串在鲁迅自己的全部著作中的，完全可以表现鲁迅思想的独特性。抓住“立人”二字，也就抓住了鲁迅思想的核心，并由此把握住鲁迅的整个思想体系。二十世纪七十年代末、八十年代初兴起的鲁迅改造国民性思想讨论热，已经进入了鲁迅“立人”思想的层面，但是由于没有明确地提炼出“立人”二字，因而未能抓住根本。所以到了二十世纪九十年代中后期，中国鲁迅学界日益感到研究鲁迅“立人”思想的重要意义，纷纷就此作文章，开研讨会，几乎成为一大热点，从而大大推动了鲁迅思想研究。然而，此时我们不能忘记，对鲁迅的“立人”思想加以提炼并予以精辟阐释的第一人，正是王得后！

王得后对鲁迅“立人”思想的提炼与阐释，不仅在中国鲁迅学史上具有重要的意义，表明中华民族对本民族这位伟大思想家的理解已经非常深入，已进入了核心之处，而且在百年中国精神文化史上也是一件不可忽视的事情，说明中国人已经开始逐步实现精神自觉，开始逐步明白应该怎样按照民族先觉者鲁迅所指出的“立人”之路改造自己和自己所处的中国社会。

王得后除此贡献之外，还对《两地书》进行了开拓性的研究，印有《〈两地书〉研究》（天津人民出版社1982年版）一书。此书不仅对《两地书》做了详细的校勘，而且对其中的背景和内涵进行了透辟的阐析，是研究鲁迅个人感情生活的开拓性著作。此外，王得后在《鲁迅思想的否定性特色》（《阜阳师范学院学报》1985年第2期）一文中，对鲁迅思想否定性特色做出了精确的把握与分析，凸现出了鲁迅思想的独特个性，对于理解鲁迅思想的特点是非常有益的。

二 王富仁的《中国反封建思想革命的一面镜子》

老一辈鲁迅学家的新成果和中年鲁迅学家群的崛起，构成了新时期鲁迅研究的兴旺景观。而真正把鲁迅研究推向新的阶段，开出新生面的，还是八十年代中后期出现的王富仁等新人。

我们这里所说的新人之新，并不主要指生理年龄。归入中年鲁迅学家群的学者，有的可能与王富仁年龄相仿，有的甚至更年轻。而王等正式登上鲁迅学舞台时，也已人到中年。我们之所以称他们为新人，就在于他们给鲁迅学界带来了一种新的思维方式和新的研究路向。

王富仁是以《鲁迅前期小说与俄罗斯文学》（陕西人民出版社1983年版）一书在鲁迅学界崭露头角的，这本书及其在出书之前就已在全国各大报刊陆续发表的论文，很快就以其绵密的理论分析和细腻的艺术体味引起了学界的注意。但是此时他尚不是我们所称的新人，他获得这一称号，是在1985年5月，他的博士学位论文《〈呐喊〉〈彷徨〉综论》在《文学评论》上刊出，尤其是1986年8月在这篇论文基础上写成的专著《中国反封建思想革命的一面镜子——〈呐喊〉〈彷徨〉综论》（以下简称《镜子》）由北京师范大学出版社出版以后。

王富仁对他自己的这部专著做了这样的概括：

> 本书共分四章：第一章可以认为是《呐喊》和《彷徨》的本体论。在这一章里，我们首先考察《呐喊》和《彷徨》的作品本身所表现出来的实际意义。这个意义，是社会现实在鲁迅思想观念中的反映，是鲁迅以自己独特的思想个性把握客观现实的结果。可以说，是客观与主观交融，是内与外的化合，是注入着鲁迅主观思想、感情和情绪的客观社会现实。而对于我们，它们则是不依研究者的主观意图为转移的客观存在。我们

的任务是发现它们自身所呈现着的实际面貌，并尽可能用马列主义基本原理和中国社会发展的实际状况说明其独特的深刻思想内涵。在这一章里，我们将论证《呐喊》《彷徨》不是从中国社会政治革命的角度，而是从中国反封建思想革命的角度来反映现实和描写生活的。它们首先是中国反封建思想革命的一面镜子，中国社会政治革命的一系列问题是在这个反封建思想革命的镜子中被折射出来的。第二章可以认为是《呐喊》和《彷徨》的抽象本质论。任何一部文艺作品，都不可能是社会现实的纯客观记录，而是作家、艺术家以特定的观念意识自觉或不自觉筛选、提取、集中化、立体化了的社会现实，在这种客观事物主观化或主观感情、主观思想客观化的过程中，在客观与主观的交吻、渗透、化合的过程中，艺术作品以各种明显或不明显的、直接的或非直接的方式体现着作家、艺术家创作这件艺术品时的意识本质。在这一章里，我们将探讨鲁迅当时是以怎样的观念意识观察现实和反映现实的。这里的问题非常明显：假若鲁迅的《呐喊》《彷徨》是中国社会政治革命的特点和规律的深刻反映，那么它们的意识本质就将是对中国社会政治革命的特点和规律的深刻认识，而假若它们的意识只有在中国反封建思想革命中才愈见其超群绝伦、深刻警拔，那么也就能够证明《呐喊》和《彷徨》主要是中国反封建思想革命的一面镜子。通过这一章的论述我们将说明，《呐喊》和《彷徨》所体现出来的鲁迅思想意识，与他在杂文中较为明确地表现出来的思想观念在整体上是一致的，这个思想观念深刻体现了中国现代社会思想意识的根本特征，是中国反封建思想革命的锐利武器。这种思想意识的先进性、革命性和深刻性，赋予了《呐喊》和《彷徨》反封建思想内容以先进性、革命性和深刻性。形象可以大于思想，但必须以一定思想做基础；创作方法可以帮助作家超越某些世界观所造成的障碍，但它必须有更内在的意识本质做动力。鲁迅的《呐喊》和《彷徨》反映现实的深刻性，直接说明了鲁迅当时思想意识本质的先进性和深刻性，鲁迅前期以进化论、个性主义、人道主义为基本组成部分，以彼此制约、相互渗透的特定组合方式为基本构架所形成的独立思想观念，是与中国传统封建意识在各主要方面尖锐对立的现代中国的观念意识，否认这个思想的先进性和深刻性，必将导致对《呐喊》《彷徨》杰出思想意义的否定。第三章是《呐喊》《彷徨》的艺术方法论。多年来，我们都企图寻找一种绝对正确的、永远先进的、普遍有效的创作方法，但这种企图本身就是不合理的和没有成效的。创作方法的优劣只能在与作家的独立个性，作家所要达到的主要创作目的相对应的关系中来确定，用巴尔扎克的现实主义表达雪莱的浪漫主义激情是根本不可能的，在这时，巴尔扎克的现实主义便是一种粗笨的、不顺手的武器，反之亦然。《呐喊》和《彷徨》的创作方法的特征是与它们所要达到的思想艺术目的相吻合的，否则，它们便不会成为杰出的艺术品。在这一章里，我们分析鲁迅《呐喊》和《彷徨》创作方法的特征与它们的反封建思想内容的内在联系，说明它们的现实主义、浪漫主义、象征主义是怎样结合在一起的？三者之间的关系如何？它们各自与鲁迅的何种思想需要联系着？它们各建立在鲁迅当时的何种思想观念的本质上？第四章是《呐喊》《彷徨》的艺术特征论。艺术特征与思想特征是交融在一起的统一体，世界上不存在绝对完善的创作方法，也不存在绝对完善的艺术技巧，艺术形式的完善与否以及完善的程度，只有在与特定内容的关系中去寻找，二者相谐和的程度便是艺术技巧、艺术形式完善的程度。在一部优秀的文艺作品中，我们完全可以从它的艺术特征发现它思想内涵的特征，也可以循由它的思想特征发现它的艺术特征。在这一章里，我们将分析《呐喊》和《彷徨》的艺术特征是怎样在反映中国反封建思想革命的具体思想需要中发展起来的？这一章又分四节，分别从环境展现与人物塑造，情节和结构，悲剧、喜剧和悲剧因素与喜剧因素的结合等三个主要侧面，论述《呐喊》和《彷徨》的艺术特征与它们的反封建思想主题有着怎样的有机联系。

王富仁的以上概括准确地综述了他这部专著的主要内容，比别人的转述要强得多。

《镜子》出版以后，反响非常强烈，既好评如潮，又批评甚多。批评者主要认为《镜子》“割裂了反封建的思想革命与政治革命、社会革命的必然联系，并使它们人为地对立起来”，因而“基本论断就是片面、偏激的”，表现了一种片面性、绝对化的思维方式。同时，还“表现了刻意求深和炫耀博学的缺点”，画了许多图，“一个有用的都没有”，“语言也有比较严重的毛病”,① 堆积名词，冗长、烦琐，缺乏必要的节制。

笔者认为这些批评是有一定根据的，有些意见甚至可以说很中肯。现在回头重读此书，感觉更加明显，篇幅冗长，语言绕嘴，有些在博士论文中讲得很明确、清楚的观点，在此书中绕来绕去倒变得费解了。书中的图表的确是多此一举。有的关键性的词语用得欠准确，以至造成读者误解。例如表达作者中心论点的一段话是这样说的：

> 因而我认为有必要调整我们《呐喊》和《彷徨》的研究系统，以一个较为完备的系统来代替我们现有的系统。

其中“代替”一词就用得欠妥，因为从中国鲁迅学史的历史发展角度来看，作者所提出的“中国反封建思想革命的一面镜子”这一视角，只能是五十年代陈涌所提出的政治革命、社会革命视角的一种补充、调整和完善，或者说是深化和丰富，绝对不能说是“代替”。倘若真的应该是“代替”的话，那么无疑就是对社会政治革命视角的否定，是抽去了思想革命的物质基础。这就如印度的《譬喻经》所说，要造高楼，而反对在地上立柱，因为他要造的，是离

---

① 袁良骏：《当代鲁迅研究史》，陕西人民教育出版社 1992 年版，第 471 页。

地的高楼。而无论是离地的高楼，还是悬空的楼阁，都只能是虚无的。所以，《镜子》出版以后，批评集中在这一点上并非是没有根据的。

但是在把《镜子》的缺点讲充分之后，我们再从中国鲁迅学史的历史发展角度回看这部有缺点的专著，却又更加感到它的可贵之处和产生的历史必然性。无论这部书有多少缺点和不足，即使比我们已经批评过的再增加多少倍，也不能无视它的历史功绩。

因为五十年代的社会政治革命视角确实存在着“偏离角”，《镜子》对这种“偏离角”的发现本身就是一大贡献，是对鲁迅学的一大推动，何况它还做出了那么多富有深度和思辨力的阐释和论析呢？

学术史的发展实践证明，无论多么好的阐释视角都不可能是永恒的，发展到一定程度之后，都会出现阐释饱和与意义超载。如果不进行视角转换或移位，学术就无法发展。正是在这个时候，王富仁站了出来，勇敢地指出现有研究系统的“偏离角”，提出了反封建思想革命的新的研究系统。从史的角度审视，仅这一举就具有重大的学术史价值。

倘若从中国鲁迅学史扩大到整个二十世纪中国精神文化史的视域，就会更加看到反封建思想革命这一命题的巨大意义及其在二十世纪八十年代被重新提出的历史必然性。

“五四”运动是一场反帝反封建的思想革命，然而由于后来的种种曲折，反封建思想革命没有深入下去。鲁迅在反封建思想革命的战场上几乎是孤军奋战，理解的人很少。鲁迅逝世后，人们都在讨论鲁迅的精神本质究竟是什么的问题，回答多种多样，只有聂绀弩道出了实质。他在1940年写的《鲁迅——思想革命与民族革命的倡导者》一文中指出：“鲁迅先生根本思想就是人的觉醒”“民权的觉醒”，并进一步阐发道：“如果人民的脑子不从封建文化的束缚之下解放出来，人民不获得人的知识，人的思想，无论什么改革，无论那改革得到怎样的胜利，也将是表面的，形式的，换汤不换药的。”其实，聂绀弩早在三十年代的杂文《阮玲玉的短见》中，就已富有穿透力地点明："张达民和阮玲玉都以为阮玲玉背弃张达民正和奴隶背弃主人一样"，正是这种奴隶主意识与奴隶意识导致了张达民的控告与阮玲玉寻短见。因而青年聂绀弩大声疾呼："杀阮玲玉的不是她自己，也不是张达民、唐季珊某个人，是到现在还残存着的封建势力，是那盘踞在我们每个人的脑子里的封建社会的道德观伦理观。"可见当时曾经亲聆鲁迅指点的聂绀弩是真正理解鲁迅，得到鲁迅真传的。他一直都在强调鲁迅的精神本质是反封建的思想革命，然而这些极为警策的阐析，却并没有得到中国思想界的注意，鲁学界也很少提起。但是不管你注意不注意，提起不提起，客观存在是不以人的意志为转移的，在以后半个多世纪里，中国知识分子一步紧一步地吃尽了封建专制主义的苦头。十年浩劫，大梦方醒，人们不约而同地深切感到了反封建思想革命的重要性，处于中国精神文化战线前沿的鲁迅研究界，必然敏锐地感到了这个问题。于是，终于在八十年代中期由王富仁在鲁迅小说研究领域首先发难，提出了反封建思想革命这一命题。这就是王富仁新命题出现的精神文化背景，从中也可以看出鲁迅在中国的真正价值——鲁迅是始终站在中国精神文化战线的前沿，他的灵魂是和中国的反封建思想革命共存永在的。这也正是二十世纪中国一种重要的精神文化现象。

因而，从整个精神文化背景的史的角度去看王富仁的《镜子》，我们就不会因为其中的一些小疵而否定它的全部价值了，反而会为鲁迅研究界站在中国精神文化战线的最前沿，首先举起了反封建思想革命的旗帜而感到自豪。

三 钱理群对鲁迅内心世界的探寻

钱理群是以《试论鲁迅与周作人的思想发展道路》（《中国现代文学研究丛刊》1981 年第 4 期）一文在鲁学界崭露头角的。这篇论文充沛的激情和犀利的论说，很快引起了学界的注意。但是此时他尚不是我们所称的新人，他获得这一称号，是在 1988 年 7 月，他的《心灵的探寻》一书，由上海文艺出版社出版以后。

此书勒口有这样一段内容提要：

> 鲁迅——世纪级伟人。本书展示了鲁迅心灵深层潜流的壮丽流程，以鲁迅为聚焦点，考察了我们民族的思维方式和灵魂发展的生动历史，发出了对现实人生的热情呼唤。全书以思维篇、心境篇、情感篇、艺术篇谋章布局，构成了一个复杂的多侧面的整体。作者真诚、坦荡、直率、热烈的感情溢于言表，文字于逻辑的严谨中，显示潇洒和干练。

这段提要同样比别人的评论精辟得多。

此书封面上还有一段题为“灵魂的交流”的作者自白：

> 我们完全应该理直气壮地与鲁迅认同。二者在精神与心理上绝对平等。大家同是 20 世纪的中国人，面临着同样的历史任务，面对着同样的文化背景，肩负着同样的历史使命，我们必然有类似的追求、探索、思考，类似的矛盾与痛苦。研究鲁迅，不可能采取“隔岸观火”的“鉴赏”态度，必定要“自己也烧在这里面”，在鲁迅那里“发见我们自己”，与鲁迅进行心的对话。

这段自白同样比别人的评论精彩多了！

正是这种别开生面的谋章布局，复杂的多侧面的整体感受，真诚、坦荡、直率、热烈的感情，既逻辑严谨又潇洒、干练的文字，与鲁迅和读者的平等的灵魂交流和心的对话，使这本书在广大读者特别是青年中获得了极大的成功。

钱理群之所以称得上是二十世纪八十年代出现的中国鲁迅学界的新人，就在于他以这种崭新的研究态度、话语系统和思维方式，开辟出了一个全新的鲁迅世界，把经过自己生命体验和热血浸润的全新的鲁迅意象传递到了广大青年心中。而他在中国鲁迅学史上的功绩，则是开始了鲁迅研究从外向内的视角转移，在鲁迅心灵的探寻中，与鲁迅毕生所致力的为使中国人民（包括中国知识分子）“结束精神奴化状态”的事业相接续，将鲁迅研究与中国人特别是青年的精神自觉紧密联系在一起。

但是，钱理群终归是毛泽东时代成长起来的中国知识分子，他有这一代人的优点，也有这一代人的局限。他解读鲁迅心灵世界的总框架还是毛泽东在他的潜意识中“预设”的，所以难于与鲁迅本体完全契合。纵然他总想“竦身一摇”，将一切“摆脱”，然而却如后来的新人汪晖给他所“诊断”的：已经“病入膏肓”，无药可治。真正实现鲁迅研究内视角的转移只能留待后来者去做了。

四　汪晖对历史的“中间物”和“反抗绝望”的阐释

汪晖主要是因八十年代中后期发表的《历史的“中间物”与鲁迅小说的精神特征》（《文学评论》1986 年第 5 期）和《鲁迅研究的历史批判》（《文学评论》1988 年第 6 期）两篇大论文，引起鲁迅研究界广泛注意的。他写于八十年代末的学术专著《反抗绝望——鲁迅的精神结构与〈呐喊〉〈彷徨〉研究》，直到 1991 年 8 月才由上海人民出版社正式出版，出版后对中国鲁迅学产生更为深刻的影响。

汪晖的《反抗绝望》一书，努力以悖论的思维方式探索鲁迅精神结构的复杂性。全书共分三编，第一编《鲁迅的精神结构》：文化哲学、文化心理结构及其与文学的关系，从两个层面描述鲁迅的精神结构。第一个层面研究鲁迅面对近代中国的实际状况和二十世纪人类文化发展所做的自觉的理论建构，这种理论建构为鲁迅日后的发展提供了怎样的文化和思维的背景；第二个层面研究鲁迅在东西文化交汇的特殊文化氛围中的“中间的”历史地位和由此所规定的个体的文化心理结构，这种文化心理结构对于鲁迅来说在许多方面是一种先定的或非自觉达成的存在。但在鲁迅精神发展过程，尤其是在他对自身的深刻的自省中，愈益呈现出重要意义。第二编《鲁迅小说的精神特征》分三个部分。第一部分“历史的‘中间物’与鲁迅小说的精神特征”，试图通过对“中间物”的剖析，从创作主体复杂的文化心理结构及其在小说中的体现这一角度，来认识鲁迅小说的精神特点。第二部分“自由意识的发展与鲁迅小说的精神特征”主要从鲁迅的文化哲学与启蒙主义的内在关联着眼，分析鲁迅小说的理性主义的特征。第三部分“‘反抗绝望’的人生哲学与鲁迅小说的精神特征”，主要从鲁迅人生哲学与现代人本主义思潮的内在关联着眼，分析鲁迅小说的理性启蒙主义构架内对个体生存的探讨以及个体面对“绝望”的态度。第三编《主体精神历史与艺术世界的客观性》写鲁迅小说的叙事原则与叙事方法，分析鲁迅如何把主体精神结构及其内在矛盾性与真实的、客观的社会生活描绘融合在一起。

汪晖的这部专著显示出了独特的深广的思考和非常锐利的思辨性，精彩之处很多，而最主要的贡献是提出了“中间物”意识这一概念，后来日益显现出了汪晖这一贡献的巨大意义。

从中国鲁迅学史的学术发展角度来看，“中间物”这一概念的提出，标志着鲁迅研究的重心从客体方面内移到主体方面，从而展现鲁迅作品的心理内容，是鲁迅研究从外向内移位的转折点。就这一点来看，其意义已经很重大了。然而，“中间物”的意义绝不仅限于此，它还有更为深广的精神哲学意义。

“中间物”这一概念标示着鲁迅个人是处在“进化的链子上”一环的历史位置上，并非是坐在凝固、永恒的神庙或圣殿里，这样就从哲学基础上解构了对鲁迅的种种神化和圣化。然而，“中间物”概念所标示的绝不仅仅是一种历史位置，更是一种深刻的自我意识，一种把握世界的具体感受的世界观。汪晖从鲁迅的话语系统中提取出了“中间物”这一概念，由此升华为一种把握世界的世界观，反过来审视鲁迅的精神结构和文学世界，并以悖论的思维方式探索鲁迅的复杂性，就打破了中国鲁迅学史上长期存在的那种单一、静止的思维模式和阐释方法，还原出了鲁迅文化哲学的双重历史文化基础，再现了鲁迅世界的内在矛盾，中国鲁迅学史上长期存在的一些疑问也就顺势而解了，自然而然地显示出了“中间物”这种把握世界的世界观与悖论的思维方式所蕴含的巨大的活力。

《鲁迅研究的历史批判》其实正是以这种世界观和思维方式审视鲁迅研究的历史，所得出的必然结果。我们不必过于纠缠其中的个别观点和词句，而应该从学术史的发展大势上去看这篇论文所带来的思维方式上的变革。倘若从这一点去看，就会感到汪晖的意义：正是他点明了先定的政治前提、永恒的意识形态以及单一的强制性线性因果逻辑思维模式对研究者思维独立性的剥夺。这才是这篇论文的精粹所在。鲁迅学要想获得发展和突破，不再停滞和在陈旧窠臼中原地踏步，就必须首先进行思维方式上的变革。

而汪晖的意义又绝不仅仅局限在鲁迅学领域，也是在二十世纪中国精神文化史上以先锋的锐气和科学的方法冲决旧有思维模式的一大动作。从中也可看出鲁迅学的确处于中国精神文化战线的前沿阵地，中国精神文化的冲决常常是从这里开始的。中国知识分子的思想解放和精神独立，也往往是在这里首先萌动的。

五　王乾坤从哲学界闯入

学术是一环扣一环地不断发展的。汪晖终于冲出来了，又有一个王乾坤从哲学界闯入，他在《鲁迅的生命哲学》（人民文学出版社 1999 年版）中，以哲学玄思的清明显现了元基础研究的效应。

他抓住了汪晖智慧地拈出的“中间物”概念这一“鲁迅世界的原点”，以“中间物”为鲁迅的生命轴心，以“有限”为理论切入点，打开了鲁迅的各个思想扇面，“还原”了鲁迅与古今中外精神文化的内在渊源关系：儒家以“中庸”“圆满”为“无限之至境”

和人格的“终极价值”，而鲁迅对儒家哲学的批判正是由这一点出发的。他不相信而且讨厌“圆满”的“范本”，因为“中间物”正是对“圆满”“中庸”的反拨，他宁可“化为泼皮”，也不以“圣贤”“善人”自塑。这从生命哲学上说，就是凸显人的有限性以打破无限性、普遍性的统治。但是，又正是一个“泼皮”韧性地趋向无限，也就同时在趋向“中”，趋向“圣”。所以，鲁迅既消解了儒家的“中庸”，又汲取了其“天行健君子以自强不息”“知其不可为而为之”的中国“固有之血脉”，成为批判与继承的成功先例。以尼采为代表的新神思宗与鲁迅的精神联系，一直是难解之谜，而“中间物”这一理论原点又显现了破解的“发窍处”：鲁迅和尼采“都从现世的有限性方面来把握人，因而把人看作现实的、中间状态的（变易的）、个性化的生命，从而对人的共性、普遍本质有一种本能的抗拒”。“他们最大的相通首先是都不留情地、终生不怠地消解终极实体。”因而，“立足大地，以轶众的意志正视和反抗绝望，这应该是鲁迅与尼采共同的悲剧人生选择”。鲁迅一生与佛保持着不解之缘，其中缘由始终没有搞清，还是“中间物”这一理论原点散发出“一点灵明”：“鲁迅一一地扑灭形而上学的终极实体，认为万事无常，一切都是中间物，不承认有一种与当下对等着的独立本体和永恒的存在，从而把无限收回当下、有限，这与上述佛学的缘起存在观及中观智慧在哲学上是相通的。”的确，如果鲁迅“没有研佛的功夫，就不可能有第二视力，见人所不见，因而也就不可能有存在论上的‘绝望’和‘反抗绝望’，就没有《呐喊》《彷徨》，更不可能有《野草》”。

王乾坤在书中把“中间物”的理论原点贯彻得那样彻底，以至摒弃了一切隐匿之所。这从对《过客》的透辟分析中清晰可见：“过客”所说的“前面的声音”“源于何处？发自谁的喉舌？天？神？领袖？前驱？民族或某种集团？人民？自我？……？简括地说，是来自于‘他’，还是来自于‘我’？或者说，这神圣的审判律令属于‘他律’，还是属于‘自律’？”这的确是鲁迅研究中一个极有研究价值的问题。经过极为严密的逻辑推论，终于得出了“声发自心，朕归于我”的结论。不仅把天才的鲁迅与以为声来自天的周扬严格区别开来，而且使《鲁迅的生命哲学》本身也透发出天才的灵气。而最叫绝的还是对结尾的评析：“《过客》没有告诉我们前面是什么，而只告诉了‘还是走好’——只是把这种自由自律的生存动姿写了出来，这是极其深刻的画龙点睛。不少人认为这个结尾太灰色。这才真是‘未闻大道’。如果结尾如读者所愿出现一个光明的尾巴，过客也便不成其为过客，而《过客》也就不是一篇生命哲学，而充其量只是一篇优秀的社会性习作了。”“未闻大道”，是对历来诸多忽视元性质或元基础问题、没有“中间物”意识的鲁迅研究者（包括笔者自己）的恰当评语：不仅自己平庸，还要以缺乏理论凭借的空疏研究和泛泛之论让研究对象——鲁迅也一起落于平庸。海德格尔说得对：“此在将自身嵌入‘无’中时，就总是已经超出存在者的整体之外了。此超出存在者之外的境界我们称为超越境界。”“没有‘无’所启示出来的原始境界，就没有自我存在，就没有自由。”①

《过客》结尾所显现的“无”的境界，正是生命的本真，反映了鲁迅生命哲学的真谛——“希望是本无所谓有，无所谓无的”。只能把人的安慰之源从任何对象性希望中收回到“此在”，收回到自身，走就是了，“把一切外在于己的虚妄寄托或希望一一撕开，剩下的只有中间物状态的我和黑沉沉的大地”。这与《红楼梦》的结尾一样，与佛教的“熄灭”观相通。曹雪芹正是把握到这种“宇宙人生本来性质”，世上遂有中国真正意义上的悲剧——《红楼梦》。鲁迅和王国维也正是在这个思路上高度肯定了《红楼梦》的价值。因为其悲剧不是一种例外的社会性不幸，也不是主角个人特有的罪，而是原罪。所以，王乾坤不同意“‘反抗绝望’便是克服悲观主义”的说法，指出：“‘克服’了绝望，也就是没有了鲁迅的生命哲学。这是因为，绝望是他消解了种种终极希望的思想成果，

① ［德］海德格尔：《形而上学是什么？》，孙周兴选编：《海德格尔选集》（上卷），上海三联书店 1996 年版，第 146 页。

而‘克服’即意味着向终极实体的回归，向逃难所的躲避。”像鲁迅那样敢于绝望并且“绝望地抗战”，在中国历史上罕有其匹，“空前的勇敢”的哲学注脚应该由此去寻。

王乾坤毫不妥协的逻辑推论引来的是哲学玄思的清明，拨清了鲁迅研究历来所存在的诸多概念和逻辑上的混乱：

个性主义往往与“利己主义”混为一谈，王乾坤则明晰地指出二者迥异：鲁迅是“把倡言‘朕归于我’与呼唤‘群之大觉’，与解民于倒悬的道义、牺牲精神相提并论”的。“逻辑推论应该是这样的，‘以己为终极’并不排斥别人，因为人各有己，都有各各的‘终极’，所以每个人都有其不可侵犯的价值与尊严，因而其个人性都要受到尊重。只有明确了‘人各有己’的人，才有可能把他人当一个人看待”，才能“想到他人的自己”，才能出于个性的自觉，以“流血的爱之心”付出牺牲，做到“我以我血荐轩辕”，“俯首甘为孺子牛”。而离开了个人的独立与自由的集体，则只可能是奴隶群体。

这样，也就分清了鲁迅与尼采的相异处：尼采充满了贵族气息，主张剥夺那些“失败的人”继续生存的权利，难怪纳粹向他伸出了求援精神力量的手！鲁迅却是因为爱，因为“对世界的一种感同身受的悲悯，激发了绝望抗战、舍身饲虎之大勇”，所以人民热爱他。虽然《鲁迅的生命哲学》颇有脱离文本“过度阐释”的倾向，但是他从哲学世界而来的素养还是为鲁学界吹来一股清风。

六　新方法、新思维的引进及其利弊

新时期里，西方新方法、新思维的引进，对鲁迅研究确实起到了很大的促进作用。其中效果最好的当推比较研究方法的自觉运用，大为开拓了鲁迅研究的视野，更为清晰地呈现出了鲁迅与中外文学的历史联系。例如韩长经著的《鲁迅与俄罗斯古典文学》（上海文艺出版社 1981 年版），收入了 1978 年突然病故的鲁迅研究专家韩长经六篇研究鲁迅与俄罗斯古典文学关系的论文，平实、准确、条理清晰地理清了鲁迅与俄罗斯古典文学的历史联系和所受的思想影响，并初次分析了鲁迅对俄国作家创作技巧的借鉴和鲁迅小说与果戈理、契诃夫小说艺术风格上的相似之处。而王富仁的《鲁迅前期小说与俄罗斯文学》（陕西人民出版社1983年版），则在鲁迅前期小说与俄罗斯文学比较研究中取得了更为显著的进展。该书第一章总论对鲁迅前期小说与俄罗斯文学的历史联系进行了更为深透的论述和更为精微的辨析，第二、三、四、五章中具体深入地从艺术特色、创作方法上分析比较了鲁迅前期小说与果戈理、契诃夫、安特莱夫、阿尔志跋绥夫的关系，掘入文化艺术的较深层次，是全书最厚实的部分。第六章尾论精细地分析了鲁迅小说对俄罗斯文学表现方式、描写技巧的筛选、吸收和改造过程以及鲁迅小说现实主义的独创性。该书所进行的确实是历史的文学的比较研究，书不厚，却给人以实重感，令人感受到作者坚实而深厚的理论力量。

除了比较研究方法之外，还出现了汲取变态心理学和系统论、控制论、信息论等西方理论分析阿Q的论文，但也有人指出其中弊病。

譬如吕俊华的《论阿Q精神胜利法的哲理和心理内涵》发表之后，影响很大，得到的褒贬参半。有人评价很高，刘再复在《古老题材的新发现——读吕俊华〈论阿Q精神胜利法的哲理和心理内涵〉》（《读书》1983年第9期）中认为：吕文在《阿Q正传》研究中开拓了思维空间，引进了新方法论，获得了新的发现。也有评价很低的，李桑牧在《能用心理学和生理的观点研究阿Q这个典型吗?》（《文艺理论与批评》1990年第6期）中认为：吕著是建立在西方资本主义国家的哲学、心理学、社会学、伦理学的基础之上的，是脱离了具体的阶级与社会的考察和研究，将抽象的人性认识向着生理原因“深化”，其目的无非是论证阿Q的精神胜利法对于全人类、全民族的普遍性。

林兴宅的《论阿Q性格系统》，有人认为是利用系统分析方法便能避免简单化和片面化，更有效地认识复杂对象的整体。而人是世界上最高级也是最复杂的事物，因此，把系统方法运用到分析人的性格，是很值得注意的。

也有些研究者持不同看法，张静阿的《试谈〈论阿Q性格系统〉一文得失》（《学习与探索》1985年第6期），除肯定林文成功地解决了阿Q典型超阶级、超时代、超民族的普泛性问题和对文艺研究新方法的实践意义之外，还指出林文作为一种新的尝试而带有的不成熟的痕迹。例如：林文力求全面地考察阿Q的性格特征，而对于精神胜利法的深刻认识却在作者的思维机制中被抑制了；林文把阿Q当作轻度精神病患者，实质上否定了阿Q性格分裂所产生的审美价值；林文始终力求从哲学高度分析阿Q性格的内涵，但有时不免偏执，把人物的某种性格元素抽象化，否定了作为形象所具有的质的规定性；等等。

总之，新方法、新思维在八十年代的引进，对鲁迅研究产生了积极的作用，但是同时也带来了一些食洋不化的弊病，这是后来的鲁迅学应该引以为鉴的。

第十八章　中国鲁迅学中的史实群

拨乱反正、正本清源，是新时期思想解放运动的重要内容。鲁迅研究领域也经历了这一过程，然而思想批判过后，真正艰苦的工作则是史实研究中的“止误”与“求真”。中国鲁迅学界存在着这样一个坚实的群体。

一　史实群的带头人朱正

朱正的《鲁迅回忆录正误》（湖南人民出版社 1979 年初版，人民文学出版社 1986 年再版，浙江人民出版社 1999 年 3 版），对历年出版的鲁迅回忆录中的重要史实进行了严格的考证与审核，表现出了高度的求实精神和科学态度。例如许广平在《鲁迅回忆录》中讲了一个 1932 年鲁迅北平之行时被当局预发逮捕公文的故事，很能渲染鲁迅与黑暗现实的斗争精神，因而常被人提起。然而朱正却通过严密的思考和多方的考证，有力地说明这不过是一个虚构的故事。当时在张学良控制之下的北平与蒋介石直接控制的上海，在对待左翼的政策上是有所差异的，不会如此险恶。事实也正是这样的，不但不是那么惊险万状，间不容发，有时候甚至颇为悠闲。朱正顺手拈来鲁迅自己的信作旁证，说明鲁迅当时在亲侍汤药、应邀演讲之暇，也可以游游厂甸，访访笺纸，忙碌之中略存雍容，并不是整天都是剑拔弩张、短兵相接的。又如《用火腿带过书信吗?》一篇，通过简明扼要的分析，说明鲁迅当时确实给在陕北的毛泽东送过火腿，但是不会在火腿中夹带书信，因为“火腿最不适于用作夹带密信的工具，不仅这样，当时也并没有用火腿去夹带书信的必要。冯雪峰在送火腿去的时候，同时有一份密写的报告直接呈送中央，那报告是送到了的。如果当时鲁迅有什么书信，完全可以交给冯雪峰和密写的报告一同送去，干什么要用火腿来夹带呢?”多年的疑案，朱正轻轻一点，谜团就自然解开了。这充分证明只要保持清醒头脑和科学态度，对事情多问一个为什么，多放在实践中加以检验，就不会以讹传讹，陷入误区。朱正的这种“正误”精神，是值得后人永远记取的。他的这本《正误》是在老一辈鲁迅学家冯雪峰关怀下写成的，书前以冯雪峰致他的信代序，颇令人感动。

二　求真、务实的陈漱渝

陈漱渝的《鲁迅史实求真录》（湖南文艺出版社 1987 年版），与他的另一本《鲁迅史实新探》（湖南人民出版社 1980 年初版，1982 年再版）是姊妹篇，都是在鲁迅史实研究的小径上苦苦求真的结晶。其中考异篇中对“毛泽东到八道湾会见鲁迅”一说的四篇驳难，可以说是集中反映了作者执着的“求真”精神和严格的科学态度。陈漱渝通过翔实、可靠的资料充分证实鲁迅与毛泽东没有直接接触过，一再强调了“回忆录要存真求实”“史料，不容掺半点假”的真理。其意义绝不仅仅在于考证了一件史实，反驳了一个谬说，而在于坚持了鲁迅研究中最为宝贵的学理精神，力争鲁迅研究在新时期里能够沿着正确的轨道前进。这是八十年代的中国鲁迅学史上一个闪亮的光点，是永远应该记取的。

三　史实派的不朽贡献

以老一辈鲁迅学家林辰、薛绥之先生为前驱，中年鲁迅学家朱正、陈漱渝、马蹄疾、包子衍、王景山、李伟江等为重阵的鲁迅史实研究队伍，是鲁迅研究界的一支劲旅，也是鲁迅研究领域最扎实、最讲科学、最靠得住的学者群。他们对鲁迅研究的贡献是卓著的，不可磨灭的，使得鲁迅生平史料的搜集、考证、整理、编纂工作达到了非常完备、翔实、系统的程度。这是国内外其他人物研究所无法比拟的，他们正误、求真的科学精神与业绩将永远留在中国鲁迅学史的史册上。

第十九章　王元化对鲁迅和鲁迅研究的反思

王元化无疑是中国鲁迅学史上不可或缺的重要学人和思想家，他对鲁迅和鲁迅研究的反思应该留在史上，引起后人深入的思考。

一　三十年代末衷心爱戴鲁迅的青年学子

1937年卢沟桥事变。8月8日，日军开进北平，到处是准备逃难的人群，一位青年学子全家也夹杂其中。当时听说日军要抓知识分子，书籍和钢笔只得扔下，可是他实在舍不得自己画的鲁迅像和两册《海上述林》，就瞒着家人塞入箱里。这位青年学子就是后来在二十世纪中国思想史上产生重要影响的学者、思想家王元化先生。那时，他仅仅十七岁。

两年后，1939年10月，重庆读书出版社出版了景宋、巴人等著的《鲁迅的创作方法及其他》一书。在这本以名家为主的论集中，出现了一个生疏的名字：洛蚀文。这是王元化最初的笔名，名下是一篇很长很有理论深度的论文——《鲁迅与尼采》，这是中国鲁迅学史上第一篇从学理上系统探讨鲁迅与尼采关系的学术论文。之前，1938年8月29日广州《黄花岗》旬刊第2卷第4期刊出的张震欧的《鲁迅与尼采》，虽然首次开辟此课题，但是仍嫌浮干感想，过于简单，而这篇论文却是长篇大论，相当深入地分析了鲁迅与尼采的关系。该文讨论的中心是：“鲁迅在他的世界观里是不是吸取了尼采主义？和他们之间的关系到底是怎样的?”从阶级性和意识形态问题以及对待人性、理性、个性主义、妇女的不同态度，论述了鲁迅与尼采的根本区别。文章思辨性很强，材料也很丰富，不足之处是在强调鲁迅与尼采的区别时，忽略了鲁迅所受尼采的深刻影响，使该文显得有些生硬和偏颇。然而作者王元化当时还是一位十九岁的青年，诚如该书编者在《编后》中所说：“他以这样的年龄，而能有这么严正的精神来治学，真是可敬。虽然在这篇论文中，对于尼采的个性解放，在某一历史阶段上的革命性，估计不充分，多少有点机械的味儿，但对于鲁迅先生的思想的分析，却非常的正确。”

之后，王元化受到当时在学术思想界处于权威地位的胡风等人的重视，开始活跃在中国文坛，用方典、函雨等笔名发表了很多鲁迅研究和文艺理论文章。

1949 年新中国成立后，他以更加充沛的热情投入写作，1950 年 10 月 10 日在《纪念鲁迅先生》一文中说：“从他自己的作品也可以看出，他的热爱一直是贯注在那些被侮辱被损害的卑微灵魂的身上。即使像《阿 Q 正传》这篇被人歪曲成作者‘心里藏着可怕的冰块’的讽刺小说，如果我们理解他那‘哀其不幸，怒其不争’的基本命意和唤醒昏睡麻木的自觉的企望，那么无论如何也不能够用‘冷嘲’和‘滑稽’这种曲解胡说去侮辱作者的。”

总之，从 1930 年末到五十年代初，王元化对鲁迅一直抱着极为崇敬的态度，正如他自己所说：鲁迅先生引导他从青年时代跨进革命文学，他一直是衷心爱戴鲁迅的青年学子。而这时他从立场、观点到语言，都不是自己独具的，而是从革命领袖毛泽东那里套用来的，顶多是做了一些诠释罢了。

二 八十年代提出“综合研究法”

1955年王元化被打成“胡风分子”，十年“文革”中又遭受迫害，沉默了二十余年，直到八十年代才重新出山，对鲁迅和鲁迅研究又发出了自己的声音。其中，最著名的是1981年7月发表在中国社会科学院文学研究所鲁迅研究室编辑的《鲁迅研究》第四辑上的《关于鲁迅研究的若干设想》。笔者有幸做过这篇重要论文的责任编辑。

在这篇论文中，他提出了很多令人耳目一新的观点，但最主要的是主张鲁迅研究要运用“综合研究法”，并引用恩格斯的“分工的奴隶”一语和刘勰在《文心雕龙》中所说的“各照隅隙，鲜观衢路”“各执一隅之解，欲拟万端之变，所谓东向而望，不见西墙也”，对鲁迅研究者提出这样的希望：“我们的研究者最好从拘于一隅的狭窄范围走出来，就力之所及争取做到博一点，至少对于和自己专题有着密切关联的学科，也花功夫去钻一下，这不仅有好处，也是必要的。试问，研究我国现代文学的某一作家，能够不去了解他的时代、社会和环境么？——这就需要有一些政治、经济、历史的知识。能够不去了解他和前代或外国作家的继承或借鉴关系，和同时代作家的交互影响以及对后代所发生的作用么？——这就需要有比较全面的文学创作和理论的知识。能够不去了解他在作品中反映出来的时代思潮、思想根源和美学观点么？——这就需要有一定的思想史和美学的知识。我以为，这些知识都是文学理论研究者不可缺少的。鲁迅研究并不例外，甚至还应该特别注意这一点。鲁迅曾经说过，专家多悖，博学者多浅。倘使抛开上述应有的知识，孤立地研究鲁迅和他的作品，不但难免于悖，而且也往往流于浅薄和空疏。因此，我倡议鲁迅研究尽量采用综合研究法。”

谈及如何写作鲁迅传时，他又建议：

> 像车尔尼雪夫斯基写的以别林斯基文学活动为中心的《果戈理时期俄罗斯文学概观》那样，从我们现代文学史的波澜起伏的背景上，理出鲁迅的思想脉络和他在每一历史阶段留下的战绩，那也是很有意义的。不过，这就需要对鲁迅的对手，如早期代表国粹派的《甲寅》杂志，陈西滢和他所属的新月派，当了过河卒子的胡适，提倡语录体小品文的林语堂和以苦荼名斋的周作人为代表的所谓京派，以及在另一领域内，并非敌对而属同一革命营垒的创造社、太阳社，直到晚年时左联内部的“两个口号”之争，都进行系统的探讨，占有充分的材料，才能作出公正的史的评述。如果只根据鲁迅本人的文章来品评，明于此而昧于彼，那就会使他的许多针对性的观点难以索解，甚至变成无的放矢的空话，这是鲁迅生前所担心的。似乎我们至今还没有充分掌握鲁迅对手的资料，把双方的观点摆出来，作出实事求是的深入评述。今天我们可以用清醒冷静的头脑公正地去评价过去我们文学史上那些功过是非了。不能以单纯的顶礼膜拜之情，更不能以意气用事的褊狭之见来代替科学的论断。让我们采取车尔尼雪夫斯基在《果戈理时期俄罗斯文学概观》中论述别林斯基与波列伏依、森柯斯基、歇唯辽夫的论争时，以及在论述别林斯基所属的斯坦凯维奇小组和赫尔岑所属的奥格辽夫小组之间发生分歧时，那种忠于历史、尊重事实、公正无私的良史直笔吧。

今天重温王元化八十年代所提出的“综合研究法”，仍然感到耳目一新，对今后的鲁迅研究依然有着深远的启示作用。

三　九十年代对鲁迅局限性的反思

进入九十年代以后，王元化最为突出的思想贡献是对“五四”以来的历史进行了深刻的反思。而反思“五四”，就不能不涉及鲁迅，由此他也对鲁迅的局限性做出了震撼人心的反思。

(1) 关于激进主义。王元化说："我是先思考激进主义，才对五四作再认识的反思的。所谓'再认识'就是根据近八十年来的经验教训对五四进行理性的回顾。五四有许多值得今天继承吸取的东西，也有一些不值得再吸取的东西。"王元化未把"五四"视作"激进主义"的滥觞。相反，他确认，"保种图存"的国族焦虑与近代改革的屡屡挫败，致使中国大地自二十世纪初（1903 年）便风行无政府主义。作为最早传入我国的西方革命思潮，无政府主义实质便是"激进主义"，为了改变现状，主张走极端，即使诉诸暴力，只破坏，不建设，也在所不惜。他注意到深受无政府主义浸润的文化人士除刘师培外，"当时一些和平稳健人物，如蔡元培、马叙伦，甚至太虚和尚"也系此列。此风弥漫到"五四"，启蒙家亦未能免疫。胡适坦承他曾为当时梁启超所谓"破坏亦破坏，不破坏亦破坏"之愤词而感动。陈独秀更是将政治激进之正义喻为"货物买卖，讨价十元，还价三元，最后结果是五元。讨价若是五元，最后的结果，不过是二元五角。社会上的惰性作用也是如此"。这就让人联想起鲁迅的另一番话，说为了能在黑屋子开扇窗，你偏说要掀屋顶，反倒奏效，这叫"矫枉必须过正"。诚然，后人难以体认先驱在鞭策民族进步时曾肩负何等黑暗，但历史遗训也在提醒读者：纵然把"激进主义"归咎为国史的诡异所编导的悲剧，国人也千万不宜将此史实层面的无奈，夸耀成史识层面的智慧，"以致形成以偏纠偏，越来越激烈，越来越趋于极端""一直延续到数十年后的政治批判运动中"。

(2) 关于"遵命文学"。王元化在 1998 年 12 月 10 日日记中写道：读鲁迅，得以下二条语录：一曰"我所遵奉的是那时革命的前驱者的命令……"并说："从《二心集》开始，鲁迅虔诚地接受了瞿秋白、冯雪峰等的影响""他的不少文字带有特定意义上的遵命文学色彩。例如，他对第三种人的批判，对文艺自由的论争，对阶级性的分析以及对大众语和汉字拉丁化的意见等等，都留下了这样的痕迹"。

（3）关于对“第三种人”即“中间地带”的批判。“第三种人”即夹在国共两党之间的中间派。王元化说，鲁迅“参与批评文艺自由与‘第三种人’运动”，源于“当时第三国际提出了‘反对中间派’的口号”，“同时把中间派作为主要打击对象，认为中间派比反动派对革命的危害还要大”。

（4）关于进化论问题。王元化认为“天择物竞”理念经严复《天演论》之译介，曾激励了国人自强的民族尊严，但把一个享有世界声誉的、内涵特定的生物学学说，“抽象化”为“新的要比旧的好”这一“思维模式”，这就不是“通俗”，只能说是“庸俗”了。然而，“五四时代几乎没有一个思想家不信奉这种进化论”，包括鲁迅。虽然“鲁迅在二十年代下半叶说，他过去认为青年必胜于老年，大革命的血腥屠杀才使他纠正了相信进化论的偏颇”，“不过这种反省只限于指出进化论缺乏阶级观点；至于‘新的必胜过旧的’这种观点”，“实质上并未改变”。鲁迅从“进化论”到“阶级论”，其转向在瞿秋白看来，或许政治意味甚浓；但若着眼于思维模式，则鲁迅的“阶级论”，不过是把“庸俗进化”，从原先的人类代际关系域搬到社会政制轮替域罢了。换汤未换药。所以王元化在私函中，会不无嘲讽地用两个醒目的引号，来转述鲁迅的名言：“无产者之所以有‘未来’，由于他们是‘新兴’阶级缘故。”

（5）关于“个体”与“集体”问题。早在1988年，王元化就曾疑惑：像鲁迅那样伸张个性的思想家，怎么也会在《二心集》期间淡化“五四”所提出的自我意识、人性、人道等普世理念呢？九十年代以后，他进一步认为：鲁迅这样有“革命家”情结的左翼人物，当他面对既拥有军事“实力”，又具备道义感召力，且已经给出荣誉席位，诚邀他一起奋斗、一起夺取政权的红色营垒，条件则是请他收起他曾高扬的“个性解放、人性、人道”，他因而将自己视为理应融入“集体”的“个体”，犹如一掬水汇入江湖之后，所必然会做出明智的自我微调。因为此“集体”不是别的，正是“集团”“组织”“阶级”或“多数人”诸冠名的总称。

（6）关于二元对立思维方式。王元化在1998年12月10日的日记中写道："读鲁迅，得以下二条"语录的第二条就是："帝国主义和我们，除了他的奴才之外，哪一样利害不和我们全相反？……"他不同意这种"敌人反对的，我们就要拥护；敌人拥护的，我们就要反对"的绝对化的思维方式。

（7）关于不宽容论敌的问题。王元化指出，鲁迅一旦自以为掌握的是真理（即"真理在握"），必不容怀疑，更不容别人反对，甚至"就会以真理的名义，将反对自己和与自己有分歧的人，当作异端，不是去加以改造，就是把他消灭掉"。这显然是不妥的。

（8）关于废除汉字问题。2006 年 10 月 25 日笔者访问王元化先生时，他当面跟笔者说过："关于文白之争，鲁迅说过对反对白话的人要用最黑暗最黑暗的咒语诅咒等很激烈的话，唐弢说如果看看当时的情景，知道当时反对白话的人说得更激烈，就会感到鲁迅骂得并不厉害了。但是，到底是怎么样的情况呢？反对白话的人是不是真的那么激烈、恶毒，鲁迅的说法是不是百分之百的准确，没有一点过激的呢？其实，当时主张白话的人，有很多的说法，像钱玄同就认为中国书不能看，中国人讲的话也坏透了，不准讲中国话，一律讲世界语，或者讲外语。这种主张实际上并不能说明白话都是合理的，像这样的论调几十年反复地讲，没有分析。"王元化主张今天应该对此进行反思。

四　王元化反思的价值与意义

王元化关于"五四"和鲁迅局限性的反思，问世后立即在中国思想界掀起轩然大波，反对意见轰然而起。主要意见是认为他因为政治因素，退缩进保守主义的营垒，对"五四"运动和革命历史采取了否定的态度。

笔者认为，王元化的这些反思，是中国近现代思想史最重要的收获之一，也是中国鲁迅学史上的重要篇章，是中国知识分子精神觉醒的重要标志。

首先，对鲁迅局限性研究，绝对不是贬损或者否定鲁迅，而是将鲁迅研究提升到科学的境界。王元化说："从历史评价方面来说，鲁迅不能免掉'五四'时代文化的局限。但哪个时代没有它的局限？没有局限的社会不是真实的社会，没有局限的人不是一个真实的人。"

王元化对鲁迅局限性的研究，是为了还原真实的"五四"时代，把鲁迅还原为一个真实的人，而不是对之进行否定和歪曲。

鲁迅早就借用郑板桥的诗，告诫要给他写传记的日本学生增田涉说："搔痒不着赞何益，入木三分骂亦精。"他从来没有认为自己是什么"神仙"和"圣人"，而如王元化所说："鲁迅在他的早期著作中曾说过，他的身上背负着两个古老的鬼魂，一个是韩非的峻急，一个是庄周的随便。"承认自己只是历史发展链条的"中间物"，希望青年超越自己，而自己攻击时弊的文字，"须与时弊同时灭亡"。所以，鲁迅不仅不反对后人指出他的局限性，而且是盼望能够这样做的，只是须"入木三分"，而不要"搔痒不着"。事实上，九十年代以来，不仅是王元化，一些对鲁迅有着长期研究的功力极深的研究家，也在致力鲁迅局限性的研究，并做出了令人信服的实绩。例如林非先生的《鲁迅和中国文化》，就指出鲁迅对明末黄宗羲的民主思想未曾注意，本身存在小生产者影响的问题。所有这一切，并非是对鲁迅的贬损，恰恰是鲁迅研究进入科学化的标志。

其次，王元化对鲁迅局限性的分析是有思想的学术，又是有学术的思想，绝不像有些人那样是不学无术的空想或者缺乏思想的挑剔。1994年王元化在《学术集林》卷一《编后记》中说："我一直希望多一些有思想的学术和有学术的思想。倘不是在非常时期，知识分子毕竟应在知识领域中发挥作用，而不应抛弃自己的本来职责。记得少年时读到鲁迅在抗战前夕所写的一篇文章，他说他所能做的仍是运用手中那支笔，这笔是五分钱买来的，名字叫做'金不换'。这句话很能代表我今天的心情。我们只是想做一些我们认为有意义而别人没有做的事。"他对鲁迅局限性的分析，正是在履行知识分子的职责，是进行探幽烛微、指点迷津的学术分析。例如对为什么鲁迅既反专制，又赞成秦始皇的分析就是这样的，他指出："这是由于秦始皇在六国纷争后，终于完成了全国统一的大业。这在当时看来，对中国是最为重要的。鲁迅就曾对秦推行的书同文、车同轨，表示了赞许。我曾经用历史走错了房间来解释卢梭的社会契约论。一些倡导自由平等的人，往往会从他们以幻想绝对的集体主义为终极目标的主张中，导致专制主义。这是他们想不到并违反初衷的。"从谨严的学术分析出发，辨析一些难解的思想问题，就比空谈要有说服力。

再次，王元化在分析鲁迅局限性的同时，比以前更为有力地肯定了鲁迅的价值，这是在他的文章和谈话中随时随处可见的。例如在谈研究《文心雕龙》的体会时说："我喜欢《文心雕龙》跟鲁迅对刘勰这部书的推崇是有关系的，鲁迅书中有五处论述到《文心雕龙》，都是极其精辟的。比如，《文心雕龙·辨骚篇》有'才高者菀其鸿裁，中巧者猎其艳词，吟讽者衔其山川，童蒙者拾其香草'四语，鲁迅说刘勰在这里所要阐述的是那些《离骚》的模仿者，'皆着意外形，不涉内质，孤伟自死，社会依然，四语之中，含深哀焉'。鲁迅用短短数语就道出了其中的涵义。他说刘勰这四句话，隐寓着悲哀：那些模仿者没有一个人看出屈原的深刻思想。他们不知屈原的成就不仅在文学上显示出华彩，而且更重要的是对社会所发出的正义呼号。我原来是读过《文心雕龙》的，当时就看不出这里面有这么沉痛的意思。读了鲁迅的简短评语后，再读《文心雕龙》就有深层体会了。此外，《文心雕龙》另一篇文章《程器篇》中说'将相以位隆特达，文士以职卑多诮，此江河所以腾涌，涓流所以寸折者也。名之抑扬，既其然矣，位之通塞，亦有已焉'。鲁迅对此评价说'东方恶习，尽此数言'。从这里我们可以看到鲁迅对中国文化有极其精深的见识，现在为什么不在这领域进行很好的开拓呢？"他对鲁迅的敬仰之情，跃然纸上。

五　余言

当然，王元化晚年对鲁迅和鲁迅研究的反思，也非尽善尽美。例如他在谈中国知识分子个性消亡一事时说：“‘五四’在中国思想史上曾发生重大作用，可是后来却成了历史的讽刺，个性消亡了，变成了为政治服务的工具，变成了螺丝钉，独立精神、自由思想荡然无存了。许多人是到了三十年代‘左倾’化之后，才放弃个性解放精神的。像鲁迅这样伸张个性的思想家，也是在那时候说自己属于遵命文学的。”这一看法有片面性，诚如夏中义先生所说的：

> 鲁迅也未将自己全部、彻底地上缴，此即笔者屡屡慎用“若干”“暂且让渡”及“自我微调”诸字眼之故。否则，鲁迅也就不必在1931年如此惊动国人应“温故知新”：“温故”，是被誉为“民族英雄”的朱元璋当了明太祖后，“杀汉人比蒙古人还厉害”；“知新”，则是上海的工人赚钱开小厂，“对付工人反而达到绝顶”。结论：“记载说明至今为止的统治阶级的革命，不过是争夺一把旧椅子。去推的时候，好像这椅子很可恨，一夺到手，就又觉得是宝贝了。”

鲁迅为何能在《二心集》留下如此“另类”文字？也许是他对史实暨现实的惊人透视力所致，也许是当他给“第三种人”摆脸色看时，也有自己人会给鲁迅摆脸色看。这是最令晚年鲁迅忧伤的，鲁迅将此喻为从营垒朝其背后射来的箭。“忧伤”不是“忧患”，家国之“忧患”是可以大书特书感动天下的，营垒之“忧伤”则不宜向外人道，只是郁闷，或仅在日记与私函偶然流露一二。钱理群对此做过很好的研究，那是一扇可洞悉晚年鲁迅心境的幽邃小窗。笔者只想说，鲁迅晚境所忍受的刻骨忧伤，其实是钱理群的北大导师王瑶以及王元化，都曾领教的，他们都曾是奋勇追随左翼的热血者。但很快，他们与鲁迅相仿，当他们把献身的赤诚交给“我们”时，“我们”却在太长的时间仍不将他们视作真正的“我们”，这太让人寒心。这表明，封给鲁迅的那顶“革命家”帽子，无论生前、身后，只是一个名分，是政治清誉，并非组织上、思想上的刚性认同。这样也好，不至于太遮蔽了鲁迅的本色。

世界上的事情是复杂的。鲁迅和许多向往“无阶级社会”和民主、自由、真诚的文化人，在为了大局而牺牲自己个人的见解、兴趣、利益和欲望的时候，却偏又遇上了新的“皇帝”和“奴隶主”的冷脸和鞭子。他们在失望之中，又透出“心境的幽邃小窗”。这就是中国知识分子的两难处境。

鲁迅原本就是一个活在人间的人，一个在特殊时代和特殊境遇中熔炼而成的天分很高的文学家和思想家；但后来被政治浪潮推上了“神坛”，变成了“神”；随着八十年代以后思想解放运动的开展，他又逐步还原为“人”；又伴随着鲁迅研究的科学化，一步步对他进行科学的历史的分析，他开始成为一个“历史的人”。所谓“历史的人”，实质上就是显现了他出现的历史环境、历史原因和产生的历史作用、历史功绩以及不可避免的历史局限性。

（此章是在王元化研究专家夏中义先生帮助下写成的，特此致谢！）

第二十章　孙玉石、吴小美的《野草》研究

二十世纪中国鲁迅学的突出成果是《野草》研究获得重要的突破，而其中最主要的代表人物是孙玉石和吴小美。

1982 年 6 月，孙玉石的《〈野草〉研究》由中国社会科学出版社郑重推出，这标志着作为鲁迅学一个分支的《野草》学正式形成。

《〈野草〉研究》在《野草》学史上的最为明显的特点是系统性，使《野草》研究从单篇的解析、专题性的论析，迈向了体系化的系统研究。系统性、历史的和美学的眼光这三个特点聚合在一起，就形成了全书的重心——《〈野草〉的艺术探源》。这篇带有经典性的《野草》研究论文，实际上就是以历史的旧报刊为基础，运用美学眼光，对《野草》外来艺术渊源进行系统性探索。作者探索《野草》的艺术渊源，是在鲁迅当时编辑过或阅读过的所有报刊上寻踪溯源、归理耙梳，从中摸索出可能对鲁迅的《野草》写作产生过影响的外国散文诗译作，然后潜心玩味、细细体悟，找出其中的内在联系，从不凭零星材料、个别篇章臆造先入之见，妄下主观主义的判断。例如《野草》与波特莱尔散文诗的渊源关系，就是从《小说月报》《文学周报》《语丝》等译载过波特莱尔散文诗的杂志上寻觅出来的。而深处的类似点，又是反复咀嚼品味得出的。像《墓碣文》与波特莱尔散文诗《哪一个是真的?》之间的相通处，那种共同的幽深奇幻的色彩，深曲的造意，奇异的幻象，“舍明显而

就幽深，轻描写而重暗示”的写作特点，就是经过长期细致入微的阅读和揣摩才能体会出来的。正是这种切实的工作，才使读者信服这样的判断：“鲁迅《墓碣文》的巡视墓碣文、同死者相对的奇幻的艺术构思，在幻境的形象中揭示比较朦胧的思想的表现方法，明显地是受了波特莱尔象征主义影响的。”而《野草》所受波特莱尔的最大影响在于象征主义方法的大量运用这一学术论断，也正是从历史文献的矿层中开采、选择，挑出有价值的矿石，然后在美学熔炉里精心冶炼而必然得出的结论。

1996 年 1—12 月，孙玉石又在《鲁迅研究月刊》上连载了《现实的与哲学的——鲁迅〈野草〉重释》（以下简称《重释》），2001 年 9 月又由上海书店出版社出版了单行本。这本《重释》是迄今为止最好的一本《野草》解释性读本，与《〈野草〉研究》一起，合为孙氏《野草》学著作的“双璧”。

“双璧”的最大意义还不在观点和解析上，而在于方法论和学术史的自觉意识。孙玉石始终踏在学术史的坚实、确凿的硬地上，不断汲取新的营养，转换新的视角，同时又坚定地保持着清醒的头脑、独立的精神，才一步一个脚印地在崎岖的小路上攀登，终于升入世所公认的学术高境。

吴小美早在八十年代初就已崭露头角，显示出强劲的理论思维力和自觉的方法论意识，经历了“十年浩劫”的洗礼和黄土高原的磨砺之后，她又以更加振奋的精神出现在鲁迅研究的论坛上。

她出山后的第一篇大论文就是《论〈野草〉》，虽是在六十年代《论鲁迅〈野草〉的思想》基础上修订、充实、升华而成的，但已焕然翻新，登上高阶，进入八十年代最有影响的鲁迅研究论文之列，选入《纪念鲁迅诞生一百周年学术讨论会论文选》（湖南人民出版社 1983 年版），并收入作者自己的论文集《虚室集》（青海人民出版社 1986 年版）。该文 4 万余字，分十节对《野草》做了全面、深透的论析，其中最为精警的还是反复强调的关于方法论问题的深刻论述。正因为有着异常清醒、自觉的方法论意识，所以吴小美在分析一些长期存在的疑难问题时，显得举重若轻、恰如其分。在别人都在为辨析墓碣文的文句而绞尽脑汁的时候，吴小美却轻松地说这是不必要的。这并不是为了省力，而是以恰当的态度对待复杂的问题，表现了一种大气和睿智，与那种书蠹式的死抠自有高下之别。而在迂回之间，她却从容地对墓碣文的文句做了很是妥帖的解释：

> 人在浩歌狂热之中，他却感到寒颤；别人看是天堂，他却看见深渊；别人眼中肯定的他都否定；只有彻底超脱才能使自己得救。

墓碣背面残存的文句，也无可置疑地断定为“死尸精神上的自剖”，没有像有些研究者那样绕很多不必要的圈子。由此可见，解读《野草》，就像打仗一样，最重要的不是战术上的技巧，而是战略上的眼光。方法对路，就会事半功倍，势如破竹；方法不对路，则会事倍功半，甚至误入迷途，一定要逐字逐句寻出微言大义，结果越用功，越糟糕。

由于方法对路，立足点高，因而在有些篇章的解读中就比别人深刻一层。例如解读《失掉的好地狱》，就用鲁迅的“两个时代”说：“‘地下太平’，‘鬼魂们’可能又进入了‘暂时做稳了奴隶的时代’”“人类整顿地狱的结果是：先前还苟活着惨白的小花立即枯焦了，而油一样沸，火一样热，鬼魂又到了‘想做奴隶而不得的时代’”。这样解读，就增添了深广的历史感，切进了鲁迅思想的底蕴，比仅仅解释为新旧军阀的替换掌权要深刻得多。解读《影的告别》中的“将来的黄金世界”，既简单又贴切：“指的是这种不能执著于现实的理想家给人们许的空愿，亦即空泛的将来。”比解作共产主义社会或其他理想社会要准确得多了。由于居于高屋建瓴之势，所以总是能够明快地抓住各个篇章的重心，像解读《聪明人和傻子和奴才》，就点明：“作家的匠心，还突出地表现在篇末，主人因奴才‘有功’，夸奖了他三个字：‘你不错’，使得‘奴才’因此而飘飘然，回想起‘聪明人’曾说过他‘总会好起来’，真有先见之明！这画龙点睛的一笔，大大深化了这个形象的社会意义。”解读《立论》，又点明："鲁迅在这里着力批判的，主要是崇尚虚伪，不敢面对现实，不但不敢说真理，甚至还不敢听真理的蝇营狗苟的社会风尚。"由于抓住了点睛之笔和着力之处，对具体篇章的解析就势如破竹了。

后来，吴小美又写了《〈野草〉艺术谈》和《〈野草〉与〈爱之路〉——鲁迅与屠格涅夫散文诗的比较研究》（都收入《虚室集》）。前文从哲理与诗美的融合、形象和抒情主人公、象征和比喻、情景交融、激情的硕果、借虚幻以寓真实、语言七个方面论述了《野草》的艺术特色，其中关于鲁迅怎样突破人物的具体描写、通过象征手法达到精神抽象的论析尤为独到；后文从为人生、爱国主义、民主主义、愤激、人道主义、人生哲学、象征、忧郁八个方面系统地对鲁迅与屠格涅夫散文诗进行了比较研究，其中也是关于精神抽象的发现尤为可贵："形象被塑造得越真实，象征性就越强。""在鲁迅的笔下，象征性的人物形象起到了精神抽象的作用，这是屠氏所未能达到的。仍以这个耶稣的形象为例，通过象征达到的精神的抽象是：钉杀了'人之子'的人，比钉杀了'神之子'的尤其血污、血腥，大大增强了形象的思想内涵和感情色彩；比较起来，屠氏就显得逊色了。"在比较中归纳《野草》的精粹，总结艺术的规律，是吴小美日益自觉的学术追求。

第二十一章　彭定安、许杰对建立鲁迅学的构想

1981年，彭定安、戈宝权在全国首次倡议建立“鲁迅学”，将鲁迅研究从中国现代文学研究中独立出来，并提出鲁迅学学科建构设想。后来，彭定安写了《鲁迅学导论》等10部著作，他把“文学的鲁迅世界”拓展为“文化的鲁迅世界”，在文艺学、美学、传记学、接受美学和比较文学等多元化、跨学科的基础上，构筑了一个独具特色的鲁迅诠释框架体系。现在，“鲁迅学”已被学术界普遍认同。季羡林先生在给彭定安的信中说，“研究鲁迅者多矣，这样研究的则尚未见过”。

1991年纪念鲁迅诞生一百一十周年国际学术研讨会上，创建鲁迅学的倡议更加成熟化，袁良骏在《深化·开拓·创新·突破——八十年代鲁迅研究概观》（《鲁迅研究年刊（1990）》，中国和平出版社1990年版）中做了这样的总结：

> 鲁迅研究已经从现代文学研究的一个分支，发展为一个独立的综合性学科——“鲁迅学”，它已经引起了哲学界、历史界、社会学界、美学界、文艺界、教育界、新闻出版界等各方面的广泛注意，也初步调动了这些方面的研究力量。尤为重要的是，鲁迅研究对整个学术事业乃至整个精神文明建设的意义，人们的认识也更全面、更深刻了。

这期《鲁迅研究年刊》的主编阎愈新先生也在编后中说道：

本刊愿为建设鲁迅学这门学科贡献力量。

而对鲁迅学阐述得最成熟的还是老一辈鲁迅学家许杰，他在《鲁迅研究与“鲁迅学”的创建》（《鲁迅研究年刊（1991—1992）》，中国和平出版社1992年版）中这样说道：

这“鲁迅研究”四个字，尽管是内容很广泛，很概括，但不如“鲁迅学”三个字有高度，有一定的学术概括力。这两个名词，——尽管“鲁迅研究”是动词，也可以当作动词性名词看——它们的内含意义不同，范畴有大有小，但时代发展到了今日，我们学术界或是鲁迅研究界的同人，应该从“鲁迅研究”的阶段进入到建立“鲁迅学”的阶段了。

我是早在几年以前，就坚持、肯定，要在中国文坛上，提出“鲁迅学”这个名词，建立“鲁迅学”这个学科，而把一些大专院校中文系所开的“鲁迅研究”，直接定名为“鲁迅学”或“鲁迅学概论”的。我在那时，思想上之所以有这种想法，一个是从鲁迅研究的深入及普及与提高着想，认为鲁迅学乃是一门重要的专门的学科，中文系学生是非学不可，这不同于可有可无的鲁迅研究。同时，也正因为是一门专门的学科，这在研究方面，才能起着普及与提高的作用的。……我觉得，在我们的文坛，我们的学术界，是到了非建立“鲁迅学”这一学科，让“鲁迅学”建立起崇高的学术地位不可了。

“鲁迅学”是一门新提出、新建立的学科，但是他的内容却是早已存在，而且多少年来，早已作出一定的成绩，而且，有了丰富的内容和坚强的基础的。

当然，鲁迅研究并不等于“鲁迅学”，但“鲁迅学”的建立与研究，基本上还是不能离开有关鲁迅的研究和鲁迅逝世以后一直到最近的有关鲁迅研究的记录与成绩。反过来说，“鲁迅学”固然也脱离不了有关鲁迅的研究，但也不是过去有关鲁迅研究的成绩的总和。“鲁迅学”要成为一门学科，要成立一种学术体系，要有自己的科学的定义或界说，而这一点，也正是过去一切鲁迅研究所没有的。总之，既然称之为“鲁迅学”，它是一门学科，一门科学，它应该有它自己的定义，有界说，有范围，有中心，一句话，它要自己具有一套学术体系，一套学术研究的理论系统。

是的，“鲁迅学”的建立与成立，不但是鲁迅研究发展的必然结果，而且也由于鲁迅研究的发展及其内容所带来的既定的成就，从而也规定了鲁迅学的内容与体系。在这里，我们不妨先行试拟或是探索一下这个新成立的学科的内部结构以及它的结构体系。

现在，且在这里，拟定一个“鲁迅学”内容的大纲或提纲吧：

（一）鲁迅学的定义——什么是鲁迅学?

（二）鲁迅学研究的内容及范围。

（三）鲁迅学研究的意义与任务。

（四）鲁迅生平和他的思想。

（五）鲁迅的文艺观、文学思想对于中国文坛的贡献与影响。

（六）鲁迅学建立的任务与作用。

（七）鲁迅的哲学思想、美学思想、伦理思想等方面的研究，及它对于马华文学、海外华文文学的作用与影响。

这以上的条目，可以说是属于综论方面的内容，这应该属于“鲁迅学”的上部的内容。至于“鲁迅学”的下部，则属于作品的具体的研究。这譬如鲁迅的小说创作，其间又可以分别为《呐喊》或《彷徨》的研究，《阿Q正传》或其他个别篇章的研究。再进一步，则是阿Q的典型性格及典型性的研究。再其次，则分别涉及《故事新编》《野草》以及多种杂感、杂文集的研究，这里便不须一一列举。但对于作品的思想性、艺术性以及艺术技巧、创作思想等，从具体作品研究出发，提高到一定高度的理论研究，再又回过头来，从而建立起鲁迅的人生观、社会观、文艺观和文艺思想等理论体系，成为并充实上部鲁迅学综论部分的内容，这里的条目也就不再列举了。

有了一个鲁迅学概论或鲁迅学的目录大纲，那么，最好的办法，还是如同高等学校的课程大纲的编写一样，不妨也委托一些有研究有成就的学者专家去讨论去撰写。如果经过这样一个阶段，这就可以成为学术界，——不一定就是教育部通过或肯定的部定教材，但也可以在全国各大专院校通行，把鲁迅研究发展到现阶段的现状，再提高一个阶段。

在这里，我提出我的具体的想法。我想，我们现在全国各地，已有了作出一定成绩的鲁迅研究机构，他们有人才，有组织，有刊物和出版机构，那么，为了编写这部全国各大专院校可以通用并作为教本的鲁迅学教材，何不又如当年一样，调集一些人才，集中起来，如同当年调集一些各方人才，做《鲁迅全集》的整理、出版和注释校订工作来做这一部新编的“鲁迅学”的编写工作呢？我想，这是应该的，也是可能的。具体地说，我们全国的鲁迅研究机构，都拥有许多专家和人才，只要有一个单位肯定，有人号召，邀约一些人，集中一些力量，这工作是可以搞起来，而且一定会搞出成绩来的。所以，我自己一个人在想，自从鲁迅先生逝世以后，55年来，鲁迅研究虽然也曾多次横遭干扰，但它的研究本身，还是在不断地发展的。而到了鲁迅先生诞辰的110周年，鲁迅研究又踏上一步新的高峰，——建立起“鲁迅学”的新阶段。同时，也由于“鲁迅学”的建立，跟着鲁迅研究的深化而又普及到大专院校青年一代的头脑之中，这在提高与普及的辨证关系上又推进了一大步。我想，这一阶段的工作，在中国文化发展史上，在鲁迅研究对于中国现阶段文化运动的影响上，应该大书特书，起着良好的、不可磨灭的作用的。因此，我敢于在这里高呼，希望文化界、文艺界，以及有关鲁迅研究的机构与同人，重视这个问

> 题，大家集中力量，群策群力地把这一门“鲁迅学”的新课程建立起来，把第一本鲁迅学教程编写出来。这应该是对于鲁迅研究，对于革命文艺界、文化界的文艺运动、文化运动有一定影响的里程碑。

许杰先生这发自肺腑、充满真情的呼吁真是感人至深，关于建立鲁迅学的成熟见解也真是令人心服。可惜的是，不久他就与世长辞了。未能实现他的这一宏愿，后人只能以加倍的努力、建立鲁迅学的实际成果来纪念这位可敬的长者。

第二十二章　林非的经历与《鲁迅和中国文化》

林非在二十世纪六十年代初就投入了鲁迅研究事业，八十年代起开始担任中国社会科学院文学研究所鲁迅研究室主任和中国鲁迅研究会会长，长达近三十年。学术上成果累累，在鲁迅研究领域一直处于领军地位，对鲁迅学做出的历史贡献，少有比肩者。对他的学术历程和学术成果、人格影响，加以梳理和总结，当是中国鲁迅学史上一件十分重要的事情。

六十年代初，林非开始以“卜林扉”的名字发表引人注目的鲁迅研究论文。其中较为突出的是《论〈狂人日记〉》（《文学评论》1962 年第 1 期）和《论鲁迅小说的讽刺艺术——鲁迅小说艺术谈之一》（《新港》1963 年第 2 期）、《论〈在酒楼上〉——鲁迅小说艺术谈之二》（《新港》1962 年第 9 期）。另有《鲁迅小说的人物创造》《论〈阿 Q 正传〉》，在 1966 年前写成，因“文革”耽误，到七十年代末才得以问世。

1976 年 10 月“文革”结束，新时期开始了。林非立即埋头著述，写成了第一部专著《鲁迅前期思想发展史略》，于 1978 年 11 月由上海文艺出版社出版。

1979 年 10 月，天津人民出版社出版了林非的《鲁迅小说论稿》，收入了他 1978 年 8 月写的《论鲁迅的小说》和“文革”以前所写的鲁迅小说论文。

不久，林非又完成了《中国现代散文史稿》（中国社会科学出版社 1981 年版）。这部专著，第一次从中国现代散文发展史的角度对鲁迅杂文进行了考察，使人比较全面地认识鲁迅杂文产生的背景和发展过程以及鲁迅杂文与其他中国现代作家的杂文之间的关系和异同，认识鲁迅杂文对现代杂文运动和后一代杂文家的启迪与影响，从而比较科学地论证了鲁迅杂文在中国现代散文史上的首要地位。

新时期林非最为突出的贡献，还是他与刘再复合著的《鲁迅传》。这本书由中国社会科学出版社于 1981 年 12 月出版，28.6 万字，24 章，以文学笔法描述和评析了鲁迅一生的经历与创作。

1984 年 4 月，天津人民出版社出版了林非的《论〈故事新编〉的思想艺术及历史意义》一书，通过各种学术观点的比较，认真清理出《故事新编》研究史上各种不同的学术观点，不是简单地肯定或否定，而是分析各种观点的合理成分与不合理因素，通过比较，提出自己的较为合理的观点。总之，林非的《论〈故事新编〉的思想艺术及历史意义》一书是《故事新编》研究的重要成果。

1995 年，由陕西人民教育出版社推出的“鲁迅研究书系”，应该列在首位评介的是当时已过耳顺之年的林非先生的新著《中国现代小说史上的鲁迅》。该著是对鲁迅全部小说创作审美涵义和思想特征的诠释与分析。这是在俯瞰和掌握了整部中国现代小说发展史的脉络之后，才对鲁迅小说于其中所占据的位置，以及赋有的涵义，做出了如此确当的估价。阅读此书，不仅可以概括地理解鲁迅小说艺术与思想风貌的发展趋势，也可以扼要地领会中国现代小说史大致的走向。林非先生研究鲁迅和中国文化的关系，以及鲁迅小说的独特风格，已有三十余年之久。这部著作是他多年研究的心得，文笔也颇具散文的艺术风味，很值得细读。“庾信文章老更成”，在看似平易的文字背后隐含着成熟的思索、开阔的视野与确当的评估，给人以素朴而又高峻的感觉。这比那些表面浮华、词语时髦的哗众之文，不知要高出了多少。

而林非最高的成就当属后期的最成熟之作《鲁迅和中国文化》（学苑出版社 1990 年初版，2000 年再版，后收入《中国文库》第三辑）。

从精神文化视角探索鲁迅与中国文化的关系，自八十年代就已开始了，而该书出版之后，才使这一视角大大地深化了。

林著之所以能够使精神文化视角大大深化，并耐得住时间考验和反复品读，就在于林先生的这本书既有沉重、厚实的历史积淀，又有锐利、透辟的思想锋芒，老练通达而又充满朝气的逻辑分析与圆熟文体，让人愿意往复细读，往复品味。

最耐人咀嚼、发人深省的是林著从深邃、丰厚的文化内蕴中发出的对“人”的呼唤和对鲁迅“立人”思想的阐发。“立人”是鲁迅自己独立思想的核心，对鲁迅“立人”思想的阐释与发挥是新时期鲁迅研究最重要的收获。林非在接近耳顺之年时，仍葆有学术朝气，致力于这一前沿课题的研究，其本身就已难能可贵。而试将林著与相类课题的中青年学者论著稍加比较，又会发现林著自身独具的老到与深沉，显现出异常深厚的文化内蕴与耐得推敲的恒久的学术价值。

林著的老到与深沉，首先表现在对历史的熟稔。林先生在该书附录《我和鲁迅研究》中再次强调他一向的主张：“应该把鲁迅的思想，放在他所处的广阔的时代背景前面来进行观察”“还应该放在中国近代思想史的长河中来进行观察，要研究它在中国近代思想史上承前启后的重要作用”“对于鲁迅批判封建传统思想的独特的贡献，应该在研究当时各种社会思潮的基础上，作出细致和深入的分析。不仅跟同时代反封建的思想观点进行比较，并且跟思想史上各种反封建的思想观点进行比较，从而阐明它历史和现实的意义，阐明它在思想史上的作用和价值”。而《鲁迅和中国文化》一书则正是最典范地贯彻了林先生的这一主张：贯通古今中外，穿透共时历时，纵横交错，上下遨游，同中求异，异中求同，以对历史的熟稔、感悟的深刻、辨析的精微凸现鲁迅的独到之处，与鲁迅及其所处的历史时代达到深度的契合。

例如在与严复、梁启超的历史比较中，林著首先指出鲁迅与严、梁的历史承续性：“从梁启超的‘新民’，严复的‘鼓民力开民智新民德’，直至鲁迅的‘立人’，实质上都是侧重于从提高‘人’

的思想文化素质这个视角得出的结论。”而“鲁迅在这方面的建树具有难以估量的巨大意义，是思想螺旋形前进过程中的一个新的顶端”。他们之间又存在着差异：严、梁是从社会群体的角度出发思考促使民族的觉醒这一问题，对怎样促使这种社会群体从封建专制主义的重重桎梏中解放出来的问题未做出明确具体的回答。“这个杰出的答案是由鲁迅完成的：‘人立而后凡事举；若其道术，乃必尊个性而张精神’（《文化偏至论》），只有尊重和发扬人的个性，走个性解放的道路，像这样不断扩大和汇合，才能够使‘国民’的社会群体真正完成觉醒的过程。”“所以鲁迅表述的‘人各有己，而群之大觉近矣’（《破恶声论》），是千真万确的道理。”因此，严、梁在进一步探讨如何“使民开化”和“新民”这些问题时，就没有像鲁迅那样做出精确和细致的答案，对于文学规律的理解与掌握也远远赶不上鲁迅。这样，既理出了鲁迅承续严复、梁启超思想的历史脉络，又凸现了鲁迅自身的独特贡献。

鲁迅与章太炎有着更为直接的师承关系，林著梳理出了鲁迅“人各有己，而群之大觉近矣”与章太炎“大独必群，群必以独成”之间的渊源关系，肯定章太炎在中国近代思想史上的开拓之功，而又指出他“还带上不少古奥的色彩，缺乏像鲁迅‘尊个性而张精神’那种口号的鲜明的近代涵义，展开的思想逻辑也不如鲁迅那样清晰明了，至于其立论的态度就更不如鲁迅那样坚定和昂扬了”。因此，“在中国近代思想史上张扬个性解放的主张，确实是从鲁迅开始才比较全面地提出来的”。这种从具体的历史范畴中显现鲁迅独特价值的方法是科学的、令人信服的。

在与鲁迅同时代人的比较中，林著同样显示出了功力：在肯定胡适提高国人思想能力主张的同时，又指出“他的侧重点与鲁迅不同，他不像鲁迅那样强调‘人’的整个精神领域的彻底解放”，也“没有像鲁迅那样深切地感到，在封建专制制度束缚底下的‘人’，是完全处于‘寂寞为政，天地闭矣’（《集外集拾遗补编·破恶声论》）的惨酷状况之中，当务之急是必须冲破那样的桎梏和罗网”，因而胡适也就缺乏鲁迅那种敏锐和深刻的体验，失去了开拓的气魄与革新的精神。在肯定陈独秀、李大钊对社会政治的注重的同时，又指出他们对精神独立和个性解放命题的探讨不如鲁迅那样专注、广泛和深沉，而鲁迅放弃了对于“群之大觉”的社会政治问题的思考，将个性解放的追求转向人本主义途径，又陷入了抽象、空洞和渺茫的境地，不及陈、李切实。这样的历史比较，使人感到真实、全面。

林著更重要的是以鲁迅精神正视鲁迅自身的矛盾，把鲁迅放到他所处的历史环境中，去进行全面的、辩证的具体分析。一切都要经过科学的检验，以二律背反的思维逻辑全面阐释鲁迅本身客观存在的种种悖论，并深入、准确地揭示出其内在的矛盾运动，使人们看到了一个真实、复杂而深刻的鲁迅，感悟到了人类精神现象的复杂性与矛盾性。这正是林著老到与深沉的又一表现。

例如在批评鲁迅否定资产阶级民主政体的偏激态度的同时，又充分肯定鲁迅对“人”以及科学启蒙的根本问题的全力思考，称之为“失之东隅而收之桑榆”，于得失之间阐发出了完整而准确的结论。在充分肯定鲁迅“尊个性”的主张的同时，又指出他“排众数”的命题局限了思想的扩展，以至发展为“绝义务”的无政府主义观点，由此说明“鲁迅从正确的起点出发，却裂变出了某些谬误的结论，正是他当时思想不成熟的一种表现”。这一分析是符合实际的，鲁迅当时才二十七岁，怎么可能像有些人所说的已经形成什么成熟的系统思想呢？他不可能脱离当时的时代环境，不可能不受到当时一些错误思潮的影响，也正如林著多次指出的那样，不可能离开小农经济的基地，这“决不仅仅是他个人的悲剧，而具有深刻的历史与时代的原因”。像鲁迅那样始终沿着自己注视“人”的精神契机的轨迹往前走去，锲而不舍地深入某个侧面的深层，就已极为了不起了。诚如林著所肯定的：“鲁迅是一位异常犀利和深刻的思想家，像他这样对于传统文化的猛烈批判和深刻剖析，在中国文化史上可以说是绝无仅有的。”世上从来没有天生完美、百分之百正确的神灵，也没有全知全能、一切擅长的所谓全才，鲁迅既不可能先知先觉，不出现矛盾和失误，也不可能如专业学术家那样对所有的问题“作出条分缕析的学术上的阐释。他的杰出之处是在于宏观性地揭示中国传统文化中极端不合理性的一面，启迪和鼓舞人们对它进行澄清”。他“只能从自己对于它进行犀利观察和深邃感受的角度，作出了不少富有宏观性和启迪性的见解”。像这样实事求是地为鲁迅定位，不回避他的矛盾和局限，凸现他的真正杰出之处而不把他说成是神灵和全才，反倒有益于肯定鲁迅的历史功绩，与鲁迅及其所处的时代达到深度的契合。因为这种科学的评价是稳固、坚实、耐得住推敲的，不像把鲁迅捧上神坛者那样虚空，用莫须有的神话捏造出一个假鲁迅为自己服务，使不明真相的群众将反感转移到鲁迅身上；也不像把鲁迅打入地狱者那样苛酷，拿着全知全能的尺子量人，一不合度就大加贬损，其实他们所要求的理想中的人压根就是不存在的。科学就是要合乎实际，只有符合实际才能令人信服。

对简单化的思维习惯的破除，几乎在林著中随处可见。例如近来有些对鲁迅持贬损态度的人，连《狂人日记》对中国几千年历史所做的“吃人”的概括也表示反对，认为是一种偏颇。林著则并不是简单化地否定这种“偏颇”说，恰恰相反，倒承认这是一种“偏颇”。但是语气一转，又道出了其中真谛：“然而恰巧是这种愤懑和沉痛的呼声，道出了中国传统思想文化扼杀人民思想自由的本质特征，因此这种揭示确实又是异常深刻的，这蕴含着偏颇与准确的二律背反现象，对企图革新与前进的人们来说，该有多么巨大的启发与鼓舞作用。他对中国传统思想文化的谴责与批判，从此就一发而不可收。”对于这种“蕴含着偏颇与准确的二律背反现象”的发现与揭示，实在是林著的一大贡献，其意义可能超过了著作本身。

林著之所以具有这样的立场、观点和方法，除了作者深湛的学养和难得的睿智等因素之外，与林非先生自身对专制主义的残酷性有着深刻的生命体验和切肤之痛是分不开的，而这种人生经验则是年轻一辈所不能及的。

作家、学者的实绩主要是他的著作，著作不朽，作者即不朽，这是任何人采取任何手段都无法抹杀的。《鲁迅和中国文化》一定是中国鲁迅学史上的一部不朽的传世著作，不仅现在再版，多少年后必定还会再版。那时的人们要了解鲁迅和中国文化的关系，一定还要看这部深沉、厚重的必读书，也一定会对呕心沥血写出这部传世之作，又为培养鲁迅研究后继力量付出无数心血的林非先生充满敬仰之情。

第二十三章　二十世纪后半叶的其他重要成果

二十世纪后半叶，除以上所述评的鲁迅学成果之外，还有一些学人和论著值得注意——

一　1981年版《鲁迅全集》出版

1981年十六卷本《鲁迅全集》由人民文学出版社出版，这套《鲁迅全集》自1976年就开始集中多个高校多个科研单位做校勘、注释，出了单行本，然后再编辑全集。应该铭记的是总负责人王仰晨先生，他兢兢业业、克己奉公的精神是永远令人难忘的。

二　国外鲁迅研究成果的传入

乐黛云是中国比较文学的开拓者和领军人物，有更为广大的发展，但二十世纪八十年代初她为中国鲁迅学做了两件好事，足以彪炳史册。

一件是发表论文《尼采与中国现代文学》（《北京大学学报》1981年第3期），这是二十世纪八十年代初中国鲁迅学界开始直面鲁迅和尼采关系时发表的第一篇有影响的文章。虽然尚存时代的痕迹，然而开山之功是不可磨灭的。

另一件是编译出版了《国外鲁迅研究论集（1960—1981）》（北京大学出版社1981年版），这也是首创之功，第一次向国内引进了国外鲁迅研究论著，对以后的鲁迅学有着深远的影响。例如夏济安论鲁迅作品黑暗面的文章，对中国鲁迅学者们简直有振聋发聩的作用。

1981年，培养了许多著名鲁迅研究学者的西北大学张华教授出版了《鲁迅与外国作家》（陕西人民出版社1981年版）一书。这是新时期首次以专著形式开辟鲁迅与外国作家研究领域的创举，对中国鲁迅学后来的发展促进甚大。

张华还主编有《中国现代杂文史》（西北大学出版社1987年版），对鲁迅杂文所受外国影响做了分析。

一位学者做的不见得多，但都应该有历史价值，对学术有所推动。像这样对学术有着开拓和创新功效的学者，学界理应记住他们。

三　王士菁新写的《鲁迅传》

王士菁是第一部《鲁迅传》的作者，1959年10月，中国青年出版社又出版了他的重写本。这部新的《鲁迅传》，以优美、浅近的文笔，以“钱塘江缓缓地向东流去”开头，简明而又亲切地述说了鲁迅平凡而又伟大的一生。1979年2月又出了修订版，产生更大的影响，不愧是众多《鲁迅传》中的优秀之作。

他还有《鲁迅早期五篇论文注译》（天津人民出版社1978年版）。鲁迅早期五篇论文《说钼》《人之历史》《科学史教篇》《文化偏至论》《摩罗诗力说》，是研究鲁迅早期思想的重要文献。而早期思想是鲁迅一生思想和文学活动的出发点，不对这一出发点进行深透的研究，后边的研究也将失去基础，所以这五篇早期论文实在是从事鲁迅研究的必读教材。然而，这五篇论文是文言，又因鲁迅青年时期受到他的老师章太炎的深刻影响，好用古字难词，使得这些文章的难懂程度超过了中国古典散文。而且，当时正在日本的鲁迅又吸收了刚刚传入的西方哲学、文学以及自然科学的种种新知识，文章中夹杂着许多生涩的新名词、新概念，更是增加了阅读的难度。这对于鲁迅研究学者，尤其是青年人来说无疑是一道难关。而王士菁积数年之功，把这五篇论文翻译成了现代汉语，并加以详细的注释。后面又附以长篇译后记，对鲁迅的早期思想做了清晰、透辟的评述，认为鲁迅早期已经确立了以自然科学为依据的唯物主义哲学思想，使他决心摧毁一切阻碍进步和革新的反动势力，奠定了彻底的、不妥协的革命民主主义立场的思想基础。这些工作无疑都是功德无量的事业，对于今后的鲁迅研究具有恒久的意义。缺憾的是鲁迅另一篇早期论文《破恶声论》没有收入，而《破恶声论》似乎更具现代意义，在鲁迅早期思想研究中更占有不可忽视的地位。这项工作只能留待以后去做了。

四　刘再复的鲁迅研究成就

刘再复是从鲁迅研究开始他的文学道路的。二十世纪八十年代就取得了如下三项成果：

(1)《鲁迅美学思想论稿》(中国社会科学出版社 1980 年版)。该书全面系统研究了鲁迅的美学思想，从真、善、美三个维度具体阐释鲁迅美学思想的内涵和特征，并从中国近代美学思想发展史的坐标确立了鲁迅的美学地位。从研究的深入性、完整性、体系性和“集大成性”方面来说，该著无疑是第一部。它的写作具有特定的历史针对性，主要针对“文革”之前盘踞文坛数十年的左倾教条主义文艺思想。也就是说，它是以鲁迅的美学思想为武器，对几十年来一统文坛、扼杀文学生机的文学批评标准——“政治标准第一”，进行了猛烈的摧击和犀利的批判，有助于文学从政治阴影下走出来，摆脱政治的奴役和镣铐，获得自身的独立性。这在当时看来，无疑具有特别的时代意义。《鲁迅美学思想论稿》正是在这个时代的“链条”上完成了它的历史使命，也确立了它的不可抹杀的价值。

(2)《论鲁迅杂感文学中的“社会相”类型形象》(《文学评论》1981 年第 5 期）是刘再复鲁迅杂文研究的重要成就之一。这篇论文的贡献之一是结束了杂感文学作为散文支脉的隶属地位和两栖于散文与政治之间的历史，成为一种与纯文学散文并驾齐驱的另一种独立的文体。贡献之二是对鲁迅杂文是否塑造了典型人物的问题，没有从文学概论的现成结论出发，简单地予以肯定或否定，而是站在文学发展和社会历史的高度，大胆地引进和论证了“社会相”的类型形象这一新的概念，细致、精确地分析了这一概念的特定内涵和外延，分析了类型形象与典型形象的相同和相异点，从而比较科学地论证了鲁迅的杂感文学这一独特的新文体的美学价值。这对于纠正贬低鲁迅杂文的种种偏见，提高对鲁迅杂文的科学认识，无疑是很有意义的。

(3) 与林非合写的《鲁迅传》(中国社会科学出版社于 1981 年版)。素朴而又高峻，是林、刘合著《鲁迅传》的基本特色。

所谓素朴，并不仅仅指语言，主要是指一种学风、文风，或者说是“史德”，就是真实地反映历史的本来面目，不拔高，也不遮掩，不附加任何外来的主观成分。

素朴，不仅意味着不附加任何外来的主观成分，而且要求作者不掩盖传主本来客观存在的事情，不为贤者、亲者讳。例如鲁迅与朱安的悲剧婚姻，本是既定的事实，然而以前的鲁迅传记却讳莫如深，根本不提，有的即使提了，也是一笔带过。林、刘合著则是第一部如实评述此事的鲁迅传，不单单写出了鲁迅一方的痛苦，也刻画出了朱安内心深处的难言苦衷：“终年无语，确实是她和鲁迅之间的令人悲哀的现实。在这种现实的寂寞的土地上，她的心也是痛苦的。……只是她也只能蕴藏在心里，没有什么地方好去诉说，也没有能力去向别人诉说清楚。”这种识力与刻画，至今看来仍然难能可贵，而这一段正是刘再复执笔的。

仅仅素朴、如实，是不够的，还必须高峻。所谓高峻，就是站在时代的理论高峰上，从总体上去俯视和鸟瞰鲁迅和他所处的历史环境，以高屋建瓴之势去观察和审视鲁迅的作品和史实，由宏观与微观相结合的分析中引出科学的结论。传记作品之异，也在于“气格”“思致”的高下深浅，不在于个别章句和声韵。正是素朴而又高峻的境界追求，使林、刘合著在“气格”与“思致”上，于当时27种鲁迅传记中占取了领先地位。

五　陈鸣树的《论鲁迅的智慧》

早在二十世纪五十年代就已崭露头角的陈鸣树，五十年代末出版有《保卫鲁迅的战斗传统》（百花文艺出版社1959年版）一书，如作者自己后来所自省的“大部分都是批判鲁迅研究界的代表人物”，令他“至今想来还十分内疚和汗颜”，因而对他“涉及的前贤和时贤表示深深的歉意”。这正反映了中国知识分子在二十世纪末的省悟，是非常难能可贵的。其实，陈鸣树的这本书也并非全无价值，其中《论鲁迅初期的美学思想》《鲁迅与拜伦》《论〈野草〉》等篇还是写得很好的，在中国鲁迅学史上自有其不可磨灭的地位，只是被那些在当时形势下产生出的大批判文章给罩上了阴影。从中得出的教训是，一个知识分子无论在什么时候和什么情况下，都必须保持自己的精神独立和思想自由，万万不可跟风。否则，会因一时之功利，毁坏了自己的真正成果。

二十世纪六十年代初期陈鸣树又发表了一篇很有分量的论文——《论鲁迅小说的艺术方法及其演变》（《上海文学》1961年9月、10月、11月三期连载）。该文在鲁迅小说创作方法的综合研究中有所突破，一反过去一向认为鲁迅小说只采取现实主义创作方法的传统见解，提出：“《呐喊》基本上是体现‘五四’时代革命精神的现实主义和浪漫主义相结合的作品。《彷徨》中虽然不乏浪漫主义的篇章，但基本上属于现实主义的。《故事新编》的情况比较复杂一些，在艺术手法上，总的来说应该属于浪漫主义的范畴；但是从创作精神来看，特别是对于后期的五篇，基本上是革命浪漫主义和革命现实主义相结合的作品。”又指出：“而鲁迅小说的艺术方法的演变，正是标志着‘五四’以来的新文学向社会主义文学过渡的光辉范例；也就是带有新民主主义革命色彩的现实主义或浪漫主义以及这两者相结合的艺术方法，向社会主义的革命现实主义和革命浪漫主义相结合的艺术方法过渡的光辉范例。”该文虽然在论述上有不够周密的地方，观点也有引起异议之处，但是提出鲁迅小说不仅是采取现实主义创作方法，还采取了浪漫主义等其他创作方法的观点，对于开拓鲁迅小说综合研究的思维空间终归起到了积极的作用。

二十世纪八十年代初他还出版过《鲁迅小说论稿》（上海文艺出版社 1981 年版）等多种鲁迅研究论著，2011 年 4 月，复旦大学出版社把他众多鲁迅研究论著集中在一起，出版了《鲁迅论集》。

陈鸣树先生在鲁迅研究领域确实硕果累累，思想活跃，文笔也好。但笔者觉得他最好的文章不是别的，而是《论鲁迅的智慧》（《鲁迅研究月刊》1992 年第 2 期、《鲁迅研究年刊》1991—1992 年合刊）。该文是中国鲁迅学史上少见的好文章，走出学院，论题新鲜，抓住精髓，活学活用，既有深度，又很精妙。文章首先指明智慧就是佛教中的梵语“般若”，意译即智慧，指大彻大悟的意思。鲁迅青年时代就鄙视“辁才小慧”，分别了小巧与大智，专主大智慧。并且是以康德所说的实践理性而不是思辨理性的方式表达出来，“他谈历史，论世事，攻击时弊，臧否人物，不但谈言微中，洞烛幽隐，而且剔肤见骨，入木三分，为常人所不能道，具有一种迫人的智慧力量”。

第一层说明鲁迅“最著名的小说《狂人日记》《阿 Q 正传》，具有高度的哲理性，凝聚着他超人一等的智慧，被他发现的一切反动统治者压迫者专制者的‘吃人’意识和体现中国国民性弱点的‘精神胜利法’，都是一种惊人的发现，是一种超人的智慧的典型表现。借用亚里士多德的话，他追索到了历史深层中的某些原理和原因”。

鲁迅把自己放在历史发展的因果联系中来考察，当作“进化的链子上”的“中间物”。“鲁迅参悟到这点，因而获得了一般人所难于企及的历史意识和宇宙意识。”

第二层论析“鲁迅的智慧表现在实际斗争中具有一种高超的战略家的气度”，看到中国旧势力的顽固性、斗争的长期性，提倡“韧性的战斗精神”，主张“壕堑战”，就是“具有伟大历史意义的战略思想，是一种过人的智慧的表现”。

第三层指出鲁迅“更多地将自己的理论思辨衍化在人生哲学之中，他从具体的社会心理入手，以此来把握人生哲学中种种规律性的现象，他在这方面所达到的惊人的智慧，至今还没有人可以超越”。例如对“中国人总不肯研究自己”的感慨，对“猛人”被“包围”的论说，特别是“对封建阶级统治心理的研究，是人生哲学中极为重要的课题”，充满了辩证法。

第四层分析“鲁迅的智慧的特点在哲学思维方面表现为对辩证法的参透，但他并不上升到理论思辨的领域，在书斋里苦思冥想。他总是直面惨淡的生活，揣摸着民族性格和社会心理，一刻也不停地探索着他眼前所经历的国人的灵魂，不管其中积累着多少历史的尘垢，凝聚着多少泪痕和血痕、可笑和可鄙”。“鲁迅的杂文里表现出他惊人的智慧，他与论敌对峙中总是机智敏捷地捉住对方的要害，以一种雄辩的铁的逻辑战胜对方”，这是一种深蕴哲学思想的散文诗，也是“一种独战者的智慧，一种具有超前意识因而不无孤独感的先觉者的智慧”。

遍读百年来的鲁迅学论著，还很少看到这样发人深省的文章。这在于陈鸣树先生既读透了鲁迅著作，又有着丰富的人生经历，还非常注重哲学修养。他曾经亲口对笔者说黑格尔的《小逻辑》是他的手边书。

与以前的鲁迅研究论著相比，这篇《论鲁迅的智慧》不仅是一种思路的开拓，而且是一种精神的解放。不像《保卫鲁迅的战斗传统》那样跟风批人，也不像《论鲁迅小说的艺术方法及其演变》那样极力演绎领袖的说法，而是完全根据自己的体验，说自己的话。

从中看出二十世纪五十年代鲁迅研究学者治学路径的变化，可以总结出许多经验与教训。

六 张恩和的狂人“寄植说”

张恩和的《对狂人形象的一点认识》（《文学评论》1963年第5期）不同意把狂人看作是反封建战士的意见，也不同意说狂人是发了狂的战士，而提出自己的独立见解：“《狂人日记》中的狂人并不是什么清醒的反封建的战士，也不是什么发了狂的时代的先觉，他完全是一个普普通通的狂人。他自己虽然是社会的牺牲者，却没有认识那个社会的本质，没有也不可能对当时的社会坚持什么斗争。日记中所显现的深刻思想不是狂人的思想，而是作者通过独特的艺术方法寄寓于作品之中，并由读者通过联想，理解和发掘出来的作者自己的思想。”又指出尼采的《察罗堵斯德罗绪言》可以作为帮助我们理解狂人形象的一条引线，“《狂人日记》和《绪言》思想意义虽然相差甚远，但表现手法这样近似，狂人形象和察拉图斯忒拉这个人物在作品中的作用也就有些相同：尼采利用人物作传声筒，鲁迅也通过狂人发表出了自己的思想见解”。总之，“《狂人日记》是一篇格式特别的小说，狂人形象是一个特别的艺术形象。鲁迅在描绘狂人的形象时，一方面严格地忠实于狂人特定的思想方法和内心感受，一切按现实可能有的情况，一方面用巧妙的艺术手法将自己的思想见解寄寓到狂人的日记之中，让读者通过细细的咀嚼体味加以挖掘，也正是这样才极大地加强了作品的思想力量”。张恩和这篇论文的最大贡献，是以一种新的视角和新的思维方式解读《狂人日记》，从而提出了不同于前人的独立见解，这就是著名的“寄寓说”。

张恩和二十世纪八十年代又出版了《鲁迅旧诗集解》（天津人民出版社1981年版），在集众家之长的基础上对鲁迅的旧诗做出了自己独创的解读；《鲁迅与郭沫若比较论》（天津人民出版社1989

年版），对作为巨大文化现象的鲁迅和郭沫若，进行了总体比较、平行比较和交叉比较，全面、厚实，新颖、独到，开辟出一个新的视野。

七　林志浩的《鲁迅传》

林志浩的《论鲁迅前期的个性主义和进化论思想》（1961 年 9 月 21 日《北京日报》及 1962 年 8 月号《上海文学》），较深入地剖析了鲁迅早期所主张的“掊物质而张灵明，任个人而排众数”的个性主义思想，虽然对尼采哲学的分析过于简单，但是在六十年代初期就能大胆肯定鲁迅前期个性主义思想的进步意义，指出鲁迅当时思想与尼采哲学的严格区别，还是很不易的。

林志浩更为重要的著作是《鲁迅传》，由北京出版社于 1981 年 8 月出版，37 万字，分三编二十七章评述了鲁迅一生的经历与创作。第一编五章，从 1881 年鲁迅诞生起，到 1918 年抄古碑、在寂寞中沉思止；第二编八章，从写作《狂人日记》起，到 1927 年 9 月离开广州止；第三编十四章，写上海十年的生活。明显加大了后期的分量。

林著除了加重后期的分量之外，还偏重于鲁迅作品的分析。正如作者在后记中所说：“由于传记体裁宜于叙述和描写，不宜于过多地议论，因而有些为鲁迅立传的作者喜欢多写经历和事迹，至于作品部分，则偏重小说而忽略杂文。”林著则扭转了这种偏向，把最精粹的笔力集中在鲁迅作品上，对杂文更是倾注心血。作者本来就擅长作品分析，在这方面造诣深厚，所以这一点就成为林著最基本的特色。

林志浩著的《鲁迅传》，又由北京出版社于 1991 年 7 月出版了增订本，由 27 章扩充为 30 章，从 37 万字增加到 50.1 万字，进行了较大的增补和修改，应视为鲁迅传记的新品种。

这次修订，首先增补了鲁迅在夫妇、兄弟、朋友、师生等方面的丰富材料，显现出这位伟大作家的人性和人情的一面，使鲁迅的形象具有了普通人的血肉感情，更为丰满、真实。例如对鲁迅与许广平的恋爱过程就增加了很多生动、细致的描述，使读者对鲁迅离京南下的内在原因与终于挣脱旧式封建婚姻束缚的心理变化有了更为具体的认识。对鲁迅与周作人从"兄弟怡怡"到终于失和、决裂的过程也进行了较为详尽的评述，使读者体会出个中原因以及鲁迅内心的苦楚。

八　王晓明的《无法直面的人生——鲁迅传》

王晓明的《无法直面的人生——鲁迅传》（上海文艺出版社1993年12月版），17.4万字，为《世纪回眸（人物系列）》中的一种，是一部用散文语言叙述鲁迅的一生、"凸现他精神危机和内心痛苦"的传记。

这部传记出版后影响较大，很受青年读者欢迎。从鲁迅传记学史的视野中观察，此传受到欢迎的缘由是非常显豁的：在人们对众多一般化、公式化的鲁迅传记感到厌倦的时候，王著却反弹琵琶，弹出了新调门，道出了新感受，说出了新话语，品出了新味道，从而也开出了新生面，怎么能不受人欢迎呢？

王著之新，主要表现在以下五点：

态度新　王著在序中直白道："能够懂得这人生的难以直面，大概也就能真正懂得鲁迅了吧。我不再像先前那样崇拜他了，但我自觉在深层的心理和情感距离上，似乎是离他越来越近，我也不再将他视作一个偶像，他分明就在我们中间，和我们一样在深重的危机中苦苦挣扎。"这种感情态度的转移，在鲁迅认知史上是非常关键的环节。长期以来，政治造神运动波及鲁迅研究的最大恶果，就是把鲁迅当作神来崇拜，这样就必然失去了与研究对象之间的平等的感情态度，不可能进行科学的认知。八十年代初，学术界已经明确感到了这一问题，提出了反对"神化鲁迅"的口号。然而，提出口号是一回事，在认知和研究中真正实现感情态度的转移又是一回事。经过近十年的痛苦磨砺，到八十年代末、九十年代初，一些鲁迅研究学者开始在实践中完成这一转移了，而王晓明则是其中引人注目者。

思维新 由于不再将鲁迅视作一个偶像，而当作我们中间的一个同样“在深重的危机中苦苦挣扎”的人，就必定会随着感情态度的转移而实现思维方式的转变，不再按照“唯上”“唯书”的思维模式进行诠释和膜拜，而是从鲁迅的客观实际与自己的主观感受出发进行独到的评骘与阐析，这样就在思维活动中开出了新生面。

体式新 随着思维方式的拓新、思维空间的拓展，传记的体式也因而更新。不再按照以往的既定模式写什么思想发展与世界观转变，而是旨在凸现鲁迅的“精神危机和内心痛苦”，并以此为宗旨安排全传的结构与章节，形成新鲜而富有个性的体式。

话语新 在新的体式中，就必须熔铸新的话语系统。王著设计了“我”“你”“他”三点交流的格局，使作者、读者、传主之间循环对流，仿佛三个朋友在围炉夜话、私下谈心，以汩汩如溪流般静淌的散文语言娓娓道来，的确是动人心扉、感人肺腑。在读者对有些板着面孔、讲报纸语言的鲁迅传和研究论著厌烦的时候，忽然读到王著，怎能不欣喜、欢迎呢？

感悟新 在态度、思维、体式、话语焕然一新的情况下，王著对鲁迅的精神世界及其作品内涵、处事方式产生了许多独到的新感悟。例如第二章《天突然坍了》，写早慧、敏感的少年鲁迅在祖父犯科场案、家庭坍垮之后的内心感受；第六章《待死堂》，写鲁迅在绍兴会馆的独身生活、与朱安的悲剧婚姻“对他造成精神和生理上的双重折磨”；特别是第十八章《横站》，把鲁迅和周扬们的矛盾概括为“一个试图坚持精神独立的知识分子，和一个讲究实际利害的政治集团的矛盾”，都是发人深省的深邃感悟，充分显示了作者天赋甚高的灵气与悟性。

另外，王著在运用史料方面也提供了可资借鉴的经验：不直接引述，用自己的话进行既不失实又生动流畅的转述，并在各章后注明出处。这样一方面避免了直接引述的累赘与不顺，另一方面也消除了无根据信口胡说之弊。再者，王著17万字，篇幅适中，不像有些大部头或多卷本的鲁迅传那样难购难读，适合青年的需求和口味，出版后受到年轻读者青睐，是很自然的。

但是，这部鲁迅传又确实存在很严重的偏颇，尤其是把鲁迅晚年达到峰巅的后期杂文说成是“文气似乎都衰竭了”，就不能不说是太失之偏颇了。

九　支克坚的《关于阿Q的“革命”问题》

二十世纪七十年代末出现了一篇几乎引起轰动效应的论文——支克坚的《关于阿Q的“革命”问题》（1979年10月《文学评论丛刊》第4辑）。该文要点是：

（1）跟别的作家不同，鲁迅根据自己对生活、对文艺的社会使命的独特认识，集中描写了阿Q的落后和不觉悟，对阿Q的思想性格做了彻底的批判和否定——既批判和否定阿Q的不革命，又批判和否定阿Q的“革命”。

（2）把阿Q的“革命”说成是鲁迅对农民革命性的发现和肯定，显然与鲁迅的本意不符。鲁迅的本意，是在当时中国一部分农民中发现和指出同革命格格不入乃至背道而驰的思想意识。原因之一是阿Q“精神胜利法”的实质，并非什么不能在实际上只能在精神上反抗压迫者、奴役者，不能在实际上只能在精神上取得这种反抗的胜利；而是不能在实际上只能在精神上爬到压迫者、奴役者的地位，使自己变成压迫者、奴役者，取得这样的所谓“胜利”。之二是阿Q的“精神胜利法”产生在阿Q这样的农民身上其内部的根据，其根源在于小生产者固有的局限，在于小生产、封建宗法统治以及闭塞性所造成的农民政治思想的不发展。

（3）《阿Q正传》作为一篇反映革命中的农民问题的小说，它所总结的辛亥革命的最主要的教训，就是中国今后应当有真正的革命，而为此必须有真正的革命者，他们有自己坚信的主义或者说改造社会的理想，并为其实现而不屈不挠地奋斗，特别是广大的农民，他们应当起来为改造社会、改变自己的命运而斗争，但为此首先要改变由几千年经济上的小生产、政治上的封建宗法统治以及与它们相联系的闭塞性造成的旧的“魂灵”，另外换新的“魂灵”。

（4）《阿Q正传》旨在暴露国民的弱点，鲁迅必定集中描写阿Q思想性格中那必须批判和否定之点，而不可能再来探索什么应该肯定的东西。用一个否定的农民典型来揭示小生产经济、封建宗法统治和闭塞性对现代中国革命所造成的最严重的障碍，是鲁迅通过《阿Q正传》，对于时代和文艺所做的他独有的贡献。即使到了今天，我们仍旧必须严重地来注意这个问题：不能做阿Q式的“革命家”，不能像阿Q那样“革命”！

二十余年之后重读支克坚的这篇论文，更加感到其深刻性。其深刻性在于它不是一篇书斋里写出的纯学术性的论文，而是经历了十年“文革”的历史磨难，有深邃的独立思考精神的中国知识分子，结合痛苦的现实体验，进一步体悟到鲁迅创作《阿Q正传》的本意——“即批判和否定阿Q的不革命，又批判和否定阿Q的‘革命’”。这种“不革命”与“革命”实质上是阿Q主义这种精神现象在不同的境遇中的不同表现，并没有本质的区别。两种表现的本质是：在精神或者实际上使自己变成压迫者或者奴役者。而鲁迅的宗旨则是实行改变这种本质的精神革命，也就是在中国实行真正的革命，建立既没有奴隶又没有奴隶主的无阶级社会，“改变由几千年经济上的小生产、政治上的封建统治以及与它们相联系的闭塞性造成的旧的‘魂灵’，另外换新的‘魂灵’”。这里所说的“魂灵”，也就是精神。中国多少年来，无论是打倒旧皇帝、当上新皇帝的“彼可取而代也”的历代农民革命，还是近现代的辛亥革命、民主革命，直至当代的“文化大革命”以及以后漫长时期的形形色色的“革命”，冒出的阿Q式的革命家实在太多了，人民所受阿Q式“革命”的苦也实在太深了。也正是在这种深切的现实体验的意义上，有深邃的独立思考精神的中国知识分子，才从深层次体悟出了鲁迅创作《阿Q正传》的本意，体悟出了鲁迅在中国的长久价值与深远意蕴。有些研究者认为，支文否定了农民的革命性，就排斥了这种可以发动的革命力量，是不符合革命策略的。其实这不过是皮相之谈，革命策略是一回事，真正的精神革命又是一回事。从革命策略上说，当然要团结一切可以团结的力量，而这并不排斥实现真正的精神革命的长远目标——消除在精神上或者实际上使自己变成压迫者、奴役者的这种阿Q主义的精神现象。

现在看来，支克坚的这篇论文也有不足之处。主要不足是还没有点透鲁迅毕生所投入的精神革命的宗旨，没有掘出精神胜利法产生的更深层次的内因——不仅产生在阿Q这样的农民身上有其内部的根据，而且在处于蒙昧状态的人类身上普遍有其内在的原因。人类要真正进入无阶级的理想社会，就必须真正变革自己的精神和“魂灵”。

支克坚还著有《冯雪峰论》《胡风论》《周扬论》“三论”和许多具有重要影响的中国现代文学和鲁迅研究论著，是中国鲁迅学史绕不开的学人。

十　“鲁迅研究书系”

1996年10月，纪念鲁迅逝世60周年之际，与召开国际学术研讨会同时，鲁迅研究界又做了一次空前宏大的学术进军——由陕西人民教育出版社一次推出了包括16种专著、专集的“鲁迅研究书系”。

这套书系由陈绪万策划，王士菁、林非顾问，袁良骏主编。16本书一色精装，素洁高雅，庄重大方，宛若16只高洁的大雁，排成一行，自西飞来，令鲁迅研究界的同仁们喜不胜收，万分感念。

这16本书中，1本是纪念鲁迅诞生110周年的论文集，15本是老、中、青三代鲁迅研究学者的专著和专集。内容包括了鲁迅研究的各个领域，从总体的鲁迅观、文艺思想、宗教文化、创作心理，直到小说，杂文、散文诗以及与外国文学的关系，几乎深入到所有重要课题中去了。作者们尽了最大努力，在近一个世纪鲁迅研究学术发展的基础上，汲取确实有益的新观念、新方法，开拓出了各自不同的新路向，对鲁迅研究做出了总体性的推动。

其中较为引人注目的是袁良骏的《现代散文劲旅——鲁迅杂文研究》。长期以来，鲁迅杂文是一个聚讼纷纭的课题。它是不是“骂人文选”？它算不算文学艺术？怎样评估它在中国现代文学、现代文化乃至现代革命中的地位和作用？这一切，迫切需要二十世纪的学术界做出科学界定。八十年代，阎庆生的《鲁迅杂文的艺术特质》和王献永的《鲁迅杂文艺术论》回答了部分问题，对鲁迅杂文的文学艺术特质进行了较为确当的分析。袁著则赓续了阎、王二书的工作，展开了更为多元的全面论证，做了总体性的透视与解剖。该书尤为注意鲁迅杂文产生的时代条件和文化背景，并将鲁迅杂文与周作人、林语堂、梁实秋等同时代人的杂文创作详加比较，使全书具有了更为浓重的文化史色彩，开辟出了鲁迅杂文研究的新视野与新局面。作者在继续发扬酣畅淋漓的论战作风的同时，又涵养出了一种细腻、周密的艺术品鉴与理论分析的特长。

以宏观概括与哲理分析见长的是王富仁。他的《历史的沉思——鲁迅与中国现代文学论》一书，虽然是论文的结集，但是由于论文之间互有联系，自成系统，可以当专著来读。《中国近现代文化与中国现当代文学的逆向性特征》一文，从哲学高度概括出了中国现代文学的特殊规律。《论“五四”新文化运动》一文，与认为“五四”新文化运动是在张“民主”和“科学”两面旗帜的一般观点相左，提出“五四”新文化运动的独立思想旗帜是“个性解放，思想自由”。《立于两个不同的历史层面和思想层面上》，则对鲁迅与梁启超文化思想和文学思想的层面差异进行了独到的比较分析。《〈狂人日记〉细读》，又对《狂人日记》的意义结构和艺术结构以及“海乙那”和“医生”这两个意象进行了不同凡响的解剖。其他文章对鲁迅小说和郁达夫、茅盾小说的比较研究等等，也都新意迭出，各有拓展。由于其方法多是历史的、社会的、文化的分析，注重在比较中揭示鲁迅的思想个性和艺术特征，所以整本书给人以厚重、深刻、扎实之感，出新而不飘浮，稳妥又不守旧。

在研究的基础上推陈出新，是这套书系的中年作者们的显著特征。阎庆生的专著《鲁迅创作心理论》，以35万余言的篇幅，谨严、深入地论述了鲁迅创作心理这一崭新的课题。作者运用了美学、心理学等多种学科的方法和知识，分析了鲁迅创作心理的形成和演变过程及其丰富的内涵，揭示了其中若干重要线索和某些带有规律性的东西，并结合主体在各个时期的不同作品，对其所体现的创作心理的风貌与侧重点进行了论述。阎著认为，制约鲁迅创作心理的因素非常之多，主要有本人幼年时代家庭的败落、家族的变迁，在日本留学时的革命活动，本人的气质、性格和知识结构以及中间型思维类型，还有近代外国思潮的影响；在鲁迅正式从事文学创作之前，为其艺术思维奠定基础的，是幼年和后来的美术活动，以及与他独特的人生经历相联系的复杂而漫长的情感积累过程；鲁迅的创作心理是一个立体交叉的网络结构，这个整体结构具有多侧面、多层次、多图式。现实主义是其主要升华物，但它的深层却埋伏着浪漫主义、悲剧和讽刺这三条重要线索，这就造成了这一整体结构的多功能性与自我调适性；从鲁迅作品审美形态的多样性和互补性及艺术风格内涵的丰富性看来，主体创作心理的诸要素和整体结构是良好而完善的。

阎庆生二十世纪的贡献是在鲁迅杂文研究上，《鲁迅杂文创造了典型形象了吗?》（《西北大学学报》1980年8月第3期）一文不同意认为鲁迅杂文创造了典型形象的观点。理由是：鲁迅杂文所创造的“叭儿狗”、苍蝇、山羊、二丑等形象是泛指的、复数的，不是典型塑造中的“这一个”；具有片段、静态、间接的性质，而典型形象却必须是完整的。而且杂文作为文艺性的论文这种文体压根就不能创造典型。阎庆生的这篇文章，于1957年6月伊凡的《鲁迅杂文中的典型问题》问世二十三年之后，以专文形式重新提起这一理论问题，并进行了自己的探讨，对于在新阶段里重新开展鲁迅杂文典型化问题的科学研究是有启迪的。阎庆生鲁迅杂文研究的成果结晶是《鲁迅杂文的艺术特质》（陕西人民出版社1983年4月作为鲁迅研究丛书之一出版)。这是一本17万字的专著，从理论上比较详尽地探讨了鲁迅杂文艺术特质问题，在前人的研究基础上提出了自己的一整套看法，作为鲁迅杂文学史上的第二本综合研究专著，自有它应有的价值和意义。

郑欣淼的《鲁迅与宗教文化》一书，则以33万字的较长篇幅、厚重内容与缜密分析填补了鲁迅宗教思想研究这一长期存在的空白。该书全面研究了作为鲁迅思想体系组成部分的宗教观的发展及特点，论述了鲁迅对宗教问题的大力探索及高深造诣。认为鲁迅是把宗教当作人类文化史、思想史的重要现象来研究。作者用大量的文字详细论述了鲁迅对佛教、基督教、伊斯兰教这世界三大宗教以及中国道教的研究，挖掘梳理了鲁迅的一些富有意义的思想和观点，如把佛经当作人类思想发达的资料来看，居士的增多是佛门败坏的反映，伊斯兰教与希伯来文化的关系，耶稣受难的意义，中国文化、世界文化与宗教的密切关系，中国的根柢全在道教，中国从未发生过宗教战争，以及鲁迅对儒、佛、道“三教合一”的形成及对中国国民性影响的深入研究等。此外，该书对鲁迅关于希腊罗马宗教、印度宗教、拜火教、摩尼教等的研究也做了论述，并且特别强调鲁迅对宗教的研究，是和他进行的文化研究、社会批判结合在一起的，是为现实斗争服务的。鲁迅通过对域外宗教传入中国及其影响的研究，探索了中外文化交流的历史及特点，肯定了值得自豪的“汉唐气魄”，为我们展现了大胆汲取域外的博大胸怀。

闵抗生的《鲁迅的创作与尼采的箴言》，主要是对《野草》与《查拉斯图拉如是说》的微观性的比较研究。可以说是作者第一部《野草》研究著作《地狱边沿的小花》的姊妹篇。《地狱边沿的小花》以鲁迅证鲁迅，侧重于阐述《野草》所反映的现实的、战斗的内容；《鲁迅的创作与尼采的箴言》则用比较的方法侧重于探究其外来影响及形而上的方面。从七十年代末以来，鲁迅与尼采的比较研究在鲁迅研究界渐成热门，但一般偏重宏观研究，且未有专著问世，而该书则是首次对《野草》进行微观性比较研究的专著，以比较细致、深入的笔致开拓了《野草》研究的一个新领域。除《野草》与《查拉斯图拉如是说》的比较研究之外，书中还有两篇关于尼采及尼采与鲁迅创作关系的概括性研究论文，两篇尼采与《狂人日记》、三篇《野草》与屠格涅夫散文诗的比较研究文章。这些篇章勾划出了尼采对鲁迅的多方面影响以及鲁迅接受外来文化的多元性特点。作者的《代自序》述说了他研究《野草》的过程和对《野草》思想、艺术、创作方法诸问题的独立观点，颇可自成一说。

笔者的《阿Q新论——阿Q与世界文学中的精神典型问题》一文，在附录中细说。

近一个世纪以来，出版的鲁迅研究论著汗牛充栋，但是像这样一次推出16本厚重的著作，进行一次宏大而全面的学术进军，却是空前未有的。这表明在二十世纪走近末尾的时候，鲁迅研究不仅势头不减，反而以更为强劲的力量向前挺进，同时也为二十一世纪鲁迅研究的未来发展兆示出了一个无限广阔的前景。

十一　颜雄的成果

颜雄，笔名言恂，中国鲁迅研究会理事，中国丁玲研究会副会长，湖南省文学学会副会长，湖南省现代文学研究会理事长。1956年开始发表作品。1991年加入中国作家协会。译著或编译的相关著作有《鲁迅作品教学研究》（合作）、《蒋牧良研究资料》、《鲁迅评传》（合译）、《中国现代文学史》（三种，主编或参加主编）、《鲁迅大辞典》（定稿人、执行编委之一）。作品曾获1982年湖南省文学艺术创作（理论）奖。主要研究方向是鲁迅与俄罗斯文学的关系，成果是《鲁迅与果戈里》等。

十二　金宏达的《鲁迅文化思想探索》

金宏达的《鲁迅文化思想探索》（北京师范大学出版社1986年

版），开研究鲁迅文化思想的先河，全面、系统地论述了鲁迅文化思想的整体，包括它与世界文化潮流的关系，它与清末思想家们的异同，它对发展与改革的看法，它的启蒙特色与批判特色，它的两种文化观、继承观等。把鲁迅作为一个文化整体，从文化视角进行透视，此书实为首例。本书对鲁迅文化思想整体的把握，应该说是比较准确的，观点比较客观、公允、科学。

十三　袁良骏的《鲁迅研究史》与研究资料的完备化

建立“鲁迅学”的倡议提出不久，鲁迅研究界就开始了对鲁迅研究历史的反思与总结。最初出现了一些论文，如易竹贤的《六十年来鲁迅研究工作评介》（《江汉论坛》1981 年 3 期）、朱文华的《鲁迅研究史的六个阶段》（《江汉论坛》1982 年 1 期）等等。后来又出现了一些论文结集和专题性的研究史，如陈金淦的《鲁迅研究界的历史与现状》（江苏教育出版社 1986 年 6 月版）、葛中义的《〈阿 Q 正传〉研究史稿》（青海人民出版社 1986 年 1 月版）等等。到了八十至九十年代，才出现了第一部综合性的鲁迅研究史，这就是袁良骏所著的《鲁迅研究史》上卷和《当代鲁迅研究史》（陕西人民出版社 1986 年 4 月、1991 年 5 月版）。

这部《鲁迅研究史》的最大功绩，是首次梳理出了 1913—1989 年鲁迅研究的历史概貌，划分出时期，描述出轨迹，总结出特点，归理出流派，筚路蓝缕，开辟新境，功不可没。资料翔实、思路清晰，并在体例上使宏观描述与专题梳理搭配得当、剪裁合度，的确是需要费一番心血的。

这部《鲁迅研究史》也有明显的缺陷，主要是有些提法还存有过去大批判的痕迹，例如“鲁迅研究领域始终贯串着革命与反动、进步与倒退两种阶级势力的搏战”等词句，都是“文革”中的语言，说明作者这时还没有完全摆脱“左”的思维方式和话语系统，这是需要在以后的学术工作中逐步克服的。

学术史意识的自觉，标志着鲁迅研究这门学科日趋成熟。与此同时，鲁迅研究资料也日益完备化，其中最为系统的是——

薛绥之主编的《鲁迅生平史料汇编》1—5辑（天津人民出版社1981年7月—1986年5月版），按时间顺序汇编了鲁迅的生平史料，翔实完备，实用性很强。

中国社会科学院文学研究所鲁迅研究室编的《1913—1983鲁迅研究学术论著资料汇编》5卷1分册、1000万字，按时间顺序汇编了1913—1949年国内报刊对鲁迅的各种反响和评论以及正式出版的鲁迅研究著作，择要选编了1949—1983年国内发表的重要论文，并附有笔者撰写的《鲁迅研究学术史概述》，对鲁迅研究的历史和所选编的鲁迅研究资料做了概括和评述。

鲁迅研究资料的完备化，为鲁迅研究的升华与提高准备了良好的条件。

十四　林贤治的《人间鲁迅》

1986年5月，花城出版社推出了林贤治的《人间鲁迅》第一部《探索者》；1989年1月推出第二部《爱与复仇》；1990年5月又推出了第三部《横站的士兵》，产生了很大影响。以后又多次再版，花城出版社1998年3月合为上、下两集出版。2010年又由人民文学出版社再次推出。这套鲁迅传的最大功绩，是启动了鲁迅的“人间化”，以炽热、挚情的笔墨活生生地写出了鲁迅的一生，给人以耳目一新之感。使走下“神坛”的鲁迅，以普通而又伟大的形象进入读者的心中。

十五　李允经开创了鲁迅婚姻、家庭与木刻史的研究

李允经 1979 年被调入鲁迅研究室，历任副研究员、研究员、文物资料室主任。《鲁迅研究月刊》顾问。专著有《鲁迅的婚姻与家庭》《鲁迅的情感世界》《中国现代版画史》《鲁迅藏画研究》《中国藏书票史话》《鲁迅与中外美术》等，参与编著《鲁迅年谱》《鲁迅与新兴木刻运动》《拈花集》《鲁迅藏汉画像》等。作品曾获中国版画家协会鲁迅版画奖、日本国际版画研究会金奖。本人获国务院文化艺术事业突出贡献表彰证书。

他最主要的贡献是《鲁迅的婚姻与家庭》（北京十月文艺出版社 1990 年版）。这是中国鲁迅学史上第一部研究鲁迅婚姻与家庭、深入鲁迅感情世界的专著，书后还附录了许广平三篇透露与鲁迅感情的文章。这都为后来的进一步研究开了头，促进了鲁迅的“人间化”。

十六　徐麟的《鲁迅中期思想研究》

徐麟毕业于华东师范大学中文系，是钱谷融先生的硕士研究生，后到湖南师范大学文学院任教，1997 年 4 月几经周折，湖南师范大学出版社出版了他多年写作的专著《鲁迅中期思想研究》。他又在山东出版了另一本书，即从学术界隐退，不再著述，也少有人再提起他，但是我认为他的这本《鲁迅中期思想研究》是中国鲁迅学史里不能不记载的重要成果，其原因是它独特而深刻。鲁迅思想研究的书籍车载斗量，但大多数是谈论鲁迅后期思想转折、世界观转变的，没有提“中期思想”的。徐麟在序中说：“我设定了一个鲁迅‘中期’的概念。以特指他文学生涯中最辉煌的时期，即《呐

喊》《彷徨》和《野草》的创作期。它始于《呐喊》首篇《狂人日记》的写作（1918），终于《野草》末篇《题辞》的完成（1927）。我所以要把它作为鲁迅生命中的一个阶段，并作为专门对象来研究，不仅因为这一时期的鲁迅创作，确实首尾呼应，自成一体，具有相对独立的完整性，而且因为这是鲁迅一生中精神最痛苦、思想最复杂的时期。他的该期创作，不仅在形式——小说和散文诗——上，为他该期所特有，而且其内容深含了一种极其独特的文化和哲学意蕴，大部分读者都会被那种为痛苦所层层包裹着的、诗意的心灵深度和人格力量所吸引和震慑，并以此作为他们了解鲁迅的动力和起点。所以在我看来，了解鲁迅的中期的思想和心态，不仅是理解他的该期作品，而且是把握他思想发展，乃至整个人格的关键所在。”于是作者用他自己的观点、语言、方法对鲁迅中期的思想与作品做了只有他自己才具备的评述和分析，召唤古老民族“走出轴心时代”，也使这本书至今仍然保持着振奋人心的新鲜的力量。

十七　永远值得怀念的鲁迅史实研究学者
——包子衍

包子衍，浙江镇海县人，1934 年 10 月生于武汉，1957 年 8 月毕业于山东大学历史系，同年被错划为右派，从此开始了他坎坷的生活道路。在下放劳动两年之后，于 1960 年 2 月至济南市第三中学任教。在那里，他开始研究《鲁迅日记》。1978 年 4 月，由于他的深湛学识，被借调至北京中国社会科学院近代史所，参加《中华民国史》的编撰工作；同年 10 月，又因其对于《鲁迅日记》研究的突出成就，被转借调至人民文学出版社鲁迅著作编辑室，担任 1981 年版十六卷本《鲁迅全集》第十四、十五卷《鲁迅日记》的责任编辑，为新版《鲁迅全集》的编辑、注释、出版工作倾注了大量心血，做出了显著的贡献。1981 年 8 月回近代史研究所继续《中华民国史》的写作，1982 年 5 月调至上海社会科学院文学研究所现代文学研究室工作，直至1990年7月4日因患癌症，医治无效，病逝于上海大华医院，终年五十六岁。包子衍具有极强的事业心。大学时代，他品学兼优，担任校学生会干部。大学刚毕业，就遭到严重的精神打击。在极困难的境遇中开始他的几十年如一日的刻苦努力，为了积累资料，时常不得不冒着各种风险，保护着好不容易积累起来的资料，他先后利用寒暑假自费到各地调查访问了数百位前辈学者，并因此得到冯雪峰、胡愈之、楼适夷等老前辈的指点和嘉许。“文革”结束后，他的成果才得以发表，并获得了学术界的高度评价。在上海工作的近十年中，他一心扑在事业上，不问寒暑、不计劳累，放弃了一切休养机会，兢兢业业，孜孜不倦，著成《雪峰年谱》等力作，主持编定《三十年代在上海的“左联”作家》，殚思竭虑，成果显著。发表的论著考稽之作，治学谨严，用力甚劬，众所瞩目。包子衍最为重要的著作是《〈鲁迅日记〉类编》，按照鲁迅的日常生活中的各项事务，例如写作、购书、赴宴、收入等等分类编排，并加索引，使研究者一目了然，便于检索。全书共计100余万字，卷帙浩繁，工程浩大。令人极为遗憾的是复印的三份稿本，竟然全都遗失，无处寻找，更是不可能出版了。这是中国鲁迅学界的极大损失，但愿以后能有人找到书稿，设法出版，以弥补欠憾。

研究勤勉、成果丰硕而命运坎坷的鲁迅史实研究学者——包子衍永远值得怀念！

十八　资历最深的蒋锡金先生

最后，我们以鲁迅学专业队伍中资历最深的蒋锡金先生压台。蒋先生是东北师范大学教授。1915年生于江苏宜兴。二十世纪二十年代，“五卅”运动时期，受其父的影响和当时革命济难会李谷和应修人的教导，积极参加学生救亡运动，组织宣传队到邻县农村宣传，参与爱国活动。1932年在学生时代开始发表作品，曾在

《申报·自由谈》《人世间》发表诗歌，参加以鲁迅为盟主的左联，与萧红等左翼作家建立了密切的联系。1934 年毕业于上海正风文学院国学系，任湖北省农村合作委员会贷放干事，与严辰合编《当代诗刊》。1935 年与蒋有林合编《中国新诗》。抗日战争爆发后，在汉口与孔罗荪、冯乃超合编《战斗》旬刊，又与穆木天合编《时调》诗歌半月刊及《诗歌综合丛刊》。1937 年协助著名作家茅盾主编《抗战文艺》，并参与创办《文艺阵地》半月刊。1938 年在汉口加入中国共产党。后到上海，与楼适夷等合编《大路画报》，与王任叔合编《鲁迅风》，又曾编辑《文艺新潮》《文艺新闻》，并组织上海诗歌座谈会。其间曾任江南社（新华社）记者。后在上海组织行列社，编辑《行列》诗歌半月刊和《上海诗歌丛刊》，并与楼适夷等合编《文艺阵地》《奔流新集》。太平洋战争爆发后，在上海建承中学任教。抗战胜利后回新华社，编辑《新华日报》华中版副刊。

1947 年到当时在佳木斯的东北大学任教。新中国成立后，一直担任迁到长春市的东北师范大学教授。著有抒情诗集《黄昏星》（1940）、儿童叙事诗《瘸腿的甲鱼》（1957）、剧本《台儿庄》（六人集体创作，1938）、《横山镇》（1939）、《赌徒别传》（1941）。合译《文学理论教学大纲》（苏联大学教材）、《俄罗斯人民的口头创作》（与曲秉诚合译，1950）、《亡灵书》（1955）等。主编《文章选讲》，著有《新文学概论》等。“文革”后编有《鲁迅年谱》（1979）。

具有这样资历的革命功臣，1957 年却被错划成右派，发配到中文系资料室工作。蒋锡金先生不改初心，兢兢业业地建设资料室，去北京、上海的一些旧书摊和旧书店收集各种珍贵刊物，现在已无人知晓蒋先生当年购买这些刊物的艰难过程了。

新时期，他曾任中国作家协会会员、中国作协吉林分会副主席、吉林省社会科学学会联合会副主席、吉林省鲁迅研究会会长、吉林省儿童文学研究会会长等职。专于文艺理论、中外文学的研究与教学。致力于鲁迅及其作品的研究和教学。参加 1981 年版《鲁迅全集》的注释和定稿工作。虽然有悠久的革命资历和资课的教授职称及很高的成就，却质朴谦和，平易近人。为专心编辑《鲁迅全集》，牺牲了个人的著述时间。业余精心阅读别的专家的著作，用不同颜色的笔在学生练习簿上做笔记；热心指导年轻人，协助黑龙江克山县一位鲁迅研究者编著了一本《鲁迅诗歌活动年谱》的书稿。还向鲁研界的青年学者口头指导拓展鲁迅研究思路的途径，如研究鲁迅收集古币的活动和意义等。

2003年5月25日18时20分，辛劳一生的蒋锡金先生在吉林大学附属第一医院不幸逝世，享年八十八岁。

十九　总结

1949至1999年，二十世纪后半叶虽然遇到了一些禁锢和曲折，中国鲁迅学还是取得了巨大的成就，出现了一些鲁迅学大家。他们各有所长：冯雪峰学术视野广阔，陈涌擅长理论概括，唐弢艺术感觉极好，王瑶富有雄厚的古典文化底蕴，李何林坚实、挺正，林辰扎实、细致，李长之兼具中外古典文学修养；八十年代后随着思想解放运动的兴起，出现了以王得后、王富仁、钱理群、汪晖为代表的精神解放群和以朱正、陈漱渝为代表的史实群，而林非则兼具了各家所长，集理论概括、艺术感觉、文化底蕴于一身，并有先进的科学理论与科学方法的武装和散文写作锤炼出的文字功底，体现了二十世纪中国鲁迅学的最高水平。

下编

2000—2019

经过1919—1999年整整80年的曲折历程，中国鲁迅学终于成为一门当世的显学，取得了引人注目的成就。进入21世纪之后，很多人认为鲁迅学已经到头、无可进展了。相对二十世纪来说，这门学科也显得沉寂，再没有以前那样的喧哗和热闹。我认为，学问就是在寂静中缓慢行进的，没有了二十世纪六七十年代那样“运动”式的喧闹和八九十年代那样热火的场面，正说明中国鲁迅学开始成熟，更加深入，进入真正研究学问的寂静期，步入了“后鲁迅时代”。这一时期的鲁迅学取得了显著的进展。

第二十四章　思维方式的扭转与研究路数的端正

二十一世纪刚启幕，2000 年《收获》第 2 期刊登的王朔的《我看鲁迅》等三篇文章，对鲁迅有所质疑和批评，由此掀起了一场关于鲁迅的风波。许多崇敬鲁迅的人对《收获》杂志和王朔等作者极为愤慨，恨不能剿而诛之。笔者也写了《我观王朔看鲁迅》一文表示意见，一方面不同意王朔的一些观点，另一方面认为这是王朔直爽，说出了长期在群众中议论但没公开表达的想法，不为大过，我们鲁学界倒应该反思自己研究鲁迅的方法和路数有没有偏差。而二十一世纪以来，中国鲁迅学取得的最显著的改进，也正是思维方式的扭转与研究路数的端正。

笔者深为景仰的历史哲学家何兆武先生在给华东师范大学教授张耕华先生的《历史哲学引论》写的“序言——历史与理论”中有这样一段话，因崇仰之至，不惜篇幅引用如下：

> 当代实践的历史学家们往往习惯于“低头拉车”而不习惯于“抬头看路”。这里假设的前提仿佛是说：结论是早已经摆好在那里的了，历史学家的任务，无非就是为它再一次补充上一份例证而已。你能填充一项例证，就算是作出了一分成绩，你能补充两份例证，就算是作出了两份成绩。正有如诸葛大丞相在“空城计”中的名言：“国家事用不着你等劳心。”这种为学的态度乃是经学的态度，《圣经》里面每提到一桩事件时，

> 往往总是要强调“这就应了经上的话”云云。原来真理早在经上都有了，人们所见证的事实无非是为经上的真理再一次地提供一个例证而已。历来经学家的神圣职责无非就在于代圣贤立言、弘扬经义，而绝不可以对经义本身加以反思乃至拷问。然而真正的科学或哲学则恰是要对历来的经义不断地加以反思、质疑和拷问。实验、数据、资料和思想理论，双方永远是相互作用并相互促进的。
>
> 如果学术的目的在于追求真理，而不仅只是要弘扬经义、代圣贤立言，那么学者就不应该单纯局限于找材料来充实自己的观点，而应该同时不断地反思并批判自己所据以立论的根据。这里的“批判”一词是指它18世纪的原来意义，即学者必须在自己的思想上经历一番逻辑的洗练或自我批评，借以检验自己立论的可实证性（或可证伪性）。任何学术思想，凡是不经过一番批判的洗礼的，都只能是一种经学的信仰，而不可能是一种科学的论证。

这一段话说得多好啊！不仅适用于历史学，而且适用于整个人文科学和自然科学，当然也包括鲁迅学。

二十世纪中国鲁迅学的最大成绩就是八十年代后随着思想解放运动的开展，政治化、概念化、工具化的鲁迅研究方法受到了抵制，从根本上扭转了只是弘扬经义、代圣贤立言、为“经义”提供材料和例证的“经学”之道。二十一世纪，鲁迅学逐步走上了全面、系统地搜集和占有资料，回到鲁迅当年所处的历史语境中去对鲁迅进行理性分析，从中汲取正反两方面的经验以用于现实的科学道路，取得了与二十世纪截然不同的新认识与新成果。

在本书中编第十六章所评述的鲁迅思想发展道路研究热，不正是结论早已经摆在那里，鲁迅研究者的任务，无非就是为它再一次补充上一份例证而已吗？这只是一种“经学”之道，绝不是科学的学术研究。到二十一世纪还能看到这种“经学”之道的踪影吗？思维方式的扭转和研究路数的端正，实质是中国知识分子寻回了失去的自我，逐渐恢复独立思考能力，努力追求鲁迅原有价值以用于现实的体现。简而言之，就是实现鲁迅的“人间化”。

二十世纪八十年代后逐步从理论上实现了鲁迅的“人间化”，二十一世纪则从生活细节和史实考证上充实这一目标，使一位立体的、活生生的人间鲁迅一步步向我们走来。这是二十一世纪中国鲁迅学取得的最大成绩，也是二十一世纪进入“后鲁迅时代”，中国鲁迅学最突出的进展与特点。

第二十五章　从“神”到“人”
——“中国‘鲁迅接受’的再次翻转”

人类的精神史，就是一个“悟”——逐步觉悟——的过程。从“神”的时代，到“王”的时代，历尽曲折和艰辛，付出了不知多少生命与鲜血，才终于走到“人”的时代。鲁迅不信“神”，也不信“王”，只相信“人”自己。他也从来没有把自己当作“神”或“王”，连所谓“导师”也不当，只把自己看成普通人中的一员，当作“进化的链子”上的“中间物”，和大家特别是青年一起求索人生之路。而鲁迅最大的贡献，也正是在中国从专制社会向现代社会转型的时期，启悟人们从“神”和“王”的桎梏下挣脱出来，觉醒为“人”，从奴隶成为“真的人”。

所以，我们研究鲁迅，也必须把他当作一个人去学习和分析，不能像“神”或“王”那样膜拜，进行跪伏式、经学式的盲目崇拜，更不能拿鲁迅的只言片语当作工具为自己的某种政治目的服务。随着时间的流逝，“鲁迅”渐成为一个面孔、一个供于神龛上的纸片或一个代名词，他曾试图清理的泥沙在时间的河流中重新聚拢并且淹没他。这是对鲁迅的最大污辱，是鲁迅研究的最大失败。

鲁学界大多看出了这个问题，企盼在二十一世纪能够纠正这种倾向。刚走进二十一世纪，一土（王培元）就集合国内多位著名鲁迅学学者讨论这个问题，并编成《21 世纪：鲁迅和我们》（人民文学出版社 2001 年版）一书。他在《致读者》中说道：“有关鲁迅的话题，萌动着一种新的思想—语言置换。”“新的鲁迅论，益发以多元化、个性化、民间化的形式活跃起来，甚至成为思想文化界的一道引人注目的风景。”

是的，由于思维方式的扭转和研究路数的端正，鲁迅作为一个人的本体价值回归了，鲁迅重新回到了人间，实现了“中国‘鲁迅接受’的再次翻转”①。鲁迅的“人间化”是二十一世纪中国鲁迅学的最大进展与特点。

一　努力恢复历史现场的“原鲁迅”

开风气之先的是周令飞主编、葛涛编选的《鲁迅零距离》（人民文学出版社 2012 年版）。这本书的编选原则如周令飞在序言中所说：

> 一、正如书名所示，必然选择和鲁迅先生有过直接接触和交往的人士撰写或发表的回忆鲁迅的文章，以亲历者对鲁迅的亲身感触为重点选择文章；二、鉴于一些文章在建国后有所改动，一些建国后写的回忆鲁迅的文章或多或少受到时代因素的影响，所以本书只编选民国时期撰写或发表的回忆鲁迅文章，由编者对入选文字参照原发表报刊进行校勘，保留文章历史原貌，使读者通过这些回忆文章可以回到历史的现场，感受历史上存在过的鲁迅的真正的风采；三、文章编排以时间为线索，尽量呈现民国不同时期鲁迅的面貌。另外，要选择不同类型的作者，特别选择一些普通人撰写的鲁迅回忆，从而展现不同年代、不同人笔下鲁迅形象的异同和变化，恢复鲁迅在历史上的真实形象。

“以亲历者对鲁迅的亲身感触为重点选择文章”“只编选民国时

---

① 郜元宝：《“鲁迅接受”的再次翻转》，载《书城》2018 年 6 月号。

期撰写或发表的回忆鲁迅文章”以避免“时代因素的影响”，“使读者通过这些回忆文章可以回到历史的现场，感受历史上存在过的鲁迅的真正的风采”，是恢复历史现场的“原鲁迅”的基本原则。

二十一世纪里亲身接触过鲁迅的人大多已故去，不管真实与否，都不可能写什么回忆文章了。但是却有一位跟鲁迅最为亲密的人出版了一部最为贴近“原鲁迅”的回忆录，这就是鲁迅的独子周海婴先生的《鲁迅与我七十年》（南海出版公司 2001 年版）。

这部回忆录向人们真切地展现出作为父亲的鲁迅极其慈爱、生动的一面：亲自配制药粉为儿子膝盖部位的疮口敷药，夏季不顾自己“满身痱子”，用“兜安氏”痱子药水浸湿的海绵轻轻涂在儿子胸上或背上。每搽一面，母亲就用扇子扇干，再搽一面……鲁迅的父爱和许广平的母爱令人动容。

这部回忆录还以铁的历史事实戳穿了“文革”时期为了某种政治目的制造的“神话”，例如所谓“鲁迅读书屋”，不过是鲁迅的一间藏书室，很暗，很冷，根本不可能在里面读书，更不可能夜间在里面读书。

这部书最让人震撼的倒不是这些，而是 1957 年罗稷南提出“假如今天鲁迅先生还活着，他处境可能会怎么样?”的问题时，毛泽东的回答：“以我的估计，（鲁迅）要么是关在牢里还是坚持写书，要么识大体不作声。”

这个信息一透露，立时掀起轩然大波。赞同者有之，反对者有之，默然者亦有之。至今也没有统一结论。

虽然毛泽东和鲁迅未曾谋面，但是毛泽东第一个把鲁迅推上中国文化史至高无上的地位，1949 年后鲁迅在中国文化界几乎定于一尊，神圣不可亵渎。因此，由毛泽东来回答这个“假如”便成为思想史上一个特殊的命题。

如果鲁迅“识大体不作声”，鲁迅就不成其为鲁迅。如果鲁迅不识大体，就会像许许多多宁折不弯的知识分子一样被打入十八层地狱。天堂与地狱只一步之差，现实如此严酷。

周海婴这本回忆录是百年来最值得重视的鲁迅回忆录之一。他还给人民一个真实的鲁迅，最后提出“假如”的疑问，中国知识分子多少年后还会不断提起。这乃是中国思想文化史上一个巨大的问号，不管怎样，这个“假如”，使人们感觉鲁迅是自己中间的一个“人”，显得更亲近了。

还是把这个问题存留下来，由历史去回答吧。我们鲁迅学学者的使命是努力恢复历史现场的“原鲁迅”，从中汲取智慧和教益。

二十世纪九十年代，林贤治的《人间鲁迅》以充满激情的诗人的笔触启动了“中国‘鲁迅接受’”的首次“翻转”，鲁迅开始走向人间。而阎晶明的《鲁迅还在》（江苏凤凰文艺出版社 2017 年版），以前所未有的视角和笔致，从烟、酒、病与生活的城市、资助的青年作家甚至于鸟兽昆虫等细微处，还给读者一位活生生的“烟火气”的“人间鲁迅”。这是履行这一使命的杰出代表。如正在盛年的鲁迅学家和文学批评家郜元宝所说，这部书的意义在于是“中国‘鲁迅接受’的再次翻转”，是二十一世纪鲁迅“人间化”的一个重要标志。这种评价，不是就书论书，而是以中国鲁迅学史的历史眼光去看该书在学术史上的价值和意义。

《鲁迅还在》的笔调是亲和、散文化的，随意却绝不随便，经过了非常严格的史实考证与极其细致的生活体味。例如其中的代表作《起然烟卷觉新凉——鲁迅的吸烟史》，几乎将鲁迅著作和有关回忆录中与吸烟有关的事实与细节囊括已尽：鲁迅各个时期吸什么牌子的香烟，吸烟的姿势、情状、环境、言谈……自己嗜烟但却体贴别人，去探视患肺结核的韦素园时，谈了几个钟之后，素园几次请先生吸烟，鲁迅为避免病室有烟味，影响病人健康，都摇头说不吸了，实在忍不住了，才走出病室，站得远远的急忙吸完一支烟回来。于小事中充分表现了鲁迅对别人的体贴。吸烟有助于他思考，有利于他更好地战斗，他在《藤野先生》中写道：“每当夜间疲倦，正想偷懒时，仰面在灯光中看见他黑瘦的面貌，似乎正要说出抑扬顿挫的话来，便使我忽又良心发现，而且增加勇气了，于是点上一支烟，再继续写些为‘正人君子’之流所深恶痛疾的文字。”女师大风潮中，章士钊撤了鲁迅的教育部佥事，鲁迅反倒要请朋友抽价格贵的海军牌好烟。如文章最后所言："鲁迅是个真真实实的人，从他对香烟这一件事情上看，他自有常人共有的脆弱甚至'自制力'的薄弱。唯其如此，我们更会理解鲁迅是一个生活于人间的战士而并非是超然于'人间烟火'之外的神明。"

至于酒，则在《把酒论当世，先生小酒人——鲁迅与酒》中被"诗意化"了："《两地书》的'酒'字含义颇值得玩味。"既在"两人的书信往来中成了一个故意不去实指、不去捅破的虚拟之辞、游戏之说"，又是"两人找到了一个可以用来保持传递关心、关注以及积极回应的姿态，双方宁愿就此虚拟地讨论下去"。《魏晋风度及文章与药及酒之关系》一文，又发出了文人性情与酒、文章与酒的绝妙之论。在小说里，使魏连殳、吕纬甫等人物因酒而袒露内心。《阿Q正传》里，酒则起着点化情绪等作用。因此，"谈谈鲁迅与酒，并非是小题大做的刻意为文，实在是一扇值得推开的窗户，可以看到一个复杂的微妙的世界"。

至于病，鲁迅是多病的。他的生命史，在一定程度上，也是他的疾病史："自幼的'牙痛党'，长期的胃病患者，青年时就累积下肺病隐患的清瘦之人，在自己搭建的'老虎尾巴'里和阁楼上写作的作家，生活没有规律、烟酒常伴随其日夜的写作者，必须以超负荷的劳作去换取众多家庭支出的承担者，一个无私帮助青年、文友的热心人，一个绝不与敌手讨论'宽恕'问题的不屈者，突然间放下了一切，包括放下了缠绕他一生的病痛。"

而从烟、酒、病等等人生苦痛纠缠的鲁迅生活画面中，我们看到了鲜活的质感、生动的印象和"一颗颗热烈的心，感受到一个时代里流淌着的人间真情"。

2018年底，江苏凤凰文艺出版社又推出了他的"鲁迅研究系列"中的一本全新版《鲁迅与陈西滢》，再度引起了读书界的注意。如著名作家邱华栋在书评《显微镜下的鲁迅研究——读阎晶明〈鲁迅与陈西滢〉》（2019年1月27日《北京青年报》）中所说："阎晶明对鲁迅的研究，从方法论上极具价值，以微观研究的方法，放大当时的文学论战，条分缕析，让我们看到了鲁迅作为民族魂、中国新文学旗手的思想发展的行程，和他经久不衰的魅力所在。正因为有了阎晶明的微观、放大、显微的研究，鲁迅的魅力才不断地缓释出来，在时间和当今新时代的背景下，继续放射着灿烂的光芒。”

2019 年 9 月，江苏凤凰文艺出版社又推出了他的“鲁迅研究系列”中的第三本《须仰视才见》，集中了作者近年研究鲁迅和“五四”文学的文章，在有些人主张平视甚至俯视鲁迅的情况下，阎晶明明确认为“鲁迅的文章，须仰视才见”，深沉表达了他对鲁迅的敬仰之情。鲁迅走下“神坛”，人间化，绝不意味着“普通化”，甚至“世俗化”，而会真正呈现出超凡的伟大，“须仰视才见”。

2020 年 6 月，人民文学出版社又推出了阎晶明的《箭正离弦——〈野草〉全景观》。本书从《野草》的本事缘起，考察《野草》的成因，也从诗性和哲学以及艺术表达的角度，探讨鲁迅对本事的改造、升华和艺术创造；还试图从《野草》的发表、出版流变，观察《野草》的传播史。“箭正离弦”，是对《野草》营造的环境、氛围、情感流动的起伏、张力，以及鲁迅思想的玄妙、精微所做的概括。“箭正离弦”是一种状态，它已开弓，无法收回，但它的速度、方向目标并未完全显现。它比箭在弦上更有动感，比离弦之箭更加紧张。

阎晶明对书的副题，做了这样的自述：“现想略述一下副题‘《野草》全景观’的成因。它指明了自己写作此书的目标。‘全景观’，是企图描述出《野草》以及围绕《野草》展开的全部景观；是想说明这是个人对《野草》的‘全景’式观察；是想表达对《野草》及其衍生出的一系列研究、争议的个人观点。将它奉献给读者和朋友，怀着接受检验的不安，但也更怀着满满的期待！《野草》，是哲思的深海，也是艺术的巅峰。理解的难度可想而知，但这是读懂鲁迅必须要经历的旅程。艰难的旅程，但沿途都是充满惊奇与会心的美景！”

这样的活生生的“人间鲁迅”，于细微处见精神，才是真正令人敬服的伟人，才使读者打心眼儿里接受。

当然，促使“中国‘鲁迅接受’的再次翻转”的并不是一人一书，而是二十世纪八十年代后就开始酝酿、二十一世纪渐成气候的一种潮流。孙郁就是这股潮流的重要推动者。

孙郁自二十世纪九十年代起就以温润、亲切、动人的散文笔触写了一系列研究和宣传鲁迅的书：《鲁迅与周作人》（河北人民出版社 1997 年版）、《一个漫游者与鲁迅的对话》（新疆人民出版社 1999 年版）、《鲁迅与胡适》（辽宁人民出版社 2000 年版）、《鲁迅书影录》（人民出版社 2003 年版）、《鲁迅与陈独秀》（贵州人民出版社 2009 年版）、《鲁迅忧思录》（中国人民大学出版社 2013 年版）、《鲁迅与俄国》（人民文学出版社 2014 年版）、《鲁迅藏画录》（花城出版社 2015 年版）、《鲁迅遗风录》（江苏文艺出版社 2016 年版）。

其中，《鲁迅与周作人》的写作，乃其心血所注，主要是从周氏兄弟互为参照中，描述两种精神坐标的内在意义。这本书有孙郁自己对于生命的理解，借着鲁迅在解决自己的思想困顿。他深知自己的周作人气浓，想借鲁迅稀释自己，然而最终还在徘徊之中。《鲁迅与胡适》是自由主义思潮兴起时的一种反思，把鲁迅与胡适放在大的背景讨论，旨在强调他们互有价值，不可偏废。《鲁迅与陈独秀》则从政党政治周围探讨知识分子的问题，其实是想把鲁迅与政党文化的区别呈现出来，从而体现鲁迅与同代人的差异。这三部曲属于鲁迅与周围关系的讨论，涉及一些棘手问题，所思皆为心语，无学院派的气息，直接面对问题进行思考，为以后的研究者提供了新颖的思路，论点也时见亮度。《鲁迅忧思录》试图探讨鲁迅的内在世界，其中，《鲁迅的话语维度》《鲁迅眼里的美》两篇有属于自己的独到心得，思考问题比较深入。《鲁迅与俄国》探讨了鲁迅与托尔斯泰、陀思妥耶夫斯基、契诃夫、高尔基等人的交叉之处，在文本对读方面，有别样的阐释。而《鲁迅与列宁主义的几个问题》则系统研究了鲁迅与政党文化的区别，还原鲁迅左翼化的逻辑起点，强调不要以列宁主义来套鲁迅的思想，鲁迅接受马克思主义，政党意识很少，属于草根的左翼。这些观点受到学界的关注。2016 年，为纪念鲁迅逝世八十周年，推出了《鲁迅遗风录》，书中对于鲁迅传统有诸多描述，主要思考鲁迅逝世后弟子们与友人对于其思想的继承与传播。对于鲁迅的丰富性在不同类型的知识人那里何以得到延伸，有自己的考量。书中也写到日本、韩国学者的鲁迅遗风问题，注意到不同时期域外知识分子对于鲁迅的态度，在鲁迅遗产不断阐释过程中，文化的变迁之迹也得以关注。

近年孙郁还注意到鲁迅的知识结构问题，一些论文较过去更显系统。《鲁迅的暗功夫》（《文艺争鸣》2015 年第 5 期）还原了鲁迅的知识谱系，而《鲁迅对庄子的另类叙述》（《文艺研究》2016 年第 2 期）、《鲁迅：在金石、考古之趣的背后》（《文学评论》2018 年第 2 期）的写作，试图寻找其思想隐形的因子，绝不是泛泛之比附，而是属于自己的独思。

总之，孙郁的文章从鲁迅的心理世界的探寻，逐渐走向鲁迅周围的同时代人群的世界出发，将鲁迅放在那个时代氛围和文人视界中考察，并呈现鲁迅作为独特的异数的存在。在近年来的研究中，从鲁迅的知识结构影响下的思维方式与自我有限性克服与表达中，一步步地呈现出鲁迅世界的复杂性和丰富性。孙郁的文章不仅仅持论客观，且文章结构散而有序、表达方式丰富圆润、用词古雅，其辞章学特点尤为突出，自成一体。这种特点主要表现在灵活自如的“串珠式”结构、丰富多变的句式使用、多种修辞手法的娴熟运用上。此外，非常讲究史实考据，文章中随处可见史料引用和精密注释，主要观点都有确凿的材料支撑，从未离事而言理。孙郁的文章具有飞扬的神思、严谨的学术，还有真情的感兴和美妙的诗境，思想价值和文体价值兼备。

孙郁研究鲁迅已经有三十年，其一生主要精力都倾于此地。他说过：“《鲁迅全集》是我的《圣经》，为其传播乃一生的使命。鲁迅一旦学院化，生命就终止了。所以，注重鲁迅活的灵魂，是研究者不能忘记的责任。”在这点上，孙郁态度一直未变。注重于真，追求还给人民一个真实的鲁迅，恐怕是孙郁这一生也不能变了。

努力恢复历史现场中的“原鲁迅”的突出成果还有董炳月的《鲁迅形影》（生活·读书·新知三联书店 2015 年版）。著者在“后记”中说：“这个‘形’可以置换为‘本体’，鲁迅之‘形’即‘鲁迅本体’，类似于日本鲁迅研究名家伊藤虎丸的‘原鲁迅’概念。我所谓的‘影’，即‘形’（鲁迅之‘形’）的投影。一切对于鲁迅的理解和阐释、对于鲁迅思想和精神的实践，皆为鲁迅之‘形’的次生品，即鲁迅之‘影’。”这与笔者在“导论”中所说的“鲁迅本体与鲁迅映象”是相通的：“鲁迅本体只有一个，在人们心中映射出的鲁迅形象，我们简称为‘鲁迅映象’，却是无限多样的。的确是一千个鲁迅读者心中有一千个鲁迅映象。鲁迅本体的唯一性与鲁迅映象的多样性之间，存在着复杂、微妙的内在联系。”“一部中国鲁迅学史，其实就是一部‘鲁迅映象’与‘鲁迅本体’之间不断悖离又不断契合的历史。”鲁迅学家努力的方向就是致力于“鲁迅映象”与“鲁迅本体”的契合，拨开使二者悖离的迷雾。董著的意义恰恰在这里，是还原鲁迅，尤其是留日时期的青年鲁迅的历史原貌。其中，以第一章《“仙台神话”的背面》最为别开生面，仙台时期是“鲁迅之诞生”的重要时期，董炳月认为鲁迅为逃避“清国”留学生而去仙台，但施霖的出现、藤野先生的疑问、幻灯片上的画面，都使鲁迅意识到逃避的不可能。文章根据众多史料还原鲁迅作为普通留学生的心理活动和情感世界，首次挖掘出施霖这个和周树人一起在仙台医专学习的中国留学生，从一个重要侧面揭示了“仙台神话”背后，被压抑的孤独的青年鲁迅形象。鲁迅在董炳月那里没有被当作“神”，而是作为“普通人”和“人间”鲁迅来研究，显现出符合历史原貌的“原鲁迅”。诚如学者赵京华所言：“追随鲁迅的脚步，董炳月在新时期到日本留学，他的著作在复原明治日本的思想场域、为作家鲁迅的诞生提供背景方面贡献诸多。”可以说在述说仙台鲁迅方面，之前无一人可比董炳月，其宽广的学术视野、细腻的文本释读以及深刻的鲁迅认同，使这本著作呈现出新的研究特质。

董炳月此书尤为引人注目的就是同去仙台医专的中国留学生施霖的出现，这是鲁迅本人没有说过、有关研究论著也从未提及的，对于了解青年鲁迅在仙台的思想、心理的本来状况有重要的启发。

而廖久明则在《鲁迅在〈藤野先生〉中为什么不写同在仙台的

同乡施霖》(《鲁迅研究月刊》2016 年第 1 期)中，提出自己的看法，他认为："在《藤野先生》中，鲁迅说自己到仙台时'还没有中国的学生'。日本学者在调查时却发现，鲁迅到仙台时，他的浙江同乡施霖也来到了仙台，进入第二高等学校第二部工科学习，并且认为两人曾先后同住于田中家、佐藤屋、宫川宅，于是，一些日本学者将此作为《藤野先生》是'小说'的证据之一。根据相关材料可以知道，鲁迅在《藤野先生》中不写同在仙台的同乡施霖的原因应该有两个：一、在他和施霖到来之前，仙台确实'还没有中国的学生'；其次，尽管与自己是同乡，并且曾经同住宫川宅，施霖却不是自己愿意交往的人，所以在写作藤野先生的文章中，为了不至于旁逸斜出，干脆避而不谈。"笔者认为廖久明讲得是有道理的。

二　鲁迅各个时期的住所、身份、交游、日常生活

鲁迅一生居住过的有绍兴、南京、北京、西安、厦门、广州、上海以及日本，在这些地方有不同的身份与交游。过去对这些史实进行过研究，例如薛绥之主编的六大本《鲁迅生平史实汇编》就是做的这项工作，但是缺乏对某一点的专门性的深入研究。二十一世纪以来，开始有所弥补。以下按照地点逐一评述。

绍兴

对鲁迅在绍兴研究的权威专家无疑是裘士雄，他的专著《鲁海拾贝》(大连出版社 2000 年版)，计 16.5 万字，分探微、钩沉和走笔三类，对鲁迅在绍兴的行迹做了极为细致的勾勒，无其他任何人可为。该书出版后，北京《鲁迅研究月刊》《绍兴日报》和日本《中国近代文学》等有书评、读后感发表。林非先生去信鼓励："你在鲁海中畅游多年，也捡拾了许多宝贝，希望能继续拾贝下去。"日本松冈俊裕教授说该书"有特色，我喜欢看"。绍兴市政协戴本

妥主席特地去信说“初读该书，就感到很有绍兴的特点”，鼓励作者“发扬光大鲁迅精神的内涵……挖掘深埋的宝藏，写出更多的华章，为绍兴历史文化名城增光添色”。日本丸尾常喜教授在其《“人”与“鬼”的纠葛——鲁迅小说论析》中亦多次引用。

裘士雄继续努力，近年又接连出版了《鲁迅与他的乡人》（西泠印社出版社2014年版）、《鲁迅与他的乡人二集》（西泠印社出版社2015年版）、《鲁迅与他的乡人三集》（西泠印社出版社2016年版）。

鲁迅在故乡生活、工作了近20年，裘士雄生于斯长于斯，又在绍兴鲁迅纪念馆长期担任馆长。他认为自己有义务、有责任，也有条件将与鲁迅有关的绍兴人、事、地、物等史料抓紧搜集并及时加以整理，力争以图书出版的形式贡献给鲁学界和全社会。几十年来，他克服困难，一直在努力着。《鲁迅与他的乡人》分三集，连续三年出书，分别写有123位、134位和189位乡人，共446人，90%与鲁迅有关的乡人已编入这套书里。他在书中说道：“凡是鲁迅作品谈及的古今绍兴人固然要写，且不论大小人物，那些与鲁迅有过往还、有史料依据、亦能为读者认可的绍兴人，即使在鲁迅作品中未曾提及，笔者亦拟尽量发掘采写（如鲁迅的岳母朱俞氏、二姨夫郦拜卿等），希冀在鲁迅史料收集及其研究方面有所创新、突破。同时，考虑到现今已是读图时代，亦应注重史料、文献的完整性，故配发较多的相应图照。”许多海内外鲁迅研究专家、学者和乡人子孙后裔很关心、很支持。2014年12月29日，日本学者中岛长文来信说：“《鲁迅与科普》和《鲁迅与他的乡人》……这两部书都是非先生不可做的。现在的中国在各方面变化得很厉害。风俗习惯越来越变，如果现在不记录下来的话，中国人自己也会很快地忘掉了。在这个意义上，先生的工作是无比可贵。两部书可以说是宝书。”《鲁迅与他的乡人》这套书与《鲁迅在绍兴踪迹掇拾》《鲁迅笔下的绍兴风情》《鲁迅在绍兴》《乡友忆鲁迅》《故乡人士论鲁迅》等图书，可让广大鲁迅研究者了解鲁迅与故乡有关的人、事、地、物以及掌握故乡研究鲁迅等情况，对鲁迅研究大有益处。有读者来信说："太有史料价值……对时代、人物的认识更加形象化、细节化了。裘老师做了一件功德无量的大好事。"

裘士雄还与他人合著了不少著作：

《鲁迅生平史料汇编》第一辑（天津人民出版社1981年版）。

《鲁迅在绍兴》（浙江人民出版社1981年版）。该书多次重印，1997年12月，浙江文艺出版社又出版修订本。日本《鲁迅之会会报》等海内外报刊有许多书讯、书报，反应很好。

《鲁迅笔下的绍兴风情》（浙江教育出版社1985年版），与黄中海、张观达合著。该书是从撰写到出版最顺利、发行量最大、海内外反响最好的一本书。该书多次重印，好评如潮。1990年8月，由日本一桥大学木山英雄教授译成日文，在日本岩波书店出版日文版《鲁迅の紹興》。东京女子大学伊藤虎丸教授以及中国的戈宝权研究员、吕洪年教授等专家、学者均对其有高度评价。

《〈呐喊〉配图珍藏本》《〈朝花夕拾〉配图珍藏本》（广东教育出版社2003年版）。两书重印多次，参加过德国书展，采用图文并茂的形式宣传、解读鲁迅，效果很好。

《孙氏兄弟谈鲁迅》（新星出版社2006年版）。该书是费时最长、出版最困难的一本书，全面收集了孙福源（伏园）、孙福熙兄弟论述鲁迅的著作，很有价值。

《三味书屋与寿氏家族》（浙江大学出版社2010年版）。全书分"从百草园到三味书屋""鲁迅、寿镜吾和三味书屋"和"三味书屋与寿氏家族"等三部分，配发了43帧照片。该书出版后，各界反应良好。全国人大常委会副委员长韩启德及其夫人袁明（寿孝天之孙女）做了高度评价。全国各地的寿氏子孙后裔亦有好评。北京《鲁迅研究月刊》2010年第3期做了介绍，陈漱渝、张铁荣等鲁迅学家高度赞扬其意义：① 创新，第一次以家族群体开展研究；② 为鲁迅的《从百草园到三味书屋》做出权威解读；③ 有特色，如对与寿氏有关的马寅初、何桂笙（《申报》副刊主编）等做了梳埋、发掘。

《微说鲁迅》（香港天马出版有限公司2016年版）。该书选取的角度小一点，文章的篇幅短一点，涉及的人事平凡一点……以“微说”显示鲁迅的伟大。

裘士雄还主编有以下图书：

《故乡人士论鲁迅》（另一主编谢德铣），浙江文艺出版社1996年10月出版。

《鲁迅与社戏》（另一主编寿永明），江西人民出版社2005年10月出版。该书被评为“中国最美的书”，很受海内外读者的欢迎和好评。近年，尤其受到非遗界人士追捧。

《鲁迅与科普》（另一主编娄国忠），西泠印社出版社2011年7月出版。该书分甲、乙两编。甲编：鲁迅有关自然科学及其普及的著述；乙编：鲁迅所处年代里的不科学的绍兴习俗。2014年12月29日，日本学者中岛长文来信说：“我特别喜欢《鲁迅与科普》之乙编，我很愿意将来有机会把这篇译成日文，同时觉得这是很难的作业。”实际上，《鲁迅与科普·乙编：鲁迅所处年代里的不科学的绍兴习俗》易名《绍兴旧风俗》，已由佐原阳子译成日文，在日本《飙风》第55号开始连载（《一、信仰、社会类旧俗》译载完毕，尚有《二、岁时节令类旧俗》《三、礼仪类旧俗》《四、生产、商贸类旧俗》《五、生活、医药类旧俗》等待译载）。这本书在绍兴举办纪念鲁迅130周年诞辰暨“鲁迅：经典与现实”国际学术研讨会期间向与会者发送，很受欢迎。德国汉学家冯铁当晚看完，第二天一早告诉作者：“这本书很有意思，许多绍兴习俗看不懂，这本书帮助我理解鲁迅作品。”浙江师范大学王嘉良教授说：“绍兴鲁迅研究工作者就要生产这样有特色的产品，越有地域特色，就越能走出国门，越能体现价值。”

2019年9月，上海社会科学院出版社又推出了绍兴鲁迅纪念馆编、裘士雄撰著的《鲁迅与绍兴》，对鲁迅和亲友许寿裳、周作人、周建人、孙伏园等与绍兴的关系、轶事做了更为详细、周密的描述，成就了一部更具有史料价值的文本。

南京

南京是鲁迅离开故乡绍兴前往求新学的第一站，在他一生精神历程中占有重要的地位。2016 年 9 月，江苏文艺出版社出版了徐昭武编著的《寻求别样的人们——鲁迅在南京》，对鲁迅在南京的经历、行迹、心情做了空前详细、生动的描述，尤其是《江南水师学堂文献史料》和《江南矿路学堂文献史料》甚为珍贵，使读者联想到鲁迅这一代人“走异路，逃异地，寻求别样的人们”的复杂心情：既受众人异样眼光的鄙薄，又开始与传统知识分子的科举道路决裂，感受“新学堂”异样的新风。正是从这里出发，才可能有了后来的鲁迅。正如钱理群先生在序中所说：“我们今天在近七八十年后重读这些文章，仍然深受启示，这就是鲁迅思想与文学的生命力所在。”

北京

写鲁迅在北京的书不少，但新出的一本书却不同凡响，这就是黄乔生的《八道湾十一号》（生活·读书·新知三联书店 2015 年版）。

这本书以鲁迅、周作人、周建人在北京的寓所——北京市西城区八道湾十一号为空间线索，以近一个世纪的时间跨度为经，将周氏兄弟的私人生活轨迹和中国文化、社会、政治变迁的重大事件融为一体，从新的角度呈现了对“二周”两位文化巨人的深刻认识。作者是国内鲁迅学的知名学者和专家，围绕八道湾十一号相关史料、人物、细节做了详细的考证。对鲁迅、周作人兄弟失和以及周作人投靠日本人等重大事件都做了详细的回顾和分析，既无文过饰非，也无过度批判。著作史料丰赡、精细严谨，涉及周氏兄弟的亲情、家庭、子女、社会关系以及社会活动。周作人将鲁迅逼出家门、抗战之后投靠日本附逆、在 1949 年后的遭遇、靠翻译和提供鲁迅史料赚取稿费和社会名声为生、凄凉终老等史实，作者娓娓道来，笔力深厚，炉火纯青，文字经得起咀嚼和回味，常使读者在幽微之处有骊珠之获，唏嘘感慨不已。

作者黄乔生是北京鲁迅博物馆常务副馆长、研究馆员，《鲁迅研究月刊》主编，中国人民大学兼职教授、博士生导师，中国鲁迅研究会副会长兼秘书长。长期从事鲁迅和中国现代文学研究，与孙郁合作编辑出版了《回望鲁迅》（22卷）、《回望周作人》（8卷）等史料丛书，著有《度尽劫波——周氏三兄弟》《鲁迅与胡风》《鲁迅图传》《鲁迅像传》《鲁迅：战士与文人》等。

近年黄乔生思维更加活跃，成果更加丰富，三联书店再版了他的《度尽劫波——周氏三兄弟》等书，还新推出了他的《字里行间读鲁迅》。对鲁迅这样丰富复杂、多面立体的文化巨擘，不能用简单的贴标签、戴帽子的方式。细读鲁迅文本，体察字里行间的情感思绪，把握分寸，避免偏颇，是学习鲁迅的正途。细读文本，常能发现问题，领会涵义。这本书收录的文章，解读鲁迅著、译文、语录乃至手迹和照片，以小见大、由表及里，有助于读者感悟和认知鲁迅。此外，黄乔生在四处所做的《鲁迅的六种读法》等讲演，反响也很好。

不管鲁迅居住在哪里，他不可能始终一人独处，总要与外界有所交游。中山大学（珠海）中文系副教授陈洁的《鲁迅北京交游考》（北京大学出版社即出），就是中国鲁迅学史上第一次对鲁迅的交游做系统研究的专著。从选题本身和论述上都具有开拓和填补空白的学术意义，对鲁迅研究有较大突破。在1912年至1926年的北京城这一时空中，陈洁从空间的角度论述了北京空间的政治性对鲁迅思想和创作的影响，将鲁迅在北京城与不同个体或群体的各种交游相互关联起来，形成网络结构，从中产生对鲁迅文学与思想的新认识。社会空间的逻辑之一是隐喻性，鲁迅把对空间的认识写入文本，很多重要思想的表达都与空间相关。《野草》是鲁迅对北京城市空间思考的一个高峰，首篇《秋夜》就是描写社会空间的杰作。

这是一个跨学科的综合性研究，该书以历史研究的方法为基础，在史料的收集上“集腋成裘”，发掘并考证了大量沉睡于鲁迅博物馆的新史料，并进行了系统的研究和理论的提升。

任职教育部是鲁迅在北京时期的基本社会身份。鲁迅与教育部同僚交往密切的时期主要集中在1912—1917年，主要僚友有两类：

浙籍同僚和留学归国的同僚。这两类僚友又存在交集。鲁迅的浙籍同僚中，蔡元培、董恂士先后担任过教育总、次长职位，因为受到他们的器重，鲁迅一度受到重用，接手并完成了一批重要工作。鲁迅在与僚友的合作中，出色地完成了任务。书中对鲁迅在绍兴会馆时期抄古碑及其在教育部的工作给予了正面论述，揭示出鲁迅在教育部担任的职务与鲁迅在业余时间抄古碑及其文学和思想发展的内在联系。

而鲁迅和浙籍同僚夏曾佑在思想上的矛盾对鲁迅升职产生了不利影响。社会教育司司长夏曾佑离职时，鲁迅本是升任司长的最佳人选，但接任司长的却是高步瀛。蔡元培辞职，董恂士辞世后，1917 年，鲁迅的僚友们受到范源濂外放的打压，此后，教育部的工作和同僚交游在鲁迅日记中的记载逐渐减少。

鲁迅、朱希祖等章门弟子在教育部召开的读音统一会中顺利通过议案，带动了章门弟子进入北京大学，其中包括钱玄同。鲁迅与新文化人的交往始于这批章门弟子。《域外小说集》得到《新青年》同人欣赏并得以重印，这使鲁迅因东京时期文学活动的挫折而冷却的热情再度被点燃，应钱玄同的约稿，创作了第一篇白话小说《狂人日记》，加入了《新青年》的作者和编辑队伍，继而与《新青年》同人有了进一步的交往。

因小说著名的鲁迅被北京大学等高校、中学聘请为教师。鲁迅开设的“中国小说史略”等课程具创举性质。鲁迅通过授课进行学术传承、文学和思想的启蒙；通过文学课堂和指导校园文学社团，培养青年作家。

为了培养新的青年战士，鲁迅在北京创办了《莽原》，并编辑《国民新报副刊》，主要将它们作为发现和培养青年作家的阵地，培养新的青年批评主体，并明确地提出了进行文明批评和社会批评的文学观，文体选择以杂文为主。

这部书不仅具有开创性，而且史料扎实，文笔严谨，是研究鲁迅北京时期活动不可不读的好书。

除了鲁迅在北京时期的交游，他在这一时期的身份也是很值得深入研究的。吴海勇著的《时为公务员的鲁迅》（广西师范大学出版社 2005 年版）是第一部，到目前为止也是唯一一本致力这一研究的专著。

诚如著名鲁迅研究专家李新宇所说："如果不了解教育部'佥事'鲁迅，就无法读懂真实的他。"从 1912 年 2 月去南京，到 1926 年 8 月离开北京南下，除特殊时间段之外，在长达 14 年的时间里，鲁迅都在民国教育部任职。鲁迅是 1912 年 2 月在南京进入教育部的，开始只是部员，无官职。至 1912 年 8 月 21 日，临时大总统袁世凯任命他为教育部佥事兼第一科科长。在这个位置上，鲁迅干了 14 年，既未降职，也未升职，只是工资提了两次，佥事升到了最高等。虽然鲁迅 1918 年 5 月在《新青年》发表《狂人日记》后，进行文学创作，也进行学术研究，并兼做北京大学、北京师范大学、北京女子师范大学等多所院校的讲师或教授，但本职工作还是教育部社会教育司的行政事务，身份是公务员。过去的研究对鲁迅的文学活动关注甚多，而对他的官场生涯和本职工作关注甚少，要全面地认识鲁迅，有必要对他的官场生涯进行实事求是的考察。《时为公务员的鲁迅》一书，对此全方位地展开了评述，从薪俸到业绩，从与上司的周旋到与同事的关系以及怎样利用公余时间从事创作、研究和教学等等，无不详细、周严。与画家、老友、同事陈师曾的交往与对其的悼念尤其感人；支持女师大学潮、与顶头上司章士钊斗争，被免"佥事"职务后依法打官司并取得胜利，显示了鲁迅的正义感与老练的方略，使读者从中看到了一位活生生的富于感情的"原鲁迅"。加上文笔细腻、生动，侃侃而谈，引人入胜，使这本书在中国鲁迅学史上具有特殊、恒久的意义。

肖振鸣的《鲁迅和他的北京》（燕山出版社 2015 年版），条分缕析地勾勒了鲁迅的北京岁月，全面而详尽地介绍了其中所涉及的方方面面，折射出北京对于鲁迅的种种影响和改变。伴随着鲁迅的脚步，一幅以北京文化为主题的"清明上河图"徐徐展开，读者可以游弋于老北京的大街小巷，与民国时期形形色色的人物交谈，充分感受时代转型背景下知识阶层的生活状态。该书也是了解鲁迅在北京生活情景的重要书籍。

西安

1924年暑期，鲁迅曾与孙伏园等一起到西安讲学、游览。西北大学教授单演义先生二十世纪八十年代就写过一本《鲁迅在西安》，2009年8月又由西北大学出版社修订、扩充再版。这本书对当时陕西社会面貌和鲁迅讲演的特色等做了详尽、具体的描述，并附有日本学者竹内实《谈鲁迅〈中国小说的历史的变迁〉》的译文。了解鲁迅到西安的史实，这部书应该是最权威的了。

厦门

鲁迅1926年8月携许广平离开北京，经上海分别，许去广州，鲁迅应林语堂邀请到厦门大学任教。厦门是鲁迅独处数月的重要地点，也应是鲁迅生平研究不可或缺的课题，但相关研究并不多。

朱水涌、王烨著的《鲁迅：厦门与世界》（厦门大学出版社2008年版）弥补了这一薄弱环节。该书分为上、中、下三个篇章。上篇：厦门时期的鲁迅。厦门作为鲁迅人生旅途上的一个驿站，他在厦大度过了一生中最纯粹的一段学院生活，后来他的儿子也将自己收藏的一些父亲的遗物放到厦大的纪念馆展示，使其成为中国唯一一座高校的鲁迅纪念馆。中篇：鲁迅与中国文化省思。无论称鲁迅为“伟大的文学家、伟大的思想家和伟大的革命家”，还是认为鲁迅是“中国文化的守夜人”、“无物之阵”中“绝望的反抗者”，或是理性地将鲁迅的创作当作中国现代文学“至今一座无人逾越的高峰”，都表明了鲁迅留给后人的文学作品是一笔庞大的文化财富。下篇：中外鲁迅研究今昔，鲁迅是中国的，也是世界的。文学作品在某种程度也是相通的，外国文人对于鲁迅也有着自己不同的理解。

这本书开拓了鲁迅在厦门的研究，但以后的研究者还可以进行更为深入、细致的挖掘，写出更为专门化的学术专著。

广州

广州是鲁迅生涯重要的转折点。过去有很多研究文章，但最近出版的朱崇科的《广州鲁迅》（中国社会科学出版社 2014 年版）则是最为系统、透彻、有分量的一部。诚如著名鲁迅研究专家王富仁在序中所说："朱崇科这部学术著作是坚实的，而不是虚浮的。"所谓坚实，亦如王富仁所说："作者是在'研究'，是努力从表面已经干枯了的历史事实中吮吸出内部的思想汁水来，而没有炫奇弄巧之心、之意。"

王富仁先生的这一评语非常有意义，因为当下这个时代，"炫奇弄巧之心、之意"太盛。现在的学术界很大一部分人不是在研究，而是热衷于"炫奇弄巧"，并以此获得了大名大利。一些印得十分堂皇、吹得很神的大书，看来很是"奇""巧"，但是究其实质，却不过是锦绣其外、败絮其中。不但对学术没有丝毫推动，还带坏了风气，使有些年轻人鄙视艰苦的史料工作，而一心效法"炫奇弄巧"的种种手法，使学术界充斥着"华丽"的垃圾。王富仁先生的序和朱崇科的这部书的意义和价值，远远超过了一本书的范围，为目前整个学术界敲响了警钟。

朱著的坚实主要表现在以下三点：

（1）立足在坚硬的史实基地上，不畏劳苦地进行坚韧的掘挖。鲁迅在广州的史料很多，出版的著作也不少，似乎已经没有什么可挖的了。其实，有很多有价值的东西仍然埋在地下，不为人知。朱崇科犹如一位在硬地上锄地的农夫，不管别人说什么，坚持埋头深掘，挖出了过去未有人过问的史实，例如《爱或革命的偏至——鲁迅 1927 年来穗动因考》一节，以事实驳倒了一向流行的"为了革命来广州"说，明确指出："许广平对鲁迅的召唤力和吸引力相当之强，甚至让他们感受到自己的必要工作约定令人惆怅。"主要是与许广平的爱情促发鲁迅去了广州。而爱与革命对他们来说，也另有自己的含义，并不像既神化又僵化鲁迅者说的那样单一而苍白。再如《鲁迅全集》第四卷《三闲集》序言所提到的"廖君"，历来人们都鄙视他对鲁迅的忘恩负义与无理要求，却没有详细了解这个人。朱崇科则深入调查了他，原来“廖君”即廖立峨，原是鲁迅在厦门大学时的学生，后来跟随鲁迅到广州，关系一直密切。到上海找鲁迅的一系列错误做法是出于广东人的“蛮气”与不通世故。这在中国鲁迅学史上还是第一次讲清“廖君”一事的来龙去脉。

（2）坚持对文本的精细解读。第一章就是《在广州的写作》，通过文本细读，朱崇科敏锐地感觉到“鲁迅广州时期的作品呈现出相当耐人寻味的转型性：在宏观上，他甚至呈现出相当典型的文体转换，也即，其书写中的混杂性（hybridity）或杂性日益凸显；而在微观上，他又在不少篇章中呈现出所谓文学性的离散，而非像以前作品那么极度凝炼，在此基础之上，他在上海十年的杂文同样可以呈现出令人折服却容易忽略的两重性：诗学和政治性的有机融合”。而后此章采取微观、宏观结合的方式，具体考察广州鲁迅的文体转换。这种细读与融合的方式，是朱崇科这部书以及整个鲁迅研究的一大特点。

（3）准确把握研究对象的“度”。这一点，王富仁先生在序中就说过：“在鲁迅广州时期各个活动侧面的分析上，朱崇科都比较精确地把握住了它们的‘度’，并且以其‘度’呈现了它们的‘质’，以其‘度’的精确性将鲁迅各个活动侧面构成了一个有机的整体，还原了一个具体的活的鲁迅。”无论鲁迅的文体转换到怎样的程度，都不失鲁迅的“质”。这一点，王富仁先生讲得确实非常精辟。从哲学上看，把握一切事物的关键之点就在于“度”，也就是“分寸感”，过了或欠了都不行。这往往是一个人是否成熟的标志。朱崇科的“分寸感”很好，例如前文提到的廖立峨，既说了他为人处世的弱点，又没有说得很坏，就是一个例证。对鲁迅文体转型的艺术感觉也很合“度”，既谈了与以前的不同，又注意了一贯的“质”。2019 年 12 月，上海三联书店推出了朱崇科的《广州的转换》，对鲁迅在广州的经历做出了更为翔实、细致的论述，对鲁迅在广州的研究进一步有所推进。

上海

鲁迅在上海度过了生命最后的十年，这是鲁迅一生最重要的时间段。二十一世纪出版了一些相关书籍，其中图文并茂的是缪君奇编著的《旧影寻踪——鲁迅在上海》（上海文化出版社 2010 年 9 月版），作者寻访鲁迅在上海工作、生活、活动的足迹，钩稽史料，去伪存真，不仅有一帧帧鲁迅和家人在上海的旧影，而且有一幅幅二十世纪二三十年代上海街市、商店、黄浦江的老照片，展示了当时上海的历史画卷，为研究鲁迅的上海文化、思想诸层面提供了丰富、全面、翔实的图文史料，不愧为一部好书。

但似乎需要出现一些更有分量和深度的学术专著，才能与鲁迅在上海十年的辉煌业绩相称。

上海鲁迅纪念馆的研究人员不断朝着这个目标努力着，最近又推出了新的成果。

装帧、印刷都很精美的《华痕碎影——上海鲁迅纪念馆藏鲁迅先生手迹、藏品撷珍》（上海文化出版社 2019 年版），把鲁迅所藏版画、书影、笺纸、手迹汇编成一册豪华书籍，使人从中既获得历史知识，又得到美的享受；更值得注意的是上海鲁迅纪念馆的“鲁迅在上海资料丛书”。

乔丽华编著的《鲁迅与左翼美术运动资料选编》（上海书店出版社 2019 年版），分“报道资料选编”“左翼美术理论与批评”“鲁迅与左翼美术运动大事记”三部分，相当全面地囊括了鲁迅与左翼美术运动的资料，最后还附录了发表于报纸刊物的木刻作品目录，为后来的研究提供了坚实的资料基础。除此之外，乔丽华还著有《鲁迅与左翼文坛》（上海文化出版社 2019 年版），从分“鲁迅著译研究”“左翼文艺研究”“同时代人研究”三部分，展示了作者近年的研究成果。另有已经评述过的《朱安传》，是作者最为重要的著作。

李浩、丁佳园编著的《鲁迅与电影——鲁迅观影资料简编》（上海书店出版社 2019 年版），以编年方式根据《鲁迅日记》逐年逐月逐日记载了鲁迅观看电影的情况，并附有当时报刊上刊登的电影海报和精彩镜头，最后附有两人的论文：丁佳园的《略谈鲁迅在上海所看电影类型》与李浩的《鲁迅观影谈》，使读者对鲁迅与电影的关系有了更为深入、具象的认识。

更加可贵的是施晓燕的专著《鲁迅在上海的居住与饮食》（上海书店出版社 2019 年版）。本书从鲁迅 1927 年 10 月定居上海后的日常生活出发，重点关注鲁迅的居住状况和饮食细节，分上、下两编。上编考察鲁迅所租住的景云里、拉摩斯公寓、大陆新村的生活设施和水电煤等公用事业，以及非常时期上述地点对鲁迅生活和工作的影响。下编考察鲁迅的饮食情况，在外主要是饭店酬酢的日常交游人际关系，在家主要是家庭饮食，包括鲁迅对菜色、零食、水果的个人嗜好，以及饮食习惯对其身体状况的影响。以前的鲁迅研究著作从未这样细致全面地谈论过这个题目，施著具有不可替代的开创性。施晓燕还另有《鲁迅及同时代人研究》（上海文化出版社 2019 年版），从“鲁迅与手稿、文本及出版”“朝花夕拾·茂林嘉卉”“敌与友”“鲁迅与上海”四方面，总结了自己历年的研究成果。

2020 年 11 月，上海世纪出版社推出了上海鲁迅纪念馆编的《上海鲁迅纪念馆藏美术品选》，分国画、油画、版画、藏书票、雕塑五个方面汇集了上海鲁迅纪念馆所藏的有关鲁迅的美术品，并加了详细、精到的文字说明，附参考文献。印制精美，开本大方。又为鲁迅纪念藏品增加了一道绚丽的光彩。

日本

鲁迅在日本时期是非常重要的。二十世纪刘柏青先生开鲁迅与日本研究的先河。以后李冬木、赵京华、董炳月、靳丛林等学者沿着这个命题开创出鲁迅研究的新局面，可以说新世纪中国鲁迅学的重要收获，就是“鲁迅在日本”和中、日鲁迅学关系的研究。主要论著在其他章节已谈，这里不详述。期待更为系统和翔实的“鲁迅在日本”研究著作的出现。

近年出现的陈光中的《走读鲁迅》(中国文史出版社 2011 年版)和李伶伶的《鲁迅地图》(中国青年出版社 2014 年版),对鲁迅所处的所有"场域"都做了生动的描述,收到很好的效果。如果我们像黄乔生的《八道湾十一号》和朱崇科的《广州鲁迅》那样,集中研究一下北京的绍兴会馆、砖塔胡同,尤其是宫门口西三条先生的寓所,以及上海的景云里、拉摩斯公寓,特别是最后的大陆新村九号,将会具有重要的价值。

三　日常生活

鲁迅是人,不是神,他不会一天到晚地革命、斗争,"横眉冷对千夫指",还要有人间的日常生活。所以二十一世纪以来的鲁迅研究,不仅注意研究鲁迅各个时期的住所、身份、交游,还注重考察他的日常生活。

不是专业研究鲁迅的学人,也出版了《鲁迅的经济收入》等书,专门研究鲁迅的甘志刚的《鲁迅日常生活研究》(黑龙江教育出版社 2005 年版)就显得更系统、更专业化。

作者在自序中说:

> 我曾经看过一本书,书上说,在中国当代社会科学领域有两门富有中国特色、具有国际影响的显学。一门是"红学",一门就是"鲁学"。"红学"的研究对象是《红楼梦》这一部书,"鲁学"的研究对象是鲁迅这个人。"红学"的一本书,"鲁学"的一个人就构成了一门独立的学问,这实在令人惊讶,然而它确也是事实。由这一事实出发,我们似乎有理由将鲁迅纳入中国现代日常生活的范围予以考察。

这本书确实这样做了,而且做得很好。从经济背景、劳动收入、文化市场到祖遗田产、古钱爱好、理财原则、经济往来以及副食品消费、送礼受礼、疾病治病、宴饮借贷、帮助青年等，几乎涉及日常生活的所有方面。不仅全，而且细。例如《鲁迅与田产》一节，对1911年3月7日鲁迅致许寿裳信中所说的“卖田之举”详加考证，证明这次卖掉的田产“可能属于祖遗”。这件事是鲁研界过去从未提起的。可见作者做学问之细，不求大而惊人，只求细而确实。言前人所未言，显前人所未见。

一些作家研究鲁迅的书也值得注意。例如《小闲事——恋爱中的鲁迅》（武汉出版社2009年版），作者赵瑜通过鲁迅与许广平通信最初手稿的细读，发现了两人之间许多富有情趣的事情，如“爱情定则的讨论”“道歉信”“嫩弟弟”等，揭示出一个“一直躲藏在他的书信集里”的“真的鲁迅”，一个“真正的、生活的、可爱的，甚至是幽默而幼稚的鲁迅”。

总之，通过二十一世纪鲁迅学者的努力，一个人间化的活灵活现的鲁迅，向人们亲切地走来了。

四　禁区的突破

既然尊鲁迅为“神”，就不能像对“人”那样随便谈论，要划定许多禁区，禁止涉及。二十一世纪以来，这些禁区逐步被打破了，因而出现了一些新的成果。

（一）乔丽华的《我也是鲁迅的遗物：朱安传》

鲁迅有一个原配妻子朱安。但是1981年之前的鲁迅传以及有关鲁迅的文章都没有提及，仿佛鲁迅只有一个爱人许广平。直到1981年12月林非、刘再复的《鲁迅传》出版，才提到了朱安。（这里说一点闲话，关于朱安的史料，是笔者1980年冬天到北京鲁迅博物馆走王得后先生的“后门”见到，并抄录了一些，交给刘再复。他看了喜出望外，立即写进了书稿。但由于史料简单，时代还有所限制，没有多说。）

而二十一世纪里不仅鲁迅传里述及了朱安，还出版了朱安的专门传记，这就是乔丽华的《我也是鲁迅的遗物：朱安传》（上海社会科学院出版社 2009 年版，九州出版社 2017 年修订版）。

本书系鲁迅原配夫人朱安的传记，作者通过走访有关朱氏后人，实地勘查采访，钩沉有关朱安的史料，搜集各方面人士的回忆等，追溯了朱安六十九年的人生轨迹，重现了一位旧女性的苦闷之声。从这本传记中，也可感受到朱安的存在对于鲁迅一生的深远影响。

作为鲁迅的旧式太太，一个目不识丁的小脚女人，朱安留下的话语不多，但句句都令人震撼，耐人寻味。她凄风苦雨的一生也给世人留下许多回味。杨绛先生读了此书，对女性的命运表示了深深的同情："朱安最后那一声凄惨的呼号，实在动人怜悯。常言'一双小脚三升泪'，她却为此成了一件无人珍惜的'弃物'！"董炳月先生在《鲁迅的朱安　朱安的鲁迅》（载《群言》2016 年第 9 期）中指出："在该书中，鲁迅原配夫人朱安完整地展示着自己寂寞、悲惨、荒诞的人生，而她的这种人生与鲁迅密切相关。该书表明：我们在认识朱安之前，不可能深入、全面地理解鲁迅。朱安，这位身材瘦小、相貌平凡、不识字、裹着小脚的旧式女子，和老子、尼采、拜伦、夏目漱石、果戈理等中外文化名人一样，深刻地影响着鲁迅的世界观、人生观、文学创作，而且这种影响更为直接。可以说，《朱安传》提供了一个重新认识鲁迅的视角，具有'重构鲁迅'的功能。"

（二）张恩和的《鲁迅的初恋》

2007 年《鲁迅研究月刊》第 8 期的头条发表了著名鲁迅研究专家张恩和的文章《鲁迅的初恋》。文中提出鲁迅少年时代曾经与表妹琴姑有过初恋。张恩和还对鲁迅著名的《自题小像》诗做了自己的解释，认为鲁迅的这首诗主要是写自己的爱情和婚姻；是写自己中了爱神的箭，是爱上了一个人，心中一直把她（琴姑）挂牵。作者认为这样理解、这样阐释，更接近事实，更切合鲁迅写这首诗的心情。

张恩和还把这个意思写进了《鲁迅与许广平》（湖北人民出版社 2008 年版）一书。

其实，鲁迅与琴表妹的关系，自二十世纪九十午代起，就有鲁迅研究学者提及：

1990 年，李允经在《鲁迅的婚姻与家庭》（北京十月文艺出版社 1990 年版）中叙述得很详细。1995 年，马蹄疾又在《鲁迅——我可以爱》（四川文艺出版社 1995 年版）第一章《琴表妹饮恨死去》中更为详细地述及了此事。

1996 年，马蹄疾又在《鲁迅生活中的女性》（知识出版社 1996 年版）一书《至死苦恋着鲁迅的琴姑》一节中描述了此事，并对报刊和书籍中出现的一些记述鲁迅和琴姑爱情故事的文章做出这样的批评："杜撰了琴姑到火车站为表哥鲁迅去南京送行，又送了一支钢笔给鲁迅，这些描写，都是使人难以置信的，因为 1899 年绍兴根本没有通火车，当时也没有钢笔，因此编得神乎其神，不值一驳，但笔者以为，如果去掉这些常识性的错误的编造，说鲁迅的母亲要琴姑送一送鲁迅，或琴姑在鲁迅去南京前，的确从安桥头赶来送一送表哥远行，也不能说绝对不可能的事，如作为故事来写，也无可厚非的。但细节必须真实。"

以后，鲁迅与琴姑的故事就少有人提起了。

但经过一段沉寂，到 2007 年 8 月，张恩和的《鲁迅的初恋》一文又掀起了更大的波澜。张恩和在《鲁迅与许广平》一书中，除了重申李允经、马蹄疾的观点外，还提出了自己的新看法，认为说鲁迅对自家与琴姑家的议婚毫不知情，很难说得过去。但鲁迅既知道此次议婚，后来为什么只字不提呢？这是因为"无法言于口舌，形诸笔墨，那就不如让它永远尘封在无言的记忆中"。但这的确影响了鲁迅的一生。

李允经在为张恩和书写的书评《可喜的突破——张恩和〈鲁迅与许广平〉读后》（《鲁迅研究月刊》2008 年第 3 期）中，对张恩和在鲁迅与琴姑相恋一事中的新发现和新突破予以高度的评价。

但对鲁迅与琴姑相恋一事，也有不同意见。

吴作桥在《关于琴姑的“神话”》(《鲁迅研究月刊》2008年第3期)中说：琴姑“在十二三岁时，曾跟父亲在鲁迅家住过几天。他们年龄相仿，都爱读书，又常在一起玩耍……鲁琴姑曾去过三姑家——鲁瑞家；鲁迅小时候为避难也曾去过小舅父家。鲁迅与琴姑自然是认识的。但我想也只是认识而已，他们之间并没有到‘青梅竹马，两小无猜’的程度。其中一个重要的反证是，如果达到这种程度，鲁迅在他300余万字的文章中，300余万言的书信中，为何连琴姑其人、其事只字未提呢?”笔者认为：“沉默的人，爱得最深；沉默的心，伤得最重。”唐代大诗人王维中年失去了他青梅竹马、患难与共的爱妻，流传至今的400多首诗，竟然没有一首是写给妻子的。难道他不爱自己的妻子吗?鲁迅的四弟六岁早夭在母亲怀里，周作人写了很多诗文悼念，鲁迅却只字没写，是不爱他的四弟吗?只能用“爱得最深”“伤得最重”解释，从中也看出鲁迅特异的性格。

2009年，纪维周在《鲁迅事迹的考证要重“证据”》(《鲁迅研究月刊》2009年第3期)中，表示同意吴作桥的观点。认为：“鲁迅对情爱非常严肃，他一生只爱过一个人，那就是众所周知的许广平。但使人惊奇的，有一位鲁迅专家，竟发表文章，披露了鲁迅与琴姑的‘初恋’。作者没有任何史实根据，从头到尾，都是推测。当事人鲁迅从未说过此事，两个弟弟也未提及，由于‘证据’不足，很难使人置信。”接着，又引述了吴作桥的话和马蹄疾提到过的鲁迅与琴姑相恋的伪造故事，强调说：“从以上实例看来，证明‘主观臆测’往往是靠不住的。而伪造的故事，更属荒唐。因此，我希望鲁迅专家，考证要重‘证据’，避免‘主观臆测’，更不能伪造，以免误导读者。”还有人断定鲁迅与琴姑的事纯属杜撰。

笔者认为，鲁迅与琴姑的初恋是存在的，是有史实根据的。琴姑对鲁迅的爱慕和她临终前对贴身妈妈说的话：“我有一桩心事，在我死前非说出来不可，就是以前周家来提过亲，后来忽然不提了，这一件事，是我的终身恨事，我到死都忘不了。”①

该书当页还记述了鲁瑞听到这话时的表情：“后来这位妈妈把琴表姊临终的话讲给我母亲听，我母亲听了，低下头来，半天没有作声。”周建人又回忆道：“我母亲有她的难处，自从她知道我的琴表姊那遗恨终身的话，心里非常内疚。我母亲也爱琴表姊的。我觉得小舅父因琴表姊的死，似乎对我母亲也颇有意见，我亲耳听他对母亲气恼哄哄地说：‘难道周家的门槛那么高吗？我的女儿就进不了周家的门吗？’我母亲只能低头听着，她要设法补偿，这时，小舅父的二女意姑已结婚了，三女林姑也许配了曹娥陈家，只有四女昭官还待字闺中，而且年龄和我相仿，虽然没有下聘礼，但两家似乎默契了。”②

最后由于昭官于1912年10月早逝，未能成为事实。但周家是承认这桩婚事的，周作人在1912年10月28日的日记中记道：“饭后乔峰往安桥头送招官葬。”“乔峰”就是周建人。11月9日，周作人又记：“下午乔峰往安桥，因明日为招官作六七也。”③

可见鲁迅与琴姑之事，是有史实根据的。白纸黑字，无法否认，倘若说是杜撰，周建人、周作人就成了首发的杜撰者。这肯定是不可能的。但鉴于时代久远，缺乏实证，又不可说得过实。无论怎样，琴姑的死肯定对鲁迅的情感生活产生了极为深刻的影响。这当是没有疑义的，张恩和等人的文章应算是对鲁迅研究禁区的一次突破。因为在尊鲁迅为“神”的时代，是绝对不能谈他的感情生活，尤其是少年时代的初恋的。

① 周建人口述、周晔整理：《鲁迅故家的败落》，福建教育出版社2001年版，第219页。

② 周建人口述、周晔整理：《鲁迅故家的败落》，福建教育出版社2001年版，第232页。

③ 《周作人日记》（上），大象出版社1996年版，第420、422页。

五 衡人评事标准的端正
——不以鲁迅的是非为是非

既然鲁迅是人不是神，那么也就绝不是衡量是非的唯一标准，而他本人的言行文章也必须接受客观实践的检验。不应该以鲁迅的是非为是非，以鲁迅的好恶为好恶，认为鲁迅说的和做的全是对的，他的反对者都是错的，而必须以客观事实的科学分析为根据进行评判。

二十一世纪以来的鲁迅研究已经初步克服了以鲁迅的是非为是非的错误倾向，坚持以客观事实为根据进行科学的分析。对就是对，错就是错，绝不含糊其词，或者一边倒。

例如施晓燕的《顾颉刚与鲁迅交恶始末》（《上海鲁迅研究》2012 年夏、秋），并没有如以前一样竭力褒鲁贬顾，而是细致地探索了顾颉刚认为鲁迅的《中国小说史略》是抄袭日本学者盐谷温的缘由：1921 年，顾的中学同学郭绍虞把盐谷温《支那文学概论讲话》第六章“小说部分”编译为《中国小说史略》。因为书名相同，误以为是鲁迅的著作，从而推导出鲁迅抄袭盐谷温的结论。当时，这种误导在陈源挑明之前，已经在北大沸沸扬扬了，甚至鲁迅本人也有所耳闻。顾颉刚是否为源头，并不能确定。顾颉刚还曾经访问鲁迅并互赠书籍，只是两人先后选择南下厦大后才导致矛盾激化。文章对顾颉刚“不擅长跟人相处”等性格弱点提出了批评，但没有附和鲁迅的“遍身谋略”的说法。

克服了以鲁迅的是非为是非的错误倾向，坚持以客观事实为根据进行科学的分析，并没有贬损鲁迅，反倒使人们感到鲁迅离自己更近了。正如张福贵在《鲁迅离我们有多远》（维也纳大学演讲，载 2017 年 11 月 26 日《光明日报·光明论坛》）中所说：“鲁迅不仅属于过去，更属于现在与未来。”他就在我们中间。

朱寿桐的《孤绝的旗帜——论鲁迅传统及其资源意义》（文化

艺术出版社 2005 年版）认为："作为其改革乃至革命思想基础的，是以'立人'为核心的英哲文化观。""鲁迅的这种既不符合旧传统也有悖于新传统主流话语的英哲文化观，使得他在现代文化史上取得了一种'前不见古人，后不见来者'、缺少对话者及缺少承传的孤绝地位。"因为他不是神，而是人中之一员，又是无人可比的，所以更使人们崇敬，景仰，把鲁迅看作是"孤绝的旗帜"，也更加体悟到他"灵魂深处的孤独和悲哀"。

宋剑华的《围城中的巨人——理解鲁迅的"寂寞"与"悲哀"》（华南理工大学出版社 2017 年版），是一本应该重视的书。该书明确提出了"鲁迅言说"与"言说鲁迅"两个概念。所谓"鲁迅言说"，就是我在绪论中说的"鲁迅本体"，也就是鲁迅的作品文本与自身行迹。这只有一个，不可能有另外的。所谓"言说鲁迅"，就是"鲁迅映象"，在人们心中映射出的鲁迅形象，是"他者阐释"，对鲁迅及其作品的各种各样的"言说"，却是无限多样的。宋著指出"千篇一律的空洞说教，不仅严重偏离了鲁迅思想的自身轨迹，更是形成了一种启蒙文化的造神运动，自然也会引起人们的反感情绪"，因而"言说鲁迅"与"鲁迅言说"，也就是"鲁迅映象"与"鲁迅本体"之间，存在着巨大的反差。宋著指出："只有彻底打破'言说鲁迅'的人造神话，让每一个热爱和敬仰鲁迅的中国人，自己从'鲁迅言说'中去体验和认知鲁迅思想的深刻性，而不是被'言说鲁迅'者的主观意志绑架，我们才能真正同鲁迅展开直接对话。"这也很有道理，说明了使鲁迅从"神"到"人"，实现中国"鲁迅接受"再次翻转的历史必要性。

二十一世纪出版的新的鲁迅传：朱正的《一个人的呐喊》、吴中杰的《鲁迅传》和《鲁迅后传》、陈漱渝的《搏击暗夜》、张梦阳的《鲁迅全传·苦魂三部曲》，也对鲁迅的"人间化"起到了推动作用。

第二十六章　鲁迅的文本整理与史实考证

作家是生活在他的文本和史实中的。要真正了解一个作家，必须从他的文本入手兼及文本产生的历史背景，所以文本整理、史实考证和文本解读是研究一个作家最基础的工作。中国鲁迅学在这方面是作家研究中做得最好的，二十一世纪又有所进展。

一　文本整理

文本是研究一位作家的基础。所以本章先谈鲁迅文本的整理与编校。二十一世纪出现了以下版本的《鲁迅全集》。

（一）2005年版《鲁迅全集》

继1981年版《鲁迅全集》之后，又出版了2005年版。

这套2005年新版《鲁迅全集》由人民文学出版社推出，全面体现了鲁迅研究界最新学术成果。这项国家重点文化建设工程是在中宣部和原新闻出版总署的关怀部署下，组成了以刘玉山为总负责的《鲁迅全集》修订工作委员会和由林非为主任的《鲁迅全集》修订编辑委员会具体主持实施的。此书采用浅咖啡色流行开本，布面精装，外加带有鲁迅浮雕头像的铜版纸封套，朴素典雅。卷数达18卷，总字数达700万。增收了新发现的鲁迅佚文24篇、佚信18

封，以及鲁迅致许广平《两地书》原信68封，《答增田涉问信件集录》约10万字。对1981年版的《鲁迅全集》进行了1000余处的校勘改动，修改增补2000条注释，总字数增加了20万。

除校勘外，还有一点值得注意：此次《鲁迅全集》的注释，弱化了政治批判色彩。1981年版《鲁迅全集》的某些注释，因当时时代的氛围和局限所致，一定程度带有过度的政治性和批判色彩。新版《鲁迅全集》酌情修改和删节了原注中带有政治性和批判色彩的注释，比如对尼采、叔本华、康德等哲学家从现在的研究视角介绍他们的哲学观点和代表作，修改了原来一概归为唯心主义哲学加以否定的观点。

尽管后来学者们发现2005年版《鲁迅全集》在校勘和注释方面仍然存在一些差误，但就目前来说，已经是最好的《鲁迅全集》了。相信以后如有再次编校的机会，会出现更为完善的版本。

（二）王世家、止庵编《鲁迅著译编年全集》

王世家、止庵编的《鲁迅著译编年全集》，2009年7月由人民出版社出版，2011年再版精装一千套。

《鲁迅著译编年全集》收录迄今所发现的鲁迅全部作品，含创作、翻译、书信和日记。鲁迅生前编入自己文集而确系他人所作或由他人代笔者，列为附录。其余他人之作，包括鲁迅编集时文后所附“备考”，概不收入。

这套编年全集旨在为读者和研究者提供一部“纵向阅读”鲁迅的文本。

收入本书的作品，均依完成先后排列。同一时间项下，以日记、创作、翻译、书信为序，著译作品先小说，后散文、诗歌。能系日者系日，无法系日者系月，无法系月者系年。写作时间未明，则系以初次发表时间，于题目右上方标星号以示区别。

凡能独立成篇者，无拘长短，均单立一题；中、长篇作品，亦一律保持完整，不予割裂。鲁迅对自己的作品每有修改，此次编集，只收录最后定稿。唯致许广平信与《两地书》所收鲁迅文字分属“书信”与“作品”两种文本，故一并收入。

收入本书的著译作品，均以鲁迅生前最后定稿版为底本，未收集者以原载报刊为底本，参校各版《鲁迅全集》及1958年版《鲁迅译文集》。某些篇目据手稿录入。日记、书信据手稿影印本校勘、整理。

日记和某些原无标点的文章，悉由编者重新标点。

全书文字校订，除改正此前印本明显错字外，还包括将繁体改为简体，但可通假者及作者习惯用法，仍予保留。又所涉人名中简、繁二体不能完全对应之字，采用繁体。外国人名、地名译法，则悉从其旧。同一字的用法，同一人名、地名，在一篇文章内予以统一。

编者于各篇篇末，对最初发表时间、所载报刊、作者署名（署“鲁迅”者略）及首次收集情况（限于鲁迅自己所编者）略做说明。

全书之末附有篇目索引，以供检索。

按照时间顺序编排鲁迅的全部著译，还是历史上第一次。事实证明这个版本是很成功的，“纵向阅读”鲁迅的文本，有益于更为贴近地了解鲁迅的生平著译。笔者在创作《鲁迅全传·苦魂三部曲》的过程中，就受益匪浅。

（三）李新宇、周海婴主编《鲁迅大全集》

2011年7月长江文艺出版社推出了李新宇、周海婴主编的《鲁迅大全集》。

这套《鲁迅大全集》的特点在于：①编入了鲁迅的创作、翻译、学术、古籍整理、绘画、书法、画册编纂等，比前几代全集都完整。虽然可能仍有遗漏，但不再有结构性的残缺。②在编排方式上采用了分类编年体。③注释力求简练、客观、公正，注释不再那么多，不再承担一般工具书的职能。同时，注释也不再致力于索隐，“L女士”，不再考证是“李女士”还是“刘女士”；“正人君子”“叭儿”也不再一定指出“此处指胡适”或“此处指陈西滢”。对历史上各派人物的评价，力求客观公正。

除此之外，此书还以附录的形式收入了两类内容：一是鲁迅的一些演讲记录稿，二是同代人回忆中转述的鲁迅的话。一些演讲记录发表在当时的报刊上，因为未经鲁迅审定过去全集都未收，有的是经过鲁迅审定的，也没有收。未经本人审定可能不可靠，但对于了解鲁迅也是一份参考。《论语》是孔子弟子的笔记，未经孔子审定，我们不同样作为经典吗？不过，毕竟未经审定，可能与鲁迅的原意有出入，所以作为附录编入。

值得特别注意的是，周海婴生前将鲁迅当年赠送给妻子许广平的手迹文物二十多件，一并交给《鲁迅大全集》编委会辑录出版。这些赠书扉页上题赠的话有很多是首次披露。虽然很简短，却可以看到鲁迅的幽默，也可以感受到他对许广平的深情。比如在一些题字中，鲁迅使用的是“广平兄”，有时则戏称“害马”，因为在女师大事件中校长杨荫榆曾把许广平等称作“害群之马”。而且有时不是“赠”或“送”，而是“颁给”。但在有的扉页上，却端端正正地写着这样的话：“给我的爱人：广平”。这些话大多是首次发表。

当然与所有的书出版后都会出现不同意见一样，《鲁迅大全集》问世时也有学者提出异议，但并不妨碍这一版本自有的独到的价值。

（四）刘运峰搜集、主编《鲁迅佚文全集》

2001 年 9 月，刘运峰编的 58 万字的《鲁迅佚文全集》分上、下册，由群言出版社出版。

编者刘运峰是由业余的鲁迅著作爱好者逐步成长起来的鲁迅研究专家。他研究鲁迅的重点主要是鲁迅佚文的搜集和考证、鲁迅作品的校勘、鲁迅著作版本的比较等。在十余年的时间里，他先后完成了《〈鲁迅译文集〉的编辑与出版》《再谈新版〈鲁迅全集〉的“得”与“失”》《鲁迅〈集外集〉编辑出版始末》《关于鲁迅佚文的辑录与辨伪》《1938 年版〈鲁迅全集〉编辑出版述略》《〈鲁迅诗稿〉的版本变迁》《鲁迅和易培基交往考》《〈北平笺谱〉和〈北京笺谱〉区别何在》《〈救亡情报〉对鲁迅的报道》《意在扶植刚健质朴的文艺——鲁迅对外国版画的编辑与出版》《浅谈鲁迅作品的汇校》等。此外，他对鲁迅著作出版中的乱象进行了揭露和批评，发表了《残缺与凌乱："光明版"〈鲁迅全集〉》。还对鲁迅生平史料进行了研究，发表了《鲁迅和白莽初次相见的日期》《鲁迅到天津考察现代戏剧》《鲁迅周作人兄弟失和探微》《鲁迅与马裕藻、马衡兄弟交往考》等。

2010 年，他申报的"《鲁迅全集》编辑出版研究"获得了国家社科基金立项资助，于 2016 年结项。

除《鲁迅佚文全集》外，他还编辑出版了《鲁迅全集补遗》（天津人民出版社 2006 年版）（主要是对 2005 年版《鲁迅全集》的补充）、《鲁迅著作考辨》（天津人民出版社 2009 年版）、《版本·文本·故实——中国现代文学与传播论丛》（南开大学出版社 2015 年版）等书，是他十余年来研究鲁迅文章的结集。

刘运峰数十年来对鲁迅佚文的搜集、考证等一系列工作，对《鲁迅全集》的编辑、出版起到了重要的作用。他的研究工作曾得到朱正、陈漱渝、张铁荣等鲁迅研究专家的高度重视和帮助。

二　文史考证

中国鲁迅学的史实学派是鲁迅学史上最为坚实、可靠的群体。二十一世纪里继续活跃在研究第一线，这里重点评述以下几位。

王景山

王景山从二十世纪八十年代起就参加了《鲁迅全集》的注释和编辑工作，主攻鲁迅书信考释，出版过有关书籍，2013 年 3 月又由文化艺术出版社出版了《鲁迅书信考释》增订本。该书是鲁迅研究领域的一部考释性研究专著，20 万字，分为上、下两卷。上卷对鲁迅早期书信中的部分疑难问题进行考证与阐释，下卷为鲁迅书信研究提供一些史料与辨析。鲁迅研究主要有两条路向：一是对鲁迅作品思想和艺术价值的不断阐发，二是对鲁迅生平和作品包括书信、日记在内的具体史实的考释。后者往往会推动或制约前者乃至整个鲁迅研究的拓展深入。本书对鲁迅书信中提及的人、事、相关重要细节等加以注释解读，具有方法论的意义。该书对鲁迅研究者大有裨益，是专业读者的重要参考书。

阎愈新

阎愈新是以二十世纪七十年代末创刊、主编《鲁迅研究年刊》著称于世的，在此之外，他数十年如一日致力于鲁迅贺红军长征胜利信的考证与研究，终于发现了刊于中共中央机关刊物《斗争》第95期（1936年4月17日），鲁迅、茅盾致红军东渡黄河对日作战胜利贺信的片段，得到鲁学界多数学者的认可，收入2005年版《鲁迅全集》第14卷第554页书信附录三。尽管至今仍有不同意见，但不可否认阎愈新的数十年心血和艰辛努力终归有所收获。

最可敬可贺的是，2019年3月25日《文汇读书周报》又刊登出九十多岁的阎愈新先生的最新成果："在你们身上，寄托着人类和中国的将来"这句话，作为鲁迅庆祝红军长征胜利到达陕北贺电中的名句，自二十世纪下半叶起，被各种书籍报刊引用不计其数，一直到最近依然保留在千百万读者的记忆中。但经阎愈新先生数十年来反反复复上下求索，才搞清这一名句的来龙去脉，澄清数十年来的误传。原来这句话来自红军东征胜利时《全国学生界抗日救国代表大会来信》，并非出自鲁迅。

阎愈新先生为查证鲁迅致长征贺信一事，始终不渝求索到九旬以后，其不断揭示真相又不断修正自我的精神实在令人感动，也以确凿的事实证明：二十一世纪里中国鲁迅学确在不断取得新进展。

李伟江

李伟江的工作是在二十世纪进行的，但他积数十年心血而成的遗著《鲁迅粤港时期史实考述》却在2007年4月才由上海书店出版社正式出版。这部被现代文学史料学大家丁景唐先生赞誉称"史料翔实、考订细密”的著作，在中国鲁迅学史上是一部垦拓泉源、填补空白的力作。曾几何时，现当代文学研究领域开始大量涌现奇形怪状的所谓“学术论文”，口气大，调子高，文辞诡异，或空谈理论，或曲解史料。这样的文章很让人怀疑它们究竟能不能解决任何一个具体的学术问题，开创一派扎实的理论。还有一些文章，甚至让人怀疑它们究竟有没有交流的功能。李伟江先生生前对这些怪现状就曾表示过严重的不理解。反观《鲁迅粤港时期史实考述》一书，丰富的史料罗列令人赞叹这位苦行僧的刚毅和审慎。例如讨论鲁迅从中山大学辞职的原因，罗列旧说，辨析史料，最后提出自己的见解，既不为尊者鲁迅讳，同时也大胆指陈“权威著作”《鲁迅全集》有关注释的问题。这样的推理论证，的确让读者感到“一鞭一条痕，一掴一掌血”的严密和坚实。李伟江的文章让人们认识到了一种学术传统的继承和发扬。这一学术传统就是自清中叶以来影响甚大的“乾嘉学派”注重实证的传统。梁启超先生称这一传统是“正统派”的学风。毫不夸张地说，李伟江先生就是这种“正统派”学风在中国鲁迅学领域里的一位优秀代表。

王锡荣

王锡荣 1981 年底进入上海鲁迅纪念馆工作，担任馆刊《纪念与研究》编辑，1987 年改版创刊《上海鲁迅研究》。1995 年后任副馆长、馆长。2014 年 8 月退休后，担任上海交通大学人文学院访问特聘教授，创建中国作家手稿研究中心。他的主要贡献是：

1976 年参加《鲁迅全集·日记》注释、编辑和《鲁迅全集》出版工作。通过调访掌握大量口述史材料，发现鲁迅演讲《离骚与反离骚》记录稿。1984 年起开始手稿学研究，先后整理了巴人手稿《关于鲁迅研究之考察》、鲁迅和周作人译稿《神盖记》手稿，并全文呈现了后者的修改过程。

1994 年出版了第一本论文集《鲁迅学发微》，收录陆续写作和发表的鲁迅研究论文 40 篇，32 万字。内容着重于鲁迅生平与思想研究，而以史料见长。

1999年所编选的《鲁迅诗摭》，收集鲁迅诗作33题，以中、日、英三种文字对照，使该书便于传播。

2001年撰著的《鲁迅画传》由上海辞书出版社出版，是与画家罗希贤合作的连环画作品，共约10余万字，以史料准确、讲述平实、通俗易懂、图文并茂为特色。该书曾部分在《新民晚报》连载。2011年再版，2014年由韩国绿蜂出版社译成韩文出版。

2002年专著《鲁迅生平疑案》由上海辞书出版社出版，38万字。本书着重考察鲁迅生平中17个重大史实的争议问题，逐个进行深入考察稽核，梳理来龙去脉，详加分析，或纠正误说，或澄清史实，或给出答案，或继续存疑。此书不以“破案”为指归，主要讲述相关研究历史，但因作者掌握的史料较丰富，故能对相关争议加以系统梳理，补充、纠正、厘清各种说法，对有的争议予以澄清，有的无法做出结论，则存疑。此书被认为在鲁迅生平史实研究方面较可靠，2016年8月由上海人民出版社出版修订增补版。

2005年专著《周作人生平疑案》由广西师范大学出版社出版，38万字。此书选择周作人生平的20个史实争议问题，逐个展开梳理与考订，体例与《鲁迅生平疑案》相同。此书挖掘出不少以往学术界未曾注意的史料，纠正了不少误说，例如周作人所任伪职，以往周作人研究界一般列出数量均为个位数，而本书梳理出其所任伪职达30个。再如，在以往所有的周作人传记和研究中，均称周作人被公审三次，而此书以确凿史料证明共公审四次且有详细公审记录。此书被认为态度冷静、立论公允、史料过硬。

2006年8月，选编鲁迅的画作集为《画者鲁迅》，由上海文化出版社出版，钩稽汇集鲁迅画作112件。此书被认为角度新颖，展现了一个不为人知的善画者鲁迅。其中有些只是随手所画示意图，但都显示了鲁迅的美术天赋与功力。

2007年与乔丽华合作编选《藏家鲁迅》，由上海文化出版社出版。此书汇集鲁迅收藏品15大类、213件，对鲁迅在收藏方面的概貌做了大致的勾勒，被认为独具眼光。

2009年所编选的《鲁迅的艺术世界》由江苏文艺出版社出版，

此书将鲁迅的艺术创作、设计与收藏三大部类汇集成书，集中展现了鲁迅在艺术上的造诣和成就。

2011 年，所编大型画册《印象鲁迅》由浙江文艺出版社出版。

2014 年，所著《认识中国的一扇窗》由漓江出版社出版，收入鲁迅研究论文 19 篇，均为作者在鲁迅研究方面较有代表性的论文。

2016 年，专著《“左联”与左翼文学运动》由上海人民出版社出版，40 万字。该书全面梳理“左联”史实，讨论“左联”的历史贡献与地位，对历来“左联”重大史实问题进行重新审视，有很多重要发现，包括：终止“革命文学论争”的是中共中央及其主要负责人李立三，由此推断出中国共产党文化战略的发端及发展是由左翼文艺运动开始。对于“左联”的成立过程、“左联”的发展历程及其潮起潮落、“左联”的解散、鲁迅与“左联”的关系、“左联”的创作成果以及“左联”的历史经验与教训，都进行了充分的挖掘与新的阐述。此书纠正了历来对于“左联”重大史实的多种误说，并澄清了大量史料的混乱与错误，特别是通过严密的考证，指出了大量当事人回忆文字的失实、误差与偏颇。此书被认为将引导文学史撰写中对于“左联”与左翼文学运动基本史实进行重新认定。

2018 年 9 月，《日记中的鲁迅》由人民文学出版社出版。鲁迅的日记在现代文人中堪称一绝，不仅字体沉稳大气而不失飘逸灵动，字迹清朗明净，所存 24 年日记，几无一字改动。文字虽极简练，内容却甚丰富。作者通过细读慢品，探索鲁迅日记背后的故事，觇见行间的隐逸，就其中有故事者 50 题，爬梳剔抉，钩沉索隐，详为解说，从内容到写法，从生活琐事到时代风云，巨细不捐，或可解颐，或可憬悟，从中窥见一代文化巨匠的日常生活一斑。

从 2012 年起，王锡荣担任国家社科基金重大项目“《鲁迅手稿全集》文献整理与研究”项目首席专家，组织课题组对鲁迅创作手稿进行了全面汇校，查清鲁迅现存手稿的状况，并编制鲁迅手稿收藏索引和出版索引，为每篇手稿撰写题注，并编撰研究资料索引，从手稿学的角度，为鲁迅研究开辟了新的路径。

陈子善

陈子善是中国现代文学史料专家，研究极为广泛，不限于鲁迅，但偶一涉猎，就有新的发现。例如《孙伏园的〈鲁迅先生的小说〉》（2018 年 12 月 3 日《文汇报》“笔会”）一文，曾在《小说杂志》发表过，但后来《小说杂志》夭折，读者和研究者都看不到全文了，陈子善费尽波折，好几年后终于从《星岛周报》上发现连载完成的全文。他为我们还原了此文的历史渊源，研究者也明白了此文的来源及其经历。文中谈了孙伏园对鲁迅小说的评价，对了解鲁迅先生其人、解读其作品很重要。即使是到了对鲁迅小说的研究已经十分深入的今天，孙伏园的这些观点仍不无启发性。

陈福康

陈福康认为鲁迅研究与其他一切人文社科研究一样，研究方法必须实事求是，反对假大空玄。针对有的人极为鄙夷考证，史实常常弄错，他坚持认为实证是鲁迅研究的基础，即使写理论文章也少不了考证。他甚至勇敢地提出唯考证乃真学问。其次，他还认为鲁迅研究与其他一切人文社科研究一样，必须百家争鸣，敢于批评和自我批评。针对有的人伪造有关鲁迅的史实和文献，编造和散布谣言，或发表莫名其妙的奇谈怪论，他常常毫不畏惧地加以驳斥。

2015 年 3 月，上海交通大学出版社出版了陈福康的鲁迅研究专著《鲁研存滓》。全书大体分专论、杂考、商榷、批驳四个部分。此书即鲜明地体现了陈福康的治学风格和特点。首先是喜欢考证辨伪。即使有些文章内容不宏大，文字较短小，也均言之有物。著者擅长实证考据，博古通今，视野宽阔，纵横驰骋，益人心智。此书的另一个风格和特点是勇于批评。有揭露对鲁迅制造的谣言，有揭露伪造的鲁迅题词，有批评不懂装懂、胡说八道的，有批评不讲道理、肆意攻击的。均实事求是，充分说理，努力捍卫鲁迅，善于独立思考，绝不盲从跟风，令人痛快淋漓。

张　杰

2006年9月，张杰的《鲁迅杂考》被福建教育出版社作为“而已丛书”中的一本推出了。

书名中的“杂”字集中表现了该书的特点。“杂”，一是意味着“博”，古今中外，文史哲学，无所不涉；二是表现了作者的写法，采取的是杂谈的风格与方法，似乎驳杂随意，举重若轻，其实谈的都是别人未曾涉及却非常重要的问题。例如《〈穆天子传〉鲁迅抄本考》，鲁迅对《穆天子传》非常重视，曾经亲笔抄录全书并补校，但为什么在编辑《古小说钩沉》等书时弃收呢？这个问题是鲁迅辑录古小说研究领域的一个疑难。但是多少年来无人撰文解答。张杰则选择了这一难题作文，细致入微地考证了鲁迅抄录《穆天子传》及补校的时间与所据版本，考察了此书的流传状况，以及刘师培等学人的研究，通过精确的统计和比较，得出这样的结论：“《穆天子传》是先秦小说，如果收集，只能收入《古小说钩沉》。而《古小说钩沉》所收作品，恰恰无一例外地全部属于严格意义上的辑轶小说。在这种情况下，传本尚存的《穆天子传》被排除在外正在情理之中。据此可以认定，鲁迅这样做，并非是基于对《穆天子传》的价值判断。”

其他文章，如《鲁迅与中国古代哲学著作》《鲁迅与罗王之学》《鲁迅与刘文典》等也都考证细密、深入，言前人所未言，说前人所未说。

中国鲁迅学的历程虽已百年之久，但在史料的挖掘和鉴别上仍有不小空间。《鲁迅杂考》仅就作者的见闻所及，对鲁迅生平、作品以及鲁迅与传统文化、鲁迅与外国文化中的具体问题——或语焉不详者、或似是而非者、或以讹传讹者做了考证，并力图由此及彼、由表及里而至去伪存真。其中，鲁迅与传统文化部分，多为此前鲁迅学中未曾涉及的课题，因而对中国鲁迅学或有拓展。其他部分亦言之有物并务去陈言、推陈出新。总之，张杰的《鲁迅杂考》是中国鲁迅学史上一部值得注意的著作。

叶淑穗、杨燕丽

1999年5月，接近二十一世纪时，中国人民大学出版社出版了北京鲁迅博物馆资深研究馆员叶淑穗、杨燕丽合著的《从鲁迅遗物认识鲁迅》。该书由时任馆长的王士菁先生作序，说道："她们怀着如此深厚的感情，对于具体保存的经过情况如此细致的描写和如此准确的论述，读后更倍感亲切并深受教育。"确如王先生所言，该书从鲁迅手稿、抄录、题赠、碑记、书信、著作、藏书、藏画、金石、照片、故居什物等方面系统地介绍与描绘了鲁迅遗物的具体状貌与保护过程、细节，的确是非长期在鲁迅遗物旁守护、工作的人难以做到的，有着不可替代的历史价值。

特别值得强调的是叶淑穗先生是北京鲁迅博物馆最早的成员，耄耋之年仍然孜孜矻矻，勤勉不已，写了许多独具历史价值的纪实文章，在中国鲁迅学史上留下了不可磨灭的一笔。

三　文本解读

有了更为完善的文本与更加严密的史实考证，二十一世纪对鲁迅文本的解读也更加细致、深入，把握更加精确，尤其是采取的总体态度更加科学。要做到这一点，首先要对经典进行"祛魅"。

（一）李林荣的《经典的祛魅：鲁迅文学世界及其历史情境新探》

李林荣著《经典的祛魅：鲁迅文学世界及其历史情境新探》（北京燕山出版社2007年版）正是论述"祛魅"的问题。

该书认为：借用"祛魅"一词的用意，主要是针对以往关于鲁迅作品的种种阐释过于紧密地依附了有关鲁迅思想地位和文化价值的宏大论述，而未能细致全面地触及文本这一局面。这特别体现在鲁迅作品中最有名、经典化程度最高的那些篇目，如《狂人日记》《阿Q正传》，其次也在鲁迅作品中长期存有歧义或一直被贬低的那一部分，体现得很突出，比如小说中的《孤独者》等和几乎全部的杂文（尤其是被广泛认为是写得最尖刻的二十年代中期女师大风潮期间的那些主要收在《华盖集》里的杂文）。基于这种考虑，《经典的祛魅：鲁迅文学世界及其历史情境新探》特地选取鲁迅以上这些作品来做细读，解读的思路和目的都是绕开宏大论述之蔽、求证思想光环之魅，让鲁迅小说和杂文里这些问题最大的样本，显现出它们本来的面目和完整的脉络。具体到解读、分析的操作过程，主要依托的是对这些作品的文体特征的深入把握和严密论证，这样做的认识根据是：鲁迅在进行小说和杂文写作时，始终都是带着充分自觉而且极其独特的创造性的文体意识，一路开创，一路省思，并不像一些庸常的作家那样只是在无意识或下意识冲动的刺激下进行写作的，在鲁迅的认识和写作习惯里，小说一直被看成一种创造性劳动，他写杂文在《新青年》初期是随大流，女师大风潮前后，他的杂文开始惹来笔墨官司，引起非议，他反而开始对杂文也产生了类似对小说那样郑重其事的态度和日益深刻的认识。循着这样一条追寻和挖掘鲁迅在他独特的文学世界里步步为营的认识和实践线索，也就是文体创造的思想和实践路线，《经典的祛魅：鲁迅文学世界及其历史情境新探》全书的选材和理路，跟宏大论述的战车和摩天轮拉开了距离，确立起了贴在鲁迅作品实际形态和内在脉络上的一种新的研究路数。

对鲁迅小说经典文本进行细读研究，而不是被其魅力所迷，一味仰慕叹赏，而不知科学分析——这正是祛魅式的总体态度，是二十一世纪学人对待鲁迅等经典文本的根本性进展，值得特别重视。

（二）曹禧修的《鲁迅小说诗学结构引论》

二十一世纪鲁迅小说综合研究的突出成果是曹禧修的《鲁迅小说诗学结构引论》（中国社会科学出版社 2010 年版）。

该书认为：启蒙是难题却不是最大的难题，在“铁屋子”中启蒙才是人世间最大的难题；自有文字以来，作家想真实地抒写自己的内心是难事却不是最难的难事，当一个作家发现自己内心有“毒气”和“鬼气”且深怕“毒气”和“鬼气”传染给读者时，再想真实地抒写自己的内心，才是人世间最大的难事。鲁迅曾长期陷于“不可言说”却“不得不说”的“两难”困境中不可自拔，最后的突围是因为找到了“结构”这个关键词。因为结构并不只是一个沉默容器，默默无言地承载着文本中人物、故事、情节、话语等叙事元素，它亦可以在不动声色中与话语并肩而立，承担起表达的重任。结构言说的独特功能终于破解了鲁迅式的独特难题。本著着力探讨鲁迅小说中多种类型的结构，每一类型结构不仅分别从鲁迅的启蒙理想、言说困境、读者意识等多维角度分析阐释，并且结合《狂人日记》《阿Q正传》《伤逝》《示众》《端午节》《铸剑》等经典文本予以阐述论证。

该书出版后获得许多专家的好评。王富仁说：“在我接触到的试图用西方现代新的方法论探讨鲁迅小说的著作中，该论文是最有新意、最有突破性的一篇。……提出了很多有价值、有意义的新见解，富有启发性。……全文另辟蹊径，不落俗套。”[①]

陆耀东说：“这是一个有重要意义而又难度很大的论题。……这篇论文从小说修辞学的视角，对鲁迅小说重新加以审视，对《狂人日记》《阿Q正传》《伤逝》等作了较深入的剖析，提出了许多新见解……对《伤逝》特别是对涓生的论说，特别精彩。论文提出并阐明了不少前人未曾论及的创见。材料充实，逻辑和结构清晰。”[②]

总之，曹禧修的《鲁迅小说诗学结构引论》将鲁迅小说综合研究引向一个新的理论高度。全书逻辑严谨，论述周密，环环相扣，具有鲜明的思辨特色和较强的理论穿透力。从叙述角度进入“解释”，进而将鲁迅小说的“结构”作为全书的研究路径，体现了作者把握鲁迅小说的新的学术意识和新的方法的理论整合，是近年来形式批评进一步深化的具体表现。这些年来，不仅是鲁迅学界，整

---

① 曹禧修：《鲁迅小说诗学结构引论》封底，中国社会科学出版社2010年版。

② 黄修己说：“集中论述了鲁迅是如何创造性地运用修辞技巧抵达意义深度这一鲁迅研究中的重要课题，选题难度大，学术价值高。……全文逻辑严谨，论述周密，具有思辨色彩。”

个文学理论界都有一种浮浅的倾向：只满足于表面化的赞美或贬斥，懒于深入到本质中去探讨鲁迅小说以及文学整体的内部的艺术规律，曹禧修的《鲁迅小说诗学结构引论》是反其道而为之，不图浮名，埋头实际，透发出一种正确的学风与文风。

（三）吴康的鲁迅小说叙事方式研究

英年早逝的湖南师范大学文学院吴康教授理应被提及。吴康最早有《新文学的本原》一书问世。该书从生存现象学的视野，叙述了自康有为导端以至梁启超、陈独秀、胡适、周作人，最后终结于鲁迅的新文化与新文学的本原历程，揭示出文学最本原、最根本的思想形态，进而表现出现代中国的本质命题——人的变革与“文化复兴”的意义。以后他在鲁迅研究领域所致力的，也多是从“本原”出发，进行最根本的追问。2007年在《鲁迅研究月刊》第3期发表《鲁迅小说的时间境域》一文，2008年在《鲁迅研究月刊》上连载的《〈野草〉解读》三篇（《作为希望追寻的绝望》《朝向世内生存者的绝望》《深置于自身的绝望》），就表现了这种穷根溯底的追问精神。连同《中国文学研究》2008年第1期上的《“现实的”与“哲学的”——关于〈野草〉的争辩》，这些是他出版的《书写沉默——鲁迅存在的意义》一书的部分章节，该书已由人民出版社出版。2008年《文学评论》第6期上刊出的《鲁迅小说叙事方式的存在论视域》一文，将思维基点回置到鲁迅本己的生存上来，努力还原一个本真的鲁迅，不失为鲁迅小说研究的新思路。

（四）叶世祥的《鲁迅小说的形式意义》

叶世祥教授也致力于鲁迅小说的形式研究，著有《鲁迅小说的形式意义》一书。在细读鲁迅小说作品、做出富有创造性的独立解读的基础上，叶世祥教授提出了一些具有鲁迅个性的小说命题（概念），如“‘清醒的说谎者’：言说的困境”“‘突围表演’：新的话语形式的确立”，以及“间离”叙述策略的选择，等等，这些概括至少能够给人以启示，显示了作者开拓新境的潜力。这以后他又致力于“鲁迅小说创作研究”系列论文的写作，可惜过早去世使他的研究中止，令人惋惜。

（五）二十一世纪《野草》研究的进展

二十一世纪以来，在文本解读中进展最突出的是《野草》研究，出现了很多论著。引人注目的主要有以下著作：

张闳的《黑暗中的声音——鲁迅〈野草〉的诗学与精神密码》（上海文艺出版社 2007 年版），运用诗学批评和文本细读的方法，努力解剖鲁迅思想的复杂性。《野草》所展示的是鲁迅“呐喊者”形象的另一面。从呐喊到自语，我们更能够体味鲁迅心中的苦涩。面对时代风云的变幻和个人的生活变故，鲁迅的精神苦闷无以复加。在新与旧、进与退、理性与经验、个体与群体的纠缠往复中，鲁迅在超越历史局限中催动启蒙思想的成熟。《野草》时期是鲁迅思想的蛰伏期，这种沉潜，既是启蒙运动陷入低谷之后的自我调整与恢复，也是思想者自我拷问和反思的过程。张闳断言，《野草》的世界是一个隐秘的世界，在《野草》的文本空间里隐藏着鲁迅个人内心世界的秘密。“秋夜”蕴含着鲁迅夜间的经验，黑暗既是对“照亮”的召唤，也是对“我思”的占有。在“灵魂之夜”里，鲁迅一个人拥有着孤寂、虚无、绝望。《野草》的修辞是含糊的，在怀疑和焦虑之中，有些话无法明晰地表达出来。在断裂的话语和迷茫的梦境中，鲁迅在同遗忘和麻痹艰难地对抗着，在充满着存在的悖谬和痛苦的深处，将生命唤醒。

李玉明的《“人之子”的绝叫：〈野草〉与鲁迅意识特征研究》（北京大学出版社 2012 年版），以文本细读切入鲁迅本身——借由《野草》所构筑的一个梦境阴森、意象晦暗、神秘而荒诞的艺术世界，走向鲁迅作为“人之子”的自身，力图把握并呈现鲁迅心灵世界和精神结构的基本趋向：一个创痛酷烈、负载着民族今天和未来的强韧灵魂。这同时是一个伟大灵魂所经验的“炼狱”，它源自自我及其内心世界的巨大矛盾和冲突，是展开在其内心深处的某种人生较量，犹如一场心灵上的暴风雨，这也是一个痛苦的“蜕皮”的过程，某些只有鲁迅体味到的生命的东西经过滤沥而沉淀下来，同时某种人生哲学也在这一过程中被昭示出来。全书分《野草》的单篇重释和全本综论两编，细致而深入地论证出《野草》与鲁迅的意识特征："人之子"的绝叫。"立人"思想和对人的呼唤，使鲁迅逐步走下"神坛"，以活生生的人的身份走进人间，是中国鲁迅学在新时期取得的最大成果。

张洁宇的《独醒者与他的灯——鲁迅〈野草〉细读与研究》（北京大学出版社2013年版），汲取西方的"新批评"派文学理论和中国传统批评精神，对《野草》的文本进行具有超越性和穿透性的、"透视主义"的"开放性的细读"，从单篇到整体，从某一篇写作发表及其前后时间里的生活背景、书信往来，一直到文学创作和翻译活动、其他学术研究和古籍整理等各方面的史料，都锐意穷搜，然后追根溯源，精细考察，从中寻出内部联系，在前人研究成果的基础上提出自己的新异之见。该书最大的特点是"细"。

汪卫东的《探寻"诗心"：〈野草〉整体研究》（北京大学出版社2014年版），强调整体研究，认为《野草》并非一般意义上的写作与单篇作品的汇集，而是鲁迅精神发展史上的一个生命过程，既与《呐喊》等前期创作有着渊源关系，又为后期的杂文创作奠基，是鲁迅生命过程中的"第二次绝望"，即《新青年》团体解散后苦闷、彷徨的产物。在此整体观念下，作者考察了《野草》"非常态的语言形式"和音乐性、色彩感以及《野草》与佛经的关系。

朱崇科的《〈野草〉文本心诠》（人民出版社2016年版），立足于前人的精细研究，缕述文献加以分类评点，又冥思苦索，直逼文本及其作者内心，就每一篇解读出一家之言，既富有创新性的学术介入式论述，同时又具雅俗共赏的人文关怀和诗意追寻。著名鲁迅研究专家和随笔作家孙郁先生说道："我在阅读朱崇科的《〈野草〉文本心诠》时，觉得作者有一个大的雄心，即寻找跨时空性和文体跨越性的根由，复杂性、立体性和否定性里，形成寻找《野草》独特性的诗学结构，他的苦苦的努力，也看出新一代学者的知识结构与前几代人的差异。"

为纪念鲁迅逝世八十周年暨诞生一百三十五周年，笔者张梦阳于2016年8月推出的《鲁迅全传·苦魂三部曲》(《会稽耻》《野草梦》《怀霜夜》)中的第二部《野草梦》,其实是将《野草》研究付诸形象化的解读。全书从1924年9月鲁迅构思、写作《秋夜》开始,一直到1927年4月鲁迅写《野草·题辞》全书出版。《野草》的创作成为贯串全书的红线,以凸现鲁迅的“全部哲学”,也是一种尝试。该书入选中国图书评论学会2016年9月好书榜。

2017年12月20日、21日,复旦大学郜元宝教授偕同澳大利亚昆士兰大学张钊贻博士,在复旦大学召集了“纪念《野草》出版90周年国际学术研讨会”,鲁迅学学者三十余人与会,讨论热烈,表现出对《野草》研究的高度重视。而郜元宝教授两年后也刊出了长篇论文《〈野草〉之“特异”》(《鲁迅研究月刊》2019年第4期),从艺术、哲学等方面论述了《野草》与鲁迅其他作品的同质性与异质性,说明《野草》之“特异”一向被强调得太过,应该“将《野草》重新置回鲁迅前后期有序展开的创作历程,凸显《野草》与同时及前后不同时期思想创作的有机联系,从而稍稍淡化一下《野草》的‘特异’色彩”。

魏洪丘的《〈野草〉解读》(中国书籍出版社2019年版),对《野草》按原书顺序进行了逐篇解读。在继承前人研究成果的基础上,也时见作者的独见。例如第三篇《求乞者》,就认为是先觉者的“罪感”的反映。《求乞者》和《影的告别》是1924年9月24日同一天创作,同时发表在《语丝》周刊第4期上。但《影的告别》是向内,侧重于自我解剖,表现自我与黑暗搏斗的进击、牺牲精神,《求乞者》则倾向于对改革者方式的反思,表现出对求乞者装腔作势、并不悲戚的求乞给予了揭露与抨击,表示了不依附于人的独立人格。解读之后,还附录作者关于《野草》和其他作品的几篇论文。

田建民的《启蒙先驱心态录:〈野草〉解读与研究》(人民出版社2019年版)。该书的特点是努力回到“五四”文化现场去,再现鲁迅作为启蒙先驱的诗人型思想家的心态,并以此为总题统率对《野草》的细读,“静下心来对《野草》一篇一篇地解读、一段一段地解读”（刘勇序语），使读者既对《野草》有微观的理解，又从宏观上对创作《野草》的鲁迅有更为真切的总体把握。

孙歌的《绝望与希望之外——鲁迅〈野草〉细读》（生活·读书·新知三联书店2020年版）。一般认为，《野草》是最能透见作者“灵魂的真与深”、最能揭示鲁迅个人真实的生命状态的作品，孙歌却充分发挥在日本攻读思想史的独特优势，将鲁迅和《野草》作为思想史的研究对象，借助竹内好与沟口雄三的独特思想路径，来重新解读鲁迅与传统的关系，“五四”落潮后鲁迅的孤独、战斗与坚守，以及鲁迅在“绝望与希望之外”追寻生命原点的深刻体验与人生思考，从而找到了进入鲁迅精神世界的崭新入口，继二十世纪八十年代以来鲁迅学先觉者所开拓的途径，把鲁迅还原为一个孙中山那样的有血有肉的战士。以这样的视角透视当时社会论争背景下的鲁迅，确实给人以耳目一新之感。

2020年6月，人民文学出版社推出的阎晶明的《箭正离弦——〈野草〉全景观》，也是研究《野草》的新著。前文已评述，这里不做赘述。

第二十七章　鲁迅与中国文化联系研究的纵横深化

自1986年纪念鲁迅逝世五十周年的“鲁迅与世界文化”国际学术研讨会以来，鲁迅学就开始逐步摆脱泛政治化意识形态模式的束缚，朝着文化的层面转化。鲁迅学人逐步强化鲁迅与中国古代文化的纵向研究和鲁迅与中国现代文化的平行研究。到1996年纪念鲁迅逝世六十周年时，这种转化业已相当深入，出现了如林非的《鲁迅和中国文化》的厚重、成熟之作。进入二十一世纪以后，鲁迅学的文化走向就更加强劲，并预兆出鲁迅学未来的发展前景：既纵向研究鲁迅与传统文化的联系，又平行比较鲁迅与现代作家的关系，还将眼光拓展到了世界视野。

一　鲁迅与中国古代文化的纵向研究

（一）高远东的《现代如何“拿来”——鲁迅的思想与文学论集》

谈鲁迅与中国古代文化的纵向研究，就不能不首先提及高远东的著作《现代如何“拿来”——鲁迅的思想与文学论集》（复旦大学出版社2009年版）。该书收录了著者近二十年与鲁迅研究有关的论文，成文最早者为1988年12月，最近为2007年3月，跨越三个年代，这次集成一束，不仅提供了一个展示高氏鲁迅研究之全貌的平台，而且也显露了其作为一个从鲁迅出发的严肃思想者在当下转型时代的艰难思考。

高远东的特点是有思想，想得新而深。虽然东西不多，但很有分量和深度，并有一定系统。个人认为他是中国鲁学界继王得后之后的思想家。具体的思想观点后面再谈，这里仅说他对鲁迅与中国传统文化的认识。

书中有一篇《论鲁迅与墨子的思想联系》，发表在二十世纪末的《中国现代文学研究丛刊》1999 年第 2 期。笔者读后推荐给二十一世纪初的《中国文学年鉴》摘要刊登了。这篇论文与认为鲁迅思想来自道家等看法不同，提出鲁迅与墨子有着密切的联系。以《故事新编》中的《铸剑》（1926）、《非攻》（1934）、《理水》（1934）三篇小说为分析对象，试图在孔孟、庄周、韩非之外，以鲁迅与墨子的思想联系为中心，就鲁迅寻求创造性地转化中国传统的立场、途径和方法进行简略考察。他认为，在《故事新编》之对中国传统思想和人物的批判中，鲁迅的关心和侧重与早期文言论文及“五四”时期的小说、杂文的表现是有区别的。质言之，即在人们所熟知的关于中国传统文化之“吃人”的定性和立论中，崛起了一种作为其批判“国民劣根性”主题之正题的所谓“中国的脊梁”的墨家英雄。在作者看来，这类人物的出现是耐人寻味的，它表现了鲁迅寻求创造性地转化中国传统的积极本质。大致而言，鲁迅之接近墨子，对墨家思想意义的理解是在其一向关注的“立人”和“立国”的脉络中进行的；对墨家价值的肯定，是在其对儒家和道家之思想人物的批判中对照性地确立的。然后，高远东从近代墨学复兴的思想史背景与鲁迅等方面说明：鲁迅在留日时期曾师从章太炎，其早期思想中从“任个人而排众数，掊物质而张灵明”的主张，到综合“新神思宗”、尼采之“超人”和“摩罗诗人”而寻求“精神界之战士”的理想，再到其从“立人”到“立国”的文化建国方略，都鲜明地隐伏着一条近乎墨学的脉络。到晚年，他对墨子的爱好更加剧了，致使《故事新编》带上了“墨家色彩”。

笔者认为高远东这一观点是符合实际、有说服力的。

（二）田刚与廖诗忠的两部专著

二十一世纪还出现了两部十分厚重的鲁迅与中国传统文化关系的研究著作，这就是田刚博士的《鲁迅与中国士人传统》（中国社会科学出版社 2005 年版）与廖诗忠博士的《回归经典——鲁迅与先秦文化的深层关系》（上海三联书店 2005 年版）。

这两部专著逻辑严谨，内容扎实、厚重，丰富了学术界关于鲁迅与中国传统文化的研究，具有突出的学术价值。其学术价值主要表现在以下五个方面：

（1）通过对中国传统文化典籍的深入研读和对中国传统士人灵魂的深刻体悟，进入了中国传统文化的深层世界。鲁学界的很多学者不敢轻易接触鲁迅与中国传统文化关系研究，是因为本身从现代文学研究中来，缺乏国学根柢，很难谈出所以然，因而有意回避了。一些学者勇于涉及了，却又往往停留在表层，仅从字面上进行一些比较对照。因为深入实在是很困难的，就连郭沫若的《鲁迅与庄子》一文也多是从词语的相近上考察鲁迅与庄子的联系，而没有深入到精神境界中去。然而，笔者欣喜地看到，这两部著作却深入进去了。它们不是停留在表层，仅对鲁迅与中国传统士人的关系做表面的文字的梳理，而是通过对中国传统文化典籍的深入研读和对中国传统士人灵魂的深刻体悟，进入中国传统文化的深层世界。仅就这一点来说，就已大不易了。

例如田著第三章《鲁迅与庄子》，在对庄子的《齐物论》做了汪洋恣肆的纵横大论之后，指出鲁迅从庄子那里受到的绝不仅仅是文辞上的影响，而是思想和精神气质上的深刻烙印。早期鲁迅文学的“无用之用”说、“撄人”说、古民的“白心”说以及最重要的“立人”思想，其实都与被章太炎带入的庄学世界有着直接或间接的密切关系。第四章《鲁迅与屈原》，提出《伤逝》是“自叙和托讽的杰作”，有着明显的《离骚》的艺术印记；《野草》是“无韵之离骚”，是鲁迅从屈原的《离骚》中汲取了精神及艺术滋养并加以现代重构。廖著在《孔孟批判：民族原初生命力的压抑》一节中，把鲁迅批判孔孟之道的具体针对面分为政治思想的本质、礼与礼教、中庸之道、“圣之时者”与孔子人格四个方面，一一指明，深入探究；《老庄反思：本真生命的阐扬与误释》一节，又分析了鲁迅对庄子思想中“情态自由”说的暗中汲取；《墨子再发现》一节，以鲁迅之“诚爱”对应墨子之“兼爱”，以鲁迅之“抗强”对应墨子之“非攻”，令人信服地论证了鲁迅对墨子思想的汲取与升华。所有这些独辟蹊径之论，如不是长期浸淫于中国传统文化典籍当中，深得其神髓，是很难有所体悟的。

特别可贵的是，田著在属于现代文学领域的这一研究课题中，运用了古典文学学者常用的严格考证的方法，在最为重要的第六章《鲁迅与嵇康》中，精确地考证出鲁迅一生自 1913 年至 1931 年共校勘《嵇康集》九次，而不是鲁研界过去所认为的模糊性的“十余次”。廖著详细统计了鲁迅文章提及和引用先秦文化史人物与典籍的情况，列出表格予以展示，使人一目了然地认识到先秦文化在鲁迅著作中的分量，还通过《鲁迅日记》中的书账清单说明了鲁迅对先秦文化的自觉探索，这些都显示了科学实证的效应。

有学者评价：田刚是以古典文学研究的态度与方法研究现代文学的，所以取得了比其他一些研究者更为严谨、扎实的成果。笔者想，在鲁迅研究领域，特别是鲁迅与中国传统文化关系研究当中，尤其应该发扬这种古典文学研究的严格考证的态度与方法。只有长期浸泡在中国传统文化的海洋里，深入领会其中的神髓，并采取极为严谨的考证方法，才可能像田刚博士和廖诗忠博士那样真有所获。

（2）沉浸在中国传统文化典籍的滋养中，但绝不拒绝外来的西方现代学术理论，又不生搬硬套、生吞活剥一些新名词、新概念，而是吃透其中精髓，灵活运用到自己的研究中去。

田著以美国汉学家列文森价值与情感“冲突说”为理论根据，从近代以来中西文化冲撞的角度分析中国近代知识分子的文化矛盾心理，为我们理解鲁迅的反传统思想打开了一个崭新的思路。又运用荣格的“集体无意识”说，分析了鲁迅内心深处那源远流长的心理原型——鲁迅所深深浸染其中的中国士人的精神传统，并以德国哲学家雅斯贝尔斯的“轴心期”说，解释了中国人进行自我理解的历史演变。廖著则力求在现象学与解释学之间保持适当平衡的立场，在对每一个问题进行探讨之前，首先求之于现象学的“看”，尽可能充分地把“事情本身”摆出来并加以必要的描述。不论是别人的还是自己曾经信以为然的，都暂时地“悬搁”起来，置于“括号”之中，对之存而不论。唯当经过“悬搁”操作，获得了对“事情本身”的充分直观之后，才能重新考虑那些现成的解释。按照这样的立场和方法，对先秦文化典籍和鲁迅著作进行“深度解读”，才理出了其中的深层关系。

这两位作者既埋头狠扎国学根柢，又不像过去的一些腐儒那样眼光如豆、孤陋寡闻，而是视野开阔、与时俱进，所以他们才能取得坚实的成果。

（3）对鲁迅精神世界有着深透的理解。鲁迅与中国传统文化关系研究，重心还是在鲁迅身上。如果对中西文化都很熟悉，唯独对鲁迅缺乏理解，也是不能奏效的。这两部专著的作者都是热爱鲁迅、立志研究鲁迅的。他们对中西文化的涉猎是为了增进对鲁迅的理解，促进鲁迅研究的学术发展。在他们的著作中充分显示出对鲁迅精神世界的深透理解。

田著不是凝固地从一点进行评判，而是分三个时期流动地探求了鲁迅对庄子的接受：“苏古掇新”——早年鲁迅；“抉心自食”——中年鲁迅；“老归大泽菰蒲尽”——晚年鲁迅。最后断言：庄子的思想与精神有许多因子已经化入鲁迅的血肉之中，成为他精神气质的重要组成部分，除中年鲁迅身上表现为“庄周韩非的毒”之外，晚年鲁迅仍然保持着某些庄周的风采。这可以说是深得鲁迅精神气质的此中三昧。

《鲁迅与嵇康》一章，把《广陵散》看作鲁迅的政治性“托讽”，《忧愤诗》当作鲁迅“兄弟失和”的哀鸣，也是点中了鲁迅精神世界的情结之穴。廖著认为把中国封建专制主义的仁义道德概括为“吃人”，是庄子早已预言过的，鲁迅的批判是相隔两千多年的遥遥呼应，可谓看破了这两位思想巨人之间的深层联系。而在分析鲁迅与韩非关系的微妙性时，指出：鲁迅的深刻既由故乡浙东史学传统哺育出来，又由思想家的著作陶冶养成，其中就有法家的韩非。这也是对鲁迅精神世界之神髓心领神会才得出的结论。

（4）由于具有科学的方法论意识，又对鲁迅和中国传统文化都有较为透辟的领会，所以田著对鲁迅与中国传统士人之间的交接、契合、抵触有着准确的把握。

田著第五章《鲁迅与孔融》，一方面看到鲁迅不仅在为文的态度和方式上与孔融相同，而且反抗权威的叛逆性格以及不为任何权势所屈服的硬骨头精神也和孔融有着惊人的一致；另一方面，又清醒地分析了两人的不同，鲁迅比“志大才疏”“重道轻器”的孔融要有“城府”得多，也“世故”得多，而鲁迅的“城府”与“世故”正在于了解自己作为文人的本分，对自己和权势者都有着冷静的认识，不像孔融那样有做“王者师”的奢望。廖著在论析鲁迅与先秦思想关系时，着意指明鲁迅与先秦诸子的思想究竟在哪些具体的要点上是相通相契的，在哪些方面又是相悖相逆的，特别是周详、精确地分析了鲁迅在对诸子思想进行批判反思时究竟是具体针对哪些方面的。这种“笨牛”式的分析法，需要付出艰苦的思维劳作，却比以前的某些研究者笼统含糊的说法，更近于鲁迅本体，对鲁迅研究有更为切实的推动。

正因为如此，这两部著作不是鲁迅与几位中国传统士人关系论列的简单拼合，而是构建了较为宏阔的坐标与框架，在鲁迅与中国传统文化这一大范围内，将对鲁迅与中国士人传统和先秦文化的探索建立在科学深入、令人信服的论证之基础上，揭示了鲁迅与孔孟、韩非、墨子、庄子、屈原、嵇康、章太炎等士人关系的丰富性、复杂性，并从整体上加以统摄与概括，在现代价值的意义上阐释、总结了鲁迅对中国士人传统精神和先秦文化的汲取与创造性转化。

（5）这两部著作的学术价值不限于局部和表层的突破，而是上升到历史哲学和文化哲学的高度，对“五四”文化的认识模式和泛政治化意识形态模式有所冲决，对鲁迅映象的整体调整与内涵更新有所推动。

田著最重要的学术价值还不在于对鲁迅与中国传统士人的关系做了较前人更为深细、透辟的分析，而在于从整体上冲决了长期在鲁研界以至中国思想界占据主导地位的“五四”文化的认识模式和泛政治化意识形态模式。这个模式的核心是把鲁迅等新文化运动的倡导者们在“五四”时期批判中国传统文化的文化策略，发展、转化成为一种普遍永恒的先验原则而被人们推向极端。结果，以儒家为代表的中国传统文化被冠之以诸如“封建的、落后的、反动的”等等恶谥而任人唾弃，而鲁迅的“反传统”精神，则被许多启蒙知识分子所坚持，成为二十世纪八十年代初期新启蒙运动的精神之旗。这种文化观念上的历史性“偏执”，至今仍然是许多鲁迅研究者对待传统文化的基本原则。二十世纪的“文化大革命”对鲁迅精神的极致发挥乃至“滥用”就是明证。廖著的主旨其实也正在于此，其对把鲁迅判定为一个激进的反传统主义者的做法提出疑问，突破过去那种笼统地研究鲁迅与整个传统文化的方式，深入到更为微观的层面，去研究鲁迅与中国文化史的某一阶段、某一侧面的具体复杂的关系，从而为探究鲁迅与传统文化的整体关系提供具体、翔实的根据，导引更为复杂、更为灵活也更为切近鲁迅本体的解释模式和研究进路。所以，这两部著作的用力之处都在于此——要以学术实绩冲决那些顽固的习惯性思维模式和价值判断模式，推动鲁迅学的突破和鲁迅观的更新，进而力图转换中国人的思维惯性，调整新文化运动的历史航向，摆正思想解放运动的风帆。所有这些，对于当代中国来说，都具有不可低估的历史意义与理论价值。

也正是因为这一点，笔者才用了很大功夫细读这两位新秀的厚重的著作，并不惜用很大篇幅来评述和力荐他们的学术成果。

而更值得赞扬的是他们的学风。孔范今教授称田刚博士：“对学术的热爱与坚执几近于痴迷。他要想做个什么课题，那是一定会究根穷底抓住不放的，即使难度再大也决不会放手。”“像个书虫一样埋头读‘经’，以致使修习历史和古代文化专业的学友们倍感惊讶。”姚春树教授说廖诗忠博士：“没有沾染时下追新骛奇的浮华学风，硬着头皮撑出个‘语不惊人死不休’的场面。”在当下学风浮躁、造假成风、人欲横流、追名逐利的氛围中，这两位博士的精神和风度显得何其可贵！

因此，也应该给他们提出更高的要求。他们虽然取得了很可观的成绩，然而以高标准衡量还是很不够的。

如阎庆生教授在关于田著的书评中所说：“题旨的展开，仅限于鲁迅与‘狂人’的关系一脉，而对鲁迅与章太炎在思想上的联系之开掘似尚缺乏应有的广度和深度。”也如姚春树教授在廖著序中所说：“关于鲁迅‘新生’与‘复古’思想的关系，还应更加深化，关于鲁迅与先秦神话关系的论述显得较为薄弱；关于鲁迅创作中‘发愤抒情’的论述，例证还不够全面，没有将鲁迅所有重要作品都涵括在内，分析亦欠深入。正如作者在结语中所承认的那样，本文只是局限于就鲁迅而论鲁迅，未能将论题置于整个中国现代思想学术史的宏观构架中加以把握。”这些意见，笔者都非常同意。

（三）鲍国华对鲁迅小说史学的研究

鲍国华的专著《鲁迅小说史学研究》，2008 年 6 月由天津社会科学院出版社出版。

本书旨在研究作为小说史家的鲁迅，围绕《中国小说史略》及其他相关著作，考察了鲁迅从事中国小说史研究的资料准备、研究过程、学术贡献和价值、历史影响以及相关著作的版本流变等方方面面，力图开掘“学者鲁迅”的意义及其在中国小说史学研究乃至中国学术史发展历程中的界碑地位，探索中国学术史上的鲁迅传统和资源价值。

通过长期的研究，鲍国华对鲁迅产生这样的认识：

鲁迅是那种可以凭借一己连接起整个中国现代文学甚至现代文化的人。以鲁迅为研究对象，可以观照并了解中国现代文学的方方面面。从鲁迅出发，较之其他研究对象确实更具普遍性与穿透力，更有助于把握中国现代文学的高度、深度和广度。

作为相对年轻的鲁迅研究者，由于自身和鲁迅以及鲁迅研究的前辈学人之间的明显距离，既体现出相对独特的问题意识与研究趋向，因而找到自身的学术立场，又明显感受到对鲁迅不易把握、难以穷尽的隐忧，感受到来自前辈学人的“影响的焦虑”，陷入在精神上、视野上甚至表达上难以超越前辈的困境。就他个人而言，可以说没有前辈学人的积累和指引，也许不会选择鲁迅作为自己的研究对象。感到自己这一代中的多数人，自从进入学院体制后就不曾脱离。这是一种幸运，可以在相对平稳（也可能是平庸）的环境中阅读和思考，获得相对扎实、系统的学术训练。但也可能成为一种“不幸”，至少是短板——缺乏生命的历练与沉淀，仅仅把鲁迅作为纯粹的学术对象。这或许能够避免主观的肆意妄言，但也可能抽空鲁迅和鲁迅研究的生命力。作为喜爱鲁迅的、有志于从事鲁迅研究的学人，能否发出自己的声音、在学术史上获得显要的地位，并不是多么重要的事。能否作为“历史中间物”，连接前辈与后辈的学术血脉，使鲁迅研究薪火相传，并借此凸显时代的精神价值，实现对自己的生命承担，才是作为一个鲁迅研究者最为重要的责任和使命。

（四）石祥对鲁迅辑校古籍的研究

近年出现的新人石祥对鲁迅辑校古籍的研究明显地超越了前人。赵英的《籍海探珍——鲁迅整理祖国文化遗产撷华》（中国文史出版社 1991 年版）是迄今仅有的探讨鲁迅与传统典籍文化关系的专著，其历史价值是不可否认的，但由于是中国现代文学专业出身，受限于古典文献学知识结构上的欠缺，未能予以充分讨论，尤其是鲁迅辑校古籍的具体操作细节更是未能深入。石祥毕业于北京大学中文系古典文献专业，有着古籍研校的严格训练，他以“鲁迅辑校古籍研究”为题，邀请鲍国华为合作者，申报教育部人文社科青年项目，并获批。

他们二人的共识是：辑校古籍是“学者鲁迅”的重要业绩之

一，而已有研究比较薄弱，应该凭借石祥从事中国古典文献学专业的优势进一步突破。他们的基本研究思路是：以细读《鲁迅辑校古籍手稿》为基础，结合其他史料，从严格的文献学视角，逐一探究鲁迅辑校的各部古籍，复原历史现场。在达成上述事实层面目标后，再从文献学角度切入，深入探讨辑校古籍与鲁迅的学术研究之间（特别是小说史研究）的关系，将鲁迅置于文学—文献学、学术史—文学研究、古代文学—现代文学等多个跨领域视角下审视通观，以期构建全面而清晰的“学者鲁迅”的形象。

在研究过程中，石祥发表了《鲁迅辑录〈众家文章记录〉考》（《鲁迅研究月刊》2016 年第 1 期）、《〈会稽郡故书杂集〉诸稿本的文献学研究》（《鲁迅研究月刊》2015 年第 1 期）、《〈文士传〉鲁迅辑本研究》（《鲁迅研究月刊》2012 年第 11 期）、《有关〈姚辑本《谢氏后汉书补逸》抄录说明〉——2005 年版〈鲁迅全集〉误收文一则》（《鲁迅研究月刊》2012 年第 3 期）、《鲁迅辑校〈嵇康集〉考》（《中国典籍与文化》2014 年第 4 期）、《鲁迅辑校〈谢承后汉书〉考》（《鲁迅研究月刊》2019 年第 3 期）等多篇论文，并获批了国家社科基金项目“鲁迅收藏校释金石文献活动之研究”。

他还在继续撰写此方面的论文，并将论文结集为专著《鲁迅辑校古籍的文献学研究》，由中华书局 2019 年出版。

石祥的鲁迅辑校古籍研究，可以用“发生”“链条”“细节”三个关键词概括。具体来说，他运用纯正的校勘学、辑佚学、版本目录学的技术准则和研究手法，从细致比勘校读鲁迅手稿开始，从中发掘内证，勾连考索，逐一考述诸稿本的形制特征，卷次结构的演变，序文的渐次形成，佚文归属的判定，鲁迅对于佚文的校勘、归并与排次，案语的次第增补与撰定，鲁迅对于清代学者辑佚校勘成果的吸收与订正等问题点，由此复原鲁迅辑校上述古籍的过程与其间的具体“技术操作”以及其中所反映的鲁迅的辑佚方法与思路，并从严格的文献学标准出发评价鲁迅辑校古籍的成就得失。在研究中，特别重视探究鲁迅辑校文本的“发生”与“连续演变”，不是逐一地、孤立地处理鲁迅的诸手稿，而是通过考证，确立各手稿之间的关联，据此构建出完整的、连续性的文本证据“链条”，由此着力探究和揭示辑校文本的“发生”与“连续演变”。同时大量运用了图像方法，以图证文、图文结合，将对文字性内证的讨论分析与以辨析图像证据（非文字性内证）相结合，使内容更为丰富、细致。以上论文廓清了一些模糊不清或未经探明的问题点，诸如校勘所用底本与考校本的版本问题，辑校的体例方法与具体操作，鲁迅对前人辑校成果的借鉴与改进等问题，都是之前未研究或研究不深的。本课题做了细致深入的考辨与论述。

鲁迅学家张铁荣这样评价石祥的研究：“鲁迅辑校古籍研究……几十年来虽有些专家学者分别在做，但像此次这样全方位、立体化的既细微又宏观的研究还不多见。因此我以为它的意义是十分重大的。这里有两点十分可贵：一是对于中国古代文献典籍的版本校勘须有较为扎实的文献学功底，二是对于鲁迅生平创作及同时代人关系的全方位了解，二者缺一不可。现在看来项目负责人全做到了。通读成果全书我以为其学术价值是毋庸置疑的，全书九章细致全面，展现出了学者鲁迅的全貌之同时也展示了文学家鲁迅的文化底蕴，对于这一课题的个案研究必将丰富鲁迅研究，同时也从另一个侧面看到作为思想家的鲁迅对于中国古籍的着眼点之所在。为了增加说服力，本成果还增加了一些照片和表格，通过‘比勘’这样细微的对照来证实，可见所下功夫之深。另外在参考书目上也做到了全面关照，重点突出，只有这样才能在前人的基础上有创新，有所进步。研究者始终注意到在列举部分典籍时的‘鲁迅眼’，不然很容易作成两张皮，古籍是古籍，鲁迅是鲁迅，现在看来此前的一些担心是多余了。……如果说问题的话，我以为鲁迅整理古籍是一个相当大的题目，鲁迅还研读刻印过佛经，抄校过古碑，涉及过金石等。当然这些均在文学之边缘，不是此次要解决的部分。今后如能向此方向再发展的话，也许又能开辟一个新的研究领域也说不定。当然项目负责人已经做得够好了，我对这个成果表示钦佩。”

鲁迅学家黄乔生说：“石祥、鲍国华等青年学者从文献学视角，以纯正的学术路径和考证方法，较为系统地考察了鲁迅辑校古籍

（文献学）的学术活动，写成《鲁迅辑校古籍研究》书稿，是很可喜的。总的来说，该研究考证严谨扎实，方法科学合理，论述清晰细致，合乎学术规范，有效填补了相关学术空白，并在研究深度上有大幅推进，具有较高的学术价值，是一项较为优秀的成果。……该研究充分利用了《鲁迅辑校古籍手稿》、鲁迅日记等第一手史料，尤其注重从手稿中发掘内证，勾连考索，厘清了辑校过程中诸多'内部'细节，诸如所用底本与考校本的版本问题、辑校的体例方法与具体操作，对前人辑校成果的借鉴与改进等问题。这正是以往研究做得不够的地方。……本研究在论述中着力探究辑校文本的'发生'与'连续演变'，以及由此体现的辑校思路与具体操作等细节，更深入地阐发了鲁迅辑校古籍的理念，并为更好地把握鲁迅的文献学方法与成就，奠定了基础。……当然，本书稿还有完善的余地。如能进而探讨、揭示辑校古籍与鲁迅精神、思想层面之间的关系，研究成果当更加丰满、完整。”

（五）金纲的《鲁迅读过的书》

读书是鲁迅生活的重要内容。他的思想与著作与所读过的书有直接的关系。鲁迅诞辰 130 周年的 2011 年 9 月，中国书店出版了一部厚重的书——金纲先生的《鲁迅读过的书》。该书共分四编：第一编“国学”、第二编“现代”、第三编“西学”、第四编“综合”。“国学”编 1552 种中又分为儒学部、史学部、诸子部、文集部、小说部、语文部、丛集部；现代编 496 种中分学术部、思潮部、创作部；西学编 1189 种中分思想部、历史部、文化部、文学部；综合编 996 种中分为汉学部、艺术部、宗教部、工具部。对这 4233 种书分门别类编好后，又逐一介绍，简洁、精确，可见作者下了多大多深多苦的硬功夫。从这些书籍中，我们实际、具体而不是空洞、虚浮地了解了鲁迅的知识结构、思想渊源和文化底蕴，对于鲁迅研究切实有益。这才是给鲁迅学的建设打下了坚实、渊博的基础，是真正值得提倡的扎实学风。

在鲁迅与中国历史文化名人的比较研究中，还有一些值得注意的专著：

（1）朱奇志的《龚自珍鲁迅比较研究》（岳麓书社 2004 年版）。这是一部很有分量的鲁迅学著作，该书对晚清思想家龚自珍与现代思想家鲁迅的异同做了深入的比较研究，这的确是一项非常有意义的工作。写出《病梅馆记》和“九州生气恃风雷”名诗的龚自珍，和鲁迅之间有着很多相通的地方，值得反复体味。

（2）高俊林的《现代文人与“魏晋风度”——以章太炎、周氏兄弟为个案之研究》（河南人民出版社 2007 年版）。该书特点是作者具有比较深厚的古典文学学养和治学方法，下了爬罗剔抉、旁搜远绍的笨功夫，其中谈“魏晋风度”与鲁迅的故乡文化背景和“酒、药、女、佛”与“文学的自觉时代”两节，有些深味。

二　鲁迅与平行文化的比较研究

（一）李怡的《论鲁迅与中国现代文学》

谈到鲁迅与平行文化即中国现代文学的比较研究，不能不评述李怡的两本书：《阅读现代——论鲁迅与中国现代文学》和《为了现代的人生》。这是平行研究的重要著作，在本书第三十章《二十一世纪中国鲁迅学群落的分布》将对李怡做专评，这里暂不详述。

（二）李继凯的《鲁迅与茅盾比较论》

李继凯的《全人视境中的观照——鲁迅与茅盾比较论》，作为《中国社会科学博士论文文库》之一种，由中国社会科学出版社于 2003 年 9 月出版。

本书对中国现代两位最具有代表性的作家鲁迅、茅盾进行了全面的比较研究，认为面对像鲁迅与茅盾这样的中国文化名人，尽管“酷评”也会产生一些“去蔽”作用，但却极易导入“误读”，不如稳健的“慎评”来得可靠可信，因此作者在全人视境中观照鲁迅与茅盾或进行全人比较研究时，认同和选择的是后者。作者以慎评的学术眼光，对鲁迅与茅盾进行了相当全面深入的考察、比较和评估，认为鲁迅与茅盾都是二十世纪中国新文化派的重要代表人物，就其总体特色而言，鲁迅主要是伟大的文学家与伟大的思想家相当完美的结合，是新型文化的开路派、前卫派；茅盾则主要是伟大的文学家与重要的政治家相当完美的结合，是新型文化的建构派、稳健派。尽管他们存在着差异，人格和文格有明显的不同，但他们都是中国历史上难得的具有创造力的文学大师，都有着相当大的世界性和后续性影响。即使他们自身存在着矛盾或不足，也足可引为今人与后人的镜鉴。他们还都是那种再生力很强的“资源性”的文化名人，从他们这里可以引发出许多富于生命活力的话题。对于关心“全人比较研究”和“全人健康发展”的人们以及认定“文学是人学”的信仰者来说，关心鲁迅与茅盾的“全人”存在，也可以由此获得许多有益的当代启示。将鲁迅及鲁迅研究、茅盾及茅盾研究视为文化性存在，名之为“鲁迅文化”和“茅盾文化”，在一定意义上讲是成立的；作为思想文化的资源，于文化积累、文化再生及针砭时弊诸方面，“鲁迅文化”和“茅盾文化”的价值与意义也是不可轻估的。该书采取纵横交织的“全人比较研究”方法，突出了鲁迅与茅盾比较研究的全面性和人生味等，批评了当今流行文化对鲁迅与茅盾的“围剿”或消解，揭示了鲁迅与茅盾“沉重型”的人生样态和当代意义。

总体看，该书把鲁迅和茅盾这两位文学大师结合在一起，进行了综合的比较研究，不但具有透视整个中国现代文学的理论意义和文学价值，也使这一论题能在更广泛、更深入的层面上进行比较分析。

该书所采用的“全人视境”式的研究角度和方法，这样一种多维型、整合性的研究思路对于进一步拓展鲁迅、茅盾研究的新局面，生发研究的新课题无疑具有重要的启示和借鉴意义。因此，该书出版后产生了较大的社会反响。

（三）张铁荣的《比较文化中的鲁迅》

张铁荣一直致力于鲁迅与同代人的比较文化研究，著有《比较文化中的鲁迅》（南开大学出版社2003年版），书中包括鲁迅与周作人的日本文学翻译观，鲁迅与叶圣陶、许钦文、王鲁彦的小说比较，鲁迅与俄罗斯作家阿尔志跋绥夫的小说比较，鲁迅的编辑学阐释等篇章。还有论文集《寄意寒星荃不察（比较文化研究中的鲁迅研究新视野）》（南开大学出版社2017年版），收录了40余篇有关鲁迅与中外作家、中国文化的比较研究的文章，共分为“南开视野”“比较研究”“宏观散论”“鲁学探微”“史料梳理”“文坛述往”“读书偶得”等7个板块，反映了作者学术生涯的起点和进程，有一定的理论性、资料性和新观点。作者从比较文学的角度研究鲁迅及其作品，资料翔实、论述精辟，资料性、可读性强，如鲁迅与现代作家小说比较研究、周氏兄弟失和原因、答徐懋庸公开信背后的故事、鲁迅在天津的考察、鲁迅与顾琅等，均曾被各种书籍选录或被“中国人民大学复印报刊资料”《中国现代、当代文学研究》收录。

（四）吴敏对鲁迅与周扬关系的研究

吴敏长期从事周扬研究，她在《简述鲁迅百年诞辰纪念活动的多重声调——兼及周扬论鲁迅》（《中国现代文学研究丛刊》2017年第3期）一文中指出：“周扬在鲁迅研究学会筹备会上对于鲁迅的理性的、学术性的态度和自我批评，并不是一时的心血来潮或装模作样的表态。在此之前，他已经长篇讲述并清晰表达过自己的观点。他说，‘鲁迅的伟大’是自已在个人阅历和实际经验的增长过程中逐步认识的，在‘两个口号’和对待鲁迅的错误中，主要是自己的责任。”吴敏的研究持理性的科学态度，与过去一些人情绪化的研究——不是倒向鲁迅就是狠批周扬——迥然不同，很值得注意。

除此文外，吴敏发表的鲁迅与周扬研究的文章还有：《晚年鲁迅与“周扬等人”》（《中国现代文学研究丛刊》2012年第11期）、《以鲁迅〈辱骂和恐吓决不是战斗〉为例简述二十世纪三十年代左联的矛盾处境》（《中国现代文学研究丛刊》2009年第6期）等。

（五）李宗刚、王瑞、邵建对鲁迅与胡适的比较研究

（1）李宗刚在《鲁迅与胡适“和而不同”的现代文化阐释》（《北京师范大学学报（社会科学版）》2020年第5期）一文中就鲁迅与胡适“和而不同”进行了阐释，论文认为，鲁迅与胡适的关系终其始末是“和而不同”，其基调是“和”，具体表现在鲁迅与胡适互有认同和肯定。鲁迅和胡适的“和”是统一在其现代文化理念上的“和”，而他们的“不同”则是在“和”的前提下的“不同”，主要体现在其具体的文化方法和策略的差异上。他们的“和而不同”确保了两人的主体性得以真正意义上的确立，保证了文学的多样性和平衡性发展，为风格迥异的各类文学样式提供了无限广阔的空间，其历史价值和意义不可小觑。

（2）王瑞的《鲁迅胡适文化心理比较——传统与现代的徘徊》（社会科学文献出版社2006年版）。该书特别强调人作为一种社会存在，其个性心理与文化环境之间相互依存、相互制约的密切联系。书中最后一章《情与欲的冲突：新旧交织的个人婚恋观》，谈鲁迅与胡适在婚恋问题上的异同，是以前的鲁、胡比较论少见的，很有特色。

（3）邵建的《鲁迅与胡适》（光明日报出版社2008年版）。该书主要围绕胡适和鲁迅的思想、文化性格以及有关事件而展开。作为二十世纪最主要的两个知识分子，胡适与鲁迅思想脉系不同，文化资源有异，价值取向也大相径庭。他们对二十世纪的中国产生了重大影响，也分别带来不同的后果。该书将历史叙述和思辨解释相结合，旨在呈现胡、鲁之间的思想差异以及文化追求的不同，并重新梳理涉及他们两人的有关事件。该书出版后，读者有所异议，但我们应该接纳各种不同的意见，在胡、鲁诸种不同的比较中，汲取各方面的观点有鉴于二十一世纪的文化重构。

鲁迅与中国现代文化名人的平行比较研究领域，值得注意的专著还有孟泽的《王国维鲁迅诗学互训》（九州出版社2007年版）。该书认为以《人间词话》与《摩罗诗力说》为基本语言形态的王国

维、鲁迅诗学，在中国现代诗学史上具有最显著的“两歧性”特征。由此出发，对这两人的诗学展开了深入的比较研究。得出这样的观点：从整体上看，王国维、鲁迅的“诗学”不是纯粹的知识之学，也并不只是纯粹的审美之学，而更接近于一种与“立心”“立人”相关、“知”“行”一体、“人”“文”共生的“文”“学”与“文章”之学。纯粹文人或学者的名号也不足以称言王国维、鲁迅，他们是抵达了现代中国精神最高点的开创性的不世大儒。作者虽然不专攻鲁迅学，但是其独到的诗学研究很值得鲁迅研究学者借鉴。

第二十八章　鲁迅学向世界文化视野进一步扩展

一　世界视野中的鲁迅

（一）山东师大的会与书

进入二十一世纪的第十四个年头，即2014年6月13日—15日，山东师范大学文学院、现当代文学国家重点学科和中国鲁迅研究会联合举办了“世界视野中的鲁迅”国际学术研讨会。来自国内外40多所著名高等院校和科研机构的60多位专家学者出席会议并做了精彩的学术报告，会议取得了圆满成功。

会后，吕周聚、赵京华、黄乔生主编的75万字的厚重、谨严、深入的国际学术研讨会论文集，由中国社会科学出版社于2016年1月正式出版，推向图书市场，获得了很好的效益。这充分证明“世界视野中的鲁迅”这一课题已然是中国鲁迅学发展的必然趋向，也是学界注目的重要热点之一。

该论文集中值得特别注意的论文是李冬木的《留学生周树人“个人”语境中的“斯契纳尔”——兼谈“蚊学士”、烟山专太郎》。该文肯定中国学者汪卫东在《现代转型之痛苦“肉身”：鲁迅思想和文学新论》（北京大学出版社2013年版）一书中的观点：通过日文文本翻译、解读和与鲁迅文本的比较，确证鲁迅《文化偏至论》中有关施蒂纳（“斯契纳尔”的另一译名）的材源来自日本明治时期杂志《日本人》上署名“蚊学士”的长文《论无政府主义》，并进一步深入辨析了鲁迅对“蚊学士”文本的处理问题，考证出《日本人》杂志上“蚊学士”就是早稻田大学的“异端”和独立学者——文学士烟山专太郎。“蚊学士”是“文学士”的谐音，带有诙谐、自谑的性质。鲁迅《文化偏至论》中无政府主义因素的材源，正来自于此。从中可以看出，李、汪两人“所做工作完全处在一个方向上，那就是证实着人们通常所说的‘早期鲁迅’所面对的‘西方’，其实就是环绕留学生周树人周边的日本明治版的‘西方’”。“这个新的发现将促使研究者重返并面对当年周树人所置身的那个历史现场及他在那个现场的所思所想。”这也充分显现了二十一世纪鲁迅学研究较前大为深入、细致了，中、日学者之间的交流与互动的确是极有益的。笔者认为这是二十一世纪鲁迅学非常重要的发现，对于正确认识青年鲁迅的早期思想和后来的演变有着重要的意义。

学术的进展往往是静悄悄地从细微处产生的，那些大轰大嗡式的狂话与妄言不仅不会推动学术的进步，反而会刮进恶劣的学风。就“蚊学士”这一点来说，汪卫东的提出与李冬木的考释才真正是二十一世纪鲁迅学进展的明证。

更可喜的是，刚进入 2019 年，《中国现代文学研究丛刊》第 1 期就刊出了宋声泉的《〈科学史教篇〉蓝本考略》。《科学史教篇》历来被鲁学界视为鲁迅的早期文言论文之一，是考察鲁迅早期思想的重要依据，但其材源，一直未有明确的定论。宋声泉博士多方访求，细密考证，得出《科学史教篇》是鲁迅对日本学者木村骏吉 1890 年出版的《科学之原理》绪言《科学历史之大观》的编译的结论。作者详细考察了鲁迅编译过程中的改动以及鲁迅接触木村骏吉著作的契机，不仅澄清了有关《科学史教篇》的诸多误解，同时也为重新探讨鲁迅早年思想提供了新的坚实的文献基础。作者肯定青年鲁迅在文章里渗入了自己的独立思想：“尽管《科学史教篇》五分之四以上是据蓝本译出，但鲁迅改译为作的努力十分显豁。首先是将日本明治经验直接替换为中国本土意识，这从鲁迅所增论的‘震旦死抱国粹之士’‘震旦谋新之士’等话语标记可以明显地体察到。其次，调整文章脉络结构，在原文‘科学历史之大观’的基础上格外凸出‘教训’的意涵，以符‘教篇’之名。”

笔者认为，宋文不仅是鲁迅早期论文材源考领域重要的新发现，而且清晰地表明二十一世纪鲁迅学学者新的科学的研究路径：不事喧哗，埋头实做，从细微处做文章，以实证做结论。使鲁迅更加脱离“神坛”，走向人间。正如对日本情况也很熟悉的鲁迅学学者陈福康先生所称：“这样从源头上考释鲁迅早期编著所据材料，基本都是日本学者在做，现有中国年轻学者发现新材料属实难得。”同时在中国鲁迅学会理事聊天群上重发他在 1983 年《天津师范大学学报》第 4 期上发表的《对“鲁迅早期五篇论文”提法的商榷》，以重申自己的观点。也如刘春勇博士所言：“宋文对于过去一部分过于神化或者过度阐释鲁迅早期思想的做法是一剂清醒剂吧！”

谭桂林的《伊藤虎丸的鲁迅论及其对当下鲁迅研究的启示意义》。该文认为伊藤虎丸是日本鲁迅学界最具代表性的人物，认为鲁迅“无论是什么都不重要，重要的是鲁迅以什么方式，或者说鲁迅以什么方式成为他所成为的。这对习惯了阐释经典和构架体系的传统的鲁迅研究，也许具有颠覆的意义”。“正是在这样一种方法论基础上，伊藤虎丸的鲁迅论从一开始就特别注意鲁迅的思维方式。”“从东京时期开始，鲁迅就一直具有并保持一种观察事物的整体意识”“对欧洲近代有着极为本源性的理解”“凭借一个青年鲜活的感受性，感受到了它们根底当中的那种共通的‘自由精神’及其能量，并且以进化论者和‘尼采’的个人主义这一形态，把它们化作自己的东西”。谭文指出：“伊藤虎丸对鲁迅整体性思维方式的推崇，无疑是富有创见性的思考，对新时期以来国内鲁迅研究也曾经产生过重要的启示。”鲁迅之所以远远高于同时代的作家，“就在于他突破了枝枝蔓蔓的重围，抓住了宗法礼教制度的核心罪恶，以一种整体否定的叙事策略将一个巨大的秘密展现在人们面前，强烈地刺激国人麻木的神经”。

谭文特别可贵的是指出伊藤虎丸另一个重要观点：鲁迅对于外来文化的“抵抗性接受”的思维方式。一是鲁迅从来不接受既成的理论、信念和教条；二是“在自身内部寻求”逆转的思维方式，从民族的角度来看是思想的本土化，从个体的角度看，则是观念的血肉化；三是鲁迅的“回心”特征，通过内在的自我否定而达到自觉或清醒，在自身内部寻求逆转。“这三点都决定了鲁迅不可能以一个既成的名目如‘尼采’主义者、进化论者甚至马克思主义者来定义他，鲁迅只能是他自己。”

另外，谭文还指出伊藤虎丸强调鲁迅思想的“反体系特征”，而他核心观念的形成直接来自“对于现实情景与文化再生等切身问题的追寻与思考”。

谭桂林的这篇论文理论性很强，真正抓住了伊藤虎丸鲁迅论的核心，对中国当下鲁迅学的健康发展有着深刻的启示意义。

李浩的《鲁迅译稿〈毁灭〉》。作者充分发挥了在上海鲁迅纪念馆工作的优势，将馆藏的国家一级文物——鲁迅为出版《毁灭》单行本而亲笔誊写的稿本，与在《萌芽》月刊上发表的文字进行了细致的对照，说明两种版本的差异：《萌芽》月刊上的译文语句缺乏斟酌和推敲。由此指出：“当代对 20 世纪 30 年代的中国翻译研究，理论考察和历史梳理多于具体的翻译个案研究，这是很遗憾的现状。”

于小植的《外国留学生对〈阿 Q 正传〉接受的实证情况》。该文采取的视点和方法是以前没有的：通过外国留学生接受《阿 Q 正传》情况的实证调查分析，说明了《阿 Q 正传》的叙事魔力；又通过问卷调查不同国家留学生接受《阿 Q 正传》的差异，譬如对精神胜利法，有的认为是“一种自欺欺人的办法”，是不好的；有的却认为是“一种忘记痛苦和屈辱的好办法”，是很好的；有的则认为“现代社会生活节奏快，人的心理压力大，如果没有阿 Q 精神，可能造成精神压抑，甚至患上心理疾病，因此合理地使用‘精神胜利法’是值得提倡的”。该文采取的这种实证方法是可取的，如作者所说："对比外国留学生阅读中国文学作品前后在心理上产生的变化，找出外国留学生较容易接受和认同的内容及不能接受认同的内容，是探索中国文化传播途径的有效手段。"

笔者的《世界文学视野中的阿Q》和《世界文学视野中的鲁迅杂文》两篇长论文，也是数十年研究心血的结晶，将在附录中详述。

（二）从世界视野看鲁迅的著作

（1）吕周聚的《鲁迅文学作品中的异质因素》（人民出版社2017年版）。本书从异质的角度切入来研究鲁迅的文学创作，强调鲁迅文学创作中所呈现出来的与中国传统文学不同的因素，探讨其给新文学发展所确立的新传统，探究其对新文学发展所做出的重要贡献：从思维学的角度来分析鲁迅的创新思维，探讨鲁迅文学创作之所以与众不同的根本原因；从现代主义的角度来分析鲁迅的文学创作，揭示其创作与西方现代主义文学及中国现代主义文学之间的复杂关系，分析鲁迅与一般现实主义文学之间的差异；剖析鲁迅文学作品中所呈现出来的异端思想，思考这种异端思想在当下社会中的价值和意义；通过具体的文本细读，展现鲁迅文学作品所具有的丰富思想内涵和动人的艺术魅力。

（2）刘青汉的《跨文化鲁迅论略》（人民出版社2010年版）。作者是已故著名文学评论家雷达先生在兰州大学的博士生。该书提出要走向鲁迅背后的全人类健全的资源背景，特别是与中国文化资源稍有出入的全人类的精神资源、灵魂资源、思想资源、生命资源，进入、占有和立足全人类多样的、有差异的、全备的足够资源，从而打破狭隘的眼界，从全球视野去审视鲁迅和他所处的时代，并以基督教文化关联中的鲁迅研究为主要视点，对鲁迅与爱、忏悔、非暴力呐喊、终极关怀、心灵史、文明史等的关系，做出了独到而深入的论述。雷达先生写了这样的评语："多年来，本书作者刘青汉一直在默默地从事基督教文化关联中的鲁迅思想的研究。他以澹定的心态，衣带渐宽终不悔般的执着，博览群书，潜心钻研，逐渐形成了自己一套独特而系统的观点。刘青汉发表的文章不是很多，但仅在《鲁迅研究月刊》《文艺研究》《书屋》《文学评论》等刊物上的几篇文章以及在国际学术研讨会上的一、二次发言，即已引起学术界、鲁迅研究界人士的重视。这部书稿《跨文化鲁迅论略》便是他十多年来的心血。在本书中，作者抓住认识鲁迅、继承鲁迅和发扬鲁迅精神的几个重要问题进行了富于开拓性的研究，其中涉及的问题是作者经过长时间资料积累和深切思考所得，因而学术视野开阔，论据确凿可信。有些专题是以前鲁迅研究者较少关注而事实上极其重要的，例如，非暴力问题、爱的问题、宽容问题、忏悔问题、信念问题等等。这些问题或许是‘五四’时期就应该大力关注的，然而，‘五四’确实存在步履过于匆促，目标过于集中，甚至过于单一的倾向，以至于来不及在关注人心和人的灵魂的正面建设上做出更深广的拓展。”笔者觉得这位作者是有潜力的。从跨文化的宏观视野进行拓展和深掘，确实是鲁迅学的“突破口”，但这又不是一书一文和一人之力所能完成的，需要深厚的学养和韧长的掘进，也需要时代大气候的促进，愿他能在鲁迅学领域长期坚持下去，进一步实现他向往的突破。

（3）彭小燕的《存在主义视野下的鲁迅》（北京大学出版社2007年11月出版）。该书是一本很厚重的专著，是从存在主义的视野对鲁迅进行新的观照。作者彭小燕对西方存在主义哲学下过一番钻研的功夫，读博士研究生时，在导师王富仁先生指导下，转向鲁迅研究，写了这部著作。王富仁先生在该书序中指出：这部书突出的是鲁迅及其作品作为精神信仰、作为“灯”的作用，反映了新时期以来，鲁迅研究走过的由鲁迅作品的“镜子”的作用的探讨到“灯”的作用的探讨的渐进性的变化。彭小燕专著的特点是把鲁迅的精神结构作为一个整体，放在存在主义哲学视野下考察，将作为存在主义者层面的鲁迅和社会历史层面的鲁迅合成一个有机体，颇具学术眼光。将整体性的鲁迅形象置于存在主义哲学视野下，呈现出了一个有机的整体的新型鲁迅。这样一来，从“原鲁迅”来看，我们可以清楚地观察到鲁迅作为一个思想家，有着独立、强大、完整统一的精神主体，让我们对鲁迅的认识不再片面和单调。

出于研究的成绩，彭小燕还曾受邀远赴东京大学讲授课程“存在主义视野下的《野草》”。

（4）张杰的《鲁迅：域外的接近与接受》（福建教育出版社2001年版）。该书分上、下两编。上编评述了鲁迅与日本朋友的关系，一位朋友一章，非常清晰、确切、细致。譬如写鲁迅与山本初枝交往的一章，细腻地叙述了他们交往的过程，面晤的次数、场景，来往信件的数目和内容，甚至对鲁迅在日记里记载的数目都进行了详细统计。下编评介了鲁迅研究在日本、苏联、美国、捷克、英国、德国、意大利、越南等多个国家的历史状况。本书不仅具有学术性，而且很是实用。

二　中、日、韩跨文化对话中形成的“东亚鲁迅”

跨文化对话，就是异质文化之间的撞击与交流。这种撞击与交流是十分重要的，如果一种文化始终没有与异质文化发生对话，只是进行同质繁衍，就会如近亲繁殖那样，停滞不前，倒退萎缩，以至于产生怪胎，发生畸形异变。

就鲁迅研究来说，进行跨文化对话，最方便也最直接的就是开展中、日、韩三国鲁迅研究学者之间的对话，亦即东亚的学术研讨。因为中、日、韩紧密相邻，承认鲁迅是东亚地区最有代表性的作家已成为三国的共识，这三国都有很长的鲁迅研究历史和很强的鲁迅研究队伍，而三国的研究背景、环境、氛围却又有很大差异，也就是说具有很强的异质性。这种鲁迅研究领域的异质性，恰恰是撞击与交流的最佳条件，通过不同性质的研究课题、研究方向、研究方法、研究结论之间的切磋琢磨，倒可能升华、熔铸出新的更高境界的认知成果。事实上，经过近二十年的不懈努力，中、日、韩三国已经形成了“东亚鲁迅”这一崭新的鲁迅映象。

因此，探讨“东亚鲁迅”的形成过程及其成因，并进一步对

“东亚鲁迅”的内涵与外延及实质性特征做出富有逻辑性的科学界定以使之更为成熟，就成为中、日、韩三国鲁迅研究学者迫在眉睫的任务了。

（一）中国鲁迅学的特点

鲁迅生长在中国，他的大部分事业也是在他的祖国进行的。当然，中国的鲁迅研究是历史最长、开展最深入、规模最宏大、成果最丰富的，目前已经发展成为一个成熟、独立的人文学科——鲁迅学。

中国鲁迅学具有以下特点：

（1）具有很强的社会政治性。目前，中国鲁学界以至思想界有相当一些人对毛泽东的鲁迅论以及另一位中国共产党的领袖人物和理论家瞿秋白的鲁迅观持否定的态度。笔者则不完全同意，认为对这个问题应该采取分析的态度。深深地植根于中国社会的政治土壤中，从宏观的历史高度指出鲁迅的价值，是毛泽东、瞿秋白鲁迅论的最大特点，也是最大优点。试想，如果我们离开中国的社会、中国的政治、中国的历史，去抽象地讲鲁迅的精神，或者仅仅把他说成一位文学家和古典文学的研究学者，会得出与鲁迅本体相符的鲁迅映象吗？中华民族对鲁迅的认知是提高了，还是倒退了呢？鲁迅之所以成为“五四”文学革命的主将，后来又成为左翼作家联盟的盟主，在很多方面接受了马克思主义，是与中国社会当时的具体国情与历史语境密切相关的，与他悲天悯人、为被侮辱被损害被压迫群众呐喊疾呼、主持正义的良知与本性也是密不可分的，与他从日本汲取的欧陆性东方文明背景也有关联。对这些问题都应该进行具体的、深入的、历史的、科学的分析，不应该简单否定。有些论者以否定毛泽东、瞿秋白的鲁迅论为荣，借以表现自己的“先进”与“创新”，其实不过是思想的空虚与历史的无知罢了。鲁迅早就在《三闲集·鲁迅译著书目》中说过：“不要只用力于抹杀别个，使他和自己一样的空无，而必须跨过那站着的前人，比前人更高大。”我们不要热衷于割断历史，否定前人，而应立足于历史，并不断地超越历史。

那么，是否说毛泽东、瞿秋白的鲁迅论就没有负面影响，社会政治性强仅仅是中国鲁迅研究的优点，没有负面作用呢？

不能这么说，这就要谈到分析的态度了。

所谓分析就是要把事物的正负两方面分开来认识。一要把毛泽东、瞿秋白鲁迅论本身的正负两方面分开来解析；二要将毛泽东、瞿秋白的鲁迅论与后来的平庸的研究者们的沿袭、诠释和生硬照搬区别开来。

首先，毛泽东、瞿秋白鲁迅论本身是具有局限性的。因为这是从某一个政治集团的立场出发做出的评判。虽然这种评判是富有智慧，非常有战略眼光的，实践业已充分证明把鲁迅这面大旗抓到中国共产党手中，的确是极其有利、极其英明的。相比之下，那些攻击、诋毁鲁迅的年轻的共产党人，显得目光十分短浅。然而，这终归是一种出自一方的功利性的战略，并非从人类整体发展进程出发所做出的普世性认知，因而不可能从“人学”的视角认识鲁迅，倒会阻碍认识鲁迅在“个的自觉”“抗拒为奴”的人类精神解放历程中的深刻影响与巨大作用。虽然毛泽东的鲁迅论中也有“骨头最硬”或“没有丝毫的奴颜和媚骨”的说法，但如李冬木所说，“这本身是一种外部规定（权威钦定），而且也往往被用在对出于打倒‘奴隶主’目的的政治行动的解释当中”。因此，通常缺乏来自鲁迅本身的原理性说明。鲁迅的“革命”，不在于主奴关系的颠倒，而在于“主”与“奴”之外的“人”——主体精神的确立。所以当鲁迅研究深入到人性深层、“抗拒为奴”、确立主体精神的时候，如果画地为牢，完全固守在毛泽东、瞿秋白鲁迅论的范畴之内，拒绝一切新的思想和新的观点，把对鲁迅“人学”思想的研究当作所谓的资产阶级人性论，就会成为鲁迅研究的阻力。但是，反过来将毛泽东、瞿秋白的鲁迅论不加分析地予以否定，也会割断历史，使中国鲁迅研究处于虚空的尴尬境地。笔者主张采取分析的、融合的科学态度，既要看到毛泽东、瞿秋白的鲁迅论合理的历史基因和中国鲁迅研究很强的社会政治性这一特点，又要反省其中的局限性和负面影响，从而使中国鲁迅学健康地发展。

其次，毛泽东、瞿秋白的鲁迅论与后来的平庸的研究者们的沿袭、诠释和生硬照搬是两码事。毛泽东、瞿秋白的鲁迅论虽然有其局限性，但是又具有不可抹杀的开创性的历史功绩，然而后来的许多研究者只知道对他们的观点进行照搬、诠释和“捍卫”，而不敢逾雷池一步，使中国鲁迅研究在相当长一个时期里陷于停滞、进入怪圈，其责任主要不在于毛泽东、瞿秋白的鲁迅论本身，而在于这些研究者本人的平庸与僵化，如果追根溯源，则能追溯到中国长期以来述而不作思想的僵死延续，不求创新。

物极必反。优点发展到了极点，就可能变成其反面，成为极大的缺陷。社会政治性强是中国鲁迅研究的特点，但是把这一特点推向极端后，反过来就成为最大的缺点。因为把对鲁迅的学习与研究当作国家政治行为和政治运动，其本身就违背了科学规律，尤其是把一家的说法，当作检验真理的唯一标准，不许越雷池一步，稍有逾越就兴师问罪、大加讨伐，则更是阻碍学术的发展。毛泽东对鲁迅的评价到后来已不是他个人的评价，而是一种国家意识形态，鲁迅研究的整整几代人都是在这种意识形态中被塑造的。在本书中编对二十世纪七十年代末关于鲁迅思想发展道路和世界观转变问题的反省中已经清楚地看到这一点。

要改变这一点，仅靠中国鲁迅学界自身内部的论争是很难彻底冲决出来的，往往要经过外力的猛烈冲撞，亦即异质文化的碰撞与交流才能见效。

（2）鲁迅著作的辑录、校勘、注释、编辑和鲁迅在中国的生平史实的挖掘、考证、辨析已经达到了近乎极致的精当、详备、严密的程度。鲁迅是中国的作家，这些工作当然要由中国来做，别的国家是无法替代的。中国鲁迅学界即使在极左倾向甚嚣尘上的“文革”时代也没有放松这些基础性的工作，所以笔者说中国的鲁迅著作编校者和鲁迅史实学家们是“鲁迅研究领域最扎实、最讲科学、最靠得住的学者群。他们对鲁迅研究的贡献是卓著的，不可磨灭的”。

（3）对鲁迅著作的解读与研究已经达到了非常透辟、深化的境界。有些鲁迅作品研究，如鲁迅小说《呐喊》《彷徨》的综合研究、《野草》研究、《阿Q正传》研究、鲁迅杂文研究、《故事新编》研究等等，业已成为鲁迅学中的分支学科。对一个作家作品的研究达到如此精深的境界，恐怕在世界上也是很难寻的。

（4）对鲁迅思想、作品中国文化内涵与背景的研究，已经非常深化、系统了。特别是近二十年来，更是成就卓著，例如林非先生的《鲁迅和中国文化》一书，充分显示了中国鲁迅学家独有的中国文化底蕴和对中国文化的独到理解，这恐怕是中国以外的研究家不可能做到的。

（5）对鲁迅“立人”思想的研究与理解随着新时期思想解放运动的展开而日益深化，并深入鲁迅学的各个专题领域。

（6）对中国鲁迅学史的反思与研究已经相当成熟，出版了好几本鲁迅研究学术史著作，一些青年学者发表了几篇很有见地的文章，这反映了一个学科的成熟与自觉。同时，由于鲁迅学与二十世纪中国的精神史有着密切的关联，从中可以窥视中国精神解放的历史轨迹，使得中国鲁迅学史的研究更加具有了特殊的意义，也更加表现出中国鲁迅学自身的特点，应该予以特别的注意。这里还应提到的是中国社会科学院文学研究所鲁迅研究室编纂的五卷（另附“索引分册”一卷）一千万字的大型资料书《1913—1983鲁迅研究学术论著资料汇编》，目前已经成为世界各大图书馆的必藏书和各大学中文系鲁迅研究专业的基础性必读资料，这在其他任何一个国家的鲁迅研究专业，甚至任何一个作家研究领域都是没有过的。更加珍贵的是，中国社会科学院文学研究所还收藏着这套资料的原件，是八十年代从中国各大图书馆影印、复印、照相的资料原件。收集得很全，不仅收录了当时刊物上的鲁迅研究原文，还将该刊的封面、目录、封底也复印了下来。如果现在来做这件事，无论花多少钱都是不可能的了。并且，其中有些报刊可能已经毁损，不存在了，这些复印件已经成为唯一的记录，就更其宝贵，实在应该妥加保存，并为国内外学者提供查阅、研究的机会，让这套资料原件发挥其作用。

中国鲁迅学还有其他一些特点，这里先说这些。

（二）日本鲁迅学的特点

日本的鲁迅学历史也很长。据日本鲁迅学家藤井省三先生考证，1909 年 5 月 1 日出版的《日本及日本人》五〇八号《文艺杂事》栏，就有关于周氏兄弟翻译、出版《域外小说集》的消息和评议。

在鲁迅正式走上中国文坛后，日本的中国文学研究家青木正儿又于 1920 年 9 月至 11 月在《支那学》一卷一一三号发表《以胡适为中心的潮涌浪旋着的文学革命》一文，称鲁迅“是位有远大前程的作家”，他的《狂人日记》，“描写一位迫害狂的恐怖的幻觉，达到了迄今为止中国作家尚未达到的境地”。1931 年 5 月原野昌一郎的长文《中国新兴文艺与“鲁迅”》翻译到了中国，该文详细分析了鲁迅小说的乡土性，并介绍了当时茅盾所作的《鲁迅论》等对鲁迅的最早评论。像这样的长篇论文在别的国家尚未出现，可见日本的鲁迅研究很早就达到了相当高的境界。

之后，又出现了佐藤春夫、增田涉对于鲁迅著作的翻译和鲁迅生平的介绍。1937 年，鲁迅逝世不到一年，改造社就刊行了《大鲁迅全集》全七卷。小田岳夫写出了《鲁迅传》并翻译到了中国。

而最为重要的是竹内好于 1943 年 12 月写的《鲁迅》。四十年代以后的日本鲁迅研究几乎是以这本书为起点的。该书 1986 年由浙江文艺出版社出版了中译本，可以看作“竹内鲁迅”本体直接进入中国的开端。2005 年 3 月又由中国的生活·读书·新知三联书店出版了李冬木先生的更近完善的中文译本，开始引起广泛注意。2005 年 12 月 25 日—26 日，百十位来自北京、上海等地重点高校和研究机构乃至海外的学者和研究生，围绕“鲁迅与竹内好”这样一个议题，召开了一个大型国际讨论会。中国国内媒体也陆续刊出了一些相关论文。

值得深思的是：为什么竹内好这本关于鲁迅的匆匆写成又有不

少技术性失误的小书，会对日本后来的鲁迅研究产生那样大的影响？半个多世纪以后，又受到中国鲁迅学界乃至思想界高度的注意？

笔者认为关键在于以下原因：

（1）这是一位思想家的鲁迅论，也就是“从思想方法开始进行变革”的鲁迅论。面对中国只知在瞿秋白和毛泽东的模式中进行反复诠释而不敢有所创新的鲁迅研究的僵化境况，竹内好把自己的旁观位置化作一种进行客观观察的优势，没有被套进已经预设好的思维窠臼中，而是直截了当地提出了自己独到的理解鲁迅的新的概念和新的思维模式，提供了发现问题、解决问题的新的思维角度、思维模式、认知方式和逻辑结构，使人们从“没有意识到自己是奴隶的奴隶式思考”中惊醒，换以崭新的思考方式，从而从思考方式上对鲁迅研究进行了变革，把对鲁迅的认知史推进到新的阶段。

（2）竹内好这位日本的思想家与鲁迅这位中国的思想家在对话中达到了深度的契合。竹内好说他与鲁迅有过三次相遇：一次是在认知真理的方式上的相遇，一次是在抵抗的状态下的相遇，第三次是“梦醒后”即人生觉醒的相遇。这正说明了他们在根柢上的相通。

（3）这种根柢上的相通就是共同“抗拒为奴”。如旅日华籍鲁迅学家李冬木先生所说：“鲁迅本身具有抗拒为奴的自律性，而竹内好也正是据此实施着他自己的抵抗。”这正是问题的关键所在。

竹内好说过：“自觉到自己身为奴才的事实却无法改变它，这是从‘人生最痛苦的’梦中醒来之后的状态。即无路可走而必须前行，或者说，正因为无路可走才必须前行这样一种状态。他拒绝自己成为自己，同时也拒绝成为自己以外的任何东西。这就是鲁迅所具有的而且使鲁迅得以成立的‘绝望’的意味。绝望，在行进于无路之路的抵抗中显现；抵抗，作为绝望的行动化而显现。把它作为状态来看就是绝望，作为运动来看就是抵抗。”抵抗什么？就是抵抗奴性，反奴才主义。“奴才拒绝意识到自己为奴才。他觉得自己不是奴才时，才是真正的奴才。当奴才自身成了主人的时候，将发挥出彻底的奴性。因为，那时他在主观上并不认为自己是奴才。鲁迅说‘暴君治下的臣民，大抵比暴君更暴’。还说：‘做主子时以一切别人为奴才，则有了主子，一定以奴才自命。’奴才成为奴才的主子，这并不等于奴才的解放，然而，在奴才的主观上，它却是解放。”正由于如此，“使得今天的解放运动本身浸透了奴性，以至于这个运动无法完全摆脱奴才性格”。这是因为“解放运动的主题，不具备自己是奴才这一自觉，安居于自己并非奴才的幻想之中，而欲将作为奴才的劣等人民从奴才的境遇中解放出来，在自己完全感受不到觉醒者痛苦的状态下唤醒对方。因此，无论怎么做也产生不出主体性来。就是说，无法获得觉醒，于是，便去外部寻找应该得到的‘主体性’”。

而从二十世纪以来，整个人类就是在“抗拒为奴”的精神解放运动中走过来的。正是在这一点上，竹内好与日本鲁迅学界感应在一起，中国鲁迅学界经过一个时期的曲折后，随着思想解放运动的深入，也日益感到了“抗拒为奴”、实现精神独立的迫切性。正是因为如此，竹内好对日本后来的鲁迅研究产生了那样大的影响，半个多世纪以后，又受到中国鲁迅学界乃至思想界高度的注意。

竹内好成为战后日本鲁迅学界的一个起点，很多日本鲁迅学家都承认自己是从竹内好出发的。其中，对竹内好“抗拒为奴”思想阐释得最为透辟，又对竹内好的误差进行了合理调整的，笔者认为是已故的伊藤虎丸先生。

伊藤虎丸著、李冬木译的《鲁迅与日本人——亚洲的近代与“个”的思想》一书，2002年5月由河北教育出版社作为孙郁、黄乔生主编的《回望鲁迅》丛书之一出版，使中国鲁迅学界了解到了这位日本鲁迅学家对鲁迅思想的精辟理解。

伊藤先生对鲁迅思想的精辟理解主要表现在以下五个方面：

(1) 紧紧抓住了“人”，即西方近代的“个”的思想。这一更为科学的命题概括和阐释了鲁迅的思想和精神发展史。李冬木先生在《鲁迅与日本人》中文译本第12页注释中对此做了非常精辟的解释：

> “个”的思想，这是本书的核心概念，是作者伊藤虎丸首次使用的。在一般的意义上可概括为这样一个命题，即“人是被自觉为个的存在”“个对于全体（如部族、党派、阶级、国家等）不是部分的关系”。也就是说，人的价值，只有在他获得真正独立的意义上才能显示出来。伊藤认为，西方近代文化（思想、制度、文学、道德等）的全部意义就包含在这个命题里，这个命题代表着西方近代文化的“根柢”或“神髓”。在他看来，鲁迅对西方近代的理解和接受就是对这种“根柢”和“神髓”的把握，体现了具有普遍意义和新精神的东方的个性。对于鲁迅来说，“个”的思想，具体意味着一个“个的自觉”的过程：首先，鲁迅留学时代因接受尼采的“个人主义”而产生“觉醒”（或者说通过尼采的“个人主义”把握到了西方近代的“神髓”），并以此为视角展开了对传统价值观（传统文化）的批判，但他这时还仅仅是站在新的“普遍价值”或“真理”一边，并未获得真正的“自由”和“独立”。其次，后来经过一系列挫折，鲁迅开始把自己相对化看待，认识到自己不是一个曾经设想和憧憬的“英雄”。这时，他再次从新思想和新价值中分离出来，实现了从被真理占有到占有真理的过程，其标志是小说《狂人日记》的诞生。伊藤认为，鲁迅的价值不在于他接受了什么“主义”（如进化论、个人主义、马克思主义），而是他“个的自觉”，在重建和发展民族文化（人或个性）方面所显示的意义。因此，他反复强调鲁迅“个”的思想，为日中两国今天的文化提出了共同课题。

李冬木先生的这个注释可以说是理解伊藤虎丸鲁迅观的一把钥匙。“个人”一语，鲁迅早在《文化偏至论》中就已指出，并不是如当时一些所谓的“号称识时之士”所迷误的那样，“为害人利己之义”，而是人的解放与精神自觉的根柢所在，因为“人是作为‘个’而被自觉出来的”。

（2）由“个”的思想出发，进一步发展了竹内好“抗拒为奴”

的观念，把“真的人”与奴隶和奴隶主严格区别开来。伊藤先生明确指出：“真的人（个人）”与“奴隶＝奴隶主”是相对立的，是鲁迅提出了“奴隶与奴隶主相同”的命题，认为：奴隶成为奴隶主，弱者上升为强者，只是过去历史的重复，人类社会不仅没有新的发展，反倒因此而倒退。而鲁迅所致力的则正是打破这种历史的重复，实现没有奴隶也没有奴隶主的“第三样时代”。

（3）由此伊藤先生对鲁迅也有了深刻、中肯的评析，他认为鲁迅正是从“真的人”出发，提出“根柢在人”的“立人”思想。而要“立人”，首先是以“个”的自立、国民的“人各有己”，即国民主体性的确立为前提的。鲁迅是留日时期从尼采那里汲取“个的自觉”这一欧洲近代思想的核心的。他认识到人只有通过“回心”“反省”和“看见自己”，才可能“自己成为自己”，达到“个的自觉”，所以“反省于内面者深”，即“面对自身反省的主观内面性”，正是实现自觉的关键。伊藤先生恰恰是从这里人手，展开了对《狂人日记》的精彩分析。他指出：鲁迅以《狂人日记》，“通过中国人灵魂内面的自我批判，从内部批判了封建思想和封建社会的黑暗。如果说，任何批判只有以自我批判为媒介才能成为真正的批判，那么，在这个意义上说，《狂人日记》便为‘文学革命’第一次充填了实质性的内容”。鲁迅就是“通过对传统的彻底否定而力图全面恢复民族的个性”，这种民族主义具有“出色的方法论意义”。鲁迅的工作就是“以《狂人日记》为轴心呈扇状向外展开的”。面对伊藤先生这种出色的方法论的论断与分析，那些指责鲁迅是彻底摈弃中国文化传统的激进主义者的论者们，不知该如何回答？

（4）由此伊藤先生也矫正了鲁迅研究的态度，认为要汲取日本近代把欧洲近代思想作为权威或教条来接受的教训，不要用封建意识来学鲁迅。“所谓获得自由，是把思想和文学的运作收归给个人。就是说，思想、文学、科学（学问），本来就是个人行为，是作为‘个’的精神自由的产物。记住某种一般性的教条，熟读某种普遍性的理论，并且去信奉它们，并不是具有思想。”鲁迅说过，“奴隶和奴隶主是相同的”，所以崇拜与侮蔑也是相同的，“都体现着独立的欠缺”。从中可以启发我们认识到无论是对鲁迅采取“神化”“丑化”，还是是“俗化”的态度，都是如竹内好所说处于“‘奴隶’性的文化状态中”，说明其缺乏主体性与独立性。

（5）伊藤先生不仅承接和发展了竹内好的观点，而且纠正了竹内好的一些误差。例如竹内好认为“鲁迅有直感而无构制”，伊藤则认为鲁迅小说“有着高度的构制性”。竹内好把《故事新编》视为“多余”，伊藤则把《故事新编》看得“格外重要”，并对《不周山》里的女娲、《非攻》里的墨子、《理水》里的大禹进行了卓越的论析，认为从中可以“发现鲁迅从尼采（进化论）到马克思的思想‘发展’”。

总之，笔者认为伊藤虎丸先生是日本鲁迅学界最具代表性的人物。他把“竹内鲁迅”发展到更为科学的境界，不仅在日本，就是在中、日、韩三国来说，对于鲁迅的理解与阐释也达到了高峰。我们的确应该重视他留下的珍贵遗产，好好读读他的著作。笔者深悔读伊藤先生太晚，未及在他生前与他交流。

另外，伊藤先生对日本赤军等世界性“过激派”的反思，也是很重要的，值得中国的青年人认真思考。

日本鲁迅学家很重视理论思维，木山英雄先生就是其中卓越的代表。他简直是一位诗哲，他的鲁迅研究论著是极具深度的诗人与哲学家的精神创作。从 2004 年 9 月由北京大学出版社推出的《文学复古与文学革命——木山英雄中国现代文学思想论集》一书就可以充分看出这一点。集中的首篇《〈野草〉主体构建的逻辑及其方法——鲁迅的诗与哲学的时代》，“避开带着预设的体系去面对研究对象”“执著于逻辑的探讨”，并“把考察限定于作为表现的作品维度上”，因而他寻求出的是“不曾被天生秉性或外部环境之投影所淹没殆尽的、鲁迅创造的鲁迅，即这种意义上最具个性的鲁迅”。文中最为出色的是关于死的四种形态的逻辑分析：《过客》中“与那种被动性的达观相反的、作为彻底的主观能动性之纯粹自由意志的死”；《死火》中“由作者内省力想象出来的更为逼真的死”；《墓碣文》则是“以比《死火》更为内在化、更逼向核心的方式来推进其逻辑”，“残酷的孤独依从孤独的逻辑发展，最终却被引致无法成其为孤独的境地，而在那里受到审判”；而《死后》又是另一种死，是“死之死”，以死后的眼光审视“死”，忽然“发现自己还不应该死，并惊讶于死的无聊，突然坐了起来”。由此，木山英雄先生认为：“从《墓碣文》到《死后》的跳跃是《野草》运动发展中最惊人的一例。作者完成一系列托于梦境的死之探索，而这最后一个死的形态，是应该在运动着的生之日常性世界里被估定其价值的又一个极具人间具体性的事件。”这死的四种形态，“分别以主客观的对极相反形式来组合”“而后面的一对展示了胜过前一对的广度和深度”。这与死相关的一系列探索的理路，具有很强的逻辑连贯性，说明“《野草》中的诗在生与死的紧张中面临着最为充实的创作境界”。而木山英雄先生的诗哲式的卓越分析，也达到了辉煌的高峰。笔者注意到这篇论文写于1963年，可以回想一下二十世纪六十年代，中国的鲁迅研究和《野草》研究尚处于何种状况中？相比之下，我们不能不痛感不像木山先生那样“避开带着预设的体系去面对研究对象”，而是把自己凝固化在某种“预设的体系”中，以僵死的思维模式去“捏造”一个为当时政治需要服务的“假鲁迅”会造成怎样的恶果？这的确是应该引起中国鲁迅学界深刻反思的。

日本鲁迅学界值得注意的另一特点是：善于找到研究的最佳切入点，运用独到的眼光、富有个性和创造力的思辨方式和激人阅读兴趣的表述，不断推出别开生面的鲁迅研究论著。新世界出版社2002年6月出版的藤井省三著、董炳月译的《鲁迅〈故乡〉阅读史——近代中国的文学空间》就是一部独特的文学史。它“小题大做，旁敲侧击”，仅仅从鲁迅小说《故乡》于1921年发表后被阅读、评论的变迁情况展示二十世纪现当代的中国文学空间，其中涉及了许多文学史未曾涉及或较少涉及的学科领域，的确是“四两拨千斤”！正是传播美学和接受美学批评方法的运用，使这本“阅读史”获得了崭新的文学史品格。这种特殊的文学史研究方法，显然对传统的文学史构成了挑战。而且，这本“阅读史”也为鲁迅研究学术史的写作提供了一个新的路向：从鲁迅某一个作品的被阅读、被评论、被接受的历史看社会和思想的变迁及文学空间的变化。这个路向可能会是非常有意义的。丸尾常喜的《“人”与“鬼”的纠葛——鲁迅小说论析》，紧扣“鬼”——“国民性之鬼”与“民俗之鬼”这条主线来考察，以理想的“人”为标准尺度，经由对鲁迅笔下的孔乙己、阿Q、祥林嫂三个人物的分析，阐述了改造国民性思想的本质是变“鬼”为“人”，认为这是中国现代文学的基本主题，也是非常善于找做文章的切入点。1997年，丸尾常喜又推出了新著《鲁迅〈野草〉研究》，在这部厚重的著作中，对《野草》中的许多篇章做了独到的细读。

中国鲁学界对北冈正子也非常推崇，2016年10月19日《文艺报》纪念鲁迅逝世八十周年专版用两版篇幅介绍了北冈正子，她严密、细致、扎实的学风令中国鲁学界深为敬佩。

吉田富夫的《鲁迅点景》也很会寻找切入点，通过对鲁迅生平著作中的典型场景与疑难问题的辨析，写成了一部独辟蹊径的学术专著。其中第一章《周树人的选择——幻灯事件》已经由李冬木先生翻译，在《鲁迅研究月刊》2005年第2期刊出。这篇论文的最大特点就是把选择权由人们后来业已认可的“伟大的鲁迅”还原给了当时的“留学生周树人”。对于从“留学生”这一视点来研究鲁迅有很大的启发。

工藤贵正的《中国语圈中的厨川白村现象》（思文阁2010年版），对厨川白村的文艺理论和鲁迅对其的翻译、传播做了深厚的述评和阐释，可惜至今还没有中译本。

其他还有竹内实、片山智行、山田敬三的鲁迅研究论著也占有相当的位置，并被引入中国。限于篇幅，就不一一详述了。

尤其可贵的是日本鲁迅学界的潜力很大，后劲很足。近年来不断涌现新著，例如2006年1月，汲古书院出版了名古屋大学国际语言文化研究科教授中井政喜博士的《鲁迅探索》。这本书主要是以鲁迅（1881—1936年）前半生的文学活动（至1927年左右为止）和革命文学争论时期（1928、1929年）为对象，对鲁迅的阴郁性、复仇观、人道主义和无治的个人主义、以自我为基础的文学主张以及宣传与文学的关系进行的一种尝试性的考察，很有分量与深度。

值得一提的还有正当盛年的旅日华人学者李冬木先生，他的实证与思辨完美结合的治学风格，集中体现了中日两国传统学术的精华。他不仅翻译了伊藤虎丸的《鲁迅与日本人——亚洲的近代与"个"的思想》、竹内好的《鲁迅》、片山智行的《鲁迅〈野草〉全释》，把日本鲁迅学界最好的著作介绍到中国，而且拿出了《鲁迅与丘浅次郎》等一系列富有原创性、开拓性的研究论著，对《中国人气质》的涩江保日译本和博文馆也进行了极有价值的翻译与研究。而这一切不过是刚刚露出的冰山一角，李冬木先生以后定会展现出更为宏大的气象。

可喜的是在中国鲁迅学百年之际，出版了靳丛林、李明晖等著的《日本鲁迅研究史论》（社会科学文献出版社2019年版）。该书扎实、厚重，从学术史的角度梳理、探讨百年来的日本鲁迅研究，我们可以在诸多跨文化的阐释和新异的观点中，看到其中复杂地反映着文化转型时代日本知识分子的思考与追寻，看到鲁迅的精神魅力与世界意义。该书是第一部系统的"日本鲁迅研究史"著作，以中国立场构建阐释框架，既为我国鲁迅研究的进一步深化发展提供了来自异域的启发、借鉴与参照，又在弘扬中华文化精神、加深中日两国人民的理解与友好方面具有积极意义。

（三）韩国鲁迅学的特点

韩国知识界很早就接受鲁迅，从鲁迅的文学与思想里发现觉醒意识的资源、"抗拒为奴"的精神武器，进而发现和帝国主义压迫者或者法西斯权力斗争的锐利的思想武器。半个多世纪间，许多关于鲁迅的论文问世，且深含精神哲学的深远意味。韩国人看鲁迅，是带着被殖民化的记忆，以一种反抗奴隶的自由的心，自觉地呼应了鲁迅的传统。

正是由于这种历史背景和精神原因，韩国的鲁迅研究具有悠久的历史、丰硕的成果和巨大的深度。早在1920年，韩国学者梁白华就把日本中国学家青木正儿的《以胡适为中心的潮涌浪旋着的文学革命》翻译成韩文，把鲁迅这个名字和他的作品《狂人日记》介绍到韩国。1925 年春天，流亡中国的韩国知识分子柳树人又征得鲁迅的同意，把《狂人日记》翻译成韩文，1927 年 8 月在汉城的《东光》杂志发表。这是鲁迅作品第一次由外国人翻译到国外，比 1929 年出版的由苏联人王希礼翻译的《阿 Q 正传》还早两年。这以后，韩国的鲁迅研究如朴宰雨先生在《韩国鲁迅研究的历史与现状》中所归纳的那样，经历了“黎明期”“黑暗期”“一时露面期”“潜迹期”“新的开拓期”“急速成长期”“成熟发展期”等七个时期，取得了可观的成就，已经形成了相当成熟的鲁迅学学科规模。

为什么鲁迅在韩国能够产生这样大的影响呢？这是由于没有人比鲁迅对中国现代化的必要性看得更透彻、锐利、准确。鲁迅的伟大就是中国的伟大，而且他的伟大又跟中国的反日本帝国主义斗争紧密相连。也正因为这个原因，韩中现代文学才以鲁迅为中心产生了密切的关系。这种关系开始的时间很早，金时俊的《流亡中国的韩国知识分子和鲁迅》，追溯了二十世纪二十年代李又观、柳树人、金九经等流亡中国的韩国作家、诗人与鲁迅的接触。金良守的《殖民地知识分子与鲁迅》，不仅叙述了历史，而且指出了长期的“鲁迅热”在东亚各国同样存在的原因：鲁迅仍被殖民地的百姓接受为希望之所在，把社会弱者的生活形象化了的他的作品，和作为“抵抗文人”的他的本来形象加上殖民地独立的欲望结合在一起形成了他的新的形象。

韩国不像中国和日本那样有着鲁迅生活过的史迹可以追寻和考证，只能靠论著的理论思维水平显示学科成熟度。经过艰苦的努力，韩国鲁迅学家拿出了学术性很强的论文，2005 年和 2016 年，河南文艺出版社和中国编译出版社出版了两辑《韩国鲁迅研究精选集》中文版，把韩国鲁迅研究的标杆提升到了国际鲁迅研究的第一流高度。

全炯俊的《鲁迅的现实主义理论》，从韩国学者的客观视角出发，以冷静、明晰的理论辨析力，理清了中国以鲁迅、胡风为代表的现实主义与非现实主义之间的复杂关系，为正在中国进行着的

“鲁迅的脱神化研究”助了一臂之力。现实主义思维和清醒的现实主义是鲁迅最主要的特点，也是他留给后人的最为珍贵的精神遗产，韩国学者能够紧紧抓住这点并进行透辟的研究，的确是难能可贵的。

申正浩的《鲁迅“叙事”的“现代主义”性质》，从叙事角度和叙事结构出发，讨论第一人称叙事和多重叙事“观点”等构成鲁迅文本的最为突出的现代主义特质，特别是在《叙事结构的解构》一节中，从作家鲁迅和叙述者“我”或特定叙述者之间的投影现象，联想到这种现象属于现代主义美学的作家伪装手法，同时也是叙述的造作手法，并由此推出独到的观点：这种视点不一致的手法在相当程度上与鲁迅毕生关注的汉画特质相一致，尤其与“肥城孝堂山郭氏石室画像”和“嘉祥武氏寺画像”系列作品的空间化特质相一致。由小说联想到汉画像，发现鲁迅文本空间化手法与图像化手法的内在联系，不仅反映出该文作者对鲁迅研究的涉猎之广，而且表现了作者艺术感觉之敏锐与慧眼独具。

李珠鲁的《重读鲁迅的〈狂人日记〉——以意思沟通结构为中心》，认为鲁迅对韩国和韩国人之所以具有意义，就在于鲁迅和他的作品具有世界普遍性。“对于鲁迅的《狂人日记》之研究，亦是依此为脉络的。《狂人日记》不应该被视为是反映一个特殊时期（五四新文化运动时代）和一个特定区域（中国）中的人类生活和思维形态的样相文本，而应被视为人类史上对野蛮性暴力的欺瞒性虚伪意识所作的反抗与实践的文本。只有用这样的方法来阅读，才能获取其世界普遍性。”因此，该文以意思沟通结构为中心解读《狂人日记》的框架形式，把故事架构之外的一段序文称之为外故事，把表述故事的日记称之为内故事。意思沟通是指叙述者与读者间的沟通关系，《狂人日记》就是通过外故事与内故事形成了叙述者与读者之间的反讽效果。而结尾的“救救孩子……”与“救救孩子！”不同的是：“终究不是为了孩子而把斗争往将来推衍，而是为了挽救未来，现在就要面对现实进行斗争。如此一来，在这个点上，表层意义上的怀疑和受困惑转变成深层的坚持和决心，再一次形成了反讽的意味。”对于《狂人日记》结构手法的研究，中国鲁迅学界很早就开始了，二十世纪六十年代出现过“寄寓说”，九十年代又有王富仁的《〈狂人日记〉细读》，对其文本进行了细致入微的解剖。而韩国研究家的这篇论文，似乎更为简捷和醒目，值得中国的鲁迅学家借鉴。

任佑卿的《民族叙事与遗忘的政治——从性别研究的角度重读鲁迅的〈伤逝〉》，将《伤逝》视为“作为五四男性启蒙知识分子的鲁迅，通过一个为‘获取新生’而苦苦奋斗的青年之手完成的深刻自我剖析”。该文从这样的观点出发，以现代民族启蒙主体在将自己确立为民族建设主体的过程中必然要面临的他者与遗忘的问题为基础重读这部作品，因而得出这样的看法：“这里的男性启蒙主体是创造出民族的女儿的创造主，他们将自己想要看到的东西写入‘革命之天使’娜拉的形象之中。”“即使是被评价为在中国现代文学史中具有最为冷静和执着的自我解剖视角的鲁迅，也未能超越这种局限性，而这种局限性又将《伤逝》这一文学文本深深地烙印在父权思维秩序之中。”《伤逝》是多人长时期研究的名篇，研究论著甚多，在这一课题中有所突破是大不易的。而任佑卿女士却于众多论著中独发奇响，不仅在《伤逝》研究中独树一帜，而且对整个鲁迅研究也有所启悟。取得这种成就的原因在于她是站在理论制高点——人类生存发展的高度上，审视《伤逝》，审视涓生，直到审视鲁迅。不仅看到了涓生的男性中心主义，而且透视出了“鲁迅也同样无法克服启蒙主体的局限性”。虽然“鲁迅对自己的局限性认识得比任何人都要自觉，但是自觉并不意味着对局限性的克服”。“五四”男性启蒙主体都无法脱离父权思维的秩序。由此她察觉出了二十世纪八十年代新启蒙主义主体的局限性：“缺乏对那些鲁迅所苦恼的问题进行反省”“没能对鲁迅之所以如此痛苦的原因予以应有的关注”。以历史主义的观点指出鲁迅的局限性，绝不是贬损鲁迅，恰恰相反，这正是鲁迅研究走向成熟的科学境界的重要标志，使鲁迅具有了更为稳固、科学的历史定位。也只有这样才可能真正认识鲁迅的伟大与深刻，从时代的高度鸟瞰历史的宏观全貌。

在这一点上，韩国的鲁迅学家走在了我们的前面，因为他们比我们更少思想负担。我们有必要多向他们学习，以尽可能彻底地冲出思想的牢笼，达到自由的理性境界。

金彦河的《鲁迅〈野草〉的诗世界——极端对立与荒诞美学》认为："疯狂领域极端陌生的思想深度及艺术想象，才是《野草》具备着令人难解又震撼读者力量的根本原因。对于《野草》的难解和震撼力的根据，本文拟从诗人与世人的极端对立以及因而造成的荒诞美学的角度进行考察。"由此得出这样的结论："诗人的苦闷是与社会体制的转型也无法消解的某种东西联系的。反过来，也可说诗人是具有无论哪种社会体制里都能坚持到底的某种东西。"诗人的复仇针对的不是他人而是自己，"抉心自食"的自我解剖就是根据。"从迫害狂到自虐狂的转移与从疯狂到噩梦的转变，这可算是鲁迅从《狂人日记》到《野草》的精神轨迹。"《野草》也是研究历史甚长、成果甚多的领域，能有所突破是大不易的。而该文从极端对立和荒诞美学的视角进行考察，却给人以强烈、尖锐的印象，应该说是有深度、有特点的。

韩国鲁迅学家还对鲁迅与韩龙云、万海、柳中夏、金台俊这些韩国作家进行了比较研究，认为他们都是把自己的存在深深地植根于现实的世界，"在作为反抗和否定的据点的'现实'里，在作为创造和战斗的据点的'现实'里，以身肉搏。革命的价值是在日常生活中实践的！"

因此，笔者对韩国鲁讯研究产生了如下观感：

（1）韩国鲁迅研究是从殖民地知识分子反抗帝国主义侵略的角度，把鲁迅作为"抵抗文人"的精神典范加以接受的。所以，韩国鲁迅研究从一开始就具有很强的精神性。

（2）韩国鲁迅研究达到了巨大的精神深度，理论性很强，对鲁迅精神有着很深的理解，有些论文已经处于国际鲁迅研究的领先位置。

（3）这些处于领先位置论文的作者很年轻，有的才三十几岁。这就表明韩国鲁迅学将会保持强劲的发展态势，必定会有更辉煌的前景。

(4) 不足之处是处于领先位置的论文所占据的论题领域还欠广。例如鲁迅杂文研究就较薄弱，其实鲁迅的很多深刻思想是包含在杂文中的。倘若研究课题广为拓展，形成系统，韩国鲁迅学必定会成为东亚鲁迅学中一支异军突起的劲旅。另外，一些论文蕴含很深的思想，中文表达却不够顺达，有待进一步提高。

(四)“东亚鲁迅”的形成过程及其成因

“东亚鲁迅”之所以能够形成，笔者认为首先的原因是鲁迅已经成为中、日、韩三国公认的最能代表东亚文学的作家。如伊藤虎丸先生在《鲁迅与日本人》一书中所说：“鲁迅的文学在世界文学中，恐怕比日本近代文学的哪个作家和哪部作品都更代表东方近代文学的普遍性。”

而且，鲁迅反思自我与反抗奴性的内心本质，正与中、日、韩三国知识界的内心需要相合。

中国近代长期受到帝国主义与封建主义的侵略与压迫，处在迫切需要反抗的环境中，最应该反对奴隶性，所以毛泽东认为“鲁迅的骨头是最硬的，他没有丝毫的奴颜和媚骨，这是殖民地半殖民地人民最可宝贵的性格”，当是切中肯綮的。但是，这种说法又有局限，诚如李冬木先生所说：“这本身是一种外部规定（权威钦定），而且也往往被用在对出于打倒‘奴隶主’目的的政治行动的解释当中。因此，通常缺乏来自鲁迅本身的原理性说明。鲁迅的‘革命’，不在于主奴关系的颠倒，而在于‘主’与‘奴’之外的‘人’——主体精神的确立。”中国鲁迅学家自二十世纪末的二十年展开思想解放运动以来，一直在弥补这个缺陷。

韩国与中国一样，同处于帝国主义的侵略压迫之中，所以他们也是从反抗奴隶性出发接受鲁迅的。不同的是，他们并非是由于权威或官方的钦定接受的，而是完全出于内心的需求。所以，一开始就表现出发自内心的“抗拒为奴”的要求与理性的思辨。

日本虽然与中、韩两国相反，不但没有被侵略，反倒曾经处于侵略别国的立场，然而接受鲁迅的竹内好和他以后的日本鲁迅学家们的内心深层却是处在反思与反抗的态势中。竹内好的《鲁迅》写于1943年底被迫入伍之前，这本书对于他来说，相当于“遗书”之作。因之，竹内好从鲁迅那里有了这样的发现：“‘挣扎’这个中文词汇有忍耐、承受、拼死打熬等意思。我以为是解读鲁迅精神的一个重要线索，也就不时地照原样引用。如果按照现在的用词法，勉强译成日文的话，那么近于‘抵抗’这个词。”认为鲁迅是“首先让自己和新时代对阵，以‘挣扎’来涤荡自己，涤荡之后，再把自己从里边拉将出来。这种态度，给人留下一个强韧的生活者的印象。”又在附录的《作为思想家的鲁迅》一文中解释为“自己对自己不满的这种对黑暗的绝望的抵抗感”。其意也就是“反抗绝望”。而这之后就是日本战败和中华人民共和国成立这一历史图式。在这一图式下，鲁迅代表着中国的“近代”，而中国的“近代”又是与日本“堕落”的“近代”完全不同的成功的另类。竹内好和他以后的日本鲁迅学家们实质上是以鲁迅作为中国的“近代”，来反思和批判日本的近代。

但是到了二十世纪七十年代末，这种图式发生了逆转，这回是日本成为经济大国，而中国则遭受了“文革”的失败。中国知识分子开始从“文革”的惨痛教训中震醒，反思中国，反思历史，反思自己。正是在这个时候，中国鲁迅学界开始了与日本鲁迅学界的对话。

对话之初是相互存在隔膜的。例如，1983年刘柏青先生访日之后，写出《鲁迅与日本文学》（吉林大学出版社1985年版）一书，对日本鲁迅学之研究起到了开山之功。他在高度评价“竹内鲁迅”在日本战后思想史上的开创意义的同时，又对“竹内鲁迅”表示出了极大的保留。这是因为他明确意识到了“竹内鲁迅”与当时中国现代文学研究界，特别是鲁迅研究界在鲁迅认识上的巨大差异。因此，他在介绍时，有意以竹内好之后的日本当代鲁迅研究来“淡化”这种差异：“‘竹内鲁迅’只是新时期鲁迅研究的出发点，它的许多论点都被后来的鲁迅论克服了、修正了、超过了。所以，

‘竹内鲁迅’的真价值，未必是表现在这些不大正确的学术观点上面，而是另有所在。”然而中、日交流了二十年之后，伊藤虎丸先生仍然坚持中、日鲁迅研究的差异性。他在生前最后一篇论文中仍就竹内好的《鲁迅》指出，“从日中思想交流这一方面来讲，这本书同中国的鲁迅观、文学观的距离是最远的”。竹内好笔下的“鲁迅形象，即使只作为文学观本身的问题，不要说要和中国历来的鲁迅形象发生正面冲突，从一开始就很难找到对话的接点的”[①]。

伊藤虎丸还发现了中国鲁迅学界衡量鲁迅价值的真理标准存在着问题：不是按照人类文化发展的普世原则衡量，而是“力图按照他与既成的所谓‘主义’的距离大小和对共产党的忠诚程度，来确定他思想的位置”。

前文所批评的中国鲁迅研究者的奴性，正是这种僵化的衡量标准造就出来的，它取消了对鲁迅有其他阐释的可能，富有创造性的鲁迅研究家李长之先生就因为年轻时写了一本《鲁迅批判》，就是与这种衡量标准相违背，1957年“反右”中被打入另册，失去了写作、教学的权利和做人的尊严，又从1966年“文化大革命”开始到1976年结束，整整扫了十年厕所。在那时的中国，“竹内鲁迅”是绝对不会被接受的，因为事实上“竹内鲁迅”恰恰是竹内好反对把鲁迅权威化的产物。中国的思想解放运动包括对以往鲁迅评价的反省，充满了中国鲁学界以至整个思想界对这种僵化的衡量标准和自身奴性的抵抗和挣扎。

这一点，其实中国鲁迅学界在二十世纪七十年代末就已经初步领悟到了。他们认识到在衡量鲁迅及三十年代的历史现象时，不能以鲁迅之是非为是非，而须以人类的文化实践和当时的历史境遇为检验真理的唯一标准。这正是思想解放运动中关于“实践是检验真理的唯一标准”讨论在鲁迅研究领域的折射。中国鲁迅学的发展变化从来是与政治思想的变动紧密相连的。

---

① 伊藤虎丸、何培忠：《战后中日思想交流史中的〈狂人日记〉》，《新文学》第三辑“伊藤虎丸先生纪念小辑”，大象出版社2005年版。

到了二十世纪八十年代末、九十年代初，新锐的鲁迅学家汪晖与竹内好的《鲁迅》发生了对话，汲取了其中“反抗绝望”的主题内核，对已成定式的中国鲁迅学界的思维方式进行了扭转。汪晖后来坦然承认竹内好这位日本思想家对自己的研究思路产生过重要的启悟。

与此同时，中国鲁迅学家们自新时期以来也在紧紧“咬”住鲁迅的“立人”思想向深处进军。目前中国鲁迅学家们普遍认为鲁迅的一生都在反抗一切对人的个体精神自由的压抑，也就是说，来自一切方面、一切形式的奴役（特别是精神奴役）现象，都在鲁迅的反对之列，他的底线就是“不能当奴隶”。一再重申鲁迅的著作中，强调的是“个”，而不是“类”；是“己”，而不是“众”。如果把“个”与“己”换成“群众”与“人民”，就会脱离鲁迅所强调的“每一个”具体生命“个体”的意义和价值，离开鲁迅思想的出发点。

而韩国的鲁迅学家们，也在继续探讨着鲁迅的“抗拒为奴”与“个”的自觉的思想精髓，不断地提升着自己的理论思辨能力。

按韦伯的见解，教师在课堂上只是讲授属于自己这一方的观点，是一种失职和低素质的表现，他还有义务提供反方的观点，同时把判断真伪的权利还给学生。同样，学术的发展如果只延续自己这一方的观点，也是一种失职和低素质的表现，每一方都有义务提供反方的观点，同时把判断真伪的权利还给学界。正是在中、日、韩三国鲁迅学界的正方、反方、多方跨文化对话中，形成了“东亚鲁迅”。

（五）“东亚鲁迅”的内涵与外延及其实质

（1）中、日、韩三国鲁迅学界所构成的“东亚鲁迅”，是以冷静、深刻、理性的“抗拒为奴”的抵抗为根基的。这种抵抗既是针对身处的具体社会历史环境中的奴役现象，又是对自身奴性的抗拒。这是鲁迅本身的精髓，是多少年来鲁迅学家们从人类整体发展进程出发所做出的普世性的认知，也是从“人学”的视角认识鲁迅所获得的真知。

（2）“抗拒为奴”的精髓之形成，是以“个”的思想、“个的自觉”为前提的。

（3）“个的自觉”是在自我的反省与反思中产生的。没有内省也就没有自觉，本能地处于奴隶或奴隶主状态的奴性的人，就不可能上升为自觉的“真的人”。这是人性发展的必经之路，也是打破奴隶成为奴隶主、弱者上升为强者的历史重复的唯一途径。“东亚鲁迅”正是东亚地区人性发展的标尺和楷模，其所蕴含的“个的自觉”“抗拒为奴”的精髓在人类精神解放历程中形成了深刻影响与巨大作用。

作为“东亚鲁迅”核心的“人学”思想，很大部分是鲁迅留日时期从日本汲取的，而日本又是从西方欧美译介来的。那么，如今以西方欧美的眼光来看“东亚鲁迅”，又会是怎么样的呢？世界视野中的“东亚鲁迅”，将会是一个非常有趣的研究课题。从全球视野和世界文化源流的角度重新审视鲁迅和他的思想、著作以及他所处的时代，将会是未来鲁迅学发展的总趋势。

在这个商品大潮冲击社会，趋时媚世、造伪饰诈之风甚嚣尘上，人们日益被金钱、威仪、职称、物欲等等所奴役，成为新的奴隶的时刻，“东亚鲁迅”显得格外可贵。这正是鲁迅二十世纪初所呼唤的“精神界之战士”的当代体现，是中、日、韩三国思想界的重要的精神资源和精神动力。

三　日、韩鲁迅学论著的翻译、出版和与中国的交流

随着中、日、韩鲁迅学界的交流、互动，日、韩鲁迅学论著陆续在中国翻译、出版，对鲁迅与日、韩文化关系的研究著作也日渐增多。下面择要评介：

《近代的超克》，竹内好著，李冬木、赵京华、孙歌译（生活·读书·新知三联书店 2005 年版）。该书遴选了竹内好写于二十世纪四十到六十年代的数篇代表作品（包括名文《鲁迅》《近代的超克》

等），昭示了在那个动荡不安的历史时期，竹内好的思想方式与知识立场的形成与发展。

“近代的超克”大体上相当于“现代反思”或者“现代化的反思”之意。作为日本现代最重要的思想家之一，竹内好不仅对中国的现代思想和文学有着深刻的理解力，也对日本现代思想的形成有着潜在和深远的影响。他追求“在状态之中”的思想方式，与对学院知识生产体制的根本性质疑和抗拒，使他的知识立场彻底地非体制化，亦使他如其终生敬仰的鲁迅一样成了一位思想斗士，而不只是“学者”。他对鲁迅的研究，对中国鲁迅学界产生过重要影响。

由此，鲁迅与竹内好的关系成为二十一世纪鲁迅学的热点之一。接连出版了这方面的论著——

薛毅的《鲁迅与竹内好》（上海书店出版社 2008 年版）。该书汇集了中国和日本学术界关于竹内好、鲁迅研究的成果。竹内好作为战后日本重要的思想家，对鲁迅和现代中国有独到的认识。他以鲁迅为思想资源，致力于建构东方的主体性。如何理解他的思想方法，如何评判他的观点，如何看待他对鲁迅的创造性发挥和他在中国的位置，这本书做了详细的论析。

靳丛林的《竹内好的鲁迅研究》（北京大学出版社 2012 年版）。该书力图在描述日本鲁迅研究历史的基础上鉴别、比较、发掘“竹内鲁迅”的独特内涵。同时，本书的理论创新还体现在如何看待异国知识分子借鲁迅来反省自身现实的态度上。鲁迅是属于世界的，本书的一切只力图提供一个较为完整准确的“竹内鲁迅”形象，这不但可以给中国鲁迅研究界提供不同价值观的参照系数，同时可以看到鲁迅的文学及其精神在东亚产生了怎样重大的影响。葛涛在《中华读书报》撰文道：近日，中国学者研究“竹内鲁迅”的首部专著《竹内好的鲁迅研究》一书由北京大学出版社出版。竹内好是日本著名的鲁迅研究专家，他的鲁迅研究富有特色，影响深远，因此被中国学术界称为“竹内鲁迅”。吉林大学靳丛林教授不仅是国内著名的鲁迅研究专家，而且曾经长期在日本执教，他对竹内好的鲁迅研究进行了长期研究，在此基础上不仅撰写完成了《竹内好的鲁迅研究》一书，而且也把竹内好的全部鲁迅研究论著翻译成中文，这部55万字的译稿近期将以《竹内好鲁迅研究译文集》为名由生活·读书·新知三联书店出版。

除竹内好之外，中国鲁迅学者还对鲁迅、周作人与日本的关系进行了较翔实的研究——

赵京华的《周氏兄弟与日本》（人民文学出版社2011年版）。该书作者在日本留学多年，获得博士学位，对周氏兄弟在日本的过程和情况有着长期、深入的研究。此书中以鲁迅、周作人与日本的关系为论述主题，探讨作为周氏兄弟思想文学精神原乡之一的日本的人文地理思想文化给周氏兄弟后来的发展的长久的影响和启发，以及鲁迅作为同属于东亚的思想家和文学家在日本被理解并产生深远影响的过程。

董炳月的《何谓“近代的超克”》（生活·读书·新知三联书店2018年版）。该书不同意中国盲目崇拜竹内好的倾向，对竹内好出现的历史背景做了详细的分析，有助于中国读者全面理解竹内好。

卓光平的《战后日本文化语境中的“池田鲁迅”研究》（中国社会科学出版社2018年版）。

池田大作是当今域外传播鲁迅产生影响最大的人士之一。然而，长期以来，学界对鲁迅在日本接受与传播的研究主要聚焦于日本的“学院鲁迅”，却对池田大作对鲁迅的接受与传播缺乏足够关注。该书在细致梳理前人对这一课题研究的基础上，不仅提出了“池田鲁迅”这一学术概念来涵盖池田大作在接受与传播鲁迅过程中的思想认识和价值实践等方面的内容，而且还从战后文化语境对池田大作“鲁迅情结”生成的影响，池田大作与鲁迅生命感应下的“鲁迅像”建构，池田大作从民众主义立场出发对鲁迅小说的再解读，池田大作在“人性革命”的价值探寻中对鲁迅“人学”思想的阐释，池田大作在创价学会价值理念的实践中对鲁迅价值思想的继承，以及“池田鲁迅”的研究特质、研究范式及研究影响等六个方面对该课题进行了深入系统的阐释。对“池田鲁迅”的本质内涵和现实指向的深入探讨，从一个重要侧面揭示了鲁迅在日本社会中所产生的深刻影响，这对进一步认识和把握鲁迅之于东亚乃至世界的当代价值无疑具有重要意义。

浙江大学教授黄健指出，《战后日本文化语境中的“池田鲁迅”研究》针对现代日本的鲁迅研究与传播，从竹内好一直到池田大作，梳理出一条清晰的脉络，这不仅仅是时间线性型的脉络梳理，更重要的是一种空间立体型的场域开拓。日本创价大学高桥强教授指出，该著作不仅是目前有关“池田大作与鲁迅”研究唯一的专题性研究著作，也打开了“池田鲁迅”研究新的一页。

可喜的是还出现了从文学上深入探讨鲁迅与日本经典作家关系的论文。张丽华的《原来死住在生的“隔壁”——从夏目漱石〈虞美人草〉的角度阅读鲁迅小说〈明天〉》(《文学评论》2015 年第 1 期)，认为鲁迅的短篇小说《明天》本是形式完熟之作，学界却一直当作一篇内容简单之作。将之置于夏目漱石《虞美人草》的延长线上，并从“思想小说”的角度来解读，小说中平行并立的空间形式——咸亨酒店与间壁的单四嫂子家，可以视为对夏目小说中“原来死住在生的隔壁”这一观念的演绎。如果说《明天》的空间结构暗示了人与人之间的伦理，那么它的时间形式——以小说标题的形式凸显的从“暗夜”到“明天”的具有主体性的行为，置于鲁迅当时的进化论思想背景中，则指涉着生命进化的宇宙（Natur）过程。在社会批判的框架之外，《明天》还以“死亡”为媒介，在其小说的时空形式之中，巧妙地蕴含了鲁迅的进化论思想中“Natur”之道与“人”之道的内在争辩。张文在对前人研究细论长短的基础上，提出自己的独立见解，视野开阔，分析细腻，不失为一篇有深度、有分量的好论文。

鲁迅逝世后，周作人以知堂名义发表的纪念文章《关于鲁迅》(1936 年 11 月 16 日、12 月 1 日上海《宇宙风》第 29 期、第 30 期)就指出了鲁迅对夏目漱石的崇敬：“惟夏目漱石作俳谐小说《我是猫》有名，豫才俟各卷印本出即陆续买读，又曾热心读其每天在《朝日新闻》上所载的小说《虞美人草》。”但是从文学上深入、细腻地体味鲁迅和夏目漱石关系的论著却很少见。张丽华有必要继续研究下去，不仅探讨一篇《明天》，而且从鲁迅的创作整体上分析其与夏目漱石的关系，这将会是很有意义的。

随着日本鲁迅学论著和《韩国鲁迅研究论文选》在中国的翻译、出版，中国鲁迅研究论著也向日、韩输出。

著名鲁迅学学者葛涛策划并主编了《中国鲁迅研究名家精选集》十卷本，这套书请林非先生作总序，包括孙玉石、钱理群、王富仁等十位中国当代著名鲁迅研究学者的鲁迅研究成果精选集。这套丛书在2013年由北京师范大学出版集团安徽大学出版社正式出版。此书获得了良好的社会反响，2014年获得了国家新闻出版广电总局的“经典中国国际出版工程”的资助，被翻译成韩文。2017年12月15日，来自中韩两国的30多位鲁迅研究专家及各界人士汇聚在韩国外国语大学，共同庆祝《中国鲁迅研究名家精选集》韩文版由韩国著名出版社昭明出版社正式出版，并举行韩中鲁迅研究对话会。此时恰逢中韩建交25周年，这套《中国鲁迅研究名家精选集》丛书韩文版的出版也是纪念中韩建交的一个很有意义的活动。

值得提到的是这套丛书之所以能在韩国首先出版，与韩国的中国文学研究权威专家朴宰雨教授的地位与努力是分不开的。朴教授是韩国外国语大学研究生院院长暨中国语言文化学部教授、中国社会科学院《当代韩国》杂志韩方主编、世界汉学研究会执行会长、国际鲁迅研究会会长，译介了大量的中国文学作品，对韩中文学与文化交流做出了卓越的贡献。

还值得提到的是中方策划和主编葛涛博士。他是北京鲁迅博物馆研究馆员、国际鲁迅研究会常务秘书长、中国鲁迅研究会理事。著有《网络时代的鲁迅》《鲁迅文化史》《“网络鲁迅”研究》《被遮蔽的鲁迅：鲁迅生平史实研究》《互联网上的“作家迷”虚拟社区研究》《图本鲁迅传》等6本著作。他除策划并主编《中国鲁迅研究名家精选集》外，还策划并主编了《世界各语种鲁迅研究精选集》，已出版《日本鲁迅研究精选集》《韩国鲁迅研究精选集》两本。2019年3月27日—30日，国际鲁迅研究会第九届学术论坛暨

"五四"运动一百周年研讨会在马来西亚首都吉隆坡隆重举行，会议主题是"五四与鲁迅：与世界多元文化对话"，来自世界各地的学者相聚在吉隆坡暨雪兰莪中华大会堂展开热烈的讨论。这充分说明鲁迅学已经向世界特别是东南亚深入扩展。

中国鲁迅学就是在"五四"新文化运动中起始的，是与"五四"运动并行不悖，相互促进的，所以海内外鲁迅学界隆重举行了纪念与研讨活动。

2019年4月13日上午，由中国鲁迅研究会和北京鲁迅博物馆（北京新文化运动纪念馆）共同主办的"在文学与历史之间——纪念五四运动100周年学术研讨会"在北京举行。来自国内高校、科研院所等学术研究单位的专家学者一百多人汇聚在具有百年历史的老建筑东方饭店，纪念"五四"这场划时代的历史事件，共同缅怀新文化先贤，梳理百年历史变迁的脉络，寻找文化创新的途径。

2019年5月9日—10日，由香港科技大学高等研究院、香港科技大学人文学部主办，哈佛大学东亚系和苏州大学海外汉学研究中心协办的纪念"五四"一百周年国际学术研讨会在香港举行，主题是"五四之后当代人文的三个方向——夏志清、李欧梵、刘再复"。来自海内外的数十位著名学者热烈、深入地讨论了"五四"百年以来华人学界思想文化的最新发展和鲁迅学的新进展。

四　应该记住的几位中国鲁迅学界的国际朋友

除了上文所提的日、韩鲁迅学家之外，还应该记住中国鲁迅学界的几位国际朋友。

冯　铁

冯铁1958年生于瑞士，先后在柏林、台北、北京和波恩学习汉学、日本学、罗马语种语言文学研究、哲学以及比较文学。他的博士论文就是鲁迅研究。又先后在瑞士苏黎世大学、柏林自由大学、波鸿鲁尔大学等校任教，是欧洲汉学学会、德国中国学协会理事会成员，后来是德国波鸿鲁尔大学东亚研究系系长、中国语言文学部主任。

冯铁从1991年起潜心研究鲁迅，用三年时间，走遍中国南北，搜集了大量资料，于1993年编撰成《鲁迅：年谱、著作、图片和文献》一书，1995年由鲁迅的学生黄源先生题写书名，后又加以修饰增补，于2001年正式出版。书前有陈漱渝、吴俊等人的题词。在书前，作者写道，此书是献给已故美籍华裔学者吴茂生的。因为在作者的问学道路上，吴茂生先生曾经给过他帮助。当冯铁起步研究鲁迅时，当时在美国加州大学任教的吴氏曾热情地邀请他前往美国加州开展他的研究，使作者后来得以取得令人瞩目的成绩。冯铁先生以此纪念这位前辈，殆所谓遵“喝水不忘挖井人”之中国古训。

冯铁的这本书在德国享有盛誉的莱比锡出版界出版，有厚厚的800多页，令人联想到德国历史上那些以个人之力独立开创一个哲学体系的老学究们的皇皇巨著，他们往往以深奥的理论吓倒读者。但冯铁这本书却很特别，主要有两大部分：第一部分是资料，即年谱、著作、图片和文献，第二部分才是传记。事实上，传记部分正是他的博士论文。

冯铁先生的鲁迅传记值得特别推荐。尽管欧洲学术界尤其是汉学界对鲁迅并不陌生，但是像冯铁这样用传记加以系统介绍的，还真不多见，尤其是在近二十年来甚至没有，在德国更是绝无仅有。尽管德国在1980年曾举办过鲁迅专题展览，但那已是四十年前的事了，对德国公众来说，鲁迅毕竟还是比较陌生的。经过了较长时间的努力之后，有了冯铁这样一本重量级的专著，确实可喜可贺。

首先引人注意的是，书中一张1936年在上海出版的英文版《世界名人词典》（Who's Who）中的鲁迅条目书影，对于鲁迅的介绍，与现有说法有所不同。虽然基本上可以认为不太准确，但这一条目的存在本身就足以说明问题：鲁迅在当时已经被广泛注意了。

冯铁的书给人印象特别深的，是对两张照片的处理方式。这就是多次被“误用”的所谓“换头照”。最出名的一张就是 1933 年萧伯纳访问中国，在宋庆龄家，鲁迅、宋庆龄、蔡元培、林语堂以及美国人史沫特莱和伊罗生的合影。在“文革”中，人们在使用这张照片时，由于受极左思潮的影响，把这张照片中的林语堂和伊罗生抹掉了。到了“文革”结束，当然就不能再用这样的照片了，在正规途径的出版物中都已恢复了真相。可是后来有的人不清楚，在使用这张照片的时候，还往往有糊里糊涂用了这张“换头照”的，造成不良影响。冯铁充分注意到这一点，他特意在这书里将两张照片放在一起做了对比，让不明真相的人恍然大悟之后，牢牢记住这个公案。国内虽然早已有人注意到这事，却很少有人出来澄清。同样，另一张遭受同一厄运的照片——1927 年 10 月鲁迅在上海与许广平、林语堂、孙伏园、孙福熙、周建人六人的合影，也在“文革”中被“割”去了林语堂、孙伏园两人的形象，变成前排三个人而后排只有一个人站在旁边的奇特站位，令人费解。冯铁也将两张照片放在一起对比，就像现在人们常用的对假冒伪劣商品的曝光手法，让人一目了然，印象深刻，再不会混淆。这正是用鲁迅教授的用“比较”来医治“受骗”的方法来澄清事实，说明冯铁教授对鲁迅的谙熟。冯铁从 1999 年就任鲁尔大学东亚研究系系长以来，在中国现代文学研究和鲁迅研究界就常常可以见到他活跃的身影。此书的出版，更将作者推到了德国鲁迅研究的最前沿，不仅代表了德国鲁迅研究的最新成果，也意味着欧美鲁迅研究的新进展和值得注意的新收获。

不幸的是，2017 年 11 月 4 日，冯铁因患肺癌在睡梦中辞世。他的逝世给中国鲁迅学在欧洲的传播造成了难以弥补的损失。

寇志明

寇志明，澳大利亚新南威尔士大学中文系教授，出生于美国宾夕法尼亚州的一个偏僻小镇，高中毕业去匹兹堡大学学习中文。他的第一位中文老师，正是鲁迅学生台静农的儿子台益坚。后来他又到哥伦比亚大学专修中文，大学毕业后去台湾深造，本来想专程去拜访台静农，但畏于戒严时期，怕台静农不敢谈鲁迅，就没去找。自年轻时候与鲁迅作品相遇，寇志明就被鲁迅所折服。当他的中文水平达到能读《记念刘和珍君》的原文时，他感动得落泪，对别人说道："给我最深的印象倒不是纪念死去的烈士，而是让我了解到美国就没有一位像鲁迅这样能够解剖社会的有良心的作家，而我们最需要的就是像鲁迅那样的作家。"寇志明曾在一篇文章里写道，他认为鲁迅的伟大之处，是"作为爱国的中国知识分子却能看透那种狭隘的民族主义"。在他的眼里，当时的美国虽然自称为自由世界的堡垒，但像鲁迅这样的作家寥寥无几。

鲁迅的旧体诗是寇志明的研究兴趣所在。他曾撰文说，鲁迅用旧体诗写作，也许更容易将个人怀抱通过旧形式和古语文、典故表达出来。"在鲁迅的旧体诗中，我们看到一个无畏地批判军阀和后来的国民党白色恐怖政权的批评家，但是同时我们也能发现一位关心学生的好老师、爱孩子的家长、爱妻子的丈夫，一位人道主义者、爱国学者，同时也是有国际主义精神的、胸怀广阔的伟大诗人：他怀有悲悯和失落的情感，但从未对中国未来丧失信心。"

现在寇志明正致力于鲁迅的旧体诗和早期论文的翻译与研究。这项工作对于中国鲁迅学者来说都是很艰难的，何况是一位外国学者。但寇志明毫不畏惧，五十年来坚持不懈，孜孜矻矻，从未间断地朝着这项艰深的课题进取。

张钊贻

张钊贻，澳洲昆士兰大学教授，生于香港，曾师从澳大利亚著名华人翻译家、文学家陈顺妍教授（Mabel Lee）攻读博士学位，并曾任南洋理工大学中文系主任一职。主要从事中国现当代文学研究，在鲁迅研究领域成果卓著，在海内外学界有着深远影响。

他的主要著作是《鲁迅：中国"温和"的尼采》（北京大学出版社 2011 年版）。他"沉迷鲁迅、尼采二十年"，始终如一、乐此不疲。他藏有的德文版赖豪斯著《论苏鲁支语录》，是 2002 年秋天他专程去法国国家图书馆复制的。鲁迅留日时期曾经购得此书的其他版本，对他的思想和文章产生了极为深刻的影响。目前，唯有北京鲁迅博物馆和法国国家图书馆各藏一册德文赖豪斯版，德国各大图书馆都没有。而张钊贻住所“张子居”里竟也有一本，虽然是复制品，但已经人为不易了。他还有一册尼采自传手稿的复制本，长卷型，龙飞凤舞般的德文笔迹，是他1999年到德国海德堡大学做研究并讲演鲁迅时，从旧书摊上淘来的。书价不菲，他并不宽裕，但还是咬咬牙关买了下来。虽然花了很多钱，然而得到了天下奇书，岂不乐哉？功夫不负有心人，之所以能淘到奇书，在于他是沉迷鲁迅、尼采的有心人。

为什么称鲁迅为“中国‘温和’的尼采”呢？这绝对不是心血来潮的空口之说，而是经过严格考证的科学结论。证据是十九世纪末，日本学者高山樗牛及登张竹风等人曾经掀起过一场“美的生活”的论战，当时的尼采门徒分为“温和”与“强横”两派。所谓“温和”派，就是对社会持文化批判态度，反对各种形式的专制，追求个性解放；而“强横”派，则是歌颂强权、不顾弱小、主张暴力、为所欲为。论战高潮过后不久，鲁迅便抵达日本，他当时所接受的就是勃兰兑斯式的“温和”的尼采，而不是相反。这些证据都来自张钊贻在悉尼大学读博士时，从图书馆日文原版报刊上获得的第一手史料。张钊贻由该书重要一章改写而成的长篇论文《早期鲁迅的尼采考——兼论鲁迅有没有读过勃兰兑斯的〈尼采考论〉》，1996年发表在国内高品位的学术刊物《学人》第九辑上，层层摆出清晰可靠的证据，充分展示了立论的坚实根基，也反映出了作者思维的缜密、分析的透辟，显示出其过“硬”的学术功力。确实显现出了他既比国内学者多接触海外资料又比国外学者更了解国内学术动态的双重优势。

尽管有的学者对该书有不同的意见，但张钊贻确实对鲁迅与尼采的关系下过坚实的功夫，因而获得了前人没有的成果。

2012年11月，张钊贻为了推进鲁迅与尼采的研究，在新加坡南洋理工大学举办“尼采与华文文学”研讨会，出版了由他主编的《尼采与华人文学论文集》（八方文化创作室2013年版），此书成为鲁迅与尼采研究的重头书籍。

2017 年 11 月，广西师范大学出版社又出版了张钊贻研究鲁迅及有关文章的合集《从〈非攻〉到〈墨攻〉——鲁迅史实文本辨正及其现实意义探微》。

高利克

高利克是“布拉格汉学学派”的代表人物之一，也是欧美享有盛誉的比较文学学者。他一直致力于中西文学的比较研究，特别是在中国现代文学的研究领域取得了重要的成就。他的世界文学观念贯穿了其全部的研究进程，其中《中国现代文学批评发生史》《中西文学关系的里程碑》和《中国现代思想史研究》等论著得到了国际汉学界的肯定。靠着坚定的信念和不懈的努力，高利克被斯洛伐克科学院授予 2003 年最高荣誉奖，成为声望显赫的比较文学大家。2005 年他荣获国际学术界誉为人文学术诺贝尔奖的“亚历山大——洪堡奖”。

高利克于 1958 年毕业于布拉格查理大学，完成学业后，他到北京大学进修了两年，主要是听课和收集资料。当时他的导师是吴组缃，此外，他也听过王瑶、王力和严家炎的课程。高利克在北京时所写的文章第一读者都是茅盾，茅盾帮他修改这些文章，并跟他一起探讨共同的兴趣爱好问题。

1960 年高利克从中国回国后，到斯洛伐克科学院东方研究部工作。在翻译了一些中国现代文学作品如《林家铺子及其他短篇小说》和老舍的《骆驼祥子》后，在普实克的建议下，高利克开始以茅盾的文学批评观点为研究对象撰写博士论文，之后以英文出版了《茅盾与中国现代文学批评》(*Mao Tun and Modern Chinese Literary Criticism*)（弗兰茨·施泰纳出版社 1969 年版）。

高利克在德国时进行了一项广博的研究，名为“尼采在中国（1918—1925）”，这是西方汉学界第一次对尼采与中国关系的研究。

在德国期间，高利克已经开始运用比较文学方法和所谓的系统结构分析法，从比较的视野研究中国现代文学批评历史的问题。1971年8月他返回布拉迪斯拉发，于1978年完成了此项研究，1980年名为《中国现代文学批评发生史（1917—1930）》（*The Genesis of Modern Chinese Literary Criticism*，1917-1930）（布拉迪斯拉发—伦敦 Veda Curzon Press 1980年版）的研究专著得以出版，后由陈圣生和同仁们翻译成中文，由社会科学文献出版社于1997年出版。此书是高利克所有作品中最受中国学者欢迎的一部，囊括17位理论家与批评家的著作，书中对中国乃至世界文学思想的关系做了详尽的分析，其中包括胡适、周作人、陈独秀、郭沫若、成仿吾、郁达夫、邓中夏、恽代英、肖楚女、蒋光慈、钱杏邨、茅盾、鲁迅、瞿秋白、梁实秋、冯乃超和李初梨等。

1970年和1993年，高利克还将精力投注到另外一个项目上，已有六篇论文以《中国现代思想史研究》（*Studies in Modern Chinese Intellectual History*）之名发表，其中包括一篇纯理论文章，重点研究了王国维、鲁迅、郭沫若、瞿秋白和谢冰心等作家。

1985年，高利克完成的研究成果有：《中西文学关系的里程碑（1898—1979）》（*Milestones in Sino-Western Literary Confrontation*，1898-1979）（布拉迪斯拉发—威斯巴登 *Veda-Otto Harrassowitz* 1986年版），后由伍晓明和张文定共同翻译成中文，并请乐黛云作序，出版于1990年。在书中，高利克分析了梁启超、王国维、鲁迅、郭沫若、茅盾、曹禺、洪深（1894—1955）、冯乃超、何其芳、冯至、巴金、老舍和卢新华（1954— ）等人的代表作以及伤痕文学。

高利克的很多学术论文多次被翻译成中文。迄今，已发表的270多篇论文中有40多篇被翻译成中文，发表在权威期刊如《中国现代文学研究丛刊》《中国比较文学》上，或收入中国著名学者纪念文集等。

高利克还先后组织过一些国际汉学专题研讨会："中国1919年五四运动的国际文学与国内文学问题"（Smolenice Castle，斯洛伐克，1989年3月13日—17日）、"中国文学与欧洲背景"

(Smolenice Castle，斯洛伐克，1993 年 6 月 22 日—25 日）和“以文会友：布拉迪斯拉发—维也纳汉学家学术讨论会”（2008 年 4 月 10 日—15 日）。

2012 年 11 月，高利克出席了张钊贻在新加坡南洋理工大学举办的“尼采与华文文学”研讨会，受到了与会者的热忱欢迎。

第二十九章　多维视野中的鲁迅学

新世纪以来，中国鲁迅学的一个显著特点，就是从多种角度、多种方法、多种视野拓展研究鲁迅的领域，使人耳目一新。

一　冯光廉等主编的《多维视野中的鲁迅学》

从单向视角扩展为多维视野，是二十一世纪中国鲁迅学的一个重要特点，出现了直接以此为题的书籍——冯光廉、刘增人、谭桂林主编《多维视野中的鲁迅》（山东教育出版社 2002 年版）。

作为二十世纪中国文学史上伟大的文学家、思想家，鲁迅呈现出异常的复杂性。以前的鲁迅研究成果大多从单向切入，只给读者提供了认识鲁迅的单个窗口，而这部书则视野宏大，有一百多万字，从政治学、社会学、文化学、心理学、哲学等二十几个维度观察鲁迅。经过诸多方面和不同角度的解读，更加走近了鲁迅，呈现出鲁迅的复杂性："鲁迅文学创作的主题学阐释""美术视野中的鲁迅艺术趣味""鲁迅主编书刊的编辑学阐释""文体史中的鲁迅评估""文学批评史中的鲁迅评估""翻译史中的鲁迅评估""汉语史中的鲁迅评估""学术史中的鲁迅评估"等等。当然不可能每一维度都是全新的，书中的不少专题面对的都是老问题；在论说老问题时，采取了一种十分诚实同时也很有价值的做法，充分重视了已有的研究成果——注明出处。对此，导论中有明确的说明：“本书作为世纪之交编撰的学术专著，应该自觉而认真地进行历史反思，回顾半个多世纪以来鲁迅研究所经历的历史道路，所取得的巨大成绩和所出现的主要缺失，总结历史经验教训。——实际上，本书的总体视角的确立，体系框架的建构，观点方法的阐释，都是在认真的历史反思的基础上获得的。在具体章节的操作中，或单设一个专门题目，评介过去所取得的主要成绩和曾经出现过的一些重大研究偏向，尤其是那些当前仍未真正解决、值得进一步探讨的重要问题，以便帮助读者（特别是不大知晓往昔研究历史的年轻读者）了解历史经验教训，增强思想的识别力，把握今后的发展趋向；或不单设题目，而穿插在我们的有关论析中，结合进行简要的评介，画龙点睛，起到上述作用。同时，从编著者的角度说，通过历史的反思，头脑可以更加清醒，立论可以更加心中有数，学术的起点，突破的重心，补正的方向，整合的依据，确实显得更为明晰了。”

本书虽然不是一部鲁迅研究史，也不把“具体地描述鲁迅研究的历史过程、阶段性特征”和对具有代表性的研究成果的评介作为自己的主要任务，但在全书体例的设计和视角的选择上，都明显地表现出对鲁迅研究史的回顾和反思倾向。各专题的撰写者是带着明确的“问题意识”去回顾和反思已有的研究思路和得失的，它就在许多方面比一般的鲁迅研究史更加具有历史穿透力。

对已有的研究路向和代表性成果进行清理，主要目的是让自己的突破和创新具有更加明确的方向和更为合理的方式。本书每一专题的撰写者都有着明确的“求异创新”的意识，都努力追求在回顾和反思已有成果的基础上，把问题更深入一步。尽管每一专题所表现出的新意有所不同，但总体上，全书可谓新意沛然。当然，最具有新意的，还是那些在某种意义上是拓荒性的专题研究。所谓拓荒，不是说此前无人对此问题发表看法，而是说此前的看法都是零碎、浮浅的，不曾有人做过深入、系统的探究。因此，这部百余万字的大书在有些前人无力顾及或并未想到的领域进行了深入的“拓荒”，而在“开垦”中具有比较自觉的“问题意识”。当他们对这些问题进行深入、系统的探讨后，人们才感到这确实是一个值得探讨的问题，在耳目一新的同时，也深受启发。例如第七章《鲁迅审美风格的艺术学阐释》，着重探讨了鲁迅在美术上的审美嗜好与生命感知和文学风格之间的内在联系，令人大为受益。“在晴天之下，旋风忽来，便蓬勃地奋飞，在日光中灿灿地生光，如包藏火焰的大雾，旋转而且升腾，弥漫太空，使太空旋转而且升腾地闪烁。”①

“枯草支支直立，有如铜丝。一丝发抖的声音，在空气中愈颤愈细，细到没有，周围便都是死一般静。两人站在枯草丛里，仰面看那乌鸦；那乌鸦也在笔直的树枝间，缩着头，铁铸一般站着。”②

“几株老梅竟斗雪开着满树的繁花，仿佛毫不以深冬为意；倒塌的亭子边还有一株山茶树，从暗绿的密叶里显出十几朵红花来，赫赫的在雪中明得如火，愤怒而且傲慢。”③

——鲁迅作品中这些苍凉中含沉郁、悲哀中有昂扬的意象营造，读过的人也曾十分感兴趣，并不时玩味。但可能只把鲁迅特有的意象营造方式与他的人生经历、生命体验等联系起来，而《鲁迅审美风格的艺术学阐释》这一章，却令人信服地指出了鲁迅在意象营造上与他所喜爱的梵高、蒙克等西方现代画家有着内在的相通，鲁迅用文字塑造的形象，与梵高、蒙克等用画笔描绘的形象有着很大的相似性。再例如第二十一章《学术史中的鲁迅评估》，是迄今为止对鲁迅的学术眼光、学术方式、学术情怀和学术成就的最深入、系统的研究。由于种种原因，作为学者的鲁迅其实长期被作为思想家和文学家的鲁迅所挤压，或者说，作为学者的鲁迅的独特表现和贡献，长期处于被遮蔽的状态。而《学术史中的鲁迅评估》这一章，一开始便指出，在蔡元培、周作人等“老朋友心目中，鲁迅的学术成就起码不比其文学创作逊色”。在后面的论述中，这一章有许多精彩之论：“要说‘用清儒家法治学，有正统派遗风’，胡适

① 鲁迅：《雪》。
② 鲁迅：《药》。
③ 鲁迅：《在酒楼上》。

其实不如鲁迅；只不过鲁迅少谈而胡适大讲，以致梁启超错认胡适为清学的嫡传。”“鲁迅重考据，但不重一般意义上的‘考据家’；对单纯考据的超越，是鲁迅承清学而又不为清学所囿的明证。——认真的考据家其实不太难找，难找的是有思想有胆识且甘于坐冷板凳‘钞旧书’的真学者——鲁迅的成功，很大程度上靠的正是这重考据而又不囿于考据，或者说承清学而又不囿于清学。”“鲁迅的小说史研究之所以能够深入，得益于其丰富的小说创作经验。以一位小说大家的艺术眼光，来阅读、品味、评价以往时代的小说，自然会有许多精到之处。——鲁迅《中国小说史略》之所以难以逾越，在其史识及其艺术感觉。——在本世纪中国学者中，对中国小说研究贡献最大的莫过于鲁迅和胡适，前者长于古小说钩沉，后者长于章回小说考证。不过在小说史的总体描述以及具体作家作品的评价上，胡适远不如鲁迅，其中一个重要原因是文学修养及创作经验的差别。”“作为一个文学史家，鲁迅的最大长处其实不在史料的掌握，甚至也不在敏锐的艺术感觉，而在于其跨学科的知识结构以及对历史和人生真谛的深入领悟。”——诸如此类的立论，既言之有据，又很大程度上是发人所未发。这种“学术史上的鲁迅评估”，使得本来较为干瘪的学者鲁迅形象大大丰满起来，也使得整体的鲁迅形象更加充实和具有立体感。

如著名文艺评论家和鲁迅学家王彬彬所说：“《多维视野中的鲁迅》这部书具有开放、敏锐和切实的‘问题意识’，当然并不意味着它已穷尽了关于鲁迅的一切‘问题’。特定时代的研究者有着特定时代的‘问题意识’，一百年后的鲁迅研究者或许会研究些我们今天无论如何也想不到的问题。在我们这个时代，鲁迅在受一些人推崇的同时，也面临着另一些人的质疑和挑战。在这部书的导论中，从六个方面归纳了‘出现此种怀疑和否定鲁迅的看法’的原因，在第十五章中，也对‘鲁迅接受中的误读与曲解、攻击辱骂现象’做了分析。”“当年，鲁迅与胡适、梁实秋等自由主义者存在着立场分歧，而这种分歧又在今天的文化界继续着：有人在接着鲁迅的话题继续讲，有人在接着胡适、梁实秋们的话题继续讲。接着胡适、梁实秋们的话题继续讲的人，也在重复着自由主义者当年对鲁迅的质疑；是应该‘回到鲁迅’还是应该‘回到胡适’，正成为一个有争议的问题。所以，我觉得‘鲁迅与中国现代自由主义’，是一个亟待认真清理和研究的问题。对这个问题的研究，我想应该包括这些内容：鲁迅对自由主义有多大程度的接触、了解；鲁迅为何未能接受自由主义理念而成为‘左翼作家’；鲁迅的选择是否有着历史性的局限与失误；在历史的尘埃落定之后，应该怎样重新看待鲁迅与胡适等自由主义者的思想冲突；等等。近几年，我时时想研究这个问题，但又因其十分复杂而未敢动手。当我翻开这本《多维视野中的鲁迅》时，曾指望从中看到对这些问题的解答。但在众多的维度中，并没有‘鲁迅与中国现代自由主义’这一维，这不免令我多少有些失望。”①

王彬彬对《多维视野中的鲁迅》的评论，是鲁迅学领域很少见的书评，尖锐、中肯、全面，笔者完全同意他的观点，钦佩他的论析。

二　鲁迅思维方法研究

鲁迅之所以看问题比别人深刻，与他具有科学的思维方法有着密不可分的关系。二十一世纪有学者对此进行了专门的研究。其中较为突出的是：

（1）刘春勇著《多疑鲁迅——鲁迅世界中主体生成困境之研究》（中国传媒大学出版社2009年版）。这是一部以鲁迅为媒介思考中国在遭遇到西方强势文化时如何寻找自己“道路”的专著，因此，这既是一部扎实的鲁迅研究著作，同时又超出了一般的鲁迅研究，以“鲁迅为方法”思考着更为广阔的问题。其核心论点在于，

---

① 王彬彬：《开放、敏锐而切实的“问题意识”——读〈多维视野中的鲁迅〉》，载《文学评论》2002年第5期。

现代性“我思”主体的建立固然带来了人的觉醒，但也同时将现代人推向了虚无主义的深渊，而鲁迅的多疑正是克服这虚无主义的结果与方法。因之，该书对鲁迅多疑的研究超越了以往大多数研究者将鲁迅的多疑作为一种心理学研究的范式，而在继承了钱理群和尾崎文昭的“多疑思维方式”的基础上向前迈进了一大步，在更为广阔的视野中以鲁迅的多疑为媒介思索着中国以及东洋的“现代”。该书认为，鲁迅的多疑不是别的，而是鲁迅在“现代”进程中意识到“人的有限性”而对现代性“我思”主体的绝对性的怀疑，以及对这种怀疑的怀疑。而鲁迅在当下的行动力的根源就隐藏在这样一种“多疑”之中，由此所产生的行动力同根源于现代性“我思”主体的行动力的根本区别在于，后者有一往无前和一劳永逸的属性，并且极易将人推向虚无主义的深渊，而前者则在犹疑彷徨中有着持久的坚韧和源源不断的动力，并且似乎能够提供某种克服虚无主义的方法。该书最后认为，鲁迅的这种坚韧的行动力，其根源或许在中国古老的“道”与“易”的思想传统中。

《多疑鲁迅》出版后引起了鲁迅学界比较热烈的反响。日本东京大学尾崎文昭教授撰文称：“这本著作虽然并不能够轻易阅读，但对鲁迅的思想的深奥部分具有相当深刻的理解，给全世界的鲁迅研究界会有不少贡献。”① 华中科技大学王乾坤教授则认为：“书（《多疑鲁迅》）写得很出众。”②

（2）张梦阳的《鲁迅的科学思维——张梦阳论鲁迅》（漓江出版社 2014 年版，台湾秀威资讯科技股份有限公司 2014 年版）。该书由笔者早在二十世纪七十年代所写的《〈“题未定”草（六至九）〉的哲学分析》发展而来，主要精华在于对鲁迅所提出的“悬想”进行了独到的哲学阐释。

---

① ［日］尾崎文昭：《也还是所谓对于将来的希望》，载《读书》2009 年第 10 期。

② 王乾坤：《关于鲁迅与佛教的通信》，载《汉语言文学研究》2015 年第 3 期。

三　汉唐石刻研究

汉唐石刻是鲁迅学术研究的重要领域，但多年来少有人深入研究。早已硕果丰盛的杨义，二十一世纪里对此进行了前人未及的开拓——《遥祭汉唐魄力——鲁迅与汉石画像》(《学术月刊》2014 年第 2 期，并收入论文集《重回鲁迅》，上海三联书店 2017 年版)。

该文认为：民初鲁迅以沉默排遣痛苦，也以沉默磨炼内功。他开始搜集汉代石画像拓片，认为美术功能可以“征表一时及一族之思惟，故亦即国魂之现象”，这种历史的和审美的体认延续到其晚年。“五四”以后鲁迅的社会批评和文明批评因其金石学、考据学、画像学根底精深，变得风骨独具、元气充沛。汉画像展示着汉代经济、礼仪、娱乐的繁茂，折射着楚风、齐风、鲁风和谶纬之学的民俗风情，牵涉着西域文明、南亚文明的内传，彰显着汉人对世界一等大国的国力的自豪感。“惟汉人石刻，气魄深沉雄大”，鲁迅以此思考如何激活东方美的力量，接通血脉，参证中西，融合创新。通过对其中许多器具、名物、众技百戏的辨析，以及神话传说、历史故事的解读，进入只有升仙、不见地狱的汉人仙界—历史—人间的“宇宙三界模式”，进入汉人的生活史、精神史。

在对鲁迅进行新古典学的研究中，将汉画像的搜集研究看作这位文化巨人对汉唐魄力的遥祭。

杨义这篇论文的特点有三：

(1) 杨义依凭深厚的古典文学造诣和见微知著的现代性眼光，发现了汉画像的细微妙处和鲁迅眼光的深邃。“胡须习俗”的分析即突出一例：鲁迅 1913 年 2 月 2 日—3 日，在北京琉璃厂购得洛阳北邙出土的明器七件，即绘制图谱，于下面或旁边写了说明，名曰《二月二日所得之北邙偶略图》。在独角人面兽身有翼物下，著录：“莫名其妙之物，亦土制”，为镇墓兽，凡有须者，“此须翘起如洋鬼子，亦奇”。鲁迅对此印象深刻，直到 1936 年 4 月 9 日致姚克信中还说："当我年青时，大家以胡须上翘者为洋气，下垂者为国粹，而不知这正是蒙古式，汉唐画像，须皆上翘。"由此，既可见鲁迅对于胡须习俗也予以注意，甚至津津有味。借助出土文物以窥古代习俗是鲁迅重要的学术道路；也看出杨义在研究中的细致入微。再一例是鲁迅对山东嘉祥县武梁祠汉代画像所作的新古典学的探本溯源的深度发掘和研究。鲁迅画出全山东碑刻所在地，绘山东嘉祥县图以及武梁祠石刻全图，为使搜集的拓片能尽量存真，还在一本金石目录上写下对拓艺的要求，并更正《金石萃编》等前人金石书籍上的错误，编制了《汉画像目录》《石刻目录》《嘉祥杂画像目录》等多种目录。由此说明"五四"以前的鲁迅，就练就了一种金石考据的能力，从不做浮言泛语，以实据为证，把握文化艺术的本质和精魂。

（2）从方法论上，杨义不是单一地研究汉石画像，而是从深层精神结构上"研究鲁迅与汉画像的精神联系，实际上可以引深对鲁迅精神的'潜流观察'，从中获得弥足珍贵的文化启示。于此应该建立一种非直线型，也不重复划分阶段的'折线型'的理论模式，而是采用'折叠曲线型'的理论模式，在精神的皱褶中寻找鲁迅精神的本真"。由此可以看到，民初鲁迅虽然并没有呐喊，但实质上是作为一个独特的精神存在，"以沉默磨炼内功"。所以，"'五四'以后的鲁迅操持文明批评和社会批评，行文运笔从容不迫，浑厚而深刻，虽然思想峻急，却无笔无藏锋、图穷匕见之弊，极可发人深省。这不是离开他包括金石学、杂学在内的旧学根柢可以解释得透彻的"。"鲁迅反对赤膊上阵，主张壕堑战。壕堑和甲胄上，增加金石和考据，对于保护生命、增强战斗力，定然功效显著。"并以鲁迅杂文《看镜有感》为例，说明"没有金石、文物之学，就无从出现《看镜有感》的思想材质和精神空间"。遥想汉唐魄力的雄大、自信，"在这个遥想式的巨大文化空间，鲁迅张扬着创造新文化的胆与识：'放开度量，大胆地，无畏地，将新文化尽量地吸收。'从鲁迅这个思想链条上，我们看到金石、文物之学，对于改善其思想府库的材质、敞开其思想批判的空间，具有实质性的功能"。这样从精神上揭示鲁迅对汉画像的考察、金石学、杂学的深厚功底与“五四”后文学“呐喊”、思想解放的内部联系，是前人未曾做过的。

(3) 通过鲁迅谛视诡异的心灵现实与遥祭汉唐魄力的深微考察，示意出中国鲁迅学未来前景：疏通文化血脉，从人类的命题上，特别是中国人类的命题上，对鲁迅遗产展开深入的新古典学研究，既看到他在荆棘丛生的旷野上踏出新路的求索精神，又看到他一以贯之的不割弃古典研究而深度创新的坚守意志，从而在历史与现代的深度联系上，以实证的方法究其原本，察其血脉，探其精魂，重铸刚健清新的民魂与国魂。“超越研究‘半鲁迅’的局面，还原一个‘全鲁迅’。”

二十一世纪对鲁迅藏汉画像的研究大有方兴未艾之势。西泠印社出版社 2014 年 10 月影印出版了厚重的《鲁迅藏拓本全集·汉画像卷》，并附有《鲁迅金石杂件抄（汉画像部分）》和《鲁迅汉画像年表》。黄乔生在前言《鲁迅收藏汉画像拓本略述》中详述了鲁迅收藏、研究汉画像的过程和价值。

青年学者陈洁写了《论鲁迅抄古碑与教育部职务之关系》（《鲁迅研究月刊》2014 年第 6 期）一文，指出：鲁迅 1912—1917 年在绍兴会馆抄古碑的“十年沉默期”，并非全是一种“韬晦策略”，而是与鲁迅在教育部的工作直接相关。鲁迅当时任职社会教育司第一科，首项就是“博物馆图书馆事项”，又有“调查及搜集古物事项”，征集金石拓片本身即属教育部的工作之一；再就是鲁迅收藏石刻画像，从一开始就有西方考古学的影响，而鲁迅不但注意其文字，并研究其图案，既进行美术鉴赏，又借助金石研究中国历史，为后来“五四”时期的文学喷发做准备。

总之，二十一世纪鲁迅藏汉碑石刻的研究已经有了很好的开端，但还有很多艰巨、细致的工作要做，例如能否把石刻拓片和年表、说明及研究汇编在一起，使爱好者与研究者集精华于一手，便于进一步揣摩、体悟，促使研究更为深入，这都是需要认真考虑的。当然，这是项非常艰苦的工作，有志者必须做好付出数年甚至毕生精力的准备。

四　加强对鲁迅翻译的研究

二十一世纪以来，对鲁迅翻译的研究有了长足的进展。2008 年 5 月福建教育出版社出版了《鲁迅译文全集》，同时加强了鲁迅翻译的研究，出版的研究著作有：

（一）吴钧的《鲁迅翻译文学研究》

吴钧教授的《鲁迅翻译文学研究》（齐鲁书社 2009 年版）为国内外第一本专门研究鲁迅翻译文学的学术专著，由齐鲁书社作为年度重点图书在全国公开出版发行。出版以来已经被国家图书馆及北京大学、清华大学等国内外多所高校图书馆收藏，同时刊登在国家图书网等 30 多家网站的详细书目中，受到国内外文学专家学者和读者的关注和好评。该著作主要学术成就和创新点如下：

（1）首次提出“鲁迅首先成为翻译家，后来才成为文学家”的新定位。这一新定位既不同于以往长期以来完全忽略否认鲁迅翻译文学功绩的观点，也不同于近年来“鲁迅首先是翻译家”的提法。专家评论认为吴钧的新定位更为中肯、全面。

（2）首次把鲁迅的生命哲学观引入翻译研究领域。以鲁迅“一切都是中间物”的生命哲学观为主线，论述鲁迅翻译的“中间物”桥梁作用，总结鲁迅从翻译起步的文学生涯的有益经验，探究鲁迅“中间物”人生哲学思想的中西文化渊源，特别是与中国传统文化不可割裂的血脉联系。

（3）首次按三个历史时期选取鲁迅代表译作进行了汉、英、德、日、俄等几种鲁迅所使用的翻译语言文本的比较分析。鲁迅的翻译文本分析在研究领域为研究弱项。

（4）将鲁迅的“直译”理论与美国翻译家韦努蒂的“异化”翻译理论做了异同两方面的比较研究。这种将鲁迅的直译理论与西方翻译大家的异化翻译理论的对比分析开拓了一种全新的分析角度。

（5）首次尝试用传播学理论分析鲁迅的世界传播以及翻译文学的影响与传播，反思百年外国文学译介，为二十一世纪中国文学走向世界提供成功的案例和典范。用传播学理论分析鲁迅翻译文学是翻译研究领域又一开拓性的新视角。

（二）王家平的《〈鲁迅译文全集〉翻译状况与文本研究》

王家平的《〈鲁迅译文全集〉翻译状况与文本研究》（社会科学文献出版社 2018 年版）很厚重，有 61.4 万字，系作者主持的 2009—2012 年度国家社科基金项目成果，2016 年 1 月获得全国社科基金办公室的优秀结项证书。

社科文献出版社在本书护封上写的"内容简介"为：

本书系学界第一部对鲁迅 300 多万字全部译作进行深入研究的成果，作为国家社科基金项目成果结项时，被鉴定为优秀研究成果。

作者以宏阔的学术视野、丰富的专业知识，在中外文化语境中考察鲁迅译作的选材特征、译介策略和翻译方法，揭示了鲁迅译作在现代翻译史上的重大价值，具有鲜明的学术创新性和理论意义。本书对鲁迅早期翻译的 20 多万字深奥难懂的文言译作的阐释尤可见出作者的功力，它对于广大青年学子阅读理解鲁迅译作中的宝贵遗产将有所裨益。

本书逻辑结构清晰严密，研究方法科学有效，引证资料丰富翔实，文字表述准确流畅，颇值一读。

这本规模宏大的专著主要内容和基本框架如下：

在中国近现代复杂丰富的文化语境中呈现鲁迅 33 年翻译实践的基本面貌，通过对鲁迅 30 部翻译文学集和 80 篇散篇译作的细读，阐述鲁迅译著复杂多样的现代性体验、思想命题、审美趣味、艺术形式，并对鲁迅译著与创作的对话关系进行研究。全书以鲁迅翻译文学早、中、后三个时期为经线，按照时间顺序对鲁迅全部译作进行论析。

全书由引论、第一篇至第四篇分论、余论和结语等部分构成。引论主要介绍鲁迅翻译文学研究的学术体系、已有研究状况，并简要介绍了本成果的内容、方法等方面情况。第一至四篇 41 万字为本成果主体部分。其中第一至三篇分别对鲁迅早、中、后三个时期的翻译文学文本进行细读和阐述，第四篇对鲁迅译著与创作的对话关系进行研究。

第一篇 9.2 万字，是对鲁迅早期翻译文学的系统研究，前两章在清末民初的时代文化语境中考察了近代中国翻译文学的基本状况和青年鲁迅的思想精神状况；第三至第五章分别对鲁迅留日前期、留日后期以及归国之后 10 年的翻译文学情况做了研究，重点是对所有译著进行细读。

第二篇 10 万字，是对鲁迅中期翻译文学的系统研究，第一章考察"五四"前后翻译文学的时代文化语境，第二至第十章研究了这个阶段鲁迅翻译文学的所有作品，其中五章对鲁迅所译日本文学作品、文艺论著进行细读，两章对鲁迅所译弱小民族文学作品进行阐述，两章对鲁迅所译童话作品进行解读。

第三篇 12 万字，是对鲁迅后期翻译文学的系统研究，第一章对二十世纪二十年代后期至三十年代中期翻译文学的时代文化语境进行考察，第二至第十章是对鲁迅后期翻译文学的具体阐释，其中三章详细剖析了鲁迅无产阶级文论译著，两章对鲁迅所译苏联小说进行细读，另外四章分别对鲁迅所译童话、弱小民族文学、杂译作品和果戈理《死魂灵》做了解读。

第四篇 10.2 万字，分别从文艺思想、现代性体验、思想命题、童话翻译以及审美风格五个方面，对鲁迅译著与创作的对话关系进行了研究。

余论简述了鲁迅翻译思想的基本构成，结语对鲁迅翻译文学的价值和启示做了简评。

这本专著是鲁迅研究领域第一部对鲁迅译作进行系统研究，对鲁迅所有译作进行细读和阐释，并建立起鲁迅译作和创作的对话互文关系的学术成果，为鲁迅翻译文学研究和中国现代翻译文学研究的拓展和突破做出了贡献。

专著的创新主要体现在以下四个方面。

（1）本专著论述了作为“另一个文学家”的文学翻译家鲁迅的存在和价值。百年来的中国文学史强烈地突出着鲁迅作为伟大创作家的价值和地位；事实上存在着两个文学家的鲁迅，一个是创作家的鲁迅，一个是翻译家的鲁迅。1938年20卷的《鲁迅全集》由复社出版，蔡元培先生在为该全集写的序中指出，翻译作品和创作作品各有300余万字。本专著认为，只研究创作家的鲁迅，鲁迅的文学业绩就残缺了一翼；如果把鲁迅的翻译文学结合到鲁迅文学事业的整体中考察，与鲁迅的创作文学形成互文对话关系，我们对鲁迅思想和文学很多精神命题和艺术命题的认识就能够得到深化和拓展。鲁迅译作研究具有重大的文学史价值。

（2）本专著把鲁迅二十世纪初的译作定位为中国现代文学的一个新起点。中国现代文学虽然诞生于“五四”新文化运动中，但是从发生学的角度说，它的起点应该在十九、二十世纪之交的清末民初文坛，在鲁迅等人的早期翻译实践中。多年来研究者们从鲁迅190九年留学归国到1918年发表《狂人日记》的九年间抄古籍、古碑行为中去寻觅他后来投入新文化运动的思想和文学征兆，而忽视了新文学作家鲁迅的生成与他在留日时期的翻译实践有着直接的关系。本专著通过对鲁迅译作与创作在现代性情感体验、现代性思想命题、现代性审美创造等方面的对话互文关系的实证分析指出，鲁迅文学创作乃至中国现代文学创作的很多思想、文化、审美和艺术问题都可以在鲁迅译作中找到原点。

（3）本专著阐发了翻译家鲁迅独特、可贵的文化立场及其启示意义。作为翻译家的鲁迅一方面坚决批判闭关自守的文化保守主义，经由自己三十三年的漫长翻译实践，向后进的中国社会引入外国新的观念、思维、美学以及新的语法和写作艺术；一方面他又同崇仰列强文化权力的全盘西化思想保持距离，努力在弱小民族中寻找精神的盟友，致力于译介弱小民族的文学，并与强势的西方主流文学形成抵抗式的对话关系。鲁迅的立场对于当下深化中国文化和世界文化的交流具有现实的指导意义。

(4) 本专著论述了鲁迅译作与创作对中国现代美学的重大贡献以及鲁迅译作、创作中审美风格的多元互补关系。中国传统美学推崇中和之美和虚静之美。鲁迅译作及其创作在虚静与中和传统美学之外另辟蹊径，大力标举充满抗争精神和动感节律的美学，表现冲突美、飞动美、崇高美和悲剧美，为中国近现代新型美学的建构奠定了关键的基石。在鲁迅的译作和创作中，悲剧与喜剧、热烈与阴冷、雄强与颓废、野性与优雅等悖立的审美元素在冲突、对话中走向兼容与互补。

专著根据研究对象的丰富性和复杂性，综合运用了如下研究方法：

(1) 采用文本细读方法，对鲁迅全部译作的思想命题、精神体验、人物性格、审美风格、艺术形式、语言文字等方面进行细致的解读。

(2) 吸收了巴赫金等人的文本对话理论和克里斯蒂娃等人的互文性理论，对鲁迅译作与创作进行对话和互文关系研究。

(3) 吸收国外“多元系统研究”等翻译学新方法来研究鲁迅的译著，既注重鲁迅译著与原著的对读分析，又注重把鲁迅翻译文学放置到具体时代文化语境中去考察，从知识生产和文化传播的层面来探讨鲁迅翻译文学的选材、译介目的、翻译策略和方法、译本销售和读者反应等各个环节。

(4) 本专著吸收比较文学的研究方法，对鲁迅译著与创作进行比较。在收集和阅读资料时运用传统考据学方法甄别史料，同时借助互联网等现代手段来收集史料、了解最新研究状况。

第三十章　二十一世纪中国鲁迅学群落的分布

二十一世纪里，出现了一些中国鲁迅学新人，还有一些在二十世纪就已崭露头角、二十一世纪里仍然活跃的鲁迅学家，除在各专题中已经评述外，还须分地区予以记录。

一　中国鲁迅学界的重镇
——北京、上海、南京

百年以来，中国文学界以至整个文化学术界都以北京和上海为两大中心，并向周边辐射，形成京派与海派，中国鲁迅学界也同样如此。

（一）北京

北京除了有关章节已述的孙郁、汪晖、黄乔生、赵京华、董炳月、高远东、张杰之外，二十一世纪出现的新人和二十世纪已出现、二十一世纪仍然活跃的学人还有：

李允经

1979 年调入鲁迅研究室，历任副研究员、研究员、文物资料室主任；《鲁迅研究月刊》顾问。专著有《鲁迅的婚姻与家庭》《鲁迅的情感世界》《中国现代版画史》《鲁迅藏画研究》《中国藏书票史话》《鲁迅与中外美术》等，参与编著《鲁迅年谱》《鲁迅与新兴木刻运动》《拈花集》《鲁迅藏汉画像》等。作品曾获中国版画家协会鲁迅版画奖、日本国际版画研究会金奖，本人获国务院文化艺术事业突出贡献表彰证书。

王培元

曾任人民文学出版社文化编辑室编辑的王培元先生，除编出“猫头鹰学术文丛”等很多好书之外，还署名“一土”编了《21世纪：鲁迅和我们》一书，2001年3月由人民文学出版社出版。他自己也写作了一些独具特色的鲁迅研究文章。例如《黑衣人鲁迅》，他认为“宛若匕首投枪的鲁迅杂文，是一种‘黑色调的文体’”，就是发前人所未发的独到见解。

刘　勇

刘勇研究的范围很广，负责的工作也很多，并不专一从事鲁迅研究，但时有论文引人注意。例如《鲁迅思想系统建构的再思考》（《北京联合大学学报（人文社会科学版）》2017年第1期），就鲁迅思想系统的建构提出了很好的意见：多年来，学界一直致力于鲁迅思想系统的建构，不同学者在不同时代建构起各具特色的鲁迅思想系统。究竟应该如何更好地建构鲁迅思想系统，我认为至少应该从以下三个维度进行打磨：第一，国民性批判的精神，这是鲁迅最核心也最根本的思想；第二，审美的意识，这是理解鲁迅所绕不过去的重要路径；第三，拿来的眼光，这是鲁迅思想乃至“五四”整个时代的重要特征。这三条是很全面，也很精辟的。

郝庆军

中国艺术研究院的郝庆军博士有一部书《诗学与政治：鲁迅晚期杂文研究1933—1936》，由文化艺术出版社于2007年2月出版。这是一部扎实而有深度的书，在有些人否定鲁迅晚年特别是他的后期杂文时，郝庆军博士能够把 1933 年看作鲁迅的一个新的历史起点，对鲁迅思想和艺术的新的进展做出缜密而又深入的论析，实在是有重要意义的。

周楠本

周楠本在主编《鲁迅研究月刊》之余，还著有《我注鲁迅》（福建教育出版社 2010 年版），该书涉及的多是鲁迅研究中存有疑点或具有争议的事情，如 2005 年新版《鲁迅全集》编入一封《鲁迅茅盾致红军贺信》，作者即根据原始第一手资料证明了此信系他人伪托，并非鲁迅和茅盾的文字。该书包括所讨论的这类焦点问题和以鲁迅研究为中心的文史知识的介绍。

杨联芬

杨联芬的一部分论文是对鲁迅早期文学与思想进行研究。《〈域外小说集〉与周氏兄弟的新文学理念》（《鲁迅研究月刊》2002 年第 4 期）主要揭示了《域外小说集》作为“潜文本”的价值。由于传播失败，《域外小说集》的价值长期未得到充分估计，而其作为周氏兄弟尤其是鲁迅创作的前期准备，其人道主义价值指向与诗化叙事审美趣味，孕育了十年后震动文坛的《人的文学》与《狂人日记》。周氏兄弟对“五四”新文学的重要贡献，是在《域外小说集》中酝酿和清晰的。《晚清与五四文学的国民性焦虑（三）——鲁迅国民性话语的矛盾与超越》（《鲁迅研究月刊》2003 年第 12 期）指出晚清国民性批判思潮是鲁迅思想的最初来源，而国民性批判理论本身的假设性使之主要在工具意义上被使用。尽管如此，这个批判理论所秉持的人性尺度却使文学作品往往能够突破“国民性”命题的局限而对具体环境中的普遍人性进行深刻的刻画，所以，阿 Q 的形象恰是在“国民性”之上人类普遍精神现象的表现上达到前所未有的高度。鲁迅小说体现了国民性母题对二十世纪中国文学最积极的意义。

杨联芬的另一部分研究主要是对鲁迅文学作品进行阐释。《情无尽，长歌音不绝——〈伤逝〉语言的音乐特质》（《鲁迅研究月刊》1996 年第 5 期）、《叙述的修辞性与鲁迅的女性观》（《鲁迅研究月刊》2005 年第 3 期）都是通过《伤逝》独特叙事形式与语言的美学分析，揭示作品深刻的思想内涵。《个人主义与性别权力：胡适、鲁迅与五四女性解放叙述的两个维度》（《中山大学学报》2009 年第 4 期，《新华文摘》2010 年第 11 期全文转载）则进一步将《伤逝》置于文学史谱系中，通过与胡适的《终身大事》对比，指出《终身大事》体现了“五四”个性解放叙事的普遍局限，即囿于个人主义/家族主义二元关系的“新旧”冲突，忽略了新文化共同体内在的矛盾。鲁迅的《伤逝》通过对“娜拉走后怎样”的追问，揭示了“五四”个人主义价值论中隐含的性别秩序，使新文化“个人主义”或“女性解放”叙述中隐含的父权在性别维度中得到生动再现，从而提升了“五四”文学中女性解放叙述的思想高度。《重释鲁迅〈离婚〉》（《文艺争鸣》2014 年 6 月号）突破了已有的研究局限，分析《离婚》在美学上的吊诡与魅力。论文指出，作者的价值判断与其面对生活实际和人物行为所产生的伦理及情感直觉并没有形成逻辑对应，因而叙述出现多义性，文本的内涵显得幽深、细密而又诡谲。《离婚》的细节中分布着充满悖论的矛盾冲突，“新”与“旧”、善与恶呈错综交叠状态，正义与荒谬浑然一体，都使文本蕴含的思想与意味既深切、醇厚，却又难于条分缕析进行价值评断，而这却正与现实契合，也是鲁迅在“恋爱自由”与“离婚自由”新道德环境中所感受到的行动与理论之间“剪不断、理还乱”的存在之荒谬与理解的隔膜。这些研究大都在鲁迅研究年度综述或《鲁迅研究年鉴》中获得关注和肯定。

姚锡佩

姚锡佩 1938 年生于上海。1961 年毕业于天津南开大学中文系。1976 年任北京鲁迅博物馆研究室研究馆员。重在研究鲁迅生平及同时代中外文化人，绍介鲁迅藏书西方文学、哲学、心理学、伦理学及诸宗教。主要著作有《鲁迅年谱》（四卷本，合编）、《鲁迅藏书研究》（两册，合著）、《一代漂泊文人》等。论文百余万字，有《坎坷仕途——鲁迅祖父周福清史料略补》《周氏兄弟的堂吉珂德观：源流及变异》《琐谈鲁迅家族风波》《周作人出任伪职纵横谈》《现代西方哲学在鲁迅创作中的反映（上下）》《鲁迅对马克思主义哲学和苏俄社会、文艺的观察和介绍》《鲁迅的宗教观及其有关藏书》《柳亚子与鲁迅——兼谈南社与越社》《鲁迅与瞿秋白的“超人”意识之异同》《“散宜生”聂绀弩沉思录》《著名学者徐梵澄的心路历程》《〈大地〉和〈西行漫记〉——赛珍珠和斯诺》《从赛珍珠谈鲁迅说起》《赛珍珠的几个世界——文化冲突的悲剧》等。2020 年 11 月，生活·读书·新知三联书店结集为《风定落花：品三代文化人》一书出版。

姜异新

姜异新现为北京鲁迅博物馆（北京新文化运动纪念馆）研究室主任、研究馆员，《鲁迅研究月刊》副主编，兼任青岛大学文学院硕士生导师、山东师范大学文学院博士生导师、中国鲁迅研究会副秘书长。2006—2009 年在北京师范大学文学院博士后流动站期间曾获第 41 批中国博士后科学基金二等奖，并赴美国约翰·霍普金斯大学东亚系做访问学者一年。主要从事中国现当代文学研究、鲁迅与同时代人研究、新文化研究。参与国家社科基金重大项目“《鲁迅手稿全集》文献整理与研究（A 卷）”，主持国家社科基金一般项目“鲁迅的新文学收藏研究”。近年尤其在鲁迅研究、“五四”新文化研究等领域取得了较大成就。

鲁迅研究著作有《读懂鲁迅》（广西人民出版社 2014 年版）、《一代文宗，刹那锦云——也是鲁迅，也是胡适》（福建教育出版社 2016 年版）、《灯火的去向》（上海三联出版社即出）；编校《鲁迅译文全集》（第三卷）（福建教育出版社 2008 年版）、《鲁迅创作五种·野草》（海燕出版社 2015 年版）；编辑出版《鲁迅与同时代人》（漓江出版社 2012 年版）、《鲁迅致姚克信札》（辽宁美术出版社 2020 年版）；策划 70 后鲁迅研究论文集（上海三联书店 2014 年版）；截至2020年，协助主编主持编辑出版《鲁迅研究月刊》共100期。

除此之外，姜异新还在《中国现代文学研究丛刊》《鲁迅研究月刊》《东岳论丛》《现代中文学刊》等核心期刊发表论文近百篇，均发前人所未发，显示了扎实的史料与理论功底和敢于挑战传统研究框架与方法的学术勇气与潜力。

特别值得一提的是其代表性成果《百来篇外国作品寻绎——留日生周树人文学阅读视域下的“文之觉”》，探寻鲁迅留日时期通过异国语言对外国文学作品的阅读活动。从日译俄国小说剪报、《域外小说集》及新刊预告、其他翻译作品、独逸语专修学校的教科书、鲁迅自述文字、周作人回忆、鲁迅留日时购藏的外国文学作品、周边及潜在阅读等八个方面入手，逐步缩小“百来篇外国作品”的寻绎范围，列出明确篇目，比较鲁迅初抵东京、仙台时期和再度到东京后的阅读状态、阅读视野、阅读途径与方法，深入分析鲁迅作为翻译家和小说家的表达策略及意图，以此反观鲁迅研究中存在的从周树人到鲁迅的线性思维方式，解构“弃医从文”在鲁迅文学精神史上的阐释特权，提出每一个当下均成就鲁迅“文之觉”的观点，非常具有学术创见。

姜异新的鲁迅研究基于扎实的专业根基、缜密的学理性而形成自身的研究风格，是新世纪中国鲁迅学界非常具有潜质和学术特点的新学人。

肖振鸣

肖振鸣，学者，生于二十世纪五十年代，就职于北京鲁迅博物馆。读书、写书、编书、藏书、买书、卖书、出书，策划过很多大型展览。

主要成就有：《鲁迅手稿出版史略》《鲁迅与民国书法》《被“枪毙”的鲁迅手稿》《鲁迅与笺纸》《民元前的鲁迅美术年谱》《走近鲁迅》。

曾策划《而已丛书》。主编《鲁迅点评中外名著》《鲁迅点评古今人物》《中国萌芽木刻集》《鲁迅墨宝真迹》《鲁迅著作手稿全集》《鲁迅诗稿》《丰子恺漫画鲁迅小说集》《编年体鲁迅著作全集》。

最新著作《走近鲁迅》，由生活·读书·新知三联书店 2020 年 6 月出版，是由鲁迅的三百个人生片段连缀而成，是一本故事文体的鲁迅传记。“衣食”一节，讲述的是鲁迅的穿衣与饮食，反映了鲁迅时代的生活背景，经报刊转载，反响甚好，有益于鲁迅的人间化。

荣挺进

荣挺进曾在高校任教十年，讲授中国现代文学和比较文学，开设“《野草》解读”等课程，又在出版行业工作十年，在鲁迅文化基金会服务六年，长期从事鲁迅研究、教学和普及工作，发表有《“肩住黑暗的闸门”——试论鲁迅学识对其创作的影响》《〈晨报副镌〉上有关周氏兄弟失和的几则材料》《基金会鲁迅：从“民族魂”到基金会》等，策划与编辑《鲁迅家庭大相簿》《鲁迅是谁?》《鲁迅谈日本》《鲁迅谈国民性》等。2017 年至 2019 年，在北京市西城区部分社区、公共图书馆和中小学开展“吐故纳新——传统孝礼文化的现代遭遇与转变”系列讲座，其中关于鲁迅的部分形成《家里的鲁迅》书稿。该书稿分为四讲十一章，把鲁迅在家庭里的四个身份：儿孙、丈夫、兄长、父亲放在传统“三纲六纪”涉及家庭关系的父子、夫妇、兄弟三维，参照孝、悌、和、慈的基本标准，检讨鲁迅的思想与行为，抉发其在新文化运动初期及当下社会的价值。作者简要清理传统家庭伦理基本行为规范，梳理鲁迅对此的认识和看法，辨析鲁迅在家庭生活诸方面的行为及做法，展示鲁迅怎样思考，怎样处理自己的亲情关系、家庭关系，从而进入鲁迅的行为、情感和思想，在传统和现代的社会变迁与思想变革的大背景下，去理解、认识，尤其要感受、体验鲁迅的现实存在；借传统文化观照现代生活，以现代理念打量传统伦理，激发出同在从近代到现代蜕变过程里的作者和读者的生活经验和情感意志，使其感同身受，带着痛感审视传统与现代的冲突、纠结和挣扎。全稿以个案辨析的方式呈现传统伦理价值不得不存续又不得不转型的趋势，以及转型过程的艰难、沉重和必然。

张　泉

张泉主要从事民国时期的北京文学研究，重要著作是《沦陷时期北京文学八年》（中国和平出版社 1994 年版）。他有一篇《中国鲁迅学有待填补的地域/时段空缺》（《鲁迅研究月刊》2010 年第 3 期），批评笔者的《中国鲁迅学通史》。文中说道："空缺了沦陷时期北京的鲁迅学史。"非常正确。但以我的年龄、精力，已经不可能弥补了，只能恳请后人去做吧。

（二）上海

王晓明、王锡荣、陈子善、陈福康、薛毅、乔丽华、缪君奇、施晓燕等上海鲁迅学家在有关章节已经评述过了。下面择要再评几位：

郜元宝

郜元宝的开山之作是《鲁迅六讲（增订本）》（北京大学出版社 2007 年版），后来陆续出版了《反抗"被描写"——郜元宝鲁迅研究自选集》（漓江出版社 2014 年版）、《郜元宝讲鲁迅》（安徽教育出版社 2010 年版）和教学参考书《鲁迅精读》（复旦大学出版社 2005 年版）、《鲁迅一百句》（复旦大学出版社 2007 年版）四部书。他强调要向大学本科生及社会大众普及鲁迅与中国现代文化的基本常识。从 2005 年开始，他以《鲁迅精读》为教材，在复旦大学为中文系本科生开设"鲁迅精读"专业课，为大一学生开设通识教育基础课"鲁迅与中国现代文化"，十几年如一日，未尝懈怠。

在鲁迅学方面，郜元宝在《鲁迅六讲》的基础上进一步提出他的总体研究思路，即"打通鲁迅研究的内外篇"。内篇就是研究鲁迅本人的生平、思想与创作，外篇即研究鲁迅与中外文化、文学之复杂关系。

他在2016年第2期《文学评论》发表了论文《打通鲁迅研究的内外篇》，这是他致力鲁迅学研究的纲领。以下以这篇论文为纲，对他的鲁迅学论著做一些阐释：

鲁迅研究的“内篇”——

注重对鲁迅的思想与创作的整体性把握，比如围绕《野草》“投枪”和“毒牙”这两个核心意象来梳理“鲁迅著作的整体性”，通过详细考察鲁迅的翻译、艺术活动、小说及杂文写作这四者的彼此关联，试图解答鲁迅后来为何不再以小说创作为中心的本意。与此同时，更加有意识地走向实证研究，发表了论文《“与其防破绽，不如忘破绽”——围绕〈狂人日记〉的一段学术史回顾》（《现代中文学刊》2012年第6期）、《〈坟〉的编辑过程及其他》（《中国现代文学研究丛刊》2018年第7期）、《鲁博藏鲁迅所制中文剪报校改文字考释》和《破〈野草〉之“特异”》等等。

鲁迅研究的“外篇”——

（1）鲁迅与中国古代文学史。郜元宝考察了他的老师章培恒主编的《中国文学史新著》的编辑体例以及该书对具体文学史现象的论述，指出“二周”（尤其是鲁迅）的文学观念及其对中国文学史的具体论述深刻影响了章编文学史“新著”，由此阐明了中国古代文学研究在“五四”以来与当前文学运动一刻不能分离的事实，对当下古代文学和现代文学学科的隔阂与分裂提出了严厉批评。对此，郜元宝另外写了文章予以进一步阐释：《读〈新著〉想“二周”——评章培恒〈中国文学史新著〉》（《〈瞭望〉东方周刊》2007年第52期）。

（2）鲁迅与现代人物。撰《“二周”文章》（《南方文坛》2010年第1期）、《从“美文”到“杂文”（上、下）——周作人散文论述与概念辨析》（《鲁迅研究月刊》2010年第1—2期）、《失败者的抵抗——从〈北京苦住庵记〉说起》（《学术月刊》2012年第5期）。郜元宝十分注重“二周”的关联研究，这方面文章虽然不多，但相当扎实。

（3）鲁迅与中国现代思想信仰、语言及文学的关系。撰《人心必有所依凭——关于现代文学遗产》(《文艺争鸣》2010 年第 6 期)、《鲁迅与当代中国的语言问题》(《南方文坛》2012 年第 6 期、《人大复印资料》2013 年第 1 期转载)、《"创作"与"议论":反思新文化运动的一个角度》(《南方文坛》2013 年第 1 期)。这三篇研究鲁迅的宗教观、语言观以及对纯文学"创作"和"议论"的辩证思考,实际上是从鲁迅的角度提出了考察中国现代文学史的三个最重要的问题,三篇文章也确实并不局限于鲁迅,而是展开论述了中国现代文学的宗教信仰、语言探索和纯文学虚构与应用文写作这三方面的一些基本现象。

(4) 鲁迅与中国当代文学。在鲁迅学界,郜元宝作为活跃的中国当代文学研究者和批评家的身份相当独特,他很自然地时时以鲁迅的标准看当代文学,又以当代文学的实际问题反观鲁迅及鲁迅研究。他写了《因莫言获奖而想起鲁迅的一些话》(《上海文化》2013 年第 1 期,《文学报》《文学自由谈》2013 年转载)、《又一种破坏文化的逻辑——评韩石山〈少不读鲁迅老不读胡适〉兼评近年来"崇胡贬鲁"之风》(《南方文坛》2006 年第 4 期,《人大复印资料》《社会科学文摘》2007 年转载)、《为鲁迅的话下一注脚——重读〈白鹿原〉》(《文学评论》2015 年第 2 期)、《为鲁迅的话下一注脚——重读〈古船〉》(《当代作家评论》2015 年第 2 期,《新华文摘》2015 年第 15 期全文转摘)。通过莫言获诺贝尔文学奖这一事件,重温了中国现当代文学的内在脉络与评价标准的问题,通过对"崇胡贬鲁"之风的辨析,正面回应了当代思想界围绕鲁迅与胡适而引发的诸多困惑乃至谬论。他对《古船》《白鹿原》这两部八九十年代最重要的长篇小说进行了深入剖析,令人信服地阐明鲁迅所谓"中国根柢全在道教"竟然如此准确地应验在中国当代最优秀的文学创作中。通过对"道教"及其末流的批判来反思鲁迅与当代中国文化的联系,是一条荆棘密布而又极富挑战的思考进路。郜元宝勇敢而成功地迎接了这一挑战。

(5) 鲁迅与外国文化。学术界以往过分强调鲁迅与日本、俄国、德国以及东北欧弱小民族文学的关系,对鲁迅与文艺复兴以来占据欧洲现代文化主流地位的法国、意大利的整体文化关注得很不够。竹内好的鲁迅论强化了这一偏向，他甚至将鲁迅塑造为东亚知识分子“反现代的现代性”的代表。郜元宝在研究了竹内好的鲁迅论以及鲁迅和尼采的关系这两个传统课题之后，更加深入地考察了鲁迅与意大利和法国文化的关联，发掘了过去所忽视的大量细节，希望由此改变竹内好的鲁迅论对鲁迅及东亚现代化的未必恰当的论述，重新将鲁迅放回到更加广阔的现代世界进步文明的主潮，写了《竹内好的鲁迅论》（《上海文学》2006 年第 1 期）、《鲁迅看取意大利文化的眼光》（《鲁迅研究月刊》2017 年第 11 期）、《鲁迅与法国文化述略》（未刊）、《“末人”时代忆“超人”——“鲁迅与尼采”六题议》（《同济大学学报（社科版）》2015 年第 1 期）。

《鲁博藏周氏兄弟留日时期中文剪报校改考释》（《鲁迅研究月刊》2018 年第 11 期）则绕开北京鲁迅博物馆藏“周氏兄弟”留日时期中日文剪报所收作品之具体内容，聚焦于其中鲁迅文章之校改与初版本《坟》、通行本《集外集拾遗补编·破恶声论》相同与不同之例、未当或未善之例、校而不完之例，旁及剪报内其他作者诗文的校改情况，尤其是周作人所译《庄中》《寂寞》编入剪报的原因、时间及校改细节，由此进一步推测中文剪报的校改者、校改时间与校改目的，以揭示“周氏兄弟”（尤其是鲁迅）“提倡文艺运动”的东京时代和参与“文学革命”的北京时期之间更加具体而鲜活的内在联系。

2020 年 6 月，商务印书馆出版郜元宝的《鲁迅六讲》（二集），收录《鲁迅六讲》之后的论文，是中国鲁迅学的新成果，一集中的首篇《“为天地立心”——鲁迅著作所见“心”字通诠》，就足见作者深钻鲁迅文本之细，几乎把鲁迅全部著作中的“心”字全找到了，并连通起来诠释。一是有力地实证鲁迅的心与中国往圣的心是相通的。其中最可贵的是首次指出了鲁迅与王阳明“心学”的联系，并根据《周作人日记》实证鲁迅很早就通读过家藏的《王阳明全书》。这是以前的研究者没有提过的，因为鲁迅在文章中没有直接谈过王阳明。其实，字面上没提，不等于“心”不相通。王阳明墓就在绍兴，王阳明“心学”早就是绍兴和浙东的重要研究对象。近年已有鲁迅研究的青年学者对鲁迅与王阳明“心学”的关系进行了深细的研究。二是不局限于中国，而是打通了鲁迅“心学”与西方“神思新宗”的关系，令人信服地看到东西方重精神的学派都是以“心”为根的。三是指出鲁迅的“心学”正是他“改革国民性”、发现阿Q“精神上的胜利法”的思想基础。提出了前人没有谈过的鲁迅思想的“基点”“原点”，主张建立鲁迅“现代心学”。这是部元宝对当今鲁迅学最大的贡献，他和后来的学者应该努力去建设这门鲁迅“现代心学”。这恰是符合科学正路的重要项目。二集中的《鲁迅为何没多写小说?》一文是至今破解这一难题最周严、合理的论文。郜元宝分“问题的真伪”“小说之失，杂文弥补”等九个方面，综合前人所见，从中分析得失，说明那种前期以小说为“重心”、后期以杂文为“重心”的文学史叙述，严重扭曲了“文学家鲁迅”的本相。实际上，鲁迅前期也写了大量的杂文，后期也没有中断写小说的愿望，他长期酝酿一部写四代知识分子的长篇小说就是明证，但由于要求全稿登载和不幸去世使这一自由说话体的创新小说未能面世。此外，郜元宝结合现实批评了将小说抬得过高，使小说过热、过滥的不良现象。

写作二集时，作者更成熟了，进一步顺着前人提出的问题继续往前走，比如鲁迅与外国文化的关系。过去普遍认为鲁迅只关心“弱小（弱势）民族”，作者并不认同，指出鲁迅不仅关注“弱小（弱势）民族”，也关心文艺复兴以来以意大利、法国为中心的西方现代主流文化。因此，鲁迅不仅是中国的、亚洲的，而且还是世界的。《野草》的“特异”只是相对而言，不可推向“极端”，作者以为应有个《野草》时期，应该除去《野草》的神秘面纱，修筑一条通向《野草》的更平坦的路，把《野草》看得更切实、更分明、更平易一些；还提出，鲁迅对东京时代“提倡文艺运动”的态度，除《呐喊·自序》以及《坟》《集外集》序跋之外，有没有更直接、时间上更靠前的证据？回答这些问题，就必须一点一滴从收集材料和检讨旧说做起。这恰恰是郜元宝一步步扎扎实实去做的。

杨剑龙

杨剑龙多年以来是上海鲁迅学界非常活跃、思维敏捷的学者、作家。他的研究重点是鲁迅等中国现代作家与基督教文化和乡土文学的关系。著有《旷野的呼声：中国现代作家与基督教文化》《“五四”新文化运动与基督教文化思潮》等著作20余部，主编或合著20余部作品，发表学术论文数百篇，论文多次被《新华文摘》《人大复印报刊资料》转载。承担“中国现代文学图像文献整理与研究”及国家哲学社会科学基金课题“上海文化与上海文学”“‘五四’新文化运动与基督教文化思潮”等多项国家哲学社会科学基金重大项目，获教育部高等学校科学研究优秀成果奖，多次获上海市哲学社会科学优秀成果奖、中国特色社会主义理论体系研究和宣传优秀成果奖、上海市人民政府决策咨询奖、上海市模范教师等。出版长篇小说《金牛河》、诗集《瞻雨书怀》、散文集《岁月与真情》，并发表中短篇小说、散文、诗歌多篇。主编的《中国现当代文学简史》（华东师范大学出版社2006年出版）获得2008年全国高校出版社优秀出版物二等奖。

自1986年始，发表鲁迅研究学术论文迄今近50篇，出版与鲁迅相关的学术专著《放逐与回归——中国现代乡土文学论》（上海书店出版社1995年版）、《乡土与悖论——鲁迅研究新视阈》（台湾秀威资讯科技股份有限公司2010年版），主编学术论文集《鲁迅的焦虑与精神之战》（台湾秀威资讯科技股份有限公司2013年版，收入“鲁迅研究课程”研究生论文和访问学者论文30篇）。代表作《鲁迅的乡土世界》（北京师范大学出版集团安徽大学出版社2014年版），被列入中国鲁迅研究名家精选集，获首届上海作家协会年度奖，并被列入2014年“经典中国国际出版工程”，被翻译成韩语在韩国出版。该著围绕“乡土”主题，对“鲁迅乡土小说的意象分析”“鲁迅乡土小说的反讽手法”“鲁迅的乡土小说与文化批判”“鲁迅的乡土情结与乡土小说”“鲁迅乡土小说的民俗色彩”等进行了阐述。在“追随与影响”“熏陶与模仿”“接受与比较”中，对鲁迅及其周边的乡土作家台静农、蹇先艾、许钦文、王任叔、彭家煌、冯文炳、王鲁彦、潘漠华、赖和等进行了多角度的研究。王传习在《文汇读书周报》2013 年 6 月 26 日发表《以多维视角开拓鲁迅研究新生面——评杨剑龙新著〈鲁迅的乡土世界〉》，认为该著以多维视角开拓了鲁迅研究新生面。杨剑龙在《走进鲁迅的乡土世界——我的鲁迅研究之回顾》(《上海鲁迅研究》2016 年冬) 中总结道："回溯我的鲁迅研究，大概可以总结出如下几方面的体悟：文本细读和资料分析是研究的基础，新的角度和研究方法是创新的必须，历史语境和作家人生是观照的基石。"

张业松

张业松是一个认真执着的现当代文学批评家，他朴素的文风、善良的性情，都让读者尊重和珍惜。在活跃的文场上，他像一个沉默而敏感的注视者。他主要开设"鲁迅精读"等课程，并致力于胡风、路翎的研究。著有论文集《手迹与心迹》(广东教育出版社 2004 年版)，著作虽不多，但眼光锐利、思想深刻。一次，当笔者谈到《中国鲁迅学史》的构思时，他对这部百年史的经络做了这样的概括：这其实是鲁迅从人到"神"，又从"神"到人，再到"历史的人"的轨迹。

一时间，笔者不禁恍然大悟，如翻越一重山，胸中豁然开朗：鲁迅原本就是一个活在人间的人，一个在特殊时代和特殊境遇中熔炼而成的天分极高的文学家和思想家，但后来被政治浪潮推上了"神坛"，变成了"神"。随着八十年代以后思想解放运动的开展，他又逐步还原为"人"。又伴随着鲁迅学的科学化，一步步对他进行科学的、历史的分析，他开始成为一个"历史的人"。所谓"历史的人"，实质上就是显现了他出现的历史环境、历史原因和产生的历史作用、历史功绩以及不可避免的历史局限性。

仅凭这一段话，就足以看出他对中国鲁迅学史的实质把握之准确和深刻。

在中国鲁迅学百年之际，张业松又写了宏文《〈狂人日记〉百年祭》。

张中良（秦弓）

张中良1985年2月至1988年8月任教于西北大学，在张华教授主编的《中国现代杂文史》（西北大学出版社1987年版）中撰写第五章《雄踞群峰之上的鲁迅后期杂文》、第六章《左翼及其外围作家》，并承担第二编（1927—1937）初步统稿任务。1988年9月入中国社会科学院研究生院，师从林非教授攻读博士研究生，1991年4月至1992年3月在东京大学丸尾常喜教授指导下，做二十世纪初中日“人的文学”比较研究。曾参加浙江人民出版社2002年版《新版鲁迅杂文集》、江苏文艺出版社2010年版《鲁迅杂文》与林非教授主编的《鲁迅著作全编》（中国社会科学出版社1999年版）的编校工作，为《鲁迅著作全编》撰写《呐喊》《彷徨》《故事新编》《野草》《朝花夕拾》《中国小说史略》《汉文学史纲要》导读。译著有丸尾常喜《“人”与“鬼”的纠葛——鲁迅小说论析》（秦弓译，人民文学出版社1995年版）、丸尾常喜《耻辱与恢复——〈呐喊〉与〈野草〉》（秦弓、孙丽华编译，北京大学出版社2009年版）。

代表作《走近鲁迅——由崇拜到对话》由社会科学文献出版社2017年10月出版，全书32.5万字。该著主要特点是历史还原，把鲁迅的创作还原到其个人生涯与精神历程乃至特定的社会文化背景中去分析。全书分三个部分：“文本解读”“民国史视角”和“比较文学”，其中，关于鲁迅杂文的感悟式思维特征，鲁迅笔下“中国”的歧义，鲁迅世界的多重民国影像，鲁迅对二十世纪三十年代民族主义文学的评价问题，鲁迅与泰戈尔、鲁迅与芥川龙之介在小说世界的遇合，鲁迅的儿童文学翻译等问题的探讨，具有创新价值。

符杰祥

一时代有一时代之文学，一时代亦当有一时代之学术。关键者何？符杰祥以为，一时代学人当有一时代之精神关切，一时代学术亦当有一时代之问题意识也。有学人，乃有学魂，有学魂，乃有学术。苟日新，日日新。阅读鲁迅，常常勾起自己的生活体验来反复对照，也常常以此反照中国的历史与现实问题。在这个意义上，阅读鲁迅，也是阅读自己、阅读中国。由此出发，他从来没有把鲁迅作为一种外在于自己与现实的知识对象，从来没有试图表现一种纯粹理性批判的高雅姿态，而关注鲁迅思想也更胜于文学本身。对他来说，文学毋宁是思想的第二义。他在关注鲁迅思想与中国现代性问题的同时，开始做鲁迅文学手稿与修辞艺术的研究，也是希望在文献考证与文本研究的基础上，以小识大，对鲁迅思想与文章脉络有更清楚、深入的烛照与辨析。

近年来他出版了鲁迅研究专著《文章与文事：鲁迅辨考》（上海三联书店 2015 年版），这是一部以鲁迅手稿与文献考证为主的鲁迅论文集。在《鲁迅文学创作手稿与稿本问题辨考》《鲁迅的纪念文字与“记念”的修辞术》等代表性成果中，首次从现代手稿学的理论高度对鲁迅创作手稿做出了探索性的研究：①在梳理鲁迅手稿史的基础上，提出要“重估现代手稿的学术价值”。②在考证校勘的基础上，提出“建立手稿谱系，辨析稿本性质”，指出需要对作家手稿的流水页码、写作日期、涂改痕迹、作者署名等方面进行知识考古与全面勘察，通过统计归纳与鉴别考证，明确稿本的不同性质与来源，为文学手稿建立清晰的分类与谱系。③提出建立“现代中国手稿学”。对以鲁迅为代表的现代中国作家手稿来说，中国传统校勘学与西方现代手稿学可以借鉴，但未必切合实情。需要从现代中国作家手稿的实际情况出发，探寻与中国现代文学手稿研究实践相结合的理论模式，为推动现代中国文学研究提供新思路、新视野、新方法。该著入选国家社科基金重大项目优秀代表性成果，部分篇章入选王彬彬教授主编的《十年论鲁迅》（南京大学出版社 2015 年版）等文集，获得朱正、郜元宝等学者的高度肯定与评价。

《鲁迅与中国现代文学者的选择》（东方出版中心 2009 年版），以鲁迅与“五四”启蒙精神为基本出发点，以知识观念与道德实践的纠葛为基本线索，按照历史时序，选择不同时期的思潮运动与文学现象，一方面通过考察现代中国的文学运动来反思知识分子的道路选择与命运问题，一方面通过考察鲁迅在当代中国的境遇来反思我们时代的思想状况与知识界的精神演变。在鲁迅思想与中国现代化问题研究方面，继承并突破了“启蒙与救亡的双重变奏”等经典理论，对鲁迅现代思想的发生与内涵做了一系列新的阐释。鲁迅的现代性批判并没有断然否定现代化学说的意思。鲁迅提出“立人”的主旨，与其说是与现代化学说划清界限，不如说是为现代化学说建立合乎现代需要的精神根基。新时期以来，李泽厚先生等学者相继提出“启蒙与救亡的双重变奏”论、“立人”中心论，具有重要的历史意义，但这些经典理论隐含着一种“重启蒙而轻救亡”的二分法局限，不完全平等，也不合乎历史的辩证法。该研究指出，鲁迅的“立人”与“摩罗诗力说”都是从重构现代中国出发，或以重构现代中国为旨，既是启蒙的，也是救亡的，既是民族的，也是世界的。这既是鲁迅与中国现代化问题研究中的一种新观点、新看法，也是重新理解鲁迅与中国现代化问题的一种新思路、新方法。

这一领域的研究成果得到前辈学者的肯定与鼓励。贾植芳、朱德发、殷国明等先生称赞“从方法范式到理论创构，把鲁迅道路问题与知识分子现代性问题的理论反思升华到一种新的学术境界”“所涉及到的问题既具有现实性，又有历史性，艰深悠远，纵横交结”“其论述思路的缜密，概念的清晰，逻辑的坚挺，也是近年来少见的”。孙郁教授在《走进象牙塔里的鲁迅研究》（《文艺争鸣》2014 年第 5 期）中指出：“符杰祥的研究，很少空谈，对具体问题的发现颇见功底。”“文本里的意象如何被学术化整理和阐释，是个难题，我在他的研究里看到了精神的挺进。”

乐　融

上海鲁迅纪念馆副馆长乐融在经管大量业务工作之余还写了很多文章和书，其中最突出的是《永恒的缅怀：鲁迅逝世前后》（上海文化出版社 2010 年版）。该书是一部关于鲁迅的研究文章合集，围绕鲁迅逝世这一主题，“以鲁迅逝世、举行葬礼活动为中心，上溯鲁迅早逝、罹患疾病原因等分析，下探鲁迅逝世后社会各界的反响、对社会的深远影响的阐述”，辅以大量的文献资料图片，表达了中国人民对鲁迅先生的深切缅怀之情，也揭示了其中一些鲜为人知的故事。

李　浩

李浩一直负责《上海鲁迅研究》的编辑工作，编辑之余有著作多种：

《许广平画传》（上海社会科学院出版社 2008 年版），该书翔实、全面地记述了许广平的一生，配有近百幅相片。在至今出版的许广平传记中，应该说是最好的一部。

《旧迹拾遗——鲁迅相关的若干人和事》（上海社会科学院出版社 2018 年版），作者充分发挥了在上海鲁迅纪念馆工作多年的所长，对鲁迅在上海期间的人和事做了独特的记述，特别是《上海鲁迅纪念馆藏鲁迅文章手稿所见》等文，是其他书籍所没有的。

《鲁迅研究杂集》（上海社会科学院出版社 2019 年版），这部近 40 万字的书是李浩数十年来的文章合集。如书名所示，内容博杂，涉及鲁迅文化、著译、时代同仁、文史偶得、史志回顾等多个方面，显示出作者多年研究的广泛与深博。

陈占彪

陈占彪著有《五四知识分子的淑世意识》（商务印书馆 2010 年版）。该书涉猎甚广，很有理论性，扎实、丰厚、深刻。作者对中西方理论著作都有所研读，从文学、历史学、哲学、法学、社会学、政治学等诸学科领域归纳、梳理了各方面的思想资源，对“什么是知识分子”这一时代课题做了科学的辨析。更可贵的是，他深入“五四”的历史语境，重点探求了鲁迅、胡适、郭沫若的知识分子观。通过“出与入”“人与政”“学与政”“文与政”四个方面的分析、比较和条分缕析、追根溯源、反复推敲、仔细估衡的理论剖析，富有层次感地凸现了鲁迅、胡适、郭沫若这三位中国现代文化巨人的知识分子观和他们各自的特点，使得“五四”一代知识分子的知识分子观得以“出土”，为知识分子理论建设新添了一种资源。

因而，作者达到了他在绪论中所预期的目的：通过“五四”一代知识分子的知识分子观的梳理，一方面给当代知识分子以示范和激励，另一方面给当代知识分子以警示和反思。特别是那种独立精神之自我放弃、党派利益的高度维护的主张与实践，更是给后世知识分子留下了难得的教训。陈占彪博士没有过多的主观论断，更多的是客观的展示与理论的梳理，然而读者却从中汲取了更为深刻的教益。书中有关鲁迅的部分，提炼出3000余字短文《“俗人”鲁迅》，获得2008年中国作家协会、中国鲁迅研究会等五家机构共同主办的“我读鲁迅”全国征文大赛二等奖。

陈占彪博士多年来还从事鲁迅与夏目漱石的比较研究。历年发表过《鲁迅与夏目漱石写作心理背景探析》（《南都学坛》2005年12月，中国人民大学书报资料中心《中国现代、当代文学研究》2006年第3期全文转载）。《鲁迅与夏目漱石关系考辨》发表于2006年3月《日本研究》和《上海鲁迅研究》2006年夏季卷。《〈野草〉与〈十夜梦〉形式论》发表于2005年10月《吉首大学学报》。《爱与死——〈野草〉与〈十夜梦〉比较之一》发表于2005年10月《绍兴文理学院学报》。5万字的《〈野草〉与〈梦十夜〉比较论》收入绍兴文理学院等编的《鲁迅：跨文化对话——纪念鲁迅逝世七十周年国际学术讨论会论文集》（大象出版社2006年版）。又在陕西省委党校的刊物《理论导刊》上发表了一篇《鲁迅不是革命家吗?》的文章，主要针对现在否定鲁迅的“革命”冲动、讳谈鲁迅政治倾向的观点，表述自己的不同意见。

张全之

张全之博士曾任教于重庆师范大学，现为上海交通大学教授，主要从事中国近现代文学研究。出版专著多种，主要有：《背对故乡——鲁迅文学的多维阐释》（山西人民出版社2015年版），对鲁迅的重要作品《阿Q正传》《孔乙己》《药》等进行了新的解读，尤其对《阿Q正传》“文不对题”的分析，颇受鲁迅学界的重视。《中国近现代文学的发展与无政府主义思潮》（人民出版社2013年版）

一书，总论部分系统论述了无政府主义思潮对中国近现代文学的影响；分论部分对鲁迅、巴金、茅盾、蒋光慈、丁玲、胡也频等受无政府主义思想影响的作家进行了深入分析，该书不仅提出了新的看法，在材料方面也有新发现，其中鲁迅一章将鲁迅接受无政府主义思潮的影响看作是一个动态的过程，是一个从施缔纳“唯一者”的“孤傲”到阿尔志跋绥夫式“决绝”的过程。《火与歌——中国现代文学、文人与战争》（新星出版社 2006 年版）一书，系统考察了中国现代文学的发展与战争的关系以及现代战争对文人命运的影响，为战争文学史写作提供了新思路。

（三）南京

近邻上海的南京，二十世纪出现过包忠文、甘竞存等鲁迅学家，二十一世纪里也活跃着几位新进者：

朱晓进

朱晓进的主攻方向是“中国二十世纪文学与政治文化之关系研究”，主要发表了如下论文：

《鲁迅艺术活动的文化目的及其与传统文学的关系》（《中国社会科学》1990 年第 2 期）、《三十年代乡土小说的文化意蕴》（《中国社会科学》1993 年第 5 期）、《政治化思维与三十年代文学论争》（《中国社会科学》2002 年第 6 期）、《政治文化心理与三十年代文学》（《文学评论》2000 年第 1 期）、《从政治文化角度研究中国二十世纪文学》（《文学评论》2001 年第 5 期）。

朱晓进的论文数量不多，但质量上乘，很有深度和分量。

谭桂林

早在二十世纪，谭桂林就以对鲁迅与佛学的研究引人注目。二十一世纪以来，他的鲁迅研究主要集中在三个方面的主题：一是对鲁迅研究的研究，如《如何评价阿 Q 式的革命兼与汪晖先生商榷》（《鲁迅研究月刊》2011 年第 10 期）、《评汪晖近年来的鲁迅思想研究》(《中国现代文学研究丛刊》2012 年第 8 期)、《伊藤虎丸的鲁迅论及其对当下鲁迅研究的启示意义》(《首都师范大学学报》2014 年第 5 期)、《耻辱之后，再是什么——评丸尾常喜鲁迅研究著作〈耻辱与恢复〉》(《南华大学学报》2015 年第 2 期) 等论文，对国内某些具有重要影响的鲁迅研究观点提出了批评，对日本鲁迅学中的代表人物所具有的借鉴意义表达了自己的看法。二是鲁迅与二十世纪中国国民信仰的建构研究，发表了《以自己的沉没，证明着革命的前行》(《文学评论》2015 年第 4 期)、《论鲁迅的信仰观及其思想理路》(《西南大学学报》2014 年第 1 期)、《国民信仰建构中的鲁迅与尼采》(《江苏师范大学学报》2013 年第 1 期)、《现代佛教界的鲁迅印象及其鲁迅资源利用》(《鲁迅研究月刊》2012 年第 8 期) 等系列论文，与杨姿教授合著的《鲁迅与 20 世纪中国国民信仰建构》一书由百花洲文艺出版社 2018 年出版。三是鲁迅的文学母题研究，发表了《现代中国文学母题的发展与鲁迅创作的经典意义》(《西南民族大学学报》2014 年第 2 期)、《鬼而人、理而情的生命狂欢》(《扬州大学学报》2014 年第 2 期)、《精神向肉体的复仇》(《南华大学学报》2016 年第 3 期) 等系列文章，为鲁迅文学的经典性研究提供了一种新的思路。2019 年 6 月，作为中宣部文化名家暨“四个一批”人才项目资助和江苏高校优势学科建设工程资助项目出版了《记忆的诗学：鲁迅文学中的母题书写》(人民出版社 2019 年版) 一书，从启蒙、革命、信仰、漂泊、疾病、复仇、乡土、童年、鬼魂等等人类文学史上重要的母题叙事入手，广泛考察了鲁迅寓含在这些母题叙事中的世界观念、政治立场和文化态度，深入发掘了鲁迅潜隐在这些母题叙事中的各种情绪痼结、心理阴影等等创伤性生命记忆，不仅探讨了鲁迅文学世界建构的创造性资源的由来，而且展示了鲁迅文学作为经典的独特意义及其对二十世纪中国新文学发展的独特贡献。

谭桂林的鲁迅研究的特点是理论性强，绝不在表面做文章，而能深入到本质中去，抓住理论核心问题进行独到的分析，提出自己独到的见解。

吴　俊

二十世纪就以《鲁迅个性心理研究》和《鲁迅评传》引起学界瞩目的吴俊，二十一世纪又拿出一本很有分量的鲁迅研究专著——《暗夜里的过客——一个你所不知道的鲁迅》（东方出版中心2006年版）。这部书不仅是《鲁迅个性心理研究》的扩充和修订，而且从更新更深的角度对鲁迅的个性心理做出更为厚重、深刻的论析。诚如作者的导师钱谷融先生所说："本书以鲁迅的个性心理为研究对象，特别注重对那些以前一直被人们所忽略的甚至还被视为'消极阴暗面'的个性和心态特征进行分析，其中主要涉及鲁迅的负罪感、虚无心态、自虐与攻击的心理冲突、爱情心理以及暮年的疾病与死亡意识等等，体现了作者独特的学术眼光。正像只有在黑暗中才能更鲜明地看到光明，只有细致地考察了鲁迅内心世界中那些不易察觉的因素，才能更深入也更全面地了解鲁迅的整个人格和精神。吴俊这本书的核心就是揭示鲁迅在个性上所付出的精神代价……"其实，吴俊的这部书并没有使读者得出鲁迅是绝望和虚无者的印象，反而向读者呈现出了一个洞穿了黑暗与绝望之虚无的怀有光明希望的鲁迅形象。简单地以为未来是"黄金世界"的天真、幼稚者往往最容易陷入悲观绝望的泥坑，对未来的艰难、困苦做好充分精神准备的"反抗绝望"者才有可能到达光辉的彼岸。

王彬彬

王彬彬致力于中国现当代文学批评，在鲁迅研究领域也很有见地。他的《鲁迅内外》（南京大学出版社2013年版）是二十世纪末《鲁迅：晚年情怀》（上海教育出版社1999年版）之后的鲁迅研究论文集，思维活跃、视角新颖，很值得一读。王彬彬常在别人想不到处切入，谈出别人想不到的问题，而且层层深入，婉转委曲，即使你不同意他的观点，但却不能不佩服他脑筋的灵活、笔法的微妙和论述的畅达。他对作家修辞也颇有研究，撰有《新文学作家的修辞艺术》（上海人民出版社2017年版）。其中对《秋夜》开头分析道："这种看似'啰嗦'的表达方式，其实有着无穷的意味。不是两株合说，而是一株一株地说，其实是根源于鲁迅内心深处对‘个体’的重视，具有强烈的文学特征，是‘鲁迅文学’的独特性所在。”《秋夜》一发表就引起了疑问，诸多名家做了解释。笔者认为，王彬彬的这一解释是最圆满、切实的。

杨洪承

杨洪承从事中国现当代文学的教学与研究，涉猎文学批评、比较文学及文学理论研究，也兼顾鲁迅研究，他主编的《鲁迅研究教程》于 2015 年 10 月由高等教育出版社出版，成为高校的教材之一。

二　安徽的程致中

离南京不远的安徽，有一位鲁迅学家值得记住，他就是安徽师范大学的程致中。他解读鲁迅的文字大抵结集在《寻找精神家园——思想者鲁迅论》（学苑出版社 2000 年版）和论文集《穿越时空的对话——鲁迅的当代意义》（安徽教育出版社 2004 年版）里，此后陆续发表的鲁研文章有《理论与方法：鲁迅小说批评的实践》《鲁迅与沈从文：文学思想和审美取向比较论》等。2019 年 1 月，安徽师范大学出版社推出了程致中的鲁迅研究专集《鲁迅的文化自觉和文学传统》，把他一生的鲁迅研究成果熔入一炉。如他在该书“后记”中所说，从中可见他的鲁迅研究思路和重点：“在总体认知上，将鲁迅本体界定为‘现代中国人的生存而奋斗者’，突出其‘过客’式的生命哲学和反抗绝望的悲剧意识，用‘为人生’的态度阐释鲁迅。特别关注鲁迅‘取今复古，别立新宗’的文化自觉和‘拿来主义’的文化策略，发掘鲁迅与西方文化思潮（如进化论、人道主义、浪漫主义、马克思主义等）及域外作家（如尼采、易卜生、阿尔志跋绥夫等）的事实联系，在比较研究中辨析异同和接受原因，进而阐发突破与超越的意义。”7 月又推出了他的自传体散文集《行行重行行》，热诚而娓婉地记述了他追随鲁迅和国内外文学大师的一生。

程致中对鲁迅文本的解读主要集中在鲁迅的“思想者”特点、鲁迅与西方文化（文学）的关系、鲁迅的当代意义和鲁迅著作的方法论意义等几个方面，试图在中外文化交汇和中国现代社会改革的背景下，探讨鲁迅的精神探索和文化选择，描述鲁迅的思想特点和心路历程，思考鲁迅思想及其作品的当代意义。这些解读文字包含着多重对话关系，自然也有作者与鲁迅先生的心灵对话。这些文章和论著的理论视角和学术追求可以大致归纳为以下四点：

（1）依据“趋近性还原”的原则，在总体认知上，将鲁迅精神定位在“走”和“立人”上，将鲁迅本体界定为“为现代中国人的生存而奋斗者”，突出其“过客”式的生命哲学和直面人生、反抗绝望的悲剧意识。用“为人生”的态度阐释鲁迅，不赞成将他描述为非理性、超时代的个人精神反抗者。

（2）在广阔时空中研究鲁迅与中外文化的对话，发掘鲁迅与西方作家（如尼采、易卜生、阿尔志跋绥夫等）和西方文化思潮（如进化论、浪漫主义、人道主义、马克思主义等）的事实联系，在比较研究中探究异同点和接受原因，进而阐明突破与超越的意义。例如，以西方人道主义做参照系，论述鲁迅人道主义的独特品格；强调鲁迅接受马克思主义的主观条件而非被动地接受；等等。他试图匡正上述研究中的某些理论偏差，加强薄弱环节，多有新的发现和创新见解。

（3）他不认为学术研究可以超越时空，远离尘嚣，可以闭塞眼睛不看现实。所以在专题研究中，他既注重学术价值，也不忽视现实性，潜心于从鲁迅文本中发掘当下精神文化建设和文艺理论建设的思想资源，于深入的学理研究中阐明鲁迅文本之历史的和当代的双重价值。他相信这样做对于弘扬民族精神和推动社会主义新文化建设具有显在的社会效应。

（4）特别关注鲁迅“拿来主义”的文化态度和开放、创新的文化继承原则。《〈文化偏至论〉的方法论意义》《〈摩罗诗力说〉与比较文学》《理论与方法：鲁迅小说批评的实践》等文，注重阐发鲁迅文本的方法论意义和科学研究的态度与方法问题。运用综合研究、实证研究和比较研究的方法进行专题研究，提倡科学精神和求实、正派学风，对于抵制学术研究中的急功近利、虚伪浮躁之风，推动鲁迅研究和学术事业的健康发展也有着建设性的意义。

三　以郑心伶为代表的广东鲁研会

广东的鲁迅研究在中国鲁迅学史上有着重要的历史地位。二十世纪二十年代，就出现过钟敬文编的《鲁迅在广东》和一声、王任叔关于鲁迅杂文和小说集《彷徨》的重要论文，1938 年广州的《黄花岗》杂志上又发表了第一篇研究鲁迅与尼采的论文——张震欧的《鲁迅与尼采》。而真正的辉煌期是从二十世纪七十年代开始的，广东鲁迅研究小组和广东鲁迅研究会成立并创办了《广东鲁迅研究》期刊，把鲁迅研究搞得轰轰烈烈，在全国鲁迅研究界独树一帜。跨入二十一世纪，广东的鲁迅研究更加红火，成为中国鲁迅学史上的一道独特的南国景观。而这一耀眼的景观最为明显的标志就是——《鲁迅世界》杂志。

《鲁迅世界》是在 1987 年创刊的《广东鲁迅研究》出齐 50 期以后，于 2000 年改版而成的，至今已经延续出至 67 期，不久可出到 70 期。

办刊同仁们的口号是："人在阵地在！"

他们的宗旨是：坚持"三个结合"——研究与学习相结合，研究与宣传相结合，研究与教学相结合；"三个面向"——面向实际，面向青年，面向未来。

北京老专家对其的评价是："方向正确，战略对头。"有的专家还加上横批："闻所未闻"。

各地专家都非常强调《鲁迅世界》的特色：理论联系实际，大众化，普及与提高相结合。

《鲁迅世界》的《史料》和《争鸣》两个专栏最受欢迎。东方出版社出版的《鲁迅的五大未解之谜——世纪之初鲁迅论争》一书，有三分之一的文章选自《鲁迅世界》。

先看《史料》专栏。史实是研究的基础，没有搞清史实就擅发议论，肯定是“百发百错”。所以，许多扎实治学的鲁迅学家都是主攻史实学的。中国鲁迅学界很早就形成了这样一支方队，他们从来不事喧哗，不发空论，扎扎实实地考证鲁迅的生平史料，追寻鲁迅的足迹。这就是鲁迅史实学方阵，是鲁迅学界一支最靠得住的队伍。《鲁迅世界》的编者最看重的就是这支队伍，因而特设《史料》专栏，对那些一丝不苟、严密考证的鲁迅史实学家总是给予特别的优待，不惜篇幅、不计利害，让他们做最充分的表述。例如 2001 年第 3 期、第 4 期连续两期刊载已故鲁迅史实学家卫公即李伟江先生的《鲁迅赴港演讲始末考》；2002 年第 3 期又刊登了他的后继者张钊贻、李桃的《老调子还没有唱完——追溯〈老调子已经唱完〉的文本源流》。2002 年第 1 期，发表了周正章 3 万多字的《鲁迅先生死于须藤误诊真相》，反响强烈，曾引起广泛关注，江苏省鲁迅研究会还专门为此举行了一次座谈会。2002 年第 4 期，又以整整 15 页版面刊登了王锡荣先生的长文《鲁迅死因之谜》，从鲁迅 X 光读片会引起轩然大波到鲁迅先生病史摘录和病史溯源、鲁迅自己的说法、当时报纸众说纷纭的报道一直到对八个疑点的解疑、真正疑点的分析、难解之谜的推测等等，真可谓面面俱到、滴水不漏。然而，《鲁迅世界》绝不囿于一家之言，又在 2003 年第 3 期刊登了周海婴的《〈鲁迅丧葬费用之谜〉的解谜》和周正章的《关于鲁迅死因的几个医学问题》，与王锡荣争鸣，以期得到更贴近原貌的史实和更圆满的解释。

这样，就自然要谈到《鲁迅世界》的《争鸣》专栏。这块园地可以说是最有特色、最吸引海内外鲁迅学界眼球。从 2000 年开始以后三年多时间，《鲁迅世界》就开展了鲁迅死因、“毛罗对话”、“在农民问题上鲁迅错了没有?”“在与梁实秋的争论中鲁迅输了吗?”等大小长短不等的多次争鸣与研讨，并发了《当前鲁迅研究的热点问题》《关于20世纪末的鲁迅论争》《"毛罗对话"论争综述》等有关鲁学界争鸣的综述文章。确如《鲁迅世界》主编郑心伶先生所说:"论争中的活鲁迅总比'死了的鲁迅'更引人关注,讨人喜欢。"开展这种争鸣的确给海内外鲁迅学界增添了活力。

争鸣使《鲁迅世界》贴近现实,也促使人们更为深入地反思鲁迅研究的现状与历史。在这方面,《鲁迅世界》做得是很突出的。胡子明的《鲁迅研究的几次曲折及其在新世纪的发展前景》,对鲁迅研究的整个历史做出了宏观的回瞻,对未来前景谈出了自己独到的看法,读后很有启发。而袁盛勇的《九十年代鲁迅研究的玄学化倾向》更是充满了可贵的锐气。"玄学化"的确是九十年代一些鲁迅研究论著存在的一种值得思考的倾向,这是笔者撰写《中国鲁迅学通史》时没有充分思索的。有必要就这个问题展开争鸣与研讨,以使鲁迅研究更为健康地发展。古远清所提出的写作《"文革"鲁迅研究史》的设想也很有意义。笔者在写作《中国鲁迅学通史》时,感到了这一点,又为"文革"时期众多鲁迅研究资料的遗失而深感遗憾,但又实在无力担当此任,只能期待年轻人来完成这一任务了。其实,从"文革"时期鲁迅研究中会引出许多反面的教训,也会从正面看到一些切实的鲁迅研究学者的坚实努力,对于研究"文化大革命"史和二十世纪精神文化现象史都是很有益的。恩格斯说过:"历史就是我们的一切。"我们比任何学派都重视历史。只有通过对学术史的研究,鲁迅研究才能逐步自觉,上升到更加理性的境界。

"面向实际,面向青年,面向未来"是《鲁迅世界》始终不变的目标,几乎每一期都有青年研读鲁迅的文章。2000年第1期、第2期合刊上,广州师范学院中文系1997级学生彭康、陈峰的《大学生谈鲁迅》,从鲁迅的人格和鲁迅精神到鲁迅的作品、鲁迅的生活情感等方面谈了大学生的鲁迅观,最后呼唤鲁迅的回归,说道:"鲁迅先生去了,就再也没有第二个鲁迅站出来了。所以,我在这里呼唤鲁迅先生的回归,为我们的民族,为我们的国家。这是发自一个大学生内心的呼唤。"这的确代表了相当一部分中国大学生的心声，看到这样的文字真令人感到欣慰。在广东，鲁迅与地方的实际工作也结合了起来。恩平人提出了“学习鲁迅，振兴恩平”的口号，并开研讨会，出论文集，办首发式，其盛况在别的省、别的地方是很难见到的。而在广东，除恩平之外，阳江、江门、韶关、茂名等地都有此盛观。这在《鲁迅世界》中都有所反映。如阳江市鲁迅研究学会 2003 年举办的“鲁迅与书画、摄影、艺术研讨会”暨书画展览别开生面，十分成功。有了青年和地方上的努力，鲁迅研究一定会有光辉的未来。

《鲁迅世界》强调理论联系实际，大众化、普及与提高相结合，但是也时见颇有理论色彩的论文出现。例如柯倩婷的《鲁迅小说的艺术抽象》，袁盛勇的《看似平淡却奇崛——〈离婚〉的叙事分析及其文化意蕴》，黄树红、翟大炳的《〈铸剑〉技巧的独创意义——〈铸剑〉与福克纳的〈喧哗与骚动〉的一点比较》，黎乔桂的《再论〈阿 Q 正传〉的象征现实意义》，赵敬立的《解构与重建——论〈故事新编〉的文化意味》，王福湘的《鲁迅改革国民性的思想及其失败》，古大勇、程致中的《〈呐喊〉〈彷徨〉中“过客型”人物形象论》，张钊贻的《曹聚仁的鲁迅尼采论之承传》，吴小美、肖同庆的《是复归与认同，还是告别与超越？——对鲁迅与屈原关系的思考》，邓国伟的《时潮的感召与放逐——周作人印象》，查长莲的《存在的拷问——〈故事新编〉与〈传奇〉的深层相遇》，张钊贻的《一个“颓废”“超人”的爱情观——重读鲁迅的〈伤逝〉》，等等，都有自己的独到见解，并达到了相当的理论深度。

与时俱进是《鲁迅世界》一贯坚持的原则。该刊不仅设有《网上鲁迅》专栏，还有陈艳冰的专文《从“网上鲁迅”看民间的鲁迅》，综述了民间对鲁迅的种种看法，对于开拓鲁研界的思路、汲取民间的营养很有益处。

当然，每期最惹人注目的还是《鲁迅世界》主编郑心伶先生的卷首语，话虽不多，却句句切中现实的要害、传达时代的心声。我们应该承认个人对于历史的作用，广东的鲁迅研究之所以能够发展得如此兴旺，《鲁迅世界》之所以能够这样光照南国，与有“南天一柱”之称的郑心伶先生的个人作用是密不可分的。

《鲁迅世界》汲纳全国作者文稿，不囿成见，不拘一格，凡是真诚研究鲁迅的，都一律欢迎。所以其质量不断提高，喜欢收藏者也日见增多，深受读者、作者欢迎。从2003年下半年开始扩版，每期80页。分量更为厚重，内容更为丰富。该刊与广东鲁迅研究会已办两期“广东鲁迅研究论著奖”评选活动，并出了四辑《广东鲁迅研究丛书》。每期封二、封三的杨坚水编刻的“鲁迅画像三百图”“鲁迅作品笔下人物四百图”也很受全国鲁研界青睐。《鲁迅世界》本该越办越红火，越办越兴盛，但由于某些原因，《鲁迅世界》遇到了一些问题。郑心伶不畏挫折，又与某出版社合作改为《民族魂》继续出版，并发扬一贯的作风，广纳各种意见，成为中国鲁迅学界百家争鸣的平台，受到广大鲁迅学家和鲁迅爱好者的热烈欢迎。几年后，又由于经济原因暂停，但是已年过八旬的郑心伶先生还是要克服万难、坚持下去。这一处中国鲁迅学史上的南国景观也必将更加璀璨瑰丽。

郑心伶本人在二十一世纪也出版了《人·文·学：与郑心伶面对面》（上、中、下）（中国窗口出版社2006年版）和《人文呼唤》（南海出版公司2015年版）等多部作品。

广东另有鲁迅学家林贤治、朱崇科、宋剑华等，在相关章节已有评述。

这里要提及的是对鲁迅与佛学的关系进行了深入研究的哈迎飞，她的系列论文《鲁迅与佛教文化关系论（1—3）》，连载于《鲁迅研究月刊》2001年第1—3期。又有专著三部：《半是儒家半释家：周作人思想研究》（人民文学出版社2007年版）、《“五四”作家与佛教文化》（上海三联书店2002年版）、《佛教与二十年代中国现代文学关系之研究》（台湾佛光山文教基金会2002年版），并在《文学评论》《中国现代文学研究丛刊》《鲁迅研究月刊》《江海学刊》《人文杂志》《求索》等学术刊物上发表论文十余篇，特别是在《文学评论》1999年第2期发表的《论鲁迅〈野草〉的佛家色彩》引起广泛注意。鲁迅与佛教文化的关系问题是一个异常艰深却非常重要的课题，据许寿裳先生回忆："民三（1914）以后，鲁迅开始看佛经，用功很猛，别人赶不上"，与许寿裳分头买了《瑜珈师地论》《翻译名义集》《阅藏知津》等佛经。鲁迅曾对许寿裳说："释迦牟尼真是大哲，我平常对人生难以解决的问题，而他居然大部分早已明白启示了，真是大哲！"鲁迅所说的"人生难以解决的问题"究竟是什么？释伽牟尼"早已明白启示"的是哪些？又是怎样启示的？鲁迅学持续了百年，至今也没有搞清楚。这说明由于单一的政治意识形态的遮蔽，使许多鲁迅本体原本存在的问题被遮盖了，的确需要祛魅与还原，从鲁迅本体出发，去研究鲁迅原本客观存在的问题。

四　朱德发和山师学派

以朱德发先生为代表的山东师范大学现当代文学的研究团队兢兢业业几十年，已经成为令人瞩目的中国鲁迅学的"山师学派"。

这个学派在文学史研究方面成绩最为显著。最早可以追溯到田仲济先生，他写的《中国抗战文艺史》于1947年出版，后来是朱德发先生做了充实增订，予以再版。二十世纪八十年代以后，这个团队出版了包括朱德发先生的《中国五四文学史》等关于"五四"的三本书在内的一系列文学史著作。最近这些年，朱德发先生、魏建先生主编的《现代中国文学通鉴》，一百多万字的皇皇巨著，影响很大、很有特色。从世界视野看中国文学史，是这个团队由此发展出来的一大特点。朱德发先生的《世界化视野中的现代中国文学》（山东教育出版社2002年版）在其中发挥了核心的作用。前文评述的"世界视野中的鲁迅"国际学术研讨会和成书，应该是朱德发引领的结果。

这个团队是非常齐整的，从田仲济先生开始，有薛绥之先生、冯光廉先生、蒋心焕先生、查国华先生、刘增人先生、宋遂良先生、韩之友先生，他们都是跟朱德发先生大致同辈或者年长一辈。

年轻的生力军也涌现出一大批，一个个都是响亮的名字，如吴义勤、魏建、张清华、吕周聚、李宗刚、贾振勇等等。他们一批一批地出来，在现当代文学领域相当活跃，吴义勤、张清华等先后调京，目前仍然在山东师范大学中国鲁迅学领域承担重任的有：

吕周聚

除了前文评述过的《鲁迅文学作品中的异质因素》之外，吕周聚还参与编写了《多维视野中的鲁迅》，撰写了《鲁迅与中国现代主义文学》（《鲁迅研究月刊》1999 年第 7 期）、《论鲁迅的现代思维品质》（《鲁迅研究月刊》2000 年第 12 期）、《走向整合转型的鲁迅研究》（合作）（《中国现代文学研究丛刊》2002 年第 4 期）、《论鲁迅文学作品的艺术张力》（《华中学术》2016 年第 3 期）、《日本鲁迅研究的历史与现状》（《社会科学辑刊》2017 年第 3 期）等论文 20 余篇。

魏　建

山东师范大学特聘教授、语言文学研究所所长，山东师范大学文学院副院长。从事中国现代文学研究 20 余年，主要致力于郭沫若研究，也兼及鲁迅研究，从二位文化巨人的比较对照中得出新见，著有《从鲁迅研究看郭沫若研究》《新时期鲁迅与郭沫若研究述评》等。

李宗刚

李宗刚从二十世纪九十年代初便开始关注鲁迅研究，进入二十一世纪后，他的鲁迅研究逐渐形成了自己的特色，即注重从发生学的角度来探索鲁迅的现代小说。他在 1994 年第 4 期《中国现代文学研究丛刊》发表的《论中国小说由传统向现代的转换》一文中，便从发生学的角度对鲁迅的“立人”思想进行了阐释。随着学术研究的深入，他把研究视角逐渐聚焦于文学教育与中国现代文学之间的关系研究，这一成果体现在他的博士论文《新式教育与五四文学的发生》中，该论文专门论述了新式教育与鲁迅现代小说生成之间的关系。这一视角给我们拓展了一个为人们长期忽视的研究场域，那就是鲁迅在成长为现代作家的过程中，新式教育到底怎样深刻地影响了他的思想及文学创作。与新式教育关系相对应，李宗刚又对其博士论文提出的父权缺失进行了深入的发掘与阐释，并发表了一系列有关父权缺失与“五四”文学发生之间关系的论文，其中包括一系列鲁迅作品解读的论文，这些论文为我们从父权缺失的维度来理解鲁迅其人其文提供了新路径。2010 年，李宗刚的“民国文学教育与中国现代文学”这一课题获得了国家社科基金资助，他的鲁迅研究又进入了一个新的天地，那就是从民国教育体制的维度来重新阐释鲁迅及其文学作品。具有代表性的成果是《通俗教育研究会与鲁迅现代小说的生成》（《文学评论》2016 年第 2 期）和《民国教育体制下的鲁迅兼课及新文学传承》（《清华大学学报》2017 年第 5 期）。这不仅对鲁迅研究具有较大的学术价值和意义，而且还对整个中国现代文学史书写具有一定的价值和意义。

李宗刚的特点是不断取得进展。最近又发表了两篇很有见识的论文。一篇是《现代社会的主体性确立与传统社会的关系裂变——以鲁迅、周作人周氏兄弟失和作为考察对象》（《西南大学学报（社会科学版）》2020 年第 5 期）论文认为，兄弟失和对周氏兄弟各自主体精神和主体情感世界的影响是巨大的，并由此改变了他们两人的精神世界和情感世界，深刻地影响了他们文学世界的建构。这不仅是“五四”新文化运动以来人的主体意识得以觉醒、个人从家庭这一地理空间的羁绊中走出并最终确立自我主体性的历史必然，而且是中国现代文学发展中带有某种普遍性的文化现象，周氏兄弟失和不仅有其自身的原因，而且还具有时代的烙印，是在文化转型时期的一种值得关注的文化冲突范式。周氏兄弟失和不仅承载着兄弟是非恩怨的个人历史，而且还折射了时代文化的变迁史，其在文化史上具有一定的价值和意义。把周氏兄弟失和问题从个人恩怨上升到社会历史的变迁和“人的主体意识得以觉醒、个人从家庭这一地理空间的羁绊中走出并最终确立自我主体性的历史必然”，是一种学术上的突破。另一篇是《鲁迅与胡适“和而不同”的现代文化阐释》，在前文关于鲁迅与胡适的比较研究中已经评述，此处不赘。

贾振勇

贾振勇出版了《理性与革命：中国左翼文学的文化阐释》《郭沫若的最后29年》等专著10余部。其鲁迅研究的主要特色如下：

1. 从创伤到创造：从“内部”走入鲁迅的心灵世界

此类文章以创伤与独创性为支点，着重分析了鲁迅的创伤体验与其文学创造力之间的复杂关联以及他在不同阶段的情感状态、价值选择、精神构成和思想内蕴。

(1)《掮住黑暗的闸门：创伤体验与鲁迅的自我救赎》(《鲁迅研究月刊》2010年第2期)一文指出：鲁迅早年的家道中落、丧父经历，使他在少年时期承受了与其年龄、角色和心理承受力极不相称的压力和痛苦。文章深入分析了鲁迅在承受创伤体验的过程中，《山海经》等读物带给他虚构和幻想的力量以及抗拒和修复创伤体验的力量，从而促进了鲁迅最终选择以文学作为实现自己人生价值的途径。文章不仅没有拘泥于探讨文艺对于鲁迅个人的“疗伤”“救赎”的重要作用，更看到了鲁迅在自我救赎的同时，去治疗民族和社会的心理痼疾和精神伤痛的伟大品格。

(2)《鲁迅生命尽处的自我理性审视与调整——从〈关于太炎先生二三事〉〈因太炎先生而想起的二三事〉说起》(《鲁迅研究月刊》2009年第1期)一文，围绕鲁迅临终前怀念太炎先生的精神动机论述了以下几个问题：第一，鲁迅怀念章太炎的文章，隐藏多重心理动机，具有浓重的自我评价和自我确证色彩；第二，进化论与阶级论共同构成了鲁迅精神世界的互补力量，但均非鲁迅的终极信仰；第三，鲁迅在寂寞的心境下展示的不宽恕的姿态，是他坚定的战斗精神的展现。

(3)《鲁迅：创伤·病态·吹响黎明号角的天使》(《鲁迅研究月刊》2012年第10期)一文，指出学界有关鲁迅心理病态的诸多议论多停留于经验式的印象和情绪层面，而不是理性层面以及深度心理学和精神科学层面的严密探究，这种缺乏客观性、严肃性的事实判断使得鲁迅的精神世界、人格乃至社会形象难以得到准确而细致的衡估与理解。在批判相关议论实为主观层面的恶意攻击的基础上，文章着重从心理学领域分析了鲁迅的病态心理、黑暗情绪对其自身建构的文艺世界的重要催化作用，极具学理性。

(4)《从虚妄返归真实：鲁迅生命尽处的“梦与怒”》(《文艺争鸣》2016 年第 5 期)一文，由鲁迅后期的“转变”迹象深入探讨了关于鲁迅在生命尽处对自我理想的审视与调整。文章主要从三方面展开：第一，鲁迅的“转变”迹象背后隐藏的立足点和动力源是其“天真”的本性及其对这一自我本性的坚守；第二，鲁迅对共产党革命的认同与接收，意味着他将之视为看待社会发展与变革的一种思想框架和理论武器，这种认同与接收带有鲜明的独立性；第三，在现实和经验领域遭遇的种种“革命真相”，引发鲁迅多次重新审视他的社会理想和政治信仰，这种审视很大程度上呈现出革命真相的丰富性与复杂性。

2. 从文本到历史：从“外部”探索鲁迅研究的创新点

此类文章侧重对鲁迅作品的具体阐释的同时，结合当下鲁迅研究中存在的问题，以回到“原点”为主要阐释起点，延伸出对文学史中鲁迅评价问题真实准确性的探讨、对鲁迅研究困境的突破以及当前鲁迅研究生发创新动力的可行性等问题。

(1)《娜拉出走：现代性的女性神话——鲁迅小说〈伤逝〉再诠释》(《鲁迅研究月刊》2001 年第 3 期)一文，以注重文本的多维复杂的所指倾向为出发点，指出涓生形象的塑造体现了启蒙主义现代性理念的男性中心主义文化色彩及其对“娜拉出走”理念所持有的双重价值标准；另一方面，文章着重在寓言的意义上，分析了《伤逝》对“娜拉出走”的善的初衷的肯定以及对这一现代性价值理念在历史境遇中两难处境的展示，进而从价值意义层面诠释了鲁迅对“娜拉出走”这一现代性的女性解放神话的质疑。

(2)《左翼文坛的理论斗争及鲁迅的姿态》(《山东师范大学学报(人文社会科学版)》2008 年第 4 期)一文，梳理了 1928—

1936 年期间的革命文学论争、文艺自由论辩、“两个口号”论争等理论斗争中鲁迅的姿态，指出鲁迅部分观点的独异性与“两个口号”论争带给鲁迅的精神危机等事实，更认识到左翼文学中的批判性、反叛性等特质的消失。

（3）《如何“透视主义”的透视鲁迅——对文学史述史机制中有关鲁迅评价的几点反思》（《鲁迅研究月刊》2011 年第 12 期）一文，在宏观层面分析了文学史述史机制中有关鲁迅评价的三个问题：第一，漠视鲁迅作为文学家的存在属性；第二，对鲁迅的文学天才的分析和评价难以令人满意；第三，相关论述存在模式化、公式化、脸谱化、教条化的倾向。由此延伸，文章提议以“透视主义”的文学研究方法展开文学史述史，尽最大可能将鲁迅的天才与神采展现给人们。

（4）《何谓“父亲”？为什么要反对“父亲”？——“五四”时代家庭（族）伦理道德及“父权”观念批判再思索》（《社会科学辑刊》2014 年第 5 期）一文，指出了陈独秀、吴虞和李大钊等人对父权观念的批判，主要集中于在理论、逻辑等层面批判其作为中国社会及文化的“实质部分”。而鲁迅对“父权”观念批判的出发点则定位于来自自然天性和血缘亲情的“初始经验”，进而使得“五四”新文化先驱们和以后的作家们对家庭（族）伦理道德观念及“父权”的批判，构成了一个从人的外部社会层面到人的内部精神层面的完整而系统的价值言说体系。在塑造具体的父亲形象时，鲁迅与多数现代作家一样面临着情与理、敬与畏、爱与恨的复杂纠葛，因而，现代文学家们对父亲形象的塑造问题远非对“父权”批判的简单化理解。

（5）《鲁迅与民国，问题与原点——兼论中国现代文学研究的再生产能力》（《中山大学学报（社会科学版）》2017 年第 1 期）一文，以鲁迅及鲁迅研究为主要案例，将对中国现代文学研究的再生产能力问题的探讨具体化。在对“重返与触摸”方法的学术价值、鲁迅研究的学术语境的变更、鲁迅研究中的主体与对象间的同质化和一脉相承性的“反向”思索等问题进行精准的分析后，文章指出回到作为鲁迅"生活世界"的问题原点——民国这一问题的重要性，由此进行可靠的学术实践，以真相支撑真理，强化鲁迅研究以及中国现代文学研究的再生产能力。

（6）《困境与崛起——如何为鲁迅研究打上自己的精神烙印？》（《天津师范大学学报（社会科学版）》2017年第2期），在肯定以王富仁、钱理群为代表的鲁迅研究者们的学术水平与学术精神的基础上，深刻洞悉了青年鲁迅研究者们突破困境与自我崛起的关键点，并提出了行之有效的建议。

（7）《日月不出，爝火何熄——〈狂人日记〉百年祭》（《探索与争鸣》2018年第7期）一文，作为对《狂人日记》发表一百年的纪念，文章并非浅表化地分析《狂人日记》的历史贡献，而是以诗性的语言深入文本之于当时的理性认知与犀利批判及其之于后代的敏锐警觉与象征性启示，给予了《狂人日记》"乃现代中国疯狂文学之开山"的定位，详尽分析了其在现代精神史与心灵史上的地位与价值。

五　安阳的姬学友

离山东济南不远的河南安阳有位鲁迅学研究者姬学友，他出版了《李何林论稿》（光明日报出版社2009年版）、《从外围接近鲁迅》（社会科学文献出版社2014年版）两部学术著作，作为主要成员参与了《台静农全集》（11卷）（海燕出版社2015年版）的编辑工作，并在《中国现代文学研究丛刊》《鲁迅研究月刊》《文学评论丛刊》《南开学报》等刊物发表了鲁迅研究有关学术论文20余篇。目前正从事"《鲁迅全集·坟》的文本汇校""鲁迅手稿的美"的课题研究和专著《鲁迅教学生涯研究》的撰写工作。他一向依据可靠史实和第一手材料，从不同角度切入广泛而复杂的话题，展开平实细致的学理讨论和实证研究，求知、求异、求新，而以求真为指归，力求做到知人论世，多方印证鲁迅思想的影响力和鲁迅精神的恒久性，以接近真实的鲁迅本体。

六　西部鲁迅学群落：陕西师大的“四大金刚”

二十一世纪里，西部的鲁迅学力量日益强盛，而尤以陕西师范大学文学院的“四大金刚”——李继凯、袁盛勇、田刚、赵学勇引人注目。

李继凯

除前文已经评述过的《全人视境中的观照——鲁迅与茅盾比较论》之外，近些年来李继凯又发表了新的论著：《文体史视域中的鲁迅文体》（《鲁迅研究月刊》2000 年第 9 期、第 10 期）、《重新发现的欣悦与沉重——新时期以来的“鲁学”》（见陈飞等主编《回读百年：20 世纪中国社会人文论争》第 5 卷下，大象出版社 2009 年版）、《论鲁迅与中国书法文化》（《华中师范大学学报（人文社会科学版）》2010 年第 3 期）、《书法文化视域中的鲁迅与日本》（《东亚汉学研究》2011 年创刊号）、《略论鲁迅的“新三立”和“不朽”》（《鲁迅研究月刊》2013 年第 9 期）、《论鲁迅与莫言小说中的女性命运》（《中国现代文学研究丛刊》2014 年第 9 期）、《重大命题：鲁迅是“现代中华民族魂”》（《鲁迅研究月刊》2018 年第 3 期）。

李继凯致力鲁迅学的特点是用古今中外连通的视域窥探作家“文心”，2018 年 4 月，中国社会科学出版社出版的他的专著《心事浩茫连广宇——作家“文心”窥探》中就有力地说明：“只有应运而生的新的生命才能孕育出新的文学，而新的文学反过来也培育了新的生命。只有坚韧不拔地追求‘现代化’的民族和个人，才能拥有属于自己的新的生命，也才会创造出与旧文学迥然有别的新文学。人的现代化与文的现代化在生命更新的前提下，才能获得真正的统一。”

同时该书注重结合当代实际人生体验和当代学术思潮来审视历

史上的作家作品及读者所容涵的心理世界。由此体现出强烈的“当下关怀”或学术当代性。

其鲜明的当代性特征集中表现在以下三个方面：

（1）联系文学发展的当代性要求，有选择性地确立自己的研究方向与研究对象，并不苛求面面俱到。

（2）在具体的文学历史现象研究中，从理论的高度总结出具有现实指导性意义的学理根据和经验教训，给当代文学的发展以有益的启示。

（3）运用现代价值观念与审美眼光，透视作家的“文心”及其嬗变，在现象分析、个案透视和理论探微等方面进行专题性强且各有侧重、互有呼应的深入研究，并给出了一些新的学术判断。

袁盛勇

袁盛勇现为陕西师范大学文学院教授、博士生导师，陕西师范大学“曲江学者”特聘教授，陕西省“千人计划”特聘教授，陕西师范大学国家首批“世界一流建设学科”之中国现当代文学专业学术带头人，国家社会科学基金重大项目首席专家。主要从事中国现当代文学与文化研究，近年尤其在鲁迅研究、延安文艺研究等领域取得了较大成就。已出版鲁迅研究著作两部：《鲁迅：从复古走向启蒙》（上海三联书店 2006 年版）和《当代鲁迅现象研究》（人民出版社 2018 年版）。

他撰写了《鲁迅：从复古走向启蒙》后，河北社会科学院文学研究所前所长张永泉研究员曾发表《发现：学术研究的重要品格——评袁盛勇〈鲁迅：从复古走向启蒙〉》（《鲁迅研究月刊》2007 年第 5 期），认为在中国鲁迅学史上是“袁盛勇第一次挖掘出鲁迅早期复古倾向的内涵，是他第一次把鲁迅早期看似矛盾的复古倾向与立人主张有机地统一了起来”。“学术研究就是发现，发现问题和发现解决问题的办法。”袁盛勇的发现能力很强，他不仅善于在鲁迅本体中发现问题，而且还擅长发现鲁迅研究中的问题。二十世纪九十年代，王乾坤将汪晖的研究思路向前推进，发表了一批探讨鲁迅生命哲学的论文，在此基础上，他撰写了《鲁迅的生命哲学》一书，从哲学角度观照鲁迅的精神世界，解决了很多长期以来存在于人们心中的困惑。然而那时袁盛勇却力排众议，写出《九十年代以来鲁迅研究的玄学化倾向》，对这种研究倾向提出批评。他指出，他之所谓玄学化“是指研究者把鲁迅看成一位具有灵魂深度的哲学家，认为其思想具有某种严密的逻辑性，因而在探讨其思想嬗变与构成时，就相应采取了适合这种哲学气质的形而上运思方式与话语方式”。对于这种研究，他又不简单地予以否定，而是充分肯定其研究贡献，认为“西方存在主义哲学在当代中国的一度盛行为其提供了考察鲁迅主体精神结构及其文学世界的不可多得的理论资源和切入口，这使他们有可能洞悉鲁迅世界中曾被遮蔽了的非理性主义思想潜流，并最终把它提升到从来没有过的本体论高度来进行全新的论述。由于他们把思维触角如钻石一样揳入到人的灵魂深处，并向世人展示了鲁迅所独有的存在之颤栗，因而不仅给人以深刻印象，而且在事实上成为在鲁迅研究史上最为富有哲学或思想深度的一次掘进”。但他也尖锐地指出了这种研究所呈现出的“痼疾”，那就是鲁迅在这些研究者的“深度挖掘中被重塑为一尊坚守个人主义和自由之精神的偶像，他的黑暗和虚妄及其‘绝望的抗战’被赋予了近乎神性的形而上色彩，而所有这一切，又都被封闭在深奥难解的阐释壁垒中”，这就使得“作为人间一员的鲁迅并没有如人们希望的那样富于生气地走向人间，而是高傲地拘囿在学者们织就的象牙塔里，仿佛要下定决心离开这仍然令人气短的人间”。在具体论述中，他还批评了这种研究所产生的一些认识上的偏执。事实证明，袁盛勇的这一批评是非常正确而及时的。

《当代鲁迅现象研究》（人民出版社 2018 年版）是袁盛勇更高水平的成果。该书认为：“鲁迅现象”是一种历史现象，一种精神文化现象，具有非常复杂的内涵。作者旨在研究毛泽东时代的鲁迅现象。毛泽东时代既解放了鲁迅，也在同一时期限制和压抑了鲁迅。鲁迅的辉煌和暗淡、甜蜜和苦涩、深邃和浅薄、偏至和辩证，在毛泽东时代的诠释者和宣传者那里显得那样闪闪灭灭、变化无常。这主要是因为，自延安时期开始到“文化大革命”结束，鲁迅遭遇了一种越来越严重的意识形态化过程。毛泽东时代的鲁迅现象含蕴了当时政治的、文学的、文化的观点乃至宗派观念的斗争，它在一个复杂的历史场域中呈现了一种异常复杂的精神文化景观，在这意义上，较为单纯的鲁迅研究史考察已经不足以担承历史之重，它需要人们从毛泽东时代的政治、文化、思想以及知识界的存在状况等方面去求得综合性的理解。因此，从精神文化史的角度去理解毛泽东时代“鲁迅现象”的形成及其所蕴含的本质，就成了本课题研究的一个基本出发点和主要侧重点。于是对这一问题，发挥自己所长，逐章进行了剥茧抽丝式的深入分析，得出这样的结论：当代“鲁迅现象”是一个特定历史的产物，对它的清理其实也包含了对当代知识分子和鲁迅思想缺陷的清理。要回到一个完整而复杂的鲁迅那里去。我们要呈现鲁迅思想的全体：不仅要揄扬鲁迅思想中的积极因素，而且要呈现鲁迅思想中的消极因素。我们理应让鲁迅回到历史的长河中去，让其思想回到思想的长河中去，让其思想在研究者的视域中跟古今中外的思想发生对话、碰撞和交融，或许只有如此，未来中国文化才会成为一种真正具有宏大包容性和创造性的文化。

孙郁对袁盛勇的成就予以高度评价，认为这部书是“对于前辈学者的一种深层的挑战”。“回望鲁迅的传播史和研究史，对于认识文化的内在冲突和自我调适都颇有意义。鲁迅一生卷在文化的冲突中，其言其行都打上很深的批判意识的烙印。这种模式一旦外化为意识形态的一部分，由草根话语变为政党文化的话语，就有了巨大的冲击力。‘文革’中鲁迅的命运，都说明了问题的严重性。袁盛勇以许广平、周建人的著作为例，从那些爱护鲁迅者的言行中，看到了对于鲁迅背离的可悲性，又在这种可悲性里，发现检讨鲁迅精神结构的局限性的必要性。然而对于研究者而言，做到此点需要有相当丰富的思想维度。就这个意义来说，袁盛勇的劳作具有不可忽略的意义。”

笔者则认为袁盛勇的这部书，其意义不限于鲁迅学范围，而是进入高境界的科学思维的结晶。不仅对鲁迅，对其他历史人物也极需要运用这种科学的思维方式进行分析，不绝对肯定，也不一味否定，而是把人物放到人类历史发展的长河和具体的历史语境中进行科学的分析，从中抽出正确的结论。目前，提倡和推广这种科学的思维方式和分析方法，比对个别人物的评价还要迫切和重要。

除这两部著作之外，袁盛勇还在《鲁迅研究月刊》《学术月刊》等重要杂志上发表《回到复杂而完整的鲁迅》等论文近百篇，显现出强大的学术潜力。

2020 年《山东师范大学学报》第 5 期刊登了袁盛勇的新作《〈野草〉的主体性和矛盾性——1940 至 1950 年代有关鲁迅思想理解的分歧之一》，该文认为：在 1940 至 1950 年代的左翼文化界，研究者对《野草》思想内涵并由此对鲁迅思想的理解存在着一致和分歧。而其分歧主要表现在：是否敢于承认鲁迅于创作中呈现出了思想消极性和矛盾性，以及它们是否正是鲁迅前期思想局限性之表征。胡风派一直强调主体性和革命性价值的统一。雪苇、舒芜等对《野草》及鲁迅思想的看法，更多地注意到了鲁迅的主体价值和人格力量，在对黑暗和阴影的书写中，它们之所以没有把鲁迅吞没，一个重要原因正在于鲁迅具有一种坚强的主体人格和战斗精神，这种精神在《野草》中不仅呈现为一种艺术的结构性因素，而且以一种清醒的战斗的现实主义姿态表达出来，因之具有一种深刻的历史意义。正是凭借它，鲁迅才会最终战胜黑暗，拒绝虚无阴影的蛊惑。新中国成立前后，冯雪峰、邵荃麟等却把《野草》中所蕴含的那种清醒的现实主义精神和主体意志抛弃了，所谓鲁迅前期思想的消极性、矛盾性和局限性于此得以凸显，鲁迅也就成了必须依靠一种外在力量来予以拯救的现代知识分子。袁盛勇文章的意义在于提醒《野草》的研究者不能仅就《野草》论《野草》，应该扩大到整个社会思想背景中去思考，特别难得的是重提舒芜四十年代的论文《鲁迅的中国与鲁迅的道路》(1946 年 10 月 18 日上海《希望》月刊 2 卷 4 期)。舒芜认为鲁迅从不相信“做戏的虚无党”所宣扬的什么“光明”。因而，“显现出‘黑暗与虚无’之为‘实有’的道路，就是鲁迅的道路”。也正是由这种正视黑暗的态度产生了鲁迅的战略：“在鲁迅的中国，坚持鲁迅的道路”，坚持韧性的战斗。鲁迅这种直面黑暗的态度，并不是消极的，而是真正积极的战斗的。

田　刚

除前文已经评述的《鲁迅与中国士人传统》之外，2008年田刚开始关注“后鲁迅时代及其文学”的论域，致力于“鲁迅与延安”的研究，并得到教育部人文社科基金及国家哲学社会科学重大课题基金的支持，撰有著作《鲁迅》（南京大学出版社2012年版）、《鲁迅与延安文艺思潮》（人民文学出版社2019年版）等。目前正致力于《后鲁迅时代及其文学》一书的撰写，最后拟以“鲁迅与中国知识分子三部曲”：《鲁迅与中国士人传统》《鲁迅与延安文艺思潮》《后鲁迅时代及其文学》为总题目出版。

“后鲁迅时代及其文学”的鲁迅研究课题实际上是“鲁迅与士人传统”这一课题的进一步拓展，也就是说，以往研究关注的是鲁迅与传统士人的内在精神关联，“后鲁迅时代及其文学”这一课题试图要探索的乃是鲁迅去世以后鲁迅精神影响下的中国文学状况，具体来说，就是鲁迅弟子或秉承鲁迅精神衣钵的知识人在鲁迅去世后的命运及其文学写作状况。随着研究的深入，却发现一个更为重要的时代——“延安时代”是一个绕不过去的命题，也就是说，正是在“延安时代”鲁迅受到了空前的推崇，被毛泽东树成了“中国新文化旗手”，但同时以“鲁迅”为标志的“五四”启蒙主义文学传统和“左翼文学”文学传统也是在“延安时代”被彻底颠覆和改造成了“人民文学”传统。这其中的精神纠葛和思想理路，恰恰是学术思想界，更是鲁迅学界不可回避的。研究“鲁迅”与延安文艺思潮的关系，对于二十世纪文学史乃至思想史，都有重要的价值和意义。田刚的《鲁迅与延安文艺思潮》一书正是在以上的思想基础上写作的。

赵学勇

赵学勇和刘铁群的《鲁迅研究中的儒学阴影——对于〈中国鲁迅研究的历史与现状〉的一种解读》（《鲁迅研究月刊》1997 年第 12 期）就已奠定了他在鲁迅学界的功绩。文不在多，重在击中要害。该文提出如下重要观点：

（1）“儒家伦理观念的束缚使鲁迅研究无法上升到研究的高度。”“鲁迅研究中第一时期以陈西滢为代表的对立派和第二时期以梁实秋为代表的英美派自由知识分子在进行鲁迅研究时都身不由己地陷入了传统儒家的道德伦理观念中，对鲁迅及其杂文作出了歪曲的评价，进而走向了对鲁迅及其杂文的根本否定。”“根本价值观念不同，又不在理解的基础上思考研究客体，使得他们离开了从社会人生的整体意义感受鲁迅作品的有效角度，而仅仅停留在个人道德的评判上，当然难以做出具有社会普遍意义的文学或思想的新发现，也难以对鲁迅作品的潜在意义做出独立阐释，更难以上升到一个研究的高度。他们是以自己的传统价值观念阻死了自己的研究之路。”

（2）“独立性与主动性的丧失阻碍了鲁迅研究取得探索性的突破。”“从 1949 年到‘文革’结束这一阶段的国内鲁迅研究是在一种文化整合的紧张气氛中进行的。新中国成立也标志着中国马列主义文化思想的胜利，各派鲁迅研究几乎无一例外地在马列主义毛泽东思想的旗帜下被整合起来。马列主义毛泽东思想成了一切言论的最高指导方针，鲁迅的思想及创作的历史价值只能在马列主义毛泽东思想的价值体系中分析和评判。这样，在权威理论话语的支配和压力下，研究主体丧失了独立性和主动性，无法在鲁迅研究中取得探索性的突破。”

（3）“以儒家文化为核心的传统文化的复兴对新时期鲁迅研究的影响”：“新时期的鲁迅研究是在中国大陆由封闭走向开放的历史潮流中重新起步的。灾难性的‘文革’的结束为中国知识分子提供了一个‘重新返回自我’的历史条件”，“但是，鲁迅研究中的儒学阴影并没有从此散去。在思想解放的同时，由于多种因素的促成，中国固有的各种传统思想文化又在社会上活跃起来，掀起了‘国学热’‘新儒学热’。以儒学为核心的传统文化的复兴无疑要对新时期的鲁迅研究产生影响。”“第一，在文化还原过程中，不少鲁迅研究者又跌入传统文化的旧圈子，再次给鲁迅研究带来局限。”“第二，‘新儒家’的复兴带来了对鲁迅和新文化运动的否定，使鲁迅研究再次面临历史的考验。”

笔者认为这篇文章是继汪晖的《鲁迅研究的历史批判》之后，对鲁迅研究界敲响的又一声警钟，即使到了二十一世纪，仍然值得我们认真反思。赵学勇也将继续坚持和拓展他的观点。

七　四川、重庆、甘肃的鲁迅学名家

李　怡

《阅读现代——论鲁迅与中国现代文学》（西南师范大学出版社2002年版），这本书是李怡二十世纪九十年代陆续所写的中国现代文学论文的汇编，其中关于鲁迅的占一半篇幅，涉及鲁迅小说、鲁迅新旧体诗歌的解读和研究，包括其在大学本科期间撰写的第一篇解读鲁迅小说的论文《〈伤逝〉与现代世界的悲哀》。这篇论文提出了与当时影响很大的王富仁《〈呐喊〉〈彷徨〉综论》不一致的观点，得到了被商榷人王富仁本人的肯定和支持，由王富仁亲自推荐到《名作欣赏》发表，可谓二十世纪八十年代的一段学坛佳话。论集中相当部分是关于《故事新编》的解读和分析，力求从“人生体验”这一视角剖析鲁迅的创作，在二十世纪八十年代以来的“反封建”与“反抗绝望”的阐释路径之外，别有一种贴近现代社会中国知识分子人生反馈的真切性。

李怡还著有《为了现代的人生——鲁迅阅读笔记》（上海教育出版社2004年版），初版后6次印刷。台湾秀威出版公司于2012年推出以《鲁迅的精神世界》为名的台湾再版本。这是李怡对自己多年来解读鲁迅思想与文学的一次比较全面的总结。在二十世纪八十年代以来先后流行的“反封建思想革命说”及“反抗绝望生命表达说”以外，李怡提出了“为了人生”这一视角，力图借助鲁迅自己的表述，从现代中国知识分子的现实感受与人生追求的角度分析、解剖鲁迅思想和文学的秘密。全书主要从“为人生”的角度解释鲁迅的思想与艺术追求，认为这是鲁迅人生体验之后艺术追求的核心，是其一生的“关键词”。鲁迅通过“为人生”一语，道出了文学活动与人类自身的现实联系，道出了所有文学活动的“原点”，特别是道出了中国自鸦片战争以后每一个中国人都不得不面对和解决的重大的生命问题，正是这样一个现实生命的问题决定了现代中国人的其他所有问题，人生问题几乎可以说是现代中国众多命题的“原命题”。因为要“为人生”，鲁迅建立着属于他自己的文学主题、感受方式，“直面惨淡的人生”是鲁迅文学区别于许多现代中国文学的独特的一以贯之的追求，是他与现实世界密切对话的同时坚持自己思想艺术个性的最好的方式。鲁迅以这样的语义编码传达着与当时许多艺术旨趣的差异，他的艺术不是空虚的幻景而是现实人类生存的需要，只有深味于传统中国文学艺术空幻的人才能体验到鲁迅以“为人生”强调现实生命观照所具有的真正的“现代性”。不理解鲁迅“为人生”的思维，就不能意识到鲁迅杂文这一最独特的鲁迅文体的现代性与艺术性。海外汉学家轻视鲁迅杂文的根本原因即在于他们还没有真正进入到鲁迅的艺术世界中去。认真阅读和理解鲁迅文学世界中的“为人生”的实质意义，将有利于我们对于鲁迅文学基本思维的细致勘探，有利于我们从鲁迅自己的文学基本姿态出发来清理鲁迅留给现代中国文学与现代中国文化的重要遗产，这种遗产既不是任何政治家的学说能够代替的，也不是任何“新锐”的西方思想所能包含的。随着我们对于“为人生”及其他“鲁迅概念”的解读，二十一世纪的鲁迅学有可能打破近年来的沉寂，进入一个新的时期。《为了现代的人生》一书体现了二十一世纪前后中国学者力图从多种角度不断进入鲁迅精神世界的努力，也说明了半个世纪以来逐渐形成的那种鲁迅阐释的线性发展模式——政治革命、思想革命到生命表达——已经被打破，鲁迅研究已然迈入一个更加广阔的天地。后来，李怡还继续沿着“为了人生”的方向研讨鲁迅的相关问题，例如《鲁迅的“五四”与“新青年”的“五四”》（《社会科学辑刊》2007年第1期）、《鲁迅：面对人事纠缠的最后的意志》（《四川大学学报》2008年第3期）、《〈朝花夕拾〉：鲁迅的“休息”与“沟通”》（《首都师范大学学报》2009年第1期）、《痛感：鲁迅现代思想的催化剂》（《武汉大学学报》2011年第5期）、《不仅是“匕首”，不仅是“投枪”——杂文与鲁迅对人生和文学定位》（《首都师范大学学报》2011年第4期）、《中学生如何读鲁迅小说》（《语文建设》2013年第31期）、《鲁迅的语文：有难度的跨越——兼及鲁迅之于当代基础语文教育的价值》（《创作与评论》2017年第10期）、《“吃人”与作为文学的〈狂人日记〉》（《中国现代文学研究丛刊》2018年第7期）等，继续从“人生体验及其反馈”的方向上分析研究鲁迅的文学追求，提出了一系列有启发性的思考。

王本朝

王本朝是教育部长江学者特聘教授，西南大学教授。他自1990年便进入鲁迅研究，怀有“鲁迅是中国现代文学研究中心课题”的信念。自发表《诗化哲学：鲁迅〈野草〉与尼采〈查拉斯图拉如是说〉之比较》（《湖北大学学报》1990年第1期）、《何处是孤独者的巢穴——重读〈孤独者〉》（《鲁迅研究月刊》1990年第2期）以来，历经二十多年，虽因其他选题干扰而时断时续，但一直孜孜矻矻耕耘于鲁迅研究领域。在《鲁迅研究月刊》《文艺争鸣》《江汉论坛》《福建论坛》等刊物上发表鲁迅研究论文20多篇，部分鲁迅研究文章收入论文集《回到语言：重读经典》（广西师范大学出版社2017年版）。

他长期关注鲁迅丰富独特的精神世界及其语言形式，如对鲁迅在“流言”世界的精神分析就切中要害，认为鲁迅身处环境险恶、秩序纷乱的时代，面对一个个对手的进攻与侵袭，包括明箭和流言。“流言”如同“无物之阵”，围困和纠缠着鲁迅的身心，使之疲惫、无聊，陷入无边的痛苦与无奈，也成为他审视国民性、解读中国社会的独特的窗口。《作为“无物之阵”的流言与鲁迅的精神世界》（《湖北大学学报》2011 年第 5 期）集中反映了这样的思路。这样的思路还体现在《基督教与鲁迅文化心态阐释》（《贵州社会科学》1995 年第 3 期）、《鲁迅小说的精神世界》（《语文教学通讯》2000 年第 22 期）等文章中。鲁迅精神世界的丰富与其文本形式是紧密相关的，所以，他取小处入手、大处着眼的方法，依靠文本分析进入鲁迅精神世界。《“然而”与〈野草〉的话语方式》（《贵州社会科学》2012 年第 1 期）认为《野草》通过繁复的意象和梦境的营造，建构了一个复杂的意义世界，蕴含着鲁迅丰富的人生体验和哲学。在修辞风格上，它追求语言的修饰和开掘，时有复沓、缠绕的笔墨，也不乏直白、节俭的语句。在曲里拐弯的表达里，呈现出他对文字的精准、文句的泊漾和虚词的迤逦的敏感和讲究。“然而”是《野草》中使用频率非常高的关系连词。鲁迅对它有着恰当而巧妙的运用，无论是对情感和寓意的表达，还是形成语气节奏的转换与跌宕，都使《野草》多了一份意味深长的气势神韵。对“然而”的使用，有着鲁迅质疑和否定的思维特点，也呈现出鲁迅相反相对、矛盾并置的话语方式，由此，也可见出鲁迅对历史和现实的悖反与乖谬，生命存在的矛盾与紧张的独特感受。《〈补天〉的文本迁移及意义阐释》（《贵州社会科学》2017 年第 5 期）对鲁迅小说《补天》的改名与集子变化的分析也很见功力，认为《补天》由《呐喊》中《不周山》改名而收入《故事新编》，成为文学史上饶有意味的事件。《补天》的文本迁移不无鲁迅与成仿吾个人间的恩怨，也显现了新文学创作与文学批评关系的紧张和疏离，还影响到对文本意义阐释的不同取向，《补天》意义的“思想启蒙”与“传统解构”与其所属文集均有暗合之处。并且，作为《呐喊》《彷徨》和《故事新编》开篇之作的《狂人日记》《祝福》和《补天》，对“吃人”和“造人”的叙述也拥有密切相关的意义链条，《补天》是不可缺少的环节。该文被《新华文摘》数字版 2017 年第 17 期全文转载，被《新华文摘》纸质版 2017 年第 17 期“论点摘编”。王本朝对鲁迅散文《朝花夕拾》《〈呐喊〉自序》的分析都遵循着这样的思路，从文本的细读中去发现和阐释鲁迅精神世界的矛盾和张力。如《〈《呐喊》自序〉与鲁迅的“五四”》（《文艺争鸣》2013 年第 1 期），通过《〈呐喊〉自序》讨论鲁迅与“五四”思想启蒙的关系，认为鲁迅将社会时代的思想启蒙个人化，以个人自传呈现他与“五四”特别是与《新青年》的复杂性。《旧事何以重提：〈朝花夕拾〉的杂感笔法》（《福建论坛》2017 年第 9 期），借助《朝花夕拾》探讨鲁迅将感伤与反讽、抒情与议论相互交融的艺术特点，在叙事、抒情与议论中形成议论性杂感与抒情性散文的结合，体现了文章与文学杂糅的文体属性。另外，《谁有话语权？——〈离婚〉的反讽意味》（《文艺争鸣》2011 年第 9 期）、《污名化与游戏化：反抗者的荒诞处境及命运——重读〈长明灯〉》（《鲁迅研究月刊》2017 年第 8 期）、《〈雪〉中的风景和主体性问题》（《鲁迅研究月刊》2016 年第 6 期）等文，对鲁迅散文《雪》、小说《离婚》《长明灯》和《祝福》也持这样的研究路数，多有新见。

廖久明

廖久明，四川安岳人，博士。2003 年到乐山师范学院工作，2005 年破格晋升副教授，2006 年考上华东师范大学博士研究生，2008 年提前一年毕业回乐山师范学院工作。在《新文学史料》《中国现代文学研究丛刊》《鲁迅研究月刊》《山西大学学报》《郭沫若学刊》等发表学术论文近 40 篇，2005 年出版专著《高长虹与鲁迅及许广平》一部。

杨　姿

杨姿主要从事中国现当代文学研究。在《文学评论》《鲁迅研究月刊》等学术期刊发表论文 40 余篇，多篇文章被《新华文摘》《人大复印资料》转载，出版专著《20 世纪中国乡土的浪漫书写》（中国社会科学出版社 2016 年版）等。主持国家社科基金项目 1 项、省部级课题 2 项。入选重庆市高等学校优秀人才计划，获重庆市第二批青年骨干教师资助。又出版《“同路人”之上——鲁迅后期思想、文学与托洛斯基研究》（上海三联书店 2019 年版），该书对鲁迅后期与托洛斯基文学思想的关系进行了深入分析，认为：“鲁迅从接触托洛斯基开始，已经有选择地吸收并内化托洛斯基的思想，此后，无论是苏共对托洛斯基的斗争，还是中共对托洛斯基派的批判，鲁迅都没有站在任何党派的立场上，否定过托洛斯基，以及否认自己对他的接受，并且，那种来自托洛斯基的影响在鲁迅的后期文学运动和生命活动中仍然以特定的样式存在着。”

李滨生

李滨生的主要著作是《晚清思想文化与鲁迅——兼论其小说杂家的文化个性》（中国社会科学出版社 2013 年版）。

该书认为鲁迅是二十世纪中国最为纯粹而坚韧的启蒙文学家。鲁迅在近代文化转型的文艺启蒙思潮中开始建构自己的文化理想，其独特的学术思想，特别是倾向于小说杂家的文化个性，离不开历史和时代诸多因素的影响与塑造。他的文化选择贯通了中国传统学术与西方启蒙思想之间的人文精神，激活了边缘杂学的民主思想，创造性地继承了中国古代小说多重的文化基因。因此，鲁迅文艺启蒙的人生选择和个性张扬，既体现了文化转型和学术嬗变的深层力量，又强化了现实观照和自我反省的文化使命感。本着这一研究主旨，书里考论中最大限度地呈现了鲁迅之所以成为启蒙文学家的历史背景和文化语境。

朱文华先生在“序”中肯定说：“该著最具有学术创新的观点是强调‘在晚清思想文化大背景上观照鲁迅’，全书的知人论世的相关论述均由此展开。”全书在第二章至第五章分别讨论了“近代中国与鲁迅的维新思想”“晚清文艺启蒙思潮与鲁迅的文化选择”“鲁迅思想文化个性的历史考察”以及“鲁迅的个性化追求及其人文理想”等问题，其提出问题的角度新颖，相应的论证也是深入的，其中不乏作者个人的独到见解。第六章则通过考察鲁迅的文学创作和小说史研究情况，把鲁迅最能体现文化个性特征的文化角色定位为“小说杂家”。这也是不无启发价值的一家之言。关爱和先生在“序”中说：“此书的最重要的贡献可能在于最大限度地呈现了鲁迅之所以成为启蒙文学家的历史背景和文化语境。其研究和讨论没有局限于‘五四’话语，而是从晚清、‘五四’作家具有深厚学术素养和文化传承这一历史事实出发，在一定程度上突破了鲁迅界因推崇而造成的某种狭隘和遮蔽。”

八　以张福贵为代表的吉林鲁迅学群落

张福贵

张福贵是东北鲁迅学的领军人物。二十世纪末出版了专著《惯性的终结：鲁迅文化选择的历史价值》（吉林大学出版社1999年版），显示了作者很强的理论思辨能力和富于创造性的学术研究水平。关于鲁迅“彻底反传统”及文化转型期方法论价值的论述，显示出整合性思维方法的效应。就这一问题来看，学界普遍认为是迄今为止所见到的最为圆满的论析。

其后他又出版了专著《“活着”的鲁迅：鲁迅文化选择的当代意义》（社会科学文献出版社2010年版）。有学者认为：“当‘贬鲁迅’成为风潮、‘骂鲁迅’成为时髦的时候，他所提炼的正是一份精纯的思想所具有的现实批判力度和对未来的启示意义。”（《光明日报》2011年5月15日）也有学者认为此书“很好地体现了一个现代知识分子的挑战式研究……以别样的方式进入了鲁迅的文学和思想世界，富有个性的角度和丰厚的知识储备加诸独特的思辨色彩，使该论著在既有的研究成果中个性鲜明、脱颖而出；而对鲁迅思想和研究的当下性关注，更使得该著作契合了鲁迅的对于践行思想的重视，也是对二十世纪九十年代大的文化语境中某些偏颇的鲁迅研究的有针对性的回应和反思。”

由于成果突出，张福贵的论著以《远离鲁迅让我们变得平庸》选入《中国鲁迅研究名家精选集》（安徽大学出版社2013年版），并被译为韩文。

另外张福贵还在《中国社会科学》等重要报刊上发表论文近百篇，主要有：《鲁迅研究的三种范式与当下的价值选择》（《中国社会科学》2013 年 11 期）、《鲁迅“世界人”概念及其当代思想价值》（《文学评论》2013 年第 2 期）、《论鲁迅辩证思维的逻辑系统》（《社会科学战线》1992 年第 3 期）等数十篇。

靳丛林

除前文评述的《竹内好的鲁迅研究》外，靳丛林还编译了《从“绝望”开始——日本二周研究经典选集》（生活·读书·新知三联书店 2013 年版）。这是国内首部专门编选竹内好鲁迅研究作品的译著，收录了竹内好在 1945 年日本战败后写作的《鲁迅入门》和三本《鲁迅杂记》。竹内好的鲁迅研究成果即“竹内鲁迅”，在日本影响极大。自从他的成名作《鲁迅》译介到中国之后，特别是孙歌女士主持编译的《近代的超克》出版以来，中国鲁迅研究界对“竹内鲁迅”多有关注与借鉴，在不少期刊文章或学术会议发言中，人们也乐于称引竹内好的“回心”“文学者”等独特学说。但是，因为语言的差异，大多数中国研究者无法阅读竹内好鲁迅研究的原著，颇有难窥“竹内鲁迅”全貌之憾。事实上，竹内好继《鲁迅》之后的鲁迅研究著述将《鲁迅》中的诸多话语做了展开与演绎，并运用于战后日本的文化反思与社会实践之中，可以说是我们理解《鲁迅》这本“抵抗之书”的门径与脚手架。靳丛林有感于此，在撰写《竹内好的鲁迅研究》这本专著之时，主持翻译了竹内好的这些著作，悉心校阅，三易其稿，乃成此书。本书也属于作者主持的国家社科基金项目“竹内好的鲁迅研究”，这一工作将推进中日文化交流和鲁迅研究事业，因而也得到竹内好先生家人的鼎力支持，竹内好的女儿本多裕子女士特意提供了 70 多幅珍贵的竹内好生平照片，本书精选其中 30 多幅制版印入，皆为国内读者未见之珍贵照片。

靳丛林还与同事合作出版了《日本鲁迅研究史论》一书，在关于日本鲁迅学的一章已经评述。

王学谦

王学谦共发表鲁迅研究论文近50篇、鲁迅研究专著2部。他的重点在于以生命哲学的视角研究鲁迅，认为鲁迅青年时代的《文化偏至论》《摩罗诗力说》《破恶声论》等构成了鲁迅的基本思想框架和性格取向。后来鲁迅的文学创作大体上是这种思想的实践，尽管由于面对的现实有所不同，但是其基本内核却是不变的。鲁迅的左翼时代也同样具有尼采主义的特征。

王学谦2006年发表的《青年鲁迅的生命世界观结构及其文化类型分析》（《中国现代文学研究丛刊》2006年第2期）一文，重要的观点是："从严复到梁启超，改造国民性，乃是具有普遍性的文化思潮，并不是鲁迅个人化的思想选择。我认为，更具有鲁迅个人化的思想选择不在于'立人'本身，而在于怎样'立人'。鲁迅的独异性就在于他以生命自由来构建人的主体性。如果说，严复、梁启超等'立人'主要是确立人的理性主体的话，鲁迅却更多地关注人的生命主体——生命自由。"这种生命自由，其思想资源来自施蒂纳、克尔凯戈尔、叔本华、尼采，尤其是尼采哲学；摩罗诗人作为激进浪漫主义也提供了同样的情感趋向。文章认为，鲁迅的生命哲学也受到章太炎思想的影响，而其更深远的根基则是古代中国的道家思想，庄子被称为中国的尼采。如果从共时性的角度看，人类文化可以分为两大类型：一种是理性文化，一种是生命文化。鲁迅大体可以算是后者。

对鲁迅与尼采的关系的研究也是重要的内容，这是对鲁迅文学精神的深入挖掘，也是鲁迅生命哲学的展开性研究。

著作《酒神狂欢与刑天之舞》（吉林大学出版社2018年版）在对鲁迅与尼采哲学之间的关系研究上，采取了一种新的思路和方法，力图超越张钊贻的《鲁迅：中国温和的尼采》。该书更多地从哲学的角度和知识，把鲁迅文学与尼采哲学看成是一种文化类型，一种家族性相似，从这一角度来阐释鲁迅与尼采哲学之间的关系。

近些年来，他对鲁迅文学精神的当代延续或者说鲁迅文学精神对后世的影响也有所研究。2014年以来，发表论文《莫言与鲁迅的家族性相似》(《吉林大学社会科学学报》2014 年第 3 期)、《魔性叙事及其自由精神——再论莫言与鲁迅的家族性相似》(《文艺争鸣》2016 年第 4 期)、《摩罗二重唱》(《求是学刊》2016 年 4 期),并在此基础上,形成专著《九头鸟与猫头鹰》(时代文艺出版社 2017 年版),主要从生命哲学的家族性相似的角度来分析莫言与鲁迅文学传统的密切关联,特别注重发掘鲁迅的摩罗精神对莫言的深刻影响。

九　王吉鹏和他的研究团队

王吉鹏初以《〈野草〉论稿》(春风文艺出版社 1986 年版)、《鲁迅思想作品论稿》(大连工学院出版社 1987 年版)、《鲁迅作品新论》(辽宁人民出版社 1998 年版)出山,后与李春林合作撰写《鲁迅世界性的探寻——鲁迅与外国文化比较研究史》(辽宁人民出版社 1999 年版)等,进入二十一世纪后率领他的研究生团队致力于鲁迅研究学术史的研究与著述,接连著有《穿越伟大灵魂的隧道——鲁迅〈野草〉〈朝花夕拾〉研究史》(吉林人民出版社 2002 年版)、《驰骋伟大艺术的天地——鲁迅小说研究史》(吉林人民出版 2002 年版)、《注目伟大存在的时空——鲁迅杂文、诗歌研究史》(吉林人民出版社 2003 年版)、《鲁迅与外国文学关系研究》(吉林人民出版社 2003 年版)、《追踪伟大人生的轨迹——鲁迅生平研究史》(吉林人民出版社 2004 年版)、《观照伟大精神的经纬——鲁迅思想研究史》(吉林人民出版社 2004 年版)、《鲁迅研究评论及其他》(吉林人民出版社 2007 年版)等著作 20 余种,在《中国现代文学研究丛刊》《鲁迅研究月刊》《江海学刊》《民族文学研究》等刊物发表论文 300 余篇,主编学科教学与教育管理方面的论文集 7 种,获得多项学术奖励。

十　辽宁鲁研会的王卫平等

辽宁省鲁研会重新活动，会长是辽宁大学教授王卫平。他的论文很多，涉及范围很广，主要有：

（1）《鲁迅与二十年代的讽刺小说》（《锦州师范学院学报》1989 年第 4 期）。该文指出，按照鲁迅的说法，“讽刺小说从《儒林外史》而后，就可以谓之绝响”。当历史进入二十世纪二十年代以后，才使已经“绝响”了近两个世纪的讽刺小说在鲁迅、叶绍钧等现代作家之手重又奏响，而且声名大振。他们秉承、延续并发展了《儒林外史》的讽刺文学传统，又从异域的讽刺文学中吸取经验，开现代讽刺小说的先河，使讽刺小说成为现代小说的一个重要支脉，并为以后的深入开拓奠定了基石。而鲁迅无疑是现代讽刺家的先驱，他的讽刺小说以其超拔的讽刺思想和艺术奠定了在中国现代讽刺文学中的杰出地位，并影响着他周围的一代作家，鲁迅对二十年代讽刺小说的贡献和影响是巨大的。文章得出结论：二十年代是鲁迅的讽刺时代。该文围绕鲁迅与二十年代的讽刺小说做了具体详尽的比照论述。

（2）《从接受美学看鲁迅小说的精神价值与永恒魅力》（《锦州师范学院学报》1990 年第 4 期）。文章从接受美学视角探讨鲁迅小说在研究者、批评家这一读者层中所产生的效应，进而说明鲁迅小说的精神价值和永恒魅力以及原因所在。文章还指出了鲁迅小说在一般的青年学生这一读者群中的接受状况，由此使我们看到，摆在鲁迅研究者面前的任务是双重的：一方面，继续深入浅出、生动活泼地宣传和普及鲁迅的作品；另一方面，提高广大青年读者的思想水平和艺术鉴赏能力。

（3）《对人自身认识的两大发现——〈阿 Q 正传〉与〈围城〉的比较分析》（《鲁迅研究月刊》1995 年第 9 期）。该文将鲁迅的《阿 Q 正传》与钱钟书的《围城》展开比较分析，认为这两部作品完成了对人自身认识的两大发现——鲁迅发现了人身上存在“精神胜利法”，钱钟书发现了爱情、婚姻乃至人生万事的“围城”现象。从认识人、认识自我的角度，两者对人性的开掘都达到了惊人的深度，对讽刺文本的建构也达到了相当的高度，从而构成了二十世纪中国两部最伟大、最深刻的讽刺作品。文章具体从“人性的发现”“家园的寻找”“心灵的孤岛”“讽刺的深度”“文本的品格”五个方面对《阿Q正传》和《围城》展开了比较分析和论述。

(4)《现代讽刺文学与鲁迅传统》(《鲁迅研究月刊》1997年第2期)、《鲁迅接受与解读的接受学阐释及重建策略——鲁迅接受史研究》(《鲁迅研究月刊》2001年第11期)、《鲁迅接受中的误读与曲解、攻击和辱骂现象研究》(《三峡大学学报》2002年第5期)、《鲁迅在韩国的接受、影响与研究——鲁迅接受史研究》(《鲁迅研究月刊》2003年第1期)等十余篇，并参加了冯光廉、刘增人、谭桂林主编的《多维视野中的鲁迅》的著述，撰写了第十五章《接受学方法的鲁迅解读》。

十一　福建的鲁迅学传统和郑家建的《故事新编》研究

福建师范大学文学院是中国散文研究的重镇，其中，鲁迅散文研究是该院散文研究的一个重要组成部分。作为中国现代散文研究的奠基者之一，俞元桂先生在鲁迅散文研究方面有着诸多的论述。在其主编的《中国现代散文史》(山东文艺出版社1988年版)一书中，第一编第一章第三节《文明批评和社会批评的兴盛》认为，鲁迅是“五四”时期现实主义杂文的最杰出代表，是战斗杂文传统的最重要的奠基人；第二编第三章第三节《杂文艺术的发展》专门评价了鲁迅的杂文，认为鲁迅是三十年代战斗杂文的旗手；第三编第五章第三节《鲁迅杂文战斗艺术传统的继承和发展》指出，在新的历史条件下，“鲁迅的方向”成了战斗杂文家的共同方向，鲁迅的革命现实主义战斗杂文传统被更多人所继承和发扬光大。该院散文研究的第二代学人姚春树教授著有《二十世纪中国杂文史》（与袁勇麟合著）（福建教育出版社 2011 年版），该书第十一章《杂文大师鲁迅的杂文》，全面考察、总结了鲁迅杂文的创作历程、创作内容、审美特质以及鲁迅杂文在世界上的地位，对于推动鲁迅杂文的整体性研究具有重要的意义。该院第三代学人汪文顶教授的鲁迅散文研究多散见于其散文研究论著中，其论文《中国现代散文诗发展概观》《“五四”散文抒情体式的变革与创新》（此二文皆收入《无声的河流：现代散文论集》，上海远东出版社、上海三联书店 2003 年版），将鲁迅的散文诗《自言自语》、记叙抒情散文集《朝花夕拾》等散文体式置于历史的流动视野中，并重估其认知价值和审美价值；论文《现代散文“个性说”的传统资源》（与王炳中合著，《中国现代文学研究丛刊》2015 年第 9 期）认为，鲁迅更深入地发掘传统文学中的特立独行、发愤著书的精神遗产，为现代散文个性说的古今会通贯注了一股阳刚气骨。该院第四代学人郑家建、黄科安等也对鲁迅散文进行了富有卓见的研究。郑家建的《若有所思——〈朝花夕拾〉的审智意义》（《中国现代文学研究丛刊》2011 年第 10 期）、《〈朝花夕拾〉：“回忆”的叙述学分析》（《中国现代文学研究丛刊》2012 年第 9 期）二文集中地研究了《朝花夕拾》文本结构的深沉意涵及叙述艺术，黄科安的《知识者的探求与言说——中国现代随笔研究》（中国社会科学出版社 2004 年版）一书中，第三章《周氏兄弟与中国现代随笔》专门探究了鲁迅的随笔观念及其随笔创作的思想立场、修辞艺术等方面的问题。

另外，郑家建还有更突出的成就。他出版了一本《故事新编》研究集大成之作《被照亮的世界——〈故事新编〉诗学研究》（福建教育出版社 2001 年版）。2005 年 8 月，更名为《历史向自由的诗意敞开——〈故事新编〉诗学研究》，由上海三联书店出增订本。该书 30 万字，以“多重文化视野中的小说文本”为主旨，从戏拟、隐喻、文体、古代传统、现代技巧诸方面对《故事新编》做了横向与纵向、内部与外部的综合考察，既有视野宽广的宏观论述，又在行文中有机地对各篇小说做了相当细致而富有独创性的阐释，令读者顿时产生一种“被照亮”的豁然贯通的感觉。

郑家建决心找到属于自己的研究方法和途径：真正地潜入《故事新编》的文本世界，选择“语言层面”“创作思维层面”“文体层面”这三个“亮点”，对作品文本进行细致解读，在“照亮”复杂、深邃的文本世界的同时，照见“文本”背后那个不安、沉默的灵魂，照见晚年鲁迅的心灵和思想，同时也照见自己年轻的生命。

郑家建这本精心之作最重要的意义正在于此：从战略上，而不是战术上，全局上，而不是枝节上，扭转了《故事新编》研究长期形成的思维定式，从新的理论制高点和新的学术视野对《故事新编》做了新的观照，从而找到新的意义亮点，并提升出一套新的理论设想。例如在“文体层面”的“亮点”分析中，郑家建把《故事新编》的文体特征称为“奇书文体”，是一种“文体越界”和“反文体”，是鲁迅为中国现实世界的矛盾性找到了一个最适合的文本，是不能用“历史小说”或“讽刺小说”等名称来概括的。我们因此看到了《故事新编》在鲁迅创作史和中国现代小说史上的独创性价值，从更深潜的情感层面来说，也感到了鲁迅的“绝望的抗战”的心理驱动力。

这样，“油滑”问题这个《故事新编》研究中最大的“难点”就得到了新解：跳出了“优点”“缺点”的“思维怪圈”，从本质上重建对作品的世界观深度和艺术意识的把握方式，把“油滑”理解成一种观察人生世相的特殊眼光，一种对社会、历史、文化独特的认识方式，与作家主体内在心灵的深度、复杂性、无限丰富性和艺术想象力的异常自由联系在一起，特别是看到“油滑”同中国民间诙谐文化的内在关系。

郑家建的解读，学术视野开阔、艺术感觉精微、文笔活泼灵动，借用作者书中的一组词来说，可谓是“曲涧寻幽，精微隽永”。这些就足以证明郑家建的研究路线是正确的，效果是成功的了。然而，还不仅如此，他还在《故事新编》与文学传统，特别是与庄子的想象力传统，与现代技巧，特别是蒙太奇艺术的比较研究中做出了可喜的精彩读解。笔者觉得尤其有必要提起注意的是《故事新编》研究与《卢奇安对话集》的比较，这二者之间看来似乎“风马牛不相及”：一个是中国现代小说，另一个是古希腊罗马时代的喜剧性讽刺作品。然而，郑家建却从中找出了共同点：都是“把神话、历史现实化”，都具有现代荒诞派小说的基本特征，都是尖锐而又深广的文明批评和社会批评。通过“异中之同”和“同中之异”的探索，使读者看到《故事新编》中的“油滑之处”，其实并非鲁迅独自在“信口开河”，而是世界文学史上一种源流甚长的现象：“有许多伟大作家的艺术，往往是在最为荒诞的形式之中，却是最紧要地找到一条通往真实的道路。”

古大勇

提到福建师范大学文学院，就不能不评述附近泉州师范学院的古大勇。

古大勇重点研究鲁迅与二十世纪九十年代后中国文学与文化思潮的关系，他的《解构语境下的传承与对话——鲁迅与1990年代后中国文学和文化思潮》（中国社会科学出版社2011年版）就是以上所谓的鲁迅研究的“外篇”之作。该著有40多万字，是学界首部整体研究鲁迅与二十世纪九十年代后中国文学与文化思潮关系的专著。鲁迅在二十世纪九十年代后多种文化思潮论争中亦遭遇不同程度的解构。但事实上，鲁迅传统无法被彻底解构，经过时间的检验和绝大多数读者的公认，鲁迅文学的经典性和鲁迅精神资源的地位已经基本确立，这是“解构”语境中任何解构主义者都不能解构的。

从坚实宽广的基础理论和深入系统的研究工夫看，古大勇无疑是很有潜力和希望的学者。他的另一本著作《多维视阈中的鲁迅》（广西师范大学出版社2012年版），从鲁迅研究热点问题、鲁迅与新时期文学、鲁迅与同时代作家、鲁迅文学文本细读、鲁迅与西方文化、鲁迅学科反思等几方面对鲁迅进行多维观照，具体而言，作者把关注的焦点放在鲁迅与启蒙主义、“胡适还是鲁迅”论争思潮、底层民间文化、自由主义、国民性批判等当代思潮，鲁迅与基督教文化、后现代主义、存在主义、表现主义等西方文化思潮，鲁迅与莫言、张承志、苏童和“后鲁迅风”等当代作家，显示了作者开阔的研究视野、扎实的理论学养、直面“学术难点”的问题意识和力拒成见的创新思维。

沈金耀

漳州师范大学的沈金耀教授也值得一评。他的博士论文《鲁迅杂文诗学研究》由福建教育出版社2006年12月出版以后，在鲁研界反响强烈，已经有不少评论。该书分析、整合、汲取了前人鲁迅杂文研究的经验，使之上升到了诗学研究的更高境界，从而更为真切地领悟、把握了鲁迅杂文的诗学特征。《〈野草〉的追问——关于〈野草〉的一种解读》（《鲁迅研究月刊》2008年第6期）一文，从人生真义的追问、立足现世人生的永恒追问两个方面对《野草》进行了再追问。其实，学术就是在不断的追问中进展的，真理会在一代又一代学者的不断追问下越来越显明。

房向东

房向东是个出版人，自称是鲁迅研究的“票友”。与许多学院研究者不同，房向东投身鲁迅研究，一开始就是为了解答心中的困惑，就是为了赞成或反对眼前的某种论调、某种倾向。在文坛上，轻薄鲁迅几乎成了带周期性的感冒，这让房向东愤愤不平。于是，他带着问题开始研究鲁迅，从1992年到1995年，经过三年努力，他写成了30多万字的《鲁迅与他“骂”过的人》。以鲁迅的“骂人”为研究的突破口，并非房向东苦思冥想后的选择。或者说，不是像学院研究者那样，因为要研究鲁迅才选择了鲁迅的“骂人”这一“课题”，而是鲁迅的“骂人”迫使房向东投身于对鲁迅的研究。

房向东采取了十分艰辛的个案研究的方式。钱玄同、胡适、周作人、章士钊、陈源、林语堂、沈从文……这些曾被鲁迅“骂”过或曾与鲁迅“对骂”过的人，房向东逐一梳理鲁迅与他们的关系，联系到时代背景、文坛局势和双方的精神立场等诸多方面来考察鲁迅与他们的矛盾冲突，并在这一基础上对鲁迅的“骂”做出自己的评说。如何满子所言，他“分人成篇，颇似传统的‘学案’体的格式”，对几起重要的论战，则扼要引录了双方论旨的原文。对论争双方的是非或做出自己的评价，或援引研究者的见解。即使直叙事相，作者本人的倾向也鲜明地流露在客观的叙述之中。

《鲁迅与他“骂”过的人》面世后不久，房向东又有《鲁迅：最受诬蔑的人》《孤岛过客》等出版。2015 年，房向东对自己已出版的关于鲁迅的著作进行修订，由上海交通大学出版社于 2016 年 1 月出版《房向东鲁迅研究文集》六本，分别是：《新月边的鲁迅——鲁迅与右翼文人》《太阳下的鲁迅——鲁迅与左翼文人》《鲁迅与胡适——“立人”与“立宪”》《恋爱中的鲁迅——鲁迅在厦门的 135 天》《被诬蔑被损害的鲁迅——鲁迅去世后对他的种种非议》《鲁迅这座山——关于鲁迅的随想与杂感》。

作为出版人，房向东的著作更注意读者的接受，他的叙述语言是随笔化、杂文化的，有激情、有血性，还带有一定的文学性，在鲁迅研究的大众化、学术研究的通俗化方面，做了有益的尝试，具有较高的可读性。

十二　天津、河北的鲁迅学名家

（一）天津的鲁迅学名家

鲍国华、石祥和金纲是二十一世纪出现的鲁迅学新人，前文已经评述过了。李新宇先生在鲁迅研究领域的成果，前文评述《鲁迅大全集》时已略加提及。这里仅评述二十世纪就已经出现、二十一世纪仍然工作的鲁迅学家刘家鸣、张铁荣和王国绶。

刘家鸣

2011 年 1 月南开大学出版社把刘家鸣的成果合成《中国现代文学先驱者论集》出版。集中多数篇章论述鲁迅是开创中国现代文学的伟大宗师、“五四”时代思想启蒙、其艺术形象的文化批判内涵和“闲人”形象的深沉意蕴等，立意深刻，文笔犀利，值得珍存。

张铁荣

把鲁迅置于比较文化中进行研究，是张铁荣的主攻方向。他的《寄意寒星荃不察——比较文化研究中的鲁迅》2017 年 6 月由南开大学出版社出版，此书是作者长期研究的结晶。收在本书中的 40 余篇有关鲁迅与中外作家、中国文化的比较研究的文章，共分为“南开视野”“宏观散论”“比较研究”“鲁学探微”“史料梳理”“文坛述往”和“书评一束”7 个板块，含有一定的理论性、资料性和新观点。其中《鲁迅与周作人对五四新文化运动的贡献》一文，是在纪念“五四”运动九十周年之际写的一篇宏观性的研究论文。《鲁迅与周作人女性观之比较》，是在台湾大学的一次学术报告会上的发言。《鲁迅杂文中的两个关键词》，是参加在上海举行的鲁迅研究年会上的报告稿。《中华读书报》发表过的《鲁迅周作人兄弟失和原因新探》和在《读书》杂志上发表的关于鲁迅与左联的小文，总合为《鲁迅致徐懋庸公开信的前前后后》等文，又根据旧日记进行了仔细核对。

王国绶

王国绶二十世纪就参加了 1981 年版《鲁迅全集》中《华盖集》《华盖集续编》校勘、注释、编辑，后又参与 2005 年版《鲁迅全集》的修订。天津社会科学院出版社 1999 年 2 月出版了他的《鲁迅论稿》。该书结合现代文学教学特别是鲁迅研究课程的教学，介绍研究鲁迅思想及创作的基本成就，澄清了一些社会上人云亦云、模糊不清的认识，厘清了一些似是而非的问题，力争将一个真实的鲁迅介绍给学生，为青年学子全面了解鲁迅、正确认识鲁迅做了普及和提高的工作。王国绶先生长年累月默默工作，从不声张，为人低调，为中国鲁迅学事业做出了实际的贡献。

（二）河北的鲁迅学名家

张永泉

张永泉是二十世纪八十年代就已成就显著的鲁迅学家，以《沉思集》《在历史的转折点上》两书和大量论文赢得广泛声誉，但他真正有分量、具有存史价值的是2006年10月东方出版中心出版的《从周树人到鲁迅》一书。该书虽然是在《在历史的转折点上》基础上修订、扩充而成的，却更为深入、翔实地回答了中国鲁迅学史上一直存在的疑问：鲁迅是谁？他从哪里来？又走到哪里去？其间经历了怎样的探索与追求、困惑与思考、逼拶与煎熬？

正如作者自己所说，在汹涌澎湃的争名逐利的大潮中，他不像那些忙于一本又一本地出版所谓著作、自称“专家”“权威”甚至“大师”的“弄潮儿”那样，而是怀着明确的“问题意识”，坚持“坐冷板凳”，数年如一日地钻研“从周树人到鲁迅”这个问题，终于通过深入具体、更为确切的探讨，“探寻出一个完整的鲁迅本体，一个完整的鲁迅形象”。

在这种艰深的探讨中，坚守了两个字——“悖论”，即在似乎对立甚至相反的矛盾中，知难而进，往深里挖掘。例如第一章《性格探源》中，写了鲁迅的童年，着重刻划了鲁迅祖父周福清为人耿介、直内方外、恃才傲物的特点，后又因科场案给家庭造成深重灾难，接着是父亲的病与死，使只有十三岁的鲁迅经历了一场人生苦难。这的确是坏事。然而家庭的压抑气氛给少年鲁迅的性格注入了忧郁、孤僻的分子，同时也铸就了他与人间一切黑暗和丑恶抗争的精神和性格。“孤独犹如他的性格中的一副催化剂，使他的刚正、深刻和犀利以及他所特有的心理特征和思维方式更为纯正、更加专一、更有力度。孤独与刚正和犀利以及特有的心理特征和思维方式相融合，以刚正不阿的精神对中国历史与现实中的种种黑暗作深刻的解剖、犀利的鞭挞，乃至孤独、绝望的抗战，这才是鲁迅。”再如鲁迅早期思想的悖论也是否定鲁迅的重要根据，张著则从“双重效应”的视角予以论析：在指出鲁迅早期唯心史观带来的消极影响的同时，看到其中的某些合理因素留给他的积极影响。唯意志论所以属于唯心史观，是因为它把意志的作用绝对化了。而意志本身对人的积极影响则是不能否定的。意志作为主观情感的一种表现，它既受客观规律的制约，又有一定的主观能动作用，它是一个人、一个阶级在改造客观世界的斗争中的主观保证。又如第三章《在沉默中酝酿》，写鲁迅从日本归国到发表《狂人日记》的十年，以前几乎是空白，也是有些人攻击鲁迅的重要依据。作者在再版中填补了这一空白，以有力的史实证明这沉默的十年是促使“从周树人到鲁迅”的重要转折的十年。

所有这些，都证明张永泉始终没有空论，坚持“坐冷板凳”，以史实和实论解决实际存在的问题，因而也使《从周树人到鲁迅》一书经受住了历史的考验，成为中国鲁迅学史上一部扎实有力之作。

刘玉凯

刘玉凯二十世纪就出版了《鲁迅钱钟书平行论》（河北大学出版社 1995 年版），用比较研究的方法，旁征博引古今中外资料，通过“读钱解鲁”对鲁迅作品中的词源进行考证。二十一世纪里，又出版了新著《破解鲁迅》（河北大学出版社 2008 年版）。该书强调研究问题必须重视文本。面对一个文本，不同的人，或者同一个人的不同时间，认识和收获是不一样的。对文本的理解可以有多义性，但是应该重视自己的独特发现，并且要高度注意鲁迅研究的新信息，因为只有汲取已有的研究成果，才能看懂别人的研究成果，才能不重复别人已经说过的话。如果自己的意见别人已经说过，就不能装作不知道，要有一分材料说一分话。科学研究重在发现，这本书中的许多文章并不是一时功利性的成果，而是大大小小的发现，作者读书广博，建立起丰厚的知识体系。他对中外文学、哲学、史学、社会学、政治学、心理学、民族学、民俗学、文献学等各方面的著作都有兴趣浏览阅读，时时发现与鲁迅相关的资料，便拈来解释鲁迅著作，读来有让人豁然开朗的感觉。比如他对鲁迅作品的挑错，对某些研究著作的挑错，对《鲁迅全集》注释的补充和正误，对鲁迅笔名、书名的考证，对学界误解鲁迅的辨正，对鲁迅作品的新理解，都能让人眼前一亮。本书的第三辑是阅读《鲁迅全集》的20篇读书笔记，取名“鲁迅衍义”。这些文章中的内容是从阅读鲁迅中联想出来的。既然是联想的、派生的，就容许发挥和展开阐释，但是绝对不存在时下某些语言的油滑。

田建民

田建民代表性的成果是《鲁迅、钱钟书论稿》（人民出版社2015年版），2016年获河北省第十五届社科优秀成果一等奖。

该书收入鲁迅研究的学术论文20篇，其中解读《野草》的有14篇。在解读这些作品时，作者把它们放回到“五四”启蒙的文化场中，用大家熟知而又在具体的研究中被忽略了的启蒙视角，分析探讨《野草》所呈现或蕴含的鲁迅的心态、思想和情感，认识鲁迅这一启蒙文化战场上的“精神界之战士”对社会文化的荒原体验与绝不妥协的精神人格，提出《野草》中所描写的诸如“无物之物”“无物之阵”“空虚的暗夜”“奇怪而高的天空”“冰谷”等等意象，其实是笼罩在诗人心头无法摆脱和驱散的旧传统文化和习惯势力所幻化的阴影。在这一“阴影”的重压下，诗人感到四面受敌，时刻处于短兵相接的战斗状态。这是鲁迅改造国民性的强烈的社会责任感和承担意识使然。在具体的单篇的散文诗的分析解读上，每篇都提出了与以往研究者不同的创新性的观点。如认为《影的告别》是告别奴性的依附和奴隶道德文化所孕育出的“奴隶时代”；《墓碣文》是以一种“复调”式的写法，用三种不同的形象或声音来表现批判封建文化的主题；《死后》是“铁屋子”意象的延展与深化，表现了鲁迅在启蒙过程中的切身体验与对启蒙的反思与质疑；《立论》包蕴着鲁迅在思想启蒙中体验到的“情”与“理”的两难选择与内心的困惑；《复仇》表现了鲁迅对愚昧的被启蒙者的“怒其不争”的愤激与宁愿以毁灭自己为代价来唤醒大众的自我牺牲精神；等等。

该书出版后，《中国现代文学研究丛刊》《鲁迅研究月刊》《文艺报》《河北日报》等报刊均发表书讯与书评。如《鲁迅研究月刊》2015 年第 6 期发表书讯 1 篇。《鲁迅研究月刊》2015 年第 8 期发表了郝雨 8000 多字的长篇书评《鲁迅、钱钟书研究的新收获——评田建民新著〈鲁迅、钱钟书论稿〉》，认为该书“是一部厚重而具思想深度和创新精神的学术著作”“在鲁迅和钱钟书研究方面提出的诸多创新性或突破性的观点和看法，是令人耳目一新而颇感震撼的”。认为该书“用史料和事实说话，对每一篇作品的解读都提出自己有别于前人的新观点和新见解，而且均能做到言之成理、持之有据的解读研究，对以往的《野草》研究是有突破性的。这样的研究视角，才真正站到了历史的高点，才真正切到了鲁迅《野草》的主脉，也才真正把住了《野草》的精髓”。《中国现代文学研究丛刊》2016 年第 2 期发表了李致的长篇书评《评田建民〈鲁迅、钱钟书论稿〉》，认为该书的“治学方法对于现代文学研究具有一定的范式意义”“在研究方法上重文本细读、重审美追问的研究取向。作者……热心于挖掘文字背后的‘生命哲学’的前提是其‘文学性’”。2015 年 9 月 11 日《河北日报》发表了王会的书评《以平实的语言表达新锐思想——评田建民新著〈鲁迅、钱钟书论稿〉》，认为该书“是一部以平实的语言表达新锐的思想和独到的见解的严谨而厚重的学术专著。……无论是研究鲁迅还是研究钱钟书，作者绝不做无谓吹捧或发一些人云亦云的空论，而是以自己的学术实力，有理有据地提出诸多令人耳目一新的观点和见解”“《论稿》中对鲁迅散文诗集《野草》的解读，几乎每篇作品都提出了有别于前人的新见解，而且均能做到言之成理，持之有据”。

针对以往的《野草》研究存在的或“拔高”鲁迅为革命者，或用西方的理论批评话语来硬套《野草》，使其沦为某些文艺批评理论的注脚，或以庸俗社会学的视角来“矮化”鲁迅，把鲁迅的蕴含着丰富情感和思想内涵的作品解读为表现的只不过是鲁迅的私人情感或恋爱心理等种种偏离文本曲解鲁迅的倾向，田建民抛开政治的思维定式和各种现成的理论的牵绊，回到“五四”启蒙的文化场中去仔细品味和解读作品，认为《野草》表现的是鲁迅在“五四”落潮的这一特殊历史时期的复杂的心态与情感。所以“启蒙”是《野草》的总主题，《野草》表现的是一个有着强烈的社会责任感和历史使命感的知识分子投身启蒙的执着与坚守以及面对启蒙困境时的内心的困惑与焦虑。对启蒙的执着与坚守表现为对旧文化和旧习惯势力的不妥协的韧性战斗精神、对传统封建旧文化执着地揭露与批判和甘愿以死来抗争与“复仇”的自我牺牲精神。而面对启蒙困境的困惑与焦虑则表现为一种梦醒之后无路可走的心态和对启蒙的反思与质疑。

刘润涛

刘润涛的文章有《鲁迅“家道中落”考》（《鲁迅研究月刊》2018 年第 2 期）等，考证谨严，论述扎实，可看出其有很大的发展潜力。

十三　湖北的鲁迅学接续者

湖北省是鲁迅学的重镇，二十世纪出现过陆耀东、陈安湖、黄曼君等名家，二十一世纪仍不乏接续者。

陈国恩

陈国恩已经有了很多论著，但最主要的鲁迅学成果是全国哲学社会科学基金重点项目“鲁迅与二十世纪中国研究”，在《中国现代文学研究丛刊》《学术月刊》《鲁迅研究月刊》《文艺报》及各高校学报上发表了论文 20 余篇，“鲁迅与二十世纪中国研究”的项目成果以专著《经典“鲁迅”：历史的镜像》的形式由商务印书馆于 2021 年 1 月出版。这些研究工作主要涉及五个方面：

（1）“鲁迅”形象的历史嬗变。作为经典的“鲁迅”是在鲁迅自塑和学者的他塑交替互动的过程中建构起来的。从“五四”的“鲁迅”中经左翼的“鲁迅”、毛泽东的“鲁迅”，到新时期的启蒙“鲁迅”，反映了二十世纪中国的变迁。“鲁迅”是一个镜像，折射出了中国人民为追求民族解放和现代化的理想勇敢地探索和奋斗的历程，以及这一过程中遭遇的困难和挫折，显现了民族坚韧和伟大的品质。

（2）“鲁迅”经典化的话语实践。从经典性的文学史叙述、学术研究、政治运动等角度探索“鲁迅”形象被建构的过程及其内在规律，分析这种建构所受制的文化的、政治的因素，厘清它对于中国二十世纪思想文化建设及社会发展所产生的实际影响。

（3）“现代性”历史演进中的鲁迅。把鲁迅置于启蒙现代性、革命现代性、世俗现代性交替进行的历史背景中考察“鲁迅”形象的嬗变，探讨鲁迅与二十世纪中国的深刻关联，同时也表明了鲁迅对二十世纪中国社会发展的深刻影响。

（4）中欧文化交流中的鲁迅。分析鲁迅与欧洲文明的一些联系，特别是探讨了中苏意识形态冲突的背景中“鲁迅”的参与国际政治斗争。在一些具有世界影响的思想文化事件乃至政治事件中，“鲁迅”的被参与，表明他与二十世纪中国的联系之深和他的身份的特殊，从中可以发现现代中国文学与政治的关系之复杂。

（5）鲁迅的时空观念及其文学的表达。这是把鲁迅与二十世纪中国的深刻关系落实到他的创作上，从鲁迅在文学创作中所显示的时空观念来把握他思想的现代性特点，理解他对封建中国及其传统的批判的深刻性。

陈国恩认为鲁迅的作品是他对自己所置身的半封建、半殖民地中国社会深刻观察和思考的艺术结晶。在二十世纪的中国，没有一个作家像鲁迅这样，他的整个文学创作与他所生活的时代发生了如此深刻的联系，深刻地反映了这个时代，反映了这个时代从底层民众、知识分子到绅士阶层及至上层统治阶级的众生相，刻画出了沉默的国民的灵魂，提出了国民性改造的时代主题。鲁迅参与了多次重大的思想文化斗争。他去世后，围绕他的论争、关于他的研究的突破和纷争常是中国思想文化乃至政治变革的先声。在这样的过程中，鲁迅的形象被不断改写，这是一个经典化的过程。

鲁迅形象的历史性嬗变造成了其内质的不确定性，因而目前研究鲁迅其实有两种思路，一种是研究鲁迅的本体，研究鲁迅这个人，努力回到鲁迅那里去，向后人还原一个真实的鲁迅，客观地评定他的文学成就和思想贡献，评价他在现代文学史、现代思想史、现代革命史上的地位。第二种就是从追问本体意义上的鲁迅，转向考察现象学意义上的鲁迅，考察关于鲁迅的研究、关于鲁迅不同认知背后的意义。无论说鲁迅是封建阶级的逆子贰臣，伟大的文学家、思想家、革命家、民族魂，还是有闲阶级、落伍的人道主义者、封建余孽、两重反革命、中国的堂·吉诃德等，这都是社会的现象，重要的是这些说法背后的意义。说鲁迅是封建余孽、二重反革命，虽然荒唐，但荒唐背后有深刻的东西，它是当时一部分知识分子对中国社会革命认知的一个反映——这是一种什么样的认知，其思想根源是什么，其思维逻辑又反映出什么问题，这些都值得研究。

从鲁迅经典化的历史中考察作为历史镜像的“鲁迅”所具有的意义，是审美的批评，是对鲁迅精神的审美思考和对鲁迅作品的审美观照，但它又不是一般的审美批评，而是从审美深入到了社会历史进程，从鲁迅创作和战斗所构成的“形象”来透视二十世纪中国的一些重大问题。文学是人学，文学批评不可能脱离人的社会存在，因而从文学社会学的角度来研究文学及其功能也就有了充分的理由。遵循审美的规则，重视文学表达的特有方式和具体的细节，同时又不限于文学的审美属性，而是从审美中发现社会的、历史的、人类的等重要的人文课题，探讨这些问题的丰富意义。仅仅审美，不足以解释鲁迅，仅仅从社会学、历史学、人类学研究也难以承担起鲁迅研究的任务。

陈国恩的鲁迅学研究受到同行的好评，袁盛勇教授称赞其“对现当代文学的前沿问题表现了一种持续的追踪和关注，并且在很大程度上参与进去，从而在积极方面推动了现当代文学研究和相关文学史的撰写”①。

许祖华

许祖华主要的鲁迅学成果是他与余新明、孙淑芳合著的《鲁迅小说的跨艺术研究》（北京师范大学出版集团安徽大学出版社 2012 年版）。该著的主要贡献是开创了从“非”小说的层面系统研究鲁迅小说的艺术特点及艺术成就的局面。

刘中树认为：“如果要概括本成果‘跨艺术’研究的特色和贡献，我认为主要有四点：第一，从非小说艺术的角度来阐释、解读、研究鲁迅小说，无疑是在传统鲁迅小说研究（就小说研究小说）之外开辟了一个新的天地，在新的视角观照之下，本成果致力发掘了以前的鲁迅小说研究中尚未发现或发掘不深的一些问题（如鲁迅小说的基本幻象与音乐基本幻象的关系等）；第二，本成果把一些非小说艺术对鲁迅小说的影响和渗透提高到追求相同或类似的美学效果的高度上来进行研究，具有了新的学术意义；第三，更进一步，该成果还研究了鲁迅小说对非小说艺术的吸收给中国小说增加的新的美学特质，不仅开辟了认识鲁迅小说历史意义的新角度，而且对其他小说创作提供了可资借鉴的艺术思路与范式；第四，提升了研究空间和层次，把研究重点从鲁迅小说与其他艺术表面上的简答比附转到二者相似或相同的美学追求的高度上来，较为有效地避免了生搬硬套或削足适履的研究弊端。”②

王学谦认为：“翻阅这部专著，觉得是近年来鲁迅研究论著中非常值得重视的一部著作。对于鲁迅研究者或偏爱鲁迅的人来说，这个题目就有着不小的吸引力。”“著作非常系统地探讨了鲁迅小说与五种艺术的关系，这种研究也可以说是鲁迅小说研究的五种角度。

① 袁盛勇：《读陈国恩〈学科观念与文学史建构〉》，载《中国现代文学研究丛刊》2013 年第 12 期。

② 刘中树：《开拓鲁迅研究新领域的宝贵尝试——〈鲁迅小说的跨艺术研究〉读后》，载《华中学术》2012 年第 6 辑。

把这五种角度汇集在一起，有一种特殊效果，好像一下子把鲁迅小说乃至整个鲁迅置于一个广阔的全新的知识背景之中，引发读者进行一种新的思考和想象，一些前人思考过的问题和观点，在这里，会更透彻、更深刻，得到更高的重视，产生更强烈的学术效果。同时，作者的新的体验和观点，也会变得更具启发性。比如，作者认为，鲁迅小说中存在着一种‘圆形移动叙述空间’等。”“本著作最引人注意的是对鲁迅小说与音乐的关系的探究。这是著作自由度最高的地方，也是最具挑战性的一种学术尝试。”“作者的态度是认真的，准备也是十分充分的，不仅对鲁迅文学、相关资料非常熟悉，更重要的是，有更为系统、深刻的音乐、绘画、戏剧知识和理论。”①

王吉鹏、宋凡认为，许祖华等的《鲁迅小说的跨艺术研究》“无疑是一本值得重视的好书，其研究方向的开辟，令人耳目一新。从鲁迅研究的比较研究范畴来说，在前有跨文化比较（比较文学文化研究）、国内比较（与中国文学文化比较）、内部比较（鲁迅自身比较，如不同时期不同文体作品比较），而本书开辟了一片新天地——‘跨界’比较（跨艺术样式跨文学体裁比较）。从音乐、绘画、诗歌、散文、电影、戏剧等角度观照鲁迅小说，以往虽有零星论文，但未成气候，本书以其较为全面而深入的探讨，填补了大量空白，拓展了研究空间，提升了研究层次，形成了一个全新的研究系统”②。

何锡章

长江文艺出版社 2004 年 5 月出版了《鲁迅读书记》，作者是华中科技大学中文系的何锡章教授。何教授已经出了很多书，早已闻名，不算是新人；他的这本书早在 1997 年就以《鲁迅读书生涯》为题出版，次年又以《鲁迅的治学方法》为题在台湾地区印出。该书通过“跋涉在传统文化书山”“放舟于西方近代学海”“沐浴自然

---

① 王学谦：《寻求突破的有益尝试——评许祖华等的〈鲁迅小说的跨艺术研究〉》，载《鲁迅研究月刊》2013 年第 3 期。

② 王吉鹏、宋凡：《评许祖华等著〈鲁迅小说的跨艺术研究〉》，载《中国现代文学研究丛刊》2013 年第 7 期。

科学之光”等方面，充分展示了鲁迅读书治学的文化生涯，不失为鲁迅传记写作与研究的新途径。

十四　浙江、绍兴的鲁迅学群体

浙江是鲁迅学的重地，而鲁迅的故乡——绍兴，又是重中之重，所以这里把绍兴单列出来进行评述。

（一）浙江

黄　健

浙江大学的黄健主要侧重于文化转型中的鲁迅思想和中国现代文学思潮研究，认为鲁迅与中国文化和文学的现代转型有着密切的关系，也是推动中国文化现代转型的重要人物，同时也指出鲁迅在这种转型中率先完成了自身的观念、思想、意识和人格的现代转变，进而能够以一个独立的现代知识分子的价值立场和思想观念，成为二十世纪中国文化和文学最具思想性的批判者和建设者，因此，要真正认识鲁迅思想和创作的独特性，就必须正视他内心的紧张、矛盾和复杂性，认识他的多疑、忧郁和孤独的心理气质与性格特征，以及他的思想的独特性和深刻性，并置于二十世纪中国多变、动荡和转型的时代语境之中加以审视，方能发现他的思想的深邃、独异和心灵世界的博大、幽远。围绕鲁迅文化观和思想的这一特点，黄健共发表鲁迅研究方面的学术论文百余篇，受到学界的关注，产生了一定影响。《反省与选择——鲁迅文化观的多维透视》一书，由陕西人民教育出版社 1996 年 9 月出版，主要探讨了鲁迅文化观的多维性，论述了他的文化理念形成的特点，被收入“鲁迅研究书系”，获第 3 届国家图书提名奖。《意义的探寻——鲁迅意识结构的多维透视》一书，由作家出版社 2001 年 7 月出版，主要探讨了鲁迅意识结构的多维性，论述了他的思想意识的复杂性和独特性的文化根基，并重点对鲁迅意识结构构成的文化内涵及其忧患意识、孤独意识、反省意识、审美意识等进行了深入的剖析和论述，指出了他的这种意识对民族文化心理改造与重塑产生了深远的影响。华中科技大学王乾坤教授为该书作序，认为作者别开蹊径，深入探讨了鲁迅独特的意识结构，该著作后获得浙江省教育厅优秀成果奖。《孤独者的呐喊》是一部鲁迅研究的论文集，被收入《中国鲁迅研究名家精选集》，由安徽大学出版社 2013 年 4 月出版，并被原国家新闻出版总署推荐为“经典中国对外翻译工程”项目，于 2017 年 12 月由韩国昭明出版社翻译出版韩文版。《光明日报》刊发苏州大学汪卫东教授书评，认为该书的最大特点“就是对于鲁迅现代精神价值的追问与阐发”，“对于鲁迅精神价值的重新定位，有一个宽阔的文化坐标，他将鲁迅的精神价值放在中国近代以来文化转型的背景下，放在东与西、新与旧、传统与现代的时空坐标中来把握”。

张直心

张直心二十世纪就已出版专著《比较文学视野中的鲁迅文艺思想》（云南大学出版社 1997 年版）。该书借助比较文学、接受美学等理论方法，揭示鲁迅接受苏俄文艺思想及西方理论多元影响后所形成的文艺思想的独异品格，受到学界好评。

二十一世纪他又出版如下著作：

（1）专著《思想·文本·史实：鲁迅研究三维》（人民文学出版社 2009 年版），试图从鲁迅的文艺思想、作品、生平史实等多个维度切入，审视其人其作在二十世纪中国文学史中的独特意义，努力揭示鲁迅思想中那不断深化的追问，那日趋多元的择取，那开放的矛盾结构，那幽深的生命底蕴。

（2）论文集《晚钟集》（广西师范大学出版社 2016 年版），此书虽系论文集，除鲁迅研究的文章外，还收有一些现代文学研究的论文，但恰如序作者孙郁指出的：“原点却在鲁迅那里。”孙郁称：“张直心是典型的江南才子，他的文字是朴实版的夜曲，但延伸之处却是暴风雨般的所在。他的人生经验和审美经验，集中表现在鲁迅的世界，又从中延伸开来，向现代的许多空间散开，形成了以鲁迅为核心的批评模式。”“他进入鲁迅研究的时候，学界对于鲁迅前期思想的研究一直是一个热点。但难度不及后期，可是很少有人沉潜其间。在笔者看来，他对于鲁迅后期思想与文学的研究，多有突破性的见解，尤其是鲁迅与俄国的关系的表达，是超出前人的，有的地方甚至具有相当的内力。”

重要的论文有《〈狂人日记〉：鲁迅与托尔斯泰同名小说互阐》（《文学评论》2011 年第 5 期）。该文鉴于九十年来鲁迅《狂人日记》中果戈理、尼采的影响研究新意渐少，首以鲁迅与托尔斯泰的同名小说《狂人日记》为切入口进行平行研究，努力敞亮鲁迅与托尔斯泰在面向同一主题、同一人物谱系时思想的神会冥契。指出：托尔斯泰在彼时的鲁迅心目中首先是作为一个“狂人”形象而确立的，鲁迅所接受的托尔斯泰式的人道主义应命名为“激进人道主义”。

（3）《客观主义还是“阶级的主观主义”？——鲁迅与普列汉诺夫、卢那察尔斯基文艺思想再思辨》（《中国现代文学研究丛刊》2016 年第 9 期）。此文系作者经历了中国当代历史发展如许回环曲折、无产阶级文学思潮日渐式微，对旧著中自觉非自觉地“抑普扬卢”之倾向的反思。认为：我们可以由普列汉诺夫执守的“像物理学那么客观”的唯物主义文艺思想，由他对斯宾诺莎那句名言——“对于这个世界，不哭，也不笑，而是理解”的推崇，敏感到其中确实存在着受动论、数学方法论的局限。就此意义而言，正如尼采向斯宾诺莎“无动于衷”命题之挑战，鲁迅以其重主观的文艺思想及形式对普列汉诺夫式的决定论理念连同它那不哭、不笑的姿态进行反拨，应该说自有其一定的合理性；但这并不意味着可以无视鲁迅、卢那察尔斯基的主观能动倾向与“拉普”式的阶级意志表现说、能动论的局部契合，更不意味着可以忘忽普氏的客观主义对卢那察尔斯基的“阶级的主观主义”——苏式文论中另一极的必要抑制作用。须知任何形式的非此即彼、扬此抑彼，只会导致历史发展的失衡。

邹贤尧

位于金华的浙江师范大学邹贤尧教授，有《征服时空——鲁迅影响论》一书，由新星出版社于 2006 年 10 月出版。这本书给人最深刻的印象是中篇的论述，探讨鲁迅对世界华文文学的影响时，从发生学的角度考察了鲁迅对中国的台湾、香港和新马等地华文文学的“形式性影响”；又从精神分析学角度，从作家创作心理入手，论证了台湾地区在二十世纪五六十年代对鲁迅进行的政治性误读的心理隐微。下篇则考察了鲁迅经典在互联网上的延伸，描述出一个民间视野的鲁迅。这都是过去少有人谈及的，很值得继续深掘下去。邹贤尧先生的论文《鲁迅小说的先锋性》，还被《新华文摘》转发的《新世纪鲁迅研究综述》重点介绍。

竹潜民

宁波大学竹潜民教授的《鲁迅晚年思想的当代解读》，由当代中国出版社于 2001 年 7 月出版。鲁迅晚年思想研究一直是鲁迅研究领域的一个薄弱环节，竹潜民先生的这本书充实了这个研究课题，尤其可贵的是他紧密结合当代现实问题，以新的理念对旧的问题做出了新的观照，具有很强的当代性。《鲁迅研究月刊》编辑部就此召开了一次鲁迅改造中国国民性思想研讨会，请专家学者进行了讨论。讨论文章在《鲁迅研究月刊》2002 年第 5 期上刊出，由此也引导出二十一世纪鲁迅学的一个新的走向：对鲁迅改造中国国民性思想进行更为系统、深刻的研究，既推动鲁迅学的发展，又把鲁迅的宝贵遗产运用于当代的精神文明建设。

叶继奋

叶继奋著有《对话的难度——当代教育与鲁迅接受研究》（人民文学出版社 2007 年版）和《文学人学论视阈中的鲁迅经典》（浙江大学出版社 2011 年版）。作者关注鲁迅经典大众传播问题，认为：“人类更加合理的生存与人的精神世界的日益完善，这是我们与鲁迅经典‘对话’的共同的‘意义世界’。鲁迅经典为人类追求这两个目标的实现提供了丰厚的精神文化资源。”

（二）绍兴

绍兴是鲁迅的故乡，历来是中国鲁迅学的重要基地，除了有关章节已经评述过的裘士雄、曹禧修、卓光平之外，还有如下骨干：

寿永明

寿永明，现为绍兴文理学院副校长，中国鲁迅研究会副会长。2007 年在浙江大学出版社出版专著《语文教学视野中的鲁迅》，发表《经济叙事与鲁迅小说的文本建构》（《文学评论》2010 年第 4 期）等鲁迅研究论文数十篇。另与裘士雄合作主编《鲁迅与社戏》（江西人民出版社 2005 年版）、《三味书屋与寿氏家族》（浙江大学出版社 2010 年版）、《回顾与反思：鲁迅研究的前沿与趋势》（上海三联书店 2010 年版）等多种鲁迅学书籍。

在《语文教学视野中的鲁迅》一书中，他详尽搜罗鲁迅 20 多年教学、演讲、著文、辅导青年读书和写作等多方面的教育活动资料，编辑了鲁迅教育活动年表，并在此基础上指出，思想家、文学家、革命家等称号之于鲁迅，远不如教育家来得更为贴切，尤其在中学语文教育领域。作为语文教育家，鲁迅有着丰富的语文教育思想，主要体现在语言文字观、读书作文观和教育教学观等方面。

王晓初

王晓初为中国鲁迅研究会理事，绍兴文理学院教授，发表鲁迅研究论文 40 余篇，主要致力于鲁迅与越文化研究，着眼于挖掘越地丰厚的历史文化积淀和鲁迅故乡的资源，致力于越文化视野中的鲁迅学研究。如《论鲁迅思想与艺术的越文化渊源》（《文学评论》2005 年第 5 期）开拓了鲁迅与越文化的关系，被著名学者黄修己评价为“把整个现代文学中的地域文化研究，推到一个新的高度”。其专著《鲁迅：从越文化视野透视》于 2012 年 3 月由北京大学出版社出版，并荣获浙江省政府一等奖。该专著深入浙东史与越文化沿革中，探究鲁迅与故土文化的血脉关联，呈现鲁迅文学、思想的丰富面向。具体论述中，以文本分析为基础，参之以域外，尤其是日本的鲁迅研究成果，把民风研究、历史研究与精神现象研究糅为一体，并提升至哲学与审美层面展开讨论，开拓了鲁迅研究的新思路。

全书共分为“引论”“上编”“中编一”“中编二”“下编”和“跋语”6个部分，共计40余万字。该书引论首先提出在多元文化的交流与融合中生成与造就的鲁迅，越文化正是其中一种重要的资源与维度。而由大禹和勾践分别象征的“求实中探索”与“复仇中抗争”的原型精神以及从王充到嵇康、王羲之，到吕祖谦、陈亮、叶适，再从王阳明到“左派王学”、徐渭、张岱，再从黄宗羲到章学诚、章太炎的思想谱系正构成了越文化独特的精神传统，并孕育了东方（中国）现代性的萌芽与发生。

作者认为，鲁迅所倡导的从来没有过的“第三样时代”的文化——既不是“想做奴隶而不得的时代”，也不是“暂时做稳了奴隶的时代”的文化，而是真正打破了“奴隶＝奴隶主”的恶性结构循环的“真的人”（现代人）的文化，帮助我们每一个人都成长为有自由思想的、独立人格的人的文化。而支撑了鲁迅这样一种反抗绝望，或者说绝望的抗战——“寻路”精神的，正是他从小受到熏陶濡染的故乡源远流长的越文化精神。

浙江省现代文学研究界的泰斗王嘉良说：“此书不但详尽阐述了鲁迅生成的多重文化背景，还进而寻觅鲁迅的文学艺术在越文化精神之旅中的执着探求，并将其提升到探寻‘中华民族新文化方向’之路的高度，这是一种颇见功力也很有创建的理论思索。”

总之，该书深入浙东史与越文化沿革中，从越文化独特的历史底蕴、风俗特征和文化个性的视角出发，探究鲁迅与故土文化的血脉关联，呈现鲁迅文学、思想的丰富面向。具体论述中，从地域文化入手，以文本分析为基础，参之以域外尤其是日本的鲁迅研究成果，把民俗研究、历史研究与精神现象研究糅为一体，并提升至哲学与审美层面展开讨论，从而对鲁迅精神与艺术的“原色”有了一个较为清晰的梳理，丰富与深化了鲁迅研究。

陈 越

陈越著有《鲁迅传论》（海南出版社 2000 年版），以“作为思想家的鲁迅”为中心论题，以传记为框架，阐释鲁迅作为思想家的形成背景及其特点与价值，在已经出版的众多鲁迅传中显现出了自己的独到之处。例如第二章《海岳精液，善生俊异》，没有像一些鲁迅故乡研究者那样着重讲述鲁迅的乡里轶事，而是追溯越文化的远古源头——河姆渡古文化以及“大禹治水”神话传说，从中探究鲁迅成为思想家的文化背景，归纳出坚守思想文化的独立性、具有“硬”“韧”的气质和“崇实”的思维特征等越文化孕育出的思想家特点。这样，站在越文化传统的制高点上俯察鲁迅思想生成的“远传统”，就见出了超出一般见解的理论思辨性。这种史传性与思辨性相融合的方式，使该书获益不少。又如第五章《缠住灵魂的寂寞》，讲述鲁迅在绍兴会馆抄古碑、读佛经以麻醉自己的灵魂时，这样说道：“这种‘麻醉’，不是消极避世，而是作为思想家的一种深层次的探究。当然，它是痛苦的，它痛苦于原有希望的幻灭，也痛苦于新的路途的难觅，但从中也显示了鲁迅作为思想家的执着和深刻。”第十一章《现代题材小说创作中断的原因》，也是从“创造主体内部已经有所发展变化了的‘思想家’和有着相对稳定的创作模式的‘文学家’这两方面因素间的差异”来进行解释。该书紧扣“作为思想家的鲁迅”这一中心论题决定材料的取舍与论述的重点，就使这部有别于“记账式”的资料长编与直白描述而突出了“论”的色彩。

顾红亚

顾红亚主持《绍兴鲁迅研究》的编辑工作之余，也致力于鲁迅与越文化关系的研究，出版了《〈故事新编〉中的越文化精神》（上海社会科学院出版社 2018 年版）。《故事新编》自诞生起，就引起了众多研究者的关注。此书即是一部从越文化精神层面对《故事新编》进行研究、辨析的著作，选取了越文化精神中最具有代表精神的务实、创新、复仇、耿直等方面入手，分五个章节论述这几个精神特质在古越历史、鲁迅身上的表现以及《故事新编》中人物的一言一行所体现出的这些文化表象。

古越这块区域因其独特的地理及环境的缘故，常受到大自然恶劣的侵袭和异族的窥视，为了生存繁衍、抵御外来侵略，久而久之，这里的人们在一次次失败的经验教训中，形成了不好浮华、脚踏实地、理性务实的行事作风。鲁迅笔下《故事新编》中的众多人物，在生存、治理环境、劝退敌人、复仇等等事件中，也无不依靠着这种务实精神，解决每一个所面对的困境，并最终获得所需要的生存空间。处身于东南沿海的古越人，在面对汹涌咆哮的大海时，表现出敢于冒险、勇于驾驭大自然的创新精神。《故事新编》中鲁迅所塑造的一个个民族脊梁式的人物，在面临给人类带来灾难的危害时，以异于常人的思维模式，打破常规，利用当时的知识和物质条件，为满足人们特定的社会需求，发明和创造了许多契合当时所需的经验和工具，同样表现出了那种伟大的创新基因。

流传于古越大地上最著名的复仇之举，无疑是战国时期越王勾践“卧薪尝胆”“十年生聚十年教训”，打败强吴的故事。《故事新编》中的复仇，既有以牺牲自我为代价的拯救国民个体的行为，又有将复仇上升为启蒙者对看客的思想启蒙上，而最终的目的是建立一个健全的人格世界。鲁迅在《故事新编》这部作品中人物身上对越文化精神的演绎，其实也正表明了鲁迅根植于故乡的精神内核。

彭小燕等

“鲁迅十五讲”是绍兴附近温州大学主办的慕课（MOOC 爱课程平台）的授课讲稿，前十二讲由彭小燕主讲，第十三、十四讲由郭垚主讲，第十五讲由孙良好主讲，主办以来收到很好的效果。浙江大学出版社于 2020 年 9 月出版该讲稿。

著名鲁迅研究专家王得后认为：“作者富有问题意识，构思宏大，逻辑严密，论述精深，准确而丰满地完成了对论题的论证，把鲁迅思想研究提高到了一个新的水平，足以成一家之言。”

北京大学资深教授钱理群指出：“作者将鲁迅生命哲学层面与社会历史层面合成一个有机整体，揭示鲁迅全部写作与其各种生存实践活动之间的深层联系，回答‘为什么独有鲁迅成了这样的战士?’。这样的阔大的学术视野，这样的力图自立体系的气魄与大气文章，对学界风气是一个有力的冲击。今天，这一鲁迅精神资源能够呈现在网络课程中，是令人尤感欣慰的。”

十五　香港的林曼叔

香港的鲁迅学历来是一个空白，很少有人论及。2017 年 10 月，香港文学评论有限公司出版社出版了林曼叔的《香港鲁迅研究资料汇编》。该书收录 1927 年至 1949 年香港报刊发表和出版社出版的鲁迅研究论著资料，内容丰富，编辑谨严，为以后的进一步研究打下了坚实的基础。不幸的是林曼叔先生事业未竟身先死，令中国鲁迅学界永远遗憾。

第三十一章　老学者的新贡献

二十世纪八十年代就已做出成绩，二十一世纪又做出不凡的新贡献的老学者，有必要择要评述。

一　王富仁的“新国学”及《鲁迅与顾颉刚》

把王富仁放在第一位评述，一是因为他的成就确实是最为突出的，二是因为他不幸于2017年5月2日永远离开了鲁学界。

王富仁二十世纪八十年代就体系性地区分了中国政治革命和思想革命，以过人的洞察力和胆识整体性地离开了长久以来以“政治革命”视角研究鲁迅的框架，把鲁迅小说置于中国现代思想革命的历史进程之间，重塑鲁迅作品作为反对封建思想革命的“意识本质”，提出《呐喊》《彷徨》首先是“中国反封建思想革命的一面镜子”这一论断，将鲁迅从流于庸俗的政治框架内拉回思想和文学的场域。今天看来，可以说，王富仁是把鲁迅置入了真正意义上的“社会历史研究”的视野中，不仅仅建构了这一视野下鲁迅的一种整体性形象，更切实地以“反封建思想革命”的时代鼓点，反复敲响着一个时代的警钟。

仅这一点，王富仁就足以在中国鲁迅学史上成为划时代的人物，而他并未止步，二十一世纪做出更大贡献，提出了“新国学”

的概念。2005 年 1 月起，《社会科学战线》连续三期刊载了王富仁的论文《“新国学”论纲》，《新国学研究》（人民文学出版社 2005 年）第一辑登载了《“新国学”论纲》全文。“新国学”与原有“国学”相对举，目的是使“国学”真正成为涵盖中国学术的全部成果，真止体现中国学术的独立性和整体性的学术概念。“新国学”理念体现出宏阔、长远的历史意识、当代意识，其实质是试图提升近代以来近两百年的中国学术——更尤其是人文学术的历史感，召唤中国学术研究者的文化创造意识及使命感，使中国学术在其整体性的历史构图上实现改变。

他的遗著《鲁迅与顾颉刚》（商务印书馆 2018 年版），正是“新国学”旗帜下的一项成功的实践。该著是科学论析历史人物的典范：既批评顾颉刚的缺点和不足，又强调“这并不意味着我们这些后辈学子有理由、有资格轻视顾颉刚的学术贡献及其历史地位”。作者思路严密、博通精微、卓有见识地论述了这一问题，其意义是巨大的，不仅对顾颉刚这一人物的历史疑案做出了令人信服的科学分析，也是对所有历史人物，特别是对重要、伟大的历史人物提出了科学评价的准则和示范。

还不限于此，该著从中国以至于整个人类思想文化的历史背景上，探微知著、高瞻远瞩地重新审视了“整理国故”和古史研究、胡适和“胡适派”、“现代评论派”和英美派学院精英与鲁迅的分歧等众多复杂问题，分析论列、直抒己见，深入反思了二十世纪中国的学人、学术和文化的本质和“疑案”。敢于正视，绝不回避；有理有据，绝不虚浮，不仅有益于解决历史问题，而且对未来的前进道路提出了带有根本性、启发性的思考。其理论价值和思想意义已经远远超过了中国鲁迅学史和现代思想文化史，充分显示了思想文化建设的整体性与全局性，可以看出王富仁是有其更为宏大的设想与构局的。由此也更加深憾他的不幸早逝，使他未能进一步完成胸中的全局谋略。

2018 年 11 月 30 日至 12 月 2 日，王富仁任终身教授的汕头大学文学院举办了“‘王富仁鲁迅’与二十世纪八十年代”学术讨论会。王富仁的弟子和景仰他的学者纷纷到会，从对“新国学”的理解到“《鲁迅前期小说与俄罗斯文学》中‘人道主义元素’的复杂况味——兼及‘王富仁鲁迅’的可能内涵”等重大课题进行了热烈、严肃的讨论，说明王富仁“鲁学”的精神遗产已经深深植于年轻学子心中，必将结出丰硕的成果。

二　林非二十一世纪的工作

林非先生虽然由于年迈和患病，不能像过去那样夜以继日地写作，但在二十一世纪里还是付出了他珍贵的努力。

他为《中国鲁迅研究名家精选集》写了总序，为《文艺报》2013 年起的 4 期纪念鲁迅专刊写了头条文章，2016 年 10 月 30 日接受《中华读书报》记者舒晋瑜采访时，做了题为“鲁迅也有历史局限性，但当今中国仍然需要鲁迅”的回答。

林非对鲁迅痴迷一生，写出了许多具有里程碑性质的论著，但他并不像有些人那样盲目地崇拜，而是一贯坚持理性的科学研究，主张“将鲁迅与同时代的人物以及在中国思想史上各种反封建思想的人物进行比较，还把视野扩大到中西方的自觉与精神解放历程的历史比较，以历史主义观点指出鲁迅的局限性，使鲁迅具有了更为科学的历史定位”。《鲁迅和中国文化》中最耐人咀嚼、发人深省的是从深邃、丰厚的文化内蕴中发出对“人”的呼唤和对鲁迅“立人”思想的阐发。“立人”是鲁迅自己独立思想的核心，对鲁迅“立人”思想的阐释与发挥是新时期鲁迅研究最重要的收获。同时，林非在中国鲁迅学史上第一次科学与理性地指出了鲁迅的历史局限性。他在《鲁迅和中国文化》中指出，鲁迅早期受到无政府主义和唯意志论思潮的影响，不可能离开小农经济的基地，对明中叶及黄宗羲以后的民主思想缺乏研究等等。像这样实事求是地为鲁迅定位，不回避他的矛盾和局限，反而与鲁迅所处的时代达到了深度的契合。

林非在鲁迅研究上之所以硕果累累，与他独到的研究方法是分不开的。学界认为，早在二十世纪六十年代初期研究鲁迅小说时，林非就开始运用比较的研究方法，他的《鲁迅和中国文化》更是运用比较方法进行研究的杰出范例。在《鲁迅思想研究随笔》一文中，他主张“应该把鲁迅的思想，放在他所处的广阔的时代背景前面来进行观察”，“还应该放在中国近代思想史上承前启后的重要作用”上，“并且跟思想史上各种反封建的思想观点进行比较，从而阐明它历史和现实的意义，阐明它在思想史上的作用和价值”，这样才能更有助于对鲁迅的思想进行合理而准确的评价和定位。与许多学者的认识不同，林非一直强调鲁迅研究不是个人的事情，它是涉及国家和民族发展的大事。在他看来，鲁迅研究的意义绝非停留在学术层面，其思想启蒙的意义更值得重视。

三　严家炎的《论鲁迅的复调小说》

2002 年 7 月，上海教育出版社出版了严家炎的《论鲁迅的复调小说》，把他关于鲁迅小说的 12 篇论文收录成集。2011 年 5 月，北京大学出版社又出了增订版。

这些论文单篇发表时就已经产生了很大影响，成集后更便于阅读。这本文集的特点是以巴赫金的对话理论来研究鲁迅小说，在汲取新理论的同时，又能守正持理，扎稳阵脚，没有牵强、乱扯之处。例如作者认为《幸福的家庭》具有明显的复调小说特征，即对话性，就紧紧抓住其中两条线索进行分析：一条是日常生活与构思乌托邦的冲突，一条是个人认知和社会时尚的角力。二者都具有“微型对话”的特征，共同构成了主人公的心灵复调结构，体现了鲁迅思想的深刻性与复杂性，这一点很值得年轻学者认真思考。

四 孙玉石批评“过度阐释”

以《〈野草〉研究》闻名于世的孙玉石先生，虽然不再进行巨量的著述，但是仍然关注着鲁迅研究事业，时时把握方向。他的《谈谈鲁迅研究中的“过度阐释”问题——鲁迅研究当代性与科学性关系的思考》（《鲁迅研究月刊》2006年第6期），就是突出的一例。他在该文中指出：“因为研究者被当代意识和现实启蒙需要所驱动，进行‘思想家’的‘注入’式的阐释，使得研究对象及其资源的利用，就大都带上了很重的主观感情和情绪化的色彩，在新意频出中同时也就带有了某种程度的‘过度阐释’的随意性。”“带有非常明显的主观的或情绪性的，甚至是实用的色彩。”“不尊重或违背‘本文意图’，以否定其他一切解释的排他性进行的主观随意的解读，则是出现‘过度阐释’的一个重要原因。”

孙玉石先生对近来一些鲁迅研究错误倾向的批评是中肯的。中年学者袁盛勇也批评过当时鲁迅研究的“玄学化”现象，这应该是鲁学界有心者的共识。

五 把鲁迅研究与当代中国结合的钱理群

把鲁迅研究与当代中国紧密结合在一起的，无疑首属钱理群。

钱理群主要致力于知识分子研究，有“知识分子三部曲”的巨著问世，而他同时还竭尽全力向全国各行各业、各个阶层的人们，尤其是年轻人宣传鲁迅，推广鲁迅。他的鲁迅研究著作已有十本之多：《心灵的探寻》《话说周氏兄弟》《走进当代的鲁迅》《与鲁迅相遇》《鲁迅代表作十五讲》《远行以后——鲁迅接受史的一种描述》《鲁迅九讲》《钱理群中学讲鲁迅》《活着的鲁迅》《中学语文教材中的鲁迅作品解析》。关于鲁迅的演讲、序言等，都集中在北京大学出版社 2017 年 6 月出版的《鲁迅与当代中国》里，从中可以看到钱理群鲁迅研究的概貌。以下以这部书为基础概括出钱理群鲁迅研究的三大特点：

（1）把鲁迅专属的“立人”思想与现代中国融合在一起，指出鲁迅是一位没有“导师”“国师”情结、有自由思想的、独立创造的特异的人，使现代中国文化具有一种张力。这正是二十世纪中国和东方思想文化遗产中最重要的组成部分。

（2）钱理群的鲁迅研究是最“接地气”的。不仅与专业人士——他的同行、学生心心相印，而且与企业家、工人休戚相通。他在给时任中国宝武钢铁集团有限公司党委书记刘国胜所著《现代中国人的发展之道：鲁迅“立人”思想启示录》写的序《作为“二十世纪中国经验”的鲁迅思想的独特价值》中写道：“一个真实地生活在中国的土地上，敢于正视现实中国的问题，对中国的改革富有历史责任感，而且勤于思考，勇于实践的人，他是迟早要和鲁迅相遇的；他对鲁迅的体认，是那些把鲁迅当作老古董、敲门砖的所谓研究者，所难以企及的。因此，刘国胜先生提出‘中国现在需要鲁迅’的命题，完全是自己的独立见解，有自己的独立发现，并且有自己的三大理由：第一，鲁迅的‘立人’思想是‘现代中国人的发展之道’。第二，‘立人’成功，企业才能做强做优。第三，热爱鲁迅，要从鲁迅作品中汲取智慧和力量，是我们‘自身的内在需要’。”在《和宝钢人谈鲁迅》结尾强调：“宝钢二次创业的核心，也就是如何使每一个宝钢人‘幸福的度日，合理的做人’。”这都是使鲁迅研究“接地气”的最好范例。

（3）钱理群的鲁迅研究已深入到青少年以至儿童中去了。他充分发挥自己是北京大学“最受欢迎教师”的优势，对大学生与鲁迅的关系做了详细的调查，又到中学生中去亲自讲鲁迅，不厌其烦地评议学生的答卷，提出引导中学生“读点鲁迅”“让鲁迅回到儿童中间”的设想，甚至到台湾地区去宣传鲁迅。可谓精诚所至，感人至深。

钱理群不仅是学院里讲授、研究鲁迅的大家，而且是冲出学院派的樊篱到群众中去宣传鲁迅的最积极的实践者。

六　朱正的新著

朱正应该说是中国鲁迅学史上经历最长、尽力最大、成果最多的老学者了。

朱正先生的第一本书《鲁迅传略》于1956年出版，当时他才二十五岁，书刚出就被错划为右派，经历了二十多年的磨难。后来朱氏鲁迅传又不断地修订、重出，水平越来越好。重新出山后，朱正先生自己最看重的《鲁迅回忆录正误》一书，也在不断修订、再版。

二十一世纪里，朱正先生出版的最重要的书是《鲁迅的人际关系——从文化界教育界到政界军界》（中华书局2015年版），也是他对之前的《鲁迅的人脉》一书的修订和增补，原书200多页，现在这本书已经是500多页了。朱正指出：从该书中我们可以“看他（鲁迅）交往的是些什么人，看他为友为仇的是些怎样的人”，我们就更加清楚地看到鲁迅的形象、性格以及他所处的时代。朱正先生根据历史文献资料来解读鲁迅的人际关系，这些文字可以看作其治史的结晶。读者喜欢的是以材料说话，不会喜欢强作解人，朱正先生始终如一地做到了有一分证据说一分话。

朱正与邵燕祥合著的《重读鲁迅》（东方出版社2006年版），也是用鲁迅的批判精神“重读鲁迅”，审视那些“必将保留的和不必保留的”，同样是对鲁迅精神的阐扬。

2007年11月，湖北人民出版社选择朱正先生比较重要的鲁迅研究文章，出版了论文集《鲁迅的一世纪——朱正谈鲁迅》，同样发扬了鲁迅的批判精神。《从文献学的角度看鲁迅研究中的资料问题》，体现了谨严的科学态度；《新版〈鲁迅全集〉的得与失》，谈出了一位老鲁迅研究学者的真知灼见；《“要是鲁迅今天还活着……”》分1946年和1957年两个不同历史语境，对这个世纪疑难问题给出了自己的答案。

朱正先生一辈子研究鲁迅，八十余岁仍然不停息地研究、写作，出席各种会议并做重点发言，其以事实为根据的永不倦怠、毫不留情的批判精神是从鲁迅那里继承下来的。他以“不和众嚣，独具我见”的史家风骨来研究鲁迅，其文忠实于历史，追求历史真实的正直品德，就冲这一史德，在中国鲁迅学史上必有朱正先生的重要位置。

七　陈漱渝的新论

陈漱渝愈是年长，笔力愈是老到。他继以往的几本鲁迅传之后，二十一世纪又写出新的鲁迅传——《搏击暗夜——鲁迅传》（作家出版社 2016 年版）。这里，只略谈他在二十一世纪里的鲁迅研究文章和主编的丛书等。

2008 年 1 月，东方出版中心出版了《假如鲁迅活到今天——陈漱渝讲鲁迅》。该书系陈漱渝有关鲁迅演讲词的首次结集，资料翔实、内容丰富、文笔犀利。其中，有些史料和发现是作者多年发掘和研究的成果，第一次披露；有些演讲内容和观点结合大量的事例、数据和社会现实，很有现实意义，发人深省；有的演讲词还曾引起比较大且尖锐的论争风波。可以说，本书既有较高的史料、学理价值，也较为客观、通俗，具有可读性，是人们走近、认识真实的鲁迅以及了解鲁研界发展演变和各种最新动态的生动读物。

陈漱渝还主编了很多鲁迅研究丛书，例如《民国那些人——鲁迅的同时代人（上）》《民国那些事——鲁迅的同时代人（下）》《世纪之交的文化选择——鲁迅藏书研究》《鲁迅语录·四卷本》《鲁迅的风月闲谈》。与人合编书籍有：《编年体鲁迅译文集（插图本）》《许寿裳遗稿》《鲁迅画传》《鲁迅与世界》《当代作家谈鲁迅》等。

其中 2014 年 7 月，漓江出版社出版的《鲁迅研究新前沿丛书》

影响较大。丛书包括陈漱渝自己的《鲁迅的红色、灰色与本色》、张梦阳的《鲁迅的科学思维——张梦阳论鲁迅》、王锡荣的《认识中国的一扇窗》、李林荣的《犁与剑——鲁迅文体与思想再认识》、肖振鸣的《鲁迅的书法艺术》等。

八　王得后的《鲁迅与孔子》

王得后是中国鲁迅学界的一位“思想家”。二十世纪八十年代初他提出鲁迅的“立人”思想，成为新时期鲁迅学的纲领。二十一世纪面对不可回避的鲁迅与孔子的关系问题，他又沥尽心血写作了《鲁迅与孔子》（人民文学出版社2010年版）。陕西学者张学义对该书做出这样的评价：“是一本实实在在的鲁迅研究著作，也是一本很有特点的鲁迅研究著作。王著通过近乎苛刻的细密论证，回答了对今天生存着的中国人，鲁迅和孔子我们更需要哪一位的严肃问题。”通过近乎实证性的比较研究，完全无遗地敞亮给读者自己的比较材料，使读者既能看到鲁迅的一面，也能看到孔子的一面。从中，我们能明确地感受王先生的学术理路：在某个问题上，孔子是什么观点，鲁迅是什么观点。然后比较他们的异同，再做出作者自己的判断。在对孔子观点的列举中，难免有些文言文上的生僻字词，王先生都以“王按”的方式予以排除。许多地方还用统计数字来说明，如某个问题鲁迅总共说过多少次，孔子说过多少次。王先生的研究在起始中不惜花大力气把需要的材料搜罗殆尽。这样的实实在在的认真态度、近乎清代考据的研究方法，实在有别于如今学术界普遍存在的海阔天空、自话自说的浮躁学风。这是负责任的态度和研究，不但表明了作者的学术理路，也给读者的再思考提供了极大的方便。

该书做出的判断都是建立在对“人”的现实关怀的学术追求上：现代是以尊重人和解放人为宗旨的鲁迅文化。固然，从孔子的文化学说里，今天的人还能找到一些有价值的东西以“古为今用”，但我们的时代文化主旨毕竟不属于孔子。但是，如今一些学者、文化人等，似乎想把孔子的文化价值全盘挪到今天，他们华丽的现身和鼓噪式的表演，迷惑了不少人，这种错位的文化行为势必发生文化引领的错位。从这个背景上看，王得后先生的《鲁迅与孔子》的问世，大有横空出世的侠客壮举。这无疑是一种呐喊、一种抗争、一种澄清、一种诉求。

王得后先生每到中国鲁迅学遇到关键问题的时候，都能从时代的理论高度提出自己的思想。他还在思考着“鲁迅与左翼思潮”的重要问题，遗憾的是由于年迈和眼疾，进行得很慢。我们盼着有一天能听到他的回答。

九　彭定安的“民族文本”说

已经九旬的彭定安仍然没有停止对鲁迅的思考，二十一世纪提出了自己的新说。

2013年6月22日，他不顾八十四岁高龄在沈阳大学做讲演。9月30日《光明日报·光明讲坛》发表了他的讲演稿《鲁迅：二十世纪中国的民族文本》。该文分“从鲁迅看中国”“鲁迅作品的‘民族母题’”“勾勒‘中国大众的灵魂’”这三个方面说明：“鲁迅的文学作品，已经成为中国二十世纪文学经典，并且已经成为世界文学经典。他的小说《阿Q正传》被收入具有世界影响力的英语企鹅经典文库。鲁迅作品的经典意义，从最根本上说，在于它是二十世纪中国的民族文本，反映了二十世纪中国的精神世界、时代气质和文化心理结构。”

文章气势恢宏，立足点高，以磅礴的理论力量无可辩驳地论述了鲁迅的历史地位与现代价值，也使他自己的鲁迅研究在晚年达到了新的高度。

十　王嘉良的学术文集

以鲁迅杂文诗学意义阐释著称的王嘉良，二十世纪就出版了《诗情传达与审美构造——鲁迅杂文的诗学意义阐释》（天津人民出版社 1997 年版）一书，发表了《诗情观念：鲁迅杂感文学的诗学内蕴》（《鲁迅研究月刊》1993 年第 9 期、第 10 期）一文，对鲁迅杂文的诗学意义进行了较前人系统得多、深入得多的阐发。作者洞幽发微，见微知著，通过精细的研究、谨严的论析，并以富有诗意的优美文笔表述，有力地论证了鲁迅杂文的文学价值。

2011 年 11 月，由上海文艺出版社出版了《王嘉良学术文集》12 卷，里面收有分量很重的鲁迅研究论著，更加固了他在浙江鲁迅学和中国现代文学中的权威地位。

十一　郑欣淼的《鲁迅是一种力量》

二十世纪以鲁迅与宗教文化研究著称的郑欣淼于 2018 年 10 月由商务印书馆出版了论文集《鲁迅是一种力量》。该书收录作者从二十世纪七十年代以来有关鲁迅研究的各类文章，分为三辑：第一辑收入从二十世纪八十年代至二十一世纪前十年的论文、讲演稿，时间跨度近四十年；第二辑为进入二十一世纪以来结合有关鲁迅活动的讲话、访谈；第三辑为找到的几篇写于二十世纪七十年代中后期到八十年代初的短文，有着明显的时代烙印，未做改动。此论文集既是历史见证，亦为作者自己在鲁研路上的学步记录。另发表一些文章和关于鲁迅的诗歌。

十二　汪晖、林贤治的新论著

汪晖、林贤治年龄不算大，两人都是二十世纪八九十年代成名的，在二十一世纪，他们又有新的贡献，所以也列入本章评述。

汪晖二十一世纪以来连续发表了《鲁迅与向下超越——〈反抗绝望〉跋》（《中国文化》2008 年第 21 期）、《声之善恶：什么是启蒙——重读鲁迅的〈破恶声论〉》（《开放时代》2010 年第 10 期）、《阿 Q 时代的死去与活来》（《语文建设》2011 年第 4 期）、《阿 Q 生命中的六个瞬间——纪念作为开端的辛亥革命》（《现代中文学刊》2011 年第 3 期）等重要论文。

其中《声之善恶》作为 2007 年 7 月中国文化论坛“首届文化素质教育核心课程讲习班”上的讲稿与另一讲稿《鲁迅文学的诞生——读〈呐喊·自序〉》一起编入甘阳主编的《经典通识讲稿》，由生活·读书·新知三联书店 2013 年 1 月出版。

汪晖说：“鲁迅曾说：‘三十岁以前的人不大容易读懂他的作品。’我写《反抗绝望》的时候也正是不大容易读懂的年龄，因为偶然触到了鲁迅精神世界和文学的一些重要特点，例如反抗绝望，让我激动不已。但或许正是在‘三十岁以前’，如何解释这个命题，而不只是放在个体的精神现象的范畴内，就成为一个有待今日重新发掘的问题。”

鲁迅的原话是 1936 年 4 月 5 日致王冶秋信中说的：“我的文章，未有阅历的人实在不见得看得懂，而中国的读书人，又是不注意世事的居多，所以真是无法可想。”

汪晖二十一世纪里的一系列论文正证明了鲁迅的说法。

《反抗绝望》是他二十几岁时写的博士论文，由于聪敏过人，悟性极高，所以年纪轻轻就发现了“历史的中间物”与“反抗绝望”这两个关键词，以喷涌如火山的理论气势进行了超越前人的论述，实现了鲁迅认知史上的一大突破，其功绩是不可抹杀的。但因为太年轻，也就是鲁迅所说的“未有阅历”，行文有生涩、不成熟甚至模仿他人之处。而二十一世纪的这些论文，则老熟多了，有许多值得研究者学习之点。

（1）“站得高”。汪晖最基本的著作是《现代中国思想的兴起》，他二十一世纪的论文同样是从这里出发的：不是就鲁迅论鲁迅，而是从现代中国思想的历史视野去追问鲁迅文本提出的概念、范畴、命题等等对当代的意义——“何种古文，哪一种对立（应）物?”“‘声发自心’与‘中国之寂漠’”“‘一二士’是谁?”“‘人各有己’与‘群之大觉’”“语言何为：‘心声’抑或‘相互之具’”“‘寂漠为政’：‘国民’与‘世界人’的变奏”“‘迷信’与‘伪士’”“何种宗教，哪一种政治?”“‘迷信’‘神思’”“宗教与反宗教的宗教”“‘兽性爱国’与‘奴子性’”等等，通过对这些问题的富有逻辑力量的层层追本溯源，最后得出了超越历史和时间的结论：“从形式到内容，《破恶声论》包含着一种自我的颠覆性：从形式上看，它是一个民族主义的文本，但文本的落脚点之一，是对民族主义思潮的批判。这个文本的自我颠覆性不是简单的否定，鲁迅对民族主义和世界主义的批判都不是简单的否定，毋宁说他通过这个否定表达了一个自觉。所以，这个文本的形式和内容之间有着一种特殊的张力。《破恶声论》帮助我们打破民族主义与全球化的二元论，通过寻找另外一个根基来进行自我批判。鲁迅是中国现代思想的一个重要标志。他是一个反启蒙主义的启蒙者、一个反世界主义的国际主义者、一个反民族主义却捍卫民族文化的人物。”

（2）“坐得实”。立论很高，视野很广，却紧紧地坐实鲁迅文本上面，绝对不离开文本空论。例如《鲁迅文学的诞生——读〈呐喊·自序〉》，始终紧扣《呐喊》自序步步深入地解答了鲁迅的“反抗绝望的文学”是从哪里来的长期存在的疑问，说明“是从早期的‘希望的文学’脱胎而来的”。“所谓反抗绝望，也就是对绝望的否定，但这否定并不直接表述为希望，而是在困顿的处境保存希望。因此鲁迅并不是从绝望出发的，而是从反抗绝望出发的。”这样，就从鲁迅自己的文本中得到了他自己的回答。非常自然，毫不牵强。

(3)“命题巧”。《阿Q正传》历经近百年，研究成果浩如烟海，几乎已经把话说尽了。汪晖却机巧地抓住“阿Q生命中的六个瞬间”：“‘失败的苦痛’与‘无可适从’”“性与饥饿，生存本能的突破”“革命的本能与‘无聊’”“大团圆与死”，从这些事物的悖论做出绝妙的分析，讲出了前人未曾言说过的精彩论述。

鲁迅学界对汪晖二十一世纪的这一系列论文研读很不够，研究者尤其青年人有必要进行更深细的品味，这对改进我们自己的思维方式与治学理路会很有益。如深刻、扎实的中年鲁迅学家谭桂林所说：“汪晖对鲁迅的‘新的解读’，无疑是久已沉寂的国内鲁迅研究的一种有力的、新鲜的声音，也是新左翼文学思潮在利用鲁迅思想资源方面的一个重要的理论成果，值得思想文化界尤其是鲁迅研究界予以深切的关注。”

林贤治二十世纪九十年代就以《人间鲁迅》著称于世，二十一世纪里，又由复旦大学出版社于2011年3月出版了“一个人的鲁迅系列”：《反抗者鲁迅》，以富有诗情的笔触，描绘了鲁迅从出生到仆倒的一生；《一个人的爱与死》，以充满哲理的眼光观察了鲁迅的反抗哲学与曲折命运以及鲁迅研究的症结与未来；《鲁迅思想录》，分门别类梳理了鲁迅的思想理论，归理了各家的鲁迅论，列出了鲁迅年表；《鲁迅的最后十年》，写了鲁迅上海十年反对国民党“一党专政”、书报审查制度的经历与知识分子的内战以及国家、民族、统一问题，以鲁迅的病卒与民众的悼念为结束。

林贤治的书和文章激情洋溢、气势澎湃，富有哲理和诗情，在众多鲁迅学论著中独树一帜。

第三十二章　鲁迅学史的拓展与进一步反思

二十世纪九十年代，鲁迅研究学术史的研究开始兴起，出版了一些学术史著作，例如袁良骏的《当代鲁迅研究史》（陕西人民教育出版社 1992 年版）。该书实际是《鲁迅研究史》的下卷，与已出的上卷相合，鲁迅研究作为一门独立的学科，有了一部完整的学术史。

一　王富仁的《中国鲁迅研究的历史与现状》

到二十世纪末，又出版了王富仁的《中国鲁迅研究的历史与现状》（浙江人民出版社 1999 年版）。该书是站在时代理论思维的高峰上对二十世纪中国鲁迅研究进行鸟瞰的思想型学术史，给人以高屋建瓴、深刻透辟之感，其中有些论述的意义似乎已超出了鲁迅研究学术史的范畴，具有更为深广的内涵。

二　杜一白的《鲁迅研究史稿》

刚进入二十一世纪，杜一白的《鲁迅研究史稿》也由辽宁大学出版社于 2000 年 4 月出版。该书把鲁迅研究史分为五个时期：以沈雁冰、冯雪峰、瞿秋白等为主要研究者的早期；以中国共产党的第一代领导人及胡风、周扬等为主要研究者的深入发展时期；中华人民共和国成立后以冯雪峰、唐弢、陈涌等为主要代表的“十七年”时期；大曲折、大倒退的“十年动乱”时期；飞跃发展的新时期。作者对每个时期总的特点，代表人物的主要论著、观点，以及每一时期鲁迅研究的成败得失都进行了概括、列举和分析。总体来看，脉络清晰，详略得当，评骘准确，达到了一定的学术水平。但是以严格标准要求，该书所据资料尚欠丰富，理论概括也欠缺力度，特别是对于精神文化背景的分析更是欠缺，因而影响了全书的学术广度与思想深度。

除了全局性的鲁迅研究史之外，进入二十一世纪之刻，还出现了一些专题性的鲁迅研究史，例如王吉鹏、李春林编著的《鲁迅世界性的探索——鲁迅与外国文化比较研究史》（辽宁人民出版社1999年版），分为《鲁迅的世界性的最初发现——滥觞期（1919—1949）》《缺少比较文学理论指导的鲁迅比较文学解读——停滞期（1949—1976）》《鲁迅挟世界文化向我们走来——发展期（1976—1989）》《鲁迅：在中外文化交流的坐标上——深化期（1989—1998）》四章，分国别、分时段，详尽、系统地梳理了八十年来鲁迅与外国文化的比较研究史，并对其中的得失成败做出了理性的分析。王吉鹏、于九涛、荆亚平编著的《鲁迅民族性的定位——鲁迅与中国文化比较研究史》（吉林人民出版社2000年版），作为前书的姐妹篇，分为《滥觞与发展（1919—1949）》《整合与重构（1949—1966）》《停滞与扭曲（1966—1976）》《回旋与突进（1976—1990）》《深入与拓展（1990—2000）》五章，分时代、分作家，详尽、系统地梳理了八十年来鲁迅与中国文化的比较研究史，并对其中的得失成败做出了理性的分析。这两部书既有翔实、完整的资料，又有公允、恰当的评骘，并将资料与评骘条分缕析地结构起来，形成一个科学的体系，呈现出了学术史的全貌，益于宏观统览，便于微观查寻，为以后的鲁迅与中外文化比较研究奠定了良好的基础，的确是做了两桩功德无量的好事。

三　张梦阳的《中国鲁迅学通史》

跨入二十一世纪以后，学术史的研究有了更大规模的发展，学界对学术史予以更大的重视。张梦阳著的三卷本《中国鲁迅学通史》获得国家图书奖，将在附录中详述。

四　王家平的《民国视域中的鲁迅研究》《鲁迅域外百年传播史》

（1）《民国视域中的鲁迅研究》（台湾花木兰文化出版社 2013 年版）是李怡教授主编的“民国文化与文学研究丛书”第二编第十五册，是王家平已发表的 16 篇鲁迅研究论文的汇编，具体内容如下：

鲁迅的后半生是在民国时代度过的，已有的鲁迅研究成果把鲁迅与他所生活的民国时代对立起来，过度强调鲁迅与民国时代的批判性和对抗性。事实上，鲁迅与民国有着深刻的关联性。鲁迅曾经说：“我的爱护中华民国，焦唇敝舌，恐其衰微，大半正为了使我们有剪辫的自由。”辫子在清朝是中国人奴隶身份的象征，鲁迅从剪辫子这样微观的身体经验出发，讨论了人的自由与尊严等重大问题，揭示了中华民国的建立给公民的社会地位和生命价值带来的重大意义。从身体经验的意义上说，鲁迅是中华民国历史的优秀书写者，他的民国记忆为后人保留了鲜活的历史生活细节和普通人物心灵的脉动。

该书的“引论”对鲁迅的中华民国记忆、民国书写的具体内涵和方式，以及鲁迅民国书写所呈现的历史伦理等问题做了阐释。第一编在民国视域中探讨鲁迅的生死、爱恨等情感经验以及他的这些情感经验在创作中的传达。第二编从生命轮回与历史循环、永世流浪与过客境遇、真实与谎言之间的徘徊三个层面揭示鲁迅的悲剧性体认。第三编研究鲁迅的宗教文化思想，探讨鲁迅与佛教、道教、基督教的对话关系，这是对鲁迅形而上精神探求方面的考察。第四编展示民国时期日本和欧美诸国知识界对鲁迅思想和作品的接受状况，并初步探讨民国时期鲁迅在世界上的传播对于国外“中国学”现代转型的意义。

(2)《鲁迅域外百年传播史（1909—2008）》（北京大学出版社2009年版），是王家平主持的2000—2003年度国家社科基金项目成果。

青年学者曹磊为该专著写的书评《行者无疆——评王家平著〈鲁迅域外百年传播史〉》（《鲁迅研究月刊》2009年第10期）认为：王家平“以8年时间，追寻鲁迅于域外的传播足迹，考察自1909年以来至今域外百年鲁迅传播历史。这部书是作者继《鲁迅研究：域内与海外》之后，又一部考察鲁迅在世界范围传播、研究情况的专著，也是目前这类专著中收集材料最为全面，论述比较系统的一部”。“本书以‘冷战’为坐标点，将域外百年鲁迅传播历史分为冷战前时期（二十年代初期—四十年代末期）、冷战时期（五十年代初期—九十年代初期），以及冷战后时期（九十年代初期以后）三个纵向阶段。同时，又将各时间区段按照欧美西方国家、日本及远东国家、苏联东欧国家、亚非拉国家等群落进行横向划分，形成本书的立体叙述结构。”

“与以往其它同类专著相比，《传播史》的特点有三。首先，研究视域广。既关注欧美、日本等传统域外鲁迅研究热点地区，也涉及拉美、非洲等原先较受忽视的地区，为鲁迅研究提供了更为广阔的研究视野。其次，材料丰富。本书讨论和涉及的论著和论文在一千种以上。既有已经翻译为中文的现成材料，也有作者及相关人士翻译而成的全新材料。语种范围涉及英、法、俄、德、西班牙、日、韩等多种语言，有些材料还是首次披露，极具研究价值。最后，材料时效性强。本书在前人研究基础上广泛搜罗与鲁迅相关的各方面资源，关注本领域研究的最前沿动态，书中对二十一世纪以来域外鲁迅研究资料发掘甚广，有些材料甚至是 2007 年国外刚刚发表的最新成果。”

“一部《鲁迅域外百年传播史》使我们看到了一个世纪以来，以鲁迅的遗产为代表的中国现代文化在域外传播的千姿百态。《传播史》展示的各种域外‘鲁迅观’为我们带来的启示恐怕不仅仅局限在鲁迅研究领域，它同样可以让人们辨识百年来中国和异域文化交流的艰难历程。”

五 徐妍的《新时期以来鲁迅形象的重构》

徐妍自 2004 年 6 月完成了博士论文《“文革”后鲁迅形象的重构》后，正式开始鲁迅重构史研究。2008 年 6 月出版了 40 万字的专著《新时期以来鲁迅形象的重构》（安徽教育出版社 2013 年版）。虽然鲁迅研究成果浩如烟海，但以重构史的视角，选取阐释学、思想史等研究方法对新时期以来的鲁迅形象重构进行专题研究是鲁迅研究史上的一项新的工作。该著在写作方法上很有特色：不以编年史的方式全面叙述，只是选取鲁迅形象重构过程中的重大“事件”为切入点。在内容上，该著一方面梳理和辨析了新时期中国知识分子对鲁迅形象重构的丰富性和复杂性，另一方面，细致地解读了被重构的鲁迅形象如何参与了新时期中国知识分子的精神构成，由此呈现了新时期以来中国社会的政治文化演变的图景。该著的部分章节发表在《鲁迅研究月刊》《文艺理论与批评》等核心学术刊物上。该著受到鲁迅研究界、思想界和评论界的关注和好评。作者的导师、著名作家曹文轩以“性灵文字为学术研究带来的敏锐发现”为题给本书作序。鲁迅研究专家汪卫东、思想者型批评家刘复生、文学评论家邵燕君都为该著撰写了书评，该著还荣获了第二十三届山东省高校优秀科研成果一等奖。

徐妍对鲁迅小说的审美研究对鲁迅小说研究史具有补足作用。长期以来，鲁迅小说的研究成果大多重视语境的思想研究，而淡化对鲁迅小说的审美研究。徐妍通过对鲁迅小说《狂人日记》《阿Q正传》《故乡》《风波》《孔乙己》《伤逝》等单篇小说进行审美研究，以及对鲁迅小说的总体美感特征进行审美研究，不仅体现了她敏锐的文学感受力，而且深入思考了鲁迅小说为何成为中国现当代文学经典中心这一问题。其论文《鲁迅与中国现代小说经典美感形态的确立》（《中国现代文学研究丛刊》2016年第7期）和《鲁迅小说的"归乡叙事"传统与"新生代"作家的改写》（《孝感学院学报》2012年第1期）等从审美形式的视角探讨了鲁迅成为中国现当代经典中心的原因。

除了国内学者写的鲁迅研究学术史外，国外学者写的学术史也被翻译进来。例如日本学者藤井省三的《鲁迅〈故乡〉阅读史》（董炳月译）（新世界出版社2002年版），考察了《故乡》1921年发表之后被阅读、评论的变迁情况，以此来展示鲁迅文学在民族国家建设中发挥的重要的工具功能，梳理了中外读者不同历史时期对《故乡》的接受与变化，不失为学术史写作的一种很好的形式。

鲁迅研究学术史的兴起标志着鲁迅学作为一种学科的学术自觉。在这一点上，其他任何一种人物研究都是无法企及的。

六　邱焕星的思考

针对已经出版的鲁迅研究学术史著作，邱焕星做出了自己的思考。他在《"鲁迅学术史"考辨》（《中国现代文学研究丛刊》2014年第4期）中认为：如果将鲁迅研究界比喻为一支乐队的话，"学术史"的地位很可疑，它看起来不像台上的演出人员，而更像幕后的服务人员，只在开闭幕的时候出现；又或者像旅游指南和敲门砖，甫一用完即放一边。被大家视为前沿性学问的总结和附庸，做得再好，也只能算"第二等的学问"。因为现在出版的鲁迅研究学术史处于"研究综述"阶段，譬如陈平原就曾在《学术史丛书》"总序"中认为："所谓学术史研究，说简单点，不外'辨章学术，考镜源流’。通过评判高下、辨别良莠、叙述师承、剖析潮流，让后学了解一代学术发展的脉络与走向，鼓励和引导其尽快进入某一学术传统，免去许多暗中摸索的工夫——此乃学术史的基本功用。”①。张立文在《中国学术通史》（人民出版社 2004 年版）“总序”中也说：“通过考镜源流、分源别派，历史地呈现其学术延续的血脉和趋势。这便是中国学术史。”邱焕星认为在这种视野中的“学术史”研究，其实是一种内部的“研究史”或者“学科史”整理，学术与外部社会历史变动的有机关联就会受到排斥。

更关键的是，具体到鲁迅研究学术史，就是以“鲁迅”为起点和中心的背后，是一种“符合论”的真理观，即把认识看成是对对象的客观反映，所以力求还原鲁迅自身的思想，强调“历史性”和“客观性”，视研究的主观性为偏离鲁迅本体的错误行为。这种“以鲁迅为本体的研究”，造成了对研究者的主体性和“鲁迅”的当下意义的忽视，更容易因对“鲁迅”的不同认识而相互指责对方是“假鲁迅”。所以，以“鲁迅”为起点的鲁迅学术史自定位，最终失落了“学术史”自身的主体性和独特意义，这种自我定位的蒙昧混沌，致使学术史研究也必然停留在一种简单整理的水平上。

邱焕星认为学术史的研究体系应由内部的认识论考察、外部的社会互动考察和学术变迁考察三部分构成，其核心是围绕着“研究共同体”进行一种“知识社会学”的研究，尤其是考察“研究范式”的形成和嬗变。总体来看，既往鲁迅研究大致有过三种基本范式：政治革命范式、文化革命范式和现代性范式。

以上三个范式的变迁塑造了“革命民主主义者—启蒙主义者—存在主义者”三种鲁迅形象，这显然是研究者及其时代理念的投射，反映了现代中国经历了“共产革命—反思“文革”—告别革命”的三大时代变迁。所以，鲁迅研究范式其实是特定群体和时代关于现代中国历史走向及其未来选择的思考，每种范式都隶属于特

---

① 陈平原主编：《中国文学研究现代化进程二编》，北京大学出版社 2002 年版。

定的时空，其意义和局限也都与此有关，而未来的鲁迅研究范式也必将是对革命问题的更新回答。

除了鲁迅学术史研究之外，邱焕星还致力于探究二十世纪二十年代国民革命时期的鲁迅，提出了“中期鲁迅”和“文学政治”传统的说法，纠正了学界认为该时期鲁迅消极退隐是前后期过渡的看法，认为国民革命对鲁迅的政治、思想和文学产生了重要影响，唤醒了他在辛亥革命后一直压抑的政治革命意识，最终成为反抗北洋政府的国民革命同路人，他的个人定位逐渐从启蒙者转向了战士，从文明批评为主转向社会批评为主，最终中断了向内的纯文学创作，转到以杂文为中心的战斗性文体上来。在这个不同于前后两期的“中期鲁迅”阶段，他创造了一个独特的“鲁迅革命传统”，提出了“革命同路人”和“革命人文学”的“文学政治”存在模式。

邱焕星的特点是思维活跃、读书面很广，善于从不同角度换位思考问题，特别是他表示自己是“一辈子研究鲁迅”仍然感到有意思的学者。这都是进一步实现鲁迅学突破的希望所在。

七　题外话：作家们的启示

到这里插进一些题外话，中国鲁迅学史有必要注意作家们的见解。许多作家虽然不专门从事鲁迅研究，但对鲁迅的著作非常热爱，在自己的创作实践中往往别有体悟，对鲁迅研究很有启示。这里仅举两例。

阿Q诞生近一百年了，文学理论界一直在探索鲁迅创造这个不朽典型的艺术奥秘。很多作家也在以阿Q为借鉴，努力创造新的典型。

逼近20世纪末的几年里，有一位青年作家从新的视角道出了这一奥秘，并在创作中做出了引人注目的实绩。

这位青年作家就是余华。他在《虚伪的作品》（《我能否相信自己》，人民日报出版社1998年版）一文中公布了自己的文学宣言。

作为知音的莫言完全赞同这个宣言，并做了更为精要的转述："故事的意义崩溃之后，一种关于人生的、关于世界的崭新的把握方式产生了。这就是他在《虚伪的作品》中所阐述的：人类自身的肤浅来自经验的局限和对精神的疏远，只有脱离常识，背弃现状世界提供的秩序和逻辑，才能自由地接近真实。"①

这个宣言代表了20世纪世界文学中一种全新的写作态度和思维方式。而这种全新的文学流向，在中国，正是由鲁迅作品，特别是《阿Q正传》所开创的。20世纪末期，余华和莫言重新感悟了它，并当作文学宣言公之于世。余华的感悟可能并不来自鲁迅，而是首先得自于对卡夫卡、博尔赫斯等现代主义作家作品的潜心阅读，但是当他从世界顶尖的现代作家那里获得启悟，又回归到鲁迅这里时，就由衷地产生了认同：鲁迅"是本世纪最伟大的作家之一，他的名字应该和卡夫卡、马尔克斯、普鲁斯特放在一起，他与博尔赫斯是20世纪小说家中最有学问的两个"。②

从余华提供的新视角出发进行思考，对鲁迅所开创的20世纪中国文学的新的写作方式会做出怎样的理解？对阿Q这一不朽典型的形成奥秘又会做出怎样的阐释？

要回答这些问题，就需搞清楚余华对真实的理解。余华在宣言中说："我的所有努力都是为了更加接近真实。"然而，他关于文学基本规则的见解是反常规的，他的"接近真实"是"背弃现状世界提供的秩序和逻辑"的。

通常认为，"接近真实"，就须精细地描述人物的外貌和周围环境。余华不以为然，反而认为："20世纪的作家是不会再去从事这种无效劳动，而是去抓住最主要的事物，也就是人的内心和意识。"其实，在20世纪中国文学中实现这种叙述变革的正是鲁迅。他的《阿Q正传》就没有"津津乐道地去描述人物身上穿着什么衣服"

---

① 莫言：《清醒的说梦者》，《会唱歌的墙》，人民日报出版社1998年版。

② 莫言：《余华说：一辈子也赶不上鲁迅》，载《鲁迅研究月刊》1998年第11期。

等等，而是单刀直入地“抓住最重要的事物，也就是人的内心和意识”，集中刻画阿Q的精神胜利法。环境描写也没有“屋子靠窗的地方放着什么”等等琐碎交待，而是淡笔勾勒、朦胧模糊。未庄很像是陀思妥耶夫斯基《卡拉马佐夫兄弟》中托名“畜栏”的外省小城，是一种寓言化、象征性的精神环境。而在这种模糊、淡化的背景中，阿Q的精神特征与内心活动却鲜明地凸现出来了。

通常认为，“接近真实”，就须竭力塑造人物性格。余华更不以为然，挑战道：“事实上我不仅对职业缺乏兴趣，就是对那种竭力塑造人物性格的做法也感到不可思议和难以理解。我实在看不出那些所谓性格鲜明的人物身上有多少艺术价值。那些具有所谓性格的人物几乎都可以用一些抽象的常用语词来概括，即开朗、狡猾、厚道、忧郁等等。显而易见，性格关心的是人的外表而并非内心，而且经常粗暴地干涉作家试图进一步深入人的复杂层面的努力。因此我更关心的是人物的欲望，欲望比性格更能代表一个人的存在价值。”对文学具有超俗悟性的余华，竟然无意中进入了阿Q典型研究的深层次，并道出了真谛。阿Q的复杂性格与精神胜利法的关系问题是鲁迅研究争论的深层焦点之一。阿Q的性格是复杂的，确如有的学者所论析的那样，是一个多极对立的系统。然而，精神胜利法是这一性格系统的核心机制与哲学中枢，起到了对性格的“内控”作用。精神高于性格。倘若把阿Q的性格论述得面面俱到，却忽视了精神胜利法的主要作用，就会本末倒置。诚如余华所言：“性格关心的是人的外表而并非内心。”只注意性格，就会妨碍作家“进一步深入人的复杂层面”，塑造出更深刻，更具普泛性、超越性的人物形象，也会阻碍研究家的视线，不能挖掘出人物更深层的内涵。更深层的是什么呢？在这里，余华说的是“欲望”。在同文的前段，又称为“精神”：“对于任何个体来说，真实存在的只能是他的精神。”“人只有进入广阔的精神领域才能真正体会世界的无边无际。”其实，余华说的“欲望”和“精神”是一个意思。阿Q就是因为充满了处处当胜利者的欲望，而在现实中又处处受挫，所以只能退回内心，求得精神上的胜利。这种欲望和精神的两难处境造成了他外表上的多极对立的复杂性格。鲁迅历来把改变中国人的精神当作“第一要著”，倾全力刻画阿Q的精神胜利法，才使阿Q成为与堂·吉诃德、哈姆雷特、奥勃洛摩夫等世界级文学形象相通的偏重反映人类精神现象的变异性艺术典型。也正因为如此，阿Q才以其怪诞而深邃的恒久魅力，始终引人注目、发人深省，具有永远说不尽的无穷底蕴。倘若鲁迅不是“深入人的复杂层面”，倾全力刻画阿Q的精神胜利法，而热心于愚昧、狡猾等性格描写，就不会出现阿Q这一不朽典型了。作家余华悟出了精神高于性格的价值与意义，自《十八岁出门远行》以来，一直苦苦追寻人的精神，探索人的精神，雕塑人的精神，取得一个又一个突破性的成果。

通常认为：“接近真实”，就须遵循“现状世界提供的秩序和逻辑”。余华仍不以为然，在文学宣言中反其道而行之，不仅不遵循，反倒公开宣布“背弃”，断言道：“任何新的发现都是从对旧事物的怀疑开始的。人类文明为我们提供了一整套秩序，我们置身其中是否感到安全？对安全的责问是怀疑的开始。”余华又在整体性思维方式上与鲁迅不谋而合了。鲁迅之所以知人论世，总是比别人深刻一层，思维方式上的原因之一就在于能够对旧中国的一整套秩序发出了“从来如此，便对吗?”的大胆怀疑，“脱离常识，背弃现状世界提供的秩序和逻辑”，从而“自由地接近真实”。余华也正是在“关于现实是否真实的哲学探究”中体悟着虚伪与真实之间的悖论：形式是虚伪的，本质却十分真实；形式是真实的，本质却十足虚伪。因为在常理和经验的局限中，虚伪与真实往往是颠倒的。所以余华偏偏要冲破局限：“常理认为不可能的，在我作品里是坚实的事实；而常理认为可能的，在我那里无法出现。”执意要在形式上“虚伪的作品”中表现本质的真实。而《阿Q正传》又恰是这样的作品，不仅未庄子虚乌有，阿Q与王胡比捉虱子等细节在常理看来也是不可能的，当时就有囿于常理中的短视者提出过批评。然而，从精神本质上思考，却不能不承认其中包含着坚实的事实，它辛辣地嘲讽了的确存在的某些中国人一味盲目追求精神胜利的可耻现象。这种虚假的荣耀和胜利不是还被现代一些人刻意追求着吗？囿于常理是不可能理解《阿Q正传》这种拔俗之作的。同样，要理解余华创造的许三观，也必须从不同于常规的二十世纪新的写作方式出发。

近两年又有一位悟性极高的作家为我们提供了解读《阿Q正传》的新思路。这位作家就是毕飞宇。《文学评论》2017年第4期发表的《沿着圆圈的内侧，从胜利走向胜利——读〈阿Q正传〉》，令人耳目一新。早在二十世纪五十年代初冯雪峰就根据与鲁迅等当事人的体悟，在阿Q论争中提出了“思想性典型说”与“精神寄植说”，立即遭到封杀。不几年何其芳又提出“共名说”，也马上受到围攻。似乎解读《阿Q正传》不能沾“人类普遍弱点”的边，一沾就要扣上人性论的帽子。然而，毕飞宇丝毫没有这些禁锢，上来就直截了当说道：“事实上，就本质而言，鲁迅并不是一个小说家，而是一个思想上的革新者。”“启蒙才是鲁迅的真使命。”在当时中国人受外国列强侮辱的时代，《阿Q正传》就是“一部中国的近代思想史，某种程度上就是方法论的历史——御侮的方法论”。鲁迅“道出了御侮本质——先做‘人’，先不做奴才，然后，我们才有资格谈御侮。”然而，闰土和闰土型的中国人“在精神上有一个特点：他们渴望做‘奴才’，在奴性文化的驱动下，他们的内心有一种‘奴性的自觉’。这个发现让鲁迅产生了无限的大苍凉”。“总体上说，鲁迅写《故乡》的时候对‘奴性的自觉’还保留那么一点情面，但是，他觉得不够，太含蓄，太优雅，他意犹未尽，他想撕破脸皮、酣畅淋漓地来个‘大的’。我估计鲁迅写《阿Q正传》的时候铆足了劲。”“鼓足了决绝的勇气，迸发了全部的才华，他骁勇无比。”“不做奴才的鲁迅很‘大’、很‘彪悍’；他以‘大’对大，以‘彪悍’对麻木，内心无比地恢宏。对奴才，他‘一个也不宽恕’。作为读者，我想说，写《阿Q正传》的时候，鲁迅的心是覆盖的和碾压的，气吞万里如虎。”阿Q的“三无”身份是合理的——“鲁迅根本就不想让阿Q有‘姓’、根本就不想让阿Q有‘名’、根本就不想让阿Q有‘籍贯’，由是，鲁迅保证了阿Q的抽象性。阿Q是‘大多数’，甚至是‘全部’，他是无所不在的。鲁迅需要这个。”

“抽象不只是哲学的事情，也是小说的事情。抽象即涵盖，抽象性即整体性。”“阿Q这个人有一个最大的性格特征，或者说特异功能，那就是‘精神胜利法’。这是鲁迅先生对中国文学所做出的无与伦比的贡献。老实说，鲁迅的伟大是他完成了‘精神胜利法’的命名。”“伟大的作家完全可以通过他的写作直觉去达成某个哲学命题。”

毕飞宇的这些话，以前的鲁迅学家、阿Q研究家们都没有说出来，值得永远铭刻在中国鲁迅学史上。

第三十三章 《狂人日记》百年祭

从1919年“五四”运动前《狂人日记》引起傅斯年反响，到2018年《狂人日记》百年祭，中国鲁迅学已经走过了一百年的历程。中国鲁迅学史起于对《狂人日记》的反响，结于《狂人日记》的再讨论，是很有意味的。对这次百年祭，很值得进行评述与反思。

一 百年祭之前的争论

2012年开年，《文学评论》第1期以显著位置发表了华籍日本鲁迅学家李冬木先生的长篇论文《明治时代的“食人”言说与鲁迅的〈狂人日记〉》。这篇论文首次提出新说，将日本明治时期“文明开化”背景下的“食人”言说导入《狂人日记》研究，认为“吃人”意象的生成，“与日本明治时代‘食人’言说密切相关”，“是从这一言说当中获得的一个母题”，并找出鲁迅与此言说过程的接点，论证芳贺矢一的《国民性十论》与《狂人日记》“吃人”意象的决定性关联。这是“狂人学史”上第一次深度考察“吃人”意象创作与外来文化的关系。文章在大量详细文献调查基础上得出的结论是：“作为中国现代文学的奠基作，《狂人日记》从主题到形式皆诞生于借鉴与模仿。”

这显然让中国现代文学研究界特别是鲁迅研究界难以接受。

最早是李有智《日本鲁迅研究的歧路》(《中华读书报》2012年6月20日)一文，否定了李冬木的结论，而用以否定的论据，就是鲁迅致许寿裳的信中所说的《狂人日记》成因。文章认为，“李冬木先生的方法，颇类于日本鲁迅研究中较常见的一种，是以实证或考据方式，从鲁迅作品中寻绎某种‘原型’、事实或受影响的痕迹”“这是鲁迅研究的一个歧路”。“当然，考索影响，钩沉史实，有助于对文本的全面认识，此亦研究之一途，但也仅限于具有真实证据的作品”。李冬木的问题在于，“首先预设了一个前提，即鲁迅只有经过‘模仿’阶段，才能达到创造”“其次，凭着词句、意象、场景等偶然相似或‘暗合’，便在两个文本之间建立起了直接关联”，他“显然忽视了《狂人日记》写作的首要触发因素，即鲁迅本人所陈述‘偶阅《通鉴》，乃悟中国人尚是食人民族，因成此篇’”。

李有智的文章只是批评，并未具体展开论证。王彬彬的《鲁迅研究中的实证问题——以李冬木论〈狂人日记〉为例》(《中国现代文学研究丛刊》2013年第4期)一文，以质疑日本学者实证研究方法为题，针对李冬木的观点详细论证并予以根本否定。王彬彬的论文最初提交于2013年3月南京师范大学文学院主办的“鲁迅与20世纪中国”研讨会，此次会议的争鸣焦点之一是李冬木文，与会者围绕李冬木文的争论，交锋激烈，论辩精彩。① 王文不认可李冬木文关于鲁迅与芳贺矢一《国民性十论》关系的考证，依据是周作人的有关记述。他认为“中国有那样多的常见书中叙述、记载着人吃人的事情。将这些悬置不顾，认定1907年出版的日本人的《国民性十论》才是鲁迅获取中国人吃人信息的来源，这能说得过去吗?”“从青少年时代起，鲁迅就接触了许多中国历史上吃人的叙述、记载，从而形成了‘礼教吃人’的思想。当《新青年》向他约稿时，便想到以小说的方式把这思想表达出来。”“这与1907年在日本出

① 傅用现：《实证阐释、回到文本与国际视野——“鲁迅与20世纪中国”国际学术研讨会侧记》，载《东岳论丛》2013年第9期。

版的《国民性十论》实在没有关系。”

与鲁迅研究界断然否认日本影响不同，本学科领域之外的学者对李冬木持赞同态度，祁晓明的《〈狂人日记〉“吃人”意象生成的知识背景》（《文学评论》2013年第4期）一文，就更加强调“吃人”意象生成的日本影响，补充提供了日本自江户时代以来“支那”食人研究史。祁文认为，“李冬木关于鲁迅《狂人日记》‘吃人’意象是在明治时代‘文明开化’背景下创造出来的，芳贺矢一《国民性十论》与之有决定性关联的推论，不能成立”。因为明治时代“无论是对《资治通鉴》等文献中‘食人’事例的发现，还是将其导入国民性的阐释，都是江户时代‘食人’言说的延续和发挥”。祁文承认“吃人”意象生成的“日本影响”，但祁文列举大量江户时代关于“支那”食人史实的著述，批评李冬木竟然不知，因而将日本影响缩小了范围。这却是对李冬木文意的隔膜。

首先祁文以为，李冬木将考察范围限定在“文明开化”的明治时代，是“忽略了一个基本事实。即有关中国‘食人’风俗的言说，江户时代就已大量出现”。与此相关，“以‘食人’论国民性不自芳贺矢一始”，江户时代就有许多论者谴责“支那”历史上的吃人风俗，“将‘食人’风俗导入国民性阐释，散见于江户以讫明治学者们的著述中”。其实，祁文说的明治以前的相关记载叙述，本不在李文讨论范围，李文已有明确交代：“言说”的范围限定在明治时代，而对此前（李文称为“前史”）采取“四舍五入”的方式。之所以将日本“食人”言说考察限定在明治时代，其潜在前提是，“吃人”意象凝结着《狂人日记》主题思想的现代性，与日本“文明开化”的近代（日本所谓近代即现代）思潮密切相关。近代之前的“食人”叙述本不在考察范围内，因而先行排除。与此相关的国民性考察也自“文明开化”的日本近代始。

因日本学者实证研究方法的问题，进而对李冬木观点及研究方法持批评态度，否认《狂人日记》“吃人”意象生成的日本影响，在中国现代文学领域，尤其是鲁迅研究界，是极有影响的一派意见。李有智批评李冬木，旨在表明态度。王彬彬与李有智持论完全相同，王文充分展开论证，其观点很有代表性。仔细分析争论各方的研究及分歧，把握他们的思想理路，对探讨“吃人”意象生成以及相关问题很有意义。

而曹振华的《〈狂人日记〉“吃人”意象生成及相关问题》（署名“周南”）（《东岳论丛》2014 年第 8 期）一文则对以上争论做出了自己的评析。

第一，鲁迅获知吃人事实的途径。关于这一问题，反应最强烈，实际上是误会。对于鲁迅如何获知吃人的事实，周氏兄弟的解释说明，在《狂人日记》研究中，已是文学常识，且经由研究界而成为教科书式标准答案，每个受过中国现代文学专业教育的人都了解并没有疑义。李冬木将明治时代的“食人”言说引进《狂人日记》研究，目的也不是否定这个常识，而是在此之外继续延伸探讨。李冬木“忽视”这些，是因周氏兄弟的“说明”既已属常识，对其就无须再议，而专注讨论其与《狂人日记》主题相关之处“留有的若干疑问”，即在此基础上再度拓宽视野，推进研究。李有智、王彬彬二位指责李冬木忽略或不顾，显然是误解。因为即便鲁迅读过明治时代所有记载中国吃人事实的著作，而且全部被调查清楚，也不能以此否定他获知这些事实的中国渠道。祁晓明关于江户时代日本的大量记述，鲁迅未必不了解，但那原本也是取自中国记载的。因此，鲁迅获取吃人信息来源是中国，主要得自古书记载，根本无须争论。

第二，《狂人日记》的“吃人”意象，有着进化论、人类学意义上野蛮人即“食人民族”的精神野蛮性象征意味。具体到意象的生成，源于中国的“吃人”事实仅是作家的生活素材，而在艺术创作的思想深处，明治日本学习西方的时代思潮，即惯常所谓的欧风美雨，尤其此时代大潮涌动下进化论、文明论、人类学语境中的“食人”言说应该起着重要作用。

构成“吃人”意象的吃人事实，尽管古书多有记载，现实生活也有发生，但历史与现实中这些事实不可能是鲁迅一时偶然获知，而应由不同时期读到或见闻更近情理，因其触目惊心，陆续深刻储存于头脑中。那么，来自中国书籍记载和现实发生的吃人事实，包括《资治通鉴》所记载，无论多少，也只具有数量意义，属于艺术创作过程中的素材。从祁晓明文可知，日本江户时代早就开始了对中国吃人历史的研究。李冬木提供给我们的是什么呢？李文以超过一半的篇幅，不厌其烦地罗列明治时代“食人”言说的大量文献，铺陈其背景成因，不是从考证创作素材的层面为《狂人日记》的吃人事实再累加数量，也不是提示鲁迅获知此类事实另有日本渠道，而是还原当年鲁迅置身其中的那个历史现场，为《狂人日记》研究展现符合其主题思想产生的那个文化场域，呈现自江户时代就被关注的“支那食人”言说，到了明治“文明开化”时代风气中，在“文明与野蛮语境”中展开之全貌。根据当时的“文明论”，食人种族就是在进化史上还处于低等阶段的、没能褪掉动物性的野蛮民族。“脱亚入欧”的日本，比我们同胞更加关注中国的作为野蛮民族特征的若干风俗。鲁迅留日的第二年，大阪举行博览会，将中国人列入野蛮人类展出，中国留日学生对此提出强烈抗议，经多方奔走，迫使日方将中国从该馆撤出。比较而言，中国只有古书零星记载吃人现象，没有像日本人那样对此持续系统关注。经人类学家摩尔斯主持的大森贝塚考古发掘，发现日本远古时代也存在“食人”风俗，这一研究震撼了日本学界。摩尔斯的书正是鲁迅当年学习进化论的教科书。如此急于向西方文明靠拢的日本及其开放时代，进化论人类学框架中的文明野蛮分野论，把中国“食人”风俗作为野蛮民族标本的日本“食人”研究，人类学考古关于日本自身也是食人族后裔的发现以及引起的惶惑……所有这些研究、探索、发现，在鲁迅留日的七年持续不断。这是从纯粹中国传统理念的青年周树人成长为现代思想家鲁迅的社会文化环境，对于鲁迅的影响可想而知。

那么，鲁迅致许寿裳信简单点明“中国人尚是食人民族”，而“食人民族”直接从明治日本“食人”言说语境中拿来，对词义无须加以解释，许寿裳和鲁迅一同沐浴那个时代大潮，当然能会意。也正因如此，许寿裳一看登载于《新青年》的《狂人日记》就想到，作者是当年和自己忘情地讨论改造国民性理想抱负的“鲁迅”，并致信鲁迅求得证实，鲁迅答复“《狂人日记》实为拙作”，并写了上文引证的那一句话加以极简单的说明。

第三，储存于鲁迅记忆中的若干“吃人”事实如何被激活？要解答这个问题，只有周氏兄弟对事实来源的陈述是不够的。即便吃人事实全部得自《资治通鉴》，也并非鲁迅直到年近四十岁，在打算为《新青年》呐喊之时，才“偶阅《通鉴》”，尤其不可能因“偶阅”才偶然获知，并仅凭偶知即“悟”。鲁迅所谓的“偶阅《通鉴》”，应该是“乃悟中国人尚是食人民族”时之阅读，这属于“偶阅”。所以，鲁迅此前读过哪个版本的《资治通鉴》，或“乃悟”之时“偶阅”的是否真正《资治通鉴》，调查争论都意义不大。此语重心在“乃悟”，意谓：在偶然一次阅读《资治通鉴》时，悟到“中国人尚是食人民族”。鲁迅这一陈述，与狂人的自惭“有了四千年吃人履历的我，现在才明白，难见真的人”，相辅相成，是现代科学方法论意义的对民族、对自身反躬自审，是反思自身而得到的自我肯认，对心忏悔，即宗教家所谓开悟或觉悟，也是竹内好所谓“回心”——“罪的自觉”①。

那么，为什么“偶阅《通鉴》”“乃悟”了呢？也就是说，因何种契机，促使鲁迅灵感忽现而悟，深化到对礼教的批判，上升到国民性反思的呢？即所谓“忧愤深广”，反映于作品是“表现的深切”。这个环节中，在“偶阅《通鉴》”这个节点上，促使鲁迅“顿悟”的，同样不可无视外来影响，尤其是日本因素。

任何经典作品都是在相应的时代社会文化背景中孕育，《狂人日记》的中国背景因素是“五四”新文化运动，即传统文化的现代转型，《狂人日记》就是转型的新文化的重要部分，探讨《狂人日记》诞生的西方文化背景，客观上就是新文化运动发生学研究；作为文学转型之典范，如何从“吃人”到“国民性反思”，中国传统

---

① 竹内好著、李冬木译：《鲁迅》，孙歌：《近代的超克》，生活·读书·新知三联书店2005年版。

学理确实难有多少解释力。“鲁迅”是和《狂人日记》一起出世的，而没有留日经历，就不可能有“鲁迅”的诞生。李冬木将《狂人日记》研究纳入日本明治时代的“支那食人”言说，以及由此切入国民性研究话语框架，作为《狂人日记》诞生的外国现代思想文化背景，这是“狂人学史”实质性研究的推进。

还是据李冬木考证，与日本人类学会成立同时，最初“支那食人”研究是自然（体质）人类学范畴，不带种族偏见。但在日本民族主义空前高涨时代的国民性话语体系，“支那食人”风习就不可避免被赋予贬义了。民族学是人类学的一个分支，民族性是其当然的研究对象。“世界上没有哪个民族像日本人那么热衷于研究国民性”，中国近代才开始国民性的话题，就是来自受日本国民性话题影响的留日学生圈，因而李冬木把“‘中国人尚是食人民族’的发现纳入改造国民性的思考框架当中”，又因为芳贺矢一首次将“支那食人”言说导入国民性研究且最有影响，所以，将激活鲁迅关于“吃人”事实而“悟”这个节点，放在芳贺矢一代表作《国民性十论》。即使找不到鲁迅直接阅读芳贺矢一的证据，也可以肯定其合理性。如果想更详尽了解鲁迅与芳贺矢一的关系，还可参阅李冬木《芳贺矢一〈国民性十论〉与周氏兄弟》一文（《山东社会科学》2013 年第 7 期）。

当然，肯定了这种研究框架的借鉴意义，也不妨碍我们对其研究有不同观点。

曹振华的文章发表五年之后，葛涛先生主办的网络版“鲁迅研究动态”又加以转载，引起鲁学界的热情点赞，有的学者认为：曹文“对日本因素和实证研究的态度，更为辩证更有高度”。李冬木也认为：“该文对《狂人日记》‘吃人’意象讨论的梳理，要比我这个当事者本人清晰得多，明白得多。愧受辱知之评。”笔者看到后，也深感曹振华文章条分缕析，说理有据，是很难得的。

曹振华作为《东岳论丛》副主编，一直密切关注鲁迅研究的前沿问题，眼光锐利，判断中肯，在《东岳论丛》开设《鲁迅研究》《左翼文学研究》《港台海外中国现代文学与文化研究》专栏，刊发中国港台地区及日本、欧美知名中国研究专家的经典作品，推介国际中国学的前沿成果，产生了良好效果。影响所及，《山东社会科学》《山东师范大学学报》《济南大学学报》等都邀请他帮助开设以上栏目。

曹振华在编辑之余，还撰写了许多很有分量和深度的鲁迅研究论文，例如《论〈狂人日记〉的象征主义艺术》（《天津师范大学学报》1986 年第 6 期），被学校推荐参加 1986 年鲁迅与中外文化学术研讨会，并做大会发言，收入《鲁迅与中外文化》一书。二十世纪八十年代，象征主义艺术研究刚刚解禁，探讨被树为无产阶级革命文化旗手的鲁迅与西方现代资产阶级艺术的关系，并肯定鲁迅对其的积极态度，这样的研究在当时国内学术界尚不多见。《也谈鲁迅被专制利用问题——为谢泳先生解惑兼与林贤治先生商榷》（《鲁迅研究月刊》1999 年第 1 期）、《我们从〈青年必读书〉读到了什么》（《鲁迅研究月刊》1999 年第 4 期）、《关于鲁迅与梅兰芳评论的评论》（《鲁迅研究月刊》1999 年第 9 期）、《对所谓“鲁迅的局限”之我见》（《鲁迅研究月刊》1999 年第 11 期）、《现实行进与终极目的的对立统一——关于鲁迅与左联关系的思考》（《鲁迅研究月刊》2000 年第 1 期）、《关于鲁迅宗教文化思想的几点思考》（《鲁迅研究月刊》2000 年第 8 期）等等，这些文章两年内集中发表于《鲁迅研究月刊》，关注鲁迅研究领域的传统难题和当下面临的重大课题，涉及改革开放三十年来中国学术文化界面临的重大问题，也是反映着中国政治、思想、文化、学术发展走向的时代课题，如鲁迅与中国共产主义革命的关系（左翼文学研究的重要内容）、“五四”新文化运动与传统文化现代性转化、自由主义与新左派关于鲁迅的论争、鲁迅的宗教文化思想对中国人信仰重建的意义等。这些探索在鲁迅研究及中国现代文学研究界很受关注。其中，《也谈鲁迅被专制利用问题》一文作为新时期鲁迅研究重大问题讨论的代表论文，2006 年由香港大学出版的英文刊物 *Critical Zone 2* 全文翻译并向西方学术界推荐，且被收入《鲁迅研究年鉴》、《新时期关于鲁迅的论争》（四川文艺出版社 2002 年版）、《聚焦鲁迅事件》（福建教育出版社 2001 年版）等书。《现实行进与终极目的的对立统一——关于鲁迅与左联关系的思考》一文，对左翼文学的研究早于国内左翼文学研究热，主要观点被本领域年度学术回顾重点介绍，《人大报刊复印资料》全文转载，被各种年鉴、论文集、专业网站、高校现代文学必读资料库收入。

在关注鲁迅研究前沿当中，曹振华更多地跟踪近年来关于《狂人日记》研究的最新进展，特别是《狂人日记》创作的日本因素以及国民性话题的日本影响，涉及中国现代文学发生学研究，发表两篇论文参与重要课题探讨。上文评述的《〈狂人日记〉“吃人”意象生成及相关问题》就是其中一篇，《新华文摘》全文转载；另一篇是《中日国民性话题史上的〈国民性十论〉》（《东岳论丛》2018 年第 10 期），《新华文摘》2019 年第 3 期、《高等学校文科学术文摘》2019 年第 1 期论点摘编。

除以上文章外，前文评述过的吉林群落中的王学谦，早在 2007 年和 2008 年就发表了一系列研究《狂人日记》的论文，如《〈狂人日记〉与鲁迅文学的生命结构（一）》（《鲁迅研究月刊》2007 年第 6 期）、《〈狂人日记〉与鲁迅文学的生命结构（二）》（《鲁迅研究月刊》2007 年第 7 期）和《〈狂人日记〉与鲁迅文学的生命结构（三）》（《鲁迅研究月刊》2008 年第 4 期），是对鲁迅生命哲学的展开。其基本观点为：《狂人日记》是鲁迅文学的基本结构，“最大程度地浓缩了鲁迅文学精神，即鲁迅的生命悲剧体验。所谓生命悲剧，就是对人的存在的悲剧性体悟，并将这种悲剧看作是人和世界的本质”“鲁迅不同文本的创作就其主导性因素而言，都是《狂人日记》的基本结构不断重写或改写，并由此形成了鲁迅文学世界的独特意味”。《狂人日记》结构的第一次移动是鲁迅未完成的散文诗《自言自语》（1919），它与《狂人日记》创作的时间仅仅相隔一年多；《狂人日记》一次最大规模的移动与变型是《野草》，《野草》是《狂人日记》的多声部演奏。鲁迅杂文是《狂人日记》的置换变型。鲁迅杂文的基本结构与《狂人日记》是基本相同的，只是由于书写方式的不同而进行一些调整。有学者认为这些论文是近年出现的很有分量的鲁迅学论文。

二　百年祭之中的讨论

《狂人日记》发表一百周年的 2018 年 5 月，中国鲁迅学界就开始了隆重的纪念。

2018 年 5 月 15 日，为特别纪念《狂人日记》发表一百周年，由北京鲁迅博物馆（北京新文化运动纪念馆）和中国鲁迅研究会主办的“纪念《狂人日记》发表一百周年”学术研讨会于北京召开。来自全国各高校与科研院所的专家学者 30 余人与会提交论文，围绕鲁迅的诞生与中国现代白话小说的发端、《狂人日记》文本细读、《狂人日记》的比较与影响研究、《狂人日记》研究史等议题展开了充分交流与深度研讨。

北京鲁迅博物馆（北京新文化运动纪念馆）常务副馆长黄乔生在致辞中指出，1918 年 5 月 15 日，署名“鲁迅”的《狂人日记》发表于《新青年》四卷五号，以“表现的深切”和“格式的特别”开启了中国文学的新篇章。《狂人日记》是鲁迅的成名作，是鲁迅文学交响的序曲，是中国现代文学的源文本，是中国新文学的代表作，与鲁迅另一篇杰作《阿 Q 正传》合成“双璧”。同时，它也是一个未完成的文本，后世作家在其影响下，继续探索民族觉醒和进步之路。

北京鲁迅博物馆研究馆员姜异新、副研究馆员陈洁分别提交了论文《〈狂人日记〉的时空》和《通俗教育委员会小说股之于〈狂人日记〉》。此次研讨会所发表的论文内容丰富，有建立在扎实史料基础上对《狂人日记》文化空间场域的回溯，有对鲁迅和尼采、进化论之间关系的探寻，也有从思想、社会、历史的层面和人的生存表达、语言表达系统两个层面进行的文本细读，还有在尊重历史语境下对文学史叙述的思辨，在一定程度上做到了对既有研究话语的辨析和对既往思想框架的超越。学者们还探讨了鲁迅和晚明、戊戊维新、辛亥革命的关系，提出加强哲学性、悖论性研究的思路，力求打破当前对于鲁迅作品研究凝固化、缺乏流动性的禁锢。此次会议研讨氛围浓厚，葆有探索精神，进一步深化了作家鲁迅的文学本体研究。

2018 年 11 月 4 日，由浙江大学中国现当代文学与文化研究所主办，浙江省鲁迅研究会、浙江省社会科学联合会协办的纪念鲁迅《狂人日记》发表一百周年学术研讨会在杭州召开。研讨会旨在纪念鲁迅《狂人日记》以及它所带来的深远影响，进一步推进鲁迅研究，弘扬鲁迅精神和保护文化遗产。来自全国各地的专家学者七十余人齐聚一堂，展开热烈的学术讨论。

浙江大学盘剑教授主持会议开幕式，浙江大学中国现当代文学与文化研究所副所长、浙江省鲁迅研究会会长黄健，北京鲁迅博物馆常务副馆长、中国鲁迅研究会常务副会长、《鲁迅研究月刊》主编黄乔生，浙江省社科联领导杨希平，浙江省鲁迅研究会常务副会长曹禧修分别致辞，触及鲁迅研究的现状及热点问题，对鲁迅研究的前景做出了积极展望，使与会代表备受振奋，掌声频传。

主题演讲分四场，共有三十位学者发言。其中既有资深鲁迅研究专家的精辟见解和深入阐发，也有青年学子初涉鲁迅研究的各种洞见，专家们在作品细读、史料考释和方法辨析上均表现出前瞻的眼光和深刻的见地。发言主题涉及鲁迅及《狂人日记》的研究和再研究，鲁迅纪念、鲁迅研究的新动向和新趋势，鲁迅创作的《狂人日记》与中外名作比较研究，以及如何在新的学术视野中运用新方法等，发言既有广度又有深度。在每场发言后，评议专家都给予精彩的点评，并不断得到会场专家们的积极回应。本次与会专家学者对所分享的研究成果表示高度肯定，并指出新时期的鲁迅研究应不断开拓新思路，纷纷表示将继续发扬鲁迅精神，承担现代知识分子的时代责任和文化使命。

除了学术讨论会，研究者个人也推出了有分量的论文。复旦大学张业松教授的《〈狂人日记〉百年祭》(《现代中文学刊》2019 年第 2 期)，对《狂人日记》采取了另一种读法。他认为，《狂人日记》阐释中始终需要面对的核心问题是对“狂人”及其结局的理解，这个问题的形式化表现即是正文的“白话”与小序的“文言”之间触目的并置与对立。这一形式化的呈现，实体化了时代的根本困境，也使得作品的意义表达变得暧昧：作品所提供的“新”与“旧”的情境框架，是“狂人”败北的象征，抑或有意味的措置？细读本文，以“狂人”名号系日记作者愈后自题，“候补”说法系来自“不可靠信源”的“被污染信息”以及日记结尾“救救孩子……”句尾的省略号等长期被忽略的细节为突破口，重新定义了《狂人日记》的经典性。《狂人日记》的创作来源于鲁迅长期以来的关怀，有赴日留学时期明治知识环境的熏陶，更多是“从太炎游”的思想和人格典范作用所致，总体上属于晚清—民初中国（尤其是语言、文化）知识环境的产物，代表了这一时期“狂人”话语的主流形态。其开创性意义在于树立了现代自我的典型，是康德意义上的启蒙的示范之书。

该文“从太炎游”所形成的思想和人格典范作用以及正文的“白话”与小序的“文言”之间触目的并置与对立，比以前的《狂人日记》研究增加了新的思路，但脱离“吃人”意象论《狂人日记》恐有偏离中心之憾。其实，这篇论文仅是张业松《从狂人到阿Q：内面的中国革命》一书的起点，他还要对狂人的革命与阿Q的革命之间的关系进行探究，结合周作人的《人的文学》，提出了两个层面的解读：阿Q的革命一方面是“人的一切生活本能，都是美的善的，应得完全满足”，另一方面是“从狂人到阿Q，作为人的内面精神、内面生活可以提升到高上和平的境界”的隐喻。他认为鲁迅笔下的人物是可以联系在一起来看待的，从而使读者获得了延伸性的收获，理解鲁迅毕一生之精力致力于国民内部精神革命的宗旨。这种综合研究法无疑会推动今后的鲁迅研究朝着精神内部深入发展。

李冬木继续推进他的研究，2019年综合过去的成果出了两部新书《鲁迅精神史探源：进化与国民》和《鲁迅精神史探源：个人·狂人·国民性》（台湾秀威资讯科技股份有限公司2019年版）。

这两部新书不仅集中推出了李冬木多年来对鲁迅与丘浅次郎和涩江保译《支那人气质》关系研究的最新成果，而且对《狂人日记》的研究更加丰富、全面了：以实证研究的方法，具体深入地考察了在日本明治三十年代的思想文化背景下，留学生周树人如何成长为后来创作《狂人日记》并成为“五四”新文学奠基人“鲁迅”的历史过程。这是长久存在于鲁迅学史上的根本问题，始终没有如李冬木这样明晰的探究。另外，该书还具体廓清了“个人主义”“尼采”“施蒂纳”“无政府主义”和“狂人”的言说形态，以及这些言说对鲁迅的影响；更以《狂人日记》为代表文本，探讨了鲁迅思想和文学观的形成及其创作对于拓展中国文学精神疆域的深邃意义。书中力图揭示在波澜壮阔的二十世纪初，周树人是如何不为时代大潮所漂泛，“取今复古，别立新宗”，确立自我，完成个人主义塑造的精神历程的，不失为对鲁迅及其起始之作《狂人日记》的厚重、深刻的研究与纪念。

李冬木继续努力，在《文学评论》2020 年第 5 期上又发表了长篇论文《“狂人”的越境之旅——从周树人与“狂人”的相遇到他的〈狂人日记〉》。本论所述“狂人的越境之旅”，是指周树人在留学时期与“狂人”相遇到他创作《狂人日记》从而成为“鲁迅”的精神历程的某一侧面，是在前论所完成的“狂人精神史”背景的基础上，对从《摩罗诗力说》到《狂人日记》之间的叙述空白的一个补述。笔者认为，在这两者之间还缺乏有机关联的说明，而由文艺作品翻译、创作和批评所搭建的与周树人相伴并且互动的“狂人越境之旅”则刚好构成了二者之间的精神衔接。本论呈现了周树人在这一历程当中遭遇“果戈理”和三种《狂人日记》的现场，“尼采”话语下的“高尔基”和“安特莱夫”，起始于“契诃夫”的“精神诱拐结构”，“狂人美学”的确立过程，乃至“明治俄罗斯文学”的精神和创作实践意义。周树人通过翻译，实现了超越跨语际意义的“狂人”之“境”的移植。《狂人日记》是“狂人越境”的精神抵达，也是三十七岁的周树人携同既往的新的一页的开始。

三　百年祭之后研究也不会结束

以傅斯年对《狂人日记》的评论为肇始的中国鲁迅学史已经整整一百年了，作为这不平凡的百年史结束点的《狂人日记》研究，是不是已经到头了呢？

没有。与整个中国鲁迅学史一样，仍然要继续下去，并有更为广阔、深刻的发展。

《狂人日记》的最早反响是1919年2月傅斯年的评论，但更具震撼力的却是1919年11月，《新青年》六卷六号发表的吴虞的《吃人与礼教》。这篇文章尖锐、鲜明地把吃人与礼教这两个看起来对立的概念醒目地提取出来并列在一起，又举出历史上种种吃人的实例，之后都归结到礼教的残酷本质上来，有其影响力强烈的一面，却又有把“吃人”引向肉体相吃的负面作用。笔者同意钱理群先生等的观点，认为鲁迅在《狂人日记》中所说的“吃人”，实质上是抽象的精神上的相吃，并非肉体上的。在人类走出野蛮时期即奴役社会之前，无论是封建社会还是资本主义社会，都无法逃脱精神上相吃和物质上的剥削与压迫，鲁迅从早期开始就是向往“无阶级社会”即没有人与人之间相吃现象的社会的，这正是他后来倾向共产主义的思想基础。所以鲁迅痛斥“吃人”，呼吁“救救孩子”，在整个人类走出野蛮社会前都是富有意义的。而这个阶段是极其漫长的，所以《狂人日记》在百年祭之后的很长时期内都不会失去其重要的价值，需要我们进一步认真地体悟、研究，眼光放得更远，思路展得更广，思辨钻得更深。

在《狂人日记》研究上已经硕果累累的李冬木，还在致力于此前关于“狂人”言说探讨的延续和引申，聚焦明治时期“文艺创作和评论中的‘狂人’”，探讨他们如何出现在留学生周树人的周围，又如何构成周树人的“狂人”文学启示录。“狂人”启示是周树人继“摩罗诗人”之后的重要文学收获，也是他整个精神建构的有机组成部分。“狂人”形象是周树人内质化的产物，后来在作品中出现，不过是这一不断延续的内质化的过程在创作上留下的结果。因此《狂人日记》的“奠基”意义，还在于以完成“狂人”中国“越境”方式，真正打通了中国文学与世界文学的血脉联系。话题范围包括明治“果戈里”“高尔基”“安特莱夫”“加尔逊”等，以及他们的“越境”引路人如二叶亭四迷、升曙梦和上田敏、内田鲁庵、长谷川天溪等。

第三十四章　二十一世纪鲁迅学的特点与不足

一　二十一世纪鲁迅学的特点

二十一世纪鲁迅学的特点有以下三点：

（1）二十一世纪鲁迅学的新人新作已经摆脱了笔者这一代和前几代鲁迅研究学者所长期背负的沉重的思想包袱，不再满足于诠释领袖人物的政治观点，而是进一步从存在主义、精神分析理论、文化心理学、叙述学等多种现代人文科学理论出发，努力从广阔的文化视角对鲁迅及其思想、作品和他所处的历史时代进行多重的文化解读。鲁迅与中国传统文化的关系有了更为深入、系统的开掘，鲁迅与外国文化的联系也有了更为广阔的拓展。这都说明鲁迅的“人间化”是二十一世纪中国鲁迅学的最大进展与特点，证明了使鲁迅从“神”到“人”，实现中国“鲁迅接受”再次翻转的历史必要性。

倘若说二十世纪八十年代王富仁、钱理群、汪晖等学人是从理论上开始了这种“翻转”，那么，二十一世纪就是通过众多学人的艰苦、细致的努力，从生活和历史的细节上进行着这种“翻转”。一个立体的、多侧面的、“近于真相”的鲁迅开始逐渐清晰、完整地呈现在世人面前。

（2）鲁迅已经走下“神坛”“圣坛”，逐步还其真人的原貌。学者们已经不再以鲁迅的是非为是非，以鲁迅的好恶为好恶，而是把鲁迅及其思想和作品放到人类历史的长河中与当时的历史语境中进行考察，从而打破了鲁学界两个“凡是”的思维模式，既认识到鲁迅的历史的局限性，又倍感他的恒久的价值。这种恒久的价值包括精神价值，也包括文化与美学的价值，还含有历史的经验与教训，即历史的局限性。

(3) 对以前的鲁迅学史，开始以新一代的眼光进行审视，看到了鲁迅形象重构的时代因素与内在逻辑，为下一步的学术进展做了理性的准备。目前，从袁盛勇到田刚，从李林荣到刘春勇，从郜元宝到李怡等，都在做着“后鲁迅时代”的资料挖掘和历史反思工作，也就是进行着他们所说的祛魅与还原。笔者隐约觉得这可能是区别于上一代鲁迅学学者的一个显著标志，可能是《中国鲁迅学史》以后的学术史所应着笔述写的重要内容。其意义不仅局限于鲁迅学的学术范畴之内，而是涉及甚为广大的精神文化现象——揭开单一政治意识形态的遮蔽，探求原本的历史真相和鲁迅本体的真实存在以及出现这种政治遮蔽的背后原因和逻辑机制，以获得恒久的启悟和普适的价值。这将会是中国知识分子精神觉醒史的一个令人耳目一新的侧影。

二　二十一世纪鲁迅学的不足

以上是笔者对二十一世纪鲁迅学的大致感受，这是属于优点方面的。严格要求起来还有以下不足：

(1) 虽然努力从多重的文化视角和以多种现代理论审视与解读鲁迅，但由于对鲁迅原作和当时的历史语境尚“吃”得不透，结合得不紧，没有完全融化在鲁迅本体中，因而有时给人以食“古”不消、食“洋”不化的油水分离的感觉。因此，尚未实现整体性的突破，尤其是热衷于现代主义名词、求新求奇的人多，而埋头于鲁迅生平史实的挖掘、考证、辨析，鲁迅原著的校核、编辑、解读的学人少，这是不益于推进鲁迅学进一步发展的。

（2）对鲁迅进行多重的文化解读是有必要的，但是不能完全脱离政治，把鲁迅描述成一个脱离政治的单纯的文化人、学者或文学家。不仅中国现代文学史囊括不了鲁迅，整部中国文学史、文化史也囊括不下。还是毛泽东说的对：鲁迅不但是伟大的文学家，而且是伟大的思想家和伟大的革命家。把鲁迅看成是单纯的文学家或学术家，是不符合鲁迅本体的，甚至于会离真相更为遥远。因为鲁迅毕其一生都是与国家、民族以至整个人类的政治命运紧密联系在一起的。这里所说的“政治”，并不是某些政治家或政治集团的“政治”，而是关系到整个国家、民族以至整个人类命运的政治。人只要活在世上，就不可能完全脱离这种政治，特别是鲁迅和他那一辈革命家、文化人都是与这种政治血肉相连的，他们的每一个行动和著述都是为了民族的兴亡与人类的前途奋斗的。现在已经有学者明确提出并深入论析了这一点，笔者认为这是很对的。2018 年，有两本关于“政治鲁迅”的著作同时问世，一本是钟诚的《进化、革命与复仇：“政治鲁迅”的诞生》（北京大学出版社），一本是李玮的《鲁迅与 20 世纪中国政治文化》（百花洲文艺出版社）。《中国现代文学研究丛刊》2020 年第 8 期，刊登了邱焕星的评论，认为：“这两本书的出版，标志着新一代学者试图走出鲁迅研究最近三十年的‘去政治化’状态，努力开启了鲁迅研究的‘再政治化’转向。”张全之则在《东岳论丛》2020 年第 7 期上发表了《新世纪以来鲁迅研究的困境与“政治鲁迅”的突围》一文，认为：面对鲁迅研究日益陷入“困境”这一问题，近几年来，有几位年轻学者提出了“政治鲁迅”的口号，想要借此挑战或取代自二十世纪八九十年代以来以“主体论”为主导的研究范式，实现一次范式革命。但是，这一尝试虽然有创新性成果，却没有达到改变鲁迅研究范式的高度。值得欣慰的是，这一口号给沉闷的鲁迅研究界带来了活力；同时，这一研究也才刚刚开始，其前景值得期待。

钟诚的专著《进化、革命与复仇：“政治鲁迅”的诞生》（北京大学出版社 2018 年版），认为鲁迅学界一直有从“文学鲁迅”到

"政治鲁迅"的研究呼吁，但目前"政治鲁迅"研究多是基于文化政治的视野而展开，缺少比较系统的、有深度的政治哲学的分析路径。在本书中，作者运用政治哲学的视野对鲁迅的思想尤其是政治观展开了较系统的分析和反思。其中尤其关注人性问题、正义问题、政治的道德基础等问题。自二十世纪八十年代以来，伴随着对既有研究路径的反思以及跨国跨地区学术交流的增多，中国的鲁迅研究界在概念、方法和理论等层面都有不同程度的创新，尤其是历史"中间物"概念的提出和广泛的探讨，使得鲁迅学不再是一座"肃穆的'古堡'"，鲁迅走下了神坛，他丰富而矛盾的内心世界成为大家关注的中心，"回到鲁迅那里去"的口号也开始真正地得到落实。然而，内心丰富而矛盾的鲁迅不光需要"了解之同情"，他需要的还有"批判性反思"，这种反思的过程并非用我们今天既有的知识框架和问题意识对鲁迅的思想世界进行俯视或断章取义，这样的方式产生的最终结果只能是"搔不着痒处"。对于鲁迅思想及其与现代世界的关系，学界已有诸多著作和论文探讨过，本书不打算再简单重复这些探讨，而希望从一个较新的角度来切入，这个角度就是"政治鲁迅"。这里需要说的是，选择"政治鲁迅"作为切入点，并不仅仅是为了弥补"空白"，做知识积累的工作，更不是因为鲁迅的政治观看起来简单、不成体系而有此"取巧"的选题。鲁迅留给我们的主要印象乃是"文学者"，但他并非一位纯粹的文学者，而是一位终生都未脱离政治纠缠的文学者，尽管他的政治思考并未以概念化、体系化的方式呈现。在中国近现代政治思想史研究的流行谱系中，我们一般找不到鲁迅这个名字。可是，这并不意味着他对于政治的思考就不重要，也许原因恰恰在于，他对政治的思考有其特殊难解之处，难以用一种便携化的方式来提取、归纳。当然，这仅仅是一个未经验证的"假设"，而本书的写作，即可看作是对这一假设进行验证。鲁迅没有受过专业的学院派的政治学训练，在他留下来的文字中，也没有系统的关于政治的论述，但是，在客观上，他的思想对中国的政治形成了巨大的影响，这种影响不是以直接的政策建议的方式，而是以一种潜移默化的文化心理的方式对现实的政治（以及关心政治的知识分子阶层和民众）产生长远的影响。更具体地讲，鲁迅所产生的影响，一方面是基于意识形态的，或借助意识形态推动的，包括将鲁迅神化或贬低歪曲鲁迅思想的方式；另一方面则是源于鲁迅思想的特异性，可以由不同的严肃的研究者做出各种“言之有理、持之有故”的诠释。这两个方面的缠绕和纠结，使得对鲁迅思想的政治解读变得丰富、多面，世纪之交关于鲁迅的论争就是一个非常好的例子。必须指出的是，由于众多制约因素的发生作用，这些解读有相当一部分都偏离了鲁迅的原意，而去探求真实的鲁迅的政治世界，就成为一个颇有意义的课题。在这个探求的过程中，一方面，我们可以对论争所涉及的政治问题做一种基于学理思考的自成“一家之言”的回应；另一方面，通过深度了解鲁迅这样一个被有意无意简化的人物复杂和悖论式的思想世界，我们或许也能对近现代以来中国政治发展的特质得出一点新的看法。

笔者认为尽管钟著的一些提法和论述尚须进一步验证和分析，但是提出“政治鲁迅”的新思路，对于百年后中国鲁迅学的开拓与深化是非常有意义的，因而值得学界注意。

（3）虽然二十一世纪出现了一些鲁迅学新人，但多是在读博士研究生时为了完成博士论文而致力于此。很多博士学位一拿到，就改行从事其他了，极少有专门致力于鲁迅学这门学问的学人出现，因而从整体来看，不能不说中国鲁迅学的前景是令人担忧的。不仅是鲁迅学，就是整个人文科学都很令人担忧，这与大的时代环境有关，不是任何个人所能扭转的。但是我们能不能尽我们的微薄之力尽量予以弥补呢？

三　笔者的建言

最后，笔者作为将自己的一生完全贡献给鲁迅学的学人，斗胆对二十一世纪鲁迅学的新人和中国的鲁迅研究机构以及大学文学院的领导提几点不成熟的建言：

（1）鲁迅及其思想、作品，是值得有志的年轻人付出毕生的精力学习和研究的。笔者自二十岁开始，大半生致力于鲁迅学研究，到了七丨岁以后，不但未感到事情已经做完，反倒觉得可做的事情越来越多，永远也做不完，生怕自己有生之年不能把已经在胸中酝酿好的书和文章写出来，就离去了。所以笔者真心盼望有年轻人来接班。鲁迅学是一个大海，虽然已经有了百年的学术史，但不过是方兴未艾，未来一定会有更为广大的前程。最近，笔者在鲁迅著作与《红楼梦》并读的过程中有这样一个感受：《红楼梦》不愧为中国乃至整个人类人学思想史上表现“人”的意识的辉煌巨作。她如一座巍峨的高峰，屹然挺立在人类精神解放史上。但是，由于清朝“文字狱”的残酷禁锢，之后就出现了百余年的思想沉默。直到清末才有了章太炎的《明独》，接续黄宗羲的思想提出了“大独必群”的命题。而鲁迅则极大地发挥了他的老师章太炎的命题，不仅在《文化偏至论》中提出了“立人”思想，而且在《破恶声论》中进一步道出了“人各有己，则群之大觉近矣”的真理。但在文学上，又如鲁迅所说：“中国自从十八世纪末的《红楼梦》以后，实在也没有产生什么较伟大的作品。”进入二十世纪初叶，《红楼梦》百余年之后，在“五四”思想革命和文学革命的大浪推动下，从文学上接续《红楼梦》的“人学”思想、写出伟大作品的，不是别人，恰恰是鲁迅，是鲁迅的《狂人日记》和他“一发而不可收”的一系列作品。其实，鲁迅的价值就在于经过《红楼梦》后的百余年沉默，又一次为中国人喊出了“人”的声音，呼唤冲破主奴束缚的“真的人”，实现“人”的自觉。所以，鲁迅身后八十余年中，鲁迅的影响不仅没有消退，反而越来越强盛。可以说，今后几百年里，鲁迅都将会保持强大的影响力，鲁迅学也同样会持久地继续发展。笔者同意何满子先生的说法：“几百年以后，对鲁迅的评价一定会比今天还要高。”鲁迅学会继续他的显学地位，并比今天更兴旺。有志于毕生学习、研究鲁迅的学人，一定会前途远大的。2020 年 9 月人民文学出版社推出了青年鲁迅研究学者崔云伟的《鲁迅与西方表现主义美术》，特别关注“艺术鲁迅”的形象建构，全面而系统地研究了鲁迅与西方表现主义美术之间的关系。上编通过对鲁迅与凡·高、蒙克、罗丹、珂勒惠支等的比较研究，具体考察了他们之间“我与你”的精神相遇；下编运用线条、笔触、色彩、视觉意象等美术形式语言，细致剖析了蕴藏在鲁迅作品中的表现主义美术的视觉印痕。鲁迅的个体性、世界性、现代性、艺术性亦由此跃然而出。该书在中国鲁迅学百年之后，还开拓出这样的新视野，说明尚有很广阔的思维空间。

（2）有志于毕生学习、研究鲁迅的学人，应该切切实实地做学问，从鲁迅生平史实的挖掘、考证、辨析，鲁迅原著的校核、编辑、解读以及鲁迅学史开始起步。现代理论是要学习的，但鲁迅生平史实和鲁迅原著永远都是立足的基础。学习鲁迅学史是为了了解前人都做了哪些工作，做到了什么程度，还需要怎样往下接着做，不至于盲目地再走前人已经走过的路。2008 年 9 月，笔者到北京鲁迅博物馆参加日本学者木山英雄先生《北京苦住庵记》的研讨会，一位从日本留学回来的学者说：“日本的鲁迅研究，实际上已经超过中国了。”笔者 2005 年在日本爱知大学国际中国学研究中心讲学时，也感到由于政治的控制、思想的僵化，中国鲁研界的确在很长时期里进入了死胡同，停滞不前，在鲁迅思想发展道路、世界观转变上打转转，浪费了无数精力，出了不少无用的著作。后来是汪晖先生从日本竹内好鲁迅研究中受到启悟，写出了《反抗绝望》一书，促使中国鲁迅研究打开了新局面。笔者回国后曾写了《日本鲁迅研究对我们的启示》一文，在 2005 年 9 月《光明日报》发表。但是，笔者又认为中国鲁迅学界关于鲁迅生平史实的挖掘、考证、辨析，是其他任何一个国家都无法超越的。因为这是只有在中国本国才能完成的工作，外国人无法替代。笔者在《中国鲁迅学通史》中这样说过：“鲁迅史实研究队伍是鲁迅研究领域最扎实、最讲科学、最靠得住的学者群。他们对鲁迅研究的贡献是卓著的，不可磨灭的。也正因为如此，这支队伍中的学者付出代价最大，收益却最微，最引起我的敬意。而鲁迅在日本的史料发掘工作，也只能由日本学者去做。中国人或其他国家的学者也无法替代。”日本出版过《鲁迅在仙台》一书，那种精密、细致的调查研究是中国学者比不了的：发动了几百人参加，凡是活着的当事人都一一采访了，连鲁迅当年在仙台医学专门学校的成绩单都找到了。这种考证精神真值得中国学者学习，我们能否也像日本学者那样，把鲁迅生平史实再挖掘、考证、辨析一番，并编辑、出版更高质量的书呢？上海鲁迅纪念馆在王锡荣先生的领导下，已在做鲁迅在上海的生平史料整理工作，分八项开展，将来会出八册印装精美的大书，把鲁迅在上海的所有史料，包括当时上海的风俗小吃和各种小报都包罗进来，收入很多珍贵的原始资料和老照片。最近他们又主持了鲁迅手稿的研究，这的确是一项功德无量的大事业，值得更多的机构和学者参与。学术研究除了肯下功夫之外，需要一定的禀赋和才能，但是仅靠才气是不能把学术推向深入的。有些很有才气的学者、教授，写文章、讲演颇吸引人，但一认真深掘其实质性的观点，就会发现是过去早就有人说过，甚至多人说过多遍的，他没有研究甚至不屑于细看学术史，就在那里信口开河。可能由于他的才气，比别人讲得更漂亮些，却对学术本身并没有实质性的推进。学术研究是要笨人下笨功夫的，才子式的宣讲虽然一时唬人，过后很快会烟消云散。

（3）应该下大功夫深入研究鲁迅的局限性。笔者在导论中强调了这一点，受到袁盛勇先生的肯定。但这实质上应该归功于林非先生，早在二十世纪九十年代他已经在《鲁迅和中国文化》中提到了。刘再复先生 1991 年 9 月也在《鲁迅研究的自我批判——在东京大学“鲁迅和异文化接触”学术会议上的发言》（刘剑梅编、刘再复著《鲁迅论》，中信出版社 2011 年版）中，批评并自省了把鲁迅“偶像化”的错误倾向。无论多么伟大的人物都有其不可避免的“局限性”和“负面意义”，鲁迅是人，而不是神，不可能超脱在外。鲁迅最可贵的地方正是始终强调自己是历史的“中间物”，始终不断地无情解剖自己、克服自己，从而不断前进。他也始终盼望听到切中“真症候”“入木三分”的中肯批评，那种只知单面赞颂、不会全面分析的态度正是违背鲁迅精神、违反科学的辩证思维方式的，是一种低级、片面、蒙昧的精神状态，是为鲁迅所不取的。对鲁迅局限性的研究，绝对不是贬损鲁迅，而是调整和提高我们自身的科学态度和思维方式。不仅对鲁迅，对其他任何一位历史人物都应该采取这种科学的态度。这是今后鲁迅学者需要努力补上的一课。

（4）笔者还想，中国的鲁迅研究机构与大学文学院能否联手创办专门性的鲁迅学的研究班，下大力气培养一批专门从事鲁迅学研究的专业人才，尤其是从事鲁迅学文献研究和保护的人才，也就是俗称的“鲁迅通”。这已是迫不及待的事情了。据笔者所知，不仅中国社会科学院文学研究所目前的鲁迅学研究已经断档，后继乏人，而且北京大学、北京师范大学等高等学府，也后继缺人。

（5）应该充分发挥微信、微博等网络世界新媒体的作用，加强对鲁迅学的宣传与交流。目前网络日益显现巨大的威力，几乎覆盖人们生活的各个方面，通过微信等传播信息快捷而广泛。例如葛涛先生主办的网上“鲁迅研究动态”就已经显示出惊人的效果，既可以迅速播发新人新作，又能够适时重温过去的旧作。笔者就从中了解到王兵、王海燕等新人的新文，开阔了视野和思路；又重温了曹振华等已见经传的专家的旧作，获得新的启示。相信这样进展下去，一定会在鲁迅学研究中发挥更加强劲的力量。

笔者今天的建言，大抵仅是笔者的一点奢望，明知大多实现的可能性甚微，也说出来，给历史留下一点痕迹。这也算作一次“反抗绝望”吧！

结　语　百年后的展望

从1919年到2019年，中国鲁迅学已经整整一百年了。百年后还会有进展吗？对此，笔者也产生过疑惑，但是在读了高远东先生的《鲁迅“相互主体性”意识的当代意义》（《探索与争鸣》2016年第7期）以后，却很有信心了。

高远东在这篇文章中说：

> 我觉得对鲁迅思想最切实的表达，是1981年王得后概括提炼的“立人”思想：它是鲁迅思想的正面表述，可纠正长期以来单凭鲁迅的文学作品所形成的否定性思想者的印象。而“立人”思想和“相互主体性”意识正好构成鲁迅思想的两面：“立人”思想是鲁迅思想的原点和正题，其“立人”问题实乃人如何确立或人的主体性如何确立问题的回答；而“相互主体性”意识则把“立人”命题扩展到相互关系领域，使单向度的“立人”问题社会化，使其从“立人”到“立国”的建构完成了最关键一环。

就鲁迅思想的特征而言，在“立人”思想之内，日本伊藤虎丸所强调的“个”之觉醒，最能代表鲁迅思想的精髓和他对中国及东亚思想之现代性的贡献。“个”的觉醒是现代思想的原点，鲁迅则是近代以来东亚和中国思想触及此点最深处的思想家——其对

“人”的问题的理解，其对二十世纪文明之“主观与自觉”新精神的追求，其对中国旧文明之“吃人”病理的揭示……都受这个思想基本点的制约。但植根于这个思想基本点的现代性逻辑是存在问题的，也就是说，单向度的“立人”或主体性确立课题，必须进入相互关系的领域去展开，否则并不能导致所设想的“人”的局面的出现。以现代思想所致力的主奴关系克服而言，单向度的人之为人、主体之为主体并不能消灭主奴关系，因为在主奴关系中也存在一个主人，而另一个却是奴隶。只有把这一命题延伸到社会性的相互关系领域，主体才能成为“相互主体”，社会才能成为人人为人的社会，真正消灭了主奴关系的现代主体化的新文明才可能出现。

鲁迅的思想中出现“相互主体性”意识是中国和亚洲思想现代化进程中非常值得捕捉的一瞬：它不仅是鲁迅对中国旧文明整体批判的结果，也是鲁迅对西方现代文明进行批判的结果，更是鲁迅对中国近代以来追求现代新文明进行批判的结果。它使鲁迅能够立足在新的思想高度、广度和厚度上俯瞰古往今来东西方的一切思想、文化和社会体制，重估一切价值——鲁迅思想的深刻性、准确性、全面性、超越性和先进性，都植根于这种“相互主体性”意识与其“立人”思想熔于一炉、前后递进、各居一翼、相互作用的思想结构。纵观、环顾一下会发现，实际上二十世纪世界精神文明的制高点也是在这里：现代世界人类几乎所有的思想、文化和社会问题，其症结并不在不允许有人做主人，而在只允许一方做主人，这也是以欧洲思想牵头发展的现代文明能把“人”的内核与殖民主义扩张合为一体的原因。现代文明不是致力于独立、民主、自由和解放的进程吗？怎么结果反而是出现新的奴役呢？笔者认为根源就在这里，而且它是由鲁迅为我们所揭示的。

“相互主体性”是高远东从鲁迅思想中提炼出的极具启发性和生长性的概念。在这篇提纲挈领的文章中，他分析了鲁迅“相互主体性”意识的来源和重要性以及它对当代思想建设的巨大意义。从“立人”到“相互主体性”意识为建立更高形态的现代文明提供了启示，是鲁迅留给今人的珍贵遗产。

可喜的是鲁迅研究的青年新锐者提出的新的概念和论题不断开拓中国鲁迅学的思维空间。山东大学“学术研究工作坊”于2019年12月15日，基于“政治鲁迅”概念的提出，召集全国的新锐鲁迅研究学者进行了“政治鲁迅与文学中国”的聚焦，深入讨论了鲁迅研究如何面对“再政治化”以及文学鲁迅如何介入现实中国的问题，预示了中国鲁迅学新的思维路向。特别值得注意的是《启蒙与自赎——鲁迅〈呐喊〉与〈彷徨〉的思想与艺术》（人民出版社2017年版）的作者、会议召集人国家玮，在《鲁迅研究的范式变革与概念重估——兼评钟诚〈进化、革命与复仇：“政治鲁迅”的诞生〉》一文中提出这样的观点：竹内好式鲁迅研究及其后果（对伊藤虎丸、木山英雄等日本学者及上世纪80年代以降大部分中国学者的巨大影响）在于要建构一个鲁迅证成自我的时刻（“回心”“死之死”），这一宗教般的个人觉悟来为其后鲁迅一切选择与行动作出根本解释。钟诚的鲁迅研究颠覆了上述范式，提出如何对待“政治”这一异己物始终没有在鲁迅思想结构中得到根本解决，“立人”理想与社会实践中“人”不可立的矛盾转化成其思想中的结构性紧张。文学家鲁迅没有稳定人性观，拒绝借助一套避免使人受辱的、沟通不同主体利益的共同底线（好的制度设计），坚持“立人”（及其反题“国民性批判”）的优先地位，最终只能在各种具体琐碎的事物中完成个人复仇。因“改造国民性”思想重在解构，缺乏对现有制度的替代性方案，所以其本身是一种空洞的道德主义激情，这种文学——鲁迅式继续革命的道德激情一旦与权力结合并因其空洞而被注入具体内容，极有可能在其社会实践中形成破坏力巨大的恶。当下以文学学者为主体重启的鲁迅研究的“再政治化”，迫切需要钟诚这样的研究从旁提醒，即既要看到文学的可能性，又必须正视其有限性。

从神的崇拜到人的研究，是改革开放四十年来中国鲁迅学逐步走向科学的轨迹。既为人，就不可能超脱历史的局限性。林非先生和我等力求科学地研究鲁迅的学者，早就强调要对鲁迅的局限性进行研究。这绝对不是贬损鲁迅，而是使鲁迅学走向科学的要求。钟诚、国家玮等新锐的鲁迅研究学者知识结构强于我们，他们从新的视野提出了新的观点，做出了新的判断，尽管其中可能存在这样或那样的不足甚至错误，但都是一件好事，可以促进鲁迅学视角的多元性、思维的拓展化，进一步提高中国鲁迅学的学术境界。

现实需要鲁迅。鲁迅研究需要深入。各地纷纷成立鲁迅研究中心和鲁迅研究院。

2019 年 12 月 13 日，北京师范大学鲁迅研究中心成立典礼并举办“经典鲁迅与当下教育”学术研讨会。

之前，北京三十五中就依凭在校内的“周氏兄弟故居”建立了北京中学鲁迅研究中心。与北京师范大学鲁迅研究中心成立同一天，沧州师范学院·北京鲁迅博物馆共建的鲁迅教学研究中心与沧州市民族中学、沧州市第八中学在民族中学展开联合教研活动并举行了揭牌仪式。

12 月 14 日，鲁迅故乡——绍兴举行了绍兴文理学院鲁迅研究院成立典礼暨“鲁迅与孔子”学术研讨会。广揽人才，开始了规模宏大的学术工程。

一百年后，中国鲁迅学竟然有如此兴旺局面，的确是其他任何一位现代作家研究无法比拟的。

鲁迅学不是一种死学问，而是紧密结合当时现实，给人以根本性的思想指导和方法运作的活生生的灵魂经典，对鲁迅学习与研究是无穷尽的。对“立人”思想与“相互主体性”意识的进一步阐释与研究，以及鲁迅手稿的研究、鲁迅文本的进一步解读以及“政治鲁迅”与“文学中国”等新课题等，足够认认真真地做不知多少年。吉林大学文科资深教授、绍兴鲁迅研究院院长张福贵教授承担了 2019 年度国家社科基金重大项目“鲁迅的文化选择对中国百年新文学的影响研究”，可以预见也会大力拓展中国鲁迅学的视野。这样看来，鲁迅学岂不是方兴未艾，任重道远吗？

继北京鲁迅博物馆鲁迅研究室、中国社会科学院鲁迅研究室、同济大学鲁迅研究中心、浙江社会科学院国际鲁迅研究中心、沧州师范学院鲁迅教学研究中心、绍兴文理学院鲁迅研究院、北京师范大学鲁迅研究中心陆续成立之后，第四届鲁迅研究青年工作坊暨第五届浙江省社会科学界学术年会分论坛汇聚了一批年轻的（1970年以后出生）鲁迅研究者，以鲁迅研究为核心议题，于2020年10月16日—18日在温州大学举办学术研讨会。这个会议旨在通过小型论坛的形式，激发学术灵感，交流研究成果，提升研究者视野，生成学术生长点。10月24日，“鲁迅与江南文化”学术研讨会又由中国鲁迅研究会、上海师范大学人文学院、上海鲁迅纪念馆、北京鲁迅博物馆（北京新文化运动纪念馆）举办，上海师范大学“都市文化与文学”创新团队承办，说明中国鲁迅学在不断开拓着新的视野；10月31日、11月1日、11月2日，中国鲁迅研究会2020年年会暨“鲁迅与中国新文学的分化与重组”学术研讨会，在西南大学举办；中国鲁迅研究会接连举办了多次高质量、高水平的学术研讨会，2020年被国家评为3A最高级别学术性社团。这证明鲁迅研究有着无穷的生命力，始终处于中国现代文学研究的中心，难以超越，也预示着中国鲁迅学必将会有更加辉煌的前景！

附　录　大荒原上追“过客”
——为什么陪鲁迅一辈子？

一　四月天

我总不明白艾略特为什么在长诗《荒原》的开头，要把四月说成是“最残忍的一个月”：

四月是最残忍的一个月，荒地上长着丁香，把回忆和欲望掺和在一起，又让春雨催促那些迟钝的银芽。

本来嘛，冬天过去了，春天来了，四月总是诗人们一致歌颂的一个月。生机勃发，万象更新，一片葱绿，为什么不应该歌颂呢？不是有一部描写徐志摩情爱生活的影视片，叫作《人间四月天》吗？

然而，待我终于进入人生的四月时，才明白了四月确实是“最残忍的一个月”。著作出版了，职称到顶了，在鲁研界有了一定的地位和发言权，已经并非一个切迫而不能已于言的人，但同时就感到了“残忍”！

那是1998年，我们北京二中64届高中（4）班的同学毕业34年后重新聚会，大家都恍然有隔世之感……三十多年了，人生有几个三十年？这是一所很强的男校的一个很强的班，40余位同学里竟然出现了几位中央部委的司局长和几位公司的总裁、董事长——腰缠数亿万、有美巢靓车的大款……

我虽不才，却在这样的班上当过六年不下台的班长，如今见面，那些局长、总裁们还称我为“老班长”，不禁令我受宠若惊。大家轮番发言，各述三十年来的经历，不禁怆然，感慨万分。而有一图书馆的馆长忽出一言，猛使我心惊：

“我们昨天还提咱们的老班长张梦阳来着，你说冲他的水平和能力，干点儿什么不行？偏偏陪了鲁迅一辈子！你说亏不亏啊?！……”

我一时悚然，不知说什么好，这一句反问令我当夜辗转反侧，难以入眠，总有一个声音在追问：“你为什么陪了鲁迅一辈子?”

环视四围，只见自己的陋室里，除了直上顶棚的书籍、资料之外，几乎一无所有，每月仅有不敢向有些“大款”提起的微薄收入，鲁迅研究的书目前又很难出版，即使出版了，稿酬也微乎其微，还要购置必备的参考书，哪里还能有余款购他物？与坐定高位和腰缠巨款的老同学相比，自己实在寒酸，是不是真的“亏”了?然而，不了解真情的人们还要说我们这些研究鲁迅的人是在“吃鲁迅饭”，这碗饭真不好吃啊！

没有成就时艰苦，好不容易取得一定成就后亦然艰苦。四月，这个“把回忆和欲望掺和在一起，又让春雨催促那些迟钝的银芽”的日子，的确是“最残忍的一个月”!

为什么？为什么这样不公正？

昏昏然进入了梦境……

二　梦荒原

常梦见茫茫无际的荒原，梦见大荒原上奋然疾走的“过客”——

约三四十岁，状态困顿倔强，眼光阴沉，黑须，乱发，黑色短衣裤皆破碎，赤足着破鞋，胁下挂一个口袋，支着等身的竹杖。

他，孤身一人在茫茫无际的大荒原上奋然疾走，总觉得前面的声音在催促他，叫他走，使他息不下，无论是老翁劝他回转或休息的忠告，还是女孩递给他的一片布的布施，都被他婉拒了，明知前面是坟，却毅然前行，向野地里跄踉地闯进去，夜色跟在他后面。

黑云压原原欲催，风吹草低见荒坟。

梦，像大块黑絮似的团团乌云，在苍穹间舒卷翻涌，“过客”高大瘦削的黑色身影在乌云下、荒草中向前疾行，我在远远的后边奋力追赶……

三　忆村舍

这是一间小小的破陋不堪的北方村舍。

黑夜。寒冬。小小的破屋里靠墙摆着三张木板床，睡着三个人。墙根的两个人紧缩在厚棉被里发出沉闷的鼾声。门口的另一个人却从被窝里伸出头来，趴在床头前的一块木板上，借着一盏糨糊瓶做的小油灯读书。读的是一本精装的《鲁迅全集》，翻展的书页已经磨折得昏黄糙旧了。

这另一个人，就是我。

二十世纪七十年代初期，我从北京的名牌大学分到河北一座村庄教小学，其感觉就像是自山峰上一气滚进了地沟，一时难以适应，然而也必须硬着头皮踏在现实的泥地上磨砺自己。我的行囊很小，被褥里包裹着的一套《鲁迅全集》却很重。

这里的自然环境是幽僻、平坦的，精神世界却是压抑、贫乏的。我们这些教师被视作没有改造好的臭知识分子，早晨天没亮就要去提着油灯拾粪，星期天常被派去和“四类分子”一起劳动。尤其痛苦的是学校里什么书都没有，而且读书被看作是没有改造好的标志。其实，你就是想读书也找不到地方，白天在众目睽睽下劳动和教课，没有读书的空隙，夜里办公室和宿舍都住满了人，你也没有点灯看书的处所。所以我只得用糨糊瓶自制了一盏小油灯，在床前搭了一个小木架，在深夜里，别人沉入梦乡的时候，从被窝里钻出头来，在如豆的灯光下，把《鲁迅全集》铺在木架上，一字一字地读。

从早劳顿到夜，已经疲惫不堪，好不容易钻进温暖的被窝，谁不想快入梦乡，享受这唯一属于自己的自由和幸福？然而一梦见那大荒原，那大荒原上疾走的“过客”，就不禁从沉梦中惊醒，不禁要钻出头来，点亮油灯，打开《鲁迅全集》默默苦读。

在这种情况下读书，印象非常深刻，再加上我的记忆力确如众人所言非常之强，把 1958 年版《鲁迅全集》特别是三、四、五、六卷杂文部分读得烂熟。提起一句鲁迅重要的话，就能够说出在第几卷，哪个集子，甚至于几卷几页几行。

“过客”刻苦、坚忍、执着的“韧”的精神感染着我。我时常以他的艰苦卓绝与自己对照，觉得与他相比，自己的处境好多了，可是却远远没有他那样坚强。相形之下，眼前的困难也就不在话下了。

当然，我绝非先哲。相反，倒很愚钝。常听有人眉飞色舞地说自己如何早看出了“文化大革命”的错误，如何抵制“四人帮”的极左路线，我则坦言自己觉悟得很晚，虽然“文革”一再使我倒霉，我却一直对毛泽东和以他为首的无产阶级司令部极为虔诚，称得上是“三忠于”“四无限”。因此，这时尽管一再受压，却始终没有人说我是“反革命”，群众的眼睛到底是亮的，大家都认为我确实是一个心眼跟着中央精神走，绝无丝毫反意和疑忌的人。偶有怀疑，也要狠斗“私”字一闪念，把疑虑强压下去。如果听到别人的怀疑的说法，还要努力做工作，甚至展开论争。所以，我当时完全是按照毛泽东的观念读鲁迅，遵照当时的政策写作所谓宣传鲁迅的文章。这里也含有我已反省过的私心——想通过发表文章调出农村，改变自己艰难的处境。我至今仍然为那时刊出或未刊的堆积如小山的稿件、参与偏激论争给同志造成的伤害和给工作造成的损失而愧疚，而深省。

不过，事情是复杂的，不能一律化。我又感到自己那时的鲁迅观是分裂的，人格也是分裂的：一方面竭力凸显着阶级斗争的鲁迅，另一方面又浓重地感受到鲁迅的深刻与坚实以及观察事物的灵活与全面；一方面想通过发表文章改善环境，另一方面又对“走后门”、拉关系的猥琐行为鄙视之极，要以自己的刻苦自励、真才实学取得应有的待遇。由于致力的课题是鲁迅的辩证思维方法这一基础性研究，又是在认真通读《鲁迅全集》的过程中进行的，不是完全用鲁迅的只言片语为当时的宣传服务，因而在张扬鲁迅斗争哲学的文章中，竟也透露出了鲁迅真实、可贵的辩证思想。例如1972年10月19日在《人民日报》发表的《谈“分”——学习鲁迅后期杂文辩证法札记》一文，在谈毛泽东的“一分为二”思想时，也引用了鲁迅的“剜烂苹果”说。这是当时媒体首次披露鲁迅的这一说法，无疑对“金要足赤，人要完人”的极左思潮是一种非常形象、生动的批评，对正确对待革命干部和文化遗产也有所启发。据说1975年5月至9月毛泽东请北京大学中文系讲师芦荻侍读期间，曾叫芦荻查出《鲁迅全集》中“剜烂苹果”的话出自哪篇文章，芦荻费了很大劲才查出原文，殊不知早在1972年《人民日报》就已引用这一说法了。而之所以能够刊出这句话，当时的《人民日报》编辑、老散文家、藏书家姜德明同志起到了关键的作用，我作为一个底层平民向他投稿时，受到他热情接待，谈到鲁迅的“剜烂苹果”一说时，他连连称是，嘱咐一定要写进去。他的无私与热诚以及编辑家的慧眼，令我永远感激和钦佩。

谈起这些往事，无非是说，即便在“文革”年代，人们对鲁迅的接受也是两方面的，有极左扭曲的一面，也有从鲁迅那里汲取正确思想和韧性精神的另一面。

四 《1913—1983鲁迅研究学术论著资料汇编》

十年河东，十年河西。“文革”结束后，1979年5月，中国社会科学院文学研究所鲁迅研究室成立，办了《鲁迅研究》刊物。我投去一篇论文《〈“题未定”草（六至九）〉的哲学分析》，见到了林非先生。可能是气场相合，林非先生一眼就看中了我，经过几番努力，调我到鲁迅研究室工作。

有幸从最底层上调到了最高层，在中国社会科学院的高大楼宇中专门研究鲁迅。而在这时候，我更加感到需要鲁迅。

在基层，生活虽然艰苦，人与人之间的关系却是亲密交融的；而在这种高级学术机关，环境纵然大为改善，人与人之间的关系则是疏离、冷漠的，就如从亲情融融的北京四合院或农村小院搬到高层单元楼一样，一下子与“人间”隔离了。各人都在干着自己的事，很少交流和来往，倘若你不能习惯于孤独的生活，不能沉潜到枯燥的学术事业中去，真会把你憋闷死。在这里，只有具备在茫茫无际的大荒原上埋头疾走、不问收获的“过客”精神，才可能最终在学术上取得一点点真有实际价值的成就。

可能是受鲁迅治学风格与清代朴学家潜移默化的影响，我对没有掌握足够资料就放空论的“时尚”极为反感，所以在接受了从事鲁迅研究学术史的科研项目之后，就下决心要把自始至今关于鲁迅的全部反响、评论、研究的论著资料都收集齐全，于是策动了《1913—1983鲁迅研究学术论著资料汇编》的编纂工作。

这下子，便更深地落入了茫茫无际的大荒原！

当时真是初生牛犊不怕虎，没把这项工作的难度了解清楚，就宣布上马了。其实，这项工作是极为烦琐、浩大的：要与全国各地各大图书馆联系，收集几千份原文的复印件或照相件，请人照件抄写，然后亲自与原文对校、选稿、编稿。同时还要与全国近两千订户保持联系，解释问题，到工作结束时竟亲笔通信共计三千余封。由于是合同出书，印刷、出版等方面的工作也要由我全部承担，审稿、发稿、印刷、校对、核红、装订、送书、寄发等等各项极为琐碎烦人的事务都须一一经管，亲手去做，甚至于几十斤重的稿子，也要自己一人用带轮的提包装着拖拉到出版公司。每隔一段，就必须在最短时间里保质保量地通读200万字的校样，读过三校后又要到距离上千里的县城印刷厂下厂核红，并要带去该厂没有的重达十几公斤的铅字。编者要承担如此大分量的工作，这也算是开创了编书史上的吉尼斯纪录了。这种超负荷的重担使我常常几天几夜连续工作，不能上床睡觉，自然更顾不上正常的家庭生活了。而最难堪的是，为了顺利出书要疏通各种各样的关卡，为此不得不想尽一切办法，采取一切措施。我是拙于此道的，不会处理人际关系与社会矛盾，常常搞得内外交困、腹背受击、焦头烂额。此时看着别人一篇篇地发着宏论，很轻松地名扬天下，收入颇丰，而自己并不是如有些外行人所以为的那样，写不出东西才搞资料，相反是自小就显露出写作天赋，并在中学时代受到散文家韩少华老师的青睐和少有的文学教育，创作出许多未及发表的内含哲理诗情的作品，但是眼下却成年累月陷在资料和事务堆中，辛辛苦苦，收效甚微，还时常被有些人蔑视为“搞资料的”，一些理所应得的待遇也没有得到，心里实难平衡，尤其是在被人误解、忙得不可开交还得应付人事纠葛时，更是牢骚满腹，干不下去。而这时，除了得到林非先生和他夫人肖凤老师的充分理解与支持，使我能恢复平静外，精神上的支撑就是那茫茫大荒原上疾疾行走的“过客”！

我又时时梦见大荒原，梦见那艰苦卓绝、坚韧不拔的“过客”！

正是这位“过客”引领我度过了漫漫九年苦苦行走的艰难历程，五卷（另附“索引分册”一卷）一千万字的精装大书终于挺立在世界各大图书馆的书架上。现在这套《汇编》已经成为稀世珍品，2005 年 4 月，我到日本讲学时，亲眼看到名古屋的中国旧书店定价 4 万日元。定居美国的女儿说在美国定价更高，底特律中国旧书店一套要 2000 美元。在中国国内从原来的 200 元人民币上涨到 1000 多元。如今就是肯出再高的价格也买不到了，因为根本就没有了。尤其珍贵的还不是书，而是原件，是我费九年之苦力从全国图书馆、纪念馆搜罗来，1949 年之前报刊上刊登的对鲁迅的反响与评论的复印、照相件。许多杂志是连同封面、目录、封底和所取文章一起复印的。有些是《汇编》没有的，譬如 1926 年林语堂亲手画的鲁迅打落水狗图，因为印制费工，没有进书。其中很多报刊后来已经朽烂、遗失，复印、照相件成为唯一的原始史料。分年代放在塑料盒子里，因为分给我的房子甚小，搁不下，我又是北京二中培养出来的过于正统的人，觉得既是工作项目所积，还是应该放在所里，没有拿回家。中外鲁迅学界知道这套原件资料后，都很感兴趣，想来看看，甚至于要出高价买下来，也有出版机构拟将《汇编》原书与原件一起影印，并附对原书的更正和说明，编成一部新的更全的大书，专供中外图书馆和高校及研究单位保存。但是所里的科研管理人员居然一律拒绝，把这套不会再有的独一无二的珍贵史料搁置在冷屋子中，既不整理，也不许别人看，更不准影印再版。我无数次向所领导反映此事，但都枉然。几十年过去，这宝贵的原件已经朽腐，不见踪影了。

我在文学研究所辛辛苦苦工作四十年，最为痛心的事就是这件！

五　阿 Q 迷

在编纂《1913—1983 鲁迅研究学术论著资料汇编》的艰苦工作中，搜寻和梳理阿 Q 研究论著资料成为重中之重，我简直成了阿 Q 迷，这是因为我与阿 Q 之间的“缘分”颇深。五十年前的 1972 年，向“文革”中遭受迫害的何其芳同志求教时，就在他的启发下开始思考阿 Q 典型性问题。倘若说我“陪了鲁迅一辈子”的话，核心应是陪阿 Q 研究。在全面、系统地收集鲁迅研究资料时，怎能忘记了这个阿 Q？于是在详尽占有资料的基础上，撰写了《鲁迅研究学术史概述》中的《〈阿 Q 正传〉研究史》。1991 年 9 月，在纪念鲁迅诞生 110 周年学术讨论会上提交了长篇论文《阿 Q 与世界文学中的精神典型问题》，收入彭小苓、韩蔼丽编选的《阿 Q——七十年》（北京十月文艺出版社 1993 年版）一书中。之后，倾注两年心血把论文扩充为 27 万字的专著《阿 Q 新论——阿 Q 与世界文学中的精神典型问题》，于 1996 年 9 月由陕西人民教育出版社正式出版。1998 年 10 月，又在当月出版的《鲁迅研究月刊》上以头条位置发表了新写的论文《〈阿Q正传〉·“鲁迅人学”·阶级论》。2000年5月，在《文学评论》第3期发表产生相当影响的论文《阿Q与中国当代文学的典型问题》。直至2018年4月，重建在“周氏兄弟旧居”的北京三十五中学，请我为师生开讲座时，我仍然讲的是阿Q。5月9日在《中华读书报·家园》头条发表的《在阿Q诞生地讲阿Q》中，积五十余年的积累、提炼，逐渐形成这样的观点：《阿Q正传》实质是一位思想家型的文学家创作的哲学小说。阿Q是一位与世界文学中堂·吉诃德、哈姆雷特、奥勃洛摩夫等典型形象相通的着重表现人类精神弱点的特异型的艺术典型，可以简称为“精神典型”。以这种典型人物为镜子，人们可以看到自身的精神弱点，“由此开出反省的道路”。阿Q是中国现代文学贡献给世界文学典型画廊的唯一一个出色的典型形象。《阿Q正传》是中国现代文学的最高成就，也是第一部传播到世界、受到罗曼·罗兰等大作家称赞的现代文学作品。如陈涌所说：“鲁迅即使没有其他著作，只要有一部《阿Q正传》，就是中国现代文学史上最伟大的作家。”至今，《阿Q正传》仍然具有强烈的现实意义，因为阿Q和他的精神胜利法在中国还很普遍，确实是“不存在而又到处存在的”，令国人惊醒。

应当肯定，自己五十年来的跋涉是有成效的，仅从《阿Q新论》一书来看，研究工作具有以下特点：

(1) 资料比较扎实。我从不相信在学术研究中会有什么不从资料工作入手、仅凭一时灵感就能获得成功的所谓“才气”，只认定我所由衷敬佩的师长和同事樊骏先生的一段名言：“学术研究的每一个开拓、突破，都是从已有的成果、结论起步的，有所超越，也有所承袭，由此汇成学术发展的长河。”①

所以我在决心研究阿Q典型问题之始，就从收集、梳理前人的研究成果入手，连只言片语都不放过。然后将论著资料按照时间顺序排列起来，反复阅读，反复回味，反复把玩，反复思考，终于归

---

① 樊骏：《论中国现代文学研究》扉页，上海文艺出版社1992年版。

理耙梳出了阿Q典型研究的学术发展链条，并提取出了其中的关键环节——冯雪峰的“思想性典型说”“精神寄植说”与何其芳的“共名说”。从这一关键环节出发，沿着“学术链”进行调整、梳理、阐释和发展，在扎扎实实、继承前人学术成果的基础上提出自己的独立见解。别人就算可以不同意我的观点，但也不能否认我从事研究工作的每一步都是脚踏实地的，从来没有悬空过。

（2）视野比较宽广。致力于阿Q典型研究，却并没有仅限于阿Q的评骘，而是将眼光扩大到世界文学的广阔视域中去，对阿Q与堂·吉诃德、哈姆雷特、奥勃洛莫夫以及陀思妥耶夫斯基笔下人物进行了纵横交错的比较研究，发现了这一类世界级艺术典型之间所存在的深层共性与不同个性，并从此出发，考察了阿Q的文学后裔，对中国当代文学的典型塑造问题提出了自己的看法，以至于联想到某种带有“星球意识”的宇宙智慧生物精神发展的深层共性，想到那个遥远时代和神秘空间里阿Q、堂·吉诃德、哈姆雷特的底蕴无穷的哲学启悟意义。在古今中外、上下左右的纵横驰骋中，展现了研究视野的广阔。

（3）思考比较深入。以扎实谨严的资料为根基，却没有局限于史料的复述与连缀，也没有因循守旧、沿袭陈说，而是坚实地进行了深入的开掘。在掌握和运用马克思主义基本原理的前提下，汲取黑格尔、弗洛伊德、荣格和弗洛姆的有益见解，提出建立马克思主义精神现象学的主张，并尝试以精神现象学为视角，从更深层次聚焦透视阿Q，得出了阿Q属于侧重反映人类精神现象的变异性艺术典型（亦可简称“精神典型”）这一前人未曾言说的观点，并由此说明鲁迅对阿Q这一精神胜利典型的创造，同塞万提斯创造堂·吉诃德、莎士比亚创造哈姆雷特一样，是对“人类心灵方面的新发现”。这正是他们“拥有全世界意义的原因”。在《抽象与变形》一章中，又对《阿Q正传》的艺术特色，尤其是与印度《百喻经》的艺术渊源关系做了独到的分析。对于这些观点和分析，尽可各持所见，但是不能不承认是在前人基础上进行了更为深入的开掘与思考，起码是为后人的进一步研究提供了参照。

因此，《阿Q新论》一书出版以后，虽然也有异议，然而从主导方面看还是得到了好评。在诸种评论当中，我最为看重的是未曾发表过的当代著名作家冯骥才先生于1997年4月1日给我的亲笔来信。他在信中认为《阿Q新论》中“精神典型的探讨，乃是文学研究重大命题，亦是对鲁迅研究高层次之深入”。

也可能是由于我曾经搞过数量很大的创作，虽然因为各方面的原因未能发表，始终没有实现少年时代就已做起的“作家梦”，但是这让我的学术理论研究总是自觉地从创作实践出发，想到作家艺术创造中的种种甘苦和需要，所以研究结果常常得到作家们的理解。对于这一点，我感到庆幸，并对作家们充满了感激和钦佩之情。

由于这些原因，1997年台湾一位出版商到西安，从陕西教育出版社出版的十六本“鲁迅研究书系”中挑选中意的书出台湾版时，唯一选中了《阿Q新论》。

但大陆学界几无反响。二十年后，直到2011年王丽丽教授才在《重评鲁迅阐释史上的一件往事——耿庸的〈《阿Q正传》研究〉对冯雪峰〈论《阿Q正传》〉的批评》（《鲁迅研究月刊》2011年第8期）中指出：

> 对《论〈阿Q正传〉》的理论潜力认识得最充分的可能要数张梦阳。通过学术史的考察，张梦阳断言：“冯雪峰的‘思想性典型说’与‘精神寄植说’实质上是70年阿Q典型研究史上最值得珍惜、最接近阿Q典型意义与鲁迅创作本意的理论成果”，尽管他同时承认，“思想性的典型”这一提法容易招人诟病，不如改用“精神典型”这一概念。由此出发，张梦阳全面推进并基本解决了冯雪峰遗留下来的系列难题。

看到这段话后，我确实有一种知音之感。而这位知音竟然是二十年之后才遇到的。《阿Q新论》出版以后，我没有就此停止自己的研究，而是继续钻研下去。1998年发表的论文《〈阿Q正传〉·

"鲁迅人学"·阶级论》，又有新的思考：

（1）从哲学人类学，亦即人学的高度，在人类的整个历史发展范畴内，从人类的根本性的生存境遇和精神状况出发，对阿Q进行了更深层次的学术观照和哲理反思，从而更为自觉地冲出了过去长期禁锢人们思想的阶级论的牢笼。

（2）由《阿Q正传》透视了"鲁迅人学"的主要方面：人的个体精神自由是群体觉悟的前提；阿Q是"末人"的形象，从反面给人们提供了一面明镜；深入到人的精神机制中去，概括出精神胜利法这一人类的普通弱点，为人类认识自己做出独特的贡献。最后指出：从人类黑暗和苦难面切入的特殊思维方式和对被压迫者悲惨命运的深切同情，使鲁迅的《阿Q正传》等作品具有宗教式的哲学深度和为受难者而牺牲的高尚的人格魅力，从而显示出永远不会消失的"鲁迅人学"特有的现代意义。

2000年《文学评论》第3期上发表的《阿Q与中国当代文学的典型问题》，是近一年心血的结晶，花费的精力简直比写一本书的功夫还大。该文实质上是长期致力的阿Q典型研究的延伸与深化。延伸意味着由鲁迅的阿Q典型创造经验伸延到中国当代文学中去，由此觅出了一种深层的贯通的线索——从鲁迅的阿Q到余华的许三观，代表了二十世纪中国文学中一种全新的写作态度和思维方式。这就是反常规地"接近真实"，不再去从事精细地描述人物的外貌和周围环境这种无效劳动，而是去抓住最主要的事物，也就是人的内心和意识；不再竭力塑造人物性格，而是更关心人物的欲望，也就是精神，因为精神高于性格，欲望和精神比性格更能代表一个人的存在价值；也就是脱离常识，背弃现状世界提供的秩序和逻辑，从而自由地"接近真实"。这种全新的文学流向，在中国，正是由鲁迅作品，特别是《阿Q正传》所开创的。鲁迅从本质上启悟了余华，余华又从新的视角道出了阿Q典型创造的奥秘。许三观的内涵意义是形象地反映了中国人"求诸内"的传统心理定式与精神机制。创造典型须把握"度"，注意人物性格的多极性与人物之间的对比，从哲学高度全面、深刻地反映社会历史的真实。"人物第一”“叙述革命”、文体创新须“贴”着人物进行。小说的突破主要在于哲学的突破，哲学又须通过个性化的人物形象体现，创造典型的难处在“形而上与形而下的结合部”。总之，是以阿Q典型研究的成果为现实的文学创作提供理论借鉴；反过来又以中国当代文学的创作经验和余华等优秀作家的超俗悟性，深化了阿Q典型的理论研究。

我是这样把余华的写作方式与鲁迅联系在一起的。那是1999年3月14日的下午，我正在为《文学评论》撰写阿Q与中国当代文学典型塑造的论文，余华是其中重要一节，所以几乎读遍了他的作品。写作间隙外出散步时，偶然从路边报栏上看到北京《晨报》刊载的关于余华的访谈：《我相信自己的实力》，第一次读到“20世纪一种新的写作方式”的提法，不禁眼前一亮，立即与鲁迅创造阿Q典型的历史经验联系起来。马上四处求购当天的北京《晨报》，然而访遍了周围报摊都没找到，只得又回到报栏前重读。当时真闪现过砸破玻璃把报纸“窃”走之念，当然，理智不会容许自己这样做。情急之中想到了那时在《北京日报》工作的至交孙郁，就赶紧给他写信索要。他很快就把《晨报》寄来了，令我至今感谢不已。我这个人很笨，但是终归做了一些事，就在于做事情有股子全神投入的韧劲儿和不达目的誓不罢休的钻研精神。这篇论文发表以后，好几家媒体做了摘介。我曾经的同事、当代著名学者汪晖转告我说：“余华讲，在众多关于他的评论中，你的这篇是最好的。”又有一位同行告诉我：余华在一次研讨会上，拎着刊登该文的《文学评论》，称我为“中国最大的阿Q研究专家”。这使我既不敢当，又分外高兴，更加对作家们充满了感激和钦佩之情。正是余华使我对多年探讨的阿Q典型问题忽有所悟，而且找到了“精神高于性格”的理论支持。

一个阿Q让我思考、研究了五十多年，用力不可谓不勤，成果不可谓不多。然而，不能不感到遗憾的是，始终没有能够破解阿Q典型性问题这个鲁迅研究界乃至文学理论领域中的“哥德巴赫猜想”，未能摘取到这枚学术王冠上的明珠，与破解阿Q典型性难题距离尚十分遥远。这又是需要进行自我反思的地方。

首先，我们这一代学者的知识结构和思维模式是五六十年代形成的，受到苏联文艺理论构架的严重束缚，六七十年代又受到“文革”极左思潮的影响，因而被压制、改塑成了一种既含有教条和公式又时现“左”的理念的畸形文艺观，这种文艺观几乎成了一种潜意识的不自觉的本能，虽然八十年代思想解放运动中从字面和形式上一而再、再而三地对它进行着批判和抵制，但是一到分析文艺理论问题尤其是阿Q这种艰深难题时就不由自己意志为转移地冒了出来，使你总想创新，却总也跳不出旧有的窠臼，始终在典型、非典型中绕圈子，不能冲出思想的牢笼，另辟蹊径。这种时代所造成的理论“怪圈”恐怕是非个人的才能和学识所能挣脱的，例如何其芳同志的才能和学识肯定是出类拔萃的，然而他在以空前的理论勇气摆脱阶级论束缚提出“共名说”的同时，却把阿Q典型研究的主要困难和矛盾归结为：“阿Q是一个农民，但阿Q精神却是一种消极的可耻的现象。”以现在的眼光来看，这种归结实在有点儿可笑了：难道农民就不能有消极的可耻的现象？为什么要把本来不矛盾的事情硬当成是矛盾的呢？然而，如果做一下换位思考，回到五六十年代的绝对不许讲贫下中农一句坏话的时代环境中去，就会对何其芳同志表示理解了。阿Q典型研究的主要困难和矛盾，是到了八十年代中期才由葛中义做出正确归结的：“阿Q典型研究中的真正困难和矛盾在于阿Q这个具体人物自身的性格复杂性，这种复杂性表现为阿Q的思想意识和言行举止上有明显的反常性。阿Q性格的反常性来自客观社会生活的复杂性以及作家对阿Q的性格与命运的评价与感情态度。解决阿Q典型研究之困难的道路在于要给阿Q的反常性以合乎社会生活逻辑的解释，从社会整体现实的角度来认识阿Q性格的合乎社会生活逻辑的本质意义。”①

葛中义的这一见解极有理论价值，为以后的阿Q典型研究指出

---

① 葛中义：《〈阿Q正传〉研究史稿》，青海人民出版社1986年版，第98－99页。

了一条正确思路，然而也由于时代环境和知识结构的限制，他未及做出进一步的阐发和探讨。时代环境和知识结构对学者的制约实在是太大了！我们试回头看看二十世纪的学术发展史，后五十年不仅没有出现鲁迅、胡适、蔡元培等那样的大家，就连陈寅恪、汤用彤等那样的通才也没有面世，多的是教科书的编写人和政策的诠释者，这不能不归咎于苏联的理论模式与“阶级斗争为纲”的极左路线对人才成长与学术研究的危害。

其次，感到了自己知识结构的陈旧，想竭力汲取新的理论和新的方法，于是像牛进了菜园一样拼命读弗洛伊德、荣格和弗洛姆的书，下死力啃黑格尔的《精神现象学》这部“天书”。应该说这对研究视角的拓新、理论思维的深化还是起到了相当大的作用，但是由于时间的仓促和这些理论典籍本身的晦涩难懂，也出现了某种食洋不化、疏通不透的现象，未能进一步消化、融通、提炼，使得有些提法和论述显得生硬。例如“精神典型”这一概括的确有些过于宽泛，在《阿Q新论》一书中又做了更细的界定，说明是属于一种侧重反映人类精神现象的变异性艺术典型、文学典型中的一个分支，亦可简称“精神典型”；比以前明晰了一些，但是仍然缺乏鲜明的个性色彩。究竟应该怎样概括为好？看来已非我的才力所能想到，只能留待后来人去另辟新说了。

再次，虽然下了些功夫，但是远远不够深广、细透。何其芳同志在《关于〈论阿Q〉——〈文学艺术的春天〉序》中提出了典型问题的研究途径：“研究各种各样的典型人物，明了了不同的类型的典型人物的差异和特点，并从他们概括出一些共同的规律。”我虽然尽力去研究了一些典型人物，例如堂·吉诃德、哈姆雷特、奥勃洛莫夫以及陀思妥耶夫斯基笔下人物等等，但是与何其芳同志的要求相比，却是远远不够的，而且就研究过的典型人物来说也进行得不够深细、透彻，因而不可能达到更高的学术境界。

最后，书的许多章节文笔不够通畅圆润，显得有些生涩、烦琐、臃肿，不够明快、爽朗，绕了不少圈子却说不到点子上。当然，出现这种现象的根源还是由于许多问题连自己也没有想透。倘若真正想透了，就自然不会这样了。

值得反思的地方还有很多，主要谈以上四点。

进行这种反思，一方面是为了提高自己，促使自己以后的书和文章写得更好一些。但更为重要的另一方面，是为了让后来人汲取自己的教训，少走弯路，尽早破解阿Q典型性问题这个鲁迅研究界乃至文学理论领域中的“哥德巴赫猜想”，摘取到这枚学术王冠上的明珠。人生是有限的，我们这一代学者明白自己的不足，却已经无法弥补，只能期待后来人去超越了。

当然，我们也自有别人无法替代的地方。这就是我们这一代学者从思想牢笼中冲出的艰苦的精神历程，《阿Q新论》一书真正值得一读的地方正在这里。倘若不愿意读文艺理论部分的话，不妨读一读《悟性论》中的“哲学启悟”一章“认识自己与认识世界”和后记“鲁迅研究历程上的三次‘炼狱’”。这里面饱含着我们这一代学者痛苦而深沉的生命体验和人生感悟，从中也可以感受到阿Q的真谛，通过阿Q这面“镜子”，我们不仅可以悟出自己的“病根”，而且能逐步理解真实鲁迅的真实思想。

在这一艰难的过程中，我不断受到学术界和出版界的鼓励，鲁迅诞生一百四十周年、《阿Q正传》发表一百周年之际，商务印书馆热情接受了我在《阿Q新论》基础上新写的近30万字的《阿Q——100年》；《文学评论》2021年第3期刊出了我的长篇论文《论阿Q的精神反思意义》；《文艺报》特邀我主编鲁迅和《阿Q正传》的两期纪念特号。

我自认为：这部由商务印书馆出版的近30万字的《阿Q——100年》，是我所有专著中最具理论深度和专业水平的书，也是我五十余年以全部生命投入的鲁迅研究事业的最高结晶。其主要精粹是——

> 精神胜利法与阿Q式的“革命”实际上在中国历史上已经成为一种“集体无意识”的心理形态和政治模式，迫切需要民族的思想家出来诊治和改革。1908年2、3月，青年周树人在

《摩罗诗力说》中呼唤“精神界之战士”；8月又在《文化偏至论》中提出“立人”思想。经过十年的思考和研究，1918年5月，鲁迅诞生了，发出了第一篇文学宣言《狂人日记》，从史册字缝里发现“吃人”二字，慨叹“难见真的人！”“吃人”实质就是人对人的奴役，是主奴关系的象征。“吃人”意象是《狂人日记》的核心。离开了这个核心，从其他地方入手，论得再好也不可能理解《狂人日记》。1921年12月至1922年2月连载完毕《阿Q正传》，从反面给人们塑造了阿Q这个精神反思的镜像。按照一贯的逆反思维，以阿Q这个“末人”反衬“真的人”，用“精神上的胜利法”这种本能、颟顸的人类的普遍弱点反照“真的人”自觉、理性、科学的精神。精神胜利法是《阿Q正传》的核心。离开了这个核心，从其他地方入手，论得再好也不可能理解《阿Q正传》。从《狂人日记》到《阿Q正传》，是鲁迅文学道路的一条主线。《阿Q正传》问世，标志着鲁迅初步从文学上实现了“立人”的夙愿。

鲁迅晚年读明代野史，对张献忠和永乐皇帝残酷、粗俗的批判和“大明一朝，以剥皮始，以剥皮终，可谓始终不变”的判断，对如何改变依靠暴力改朝换代历史恶性循环的思考，是沿着“立人”主线朝着“相互主体性”的深化。

以后直到辞世，鲁迅都是为真正实现这个目标——人性的觉醒与政治的文明而苦斗。

然而觉醒与文明何其难尔！虽然托克维尔说：“人生的最终价值在于觉醒和思考的能力，而不只在于生存”。哈佛大学胡佛研究所做了一张幸福因子排名表，把“觉醒”排在了第一位。但是在“做戏的虚无党”比比皆是的界域里，启蒙者总处于劣势。

现实屡屡使鲁迅绝望，他坚韧地“反抗绝望”，骨头最硬，从不妥协，成为民族的灵魂。正是源于这样的因由，中华民族赋予他“民族魂”的称号！

这就是经过百年的研究与论争，中国鲁迅学主流从鲁迅那里追溯出的思想主线与深刻教益。

六　文史哲根基与英文修养

1966年6月1日“文革”爆发后停课，我起初也很困惑，跟着“运动”了一段时间，到1968年如梦方醒，拒绝一切活动，坚决走自己的路，读自己的书。

能够及早有这个醒悟，与我的出身与经历有紧密的关系。

我出身于读书人家。父亲1909年出生在山东临清县大丁庄，一年以后，1910年，名扬中外的大学者季羡林先生诞生在相距十里的官庄。他们都是在贫寒中长大的，季先生家境比贫农还要穷，全靠在济南任公务员的叔父抚养。我父亲一生下来就家道中落，八岁丧父后，家境更加无法维持，幸有一位明理的大哥，认为要使全家摆脱穷困，唯一的路就是供弟弟好好读书。于是节衣缩食，赶着毛驴，驮着年幼的弟弟去县城上学。现在的临清县，当时叫清平县，武训曾经办过义学，非常重视教育，规定从县里考到济南中学的，县里给官费。再从济南考到北京或天津名牌大学的，县里和省里给两份官费，使贫寒子弟明白唯有发愤读书才能脱贫，于是凡能就学的都视读书为生命，个个拼死用功。历史证明临清县的这项教育政策是英明的，小小一个县竟供出十几个在大学崭露头角的佼佼者，大学副校长就出了六七位。里面最著名的是季羡林先生。他后来上的是清华大学西洋文学系，又出国留德十年，回国后一直在北京大学东语系任系主任和教授。北洋大学毕业、成为高级工程师的父亲对他极为钦佩，从小就听父亲跟我讲：“你季伯父啊，在济南上中学时就读书顶好，现在是顶尖的学者和作家。”我简直就是听着父亲讲季羡林等读书人的故事长大的，所以自小就把这些大学者当作心中的标杆，爱书如命。中学又上了文科最好的北京二中，受到大散文家韩少华老师青睐，为我开了不少“小灶”，当了六年不下台的班长。一上北京师范大学中文系立即拔了尖儿，不仅自己努力读书，还担任学习班长，积极帮助别的同学读书。这本来是很好的事情，谁知在师大中文系却是逆风而行。因为这个系 1957 年反右时，十八个教授里八个被错划成“右派”，从此风气大变，凡读书好的都扣上“白专”帽子，不读书、专门拍马屁、打“小报告”的却尽占上风。1965 年学校开展所谓“社会主义教育运动”，把我打成“白专”典型。唯一的罪过就是读书，走成名成家、个人奋斗的“白专”道路。到 1966 年“文革”爆发，“读书无用论”“书读得越多越反动”更成压倒性舆论。那些读书最好最多的名教授，都成了反动学术权威，被抄家、挨批斗、罚劳改。有同学感叹说：“读什么书啊！”又指着正在扫厕所的李长之先生说：“这都是读书写书的结果。”

由于家庭的影响，我始终对这种说法非常反感，认为学生的本业就是读书，不读书、不学无术，在任何时候任何地方都是有害无益的。于是自 1968 年起，不管三七二十一，拒绝一切活动，专心致志，埋头读书。先是苦读上大学时父亲给我买的 1958 年版《鲁迅全集》。1969 年 10 月 1 日，乘到上海看望姐姐、姐夫的机会，一人独自闯到绍兴鲁迅故居，初次尝到了绍兴风味。回京后又读《鲁迅全集》，更加感到鲁迅的伟大。但细读两遍后，觉得如果真正理解鲁迅，必须扩大阅读面，仅限制在鲁迅的书里是不行的。又重新细读了《红楼梦》等中国的四大名著，还借阅了《安娜·卡列尼娜》《约翰·克利斯朵夫》等世界文学名著通读。又从北京二中老同学刘延风的父亲、时任市委司法部长刘涌同志处借阅了《资治通鉴》前三卷。当时刘涌同志正在遭难，却对我这个酷爱读书的年轻人非常支持。读过史书之后，收获甚大，但觉得文史之外，必须再读哲学，才能使自己的思维进入深层次。1971 年 9 月以后，对图书的限制有所松动，我在首都图书馆办了借书证，借的第一套书就是张世英先生的《论黑格尔的逻辑学》，包着棕黄色的牛皮纸，一共四册，已经很旧。当然，这种深奥的哲学书我当时是读不懂的，就结合列宁的《哲学笔记》“硬”读，写了近千张卡片，其中有不少读史札记和哲学随笔，因为不准备拿到报刊上发表，所以无拘无束，自由自在，有些篇章异常深刻，比我公开发表的文章好得多，可惜我太愚蠢了，1976年“文革”结束前夕，全国各地严厉查禁“手抄本”。我所在的县里愈加“极左”，对教师的私下笔记查得很严。我担心因那些卡片遭祸，偷偷烧光了。但只过数月，“文革”就结束，不用再忧心了，但却悔之晚矣。后来遇到一位出版家，深表遗憾，说如果保存下来，不用修改，只加一序言说明写作卡片的背景，影印出版，会是一份极其珍贵的历史史料和文学典藏，从中可以看到那时中国知识分子“原生态”的心灵图像。我听了只有叹惜而已……

这段读书生活对我一生的成长起到了关键的作用。一个学者，无论研究的是什么学问，都必须打下文史哲的坚实根基，具备文学修养、历史眼光，特别是哲学头脑。我一直仰望北京大学哲学系诸位先生，尤其是黑格尔权威专家张世英先生，在书店里见到他的书就买。一本《觉醒的历程——中华精神现象学大纲》“啃”了很多遍，我在《中国鲁迅学通史》和后来的文章中将鲁迅定位为：“对中国人的精神进行深刻反思的具有‘精神诗性’的伟大思想家”，就是受这本书和张先生其他著作启发得出的。鲁迅终生坚持“改造国民性”，为启示不“悟自己之为奴”的中国人精神觉醒，克服奴性，增强悟性，从“本能的人”升华为“自觉的人”，苦斗了一生。比别的现代作家更具有哲学头脑和人的意识，正是鲁迅高于其他现代作家，至今影响犹深的根本原因。

读文史哲书籍的同时，又在北京二中英语老师陆庭栋先生指教的良好基础上，自修英文，到了可以捧着词典看英文原著的程度。还感觉脑力有余，又买了《日汉大辞典》，准备自修日文，并开始学习片假文。

但是还未及深入，就被发配到农村教书，出发时除带《鲁迅全集》外，还带了杨宪益、戴乃迭译成英文的《鲁迅小说选》。日文只好放弃。

英文《鲁迅小说选》第二篇《孔乙己》比较短，我读得最熟。

开无聊长会时，就躲在角落，在废纸背面默写。会后与原文对照，错的地方改正。这样反复多遍，竟能做到连一个字母都不差。又在心中默默对照中英文同一句子的不同形式，体会不同语言的不同句法，使得英文没有被忘记，而且有了更深的体悟。

这个没有放弃的英文终于派上了用场。1980年初春，我调入鲁迅研究室工作的几个月后，奉命跟车到北京大学接王瑶和袁良骏先生出席纪念鲁迅诞生一百周年筹备会议。车上，老袁向王瑶先生问起史密斯的《中国人气质》一书，给我很大启发。会开完后，就直奔中国社会科学院图书馆查找此书，果然查到了。于是没有丢下的英文发挥了作用，竟能捧着词典把这本英文书“啃”下来，经林非先生鼓励写成《鲁迅与斯密斯的〈中国人气质〉》一文，发表于《鲁迅研究资料》第11辑上，在鲁迅学界引起广泛注意。

1986年，中国人民大学开始“中国民族性”的重点课题研究，至交张琢先生引荐我参与此课题，准备翻译《中国人气质》全书，并找了英文专业出身的王丽娟老师协助。但开译之后才知此事之难。史密斯是英国裔的美国传教士，又在中国生活了二十二年，所以这本书中有英国典故，又有美国成语，还有大量的中国典故、俗语，行文又是一百年前的，费解之处甚多。加上作者是外国人，对中国典故的英译不够准确，找到对应的中国经典原文很困难。例如第十五章《不讲究舒适和方便》，引了一句孔夫子的话：“必有寝衣，长一身有半。”原文英译就很费解，查找原话颇为不易。这时我才明白为什么一直无人翻译全书了。但是，既然上马，只得硬着头皮译下去。从《文学遗产》编辑部借来了厚重赛《辞海》的《十三经》，在中国社会科学院大楼鲁迅研究室翻找了两天一夜，从食堂打一顿中午饭吃一天，夜里太困了，就把椅子摆成一排，用两本《辞源》当枕头，稍歇一会儿，醒来再接着翻找，终于查出了孔子的原话。当时真如勘探队员在荒野发现了宝藏一般兴奋。经过一年多奋斗，才于1988年完成，经懿翎女士力荐，作家出版社同意出版，还请唐弢先生写了序。1989年初，打成纸型，准备付印。然而，1989年春夏之交不得不搁浅了。1991年，作家出版社退稿。

经过数年艰辛苦斗才译出全书，眼看就要问世了，却突然付诸东流，其打击之沉重可想而知。懿翎深为同情，把书稿推荐给时任江苏文艺出版社副总编辑的张昌华先生，虽然当时环境下难以出版，还是给我来了一封热情温暖的信。预言：“坚信此书一定在近年内能出版，且会有好的社会效益和可观的经济效益。”看到信，我灰凉的心中，倍感暖意。

1995年12月，《中国人气质》终于由敦煌文艺出版社出第一版。之后每五年再版一次，至今已连出了四版，被学界公认为是数种译本中最好的一本，特别是第四版加入了美国陈达牧师送我的《中国人气质》原书的经典图片，印制更加考究，完全验证了昌华先生的预言。事实也证明时代的出版环境越来越好，不自满而勇于自省的中国人也更加虚心倾听这本书对自己的中肯批评，鲁迅先生希望有人译出此书的嘱托，也越来越为中国人理解和接受了。

译完《中国人气质》后，我继续钻研英文，读了大量的英国随笔，从世界文学视野确定了鲁迅杂文的文学属性，耗费半年时间写出了《鲁迅杂文与英国随笔的比较研究——兼论鲁迅杂文在世界散文史上的地位》（后改为《从世界文学视野看鲁迅杂文》），提交给1996年纪念鲁迅逝世六十周年国际学术研讨会。这次会议的综述承认这篇论文是所有论文中“学术品位最高的”，但是自此再没有任何评议，既无人赞成，也无人反对。我颇尝到了鲁迅在《〈呐喊〉自序》中所说的感觉：

> 感到未尝经验的无聊，是自此以后的事。我当初是不知其所以然的；后来想，凡有一人的主张，得了赞和，是促其前进的，得了反对，是促其奋斗的，独有叫喊于生人中，而生人并无反应，既非赞同，也无反对，如置身毫无边际的荒原，无可措手的了，这是怎样的悲哀呵，我于是以我所感到者为寂寞。

我也同样感到了寂寞，觉得可能因为中国鲁研界懂英文的人极少，所以对此文不可能做出反应。然而在近二十年之后又遇到了知音，首都师范大学文学院的陈亚丽教授一看到此文就表示赞同，特请我到他们学校讲这个题目。我喜出望外，自印了数十本发给老师、同学，以示感谢。觉得论文的知音来得越慢，越是可贵！其实，从文化人类学的视角，由随笔、杂文这类文体产生的渊源上阐释鲁迅杂文的文学价值，才可能从根本上解决鲁迅杂文文学性这一长期的疑难，也才能使国外学界服气。

七　大寂寞中“悟”自己

真实的鲁迅究竟是怎样的呢？……

八十年代末、九十年代初，我陷入了空前的大寂寞。

原来虔诚信奉的一切恍然间崩溃了，脑子里一片空白，只能缩在一角静静地思考，不愿跟任何人来往，甚至连一句话都不愿多讲。

当时，曾胡诌过一首小诗自况：

困守桌前乱读书，
哲经文史涉膑吴。
孤行苦旅游广宇，
忘却高低与赢输。

“乱读书”中，滞留最多的还是《鲁迅全集》。不过，这时的读鲁迅，不是带着任务去读，也不是画出框框去读，而是一种闲读，闲散地漫无目的地读。这样，鲁迅倒在我的眼前开始还原了……

是的，要逼近真实的鲁迅，就必须从鲁迅本身的思想出发，概括出鲁迅自己的哲学，而不能从外在的原则出发，拿别人事先拟定的框框去硬套。

那么，鲁迅自己的思想到底是什么呢？

鲁迅曾经十分明白地告诉别人："他的哲学都包括在他的《野草》里。"①

又对人说："《过客》一篇，在他脑筋中酝酿了将近十年。"②

所以，最能表现鲁迅哲学的作品正是《过客》。

我日益清醒坚定地认为："过客"就是鲁迅的自喻。

是的，他就是"过客"。因为是"过客"，所以他绝不会做圣殿里的尊神，人们也绝不可将他"神化"；因为是"过客"，所以他也绝不会安于世俗的庸碌，人们同样不可将他"俗化"；还因为是"过客"，所以他必然要不断受到种种世俗的非议和不理解，经历来自各个方面怨敌的攻击和谩骂，人们大可不必为此感到惊讶；总之因为是"过客"，所以他始终保持着永不衰竭的人格魅力和精神力量。

我霍然感到自己终于摆脱长期禁锢头脑的种种枷锁，让思想冲出了牢笼，开始走近鲁迅——他，以"中间物"为生命的原点，在茫茫大荒原上奋然疾走，紧紧把握着人的有限性，消解了一切终极实体，排除了所有可以藏身的避难所和休养地，把外在于己的全部虚妄的依托和希望——撕得粉碎，只剩下中间物状态的我和黑沉沉的大荒原。

他，不是走向无尘的天国，也不是逃离现世的隐遁，因为他不相信所谓"黄金世界"的神话，早已"疑心将来的黄金世界里，也会有将叛徒处死刑"③，明白"革命是痛苦，其中也必然混有污秽和血，决不是如诗人所想象的那般有趣，那般完美"④。他不是为希望奔波，而是为反抗绝望疾走。正如鲁迅在 1925 年 4 月 11 日致赵其文信中所指明的："明知前路是坟而偏要走，就是反抗绝望，因为我以为绝望而反抗者难，比因希望而战斗者更勇猛，更悲壮。"所以他的奋然疾走不是摆脱痛苦的逃避，而是不离烦恼的超越；不是

---

① 章衣萍：《古庙杂谈》。

② 荆有麟：《鲁迅回忆断片》。

③ 鲁迅：《两地书（四）》。

④ 鲁迅：《二心集·对于左翼作家联盟的意见》。

远离污浊的清高，而是不离污秽的本真。

他，不接受任何布施，不找任何依托，因为老翁的劝告往往是“常人”的“独裁”，女孩的怜悯又会成为前行的负担。他不要任何的依傍，把最终的决断权、裁判权从一切人言和皇权、判官那里收回来，归于自己。

一天，极为寂寞。我这时才明白，当你孤独、寂寞又穷困时，别说有人愿意跟你聊聊天，谈谈话，就是电话也不愿意接，往往找借口推开。越是你富裕时，到你这里足吃足喝的所谓朋友，越是冷漠。解除寂寞的唯一方式就是自己，和陪伴终生的《鲁迅全集》。正好是第六卷，《且介亭杂文》中的《隔膜》，和紧挨在后面的《买〈小学大全〉记》，看后不禁发笑了。然而又不禁肃然，仿佛看到了自己。

这两篇文章是在1934年鲁迅阅读《清代文字狱档》之后写的，值得反复品味。

《隔膜》写的是鲁迅从《清代文字狱档》中发现的一件案例：乾隆四十八年二月，山西临汾县生员冯起炎，闻乾隆将谒泰陵，便身怀著作，在路上徘徊，意图逞进，不料先以“形迹可疑”被捕了。那著作，是以《易》解《诗》，实则信口开河，唯结尾有“自传”似的文章却很特别，大意是有两个表妹，可娶，而恨力不足以办此，想请皇帝协办。虽然幼稚之极，然而何尝有丝毫恶意？不过着了当时通行的才子佳人小说的迷，想一举成名，天子做媒，表妹入抱而已。不料结尾却甚惨，这位才子被从重判刑，发往黑龙江等处给披甲人为奴去了。鲁迅对此案做出了极深刻的评析：

……这些惨案的来由，都只为了“隔膜”。满洲人自己，就严分着主奴，大臣奏事，必称“奴才”，而汉人却称“臣”就好。这并非因为是“炎黄之胄”，特地优待，赐以嘉名的，其实是所以别于满人的“奴才”，其地位还下于“奴才”数等。奴隶只能奉行，不许言议；评论固然不可，妄自颂扬也不可，这就是“思不出其位”。譬如说：主子，您这袍角有些儿破了，

> 拖下去怕要破烂，还是补一补好。进言者方自以为在尽忠，而其实却犯了罪，因为另有准其讲这样的话的人在，不是谁都可说的。一乱说，便是“越俎代谋”，当然“罪有应得”。倘自以为是“忠而获咎”，那不过是自己的胡涂。

1934年6月2日致郑振铎的信中，鲁迅又对此案做了如下评论：

> 顷读《清代文字狱档》第八本，见有山西秀才欲娶二表妹不得，乃上书乾隆，请其出力，结果几乎杀头。真像明清之际的佳人才子小说，惜结末大不相同耳。清时，许多中国人似并不悟自己之为奴，一叹。

《买〈小学大全〉记》也是鲁迅从《清代文字狱档》中发现的一件案例：《小学大全》的编纂者尹嘉铨，他父亲尹会一是有名的孝子，乾隆皇帝曾经给过褒扬的诗。他本身也是孝子，又是道学家，官又做到大理寺卿稽察觉罗学。还请令旗籍子弟也讲读朱子的《小学》，而“荷蒙朱批：所奏是。钦此”。后来又因编纂《小学大全》，得了皇帝的嘉许。到乾隆四十六年，他已经致仕回家，本来可以安享晚年了，然而他却继续求“名”，奏章给乾隆皇帝，请求为他父亲请谥，结果触怒龙颜，招致杀身之祸。鲁迅对此案的评析是：尹嘉铨的“祸机虽然发于他的‘不安分’，但大原因，却在既以名儒自居，又请将名臣从祀：这都是大‘不可恕’的地方”。因为“乾隆是不承认清朝会有‘名臣’的，他自己是‘英主’，是‘明君’，所以在他的统治之下，不能有奸臣，既没有特别坏的奸臣，也就没有特别好的名臣，一律都是不好不坏，无所谓好坏的奴子”。尹嘉铨招祸的原因与冯起炎相同，都是“不悟自己之为奴”，像阿Q那样对自己的奴隶地位与将死的命运毫无所知。

由此，我想起鲁迅青年时代所写的早期论文《摩罗诗力说》中大声呼唤“精神界之战士”的到来，企盼中国人的精神自觉，并就此提出这样一段至理名言：

首在审己，亦必知人；比较既周，爰生自觉。

其意是：首先在于审视自己，也必须了解他人，相互比较周全合宜，才能产生自觉。用老子的话来说，就是："知人者智，自知者明，胜人者有力，自胜者强。"用孙子的话来说，就是："知己知彼，百战不殆。"而用现代的哲学语言解释，则是："认识自己，又认识世界，在周严的比较中达到主观世界与客观世界的统一，然后才能升华到自觉的境界。"这一点，实质是人们学习哲学、增加智慧的要旨所在。当代著名哲学家冯契教授就认为哲学作为智慧的核心问题是不仅要认识世界而且要认识自己，并在认识世界与认识自己的交互作用中"转识成智"和培养自由人格。这些观点在他的《认识世界和认识自己》一书中得以充分展开，成为他所致力的以智慧为中心的哲学理论研究之一。

其实，鲁迅终生奋斗的目标，就是以文学为武器启悟"偏不肯研究自己"的中国人学会认识自己与认识世界，在正确的认识中由"本能的人""蒙昧的人"转化为"自觉的人""智慧的人"，实现从青年时代就树立起的"立人"理想。他最主要的著作《阿Q正传》，就最为集中、最为充分、最为艺术地体现了这一用意。阿Q就是一个本能的蒙昧的人，他始终不能正确地认识自己、认识世界以及自己在世界上的位置，浑浑噩噩，糊里糊涂，得意时趾高气扬，欺侮弱者；失败时又靠精神胜利法，化失败为胜利，在"瞒和骗"中寻求圆满。塞万提斯通过堂·吉诃德这一不朽形象表现了人类易于脱离客观物质世界的发展变化、陷入主观主义误区的普遍弱点，鲁迅则通过阿Q这一活生生的艺术形象，表现了当时中国的一种昏聩颟顸、自欺欺人的精神现象，同时也反映了人类易于逃避现实、退入内心、寻求精神胜利的精神机制和普遍弱点。堂·吉诃德到临死时才明白自己不过是一个平凡的普通人，并非什么骑士；阿Q则是直到被押往法场时还不知道自己是怎么死的。这两个艺术形象都是绝妙的“镜子”，启悟人们认识自己，实现精神的自觉。而阿Q则是中国化的，对于中国人具有特殊的启悟意义。

巴金在《随想录69·十年一梦》中引过林琴南翻译的英国小说《十字军英雄记》中的一句话：

奴在身者，其人可怜；奴在心者，其人可鄙。

所谓的“奴在心者”，就是在精神上、内心里被奴役的人，这种“精神奴隶”是最可鄙的。鲁迅终生致力批判的正是这种“精神奴隶”。

冯起炎、尹嘉铨一类向皇帝“请谥”者招祸的原因是“不知自己之为奴”，不认识自己，又不认识世界，是个昏聩颟顸的精神奴隶。而我自己不也正是处在这种奴性状态吗？

奴性恰恰是自己和自己周围的知识分子们共同的精神特征。倘若要实现“个性的自觉”，首先要从克服奴性做起。邻室的许明博士在给河南人民出版社编一套知识分子丛书，邀我写一本，于是就产生了《悟性与奴性——鲁迅与中国知识分子的“国民性”》。

书前题了这样一首小诗：

悟己为奴寂寞时，惊呼自己不相识。五十方悟归自我，惟望传书醒后知。

想不到这本书还很受欢迎，获得了中南五省区人民出版社优秀读物奖。2010年复旦大学邀请我讲课时，一些同学拿着书请我签名。一看，不是别的，正是这本书。他们说这本书不仅是学术书籍，而是思想启蒙读物，对他们启发很大。

这样，又回到“过客”，他那“前面的声音”是什么？来自何方？我非常欣赏王乾坤在《鲁迅的生命哲学》一书中的分析：既不是什么“前驱的将令”，也不是什么“责任”“义务”，而是“声发自心，朕归于我”，应该把“前面的声音”理解为“我”的声音。

这是因为“过客”有勇气独立地使用自己的理智，他不向别人问路，因为料定他们不知道，他须无所依傍，要独立支撑！他最后也没有告诉我们“前面的声音”叫他到什么地方去，而只是说“还是走好”，以这种自由自律的生存姿态结束了全文。不少人认为这个结尾太灰色，其实是“未闻大道”，如果结尾出现一个光明的尾巴，“过客”也便不成其为“过客”了。“前面的声音”发自我的内心，又只告诉人们“还是走好”，正是“真的人”的个性自觉。

什么是个性自觉呢？鲁迅早期就说过：“首在审己，亦必知人，比较既周，爰生自觉。”认识自己，又认识世界，在周严的比较中达到主观世界与客观世界的统一，正确地认知自己在世界中的定位，明白自己应该做什么，不应该做什么，又应该怎样去做，从而去掉盲目性，增强自觉性，摆脱蒙昧的奴性状态，实现精神自主，升华到清醒朗然的澄明之境。

从这个意义上说，鲁迅是二十世纪中国唯一一位真正具有现代意义的思想家和文化伟人，到二十一世纪更加显现他的价值。鲁迅的最大价值正在这里，他最大的痛苦也正在这里，他终生为中国人不能真正从精神上“悟自己之为奴”、实现个性自觉而深感痛苦。在中国现代知识者中，没有哪一个人像鲁迅那样正视人间的精神奴役之苦和痛感“悟自己之为奴”之难，并为之付出了最为艰辛的劳动和最为深邃的思考。鲁迅，正是一位中国精神界的普罗米修斯，一位永葆现代意义的精神界之战士。因此，我在《阿Q新论——阿Q与世界文学中的精神典型问题》一书后记《鲁迅研究历程上的三次“炼狱”》中这样写道：“这时，也只是从这时开始，我才切实感到鲁迅先生那极度坚韧的硬骨头精神，正是现代中国人特别是中国知识分子最为坚实、稳固的精神支柱；鲁迅先生那极其深刻的思想和著作，正是塑造现代中国人的健全人格、陶冶一代新型知识分子的最为宏博、适当的精神熔炉。”

我也正是这样在“大寂寞中读自己”，开始悟出自己过去的种种奴性：长期让别人的思想在头脑中跑马，完全不能独立使用自己的理智，写的文章多是从外在原则出发的演义和诠释，少有自己的独立思考。想起这些，就禁不住出了一身“冷汗”。人生天地间，首先须做一个清醒、自觉的明白人，宁愿今后一字不写，也不能再做精神奴隶，不能再写些奴性的诠释文章，按照外在的旨意或先验的框框臆造和扭曲鲁迅了。

基于这样的理解，我写成了《阿Q新论——阿Q与世界文学中的精神典型问题》和《悟性与奴性——鲁迅与中国知识分子的“国民性”》两本书。这些书其实不能算是纯粹的学术专著，如仅从学术上衡量，会很快发现许多不尽如人意之处，然而我却十分珍爱，这是因为它们乃是我精神醒悟、个性自觉的初步结晶。

八　《中国鲁迅学通史》

我一生中遭遇过许多不幸，但是也有大幸之处，这就是遇到了一些好编辑，使我写的书出版很顺利，没有苦于写出的书无处出版，或者出得不好的事。这对于一个把学术和思想看得高于一切、把文章和书当成命根的学者来说，当是最大的幸运了。

而在这些好编辑当中，合作得最为默契、最令我感动的则是原任广东教育出版社编审、现任华南理工大学出版社社长兼总编辑的卢家明同志。

我和家明素昧平生，过去互不相知，毫无关系。1999年秋天在昆明开鲁迅研究学术研讨会时，我结合自己历时九年主持编纂《1913—1983鲁迅研究学术论著资料汇编》的体会，谈了对中国鲁迅学史研究的一些思考。会后，走在绿树葱茏的林荫道上，家明追过来找我，问我有什么写作计划。我谈了《中国鲁迅学通史》的大致设想，他聚精会神地听着。谈完，他建议我回去后寄一份写书的计划给他，他要向社领导请示，争取出版。以后，我们在一起参观、游览，形影不离，无话不谈，真是一见如故，一下子就成了坦诚相见、毫无猜忌的好朋友。

回京以后，我开始正式构思《中国鲁迅学通史》。由于这部书是以文献资料为基础的，有的文献是首次披露并少有机会再另行出版，所以引述必须完整、准确，宁多勿缺，宁繁勿漏，因而只有给予很大的篇幅才可能实现这个目标，如果像有些出版社要求的那样，限制在30万字以内，就只能把我编纂《汇编》时所发现的许多珍贵资料全舍弃了。那么，这部书也就会失去它应有的价值，二十年来的辛劳苦功也会付之东流，岂不可惜！同时，鲁迅研究当时已经有八十多年的历史，论著浩如烟海，数不胜数。要包容在一部书中，容量小是绝对盛不下的。再则，我还试图扩展到较为广阔的精神文化背景上去，摅写许多理性反思的想法，没有相当大的篇幅也是根本不可能的。这样，我大致计算了一下，少说也需要100万字。而几乎所有的出版社都是很吝惜篇幅的，道理不言而喻，篇幅越长成本越大，特别是这种肯定不会畅销的学术书，大多是能压缩就压缩，绝难宽容。于是，篇幅问题就成为我最担忧的事了。然而出乎我的意料，家明收到我的构思计划之后，很快就来电话说，社里已经同意出版，并准许写三卷，100多万字。这当然是我所希望的，合同很快就签订了。

现在想来，这事的确有点儿“悬”，一个字的正式稿都没见着，作者也并非很有权威和名气，倘若写不出来，或者写出的稿不能用怎么办？能果断地拍定此事，是需要胆识的。事实证明，家明作为一名编辑，他的领导——广东教育出版社的社长、总编辑作为出版家，的确有了不起的胆识！

盖房子，首先需要搭出框架；写书，也必须先有建构。家明不仅给予了一百多万字的三卷本篇幅，而且协助我进行了全书的建构。第一卷的基本框架是：绪论、宏观描述、理性反思、结论，已经试水先出版了。在写第二卷时，我为了与前卷对称，拟定的框架仍然是：绪论、微观透视、理性反思、结论。然而，一落笔就感到吃力，因为在第一卷绪论中已经把全书的宗旨大致写完了，第二卷只能写微观透视的设想，这必然显得单薄，缺乏理论性。相比之下，与第一卷很难“对称”，这样一想，笔下立刻觉得干涩，难以进行下去。

一天清晨六点，我在睡梦中忽然听见电话铃响，蒙眬中电话里传来家明的声音："张先生，我的想法是，把第一、二卷的绪论合二而一，放在最前面，一卷的理性反思与二卷合在一起，移到后面，结论也移后，成为全书的总结。"

我眼前一亮，感到这是一个好主意，这样全书就完整、和谐了。但是，又想到这么做第一卷就要重制胶片，出版社更须加大投资了，答道："想法很好！不过，你们又要破费，重制胶片了。"

"不要紧的，只要全书完整，重制胶片值得。这样，第一卷不合适的地方还可以修改。你如同意，我一上班就找社长商量。"

我表示同意，又问他怎么这么早就来电话。他说心里一直惦记着这事，夜里睡不着，后半夜忽然想出这个方案，害怕忘了，马上告诉我。这令我大受感动，像家明这样敬业、这样尽心尽意又富有谋略的编辑，实在是太难遇了。他其实是在和作者一起共思共想，忧患与共。

上午十点左右，家明就来电话告知，社长、总编辑完全同意他的方案，就这么办，第一、二卷改称上、下卷，再加一卷索引，成为一部完整、系统的书。第一卷发现不如意的地方，尽可修改，以质量为重，不要考虑费用。

于是，我立即照此办理，立时手笔顺畅、和谐多了。

写作这样的长篇学术著作，有如在漫漫长路上艰难跋涉，一会儿翻山，一会儿蹚河，一会儿在山路上负重攀登，一会儿又在泥泞的小路上摸爬滚打，还要定时定点地完成艰难的行旅，不能有片刻的停顿，实在累人。写第一卷时，刚到三分之一，就有些烦了，想坐下来歇歇。于是给家明打电话商量：能不能先出第一卷的上册，下册以后再出。家明立刻表示反对，说这样要分出六七卷，就太碎了，缺乏完整性，一定要把第一卷拼出来才好，并鼓励我说："已经写出的部分很好！照此写下去会成功的，不要气馁！"刹那间，我又鼓足勇气，咬紧牙关坚持写下去。而在催促的同时，家明又时时关心我的健康，不断嘱咐我要注意身体。一有难处，立即千方百计设法解决，真是事事上心。三年以来，我们几乎天天通电话，有时甚至一天通十几次。我写完一章，马上用电子邮件发给他，他很快看过，在电话里谈他的意见，协商修订妥当之后，随即着手编辑。可以说，这部书是构思、写作、编辑、审稿、排版、印制、发行一条龙运作，编辑与作者并肩工作，同步进行。每一步都渗透着家明和广东教育出版社社长、总编辑的心血。记得 2001 年 7 月底第一卷校核完毕，18 天之后，家明利用到北戴河开会、在北京转车的机会，把样书送给我，我在北京站见到装帧精美的大书像变戏法一样诞生了，真是说不出的喜悦和感激，觉得一生中遭遇的种种不平、坎坷和愤懑刹那间全都烟消云散了。

家明真是一位少见的“善催”的好编辑，如不是他的激励，我早就望而生畏、止步不前了。这部大书，也不知何年何月才能问世。

真正的好朋友，是不会光在朋友耳边说好听话的，关键时刻，直言不讳地指出朋友的缺点，使朋友脱离误区，走上正确的轨道，才叫作诤友。好的编辑，对作者来说，也应该是诤友。不仅要激励作者放手去写，还要时时指出缺点和失误，使作者“从心所欲，不逾矩”。家明对于我来说，正是一位诤友。

在写《阿 Q 学史》时，就遇到一个难题：我自己在阿 Q 典型研究中也下过很大功夫，出版了一些著作，如果绕开不写，也是不符合实际的。所以在初稿中，最后有《笔者阿 Q 典型研究的总结与反思》一节，对自己的阿 Q 研究做了自我评价。家明看过之后，经过郑重考虑，觉得不妥。认为作为史著的写作者还是应以评述别人为主，不宜过多谈个人，对自己应该低调，持虚怀若谷的态度。不然，可能有掌握话语霸权以自誉之嫌。当然，客观存在的，也不能不提，然而最好放在自述部分。我听后很是震动，感到很有道理，同意家明的意见，把这一节更名为《阿 Q 迷》移至代跋二《大荒原上追“过客”》当中，评述也“低调”处理。现在回头看来，这一改动是非常对的，家明不愧是作者的“诤友”。

古代有“一字师”之说，讲的是如有人能在自己著作的关键处更改一字，就应称之为师。家明对我的原稿提出了很多宝贵的修改意见，绝对不仅一两个字，而且有的关键字的更改很有意思，值得一提。

后记原题为“又是一年秋风寒”，家明请社领导看过后来电话说，老总觉得太沉重了，除了内容要有所删改之外，题目中的“寒”字应该更改。我于是想了很多个替换字：“凉”“狂”“吹”……都觉得不合适，真是颇伤脑筋。一天下午，家明突然来电话，兴奋地说：“社长想起来的，说应该换成‘劲’!”

对!“又是一年秋风劲”!一个“劲”字，确实既保留了原稿的厚重感，又提起了精神，我也兴奋地答道：“真是太好了!”

家明是江西修水人，大学者陈寅恪的同乡，吉林大学历史系研究生毕业，史学和古文根底很深，写得一手好毛笔字。中华书局2019年12月给他出过上、下两册图文并茂、渊博厚重的《词林别裁》。《中国鲁迅学通史》原稿中凡是引用典籍和古语的地方，他都一一查阅原书，细细订正；写错的字词，也都严加校核。后来几位老校对又反复校对六校之多，所以这部书的错字率极低。在现在这“无错不成书”的时候，这样187万字的大书竟然达到如此正确度，实属罕见。作为作者的我都不能不为此敬服。

样书出来之后的一个星期六，我接到家明的电话，声音很低沉。我心中诧异，听他说，假日在社里加班，重翻样书，发现了一个错的地方。我一惊，忙问：错在哪里？他说是原稿“笔者阿Q典型研究的总结与反思”中，谈冯骥才先生给我的来信应该是1997年4月1日，我写成了1977年，他改过来了。但是在我把这一节调整到代跋二改为《阿Q迷》后，又忘记更改了，所以书印成后仍是1977年，已无法再改了。家明深深叹了口气说：“这样反复用心校核，到头来还是有错……”说着，声音几乎哽咽。我连忙安慰他道：“不要紧的，这已经很不错，很难得了！何况，出这个错是赖我打错了，你的责任已经尽到了!”

可是，家明还是很难过。他说过，经他手编出的书就像自己的孩子，无比珍爱，如有错字，就像孩子身上有了伤疤，怎能不难过……

一个把学术和思想看得高于一切、把文章和书当成命根的学者，与家明这样的好编辑，应该是什么样的一种关系？

我且说两个小细节。

2001 年 6 月，《通史》第一卷快写完的一天晚上，我和两个学生在北京站前过马路，走到中间时，我突然被一块只露半截头的铁柱绊了一个大跟头，狠狠地摔在了快行道上。幸好当时没有过汽车，如若不然，就肯定成车下鬼了。两位学生连忙扶我起来，也吓了一大跳。我倒吸一口冷气，心里首先想到的是：这下子如果真出了车祸，书可写不完了，家明的书也编不全了！

2003 年 4 月 15 日，我赴澳大利亚昆士兰大学做学术访问，前一天，即 4 月 14 日下午 4 时，我将出发时，《通史》的“索引卷”方才最后校对完毕。我在电话里跟家明说：“下面的事可全靠你了，我无能为力了。”家明回答说：“那我就只好独断专行了。”我套用一句伟人的话说：“你办事，我放心。”又有一位年轻的好朋友临别时，嘱咐我多注意，飞机上别出事。我坦然道：“就是飞机失事，也死而无憾了，因为全部书稿都交到了卢家明手里，而且已经校对好了。我一生最主要的事情已经顺利完成了。”

的确是这样的，已经把校好的全稿交到了家明手里，还有什么不放心的呢？纵然付出了巨大的代价，有广东教育出版社的卢家明同志这样可靠、负责的编辑做后盾，心里就踏实。耗去的生命会化为精致的大书，成为坚实的成果，绝不会白费的。我和家明兄之间也好像有一种神秘莫测的感应对流。自 1999 年秋天在昆明一见如故之后，就心心相印，完全融通，绝无猜疑之心。在这部书一个字都没有的时候，他在征求领导同意后，就敢于签订合同，允许写三卷、一百余万字，并时时关心，时时督促，时时指正，书稿一齐立即以最快的速度、最高的档次编印出版。这部《中国鲁迅学通史》的三卷本构想之所以能够形成和定格，第一本“宏观反思”卷的 62 万字浩大工程能够及时完成，精印成书，现在又能三卷合一同时推出，终于见到了洋洋大观的三卷大书，首先应该感谢的是广东教育出版社的卢家明同志和该社当时的社长卢锡铭、总编辑曾宪志等先生。如果不是他们的再三敦促、积极鼓励，这部大书真不知会拖到何年何月，说不定还可能由于我的生畏而完全落空。所以编辑工作实在是一项十分值得尊重的事业，如果不是他们的无私忘我的努力以及往往高过作者本人的“旁观者清”的理智，世上可能有许多书都不会问世了。所以，我愿将用生命凝结而成的书稿交给卢家明同志全权处理。“人生得一知己足矣，斯世当以同怀视之。”一个把一生贡献给鲁迅研究和长篇写作的学者，遇到家明兄这样好的编辑，一生足矣。

九　《鲁迅全传·苦魂三部曲》

2003 年，《中国鲁迅学通史》终于出版，并获得国家图书奖。按说是应该休息，甚至封笔了。然而我最爱的是写作，不怕写作项目巨大、沉重，就怕一个大项目完成后无所事事的“空档”。1992 年 11 月下旬，在陕西师范大学招待所完成 27 万字的《阿 Q 新论——阿 Q 与世界文学中的精神典型问题》，交给出版社后，我就突然感到失去重心一样空虚、浮飘，赶快草拟了一个写鲁迅、胡风的文学传记提纲，一共六部，《曼陀罗之梦》等三部写鲁迅，《巴士底之狱》等三部写胡风，从二十世纪二三十年代写到八十年代胡风平反。有这六部大书压在肩头，立时有了重心和定力，即使没有着笔，心里总在酝酿着了。

我记得那天是 1992 年 11 月 17 日，我本与研究路遥的陕西师大吴进教授约好，《阿 Q 新论》完毕后，请他带我去看看路遥。因为我一直对路遥非常钦佩，《平凡的世界》第一部刚由中国文联出版公司印出后，编辑就送我一本。我在家里小厨房里通宵读完，在百忙之中写了一篇四千多字的评论《现实主义的胜利》，发表在 1987 年 6 月 11 日《文论报》上。厚夫的《路遥传》还提起这件事，说《平凡的世界》最初反响很冷漠，只有两篇评论，一篇是陕西评论家王愚的，另一篇就是我的。我对书前路遥抽烟思考的相片极感兴趣，盼望做完《汇编》之后，进入他那种状态。但是傍晚吴进教授走进我房间后的第一句话就是：今天早晨，路遥去世了！我一时间呆若木鸡……

之所以对路遥等作家有这种深情，是因为我进文学研究所之前，主要偏重于创作，最有兴趣的是诗歌、散文、长篇小说和大型话剧。在有"文学家摇篮"之称的北京二中，亲聆散文大家韩少华老师手把手的教诲，受到得天独厚的情思熏陶与辞章锤炼。二十世纪七十年代又在著名导演和表演艺术家田成仁先生指导下，由我执笔，与一位同学合作，创作了大型话剧《县委书记》。写的是县委书记肖纯与他的女儿肖春雪的凄情故事。虽然由于时代原因，最终没有成功，但经历了一场异常严格又极端紧张的"魔鬼训练"，打下了从生活中提炼冲突、设置场景、锤炼对话、塑造人物的基本功。《苦魂三部曲》之一《会稽耻》写绍兴古街上周四七与阿如的冲突、对话和周四七到酒店讨酒喝，最后"神仙睏"而死的描写，即受益于此。1979 年，我在林非等先生的艰苦努力下调入文学研究所鲁迅研究室，受到非常正规、系统的鲁迅研究学术训练。可惜的是没有时间继续创作了，但仍"野心不死"，总想把学术研究与文学创作结合起来，写一些东西。早在二十世纪八十年代初就萌生了创作文学版鲁迅传的想法，起初有心写作以鲁迅与许广平爱情、女师大学潮、三一八惨案为题材的断年体长篇小说，题为《无花的蔷薇》。当时北京出版社出了一厚本《三一八惨案资料汇编》，书店里买不到，我特地跑到当时还在崇文门外的北京出版社旧址去买，结果责编滕振才先生赠给我一本，还题了大名，又一直送我到大门外。此书至今珍存在我手边，纵然《无花的蔷薇》未能如愿着笔，但在写《苦魂三部曲》之二《野草梦》时派上了大用场。我这人虽愚呆憨傻，在资料工作上却是有心人，使得写作《苦魂三部曲》时，资料已经齐备，不用费力现找了。这样，慢慢地积累素材，默默冥想，一边做中国鲁迅学史的枯燥工作，一边构思关于鲁迅的文学传记，鲁迅著作及其生平的所有史料不断在心中"焖焐""发酵"着。

2003年3月，我到澳洲昆士兰大学与张钊贻博士合作研究时，就开始了《苦魂三部曲》的正式构思。从澳洲回来，8月份我到瞿秋白故乡常州开会时，在火车上苦思冥想《苦魂三部曲》的宏观架构。对鲁迅的一生，我最初设想了八个点：①会稽耻：写少年鲁迅从绍兴到南京的经历；②东瀛渡：写青年鲁迅在日本的经历；③辛亥游：写鲁迅从日本回国后到杭州和绍兴任教、沐浴辛亥革命风雨的经历；④呐喊声：写鲁迅到北京在教育部任职、"五四"前夕写出《狂人日记》，一发而不可收，呐喊声响彻中国文坛的经历；⑤《野草梦》：写中年鲁迅在北京写作《彷徨》《野草》、与许广平恋爱，亲临女师大学潮、三一八惨案的经历；⑥南国行：写鲁迅离开北京到厦门大学任教、到广州与许广平重逢的经历；⑦大上海：写鲁迅和许广平到上海定居，从受创造社、太阳社围攻到被拥为左联盟主的经历；⑧民族魂：写鲁迅的死与葬礼。

2003年12月我应姚春树、汪文顶、郑家建教授之邀，到福建师范大学文学院讲学，题目就是"《苦魂三部曲》的创作构想"，有照片为证，讲台后面挂着的红色条幅上就写着这个题目。

这次讲述之后，轮廓更清晰了，但又感到鲁迅的一生波澜壮阔，著译浩繁，思想深邃，史料浩如烟海，举不胜举。如果要详细记述他毕生的事迹，解析他全部的著译，评说他周围的人物，恐怕一千万字也难容纳。然而无论什么样的著作，都是有限度的。太长了，作者写不动，读者也难以接受。只能抓住最主要的东西，以点带面，提纲挈领，有详有略，详略得当，有重彩，有淡墨，有厚密，有空旷，才能易于驾控，得心应手。我发现以前归纳的八个点太多了，自己难以胜任，读者也难以阅读。同时，除了考虑鲁迅一生的重点之外，还须顾及自己的条件。例如日本无疑是鲁迅一生的重要阶段，可以说，没有日本留学的经历，就没有鲁迅。2005年，我应邀到日本爱知大学现代中国学部给后期博士班讲鲁迅，又到东京大学、西北大学、东北大学等校讲学，并参观了仙台鲁迅遗迹，还在东北大学华人教师马晓地先生陪同下到松岛游览，收获甚大。同时，我也不得不承认：鲁迅在日本的经历，我是无力写成小说的。因为即便抓紧一切时间学习，终归还是浮光掠影，不可能深入到日本人生活中去蓄养、酿造写传记的“佐料”。经过反复斟酌，我决定从八个点中选择鲁迅一生的早、中、晚三个点，分为三部曲：

《会稽耻》，以绍兴鲁迅青少年时代从小康到没落的坎坷经历为主线，展现晚清中国社会的腐朽、没落与周樟寿的精神成长。

《野草梦》，以北京鲁迅中年写作《野草》《彷徨》时期与女师大学潮、三一八惨案、许广平爱情的纠葛为主线，展现二十世纪二十年代的中国社会与文人心态。

《怀霜夜》，以上海鲁迅晚年与瞿秋白的友情为主线，展现二十世纪三十年代的社会历史画面和各色人物的社会众生相以及当时革命者复杂的内心世界。

以当时的主体故事为中心展开广阔的社会画面与人的心灵世界，之前的事情用插叙、倒叙、回叙、自叙等手法嵌入，注意文学色彩和地方风味：《会稽耻》突出绍味，《野草梦》突出京味，《怀霜夜》突出海味。全书努力以精致的散文笔法写不同地方、季节的雨、雪、风、景和婚俗、丧俗、年俗等等。全书追求的美学风格是深沉、淳厚、凄美。每部 20～30 万字，三部曲一共近 100 万字。三部之间互相联系，又各自独立成书。

这种构想起先只在心中默默进行，并没有落实在纸上或是电脑里，这就是所谓的“心写”。这种习惯是我在河北农村中学教书时被“逼”出来的。在学校里教书是不能在办公桌上铺开稿纸写自己的东西的，只能私下构思，打腹稿，无论是开会、劳动，还是办理生活琐事，脑子里其实都在想文章，可谓是“用大脑思索文章，用小脑应付俗务”。等到文章在心中“焖焐”成熟，周末本地老师回家，只剩我一人的时候，才摊出稿纸，一笔一画，直接复写。当时和我在一个县任教的挚友、著名作家汤吉夫先生说过：“梦阳是恨不能连标点符号都在心里‘写’好了，才在纸上动笔呢！”这个被“逼”出的“心写”习惯，后来成了一生的习性，到文学研究所以后，可以光明正大地铺开稿纸当众写作了，还总是在心里“写”，直到文章在胸中“焖焐”成熟后才写在纸上。我从心底感到自己生命的意义就在于写作。写着，即使是心里写着，就是生存；不写，心里也不想，就等于死亡。

写文章，直至写百万字的大书，例如《苦魂三部曲》，也从来不打草稿。辞章自然需要反复修改、打磨，但整体思路、架构不用大动，因为早在心中“过”了不知多少遍，已经“焖焐”得非常成熟了。我这个人很笨，现实生活中常办蠢事、傻事，吃亏上当，愚不可及。但是如论沉思、冥想、默记、心写的功夫，演讲不拿稿、写书不打草的能力，有望打破吉尼斯纪录（笑谈）。然而，写一般性文章心脏尚可承担，构思《苦魂三部曲》这样百万字的大书，脑子还装得下，心脏却承受不起了，特别是长年养成了抽烟、喝酒的嗜好，常常一边独酌独抽，一边酝酿大书。长久如此，本来强健的身体终于经受不住了。构思《苦魂三部曲》四年后，即 2007 年 12 月底的一天，经过多年的“焖焐”，百万字的《苦魂三部曲》突然从我脑海中喷发出来，有点儿像火山爆发的势头，三部曲中的各种场景、氛围、细节，鲁迅和他周围人物的音容笑貌、行动举止，宛如电影一样在我眼前浮动。自己好像走进了东昌坊口当年的古街、酒店，新台门的大院，和少年鲁迅以及他的父母、兄弟、亲戚、友人生活在一起。我激动不已，恨不能一下子就把三部曲全都打入电脑。夜深躺在床上，仍然辗转反侧，难以入眠，颇有点“君子好逑”“寤寐求之”的劲儿，但求的不是“窈窕淑女”，而是好书好文章。就在这天子夜时分，长期超负荷的心脏终于受不住了，突发瓣膜病，胸口憋闷，出现窒息，险些辞世。挚友刘纳女士在《谈唐弢老师，并谈开去》（《随笔》2010 年第 1 期）一文中提到了这件事：

现在，文学所一位退休研究员又在写《鲁迅传》。写至深夜心脏病发作，自己跑到阜外医院急救，拒绝做瓣膜置换手术。他说：“我怕麻醉以后把《鲁迅传》的构思忘了。”鲁迅啊鲁迅，多少人“为伊消得人憔悴”！

听刘纳女士说：《随笔》的麦婵主编看到这处时，流泪了。刘纳说的的确是真实的。是的，《苦魂三部曲》就是我的命！病危时，心爱的女儿、外孙女都放得下，因为她们已经在美国定居，生活安定了。就是放不下《苦魂三部曲》！《苦魂三部曲》没有写出，死不瞑目！

经过疗养，身体有所好转，又与生命赛跑了三年，终于写出了近30万字的《苦魂三部曲》之一《会稽耻》，描述了少年鲁迅从祖父科场案、故家败落到父亲去世、离开绍兴、到南京求学直至赴日留学的生命历程与精神轨迹，由中国出版集团华文出版社于2012年1月出版。虽然只是第一部，但已经体现全书的规模，并获得了鲁学界和读者的好评。又接着奋斗三年，2015年7月8日凌晨5点50分，我写完了《苦魂三部曲》最后一个字，立即发给中国出版集团华文出版社总编辑李红强博士，发完后长舒了一口气，如释重负，犹如自判了12年的劳动改造，此时终于刑满释放了，第一个感觉就是我自己不再像过去那样怕死了。

这绝对不是夸张，是真实的感受。

2014年12月12日，我到八宝山向挚爱的师长、著名文学理论家何西来先生遗体告别，当天夜里，我做了一个噩梦：自己在电脑前累得猝死了。竟然灵魂出窍，上到天花板上，还能看到死去的自己。天亮了，人们来了，主要是出版社的社长和编辑。他们着急的倒不是我的死，而是书稿全在电脑里，任何人也取不出来，不禁大呼：这下子可完了。以前没有这样的书，今后没有人再做了！一下子，我惊醒了，出了一身冷汗，方知是一个梦。再也睡不着，赶紧起身接着写。

的确，我一生所系，全是书。功名利禄身外事，毁誉臧否耳旁风，其他皆过眼云烟……

《鲁迅全传·苦魂三部曲》获国家出版基金支持，2016年8月由中国出版集团华文出版社隆重推出。《光明日报》《中华读书报》《北京日报》《文汇读书周报》《中华英才》《绍兴日报》等报刊及时做了报道，发出书评。在上海书市，被摆入中央大厅的“重点优秀出版物”推荐书柜。著名学者刘梦溪先生称“是为大著述，非寻常所能完成也”。复旦大学著名教授郜元宝称：“张梦阳一生为鲁迅招魂，他的《1913—1983鲁迅研究学术论著资料汇编》《中国鲁迅学通史》已称不朽，今复以十数载‘炼化’《鲁迅全传·苦魂三部曲》，突破同类撰述瓶颈，如此壮举实属罕见。斯世得见斯书，诚槁梧而留独弦，秋昊尚遗疏星，可告慰往圣并昭来叶。”著名评论家刘金祥称：“我被张梦阳先生这部巨著深深打动和强烈震撼了。作者长于宏观架构和细节抉发，尤擅心理向度分析和精神层面挖掘，文笔激越酣畅，情感深挚凝重，使得由《会稽耻》《野草梦》和《怀霜夜》三部作品构成的《鲁迅全传》恰似一部灵魂跋涉的长诗，极富思想震怵力和审美冲击力。作者对传主——‘大先生’的深入探索和独特发现，对时代的深度切入和热切回应，连同其对自身的审视和超越，一起幻化汇聚成‘激情之流’，堆积于胸中倾注于笔下。而这股激情之流又为作者找到了独特的语言表达策略——丰赡而富有力感，沉静而充满热情，直观而直逼本质。”“迄今笔者还没有读到哪一部研究鲁迅的专著，能如此酣畅淋漓地刻画出鲁迅活脱脱的形象和活生生的灵魂，如此精准地描写出鲁迅骨子里‘血脉偾张’与‘温情脉脉’抵死相缠的一面，如此深透地状写与鲁迅呼啸战斗的英姿似乎截然相反而实际却是重要动因的一面，这使读者不仅惶然震惊于鲁迅灵魂的博大与高洁，而且又诧然惊诧于鲁迅内心的深邃与复杂。通读这部传记，读者最大的收获无疑是真正把握了作为弱者与强者的鲁迅，真正领略了鲁迅身上那带有阴柔色彩的人性光辉。作者对鲁迅的通体打量，折射出一种健全而从容的现代文化心态，反映在传记中，作品氤氲着作者对传主的挚爱之情，充溢着作者对传主那愤激而绝望的灵魂的深深理解；而对传主的推崇敬重之情，即使是在对鲁迅作过高要求时也随处流露。”“在这本传记里，明显感觉和体会到作者强烈的反思意识和浓郁的人性观念，体现出作者思想倾向趋于更高境界的努力。”①

2017年6月21日《光明日报》的《光明学人》专栏又整版刊出了计亚男、杜羽合写的《张梦阳：陪了鲁迅一辈子》，给我以极大的鼓励！

我要一再申明的是，《鲁迅全传·苦魂三部曲》虽然采取了一些长篇小说的结构、描写手法，是为了使读者阅读时更有兴味和现场感，也在自小爱好的长篇小说写法上试试身手，整体上却不是虚构的小说，而是严格依据史实的文学传记。不仅整体是真实的，是我几十年反反复复熟读深读鲁迅全部著作和与他相关的所有史料、踏查他的所有遗迹的结晶，就是细节也是一丝不苟写实的。为了了解周作人当年陪侍祖父周福清的监狱环境，我不惜代价连去杭州两次察看。《野草梦》写鲁迅阜内官门口三条故居时，为不远数十里，了更精准地写进门的影壁，我十冬腊月，冒着寒冷的西北风，从数十里外的香山跑到北京鲁迅博物馆细细观察。这些都是为了逼近真相地写出鲁迅所处的历史现场，使读者有一种现场感。至于以韩少华老师一手教出的文笔写出的现场氛围，明眼人自有定评。2007年底突发心脏病后，经过疗养，身体有所好转，费了三个月细磨出八千字的《会稽耻》序幕绍兴古街，打印成册，呈给已经半瘫十年的文学启蒙恩师韩少华老师指正。韩师抱病细读了，让他女儿、作家韩晓征传过一句话：“鲜活人生扑面而来。”韩师的这一句评语鼓励我写下去，并成为《鲁迅全传·苦魂三部曲》全书的指针。

功夫不负有心人。《会稽耻》出版后，绍兴市作家协会、文联、社联，绍兴鲁迅纪念馆，绍兴文理学院人文学院于2012年4月13日上午联合召开了“长篇小说《会稽耻》座谈会”，特地邀请我与会。会上，绍兴作家协会主席马伟先生站起来说：绍兴作家多少年来也没有像张梦阳先生那样写出绍兴的民俗风味。这是马伟先生的谦虚，绍兴作家肯定比我了解绍兴。但我作为外地学

① 刘金祥：《立体呈现“大先生”形象性情》，《文汇读书周报》，2017年7月24日。

者能够得到绍兴作家协会主席这样的称赞，还是感动得几乎落泪，感到自己多年的苦功终于没有白下！

对于善意的批评我是真诚接受而且非常感激的。例如陕西师范大学教授田刚和山东高唐一中高级教师于者玉看出《苦魂三部曲》中的一些错字与漏误，写了详细的勘误表发给我，就使我感动至极！我衷心欢迎更多的科学批评。但是对于连书影儿都没看见的无端指责则极其蔑视。人生最大的恶，就是害怕别人好，特别是自己认识的曾经在一起的人比自己好，一旦听说别人有所成就，不管是同事，还是学生……闭眼不看就一律否定，无端嘲骂。整天关在小屋子里自吹自擂，自以为天下第一。这种人足可成为现代《儒林外史》中一种小人的典型。

凡是帮助过我的人，我都永难忘记。这套大书之所以能够顺利出版，而且印制得非常壮观、精美，我应该感谢两个人：一是华文出版社原社长兼总编辑李红强博士，他的眼光和决策使这套书在写完之前就不操心出版问题；二是中国出版集团“十佳编辑”张明华女士，她整整一年从始至终、兢兢业业责编全书，牺牲了自己的假日和休息时间，在地铁上还捧着校样细读。我要永远记住他们！

因为我忠厚、老实的父亲临终时叮嘱我的话就是：做人切切要知恩感恩，这是一个人的底线。如果突破这个底线，就连狗都不如了。狗是知道感恩的！

十　《中国鲁迅学史》

《鲁迅全传·苦魂三部曲》完成后，我仍然不能出现“空档”，又开始了《长篇小说艺术美学》的写作，并在社科院批准立项。正在古今中外长篇小说海洋中徜徉得津津有味时，卢家明先生来访，望我把《中国鲁迅学通史》扩展为《中国鲁迅学史》。我感到这是必要的，对鲁学界来说，是个极好的总结、反思的机会。于是就放下长篇小说的研究与创作，重新转回《中国鲁迅学史》的写作。

这种转向是非常难受的，虽然有《中国鲁迅学通史》作为基础，但是我对中编“1949—1999”有了新的理解，需要重写；下编“2000—2019”毫无依凭，完全新写。事不经过不知难。有些人看不起这类学术史书籍，认为做得再好，也不过是“第二等的学问”。其实是非常难写的，需要看大量的材料，采问许多的鲁迅学学人，花费极多的精力，才能概括出几百字。本书进行得很慢很艰辛，与符合自己兴味的长篇小说研究与创作大不一样，尤其是已经七旬有四，岁月不饶人。经过长年累月、夜以继日的艰苦劳作，本来非常强健的身体已大不如前，眼力和听力日益衰弱，唯有大脑尚能争气，仍然不用打稿，全靠“心写”，浩如烟海的鲁迅学学人和论著清晰地铭记脑中，大书的结构也条理分明。就是这样，对于一个老人来讲，也是苦不堪言，尤其是电脑突出故障，真让人欲哭无泪。一次，我从早晨到深夜两点把全书仔细修订了一遍，到关机休息时，电脑关不上了，屏幕上出现这样的字：有重大隐患，须修复，切勿切断电源或硬关机。等到半夜好不容易关了，早上起来要工作时，却发现昨天用一整天修订、润色的地方消失了！你说怎么办？真想大哭一场……但是1971年3月28日清晨慈母去世与失恋同时发生的沉重打击铸炼成的牛虻、保尔·柯察金、拉赫美托夫式的坚韧性格使我沉静下来，想到除了重新修订之外别无他路，只好硬着头皮“而今迈步从头越”！眼泪只往肚里咽，凭着超常的记忆力重又修订一遍。但是可以想一想，在电脑上细看70余万字，会是什么滋味儿？何况是七十多岁的老人！

我的确是日日夜夜把心思放在书上，甚至于梦里所想也是书和文章。紧张的劳作使我睡眠不好，苦顿了一整天，夜深才上床，却怎么也睡不着，如前文所说：辗转反侧，寤寐求之。求的不是窈窕淑女，而是书里的难题。实在睡不着，只好起身吃安眠药，倒回床上，忽想起要解决的问题，马上又起身重开电脑再行苦战。而且完全是一人独战，从来没人帮忙。前文说过：我是“用大脑思索文章，用小脑应付俗务”。大脑高度集中在书和文章里时，在现实俗事中往往比傻子还傻，比呆子还呆。所以在现实生活中挨了一些小人的“坑”，但我置之不理。因为感到自己的时间已经不多了，实在没必要为这等小人耽误自己无比珍贵的一分一秒。我喜欢“孤静”，把自己的书房起名为“孤静斋”。在“孤静斋”里孜孜矻矻、不顾一切地苦写了一年多，才终于在刚完成116万字的《鲁迅全传·苦魂三部曲》之后，又接着完成了这部70余万字的大书。我为此感到欣慰又心酸！

如写作《鲁迅全传·苦魂三部曲》时一样，我依然是“向死而生”：生怕自己在写作过程中突然倒下，使书稿永远锁在电脑里再也取不出来。尤其担心朋友们发来的学术自述泡汤，那该多么对不起人！所以感到生命短促，“死神”时刻在头上晃，“要赶快做”！书稿一完成就立即发给出版社，一刻也不耽误！因而难免有所误差，请大家谅解：无论写得怎么样，终归是一个苦熬一生的七旬老人拼着性命做出的啊！而须强调的是：这是一部个人化的史说，并非官方的历史教科书，当然有个人的特点与好恶，不必当成公论，甚至可以看作谬说。说错了或说漏了，不用放在心上。

在与生命赛跑的过程中，我体会出海德格尔一句话的真义——向死而生的意义是：当你无限接近死亡，才能深切体会生的意义。

十一　小结

从1979年进入中国社会科学院文学研究所工作算起，已经整整四十年了。

小事不计，四十年来我为鲁迅研究事业做了十件实事——

十件实事里的中事七件：

(1) 从世界文学视野考察了阿Q的典型性。(《阿Q新论——阿Q与世界文学中的精神典型问题》《从世界文学视野看阿Q》《论阿Q的精神反思意义》《阿Q——100年》)

(2) 从世界文学视野确定了鲁迅杂文的文学属性。(《鲁迅杂文与英国随笔的比较研究——兼论鲁迅杂文在世界散文史上的地位》

《从世界文学视野看鲁迅杂文》）

（3）从精神现象学的视角认识到鲁迅在中国乃至世界的精神价值，是警醒“不悟自己之为奴”的人们从奴性状态中悟觉，上升到悟性以至理性的境界，从而对鲁迅做出这样的定位——一位深刻反思中国人精神的具有“精神诗性”的伟大思想家。（《悟性与奴性——鲁迅与中国知识分子的“国民性”》《鲁迅的当代价值》）

（4）探究出鲁迅的本原思想是“幸福的度日，合理的做人”，从而正本清源，以正视听。（《“幸福的度日，合理的做人”——鲁迅本原思想探究》）

（5）全面探索了鲁迅的科学思维，从思维方式上汲取鲁迅的经验。（《鲁迅的科学思维——张梦阳论鲁迅》）

（6）体味出鲁迅散文语言的艺术发展，从而重估了鲁迅后期杂文的艺术价值。（《鲁迅散文语言的艺术发展》《鲁迅晚年杂文欣赏》）

（7）翻译了鲁迅毕其一生一再力主翻译的《中国人气质》，并使之成为多种译本中公认的最好的一本，多次再版。

十件实事中的大事三件：

（1）编纂了五卷（另附“索引分册”一卷）1000万字的《1913—1983鲁迅研究学术论著资料汇编》，为学术史抢救、保存了珍贵的历史资料，获得中国社会科学院优秀科研成果奖。

（2）写作、编纂了三卷本187万字的《中国鲁迅学通史》，获得国家图书奖，收入《中国文库》。这部《中国鲁迅学史》，是以《中国鲁迅学通史》为基础提炼、扩展而成的，应归为一类。

（3）创作了汲取长篇小说结构和描写手法的长篇文学传记《鲁迅全传·苦魂三部曲》，获得国家出版基金支持，浓缩、提炼为20余万字的《鲁迅的故事》。

鲁迅传准备写三种版本：文学版、学术版、普及版。文学版《鲁迅全传·苦魂三部曲》于2016年8月全部出齐，效果很好。全国各大报刊上发表了10余篇书评和报道，2017年6月21日《光明日报》在《光明学人》专栏以整版篇幅刊登了计亚男、杜羽同志写的《张梦阳：陪了鲁迅一辈子》，香港《文学评论》也发了评论。

2002年寒秋于北京劲松写出《中国鲁迅学通史》初稿，2019年2月11日大年初七凌晨5点50分完成《中国鲁迅学史》增补初稿，8月8日看过初审校样后再次修订、补充。2021年6月23日定稿于北京香山“孤静斋”。

后　记

这部《中国鲁迅学史》是在《中国鲁迅学通史》责任编辑卢家明先生督导下构想、写作的。

为写 2000—2019 年的下编，我根据自己所知，约请一些鲁迅学人发来了自述。大家都很支持这件事，如约发来了。倘若没有大家的热情扶助，我是很难完成这一编的。

在林非先生和他的伴侣肖凤老师以及众多鲁迅学学人和家明兄的大力支持下，经过一年多的苦斗，终于完成了以上文字。经中国作家协会副主席、党组成员、书记处书记阎晶明同志大力推荐，江苏凤凰文艺出版社欣然接受出版，经责任编辑李黎先生精心编校，本书终于与广大读者见面了。我衷心感谢以上同志，但由于中国鲁迅学已有百年历史，材料太多，问题太繁，再努力也难免挂一漏万、评骘欠当，只能请方家指正鉴谅。

张梦阳

2021 年 4 月 8 日于北京香山孤静斋

图书在版编目（CIP）数据

中国鲁迅学史/张梦阳著. —南京:江苏凤凰文艺出版社,2021. 9
ISBN 978-7-5594-6117-9

Ⅰ. ①中… Ⅱ. ①张… Ⅲ. ①鲁迅(1881—1936)—人物研究②鲁迅(1881—1936)—思想研究 Ⅳ. ①K825. 6②I210. 96

中国版本图书馆 CIP 数据核字(2021)第 141198 号

中国鲁迅学史

张梦阳 著

出 版 人 张在健
责任编辑 李 黎 项雷达
责任印制 刘 巍
出版发行 江苏凤凰文艺出版社
南京市中央路 165 号,邮编:210009
网 址 http://www. jswenyi. com
印 刷 苏州市越洋印刷有限公司
开 本 890 毫米×1240 毫米 1/32
印 张 26. 375
字 数 734 千字
版 次 2021 年 9 月第 1 版
印 次 2021 年 9 月第 1 次印刷
书 号 ISBN 978-7-5594-6117-9
定 价 158. 00 元

江苏凤凰文艺版图书凡印刷、装订错误可随时向承印厂调换